ELIZABETH GEORGE

Asche zu Asche

Buch

Eigentlich hat Inspector Lynley an jenem Abend Großes vor. Gerade will er Lady Helen einen Heiratsantrag machen, als ein Anruf aus dem Yard seine Pläne scheitern läßt. Im idyllischen Celandine Cottage in Kent hat der Milchmann nämlich statt der attraktiven Mieterin Gabriella Patten eine männliche Leiche vorgefunden. Der Vorfall wird noch rätselhafter, als die Ortspolizei den Toten identifiziert: Es ist niemand anderer als Kenneth Fleming, Englands gefeierter Cricket-Champion, der kurz vor dem wichtigsten Spiel seiner Karriere stand.

Bald stellt sich heraus, daß alle Menschen um Kenneth Fleming seit Jahren in einem Netz aus verletzten Gefühlen, enttäuschten Hoffnungen und blindem Rachebedürfnis gefangen sind. Jeder und jede hat ein Motiv – und alle haben sie ein Alibi. Erst als Lynley seinen Job, ja sogar sein Leben riskiert, scheint es, als hätten selbst Mörder ein Gewissen ...

Autorin

Die Amerikanerin Elizabeth George hatte von Jugend an ein ausgeprägtes Faible für alles Englische, vor allem für die britische Krimitradition. Bereits in ihrem ersten Roman kombinierte sie psychologische Raffinesse mit einem unfehlbaren Sinn für Spannung und Dramatik: *Gott schütze dieses Haus* (dt. 1989) wurde mit mehreren namhaften Auszeichnungen gewürdigt. Elizabeth George lebt in Huntington Beach, Kalifornien.

Von Elizabeth George liegen außerdem folgende Romane vor:

Mein ist die Rache. Roman (42798)
Gott schütze dieses Haus. Roman (9918)
Keiner werfe den ersten Stein. Roman (42203)
Auf Ehre und Gewissen. Roman (41350)
Denn bitter ist der Tod. Roman (42960)
Denn keiner ist ohne Schuld. Roman (43577)
Im Angesicht des Feindes (44108)
Denn sie betrügt man nicht. (44402)
Undank ist der Väter Lohn (44982)

Als gebundene Ausgabe:
Nie sollst du vergessen (98)

Für Freddie Lachapelle,
in Liebe

Die Erde und der Sand brennen. Lege dein Gesicht auf den brennenden Sand und auf die Erde der Straße, da all diejenigen, die von der Liebe verwundet sind, den Abdruck auf ihrem Gesicht haben müssen, und die Narbe zu sehen sein muß.

The Conference of the Birds
Farīd al-Dīn 'Aṭṭār

Vorbemerkung

In England steht der Ausdruck »the ashes« für den Sieg im Vergleichskampf mit Australien.

Dieses Bild leitet sich aus der Cricket-Geschichte her:

Im August 1882 besiegte die australische Nationalmannschaft in einer Serie von Vergleichskämpfen die englische Nationalmannschaft. Es war das erstemal, daß England auf heimischem Boden geschlagen worden war. Nach der Niederlage brachte die *Sporting Times* einen Nachruf, in dem sie meldete, der englische Cricket-Sport sei »am 29. August 1882 auf dem Spielfeld verschieden«. Dem Nachruf folgte eine Notiz, die besagte, »die Leiche wird eingeäschert und die Asche nach Australien verbracht werden«.

Nach diesem Debakel brach das englische Team zu einer weiteren Serie von Spielen nach Australien auf. Es hieß, die Mannschaft unter Führung ihres Kapitäns Ivo Bligh sei ausgezogen, »die Asche zurückzuholen«. Nach der zweiten Niederlage des australischen Teams nahmen ein paar Frauen aus Melbourne einen der Barren (die Holzstäbe, die quer über drei senkrechten Pfosten liegen und so das Cricket-Tor bilden, das der Schlagmann verteidigt), verbrannten ihn und überreichten die Asche Bligh. Diese Asche befindet sich heute in *Lord's Cricket Ground* in London, dem Mekka des englischen Cricket-Sports.

Am Ende einer Spielserie zwischen England und Australien wechselt kein Pokal den Besitzer; aber immer wenn sich die beiden Nationalmannschaften zu den fünf Vergleichspartien treffen, die eine Serie bilden, spielen sie um die Asche.

Olivia

Chris ist weg, um am Kanal ein Stück mit den Hunden zu laufen. Ich kann sie noch sehen, denn sie sind noch nicht bei der Brücke an der Warwick Avenue angelangt. Bean springt rechts neben ihm her und riskiert dabei ständig einen Sturz ins Wasser. Toast läuft links von ihm. Ungefähr alle zehn Schritte vergißt er, daß er nur drei Beine hat, und fällt fast auf die Schulter.

Chris hat gesagt, daß er nicht lange ausbleiben wird. Er weiß, wie mir zumute ist, während ich dies hier schreibe. Aber er liebt seine Spaziergänge, und wenn er erst einmal unterwegs ist, lassen Sonne und Wind ihn sein Versprechen vergessen. Er läuft bestimmt bis zum Zoo, und ich werde mich bemühen, nicht sauer darüber zu sein. Ich brauche Chris gerade jetzt mehr denn je, darum werde ich mich damit trösten, daß er es stets gut mit mir meint, und werde versuchen, das auch zu glauben.

Als ich im Zoo gearbeitet habe, sind die drei manchmal nachmittags gekommen und haben mich abgeholt. Dann haben wir im Imbißpavillon einen Kaffee getrunken und uns, wenn das Wetter schön war, draußen auf eine Bank gesetzt, von der aus wir die Fassade von Cumberland Terrace sehen konnten. Wir schauten uns die Statuen an, die auf dem Giebelfeld im Halbrund aufgereiht sind, und dachten uns Namen und Geschichten für sie aus. »Sir Bonzo von Bärbeiß« zum Beispiel, dem es in der Schlacht bei Waterloo den Hintern weggerissen hat. »Gräfin Tussi von Taugtnix« nannte ich eine andere, die sich wie die Einfalt vom Lande gebärdete und in Wirklichkeit ein weiblicher Pimpernell war. Oder »Markus Krankus« für einen Kerl in der Toga, der an den Iden des März seinen Mut verloren und sein Frühstück von sich gegeben hat. Und dann lachten wir uns schief über unsere Albernheit und sahen den Hunden zu, die Vögeln und Touristen auflauerten.

Ich wette, sie haben Schwierigkeiten, sich das vorzustellen – mich, Unsinn schwatzend neben Chris Faraday auf der Bank, das Kinn auf die hochgezogenen Knie gestützt, in der Hand einen Becher Kaffee. Und ich war nicht in Schwarz, wie heute, sondern ich hatte Khakihosen und ein olivgrünes Hemd an, die Uniform, die wir im Zoo immer trugen.

Damals glaubte ich zu wissen, wer ich bin. Ich war mit mir im reinen. Äußerlichkeiten zählen nicht, hatte ich etwa zehn Jahre zuvor beschlossen, und wenn die Leute sich an meinem Stoppelhaar stoßen, bei Nasenringen das kalte Grausen bekommen und mit dem Anblick von Ohrsteckern, die wie mittelalterliche Waffen am Ohrläppchen aufgereiht sind, nicht umgehen können, dann zum Teufel mit ihnen. Sie sind unfähig, hinter die Fassade zu blicken, stimmt's? Sie wollen mich gar nicht sehen, wie ich wirklich bin.

Aber wer bin ich denn nun eigentlich? Was bin ich? Vor acht Tagen hätte ich es Ihnen noch sagen können; da habe ich's nämlich noch gewußt. Ich hatte mir aus Chris' Überzeugungen eine eigene Philosophie zusammengeklaut, und die vermengte ich mit dem, was ich in den zwei Jahren Studium von meinen Freunden aufgeschnappt hatte, und das alles verquirlte ich wiederum mit dem, was ich in den fünf Jahren gelernt hatte, als ich Morgen für Morgen mit einem Brummschädel und einem widerlichen Geschmack im Mund aus verschwitzten Bettlaken kroch, ohne auch nur die leiseste Erinnerung an die vergangene Nacht zu haben oder den Namen des Typen zu wissen, der neben mir schnarchte. Ich kannte die Frau, die das alles durchexerziert hatte. Sie war zornig. Sie war hart. Sie war unversöhnlich.

Das alles bin ich noch heute und mit gutem Grund. Aber ich bin noch mehr. Ich kann es nicht identifizieren, aber ich fühle es jedesmal, wenn ich zu einer Zeitung greife, die Berichte lese und weiß, daß der Prozeß wartet.

Anfangs habe ich mir eingeredet, ich hätte die Nase voll davon, mir täglich die Schlagzeilen reinzuziehen. Ich sei es leid, dauernd von dem verdammten Mord zu lesen und jedesmal, wenn ich die *Daily Mail* oder den *Evening Standard* aufschlug, die Gesichter der Hauptakteure zu sehen. Ich bildete mir ein, ich könnte dem ganzen Mist entrinnen, wenn ich nur ausschließlich die *Times* läse. Ich meinte, mich darauf verlassen zu können, daß die *Times* rein sachlich berichten und es ablehnen würde, sich im Klatsch zu suhlen. Aber sogar die *Times* hat jetzt die Story übernommen, und es gibt kein Entkommen mehr für mich. Mir einreden zu wollen, es sei doch scheißegal, bringt nichts. Weil es mir nun mal *nicht* scheißegal ist. Das weiß ich, und das weiß auch Chris, und das ist der eigentliche Grund, weshalb er mit den Hunden losgezogen ist und mir Zeit für mich gelassen hat. Er sagte: »Weißt du, ich glaube, wir bleiben heute morgen ein bißchen länger aus, Livie«, als er seinen Trainingsanzug anzog. Dann nahm er mich auf seine asexuelle Art in die Arme – so halb von der Seite, praktisch ohne jeden Körperkontakt – und marschierte los.

Ich sitze mit einem gelben, linierten Schreibblock auf den Knien und einer Packung Marlboro in der Tasche auf dem Deck des Hausboots. Zu meinen Füßen steht eine Dose mit Bleistiften, die alle scharf gespitzt sind. Das hat Chris besorgt, ehe er gegangen ist.

Ich schaue über das Wasser hinweg nach Browning's Island, wo die Weiden ihre Zweige auf den kleinen Landesteg herabhängen lassen. Die Bäume sind endlich richtig grün, was heißt, daß es fast Sommer ist. Der Sommer war schon immer Zeit des Vergessens, da schmolzen die Probleme in der Sonne dahin. Darum sage ich mir, wenn ich nur noch ein paar Wochen durchhalte und auf den Sommer warte, wird dies alles vorübergehen. Ich werde mir nicht mehr darüber den Kopf zerbrechen müssen. Ich werde nicht handeln müssen. Ich sage mir einfach, es ist nicht mein Problem. Aber das stimmt nicht ganz, und ich weiß das.

Wenn ich es nicht länger umgehen kann, in die Zeitung zu sehen, fange ich mit den Bildern an. Am längsten sehe ich mir das von ihm an. Ich betrachte, wie er seinen Kopf hält, und ich weiß, daß er glaubt, sich an einen Ort fortgestohlen zu haben, an dem niemand ihn verletzen kann.

Ich verstehe das. Einmal glaubte ich selbst, ich sei endlich an diesem Ort angekommen. Aber die Wahrheit ist: Wenn man einmal beginnt, an einen Menschen zu glauben, wenn man sich einmal vom fundamentalen Guten in einem Menschen anrühren läßt – und das gibt es wirklich, dieses grundlegende Positive, mit dem manche Menschen gesegnet sind –, dann ist alles vorbei. Dann sind nicht nur die Mauern eingerissen, sondern der Panzer selbst ist durchlöchert. Und man blutet wie eine reife Frucht, deren Haut vom Messer durchtrennt wurde und deren Fleisch bloßliegt. Er weiß es noch nicht. Aber früher oder später wird er es erfahren.

Ich schreibe also wohl seinetwegen. Und weil ich mir mitten in diesem traurigen Trümmerfeld von Liebe und Menschenleben darüber im klaren bin, daß ich es bin, die für alles die Verantwortung trägt.

Eigentlich beginnt die Geschichte mit meinem Vater und mit der Tatsache, daß ich seinen Tod verschuldet habe. Es war dies nicht mein erstes Verbrechen, wie Sie sehen werden, aber es war *das* Verbrechen, das meine Mutter mir nicht verzeihen konnte. Und weil sie es mir nicht verzeihen konnte, wurde unser Leben schwierig. Und andere Menschen wurden ebenfalls verletzt.

Über Mutter zu schreiben, ist so eine Sache. Wahrscheinlich wird es aussehen, als wollte ich schmutzige Wäsche waschen und Rache nehmen. Aber ich nenne Ihnen gleich mal eine Eigenschaft meiner Mutter, von der Sie von Beginn an wissen müssen, wenn Sie das hier lesen wollen. Sie ist eine Geheimniskrämerin. Zwar würde sie, bekäme sie dazu Gelegenheit, zweifellos sehr taktvoll erklären, sie und ich hätten uns vor etwa zehn Jahren wegen meiner »unglückseligen Beziehung« zu einem nicht mehr ganz jungen Musiker namens Richie Brewster entzweit, doch würde sie niemals alles erzählen. Sie würde Ihnen nicht verraten, daß ich die Geliebte eines verheirateten Mannes war, daß er mich schwängerte und dann abhaute, daß ich ihm verzieh, als er zurückkam, und mir von ihm eine Herpesinfektion anhängen ließ, daß ich am Ende in Earl's Court auf dem Strich landete und für fünfzehn Mäuse die Nummer im Auto schob, wenn ich gerade dringend Koks brauchte. Nein, das würde Mutter Ihnen niemals verraten. Sie würde die Fakten verschweigen und sich einreden, sie wolle mich schützen. Dabei war es in Wahrheit immer so, daß Mutter die Tatsachen unterschlug, um sich selbst zu schützen.

Wovor? fragen Sie.

Vor der Wahrheit, antworte ich. Über ihr Leben. Über ihre Unerfülltheit. Und vor allem über ihre Ehe. Und genau das – jetzt mal abgesehen von meinem höchst unerfreulichen Verhalten – setzte meiner Meinung nach bei Mutter eine Entwicklung in Gang, die sie schließlich zu der Überzeugung verführte, sie besäße eine Art göttliches Recht, sich in die Angelegenheiten anderer einzumischen.

Würden aber andere das Leben meiner Mutter unter die Lupe nehmen, so würden die meisten von ihnen sie selbstverständlich nicht als eine Person sehen, die sich stets in alles einmischen mußte, sondern vielmehr als eine Frau mit vorbildlichem sozialen Gewissen. Die entsprechenden Referenzen kann sie vorweisen: ehemals Lehrerin für englische Literatur an einer stinkenden Gesamtschule auf der Isle of Dogs; vormals ehrenamtliche Wochenendvorleserin bei Blinden; an Feiertagen stellvertretende Leiterin für Sport und Spiel bei geistig Behinderten und in den Ferien Spendensammlerin erster Güte zur Bekämpfung jedweder Seuche, die gerade Medienfavorit war. Oberflächlich betrachtet, könnte man sich Mutter als eine Frau vorstellen, die mit einem Fläschchen Vitaminpillen in der Hand dabei ist, die Leiter zur Heiligsprechung zu besteigen.

»Es gibt Dinge, die über unsere eigenen Belange hinausgehen«, sagte sie immer zu mir, wenn sie nicht gerade tief bekümmert klagte: »Willst du es mir heute wieder schwermachen, Olivia?«

Aber zu Mutters Wesen gehört mehr, als daß sie dreißig Jahre lang wie ein Dr. Barnardo des zwanzigsten Jahrhunderts kreuz und quer durch London sauste. Das Wozu darf man dabei nicht vergessen. Und da wären wir schon wieder beim Selbstschutz.

Da ich mit ihr unter einem Dach lebte, hatte ich Zeit genug zu versuchen, Mutters Leidenschaft für gute Werke zu verstehen. Allmählich erkannte ich, daß sie anderen diente, um sich selbst zu dienen. Solange sie sich im elenden Leben von Londons Armen und Geschlagenen geschäftig tummelte, brauchte sie nicht über ihr eigenes Leben nachzudenken. Und insbesondere brauchte sie nicht über meinen Vater nachzudenken.

Ich weiß schon, daß es bei den jungen Leuten von heute große

Mode ist, die eheliche Beziehung ihrer Eltern während ihrer eigenen Kindheit kritisch zu untersuchen. Gibt es ein besseres Mittel, die Auswüchse, Mängel und Schwächen des eigenen Charakters zu entschuldigen? Aber gedulden Sie sich und folgen Sie mir bitte auf diesen kleinen Ausflug in die Geschichte meiner Familie. Er erklärt, warum Mutter die ist, die sie ist. Und Mutter ist der Mensch, den Sie begreifen müssen.

Niemals würde sie es zugeben, aber ich glaube, meine Mutter nahm meinen Vater nicht, weil sie ihn liebte, sondern weil er geeignet war. Er hatte zwar nicht im Krieg gedient, was etwas problematisch war, soweit es den Grad seiner gesellschaftlichen Annehmbarkeit anging. Aber trotz eines Herzrasselns, einer kaputten Kniescheibe und angeborener Taubheit auf dem rechten Ohr besaß Dad wenigstens den Anstand, von schlechtem Gewissen geplagt zu werden, daß der Kelch des Militärdiensts an ihm vorübergegangen war. Er kompensierte seine Schuldgefühle, indem er 1952 einer der Vereinigungen zum Wiederaufbau Londons beitrat. Dort begegnete er meiner Mutter. Sie nahm an, seine Mitgliedschaft wäre Zeichen eines sozialen Gewissens, das dem ihren ebenbürtig war, und nicht eines dringenden Bedürfnisses zu vergessen, daß er und sein Vater in den Jahren von 1939 bis Kriegsende mit dem Druck von Propagandaschriften für die Regierung in ihrer Firma in Stepney ein Vermögen gemacht hatten.

Sie heirateten 1958. Selbst heute noch, da Dad schon so viele Jahre tot ist, denke ich manchmal darüber nach, wie wohl die ersten Ehemonate meiner Eltern sich gestalteten. Ich frage mich, wie lange Mutter brauchte, um zu erkennen, daß Dads Potential leidenschaftlichen Ausdrucks nicht viel mehr umfaßte als Schweigen und ein gelegentliches humorvolles, liebes Lächeln. Ich pflegte sie mir vorzustellen, wenn sie zusammen im Bett waren: etwa nach dem Muster Tatsch, Grapsch, Schwitz, Stoß, Stöhn, Ächz, mit einem abschließenden »Sehr angenehm, meine Liebe« – für mich die Erklärung dafür, daß ich ihr einziges Kind war. Ich kam 1962 zur Welt, ein kleines Bündel Gutwilligkeit; die Frucht, da bin ich sicher, eines zweimal monatlich stattfindenden Beischlafs in der Missionarsstellung.

Zu Mutters Ehre muß gesagt werden, daß sie drei Jahre lang getreulich die Rolle der pflichtbewußten Ehefrau spielte. Sie hatte sich einen Ehemann geangelt und somit eines der Ziele, die den Nachkriegsfrauen gesetzt waren, erreicht; und sie bemühte sich, ihm eine gute Frau zu sein. Doch je besser sie diesen Gordon Whitelaw kennenlernte, desto klarer wurde ihr, daß er sich ihr unter Vorspiegelung falscher Tatsachen verkauft hatte. Er war nicht der leidenschaftliche Mann, den sie sich als Ehemann erhofft hatte. Er war kein Rebell. Er kämpfte nicht für irgendeine Sache. Er war im Grund seines Herzens nur ein Drucker aus Stepney, ein guter Mensch, aber einer, dessen Welt bestimmt war von Papiermühlen und Auflagenzahlen, von dem ständigen Bemühen, die Maschinen instand und in Betrieb zu halten und sich nicht von den Gewerkschaften ausbluten zu lassen. Er führte seine Geschäfte, kam nach Hause, las die Zeitung, nahm sein Abendessen ein, sah fern und ging zu Bett. Interessen hatte er kaum. Zu sagen hatte er wenig. Er war solide, treu, zuverlässig und berechenbar. Kurz, er war langweilig.

Mutter sah sich also nach etwas um, das ihrem Leben Farbe verleihen würde. Sie hätte Ehebruch oder Alkohol wählen können, statt dessen entschied sie sich für gute Werke.

Niemals würde sie auch nur das geringste von alledem zugeben. Zuzugeben, daß sie mehr vom Leben wollte als das, was Dad ihr bieten konnte, käme ja dem Eingeständnis gleich, daß ihre Hoffnungen in der Ehe nicht erfüllt worden waren. Selbst wenn man sie heute in Kensington besuchte und eine entsprechende Frage stellte, würde sie ihr Leben mit Gordon Whitelaw zweifellos als reine Seligkeit von Anfang bis Ende darstellen. Da es das aber nicht war, kümmerte Mutter sich um ihre sozialen Pflichten. Gute Taten ersetzten Mutter das persönliche Glück. Edles Bemühen ersetzte ihr körperliche Leidenschaft und Liebe.

Dafür hatte Mutter immer einen Trost, wenn sie niedergeschlagen war. Sie hatte das Gefühl, etwas geleistet zu haben, etwas wert zu sein. Sie empfing die aufrichtige und von Herzen kommende Dankbarkeit jener, um deren Bedürfnisse sie sich täglich sorgte. Lobpreisungen folgten ihr von Klassenzimmer zu Konferenzzimmer zu Krankenzimmer. Man drückte ihr die

Hand. Man küßte ihre Wangen. Tausend verschiedene Menschen sagten ihr: »Gott segne Sie, Mrs. Whitelaw. Vergelt's Gott, Mrs. Whitelaw.« Sie schaffte es, sich abzulenken bis zu dem Tag, an dem Dad starb. Indem sie die Bedürfnisse der Gesellschaft allem anderen voranstellte, holte sie sich das, was sie selbst brauchte. Und am Ende, als mein Vater tot war, holte sie sich auch noch Kenneth Fleming.

Ja, ganz recht. Damals schon, vor all den Jahren. *Den* Kenneth Fleming.

1

Martin Snell wollte die Milch liefern, als er das Verbrechen entdeckte. In zwei der drei Dörfchen namens Springburn, nämlich Greater und Middle Springburn, hatte er seine Runde schon abgeschlossen und war nun auf dem Weg nach Lesser Springburn. In seinem blau-weißen Milchwagen tuckerte er vergnügt diese Strecke seiner täglichen Route entlang, die ihm die liebste war, nämlich die Water Street hinunter.

Die Water Street war eine schmale Landstraße, die die Dörfer Middle und Lesser Springburn von Greater Springburn, dem Marktstädtchen, trennte. Sie schlängelte sich zwischen gelbbraunen Mauern aus Kieselsandstein an Apfelgärten und Rapsfeldern vorüber. Beschattet von Eschen, Linden und Erlen, deren Laub sich endlich zu einem frühlingsgrünen Baldachin zu entfalten begann, folgte sie in gemächlichem Auf und Ab den sanften Hügeln des Landes, das sie durchschnitt.

Es war ein prachtvoller Tag: weder Regen noch Wolken. Nur ein leichtes Lüftchen aus dem Osten, ein milchigblauer Himmel und Sonnenlicht, das sich funkelnd in dem ovalen Bilderrahmen brach, der an einer silbernen Kette vom Rückspiegel des Milchautos herabhing.

»Na, ist das ein Tag, Majestät?« sagte Martin zu der Fotografie. »Ein herrlicher Morgen, finden Sie nicht? Da – haben Sie das gehört? Das war wieder der Kuckuck. Und das da – eine Lerche. Wunderschön, dieser Gesang, nicht? Das Lied des Frühlings.«

Es war seit langem Martins Gewohnheit, sich mit der Fotografie der Queen zu unterhalten. Er fand das keineswegs merkwürdig. Sie war die Monarchin des Landes, und niemand, so meinte er jedenfalls, war mehr geneigt, die Schönheit Englands zu schätzen als die Frau, die auf seinem Thron saß.

Ihre täglichen Gespräche beschränkten sich keineswegs auf Betrachtungen von Flora und Fauna. Die Queen war Martins Herzensfreundin, Vertraute seiner geheimsten Gedanken. Was ihm an ihr gefiel, war, daß sie trotz ihres königlichen Geblüts eine freundliche Frau war. Im Gegensatz zu seiner Ehefrau, die vor ungefähr fünf Jahren durch Vermittlung eines bibelwütigen Maurers in unerbittlicher Gottesfürchtigkeit wiedergeboren worden war, fiel *sie* nicht betend auf die Knie, wenn er gerade ungeschickt versuchte, sich mitzuteilen. Im Gegensatz zu seinem Sohn, der, gleichermaßen mit Gedanken an Beischlaf und Pickel beschäftigt, zur abweisenden Verschlossenheit Siebzehnjähriger neigte, blockte *sie* Martins Gesprächsangebote niemals ab. Immer blickte sie ihn, leicht vorgeneigt, mit ermutigendem Lächeln an, während sie mit erhobener Hand aus der Kalesche winkte, in der sie auf ewig zu ihrer Krönung fuhr.

Natürlich sagte Martin der Queen nicht alles. Sie wußte von Lees hingebungsvollem Glauben an die Kirche der Wiedergeborenen und Erretteten. Er hatte ihr in aller Ausführlichkeit und mehr als einmal geschildert, wie ihm nun die Religion seinen einst gemütlichen Feierabend vermasselte. Sie wußte von Dannys Job bei Tescos Supermarkt, wo der Junge dafür zu sorgen hatte, daß von den Erbsen bis zu den Linsen nichts in den Regalen fehlte, und auch von dem Mädchen aus dem Teeladen, in das der Junge sich vergafft hatte. In der letzten Woche hatte Martin, obwohl ihm dabei ganz heiß geworden war, mit der Queen sogar über seine verspäteten Bemühungen gesprochen, seinen Sohn aufzuklären. Wie hatte sie gelacht – und Martin hatte unwillkürlich mitlachen müssen –, als er ihr geschildert hatte, wie er die antiquarischen Bücher in Greater Springburn durchgesehen hatte, um irgend etwas über Fortpflanzung zu finden, und statt dessen auf eine Darstellung von Fröschen gestoßen war. Er hatte sie seinem Sohn zusammen mit einem Päckchen Kondome geschenkt, das er seit ungefähr 1972 in seiner Kommode liegen gehabt hatte. Das war zur Einleitung eines Gesprächs ganz nützlich, hatte er gedacht. Die Frage: »Wozu die Frösche, Dad?« würde unweigerlich zu einer Erörterung der, wie sein eigener Vater es genannt hatte, »ehelichen Umarmung« führen.

Nicht daß er und die Queen sich über die eheliche Umarmung als solche unterhalten hätten. Martin hatte viel zuviel Respekt vor der Queen, um je über eine Andeutung zu dem Thema hinauszugehen.

Doch seit vier Wochen versiegten ihre Gespräche stets auf dem Höhepunkt der Water Street, wo sich nach Osten die Hopfenfelder dehnten und auf der Westseite das grasbewachsene Land zu einer Quelle abfiel, an der Wasserkresse wuchs. Hier pflegte Martin nämlich seit neuestem sein Milchauto auf dem schmalen Streifen am Straßenrand anzuhalten, um ein paar Minuten in schweigender Betrachtung zu verbringen.

An diesem Morgen hielt er es nicht anders. Er schaltete den Motor nicht aus. Er blickte nur auf das Hopfenfeld hinaus.

Die Stangen standen seit mehr als einem Monat, lange Reihen schlanker Kastanienstämme, sieben bis acht Meter hoch, von denen Drähte kreuz und quer zur Erde hinunterliefen. Die Drähte bildeten ein rautenförmiges Gitterwerk, an dem die Hopfenpflanzen sich in die Höhe ranken würden. Man hatte, wie Martin jetzt beim Blick über das Feld sah, die Pflänzchen endlich angebunden. Irgendwann gestern vormittag waren die Arbeiter aufs Feld hinausgegangen und hatten die jungen Reben an den Drähten hochgewunden. Den Rest würden die Hopfenpflanzen in den kommenden Monaten selbst besorgen und, der Sonne entgegenstrebend, schon bald lange, schattig-grüne Tunnel bilden.

Martin stieß einen Seufzer tiefer Befriedigung aus. Von Tag zu Tag würde der Anblick schöner werden. Die Luft zwischen den Reihen heranwachsender Pflanzen würde kühl sein, und dort würde er Hand in Hand mit seiner Liebsten wandern. Im Frühling – gestern also – hätte er ihr gezeigt, wie man die zarten Ranken an den Drähten befestigte. Sie hätte auf der feuchten Erde gekniet, den weichen blauen Rock um sich ausgebreitet wie vergossenes Wasser, ihr festes junges Gesäß auf die nackten Fersen gebettet. Mit der Arbeit nicht vertraut und dringend darauf angewiesen, Geld zu verdienen, um ihrer Mutter, der Witwe eines Fischers aus Whitestable, die acht hungrige Mäuler stopfen mußte, unter die Arme zu greifen, würde sie sich verzweifelt mit den Ranken abmühen, nicht wagend, um Hilfe zu bitten, da sie fürchtete, damit ihre Unwissenheit zu verraten und das einzige Einkommen zu verlieren, das ihre hungernden Geschwister außer dem Geld hatten, das ihre Mutter mit Spitzenklöppeln mühsam verdiente und das ihr Vater rücksichtslos vertrank. Sie trüge eine weiße Bluse mit kurzen Puffärmeln und tiefem Halsausschnitt, und wenn er, der bärenhaft starke Vorarbeiter, sich hinunterbeugte, um ihr zu helfen, sähe er auf ihren Brüsten die winzigen Schweißtropfen, die nicht größer sind als Stecknadelköpfe, und das heftige Wogen ihres Busens, das ihm zeigt, wie sehr seine Nähe und seine Männlichkeit sie erregen. Er faßt ihre Hände und zeigt ihr, wie man die Hopfenranken um die Drähte windet, ohne die Triebe abzubrechen. Und unter seiner Berührung geht ihr Atem noch schneller, und ihr Busen wogt noch heftiger, und er spürt ihr Haar, das so weich und blond ist, an seiner Wange. Er sagt: So macht man das, Miss. Ihre Finger zittern. Sie kann ihm nicht in die Augen sehen. Noch nie hat ein Mann sie berührt. Sie möchte nicht, daß er geht. Sie möchte nicht, daß er aufhört. Von der Berührung seiner Hände wird ihr schwach und schwindlig. Und so fällt sie in Ohnmacht. Ja, sie fällt in Ohnmacht, und er trägt sie an den Rand des Feldes. Dort legt er sie zu Boden. Er hält Wasser an ihre Lippen, und ihre Lider öffnen sich flatternd. Sie sieht ihn an. Sie lächelt. Er hebt ihre Hand an seine Lippen. Er küßt –

Lautes Hupen ertönte hinter ihm. Martin wirbelte herum. Die Fahrerin eines großen roten Mercedes war offensichtlich nicht zu dem Versuch bereit, sich zwischen der Mauer auf der einen und dem Milchauto auf der anderen Seite hindurchzuzwängen und eine Schramme an ihrem Kotflügel zu riskieren. Martin winkte und legte den Gang ein. Er warf der Queen einen verschämten Blick zu, um zu sehen, ob sie von den Phantasien wußte, die er sich in seinem Tagtraum gegönnt hatte. Aber sie zeigte keinerlei Mißbilligung. Sie lächelte nur mit erhobener Hand, und ihre Tiara funkelte auf der ewigen Fahrt zur Westminsterabtei.

Er lenkte seinen Wagen bergab zum Celandine Cottage, einem Weberhaus aus dem fünfzehnten Jahrhundert, das dort, wo die Water Street nach Nordosten abschwenkte und ein Fußweg nach Lesser Springburn führte, hinter einer Natursteinmauer auf einer kleinen Anhöhe stand. Noch einmal sah er zur Queen hinauf, und obwohl ihr freundliches Gesicht ihm sagte, daß sie ihn nicht verurteilte, verspürte er das Bedürfnis, sich zu entschuldigen.

»Sie weiß nichts davon, Majestät«, sagte er zu seiner Monarchin. »Ich habe nie ein Wort gesagt. Ich habe mir nie etwas zuschulden kommen lassen... Ich meine, das würde ich doch nie tun, oder? Das wissen Sie.«

Die Queen lächelte. Martin sah ihr an, daß sie ihm nicht ganz glaubte.

An der Einfahrt parkte er und fuhr dabei von der Straße herunter, so daß der Mercedes, der seinen Tagtraum gestört hatte, fast geräuschlos vorübergleiten konnte. Die Frau, die am Steuer saß, warf ihm einen finsteren Blick zu und machte mit zwei Fingern ein Zeichen. Londonerin, dachte er resigniert. Von dem Tag an, als sie den M 20 eröffnet hatten, damit die Londoner aufs Land ziehen und täglich bequem zur Arbeit in die Stadt fahren konnten, war es mit Kent rapide bergab gegangen.

Er hoffte nur, daß die Queen die obszöne Geste der Frau nicht gesehen hatte. Und auch die nicht, mit der er selbst geantwortet hatte, als der Mercedes um die Kurve war und in Richtung Maidstone davonbrauste.

Martin stellte den Rückspiegel so ein, daß er sich darin in Augenschein nehmen konnte. Er vergewisserte sich, daß seine Wangen nicht stoppelig waren. Er strich sich mit federleichter Hand über sein Haar. Jeden Morgen, nachdem er einen Eßlöffel »Vitalin für volles und gesundes Haar« auf seine Kopfhaut geträufelt und zehn Minuten lang einmassiert hatte, kämmte er es mit größter Sorgfalt und gab dann Spray darauf. Seit gut einem Monat bemühte er sich, mehr aus sich zu machen; seit jenem ersten Morgen nämlich, an dem Gabriella Patten zum Tor von Celandine Cottage gekommen war, um die Milch von ihm persönlich in Empfang zu nehmen.

Gabriella Patten. Allein bei dem Gedanken an sie mußte er tief seufzen. Gabriella. In einem ebenholzschwarzen Morgenmantel aus Seide, die bei jedem ihrer Schritte leise wisperte.

Die Kornblumenaugen vom Schlaf umwölkt, das weizenblonde Haar, das in der Sonne glänzte, noch wirr um den Kopf.

Als der Auftrag, Celandine Cottage wieder mit Milch zu beliefern, eingegangen war, hatte Martin diese Information in jenem Teil seines Gehirns gespeichert, der ihn auf Autopilot durch seine tägliche Runde steuerte. Er hatte gar nicht darüber nachgedacht, warum die reguläre Bestellung von zwei Literflaschen auf eine reduziert worden war. Er hielt ganz einfach eines Morgens an der Einfahrt an, kramte in seinem Lieferwagen nach der kühlen Glasflasche, wischte die Kondensflüssigkeit mit dem Tuch ab, das er immer auf dem Boden des Wagens liegen hatte, und trat durch das weiße Holztor, das das Haus von der Water Street trennte.

Er hatte die Flasche gerade in den Kasten am Ende der Einfahrt im Schatten einer Silbertanne gestellt, als er auf dem Gartenweg, der sich von der Einfahrt zur Küchentür wand, Schritte hörte. Er sah hoch, bereit, »Einen recht schönen guten Morgen« zu wünschen, aber die Worte blieben ihm im Hals stecken, als er Gabriella Patten erblickte – zum erstenmal.

Gähnend und ein wenig stolpernd kam sie mit offen flatterndem Morgenmantel den unebenen Backsteinweg herab. Unter dem Morgenmantel war sie nackt.

Er wußte, er hätte sich abwenden sollen, aber der Anblick von schwarzer Seide und heller Haut bannte ihn. Und was für eine Haut sie hatte, den Blütenblättern der »Granny's Nightcap«-Rose gleich, weiß wie Entendaunen, zartrosa gesäumt. Er starrte sie an und sagte: »Jesus!« Es war so sehr Danksagung wie Ausdruck der Überraschung.

Erschrocken zog sie hastig den Morgenmantel um sich.»Du meine Güte, ich hatte keine Ahnung...« Sie legte drei Finger an ihre Lippen und lächelte. »Es tut mir wirklich leid, aber ich habe nicht damit gerechnet, jemanden zu treffen. Und schon gar nicht Sie. Ich dachte, die Milch käme immer bei Morgengrauen.«

Er war schon im Rückzug begriffen. »Nein. Nein«, sagte er. »Immer um diese Zeit. Hier kommt sie immer so gegen zehn.« Er hob die Hand an seine Schirmmütze, um sie tiefer ins Gesicht zu ziehen, das wie Feuer brannte. Aber er hatte die Mütze an diesem Morgen gar nicht aufgesetzt. Vom ersten April an trug er nie eine Mütze, ganz gleich, wie das Wetter war. Er konnte also nur wie ein Dorftrottel dastehen und an seinem Haar zupfen.

»Mir scheint, ich habe über das Landleben noch eine ganze Menge zu lernen, nicht wahr, Mr. –?«

»Martin«, sagte er. »Das heißt, Snell. Martin.«

»Aha. Mr. Martin Snell Martin.« Sie trat hinter dem Zaun hervor, der zwischen Einfahrt und Rasen verlief. Sie bückte sich – er senkte den Blick – und öffnete den Deckel des Milchkastens. »Oh, wunderbar. Vielen Dank.« Und als er sich ihr wieder zuwandte, hatte sie die Milchflasche herausgenommen und drückte sie im V-Ausschnitt ihres Morgenmantels zwischen die Brüste. »Kalt«, sagte sie.

»Aber es ist Sonne angesagt«, entgegnete er wacker. »Bis Mittag kommt sie sicher raus.«

Sie lächelte wieder, und ihre Augen schimmerten weich. »Ich meinte die Milch. Wie halten Sie sie so kühl?«

»Oh. Der Wagen. Ich habe ein paar Behälter, die extrastark isoliert sind.«

»Versprechen Sie mir, daß ich sie immer so bekomme?« Sie drehte die Flasche, so daß sie noch tiefer zwischen ihre Brüste glitt. »So kalt, meine ich.«

»Aber ja. Klar. Kalt«, stammelte er.

»Vielen Dank«, sagte sie. »Mr. Martin Snell Martin.«

Danach sah er sie für gewöhnlich mehrmals in der Woche, aber nie wieder bekam er sie in ihrem Morgenmantel zu Gesicht. Nicht, daß er eine Auffrischung seiner Erinnerung an diesen ersten Morgen nötig gehabt hätte.

Zufrieden mit seinem Aussehen, stellte Martin den Rückspiegel wieder richtig ein. Auch wenn sein Haar nicht voller war als vor Beginn der Behandlung, war es doch, seit er das Spray benutzte, längst nicht mehr so flusig. Er kramte hinten im Wagen nach der Flasche, die er stets am stärksten kühlte. Er wischte die Feuchtigkeit ab und polierte den Deckel aus Silberfolie an seiner Hemdbrust, bis er glänzte.

Dann trat er durch das Tor in die Einfahrt. Ihm fiel auf, daß es nicht abgeschlossen war, und er sagte dreimal leise: »Tor, Tor, Tor« vor sich hin, um sich einzuprägen, daß er sie darauf aufmerksam machen wollte. Man konnte das Tor zwar nicht abschließen, aber das war kein Grund, es Eindringlingen noch leichter zu machen, sie in ihrer Zurückgezogenheit zu stören.

Er hob den Deckel des Milchkastens hoch, um die Flasche für diesen Tag hineinzustellen, dann hielt er inne. Er runzelte die Stirn. Da stimmte etwas nicht.

Die Milch von gestern war nicht abgeholt worden. Die Flasche war warm, und die Feuchtigkeit, die sich auf dem Glas niedergeschlagen hatte und zum Boden der Flasche hinuntergeronnen war, war längst verdunstet.

Nun ja, dachte er zunächst, ein flatterhaftes Ding, unsere Miss Gabriella. Sie ist weggefahren, ohne wegen der Milch Bescheid zu geben. Er nahm die Flasche vom Vortag und klemmte sie unter den Arm. Er würde die Lieferungen einstellen, bis er wieder von ihr hörte.

Er war schon auf dem Rückweg zum Tor, da fiel es ihm wieder ein. Das Tor. Offen, dachte er und verspürte einen Anflug von Besorgnis.

Langsam ging er zum Milchkasten zurück. Vor dem Gartentörchen blieb er stehen. Ihre Zeitungen hatte sie auch nicht geholt, wie er jetzt sah. Die von gestern und die von heute – einmal die *Daily Mail* und einmal die *Times* – steckten noch in ihren Kästen. Und als er mit zusammengekniffenen Augen zur Haustür mit dem Briefkastenschlitz hinüberblickte, fiel ihm ein kleines weißes Dreieck auf, das sich vom verwitterten Eichenholz abhob, und er dachte: Die Post hat sie auch nicht geholt; sie muß weggefahren sein. Doch die Vorhänge an den Fenstern waren geöffnet, und das war nun weder vernünftig noch vorsichtig, wenn sie wirklich verreist war. Miss Gabriella schien zwar von Natur aus weder vernünftig noch vorsichtig zu sein, aber ganz sicher war sie gescheit genug, um das Haus nicht so demonstrativ leerstehen zu lassen. Oder etwa nicht?

Er war nicht sicher. Er blickte über seine Schulter zur Garage, einem Bau aus Holz und Backstein am Ende der Einfahrt. Am besten sehe ich da mal nach, sagte er sich. Er brauchte ja nicht hineinzugehen, er brauchte das Tor nicht einmal ganz aufzumachen. Er würde nur einen Blick hineinwerfen, um sich zu vergewissern, daß sie weggefahren war. Dann würde er die Milch mitnehmen, die Zeitungen in die Mülltonne werfen und sich wieder auf den Weg machen.

In der Garage war Platz für zwei Autos, und die Flügeltür war in der Mitte zu öffnen. Normalerweise war es durch ein Vorhängeschloß gesichert, aber Martin sah sofort, daß nicht abgeschlossen war. Einer der Türflügel stand gut sieben bis acht Zentimeter offen. Mit angehaltenem Atem und einem schnellen Blick zum Haus hinüber zog er den Türflügel ein Stück weiter auf und schob seinen Kopf in den Spalt.

Er sah Chrom blitzen, als das Licht auf die Stoßstange des silbernen Aston Martin fiel, in dem er sie ein dutzendmal oder öfter durch die Straßen hatte fahren sehen. Bei seinem Anblick überkam Martin ein seltsames Gefühl der Beklemmung.

Wenn der Wagen hier war und sie selbst auch, warum hatte sie dann die Milch nicht hereingeholt?

Vielleicht ist sie gestern den ganzen Tag über weggewesen, schon vom frühen Morgen an, antwortete er sich selbst. Vielleicht ist sie erst spät nach Hause gekommen und hat die Milch ganz vergessen.

Aber was war mit den Zeitungen? Im Gegensatz zur Milch waren sie in ihren Kästen nicht zu übersehen. Sie hätte auf ihrem Weg ins Haus unmittelbar an ihnen vorübergehen müssen. Weshalb sollte sie sie nicht mit hineingenommen haben?

Weil sie in London eingekauft und die Arme voller Pakete gehabt hatte. Und später, nachdem sie ihre Pakete abgelegt hatte, hatte sie die Zeitungen einfach vergessen.

Und die Post? Die mußte doch direkt an der Haustür gelegen haben. Warum hätte sie die liegen lassen sollen?

Weil es spät war, weil sie müde war und ins Bett wollte, weil sie außerdem das Haus gar nicht durch die vordere Tür betreten hatte. Sie war an der Hintertür hereingekommen, durch die Küche, und hatte die Post gar nicht gesehen. Dann war sie zu Bett gegangen.

Es kann nicht schaden, auf jeden Fall nach dem Rechten zu

sehen, dachte Martin. Nein, es konnte ganz entschieden nicht schaden. Sie würde es sicher nicht übelnehmen. Das war nicht ihre Art. Sie würde gerührt sein, daß er an sie gedacht hatte, an eine Frau allein hier draußen auf dem Land, ohne einen Mann, der sich um ihr Wohl sorgte. Wahrscheinlich würde sie ihn hereinbitten.

Er straffte die Schultern, nahm die Zeitungen und stieß die Gartenpforte auf. Er ging den Weg hinauf. Die Sonne hatte diesen Teil des Gartens noch nicht erreicht. Tau glitzerte auf dem Rasen und den Backsteinen. Zu beiden Seiten der alten Haustür waren Lavendel und Mauerblümchen angepflanzt. Die Knospen des einen verströmten einen scharfen Duft, die Blüten der anderen ließen unter dem Gewicht des Morgentaus nickend die Köpfe hängen.

Martin griff zum Klingelzug und hörte das Läuten im Haus. Er wartete auf den Klang ihrer Schritte oder ihrer Stimme, auf das Knirschen des Schlüssels im Schloß. Aber nichts geschah.

Vielleicht, dachte er, nimmt sie gerade ein Bad. Vielleicht ist sie in der Küche, wo sie, wiederum vielleicht, die Klingel nicht hören kann. Auf jeden Fall konnte es nicht schaden nachzusehen.

Er lief um das Haus herum, um an die Hintertür zu klopfen, und fragte sich, wie viele Leute es geschafft hatten, das Haus durch diese Tür zu betreten, ohne sich an ihrem Sturz, der höchstens einen Meter fünfzig hoch war, den Kopf anzuschlagen. Prompt kam ihm ein Gedanke... Konnte es sein, daß sie es eilig gehabt, sich angestoßen und das Bewußtsein verloren hatte? Hinter der weißen Tür rührte sich nichts.

Rechts von der Tür war ein Flügelfenster, durch das man in die Küche hineinsehen konnte. Martin spähte durch das Glas. Aber abgesehen von einem kleinen Tisch mit Leinentischtuch, der Arbeitsplatte, dem Herd, der Spüle und der geschlossenen Tür zum Eßzimmer konnte er nichts erkennen. Er mußte sich ein anderes Fenster suchen. Am besten eines auf dieser Seite des Hauses; ihm war nämlich ziemlich unbehaglich bei seiner Spannertätigkeit. Keinesfalls wollte er dabei von der Straße aus gesehen werden.

Er mußte durch ein Blumenbeet steigen, um zum Eßzimmerfenster zu gelangen, und achtete darauf, die Veilchen nicht zu zertrampeln. Er zwängte sich an einem Fliederstrauch vorbei und erreichte das Fenster.

Seltsam, dachte er. Er konnte zwar die Umrisse der Vorhänge erkennen, die geöffnet waren wie die anderen, aber sonst nichts. Das Glas schien schmutzig zu sein, völlig verdreckt sogar, was noch seltsamer war, da ja das Küchenfenster absolut sauber war und das Haus selbst weiß wie ein Lamm. Er rieb mit den Fingern über das Glas. Das nun war am allerseltsamsten: Das Glas war gar nicht schmutzig. Jedenfalls nicht außen.

Er stieg wieder über das Blumenbeet und ging den Weg, den er gekommen war, zurück. Er versuchte, die Hintertür zu öffnen. Abgeschlossen. Er lief zur Vordertür. Ebenfalls verschlossen. Er schlich zur Südseite des Hauses, wo Glyzinien die nackten schwarzen Balken überwucherten. Er bog um die Ecke und folgte dem Plattenweg, der sich an der Westmauer des Hauses entlangzog. Ganz hinten fand er das andere Eßzimmerfenster.

Dieses wiederum war nicht schmutzig, weder außen noch innen. Er legte die Hände auf den Sims, holte Atem und schaute hinein.

Auf den ersten Blick schien alles ganz normal. Der Eßtisch mit der Platte aus Naturholz, die Stühle um ihn herum, der offene Kamin mit der eisenverkleideten Rückwand und den kupfernen Bettflaschen, die an der Backsteinumrandung hingen. In einem Geschirrschrank stand Porzellan, auf einem antiken Waschtisch sammelten sich Karaffen und Gläser. Auf der einen Seite des offenen Kamins stand ein schwerer Lehnsessel und ihm gegenüber, auf der anderen Seite des Raums, am Fuß der Treppe, sein Pendant –

Martins Finger am Fenstersims verkrampften sich plötzlich. Er spürte, wie ein Holzsplitter sich in seine Handfläche bohrte, und griff dann hastig in seine Tasche, vergebens nach einem Gegenstand suchend, mit dem er den Fensterflügel hätte aufstemmen können. Die ganze Zeit über blieb sein Blick auf den Lehnstuhl geheftet.

Dieser stand schräg am Fuß der Treppe, und eine seiner

Ecken stieß an die Wand unter dem Fenster, das so schmutzig war, daß man nicht hindurchsehen konnte. Jetzt erkannte Martin, daß das Fenster gar nicht im landläufigen Sinn dreckig war. Nein, es war von Qualm schwarz gefärbt; von einem Qualm, der in einer finsteren, dichten Wolke von dem Lehnsessel aufgestiegen war; von einem Qualm, der das Fenster, die Vorhänge, die Wand geschwärzt hatte; von einem Qualm, der auch im Treppenhaus seine Spuren hinterlassen hatte, als er in Schwaden nach oben gezogen war, zum Schlafzimmer hinauf, in dem Miss Gabriella, die süße Gabriella...

Martin lief über den Rasen, kletterte über die Mauer und rannte dann den Fußweg hinunter zur Quelle.

Es war kurz nach Mittag, als Inspector Isabelle Ardery das Celandine Cottage zum erstenmal sah. Die Sonne stand hoch am Himmel und legte kleine Schattenteiche unter den Tannen, die die Einfahrt säumten. Diese war bereits mit gelbem Plastikband abgesperrt. Ein Polizeifahrzeug, ein roter Sierra, und ein blauweißer Milchwagen parkten hintereinander auf der schmalen Straße.

Sie stellte ihren Wagen hinter dem Milchauto ab und sah sich um, mißmutig trotz ihrer anfänglichen Freude darüber, so bald zu einem neuen Fall gerufen zu werden. So wie das hier aussah, würde bei den Nachbarn nicht viel zu holen sein. Ein Stück weiter unten an der Straße lagen zwar mehrere Häuser, Fachwerkhäuser mit Schindeldächern wie das Haus, in dem es gebrannt hatte, aber alle waren von Grundstücken umgeben, die Ruhe und Ungestörtheit garantierten. Wenn sich also herausstellen sollte, daß das Feuer auf Brandstiftung zurückzuführen war – wie das die Worte »Brandursache ungewiß« unterstellten, die auf dem Zettel gestanden hatten, den Ardery vor einer knappen Stunde von ihrem Chief Constable erhalten hatte –, würde sich wahrscheinlich ergeben, daß keiner der Nachbarn etwas Verdächtiges bemerkt hatte.

Sie duckte sich unter der Absperrung hindurch und öffnete das Tor zur Einfahrt. Auf der anderen Seite einer Koppel, auf der eine braune Stute graste, lehnte eine Handvoll Gaffer an einem Holzzaun. Sie konnte das Gemurmel der Leute hören, als sie die Auffahrt hinaufging. Ja, ganz recht, sagte sie lautlos zu ihnen, als sie durch eine kleinere Pforte in den Garten trat, eine Frau, die ermittelt. So ist das am Ende dieses Jahrhunderts.

»Inspector Ardery?« Eine Frauenstimme. Isabelle drehte sich um. Die Frau stand auf dem Backsteinweg und war offenbar von hinten aus dem Garten gekommen. »Sergeant Coffman«, stellte sie sich freundlich vor. »CID Greater Springburn.«

Isabelle trat zu ihr und reichte ihr die Hand.

Coffman sagte: »Der Chef ist im Augenblick nicht hier. Er ist mit der Leiche nach Pembury ins Krankenhaus gefahren.«

Isabelle runzelte die Stirn über diese ungewöhnliche Vorgehensweise. Der Chief Superintendent von Greater Springburn war derjenige gewesen, der sie hierherzitiert hatte. Es kam einem Verstoß gegen die Polizei-Etikette gleich, daß er vor ihrer Ankunft verschwunden war.

»Ins Krankenhaus?« fragte sie. »Haben Sie keinen Arzt, der die Leiche begleiten kann?«

Coffman verdrehte flüchtig die Augen zum Himmel. »Oh, der war natürlich auch hier und hat uns feierlich versichert, daß die Leiche tot sei. Aber nach der amtlichen Identifizierung des Opfers soll eine Pressekonferenz stattfinden, und der Chef liebt so was. Man braucht ihm nur ein Mikrofon in die Hand zu drücken, und er ist nicht mehr zu halten.«

»Wer ist dann überhaupt noch hier?«

»Zwei Constables, Neulinge, die hier ihre erste Gelegenheit bekommen, mal ins Geschäft reinzuriechen. Und der Mann, der die Bescherung entdeckt hat. Snell heißt er.«

»Was ist mit der Feuerwehr?«

»Die sind schon wieder weg. Snell hat vom Nachbarn aus angerufen. Von dem Haus drüben an der Quelle. Die sind dann sofort gekommen.«

»Und?«

Coffman lächelte. »Freuen Sie sich. Als sie reinstürmten, haben sie gleich gesehen, daß das Feuer schon seit Stunden erloschen war. Sie haben nichts angerührt, sondern lediglich bei uns angerufen und gewartet, bis wir kamen.«

Das wenigstens war ein Segen. Die Feuerwehr war bei den Ermittlungen nach einem Brandfall eines der größten Probleme. Diese Leute waren zur Erfüllung zweier Aufgaben ausgebildet: Leben zu retten und Feuer zu löschen. In Verfolgung dieser beiden Ziele pflegten sie Türen einzuschlagen, Zimmer zu überfluten, Decken einstürzen zu lassen und vernichteten dabei wertvolles Beweismaterial.

Isabelle ließ ihren Blick kurz über das Haus schweifen. »Gut. Ich seh mich zuerst mal hier draußen um.«

»Soll ich –«

»Allein bitte.«

Coffman erwiderte: »Natürlich. Bitte sehr«, und ging zum hinteren Teil des Hauses. An der Nordostecke des Gebäudes blieb sie stehen, drehte sich um und schob sich eine dunkelbraune Locke aus dem Gesicht. »Der Brandherd ist hier, in dieser Richtung, wenn Sie nachher soweit sind«, sagte sie. Sie wollte schon den Zeigefinger zum kollegialen Gruß an die Mütze legen, besann sich dann offensichtlich anders und verschwand um die Hausecke.

Isabelle trat vom gepflasterten Weg ins Gras und ging über den Rasen zur hinteren Ecke des Grundstücks. Von dort aus musterte sie zuerst das Haus, dann das Gelände, das es umgab.

Wenn hier tatsächlich Brandstiftung vorlag, würde es nicht leicht werden, außerhalb des Hauses Spuren zu finden. Es konnte Stunden beanspruchen, das Gelände abzusuchen, weil der Garten von Celandine Cottage der Traum eines jeden Hobbygärtners war: das Haus selbst an der Seite von Glyzinien überwachsen, die gerade zu blühen begannen; von Blumenbeeten umgeben, in denen vom Vergißmeinnicht bis zum Heidekraut, vom weißen Veilchen bis zum Lavendel, vom Stiefmütterchen bis zur Tulpe so ziemlich alles wucherte, was man sich vorstellen konnte. Wo keine Blumenrabatten waren, polsterte weicher Rasen den Boden. Wo kein Rasen wuchs, standen blühende Büsche und Sträucher. Wo keine Büsche und Sträucher waren, ragten Bäume in die Höhe. Sie schirmten das Haus teilweise vor Blicken von der Straße und vom Haus des nächsten Nachbarn ab. Wenn es hier Fuß- oder Reifenabdrücke gab, weggeworfene Werkzeuge, Brennstoffbehälter oder Streichholzheftchen, so würde es einige Mühe kosten, sie zu entdecken.

Sich von Osten nach Nordwesten bewegend, umrundete Isabelle aufmerksam das Haus. Sie suchte den Boden ab und nahm Dach und Türen in Augenschein. Am Ende ging sie nach hinten, zur offenstehenden Küchentür. Unter einer Pergola mit wildem Wein, der gerade die ersten Blättchen entfaltete, saß dort mit hängendem Kopf, die Hände zwischen den Knien zusammengepreßt, ein Mann an einem Korbtisch. Ein Glas Wasser stand unberührt vor ihm.

»Mr. Snell?«

Der Mann hob den Kopf. »Sie haben sie mitgenommen«, sagte er. »Sie war ganz zugedeckt. Von Kopf bis Fuß. Eingepackt und verschnürt. Als hätten sie sie in einen Sack gesteckt. Das tut man doch nicht. Das gehört sich doch nicht. Da fehlt jede Pietät.«

Isabelle zog sich einen Stuhl heran und setzte sich zu ihm. Flüchtig verspürte sie eine Verpflichtung, ihn zu trösten, aber sich um Mitgefühl zu bemühen, schien sinnlos. Tot war tot, ganz gleich, was man sagte oder tat. Nichts konnte für die Lebenden daran etwas ändern.

»Mr. Snell, waren die Türen abgesperrt oder unverschlossen, als Sie kamen?«

»Ich hab versucht reinzukommen, als sich nichts rührte. Aber es ging nicht. Da hab ich durch das Fenster geschaut.« Er drückte wieder seine Hände aneinander und holte zitternd Atem. »Sie hat doch nicht gelitten, nicht wahr? Ich hab gehört, wie einer von denen gesagt hat, die Leiche hätte überhaupt keine Verbrennungen, und deshalb hätten sie sofort erkennen können, wer es war. Ist sie an einer Rauchvergiftung gestorben?«

»Mit Sicherheit können wir erst etwas sagen, wenn eine Obduktion gemacht worden ist«, bemerkte Sergeant Coffman, die zur Tür gekommen war, mit professioneller Vorsicht.

Der Mann schien die Antwort zu akzeptieren. Er sagte: »Was ist mit den kleinen Katzen?«

»Katzen?« fragte Isabelle.

»Miss Gabriellas Katzen, ja. Wo sind sie? Niemand hat sie rausgebracht.«

Coffman meinte: »Sie müssen aber irgendwo draußen sein. Im Haus haben wir sie nicht gesehen.«

»Sie hatte seit letzter Woche zwei kleine Kätzchen, hat sie drüben bei der Quelle gefunden. Da hatte sie jemand in einem Karton am Fußweg ausgesetzt. Sie hat sie mit nach Hause genommen und sich um sie gekümmert. Die haben in der Küche in ihrem Körbchen geschlafen und –« Snell wischte sich mit dem Handrücken über die Augen. »Ich muß mich um meine Lieferungen kümmern. Sonst wird mir die Milch noch schlecht.«

»Haben Sie seine Aussage?« fragte Isabelle, als sie durch die niedrige Tür zu der Beamtin in die Küche trat.

»Ja. Aber ich dachte, Sie würden vielleicht mit ihm persönlich sprechen wollen. Soll ich ihn gehen lassen?«

»Wenn wir seine Adresse haben.«

»Gut. Ich kümmere mich darum. Da drüben sind wir fertig.« Coffman deutete auf eine Tür. Im Raum konnte Isabelle die Rundung eines Eßtischs sehen und einen Teil eines großen offenen Kamins.

»Wer hat das Zimmer betreten?«

»Drei Männer von der Feuerwehr. Die Leute vom CID.«

»Wer genau?«

»Nur der Fotograf und der Pathologe. Ich hielt es für das beste, alle anderen draußen warten zu lassen, bis Sie sich umgesehen haben.«

Sie führte Isabelle ins Eßzimmer. Die zwei jungen Constables waren zu beiden Seiten des vom Feuer stark mitgenommenen Ohrensessels postiert, der schräg am Fuß der Treppe stand. Stumm und stirnrunzelnd blickten sie auf ihn hinab. Der eine ernst und bedächtig, der andere mit einem Gesicht, als fühlte er sich durch den beißenden Geruch der verbrannten Polsterung beleidigt. Keiner konnte älter als dreiundzwanzig sein.

»Inspector Ardery«, stellte Coffman vor. »Maidstones Brandspezialistin. Gehen Sie beide bitte ein Stück zurück und machen Sie ihr Platz. Und versuchen Sie gleich mitzuschreiben, wenn Sie schon mal da sind.«

Isabelle nickte den beiden jungen Männern zu und richtete dann ihre Aufmerksamkeit auf den Sessel, wo sich das Feuer offensichtlich entwickelt hatte. Sie stellte ihre Tasche auf den Tisch, steckte das Maßband sowie Pinzette und Zange in ihre Jackentasche, nahm ihr Notizbuch zur Hand und fertigte zunächst einmal eine Skizze des Zimmers an, wobei sie sagte: »Es ist doch nichts verändert worden hier?«

»Überhaupt nichts«, versicherte Coffman. »Deswegen hab ich ja den Chef angerufen, nachdem ich mir das hier angesehen hatte. Wegen des Lehnstuhls an der Treppe. Schauen Sie. Der steht doch irgendwie nicht richtig.«

Isabelle stimmte Sergeant Coffman nicht so ohne weiteres zu. Sie wußte, daß die andere auf eine logische Frage hinaus wollte: Wieso steht der Sessel in einem solchen Winkel am Fuß der Treppe? Man mußte um ihn herumgehen, um in die erste Etage hinaufsteigen zu können. Sein Standort legte nahe, daß man ihn von anderer, gewohnter Stelle dorthin geschoben hatte.

Andererseits jedoch war der Raum voll mit weiteren Möbelstücken, von denen kein einziges Brandmale aufwies, die aber alle durch den Qualm verfärbt oder mit Ruß bedeckt waren. Neben dem Eßtisch und den vier dazugehörigen Stühlen standen rechts und links vom offenen Kamin ein altmodischer, geschnitzter Stuhl und ein zweiter Ohrensessel. An einer Wand fand sich ein Geschirrschrank, an einer anderen ein Tisch mit Karaffen, an einer dritten eine Kommode, auf der Porzellangegenstände zur Dekoration angeordnet waren. Und an allen Wänden hingen Gemälde und Drucke. Die Wände waren offensichtlich weiß gewesen. Eine war jetzt schwarz verrußt; die anderen wiesen variierende Grautöne auf. Ebenso wie die Spitzenvorhänge, die, schlaff und rußverkrustet, an ihren Stangen hingen.

»Haben Sie den Teppich untersucht?« fragte Isabelle Sergeant Coffman. »Wenn der Sessel vorher anderswo gestanden hat, müßten wir irgendwo die Abdrücke der Beine finden. Vielleicht in einem anderen Raum?«

»Eben«, erwiderte Coffman. »Schauen Sie sich das hier an.«

Isabelle sagte: »Einen Moment noch« und stellte ihre Skizze

fertig, indem sie in schraffierten Linien die Positionen der Verrußungen an der Wand eintrug. Danach strichelte sie einen Grundriß und bezeichnete die verschiedenen Komponenten – Möbel, offener Kamin, Fenster, Türen, Treppe. Und erst dann trat sie zu dem Brandherd. Hier fertigte sie eine dritte Skizze des Sessels selbst an, wobei sie insbesondere das charakteristische Brandbild vermerkte. Ganz normal.

Ein Feuer, das sich an einer begrenzten Fläche entzündete, wie dieses hier, pflegte sich in Form eines Keils auszubreiten, mit dem Brandherd an der Spitze des Keils. Dieses Feuer hatte sich nicht anders verhalten. Auf der rechten Seite des Sessels, die mit der Treppe einen Winkel von fünfundvierzig Grad bildete, waren die Versengungen am stärksten. Das Feuer hatte zuerst geschwelt – wahrscheinlich mehrere Stunden lang –, sich durch Polsterung und Füllstoff hindurchgefressen und war dann nach oben, zum Sesselrahmen auf der rechten Seite, vorgedrungen, ehe es erloschen war. Und auf dieser rechten Seite breitete sich der Brandschaden vom Herd her in zwei Winkeln nach oben aus, der eine stumpf, der andere spitz, so daß sich etwa eine Keilformation ergab. Bei Isabelles erster, oberflächlicher Untersuchung wies nichts an dem Möbelstück auf Brandstiftung hin.

»Das sieht nach einer glimmenden Zigarette aus, wenn Sie mich fragen«, bemerkte einer der beiden jungen Constables. Er wirkte genervt. Es war nach Mittag. Er war hungrig. Isabelle sah den Blick aus schmalen Augen, den Sergeant Coffman dem jungen Mann zuwarf. Sie sagte klar und deutlich: »Aber es *hat* Sie niemand danach gefragt, stimmt's, Sonnenschein?«

Er korrigiert hastig seinen Fehler und sagte: »Eines verstehe ich nicht – wieso ist nicht das ganze Haus abgebrannt?«

»Waren die Fenster alle geschlossen?« wandte sich Isabelle an Sergeant Coffman.

»Ja.«

Über die Schulter hinweg erklärte Isabelle dem Constable: »Das Feuer in dem Sessel hat allen Sauerstoff aufgezehrt, der im Haus war. Danach ist es ausgegangen.«

Sergeant Coffman kniete neben dem verkohlten Sessel nieder, und Isabelle gesellte sich zu ihr. Der Spannteppich war einfarbig – beige. Unter dem Sessel war er mit einer dichten Rußschicht bedeckt. Coffman wies auf drei schwache Abdrücke, jeder etwa sieben Zentimeter von je einem Stuhlbein entfernt. Sie sagte: »Das habe ich vorhin gemeint.«

Isabelle holte eine Bürste aus ihrer Tasche. »Möglich, ja«, gab sie zu und fegte behutsam den Ruß aus der nächstliegenden kleinen Mulde und dann aus einer zweiten. Als sie die Abdrücke im Teppich alle gesäubert hatte, sah sie, daß diese ein regelmäßiges Bild ergaben: die genaue ursprüngliche Position, in der der Sessel früher gestanden hatte.

»Sehen Sie. Er ist verstellt worden. Auf einem Bein gedreht.«

Isabelle hockte sich auf ihre Fersen und studierte die Position des Sessels im Verhältnis zum Raum. »Es könnte jemand dagegen gestoßen sein.«

»Aber glauben Sie denn nicht –«

»Wir brauchen mehr.«

Sie trat näher an den Sessel heran und untersuchte die Stelle, an der das Feuer sich entzündet hatte, eine verkohlte Wunde, die versengtes Füllmaterial ausblutete. Wie das bei Schwelfeuern der Fall zu sein pflegte, hatte der Sessel langsam gebrannt. Eine stetige Wolke giftigen Qualms war in die Höhe gestiegen, während ein glühendes Teilchen sich durch den Sesselbezug zur Füllung darunter durchgefressen hatte. Aber, und auch das war typisch für das Schwelfeuer, der Sessel war nur teilweise zerstört, weil aller vorhandener Sauerstoff bereits aufgezehrt war, als die ersten Flammen aufloderten, und das Feuer daher sogleich wieder erlosch.

So war es Isabelle möglich, die verkohlte Wunde zu sondieren, indem sie vorsichtig den verbrannten Stoff zur Seite schob und dem Weg der Glut folgte, der auf der rechten Seite des Sessels in die Tiefe führte. Es war ein mühseliges Unterfangen, eine schweigend durchgeführte, konzentrierte Untersuchung jedes einzelnen Zentimeters beim Licht einer Taschenlampe, die Coffman ruhig über Isabelles Schulter hielt. Mehr als eine Viertelstunde verging, ehe Isabelle fand, was sie suchte.

Mit der Pinzette zog sie ihren Fund heraus und musterte ihn mit Genugtuung, ehe sie ihn in die Höhe hielt.

»Doch eine Zigarette.« Coffman war sichtlich enttäuscht.

»Nein.« Im Gegensatz zu Coffman war Isabelle höchst zufrieden. »Es war eindeutig Brandstiftung.« Sie sah die beiden Constables an, die bei ihren Worten wach zu werden schienen. »Draußen muß alles abgesucht werden«, sagte sie. »Gehen Sie spiralenförmig vom Haus aus ans Ende des Grundstücks. Achten Sie auf Fuß- und Reifenabdrücke, Streichholzheftchen, Werkzeug, Behälter jeglicher Art, auf alles eben, was ungewöhnlich erscheint. Markieren Sie zuerst den Fundort. Dann fotografieren Sie und nehmen das Objekt mit. Verstanden?«

»Ja, Madam«, antwortete der eine; »in Ordnung«, der andere. Sie trabten zur Küche und von dort aus hinaus.

Coffman sah stirnrunzelnd auf den Zigarettenstummel, den Isabelle noch immer in der Hand hielt. »Das verstehe ich nicht«, sagte sie.

Isabelle wies sie auf das regelmäßig verformte Papier der Zigarette hin.

»Und?« fragte Coffman. »Für mich sieht es trotzdem wie eine Zigarette aus.«

»Das war auch beabsichtigt. Kommen Sie näher mit dem Licht. Bleiben Sie möglichst vom Sessel weg. Gut. Genau da.«

»Sie meinen, es ist gar keine Zigarette?« fragte Coffman, während Isabelle weitersuchte. »Es ist keine richtige Zigarette?«

»Es ist eine, und doch ist es keine.«

»Versteh ich nicht.«

»Genau darauf spekulierte der Brandstifter.«

»Aber –«

»Wenn ich mich nicht irre – und wir werden schon in ein paar Minuten Gewißheit haben, weil der Sessel es uns verraten wird –, haben wir es hier mit einem primitiven Zeitzünder zu tun. Er läßt dem Brandstifter vier bis sieben Minuten Zeit zu verschwinden, ehe das Feuer ausbricht.«

Coffman gestikulierte mit der Taschenlampe, als sie zum Sprechen ansetzte, besann sich, sagte: »Entschuldigung« und hielt die Lampe wieder still. »Wenn das zutrifft«, sagte sie, »wieso ist dann nicht der ganze Sessel in Flammen aufgegangen, als das Feuer tatsächlich ausbrach? Wäre das nicht das Ziel des

Brandstifters gewesen? Ich weiß, die Fenster waren geschlossen, aber das Feuer hatte doch Zeit genug, sich vom Sessel zu den Vorhängen auszubreiten und dann die Wand hinauf, ehe der Sauerstoff ausging. Wieso ist das nicht geschehen? Wieso sind die Scheiben nicht von der Hitze zersprungen, so daß frische Luft ins Zimmer eindringen konnte? Wieso ist nicht das ganze verdammte Haus in Flammen aufgegangen?«

Isabelle fuhr in ihrem vorsichtigen Sondieren fort. Es war etwa so, als nähme sie Bezug und Füllmaterial des Sessels Fädchen um Fädchen auseinander. »Sie sprechen von der Geschwindigkeit, mit der ein Feuer sich ausbreitet«, sagte sie. »Diese Geschwindigkeit hängt aber von allen möglichen Faktoren ab – von Bezugsstoff und Füllung des Sessels, von der Stärke der Zugluft im Raum; von der Webart des Stoffes; vom Alter des Füllmaterials, von seiner chemischen Behandlung, wenn es behandelt worden ist.« Sie befingerte eine Kante des versengten Stoffs. »Um diese Fragen beantworten zu können, müssen wir erst Tests machen. Aber eines steht für mich fest.«

»Brandstiftung?« fragte Coffman. »Die nach Zufall aussehen soll?«

»Ja, eindeutig.«

Coffman sah zur Treppe, die hinter dem Sessel ins obere Stockwerk führte. »Na, das kann ja heiter werden.« Ihr Ton kündete von Unbehagen.

»Tja, das ist bei Brandstiftung meistens so.« Isabelle zog aus den Tiefen des Sessels den ersten Holzspan und legte ihn mit einem befriedigten Lächeln in einen Behälter. »Ausgezeichnet«, murmelte sie. »Welch erfreulicher Anblick.« Sie war sicher, daß in den verkohlten Gedärmen noch mindestens fünf weitere solche Holzspäne vergraben waren. Von neuem begann sie zu tasten, zu trennen, zu suchen. »Wer ist sie übrigens?«

»Wer?«

»Das Opfer. Die Frau mit den Katzen.«

»Das ist es ja«, antwortete Coffman. »Darum ist der Chef mit nach Pembury gefahren. Deswegen findet wohl später auch eine Pressekonferenz statt. Und daher hab ich gesagt, das kann heiter werden.«

»Wie meinen Sie das?«
»Hier wohnt eine Frau, verstehen Sie?«
»Ja. Ist sie ein Filmstar oder so was? Eine Prominente?«
»Nein, das ist sie nicht. Sie ist überhaupt keine Sie.«
Isabelle hob den Kopf. »Jetzt verstehe ich gar nichts mehr.
»Snell weiß es nicht. Niemand außer uns weiß Bescheid.«
»Worüber?«
»Daß die Leiche da oben ein Mann war.«

2

Als die Polizei am Markt von Billingsgate aufkreuzte, war es später Nachmittag, und von Rechts wegen hätte Jeannie überhaupt nicht da sein dürfen, weil der Londoner Fischmarkt um diese Zeit so leer und verlassen war wie ein Untergrundbahnhof morgens um drei. Aber sie *war* da, weil sie auf einen Monteur wartete, der den Herd von *Crissys Café* reparieren sollte. Der hatte ausgerechnet im dümmsten Moment seinen Geist aufgegeben, mitten in der Hauptgeschäftszeit gegen halb zehn, wenn die Fischhändler ihre Geschäfte mit den Einkäufern der Nobelrestaurants abgeschlossen hatten und der Arbeitstrupp mit der Säuberung des riesigen Parkplatzes von Styroporbehältern und Fischabfällen fertig war.

Die Mädels – alle wurden sie bei *Crissys* so genannt, ohne Rücksicht darauf, daß die älteste der Frauen achtundfünfzig war und die jüngste, Jeannie, zweiunddreißig – hatten es geschafft, den Herd mit gutem Zureden soweit zu bringen, daß er den Rest des Morgens wenigstens mit halber Kraft funktionierte, so daß sie weiterhin knusprig gebratenen Schinkenspeck, Eier, Blutwurst, Käsetoast und andere Gerichte auftischen konnten, als wäre alles in bester Ordnung. Wenn sie aber eine Meuterei unter ihren Gästen vermeiden wollten – ja, schlimmer noch: wenn sie ihre Gäste nicht ans *Catons* verlieren wollten –, dann mußte der Herd des kleinen Cafés schleunigst repariert werden.

Die Mädels losten aus, wer bleiben und auf den Techniker warten mußte, und sie taten es auf die gleiche Weise, wie sie es in den fünfzehn Jahren, die Jeannie mit ihnen zusammenarbeitete, immer getan hatten. Sie zündeten gleichzeitig Streichhölzer an und ließen sie herunterbrennen. Wer das seine zuerst fallenließ, hatte verloren.

Jeannie schaffte es so gut wie alle anderen, das Hölzchen zu halten, bis die Flamme an ihren Fingern leckte, aber heute wollte sie verlieren. Gewann sie, würde sie nach Hause gehen müssen.

Wenn sie aber blieb, und weiß der Himmel, wie lange der Techniker auf sich warten lassen würde, dann konnte sie das Nachdenken über Jimmy noch ein Weilchen vor sich her schieben. Alle Leute, von ihren nächsten Nachbarn bis zu den Schulbehörden, betonten, wenn sie über ihren Sohn sprachen, das Wort »Jugendlicher« auf eine Art und Weise, die Jeannie gar nicht gefiel. Sie sagten es so, als meinten sie »Penner« oder »kleiner Mistkerl« oder »Gauner«, was alles gar nicht zutraf. Aber das konnten sie natürlich nicht wissen, denn sie sahen ja nur die Fassade des Jungen und überlegten nicht mal einen Moment lang, was vielleicht dahintersteckte.

Sie sahen nicht, daß Jimmy litt. Er litt seit vier Jahren, so schrecklich wie sie.

Jeannie saß an einem der Fenstertische bei einer Tasse Tee, als sie endlich eine Autotür knallen hörte. Sie dachte, das sei nun endlich der Techniker. Sie sah zur Wanduhr hinauf. Es war nach drei. Dann stieß sie ihren Stuhl zurück und stand auf. Und da sah sie, daß es ein Polizeiwagen war, der draußen stand, mit einer Frau und einem Mann darin. Und gerade weil eine Frau dabei war, weil diese Frau sehr ernst aussah und mit prüfendem Blick den weitläufigen Backsteinbau musterte, während sie die Schultern straffte und den Kragen an ihrer Bluse geradezog, überkam Jeannie Angst.

Automatisch schaute sie ein zweites Mal auf die Uhr und dachte an Jimmy. Sie sandte ein Stoßgebet zum Himmel, daß ihr Ältester trotz seiner Enttäuschung über den verpfuschten sechzehnten Geburtstag zur Schule gegangen sein mochte. Wenn er das nicht getan hatte, wenn er wieder geschwänzt hatte und irgendwo aufgelesen worden war, wo er nichts zu suchen hatte, wenn diese Frau und dieser Mann – warum waren sie überhaupt zu zweit? – gekommen waren, um seine Mutter von neuen Dummheiten zu unterrichten ... Es war undenkbar, was alles geschehen sein konnte, seit Jeannie an diesem Morgen um zehn vor vier das Haus verlassen hatte.

Sie ging zur Arbeitsfläche und kramte eine Packung Zigaretten aus dem Versteck, das eines der »Mädels« dort angelegt hatte. Sie zündete sich eine an, fühlte das Brennen des Rauchs in

Hals und Lunge, spürte augenblicklich den leichten Schwindel in ihrem Kopf.

Sie empfing den Mann und die Frau an der Tür zum Café. Die Frau war genauso groß wie sie selbst und hatte zarte, glatte Haut, die sich um die Augen kräuselte, und eine Haarfarbe, die man weder als blond noch als brünett bezeichnen konnte. Sie stellte sich vor und zeigte Jeannie ihren Dienstausweis. Coffman, sagte die Frau. Sergeant. Agnes, fügte sie dann noch hinzu, als könnte die Tatsache, daß sie auch einen Vornamen hatte, ihrer Anwesenheit den Stachel nehmen. Sie sagte, sie sei vom CID Greater Springburn, und stellte dann den jungen Mann vor, einen Constable Dick Payne oder Nick Dane oder so ähnlich. Jeannie nahm den Namen nicht auf, weil sie nicht mehr richtig hinhören konnte, nachdem die Frau »Greater Springburn« gesagt hatte.

»Sie sind Jean Fleming?« fragte Sergeant Coffman.

»War«, entgegnete Jeannie. »Elf Jahre lang war ich Jean Fleming. Jetzt heiße ich Cooper. Jean Cooper. Warum? Wen interessiert das?«

Sergeant Coffman drückte einen Fingerknöchel auf die Stelle zwischen ihren Augenbrauen, als helfe ihr das beim Denken. Sie erwiderte: »Man hat mir gesagt – Sie sind doch die Frau von Kenneth Fleming?«

»Die Scheidung ist noch nicht rechtskräftig, wenn Sie das meinen. Wir sind also, rechtlich gesehen, noch verheiratet«, antwortete Jeannie. »Aber wenn man mit einem Mann verheiratet ist, heißt das nicht unbedingt, daß man auch seine Frau ist.«

»Nein, vielleicht nicht.« Aber wie Sergeant Coffman das sagte und wie sie Jeannie dabei ansah, das veranlaßte Jeannie, tief von ihrer Zigarette zu inhalieren. »Mrs. Fleming... Miss Cooper... Mrs. Cooper...« fuhr Sergeant Coffman fort.

Der junge Constable an ihrer Seite senkte den Kopf.

Da wußte es Jeannie. Die Botschaft war in dieser Aneinanderreihung von Namen enthalten. Die Frau brauchte es gar nicht mehr auszusprechen. Jeannie wußte es auch so. Kenny war tot. Irgendwo auf einer Schnellstraße verunglückt oder im Untergrundbahnhof Kensington High Street von einem Messer getroffen, oder fünfzig Meter weit von einem Zebrastreifen weggeschleudert oder von einem Bus mitgeschleift oder ... War es wichtig? Ganz gleich, wie es geschehen war, es war endlich vorbei. Nie wieder konnte er nun zurückkommen und sich am Küchentisch ihr gegenübersetzen und reden und lächeln. Nie wieder konnte er in ihr den Wunsch wecken, den Arm über den Tisch zu strecken und die rotblonden Härchen auf seinem Handrücken zu berühren.

Mehr als einmal hatte sie in den vergangenen vier Jahren gemeint, daß sie froh sein würde, wenn dieser Moment einträte. Sie hatte gedacht, wenn doch nur irgend etwas ihn vom Antlitz der Erde fegen und mich davon erlösen könnte, diesen gemeinen Kerl selbst jetzt noch zu lieben, wo er gegangen ist und alle Welt weiß, daß ich ihm nicht gut genug war, daß wir nicht gut genug waren, daß wir nicht die richtige Familie für ihn waren ... Ich habe mir gewünscht, er möge sterben, tausendmal, ich habe mir gewünscht, er möge tot sein, ich habe mir gewünscht, daß er in Stücke zerrissen wird, daß er leidet.

Sie fand es merkwürdig, daß sie nicht einmal zitterte. Sie sagte: »Ist Kenny tot, Sergeant?«

»Wir brauchen eine amtliche Identifizierung. Sie müssen sich den Toten ansehen. Es tut mir sehr leid.«

Am liebsten hätte sie gesagt: Warum bitten Sie nicht sie darum? Sie war doch so scharf auf ihn, als er noch gelebt hat.

Statt dessen erwiderte sie: »Entschuldigen Sie mich einen Moment, ich muß erst noch telefonieren.«

Sergeant Coffman sagte, sie solle sich ruhig Zeit lassen, und zog sich dann mit dem Constable in die andere Hälfte des Cafés zurück, wo sie beide zum Fenster hinaussahen, auf den Hafen mit den pyramidengekrönten Glastürmen der Canary Wharf, auch so ein leeres Versprechen von Arbeitsplätzen und Stadtsanierung, das die Mächtigen aus der City den kleinen Leuten im Lower East mit schöner Regelmäßigkeit hinwarfen.

Jeannie rief ihre Eltern an. Sie hoffte, ihre Mutter zu erreichen, doch es meldete sich Derrick. Sie bemühte sich, ihre Stimme zu beherrschen und nichts zu verraten. Ihre Mutter wäre auf ihre Bitte hin einfach gekommen und bei den Kindern geblieben, ohne Fragen zu stellen. Aber bei Derrick mußte Jeannie vorsichtig sein. Ihr Bruder wollte immer alles ganz genau wissen.

Darum log sie einfach, erklärte Derrick, der Techniker, auf den sie im Café warten mußte, würde erst spät kommen; ob er inzwischen rüberfahren und nach den Kindern sehen könnte? Dafür sorgen, daß sie ihr Abendessen bekamen; daß Jimmy möglichst heute abend nicht abhaute; daß Stan sich die Zähne wirklich gründlich putzte; daß Sharon ihre Hausaufgaben ordentlich machte?

Die Bitte kam Derricks Bedürfnis entgegen, sich für die zwei Familien, die er durch Scheidung verloren hatte, einen Ersatz zu schaffen. Wenn er zu Jeannie hinüberfuhr, bedeutete das zwar, daß er sein allabendliches Krafttraining versäumen würde, aber dafür winkte die Chance, Vater zu spielen, und zwar ohne die dazugehörige lebenslange Verantwortung übernehmen zu müssen.

Jeannie wandte sich den beiden Polizeibeamten zu, sagte: »Also, ich bin soweit«, und folgte ihnen zum Wagen hinaus.

Sie brauchten eine Ewigkeit für die Fahrt, weil die Beamten aus irgendeinem Grund, der Jeannie verborgen blieb, weder die Sirene noch das Blaulicht einsetzten. Die *rush hour* hatte begonnen. Sie überquerten den Fluß und krochen durch die Vororte, eine endlose Ansammlung von Nachkriegshäusern aus rußigem Backstein. Als sie endlich die Autobahn erreichten, kamen sie etwas schneller vorwärts.

Sie verließen die Autobahn, als die ersten Hinweisschilder nach Tonbridge erschienen. Sie schlängelten sich durch zwei Dörfer hindurch, fuhren zwischen hohen Hecken über Land und erreichten endlich Pembury. Am Hintereingang eines Krankenhauses hielten sie an. Hinter einer provisorischen Barrikade aus Mülltonnen begann ein halbes Dutzend Fotografen Bilder zu schießen, sobald der Constable Jeannie die Tür öffnete.

Jeannie zögerte, ihre Handtasche an sich gedrückt. »Können Sie diese Leute nicht...?«

»Tut mir leid«, antwortete Sergeant Coffman. »Wir halten sie schon seit Mittag hin.«

»Aber woher wissen sie es denn überhaupt? Haben Sie es ihnen gesagt?«

»Nein.«

»Ja, aber wie...?«

Sergeant Coffman ging zu Jeannies Tür. »Einer schaut, was die Streife so macht. Ein anderer hört den Polizeifunk ab. Wieder ein anderer – meistens auf dem Revier, so ungern ich das sage – hat ein loses Mundwerk. Die Journalisten zählen zwei und zwei zusammen. Aber mit Sicherheit wissen sie bis jetzt gar nichts. Und Sie brauchen ihnen nichts zu sagen. In Ordnung?«

Jeannie nickte.

»Gut. Kommen Sie. Schnell jetzt.«

Jeannie strich sich mit einer Hand über ihren Kittel und fühlte den groben Stoff an ihrer Handfläche. Sie stieg aus dem Wagen. Zurufe schallten ihr entgegen: »Mrs. Fleming! Können Sie uns sagen...« Und Kameras surrten. Flankiert von dem jungen Constable und von Sergeant Coffman, eilte sie durch die Glastür, die sich vor ihnen öffnete.

Sie traten durch die Notaufnahme ein, wo der beißende Geruch nach Desinfektionsmittel in der Luft hing und jemand schrie: »Es ist meine Brust, verdammt noch mal!« Zunächst fiel Jeannie kaum etwas auf außer der Dominanz der Farbe Weiß. Die hin und her eilenden Gestalten in Labormänteln und Schwesternuniformen, die Laken auf den Tragen, die Papiere, auf denen Krankengeschichten und Diagramme eingetragen waren, die Regalbretter, auf denen nichts als Gaze und Watte zu liegen schienen. Dann begann sie die Geräusche wahrzunehmen. Die Schritte auf dem Linoleum, das »Wusch« einer sich schließenden Schwingtür, das Quietschen der Räder eines Wagens. Und die Stimmen, kaleidoskopartig.

»Es ist sein Herz. Ich weiß es...«

»Würde vielleicht einer von Ihnen mal –«

»– seit zwei Tagen keinen Bissen gegessen –«

»Wir brauchen ein EKG –«

Einen Wagen vor sich her schiebend, auf dem ein Apparat mit Kabeln, Knöpfen und Skalen stand, rannte jemand vorüber und schrie »Vorsicht! Vorsicht!«.

Und die ganze Zeit über fühlte Jeannie Sergeant Coffmans Hand an ihrem Arm, warm und fest, gleich oberhalb ihres Ellbogens. Der Constable berührte sie nicht, doch er hielt sich dicht an ihrer Seite. Sie gingen einen ersten Korridor hinunter, dann einen zweiten. Schließlich erreichten sie einen stillen Raum mit einer Metalltür, in dem eine neue Wahrnehmung auf sie wartete – Kälte. Jeannie wußte, daß sie angekommen waren.

Sergeant Coffman sagte: »Möchten Sie vorher irgend etwas? Tee? Kaffee? Eine Cola? Ein Glas Wasser?«

Jeannie schüttelte den Kopf. »Es geht schon«, antwortete sie.

»Ist Ihnen nicht gut? Sie sehen so blaß aus. Kommen Sie. Setzen Sie sich.«

»Ist schon in Ordnung. Ich möchte lieber stehen bleiben.«

Sergeant Coffman blickte ihr einen Moment lang scharf ins Gesicht, als zweifle sie an ihren Worten. Dann nickte sie dem Constable zu. Der klopfte an die Tür, öffnete sie und verschwand dahinter.

Sergeant Coffman sagte: »Es dauert nicht lange.«

Jeannie fand, es habe lange genug gedauert, sich jahrelang hingezogen. Aber sie sagte nur: »Gut.«

Der Constable blieb keine Minute verschwunden. Als er den Kopf zur Tür herausstreckte und sagte: »Sie sind jetzt soweit«, nahm Sergeant Coffman Jeannie wieder beim Arm, und sie gingen hinein.

Sie hatte erwartet, sofort mit seinem Leichnam konfrontiert zu werden, gewaschen und hergerichtet, wie das in alten Filmen immer war, mit Stühlen für die Totenwache. Statt dessen jedoch traten sie in ein Büro, in dem eine Sekretärin saß und zusah, wie ein Drucker lange Papierfahnen ausspie. Rechts und links von ihrem Schreibtisch war je eine Tür. Beide waren verschlossen. Ein Mann in Klinikgrün stand, die Hand auf dem Knauf, vor einer dieser Türen.

»Hier bitte«, sagte er mit gedämpfter Stimme. Er öffnete die Tür, und als Jeannie sich ihr näherte, hörte sie Sergeant Coffman leise fragen: »Haben Sie das Riechsalz?« Sie spürte, wie der Mann in Grün sie beim anderen Arm nahm, und registrierte, wie er »Ja« sagte.

Drinnen war es kalt. Es war hell. Es blitzte vor Sauberkeit. Und überall rostfreier Stahl. Schränke, Arbeitstische, Wandschränke und eine fahrbare Trage. Sie war von einem grünen Tuch bedeckt, vom gleichen Erbsengrün wie die Kleidung des Mannes, der sie hereingebracht hatte. Sie näherten sich ihr, als befänden sie sich auf dem Weg zu einem Altar. Und genau wie in der Kirche schwiegen sie still, als sie die Trage erreichten, wie von Ehrfurcht überwältigt.

Jeannie wurde bewußt, daß die anderen auf ein Zeichen von ihr warteten. Darum sagte sie: »Lassen Sie mich sehen«, und der grüne Mann beugte sich vor und schlug das Laken zurück, so daß sie das Gesicht sehen konnte.

Sie sagte: »Warum ist er so rot?«

Der Grüne sagte: »Ist das Ihr Mann?«

Sergeant Coffman sagte: »Kohlenmonoxid färbt die Haut rosig, wenn es in die Blutbahn gelangt.«

Der Grüne sagte wieder: »Ist das Ihr Mann, Mrs. Fleming?«

So leicht, ja zu sagen, es hinter sich zu bringen und zu gehen. So leicht, sich herumzudrehen, durch diese Korridore davonzulaufen, sich den Kameras und den Fragen zu stellen, ohne Antworten zu geben, weil es im Grunde keine gab – nie Antworten gegeben hatte. So leicht, sich ins Auto zu setzen und davonfahren zu lassen, um die Sirene zu bitten, damit es schneller ging. Aber sie konnte das Wort nicht bilden. Sie konnte nicht ja sagen. Es schien so einfach. Aber sie konnte es nicht.

Statt dessen sagte sie: »Ziehen Sie das Laken runter.«

Der Grüne zögerte. Sergeant Coffman meinte: »Mrs.... äh –« und es klang, als hätte sie Schmerzen.

»Ziehen Sie das Laken runter.«

Sie konnten es nicht verstehen, aber das machte nichts, denn in wenigen Stunden schon würden sie in ihrem Leben nichts mehr zu suchen haben. Kenny hingegen würde immer bei ihr sein: in den Gesichtern ihrer Kinder, in einem unerwarteten Schritt auf der Treppe, im Peitschenknall eines Lederballs, wenn irgendwo auf der Welt auf kurzgeschorenem grünen Rasen das Holz ihn traf, so daß er hoch in die Luft stieg und weit über die Spielfeldgrenze hinausgetragen wurde.

Sie merkte, daß Sergeant Coffman und der Grüne einen Blick tauschten, während sie überlegten, was sie tun sollten. Aber wenn sie auch den Rest sehen wollte, so war das ihre Sache, oder nicht? Diese Leute ging das überhaupt nichts an.

Bei den Schultern des Toten beginnend, schlug der Grüne mit beiden Händen das Laken zurück, sehr ordentlich, penibel darauf bedacht, daß jeder Umschlag exakt zehn Zentimeter breit war, und so langsam, daß er sofort innehalten konnte, falls sie ihm sagen sollte, sie habe genug.

Nun würde sie genug bekommen. Das wußte Jeannie im selben Moment, als sie erkannte, daß sie den Anblick des toten Kenny Fleming niemals vergessen würde.

Frag sie was, ermahnte sie sich. Stell ihnen die Fragen, die jeder stellen würde. Du mußt. Du mußt einfach.

Wer hat ihn gefunden? Wo war er? War er nackt, wie jetzt? Warum sieht er so friedlich aus? Wie ist er gestorben? Wann? War sie bei ihm? Ist ihre Leiche auch hier?

Aber statt dessen trat sie einen Schritt näher an die Trage heran und dachte, wie sehr sie die klaren Linien seiner Schlüsselbeine liebte und die Muskeln seiner Schultern und Arme. Sie erinnerte sich an seinen harten, flachen Bauch, an das Haar, das rauh und voll um seinen Penis wuchs, an seine Schenkel, die sehnig waren wie die eines Läufers, an seine schlanken Beine. Sie dachte an den zwölfjährigen Jungen, der er einmal gewesen war, wie er damals, beim allerersten Mal hinter den Kistenstapeln auf der Invicta Wharf, an ihrem Höschen gefummelt hatte. Sie dachte an den Mann, der er geworden war, und die Frau, die sie war, und wie selbst an dem Nachmittag, als er mit seinem schnittigen Wagen nach Cubitt Town gekommen war und sich mit ihr in die Küche gesetzt und eine Tasse Tee getrunken und das Wort Scheidung ausgesprochen hatte, das sie seit vier Jahren erwartete, wie selbst da noch ihre Finger einander fanden und festhielten wie blinde Wesen mit einem eigenen Willen.

Sie dachte an die gemeinsamen Jahre – KennyundJean –, die sie beharrlich wie hungrige Hunde den Rest ihres Lebens verfolgen würden. Sie dachte an die Jahre ohne ihn, die sich wie ein langes Band aus Schmerz und Trauer vor ihr wanden. Sie wollte seinen toten Körper packen und zu Boden schleudern und ihm mit dem Absatz ihres Schuhs ins Gesicht treten. Sie wollte ihre Nägel in seine Brust krallen und mit Fäusten auf seinen Hals einschlagen. Der Haß erfüllte dröhnend ihren Kopf und umklammerte ihre Brust und sagte ihr, wie sehr sie ihn immer noch liebte. Weswegen sie ihn um so stärker haßte. Weswegen sie wünschte, er könnte noch einmal sterben und noch einmal bis in alle Ewigkeit, immer wieder.

Sie sagte: »Ja«, und trat von der Bahre zurück.

»Es ist Kenneth Fleming?« fragte Sergeant Coffman.

»Ja.« Jeannie wandte sich ab. Sie löste Sergeant Coffmans Hand von ihrem Arm. Sie schob ihre Handtasche hinauf, so daß der Henkel genau in ihrer Ellbogenbeuge ruhte. Sie sagte: »Ich hätte gern ein paar Zigaretten. Es gibt wohl nicht zufällig einen Tabakladen hier?«

Sergeant Coffman sagte, sie würde sich um Zigaretten kümmern, sobald es ging. Es müßten noch Papiere unterzeichnet werden. Wenn Mrs. Fleming –

»Cooper«, korrigierte Jeannie.

Wenn Mrs. Cooper bitte mitkommen wolle ...

Der Mann in Grün blieb bei dem Leichnam. Jeannie hörte ihn leise durch die Zähne Atem holen, als er die Trage zu einer herabhängenden Lichtkuppel in der Mitte des Raumes schob. Jeannie glaubte, ihn das Wort »Jesus« murmeln zu hören, aber da hatte sich die Tür schon hinter ihnen geschlossen, und man setzte sie an einen Schreibtisch unter einem Poster mit einem jungen Langhaardackel, der einen kleinen Strohhut aufhatte.

Sergeant Coffman sagte mit gesenkter Stimme etwas zu ihrem Constable. Jeannie schnappte das Wort »Zigaretten« auf, darum bat sie: »Embassy bitte, wenn's geht«, und schrieb dann dort, wo die Sekretärin säuberlich ein rotes X gemacht hatte, ihren Namen auf die Formulare. Sie wußte nicht, welche Art Formulare das waren oder warum sie sie unterschreiben mußte, ob sie da vielleicht mit ihrer Unterschrift Rechte abtrat oder Genehmigungen vergab. Sie unterzeichnete einfach ein Blatt nach dem anderen, und als sie fertig war, lagen am Schreibtischrand die Embassy-Zigaretten mit einer Schachtel Streichhölzer. Sie zündete sich eine an. Die Sekretärin und der Constable hüstelten diskret. Jeannie inhalierte mit Genuß.

»Das wär's fürs erste«, sagte Sergeant Coffman. »Wenn Sie bitte mitkommen, können wir sie rasch hinausbringen und nach Hause fahren.«

»Sehr gut«, entgegnete Jeannie. Sie stand auf, steckte Zigaretten und Streichhölzer in ihre Handtasche und folgte Sergeant Coffman in den Korridor hinaus.

Sie wurden mit Fragen und Blitzlichtern bombardiert, sobald sie ins Freie traten.

»Es ist also Fleming?«

»Selbstmord?«

»Unfall?«

»Können Sie uns sagen, was geschehen ist? Mrs. Fleming!«

Cooper, dachte Jeannie. Jean Stella Cooper.

Inspector Thomas Lynley stieg die Treppe zu dem Haus am Onslow Square hinauf, in dem Lady Helen Clyde ihre Wohnung hatte. Er summte noch immer die gleichen zehn Noten vor sich hin, die ihm wie lästige Mücken im Kopf herumschwirrten, seit er aus seinem Büro weggegangen war. Er hatte versucht, sie mit mehrmaligem raschen Deklamieren des Eröffnungsmonologs aus *Richard III.* zu vertreiben, aber jedesmal, wenn er seinen Gedanken befahl, unterzutauchen, weil nun gleich George auftreten würde, der hinterhältige Herzog von Clarence, kehrte die verflixte Melodie unweigerlich wieder.

Erst als er in Helens Haus war und die Stufen zu ihrer Wohnung hinauflief, wurde ihm bewußt, welcher Quelle diese musikalische Quälerei entsprang. Und da mußte er denn doch lächeln angesichts der Fähigkeit des Unbewußten, über ein Medium zu kommunizieren, das er schon seit Jahren aus seinem Leben gestrichen hatte. Er verstand sich als Liebhaber klassischer Musik, vorzugsweise russischer klassischer Musik. Rod Stewarts »Tonight's the Night« hätte er bewußt sicherlich niemals gewählt, um die Bedeutsamkeit dieses Abends zu charakterisieren. Auch wenn der Schlager ausgezeichnet paßte. Wie übrigens auch Richards Monolog. Denn genau wie Richard hatte auch er Pläne geschmiedet, die, wenn auch keineswegs gefährlich, alle dazu gedacht waren, zu ein und demselben Ziel zu führen. Das Konzert, ein spätes Abendessen, ein nächtlicher Spaziergang zu dem ruhigen, schummrigen Restaurant in der Nähe der King's Road, in dessen Bar, wie man zuverlässig wußte, die musikalische Untermalung von einer Harfenistin besorgt wurde, die nicht mit ihrem Instrument zwischen den Tischen umherwanderte und Gespräche störte, die von entscheidender Bedeutung für die eigene Zukunft waren... Ja, Rod Stewart war vielleicht passender als *Richard III.* samt all seinen Plänen. Denn in der Tat war der heutige Abend *der* Abend.

»Helen?« rief er, als er die Tür schloß. »Bist du fertig, Liebling?«

Keine Antwort. Er runzelte die Stirn. Erst heute morgen um neun hatte er mit ihr gesprochen und ihr gesagt, daß er sie um Viertel nach sieben abholen würde. Das ließ ihnen eine Dreiviertelstunde Zeit für eine Fahrt von zehn Minuten, aber er kannte Helen gut genug, um zu wissen, daß er ihr bei ihren Vorbereitungen für abendliche Unternehmungen einen großzügigen Spielraum für Irrtümer und Unschlüssigkeiten einräumen mußte. Doch normalerweise meldete sie sich immerhin, rief: »Hier, Tommy« aus dem Schlafzimmer, wo er sie unfehlbar in der Qual der Wahl zwischen sechs oder acht Paar Ohrringen vorfand.

Er machte sich also auf die Suche nach ihr und entdeckte sie im Wohnzimmer, ermattet auf dem Sofa ausgestreckt, von einem Berg grüngoldener Einkaufstüten umgeben, deren Aufdruck ihm wohlbekannt war. Sie, die bei der Wahl ihres Schuhwerks beharrlich alle Aspekte der Vernunft ignorierte, litt nach strapaziöser Jagd auf Schnäppchen und modischen Pfiff offensichtlich Höllenqualen. Einen angewinkelten Arm hatte sie über den Kopf gelegt, und als er ein zweites Mal leise ihren Namen rief, stöhnte sie nur.

»Es war wie im Krieg«, begann sie dann zu jammern. »Ehrlich, ich habe noch nie solche Menschen bei Harrods erlebt. Wie die Raubtiere. Ach was, das Wort reicht gar nicht aus, um die

Frauen zu beschreiben, gegen die ich mich wehren mußte, um mich wenigstens zur Unterwäsche durchzuboxen. Zur Unterwäsche, Tommy! Man hätte meinen können, sie stritten sich um eine limitierte Zuteilung aus dem Quell der ewigen Jugend.«

»Sagtest du nicht, daß du heute bei Simon arbeitest?« Lynley ging zum Sofa, hob ihren Arm an, küßte sie und ließ ihren Arm wieder an seinen Platz sinken. »Ich dachte, er hätte wahnsinnig viel zu tun, um das Gutachten für irgendeinen Prozeß vorzubereiten.«

»Ja, stimmt schon. Er hatte wirklich eine Menge zu tun. Es ging um irgendwelche Sensibilisatoren in Gel-Wasser-Sprengstoffen. Amine, Aminosäuren, Silikongel, Zelluloseplättchen und dergleichen mehr. Wir konnten nicht mal Mittagspause machen, weil es ihm so unter den Nägeln brannte. Um halb drei hatte ich restlos genug. Keine Mittagspause! Also wirklich!«

»Ja, das ist in der Tat unmenschlich«, sagte Lynley. Er hob ihre Beine, setzte sich und legte sich ihre Füße auf den Schoß.

»Bis halb vier habe ich den Zirkus mitgemacht und am Bildschirm gesessen, bis ich fast blind war, aber dann bin ich einfach gegangen – halb verhungert, wohlgemerkt.«

»Und bist halb verhungert, wie du warst, direkt zu Harrods gewankt.«

Sie hob den Arm, warf ihm einen vorwurfsvollen Blick zu und ließ den Arm wieder fallen. »Ich habe dabei nur an dich gedacht.«

»Ach? Wie das?«

Mit schwacher Hand wies sie auf die Einkaufstüten, die sie umgaben. »Da. Das.«

»Das was?«

»Die Einkäufe.«

Verständnislos starrte er die Tüten an. »Du hast für mich eingekauft?« fragte er, während er überlegte, wie solch ungewöhnliches Verhalten zu interpretieren war. Es war nicht etwa so, daß Helen ihn nicht ab und zu mit einer witzigen Kleinigkeit überraschte, die sie in der Portobello Road oder der Berwick

Street ergattert hatte, aber eine solche Großzügigkeit ... Er musterte sie verstohlen und fragte sich, ob sie, seine Absichten vorausahnend, eigene Pläne gemacht hatte.

Seufzend schwang sie die Füße auf den Boden. Sie begann raschelnd in den Tüten zu kramen, legte eine, die voller Seidenpapier zu sein schien, beiseite, dann eine zweite mit Kosmetika, durchwühlte eine dritte und eine vierte und sagte endlich: »Ah, da ist er ja.« Sie reichte ihm die Tüte und setzte mit der Bemerkung: »Ich habe auch so einen« ihre Suche fort.

»Einen was?«

»Sieh doch mal nach.«

Er zog zunächst einen Berg Seidenpapier heraus, der ihn zu der Überlegung veranlaßte, in welchem Maß die Firma Harrods zur Rodung der Wälder dieses Planeten beitrug. Dann begann er aufzureißen und auszupacken und starrte schließlich sprachlos auf einen marineblauen Trainingsanzug in seinen Händen.

»Ist der nicht toll?« fragte Helen.

»Absolut«, sagte er. »Danke dir, Darling. Er ist genau das, was ich ...«

»Du kannst ihn doch gebrauchen, nicht?« Sie erhob sich aus den Bergen von Papier und Tüten und hielt triumphierend einen zweiten Trainingsanzug in die Höhe, ebenfalls marineblau, aber mit Weiß abgesetzt. »Man sieht sie jetzt ja überall.«

»Trainingsanzüge?«

»Jogger. Die sich fit halten. Im Hydepark. In Kensington Gardens. Am Embankment. Es wird Zeit, daß wir uns dem Trend anschließen. Das wird doch lustig!«

»Joggen?«

»Klar. Joggen. Es ist ideal. Bewegung an der frischen Luft, wenn man den ganzen Tag in der Bude gesessen hat.«

»Du glaubst, wir sollen nach der Arbeit rennen? Abends?«

»Oder auch vorher.«

»Du meinst, in aller Herrgottsfrühe?«

»Oder mittags. Oder zur Teezeit. Anstelle des Mittagessens. Anstelle von Tee. Wir werden nicht jünger, und es wird langsam Zeit, daß wir etwas unternehmen, um dem Altern entgegenzutreten.«

»Du bist dreiunddreißig, Helen!«

»Und zum Schwabbeln verdammt, wenn ich jetzt nicht handle.« Sie machte sich wieder über die Einkaufstüten her. »Schuhe habe ich auch gleich mitgenommen. Sie müssen hier irgendwo sein. Ich wußte deine Größe nicht genau, aber wir können sie jederzeit umtauschen. Verflixt, wo sind sie denn... Ah, hier!« Sie hielt sie ihm mit Siegermiene vors Gesicht. »Es ist noch früh. Wir könnten uns schnell umziehen und draußen ein paar Runden um den Platz drehen. Das regt den Appetit –« Sie hob den Kopf mit einem Gesichtsausdruck, als sei ihr plötzlich etwas eingefallen. Zum erstenmal schien sie seinen Aufzug bewußt wahrzunehmen – den Smoking, die Schleife, die glänzenden Schuhe. »Ach, du meine Güte. Heute abend – wir wollten ja... heute abend...« Sie wurde blutrot und sagte hastig: »Tommy, Darling. Wir haben was vor, nicht?«

»Du hattest es vergessen.«

»Ganz und gar nicht. Wirklich. Es ist nur so, daß ich nichts gegessen habe. Ich habe keinen Bissen zu mir genommen.«

»Keinen einzigen Bissen? Du hast dich nicht irgendwo zwischen Simons Labor, Harrods und zu Hause gestärkt? Wieso fällt es mir schwer, das zu glauben?«

»Ich habe lediglich eine Tasse Tee getrunken.« Als er skeptisch eine Augenbraue hochzog, fügte sie hinzu: »Na gut. Vielleicht ein oder zwei kleine Teilchen bei Harrods. Aber es waren wirklich nur zwei winzige Eclairs, und du weißt doch, wie die sind. Bestehen praktisch nur aus Luft.«

»Meiner Erinnerung nach sind sie gefüllt. Mit – was ist es gleich? Pudding? Schlagsahne?«

»Ein Tröpfchen«, behauptete sie. »Ein lächerliches Teelöffelchen voll. Das zählt doch überhaupt nicht. Eine ordentliche Mahlzeit ist das jedenfalls nicht. Ich kann mich glücklich preisen, daß ich noch unter den Lebenden weile, nach all diesen Entbehrungen.«

»Da müssen wir wirklich etwas unternehmen.«

Ihr Gesicht hellte sich auf. »Wir gehen essen, stimmt's? Wunderbar. Ich hab's mir doch gedacht. Und es muß was ganz Schickes sein, wenn du dir sogar die Fliege angetan hast, die du so haßt.« Mit neu erwachter Energie richtete sie sich auf. »Da ist es ja eigentlich ein Glück, daß ich nichts gegessen habe, nicht wahr? Jetzt kann ich das Essen richtig genießen.«

»Das ist wahr. Aber erst danach.«

»Wonach?«

Er griff nach seiner Taschenuhr und klappte den Deckel auf. »Es ist fünf vor halb acht, und wir haben nur bis acht Uhr Zeit. Wir müssen los.«

»Wohin denn?«

»In die Albert Hall.«

Helen riß die Augen auf.

»Die Philharmonie, Helen. Ich habe sozusagen meine Seele verkauft, um an die Karten zu kommen. Strauß. Und noch mal Strauß. Und wenn du ihn über hast, wieder Strauß. Na, kommt dir das bekannt vor?«

Sie strahlte. »Tommy! Strauß? Du gehst mit mir in ein Strauß-Konzert? Kein Trick? Nach der Pause kommt nicht Strawinsky? *Le Massacre du Printemps* oder etwas ähnlich Scheußliches?«

»Strauß«, beteuerte Lynley. »Vor und nach der Pause. Und danach gehen wir essen.«

»Thailändisch?« fragte sie gierig.

»Thailändisch«, bestätigte er.

»Mein Gott, das ist ja ein Abend wie im Paradies«, rief sie. Sie nahm ihre Schuhe und einen Armvoll Einkaufstüten. »Gib mir nur zehn Minuten.«

Lächelnd sammelte er die restlichen Tüten ein. Es lief alles nach Plan.

Er folgte ihr aus dem Wohnzimmer durch den Korridor. Ein flüchtiger Blick in die Küche genügte, um zu sehen, daß Helens hausfraulicher Ehrgeiz nach wie vor gleich null war. Auf der Arbeitsplatte stapelte sich ungespült das Frühstücksgeschirr. Das rote Lämpchen der Kaffeemaschine glühte noch immer. Der Kaffee selbst war längst verdampft, hatte nur auf dem Grund der Glaskanne einen dunkelbraunen Fleck hinterlassen und in Küche und Flur einen durchdringenden Geruch.

»Lieber Himmel, Helen«, sagte er. »Riechst du das eigentlich nicht? Du hast den ganzen Tag die Kaffeemaschine angelassen.«

An der Tür zum Schlafzimmer blieb sie stehen. »Ach was? Wie blöd. Diese Dinger sollten sich wirklich selbständig ausschalten.«

»Ah, ja, und die Teller sollen wohl auch von selbst in die Geschirrspülmaschine marschieren?«

»Das wäre jedenfalls sehr entgegenkommend von ihnen.« Sie verschwand im Schlafzimmer.

Er hörte, wie sie ihre Tüten zu Boden fallen ließ. Er selbst legte seine auf den Tisch in der Küche, zog sein Jackett aus, schaltete die Kaffeemaschine ab und ging zur Arbeitsplatte hinüber. Wasser und Spülmittel – und innerhalb von zehn Minuten war die Küche sauber und aufgeräumt, wenn auch die Kaffeekanne erst einmal gründlich eingeweicht werden mußte. Er ließ sie im Spülbecken stehen.

Als er ins Schlafzimmer trat, stand Helen in einem pfauenblauen Morgenmantel neben ihrem Bett und sah mit nachdenklich geschürzten Lippen auf drei Ensembles hinunter, die sie zusammengestellt hatte. »Welches davon drückt für dich am ehesten ›Blaue Donau‹ plus thailändische Gaumenfreuden aus?«

»Das Schwarze.«

»Hm.« Sie trat einen Schritt zurück. »Ich weiß nicht, Darling. Ich finde –«

»Das Schwarze ist wunderbar, Helen. Zieh es an. Kämm dir die Haare. Laß uns gehen. In Ordnung?«

Sie klopfte sich mit einem Finger an die Wange. »Ich weiß nicht, Tommy. Man möchte zum Konzert natürlich elegant erscheinen, aber doch wiederum nicht *overdressed* zum Abendessen. Meinst du nicht, das Schwarze könnte für das eine Spur zu bescheiden sein und für das andere eine Spur zu aufgedonnert?«

Er nahm das Kleid, zog den Reißverschluß auf und drückte es ihr in die Hand. Er ging zum Toilettentisch. Anders als in der Küche, lag hier jeder Gegenstand so ordentlich an seinem Platz, als handelte es sich um die Instrumente in einem Operationssaal. Er klappte den Deckel ihres Schmuckkastens hoch und nahm eine Kette, Ohrringe und zwei Armreifen heraus. Er holte Schuhe aus dem Schrank. Er kehrte zum Bett zurück, warf

Schmuck und Schuhe darauf nieder, drehte die unschlüssige Helen zu sich herum und öffnete den Gürtel ihres Morgenmantels.

»Puh, bist du heute abend wieder mal schwierig!«

Sie lachte. »Ja, aber schau, was ich damit erreicht habe. Du ziehst mich aus.«

Er streifte den Morgenmantel von ihren Schultern. »Du mußt nicht absichtlich schwierig sein, um mich soweit zu kriegen. Aber ich nehme an, das weißt du ganz genau, hm?« Er küßte sie und schob beide Hände in ihr Haar. Es fiel wie kühles Wasser über seine Finger. Er küßte sie noch einmal. Sosehr es ihn auch manchmal frustrierte, sein Herz ihrem Leben ausgesetzt zu sehen, liebte er es dennoch immer wieder, sie zu berühren, ihren pudrigen Duft zu riechen, ihren Mund zu schmecken.

Er spürte ihre Finger an seinem Hemd. Sie löste seine Schleife und ließ ihre Hände zu seiner Brust gleiten. Er murmelte an ihrem Mund: »Helen, ich dachte, du wolltest essen gehen.«

»Tommy, ich dachte, ich soll mich anziehen.«

»Ja. Richtig. Aber alles schön der Reihe nach.« Er fegte die Kleider zu Boden und zog sie zum Bett. Seine Hand wanderte ihren Schenkel hinauf.

Das Telefon läutete.

»Verdammt«, brummte er.

»Laß es läuten. Ich erwarte keinen Anruf. Der Beantworter ist eingeschaltet.«

»Ich habe dieses Wochenende Bereitschaft.«

»Das darf nicht wahr sein!«

»Tut mir leid.«

Sie starrten beide das Telefon an. Es läutete weiter.

»Tja«, sagte Helen. »Wissen die beim Yard, daß du hier bist?«

»Denton weiß, wo ich bin. Er wird es ihnen gesagt haben.«

»Aber wir könnten schon gegangen sein.«

»Sie haben die Nummer des Autotelefons und die Nummern unserer Plätze im Konzert.«

»Ach, vielleicht ist es ja gar nichts. Wahrscheinlich ist es bloß meine Mutter.«

»Vielleicht sollten wir doch rangehen.«

»Vielleicht.« Sie legte die Finger an sein Gesicht und ließ sie sanft von seiner Wange zu seinen Lippen gleiten. Ihr Mund öffnete sich leicht.

Er holte Atem und spürte ein seltsames Brennen in der Lunge. Ihre Finger wanderten von seinem Gesicht zu seinem Haar. Das Telefon hörte auf zu läuten. Gleich darauf schallte aus dem Nebenzimmer eine Stimme herüber, eine nur allzu bekannte Stimme. Sie gehörte Dorothea Harriman, der Sekretärin von Lynleys Chef. Wenn sie sich die Mühe machte, ihn zu suchen, ließ das aufs Schlimmste schließen. Lynley seufzte. Helen ließ die Hände sinken.

»Tut mir leid, Darling«, sagte er und griff nach dem Telefon auf dem Nachttisch. Er unterbrach Harriman mitten im Satz: »Ja. Hallo, Dee. Ich bin's.«

»Inspector Lynley?«

»Erraten.«

Während er telefonierte, streckte er von neuem den Arm nach Helen aus. Doch sie entfernte sich schon von ihm, glitt aus dem Bett und bückte sich, um den Morgenmantel aufzuheben, der in einem kleinen Häufchen auf dem Boden lag.

3

Nach drei Wochen frischen häuslichen Glücks sagte sich Sergeant Barbara Havers, daß ihr an dem einsamen Leben in Chalk Farm wenigstens die Auswahl an grauenvollen Verkehrsverbindungen, die es parat hielt, ein Trost war. Wenn sie nicht über die tiefere Bedeutung der Tatsache nachdenken wollte, daß sie seit einundzwanzig Tagen mit keiner Menschenseele in ihrer Nachbarschaft außer einem Mädchen aus Sri Lanka, das im Lebensmittelgeschäft an der Kasse saß, ein Wort gewechselt hatte, brauchte sie sich nur auf das zweifelhafte Vergnügen ihrer täglichen Fahrten zum New Scotland Yard und zurück zu konzentrieren.

Schon lange, ehe sie es erworben hatte, war das kleine Häuschen für Barbara ein Symbol gewesen. Es bedeutete die Befreiung aus einem Leben, das jahrelang von Kindespflichten und der Versorgung kranker Eltern bestimmt gewesen war. Aber wenn auch die häusliche Veränderung ihr die persönliche Freiheit brachte, die sie sich erträumt hatte, so ging doch mit dieser Freiheit auch eine Einsamkeit einher, die sie gerade dann bedrückend überfiel, wenn sie am wenigsten darauf vorbereitet war, sich mit ihr auseinanderzusetzen. Aus diesem Grund hatte Barbara die Entdeckung mit ausgesprochenem, wenn auch grimmigem Vergnügen aufgenommen, daß es zwei Möglichkeiten für sie gab, morgens an ihren Arbeitsplatz zu gelangen, die beide reichlich Gelegenheit zu Zähneknirschen, Wutschnauben und – das war das Beste – Verdrängung von Einsamkeitsgefühlen boten.

Sie konnte entweder in ihrem bejahrten Mini gegen den Verkehr antreten und sich die Camden High Street zum Mornington Crescent hinunterkämpfen, um dort unter mindestens drei verschiedenen Routen zu wählen, die sich ausnahmslos durch heillos verstopfte Straßen quälten; oder sie konnte die Untergrundbahn nehmen, und das hieß, sich in die Tiefen des Bahnhofs Chalk Farm hinunterzubegeben und gemeinsam mit den treuen, aber verständlicherweise aufs äußerste genervten Fahrgästen der unberechenbaren Northern Line schüchtern hoffend auf einen Zug zu warten. Und selbst dann konnte sie nicht jeden nehmen, der kam, sondern nur einen, der über den Bahnhof Embankment fuhr, wo sie wiederum in eine andere Linie zum St. James' Park umsteigen mußte.

Kurz gesagt, Barbara konnte jeden Morgen von neuem zwischen zwei Übeln wählen. An diesem Tag hatte sie sich wegen der immer bedrohlicher klingenden Schepper- und Klappergeräusche ihres Autos für die Untergrundbahn entschieden und schwebte nun im Getümmel zahlloser Leidensgenossen auf Rolltreppen hoch und nieder, stapfte durch Tunnels, stand sich auf Bahnsteigen die Beine in den Bauch und klammerte sich verbissen an eine Metallstange, während der Zug torkelnd durch die Finsternis raste und seine Fahrgäste hin und her warf.

Sie ertrug all diese Irritationen mit Resignation. Wieder so eine Höllenfahrt. Wieder eine willkommene Gelegenheit, sich zu beteuern, daß die ganze Abgeschiedenheit eigentlich bedeutungslos war, weil man am Ende des Tages sowieso keine Zeit und keine Kraft zum gesellschaftlichen Umgang mit anderen Menschen mehr hatte.

Es war halb acht Uhr abends, als sie ihren mühsamen Marsch die Chalk Farm Road hinauf begann. Sie hielt bei *Jaffri's Fine Groceries* an, dem Lebensmittelgeschäft, das mit »Leckerbissen für den Feinschmeckergaumen« so vollgestopft war, daß es im Laden eng und düster war wie in einem viktorianischen Eisenbahnwaggon. Dort zwängte sie sich an einem schwankenden Turm aus Suppendosen vorbei – Mr. Jaffri schwor auf »schmackhafte Suppen aus allen vier Himmelsrichtungen« – und kämpfte mit der Glastür zum Gefrierschrank, über dem ein Schild behauptete, in den mehrstöckig aufgereihten Häagen-Dazs-Eisbechern seien »sämtliche Geschmacksnuancen unter der Sonne« zu finden. Aber sie wollte gar kein Häagen-Dazs, obwohl eine Mandel-Vanille-Eiscreme als Nachtisch zu einem Abendessen aus Pommes mit Salz und Essig gar nicht übel klang. Sie wollte vielmehr den einzigen Artikel, den Mr. Jaffri aus rein kommerziellen Erwägungen ins Angebot genommen hatte, da er überzeugt war, die allmähliche Veredelung des Viertels mit den unweigerlich nachfolgenden Partys würde zu starker Nachfrage führen. Sie wollte Eis. Mr. Jaffri verkaufte es in Säcken, und seit Barbara in ihre neue Behausung eingezogen war, bewahrte sie leicht Verderbliches in einem Metalleimer unter der Küchenspüle auf.

Sie wühlte einen Sack aus dem Gefrierschrank und schleppte ihn zur Kasse, wo Bhimani saß und auf die nächste Gelegenheit wartete, in die Tasten der neuen Registrierkasse zu hauen, die nicht nur mit den Tönen des Big Ben aufwartete, wenn die Endsumme im Display erschien, sondern außerdem in leuchtendblauen Ziffern mitteilte, wieviel genau die Kassiererin dem Kunden herausgeben mußte. Wie immer ging die Transaktion schweigend vor sich. Bhimani tippte den Preis ein, lächelte mit geschlossenen Lippen und nickte eifrig, als die Summe im Display erschien.

Sie sprach nie ein Wort. Anfangs hatte Barbara geglaubt, sie sei stumm. Aber eines Abends hatte sie das Mädchen beim Gähnen ertappt und das Gold blitzen sehen, mit dem die meisten ihrer Zähne überkront waren. Seitdem fragte sie sich, ob Bhimani wohl nicht lächelte, weil sie den Wert ihrer Kronen verbergen wollte oder weil sie nach ihrer Ankunft in England und nach Beobachtung des einheimischen Durchschnittsmenschen erkannt hatte, wie ungewöhnlich diese Art der Zahnsanierung war, und sie darum nicht zeigen wollte.

Nachdem Bhimani ihr 75 Pence Wechselgeld hingelegt hatte, sagte Barbara: »Danke. Wiedersehen« und nahm ihr Eis. Sie zog den Riemen ihrer Schultertasche hoch, klemmte sich den Beutel mit dem Eis auf die Hüfte und ging.

Als sie am Pub auf der anderen Straßenseite vorüberkam, spielte sie flüchtig mit dem Gedanken, sich samt ihrem Eis in das Getümmel an der Theke zu stürzen. Die Leute schienen zwar mindestens zehn Jahre jünger zu sein als sie, was ziemlich deprimierend war, aber sie hatte ihr allwöchentliches Glas Bass noch nicht getrunken und hatte solche Lust darauf, daß sie ernsthaft darüber nachdachte, wieviel Energie es sie kosten würde, sich an den Tresen vorzuarbeiten, das Bier zu bestellen, eine Zigarette anzuzünden und sich gesellig zu geben. Das Eis eignete sich ganz gut als Anknüpfungspunkt für ein Gespräch. Und wieviel davon würde schmelzen, wenn sie sich eine Viertelstunde gönnte, um sich unter die arbeitende Bevölkerung zu mischen, die am Freitagabend bei einem Glas Bier Entspannung suchte? Wer wußte denn, was vielleicht dabei herauskam? Vielleicht würde sie eine Bekanntschaft machen. Eine Freundschaft anbahnen. Und selbst wenn nicht, sie fühlte sich so ausgedörrt wie ein Wüstenwanderer. Sie brauchte etwas Flüssiges. Und einen Stimmungsaufheller konnte sie auch vertragen. Sie war müde von dem langen Tag, durstig von ihrem Marsch und verschwitzt von der Fahrt in der Untergrundbahn. Ein halbwegs kühles Bier wäre jetzt genau das richtige.

Sie blieb stehen und sah zur anderen Straßenseite hinüber. Drei Männer umringten ein langbeiniges junges Mädchen, alle vier lachten vergnügt, alle vier tranken. Das Mädchen, das die Hüften ans Fensterbrett des Pub gelehnt hatte, hob ihr Glas und leerte es. Zwei der Männer griffen gleichzeitig nach ihm. Das Mädchen lachte und warf ihren Kopf zurück. Ihr volles Haar schwang wie eine Pferdemähne, und die Männer rückten näher.

Ein andermal vielleicht, sagte sich Barbara.

Mit gesenktem Kopf trottete sie weiter und konzentrierte ihren Blick auf das Pflaster. »Tritt auf den Sprung, deine Mutter stirbt jung. Tritt auf den Spalt, deine Mutter wird nicht alt…« Nein, das war nicht das Thema, bei dem sie gerade jetzt verweilen wollte. Sie verscheuchte den Kinderreim aus ihren Gedanken, indem sie zu pfeifen begann, die erstbeste Melodie, die ihr in den Sinn kam. »Aber bringt mich pünktlich zum Altar.« Hm, *My Fair Lady* war zwar nicht gerade bezeichnend für ihre Situation, aber das Liedchen erfüllte seinen Zweck. Und beim Pfeifen wurde ihr klar, daß es ihr wohl eingefallen war, weil Inspector Lynley heute abend die entscheidende Frage stellen wollte. Sie mußte insgeheim lachen, als sie daran dachte, wie verdutzt er ausgesehen hatte – und natürlich auch bestürzt, da er ja seine »Pläne lieber geheimgehalten hätte –, als sie bei ihm im Büro vorbeigeschaut und gesagt hatte: »Hals- und Beinbruch. Ich hoffe, sie sagt diesmal ja«, ehe sie nach Hause gegangen war. Im ersten Moment hatte er so getan, als verstünde er ihre Bemerkung nicht, aber sie hatte ihn schließlich die ganze Woche nach Konzertkarten herumtelefonieren hören und hatte mitbekommen, wie er sämtliche Kollegen nach thailändischen Restaurants ausgequetscht hatte. Da sie wußte, daß Strauß-Musik und thailändische Küche die notwendigen Ingredienzen waren, um Helen einen perfekten Abend zu bereiten, reimte sie sich den Rest zusammen. »War nicht schwer zu erraten«, hatte sie gesagt. »Ich weiß, daß Sie Strauß hassen.« Sie winkte ihm zum Abschied zu. »Was tut man nicht alles aus Liebe, hm, Inspector?«

Sie bog in die Steele's Road ein und ging unter den frisch begrünten Linden weiter. In den Ästen über ihr ließen sich die Vögel zur Nachtruhe nieder, und in den schmutzigen Backsteinhäusern, die die Straße säumten, machten es sich die Familien zum Feierabend gemütlich. Als sie Eton Villas erreichte, bog sie noch einmal ab. Sie lupfte den Eisbeutel auf ihrer Hüfte höher und munterte sich mit dem Gedanken auf, daß dies nun wenigstens der letzte Abend war, an dem sie Eis nach Hause schleppen mußte.

Seit drei Wochen lebte sie ohne Kühlschrank in ihrer neuen Behausung und bewahrte Milch, Butter, Eier und Käse in einem eisgefüllten Metalleimer auf. Drei Wochen lang hatte sie abends und an den Wochenenden nach einem Kühlschrank gesucht, den sie sich leisten konnte. Am letzten Sonntag nachmittag hatte sie ihn endlich gefunden, einen Kühlschrank, der den Zwergenmaßen ihrer Wohnung und dem Leistungsvermögen ihres Geldbeutels entsprach. Er war zwar nicht genau das, was sie gesucht hatte: kaum einen Meter hoch und mit scheußlichen, vergilbenden Blumenaufklebern verziert. Aber als sie das gute Stück – das sich, ganz abgesehen von den idiotischen Blumenverzierungen, beim Zuschlagen der Tür jedesmal laut und unheilverkündend räusperte – bezahlt hatte und seine rechtmäßige Eigentümerin geworden war, hatte sie sich philosophisch gesagt: Ach was, in der Not frißt der Teufel Fliegen. Der Umzug von Acton nach Chalk Farm hatte weit mehr Geld verschlungen, als sie vorgesehen gehabt hatte, sie mußte sparen, der Kühlschrank würde es tun. Und da der Sohn des Eigentümers wiederum einen Sohn hatte, der für eine Gärtnerei als Fahrer arbeitete und einen offenen Lieferwagen fuhr, und da dieser Sohn des Sohns bereit war, am Wochenende bei seinem Opa vorbeizufahren und den Kühlschrank abzuholen, um ihn dann für lumpige zehn Pfund von Fulham bis nach Chalk Farm hinauszubefördern, war Barbara ihrerseits bereit gewesen, über die Tatsache hinwegzusehen, daß der Kühlschrank wahrscheinlich nur noch eine begrenzte Lebensdauer haben und sie mindestens sechs Stunden dafür brauchen würde, Opas Abziehbildchen runterzuschrubben.

Mit dem Fuß stieß sie das Tor zu dem Anwesen auf, auf dem, hinter einem Doppelhaus edwardianischen Stils, ihr kleines Häuschen stand. Das große Haus war gelb, hatte eine zimtbraune Tür und davor eine weiße Veranda. Die Veranda war gänzlich von einer Glyzinie umrankt, die von einem kleinen Fleckchen Erde neben der Terrassentür der Erdgeschoßwohnung in die Höhe kroch. Durch diese Tür konnte Barbara jetzt ein kleines, dunkelhaariges Mädchen erkennen, das dabei war, den Tisch zu decken. Sie hatte eine Schuluniform an, und ihr taillenlanges Haar war zu ordentlichen Zöpfen geflochten, die am Ende mit Schleifen gebunden waren. Sie sprach über ihre Schulter hinweg mit irgend jemandem im Hintergrund, und noch während Barbara ihr zusah, sprang sie vergnügt aus dem Blickfeld. Barbara straffte die Schultern und ging den Betonweg am Haus entlang nach hinten in den Garten.

Ihr Häuschen stieß an die Begrenzungsmauer am Ende des Grundstücks. Eine Akazie überschattete es, und vier Fenster blickten auf grünen Rasen hinaus. Es war ein kleines Haus, aus Backstein gebaut, mit Tür und Fensterrahmen im gleichen Gelb wie das Haupthaus und mit einem neuen Schieferdach, das schräg zu einem gemauerten Schornstein anstieg. Der ursprünglich quadratische Grundriß war durch den Anbau einer kleinen Küche und eines noch kleineren Badezimmers zum Rechteck verlängert worden.

Barbara sperrte auf und knipste die Deckenbeleuchtung an, die ausgesprochen trübe war. Immer wieder vergaß sie, eine stärkere Birne zu besorgen.

Sie legte ihre Handtasche auf den Tisch und den Sack mit dem Eis auf die Arbeitsplatte. Stöhnend holte sie den Eimer unter dem Spülbecken hervor und schleppte ihn, fluchend, als ihr etwas von dem kalten Wasser über die Füße schwappte, zur Tür. Sie leerte ihn aus, trug ihn in die Küche zurück, packte das frische Eis hinein und dachte ans Abendessen.

Die Mahlzeit war schnell zusammengestellt: Schinkensalat, ein altes Brötchen und der Rest eines Glases roter Bete. Dann ging sie zum Bücherregal neben dem kleinen offenen Kamin, auf dem sie am Abend zuvor ihr Buch abgelegt hatte, als, soweit sie sich erinnerte, der Held, Flint Southern, gerade drauf und dran gewesen war, die selbstbewußte Heldin, Star Flaxen, in seine Arme zu reißen, wo sie dann nicht nur seine muskulösen Oberschenkel in den engen Blue Jeans würde spüren können, sondern auch seine drängende Männlichkeit. Auf den nächsten Seiten würde dieses Drängen dann endlich unter ekstatischem Stöhnen Erfüllung finden, und danach würden die beiden eng umschlungen im Bett liegen und sich fragen, warum sie bis zu diesem lustvollen Moment hundertachtzig Seiten gebraucht hatten. Es ging doch nichts über ein gutes Buch zum Abendessen.

Barbara griff sich den Roman und wollte gerade zum Tisch zurückkehren, als sie sah, daß ihr Anrufbeantworter blinkte. Sie beobachtete das Gerät einen Moment – ein Blinken, ein Anruf.

Sie hatte dieses Wochenende Bereitschaftsdienst, aber sie konnte sich nicht vorstellen, daß sie gerade mal zwei Stunden nach Dienstschluß schon wieder in den Yard zurückgerufen wurde. Da ihre Nummer nicht eingetragen war, konnte also nur Florence Magentry angerufen haben: Mrs. Flo, die Frau, bei der ihre Mutter in Pflege war.

Barbara starrte das rote Blinklicht an und wog die Möglichkeiten ab. Wenn der Yard angerufen hatte und sie jetzt die Nachricht abhörte, würde sie, ohne sich einen Moment Ruhe gönnen zu können, wieder an die Arbeit müssen. War der Anruf von Mrs. Flo, würde sie prompt wieder auf dem Karussell der Schuldgefühle sitzen. Sie war am letzten Wochenende nicht wie geplant nach Greenford gefahren, um ihre Mutter zu besuchen. Und sie war auch am Wochenende davor nicht in Greenford gewesen. Sie wußte, daß sie dieses Wochenende fahren mußte, wenn sie zur Ruhe kommen wollte, aber sie *wollte* nicht fahren, und sie wollte auch nicht darüber nachdenken, warum sie nicht wollte. Aber wenn sie jetzt mit Florence Magentry sprach – wenn sie auch nur auf Band die Stimme der Frau hörte –, würde dies sie zwingen, ihre Ausweichtaktik näher in Augenschein zu nehmen und sich entsprechend zu brandmarken: als egoistisch, rücksichtslos und was sonst noch so dazugehörte.

Ihre Mutter lebte seit nahezu sechs Monaten in Hawthorne Lodge. Bisher hatte Barbara es geschafft, sie wenigstens alle zwei Wochen zu besuchen. Der Umzug nach Chalk Farm hatte ihr jedoch endlich einen Vorwand geliefert, nicht nach Greenford zu müssen, und sie hatte mit Freuden davon Gebrauch gemacht. Statt ihre Mutter zu besuchen, hatte sie Telefongespräche mit Mrs. Flo geführt, in denen sie ihr alle Gründe aufzählte, weshalb sie leider wieder nicht nach Greenford kommen konnte. Und es waren ja auch tatsächlich *triftige* Gründe, wie sogar Mrs. Flo selbst Barbara bei diesem oder jenem der regelmäßigen Montags- und Donnerstagstelefonate versicherte. Barbie solle sich nur ja keine Vorwürfe machen, wenn sie im Moment nicht dazu käme, ihre Mutter zu besuchen. Barbie habe schließlich auch ein Leben, und kein Mensch erwarte von ihr, daß sie es völlig aufgebe. »Leben Sie sich erst einmal in Ihrem neuen Häuschen ein«, beschwichtigte Mrs. Flo. »Ihre Mutter kommt in der Zwischenzeit schon zurecht, Barbie. Machen Sie sich keine Sorgen.«

Barbara drückte auf den »Replay«-Knopf des Anrufbeantworters und kehrte zum Tisch zurück, auf dem der Schinkensalat wartete.

»Hallo, Barbie.« Es war tatsächlich Mrs. Flos Stimme, einlullend wie eine Gutenachtgeschichte. »Ich wollte Ihnen nur sagen, daß Ihre Mutter nicht ganz auf der Höhe ist, Kindchen. Ich hielt es für das beste, Sie gleich anzurufen, um Ihnen Bescheid zu geben.«

Barbara rannte wieder zum Telefon, um Mrs. Flo sofort zurückzurufen. Und als hätte Mrs. Flo diese Reaktion vorausgeahnt, fuhr sie zu sprechen fort: »Aber ich glaube nicht, daß wir gleich den Arzt holen müssen. Sie hat etwas erhöhte Temperatur und hustet seit ein paar Tagen ein bißchen ...« Es folgte eine Pause, in der Barbara eine von Mrs. Flos anderen Pflegebefohlenen im Chor mit Deborah Kerr singen hörte, die gerade Yul Brynner zum Tanz aufforderte. Das mußte Mrs. Salkild sein. *Der König und ich* war ihr Lieblingsvideo, und sie war nicht davon abzubringen, es sich wenigstens einmal in der Woche anzusehen. »Ihre Mutter hat übrigens auch nach Ihnen gefragt, Kind«, fuhr Mrs. Flo vorsichtig fort. »Aber erst seit dem Mittagessen, machen Sie sich also bitte deswegen keine Gedanken. Aber da sie so selten überhaupt jemanden beim Namen nennt, dachte ich, es würde Ihre Mutter vielleicht aufmuntern, Ihre Stimme zu hören. Sie wissen ja selbst, wie es ist, wenn man nicht ganz auf dem Posten ist, nicht wahr, Kind? Also, rufen Sie an, wenn Sie können. Tschüs inzwischen, Barbie.«

Barbara wählte.

»Wie schön, daß Sie anrufen, Kind«, rief Mrs. Flo, als sie Barbaras Stimme hörte, ganz so, als hätte sie nicht erst anrufen müssen, um den Rückruf zu provozieren.

»Wie geht es ihr?« fragte Barbara.

»Ich habe gerade nach ihr gesehen. Sie ist oben in ihrem Zimmer und schläft selig und süß.«

Barbara sah auf die Uhr. Es war noch nicht einmal acht. »Sie schläft? Aber warum liegt sie denn schon im Bett? Sie geht doch sonst nicht so früh schlafen. Ist auch wirklich –«

»Sie wollte zum Abendbrot nichts essen, Kind, und da haben wir beide uns gedacht, daß es ihr guttun würde, wenn sie sich ein Weilchen hinlegte und ihrer Spieldose zuhörte. Tja, und da hat sie es sich oben gemütlich gemacht und ist bei der Musik eingeschlafen. Sie wissen ja, wie sehr sie diese Spieldose liebt.«

»Mrs. Flo«, sagte Barbara, »ich kann spätestens um halb neun bei Ihnen sein. Oder Viertel vor neun. Heute abend war der Verkehr gar nicht so schlimm. Ich nehme das Auto.«

»Nach so einem langen Arbeitstag? Aber das ist doch Unsinn, Barbie. Ihrer Mutter geht es gut, und da sie schläft, würde sie nicht einmal merken, daß Sie da sind, nicht wahr? Ich werde ihr ausrichten, daß Sie angerufen haben, wenn sie aufwacht.«

»Aber da weiß sie doch wieder nicht, von wem Sie sprechen«, protestierte Barbara. Ohne ein Foto oder eine Stimme am Telefon sagte Barbaras Name Doris Havers nichts mehr. Manchmal half nicht einmal ein solcher Anstoß ihr, sich zu erinnern.

»Barbie«, sagte Mrs. Flo sanft, aber bestimmt, »ich werde schon dafür sorgen, daß sie weiß, von wem ich spreche. Sie hat Sie heute nachmittag mehrmals erwähnt; sie wird wissen, wer Barbara ist, wenn ich ihr sage, daß Sie angerufen haben.«

Aber wenn Doris Havers am Freitag nachmittag wußte, wer Barbara war, so hieß das noch lange nicht, daß sie es auch am Samstag morgen bei Rührei und Toast noch wußte.

»Ich komme morgen«, sagte Barbara. »Gleich am Vormittag. Ich habe ein paar Reiseprospekte von Neuseeland besorgt. Würden Sie ihr das erzählen? Sagen Sie ihr, wir könnten einen neuen Urlaub für ihr Album planen.«

»Natürlich, Kind.«

»Und rufen Sie mich an, wenn sie wieder nach mir fragt. Es ist gleich, wie spät es ist. Versprechen Sie mir das, Mrs. Flo, rufen Sie mich an?«

Selbstverständlich werde sie anrufen, versicherte Mrs. Flo. Barbie solle jetzt in aller Ruhe zu Abend essen, die Füße hochlegen und sich einen gemütlichen Abend machen, damit sie morgen für die Fahrt nach Greenford schön ausgeruht sei.

»Ihre Mutter wird sich freuen, wenn sie hört, daß Sie kommen«, sagte Mrs. Flo. »Da geht es ihr sicher gleich wieder besser.«

Sie beendeten das Gespräch, und Barbara kehrte zu ihrem Abendessen zurück.

Was, zum Teufel, war mit ihr los? Ihrer Mutter ging es nicht gut. Ganz gleich, was Mrs. Flo sagte, ihre Mutter brauchte sie. Jetzt. Und darum würde sie sich in ihren Mini setzen und nach Greenford fahren. Und falls ihre Mutter schlief, würde sie sich an ihr Bett setzen und warten, bis sie aufwachte. Und wenn es darüber Morgen werden sollte. Denn so verhielten sich Töchter ihren Müttern gegenüber, besonders wenn seit ihrem letzten Besuch mehr als drei Wochen vergangen waren.

Als Barbara nach Tasche und Schlüsseln griff, läutete das

Telefon. Einen Moment lang erstarrte sie. Nein, dachte sie, mein Gott, das ist doch nicht möglich! So schnell kann es doch nicht gegangen sein! Und sie hob voller Angst den Hörer ab.

»Es gibt Arbeit«, sagte Lynley, sobald sie sich gemeldet hatte.

»Ach, verdammt!«

»Ganz meine Meinung. Ich hoffe, ich störe Sie nicht bei etwas besonders Interessantem?«

»Nein, nein. Ich wollte gerade zu meiner Mutter fahren. Und hatte mir Hoffnungen auf ein anständiges Abendessen gemacht.«

»Tja, der Besuch wird warten müssen. Was das Abendessen angeht, kann ich Ihnen die Kantine bieten.«

»Sehr verlockend.«

»Wie lange werden Sie brauchen?«

»Eine gute halbe Stunde, wenn an der Tottenham Court Road viel los ist.«

»Wann ist da nicht viel los?« erwiderte er ironisch. »Ich halte Ihnen hier inzwischen das Abendessen warm.«

»Wie reizend. Es geht doch nichts über einen echten Gentleman.«

Er lachte und legte auf.

Morgen, dachte Barbara, die ebenfalls auflegte. Gleich morgen früh fahre ich nach Greenford.

Sie stellte ihren Mini in der Tiefgarage von New Scotland Yard ab, nachdem sie dem uniformierten Constable, der gerade lange genug von seiner Zeitschrift aufblickte, um sich zu vergewissern, daß nicht die IRA zu Besuch kam, ihre Dienstmarke gezeigt hatte. Sie ging zum Lift, drückte auf den Knopf und kramte eine Zigarette aus der Handtasche. Sie rauchte, als bekäme sie es bezahlt, um noch möglichst viel Nikotin in sich aufzusaugen, ehe sie sich in die strikt rauchfreie Zone von Lynleys Büro begeben mußte. Seit mehr als einem Jahr versuchte sie, ihn wieder zum Rauchen zu verführen, überzeugt, es könnte ihrer Partnerschaft nur guttun, wenn sie wenigstens *ein* Laster teilten. Aber selbst in den ersten sechs Monaten des Entzugs hatte sie ihm nie mehr entlocken können als ein gequältes Stöhnen, wenn sie ihm

Rauch ins Gesicht geblasen hatte. Inzwischen waren sechzehn Monate vergangen, seit er zum Nichtraucher geworden war, und er fing an, sich wie ein typischer Bekehrter aufzuführen.

Sie fand ihn in seinem Zimmer. Immer noch im Smoking für den großen Abend mit Helen Clyde, der nun ins Wasser gefallen war, saß er an seinem Schreibtisch und trank schwarzen Kaffee. Er war allerdings nicht allein. Beim Anblick der Frau, die in einem der beiden Besuchersessel vor dem Schreibtisch saß, machte Barbara stirnrunzelnd an der Tür halt.

Es war eine jugendlich wirkende Frau mit langen Beinen, die sie nicht übereinandergeschlagen hatte. Sie trug eine beigefarbene lange Hose, dazu einen Blazer mit Hahnentrittmuster, eine elfenbeinfarbene Bluse und Schuhe mit vernünftigem halbhohen Absatz. Sie trank etwas aus einem Plastikbecher und hielt dabei ihren Blick ruhig auf Lynley gerichtet, der einen Stapel Papiere durchsah. Während Barbara die Frau noch musterte und sich fragte, wer sie war und was, zum Teufel, sie an einem Freitag abend in New Scotland Yard zu suchen hatte, setzte diese den Becher ab, um sich eine honigblonde, weich gewellte Haarsträhne aus dem Gesicht zu streichen. Die Bewegung hatte etwas sehr Sinnliches, und Barbara roch sofort Lunte. Flugs sah sie zu den Aktenschränken hinüber, um festzustellen, ob Lynley nicht etwa heimlich das Foto von Helen entfernt hatte, ehe er diese schicke Modepuppe in sein Büro geführt hatte. Nein, das Foto stand an seinem Platz. Also, was, zum Teufel, ging hier vor?

»'n Abend«, sagte Barbara.

Lynley blickte auf. Die Frau drehte sich um. Ihr Gesicht verriet keine Regung, und Barbara fiel auf, daß sie es gar nicht für nötig hielt, Lynleys Kollegen zu mustern, wie das eine andere Frau vielleicht getan hätte. Nicht einmal Barbaras rote Joggingstiefel fanden Beachtung.

»Ah. Gut«, sagte Lynley. Er legte die Papiere nieder und nahm seine Brille ab. »Havers. Endlich.«

Sie sah, daß auf dem Schreibtisch vor dem freien Sessel ein Beutel Chips, ein in Zellophan gewickeltes Sandwich und ein Becher mit Deckel auf sie warteten. Sie kam näher, nahm das

Sandwich, packte es aus und roch mißtrauisch daran. Sie hob die obere Scheibe Brot ab. Der Aufstrich darunter sah aus wie ein Gemisch aus feiner Leberwurst und Spinat. Und er roch nach Fisch. Barbara schüttelte sich.

»Es war das Beste, was ich bekommen konnte«, beteuerte Lynley.

»Leichengift auf Vollkornbrot? Sie verwöhnen mich, Sir.«

Der Frau gönnte Barbara nur ein kurzes Nicken, das so sehr Begrüßung wie Ausdruck der Mißbilligung war. Nachdem der Form somit Genüge geleistet war, ließ sie sich in ihren Sessel sinken. Wenigstens waren die Chips mit Salz und Essig gewürzt. Sie riß den Beutel auf und begann zu essen.

»Also, was gibt's?« fragte sie.

Ihre Frage klang sachlich, doch der vielsagende Blick auf ihre Nachbarin sagte alles: Wer, zum Teufel, ist diese Schönheitskönigin? Was, zum Teufel, tut sie hier, und wo, zum Teufel, ist Helen, wenn Sie genau an dem Freitag abend weibliche Gesellschaft suchen, an dem Sie ihr einen Heiratsantrag machen wollten? Hat sie Ihnen etwa wieder einen Korb gegeben? Mußten Sie sich so schnell Ersatz suchen, Sie armseliger Wicht?

Die Botschaft kam an. Lynley schob seinen Sessel zurück und sah Barbara Havers einen Moment lang schweigend an. Dann sagte er: »Sergeant, das ist Inspector Isabelle Ardery, CID Maidstone. Sie war so freundlich, uns einige Informationen zu überbringen. Wäre es Ihnen möglich, Spekulationen zu unterlassen, die mit dem Fall überhaupt nichts zu tun haben, und sich statt dessen die Fakten anzuhören?« Sie verstand die verschlüsselte Antwort auf ihre unausgesprochenen Unterstellungen sehr wohl: Ein bißchen besser sollten Sie mich schon kennen.

Barbara machte ein zerknirschtes Gesicht und sagte: »Tut mir leid, Sir.« Dann wischte sie sich die Hand an der Hose ab und reichte sie Isabelle Ardery.

Die schaute kurz von einem zum anderen, ohne vorzugeben, den Schlagabtausch zu verstehen. Er schien sie auch gar nicht zu interessieren. Sie verzog flüchtig den Mund, als sie Barbara ansah, aber dieses Pseudolächeln war nichts weiter als kühle, professionelle Höflichkeit. Vielleicht war sie ja doch nicht Lynleys Typ, sagte sich Barbara.

»Was gibt's denn?« fragte sie, während sie den Becher mit der heißen Bouillon öffnete.

»Brandstiftung«, antwortete Lynley. »Und eine Leiche. Inspector, wenn Sie Sergeant Havers ins Bild setzen würden ...«

In förmlichem, gleichbleibendem Ton zählte Isabelle Ardery die Fakten auf: ein Haus in einem Städtchen namens Greater Springburn in Kent, von einer Frau bewohnt; ein Milchmann, der seine morgendliche Lieferung machte und sah, daß Zeitung und Post unberührt geblieben waren, ein Blick durch die Fenster, ein verkohlter Sessel; Spuren tödlichen Rauchs an Fenster und Wand; ein Treppenhaus, das wie ein Kaminabzug wirkte; im oberen Stockwerk ein Toter; und schließlich der Ursprung des Feuers.

Sie öffnete ihre Umhängetasche, die auf dem Boden neben ihrem Fuß lag. Sie entnahm ihr eine Packung Zigaretten, eine Schachtel Streichhölzer und ein Gummiband. Einen Moment lang glaubte Barbara entzückt, Inspector Isabelle Ardery würde sich tatsächlich eine Zigarette anzünden und ihr so einen Vorwand liefern, es ihr gleich zu tun. Statt dessen jedoch schüttelte diese sechs Streichhölzer aus der Schachtel auf den Schreibtisch und legte eine Zigarette dazu.

»Der Brandstifter hat eine Art Zünder verwendet«, sagte sie. »Er war primitiv, aber dennoch sehr wirksam.« Ungefähr zweieinhalb Zentimeter vom Tabakende der Filterzigarette entfernt, bündelte sie die Streichhölzer mit den Köpfen nach unten zu einer kleinen Garbe, die sie mit dem Gummiband an der Zigarette befestigte. Diese Vorrichtung legte sie auf ihre offene Hand. »Das wirkt wie ein Zeitzünder. Jeder kann so etwas anfertigen.«

Barbara nahm die Zigarette und musterte sie, während Isabelle Ardery weitersprach. »Der Brandstifter entzündet den Tabak und legt die Zigarette an die Stelle, wo das Feuer ausbrechen soll, in unserem Fall in die Ritze zwischen Sitzpolster und Armlehne des Ohrensessels. Dann verschwindet er. Die Zigarette brennt in vier bis sieben Minuten herunter, und die Streichhölzer entzünden sich. Der Brand bricht aus.«

»Wie kommen Sie auf diese Zeitspanne?« fragte Barbara.

»Jede Zigarettenmarke brennt mit anderer Geschwindigkeit.«

»Wissen wir die Marke?« Lynley hatte seine Brille wieder aufgesetzt. Er sah erneut in den Bericht.

»Im Augenblick nicht. Aber das Labor hat alle Bestandteile: die Zigarette, die Streichhölzer und das Gummiband, das sie zusammengehalten hat. Wir werden –«

»Untersuchen Sie auch auf Speichel und Fingerabdrücke?«

Sie lächelte flüchtig. »Wir haben, wie zu erwarten, Inspector, ein gutes Labor in Kent, und wir verstehen auch, uns seiner zu bedienen. Aber was Fingerabdrücke angeht, werden wir wohl kaum mehr finden als Teilabdrücke. Von dieser Seite ist also leider nicht viel zu erwarten.«

Lynley ging, wie Barbara bemerkte, auf die unterschwellige Zurechtweisung nicht ein. »Und die Marke?« fragte er.

»Die Marke läßt sich eindeutig feststellen. Anhand der Zigarette.«

Lynley reichte Barbara eine Serie Fotografien, während Isabelle Ardery weitersprach. »Es sollte nach einem Unglücksfall aussehen. Der Brandstifter wußte nicht, daß Zigarette, Streichhölzer und Gummiband nicht völlig verbrennen würden. Dieser Irrtum ist verständlich. Und wir profitieren davon, denn er verrät uns, daß wir es nicht mit einem Profi zu tun haben.«

»Warum sind die einzelnen Teile denn nicht verbrannt?« fragte Barbara und begann, die Fotos durchzublättern. Sie entsprachen Isabelle Arderys Beschreibung des Tatorts: der verkohlte Sessel, die Brandspuren an der Wand, der tödliche Weg des Rauchs. Sie legte sie wieder hin und hob, auf Antwort wartend, den Blick, ehe sie sich den Bildern des Toten zuwandte. »Warum sind sie nicht verbrannt?« wiederholte sie.

»Weil Zigaretten und Streichhölzer im allgemeinen oben auf Asche und Trümmern zurückbleiben.«

Barbara nickte nachdenklich. Sie schüttelte die letzten Chips aus dem Beutel, aß sie, knüllte die Tüte zusammen und warf sie in den Papierkorb. »Und was geht uns das an?« fragte sie Lynley. »Es könnte doch ein Selbstmord sein, oder nicht? Der aus Versicherungsgründen als Unglücksfall inszeniert wurde.«

»Diese Möglichkeit dürfen wir natürlich nicht übersehen«, erwiderte Isabelle Ardery.»Der Sessel hat soviel Kohlenmonoxid abgesondert wie ein Auto-Auspuff.«

»Könnte also der Tote nicht alles für das Feuer vorbereitet haben, dann eine Handvoll Tabletten und ein paar Drinks geschluckt haben, und alles war paletti?«

»Das ist nicht von der Hand zu weisen«, meinte Lynley, »wenn es auch in Anbetracht aller Umstände unwahrscheinlich ist.«

»Aller Umstände? *Welcher* Umstände?«

»Die Obduktion ist noch nicht abgeschlossen. Wie Inspector Ardery erzählte, hat der Pathologe zwei oder drei andere Leichen auf die Warteliste gesetzt, um gleich mit dieser hier anfangen zu können. Die ersten Ergebnisse zum Kohlenmonoxidgehalt im Blut bekommen wir sofort. Aber die Untersuchungen auf Drogenrückstände werden einige Zeit dauern.«

Barbara blickte von Lynley zu Isabelle Ardery. »Gut«, sagte sie langsam. »Okay. Kapiert. Aber wenn diese Untersuchungen so lange dauern, wieso müssen wir dann jetzt schon ran?«

»Wegen der Person des Toten.«

»Der Person des Toten?« Sie nahm die restlichen Bilder zur Hand, die in einem niedrigen Schlafzimmer aufgenommen waren. Der Tote lag, quer über einem Messingbett, auf dem Bauch, bekleidet mit einer grauen Hose, schwarzen Socken und einem hellblauen Hemd, dessen Ärmel bis über die Ellbogen aufgerollt waren. Sein Kopf ruhte auf dem angewinkelten linken Arm auf dem Kopfkissen. Der rechte Arm war zum Nachttisch ausgestreckt, auf dem ein leeres Glas und eine Flasche Bushmills standen. Man hatte ihn aus jedem nur möglichen Winkel fotografiert. Barbara betrachtete die Nahaufnahmen genau.

Seine Augen waren fast geschlossen, nur eine schmale weiße Sichel war zwischen den Lidern zu sehen. Seine Haut war unregelmäßig verfärbt: fast rot an Lippen und Wangen, eher rosig an der einen, sichtbaren Schläfe, der Stirn und dem Kinn. In einem Mundwinkel hing ein dünner, blasiger Speichelfaden, der ebenfalls rosig gefärbt war. Barbara sah sich das Gesicht des Mannes an. Es kam ihr vage bekannt vor, aber sie wußte nicht, wo sie es einordnen sollte. Politiker? dachte sie. Fernsehschauspieler?

»Wer ist er?« fragte sie.

»Kenneth Fleming.«

Sie sah von den Fotografien auf. »Doch nicht...?«

»Doch.«

Wieder studierte sie das Gesicht. »Wissen das die Medien schon?«

Isabelle Ardery antwortete. »Der Chief Superintendent der örtlichen Dienststelle wartete noch auf eine amtliche Identifizierung des Toten, die«, sie hob ihren Arm und sah auf die goldene Uhr an ihrem Handgelenk, »inzwischen längst erfolgt sein müßte. Aber das war sowieso nur eine Formalität. Mr. Fleming wurde gleich dort im Schlafzimmer identifiziert. Er hatte seine Papiere in der Jackentasche.«

»Na ja«, wandte Barbara ein, »das hätte auch bewußte Irreführung sein können, wenn dieser Mann ihm ähnlich genug sieht und jemand den Anschein erwecken wollte –«

Lynley unterbrach sie mit einer Handbewegung. »Unwahrscheinlich, Havers. Die Polizeibeamten haben ihn auch sofort erkannt.«

»Ach so.« Sie mußte zugeben, daß es für jeden Cricket-Fan ein leichtes war, Kenneth Fleming zu identifizieren. Er war derzeit der erste Schlagmann des Landes und innerhalb der letzten zwei Jahre praktisch zur Legende geworden. Zum erstenmal war er im ungewöhnlichen Alter von dreißig Jahren in die Nationalmannschaft berufen worden. Er hatte den Aufstieg nicht auf dem üblichen Weg geschafft, über eine Schul- oder Universitätsmannschaft oder dank der Erfahrungen, die normalerweise in jungen Teams und Mannschaften der zweiten Liga gesammelt werden. Er hatte vielmehr in einer East-End-Liga für eine Fabrikmannschaft gespielt, und dort hatte ein ehemaliger Trainer aus Kent ihn gesehen und angeboten, mit ihm zu arbeiten. Er hatte ein langes und gründliches Privattraining genossen, und das wurde ihm mancherorts angekreidet; das sei eine Variante des Silberlöffelsyndroms, meinten die Leute.

Sein Debüt in der englischen Nationalmannschaft hatte erniedrigend geendet. Er war aus dem Spiel genommen worden, ohne einen Punkt erzielt zu haben. Schauplatz dieser ersten Demütigung war Lord's, wo vor ausverkauften Plätzen einer der neuseeländischen Feldspieler es schaffte, Flemings ersten und einzigen getroffenen Ball zu fangen. Auch das wurde ihm angekreidet.

Fleming verließ das Spielfeld unter dem Hohngelächter seiner Landsleute. Als er an den Mitgliedern des Marylebone Crikket Club vorbei mußte, die, niemals bereit zu vergeben und vergessen, wie immer im Klubhaus hofhielten, reagierte er auf einen gedämpften Buhruf mit einer entschieden unsportlichen Geste. Das wurde ihm ebenfalls angekreidet.

All diese Vorwürfe waren für die Medien, vor allem natürlich für die Regenbogenpresse, ein gefundenes Fressen. Innerhalb einer Woche waren die Cricket-Fans des Landes in zwei Lager gespalten: Die einen meinten, man sollte dem armen Kerl eine Chance geben, die andern plädierten dafür, ihm die Eier abzuschneiden. Das Auswahlkomitee, nicht gerade dafür bekannt, daß es je dem Druck der öffentlichen Meinung nachgegeben hätte, wenn ein Vergleichskampf anstand, entschied sich für die erste Alternative. Kenneth Fleming absolvierte sein zweites großes Spiel im Old Trafford. Mit reserviertem Schweigen wurde er auf dem Spielfeld empfangen. Als das Match zu Ende war, hatte er hundertfünfundzwanzig Läufe für England erzielt.

Lynley sagte: »Greater Springburn hat die Leute von der vorgesetzten Dienststelle Maidstone zugezogen. Maidstone« – mit einem Kopfnicken zu Isabelle Ardery – »beschloß, uns den Fall zu übertragen.«

Isabelle Ardery war damit nicht einverstanden. »Ich nicht, Inspector. Das war mein Chief Constable.«

»Und das alles nur wegen Fleming?« fragte Barbara. »Ich hätte gedacht, Sie und Ihre Leute würden Wert darauf legen, den Fall sozusagen im eigenen Haus zu behalten.«

»Ja, ich würde das vorziehen«, bestätigte Isabelle Ardery. »Nur leider scheinen die von diesem Fall Betroffenen über ganz London verstreut zu sitzen.«

»Ach so, politische Erwägungen.«

»Richtig.«

Sie wußten alle drei, wie das funktionierte. London war in einzelne Polizeibezirke aufgeteilt. Das Protokoll hätte erfordert, daß die Dienststelle Kent jedes Vordringen in fremde Reviere zu einer Vernehmung oder Untersuchung zuerst mit dem betreffenden Dienststellenleiter abklärte. Die Schreibarbeit, die Telefonate, das ganze politische Taktieren und Manövrieren hätte ebensoviel Zeit in Anspruch genommen wie die eigentlichen Ermittlungen. Da war es einfacher, den ganzen Fall der übergeordneten Behörde, New Scotland Yard nämlich, in den Schoß zu legen.

»Inspector Ardery wird die Ermittlungen in Kent leiten«, sagte Lynley.

»Die sind längst in Gang, Inspector«, stellte Isabelle Ardery klar. »Unsere Spurensicherung ist seit heute nachmittag ein Uhr im Haus.«

»– während wir unseren Teil der Arbeit in London erledigen«, schloß Lynley.

Barbara nahm dieses ungewöhnliche Arrangement mit Stirnrunzeln zur Kenntnis. Doch sie formulierte ihre Einwände vorsichtig, da sie verstehen konnte, daß Isabelle Ardery sich ihren Zuständigkeitsbereich nicht nehmen lassen wollte. »Und Sie glauben nicht, daß da Mißverständnisse entstehen, Sir? Daß die Linke nicht weiß, was die Rechte tut? Sie wissen, was ich meine.«

»Nein, das dürfte eigentlich kein Problem sein. Inspector Ardery und ich koordinieren die Ermittlungen.«

Inspector Ardery und ich. Er sagte es auf eine ungezwungene und großzügige Art, aber Barbara vernahm die unterschwelligen Töne klar und deutlich. Isabelle Ardery hatte den Fall selbst haben wollen. Ihre Vorgesetzten hatten ihn ihr weggenommen. Lynley und Havers würden gut daran tun, Isabelle Ardery bei Stimmung zu halten, wenn sie sich die Hilfe ihres Spurensicherungsteams nicht verscherzen wollten.

»Oh«, sagte Barbara. »Natürlich. Gut, also, wo fangen wir an?«

Isabelle Ardery erhob sich geschmeidig. Sie war, wie Barbara jetzt sah, sehr groß. Lynley mit seinen einsfünfundachtzig überragte sie nur um wenige Zentimeter.

»Sie haben sicher einiges zu besprechen, Inspector«, sagte Isabelle Ardery. »Und ich denke, mich brauchen Sie jetzt nicht mehr. Meine Nummer steht oben auf dem Bericht.«

»Richtig.« Lynley griff in eine Schublade seines Schreibtischs, holte eine Karte heraus und reichte sie ihr.

Sie steckte sie in ihre Tasche, ohne einen Blick darauf zu werfen. »Ich rufe Sie morgen an. Bis dahin müßte ich eigentlich vom Labor gehört haben.«

»Gut.« Er nahm den Bericht, den sie mitgebracht hatte. Er schob die Fotografien ordentlich unter die Dokumente und legte den Bericht in die Mitte der Schreibunterlage. Er wartete offensichtlich darauf, daß sie sich verabschieden würde, und sie wiederum wartete auf eine abschließende Bemerkung von ihm. Ich freue mich auf die Zusammenarbeit mit Ihnen, hätte vielleicht genügt, aber es hätte nicht ganz der Wahrheit entsprochen.

»Tja, dann also noch einen schönen Abend«, sagte Isabelle Ardery schließlich. Mit demonstrativer Erheiterung über Lynleys Anzug fügte sie hinzu: »Und ich bitte um Entschuldigung, wenn ich Ihre Wochenendpläne zunichte gemacht habe.« Sie nickte Barbara zu, sagte kurz: »Sergeant« und verschwand.

Ihre Schritte hallten laut im Korridor, als sie von Lynleys Büro zum Aufzug ging.

»Was meinen Sie, lagert man die in Maidstone in der Tiefkühltruhe und taut sie nur zu besonderen Gelegenheiten auf?« fragte Barbara schließlich.

»Ich denke, sie hat einen harten Job in einer noch härteren Branche.« Er kehrte zu seinem Sessel zurück und begann, in irgendwelchen Papieren zu blättern. Barbara musterte ihn mit scharfem Blick.

»Mann-o-Mann! Hat sie Ihnen etwa gefallen? Sie ist ja wirklich sehr hübsch, und ich gebe zu, als ich sie hier sitzen sah, dachte ich, Sie – na, Sie haben's ja gemerkt, nicht? Aber im Ernst, gefällt sie Ihnen?«

»Sie braucht mir nicht zu gefallen«, versetzte Lynley. »Ich

muß lediglich mit ihr zusammenarbeiten. Und mit Ihnen auch. Wollen wir also anfangen?«

Er kehrte den Vorgesetzten heraus, und das tat er nur höchst selten. Barbara hätte gern gemault. Aber sie wußte, daß eine Krähe der anderen nicht die Augen aushackte, und er und Isabelle Ardery hatten schließlich den gleichen Dienstrang. Es war sinnlos, sich herumzustreiten. Darum sagte sie nur: »In Ordnung.«

Er bezog sich auf den Bericht. »Wir haben mehrere interessante Fakten. Der ersten Untersuchung zufolge ist Fleming am Mittwoch abend oder in den frühen Morgenstunden des Donnerstags gestorben. Im Moment liegt der geschätzte Todeszeitpunkt irgendwo zwischen Mitternacht und drei Uhr morgens.« Er las einen Augenblick und kreuzte irgend etwas mit Bleistift an. »Er wurde heute morgen gefunden ... um Viertel vor elf, als die Polizei aus Greater Springburn eintraf und ins Haus eindrang.«

»Und warum ist das interessant?«

»Weil – ungewöhnlicher Fakt Nummer eins – von Mittwoch abends bis Freitag morgens niemand Kenneth Fleming als vermißt meldete.«

»Vielleicht war er ein paar Tage weggefahren, um allein zu sein.«

»Damit sind wir schon beim zweiten interessanten Detail. Er dürfte wohl kaum die Einsamkeit gesucht haben, als er in das Haus nach Springburn fuhr. Das war nämlich zu der Zeit bewohnt. Von einer Frau namens Gabriella Patten.«

»Ist sie eine Prominente?«

»Sie ist die Ehefrau von Hugh Patten.«

»Und der ist ...?«

»Der Direktor eines Unternehmens namens Powersource, Sponsor der diesjährigen Vergleichskämpfe gegen Australien. Und sie – Gabriella, seine Frau – ist verschwunden. Aber ihr Auto steht noch in der Garage des Cottage. Was schließen Sie daraus?«

»Wir haben eine Verdächtige?«

»Durchaus möglich, ja.«

»Oder eine Entführung?«

Er drehte die erhobene Hand hin und her, um seine Skepsis deutlich zu machen. Dann fuhr er fort: »Nun zur dritten Tatsache: Obwohl Fleming im Schlafzimmer gefunden wurde, war er – wie Sie selbst gesehen haben – voll bekleidet. Nur das Jackett hatte er ausgezogen. Und weder im Schlafzimmer noch sonstwo im Haus war ein Koffer zu finden.«

»Er hatte also nicht die Absicht gehabt zu bleiben, meinen Sie? Vielleicht ist er bewußtlos geschlagen und da raufgeschleppt worden, um den Anschein zu erwecken, er hätte ein Nickerchen machen wollen?«

»Und die vierte interessante Tatsache: Seine Frau und seine Kinder leben auf der Isle of Dogs, aber Fleming selbst lebte seit zwei Jahren in Kensington.«

»Also getrennt, richtig? Wieso ist das von Interesse?«

»Weil er – in Kensington – mit der Frau zusammenlebte, der das Haus in Kent gehört.«

»Mit dieser Gabriella Patten?«

»Nein, die ist nur die Mieterin. Es handelt sich um eine dritte Frau. Um eine gewisse« – Lynley suchte mit dem Finger auf dem Blatt, das er vor sich liegen hatte – »Miriam Whitelaw.«

Barbara, die ein Bein über das andere geschlagen hatte, spielte am Schnürsenkel ihres roten Joggingstiefels. »Scheint ganz schön rumgekommen zu sein, der gute Fleming, wenn er nicht gerade Cricket gespielt hat. Eine Ehefrau auf der Isle of Dogs, eine – was? – Geliebte in Kensington?«

»So sieht es aus.«

»Was war dann die in Kent?«

»Das ist die Frage«, sagte Lynley. Er stand auf. »Sehen wir mal, ob wir die Antwort finden.«

4

Die Häuser von Staffordshire Terrace zogen sich quer über den Südhang des Campden Hill, Zeugnis des Höhepunkts viktorianischer Architektur im nördlichen Teil Kensingtons. Sie waren in einem Stil erbaut, der der italienischen Renaissance nachempfunden war; weder fehlten Balustraden und Erker noch gezinnte Dachsimse, noch weiße Stuckelemente, die zum Schmuck der eigentlich schlichten und soliden Bauten aus pfefferfarbenem Backstein dienten. Hinter schwarzen schmiedeeisernen Zäunen säumten sie die schmale Straße in eintöniger Würde und unterschieden sich äußerlich nur durch die Blumen voneinander, die in Kästen oder Töpfen wuchsen.

In den drei Blumenkästen vor dem Erkerfenster des Hauses Nummer 18 wuchs Jasmin in überreicher Fülle. Im Gegensatz zu den meisten anderen Häusern in der Straße, war Nummer 18 nicht in ein Wohnhaus für mehrere Parteien umgewandelt worden. Es gab nur eine einzige Türglocke. Dort läutete Lynley, der in Begleitung von Barbara Havers gekommen war, ungefähr fünfundzwanzig Minuten nachdem man sich von Inspector Isabelle Ardery verabschiedet hatte.

»Stinkvornehm.« Barbara wies mit einer Kopfbewegung zur Straße. »Ich habe drei BMWs gesehen, zwei Range Rover, einen Jaguar und ein Coupé de Ville.«

»Coupé de Ville?« fragte Lynley und blickte zur Straße zurück, die vom gelben Lichtschein viktorianischer Laternen erleuchtet war. »Ist etwa Chuck Berry in der Gegend?«

Barbara lachte. »Und ich hab gedacht, Sie hören niemals Rock 'n' Roll.«

»Manche Dinge eignet man sich durch Osmose an, Sergeant, dadurch, daß man einer allgemeinen kulturellen Erfahrung ausgesetzt ist, die auf hinterhältige Weise Teil des eigenen Wissensschatzes wird. Ich nenne das unbewußte geistige Assimilation.« Er sah zu dem Fenster über der Tür hinauf. Licht schimmerte nach draußen. »Sie haben sie doch angerufen, oder?«

»Unmittelbar bevor wir losgefahren sind.«

»Und was haben Sie gesagt?«

»Daß wir wegen ihres Hauses und des Brands mit ihr reden wollen.«

»Wo bleibt sie –«

Hinter der Tür erklang eine feste Stimme. »Wer ist da, bitte?«

Lynley gab Auskunft. Sie hörten, wie drinnen ein Sicherheitsschloß entriegelt wurde. Die Tür öffnete sich, und sie sahen sich einer grauhaarigen Frau in einem eleganten marineblauen Kleid mit Jacke gegenüber. Sie trug eine modische Brille, in deren Gläsern das Licht funkelte, als sie von Lynley zu Barbara blickte.

»Wir möchten zu Miriam Whitelaw«, sagte Lynley und zeigte der Frau seinen Ausweis.

»Ja«, erwiderte sie. »Ich weiß. Ich bin Miriam Whitelaw. Bitte kommen Sie herein.«

Lynley spürte den Blick, den Barbara ihm zuwarf. Er wußte, sie fragte sich in diesem Moment genau wie er, ob sie ihre Vermutungen über die Beziehung zwischen Kenneth Fleming und der Frau, mit der er zusammenlebte, würden revidieren müssen. Miriam Whitelaw schien, so elegant und gepflegt sie war, etwa Ende Sechzig zu sein, also mehr als dreißig Jahre älter als der Tote in Kent. Die Wendung »mit jemandem zusammenleben« hatte heutzutage eine unmißverständliche Konnotation. Sowohl Lynley als auch Barbara Havers hatten sie sich ohne zu überlegen zu eigen gemacht. Was, wie Lynley sich mit Verdruß sagte, nicht gerade für die Wissenschaftlichkeit ihrer Arbeitsmethoden sprach.

Miriam Whitelaw trat von der Tür zurück und bat sie ins Haus. »Am besten gehen wir in den Salon hinauf«, meinte sie und führte sie durch den Korridor zu einer Treppe. »Da habe ich Feuer gemacht.«

Und ein Feuer, dachte Lynley, ist hier dringend notwendig. Obwohl man sich dem Sommer näherte, war es in diesem Haus nur einige Grad wärmer als in einem Tiefkühlraum.

Miriam Whitelaw schien seine Gedanken zu erraten; sie bemerkte über ihre Schulter hinweg: »Mein verstorbener Mann und ich haben Ende der sechziger Jahre, als mein Vater einen Schlaganfall hatte, Zentralheizung einbauen lassen. Aber ich benutze sie kaum. Ich bin meinem Vater wahrscheinlich ähnlicher, als ich erwartet hätte. Er wünschte, daß das Haus genauso blieb, wie seine Eltern es in den siebziger Jahren des letzten Jahrhunderts erbaut und eingerichtet hatten. Lediglich mit dem Verlegen von elektrischen Leitungen war er nach Ende des Zweiten Weltkriegs endlich einverstanden. Sentimental, ich weiß. Aber so ist es nun einmal.«

Lynley hatte nicht den Eindruck, als hätte sie den Wünschen ihres Vaters in irgendeiner Weise zuwider gehandelt. Beim Betreten dieses Hauses fühlte man sich wie in einer Zeitkapsel. Da gab es William-Morris-Tapeten, zahllose alte Stiche an den Wänden, Perserteppiche auf den Böden, als Wandleuchten blaue Glasschirme ehemaliger Petroleumlampen und einen offenen Kamin mit einem Bronzegong darüber. Es war alles entschieden seltsam.

Dieser Eindruck des Anachronistischen verstärkte sich noch, als sie die Treppe hinaufstiegen, zuerst an einer Wand mit vergilbten Jagdstichen vorbei, dann, nach dem Zwischengeschoß, eine Wand entlang, die vollgehängt war mit gerahmten Karikaturen aus dem *Punch*. Sie waren chronologisch geordnet, und die ersten stammten aus dem Jahr 1858.

Lynley hörte, wie Barbara unterdrückt »Heiliger Bimbam« murmelte, während sie sich umsah. Er bemerkte ihr Schaudern und wußte, mit der Kälte hatte es nichts zu tun.

Der Raum, in den Miriam Whitelaw sie führte, hätte entweder die stilechte Kulisse für einen Kostümfilm oder die Museumsreproduktion eines typischen viktorianischen Salons sein können: zwei gekachelte offene Kamine, beide mit Marmor eingefaßt, mit vergoldeten venezianischen Spiegeln über den Simsen, auf denen Ormolu-Uhren, etruskische Vasen und kleine Bronzen standen, vorzugsweise von Merkur und Diana und muskulösen Ringern. Im entfernteren Kamin brannte ein Feuer, und dorthin führte Miriam Whitelaw sie. Man hatte weniger das Gefühl, sich in einem Wohnzimmer zu befinden, als vielmehr in einem Labyrinth von Hindernissen in Form von Troddeln und Quasten, Arrangements aus getrockneten Blumen, Hockern und Fußschemeln, die den Unbedachten heimtückisch zu Fall zu bringen drohten. Fehlt nur noch eine Miss Havisham, dachte Lynley.

Und wieder, als hätte sie seine Gedanken erraten, bemerkte Mrs. Whitelaw: »Man gewöhnt sich daran, Inspector. Als Kind war das Haus für mich ein Zauberschloß. Diese vielen faszinierenden Dinge, die man hier zu sehen bekam und um die man seine Geschichten spinnen konnte! Als ich das Haus dann erbte, brachte ich es einfach nicht übers Herz, etwas daran zu verändern. Bitte. Setzen Sie sich doch.«

Sie selbst wählte einen bequemen Sessel, der mit grünem Samt bezogen war, und wies ihre Gäste zu den Sitzgelegenheiten, die näher beim Feuer standen. Sie waren tief und weich. Man saß nicht eigentlich in ihnen, man versank.

Lynley erklärte Miriam Whitelaw, wie man die Ermittlungen in diesem Fall zu führen gedachte, daß Kent und London ihre Tätigkeit koordinieren würden. Er nannte ihr den Namen Isabelle Arderys. Er reichte ihr eine seiner Karten. Sie nahm sie, las, drehte sie herum und legte sie neben ihr Glas.

»Verzeihen Sie«, sagte sie, »aber ich verstehe nicht ganz. Was genau meinen Sie, wenn Sie von Koordinierung sprechen?«

»Hat die Polizei von Kent denn nicht mit Ihnen gesprochen?« fragte Lynley. »Und die Feuerwehr?«

»Doch, mit der Feuerwehr schon. Irgendwann nach der Mittagszeit. Ich kann mich an den Namen des Herrn nicht erinnern. Er hat mich in der Firma angerufen.«

»Wo ist das?« Lynley sah, daß Barbara in ihr Notizheft zu schreiben begann.

»In Stepney. In einer Druckerei.«

Bei dieser Erklärung sah Barbara auf. Miriam Whitelaw sah weder nach Stepney noch nach Fabrikarbeiterin aus.

»Die Druckerei Whitelaw«, erklärte Miriam Whitelaw. »Ich leite sie.« Sie griff in ihre Tasche und zog ein Taschentuch hervor, das sie zusammengeknüllt in der Hand behielt. »Bitte erklären Sie mir doch genauer, was eigentlich vorgeht.«

»Was hat man Ihnen denn bis jetzt gesagt?« fragte Lynley.

»Der Herr von der Feuerwehr informierte mich über einen Brand im Häuschen. Sie hätten die Haustür aufbrechen müssen, um hineinzukommen. Er sagte, bei ihrer Ankunft hätten sie festgestellt, daß das Feuer bereits erloschen war und, abgesehen von Rauch und Ruß, keinen großen Schaden angerichtet hatte. Ich wollte gleich hinausfahren und mir das Haus selbst ansehen, aber er sagte, es sei versiegelt, und ich könne erst hinein, wenn die Untersuchung abgeschlossen sei. Ich fragte ihn, wozu wir eine Untersuchung bräuchten, wenn das Feuer doch schon aus war. Er wollte wissen, wer im Haus gewesen sei. Ich sagte es ihm. Daraufhin bedankte er sich und legte auf.« Sie knüllte das Taschentuch in ihrer Hand noch fester zusammen. »Ich habe heute nachmittag noch zweimal dort angerufen. Aber kein Mensch konnte oder wollte mir eine Auskunft erteilen. Jedesmal ließen sie sich meinen Namen und meine Telefonnummer geben, bedankten sich sehr freundlich und sagten, sie würden sich melden, sobald sie etwas Neues wüßten. Das war alles. Und jetzt sind Sie hier und... Bitte, was ist passiert?«

»Sie teilten der Feuerwehr mit, daß das Haus derzeit von einer Frau namens Gabriella Patten bewohnt ist«, konstatierte Lynley.

»Das ist richtig. Der Herr, der mich anrief, bat mich, ihren Namen zu buchstabieren. Er wollte wissen, ob sie in Gesellschaft gewesen sei. Ich sagte ihm, meines Wissens nach nicht. Gabriella ist ja hinausgefahren, weil sie allein sein wollte. Ich kann mir nicht vorstellen, daß sie sich Gäste ins Haus geholt hätte. Ich fragte den Herrn, ob es Gabriella gutgehe. Er sagte, er würde sich melden, sobald er etwas wisse.« Sie hob die Hand mit dem Taschentuch zu der Halskette, die sie trug. Es war eine Gliederkette aus massivem Gold. Die Ohrringe paßten dazu.»Sobald er etwas wisse...«, wiederholte sie nachdenklich. »Wie kann er denn *nichts* gewußt haben? Ist ihr etwas geschehen, Inspector? Sind Sie deshalb hergekommen? Ist Gabriella im Krankenhaus?«

»Das Feuer brach im Eßzimmer aus«, sagte Lynley.

»Ja, das weiß ich. War es der Teppich? Gabriella hat immer gern ein offenes Feuer, und wenn aus dem Kamin ein Funke geflogen ist, während sie in einem anderen Raum war –«

»Nein, es war eine Zigarette. In einem der Sessel. Es ist schon mehrere Tage her.«

»Eine Zigarette?« Miriam Whitelaw senkte den Blick. Ihr Gesichtsausdruck veränderte sich.

Lynley beugte sich vor. »Mrs. Whitelaw, wir sind hier, weil wir mit Ihnen über Kenneth Fleming sprechen möchten.«

»Über Ken? Warum?«

»Weil es in Ihrem Landhäuschen unglücklicherweise einen Todesfall gegeben hat. Und wir müssen Informationen sammeln, um klären zu können, was eigentlich geschehen ist.«

Im ersten Moment rührte sie sich nicht. Dann begannen ihre Finger das Taschentuch zu kneten. »Ein Todesfall? Aber davon hat der Mann von der Feuerwehr kein Wort gesagt. Sie haben mich nur gefragt, wie man ihren Namen schreibt. Sie sagten, sie würden mir Bescheid geben, sobald sie etwas Genaues wüßten... Und jetzt sagen Sie mir, daß diese Leute die ganze Zeit *gewußt* haben –« Sie holte zitternd Atem. »Warum haben sie mir nichts gesagt? Sie hatten mich am Telefon und machten sich nicht einmal die Mühe, mir zu sagen, daß jemand umgekommen ist. In meinem Haus. Und Gabriella – o Gott, ich muß sofort Ken benachrichtigen.«

»Ja, es hat einen Todesfall gegeben. Aber es handelt sich nicht um Gabriella Patten, Mrs. Whitelaw.«

»Nicht –?« Sie erstarrte in ihrem Sessel, als sei ihr mit einem Schlag klargeworden, daß gleich Grauenhaftes über sie hereinbrechen würde. »Dann wollte der Herr von der Feuerwehr also deshalb wissen, ob außer ihr noch jemand im Haus war.« Sie schluckte. »Wer ist es? Bitte, sagen Sie es mir.«

»Es tut mir sehr leid, es handelt sich um Kenneth Fleming.«

Ihr Gesicht wurde völlig ausdruckslos. Dann ungläubig. »Ken?« sagte sie. »Das ist unmöglich.«

»Leider nicht. Es liegt eine amtliche Identifizierung vor.«

»Von wem?«

»Von seiner –«

»Nein«, unterbrach sie. Alle Farbe wich aus ihrem Gesicht. »Das kann nur ein Irrtum sein. Ken ist ja gar nicht in England.«

»Seine Frau hat ihn am späten Nachmittag identifiziert.«

»Das kann nicht sein. Warum hat man nicht *mich* gebeten ...« Sie streckte einen Arm nach Lynley aus. »Ken ist nicht hier«, beteuerte sie. »Er ist mit Jimmy verreist. Sie sind beim Segeln ... Sie sind zum Segeln gefahren. Sie machen einen Kurzurlaub und ... Sie sind beim Segeln, und ich weiß nicht mehr, wo. Wohin wollte er nur ...? Wohin?«

Sie stand mühsam auf, so als könnte sie im Stehen besser nachdenken. Sie sah nach rechts und nach links. Dann stürzte sie zu Boden und riß einen dreibeinigen Tisch mit einer Karaffe und Gläsern mit sich.

Barbara sagte: »Du lieber Himmel!«

Kristallkaraffe und Gläser rollten über den Teppich. Sherry lief aus. Sein Geruch stieg honigsüß in die Luft.

Lynley war gleichzeitig mit Mrs. Whitelaw aufgestanden, hatte aber nicht schnell genug reagiert, um sie aufzufangen. Jetzt beugte er sich hastig über die auf dem Boden Liegende. Er prüfte ihren Puls, nahm ihre Brille ab und zog ihre Augenlider hoch. Er nahm ihre Hand. Ihre Haut war schweißfeucht und kalt.

»Sehen Sie, ob Sie irgendwo eine Decke finden«, sagte er zu Barbara. »Oben sind sicher Schlafzimmer.«

Er hörte Barbara aus dem Zimmer laufen. Sie rannte polternd die Treppe hinauf. Er zog unterdessen Miriam Whitelaw die Schuhe aus, rückte einen der kleinen Schemel heran und legte ihre Füße hoch. Wieder prüfte er ihren Puls. Er war kräftig. Ihr Atem war normal. Lynley zog seine Smokingjacke aus und deckte sie damit zu. Als Barbara wieder ins Zimmer gestürmt kam, mit einem blaßgrünen Bettüberwurf unter dem Arm, begannen Miriam Whitelaws Augenlider zu flattern. Ihre Stirn krauste sich, und die Kerbe zwischen ihren Augenbrauen vertiefte sich.

»Es ist alles in Ordnung«, sagte Lynley zu ihr. »Sie sind ohnmächtig geworden. Bleiben Sie ruhig liegen.«

Er tauschte sein Jackett gegen die Tagesdecke, die Barbara offenbar oben von einem der Betten gerissen hatte.

Dann stellte er den dreibeinigen Tisch wieder auf, während Barbara Karaffe und Gläser einsammelte und mit Papiertaschentüchern wenigstens etwas von dem Sherry aufzusaugen versuchte, der langsam in den Teppich sickerte.

Miriam Whitelaw zitterte unter der dünnen Decke. Sie schob eine Hand hervor und umfaßte den Saum.

»Kann ich Ihnen irgend etwas bringen?« fragte Barbara. »Ein Glas Wasser? Einen Whisky?«

Miriam Whitelaws Lippen zuckten, als sie zu sprechen versuchte. Sie heftete ihren Blick auf Lynley. Er legte seine Hand auf die ihre und sagte zu Barbara: »Ich glaube, ihr ist nichts passiert.« Und zu Miriam Whitelaw: »Bleiben Sie einfach still liegen.«

Sie schloß die Augen. Sie atmete in keuchenden Stößen, aber das schien eher ein Ringen um Beherrschung der Gefühle anzuzeigen als eine körperliche Krise.

Barbara gab noch einige Kohlen auf das Feuer. Miriam Whitelaw hob die Hand zur Schläfe. »Mein Kopf«, flüsterte sie. »O Gott. Wie das hämmert.«

»Sollen wir Ihren Arzt anrufen? Sie haben sich vielleicht angeschlagen.«

Sie schüttelte schwach den Kopf. »Das kommt und geht. Migräne.« Ihre Augen wurden feucht, und sie riß sie weit auf in dem Bemühen, die Tränen zurückzuhalten. »Ken ... wußte es.«

»Er wußte es?«

»Ja. Was er tun mußte.« Ihre Lippen sahen spröde aus wie alte Glasur auf Porzellan. »Wenn ich Kopfschmerzen hatte. Er hat die Schmerzen immer weggebracht.«

Aber diese Schmerzen kann er nicht vertreiben, dachte Lynley. Er sagte: »Sind Sie allein im Haus, Mrs. Whitelaw?« Sie nickte. »Sollen wir jemanden anrufen?« Ihre Lippen formten das Wort »Nein«. »Sergeant Havers, meine Mitarbeiterin, kann die Nacht über bei Ihnen bleiben.«

Sie machte eine abwehrende Handbewegung. »Ich – ich bin ...« Sie zwinkerte heftig. »Ich bin – gleich wieder auf den Beinen«, sagte sie, obwohl ihre Stimme sehr schwach war. »Verzeihen Sie mir, bitte. Es tut mir wirklich leid. Der Schock.«

»Sie brauchen sich doch nicht zu entschuldigen!«

Sie warteten in tiefer Stille, die nur vom Knistern des Feuers im Kamin und vom Ticken mehrerer Uhren im Zimmer unterbrochen wurde. Lynley fühlte die Beklemmung von allen Seiten näherkommen. Er wollte die Fenster aus buntem Glas aufreißen. Statt dessen blieb er, wo er war, eine Hand auf Miriam Whitelaws Schulter.

Sie versuchte sich aufzurichten, und Barbara eilte an ihre Seite. Zusammen mit Lynley half sie der Frau zuerst, sich aufzusetzen, dann auf die Füße. Miriam Whitelaw schwankte. Sie stützten sie und führten sie zu einem der tiefen Sessel. Barbara reichte ihr ihre Brille. Lynley hob ihr Taschentuch vom Boden auf und gab es ihr wieder. Er legte ihr den Bettüberwurf um die Schultern.

Sie räusperte sich. »Danke«, sagte sie mit einer gewissen Würde. Sie setzte die Brille auf und strich das Kleid glatt. Dann meinte sie zaghaft: »Wenn es Ihnen nichts ausmacht... Könnte ich wohl auch meine Schuhe haben?« Und erst als sie sie wieder an den Füßen hatte, sprach sie weiter. Sie drückte dabei die Finger der rechten Hand gegen die Schläfe, als könnte sie so die hämmernden Kopfschmerzen unterdrücken. »Sind Sie sicher?« fragte sie leise.

»Daß es Fleming ist?«

»Wenn es gebrannt hat, könnte der Tote doch durch das Feuer...« Sie preßte die Lippen so fest aufeinander, daß sich ihre Zähne unter der Haut abdrückten. »Es könnte doch ein Irrtum sein, nicht wahr?«

»Sie haben eines vergessen. Es war kein richtiger Brand«, sagte Lynley. »Er ist nicht verkohlt. Der Leichnam war nur verfärbt.« Als sie zusammenzuckte, sagte er rasch, um sie zu beruhigen: »Von Kohlenmonoxid. Rauchvergiftung. Seine Haut wird stark gerötet gewesen sein. Aber seine Frau hat ihn natürlich dennoch erkannt.«

»Niemand hat mir etwas gesagt«, murmelte sie wie betäubt. »Nicht einmal angerufen hat man mich.«

»Die Polizei unterrichtet im allgemeinen zuerst die Angehörigen. Die erledigen dann das weitere.«

»Die Angehörigen«, wiederholte sie. »Ja. Nun.«

Lynley setzte sich in den grünen Samtsessel, während Barbara zu ihrem Stuhl zurückkehrte und ihr Heft zur Hand nahm. Miriam Whitelaw sah immer noch elend aus, und Lynley fragte sich, was sie ihr überhaupt an Fragen zumuten konnten.

Sie starrte zu Boden. Sie sprach schleppend, als riefe sie sich jede einzelne Tatsache erst ins Gedächtnis, ehe sie sie erwähnte.

»Ken sagte, er wolle... Griechenland war es. Er wollte ein paar Tage nach Griechenland zum Segeln. Das sagte er. Mit seinem Sohn.«

»Sie erwähnten einen Jimmy.«

»Ja. Das ist sein Sohn. Jimmy. Zu seinem Geburtstag. Nur aus dem Grund hat Ken sein Training unterbrochen. Um mit dem Jungen zu verreisen. Er wollte – sie wollten von Gatwick aus fliegen.«

»Wann?«

»Mittwoch abend. Es war seit Monaten geplant. Als Geburtstagsgeschenk für Jimmy. Die beiden wollten ganz allein verreisen.«

»Sie sind sicher, daß er am Mittwoch abend abreisen wollte?«

»Aber ja. Ich habe ihm noch geholfen, das Gepäck zum Wagen zu bringen.«

»Hat er ein Taxi genommen?«

»Nein, seinen eigenen Wagen. Ich bot ihm an, ihn zum Flughafen zu bringen, aber er hatte das Auto erst seit ein paar Wochen. Ihm war jeder Vorwand willkommen, damit zu fahren. Er wollte Jimmy abholen und dann zum Flughafen. Die beiden wollten ganz allein Urlaub machen. Segelurlaub. Auf den Inseln. Nur für ein paar Tage, weil wir ja jetzt so kurz vor dem ersten Vergleichsspiel stehen.« Die Tränen sprangen ihr in die Augen. Sie drückte ihr Taschentuch an die Lider und räusperte sich. »Entschuldigen Sie.«

»Aber bitte. Das macht doch nichts.« Lynley wartete einen Moment, während sie sich bemühte, ihre Fassung wiederzufinden. »Was für ein Auto fuhr er?«

»Einen Lotus.«

»Welches Modell?«

»Das weiß ich nicht. Es war ein alter Wagen. Neu hergerichtet. Niedrig. Ein grünes Auto.«

»Es stand kein Lotus beim Haus. Nur ein Aston Martin in der Garage.«

»Das muß der von Gabriella sein«, sagte sie. Neue Tränen sammelten sich in ihren Augen. »Ich kann nicht fassen, daß er tot sein soll. Am Mittwoch war er noch hier. Wir haben zusammen zu Abend gegessen. Früher als sonst. Wir haben über die Druckerei gesprochen. Und über die Spiele in diesem Sommer. Über diesen australischen Wunderwerfer. Was der für einen Schlagmann für eine Herausforderung sein würde. Ken machte sich Sorgen, ob er wieder in die Nationalmannschaft berufen werden würde. Immer wenn das Auswahlkomitee zusammentritt, gerät er in Zweifel. Ich sage ihm jedesmal, daß seine Befürchtungen völlig unbegründet sind. Er ist ein so glänzender Spieler. Nie außer Form. Weshalb sollte er Angst haben, nicht in die Nationalmannschaft zu kommen? Er ist – o Gott, da rede ich dauernd im Präsens ... Das kommt daher, daß er – er war – bitte verzeihen Sie. Wenn ich mich nur wieder in den Griff bekomme. Ich darf jetzt nicht zusammenklappen. Ich muß mich erst um alles kümmern. Ja.«

Lynley goß den Rest Sherry, der noch in der Karaffe war, in ein Glas und reichte es ihr. Er hielt ihre Hand, während sie den Alkohol wie Medizin schluckte.

»Jimmy«, sagte sie. »Er war doch nicht auch im Haus?«

»Nein. Nur Fleming.«

»Nur Ken.« Sie sah zum Feuer. Lynley sah, wie sie schluckte, wie ihre Finger sich verkrampften und dann entspannten.

»Was ist?« fragte er.

»Nichts. Es ist nicht im mindesten wichtig.«

»Wollen Sie die Entscheidung darüber nicht lieber mir überlassen, Mrs. Whitelaw?«

Sie leckte sich mit der Zunge die Lippen. »Jimmy hat seinen Vater am Mittwoch bestimmt erwartet. Und wenn Ken nicht gekommen wäre, um ihn abzuholen, hätte er hier angerufen, um zu fragen, was los ist.«

»Aber er hat nicht angerufen?«

»Nein.«

»Sie waren hier im Haus, nachdem Fleming am Mittwoch

abend abgefahren war? Sie sind nicht selbst auch ausgegangen? Und wenn nur für ein paar Minuten? Ist es möglich, daß Sie einen Anruf von ihm verpaßt haben?«

»Ich war hier. Es hat niemand angerufen.« Ihre Augen weiteten sich ein klein wenig bei dem letzten Wort. »Nein. Nein, das stimmt nicht ganz.«

»Es hat jemand angerufen?«

»Früher, ja. Kurz vor dem Abendessen. Für Ken, nicht für mich.«

»Wissen Sie, wer es war?«

»Guy Mollison.«

Lange Zeit Kapitän der englischen Nationalmannschaft, dachte Lynley. Es war nichts Besonderes daran, daß er Fleming angerufen hatte. Aber der Zeitpunkt war interessant.

»Haben Sie von dem Gespräch etwas mitbekommen?«

»Ich bin in der Küche an den Apparat gegangen. Ken hat das Gespräch im kleinen Salon entgegengenommen.«

»Haben Sie mitgehört?«

Sie sah zum Feuer. Sie schien zu erschöpft, um sich über diese Frage zu entrüsten. Dennoch klang ihr Ton reserviert, als sie antwortete: »Natürlich nicht.«

»Nicht einmal, bevor Sie den Hörer aufgelegt haben? Nicht einmal einen Moment, um sicher zu sein, daß Fleming dran war? Das wäre doch ganz natürlich gewesen.«

»Ich hörte Kens Stimme. Dann die von Guy. Das ist alles.«

»Und was redeten sie?«

»Ich bin nicht sicher. Guy erwähnte einen Streit.«

»Ein Streit zwischen den beiden?«

»Er sagte, daß es darum ginge, die Asche zurückzuholen. Ungefähr so. ›Wir wollen uns doch die verdammte Asche wiederholen, oder nicht? Können wir also den Streit begraben und es anpacken?‹ Es war das typische Gerede vor einem großen Spiel. Mehr nicht.«

»Und was war mit dem Streit?«

»Keine Ahnung. Ken äußerte sich nicht dazu. Ich nahm an, es hätte etwas mit Cricket zu tun, mit Guys Einfluß auf das Auswahlkomitee vielleicht.«

»Wie lange dauerte das Gespräch?«

»Er kam ungefähr fünf bis zehn Minuten später in die Küche herunter.«

»Und da sagte er nichts über das Telefonat? Auch beim Abendessen nicht?«

»Nein, nichts.«

»Wirkte er irgendwie anders, nachdem er mit Mollison gesprochen hatte? Bedrückter vielleicht? Erregter oder nachdenklicher?«

»Nein.«

»Und wie war er in den letzten Tagen? In der letzten Woche? Hatten Sie den Eindruck, daß er anders war als sonst?«

»Anders? Nein. Er war wie immer.« Sie neigte den Kopf ein wenig zur Seite. »Warum? Was soll die Frage, Inspector?«

Lynley überlegte, wie er ihre Frage am besten beantwortete. Die Polizei war im Moment in günstiger Position, da sie über Informationen verfügte, die außer ihr nur dem Brandstifter bekannt sein konnten. Er sagte daher vorsichtig: »An dem Brand gibt es gewisse Unregelmäßigkeiten.«

»Sie sagten, er sei von einer Zigarette verursacht worden. In einem der Sessel.«

»War er in den letzten Wochen verzweifelter Stimmung?«

»Verzweifelt? Aber nein, er war überhaupt nicht verzweifelt. Er war in Sorge, gewiß, ob er in die Nationalmannschaft kommen würde. Vielleicht auch ein wenig unruhig, weil er mitten im Training einfach ein paar Tage mit seinem Sohn verreisen wollte. Aber das war auch alles. Worüber hätte er verzweifelt sein sollen?«

»Hatte er vielleicht private Schwierigkeiten? Mit seiner Familie? Wir wissen, daß seine Frau und seine Kinder von ihm getrennt lebten. Hatte er mit ihnen Probleme?«

»Nicht mehr als sonst. Jimmy – der Älteste – machte Ken immer wieder Sorgen, aber kennen Sie einen Sechzehnjährigen, der seinen Eltern keine Sorgen macht?«

»Hätte Fleming Ihnen einen Brief hinterlassen?«

»Einen Brief? Was für einen Brief? Warum?«

Lynley beugte sich vor. »Mrs. Whitelaw, wir müssen die Möglichkeit eines Selbstmordes ausschalten, ehe wir in einer anderen Richtung weiterarbeiten können.«

Sie starrte ihn sprachlos an. Er sah, wie sie sich abmühte, einen Weg durch das emotionale Chaos zu finden, das der Schock über seinen Tod und nun die Unterstellung, er selbst könnte Hand an sich gelegt haben, in ihr hervorgerufen hatten.

»Dürfen wir uns sein Zimmer ansehen?«

Sie schluckte, antwortete aber nicht.

»Betrachten Sie es als notwendige Formalität, Mrs. Whitelaw.«

Unsicher stand sie auf, eine Hand auf die Armlehne ihres Sessels gestützt. Sie sagte leise: »Bitte kommen Sie« und führte sie aus dem Zimmer, noch eine Treppe höher.

Kenneth Flemings Zimmer war in der zweiten Etage, zum Garten hinaus. Der größte Teil des Raums wurde von einem breiten Messingbett eingenommen. Gegenüber verstellte ein riesiger orientalischer Paravent den offenen Kamin. Während Mrs. Whitelaw sich im einzigen Sessel des Zimmers niederließ – einem Ohrensessel, der in der Ecke stand –, ging Lynley zu einer Kommode unter dem Fenster, und Barbara öffnete den Spiegelschrank.

»Das sind seine Kinder?« fragte Lynley. Eine nach der anderen nahm er die Fotografien zur Hand, die auf der Kommode standen. Insgesamt waren es neun, billig gerahmte Schnappschüsse von Säuglingen, Kleinkindern, Kindern.

»Er hat drei Kinder«, sagte Miriam Whitelaw. »Sie sind gewachsen, seit diese Bilder aufgenommen wurden.«

»Neuere Bilder gibt es nicht?«

»Ken wollte immer mal welche machen, aber sobald er den Apparat herauszog, weigerte sich Jimmy, mitzumachen. Und die beiden Kleinen tun immer, was Jimmy sagt.«

»Es gab Schwierigkeiten zwischen Fleming und seinem Ältesten?«

»Jimmy ist sechzehn«, sagte sie wieder. »Das ist ein schwieriges Alter.«

Lynley konnte ihr nur zustimmen. In *seinem* sechzehnten Lebensjahr hatte der Verfall der Beziehung zu seinen Eltern eingesetzt, der erst ein Ende gefunden hatte, als er schon über dreißig gewesen war.

Sonst war nichts im Zimmer zu finden; nichts, außer einem Stück Seife und einem gefalteten Handtuch auf dem Waschtisch; ebenfalls nichts auf dem Kopfkissen; nur ein abgegriffenes Exemplar von Graham Swifts *Waterland* auf dem Nachttisch. Lynley blätterte das Buch durch. Nichts fiel heraus.

Er sah die Kommodenschubladen durch. Fleming war beinahe zwanghaft ordentlich gewesen. Jeder Pulli, jedes Sweatshirt war nach dem gleichen System zusammengelegt. Seine Socken lagen nach Farben sortiert in der Schublade.

Barbara, die auf der anderen Seite des Zimmers den Schrank inspizierte, zog die gleiche Schlußfolgerung, als sie die säuberlich aufgehängten Hemden sah, denen Hosen und Jacketts folgten, während die Schuhe auf dem Schrankboden penibel aufgereiht standen.

»Wahnsinn!« rief sie. »Ist das eine Ordnung! Aber das tun sie manchmal, nicht?«

»Wer tut was?« fragte Miriam Whitelaw.

Barbara machte ein Gesicht, als bedauerte sie ihre Bemerkung.

»Selbstmörder«, sagte Lynley. »Im allgemeinen ordnen sie vorher ihre Angelegenheiten.«

»Im allgemeinen hinterlassen sie auch Abschiedsbriefe oder nicht?« sagte Mrs. Whitelaw.

»Nicht immer. Sicher dann nicht, wenn sie den Selbstmord als Unglücksfall darstellen möchten.«

»Aber es war ja ein Unglücksfall«, versetzte Mrs. Whitelaw. »Es *kann* nur ein Unglücksfall gewesen sein. Ken hat nicht geraucht. Wieso hätte er, wenn er sich das Leben nehmen und einen Unglücksfall vortäuschen wollte, ausgerechnet zu einer Zigarette greifen sollen?«

Um den Verdacht auf eine andere Person zu lenken, dachte Lynley. Um einen Mord vorzutäuschen. Er beantwortete die Frage mit einer Gegenfrage. »Was können Sie uns über Gabriella Patten erzählen?«

Miriam Whitelaw antwortete nicht sofort. Sie schien zu überlegen, was es zu bedeuten haben mochte, daß Lynley diese Frage unmittelbar nach ihrer eigenen Frage gestellt hatte. Dann sagte sie: »Was wollen Sie wissen?«

»Beispielsweise ob sie Raucherin ist.«

Miriam Whitelaw blickte zum Fenster, in dessen nächtlich dunklen Scheiben sie alle sich spiegelten. Sie schien zu versuchen, sich Gabriella Patten mit und ohne Zigarette vorzustellen. Schließlich antwortete sie: »Hier im Haus hat sie nie geraucht. Weil ich selbst nicht rauche. Und Ken raucht – rauchte auch nicht. Ob sie sonst raucht, weiß ich nicht. Kann sein.«

»Wie war ihre Beziehung zu Fleming?«

»Die beiden waren ein Paar.« Als sie sah, wie Lynley die Brauen hochzog, fügte sie hinzu: »Das war nicht allgemein bekannt. Aber ich wußte es. Wir haben abends oft darüber gesprochen – Ken und ich. Schon vom ersten Tag an, als sich die Beziehung zwischen den beiden entwickelte.«

»Die Beziehung?«

»Er hat sie geliebt. Er wollte sie heiraten.«

»Und sie?«

»Sie sagte manchmal auch, sie wolle ihn heiraten.«

»Nur manchmal?«

»Das war so ihre Art. Sie ließ ihn gern zappeln. Angefangen hat es...« Sie hob die Hand zu ihrer Halskette, während sie nachdachte. »Es war irgendwann im vergangenen Herbst. Da hat es begonnen. Er wußte sofort, daß er sie heiraten wollte. *Sie* war nicht so sicher.«

»Soviel ich weiß, ist sie verheiratet.«

»Sie lebt in Trennung.«

»Lebte sie auch schon in Trennung, als die Beziehung zu Fleming anfing?«

»Nein.«

»Und jetzt?«

»Sie hat mit ihrem Anwalt gesprochen, soviel ich weiß. Und ihr Mann mit seinem. Nach dem, was Ken mir erzählte, haben sie sich fünf- oder sechsmal zusammengesetzt, jedoch keine Einigung erzielt.«

»Aber die Scheidung lief?«

»Von ihrer Seite? Vermutlich, aber mit Gewißheit kann ich es nicht sagen.«

»Was meinte Fleming?«

»Ken hatte manchmal den Eindruck, daß sie die Sache verschleppte, aber er war so – ungeduldig. Er wollte stets alles sofort erledigt haben, wenn er einmal einen Entschluß gefaßt hatte. So war er immer.«

»Hatte er denn in seinem eigenen Leben schon alles geordnet?«

»Er hatte mit Jean endlich über eine Scheidung gesprochen, wenn Sie das meinen.«

»Wann war das?«

»Ungefähr zur gleichen Zeit, als Gabriella ihren Mann verließ. Anfang letzten Monats.«

»Und war seine Frau mit einer Scheidung einverstanden?«

»Die beiden hatten zu der Zeit schon vier Jahre getrennt gelebt, Inspector. Ihr Einverständnis war im Grunde nicht mehr relevant.«

»Trotzdem – war sie einverstanden?«

Miriam Whitelaw zögerte. »Jean hat Ken geliebt. Sie wollte ihn zurückhaben. Daran hat sich in all den Jahren seiner Abwesenheit nichts geändert. Ich kann mir nicht vorstellen, daß sie ihre Meinung änderte, nur weil er endlich von Scheidung sprach.«

»Und Mr. Patten? Wußte er von der Beziehung seiner Frau zu Fleming?«

»Ich bezweifle es. Sie bemühten sich sehr um Diskretion.«

»Aber wenn sie in Ihrem Haus auf dem Land gewohnt hat«, bemerkte Barbara, sich vom Schrank abwendend, wo sie systematisch Kenneth Flemings Kleider durchsah, »kam das doch eigentlich einer öffentlichen Kundgebung gleich, finden Sie nicht?«

»Soviel ich weiß, hatte Gabriella keinem Menschen gesagt, wo sie sich aufhielt. Sie brauchte ein Dach über dem Kopf, nachdem sie Hugh verlassen hatte. Ken fragte mich, ob sie im Cottage wohnen könnte. Ich war damit einverstanden.«

»Ihre Art, der Beziehung stillschweigend Ihr Placet zu geben?« fragte Lynley.

»Ken hat nicht um mein Placet gebeten.«

»Und wenn er es getan hätte?«

»Er stand mir jahrelang so nahe wie ein Sohn. Ich wollte ihn glücklich sehen. Wenn er glaubte, eine Ehe mit Gabriella würde ihn glücklich machen, so war mir das recht.«

Eine interessante Antwort, dachte Lynley. Das Wort »glauben« war in diesem Zusammenhang überaus bedeutsam. Er sagte: »Mrs. Patten ist verschwunden. Haben Sie eine Ahnung, wo sie sein könnte?«

»Nein. Es sei denn, sie ist zu Hugh zurückgekehrt. Damit hat sie immer gedroht, wenn sie und Ken Streit hatten. Vielleicht hat sie die Drohung wahr gemacht.«

»Hatten sie denn Streit?«

»Ich bezweifle es. Ken hat im allgemeinen mit mir darüber gesprochen, wenn so etwas vorgekommen war.«

»Sie hatten häufig Konflikte?«

»Gabriella setzt gern ihren Kopf durch. Ken ebenfalls. Hin und wieder fiel es ihnen schwer, einen Kompromiß zu finden. Das war alles.« Sie schien zu erkennen, in welche Richtung die Fragen führten, denn sie fügte hinzu: »Aber Sie können doch nicht im Ernst glauben, daß Gabriella… Das ist wirklich sehr unwahrscheinlich, Inspector.«

»Wer außer Ihnen und Fleming wußte, daß sie sich in Ihrem Haus aufhielt?«

»Die Nachbarn vermutlich. Der Briefträger. Der Milchmann. Die Leute aus Lesser Springburn, wenn sie sich im Dorf sehen ließ.«

»Ich meine, hier in London.«

»Niemand«, antwortete sie.

»Außer Ihnen.«

Ihr Gesichtsausdruck war ernst, aber nicht pikiert. »Das ist richtig«, bestätigte sie.»Niemand außer mir. Und Ken.«

Sie begegnete Lynleys Blick, als warte sie auf die Anschuldigung. Lynley sagte nichts. Sie hatte behauptet, Kenneth Fleming sei ihr so nahegestanden wie ein Sohn. Er machte sich dazu seine eigenen Gedanken.

»Ah. Hier ist was«, sagte Barbara Havers. Sie schlug ein

schmales Heftchen auf, das sie aus einer der Jackentaschen gezogen hatte. »Flugtickets«, sagte sie und blickte auf. »Nach Griechenland.«

»Steht das Flugdatum darauf?«

Barbara hielt die Karten ans Licht. Mit gekrauster Stirn überflog sie das Geschriebene. »Hier. Ja. Sie sind für –« Sie rechnete lautlos nach. »Vergangenen Mittwoch.«

»Er muß sie vergessen haben«, sagte Miriam Whitelaw.

»Oder er hatte nie die Absicht, sie mitzunehmen.«

»Aber er hatte doch sein Gepäck dabei, Inspector«, entgegnete Miriam Whitelaw. »Ich habe gesehen, wie er packte. Ich habe ihm geholfen, die Sachen zum Wagen zu bringen. Am Mittwoch. Mittwoch abend.«

Barbara schlug sich mit den Tickets nachdenklich auf die offene Hand. »Vielleicht hat er sich's plötzlich anders überlegt. Die Reise aufgeschoben. Das wäre auch eine Erklärung dafür, warum der Sohn nicht angerufen hat, als Fleming nicht kam, um ihn abzuholen.«

»Aber es ist keine Erklärung dafür, warum er gepackt hat, als hätte er vor zu fliegen«, insistierte Miriam Whitelaw. »Oder warum er sagte: ›Ich schreibe dir eine Ansichtskarte aus Mykonos‹, bevor er abgefahren ist.«

»Das ist doch ganz einfach«, versetzte Barbara. »Aus irgendeinem Grund wollte er Sie in dem Glauben lassen, er flöge nach Griechenland. An jenem Abend.«

»Oder vielleicht sollten Sie nicht wissen, daß er zuerst nach Kent wollte«, fügte Lynley hinzu.

Er wartete, während Miriam Whitelaw versuchte, sich mit diesen Hypothesen auseinanderzusetzen. Daß es sie Anstrengung kostete, zeigte sich in dem gequälten Ausdruck ihres Gesichts. Sie bemühte sich erfolglos, eine Miene aufzusetzen, die ihnen suggerieren sollte, die Tatsache, daß Kenneth Fleming sie belogen hatte, habe sie nicht überrascht.

Wie ein Sohn, dachte Lynley. Und fragte sich, ob die Lüge Kenneth Fleming für Miriam Whitelaw mehr oder weniger sohnähnlich machte.

Olivia

Immer wenn die Ausflugsdampfer vorbeifahren, fühle ich, wie unser Hausboot auf dem Wasser ganz leicht hin und her schwankt. Chris behauptet, ich bilde mir das ein, unser Boot sei so stabil, daß es kaum ins Schwanken zu bringen ist. Trotzdem, ich schwöre, ich kann's fühlen, dieses Schwappen des Wassers. Wenn ich im Bett liege und das Zimmer dunkel ist, dann ist es wie im Mutterleib, so stell ich mir das vor.

Weiter unten, in Richtung Regent's Park, gibt es viele Hausboote. Sie sind bunt bemalt und auf beiden Seiten des Kanals aufgereiht wie die Eisenbahnwaggons. Die Touristen, die in den Regent's Park oder zur Camden-Schleuse wollen, fotografieren sie immer gern. Wahrscheinlich versuchen sie, sich vorzustellen, wie das wohl ist, mitten in einer Großstadt auf einem Hausboot zu leben.

Unser Boot wird nicht oft fotografiert. Chris hat beim Bau mehr aufs Praktische geachtet als aufs Pittoreske. Es ist also nichts Spektakuläres, aber als Zuhause ist es nicht übel. Ich bin meistens hier. Ich sehe Chris zu, wenn er die Skizzen für seine Formen macht. Ich kümmere mich um die Hunde.

Chris ist noch nicht wieder zurück. Ich hab gleich gewußt, daß er ewig ausbleiben würde. Wenn er bis zum Park gekommen und mit den Hunden reingelaufen ist, wird's Stunden dauern, bis er wieder da ist. Aber dann bringt er auch was zu essen mit. Leider wird's wohl was Indisches sein. Er vergißt bestimmt, daß ich das nicht mag. Aber ich werd's ihm nicht übelnehmen. Ihm geht eine Menge im Kopf herum.

Mir allerdings auch.

Dauernd sehe ich sein Gesicht vor mir. Früher wäre ich da total ausgeflippt – bei dem Gedanken, daß ein Mensch, den ich nicht mal kenne, die Frechheit besitzen könnte, eine moralische Forderung an mich zu stellen, von mir zu verlangen, daß ich Prinzipien habe, Herrgott noch mal! Aber es ist verrückt, diese unausgesprochene Forderung hat mir ein ganz eigenartiges

Gefühl von Frieden gebracht. Chris würde sagen, das kommt daher, daß ich endlich eine Entscheidung getroffen habe und danach handle. Vielleicht hat er recht. Natürlich habe ich überhaupt keine Lust, meine dreckige Wäsche vor Ihnen zu waschen, aber ich sehe sein Gesicht immer wieder – ich sehe es *dauernd* –, und es hat mich im Grunde gezwungen, der Tatsache ins Auge zu sehen, daß ich, wenn ich mich schuldig erkläre, auch ausführen muß, wie und warum.

Sehen Sie, ich war für meine Eltern eine ziemliche Enttäuschung, auch wenn meine Einstellung und mein Verhalten meine Mutter weit stärker tangiert haben als Dad. Damit will ich sagen, daß Mutter in ihren Reaktionen auf mich weit direkter war. Sie verpaßte mir ein Etikett: *So eine Enttäuschung*. Sie sprach davon, mit mir nichts mehr zu tun haben zu wollen. Und sie ging mit den Schwierigkeiten, die ich ihr machte, auf ihre gewohnte Art um: indem sie sich ablenkte.

Sie spüren wohl meine Bitterkeit, nicht? Sie werden mir wahrscheinlich nicht glauben, wenn ich sage, daß ich heute kaum noch etwas davon empfinde. Aber damals, ja. Ich war total verbittert. Meine ganze Kindheit hindurch hatte ich zusehen müssen, wie sie von dieser Tagung zu jener Wohltätigkeitsveranstaltung rannte, mußte mir ihre Geschichten von den Armen, doch Ach-so-Begabten in ihrer fünften Englischklasse anhören und bemühte mich verzweifelt und mit allen möglichen Mitteln, die sämtlich unter der Überschrift »Olivia ist wieder einmal schwierig« zusammengefaßt wurden, ihre Aufmerksamkeit zu gewinnen. Schwierig war ich tatsächlich. Mit zwanzig war ich so wütend wie ein in die Enge getriebenes Warzenschwein, und ungefähr ebenso attraktiv. Und Richie Brewster benutzte ich dazu, Mutter meine Wut mitzuteilen. Aber das erkannte ich damals nicht. Damals glaubte ich, es sei Liebe.

Ich begegnete Richie an einem Freitagabend in Soho. Er war Saxophonist in einem Nachtklub namens *Julip's*. Den Laden gibt's heute nicht mehr, aber Sie erinnern sich wahrscheinlich daran, ungefähr dreißig Quadratmeter voller Zigarettenqualm, Schweiß und Gedränge in einem Keller in der Greek Street. Damals hatten sie blaue Lampen an der Decke, das war der letzte

Schrei, obwohl in dem Licht alle aussahen wie Junkies, die dringend einen Schuß brauchten. Ab und zu ließ sich da auch mal eines der weniger bedeutenden Mitglieder der königlichen Familie sehen, und man traf fast immer irgendwelche Schauspieler, Maler oder Schriftsteller. Es war *die* Kneipe für Leute, die sehen und gesehen werden wollten.

Ich wollte keines von beiden. Ich war mit Freunden dort. Wir waren zu einem Konzert in Earl's Court von der Uni nach London gekommen, vier zwanzigjährige Mädchen, die sich vor den Prüfungen einen netten Abend machen wollten.

Im *Julip's* landeten wir nur durch Zufall. Draußen standen sie Schlange, um reinzukommen, also stellten wir uns dazu, um zu sehen, was da lief. Wir entdeckten ziemlich schnell, daß ungefähr ein halbes Dutzend Joints im Umlauf waren. Und rauchten mit.

Heute ist Cannabis für mich Lethe, der Strom des Vergessens. Wenn die Zukunft am dunkelsten aussieht, rauche ich und lasse mich davontreiben. Aber damals war es der Schlüssel zur Lebenslust. Es war herrlich, high zu sein. Ein paar Züge und ich war jemand völlig Neues: Liv Whitelaw, die Gesetzlose, unerschrocken und aufsehenerregend. Natürlich war ich diejenige, die ausfindig machte, woher das Gras kam: von drei Typen aus Wales, Medizinstudenten, die in der Großstadt was erleben wollten. An Alkohol und Stoff fehlte es ihnen offensichtlich nicht. Nur Frauen suchten sie noch. Als sie uns trafen, hatten sie dieses Problem auch gelöst.

Aber von den Jungs gefiel mir keiner. Zwei waren mir zu klein. Und der dritte roch ganz widerlich aus dem Mund. Meine Freundinnen konnten die Kerle haben.

Zwei meiner Freundinnen hatten das *Julip's* schon verlassen, hatten sich mit einem »Wir sehen uns in Cambridge, Liv« von mir verabschiedet, als die Band Pause machte. Ich lehnte mich auf meinem Stuhl zurück und steckte mir eine Zigarette zwischen die Lippen. Richie Brewster gab mir Feuer.

Wie albern und banal er mir jetzt erscheint, dieser Moment, als ungefähr fünfzehn Zentimeter von mir entfernt das Feuerzeug aufflammte und sein Gesicht erleuchtete. Aber Richie hatte alle alten Schwarzweißfilme dieser Welt gesehen und betrachtete sich als eine Kreuzung aus Humphrey Bogart und David Niven. Er sagte: »Darf ich mich zu Ihnen setzen?« Und Liv Whitelaw, die Gesetzlose, antwortete mit blasierter Miene: »Tun Sie, was Sie nicht lassen können.« Soweit ich erkennen konnte, war Richie ein alter Knacker, weit über vierzig, vielleicht näher fünfzig. Seine Haut um Kinn und Augen war schlaff. Er interessierte mich nicht.

Warum bin ich dann an dem Abend mit ihm gegangen, als die Band ihre letzte Nummer gespielt hatte und das *Julip's* zumachte? Ich könnte Ihnen erzählen, daß der letzte Zug nach Cambridge weg war und ich nicht wußte, wohin, aber ich hätte ja heim nach Kensington fahren können. Tja, als Richie sein Saxophon einpackte, zwei Zigaretten anzündete, mir eine reichte und mich fragte, ob ich noch Lust auf einen Drink hätte, glaubte ich eben, da winke eine Verheißung aufregender neuer Erfahrungen. Und darum sagte ich: »Gern, warum nicht?« und gab so meinem Leben eine ganz neue Richtung.

Wir fuhren in einem Taxi nach Bayswater. Richie sagte zum Fahrer: »Zum *Commodore,* am Queensway«, legte seine Hand ganz oben auf meinen Schenkel und drückte zu.

Das ganze Getue hatte für mich den Reiz des Verbotenen, und ich kam mir dabei wahnsinnig erwachsen vor. Am Hotelempfang wechselte das Geld den Besitzer, wir bekamen zwei Flaschen ausgehändigt, stiegen zum Zimmer hinauf, sperrten auf. Richie sah mich die ganze Zeit über immer wieder an, und ich lächelte mit Verschwörermiene zurück. Ich war Liv Whitelaw, die Gesetzlose, ein männermordender Vamp, dem die Männer aus der Hand fraßen. Ich präsentierte mich mit Schlafzimmerblick und aufreizend herausgestrecktem Busen. Mein Gott, wie lächerlich.

Richie riß die Plastikhülle von den Gläsern, die auf der wackeligen Kommode standen, und kippte schnell hintereinander drei kleine Wodka. Er schenkte sich einen vierten, größeren ein und schluckte den, ehe er mir einen Gin eingoß. Er nahm die Flaschen zwischen seine Finger und trug sie zusammen mit seinem Glas zu dem runden Tisch zwischen den beiden Sesseln.

Richie setzte sich, zündete sich eine Zigarette an und begann zu reden.

Ich erinnere mich genau der Themen: Musik, Kunst, Theater, Reisen, Bücher, Filme. Voll tiefer Ehrfurcht angesichts so umfassender Bildung hörte ich zu. Ab und zu gab ich eine Antwort. Später entdeckte ich, daß Schweigen und gebannte Aufmerksamkeit das einzige waren, was von mir erwartet wurde, aber in jener Nacht fand ich, es sei echter Wahnsinn, mit einem Mann zusammenzusein, der sich »einer Frau wirklich öffnete«.

Ich wußte ja nicht, daß Reden für Richie Brewster das Vorspiel ersetzte. Er hatte kein Interesse daran, den weiblichen Körper zu liebkosen. Er brachte sich auf Touren, indem er laberte. Als er sich an diesem Abend in Hitze gequatscht hatte, stieß er mir seine Zunge in den Mund, zog den Reißverschluß meiner langen Hose auf und holte seinen Schwanz raus. Dann bugsierte er mich zum Bett. Er lächelte mich an, sagte sehr bedeutungsschwer »O ja« und zog seine Hose aus. Dann lupfte er meine Hüften und tauchte ein.

Hinterher verschwand er im Bad. Das Wasser rauschte und verebbte wieder. Er kam mit einem Handtuch zurück, warf es mir lächelnd zu und meinte: »Bist du immer so naß?« Ich nahm es als Kompliment. Er ging zur Kommode und schenkte uns beiden wieder zu trinken ein. Er sagte: »Mensch, ich fühl mich wie neugeboren«, und kam zum Bett, wo er mir den Hals küßte und sagte: »Du bist toll. Echt toll. So einen Orgasmus hab ich seit Jahren nicht mehr gehabt.«

Ich fühlte mich unglaublich mächtig, und alles, was ich bisher erlebt hatte, erschien mir völlig unbedeutend. Bis zu dieser Nacht im *Commodore* waren meine Liebesabenteuer nichts weiter gewesen als schwitzendes Gegrapsche mit grünen Jungs, Kindern, die von Liebe keine Ahnung hatten.

Richie berührte mein Haar. Es war damals mittelbraun, nicht blond wie jetzt, und lang und glatt. Er hielt eine Strähne zwischen seinen Fingern und murmelte: »Hm, schön weich.« Er hielt mir das Ginglas an den Mund. Er gähnte. Er rubbelte sich den Kopf. Er sagte: »Kein Scheiß, mir kommt's vor, als würd ich dich seit Jahren kennen.« Und das war der Moment, in dem ich beschloß, daß ich ihn liebte.

Ich blieb in London. Mir war plötzlich klar, daß ich nie nach Cambridge gepaßt hatte, zu den Snobs und den Schwulen und den Trotteln. Warum, zum Teufel, sollte ich als Gesellschaftswissenschaftlerin Karriere machen – das war sowieso Mutters Idee gewesen, sie hatte ja auch sämtliche Beziehungen spielen lassen, um mich in Girton unterzubringen –, wenn ich ein Hotelzimmer in Bayswater haben konnte und einen richtigen Mann, der dafür zahlte und jeden Tag vorbeikam, um auf einer durchgelegenen Matratze eine Nummer mit mir zu schieben.

Nach einer Woche, als meine Freundinnen sich sagten, daß es ihrem Ansehen an der Uni nur schaden konnte, wenn sie mich noch länger deckten, schlug man in Girton Alarm. Man rief meine Eltern an. Meine Eltern riefen die Polizei an. Den einzigen Hinweis, den sie den Bullen geben konnten, war die Adresse *Julip's* in Soho, aber ich war volljährig, und da in letzter Zeit keine weibliche Leiche meines Alters und meiner Maße aus der Themse gefischt worden war, und da die IRA plötzlich Geschmack daran entwickelt hatte, in Autos, Kaufhäusern und Untergrundbahnhöfen Bomben zu hinterlassen, stürzten sich die Bullen nicht gleich wie Bluthunde auf meine Fährte. Es vergingen daher drei Wochen, ehe Mutter, mit Dad am Arm, im *Commodore* aufkreuzte.

Ich war sturzbesoffen, als sie kamen. Es war kurz nach acht Uhr abends, und ich hatte seit vier Uhr getrunken. Als es klopfte, glaubte ich, es sei der Mann vom Empfang, der die Miete abholen wollte. Ich dachte, du gottverdammter blöder Kerl, laß mich bloß in Ruhe, und war schon richtig in Fahrt, als ich die Tür aufriß. Und da standen sie. Ich sehe sie noch heute vor mir: Mutter in einem dieser adretten, schlichten Kleider, die sie in allen Variationen trägt, seit Jackie Kennedy diese Mode populär gemacht hat; Dad in Anzug und Krawatte, wie zum Anstandsbesuch ausstaffiert.

Ich bin sicher, auch Mutter kann mich bis zum heutigen Tag vor sich sehen: in einem von Richies eingelaufenen T-Shirts und weiter nichts. Ich weiß nicht, was sie im *Commodore* zu finden erwartete, als sie an diesem Abend vorbeikam. Aber ich konnte ihr ansehen, daß sie nicht darauf gefaßt war, daß Liv Whitelaw, die Gesetzlose, die Tür aufmachen würde.

»Olivia!« rief sie. »Mein Gott!« Dad sah mich einmal kurz an, senkte die Lider, sah mich dann noch einmal an. Er schien in seinen Kleidern zu schrumpfen.

Ich blieb an der Tür stehen, eine Hand am Knauf, die andere am Pfosten. In gelangweiltem Ton sagte ich: »Gibt's ein Problem?« Ich wußte genau, was kommen würde – Schuldzuweisungen, Tränen und Manipulationsversuche, ganz zu schweigen natürlich von dem Versuch, mich irgendwie aus dem *Commodore* herauszulotsen –, und ich wußte, es würde unsäglich langweilig werden.

»Was ist mit dir passiert?« fragte sie.

»Ich hab einen Mann kennengelernt. Wir leben zusammen. Das ist die ganze Geschichte.«

»Das College hat uns angerufen«, sagte sie. »Deine Lehrer sind außer sich. Deine Freunde machen sich die größten Sorgen um dich.«

»Cambridge ist *out*.«

»Aber deine Ausbildung, deine Zukunft, dein Leben«, warnte sie. Sie sprach sehr vorsichtig. »Was denkst du dir denn?«

Ich zupfte an meiner Lippe. »Was ich mir denke? Hmmm ... Ich denk eigentlich nur daran, daß ich mit Richie Brewster bumsen möchte, sobald er wieder da ist.«

Mutter schien einen ganzen Kopf größer zu werden. Dad senkte wieder den Blick zu Boden. Seine Lippen bewegten sich, als er etwas murmelte, das ich nicht verstand.

»Was haste gesagt, Alter?« fragte ich und lehnte mich mit dem Rücken an den Türpfosten. Aber eine Hand ließ ich auf dem Knauf. Ich war nicht naiv. Ich wußte genau, wenn es meine Mutter schaffte, in das Zimmer hereinzukommen, war mein Leben mit Richie vorbei.

Doch sie schien einen anderen Weg einschlagen zu wollen, den der Vernunft und der Hoffnung, Olivia wieder zur Einsicht zu bringen. Sie sagte: »Wir haben mit den maßgebenden Leuten im College gesprochen. Sie sind bereit, es noch einmal mit dir zu versuchen. Pack also jetzt deine Sachen.«

»Nein.«

»Olivia!«

»Du kapierst es anscheinend nicht. Ich liebe ihn. Er liebt mich. Wir leben hier zusammen.«

»Das ist kein Leben.« Sie sah nach rechts und nach links, als wollte sie sich ein Bild davon machen, in welchem Maß diese Umgebung zu meiner Ausbildung und meiner Zukunft beitragen könnte. Ihr Ton, als sie zu sprechen fortfuhr, war ruhig, und sie appellierte an meine Vernunft. »Du bist unerfahren. Du bist verführt worden. Es ist verständlich, daß du glaubst, diesen Mann zu lieben, daß du glaubst, er liebe dich. Aber dieses – das hier, – ...« Ich sah ihr an, daß sie sich wahnsinnig zusammennahm, um nicht die Kontrolle zu verlieren. Sie versuchte sich als Mutter des Jahres. Aber ihr Auftritt in dieser Rolle kam viel zu spät. Und ich merkte, wie ich wütend wurde.

»Ja?« sagte ich. »Das hier...?«

»Das ist doch nichts weiter als billiger Gin gegen Sex. Das muß dir doch klar sein.«

»Mir ist klar«, sagte ich mit zusammengekniffenen Augen, weil mir das Licht vom Korridor in den Augen zu brennen anfing, »daß das hier viel mehr ist, als du dir überhaupt vorstellen kannst. Aber man darf schließlich keine Wunder an Verständnis erwarten, nicht wahr? Du bist ja wohl in Sachen Liebe und Leidenschaft von Erfahrung ziemlich unbefleckt.«

Mein Vater sagte: »Livie!« und hob den Kopf.

Meine Mutter erwiderte: »Du hast zuviel getrunken.« Sie drückte die Finger an die Schläfen und schloß kurz die Augen. Ich kannte die Anzeichen. Sie kämpfte gegen eine Migräne. Nur ein paar Minuten noch, dann würde ich die Schlacht gewonnen haben. »Wir rufen im College an und sagen, daß du morgen oder übermorgen kommst. Jetzt müssen wir dich erst einmal nach Hause bringen.«

»Nein. Wir brauchen uns nur zu verabschieden. Ich gehe nicht mehr nach Cambridge. Wer darf gnadenhalber den Rasen betreten? Wer trägt welchen Talar? Wer nimmt dieses Semester deine Hausarbeiten auseinander? Das ist kein Leben. Das hier ist Leben.«

»Mit einem verheirateten Mann?«

Mein Vater nahm sie am Arm. Das war offensichtlich die Trumpfkarte, die sie sich bis zuletzt aufgehoben hatten.

»Bei dem du immer warten mußt, bis seine Ehefrau ihn freigibt?« Meine Mutter, die genau wußte, wie sie diesen Moment zu nutzen hatte, streckte die Arme nach mir aus und sagte: »Ach, Olivia. Meine liebste Olivia.« Aber ich schüttelte sie ab.

Ich hatte es nicht gewußt, verstehen Sie, und meiner Mutter war das völlig klargewesen. Ich, die dumme Zwanzigjährige, die sich maßlos überschätzte, der männermordende Vamp Olivia Whitelaw, der der Geliebte aus der Hand fraß, ich hatte es nicht geahnt. Ich hätte es merken müssen, aber ich *hatte* es nicht gemerkt, weil zwischen uns alles so anders war, so wahnsinnig spannend und aufregend. Aber plötzlich fiel es mir wie Schuppen von den Augen, wie das häufig so ist, wenn man einen richtigen Schock erlitten hat, und ich wußte, daß meine Mutter die Wahrheit sagte. Er blieb nicht immer die ganze Nacht. Er behauptete, er hätte Verpflichtungen in einer anderen Stadt, und das stimmte sogar: in Brighton, bei seiner Frau und seinen Kindern.

Mutter sagte: »Du hast es nicht gewußt, nicht wahr, Herzchen?« Und das Mitleid in ihrer Stimme reizte mich so sehr, daß ich meine Stimme wiederfand.

»Wen interessiert das schon«, sagte ich und fügte hinzu: Klar hab ich's gewußt. Ich bin ja schließlich nicht blöde.«

Aber ich war blöde. Sonst hätte ich auf der Stelle meine Sachen packen und Richie Brewster verlassen müssen.

Sie möchten wissen, warum ich es nicht getan habe, hm? Ganz einfach. Ich sah keine Alternative. Wohin hätte ich denn gehen können? Zurück nach Cambridge, um die Musterstudentin zu spielen, während alle nur darauf warteten, daß ich wieder ins Fettnäpfchen trat? Heim nach Kensington, wo Mutter sich, triefend vor Edelmut, meiner emotionalen Leiden angenommen hätte? Oder auf die Straße? Nein. Nichts davon kam in Frage. Ich würde nirgendwohin gehen. Ich hatte mein Leben voll im Griff, und das würde ich unwiderlegbar beweisen.

Ich sagte also: »Er trennt sich von seiner Frau, falls es euch interessieren sollte«, und knallte die Tür zu. Ich sperrte ab.

Sie klopften noch eine Weile. Wenigstens Mutter. Ich konnte hören, wie Dad mit leiser Stimme, die weit entfernt klang, sagte: »Miriam, das reicht jetzt.« Ich kramte in der Kommode nach einer frischen Packung Zigaretten, zündete mir eine an, goß mir noch einen Drink ein und wartete darauf, daß sie es endlich aufgeben und abhauen würden. Und dabei überlegte ich die ganze Zeit, was ich sagen und tun würde, wenn Richie kam und ich ihn in die Knie zwang.

Ich hatte hundert verschiedene Szenarien auf Lager, die alle damit endeten, daß Richie um Gnade flehte. Aber er ließ sich zwei Wochen lang nicht mehr im *Commodore* blicken. Er hatte irgendwie Wind davon bekommen, was losgewesen war. Und als er endlich aufkreuzte, wußte ich bereits seit drei Tagen, daß ich schwanger war.

Olivia

Der Himmel ist heute wolkenlos, aber er ist nicht blau, und ich weiß nicht, warum. Er wölbt sich wie der Rücken eines glanzlosen Schilds hinter dem tristen Wohnsilo, das sie dort hochgezogen haben, wo einst Robert Browning lebte, und ich sitze hier und betrachte ihn, während ich mir alle möglichen Gründe dafür ausdenke, warum er die Farbe verloren hat. Ich kann mich nicht erinnern, wann ich das letztemal einen richtig blauen Himmel gesehen habe, und das beunruhigt mich. Vielleicht frißt die Sonne das Blau auf, versengt den Himmel zuerst an den Rändern, wie Feuer das bei Papier tut, und nagt sich dann immer schneller nach innen, bis schließlich über uns nur noch ein sich wie wahnsinnig drehender weißer Feuerball übrig bleibt, der schon verglühter Asche entgegenrast.

Niemand sonst scheint diese Veränderung des Himmels zu bemerken. Wenn ich Chris darauf aufmerksam mache, beschattet er seine Augen mit der Hand und sieht hinauf. Er sagt: »Tatsächlich. Meinen Berechnungen nach haben wir in unserer derzeitigen Umweltsituation noch für zwei Stunden Luft zum Atmen. Sollen wir noch mal richtig auf den Putz hauen oder in die Alpen fliehen?« Dann zaust er mir das Haar und geht runter in die Kajüte, und ich hör ihn pfeifen, während er seine Architekturbücher vom Regal nimmt.

Er arbeitet gerade an der Renovierung eines Simses an einem Haus in Queen's Park. Die Sache ist relativ einfach, weil der Sims aus Holz ist, und Chris im allgemeinen lieber mit Holz als mit Stuck arbeitet. Stuck mache ihn nervös, sagt er. »Wer bin ich denn, daß ich mir anmaße, an einer Zimmerdecke von Adams herumzudoktern?« meint er. Früher dachte ich mal, das sei falsche Bescheidenheit von ihm; ich meine, wenn man bedenkt, wie viele Leute ihm Aufträge geben, sobald bekannt wird, daß wieder ein Viertel saniert werden soll. Aber das war, bevor ich ihn wirklich gut kannte. Da glaubte ich, er wäre ein Mensch, der es geschafft hatte, die Spinnweben des Zweifels aus sämtlichen

Winkeln seines Lebens hinauszufegen. Erst mit der Zeit begriff ich, daß das eine Rolle war, in die er hineinschlüpfte, wenn Führung gefragt war. Der wahre Chris ist genau wie wir alle, ein Mensch mit vielen Unsicherheiten. Er hat eine Maske für die Nacht, die er aufsetzen kann, wenn die Situation es verlangt. Bei Tag jedoch, wenn es für ihn nicht so wichtig ist, die Macht zu haben, ist er der, der er ist.

Ich habe mir von Anfang an gewünscht, ich könnte mehr wie Chris sein. Selbst als ich die größte Wut auf ihn hatte – am Anfang, als ich andere Kerle hier auf das Hausboot schleppte und dafür sorgte, daß Chris auch mitkriegte, was ich trieb –, selbst da wollte ich sein wie er. Ich hätte mich so gern frei genug gefühlt, um mich ohne Maske zu zeigen und zu sagen: »Schau, das bin ich, hinter dem ganzen Quatsch«, genau wie Chris das tat. Weil ich das nicht konnte, weil ich nicht er sein konnte, legte ich es statt dessen darauf an, ihn zu verletzen. Ich wollte ihn bis zum Äußersten treiben. Ich wollte ihn vernichten; denn wenn ich ihn hätte vernichten können, so hätte das bedeutet, daß seine ganze Lebensweise eine Lüge war. Und das brauchte ich.

Ich schäme mich der Person, die ich einmal war. Chris meint, Scham sei sinnlos. Er sagt: »Du warst das, was du sein mußtest, Livie. Laß es einfach los.« Aber das kann ich nicht. Jedesmal, wenn ich denke, ich wäre nahe daran, meine Hand zu öffnen, meine Finger zu spreizen und die Erinnerung ins Wasser rieseln zu lassen wie Sand, packt mich irgend etwas und hält mich zurück. Manchmal ist es ein Musikstück, das ich höre, oder das Gelächter einer Frau, wenn es schrill und falsch klingt. Manchmal ist es der muffige Geruch von Wäsche, die zu lange nicht mehr gereinigt worden ist. Manchmal ist es der Anblick eines Gesichts, das in plötzlichem Zorn hart geworden ist, oder ein Blickwinkel mit einem Fremden, dessen Augen stumpf sind vor Verzweiflung. Dann werde ich zur unwilligen Reisenden, die durch die Zeit getragen und Auge in Auge mit jener Person niedergesetzt wird, die ich gewesen bin.

»Ich kann nicht vergessen«, sage ich zu Chris, vor allem wenn ich ihn geweckt habe, weil ich Krämpfe in den Beinen habe, und er mit Beans und Toast, den Hunden, in mein Zimmer gekommen ist und mir ein Glas Milch mitgebracht hat, das er mich dann zu trinken zwingt.

»Du brauchst nicht zu vergessen«, erwidert er, während die Hunde es sich auf dem Boden zu seinen Füßen bequem machen. »Vergessen heißt, daß man Angst hat, aus der Vergangenheit zu lernen. Aber du mußt verzeihen.«

Und ich trinke die Milch, obwohl ich sie gar nicht will, hebe das Glas mit beiden Händen zum Mund und bemühe mich, nicht vor Schmerzen zu stöhnen. Chris merkt es. Er massiert mich. Die Muskeln lockern sich wieder.

Wenn das endlich geschieht, sage ich: »Tut mir leid.« Und er darauf: »Was braucht dir denn leid zu tun, Livie?«

Ja, das ist die Frage. Wenn er sie mir stellt, ist das wie mit der Musik, dem Gelächter, der Wäsche, dem Anblick eines Gesichts, dem zufälligen Blickwinkel. Dann werde ich wieder zur Zeitreisenden, die weit zurückgetragen wird, um der ins Gesicht zu schauen, die ich war.

Zwanzig Jahre alt und schwanger. Ich nannte es »das Ding«. Ich sah es nicht als Kind, das in mir wuchs; ich betrachtete es als lästigen Klotz am Bein. Für Richie diente es als Entschuldigung, sich davonzumachen. Er war wenigstens so anständig, die Hotelrechnung zu begleichen, ehe er sich aus dem Staub machte, aber er war so unanständig, dem Mann am Empfang zu sagen, daß ich von nun an »auf mich selbst gestellt« sei. Ich hatte mich beim Personal des *Commodore* unbeliebt genug gemacht. Die waren froh, mich an die Luft setzen zu können.

Ich begab mich erst einmal in ein Café gegenüber vom Untergrundbahnhof Bayswater, trank einen Kaffee, aß ein Wurstbrötchen und überlegte, welche Möglichkeiten ich hatte. Ich starrte das vertraute Rot, Weiß und Blau des U-Bahn-Schilds an, bis sich mir seine Logik und das Mittel zur Behebung all meiner Leiden offenbarten. Dort war der Zugang zur Circle und zur District Line, kaum dreißig Meter von der Stelle entfernt, an der ich saß. Und nur zwei Haltestellen südlich war die Kensington High Street. Zum Teufel, dachte ich bei mir. Das mindeste, fand ich, was ich in diesem Leben tun konnte, war Mutter die Chance zu geben, zur Abwechslung mal nicht Elizabeth Fry zu spielen, sondern Florence Nightingale. Ich fuhr nach Hause.

Sie fragen sich, wieso die mich wieder aufgenommen haben? Ich nehme an, Sie sind eine von denen, die ihren Eltern nie auch nur den geringsten Kummer bereitet hat, wie? Darum können Sie sich wahrscheinlich nicht vorstellen, wieso man eine wie mich wieder aufnehmen sollte. Sie haben die Grunddefinition von Zuhause vergessen: ein Ort, an dem man nur mit zerknirschter Miene aufzukreuzen braucht, um eingelassen zu werden. Erst wenn man drin ist und ausgepackt hat, bringt man den Leuten schonend die schlechte Nachricht bei, die einen hergeführt hat.

Ich wartete zwei Tage, ehe ich Mutter sagte, daß ich schwanger war. Ich überraschte sie damit, als sie gerade über den Arbeiten einer ihrer Englischklassen saß. Sie war im Eßzimmer, vorn im Haus, hatte vor sich drei Stapel Aufsätze auf dem Tisch liegen und neben sich eine dampfende Kanne Darjeeling stehen. Ich nahm einen Aufsatz von einem Stapel und überflog ohne sonderliches Interesse den ersten Satz. Ich kann mich heute noch an ihn erinnern: »Wenn der Leser den Charakter Maggie Tullivers zu ergründen sucht, wird er zwangsläufig dahin kommen, über den Unterschied zwischen Schicksal und Verhängnis nachzudenken.« Wie prophetisch.

Ich warf das Blatt auf den Tisch. Mutter blickte auf und sah über den Rand ihrer Brillengläser hinweg, ohne den Kopf zu heben.

»Ich bin schwanger«, sagte ich.

Sie legte ihren Bleistift nieder. Sie nahm die Lesebrille ab. Sie schenkte sich noch eine Tasse Tee ein. Keine Milch, keinen Zucker, aber sie rührte dennoch um. »Weiß er es?«

»Offensichtlich.«

»Wieso offensichtlich?«

»Na, er ist doch abgehauen.«

Sie trank einen Schluck. »Ach so.« Sie ergriff ihren Bleistift und klopfte sich mit ihm auf den kleinen Finger. Sie lächelte einen Moment. Sie schüttelte den Kopf. Ich erinnere mich, wie ihr Schmuck im Licht glänzte.

»Was denn?« fragte ich.

»Nichts.« Wieder trank sie von ihrem Tee. »Ich dachte, du wärst zur Vernunft gekommen und hättest dich von ihm getrennt. Ich hoffte, du wärst deshalb zurückgekommen.«

»Was macht das für einen Unterschied? Es ist aus. Ich bin wieder da. Reicht das nicht?«

»Was hast du jetzt vor?«

»Mit dem Kind?«

»Mit deinem Leben, Olivia.«

Ich haßte diesen Lehrerinnenton. »Das ist doch wohl meine Sache«, antwortete ich. »Vielleicht bring ich das Kind zur Welt. Vielleicht auch nicht.«

Ich wußte, was ich vorhatte, aber *sie* sollte es vorschlagen. Sie hatte sich so viele Jahre lang als die Frau mit dem untadeligen sozialen Gewissen aufgeführt. Ich verspürte das Bedürfnis, sie zu entlarven.

Sie sagte: »Ich muß das erst einmal verdauen.« Damit beugte sie sich wieder über ihre Aufsätze.

»Wie du meinst«, entgegnete ich und ging hinaus.

Als ich an ihr vorbeikam, streckte sie den Arm aus, um mich aufzuhalten, und legte ihre Hand einen Moment – vermutlich ganz unabsichtlich – auf meinen Bauch, in dem ihr Enkelkind wuchs. »Wir sagen deinem Vater nichts«, mahnte sie. Da wußte ich, was sie vorhatte.

Ich zuckte die Achseln. »Ich bezweifle, daß er es verstehen würde. Weiß Dad überhaupt, wo die kleinen Kinder herkommen?«

»Hör auf, dich über deinen Vater lustig zu machen, Olivia. Er ist mehr Mann als dieser Bursche, der dich sitzengelassen hat.«

Mit Zeigefinger und Daumen entfernte ich ihre Hand von meinem Bauch. Dann lief ich hinaus.

Ich hörte, wie sie aufstand und zur Anrichte ging. Sie zog eine Schublade auf und kramte einen Moment darin herum. Dann ging sie in den kleinen Salon, tippte eine Nummer ins Telefon und begann zu sprechen.

Sie vereinbarte einen Termin drei Wochen später. Schlau von ihr. Sie wollte mich schmoren lassen. In der Zwischenzeit spielten wir Theater, so ein Mittelding zwischen heiler Welt und

Waffenstillstand. Mutter versuchte mehrmals, mich in ein Gespräch über die Vergangenheit – vor allem über Richie Brewster – und die Zukunft – eine Rückkehr ans Girton College – zu ziehen. Aber das Kind erwähnte sie kein einziges Mal.

Fast ein Monat war vergangen, seit Richie mich im *Commodore* sitzengelassen hatte, als ich die Abtreibung machen ließ. Mutter fuhr mich hin. Sie hatte eine Klinik in Middlesex ausgesucht, so weit nördlich wie nur möglich, und dorthin fuhren wir an einem trüben Morgen durch Regen und Dieselabgase. Es hätte mich interessiert, ob sie die Klinik ausgesucht hatte, um sicher sein zu können, daß wir keinem ihrer Bekannten begegnen würden. Das, fand ich, sähe ihr ähnlich, entspräche ganz ihrer heuchlerischen Art. Ich hockte zusammengekrümmt auf meinem Platz, die Hände in die Ärmel meiner Jacke geschoben. Ich spürte, wie mein Mund sich verkrampfte.

»Ich brauche eine Zigarette«, sagte ich schließlich.

»Nicht im Wagen.«

»Ich will aber eine.«

Sie fuhr an den Straßenrand. »Olivia, du kannst doch nicht –«

»Was kann ich nicht? Rauchen, weil das dem Kind schadet? So ein Scheiß.«

Sie sagte sehr beherrscht: »Ich wollte damit ausdrücken, daß du so nicht weitermachen kannst, Olivia.«

Na prächtig. Wieder mal ein Vortrag. Ich verdrehte die Augen. »Komm, fahren wir«,entgegnete ich und wedelte mit den Fingern zur Straße hin. »Mach schon, Miriam, okay?«

Nie zuvor hatte ich sie beim Vornamen genannt, und als ich von »Mutter« zu »Miriam« wechselte, spürte ich, wie sich die Machtverhältnisse zu meinen Gunsten verschoben.

»Es macht dir Freude, anderen weh zu tun, nicht?«

»Bitte! Fangen wir doch nicht wieder damit an.«

»Ich kann so etwas nicht verstehen«, sagte sie im Dulderinnenton. »Ich will es versuchen. Erkläre es mir. Woher kommt deine Grausamkeit? Wie soll ich mit ihr umgehen?«

»Fahr endlich! Fahr mich in die Klinik, damit wir's hinter uns bringen können.«

»Erst will ich mit dir reden.«

»Herr Jesus! Was, zum Teufel, willst du denn von mir? Erwartest du vielleicht, daß ich dir die Hände küsse wie all diese Idioten, in deren Leben du dich dauernd einmischst? Das kannst du dir in die Haare schmieren.«

Sie wiederholte nachdenklich: »All diese Idioten ...« Und dann: »Olivia! Mein Kind!« Sie drehte sich auf ihrem Sitz herum, und ich spürte, daß sie mich anstarrte. Ich konnte mir lebhaft vorstellen, was für ein Gesicht sie machte, ich hörte es an ihrem Ton und las es aus der Wahl ihrer Worte. »Mein Kind«, das hieß, daß ich ihr eine Gelegenheit gegeben hatte, plötzliches überströmendes Verständnis und das damit einhergehende Mitgefühl zur Schau zu stellen. Mit »mein Kind« brachte sie mich zum Zähneknirschen und riß sehr geschickt die Macht wieder an sich. Sie sagte: »Olivia, hast du das alles meinetwegen getan?«

»Bild dir doch nichts ein.«

»Wegen meiner Projekte, meiner Karriere, meiner ...« Sie berührte meine Schulter. »Glaubst du denn, ich liebte dich nicht? Darling, willst du auf diese Weise –«

»Herrgott noch mal! Halt endlich die Klappe und fahr! Bringst du das wenigstens fertig? Schaffst du's vielleicht, einfach zu fahren, auf die Straße zu schauen und mich in Ruhe zu lassen?«

Sie schwieg einen Moment, um meine Worte in der Enge des Wagens nachhallen zu lassen, dann sagte sie: »Natürlich, ja«, und ich begriff, daß ich ihr wieder einmal direkt in die Hände gespielt hatte. Nun konnte sie sich als Märtyrerin fühlen.

So war das mit meiner Mutter. Immer, wenn ich glaubte, ich hätte die Oberhand, zeigte sie mir prompt, wie die Dinge wirklich lagen.

Nachdem wir, in der Klinik angekommen, die notwendigen Formulare ausgefüllt hatten, dauerte die Sache selbst gar nicht lange. Ruckzuck war der kleine Verdruß aus unserem Leben entfernt. Hinterher lag ich in einem schmalen weißen Zimmer in einem schmalen weißen Bett und dachte darüber nach, was Mutter von mir erwartete. Heulen und Zähneklappern, zweifellos. Reue. Schuldgefühle. Indizien, gleich welcher Art, daß ich meine »Lektion gelernt« hatte. Zukunftspläne. Was auch immer, ich würde der Kuh den Gefallen nicht tun.

Ich mußte zwei Tage in der Klinik bleiben, weil ich Blutungen bekam und eine Infektion, die den Ärzten nicht gefiel. Sie wollten mich eine ganze Woche behalten, aber damit war ich nicht einverstanden. Ich entließ mich selbst und fuhr mit einem Taxi nach Hause. Mutter empfing mich an der Tür. Sie hatte einen Füller in der einen Hand, einen braunen Umschlag in der anderen, und auf der Nase ihre Lesebrille.

Sie rief: »Olivia, um Gottes willen, was ... Der Arzt sagte mir, daß ...«

Ich sagte: »Der Taxifahrer bekommt noch Geld«, und ließ sie das erledigen, während ich ins Eßzimmer ging und mir etwas zu trinken eingoß. Ich stand an der Anrichte und dachte ernsthaft darüber nach, was ich nun anfangen sollte. Nicht mit meinem Leben, sondern mit dem angebrochenen Abend.

Ich kippte einen Gin. Dann noch einen. Ich hörte, wie die Haustür zufiel, dann Mutters Schritte im Gang. Sie kam zum Eßzimmer. An der Tür blieb sie stehen und sprach zu meinem Rücken.

»Der Arzt sagte mir, du hattest Blutungen. Und eine Infektion.«

»Alles unter Kontrolle.« Ich schwenkte den Gin in meinem Glas.

»Olivia, ich möchte dir sagen, daß ich dich nicht besucht habe, weil du mir klar und deutlich zu erkennen gegeben hattest, daß du mich nicht sehen wolltest.«

»Ganz recht, Miriam.« Ich klopfte mit den Fingernägeln gegen mein Glas und horchte, wie der Klang tiefer wurde, je weiter oben ich klopfte; genau anders herum, als man es erwartet hätte.

»Da ich dich nicht am selben Abend mit nach Hause nehmen konnte, mußte ich deinem Vater irgend etwas sagen. Ich –«

»Verträgt er die Wahrheit nicht?«

»Ich habe ihm gesagt, du wärst in Cambridge, um dich darum zu kümmern, was du für die Wiederzulassung brauchst.«

Ich lachte.

»Und genau das erwarte ich auch von dir«, sagte sie.

»Aha.« Ich leerte mein Glas. Ich überlegte, ob ich mir noch einen genehmigen sollte, aber die ersten beiden wirkten rascher, als ich erwartet hatte. »Und wenn ich da nicht mitmache?«

»Ich denke, du kannst dir die Konsequenzen vorstellen.«

»Was soll das heißen?«

»Dein Vater und ich sind bereit, dich zu unterstützen, wenn du studierst. Sonst nicht. Wir werden dir nicht auch noch dabei helfen, dein Leben zu verpfuschen.«

»Ah, ja. Danke. Ich hab's begriffen.« Ich stellte mein Glas ab, ging durch das Zimmer und zur Tür hinaus.

»Du kannst bis morgen darüber nachdenken«, sagte sie. »Ich erwarte deine Entscheidung morgen vormittag.«

»In Ordnung«, sagte ich und dachte: blöde Kuh.

Ich ging nach oben. Mein Zimmer war im obersten Stockwerk des Hauses, und als ich dort angekommen war, zitterten mir die Knie, und der Schweiß stand mir im Nacken. Ich drückte meine Stirn an die Tür, während ich dachte, scheiß auf sie, scheiß auf alles. Ich mußte hinaus aus diesem Haus, wenigstens für eine Nacht. Das war plötzlich die Kur und die Lösung zugleich. Ich lief ins Bad, wo ich besseres Licht hatte, um mich zu schminken. Und da rief Richie Brewster an.

»Du fehlst mir,Baby«, sagte er. »Es ist aus. Ich hab sie verlassen. Ich möchte, daß du wieder glücklich bist.«

Er riefe vom *Julip's* aus an, sagte er. Die Band habe gerade einen Vertrag mit sechsmonatiger Laufzeit unterschrieben. Sie hätten in verschiedenen Klubs in Holland gespielt. In Amsterdam hätten sie eine Ladung anständiges Haschisch gekauft und rausgeschmuggelt. Richies Anteil warte hinter der Bühne auf mich.

Er sagte: »Weißt du noch, wie schön wir's im *Commodore* hatten? Aber diesmal wird's noch besser. Ich war ja ein Idiot, dich zu verlassen, Liv. Du bist das Beste, was mir seit Jahren passiert ist. Ich brauch dich, Baby. Mit dir kann ich Musik machen wie mit keiner anderen.«

»Ich hab das Kind abgetrieben. Vor drei Tagen. Ich hab keine Lust. Okay?«

Richie war ein echter Musiker. Nichts konnte ihn aus dem

Takt bringen. Er sagte: »Oh, Baby. Baby. Ach, zum Teufel.« Ich konnte ihn atmen hören. Seine Stimme wurde gepreßt. »Was soll ich sagen? Ich kriegte es mit der Angst, Liv. Ich bin abgehauen. Du bist mir zu nahe gekommen. Du hast bei mir Gefühle ausgelöst, mit denen ich nicht gerechnet hatte. Versteh doch, was ich gefühlt habe, war mir zuviel. Es war anders als alles, was ich je zuvor gekannt hatte. Darum bekam ich Angst. Aber diesmal bin ich sicher. Ich möchte es wiedergutmachen. Gib mir eine Chance. Ich liebe dich, Baby.«

»Ich hab keine Zeit für solchen Quark.«

»Es wird nicht enden wie letztesmal. Es wird überhaupt nicht enden.«

»Genau.«

»Liv, gib mir doch eine Chance.« Danach wartete er nur und atmete.

Ich ließ ihn schmoren. Mir gefiel es, Richie Brewster genau da zu haben, wo ich ihn haben wollte.

»Komm schon, Liv«, flehte er. Weißt du noch, wie es war? Es wird noch besser werden.«

Ich sah mir die Alternativen an. Es schien drei zu geben: die Rückkehr nach Cambridge, zu dem Leben an der Leine, wofür Cambridge für mich stand; hinaus ins feindliche Leben und versuchen, es allein zu schaffen; oder ein zweiter Versuch mit Richie. Richie, der einen Job hatte, Geld, Stoff, und der mir gerade erzählte, er habe jetzt auch eine Wohnung, eine Parterrewohnung in Shepherd's Bush. Und das sei längst noch nicht alles, sagte er. Er brauchte mir gar nicht zu sagen, was sonst noch auf mich wartete. Ich wußte es, weil ich ihn kannte: Partys, Menschen, Musik und Action. Hätte ich Cambridge oder mühselige Selbständigkeit wählen sollen, wenn ich doch nur nach Soho zu gehen brauchte, um mitten ins richtige Leben einzutauchen?

Ich schminkte mich fertig. Ich nahm meine Tasche und meinen Mantel. Ich sagte meiner Mutter, ich ginge aus. Sie saß im kleinen Salon an Großmutters Sekretär und adressierte einen Stapel Kuverts. Sie nahm ihre Brille ab und und schob ihren Stuhl zurück. Wohin ich ging, wollte sie wissen.

»Aus«, wiederholte ich.

Sie wußte es, wie Mütter immer alles wissen. »Du hast von ihm gehört, nicht wahr? *Er* hat eben angerufen.«

Ich antwortete nicht.

»Olivia«, mahnte sie, »tu das nicht. Du kannst etwas aus deinem Leben machen. Du hast Schlimmes erlebt, Darling, aber das muß doch nicht das Ende der Träume sein. Ich helfe dir. Dein Vater hilft dir. Aber du mußt uns auf halbem Weg entgegenkommen.«

Sie nahm Anlauf zu einer großen Predigt. Ihre Augen bekamen diesen Eifererblick.

»Verschon mich, Miriam«, sagte ich. »Ich bin weg. Bis später.« Letzteres war eine Lüge, aber ich wollte meine Ruhe haben.

Schleunigst änderte sie die Taktik. »Olivia, du bist nicht gesund. Du hast Blutungen gehabt, ganz zu schweigen von der Infektion. Du bist erst vor drei Tagen operiert worden.«

»Ich habe eine Abtreibung machen lassen«, betonte ich und sah mit Genugtuung den Schauder der Aversion, der sie überlief.

»Ich finde, es ist das beste, wir vergessen das und gehen vorwärts.«

»Genau. Ja. Geh du zurück zu deinen Briefumschlägen, während ich vorwärtsgehe.«

»Dein Vater – Olivia! Tu das nicht.«

»Dad wird's verwinden. Und du auch.« Ich wandte mich ab.

Ihr Tonfall schlug um, von Vernunft zu kalter Berechnung. Sie sagte: »Olivia, wenn du heute abend dieses Haus verläßt – nach allem, was du hinter dir hast, nach all unseren Bemühungen, dir zu helfen...« Sie geriet ins Stocken. Ich drehte mich nach ihr um. Sie umklammerte ihren Füller wie einen Dolch, obwohl ihr Gesicht völlig ruhig wirkte.

»Ja?«

»Dann bist du für mich erledigt.«

»Fang schon mal an zu üben.«

Ich ging, während sie sich um einen angemessenen Ausdruck schmerzlicher mütterlicher Enttäuschung bemühte.

Im *Julip's* stellte ich mich an den Tresen, sah mir die Leute an und hörte Richies Spiel zu. In der ersten Pause drängte er sich zu mir durch. Er ignorierte alle, die ihn ansprachen, und hielt seinen Blick auf mich geheftet wie gebannt. Er nahm meine Hand, und wir gingen nach hinten, hinter die Bühne.

»Liv«, sagte er, »oh, Baby«, und hielt mich, als wäre ich aus Glas, und spielte mit meinem Haar.

Den Rest des Abends blieb ich hinter der Bühne. In den Pausen kifften wir. Ich saß auf seinem Schoß. Er küßte meinen Hals und meine Hände. Zu den anderen von der Band sagte er, sie sollten abhauen, wenn sie in unsere Nähe kamen. Er sagte, ohne mich sei er nichts. Die erste Woche ohne mich, beteuerte er, habe ihm die Wahrheit gezeigt. Den Rest der Zeit habe er damit zugebracht, zu versuchen, der Wahrheit entsprechend zu handeln. »Ich bin schwach, Baby. Aber du gibst mir Stärke wie sonst niemand.« Er küßte meine Fingerspitzen und sagte: »Fahren wir nach Hause, Liv. Ich will es wiedergutmachen.«

Diesmal war es anders, genau wie er gesagt hatte. Wir hausten nicht in einer stinkenden Bude irgendwo im dritten Stock mit Teppichflicken auf dem Boden und Mäusen in den Wänden. Wir logierten in einer Wohnung im Erdgeschoß einer ehemaligen Villa mit Erkerfenster und eleganten korinthischen Säulen rechts und links von der Veranda. Wir hatten einen offenen Kamin mit Schmiedeeisen und Kacheln. Wir hatten ein Schlafzimmer, eine Küche und eine Badewanne mit Klauenfüßen. Jeden Abend gingen wir ins *Julip's*, wo Richie mit seiner Band Musik machte. Wenn der Laden schloß, zogen wir durch die Kneipen. Wir feierten, wir tranken. Wir koksten, wann immer wir Stoff hatten. Wir ergatterten sogar mal etwas LSD. Wir tanzten, wir bumsten auf den Rücksitzen von Taxis, und wir kamen nie vor drei nach Hause. Wir aßen im Bett, chinesisch, aus dem Restaurant. Wir kauften Wasserfarben und bemalten einander die Körper. Einen Abend betranken wir uns, und er stach mir ein Loch für einen Ring in die Nase. Spätnachmittags veranstaltete Richie *jam sessions* mit seiner Band, und wenn er müde wurde, kam er immer zu mir.

Diesmal war's das Richtige. Ich war schließlich nicht von gestern. Ich merkte so was. Aber nur um ganz sicherzugehen, wartete ich zwei Wochen ab. Als dann immer noch alles in Ordnung war, fuhr ich nach Kensington und holte meine Sachen.

Mutter war nicht zu Hause, als ich kam. Es war ein Dienstagnachmittag, und der Wind blies in Böen, in diesen flatternden Wellenbewegungen, bei denen man den Eindruck hat, da oben im Himmel schüttle jemand ein großes Laken aus. Zuerst läutete ich. Die Schultern gegen den Wind hochgezogen, wartete ich und läutete noch einmal. Dann fiel mir ein, daß der Dienstag immer Mutters langer Tag auf der Isle of Dogs war. Da gab sie den großen Geistern unter ihren Fünftkläßlern Förderunterricht und bemühte sich redlich, die jungen Köpfe mit der allgemeingültigen Wahrheit zu füllen. Ich hatte meinen Hausschlüssel bei mir. Also sperrte ich einfach auf.

Als ich die Treppe hinaufrannte, spürte ich, wie bei jedem Schritt ein weiteres Stück verklemmten, beengenden bürgerlichen Familienlebens von mir abfiel. Wozu brauchte ich die tödliche Langeweile, die das Leben von Generationen englischer Frauen – ganz zu schweigen von meiner Mutter – bestimmte, die immer nur taten, was sich gehörte? Ich hatte Richie Brewster und das richtige Leben; ich brauchte all das, wofür dieses bedrückende Mausoleum in Kensington stand, nicht.

Nichts wie weg hier, dachte ich. Nichts wie weg.

Mutter war mir zuvorgekommen. Sie war nach Cambridge gefahren und hatte meine Sachen geholt. Sie hatte sie, zusammen mit dem Rest meiner Habseligkeiten, in Kartons verpackt, die, ordentlich mit Klebeband verschlossen, in meinem Zimmer auf dem Boden standen.

Dank dir, Miriam, dachte ich. Alte Kuh, alte Schachtel, alte Zimtzicke. Vielen Dank, daß du dich auf gewohnt kompetente Weise um alles gekümmert hast.

Ich sah die Kartons durch, entschied, was ich mitnehmen wollte, und warf den Rest aufs Bett und auf den Boden. Danach machte ich einen Rundgang durch das Haus. Richie hatte mir gesagt, daß das Geld knapp wurde, darum packte ich ein, was zu Kohle zu machen war: hier ein Stück Silber, dort einen Zinnkrug, ein oder zwei Porzellansachen, drei oder vier Ringe, ein paar Miniaturen, die auf einem Tisch im Salon zur Schau gestellt waren. Es war sowieso alles mein zukünftiges Erbe. Ich griff lediglich den Ereignissen ein wenig vor.

Das Geld blieb weiterhin knapp. Die Wohnung und unsere Ausgaben verschlangen mehr, als Richie verdiente. Um auch etwas beizutragen, suchte ich mir einen Job in einem Café in der Charing Cross Road, aber Richie und ich konnten nun mal mit Geld nicht umgehen. Daraufhin meinte er, der einzige Ausweg wäre, ein paar zusätzliche Engagements außerhalb anzunehmen.

In der Rückschau ist mir klar, daß ich hätte sehen müssen, was das alles zu bedeuten hatte: die Geldknappheit in Verbindung mit all den zusätzlichen Engagements. Aber anfangs habe ich es nicht gesehen. Nicht, weil ich es nicht sehen wollte, sondern weil ich es mir nicht erlauben konnte. Ich hatte weit mehr als nur Geld in Richie investiert, aber es fiel mir nicht ein, mich damit auseinanderzusetzen. Aber als das Geld noch knapper wurde und seine ganzen Reisen nichts daran änderten, mußte ich den Tatsachen ins Auge sehen.

Ich beschuldigte ihn. Er gestand. Er wußte nicht mehr ein noch aus. Er hatte seine Frau in Brighton, er hatte mich in London, er hatte ein Flittchen namens Sandy in Southend-on-Sea.

Von Sandy allerdings sagte er zuerst keinen Ton. Er war ja nicht blöd. Er ließ mich mit seiner Frau hadern, Loretta, der Märtyrerin, die ihn immer noch liebte, sich nicht von ihm trennen konnte, die Mutter seiner Kinder war und so weiter und so fort.

Er weinte, als er es mir sagte, weil »du die Frau bist, die ich brauche, Liv. Du bist es. Alles andere ist unbedeutend«.

Außer Sandy, wie sich herausstellte. Von Sandy erfuhr ich an einem Mittwochmorgen, gleich nachdem mir der Arzt erklärt hatte, daß das, was ich für eine lästige Infektion gehalten hatte, in Wirklichkeit Herpes war. Donnerstag abend war ich mit Richie fertig. Ich hatte gerade noch die Kraft, seine Sachen die Treppe hinunter vor die Haustür zu werfen und jemanden zu bestellen, um das Schloß auswechseln zu lassen. Am Freitag abend dachte ich, ich müßte sterben. Am Samstag nannte es der Arzt »eine höchst interessante und eigenartige Entzündung«, was heißen sollte, daß er so etwas noch nie gesehen hatte.

Ich hatte sechs Wochen Zeit, um über Sandy, Richie und Southend-on-Sea nachzudenken, während ich zwischen Arzt, Toilette und meinem Bett hin und her wankte und meinte, Wundbrand könnte nicht schlimmer sein als das, was da in meinem Körper tobte.

Bald war es soweit, daß ich nichts mehr zu essen in der Wohnung hatte, auf dem Boden lagen Haufen schmutziger Wäsche, Geschirr flog an die Wand, und ich hatte kein Geld mehr. Der Staat zahlte zwar den Arzt, aber sonst gab mir niemand etwas.

Ich weiß noch, wie ich am Telefon saß. Es war Sonntag mittag.

Dad meldete sich. Ich sagte: »Ich brauche Hilfe.«

»Livie? Wo, um Gottes willen, bist du? Was ist passiert, Liebes?«

Wann hatte ich das letztemal mit ihm gesprochen? Ich konnte mich nicht erinnern. Hatte er immer so sanft geklungen? War seine Stimme immer so gütig und so leise gewesen?

»Es geht dir nicht gut, nicht wahr?« fragte er. »Hast du einen Unfall gehabt? Bist du verletzt? Bist du im Krankenhaus?«

Es war ganz merkwürdig. Seine Worte wirkten wie Narkose und Skalpell. Ich öffnete mich ihm ohne Mühe. Ich erzählte ihm alles. Als ich fertig war, sagte ich: »Daddy, hilf mir. Bitte hilf mir da raus.«

»Laß mich das mit deiner Mutter besprechen. Ich werde tun was ich kann. Deine Mutter ist –«

»Ich halte es hier nicht mehr aus.« Ich begann zu weinen, und ich haßte mich dafür. »Daddy!« Ich muß gejammert haben, weil ich das Wort noch lange, nachdem ich es ins Telefon gesprochen hatte, in der Wohnung hören konnte.

Er sagte sanft: »Gib mir deine Telefonnummer, Livie. Gib mir deine Adresse. Ich spreche mit deiner Mutter. Ich melde mich bei dir.«

»Aber ich –«

»Du mußt Vertrauen zu mir haben.«

»Versprich es mir.«

»Ich werde tun, was ich kann. Es wird nicht leicht werden.«

Ich nehme an, er vertrat meine Sache, so gut es ging, aber Mutter war in Familienangelegenheiten immer die Expertin gewesen. Und sie behauptete ihre Position. Zwei Tage später schickte sie mir in einem Briefumschlag fünfzig Pfund. Sie lagen in einem gefalteten Blatt Papier, auf das sie geschrieben htte: »Ein Zuhause kann nur ein Ort sein, an dem Kinder lernen, sich an die Regeln ihrer Eltern zu halten. Wenn Du garantieren kannst, daß Du Dich an unsere Regeln halten wirst, dann laß es uns wissen. Tränen und Hilferufe sind jetzt nicht mehr genug. Wir haben Dich lieb, Kind. Wir werden Dich immer liebhaben.« Und das war's.

Echt Miriam, dachte ich. Ich konnte zwischen den Zeilen ihrer gestochenen Handschrift lesen. So war das, wenn die eigenen Kinder für einen erledigt waren. Nach Mutters Meinung hatte ich nur das bekommen, was ich verdiente.

Na schön, dann zum Teufel mit ihr, dachte ich und jagte ihr sämtliche Verwünschungen an den Hals, die mir einfielen. Wünschte ihr Krankheiten und Leiden, alles Unglück dieser Welt. Da sie sich an meiner Situation freute, würde ich mich an ihrer freuen.

Tja, das Leben geht seltsame Wege.

Olivia

Die Sonne scheint warm auf mein Gesicht. Ich lächle, lehne mich zurück und schließe die Augen. Ich zähle, so wie ich es gelernt habe, eine Minute ab: eintausendeins, eintausendzwei und so weiter. Ich müßte bis dreihundert kommen, aber sechzig ist im Augenblick etwa meine Grenze. Und sogar da beginne ich bei eintausendvierzig gern zu hetzen, um zum Ende zu kommen. Ich nenne diese Minute »eine Ruhepause einlegen«, das soll ich nämlich mehrmals am Tag tun. Ich weiß nicht, warum. Ich glaube, das raten sie einem, wenn sie nichts Produktives mehr zu sagen haben. Sie möchten gern, daß man die Augen zumacht und langsam davonschwebt. Gegen diese Vorstellung wehre ich mich. Das ist ja ungefähr so, als verlangte man von einem Menschen, sich mit dem Unausweichlichen abzufinden, noch ehe er dazu bereit ist, nicht wahr?

Aber das Unausweichliche ist etwas Schwarzes, Kaltes und Unendliches, während ich hier auf dem Hausboot in meinem Leinensessel rote Streifen von Sonnenlicht unter meinen Lidern sehe und die Wärme wie sanfte Finger auf meinem Gesicht spüre. Mein Pulli saugt die Hitze auf. Und alles – besonders die Welt – erscheint so vergeß...

Tut mir leid. Ich bin total abgedriftet. Ich habe nämlich das Problem, daß ich mich nachts immer gegen den Schlaf wehre, und da erwischt er mich natürlich manchmal aus heiterem Himmel am Tag. Eigentlich ist es besser so, weil es etwas sehr Friedliches ist, so als würde man mit der Flut langsam vom Ufer weggespült. Und die Träume, die man am Tag hat, das sind die schönsten.

Ich habe meinen Vater umgebracht. Mit diesem Wissen lebe ich neben allem anderen. Chris behauptet, ich trüge bei weitem nicht das Maß an Schuld an Dads Tod, das ich mir offensichtlich aufbürden wolle. Aber Chris kannte mich damals nicht. Er hatte mich damals noch nicht aus dem Müll ausgegraben und auf diese absolut logische Art, über die er verfügt, herausgefordert, statt groß zu tönen, lieber was zu tun und zu zeigen, was ich konnte. Ich habe ihn später gefragt, warum er sich überhaupt mit mir eingelassen hat; er zuckte die Achseln und meinte: »Instinkt, Livie. Ich habe gesehen, was du bist. Ich konnte es in deinen Augen lesen.«

Ich erwiderte: »Es ist doch nur, weil ich dich an sie erinnere.«

»Sie?« fragte er. »Wen meinst du?« Aber er wußte genau, wen ich meinte, und wir wußten beide, daß es wahr war. Aber Tatsache ist, daß Chris in mir immer mehr gesehen hat, als tatsächlich da ist. Er unterstellt mir ein gutes Herz. Aber ich habe gar kein Herz.

Ich hatte schon damals keines, als ich das letztemal meinem Vater von Angesicht zu Angesicht gegenüberstand.

Ich traf Mutter und Dad an einem Freitagabend direkt am U-Bahnhof Covent Garden. Sie waren in der Oper gewesen. Sogar in meiner damaligen Verfassung konnte ich das erkennen. Meine Mutter war von Kopf bis Fuß in Schwarz und trug eine vierreihige Perlenkette. Dad war im Smoking und roch nach Lavendel. Sein Haar war frisch geschnitten und viel zu kurz. Irgendwo hatte er ein Paar Lackschuhe ausgegraben, die er auf Hochglanz poliert hatte.

Ich hatte sie beide seit dem Tag nicht mehr gesehen oder gesprochen, an dem ich Dad angerufen und um Hilfe gebettelt hatte. Beinahe zwei Jahre waren seitdem vergangen. Ich hatte in sechs verschiedenen Jobs gearbeitet, fünf Wohngenossen verschlissen, und lebte, wie ich es für richtig hielt, ohne irgend jemandem Rechenschaft ablegen zu müssen.

Ich war mit zwei Männern unterwegs, Barry und Clark, die ich in der King Street in einem Pub kennengelernt hatte. Wir wollten zu einer Fete in Brixton, bei der es heiß hergehen sollte. Ich jedenfalls wollte dorthin. Die beiden Kerle hatten sich angehängt. Wir hatten auf dem Männerklo ein bißchen gekokst und danach – als alles viel lustiger aussah als sonst – hatten wir uns mit Verhandlungen über einen flotten Dreier amüsiert.

Es ekelt Sie, wenn Sie das lesen, nicht? Weil Ihr Leben anders verlaufen ist als meines, richtig? Ich denke mir, daß Sie nie Drogen genommen haben und daher auch nicht wissen können, daß man am Ende bereit ist, dafür durch stinkenden Schleim zu robben und es mit Männern für Geld zu treiben. Das übersteigt Ihr Vorstellungsvermögen, was?

Ich weiß jedenfalls bis heute nicht, was meine Eltern an dem Abend am U-Bahnhof zu suchen hatten. Mutter nimmt eigentlich immer ein Taxi, wenn sie aus irgendeinem Grund nicht mit dem eigenen Wagen fahren kann. Es würde ihr nicht im Traum einfallen, sich in ein öffentliches Verkehrsmittel zu setzen. Dad hatte nie etwas gegen die U-Bahn gehabt. Für ihn war eine Fahrt mit der U-Bahn problemlos. Woche für Woche fuhr er von montags bis samstags mit der District Line in die Druckerei und zurück.

Wie dem auch sei, sie standen plötzlich vor mir, genau da, wo ich sie am wenigsten zu sehen erwartete.

Mutter sprach kein Wort. Dad erkannte mich zuerst nicht. Verständlicherweise. Mein Haar war kurz geschoren und kirschrot mit lila Spitzen gefärbt. Die Kleider, die ich trug, hatte er – abgesehen von den Jeans – vorher nie gesehen.

Ich war so zugeknallt, daß ich eine Riesenszene hinlegte. Ich riß die Arme in die Höhe wie eine Sängerin, wenn sie das hohe C anpeilt, und kreischte: »Ich glaub, mich tritt ein Pferd. Hey, Freunde, hier sind die Lenden, deren Frucht ich bin.«

»Was für Lenden?« fragte Barry, legte sein Kinn auf meine Schulter und griff mir mit einer Hand zwischen die Beine.

Ich lehnte mich an ihn und sagte: »Laß das lieber, Barry. Sonst machst du Mami schrecklich eifersüchtig.«

»Wieso? Will die auch?« Er stieß mich zur Seite und torkelte auf sie zu. »Kriegst du's nicht regelmäßig?« fragte er und schlug ihr mit einer Hand auf die Schulter.

Mutter schob Barrys Hand von ihrer Schulter. Sie sah mich an. »Wie tief willst du eigentlich noch sinken?« fragte sie.

»Mein Gott«, sagte Dad. »Ist das Livie?«

Mutter nahm seinen Arm. »Gordon!«

»Nein«, rief er. »Jetzt reicht es. Du kommst mit nach Hause, Livie.«

Ich zwinkerte ihm grinsend zu. »Geht nicht«, erklärte ich. »Muß den beiden hier heute abend noch einen blasen.« Clark trat hinter mich und faßte mir zwischen die Beine. »Hey, das ist geil«, sagte ich. »Vögelst du gern, Daddy?«

Mutters Mund bewegte sich kaum, als sie sagte: »Gordon! Komm, wir gehen.«

Ich wischte Clarks Hand weg und ging zu meinem Vater. Ich kraulte ihm die Brust und drückte meine Stirn an ihn. Er stand stocksteif. Ich drehte den Kopf und sah meine Mutter an. »Also, Miriam, bumst er gern?«

»Gordon«, sagte sie wieder.

»Er hat mir nicht geantwortet. Warum antwortet er nicht?« Ich legte die Arme um seine Mitte und neigte den Kopf nach hinten, um ihn anzusehen. »Vögelst du gern, Daddy?«

»Gordon, es hat keinen Sinn, mit ihr zu sprechen, wenn sie in so einer Verfassung ist.«

Die Leute schlugen mittlerweile einen großen Bogen um uns.

Wie von einem anderen Planeten hörte ich Mutter sagen: »Gordon, um Gottes willen...«

Plötzlich legten sich heiße Eisen um meine Handgelenke.

Ich hatte nicht gewußt, daß Dad solche Kraft besaß. Als er meine Arme packte, sie von sich wegriß und mich von sich stieß, spürte ich den Schmerz bis in die Schultern hinauf.

»He!« rief ich.

Er trat einen Schritt zurück, holte sein Taschentuch hervor und drückte es sich auf den Mund. Jemand fragte: »Brauchen Sie Hilfe, Sir?«, und ich sah aus den Augenwinkeln Silber blitzen. Der Helm eines Polizeibeamten.

Ich kicherte. »Die Polizei, dein Freund und Helfer. Hast du ein Glück, Dad.«

Mutter sagte zu dem Constable: »Danke. Diese drei –«

»Es ist nichts«, fiel Dad ihr ins Wort.

»Gordon!« Mutters Stimme war ein einziger Verweis. Hier war endlich die Gelegenheit, dieser Höllentochter eine Lektion zu erteilen, die sich gewaschen hatte.

»Ein Mißverständnis«, sagte mein Vater. »Vielen Dank, Officer. Auf Wiedersehen.« Er schob seine Hand unter den Ellbogen meiner Mutter. »Miriam.«

Mutter zitterte. Ich sah es daran, wie ihre Perlen im Licht

flimmerten. Bevor sie gingen, sagte sie zu mir: »Du bist ein Monster.«

»Und was ist mit ihm?« schrie ich ihnen nach: »Wir beide wissen's doch, Daddy, stimmt's? Aber mach dir keine Sorgen. Es bleibt unser Geheimnis.«

Ich hatte ihn erregt, verstehen Sie. Er hatte eine Erektion gehabt. Und ich sah das als einen göttlichen Witz, ich genoß dieses herrliche Machtgefühl. Die Vorstellung, daß er da durch den hell erleuchteten Bahnhof ging und alle Welt die Ausbuchtung in seiner Hose sehen konnte – *Miriam* die Ausbuchtung in seiner Hose sehen konnte –, ergötzte mich. Diesem wortkargen, leidenschaftslosen Gordon Whitelaw hatte *ich* eine Reaktion entlockt. Wenn ich das geschafft hatte, hier, in aller Öffentlichkeit, vor weiß Gott wie vielen Zeugen, dann konnte ich alles. Ich war die personifizierte Allmacht.

Barry, Clark und ich kamen nie zu der Fete in Brixton. Wir ließen einfach in der Wohnung in Shepherd's Bush unsere eigene Party steigen. Wir hatten genug Stoff für die ganze Nacht, und als es Morgen wurde, meinten Clark und Barry, sie wollten zu mir ziehen. Mir war das recht. Sie teilten ihren Koks mit mir und dafür teilten sie sich mich. Es war ein Arrangement, bei dem keiner zu kurz kam.

Am Ende unserer ersten gemeinsamen Woche wollten wir unser siebentägiges Jubiläum feiern. Wir hatten es uns mit drei Gramm Koks und einem halben Liter Körperöl auf dem Boden bequem gemacht, als das Telegramm kam.

Ich las es nicht gleich. Ich sah zu, wie Barry eine Rasierklinge durch das Kokain zog, und meine ganze Aufmerksamkeit konzentrierte sich auf fünf Worte: Wie lang dauert es noch?

Clark ging an die Tür. Er brachte das Telegramm ins Wohnzimmer und sagte: »Für dich, Liv«, als er es mir in den Schoß warf. Ich zog meinen Pulli und dann meine Jeans aus. »Willst du's nicht lesen?« fragte er.

»Später«, sagte ich.

Er goß Öl in seine offene Hand und fing an. Ich schloß meine Augen und überließ mich dem Genuß der Massage, erst an Armen und Schultern, dann an Busen und Oberschenkeln. Ich lächelte vor mich hin und hörte dem Klick, Klick von Barrys Rasierklinge zu, während er das Zauberpulver bereitete. Als er fertig war, rief er lachend: »Die Spiele sind hiermit eröffnet.«

Ich vergaß das Telegramm bis zum nächsten Morgen, als ich benebelt und mit dem Geschmack aufgelösten Aspirins im Mund erwachte. Clark, der immer als erster wieder auf den Beinen war, rasierte sich gerade, um sich danach zu einem weiteren Arbeitstag ins Zentrum finanzieller Macht in der City zu begeben. Barry kauerte immer noch völlig weggetreten da, wo wir ihn liegengelassen hatten, halb auf und halb neben dem Sofa. Er lag auf dem Bauch, seine Pobacken sahen aus wie zwei kleine rosa Wecken, und seine Finger zuckten von Zeit zu Zeit, als wollte er im Traum irgend etwas zu fassen bekommen.

Ich schlurfte ins Wohnzimmer und schlug ihm auf den Hintern, doch er wachte nicht auf. Clark bat: »Der wird's heute nicht packen. Kannst du ihn wenigstens so weit wach machen, daß er telefoniert?«

Ich stieß Barry mehrmals mit dem Fuß an. Er stöhnte. Ich stieß noch einmal zu. Er drückte seinen Kopf tiefer ins Sofa. »Nein«, sagte ich zu Clark.

»Kannst du dich als seine Schwester ausgeben? Am Telefon, meine ich.«

»Wieso? Erzählt er, daß er mit seiner Schwester zusammenlebt?«

»Er hat bis jetzt mit ihr zusammengewohnt. Und es wäre einfacher, wenn du –«

»Scheiße. Okay.« Ich rief an. Die Grippe, erklärte ich. Barry habe die ganze Nacht wachgelegen und gelitten. Er sei eben erst eingeschlafen. »Erledigt«, sagte ich, als ich aufgelegt hatte.

Clark nickte. Er zog seinen Schlips gerade, schien jedoch zu zögern und sah mich scharf an. »Liv«, meinte er schließlich. »Wegen gestern nacht.« Er hatte sein Haar auf eine Art an den Kopf geklatscht, die mir nicht gefiel. Ich hob die Hand, um es zu zerzausen, doch er neigte den Kopf zur Seite und wiederholte: »Wegen gestern nacht.«

»Was denn? Hast du nicht genug bekommen? Möchtest du mehr? Jetzt?«

»Mir wär's lieber, du würdest Barry nichts sagen. Okay?«

Ich runzelte die Stirn, »Worüber?«

»Sag überhaupt nichts zu ihm. Wir bereden das später.« Er sah auf seine Uhr, eine Rolex, das Geschenk seiner stolzen Mama nach seinem Abschluß an der London School of Economics. »Ich muß los. Ich hab um halb zehn eine Besprechung.«

Ich trat ihm in den Weg. Ich mochte den Menschen nicht, zu dem Clark wurde, wenn er nicht bekifft war, und heute mochte ich ihn weniger denn je. »Du gehst erst, wenn du mir gesagt hast, was los ist. Was soll ich Barry nicht sagen? Und warum soll ich nichts sagen?«

Er seufzte. »Daß wir zwei es allein gemacht haben. Gestern nacht, Liv. Du weißt doch genau, was ich meine.«

»Na und? Wen interessiert das schon? Er war doch total weggetreten. Der hätte nicht mal gekonnt, wenn er gewollt hätte.«

»Das weiß ich, aber darum geht es nicht.« Er trat von einem Fuß auf den anderen. »Halt einfach die Klappe. Wir haben eine Abmachung, er und ich. Ich möchte da keinen Sand ins Getriebe streuen.«

»Was für eine Abmachung?«

»Das ist doch nicht wichtig. Ich kann das jetzt sowieso nicht erklären.«

Ich versperrte ihm immer noch den Weg. »Ich würde dir aber raten, es mir zu erklären. Wenn du rechtzeitig zu deiner Besprechung kommen willst, meine ich.«

Er seufzte wieder und fluchte leise.

»Was für eine Abmachung, Clark?«

»Na schön. Bevor wir mit dir zusammengezogen sind, haben wir ausgemacht, daß wir niemals –« Er räusperte sich. »Wir haben ausgemacht, daß nie einer ohne den anderen ...« Er fuhr sich mit der Hand durch das Haar und brachte es nun selbst in Unordnung. »Also, daß es nie einer ohne den anderen tut, verstehst du? Mit dir. Das war die Vereinbarung.«

»Verstehe. Du meinst, daß ihr immer zusammen mit mir bumst, daß ein Zweier nur geht, wenn der Dritte zuschaut.«

»Wenn du es unbedingt so formulieren mußt.«

»Kann man es denn anders formulieren?«

»Wahrscheinlich nicht.«

»Gut. Hauptsache, wir sind uns im klaren, worüber wir reden.«

Er leckte sich die Lippen. »Okay«, sagte er. »Bis heute abend dann.«

Ich trat zur Seite, und er ging zur Tür. »Oh, Clark?« Er drehte sich um. »Nur für den Fall, daß du es nicht merkst. Dir läuft die Nase. Wär doch peinlich, wenn du bei deiner Besprechung wie ein Rotzlöffel ausschaust.«

Ich winkte zum Abschied mit den Fingern, und als sich die Tür hinter Clark geschlossen hatte, ging ich zu Barry. Wir würden ja sehen, wer es wann mit Liv trieb.

Ich schlug ihm auf den Hintern. Er stöhnte. Ich kitzelte ihn an den Eiern. Er lächelte. Ich sagte: »Komm schon, du Schlafmütze. Wir haben was zu erledigen« und ging in die Knie, um ihn herumzudrehen. Und da fiel mir das Telegramm wieder ins Auge, das neben Barry auf dem Boden lag.

Erst fegte ich es einfach zur Seite und hockte mich auf den Boden, um Barry zu bearbeiten, aber als mir klar wurde, daß ihn das nicht wecken würde, knurrte ich: »Ach, zum Teufel«, und griff nach dem Telegramm.

Ich war ungeschickt und zerriß das Blatt mit dem Text, als ich den Umschlag aufriß. Ich las »Krematorium« und »Dienstag« und glaubte im ersten Moment, es handle sich um einen gruseligen Werbebrief eines Bestattungsinstituts. Aber dann sah ich oben das Wort »Vater«. Und nicht weit davon das Wort »Untergrundbahn«. Ich schob die beiden Papierfetzen zusammen und las mit zusammengekniffenen Augen den Text.

Später – viel später, als zwischen uns alles anders geworden war – erfuhr ich den Rest von ihr. Daß er mit ihr zusammen in der fürchterlichen Meute eingequetscht stand, die sich immer in dem Viereck vor den Türen zusammendrängt; daß er zuerst nicht einmal stürzte, sondern sich mit einem zitternden Seufzer an eine junge Frau lehnte, die glaubte, er wolle sie anmachen, und ihn wegstieß; daß er beim Öffnen der Türen, in South Kensington, als sich das Gedränge auflockerte, auf die Knie sank und dann auf die Seite fiel.

Man muß den Fahrgästen zugute halten, daß sie Mutter halfen, ihn auf den Bahnsteig hinauszutragen, und jemand rannte los, um Hilfe zu holen. Aber es dauerte mehr als zwanzig Minuten, ehe er im nächsten Krankenhaus ankam, und wenn es überhaupt irgendwann möglich gewesen wäre, ihn zu retten, so war dieser Moment längst vorbei.

Die Ärzte sagten, es sei schnell gegangen. Herzversagen. Möglicherweise war er schon tot gewesen, als er zu Boden glitt.

Aber, wie ich schon sagte, das alles erfuhr ich erst viel später. In diesem Moment wußte ich nur das wenige, aber Eindeutige, was das Telegramm enthielt, und die Fülle dessen, was zwischen den Zeilen stand.

Ich weiß noch, daß ich dachte: Du gemeines Luder! Du ekelhafte Kuh! Mir war heiß, und mir war übel. Mein Kopf glühte. Ich mußte handeln. Sofort. Ich packte Barry bei den Haaren und riß seinen Kopf in die Höhe.

Lachend schrie ich: »Wach auf, du Schwachkopf. Wach auf. Los, verdammt noch mal, wach auf!« Er stöhnte. Ich rammte seinen Kopf ins Sofa, rannte in die Küche, füllte einen Topf mit Wasser. Es schwappte mir auf die Füße, als ich den Topf ins Wohnzimmer zurücktrug und dabei die ganze Zeit brüllte: »Los, auf! Auf!« Ich riß Barry am Arm, und sein Körper rutschte zu Boden. Ich drehte ihn um und übergoß ihn mit Wasser. Seine Augen öffneten sich mit flatternden Lidern. »He!« stammelte er. »Was soll das?« Und das reichte mir.

Ich stürzte mich auf ihn. Ich kratzte und boxte. Seine Arme schlugen wie Windmühlenflügel durch die Luft, und er rief: »Was, zum Teufel?« und versuchte, mich festzuhalten, aber er war immer noch zu schlapp.

Ich lachte, dann kreischte ich. »Ihr dreckigen Schweine!«

Er murmelte: »He, Liv!« und robbte auf dem Bauch davon.

Ich ließ ihn nicht fort. Ich hockte mich rittlings auf ihn, schlug ihn, biß ihn in die Schulter und kreischte immer wieder: »Ihr alle beide! Ihr Schweine. Ihr wollt es. Wollt ihr es, hm?«

»Was soll das heißen?« schrie er wieder.

Ich packte die Flasche mit dem Körperöl, die neben den Tellern von unserem Abendessen auf dem Boden lag. Ich schlug Barry damit auf den Kopf. Sie zerbrach nicht. Ich schlug ihn in den Nacken, dann auf die Schultern. Und schrie dabei ununterbrochen. Und lachte und lachte. Er schaffte es, sich auf die Knie zu erheben. Ich landete noch einen kräftigen Schlag, ehe er mich wegschleuderte. Ich stürzte vor dem offenen Kamin zu Boden, wo ich den Schürhaken packte. »Ich hasse dich! Nein! Euch beide! Dreck seid ihr. Widerliches Pack.« Und bei jedem Wort schwang ich den Schürhaken.

Barry schrie: »Um Gottes willen« und rannte ins Schlafzimmer. Er knallte die Tür zu. Ich donnerte mit dem Schürhaken dagegen und spürte, wie das Holz splitterte. Als mir die Schultern so weh taten, daß ich den Schürhaken nicht mehr in die Höhe schwingen konnte, warf ich ihn in den Flur und rutschte an der Wand hinab zu Boden.

Dann begann ich endlich zu weinen.

Nach ein, zwei Minuten öffnete sich vorsichtig die Tür. Ich hielt den Kopf auf die Knie gesenkt und sah nicht auf. Ich hörte Barry »Verrücktes Luder« murmeln, als er an mir vorbeischlich. Dann sprach er draußen im Treppenhaus mit irgendwelchen erregten Leuten. Ich hörte »Meinungsverschiedenheit« und »jähzornig« und »Mißverständnis« und schlug dabei mit dem Kopf schluchzend gegen die Wand.

Dann rappelte ich mich hoch und tobte wie eine Rasende durch die Wohnung. Was zerbrechlich war, zerbrach ich. Ich schleuderte Teller gegen die Schränke und Gläser an die Wände und Lampen auf den Boden. Wo Stoff war, zerfetzte und zerschnitt ich ihn. Die wenigen Möbelstücke, die wir hatten, stieß ich um und demolierte sie, so gut ich eben konnte. Am Ende fiel ich auf die durchgelegene, fleckige Matratze unseres Betts und rollte mich wie ein Embryo zusammen.

Aber sofort mußte ich an Dad denken. Und an die Szene in Covent Garden... Ich konnte es mir nicht leisten, nachzudenken. Ich mußte hinaus. Ich mußte das alles hier hinter mir lassen. Fliegen mußte ich. Ich brauchte Power. Hauptsache, es half mir, hier wegzukommen, raus aus diesen Wänden, die immer näher rückten, und dem Dreck und dem Gestank. So ein Quatsch, zu glauben, Shepherd's Bush hätte mir irgendwas zu bieten, wo da draußen eine ganze Welt nur darauf wartete, von mir erobert zu werden.

Ich ging und kehrte nie zurück. Die Wohnung hätte mich an Clark und Barry erinnerte. Und Clark und Barry hätten mich an Dad erinnert. Da war es schon besser, sich Stoff zu besorgen. Pillen zu schlucken. Irgendeinen Kerl mit fettigem Haar aufzureißen, der die Kohle für eine Flasche Gin spendierte, weil er hoffte, mich dann hinten in seinem Wagen vernaschen zu können.

Von Shepherd's Bush aus arbeitete ich mich langsam nach Notting Hill vor, wo ich eine Weile in der Ladbroke Road herumkroch. Ich hatte nur zwanzig Pfund bei mir – kaum genug Geld, um zu erreichen, was ich wollte –, und darum war ich auch nicht so betrunken, wie ich es mir gewünscht hätte, als ich schließlich in Kensington ankam. Aber ich war betrunken genug.

Ich hatte mir überhaupt nicht überlegt, was ich tun würde. Ich wollte nur ihr Gesicht noch einmal sehen, um es anzuspucken.

Ich torkelte durch die Straße mit den adretten Häusern mit ihren Säulen und weißen Spitzenvorhängen in den Erkerfenstern und blieb schließlich direkt gegenüber der glänzenden Haustür stehen. Ich lehnte mich an ein geparktes Auto, eine alte »Ente«, und sah blinzelnd zur Treppe hinüber. Ich zählte die Stufen. Sieben. Sie schienen sich zu bewegen. Aber vielleicht lag das auch an mir. Die ganze Straße schien auf merkwürdigste Weise zu kippen. Ich begann, gleichzeitig zu schwitzen und zu frösteln. Mir drehte sich der Magen um.

Ich übergab mich auf die Kühlerhaube des Autos. Dann auch noch auf den Bürgersteig und in den Rinnstein.

Was dachte ich in diesem Moment? Das frage ich mich heute noch. Vielleicht glaubte ich, man könnte sich aus einer unauflösbaren Verstrickung ganz einfach dadurch befreien, daß man sie auf die Straße spie.

Heute weiß ich, daß dem nicht so ist. Es gibt wirksamere und dauerhaftere Mittel, eine Bindung zwischen Mutter und Kind zu lösen.

Als ich wieder stehen konnte, wankte ich den Weg zurück, den ich gekommen war. Ich dachte unentwegt: du Luder, du Hexe, du Ziege. Sie gab mir die Schuld an seinem Tod. Sie hatte mich auf die wirksamste Weise bestraft, die sie sich hatte ausdenken können. Nun, auch ich konnte Schuld zuweisen und Strafe erteilen. Wir würden ja sehen, dachte ich, wer es besser konnte.

Ich machte mich also ans Werk und arbeitete die folgenden sechs Jahre lang unermüdlich an Schuld und Strafe.

Olivia

Chris ist zurück. Er hat etwas zu essen mitgebracht, wie ich mir schon gedacht hatte, aber es ist kein *tandoori,* sondern etwas Thailändisches, aus einem Restaurant namens *Bangkok Hideaway.* Er hielt mir die Tüte unter die Nase und sagte: »Mmm, riech mal, Livie. Das haben wir noch gar nicht probiert, oder? Die machen die Nudeln mit Erdnüssen und Bohnenkeimen.« Dann ging er hinunter in die Küche, und dort hörte ich ihn jetzt mit dem Geschirr klappern. Er singt dabei. Er hat ein Faible für amerikanische Countrymusic, und im Augenblick trällert er »Crazy« kaum schlechter als Patsy Cline.

Von meinem Platz an Deck konnte ich Chris mit den Hunden die Bloomfield Road herunterkommen sehen. Sie rannten nicht mehr, und ich sah an Chris' Bewegungen, daß er mit den Hundeleinen und einer Tüte jonglierte und mit etwas, das er im angewinkelten Arm trug. Die Hunde schienen sich für dieses Etwas sehr zu interessieren. Beans versuchte dauernd an Chris hochzuspringen, um es sich näher anzusehen, und Toast hüpfte und stieß Chris' Arm an. Als sie aufs Hausboot kamen – die Hunde vorweg, an ihren Leinen zerrend –, sah ich das Kaninchen. Es zitterte so heftig, daß ich nur etwas Graubraunes mit Schlappohren und Knopfaugen erkennen konnte. Ich sah Chris an.

»Im Park«, erklärte er. »Beans hat es unter einer Hortensie aufgestöbert. Manchmal kotzen mich die Leute wirklich an.«

Ich wußte, was er meinte. Irgend jemand hatte keine Lust mehr gehabt, sich um das Haustier zu kümmern, und beschlossen, es sei bestimmt draußen in der freien Natur viel glücklicher. Daß das Tier nicht frei geboren war, spielte keine Rolle. Es würde sich schon an seine neue Umgebung gewöhnen und sie herrlich finden – solange nicht ein Hund oder eine Katze es vorher erwischte.

»Es ist süß«, sagte ich. »Wie nennen wir es?«

»Felix.«

»Das ist doch ein Katzenname!«

»Es ist lateinisch und bedeutet glücklich. Und das ist der Kleine jetzt bestimmt, wo er nicht mehr im Park ist.« Und dann ging er nach unten.

Jetzt ist Chris gerade mit den Hunden wieder an Deck gekommen. Er hat ihre Näpfe und ihr Futter mitgebracht. Meistens füttert er sie unten, aber ich weiß, ihm liegt daran, daß ich nicht allein bin. Er stellt die Näpfe vor meinen Stuhl und sieht zu, wie die Hunde sich auf ihre Bröckchen stürzen. Er streckt sich und hebt seine Arme. Im Licht der späten Nachmittagssonne sieht sein Kopf aus wie von rostrot leuchtendem Flaum bedeckt. Er sieht hinüber zu Browning's Island und lächelt.

»Was ist?« fragte ich.

»Grüne Weiden sind etwas ganz Besonderes«, antwortet er. »Schau, wie der Wind die Zweige bewegt. Sie sehen wie Tänzer aus. Sie erinnern mich an Yeats.«

Er kauert sich neben meinen Stuhl und sieht, wie viele Seiten ich geschrieben habe. Er nimmt die Dose mit den großen Kinderbleistiften und prüft, ob ich noch gut ausgerüstet bin. »Soll ich sie dir spitzen?« Das ist seine Art zu fragen, wie es vorwärtsgeht und ob ich noch weitermachen möchte.

Und ich beantworte beides positiv, indem ich sage: »Wo hast du Felix untergebracht?«

»Im Augenblick erst mal auf dem Tisch in der Küche. Da mümmelt er sein Abendbrot. Vielleicht sollte ich mal nach ihm sehen. Möchtest du runterkommen?«

»Noch nicht.«

Er nickt. Er richtet sich auf und nimmt meine Bleistiftdose gleich mit. Zu den Hunden sagt er: »Ihr beide bleibt hier oben. Beans. Toast. Habt ihr verstanden? Ihr paßt mir auf Livie auf.«

Sie wedeln mit den Schwänzen. Chris geht nach unten. Lächelnd lehne ich mich zurück. »Ihr paßt mir auf Livie auf.« Als könnte ich weglaufen!

Wir haben diese besondere Art, in Kürzeln zu sprechen. Chris und ich. Sie hat sich langsam entwickelt, und es tut gut, sagen zu können, was man denkt, ohne das Thema zu berühren. Mein einziges Problem dabei ist, daß ich manchmal nicht die Worte zur Verfügung habe, die ich suche. Ich habe beispielsweise immer noch keine Ahnung, wie ich Chris sagen kann, daß ich ihn liebe. Nicht, daß es an unserer Situation etwas änderte, wenn ich es ihm sagte. Chris liebt mich nicht – jedenfalls nicht auf die Weise, an die man normalerweise denkt, wenn man von Liebe spricht –, und er hat mich nie geliebt. Er begehrt mich auch nicht. Und hat mich nie begehrt. Früher habe ich ihn verdächtigt, schwul zu sein. »Tunte«, habe ich ihn genannt, »warmer Bruder« und Ähnliches. Er beugte sich dann in seinem Sessel nach vorn, die Ellbogen auf die Knie gestützt und die Hände unter dem Kinn zusammengelegt, und sagte ganz ernsthaft: »Du solltest mal hören, wie du sprichst. Achte mal darauf, was deine Worte aussagen. Erkennst du nicht, daß diese Begrenztheit deiner Sicht das Symptom eines viel größeren Übels ist, Livie? Und das Faszinierende daran ist, daß man dir im Grund keinen Vorwurf daraus machen kann. Der Vorwurf muß sich an die Gesellschaft richten. Denn wo sonst entwickeln wir unsere Einstellungen, wenn nicht im Rahmen der Gesellschaft, in der wir uns bewegen?«

Und mir blieb der Mund offen stehen. Ich hätte gern losgeballert. Aber mit einem Menschen, der keine Waffe trägt, kann man nicht kämpfen.

Es ist still. Ich finde diese Stille immer wieder sonderbar, denn man sollte doch meinen, daß man hier die Geräusche von der Warwick Avenue, der Harrow Road oder einer der beiden Brücken hören würde, aber da wir uns unter Straßenhöhe befinden, wird der Schall offenbar über uns hinweggetragen. Chris könnte es mir sicher erklären. Früher glaubte ich, er dächte sich diese Erklärungen, die er für alles hat, einfach aus. Ich meine, wer ist er denn schon? Ein magerer Kerl mit pockennarbigen Wangen, der sein Studium geschmissen hat, um »wirklich etwas zu verändern, Livie. Das geht nur auf eine bestimmte Weise. Und sicher nicht, indem man sich in die Struktur einfügt, die das Monster am Leben hält«. Ich dachte, jemand, der so unbekümmert seine Metaphern durcheinanderschmiß, könnte wohl kaum gebildet genug sein, um überhaupt etwas zu wissen, geschweige denn, an einer großen gesellschaftlichen

Veränderung in der Zukunft Anteil zu haben. Ich pflegte darauf also äußerst gelangweilt zu erwidern: »Ich glaube, du meinst ›die das Gebäude trägt‹«, um ihn in Verlegenheit zu bringen. Da sprach die Tochter meiner Mutter, der Lehrerin und großen Aufklärerin.

Diese Rolle spielte Miriam Whitelaw anfangs in Kenneth Flemings Leben. Aber das wissen Sie wahrscheinlich schon, da es ja Teil der Fleming-Legende ist.

Kenneth und ich sind gleichaltrig, obwohl ich Jahre älter aussehe. Aber unsere Geburtstage liegen tatsächlich nur eine Woche auseinander; das erfuhr ich, neben vielen anderen Einzelheiten über Kenneth, zu Hause beim Abendessen, zwischen Suppe und Nachtisch. Zum erstenmal hörte ich von ihm, als wir beide fünfzehn waren. Er war Schüler in der Förderklasse meiner Mutter auf der Isle of Dogs. Er wohnte damals mit seinen Eltern in Cubitt Town, und seine sportliche Begabung demonstrierte er vor allem auf den Spielfeldern in den feuchten Flußniederungen des Millwall Park. Ich weiß nicht, ob die Gesamtschule eine Cricket-Mannschaft hatte. Wahrscheinlich schon, und es kann gut sein, daß Kenneth in der ersten Mannschaft spielte. Aber wenn das zutrifft, so ist das ein Teil der Legende, von dem ich nie gehört habe. Und ich habe das meiste erfahren, das können Sie mir glauben, Abend für Abend, bei Roastbeef, Brathuhn, gebackener Scholle und Schweinekotelett.

Ich war nie Lehrerin, daher weiß ich nicht, wie es ist, wenn man einen Paradeschüler hat. Und da ich niemals diszipliniert oder interessiert genug war, um für die Schule zu lernen, weiß ich erst recht nicht, was sich abspielt, wenn man ein Paradeschüler ist und unter den Lehrern einen Mentor oder, wie in diesem Fall, eine Mentorin findet. Genauso nämlich standen Kenneth Fleming und meine Mutter von Anfang an zueinander.

Ich glaube, er war das, wovon sie immer wußte, daß sie es eines Tages finden würde: das Pflänzchen, das dank ihrer Pflege und Ermutigung aus der schlammigen Flußerde und der Eintönigkeit der Sozialbauten auf der Isle of Dogs wachsen und gedeihen würde. Er gab ihrem Leben den Sinn, den sie gesucht hatte.

In der zweiten Woche des Herbsttrimesters begann sie von

»diesem intelligenten Jungen, den ich in meiner Klasse habe« zu sprechen. So führte sie ihn bei Dad und mir als regelmäßiges Tischgesprächsthema ein. Er sei redegewandt, erzählte sie uns. Er sei amüsant. Er sei selbstironisch auf eine ungemein charmante Weise. Er gehe mit seinen Altersgenossen und den Erwachsenen völlig unbefangen um. Im Unterricht beweise er immer wieder ein erstaunliches Verständnis für Thema, Motiv und Charakter, wenn sie Dickens, Austen, Shakespeare oder die Brontës besprachen. In seiner Freizeit lese er Sartre und Bekkett. Beim Mittagessen setze er sich mit Pinter auseinander. Und er schreibe – »Gordon, Olivia, das ist das Wunderbare an diesem Jungen« –, er schreibe wie ein wahrer Gelehrter. Er sei wißbegierig und geistreich. Er lasse sich auf echte Diskussionen ein, böte nicht nur Ideen an, von denen er wüßte, daß der Lehrer sie hören wollte. Kurz, er war ein Traumschüler. Und das ganze Herbst-, Frühlings- und Sommertrimester über versäumte er nicht eine einzige Unterrichtsstunde.

Ich haßte ihn. Wem wäre das nicht so ergangen? Er war alles, was ich nicht war, und er hatte es ohne ein einziges soziales oder wirtschaftliches Privileg geschafft.

»Sein Vater ist Hafenarbeiter«, teilte Mutter uns mit und schien völlig entgeistert, daß der Sohn eines Hafenarbeiters tatsächlich so sein konnte: erfolgreich. »Seine Mutter ist Hausfrau. Er ist der Älteste von fünf Geschwistern. Er steht jeden Morgen um halb fünf auf, um seine Hausaufgaben zu machen, weil er sich abends um seine Geschwister kümmern muß. Heute hat er uns im Unterricht einen erstaunlichen Vortrag gehalten. Ihr wißt doch, ich hatte ihnen aufgetragen, sich mit der Idee des Selbst zu beschäftigen. Er lernt seit einiger Zeit – was ist es gleich wieder? Judo? Karate? Ich weiß nicht genau. Jedenfalls marschierte er vorn im Klassenzimmer in diesem pyjamaähnlichen Anzug herum und sprach über Kunst und geistige Disziplin und dann – Gordon, Olivia, denkt euch nur: Er hat einen Ziegelstein mit der Handkante zerschlagen.«

Mein Vater nickte lächelnd und sagte: »Na, das ist ja wirklich allerhand. Einen Ziegelstein. Das muß man sich einmal vorstellen.«

Ich gähnte. Wie langweilig war das, war sie, war er. Als nächstes würde ich zweifellos zu hören bekommen, daß der wunderbare Kenneth auf den Wellen der Themse gewandelt war.

Es gab nicht den geringsten Zweifel daran, daß er seine Prüfungen mit Glanz und Gloria bestehen würde. Zum Stolz seiner Eltern, meiner Mutter und der ganzen Schule. Und er würde es zweifellos mit links schaffen. Wonach er natürlich brav weiter die Schule besuchen und in jedem Fach glänzen würde. Wonach er zum Studium nach Oxford gehen und sich schließlich seiner Pflicht dem Staat gegenüber beugen und Premierminister werden würde. Und wann immer es galt, jenen zu danken, die ihm zum Erfolg verholfen hatten, würde er den Namen Miriam Whitelaw nennen, seiner hochverehrten Lehrerin. Denn Kenneth verehrte meine Mutter. Er machte sie zur Hüterin der Flamme seiner Träume. Mit ihr teilte er die tiefsten Geheimnisse seiner Seele.

Darum wußte sie auch lange vor allen anderen von Jean Cooper. Jean war sein Mädchen. Sie war es schon, seit sie beide zwölf Jahre alt gewesen waren und »miteinander gehen« nicht mehr bedeutet hatte, als daß man in der Schulpause nebeneinander an der Hofmauer lehnte. Sie war ein hübsches Mädchen skandinavischen Typs, mit hellem Haar und blauen Augen. Sie war schlank wie eine Gerte und beweglich wie ein junges Füllen. Sie hatte das Gesicht eines Teenagers, doch den Blick einer Erwachsenen. Zur Schule ging sie nur, wenn sie Lust dazu hatte. Wenn nicht, schwänzte sie zusammen mit ihren Freundinnen und machte sich durch die Fußgängerunterführung nach Greenwich davon. Oder sie stibitzte ihren Schwestern ihre *Just Seventeen*-Hefte und las den ganzen Tag alles über Popmusik und Mode. Sie schminkte sich, kürzte ihre Röcke und machte sich schicke Frisuren.

Ich hörte mir Mutters Ausführungen über Jean Cooper mit erheblichem Interesse an. Für mich war eines sofort klar: Wenn bei Kenneth Flemings kometenhaftem Aufstieg zu Ruhm und Ehre jemand Sand ins Getriebe bringen würde, dann Jean.

Demnach zu urteilen, was ich so beim Abendessen mitbekam, wußte Jean genau, was sie wollte, und mit Schulabschluß und

Studium hatte es sicher nichts zu tun. Es hatte hingegen sehr viel mit Kenneth Fleming zu tun.

Kenneth und Jean legten beide ihre Prüfungen zur mittleren Reife ab. Kenneth bestand, wie erwartet, mit Glanz und Gloria. Jean fiel durch. Auch das überraschte niemanden. Doch meine Mutter nahm diesen Ausgang mit großer Genugtuung zur Kenntnis. Ich glaube, sie war überzeugt, das intellektuelle Ungleichgewicht zwischen ihm und seiner Freundin würde Kenneth nun endlich offenkundig werden. Und wenn er es erst einmal wahrgenommen hatte, würde er Jean aus seinem Leben streichen, um sich ganz seiner weiteren geistigen Vervollkommnung zu widmen. Eine ziemlich ulkige Vorstellung, nicht wahr? Mir ist schleierhaft, wie Mutter überhaupt auf den Gedanken kam, bei Beziehungen zwischen Teenagern spiele intellektuelles Gleichgewicht eine Rolle.

Jean ging von der Gesamtschule ab und nahm einen Job auf dem alten Billingsgate-Markt an. Kenneth erhielt ein Stipendium und kam auf ein kleines Internat in West Sussex. Dort spielte er nun wirklich in der ersten Cricket-Mannschaft und tat sich so glänzend hervor, daß mehr als einmal Talentsucher dieser oder jener Ligamannschaft sich die Schulwettkämpfe ansahen, um ihm zuzuschauen, wie er ohne sichtbare Anstrengung die Bälle dutzendweise über die Spielfeldgrenze schlug.

An den Wochenenden kam er stets nach Hause. Auch davon hörten Dad und ich, weil Kenneth regelmäßig Mutter in der Schule aufsuchte, um ihr von seinen Fortschritten zu berichten. Er schien jeden Sport mitzumachen, gehörte jedem Verein an, zeichnete sich in jedem seiner Fächer aus, war der Liebling nicht nur des Schulleiters, sondern sämtlicher Lehrer, all seiner Mitschüler, der Tutoren und der Hausdame und jedes Grashalms, auf den er seinen Fuß setzte. Wenn er sich nicht der Entfaltung seiner zukünftigen Größe widmete, war er an den Wochenenden zu Hause und kümmerte sich um seine Geschwister. Und wenn er sich nicht um seine Geschwister kümmerte, saß er in der Schule und schmierte Mutter Honig ums Maul und zeigte sich allen Fünftkläßlern als leuchtendes Beispiel dafür, was ein Schüler erreichen konnte, wenn er ein Ziel hatte. Kenneth' Ziel war

Oxford, ein Platz in der Cricket-Mannschaft der Universität, mindestens fünfzehn Jahre Mitgliedschaft in der englischen Nationalmannschaft, wenn es irgend ging, und Anteil an sämtlichen Vorteilen, die dies mit sich bringen kann: Reisen, Ruhm, Werbeverträge, Geld.

Da er sich so viel vorgenommen hatte, meinte Mutter zufrieden, er könnte unmöglich noch Zeit für »die kleine Cooper« aufbringen, wie sie Jean mit verächtlich gekräuselten Lippen zu nennen pflegte. Aber da irrte sie sich gewaltig.

Kenneth traf sich weiterhin mit Jean. Nur verlegten sie jetzt eben ihre Zusammenkünfte ins Wochenende. Sie taten das, was sie seit ihrem vierzehnten Lebensjahr taten: Sie gingen ins Kino oder auf eine Party, sie hörten sich mit Freunden Musik an oder machten eine Wanderung, oder sie aßen bei einer ihrer Familien zu Abend oder fuhren mit dem Bus zum Trafalgar Square, mischten sich dort ins Gewühl und sahen zu, wie das Wasser von den Brunnen herabströmte. Das Vorspiel änderte nie etwas an dem, was folgte, da es stets das gleiche war: Sie schliefen miteinander.

Als Kenneth an jenem Freitag im Mai zu Mutter ins Zimmer kam, machte sie den Fehler, sich nicht genug Zeit zu nehmen, um die Situation zu überdenken, nachdem er ihr gesagt hatte, daß Jean schwanger sei. Sie sah die Hoffnungslosigkeit und die Scham in seinem Gesicht und sagte das erstbeste, was ihr in den Sinn kam: »Nein!« Und setzte dann nach: »Das kann nicht sein. Doch nicht jetzt. Das ist einfach nicht möglich.«

Er widersprach. Und dann entschuldigte er sich.

Sie wußte, was dieser Entschuldigung folgen würde, und versuchte, es abzubiegen, indem sie rief: »Kenneth, du bist jetzt erregt, aber du mußt mir erst einmal zuhören. Weißt du mit Sicherheit, daß sie schwanger ist?«

Ja, Jean selbst hatte es ihm gesagt.

»Aber hast du auch mit ihrem Doktor gesprochen? War sie überhaupt beim Arzt? War sie in einer Klinik? Hat sie einen Test gemacht?«

Er antwortete nicht. Er sah so unglücklich drein, daß Mutter Angst hatte, er würde aus dem Zimmer laufen, ehe sie die

Situation klären konnte. Hastig fuhr sie fort: »Vielleicht irrt sie sich. Vielleicht hat sie sich verzählt.«

Er sagte nein, ein Irrtum sei ausgeschlossen. Sie habe sich nicht geirrt. Sie habe ihm schon vor zwei Wochen gesagt, daß die Möglichkeit bestehe. Und in dieser Woche nun hatte sich die Befürchtung bestätigt.

Mutter fragte vorsichtig: »Ist es möglich, daß sie versucht, dich an sich zu binden, weil du nicht hier bist und sie dich vermißt, Ken? Daß sie behauptet, schwanger zu sein, damit du die Schule aufgibst? Und dann in ein oder zwei Monaten, falls ihr heiraten solltet, eine Fehlgeburt vortäuscht?«

Nein, entgegnete er, bestimmt nicht. So sei Jean nicht.

»Woher weißt du das?« fragte Mutter. »Wenn du nicht mit ihrem Arzt gesprochen hast? Wenn du dir das Testergebnis noch nicht selbst angesehen hast, woher willst du dann wissen, daß sie die Wahrheit sagt?«

Er sagte, sie sei beim Arzt gewesen. Und er habe das Testergebnis gesehen. Es täte ihm so leid. Er habe alle enttäuscht. Er habe seine Eltern enttäuscht. Er habe Mrs. Whitelaw und die Schule enttäuscht. Er habe die Schulbehörde enttäuscht, von der er das Stipendium bekommen hatte. Er –

»Um Gottes willen, du willst sie heiraten, nicht wahr?« rief Mutter. »Du willst von der Schule abgehen, alles aufgeben und sie heiraten. Aber das darfst du nicht tun!«

Einen anderen Weg gebe es nicht, erwiderte er. Er sei für das, was geschehen war, genauso verantwortlich wie Jean.

»Wie kannst du das sagen?«

Weil Jean die Pillen ausgegangen waren. Sie hatte es ihm gesagt. Sie hatte nicht mit ihm schlafen wollen ... *Er* sei derjenige gewesen, der gedrängt habe, der versichert habe, beim allerersten Mal in der Pillenpause werde sie bestimmt nicht gleich schwanger werden. Sie brauche sich keine Sorgen zu machen, hatte er versprochen. Aber er hatte sich getäuscht. Und jetzt ... Er hob beide Hände und ließ sie herabfallen, diese begabten Hände, die den Ball über alle Grenzen schlugen; die den Füller hielten, mit dem er jene großartigen Aufsätze schrieb; die mit einem einzigen Schlag einen Ziegelstein zerbrochen hatten, während er ruhig über die Definition des Selbst referiert hatte.

»Ken.« Mutter bemühte sich, ruhig zu bleiben, was ihr angesichts all dessen, was bei diesem Gespräch auf dem Spiel stand, wahrhaftig nicht leichtfiel. »Hör mir zu, Ken, mein Junge. Du hast eine große Zukunft vor dir. Eine Karriere.«

Jetzt nicht mehr, entgegnete er.

»Doch. Sie ist noch da. Und du darfst nicht einmal daran denken, sie für ein billiges kleines Flittchen wegzuwerfen, das dein Potential gar nicht erkennt und würdigt.«

Jean sei kein billiges Flittchen, protestierte er. Sie sei in Ordnung. Er würde schon dafür sorgen, daß sie irgendwie durchkämen. Es täte ihm so leid. Er habe alle enttäuscht, besonders Mrs. Whitelaw, die so viel für ihn getan hatte.

Es war klar, daß er das Gespräch beenden wollte. Mutter spielte ihren Trumpf mit Umsicht aus. »Nun, du mußt natürlich tun, was du für richtig hältst, aber – ich möchte dir wirklich nicht weh tun, Ken, aber es muß einmal gesagt werden. Bitte denk darüber nach, ob du sicher sein kannst, daß das Kind wirklich von dir ist.« Er war so betroffen, daß Mutter fortfahren konnte. »Du weißt ja nicht alles, Ken. Du *kannst* gar nicht alles wissen. Und du ahnst vor allem nicht, was hier vorgeht, während du in West Sussex bist, nicht wahr?« Sie sammelte ihre Sachen ein und verstaute sie in ihrer Aktentasche. »Ein junges Mädchen, das mit einem Jungen schläft, Ken, ist manchmal nur allzu schnell bereit... Du weißt, was ich meine.«

Was sie damit sagen wollte, war: Dieses kleine Luder schläft doch seit Jahren herum. Weiß der Himmel, wer sie geschwängert hat. Das kann jeder gewesen sein.

Er sagte leise, selbstverständlich sei das Kind von ihm. Jeannie schlafe nicht herum, und sie lüge auch nicht.

»Vielleicht hast du sie nur nie dabei ertappt«, versetzte Mutter und fuhr mit ihrer süßesten Stimme fort: »Du bist von hier fort auf eine gute Schule gegangen. Du hast dich über sie hinausentwickelt. Es ist verständlich, daß sie dich irgendwie wieder zurückholen möchte. Man kann ihr das nicht verübeln.« Und sie endete mit den Worten: »Laß es dir wenigstens durch den Kopf gehen, Ken. Tu nichts Überstürztes. Versprich mir das. Versprich, daß du wenigstens noch eine Woche abwartest, ehe du etwas unternimmst oder mit jemandem über die Lage der Dinge sprichst.«

Neben der detaillierten Beschreibung ihres Zusammentreffens mit Kenneth hörten wir noch am Abend des Tages, an dem er sie aufgesucht hatte, Mutters Gedanken zu diesem schauerlichen Sündenfall. Dad meinte: »Ach Gott, wie schrecklich für alle Beteiligten.« Ich lachte höhnisch: »Ende der großen Illusion.« Mutter warf mir einen Blick zu und sagte spitz, wir würden ja sehen, wer sich hier Illusionen machte.

Gleich am folgenden Morgen knöpfte sie sich Jean vor. Sie nahm sich dazu extra einen Tag frei, denn sie wollte nicht zu Hause mit ihr sprechen, und sie wollte sich den Vorteil der Überraschung zunutze machen. Darum ging sie zum Billingsgate-Markt, wo Jean in einem Café arbeitete.

Mutter war voller Zuversicht. Sie wußte genau, wie das Gespräch mit Jean Cooper enden würde. Sie hatte viele solcher Gespräche mit ledigen Müttern in spe hinter sich und konnte auf einmalige Erfolge, das von ihr gewünschte Ziel zu erreichen, zurückblicken. Die meisten Mädchen, die Mutter in die Hände gefallen waren, hatten am Ende Vernunft gezeigt. Mutter war Expertin in der Kunst der sanften Überredung, wobei sie stets die Zukunft des Kindes, die Zukunft der jungen Mutter und eine Trennung der einen von der anderen im Auge hatte. Es bestand kein Anlaß zu befürchten, daß sie mit Jean Cooper, die ihr geistig, psychisch und gesellschaftlich unterlegen war, Schwierigkeiten haben würde.

Sie fand Jean nicht im Café vor, sondern in der Damentoilette, wo sie gerade eine Zigarettenpause machte. Sie trug einen weißen Kittel voller Fettflecken, ihr Haar hatte sie schlampig unter eine Haube gestopft. Im rechten Strumpf lief eine Masche. Nach dem Äußeren zu urteilen, war Mutter von Anfang an im Vorteil.

Jean war keine Schülerin von ihr gewesen. Damals pflegte man die Schüler in Leistungsgruppen einzuteilen, und Jean war während ihrer Schulzeit bei den kleineren Fischen mitgeschwommen. Aber Mutter wußte, wer sie war. Wenn man Kenneth Fleming kannte, wußte man auch, wer Jean Cooper war. Und Jean kannte natürlich Mutter. Zweifellos hatte sie von Kenneth so viel über seine Lehrerin gehört, daß sie schon lange vor dieser Begegnung auf dem Billingsgate-Markt von Mrs. Whitelaw die Nase voll hatte.

»Kenny war leichenblaß, als ich mich Freitag abend mit ihm getroffen hab«, war das erste, was Jean sagte. »Er wollte überhaupt nicht mit mir reden und ist schon am Samstag wieder ins Internat gefahren statt wie sonst am Sonntag. Das hab ich wohl Ihnen zu verdanken, was?«

Mutter begann mit ihrem Standardsatz: »Ich möchte mit Ihnen über die Zukunft sprechen.«

»Über wessen Zukunft? Über meine? Die des Kindes? Oder Kennys?«

»Über Ihre ebenso wie über die von Kenneth und dem Kind.«

Jean nickte. »Ich kann mir richtig vorstellen, wie sehr Ihnen meine Zukunft am Herzen liegt, Mrs. Whitelaw. Sie können wahrscheinlich vor lauter Sorge um mich keine Nacht mehr schlafen, nicht? Und bestimmt haben Sie alles schon sauber geplant, und ich brauche Ihnen jetzt nur noch zuzuhören, während Sie mir erklären, wie es läuft.« Sie warf ihre Zigarette auf den rissigen Linoleumboden, trat sie aus und zündete sich sofort eine frische an.

»Jean, das ist nicht gut für das Kind«, sagte Mutter.

»Was für das Kind gut ist, entscheide ich. Das entscheiden Kenny und ich. Ohne Ihre Hilfe, besten Dank.«

»Sind Sie beide denn überhaupt in der Lage, etwas zu entscheiden? Allein, meine ich.«

»Wir wissen, was wir wissen.«

»Ken geht noch zur Schule, Jean. Er hat keinerlei Berufserfahrung. Wenn er jetzt von der Schule abgeht, begeben Sie sich beide in ein Leben ohne Zukunft, ohne Aussichten. Das müssen Sie doch sehen.«

»Ich sehe vieles. Ich sehe, daß ich ihn liebe und er mich liebt und wir zusammen leben wollen und das auch tun werden.«

»*Sie* wollen das«, fiel Mutter ihr ins Wort. »Sie, Jean. Ken will das nicht. Kein Junge wünscht sich so etwas. Und Ken ist gerade erst siebzehn geworden. Er ist fast noch ein Kind. Und Sie selbst sind – Jean, wollen Sie wirklich das alles auf sich nehmen: Heirat und Kind so schnell hintereinander? Sie sind noch so jung. Sie haben doch keinerlei Möglichkeiten. Sie werden auf die Unterstützung Ihrer beiden Eltern angewiesen sein, und Ihre Eltern haben es doch selbst schwer genug. Glauben Sie wirklich, daß das für Sie drei das beste ist? Für Ken, das Kind und Sie selbst?«

»Ich sehe vieles«, sagte Jeannie wieder. »Ich sehe, daß wir seit Jahren zusammen sind und daß es uns miteinander gutgeht. Und daran wird sich auch nichts ändern, nur weil er auf irgendeine vornehme Schule geht. Ganz gleich, was Sie wollen.«

»Ich will das Beste für Sie beide.«

Jean lachte nur. Sie zog an ihrer Zigarette und beobachtete Mutter durch die Rauchschwaden. »Ich sehe vieles«, wiederholte sie ein drittes Mal. »Ich sehe, daß Sie mit Kenny geredet und ihn total durcheinandergebracht haben.«

»Er war schon vorher durcheinander. Guter Gott, Ihnen muß doch klar sein, daß er sich über so eine Neuigkeit« – mit einer Handbewegung zu Jeans Bauch – »nicht freuen kann. Sie hat ja sein ganzes Leben auf den Kopf gestellt.«

»Sie haben ihn so weit gebracht, daß er an mir zweifelt und mir dumme Fragen stellt. Sie haben ihn so weit gebracht, daß er sich fragt, ob ich nicht außer ihm noch andere gehabt habe. Mir ist völlig klar, wie er überhaupt auf den Gedanken kommen konnte.«

Jean warf ihre Zigarette zu Boden und trat sie neben dem anderen Stummel aus. »Ich muß wieder an die Arbeit. Wenn Sie mich entschuldigen.« Sie senkte den Kopf und wischte sich die Wangen, als sie an Mutter vorüberging.

»Sie sind jetzt erregt«, beharrte Mutter. »Das ist verständlich. Aber Kens Fragen sind berechtigt. Wenn Sie von ihm verlangen, daß er Ihnen seine Zukunft opfert, dann müssen Sie schon akzeptieren, wenn er sich vorher vergewissern möchte, daß –«

Sie fuhr so blitzartig herum, daß es Mutter die Sprache verschlug. »Ich verlange gar nichts. Das Kind ist von ihm, und das habe ich ihm gesagt, weil ich der Meinung bin, daß er ein Recht hat, es zu wissen. Wenn er sich entschließt, von der Schule abzugehen und zu uns zu kommen, gut. Wenn nicht, schlagen wir uns auch ohne ihn durch.«

»Aber es gibt doch noch andere Möglichkeiten«, sagte Mutter. »Sie brauchen das Kind nicht zur Welt zu bringen. Und wenn doch, brauchen Sie es nicht zu behalten. Es gibt Tausende von Männern und Frauen, die liebend gern ein Kind adoptieren würden. Es gibt keinen Grund, ein ungewolltes Kind –«

Jean packte Mutter so fest am Arm, daß später – sie zeigte es uns am Abend beim Essen – blaue Flecken an den Stellen zurückblieben, an denen die Finger zugepackt hatten. »Nennen Sie es nicht ungewollt, Sie gemeines, altes Weib! Wagen Sie das ja nicht!«

In diesem Moment, berichtete uns Mutter mit zitternder Stimme, habe sie das wahre Gesicht der Jean Cooper gesehen. Eines Mädchens, das zu allem fähig sei, um zu erreichen, was sie wollte. Eines Mädchens, das selbst vor Gewalt nicht zurückschrecken würde, daran gab es keinen Zweifel. Sie hatte Mutter schlagen wollen, und sie hätte es auch getan, wenn nicht in diesem Moment eine Frau hereingekommen wäre und gefragt hätte: »Störe ich?«

Jean antwortete: »Nein«, schleuderte Mutters Arm zur Seite und ging.

Mutter folgte ihr. »Das wird niemals funktionieren. Mit Ihnen beiden. Jean, tun Sie ihm das nicht an. Oder warten Sie doch wenigstens –«

»– damit *Sie* ihn sich krallen können?« vollendete Jean.

Mutter blieb stehen, in sicherem Abstand von Jean. »Machen Sie sich nicht lächerlich. Das ist ja absurd.«

Aber es war keineswegs absurd. Jean Cooper mit ihren sechzehn Jahren hatte die Zukunft vorausgesehen, wenn sie das auch seinerzeit nicht wissen konnte. Damals dachte sie wahrscheinlich nur: Ich habe gesiegt. Denn zum Ende des Trimesters verließ Kenneth die Schule. Die beiden heirateten nicht sofort. Sie überraschten vielmehr alle damit, daß sie erst fleißig arbeiteten und sparten, um schließlich sechs Monate nach der Geburt ihres ersten Sohnes Jimmy ihre Vermählung bekanntzugeben.

Von da an konnten wir in Kensington unsere Mahlzeiten in Frieden einnehmen. Von Kenneth Fleming ward nichts mehr gehört. Ich weiß nicht, wie es Dad mit diesem abrupten Versiegen des allabendlichen Tischgesprächs erging; ich persönlich brachte manch glückliche Stunde damit zu, die Tatsache zu feiern, daß der junge Gott von der Isle of Dogs sich als gewöhnlicher Sterblicher entpuppt hatte. Was Mutter anging, so ließ sie Kenneth nicht etwa einfach fallen. Das war nicht ihr Stil. Sie überredete Dad, ihn in der Druckerei zu beschäftigen, damit er einen sicheren Arbeitsplatz habe und für seine Familie sorgen könne. Aber Kenneth Fleming konnte ja nun nicht mehr als Paradebeispiel hoffnungsvoller Jugend herhalten, und darum gab es für sie auch keinen Grund mehr, Abend für Abend ihn und seine Heldentaten zu preisen.

Für Mutter war Kenneth Fleming erledigt, wie drei Jahre später ich für sie erledigt war. Mit einem Unterschied: Als sich nicht lange nach dem Tod meines Vaters die Gelegenheit dazu ergab, nahm sie *ihn* in Gnaden wieder auf.

Kenneth war damals sechsundzwanzig. Und Mutter sechzig.

5

»Kenneth Fleming«, schloß der ITN-Reporter mit der Feierlichkeit, die er für angemessen hielt, »starb mit zweiunddreißig Jahren. Ein schwerer Verlust für das Cricket und für alle, die diesen Sport lieben.« Die Kamera schwenkte zum verschnörkelten, schmiedeeisernen Tor von *Lord's Cricket Ground,* der die Kulisse für die Berichterstattung bildete. »Nach der Werbung informieren wir Sie über die Reaktionen seiner Teamkameraden und Guy Mollisons, Kapitän der englischen Nationalmannschaft.«

Jean Cooper, die bisher am Wohnzimmerfenster gestanden hatte, ging zum Fernsehgerät und schaltete es aus. Sie sah zu, wie das Bild sich zuerst an den Rändern verwischte und sich dann verdunkelte. Es schien einen Reflex auf dem Schirm zu hinterlassen.

Ich muß einen neuen Fernseher kaufen, dachte sie. Was so ein Apparat wohl kostet?

Es kam ihr gelegen, sich über diese Frage den Kopf zu zerbrechen: was für ein Modell sie kaufen würde; wie groß der Bildschirm sein sollte; ob sie wieder so einen Riesenkasten haben wollte wie den jetzigen, der so alt war wie Jimmy.

Bei dem unerwünschten Gedanken an ihren Sohn biß sich Jeannie fest auf die Unterlippe. Jimmy war seit dem Morgen spurlos verschwunden.

»Jimmy ist überhaupt nicht nach Hause gekommen?« hatte sie ihren Bruder gefragt, als die Polizei sie zurückgebracht hatte.

»Nein, und Shar hat gesagt, er war auch nicht in der Schule. Diesmal ist er wirklich abgehauen.« Derrick nahm zwei seiner Bodybuilding-Geräte vom Tisch. Sie sahen aus wie riesenhafte Pinzetten, und er drückte sie abwechselnd in der Hand zusammen, während er vor sich hin murmelte: »Adduktor, Flexor, Pronator ...«

»Du hast nicht nach ihm gesucht, Der? Du warst nicht im Park?«

Derrick beobachtete, wie seine kraftvollen Armmuskeln sich zusammenzogen und entspannten. »Also, eines kannst du mir glauben, Pook. Ganz gleich, wo der Bursche ist, im Park ist er bestimmt nicht.«

Dieses Gespräch hatte sie um halb sieben mit ihrem Bruder geführt, kurz bevor er gegangen war. Inzwischen war es nach zehn. Ihre beiden jüngeren Kinder lagen seit mehr als einer Stunde in ihren Betten. Und seitdem sie oben die Türen geschlossen hatte und wieder hinuntergegangen war, hatte Jean ununterbrochen am Fenster gestanden, dem Dröhnen der Fernsehstimme gelauscht und auf der Suche nach einem Zeichen von Jimmy in die Dunkelheit gestarrt.

Auf dem Bürgersteig drei Häuser weiter bewegte sich jemand. Wider alle Vernunft hoffte sie, der Mensch, der sich da in der Dunkelheit näherte, möge ihr Sohn sein. Die Gestalt war groß und mager, hatte den gleichen energischen Gang, er war ja sehnig wie sein Vater... Sie erlaubte sich ein Aufatmen. Dann sah sie, daß es gar nicht Jimmy war, sondern Mr. Newton, der wie jeden Abend seinen Corgi spazierenführte.

Aus den Nachrichten um zehn hatte sie die Einzelheiten erfahren, nach denen sie vorher nicht gefragt hatte: um welche Zeit Ken gestorben war; die Ursache seines Todes, die allerdings noch der Bestätigung durch den Obduktionsbefund bedurfte; wo man ihn gefunden hatte; die Tatsache, daß er allein gewesen war.

»Die Polizei hat inzwischen festgestellt, daß der Brand durch eine schwelende Zigarette in einem Sessel verursacht wurde«, hatte der Nachrichtensprecher abschließend gemeldet.

Jean ging zum Couchtisch, um ihre eigene Zigarette in einem Aschenbecher auszudrücken, der die Form einer Muschel hatte und den goldenen Aufdruck »Weston-Super-Mare« trug. Sie zündete sich eine frische an, nahm den Aschenbecher und kehrte an ihren Posten zurück.

Sie hätte gern behauptet, das Motorrad sei das Problem; der Ärger mit Jimmy habe genau an dem Tag angefangen, an dem er das verdammte Motorrad nach Hause gebracht hatte. Aber die Wahrheit war komplizierter, erschöpfte sich nicht in einer

Reihe von Auseinandersetzungen zwischen Mutter und Sohn über den Besitz eines Motorrads. Die Wahrheit steckte in allem, worüber zu sprechen sie seit Jahren vermieden.

Sie ließ den Vorhang herabfallen. Sie zog ihn an der Fensterbank gerade und fragte sich, wieviel Zeit ihres Lebens sie damit zugebracht hatte, so an einem Fenster zu stehen und auf etwas zu warten, das niemals kam.

Sie ging durch das Wohnzimmer zu der alten, grauen Couch, Teil der schäbigen Garnitur, die sie und Ken zur Hochzeit von ihren Eltern geerbt hatten. Sie nahm ein zerfleddertes Exemplar von *Woman's Own* zur Hand und hockte sich auf die Sofakante. Die Polster waren so abgenutzt, daß ihre Füllung sich schon vor langer Zeit zu harten kleinen Kügelchen zusammengeballt hatte, auf denen man etwa so bequem saß wie auf feuchtem Sand. Ken hatte die alten Möbel hinauswerfen und neue Sachen kaufen wollen, als er in die Nationalmannschaft gekommen war. Aber da hatte er schon zwei Jahre lang sein eigenes Leben ohne sie und die Kinder geführt, und Jean hatte das Angebot ausgeschlagen.

Sie schlug die Zeitschrift auf, beugte sich über die Seiten, versuchte zu lesen. Sie fing den Artikel »Tagebuch eines Brautkleids« an, aber nachdem sie viermal versucht hatte, denselben Absatz zu lesen, in dem die bemerkenswerten Abenteuer eines Brautkleids aus dem Kostümverleih erzählt wurden, warf sie das Heft auf den Couchtisch, drückte beide Fäuste an ihre Stirn, schloß die Augen und versuchte zu beten.

»Lieber Gott«, flüsterte sie. »Bitte, lieber Gott –« Worum bitte ich eigentlich? fragte sie sich. Was sollte Gott tun? Die Realität ändern? Die Fakten umkrempeln?

Gegen ihren Willen sah sie ihn wieder vor sich: bewegungslos ausgestreckt in diesem kalten Raum voll geschlossener Schränke und rostfreien Stahls, steinern wie Marmor, er, der von rastloser Energie gewesen war, sprühend vor Leben und Leichtigkeit...

Sie sprang vom Sofa auf und begann im Zimmer hin und her zu laufen. Mit den Knöcheln der rechten Faust schlug sie hart in ihre geöffnete Linke. Wo ist er, wo ist er, wo ist er, dachte sie immer wieder.

Das Geräusch eines Motorrads ließ sie innehalten. Es fuhr knatternd den Fußweg hinunter, der die Häuser an der Cardale Street von denen dahinter trennte. An der Gartenpforte tukkerte es lange Zeit im Leerlauf, als sei der Fahrer unschlüssig, was er tun sollte. Dann knarrte die Pforte und fiel zu, das Motorengeräusch kam näher, und auf der Höhe der Hintertür zur Küche spuckte die Maschine noch einmal und verstummte.

Jean ging wieder zum Sofa und setzte sich. Sie hörte, wie die Küchentür geöffnet und wieder geschlossen wurde. Schritte auf dem Linoleum, und dann war er da: die »Doc Martens« mit den Metallkappen lose geschnürt; Jeans ohne Gürtel, schlaff um die Hüften; ein schmutziges T-Shirt mit Löchern am Hals. Mit einer Hand schob er sich das lange Haar hinter das Ohr, während er sein Gewicht auf einen Fuß verlagerte, so daß eine knochige Hüfte hervorstand.

Er sah seinem Vater, als dieser im gleichen Alter gewesen war, unglaublich ähnlich. Jean war, als durchbohrte ein Speer ihr Herz, und sie hielt den Atem an, damit der Schmerz sich auflöste.

»Wo warst du, Jim?«

»Unterwegs.« Er hielt den Kopf wie stets zur Seite geneigt, als versuchte er, seine Größe zu kaschieren.

»Hast du deine Brille mit?«

»Nein.«

»Ich mag es nicht, wenn du ohne Brille Motorrad fährst. Das ist gefährlich.«

Er strich sich das Haar aus der Stirn und zuckte gleichgültig die Achseln.

»Warst du heute in der Schule?«

Sein Blick flog zur Treppe. Er spielte an der Gürtelschlaufe seiner Jeans.

»Du weißt das von Dad?«

Der Adamsapfel hüpfte in seinem mageren Hals. Sein Blick glitt zu ihr und wieder zur Treppe zurück. »Er ist tot.«

»Woher weißt du es?«

Er schob seine Faust in die Hosentasche und zog eine zerdrückte Packung JPS heraus. Mit schmutzigen Fingern holte er eine Zigarette hervor und steckte sie in den Mund. Er blickte suchend zum Couchtisch, dann zum Fernsehapparat.

Jean schloß die Finger fest um die Streichholzschachtel.

»Woher weißt du es, Jim?« fragte sie wieder.

»Aus dem Fernsehen.«

»Wo hast du ferngesehen?«

»Bei einem Typen in Deptford.«

»Wie heißt er?«

Jimmy rollte die Zigarette zwischen den Lippen hin und her. »Du kennst ihn nicht. Ich hab ihn noch nie mitgebracht.«

»Wie heißt er?«

»Brian.« Er sah sie unverwandt an, immer ein sicheres Zeichen dafür, daß er log. »Brian. Jones.«

»Ach, und bei dem warst du wohl heute? Bei Brian Jones in Deptford?«

Er griff wieder mit den Händen in die Hosentaschen, erst vorn, dann hinten. Er klopfte sich ab und runzelte die Stirn.

Jean legte die Schachtel Streichhölzer auf den Couchtisch und wies mit einer Kopfbewegung darauf hin. Jimmy zögerte, als fürchtete er einen Trick. Dann kam er doch näher. Er nahm hastig die Streichhölzer und riß eines an der Kante seines Daumennagels an.

»Dad ist bei einem Brand ums Leben gekommen«, sagte Jean. »In dem Haus in Kent.«

Jimmy machte einen langen Zug und neigte den Kopf in den Nacken, als könnte er so den Rauch noch tiefer in die Lunge ziehen und noch länger dort behalten. Sein Haar hing in fettigen Strähnen, die wie Rattenschwänze aussahen, steif von seinem Schädel herab. Es war rotblond wie das seines Vaters, aber so lange nicht gewaschen, daß die Farbe jetzt an uringetränktes Stroh in einem Pferdestall erinnerte.

»Hast du mich gehört, Jim?« Jeannie bemühte sich, so ruhig und neutral zu reden wie der Nachrichtensprecher im Fernsehen. »Dad ist bei einem Brand umgekommen. In dem Haus in Kent. Am Mittwoch abend.«

Er zog wieder an der Zigarette und vermied es, Jean anzusehen. Aber sein Adamsapfel hüpfte auf und nieder.

»Jim!«

»Was?«

»Eine Zigarette hat das Feuer verursacht. Eine Zigarette in einem Sessel. Dad war oben. Er hat geschlafen. Er hat den Rauch eingeatmet. Kohlenmon –«

»Wen interessiert das schon?«

»Dich, denke ich. Stan, Sharon, mich.«

»Ja, klar! Glaubst du vielleicht, den hätte das gekümmert, wenn von uns einer abgekratzt wäre? Da kann ich doch nur lachen! Der wäre noch nicht mal zur Beerdigung gekommen.«

»Hör auf, so zu reden!«

»Wie denn?«

»Du weißt genau, was ich meine.«

»Meinst du, ich soll keine Kraftausdrücke gebrauchen oder nicht die Wahrheit sagen?«

Sie antwortete nicht. Er fuhr sich mit gespreizten Fingern durch das Haar, ging zum Fenster und wieder zurück, blieb stehen. Sie versuchte zu erkennen, was in ihm vorging, und fragte sich, wann sie die Fähigkeit verloren hatte, innerhalb eines Augenblicks zu spüren, was mit ihm los war.

»Du sollst in diesem Haus nicht solche Reden führen«, erwiderte sie ruhig. »Du mußt schließlich mit gutem Beispiel vorangehen. Du hast einen Bruder und eine Schwester, für die du das Vorbild bist.«

»Tolle Geschwister!« prustete er verächtlich. »Stan ist ein Baby, das noch einen Schnuller braucht. Und Shar –«

»Hör auf, sie so runterzumachen.«

»Shar ist strohdumm und hat nichts als Scheiße im Hirn. Bist du eigentlich sicher, daß wir überhaupt miteinander verwandt sind? Weißt du genau, daß dich nicht außer Dad noch ein anderer angebumst hat?«

Jean stand auf. Sie ging auf ihren Sohn zu, aber seine Worte veranlaßten sie, stehenzubleiben.

»Kann doch leicht sein, daß du's auch noch mit anderen getrieben hast, oder? Zum Beispiel auf dem Markt. Nach der Arbeit, mit so 'nem schleimigen Fischhändler.« Er schnippte Asche von seiner Zigarette auf sein Hosenbein und wischte mit einem Finger darüber. Er fing an zu kichern, lachte, schlug sich mit der flachen Hand vor die Stirn.»Hey, genau! Das ist es. Wieso bin ich da nicht früher drauf gekommen?«

»Worauf? Was meinst du?«

»Na, daß wir verschiedene Väter haben. Meiner ist der berühmte Cricket-Spieler, von dem hab ich das Aussehen und den Grips –«

»Halt endlich den Mund, Jimmy.«

»Shars Vater ist der Postbote, darum schaut ihr Gesicht aus wie 'ne abgestempelte Briefmarke.«

»Ich habe gesagt, es reicht.«

»Und Stans ist einer von den Typen, die die Aale auf den Markt bringen.«

Jean kam um den Couchtisch herum. »Woher hast du diesen Quatsch, Jim?«

Er schwieg und zog heftig an seiner Zigarette. Seine Hände zitterten.

Jean zwinkerte die aufsteigenden Tränen zurück. Sie verstand. »Ach, Jimmy«, murmelte sie. »Daddy wollte dir nie weh tun. Das mußt du doch wissen.«

Er drückte die Hände auf seine Ohren.

»Dein Vater ist tot, Jim.« Jean ging zu ihm und legte ihre Hände auf die seinen. Sie versuchte, sie von seinen Ohren wegzuziehen, aber es gelang ihr lediglich, ihm die Zigarette aus den Fingern zu schlagen. Sie fiel auf den Teppich. Jean hob sie auf und drückte sie in einem Aschenbecher aus.

»Und dann sind sie alle über sie drüber gestiegen. Die ganze Bande. Und haben sie halb zu Tode gevögelt. Aber sie konnte überhaupt nicht genug kriegen.« Seine Stimme schwankte. Seine Hände glitten von seinen Ohren zu seinen Augen. Seine Fingernägel krallten sich in sein Fleisch.

Sie kehrte zu ihm zurück und berührte seinen Arm. Er fuhr mit einem Aufschrei zurück.

»Dein Vater hat dich lieb gehabt«, beteuerte sie. »Er hat dich lieb gehabt, Jim. Immer.«

Da begann er zu weinen. Jean legte ihren Arm um seine Schultern, doch er riß sich von ihr los und rannte zur Treppe.

»Warum hast du dich nicht von ihm scheiden lassen?« schrie er schluchzend. Warum nicht, sag? Mam! Du hättst dich doch von ihm scheiden lassen können.«

Jeannie sah ihm nach, als er nach oben rannte. Sie wollte ihm folgen, aber ihr fehlte die Kraft.

Statt dessen ging sie in die Küche, wo die Töpfe und das Geschirr des unberührten Abendessens auf Tisch und Arbeitsplatte herumstanden. Sie trug sie zusammen und säuberte sie, stapelte sie im Spülbecken, sprühte Spülmittel darüber, drehte das heiße Wasser auf und sah zu, wie es zu schäumen begann, weiß und duftig wie die Spitze an einem Hochzeitskleid.

Es war fast elf, als Lynley, mit Barbara Havers auf der Fahrt nach Hampstead, von seinem Bentley aus den Ehemann Gabriella Pattens anrief. Hugh Patten schien nicht überrascht, einen Anruf von der Polizei zu erhalten. Weder fragte er, weshalb ein Gespräch nötig sei, noch versuchte er Lynley mit der Bitte abzuwimmeln, das Gespräch auf den folgenden Tag zu verschieben. Er gab ihnen ganz einfach die erforderliche Wegbeschreibung und bat sie, nach ihrer Ankunft dreimal zu läuten.

»Ich hatte ziemlichen Ärger mit Journalisten«, sagte er zur Erklärung.

»Wer ist dieser Typ eigentlich?« fragte Barbara, als sie in die Holland Park Avenue einbogen.

»Da weiß ich im Moment nicht mehr als Sie«, antwortete Lynley.

»Auf jeden Fall ein gehörnter Ehemann.«

»So scheint es.«

»Und ein potentieller Mörder.«

»Das wird sich zeigen.«

»Und der Sponsor der Nationalmannschaft.«

Die Strecke nach Hampstead war lang, und sie legten sie schweigend zurück. Sie fuhren die High Street entlang, wo es in mehreren Bars noch hoch herging, dann weiter den Holly Hill hinauf in die Villengegend. Das stattliche alte Herrenhaus, in dem Hugh Patten lebte, stand hinter einer Steinmauer, die mit Clematis überwachsen war: blaßrosa Blüten mit zarten purpurroten Streifen.

»Nicht übel«, bemerkte Barbara mit einer Kopfbewegung zum Haus hin, als sie aus dem Wagen stieg. »An Kohle scheint's ihm nicht zu fehlen, was?«

In der Auffahrt standen zwei Autos, ein ziemlich neuer Range Rover und ein kleiner Renault mit zerbrochenem linken Rücklicht. Während Barbara zum Rand des Halbrondells ging, folgte Lynley einer zweiten Auffahrt, die, vom Rondell abzweigend, zu einer vielleicht dreißig Meter entfernten großen Garage führte. Der Bau, wie das Haus im georgianischen Stil gehalten, wirkte relativ neu und war wie das Haus von Bodenlampen erleuchtet, die die Backsteinmauern in das Licht ihrer fächerförmigen Strahlen tauchten. In der Garage hatten leicht drei Fahrzeuge Platz. Er schob eine der Türen auf und sah drinnen einen blitzenden weißen Jaguar, frisch gewaschen, wie es schien. Er hatte weder Schrammen noch Beulen. Selbst die Reifen, zu denen Lynley sich hinunterbeugte, schienen bis auf den Grund ihrer Profile sauber zu sein.

»Und?« fragte Barbara, als er zurückkam.

»Ein Jaguar. Frisch gewaschen.«

»An dem Range Rover ist Dreck. Und das Rücklicht des Renault –«

»Ich weiß. Ich hab's gesehen.«

Sie gingen zur Haustür, die von zwei Terrakotta-Urnen mit Efeu flankiert war. Lynley läutete dreimal.

Hinter der Tür hörten sie die gedämpfte Stimme eines Mannes. Er sprach nicht zu Lynley, sondern zu einer anderen Person, deren Antwort sie nicht hören konnten. Noch einmal sagte der Mann etwas, dann verging ein Moment, und schließlich wurde die Tür geöffnet.

Er musterte sie, registrierte Lynleys Abendanzug. Sein Blick glitt zu Barbara, wanderte von ihrem struppigen Haar zu den roten Joggingstiefeln hinab. Sein Mund zuckte.

»Polizei, nehme ich an?«

»Mr. Patten?« entgegnete Lynley.

»Bitte kommen Sie«, sagte er.

Hugh Patten führte sie unter einem großen Messingleuchter durch das Foyer mit glänzendem Parkett. Er war ein ziemlich großer Mann, nicht schlecht gebaut, trug Blue Jeans und ein verwaschenes kariertes Hemd, dessen Ärmel er bis zu den Ellbogen hochgekrempelt hatte. Lose um seinen Hals geknotet lag ein blauer Pullover – Kaschmir, wie es schien. An den Füßen hatte er keine Schuhe. Sie waren, wie sein Gesicht und seine Arme, sonnengebräunt.

Wie die meisten georgianischen Häuser hatte auch das Pattens einen einfachen Grundriß. Vom großen Foyer gelangte man in einen langen Salon mit mehreren Türen nach rechts und links und einer ganzen Reihe hoher Fenstertüren, die auf eine Terrasse führten. Durch eine dieser Türen ging Patten voraus ins Freie, zu einer Chaiselongue, die mit zwei Sesseln und einem Tisch eine Sitzgruppe auf der Terrasse bildete, halb im Schatten, halb im Lichterschein des Hauses. Vielleicht zehn Meter entfernt fiel der Garten zu einem Seerosenteich ab, hinter dem sich London wie ein flimmerndes Lichtermeer ohne Horizont ausbreitete.

Auf dem Tisch standen vier Gläser, ein Tablett und drei Flaschen »The MacAllan«, von denen jede einen anderen Jahrgangsstempel trug: 1965, 1967, 1973. Die 65er Flasche war angebrochen. Die 73er war ungeöffnet.

Patten goß etwas von dem 67er in ein Glas und wies auf die Flaschen. »Möchten Sie probieren? Oder ist das verboten? Sie sind ja wohl dienstlich hier, nicht wahr?«

»Ein Schlückchen in Ehren kann niemand verwehren«, sagte Lynley. »Ich nehme den 65er.«

Barbara entschied sich für den 67er. Als sie versorgt waren, ging Patten zur Chaiselongue und nahm Platz, den rechten Arm hinten auf der Lehne, den Blick auf das Panorama gerichtet. »Dieser Garten ist immer wieder umwerfend. Setzen Sie sich doch. Nehmen Sie sich einen Moment Zeit und genießen Sie die Aussicht.«

Aus dem Salon fiel gedämpftes Licht durch die Terrassentüren auf die Steinplatten. Doch als sie sich setzten, bemerkte Lynley, daß Patten die Möbel so gestellt hatte, daß nur der oberste Teil seines Kopfes beleuchtet war. Das gestattete ihnen immerhin einen Blick auf den typisch metallischen Glanz des dunklen Haars, der verriet, daß es heimlich, nicht vom Fachmann, gefärbt war.

»Ich habe von Flemings Tod gehört.« Patten hob sein Glas, die Augen immer noch auf das nächtliche Panorama gerichtet. »Es wurde heute nachmittag gegen drei Uhr bekannt. Guy Mollison rief mich an – um den diesjährigen Sponsor der Spiele gegen Australien gleich zu informieren. ›Behalten Sie es aber bitte für sich, bis zur amtlichen Bekanntgabe.‹« Patten schüttelte den Kopf und schwenkte den Whisky in seinem Glas. »Englands Wohl liegt ihm stets am Herzen«, bemerkte er spöttisch.

»Sie meinen Mollison?«

»Nun, er wird ja wieder zum Teamkapitän ernannt werden.«

»Hinsichtlich des Zeitpunkts sind Sie sicher?«

»Ich war gerade vom Lunch zurückgekommen.«

»Es wundert mich, daß er da schon wußte, daß es Fleming war. Er hat Sie angerufen, ehe der Leichnam offiziell identifiziert war«, sagte Lynley.

»Ehe *die Ehefrau* ihn identifiziert hatte. Die Polizei wußte längst, wer es war.« Patten wandte sich ihnen zu. »Oder hat man Ihnen das nicht gesagt?«

»Sie sind sehr gut informiert.«

»Es geht ja auch um mein Geld.«

»Nicht nur um Geld, wenn ich recht unterrichtet bin.«

Patten hielt den Blick auf die flimmernden Lichter Londons gerichtet. »Er war ein besonderes Exemplar, der gute Ken. Er wußte, daß das Leben mehr zu bieten hat, als das, was er schon hatte. Und er war entschlossen, es sich zu holen.«

»Ihre Frau zum Beispiel.«

Patten reagierte nicht. Er kippte den Rest seines Whiskys hinunter und kehrte zum Tisch zurück. Dort griff er nach dem ungeöffneten 73er. Er erbrach das Siegel und öffnete die Flasche.

»Wußten Sie über die Geschichte zwischen Ihrer Frau und Kenneth Fleming Bescheid?« fragte Lynley.

Patten kehrte zur Chaiselongue zurück und setzte sich auf die

Kante. Er lachte erheitert, als Barbara, auf der Suche nach einem unbeschriebenen Blatt, raschelnd in ihrem Heft blätterte. »Wollen Sie mir vielleicht meine Rechte vorlesen?«

»Das wäre verfrüht«, sagte Lynley. »Aber wenn Sie Ihren Anwalt bei diesem Gespräch –«

Patten lachte. »Der hatte im vergangenen Monat genug mit mir zu tun. Ich denke doch, das schaffe ich auch allein.«

»Sie haben rechtliche Probleme?«

»Ich habe Scheidungsprobleme.«

»Sie wußten also von der Affäre Ihrer Frau?«

»Ich hatte keinen blassen Schimmer, bis sie mir eröffnete, daß sie mich verlassen wollte. Und selbst da wußte ich zunächst nicht, daß eine Affäre dahintersteckte. Ich glaubte, sie fühle sich von mir vernachlässigt. Eitelkeit, wenn Sie wollen.« Er verzog den Mund zu einem ironischen Lächeln. »Es kam zu einem Riesenkrach, als sie mir sagte, daß sie gehen wolle. Ich gebe zu, ich bin ziemlich grob geworden. ›Was glaubst du denn, wer so ein blondes Dummchen wie dich haben will, Gabriella?‹ fragte ich sie. ›Du bildest dir doch nicht ein, daß du noch einmal einen Mann aufgabelst, der sich mit einer so hirnlosen Tussie abgibt? Glaubst du im Ernst, du kannst mich einfach so abservieren? Ich prophezeie dir schon jetzt, du wirst wieder genau da landen, wo du hergekommen bist – als kleine Tippse in einem miesen Büro.‹ Es war eine ziemlich üble Szene. Beim Abendessen im *Capitol Hotel*. In Knightsbridge.«

»Es wundert mich, daß sie für so ein Gespräch ein öffentliches Lokal wählte.«

»Das würde Sie nicht wundern, wenn Sie Gabriella kennen würden. Sie hat ein Faible fürs Dramatische. Ich vermute allerdings, sie rechnete nicht damit, daß ich einen Wutanfall bekommen würde, sondern meinte, ich würde in meine Consommé schluchzen.«

»Wann hat dieses Gespräch stattgefunden?«

»Das weiß ich gar nicht mehr genau. Irgendwann Anfang letzten Monats.«

»Und da sagte sie Ihnen, daß sie Sie wegen Fleming verlassen wollte?«

»Keine Spur. Sie wollte schließlich eine saftige Abfindung herausschlagen und wußte genau, daß sie damit Probleme haben würde, wenn ich dahinterkommen sollte, daß sie schon die ganze Zeit über fremdgegangen war. Anfangs hat sie sich nur verteidigt. Wie das lief, können Sie sich wahrscheinlich vorstellen: ›Du hast ja keine Ahnung, Hugh! Einen wie dich finde ich jederzeit wieder. Du kannst mir keine Angst einjagen. Es sieht mich nämlich nicht jeder als blondes Dummchen.‹« Patten stellte sein Glas auf den Boden und schwang die Beine auf die Chaiselongue.

»Aber von Fleming hat sie nichts erzählt?«

»Gabriella hat immer schon genau gewußt, was sie will, besonders, wenn es ums Finanzielle ging. Es wäre dumm gewesen, alle Brücken zu mir abzubrechen, solange sie nicht sicher sein konnte, daß sich andere Brücken finden würden.« Er fuhr sich mit einer Hand durch das Haar. »Ich wußte, daß sie mit Fleming geflirtet hatte. Ich hatte es beobachtet. Aber ich dachte mir nichts dabei, weil ich Gabriella kannte. Die Männer fliegen auf sie, und sie flirtet mit jedem. Das passiert ganz automatisch.«

»Hat Sie das denn nicht gestört?« fragte Barbara. Sie hatte ihren Whisky ausgetrunken und das Glas weggestellt.

Statt einer Antwort sagte Patten: »Hören Sie!« und hob eine Hand, um sie zum Schweigen zu bringen. Im hinteren Teil des Gartens, wo eine Reihe Pappeln stand, hatte ein Vogel zu zwitschern begonnen. Sein Gesang war voll und schmelzend und nahm langsam an Intensität zu. Patten lächelte. »Eine Nachtigall. Wunderbar, nicht wahr? Da könnte man fast an Gott glauben.« Und erst dann sagte er zu Barbara Havers: »Nein, es hat mich nicht gestört. Im Gegenteil, es hat mir gefallen zu sehen, daß andere Männer meine Frau begehrenswert fanden. Gerade das hat mich anfangs gereizt.«

»Und heute?«

»Mit der Zeit verlieren die meisten Dinge ihren Reiz, Sergeant.«

»Seit wann sind Sie verheiratet?«

»Seit vier Jahren und zehn Monaten.«

»Und vorher?«

»Wie bitte?«

»Ist sie Ihre erste Frau?«

»Was hat das denn hier zu suchen?«

»Ich weiß nicht. Ist sie Ihre erste Frau?«

Abrupt richtete Patten seinen Blick wieder auf das Lichtermeer. Er kniff die Augen zusammen, als blendete ihn die Helligkeit. »Meine zweite«, sagte er.

»Und Ihre erste?«

»Wie meinen Sie das?«

»Was ist aus ihr geworden?«

»Wir haben uns scheiden lassen.«

»Wann?«

»Vor vier Jahren und zehn Monaten.«

»Aha.« Barbara schrieb eilig mit.

»Darf ich fragen, was das ›Aha‹ heißen soll, Sergeant?« beharrte Patten.

»Sie haben sich von Ihrer ersten Frau scheiden lassen, um Gabriella zu heiraten?«

»Das war Gabriellas Bedingung, falls ich sie für mich haben wollte. Und ich wollte sie haben. Ich fand sie nämlich äußerst begehrenswert.«

»Und heute?« fragte Lynley.

»Ich würde sie nicht zurücknehmen, falls Sie das wissen wollen. Sie interessiert mich nicht mehr besonders, und selbst wenn ich noch Interesse hätte, sie ist einfach zu weit gegangen.«

»Wie meinen Sie das?«

»Alle Welt wußte Bescheid.«

»Daß sie Sie wegen Fleming verlassen hatte?«

»Irgendwo zieht man die Grenze. Ich ziehe sie bei Untreue.«

»Auch bei Ihrer eigenen?« fragte Barbara. »Oder nur bei der Ihrer Frau?«

Patten drehte sich zu ihr um. Er lächelte träge. »Die alte doppelte Moral, ja. Nicht sehr sympathisch. Aber so bin ich nun mal. Ein Heuchler, wenn es um die Frau geht, die ich liebe.«

»Wie kamen Sie dahinter, daß sie Sie mit Fleming betrog?« fragte Lynley.

»Ich habe sie beobachten lassen.«

»In Kent?«

»Zuerst wollte sie lügen. Sie behauptete, sie sei nur in Miriam Whitelaws Haus untergeschlüpft, um darüber nachzudenken, was sie mit ihrem Leben anfangen wolle. Fleming sei nichts weiter als ein Freund, sagte sie. Es sei nichts zwischen ihnen. Wenn sie ein Verhältnis mit ihm hätte, wenn sie mich seinetwegen verlassen hätte, würde sie dann nicht offen mit ihm zusammenleben? Aber eben das tue sie nicht, und das sei der Beweis dafür, daß kein Ehebruch im Spiel sei, sondern sie mir immer eine gute und treue Ehefrau gewesen sei. Ich solle also meinem Anwalt ans Herz legen, dies zu bedenken, wenn er sich mit ihrem treffen sollte, um die Scheidungsvereinbarung zu besprechen.« Patten rieb sich sinnend das Kinn. »Daraufhin zeigte ich ihr die Fotos. Und das hat gewirkt.«

Es handle sich um Fotografien von ihr und Fleming, erläuterte er ohne jede Verlegenheit. Sie waren in Kent aufgenommen worden. Zärtliche Begrüßungsszenen abends an der Haustür, leidenschaftliche Abschiede im Morgengrauen, ein wilder Beischlaf auf dem Rasen im Garten.

Angesichts der Fotos hatte sie, wie Patten behauptete, ihre künftige finanzielle Absicherung gefährdet gesehen. Sie hatte sich wie eine wütende Raubkatze auf ihn gestürzt und die Fotos im Eßzimmer ins Feuer geworfen, aber sie hatte gewußt, daß sie die Partie verloren hatte.

»Sie waren also in dem Haus in Kent?« stellte Lynley fest.

O ja, er sei dort gewesen. Einmal, als er ihr die Fotografien gebracht habe. Ein zweites Mal, nachdem Gabriella angerufen und ihn um ein Gespräch gebeten hatte, weil sie hoffte, man könnte sich doch noch auf einer vernünftigen und zivilisierten Basis einigen. »Aber wenn ich Gespräch sage, so ist das ein Euphemismus«, fügte Patten hinzu. »Zum Sprechen benutzt Gabriella ihren Mund am allerseltensten.«

»Ihre Frau ist verschwunden«, sagte Barbara.

Lynley warf ihr einen Blick zu, als er den ruhigen, eisig höflichen Ton bemerkte, den er so gut kannte.

»Tatsächlich?« versetzte Patten. »Ich habe mich schon gewundert, warum sie von den Medien überhaupt nicht erwähnt wurde. Zunächst glaubte ich, sie habe es geschafft, sämtliche Journalisten zu becircen, damit sie sie raushalten. Das wäre allerdings ein monumentales Unternehmen gewesen, selbst für jemanden wie Gabriella.«

»Wo waren Sie am Mittwoch abend, Mr. Patten?« Barbara stach beim Schreiben mit ihrem Bleistift ins Papier. Lynley fragte sich, ob sie ihre Notizen später würde lesen können. »Und am Donnerstag morgen.«

»Warum?« Er machte ein interessiertes Gesicht.

»Beantworten Sie einfach die Frage.«

»Das werde ich tun, sobald ich weiß, was sie bedeuten soll.«

Barbara kochte, Lynley griff ein. »Es ist nicht ausgeschlossen, daß Kenneth Fleming ermordet wurde«, sagte er.

Patten stellte sein Glas auf den Tisch. Er schien zu versuchen von Lynleys Gesicht abzulesen, wieviel Gewicht der Bemerkung beizumessen war. »Ermordet«, wiederholte er.

»Sie werden also verstehen, daß uns interessiert, wie Sie die fragliche Zeit verbracht haben«, sagte Lynley.

Aus den Bäumen stieg wieder der Gesang der Nachtigall auf. Nicht weit entfernt antwortete eine Grille.

»Mittwoch abend, Donnerstag morgen«, murmelte Patten vor sich hin.»Da war ich im *Cherbourg Club*.«

»Am Berkeley Square?« fragte Lynley. »Wie lange waren Sie dort?«

»Ich bin sicher nicht vor zwei oder drei gegangen. Ich habe Baccarat gespielt und hatte ausnahmsweise eine Gewinnsträhne.«

»Waren Sie in Begleitung?«

»Man spielt Baccarat nicht allein, Inspector.«

»Hatten Sie *persönlich* Begleitung?« spezifizierte Barbara gereizt.

»Einen Teil des Abends, ja.«

»Welcher Teil war das?«

»Zu Anfang. Ich habe sie gegen – ich weiß nicht mehr genau, halb zwei? Zwei? – mit dem Taxi nach Hause geschickt.«

»Und danach?«

»Habe ich weitergespielt. Später bin ich nach Hause gefahren und zu Bett gegangen.« Patten blickte von Lynley zu Barbara Havers. Er schien auf weitere Fragen zu warten. Schließlich fuhr er fort: »Ich hätte Fleming wohl kaum getötet. Das muß Ihnen doch klar sein, falls Sie *darauf* hinaus wollen.«

»Wer hat Ihre Frau beobachtet?«

»Wie bitte?«

»Wer hat die Fotos gemacht? Wir brauchen den Namen.«

»Gut. Den bekommen Sie. Schauen Sie, Fleming hat vielleicht mit meiner Frau geschlafen, aber er war ein phantastischer Cricket-Spieler – ein Jahrhunderttalent. Hätte ich der Geschichte zwischen ihm und Gabriella ein Ende machen wollen, so hätte ich sie getötet, nicht ihn. Dann hätte sich das wenigstens nicht auf die verdammten Meisterschaftsspiele ausgewirkt. Außerdem war mir gar nicht bekannt, daß er am Mittwoch in Kent war. Woher hätte ich das wissen sollen?«

»Vielleicht haben Sie auch ihn beobachten lassen.«

»Wozu?«

»Um sich zu rächen.«

»Wenn ich seinen Tod gewünscht hätte. Aber das war nicht der Fall.«

»Und Ihre Frau?«

»Was ist mit ihr?«

»Wünschten Sie *ihren* Tod?«

»Aber gewiß. Das wäre doch viel billiger gewesen als eine Scheidung. Ich schmeichle mir allerdings, etwas kultivierter zu sein als der Durchschnittsehemann, der von seiner Frau betrogen wird.«

»Sie haben nichts von ihr gehört?« fragte Lynley.

»Kein Wort.«

»Sie ist nicht hier im Haus?«

Pattens Gesicht zeigte echte Überraschung, als er die Augenbrauen hochzog. »Hier? Nein.« Dann schien er den Grund für die Frage zu erkennen. »Ach so«, sagte er. »Das war nicht Gabriella.«

»Vielleicht könnten Sie uns durch Augenschein überzeugen.«

»Wenn es sein muß.«

»Danke.«

Patten ging ins Haus. Barbara lümmelte sich in ihren Sessel und sah ihm mit zusammengekniffenen Augen nach. »Dieses Schwein«, murmelte sie.

»Sie haben die Angaben über den Club?«

»Ich bin nicht schwachsinnig, Inspector.«

»Entschuldigen Sie.« Lynley gab ihr das Kennzeichen des Jaguars an, der in der Garage stand. »Die in Kent sollen feststellen, ob der Jaguar oder der Range Rover in der Nähe von Springburn gesehen worden ist. Oder auch der Renault. Der in der Auffahrt steht.«

Sie prustete verächtlich. »Glauben Sie vielleicht, der würde in so einer Kiste rumgondeln?«

»Vielleicht – um einen Mord zu begehen.«

Eine der Terrassentüren ganz am anderen Ende des Hauses wurde geöffnet. Patten trat heraus. Er war in Begleitung einer jungen Frau von höchstens zwanzig Jahren in langem Pullover und Leggings. Mit geschmeidigen Bewegungen kam sie auf schlanken nackten Füßen über die Terrasse. Patten hatte seine Hand in ihrem Nacken, gleich unterhalb ihres Haars, das tiefschwarz war und zu einer geometrischen Kurzhaarfrisur geschnitten, die ihre Augen sehr groß wirken ließ. Er zog sie näher an sich, und einen Moment lang schien es, als atmete er den Duft, der von ihr ausging.

»Jessica«, stellte er vor.

»Ihre Tochter?« fragte Barbara.

»Sergeant!« mahnte Lynley.

Die junge Frau verstand offensichtlich genau, was los war. Sie schob ihren Zeigefinger durch eine Gürtelschlaufe an Pattens Jeans und sagte: »Kommst du, Hugh? Es ist schon spät.«

Er strich ihr mit der Hand über den Rücken, wie ein Rennstallbesitzer vielleicht seinen Champion streicheln würde. »Gleich«, sagte er. Und zu Lynley: »Inspector?«

Lynley hob wortlos eine Hand, um anzudeuten, daß er keine Fragen an die junge Frau hatte. Er wartete, bis sie ins Haus zurückgekehrt war, ehe er sagte: »Wo könnte Ihre Frau sein, Mr. Patten? Sie ist verschwunden. Ebenso Flemings Wagen. Haben Sie eine Ahnung, wohin sie gefahren sein könnte?«

Patten begann, die Whiskyflaschen zuzuschrauben. Er stellte sie auf ein Tablett und die Gläser dazu. »Nein, keine. Aber ganz gleich, wo sie ist, allein ist sie sicher nicht.«

»Wie Sie.« Barbara klappte ihr Heft zu.

Patten sah sie ruhig an, ohne sich provozieren zu lassen. »Ja, in der Hinsicht sind Gabriella und ich uns ausgesprochen ähnlich.«

6

Lynley griff nach dem Hefter mit den Unterlagen aus Kent. Die Augenbrauen über den Brillengläsern zusammengezogen, begann er die Aufnahmen vom Tatort durchzusehen. Barbara beobachtete ihn und fragte sich, wie er es schaffte, so hellwach zu wirken.

Sie selbst war todmüde. Es war fast ein Uhr morgens. Seit ihrer Rückkehr in den New Scotland Yard hatte sie drei Tassen Kaffee getrunken, aber trotz des Koffeins – oder vielleicht gerade deswegen – schlug ihr Hirn Purzelbäume und ihr Körper streikte. Am liebsten hätte sie den Kopf auf Lynleys Schreibtisch gelegt und geschnarcht. Statt dessen stand sie auf, streckte sich und ging zum Fenster. Unten auf der Straße war kein Mensch zu sehen. Der Himmel, der über der Millionenstadt niemals richtig dunkel wurde, war anthrazitgrau.

Sie zupfte nachdenklich an ihrer Unterlippe, während sie hinaussah. »Angenommen, Patten hat's getan«, sagte sie.

Lynley antwortete nicht. Er legte die Fotografien aus der Hand, las einen Abschnitt aus dem Bericht von Isabelle Ardery und hob dann den Kopf. Seine Miene wurde nachdenklich.

»Motive hat er hinreichend«, fuhr Barbara fort. »Fleming hat ihm Hörner aufgesetzt, und Rache ist süß.«

Lynley setzte einen Absatz in Klammern. Dann einen zweiten. Ein Uhr morgens, dachte Barbara gereizt, und er ist immer noch voll da.

»Also?« fragte sie ihn.

»Darf ich mal Ihre Notizen sehen?«

Sie kehrte zu ihrem Sessel zurück, holte ihr Heft aus der Umhängetasche und reichte es ihm. Während sie wieder zum Fenster ging, überflog Lynley die beiden ersten Seiten der Aufzeichnungen ihres Gesprächs mit Miriam Whitelaw. Auf der dritten Seite las er gründlicher; ebenso auf der vierten.

»Er hat selbst gesagt, daß er bei Untreue die Grenze zieht«, sagte Barbara. »Vielleicht heißt seine Grenze Mord.«

Lynley sah sie an. »Lassen Sie sich nicht von Ihrer Antipathie blenden, Sergeant. Wir haben nicht genug Fakten.«

»Aber trotzdem, Inspector –«

Er gestikulierte mit dem Bleistift, um sie zum Schweigen zu bringen. »Und wenn wir sie beisammen haben, werden sie, denke ich, seine Aussage bestätigen, daß er in der Nacht von Mittwoch auf Donnerstag im *Cherbourg Club* war.«

»Deswegen kann man ihn noch lange nicht als Verdächtigen streichen. Kann doch sein, daß er das Feuer legen ließ. Er hat ja auch jemanden angeheuert, um Gabriella beobachten zu lassen. Und die Fotos von ihr und Fleming, von denen er uns erzählt hat, hat er bestimmt auch nicht selber geknipst, während er heimlich im Gebüsch saß. Die hat er machen *lassen*.«

»Daran ist nichts Illegales. Es mag fragwürdig sein, und es ist sicherlich geschmacklos. Aber nicht verboten.«

Barbara lachte kurz auf und kehrte zu ihrem Stuhl zurück. Sie ließ sich schwerfällig hineinplumsen. »Entschuldigen Sie vielmals, Inspector, aber hat der gute Hugh Patten etwa den Eindruck gemacht, daß er sich niemals zu so etwas *Geschmacklosem* wie Mord herablassen würde? Wann war das denn? Ehe er die Talente seiner Frau beim Mundverkehr pries oder nachdem er diese Kleine rausgeholt und ihr den Hintern getätschelt hatte, damit die beschränkten Bullen auch ja mitkriegen, was läuft?«

»Ich streiche ihn ja gar nicht«, sagte Lynley.

»Allah sei Dank.«

»Aber wenn wir Patten als Flemings Mörder sehen wollen, müssen wir erst einmal beweisen, daß er wußte, wo Fleming sich am Mittwoch abend aufgehalten hat. Er behauptet, es nicht gewußt zu haben. Und ich bezweifle, daß wir ihm das Gegenteil beweisen können.« Lynley legte Fotografien und Berichte wieder in den Hefter. Er nahm seine Brille ab und rieb sich mit den Fingern beide Seiten des Nasenrückens.

»Wenn Fleming Gabriella angerufen hat, um sich anzumelden«, erklärte Barbara, »kann sie danach Patten angerufen und ihm gesagt haben, daß Fleming kommen würde. Natürlich nicht, weil sie wollte, daß er schnurstracks losfährt, um Fleming abzumurksen. Nur um es ihm hinzureiben, so nach dem Motto:

Du kannst mich mal, Hugh. Das würde zu dem passen, was er uns über sie erzählt hat. Damit konnte sie ihm beweisen, daß es andere Männer gab, die hinter ihr her waren.«

Lynley schien über Barbaras Worte nachzudenken. »Das Telefon«, sagte er sinnend.

»Was ist damit?«

»Das Gespräch, das Fleming mit Mollison geführt hat. Vielleicht hat er mit Mollison darüber gesprochen, daß er nach Kent fahren wollte.«

»Wenn Sie glauben, daß ein Telefonat der Schlüssel ist, dann dürfen wir seine Familie aber auch nicht außer acht lassen. Die müssen genauso gewußt haben, was Fleming vorhatte. Er mußte schließlich die Reise nach Griechenland absagen. Oder wenigstens verschieben. Und da wird er ihnen wohl irgendwas aufgetischt haben. Er muß was gesagt haben, da der Sohn – wie heißt er gleich wieder?«

Lynley blätterte in ihrem Heft. »Jimmy.«

»Richtig. Da Jimmy am Mittwoch, als sein Vater nicht kam, nicht bei Mrs. Whitelaw anrief. Und wenn Jimmy wußte, daß die Reise gestrichen war, dann wird er das wohl auch seiner Mutter erzählt haben. Das wäre natürlich. Sie dachte, der Junge würde verreisen. Das tat er aber nicht. Da wird sie ja wohl gefragt haben, was los sei. Und er wird es ihr erklärt haben. Also, was bedeutet das für uns?«

Lynley holte einen linierten Block aus der Schreibtischschublade. »Mollison«, murmelte er, während er schrieb. »Flemings Frau. Sein Sohn.«

»Patten«, fügte Barbara hinzu.

»Gabriella«, schloß Lynley. Er unterstrich den Namen einmal, dann ein zweites Mal. Er betrachtete ihn gedankenvoll und unterstrich ihn noch einmal.

Barbara beobachtete ihn einen Moment schweigend, dann sagte sie: »Bei Gabriella habe ich meine Zweifel, Inspector. Das ergibt doch eigentlich keinen Sinn. Was soll sie getan haben? Erst ihren Liebhaber umlegen und dann in seinem Wagen abhauen? Das ist zu einfach. Zu offensichtlich. Wenn sie das getan hat, muß sie wirklich null Grips haben.«

»Wie Patten behauptet.«

»Na bitte, da sind wir wieder bei ihm angelangt. Sehen Sie? Das ist die natürliche Richtung.«

»Sicher, ein Motiv hat er. Aber was den Rest angeht –« Lynley wies auf den Hefter. »Wir müssen erst einmal abwarten, was die Indizien sagen. Morgen im Lauf des Vormittags werden die Leute von der Spurensicherung Maidstone wahrscheinlich mit ihrer Arbeit in dem Haus fertig sein. Wenn es da Spuren gibt, werden sie sie bestimmt finden.«

»Wenigstens wissen wir, daß es kein Selbstmord war«, sagte Barbara.

»Richtig. Aber es war vielleicht auch kein Mord.«

»Also, Sie können nicht behaupten, daß es ein Unglücksfall war. Dagegen sprechen die Zigarette und die Streichhölzer, die die Ardery in dem Sessel gefunden hat.«

»Das sage ich ja gar nicht.« Lynley gähnte, stützte sein Kinn in die offene Hand und schnitt eine Grimasse, als er die Bartstoppeln in seinem Gesicht spürte, die ihm bewußt machten, wie spät es war. »Wir brauchen das Kennzeichen von Flemings Wagen«, sagte er. »Wir müssen eine Beschreibung herausgeben. Grün, hat Mrs. Whitelaw gesagt. Ein Lotus. Vielleicht ein Lotus-7. Irgendwo müssen die Wagenpapiere sein. Ich nehme an, in ihrem Haus in Kensington.«

»Richtig.« Barbara griff nach ihrem Heft und machte sich eine Notiz. »Ist Ihnen übrigens die Verbindungstür in seinem Schlafzimmer aufgefallen? Im Haus von Mrs. Whitelaw?«

»In Flemings Schlafzimmer?«

»Ja. Neben dem Kleiderschrank. Haben Sie sie gesehen? Ein Bademantel hing an einem Haken daran.«

Lynley starrte seine Bürotür an, als könnte ihm das helfen, sich zu erinnern. »Brauner Velours«, sagte er, »mit grünen Streifen. Ja. Was ist damit?«

»Ich spreche von der Tür, nicht von dem Bademantel. Sie führt in ihr Zimmer. Dort hatte ich den Bettüberwurf geholt.«

»In Mrs. Whitelaws Schlafzimmer?«

»Interessant, finden Sie nicht? Schlafzimmer mit Verbindungstür. Woran denken Sie da?«

Lynley stand auf. »An Schlaf«, sagte er. »Den brauchen wir jetzt beide. Dringend.« Er nahm den Hefter mit den Berichten und Fotografien und klemmte ihn sich unter den Arm. »Kommen Sie, Sergeant. Wir müssen morgen früh los.«

Als Jean es nicht länger hinausschieben konnte, ging sie nach oben. Sie hatte den Abwasch vom Abendessen erledigt, das keiner angerührt hatte. Sie hatte das Geschirrtuch sauber gefaltet über die Stange gehängt, die mit einem Saugpfropfen an der Seitenwand des Kühlschranks festgemacht war, gleich unter Stans letztem Schulzeugnis und einer Zeichnung von einem von Sharons Vögeln. Sie hatte den Herd gereinigt und das alte rote Wachstuch abgewischt, das auf dem Küchentisch lag. Dann war sie einen Schritt zurückgetreten und hatte ihn, ohne es zu wollen, vor sich gesehen, wie er am Tisch gesessen und an einer verschlissenen Stelle des Wachstuchs gezupft hatte. »Es liegt nicht an dir, Jean«, hatte er gesagt. »Es liegt an mir. An ihr. Ich möchte etwas von ihr und weiß nicht, was es ist, und ich fühl mich entsetzlich mies dabei, dich und die Kinder hier sitzen und darauf warten zu lassen, daß ich endlich darüber entscheide, was aus euch werden soll. Jeannie, ich bin in einer schrecklichen Zwickmühle. Verstehst du das denn nicht? Ich weiß nicht, was ich will. Ach, verdammt, Jean, hör doch auf zu weinen. Bitte. Ich kann es nicht aushalten, wenn du weinst.« Und sie erinnerte sich, ohne es zu wollen, wie er ihr die Wangen gewischt, wie er mit seiner Hand ihr Handgelenk umschlossen, wie er seinen Arm um sie gelegt und seinen Mund an ihr Haar gedrückt hatte. »Bitte, bitte«, hatte er geflüstert. »Mach es uns nicht so schwer, Jean.« Aber den Wunsch hatte sie ihm nicht erfüllen können.

Sie verscheuchte das Bild, indem sie den Besen nahm und die Küche fegte. Danach schrubbte sie die Spüle. Sie putzte das Backrohr. Sie nahm sogar die Vorhänge ab, um sie gründlich zu waschen. Aber jetzt, so spät in der Nacht, ging das nicht mehr; sie ließ sie daher zusammengeknüllt auf einem Stuhl liegen. Es war Zeit, nach den Kindern zu sehen.

Sie stieg langsam die Treppe hinauf und schüttelte die Müdigkeit ab, die ihre Beine zittern ließ. Zuerst ging sie ins Badezimmer und spritzte sich kaltes Wasser ins Gesicht. Sie zog ihren Arbeitskittel aus und schlüpfte in ihren grünen Hausmantel mit dem Rosenmuster. Sie löste ihr Haar, das sie am Morgen für den Dienst im Café hochgesteckt hatte. Jetzt tat ihr jede Haarwurzel weh, als sie die große Spange öffnete. Sie verzog das Gesicht, und die Tränen schossen ihr in die Augen, als sie das Haar über ihre Ohren und um ihr Gesicht zog. Sie setzte sich auf die Toilette, nicht um sich zu erleichtern, sondern um Zeit zu gewinnen.

Was konnte sie ihnen denn noch sagen? Die ganzen letzten vier Jahre über hatte sie versucht, ihren Kindern den Vater zurückzugeben. Was konnte sie jetzt noch tun?

Er hatte gesagt: »Wir leben lange genug getrennt, Jean. Wir können uns scheiden lassen, ohne daß einer von uns die Schuld auf sich nehmen muß.«

»Ich war dir treu, Ken«, hatte sie geantwortet. Sie war auf der anderen Seite der Küche geblieben, so weit wie möglich von ihm entfernt. Die Kante des Spülbeckens hatte schmerzhaft in ihr Kreuz gedrückt. An diesem Tag hatte er zum erstenmal das Wort ausgesprochen, vor dem sie sich seit dem Tag gefürchtet hatte, an dem er gegangen war. »Ich hab nie einen anderen gehabt. Nie. Nicht ein einziges Mal in meinem Leben.«

»Ich habe nicht erwartet, daß du mir treu bleibst. Das habe ich nie von dir verlangt, nachdem ich hier ausgezogen war.«

»Aber ich hab ein Versprechen gegeben, Ken. Ich hab geschworen, bis zum Tod. Ich hab versprochen, daß ich immer mit vollen Händen geben würde, ganz gleich, was du von mir willst. Und du kannst mir nicht nachsagen, daß ich das nicht getan hätte.«

»Nein, das kann ich nicht.«

»Also, dann sag mir, warum. Und sei ehrlich mit mir, Kenny. Hör auf mit diesem Quatsch, daß du dich selbst finden mußt. Sag endlich, was Sache ist. Wer ist die Frau, mit der du die ganze Zeit heimlich rumgevögelt hast? Und mit der du's jetzt in aller Legalität und Öffentlichkeit tun möchtest?«

»Hör doch auf, Jean! Hier geht's überhaupt nicht ums Vögeln.«

»Ach nein? Warum wirst du dann so rot? Sag schon, mit wem treibst du's? Mit Mrs. Whitelaw vielleicht? Hat sie dich endlich rumgekriegt?«

»Sei nicht blöd!«

»Wir haben in der Kirche geheiratet und gelobt, daß wir zusammenbleiben bis zum Tod.«

»Damals waren wir siebzehn Jahre alt. Die Menschen ändern sich. So ist das im Leben.«

»Ich ändere mich nicht.« Sie holte tief Atem. Das schlimmste, dachte sie, war, nicht zu wissen, wenn man bereits wußte, keinen Namen und kein Gesicht zu kennen, gegen die man seinen Haß richten konnte. »Ich war dir treu, Ken. Dafür schuldest du mir nun die Wahrheit. Mit wem schläfst du jetzt, wo du mit mir nicht mehr schläfst?«

»Jean ...«

»Aber das stimmt ja nicht ganz, nicht?«

»Am Sexuellen liegt's bei uns nicht. Daran hat's nie gelegen, das weißt du.«

»Wir haben drei Kinder. Wir haben ein Zuhause, ein gemeinsames Leben. Oder hatten es jedenfalls, bevor Mrs. Whitelaw sich daran vergriffen hat.«

»Es geht hier nicht um Miriam.«

»Ach, jetzt ist sie also Miriam? Seit wann denn schon? Ist sie Miriam bei Licht oder nur im Dunkeln, wenn du diesen Brocken Schwabbelfleisch nicht siehst, den du da befummelst?«

»Verdammt noch mal, Jean! Red nicht solchen Blödsinn. Ich schlafe nicht mit Miriam Whitelaw. Sie ist eine alte Frau.«

»Mit wem denn? Sag's mir. Mit wem denn?«

»Du hast mir überhaupt nicht zugehört. Es geht hier nicht um Sex.«

»Ach ja, natürlich. Worum denn dann? Bist du plötzlich fromm geworden? Hast du eine Frau gefunden, die mit dir Sonntag morgens Kirchenlieder singt?«

»Zwischen uns ist eine Kluft. Sie war schon immer da.«

»Was für eine Kluft? Wo denn?«

»Du siehst sie wirklich nicht, oder? Das ist ja das Schlimme.«

Sie lachte, aber selbst sie hörte, wie hoch und nervös dieses

Lachen klang. »Du spinnst ja, Kenny Fleming. Nenn mir doch nur ein anderes Ehepaar, das auch nur halb soviel gehabt hat wie wir, seit wir zwölf Jahre alt waren.«

Er schüttelte den Kopf. Er sah müde und resigniert aus. »Ich bin aber nicht mehr zwölf Jahre alt. Ich brauche mehr. Ich brauche eine Frau, mit der ich mein Leben teilen kann. Du und ich – wir verstehen uns in manchen Dingen gut, aber in anderen überhaupt nicht. Vor allem in denen nicht, die außerhalb des Schlafzimmers zählen.«

Jeannie spürte, wie ihr die Kante des Spülbeckens ins Fleisch schnitt. Sie richtete sich auf. »Es gibt Männer, die würden für eine Frau wie mich weiß Gott was geben.«

»Das weiß ich.«

»Wieso bin ich dann nicht gut genug?«

»Ich habe nicht gesagt, daß du nicht gut genug bist.«

»Du hast gesagt, wir beide verstünden uns in mancher Hinsicht und in anderer überhaupt nicht. Wie meinst du das? Sag's mir! Jetzt gleich.«

»Ich spreche von unseren Interessen. Was wir tun. Was uns wichtig ist. Worüber wir miteinander reden. Was für Pläne wir haben. Was wir aus unserem Leben machen wollen.«

»Da haben wir uns doch immer verstanden. Das weißt du ganz genau.«

»Ja, anfangs. Aber wir haben uns auseinanderentwickelt. Das mußt du doch sehen. Du willst es nur nicht zugeben.«

»Wer erzählt dir, daß wir nicht gut miteinander gelebt haben? Sie vielleicht? Redet die alte Whitelaw dir diesen Quatsch ein? Ich weiß, daß sie mich haßt, Kenny. Immer schon hat sie mich gehaßt.«

»Ich hab dir schon mal gesagt, daß Miriam nichts damit zu tun hat.«

»Sie wirft mir vor, ich hätte es dir verbaut, die Schule fertigzumachen. Sie kam nach Billingsgate, als ich Jimmy erwartet hab.«

»Das hat doch mit heute nichts zu tun.«

»Sie hat gesagt, ich würde dein Leben verpfuschen, wenn ich dich heirate.«

»Das ist doch längst vorbei. Vergiß es.«

»Sie hat gesagt, du würdest es zu nichts bringen, wenn ich zulasse, daß du die Schule schmeißt.«

»Sie ist unsere Freundin. Sie hat sich nur um uns gesorgt.«

»Unsere Freundin? Sie wollte, daß ich mein Kind weggebe! Daß ich es umbringe! Ihr wär's am liebsten gewesen, ich wäre gestorben. Sie hat mich immer schon gehaßt, Kenny. Sie hat immer schon –«

»Hör endlich auf!« Er schlug krachend auf den Tisch. Der Salzstreuer aus Keramik – in Form eines Eisbären, der zum Pfefferstreuer in Form eines Panthers paßte – fiel vom Tisch und prallte gegen ein Tischbein. Salz rieselte lautlos auf das alte grüne Linoleum. Ken hob ihn auf, und er zerbrach in seiner Hand in zwei Teile. Salz rann wie gebleichter Sand zwischen Kens Fingern hindurch.

Er sagte, ohne sie anzusehen, den Blick auf den Salzstreuer gerichtet: »Du tust Miriam unrecht. Sie war immer gut zu mir. Sie hat es gut mit uns gemeint. Auch mit dir. Und den Kindern.«

»Dann sag mir doch, wer jetzt für dich besser ist.«

Er zeichnete ein Muster in das Salz auf dem Tisch, fuhr dann mit der Hand darüber und löschte es, begann von neuem zu zeichnen. »Glaub's mir endlich«, sagte er. »Es geht nicht ums Bett.« Aber er sprach zu dem Salz und nicht zu ihr. Am Ton seiner Stimme hörte sie, daß er sich entschlossen hatte, die Wahrheit zu sagen. An der Haltung seines Kopfes und seiner Schultern erkannte sie, daß die Wahrheit schlimmer sein würde als ihre schlimmsten Träume. »Es geht überhaupt nicht um Sex«, wiederholte er. »Hast du das verstanden?«

»Ach so«, sagte sie mit gespielter Leichtigkeit. »Es geht gar nicht um Sex. Bist du jetzt unter die Priester gegangen, Kenny?«

»Na gut. Ich hab mit ihr geschlafen. Ja. Wir haben miteinander geschlafen. Aber es geht nicht um den Sex. Es ist mehr. Es geht um...« Er drückte seinen Handballen in das Salz und schob ihn darin hin und her. »Es ist nicht Sex«, sagte er wieder. »Es ist Begehren.«

»Ach, und das hat mit Sex nichts zu tun? Also wirklich, Kenny.«

Er sah sie an, und sie spürte förmlich, wie ihre Finger eiskalt wurden. Nie hatte sie ihn so zerrissen erlebt.

»Ich habe noch nie so etwas empfunden«, sagte er. »Ich möchte sie in- und auswendig kennen. Ich möchte sie besitzen. Ich möchte sie *sein*. So ein Gefühl ist das.«

»Das ist ja lächerlich.« Jeannie wollte verächtlich wirken, aber ihre Stimme klang nur ängstlich.

»Ich fühle mich wie auf einen Punkt reduziert, Jean. Wie auf einen Kern zusammengeschmolzen. Und der Kern ist Begehren. Sie. Sie begehren. Ich kann nicht einmal mehr an etwas anderes denken.«

»Du redest Blödsinn, Kenny.«

Er wandte sich ab. »Ich dachte mir, daß du es nicht verstehen würdest.«

»Aber sie versteht es wohl, deine begehrenswerte Freundin.«

»Ja. Sie versteht es.«

»Und wer ist sie? Wer ist diese verständnisvolle Frau, die du so sehr begehrst?«

»Was spielt das für eine Rolle?«

»Für *mich* spielt es eine Rolle. Und du schuldest mir den Namen. Wenn es zwischen uns vorbei sein soll, wie du das möchtest.«

Da hatte er es ihr gesagt. Mit leiser Stimme hatte er »Gabriella« gesagt und den Namen im selben Atemzug noch einmal wiederholt. Den Kopf hielt er dabei auf seine Fäuste gestützt. Salzkörnchen sprenkelten seine Handgelenke wie weiße Sommersprossen.

Das genügte Jean. Ein Nachname war unnötig. Ihr war, als hätte er ihr ein Messer ins Herz gestoßen. Wie betäubt ging sie zum Tisch.

»Gabriella Patten ist die Frau, die du in- und auswendig kennen möchtest?« sagte sie. »Die du besitzen möchtest? Die du *sein* möchtest?« Sie sank auf einen Stuhl. »Das laß ich niemals zu.«

»Du verstehst ja überhaupt nicht... du weißt nicht... Ich kann nicht erklären, wie es ist.«

»Oh, ich weiß, wie es ist. Aber mit der kommst du nur über meine Leiche zusammen, Ken. Nur über meine Leiche.«

Doch es war anders gekommen. Eine Leiche gab es. Aber es war die falsche. Jean drückte ihre Augen zu, bis sie unter ihren Lidern Lichter sprühen sah. Als sie das Gefühl hatte, wieder in normalem Ton sprechen zu können, ging sie aus dem Badezimmer hinaus.

Sharon schlief noch nicht. Jeannie zog die Tür zu ihrem Zimmer einen Spalt auf und sah, daß sie in ihrem Bett neben dem Fenster saß. Sie strickte. Sie hatte kein Licht gemacht. Sie saß mit gekrümmtem Rücken wie eine kleine Bucklige, und im Takt mit dem Klappern der Stricknadeln flüsterte sie: »Eins links, eins rechts, eins links, eins rechts...« Auf der Bettdecke schlängelte sich der Schal, den sie im letzten Monat angefangen hatte. Sie hatte ihn ihrem Vater Ende Juni zum Geburtstag schenken wollen, und Kenny hätte ihn ohne Rücksicht auf die Witterung getreulich getragen, um seiner Tochter eine Freude zu machen.

Als Jean die Tür ganz aufmachte, sah Sharon nicht zu ihr hin. Ihr kleines Gesicht war angespannt vor Konzentration, aber da sie ihre Brille nicht trug, ging ihr die Arbeit schlecht von der Hand.

Die Brille lag auf dem Nachttisch neben dem Feldstecher, mit dem Sharon die Vögel zu beobachten pflegte. Jean nahm sie zur Hand, strich mit den Fingern über die Bügel und überlegte, wie alt ihre Tochter würde werden müssen, ehe sie ihr erlaubte, Kontaktlinsen zu tragen. Sie hatte vorgehabt, mit Kenny darüber zu sprechen, nachdem sie entdeckt hatte, daß es in der Schule drei Rowdys gab, die Sharon hänselten und Froschauge nannten. Jean wußte, wie Kenny reagiert hätte. Er hätte Sharon auf der Stelle zum nächsten Optiker geschleppt, um ihr Linsen anfertigen zu lassen, hätte ihr mit gutem Zureden geholfen, sich an sie zu gewöhnen, und hätte sie mit seinen Spötteleien über Jungen, die sich nur groß und stark fühlten, wenn sie vierzehnjährige Mädchen hänseln konnten, zum Lachen gebracht.

»Eins links, eins rechts«, flüsterte Sharon. »Eins links, eins rechts...«

Jean hielt ihr die Brille hin. »Brauchst du die nicht, Shar? Soll ich Licht machen? In dieser Dunkelheit siehst du doch gar nichts.«

Sharon schüttelte heftig den Kopf. »Eins links«, sagte sie. »Eins rechts.« Die Nadeln machten Geräusche wie pickende Vögel.

Jean setzte sich auf die Bettkante. Sie nahm den Schal in die Hand. In der Mitte war er klumpig, an den Rändern wellig.

»Der hätte Dad gefallen, Schatz«, sagte sie. »Er wäre stolz darauf gewesen.« Sie hob die Hand, um ihrer Tochter über das Haar zu streichen, unterbrach die Bewegung jedoch, um die Bettdecke geradezuziehen. »Versuch zu schlafen. Willst du bei mir schlafen?«

Sharon schüttelte den Kopf. »Eins links«, murmelte sie. »Eins rechts ...«

»Soll ich bei dir bleiben? Wenn du rüberrückst, kann ich mich ein bißchen zu dir setzen.« Sie wollte sagen: Die erste Nacht, wenn man vor Schmerz am liebsten die Faust durch das Fenster stoßen möchte, ist die schlimmste, glaube ich. Statt dessen sagte sie: »Vielleicht gehen wir morgen an den Fluß. Was meinst du dazu? Dann können wir versuchen, einen von den Vögeln aufzustöbern, die du schon so lange suchst. Wie heißen sie gleich wieder, Shar?«

»Eins links«, flüsterte Sharon. »Eins rechts ...«

»Es war doch so ein komischer Name.«

Sharon wickelte Garn vom Knäuel und schlang es um ihre Hand. Sie sah nicht darauf nieder, schenkte ihrer Arbeit keinen Blick. Sie saß über ihr Strickzeug gekrümmt, aber ihre Augen starrten mit leerem Blick auf die Wand, an der sie Dutzende ihrer Vogelzeichnungen aufgehängt hatte.

»Hast du Lust, an den Fluß zu gehen, Schatz? Und Vögel zu beobachten? Du kannst ja deinen Block mitnehmen. Und wir könnten ein Picknick machen.«

Sharon antwortete nicht. Sie drehte sich nur auf die Seite, kehrte ihrer Mutter den Rücken und strickte weiter. Jean sah ihr noch einen Moment zu. Ihre Hand schwebte über den Rücken ihrer Tochter, zeichnete den Bogen ihrer Schultern nach, ohne sie zu berühren. Dann sagte sie: »Ja, ich finde, das ist eine gute

Idee. Versuch jetzt zu schlafen, Schatz«, und ging in das Zimmer ihrer Söhne auf der anderen Seite des Korridors.

Es roch nach Zigarettenqualm, ungewaschenen Körpern und schmutzigen Kleidern. In einem der Betten lag Stan, still, von allen Seiten von Scharen von Stofftieren beschützt, die er rund um sich herum postiert hatte. Er schlief, die Bettdecke zu den Füßen hinuntergeschoben, eine Hand in seiner Pyjamahose.

»Jeden Abend wichst der. Der braucht echt keinen Freund. Der hat seinen Pimmel.«

Jimmys Stimme kam aus der dunkelsten Ecke des Zimmers, wo der Geruch nach Tabakqualm am stärksten war und hin und wieder aufleuchtende Glut ein Stück Lippe und den Knöchel eines Fingers erhellte. Sie ließ Stans Hand, wo sie war, und zog die Bettdecke hoch.

»Wie oft hab ich dir schon gesagt, daß du im Bett nicht rauchen sollst, Jim?« fragte sie leise.

»Keine Ahnung.«

»Du bist wohl erst zufrieden, wenn das Haus endlich brennt?«

Er prustete nur verächtlich.

Sie zog die Vorhänge auf und schob das Fenster ein Stück hoch, um frische Luft hereinzulassen. Mondlicht fiel auf die braunen Teppichfliesen und bildete eine helle Bahn, die zum Wrack eines Modellschiffs führte, eines historischen Klippers, der mit drei gebrochenen Masten und einem fußgroßen Loch im Rumpf auf der Seite lag.

»Was ist denn da passiert?« Sie bückte sich. Es war die aus Balsaholz gebastelte und selbst bemalte Nachbildung der *Cutty Sark*, Jimmys ganzer Stolz. Stunden und Tage hatten Vater und Sohn in der Küche am Tisch gesessen und Entwürfe gemacht, gesägt und geschnitten, gemalt und geklebt, und waren ungeheuer stolz gewesen, als sie das Werk nach monatelanger Arbeit schließlich vollendet hatten.

»Ach, wie schade!« rief sie unterdrückt. »Ach, Jimmy, das tut mir aber leid. Hat Stan –«

Jimmy kicherte. Sie sah auf. Der brennende Tabak glühte flüchtig auf. Sie hörte, wie er den Rauch durch die Nase blies.

»Das war nicht Stan«, sagte er. »Die Dinger sind doch Babykram. Wer braucht die noch?«

Jean sah zum Bücherregal unter dem Fenster. Auf dem Boden lagen die zerschmetterten Reste der *Golden Hind* und der *Gipsy Moth IV.* Etwas entfernt lagen die Trümmer der *Victory,* eines Wikingerschiffs und einer römischen Galeere.

»Aber du und Dad«, begann Jean hilflos. »Jimmy, du und Dad...«

»Ja, Mam. Ich und Dad was?«

Wie seltsam, daß diese Holzteile, diese abgerissenen Fäden und Stoffetzen sie zum Weinen bringen konnten. Kens Tod hatte es nicht vermocht. Auch nicht der Anblick seines nackten Leichnams. Und auch die Blitzlichter und Fragen der Journalisten hatten es nicht geschafft. Sie war völlig emotionslos gewesen, als sie Stan und Sharon gesagt hatte, daß ihr Vater tot war. Aber jetzt, beim Anblick der Schiffswracks, fühlte sie sich vernichtet.

»Das ist doch etwas, was du von ihm hattest«, sagte sie. »Die Schiffe. Ihr beide steckt da drin. Du und Dad. In den Schiffen.«

»Er ist tot. Wozu soll ich den ganzen alten Krempel noch aufheben? Du solltest auch mal anfangen auszumisten, Mam. Bilder, Kleider, Bücher. Die alten Schläger. Sein Fahrrad. Wirf den Scheiß doch raus. Den braucht doch keiner mehr.«

»Hör auf, so zu reden.«

»Glaubst du vielleicht, der hat Andenken an *uns* gesammelt?« Jimmy beugte sich vor, ins Mondlicht. Er umschlang seine knochigen Knie mit beiden Armen und schnippte Asche auf die Bettdecke. »Der wollte doch bestimmt nicht gerade im kritischen Moment an seine Frau und die lieben Kleinen erinnert werden. Andenken waren ihm höchstens im Weg gewesen. Oder glaubst du vielleicht, der hatte Bilder von uns auf dem Nachttisch? Das hätte sein Liebesleben ganz schön gestört. Oder vielleicht 'ne Brosche mit den Löckchen seiner Kinder an seinem Trikot? Da hätte er wahrscheinlich keinen einzigen Ball getroffen, der Arme. Eine von Sharons Vogelzeichnungen. Oder einen von Stans Teddybären.« Der glühende Punkt der Zigarette zitterte wie ein Leuchtkäfer. »Oder vielleicht ein Stück von deinem holländischen Kitsch, über den er sich immer lustig gemacht hat? Dieses blöde Milchkännchen, das aussieht wie 'ne Kuh, die kotzt, wenn man die Milch einschenkt. Die hätte er dann jeden Morgen benutzen können, wenn er seine Cornflakes gegessen hat, was?« Er stützte sich auf einen Ellbogen und drückte die Zigarette an der Nachbildung eines Totenschädels aus, der in der Dunkelheit leuchtete. »Der hätte sein neues Leben nicht mit dem alten vermischt. Bestimmt nicht. Unser Dad nicht.«

Selbst auf der anderen Seite des Zimmers konnte Jean ihn riechen. Sie fragte sich, wann er sich das letztemal gewaschen hatte. Sie konnte sogar seinen Atem riechen, ekelhaft vom Rauch der vielen Zigaretten.

»Er hatte Bilder von euch Kindern«, sagte sie. »Du weißt doch noch, wie er kam und sie geholt hat, oder nicht? Er hat sie in Rahmen gesteckt, aber die Rahmen haben nicht richtig gepaßt. Sie waren entweder zu groß oder zu klein. Die meisten waren zu groß. Shar hat Papierrahmen zugeschnitten, um die leeren Stellen zu verdecken. Du hast geholfen. Du hast die Fotos von dir ausgesucht, die du ihm schenken wolltest.«

»Ach ja? Na, damals war ich eben noch ein blöder kleiner Hosenkacker. Da hab ich mir noch eingebildet, Dad würde zurückkommen, wenn ich nur immer schön brav bin. So ein Witz. Dieses Schwein! Ich bin froh –«

»Das glaube ich dir nicht, Jim.«

»Warum nicht? Was interessiert dich das überhaupt, Mam?« Sein Ton war angespannt. Er wiederholte die Frage und fügte hinzu. »Tut's dir vielleicht leid, daß er tot ist?«

»Er war in einer schwierigen Lage. Er hat versucht, über alles nachzudenken, um wieder klarzusehen.«

»Ach ja. Glaubst du vielleicht, andere haben's leichter? Aber wir versuchen, nicht drüber nachzudenken, während wir mit irgendeiner Schlampe bumsen, oder?«

Sie war froh, daß es dunkel war. Die Dunkelheit schützte. Aber sie verbarg ihn auch. So, wie er nicht sehen konnte, daß seine Worte sie wie Schläge trafen, konnte auch sie ihn nicht sehen, jedenfalls nicht so klar und deutlich, wie eine Mutter ihren Sohn sehen will, wenn sie ihm eine Frage stellen muß, von deren Antwort fast alles abhängt, was ihrem Leben einen Sinn gibt.

Aber sie konnte die Frage nicht stellen, darum wählte sie eine andere: »Was willst du damit sagen?«

»Ich hab alles gewußt. Ich hab genau über Dad Bescheid gewußt. Und über die blöde Tussi mit ihren blondgefärbten Haaren. Und über diese tiefschürfenden Gedanken, die Dad sich angeblich über sich und die Welt gemacht hat, während er mit ihr im Bett lag. Selbstfindung. Haha! So ein Heuchler!«

»Was er mit –« Jean konnte den Namen nicht aussprechen. Es war zuviel verlangt. Sie versuchte, sich zu beruhigen, indem sie die Hände in die Taschen ihres Hausmantels schob. Rechts fand sie ein zusammengeknülltes Papiertaschentuch, links einen Kamm, dem mehrere Zinken fehlten. »Das hatte nichts mit dir zu tun, Jimmy. Das ging nur mich und Dad an. Dich hat er geliebt wie immer. Und Shar und Stan ebenfalls.«

»Klar, deshalb ist er ja auch mit uns segeln gegangen, wie er's versprochen hatte. Er hat das Boot gemietet, und dann sind wir die Themse raufgesegelt. Haben die Schleusen gesehen. Die Schwäne. Und in Hampton Court sind wir an Land gegangen und durch das Labyrinth gelaufen. Sogar der Queen haben wir zugewinkt. Die hat in Windsor auf der Brücke gestanden und nur darauf gewartet, daß wir vorbeikommen.«

»Er wollte die Fahrt mit euch machen. Du darfst nicht glauben, er hätte es vergessen.«

»Und die Regatta in Henley. Die haben wir uns auch angeschaut, stimmt's? Und haben extra unsere besten Sachen dafür angezogen. Und sogar einen Picknickkorb mitgenommen. Chips für Stan. Bonbons für Shar. McDonald's für mich. Und danach haben wir dann die große Geburtstagsreise gemacht – zu den griechischen Inseln, Dad und ich ganz allein.«

»Jim, er mußte erst mit sich selbst ins reine kommen. Dein Vater und ich sind praktisch seit unserer Kindheit zusammen gewesen. Er brauchte Zeit, um sich darüber klarzuwerden, ob er bleiben wollte. Aber es ging dabei um *mich,* nicht um euch. An seiner Beziehung zu euch hatte sich nichts geändert.«

»Du hast ja so recht, Mam. Nichts hatte sich geändert. Das Weib hätt's bestimmt affengeil gefunden, wenn wir bei ihr eingefallen wären. Stan hätte sich in ihrem Gästezimmer einen runtergeholt, Shar hätte ihre Vogelbilder an die Tapeten geklebt, und ich hätte Motoröl auf ihre Teppiche getröpfelt. Die wär' ganz scharf darauf gewesen, uns als Stiefkinder zu kriegen.«

Er schleuderte seine »Doc Martens« von den Füßen. Sie schlugen krachend auf den Boden. Er schüttelte sein Kissen auf und lehnte sich zurück, so daß sein Gesicht in den tiefsten Schatten verschwand. »Der muß es jetzt ganz schön dreckig gehen, diesem Rauschgoldengel. Was meinst du, Mam? Dad ist hinüber, und das ist schon schlimm genug, weil sie's jetzt nicht mehr mit ihm treiben kann, wann sie will. Aber das schlimmste überhaupt ist, daß sie uns jetzt nicht als Stiefkinder kriegt, die Ärmste. Ich wette, die heult sich deswegen die Augen aus.« Er kicherte gedämpft.

Jean fröstelte bei dem Geräusch. »Jimmy«, sagte sie. »Ich muß dich etwas fragen.«

»Frag nur, Mam. Frag, was du willst.«

»Du hast gewußt, wer es ist.«

»Kann schon sein.«

Mit ihrer rechten Hand umfaßte sie das Papiertaschentuch und zerrieb es in ihrer Tasche zu kleinen Kügelchen. Sie wollte die Antwort nicht hören, weil sie sie schon kannte. Dennoch fragte sie: »Als er die Reise abgesagt hat, was hat er da zu dir gesagt? Jim! Erzähl es mir. Was hat er gesagt?«

Jimmys Hand glitt aus dem Schatten ins Dämmerlicht, um nach irgend etwas zu greifen. Jean hörte, wie er ein Streichholz anriß. Gleich darauf hielt er die Flamme vor sein weißes Gesicht. Er ließ Jean keine Sekunde aus den Augen, während das Streichholz herunterbrannte. Als die Flamme seine Finger berührte, zuckte er nicht einmal zusammen. Aber er gab auch keine Antwort.

Lynley hatte endlich mit viel Glück in Sumner Place einen Parkplatz gefunden. Karma, hätte Barbara Havers gesagt. Er war eher skeptisch. Zehn Minuten lang war er die Fulham Road hinauf und hinunter geschlichen, hatte einmal den Bahnhof South Kensington umrundet und eigentlich schon aufgegeben und nach Hause fahren wollen, als er bei einem letzten Abstecher in diese Seitenstraße der Fulham Road einen museumsreifen Morgan erspäht hatte, der keine zwanzig Meter vom Onslow Square, seinem Ziel, entfernt, soeben aus einer Parklücke kroch.

Der frühe Morgen war angenehm, taukühle Stille, die nur vom gelegentlichen Geräusch eines Autos in der Old Brompton Road gestört wurde. Er ging die Straße entlang, überquerte sie an ihrem Ende bei einer kleinen Kirche und trat auf den Onslow Square.

In Helens Wohnung brannte nur ein einziges Licht. Sie hatte die Lampe im Wohnzimmer, gleich bei dem kleinen Balkon mit Blick auf den Platz, brennen lassen. Er lächelte, als er es sah. Sie kannte ihn besser als er sich selbst.

Er ging ins Haus, stieg die Treppe hinauf, trat in die Wohnung. Sie hatte vor dem Einschlafen gelesen; ein Buch lag aufgeschlagen, mit dem Rücken nach oben, auf der Bettdecke. Er nahm es, versuchte, ohne Erfolg im nahezu dunklen Zimmer, den Titel zu lesen, legte es auf den Nachttisch und schob ihr goldenes Armband als Lesezeichen zwischen die Seiten. Er betrachtete sie.

Sie lag auf der Seite, die rechte Hand unter der Wange. Dunkel beschatteten ihre Wimpern die Haut. Die Lippen waren leicht geschürzt, als erforderten ihre Träume Konzentration. Eine Haarsträhne war ihr ins Gesicht gefallen, und als er sie zurückstrich, bewegte sich Helen, erwachte aber nicht. Er mußte darüber lächeln. Sie hatte einen unglaublich tiefen Schlaf.

»Bei dir könnte man einbrechen und deinen gesamten Besitz aus der Wohnung räumen, ohne daß du es merken würdest«, hatte er einmal wütend gesagt, nachdem er sich stundenlang im Bett hin und her gewälzt hatte und sie sich in ihrem gesunden Schlaf überhaupt nicht hatte stören lassen. »Wirklich, Helen, da kann was nicht stimmen. Du schläfst nicht einfach ein, du wirst bewußtlos. Ich finde, du solltest deswegen mal zu einem Spezialisten gehen.«

Sie tätschelte ihm lachend die Wange. »Ein ruhiges Gewissen ist eben ein sanftes Ruhekissen, Tommy.«

»Das wird dir wenig nützen, wenn eines Nachts das Haus in

Flammen aufgeht. Du würdest doch den Feueralarm auch noch verschlafen, wie?«

»Wahrscheinlich. Was für ein grauenvoller Gedanke.« Einen Moment lang schien sie ernüchtert, aber dann sagte sie vergnügt: »Ach, aber du würdest ihn hören, nicht? Hm, mir scheint, das ist ein triftiger Grund, mir ernsthaft zu überlegen, ob ich dich nicht ständig in meiner Nähe behalten sollte.«

»Und, wirst du's tun?«

»Was?«

»Es dir überlegen.«

»Ernsthafter, als du glaubst.«

»Und?«

»Und darum sollten wir jetzt zu Abend essen. Ich habe ein Prachtstück von einem Hühnchen. Neue Kartoffeln. Grüne Bohnen. Einen herrlichen Pinot Grigio.«

»Du hast gekocht?« Das war nun wirklich neu. Lockende Visionen häuslicher Behaglichkeit kamen ihm in den Sinn.

»Ich?« Helen lachte. »Lieber Himmel, Tommy, das Zeug ist im Urzustand. Ich habe zwar bei Simon in ein Buch gesehen, und Deborah hat mir sogar ein oder zwei Rezepte gezeigt, die relativ machbar wirkten. Aber dann fand ich das Ganze doch viel zu kompliziert.«

»Es ist doch nur Hühnchen!«

»Du bist enttäuscht. Ach, das tut mir so leid, Darling. Ich bin wirklich eine totale Niete. Ich kann nicht kochen. Nicht nähen. Nicht Klavier spielen. Ich habe kein Talent zum Zeichnen und kann nicht mal einen Ton halten.«

»Du sollst ja auch keine Rolle in einem Jane-Austen-Roman übernehmen.«

»Bei Symphonien schlafe ich ein. Habe nicht *ein* intelligentes Wort über Shakespeare, Pinter oder Shaw zu sagen. Dachte die längste Zeit, Simone de Beauvoir sei etwas zu trinken. Warum gibst du dich überhaupt mit mir ab?«

Genau das war die Frage. Er hatte keine Antwort darauf.

»Wir sind ein Paar, Helen«, sagte er leise zu der Schlafenden. »Wir sind Alpha und Omega. Wir sind positiv und negativ. Wir sind füreinander geschaffen.«

Er nahm das kleine Kästchen aus seiner Jackentasche und stellte es auf das Buch auf dem Nachttisch. Denn heute abend war schließlich *der* Abend. Mach ihn zu einem Ereignis, das sie nie vergessen wird, hatte er gedacht. Romantisch. Mit Rosen, Kaviar, Champagner. Mit musikalischer Untermalung. Und besiegle das Ganze mit einem Kuß.

Nur diese letzte Möglichkeit stand ihm jetzt noch offen. Er setzte sich auf die Bettkante und küßte sie behutsam auf die Wange. Sie runzelte die Stirn und drehte sich auf den Rücken. Er küßte sie auf den Mund.

»Kommst du zu Bett?« murmelte sie, die Augen noch immer geschlossen.

»Woher weißt du, daß ich es bin? Oder bekäme von dir jeder so eine Einladung, der nachts an deinem Bett erscheint?«

Sie lächelte. »Nur, wenn er vielversprechend aussieht.«

»Aha.«

Sie öffnete die Augen. Dunkel wie ihr Haar. Sie war wie Mond und Schatten.

»Wie war es?« fragte sie leise.

»Nicht einfach«, antwortete er. »Ein Cricket-Spieler. Aus der Nationalmannschaft.«

»Cricket«, murmelte sie. »Dieses gräßliche Spiel. Wer kapiert das überhaupt?«

»Zum Glück ist das keine Voraussetzung für die Klärung dieses Falls.«

Die Augen fielen ihr zu. »Dann komm zu Bett. Mir fehlt was, wenn du mir nicht ins Ohr schnarchst.«

»Schnarche ich?«

»Hat sich denn vorher noch nie jemand beschwert?«

»Nein. Und ich glaube –« Er bemerkte die Falle, als ihr Mund sich zu einem Lächeln verzog. »Du solltest doch völlig schlaftrunken sein, Helen.«

»Bin ich ja. Bin ich. Und du solltest es auch sein. Komm zu Bett, Darling.«

»Trotz –«

»– deiner nicht ganz tadellosen Vergangenheit, ja. Komm. Ich liebe dich. Komm zu Bett und halt mich warm.«

»Es ist nicht kalt.«

»Dann tun wir eben so.«

Er hob ihre Hand, küßte die geöffnete Handfläche und legte ihre Finger um die seinen. Sie waren schlaff. Sie war im Begriff, wieder einzuschlafen. »Ich kann nicht«, sagte er. »Ich muß sehr früh raus.«

»Puh«, murmelte sie. »Du kannst dir doch den Wecker stellen.«

»Das würde ich nicht wollen«, sagte er. »Du lenkst mich zu sehr ab.«

»Hm, das verheißt nichts Gutes für die Zukunft, oder?«

»Haben wir denn eine Zukunft?«

»Das weißt du doch.«

Er küßte ihre Finger und schob ihre Hand unter die Bettdecke. Wie im Reflex drehte sie sich wieder auf die Seite.

»Schlaf schön«, sagte er.

»Hm. Werd ich tun. Ja.«

Er küßte sie auf die Schläfe, stand auf und ging zur Tür.

»Tommy?« Es war kaum mehr als ein Murmeln.

»Ja?«

»Warum bist du gekommen?«

»Ich habe dir was mitgebracht.«

»Zum Frühstück?«

Er lächelte. »Nein. Nicht zum Frühstück.«

»Was dann?«

»Du wirst schon sehen.«

»Wofür ist es?«

Eine gute Frage. »Für die Liebe, denke ich.« Und das Leben, dachte er, mit all seinen Schwierigkeiten.

»Wie schön«, sagte sie. »Das ist wirklich lieb von dir, Darling.« Sie kuschelte sich tiefer unter die Decke, bemüht, die behaglichste Lage zu finden. Er blieb an der Tür stehen und wartete auf den Moment, da ihr Atem sich vertiefen würde. Er hörte sie seufzen.

»Helen«, flüsterte er.

Ihr Atem kam und ging.

»Ich liebe dich«, sagte er.

Atmen.

»Heirate mich«, bat er.

Atmen.

Nachdem er es solchermaßen geschafft hatte, zu tun, was er sich vorgenommen hatte, ging er und überließ sie ihren Träumen.

7

Miriam Whitelaw sprach erst, als sie längst den Fluß überquert hatten und, an Elephant & Castle vorbei, in die New Kent Road einbogen. »Die Fahrt von Kensington nach Kent ist immer furchtbar umständlich, nicht?« sagte sie schwach, als wollte sie sich für die Mühe entschuldigen, die sie ihnen machte.

Lynley warf ihr im Rückspiegel einen Blick zu, erwiderte aber nichts. Barbara Havers saß vornübergebeugt neben ihm und gab über sein Autotelefon das Kennzeichen und eine Beschreibung von Kenneth Flemings Lotus-7 an Constable Winston Nkata im New Scotland Yard durch. »Fragen Sie bei der Zulassungsstelle an«, wies sie an. »Und faxen Sie's auch an alle Distriktdienststellen ... Was? ... Moment, da muß ich fragen.« Sie hob den Kopf und sagte zu Lynley: »Was ist mit den Medien? Die auch?« Als er nickte, sagte sie ins Telefon: »Ja, geht in Ordnung. Aber sonst vorläufig nichts. Haben Sie das? ... Gut.« Sie beendete das Gespräch und lehnte sich in ihrem Sitz zurück. Seufzend sah sie zu den mit Fahrzeugen aller Art verstopften Straßen hinaus. »Wo fahren die eigentlich alle hin, verdammt noch mal?«

»Ins Wochenende«, sagte Lynley. »Das Wetter ist schön.«

Sie waren mitten in einen Massenexodus von der Stadt aufs Land geraten; zeitweise ging es einigermaßen flott voran, dann wieder nur im Schneckentempo. Bisher hatten sie vierzig Minuten gebraucht, um sich erst zum Embankment durchzulavieren, dann weiter zur Westminsterbrücke und von da nach Südlondon, in dieses immer weiter um sich greifende Häusermeer. Es war abzusehen, daß sie weit mehr als noch einmal vierzig Minuten brauchen würden, um Springburn in Kent zu erreichen.

Die erste Stunde des Tages hatten sie damit zugebracht, Kenneth Flemings Papiere durchzusehen. Einige waren in Miriam Whitelaws Sekretär im kleinen Salon im Erdgeschoß des Hauses aufbewahrt gewesen. Andere lagen, ordentlich gefaltet, in seiner Nachttischschublade. Wieder andere steckten in einem

Briefhalter, der auf der Arbeitsplatte in der Küche stand. Unter ihnen fanden sie Flemings laufenden Vertrag mit der Mannschaft von Middlesex, frühere Verträge, die von seiner Cricket-Karriere in Kent Zeugnis ablegten, Arbeitsunterlagen, eine Broschüre über Segeltörns im griechischen Inselarchipel, einen drei Wochen alten Brief eines Anwalts in Maida Vale zur Bestätigung eines Termins – Barbara steckte ihn ein – und die Autopapiere.

Miriam Whitelaw wollte ihnen bei ihrer Suche helfen, aber sie war offensichtlich kaum fähig, einen klaren Gedanken zu fassen. Sie war gekleidet wie am Abend zuvor. Ihr Gesicht war bleich, ihre Lippen ohne Farbe. Augen und Nase waren stark gerötet, ihr Haar unfrisiert. Wenn sie in den vergangenen zwölf Stunden überhaupt zu Bett gegangen war, so schien ihr das nicht geholfen zu haben.

Wieder blickte Lynley in den Rückspiegel, um nach ihr zu sehen. Er fragte sich, wie lange sie es noch schaffen würde, sich ohne Eingreifen eines Arztes auf den Beinen zu halten. Sie drückte ein Taschentuch an den Mund – auch dies schien dasselbe zu sein wie am vergangenen Abend – und hielt die Augen oft lange Zeit geschlossen. Sie war sofort bereit gewesen, die Fahrt nach Kent auf sich zu nehmen, als Lynley sie darum gebeten hatte. Aber so, wie sie aussah, dachte er bei sich, war es nicht gerade eine glänzende Idee gewesen, ihr das zuzumuten.

Doch es ließ sich nicht ändern. Sie brauchten sie zur Besichtigung des Hauses. Nur sie konnte ihnen sagen, ob überhaupt etwas fehlte, und wenn ja, was; ob etwas anders war als sonst, und inwiefern. Ob sie ihnen solche Auskünfte wirklich würde geben können, hing natürlich von ihrer Beobachtungsgabe ab. Und die wiederum verlangte einen klaren Geist.

»Ich weiß nicht recht, Inspector«, hatte Barbara über das Verdeck des Bentley hinweg leise zu ihm gesagt, nachdem sie Miriam Whitelaw in den Wagen gepackt hatten.

Ihm ging es nicht anders. Er hätte der Frau gern etwas Tröstliches gesagt. Aber ihm fehlten die rechten Worte, da er die Natur ihres Schmerzes nicht kannte. Ihre wahre Beziehung zu Fleming war die große Unbekannte, über die noch gesprochen werden mußte, wenn auch in aller Behutsamkeit natürlich.

Sie öffnete die Augen, merkte, daß er sie ansah, drehte den Kopf zum Fenster und tat so, als sähe sie hinaus.

Als sie Lewisham hinter sich gelassen hatten und der Verkehr etwas nachließ, drang Lynley schließlich doch in ihre Gedanken ein. »Geht es, Mrs. Whitelaw?« fragte er. »Sollen wir vielleicht irgendwo auf einen Kaffee anhalten?«

Ohne sich vom Fenster abzuwenden, schüttelte sie den Kopf. Er zog den Bentley auf die rechte Spur und überholte einen klapprigen Morris mit einem alternden Hippie am Steuer.

Schweigend fuhren sie weiter. Einmal läutete das Telefon. Barbara meldete sich. Sie führte ein kurzes Gespräch, beschränkt auf: »Ja? ... Was? ... Wer, zum Teufel, will das wissen? ... Nein, sagen Sie ihm, wir können das nicht bestätigen. Da muß er sich schon eine andere zuverlässige Quelle suchen.« Sie legte auf und sagte: »Die Presse. Sie fangen langsam an, zwei und zwei zusammenzuzählen.«

»Welches Blatt?« fragte Lynley.

»Im Augenblick der *Daily Mirror*.«

»Verdammt.« Und mit einer Kopfbewegung zum Telefon: »Wer war das?«

»Dee Harriman.«

Ein Glück, dachte Lynley. Niemand konnte Journalisten besser abwimmeln als die Sekretärin des Chief Superintendent. Sie brachte sie mit ekstatischen Fragen über den Zustand dieser königlichen Ehe oder jener königlichen Scheidung unweigerlich aus dem Konzept.

»Was wollen sie wissen?«

»Ob die Polizei bestätigen kann, daß Kenneth Fleming, der infolge eines Feuers starb, das durch eine schwelende Zigarette ausgelöst wurde, gar nicht geraucht hat. Ob wir im Hinblick darauf unterstellen wollen, daß die Zigarette im Sessel von einer anderen Person zurückgelassen worden sei? Und wenn ja, von wem? Und so weiter, und so fort. Sie kennen den Zirkus ja.«

Sie überholten einen Möbelwagen, einen Leichenwagen und einen Militärtransporter mit Soldaten hinten auf den Bänken. Sie überholten einen Pferdetransporter und drei Wohnwagen, die im Schneckentempo dahinkrochen. Als sie vor einer Ampel abbremsten, sagte Miriam Whitelaw: »Mich haben sie auch schon angerufen.«

»Die Zeitungen?« Lynley warf wieder einen Blick in den Spiegel. Sie hatte sich vom Fenster abgewandt und ihre Brille mit einer Sonnenbrille vertauscht. »Wann denn?«

»Heute morgen. Ich bekam zwei Anrufe, ehe Sie sich meldeten. Und drei danach.«

»Wegen der Zigarette?«

»Ach, denen hätte ich sagen können, was ich wollte. Die hätten alles geschrieben. Ob Wahrheit oder Lüge. Ich weiß nicht, ob sie das überhaupt interessiert hätte. Hauptsache, es wäre etwas über Ken gewesen.«

»Sie brauchen nicht mit ihnen zu reden.«

»Ich habe auch mit keinem gesprochen.« Sie sah wieder zum Fenster hinaus und sagte dabei mehr zu sich selbst als zu ihnen: »Wozu auch? Es würde ja doch keiner verstehen.«

»Verstehen?« fragte Lynley wie beiläufig, während er augenscheinlich seine ganze Aufmerksamkeit auf die Straße richtete.

Miriam Whitelaw antwortete nicht sofort. Als sie schließlich sprach, war ihre Stimme leise. »Wer hätte denn so etwas gedacht«, sagte sie. »Ein junger Mann von zweiunddreißig Jahren – vital, männlich, sportlich, kraftvoll – entscheidet sich tatsächlich dafür, nicht mit einem jungen Mädchen mit straffem Körper und glatter Haut zusammenzuleben, sondern mit einer vertrockneten alten Frau. Mit einer Frau, die vierunddreißig Jahre älter ist als er. Alt genug, seine Mutter zu sein. Ja, zehn Jahre älter sogar noch als seine leibliche Mutter. Das ist doch obszön, nicht wahr?«

»Eher kurios, würde ich sagen. Die Situation ist ungewöhnlich. Aber das wissen Sie ja.«

»Natürlich. Ich habe das Getuschel und Gekicher mitbekommen. Ich habe den Klatsch gelesen. Eine ödipale Beziehung. Die Unfähigkeit, sich aus der frühkindlichen Bindung zu befreien, die sich in dieser Wahl der Lebensumstände und seinem Zögern, seine Ehe zu lösen, zeige. Das Versäumnis, Kindheitskonflikte mit der Mutter zu klären, daher die Suche nach einer ›besseren Mutter‹. Oder mich betreffend: mangelnde Bereitschaft, die Realität des Alters zu akzeptieren. Geltungsbedürfnis, das in meiner Jugend nicht befriedigt wurde. Das Bestreben, mich dadurch zu beweisen, daß ich einen jüngeren Mann beherrsche. Jeder hat eine Meinung. Keiner akzeptiert die Wahrheit.«

Barbara Havers drehte sich in ihrem Sitz herum, so daß sie Miriam Whitelaws Gesicht sehen konnte. »Uns würde die Wahrheit interessieren«, sagte sie. »Sie müssen sie uns sogar sagen.«

»Was hat meine Beziehung zu Ken mit seinem Tod zu tun?«

»Jede menschliche Beziehung Flemings kann mit seinem Tod zusammenhängen. Es kommt ganz auf die Art der Beziehung an«, versetzte Lynley.

Sie nahm wieder ihr Taschentuch und begann mit gesenktem Blick, es wieder und wieder zu falten, bis es nur noch ein langer schmaler Stoffstreifen war. Dann sagte sie: »Ich kannte ihn seit seinem fünfzehnten Lebensjahr. Er war ein Schüler von mir.«

»Sie sind Lehrerin?«

»Jetzt nicht mehr. Damals habe ich auf der Isle of Dogs unterrichtet. Er war in einer meiner Englischklassen. Ich lernte ihn näher kennen, weil er...« Sie räusperte sich. »Er war unglaublich intelligent. Ein Genie, so nannten ihn die anderen Kinder, und sie mochten ihn alle, weil er freundlich mit ihnen umging; so freundlich wie mit sich selbst. Er wußte damals schon, wer er war, und hatte es überhaupt nicht nötig, sich oder den anderen etwas vorzumachen. Und ebensowenig brauchte er es den anderen unter die Nase zu reiben, daß er begabter war als sie. Das hat mir gefallen. Und anderes auch noch. Er hatte Träume. Das bewunderte ich. Das war für einen Teenager aus dem East End damals etwas sehr Ungewöhnliches. Zwischen uns entwickelte sich eine Freundschaft. Ich bemühte mich, ihn zu fördern und auf den richtigen Kurs zu bringen.«

»Und wie sah der aus?«

»Höhere Schule. Danach ein Universitätsstudium.«

»Und hat das geklappt?«

»Er hat nur die Anfangsklasse absolviert. In Sussex. Mit einem Stipendium der Schulbehörde. Danach kehrte er nach Hause zurück und fing in der Druckerei meines Mannes an. Kurz danach heiratete er.«

»Jung.«

»Ja.« Sie entfaltete das Taschentuch, breitete es auf ihrem Schoß aus, strich es glatt. »Ja. Ken war jung.«

»Sie kannten das Mädchen, das er heiratete?«

»Ich war nicht erstaunt, als er sich endlich zur Trennung entschloß. Jean ist eine gute Seele, aber sie ist nie die richtige Frau für Ken gewesen.«

»Und Gabriella Patten?«

»Das hätte die Zeit gezeigt.«

Lynley betrachtete im Rückspiegel ihre dunklen Brillengläser. »Aber Sie kennen sie, nicht wahr? Sie kannten ihn. Was meinen Sie?«

»Meiner Meinung nach ist Gabriella wie Jean«, sagte sie leise, »allerdings mit weit mehr Geld und Designergarderobe. Sie ist – sie war Ken nicht ebenbürtig. Aber das ist ja nicht weiter merkwürdig, nicht wahr? Glauben Sie nicht auch, daß die meisten Männer, wenn sie ehrlich sind, gar keine Frau heiraten wollen, die ihnen ebenbürtig ist? Da werden sie zu stark gefordert.«

»Sie haben uns aber eben keinen Mann beschrieben, der mit mangelndem Selbstwertgefühl zu kämpfen hatte.«

»Nein, das ist richtig. Er hatte mit dem Hang des Menschen zu kämpfen, sich ans Vertraute zu halten und Vergangenes zu wiederholen.«

»Und wie sah das Vergangene aus?«

»Er heiratete aus rein körperlicher Anziehung und glaubte aufrichtig und naiv, Begierde und die leidenschaftliche Verliebtheit, die aus ihr resultiert, seien ewig andauernde Zustände.«

»Haben Sie Ihre Vorbehalte mit ihm besprochen?«

»Wir haben *alles* miteinander besprochen, Inspector. Ken war für mich wie ein Sohn, auch wenn die Boulevardblätter gelegentlich anderes unterstellt haben. Ja, er war mir ein wahrer Sohn, auch wenn ich ihn nicht geboren oder offiziell an Kindes Statt angenommen hatte.«

»Sie haben keine eigenen Kinder?«

Sie beobachtete einen überholenden Porsche und den nachfolgenden Motorradfahrer, unter dessen unförmigem Helm langes rotes Haar herausflatterte. »Ich habe eine Tochter«, sagte sie schließlich.

»Lebt sie in London?«

Wieder diese lange Pause, ehe sie antwortete. »Soviel ich weiß, ja. Wir hören seit Jahren nicht mehr voneinander.«

»Dann muß Fleming Ihnen doppelt wichtig gewesen sein«, warf Barbara ein.

»Weil er Olivias Platz einnahm, meinen Sie? Ach, ich wollte, es wäre so leicht, Sergeant. Man kann nicht ein Kind durch ein anderes ersetzen. Das ist nicht so wie bei einem Hund.«

»Aber kann nicht eine Beziehung ersetzt werden?«

»Es kann sich eine neue Beziehung entwickeln. Aber die frühere hinterläßt eine bleibende Narbe. Und auf einer Narbe gedeiht nichts.«

»Aber die neue Beziehung kann so wichtig werden wie die, auf die sie gefolgt ist«, bemerkte Lynley. »Würden Sie dem zustimmen?«

»Sie kann sogar wichtiger werden«, erwiderte Miriam Whitelaw.

Sie bogen auf den M 20 ab und fuhren in südöstlicher Richtung weiter. Lynley machte seine nächste Bemerkung erst, als sie ruhig auf der rechten Spur dahintrudelten.

»Sie haben eine Menge Grundbesitz«, sagte er. »Die Druckerei in Stepney, das Haus in Kensington, das Landhaus in Kent. Ich vermute, sie haben noch anderes Vermögen.«

»Ich bin keine reiche Frau.«

»Aber arm sind Sie auch nicht.«

»Was die Druckerei erwirtschaftet, wird wieder in die Firma investiert, Inspector.«

»Das macht sie zu einem wertvollen Vermögensbestandteil. Ist es ein Familienunternehmen?«

»Mein Schwiegervater hat die Druckerei gegründet. Mein

Mann hat sie geerbt. Als mein Mann starb, habe ich die Leitung übernommen.«

»Und was geschieht nach Ihrem Tod? Haben Sie Vorsorge für die Zukunft getroffen?«

Barbara Havers, die ahnte, worauf Lynley hinauswollte, drehte sich wieder in ihrem Sitz herum, um Miriam Whitelaw beobachten zu können. »Was steht in Ihrem Testament, Mrs. Whitelaw? Wer bekommt was?«

Miriam Whitelaw nahm ihre Sonnenbrille ab und legte sie in ein Lederfutteral, das sie aus ihrer Handtasche nahm. Sie setzte ihre andere Brille wieder auf. »Ich habe mein Testament zugunsten von Ken gemacht.«

»Aha«, sagte Lynley nachdenklich. Er sah, wie Barbara in ihre Tasche griff und ihr Heft herausholte. »Wußte Fleming das?«

»Ich verstehe leider nicht, was Ihre Frage bezwecken soll.«

»Könnte er mit jemandem darüber gesprochen haben? Oder haben Sie selbst vielleicht mit jemandem darüber gesprochen?«

»Das spielt doch jetzt, wo er tot ist, wohl kaum noch eine Rolle.« Sie griff sich mit einer Hand an ihre Halskette, eine ähnliche Geste wie am vergangenen Abend. »Sie wollen sagen –«

»– daß es vielleicht jemanden gibt, der mit Ihrem Testament nicht einverstanden ist; der meinte, Fleming hätte« – Lynley suchte nach einem milden Ausdruck – »hätte mit außergewöhnlichen Mitteln gearbeitet, um sich Ihrer Zuneigung und Ihres Vertrauens zu versichern.«

»So was kommt vor«, warf Barbara ein.

»Ich kann Ihnen versichern, daß es in diesem Fall nicht so war.« Miriam Whitelaws höflich-ruhiger Ton bewegte sich am Rande kalten Zorns. »Wie ich schon sagte, ich kenne – ich kannte Kenneth Fleming seit seinem fünfzehnten Lebensjahr. Anfangs war er mein Schüler. Mit der Zeit wurde er mir zum Freund und zum Sohn. Aber er war nicht – er war nicht...« Ihre Stimme begann zu zittern, und sie brach ab und schwieg, bis sie sich wieder in der Gewalt hatte. »Er war nicht mein Liebhaber. Auch wenn ich, um ehrlich zu sein, immer noch Frau genug bin, Inspector, um mir mehr als einmal gewünscht zu haben, ich wäre fünfundzwanzig und hätte mein Leben noch vor mir. Ich denke doch, daß ein solcher Wunsch verständlich ist. Frauen bleiben Frauen, und Männer bleiben Männer, ganz gleich, wie alt sie sind.«

»Und wenn das Alter für sie keine Bedeutung hätte? Für beide nicht?«

»Ken war in seiner Ehe nicht glücklich. Er brauchte Zeit, um sich darüber klarzuwerden, was er wollte. Ich war froh, ihm helfen zu können. Zu Beginn, als er noch für Kent spielte, stellte ich ihm das Häuschen zur Verfügung. Später, als Middlesex ihm einen Vertrag anbot, nahm ich ihn in meinem Haus in Kensington auf. Wenn die Leute daraus den Schluß ziehen, er wäre aus Berechnung mein Liebhaber geworden, oder ich hätte versucht, einen jüngeren Mann in die Finger zu bekommen, so kann ich das leider nicht ändern.«

»Es gab eine Menge Klatsch über Sie beide.«

»Uns hat das nicht interessiert. Wir wußten die Wahrheit. Und jetzt wissen Sie sie auch.«

Aber genau darüber hatte Lynley seine Zweifel. Er hatte schon vor langer Zeit gelernt, daß die Wahrheit niemals so simpel war, wie mit wörtlichen Ausführungen gern vorgegeben wurde.

Sie fuhren von der Autobahn ab und folgten gewundenen Landstraßen nach Greater Springburn, wo an diesem Samstag morgen Markt war. Das Zentrum war gesperrt, die Straßen waren von Autos blockiert, die nach Parkplätzen suchten. Sie quälten sich durch das Gewühl und bogen schließlich in die Swan Street ein, die unter weißblühenden Kirschbäumen nach Osten führte.

Als sie Greater Springburn hinter sich gelassen hatten, dirigierte Miriam Whitelaw sie durch eine Folge kleiner, von Eibenhecken und Brombeergestrüpp gesäumter Landstraßen. An einer Straße mit Namen Water Street bogen sie ab, und als sie eine Reihe Häuser am Rand eines Flachsfelds passierten, sagte Mrs. Whitelaw: »Es ist gleich da unten.« Nun führte die Straße in Windungen abwärts zu einem Cottage, das, von Nadelbäumen und einer Mauer umgeben, auf einer kleinen Anhöhe stand. Die

Zufahrt war von der Polizei abgesperrt. Zwei Autos standen dicht an der Gartenmauer, das eine ein Polizeifahrzeug, das andere ein metallicblauer Rover. Lynley parkte vor dem Rover und manövrierte den Bentley wenigstens teilweise in die Einfahrt.

Er sah sich die Umgebung an – die Hopfenfelder, die vereinzelt stehenden alten Häuser weiter unten an der Straße, die grasbewachsene Koppel gleich nebenan. Dann wandte er sich an Miriam Whitelaw: »Brauchen Sie noch einen Moment Zeit?«

»Danke, ich bin soweit.«

»Das Haus hat innen einigen Schaden genommen.«

»Das ist mir klar.«

Er nickte. Barbara Havers stieg aus und machte Miriam Whitelaw die Tür auf. Diese blieb nach dem Aussteigen einen Augenblick reglos stehen und atmete den starken, medizinischen Geruch des Rapses ein, der wie ein riesiger gelber Teppich einen Hang in der Nähe bedeckte. Irgendwo in der Ferne rief ein Kuckuck. Mauersegler jagten einander am Himmel und stiegen auf sichelförmigen Schwingen immer höher.

Lynley schlüpfte unter der Absperrung hindurch und hielt das gelbe Band dann für Mrs. Whitelaw hoch. Barbara folgte mit dem Heft in der Hand.

Am Ende der Einfahrt angekommen, öffnete Lynley das Garagentor. Miriam Whitelaw warf einen Blick ins Innere und bestätigte, daß der Aston Martin, der drinnen stand, wie der von Gabriella Patten aussehe. Mit absoluter Sicherheit könne sie allerdings nichts sagen, erklärte sie, weil sie das Kennzeichen von Gabriellas Wagen nicht wisse. Sie wisse aber, daß Gabriella einen Aston Martin fahre. Sie habe den Wagen gesehen, als Gabriella nach Kensington gekommen war, um Ken zu besuchen. Dieser Wagen sehe genauso aus, aber beschwören könne sie nichts...

»Das ist schon in Ordnung«, sagte Lynley, während Barbara sich das Kennzeichen notierte. Er bat Miriam Whitelaw, sich in der Garage umzusehen und zu prüfen, ob irgend etwas nicht in Ordnung sei.

Es gab wenig genug zu sehen: drei Fahrräder, von denen zwei

platte Reifen hatten; eine Fahrradpumpe; eine uralte dreizakkige Heugabel; mehrere Körbe, die an Haken hingen; einen zusammengeklappten Liegestuhl; Polster für Gartenmöbel.

»Das da war vorher nicht hier«, sagte Miriam Whitelaw und deutete auf einen großen Sack Katzenstreu. »Ich habe keine Katzen.« Sonst, erklärte sie, scheine alles in Ordnung.

Sie gingen wieder aus der Garage hinaus und traten durch das Törchen in den Vorgarten. Lynley betrachtete die bunte Pracht und machte sich wieder einmal seine Gedanken über diese Besessenheit seiner Landsleute, es überall, wo sich ein Fleckchen Erde bot, grünen und blühen zu lassen. Das mußte eine direkte Reaktion auf das Klima sein. Auf Monate grauen, feuchten Wetters konnte man nur mit einer Explosion von Farben antworten, sobald der erste Frühlingshauch in der Luft lag.

Sie fanden Inspector Ardery auf der Terrasse hinter dem Haus, wo sie an einem Korbtisch unter einer Weinpergola saß und telefonierte und dabei einen Schreibblock mit Kritzeln und Kringeln verzierte. Gerade sagte sie überaus charmant: »Du wirst es nicht glauben, Bob, aber es ist mir scheißegal, was du mit Sally geplant hast. Ich habe hier einen Fall. Ich kann die Jungen dieses Wochenende nicht nehmen. Ende der Diskussion ... Ja. Ekel ist genau das Wort, das ich auch wählen würde ... Untersteh dich ja nicht, verdammt noch mal ... Bob, ich kann nicht zu Hause sein, das weißt du doch ganz genau. Bob!«

Sie legte das Telefon aus der Hand. »Mieser Typ«, murmelte sie. Dann blickte sie auf, sah die Ankömmlinge und sagte ohne jede Verlegenheit: »Ex-Männer. Eine ganz besondere Rasse. *Homo infuriatus.*« Sie stand auf, zog eine Elfenbeinhaarspange aus der Hosentasche und faßte damit ihre Haare im Nacken zusammen. »Mrs. Whitelaw«, sagte sie und stellte sich dann vor. Sie nahm mehrere Paare Einmalhandschuhe aus ihrer Aktentasche und reichte sie herum. »Die Spurensicherung ist zwar schon fertig, aber ich möchte Sie trotzdem bitten, vorsichtig zu sein.«

Sie wartete, bis alle die Handschuhe angezogen hatten, dann trat sie mit eingezogenem Kopf durch die niedrige Hintertür in die Küche. Miriam Whitelaw blieb auf der Schwelle stehen und sah sich das Schloß an, das die Feuerwehr aufgebrochen hatte, um ins Haus zu gelangen. »Was soll ich –?«

»Lassen Sie sich Zeit«, sagte Lynley. »Sehen Sie sich in aller Ruhe in den Zimmern um. Versuchen Sie, soviel wie möglich aufzunehmen. Vergleichen Sie das, was Sie sehen, mit dem Bild, das Sie von Ihrem Haus im Kopf haben. Sergeant Havers begleitet Sie. Sprechen Sie mit ihr. Sagen Sie alles, was Ihnen in den Sinn kommt.« Und an Barbara gewandt: »Fangen Sie oben an.«

»In Ordnung«, antwortete diese und ging Mrs. Whitelaw mit den Worten voraus: »Die Treppe ist doch in dieser Richtung, Madam?«

Sie hörten, wie Mrs. Whitelaw »Ach Gott« rief, als sie sah, in welchem Zustand das Eßzimmer war. »Dieser Geruch!«

»Das ist der Ruß. Und der Qualm. Viele von den Sachen hier werden Sie wohl leider nicht mehr verwenden können.«

Ihre Stimmen verklangen, als sie die Treppe hinaufstiegen. Lynley nahm sich einen Moment Zeit, um die Küche zu besichtigen. Das Haus war mehr als vierhundert Jahre alt, doch die Küche war modernisiert worden. Die Arbeitsplatten waren neu gekachelt, der Boden frisch gefliest, es gab einen modernen grünen Herd, und das Spülbecken hatte Chromarmaturen. In Hängeschränken mit Glastüren waren Geschirr und Konserven untergebracht. Auf den Fensterbänken standen Töpfe mit Farnen.

»Was in der Spüle war, haben wir mitgenommen«, bemerkte Isabelle Ardery, als Lynley sich bückte, um die zwei Futternäpfe gleich an der Tür zu inspizieren. »Sah aus wie ein Abendessen für eine Person: Teller, Weinglas, Wasserglas, Besteck. Kalter Schweinebraten und Salat aus dem Kühlschrank. Mit Chutney.«

»Haben Sie die Katze irgendwo gesehen?« Lynley zog die Küchenschubladen auf und drückte sie wieder zu.

»Es sind zwei Katzen. Junge«, sagte sie. »Das hat uns der Milchmann erzählt. Diese Patten hat sie unten an der Quelle entdeckt. Anscheinend hatte jemand sie ausgesetzt. Wir haben sie bei den Nachbarn gefunden. Sie liefen am Donnerstag morgen in aller Frühe auf der Straße herum. Die Katzen, meine ich, nicht die Nachbarn. Wir haben da übrigens einige interessante Neuigkeiten gehört. Ich habe zwei Constables von Haus zu Haus geschickt.«

Lynley fand nichts Ungewöhnliches in den Schubladen voller Besteck, Kochutensilien und Geschirrtüchern. Er nahm sich die Schränke vor. »Und was haben die Constables erfahren?«

»Es geht darum, was die Nachbarn gehört haben.« Sie wartete geduldig, bis Lynley sich herumdrehte. »Einen Streit. Einen Riesenkrach, wie John Freestone sagte. Er wohnt auf dem Grundstück gleich hinter der Koppel.«

»Das sind gut vierzig Meter. Er muß ja Ohren wie ein Luchs haben.«

»Er ist auf einem Spaziergang am Haus vorbeigekommen. Am Mittwoch abend gegen elf.«

»Merkwürdige Zeit zum Spazierengehen.«

»Er muß sich wegen einer Herzgeschichte regelmäßig bewegen. Sagt er jedenfalls. Ich tippe eher darauf, daß er hoffte, einen Blick auf Gabriellas Negligé zu erhaschen. Wie uns von mehreren Seiten erzählt wurde, war sie eine ausgesprochen sehenswerte Frau und hat abends beim Auskleiden nicht immer darauf geachtet, ob die Vorhänge geschlossen waren.«

»Und? Hat er sie zu sehen bekommen?«

»Er hat einen Streit gehört. Zwei Stimmen. Männlich und weiblich. Aber überwiegend weiblich. Sehr drastische Ausdrucksweise einschließlich einiger interessanter und aufschlußreicher Bezeichnungen für sexuelle Aktivitäten und die männlichen Genitalien.«

»Hat er ihre Stimme erkannt? Oder die des Mannes?«

»Er meinte, eine Frau kreische wie die andere. Er konnte nicht mit Sicherheit sagen, wer es war. Er war allerdings einigermaßen überrascht darüber, daß ›diese schöne Frau solche Ausdrücke kennt‹.« Sie lächelte ironisch. »Der Gute scheint nicht viel herumzukommen.«

Lynley lachte und öffnete den ersten Schrank. Ordentlich gestapelte Teller, Tassen und Untertassen. Er inspizierte den zweiten Schrank. Auf dem Bord vor mehreren Reihen Konserven, die von Ölsardinen bis zur Erbsensuppe fast alles umfaßten, lag eine Packung Silk Cut. Sie war noch verschlossen.

»Haushaltszündhölzer«, sagte er mehr zu sich selbst als zu Isabelle Ardery.

»Keine da«, erwiderte sie. »Im Wohnzimmer waren nur mehrere Heftchen Streichhölzer, und auf einem Bord links vom Kamin im Eßzimmer liegt eine Schachtel mit den extralangen Hölzern für den Kamin.«

»Und man hätte nicht ein paar von denen verkürzen können, um sie um die Zigarette zu drapieren?«

»Zu dick.«

Zerstreut ließ Lynley die Packung Silk Cut von einer Hand in die andere gleiten. Isabelle Ardery lehnte am Herd und beobachtete ihn.

»Wir haben Fingerabdrücke in Massen. Auch in dem Aston Martin haben wir einige gesichert, weil wir hoffen, dann wenigtens die von Mrs. Patten bestimmen zu können. Flemings haben wir natürlich; die können wir also eliminieren.«

»Damit bleiben aber immer noch sämtliche Leute, die sie irgendwann einmal zu einem Schwatz ins Haus eingeladen hat. Ihr Mann war übrigens auch hier.«

»Im Moment versuchen wir gerade, die Leute aus dem Ort ausfindig zu machen, die in letzter Zeit einmal im Haus waren. Und die beiden Constables schauen, ob sie noch jemanden finden, der den Streit gehört hat.«

Lynley legte die Zigaretten auf die Arbeitsplatte und ging zum Eßzimmer. Es sah genauso aus, wie Isabelle Ardery es beschrieben hatte, nur der Lehnstuhl, in dem sich das Feuer entwickelt hatte, fehlte. Sie erklärte überflüssigerweise, sie habe ihn zur Untersuchung ins Labor bringen lassen, und begann dann von Faseruntersuchungen, Brenngeschwindigkeit und eventuellen Beschleunigern zu sprechen, während Lynley aus dem Zimmer schlenderte, einen Gang durchquerte und ins Wohnzimmer trat. Es war, wie das Eßzimmer, überladen mit Antiquitäten, alle rußbedeckt. Celandine Cottage schien Miriam Whitelaw als eine Art Lager für all jene Stücke zu dienen, für die sie in ihrem Haus in Kensington keinen Platz fand.

Auf einem dreibeinigen Tisch lag eine aufgeschlagene Zeitschrift. Ein großes Foto einer Frau mit glänzendem Schmollmund und einer Mähne rabenschwarzen Haars sprang Lynley ins Auge. Er nahm das Heft zur Hand und klappte es zu, um sich den Umschlag anzusehen. *Vogue*.

Isabelle Ardery, die mit verschränkten Armen an der Tür stand, beobachtete ihn schweigend. Ihre Miene war undurchdringlich, aber er begriff, daß sie über sein Eindringen in das Revier, das sie beide als das ihre definiert hatten, nicht erfreut war.

»Tut mir leid«, sagte er daher. »Das ist so eine zwanghafte Angewohnheit von mir.«

»Ich fühle mich nicht auf den Schlips getreten, Inspector«, entgegnete sie ruhig. »Ich an Ihrer Stelle würde genauso handeln.«

»Ich kann mir vorstellen, daß Sie den Fall lieber allein bearbeiten würden.«

»Es gibt vieles, was ich lieber hätte, aber nie bekommen werde.«

»Sie sind viel eher bereit, sich abzufinden, als ich.« Lynley trat zu dem schmalen Bücherregal und begann, die Bände herauszunehmen und einen nach dem anderen zu öffnen.

»Ich habe einen interessanten Bericht von Sergeant Coffman bekommen, die Mrs. Fleming hergebracht hat, um den Leichnam zu identifizieren«, bemerkte Isabelle Ardery, und während Lynley einen kleinen Sekretär öffnete und sich die Briefe, Broschüren und Dokumente darin ansah, fügte sie in geduldigem Ton hinzu: »Inspector, wir haben das gesamte Inventar des Hauses aufgenommen. Ich gebe Ihnen gern eine Liste.« Als Lynley den Kopf hob und sie ansah, sagte sie mit einem Höchstmaß professioneller Sachlichkeit, das er nur bewundern konnte: »Das würde vielleicht Zeit sparen. Unsere Spurensicherung ist für ihre Gründlichkeit bekannt.«

Er war sich im klaren darüber, wieviel Disziplin es sie kostete, ihre Gefühle zu beherrschen und ihm, obwohl sie zweifellos immer ärgerlicher wurde, ruhig zuzusehen, wie er genau das tat, was sie bereits von der Spurensicherung hatte erledigen lassen.

»Reiner Reflex«, sagte er. »Wahrscheinlich hebe ich gleich noch den Teppich hoch.« Mit einem letzten Blick sah er sich im Zimmer um, registrierte Bilder in massiven goldenen Rahmen und einen offenen Kamin, der so groß war wie der im Eßzimmer. Er untersuchte ihn genauer. Die Abzugklappe war geschlossen.

»Im Eßzimmer auch«, bemerkte Isabelle Ardery.

»Was?«

»Die Zugklappe. Im Kamin im Eßzimmer war sie auch geschlossen. Das haben Sie doch überprüft, nicht wahr?«

»Spricht für Mord«, sagte Lynley.

»Selbstmord schließen Sie aus?«

»Es gibt nicht ein einziges Indiz dafür. Und Fleming hat nicht geraucht.« Er zog ein wenig den Kopf ein, als er durch die niedrige Tür aus dem Zimmer ging. Isabelle Ardery folgte ihm auf die Terrasse hinaus. »Was hat Sergeant Coffman Ihnen berichtet?« fragte Lynley endlich.

»Sie hat nicht eine einzige angemessene Frage gestellt.«

»Mrs. Fleming?«

»Sie bestand darauf, als Mrs. Cooper angesprochen zu werden, nicht als Mrs. Fleming. Als sie den Leichnam sah, wollte sie wissen, weshalb er so rot sei. Nachdem sie gehört hatte, daß das Kohlenmonoxid daran schuld war, hat sie keine Frage mehr gestellt. Die meisten Leute denken doch sofort an Autoabgase, wenn sie Kohlenmonoxid hören, nicht wahr? Selbstmord in einer geschlossenen Garage bei laufendem Motor. Aber auch wenn sie so etwas vermuten, fragen sie. Wo? Wie? Warum? Wann? Hat er einen Abschiedsbrief hinterlassen? Sie hat überhaupt nichts gefragt. Sie hat sich den Leichnam angesehen, bestätigt, daß es sich um Fleming handelte, und Sergeant Coffman gebeten, ihr doch bitte eine Packung Embassy zu besorgen. Das war alles.«

Lynley ließ seinen Blick über den Garten schweifen. Jenseits lag noch eine Koppel, und auf der anderen Seite der Koppel leuchtete das Rapsfeld, als wollte es die Sonne spiegeln. »Soviel ich weiß, lebten die beiden seit Jahren getrennt. Vielleicht hat sie das mürbe gemacht. Möglicherweise war sie an einem Punkt angelangt, wo Fleming sie nicht mehr interessierte. Wozu dann noch Fragen stellen?«

»Die wenigsten Frauen bringen ihren früheren Ehemännern solch eine Gleichgültigkeit entgegen, Inspector. Erst recht nicht, wenn Kinder da sind.«

Er sah sie an. Ihr Gesicht hatte sich mit einer feinen Röte überzogen, die auf ihren Wangenknochen zu glühen schien.

»Akzeptiert«, sagte er. »Aber vielleicht war der Schock daran schuld, daß sie nichts gefragt hat.«

»Akzeptiert«, erwiderte sie ihrerseits. »Aber den Eindruck hatte Sergeant Coffman nicht. Sie war schon früher dabei, wenn Ehefrauen ihre Männer identifizieren mußten. Sie hatte den Eindruck, daß irgendwas nicht stimmte.«

»Verallgemeinerungen sind nutzlos«, stellte Lynley fest. »Schlimmer noch, sie sind gefährlich.«

»Danke. Dessen bin ich mir durchaus bewußt. Aber wenn die Verallgemeinerung mit Fakten und dem gegebenen Beweismaterial einhergeht, dann, denke ich, werden Sie mit mir der Meinung sein, daß diese Verallgemeinerung näher in Augenschein genommen werden sollte.«

Lynley registrierte ihre Haltung: die Arme immer noch verschränkt. Er registrierte den gleichmütigen Ton ihrer Stimme und die Direktheit, mit der ihre Augen seinen Blick suchten. Er erkannte, daß er ihre Theorien aus dem gleichen Grund in Frage stellte, aus dem er sich bemüßigt gefühlt hatte, das Haus genauestens zu inspizieren, um sich zu vergewissern, daß nichts übersehen worden war. Das, was hinter seiner Skepsis steckte, gefiel ihm gar nicht. Der reine männliche Chauvinismus. Wenn Helen wüßte, daß er Schwierigkeiten hatte, eine Frau zu respektieren, die den gleichen Dienstgrad wie er hatte, würde sie ihm so gründlich die Meinung sagen, wie er es verdiente.

»Sie haben etwas entdeckt«, meinte er.

Wie schön, daß Sie es geschafft haben, wenigstens das zu folgern, antwortete ihr Blick. »Kommen Sie mit«, sagte sie kurz.

Er folgte ihr verdrossen zum Ende des Gartens, der durch einen Zaun in zwei Zonen geteilt war. Die eine, etwa zwei Drittel der Fläche, wurde von Rasen, Blumenbeeten, einem Pavillon, einem Vogelhäuschen samt Vogelbad und einem kleinen Seerosenteich eingenommen. Die andere bestand aus einem Streifen Rasen mit mehreren Birnbäumen und einem Komposthaufen. Zu diesem, dem hinteren, Teil des Gartens führte Isabelle Ardery Lynley, in die Nordostecke, wo eine Buchsbaumhecke die Grenze zur anschließenden Koppel bildete. Die Koppel selbst war mit Draht eingezäunt, der von Holzpfosten zu Holzpfosten gespannt war.

Mit einem Bleistift, den sie aus ihrer Tasche nahm, wies Isabelle Ardery auf den Pfosten gleich auf der anderen Seite der Buchsbaumhecke. »Hier, am oberen Ende des Pfostens, haben wir sieben Fasern gefunden. Eine weitere hing am Draht. Sie waren blau. Möglicherweise Denim. Und hier, Sie können es noch sehen, obwohl er ziemlich schwach ist, war ein Fußabdruck. Direkt unter der Hecke.«

»Was für eine Art von Schuh?«

»Das wissen wir im Moment noch nicht. Runde Kappe, dicke Sohle, deutlich abgehobener Absatz. Die Sohle hatte ein ziemlich ausgeprägtes Profil. Der Abdruck stammt vom linken Fuß. Tief eingedrückt, als wäre jemand vom Zaun in den Garten gesprungen und mit dem ganzen Gewicht auf dem linken Fuß gelandet. Wir haben einen Abdruck gemacht.«

»Waren noch andere Abdrücke da?«

»In dieser Ecke nichts, was der Rede wert gewesen wäre. Ich habe zwei Constables losgeschickt. Vielleicht finden die noch etwas. Aber einfach wird es nicht werden. Seit dem Abend des Todes ist viel Zeit vergangen. Wir können ja nicht einmal sicher sein, daß dieser Fußabdruck mit den Ereignissen am Mittwoch abend überhaupt etwas zu tun hat.«

»Immerhin, es ist ein Anfang.«

»Ja, der Meinung bin ich auch.« Sie deutete nach Südwesten und erklärte, daß es etwa neunzig Meter vom Haus entfernt eine Quelle gebe. Sie ergoß sich in einen Bach, an dem ein öffentlicher Fußweg entlangführte. Dieser Pfad wurde von den Einheimischen häufig benutzt, da er in das etwa zehn Gehminuten entfernte Lesser Springburn führte. Obwohl der Weg vom welken Laub des vergangenen Herbstes und dem frischen Gras dieses Frühjahrs praktisch verdeckt war, gab es hier und dort – besonders bei den Drehkreuzen – Stellen blanker Erde. An diesen Stellen würden Fußabdrücke zu sehen sein, aber da zwischen dem Eintritt des Todes und der Entdeckung des Leichnams mehr als ein Tag vergangen war, waren Abdrücke, die zu dem einen unter der Hecke paßten, wenn überhaupt vorhanden, inzwischen wahrscheinlich von anderen überdeckt.

»Sie glauben also, daß jemand von Lesser Springburn zu Fuß zum Haus gekommen ist?«

Es sei eine Möglichkeit, meinte sie.

»Jemand von hier?«

Nicht unbedingt, entgegnete sie. Aber jemand, der wußte, daß es diesen Fußweg gab. Er war in Lesser Springburn nicht besonders gut ausgeschildert. Er begann hinter einer Wohnsiedlung und verlor sich sehr bald in einer Apfelplantage. Man mußte den Weg also schon kennen und wissen, was man suchte, um diese Route einschlagen zu können. Natürlich könne sie nicht mit Sicherheit sagen, daß dies wirklich der Weg sei, den der Mörder gewählt hatte, aber einer ihrer Leute frage derzeit im Dorf herum, ob vielleicht am Mittwoch abend jemand etwas auf dem Fußweg beobachtet oder in der Umgebung ein fremdes Fahrzeug bemerkt habe.

»Hier fanden wir außerdem mehrere Zigarettenkippen.« Sie wies auf den Boden unter der Hecke. »Insgesamt waren es sechs, und sie lagen dicht beisammen. Nicht ausgetreten. Man hatte sie einfach von selbst ausgehen lassen. Streichhölzer waren auch da. Achtzehn Stücke. Aus einem Heftchen. Keine Haushaltshölzer.«

»War wohl ein windiger Abend?« meinte Lynley.

»Oder dem Raucher zitterten die Hände«, versetzte sie trokken. Sie wies zum vorderen Teil des Hauses, in Richtung Water Street. »Wir neigen zu der Auffassung, daß die Person, die hier über den Zaun und die Hecke geklettert ist, an der Koppel entlang der Straße herkam. Da ist leider alles voll Gras und Klee, so daß keine Abdrücke zu finden waren, aber diese Vermutung erscheint mir einleuchtender als die Annahme, daß jemand sich durch die Auffahrt hereingeschlichen hat und nach hinten gerannt ist, um sich hier zu verstecken und erst einmal zu beobachten, was vorging. Ich meine, die Anzahl der Zigaretten läßt ja wohl darauf schließen, daß wir es mit einem Beobachter zu tun hatten, meinen Sie nicht?«

»Aber nicht unbedingt einem Mörder?«

»Höchstwahrscheinlich auch mit einem Mörder. Der erst Mut fassen mußte.«

»Oder einer Mörderin?«

»Oder einer Mörderin. Ja. Natürlich. Es könnte auch eine Frau gewesen sein.« Ihr Blick schweifte zum Haus, als Barbara Havers und Miriam Whitelaw aus der Küchentür traten. »Die Sachen liegen alle im Labor – Fasern, Streichhölzer, Zigarettenkippen, der Abguß des Fußabdrucks. Heute nachmittag müßten wir erste Resultate bekommen.« Ihr kurzes Nicken sagte Lynley, daß damit die dienstliche Auskunftserteilung beendet war. Sie setzte sich in Bewegung, um zum Haus zurückzugehen.

»Inspector Ardery!« rief Lynley.

Sie blieb stehen und drehte sich um. Ihre Haarspange rutschte, und sie schob sie mit einer Grimasse hoch. »Ja?«

»Vielleicht haben Sie einen Moment Zeit, um sich anzuhören, was meine Mitarbeiterin zu berichten hat. Mir ist Ihre Meinung wichtig.«

Wieder bedachte sie ihn mit einem dieser unangenehm direkten, musternden Blicke. Ihm war klar, daß er bei der Musterung nicht gut abschneiden würde. Sie wies mit einer Kopfbewegung zum Haus. »Wenn ich ein Mann wäre, hätten Sie sich dann vorhin genauso verhalten?«

»Ich glaube, ja«, antwortete er. »Aber ich hätte es wahrscheinlich taktvoller und unauffälliger getan. Ich entschuldige mich, Inspector. Das war nicht in Ordnung.«

Ihr Blick hielt ihn fest. »Stimmt«, sagte sie ruhig.

Gemeinsam gingen sie danach Barbara Havers entgegen. Miriam Whitelaw blieb auf der Terrasse, wo sie sich an den Korbtisch gesetzt hatte. Sie hatte ihre dunkle Brille wieder aufgesetzt und schien zur Garage hinüberzublicken.

»Von ihren Sachen scheint nichts zu fehlen«, berichtete Barbara ihnen leise. »Abgesehen von dem Lehnstuhl im Eßzimmer ist alles so wie beim letzten Mal, als sie hier war.«

»Und wann war das?«

Sie warf einen Blick in ihre Notizen. »Am achtundzwanzigsten März. Weniger als eine Woche vor Gabriella Pattens Einzug. Sie sagt, die Kleider oben gehören alle Gabriella. Und die Koffer im zweiten Schlafzimmer gehören auch Gabriella. Von Fleming ist nichts im Haus.«

»Er scheint also nicht die Absicht gehabt zu haben, über Nacht zu bleiben«, sagte Isabelle Ardery.

Lynley dachte an die Futternäpfe der Katzen, die Silk-Cut-Zigaretten, die Kleider. »Und *sie* scheint nicht die Absicht gehabt zu haben, wegzufahren. Ich meine, sie hatte es nicht langfristig geplant.« Den Blick auf das Haus gerichtet, fuhr er nachdenklich fort: »Sie hatten einen heftigen Streit. Mrs. Patten packt ihre Handtasche und läuft in die Nacht hinaus. Unser Beobachter an der Buchsbaumhecke packt die Gelegenheit beim Schopf –«

»Oder Beobachterin«, warf Isabelle Ardery ein.

Lynley nickte. »– und schleicht zum Haus. Er geht hinein. Er ist gut vorbereitet gekommen, es dauert also nicht lang. Er zündet seine kleine Vorrichtung an, schiebt sie in die Lehnstuhlritze und verschwindet wieder.«

»Wobei er hinter sich absperrt«, bemerkt Isabelle Ardery. »Und das heißt, daß er bereits von Anfang an einen Schlüssel hatte.«

Barbara schüttelte entschieden den Kopf . »Mir scheint, ich hab da was nicht mitbekommen. Ein Beobachter? Was für ein Beobachter?«

Lynley berichtete, während sie über den Rasen zu Miriam Whitelaw gingen. Sie hatte, wie die anderen, ihre Einmalhandschuhe noch nicht wieder abgelegt, und ihre Hände wirkten seltsam künstlich, wie sie da so weiß und gefaltet in ihrem Schoß lagen. Er fragte sie, wer alles Schlüssel zum Haus habe.

»Ken hatte einen«, antwortete sie nach einem Moment des Überlegens. »Gabriella.«

»Sie selbst?«

»Gabriella hatte meinen.«

»Und gibt es noch andere Schlüssel?«

Miriam Whitelaw hob den Kopf und sah Lynley direkt ins Gesicht. Doch er konnte den Ausdruck ihrer Augen, die hinter den dunklen Gläsern verborgen waren, nicht ausmachen. »Warum?« fragte sie.

»Weil es tatsächlich so aussieht, als sei Kenneth Fleming ermordet worden.«

»Aber Sie sagten doch, es sei eine Zigarette gewesen. Im Lehnstuhl.«

»Ja. Das habe ich gesagt. Existieren noch weitere Schlüssel?«

»Die Leute haben diesen Mann geliebt. Geliebt, Inspector!«

»Aber vielleicht nicht alle. Gibt es noch andere Schlüssel, Mrs. Whitelaw?«

Sie drückte die Finger an die Stirn und schien über die Frage nachzudenken; und daß sie erst darüber nachdenken mußte, schien Lynley auf eine von zwei Möglichkeiten hinzudeuten: Entweder glaubte sie, ihre Antwort würde anzeigen, daß sie Lynleys Theorie akzeptierte – daß nämlich jemand Kenneth Fleming genug gehaßt hatte, um ihn zu ermorden. Oder aber sie wollte nur Zeit gewinnen, um sich zu überlegen, was ihre Antwort möglicherweise offenbart.

»Gibt es weitere Schlüssel?« fragte Lynley wieder.

»Eigentlich nicht«, antwortete sie schwach.

»*Eigentlich* nicht? Entweder gibt es welche, oder es gibt keine.«

»Niemand hat sie«, erklärte sie.

»Aber es gibt sie. Wo sind sie?«

Sie drehte den Kopf in Richtung Garage. »Im Geräteschuppen liegt immer ein Schlüssel zur Küchentür. Unter einem Keramiktopf.«

Lynley und die anderen blickten in die Richtung, die sie angezeigt hatte. Ein Geräteschuppen war da nirgendwo zu sehen; nur eine hohe Eibenhecke mit einer Öffnung, durch die ein mit Backstein gepflasterter Weg führte.

»Wer weiß von diesem Schlüssel?« fragte Lynley.

Miriam Whitelaw biß sich auf die Unterlippe, als sei ihr klar, wie merkwürdig ihre Antwort klingen mußte. »Das weiß ich nicht genau. Tut mir leid.«

»Sie wissen es nicht?« wiederholte Barbara langsam.

»Er liegt seit über zwanzig Jahren dort«, erläuterte Miriam Whitelaw. »So brauchten wir, wenn am Haus etwas gemacht werden mußte, während wir in London waren, den Arbeitern nur Bescheid zu sagen. Und wir konnten immer ins Haus, wenn wir unseren eigenen Schlüssel einmal vergessen hatten.«

»Wir?« fragte Lynley. »Sie und Fleming?« Sie reagierte nicht, und er merkte, daß er das »Wir« falsch interpretiert hatte. »Sie und Ihre Familie.« Er bot ihr die Hand. »Würden Sie uns den Schuppen bitte zeigen?«

Der Schuppen schmiegte sich an die Rückwand der Garage, nicht mehr als ein Holzgerüst mit einem Dach und Wänden aus irgendeinem Kunststoff. An den Holzbalken im Innern waren Borde angebracht. Miriam Whitelaw schob eine Leiter zur Seite und wirbelte etwas Staub von einem zusammengeklappten Sonnenschirm auf. Sie wies auf eines der vollgepackten Borde, auf dem ein Blumentopf aus gelber Keramik in Form einer Ente stand.

»Da drunter«, sagte sie.

Barbara hob die Ente vorsichtig an Schwanz- und Schnabelspitze hoch. »Nichts«, meldete sie. Sie stellte die Ente wieder hin und sah unter dem Tontopf daneben nach, dann unter einer Dose Insektenspray und so weiter, das ganze Bord entlang.

»Er *muß* da sein«, beharrte Miriam Whitelaw, während Barbara suchte, aber der Ton ihrer Stimme verriet, daß sie eigentlich nur protestierte, weil es erwartet wurde.

»Ich nehme an, Ihre Tochter weiß von dem Schlüssel«, bemerkte Lynley.

Miriam Whitelaw schien zu erstarren. »Glauben Sie mir, Inspector, meine Tochter hat mit dieser Sache nichts zu tun.«

»Wußte sie von Ihrer Beziehung zu Fleming? Sie sagten, daß Sie nichts mehr miteinander zu tun hätten. Seinetwegen?«

»Aber nein! Selbstverständlich nicht. Wir sehen uns seit Jahren nicht mehr. Es hat nichts mit –«

»Er war Ihnen wie ein Sohn. Er stand Ihnen so nahe, daß Sie Ihr Testament zu seinen Gunsten änderten. Als Sie diese Änderung vornahmen, haben Sie da Ihre Tochter enterbt?«

»Sie hat das Testament überhaupt nicht gesehen.«

»Kennt sie Ihren Anwalt? Könnte sie von ihm von dem Testament erfahren haben?«

»Das ist ja absurd!«

»Was ist absurd?« fragte Lynley milde. »Daß sie von dem Testament erfahren oder daß sie Fleming getötet haben könnte?«

Miriam Whitelaws bleiches Gesicht verfärbte sich plötzlich. Die Röte stieg wie Feuer von ihrem Hals auf. »Erwarten Sie im Ernst, daß ich eine solche Frage beantworte?«

»Ich erwarte gar nichts«, antwortete er. »Aber ich werde die Wahrheit aufdecken.«

Sie nahm ihre dunkle Brille ab. Es schien eine Geste zu sein, die hauptsächlich auf Wirkung zielte, ein Man-höre-sich-das-an, das ganz zu der ehemaligen Lehrerin paßte.

»Gabriella wußte auch, daß der Schlüssel hier lag. Ich habe es ihr selbst gesagt. Sie kann es jemandem erzählt haben, praktisch jedem. Vielleicht hat sie sogar jemandem *gezeigt,* wo er lag.«

»Aber wäre das denn logisch? Sie sagten doch gestern abend, daß sie hierherkam, um allein zu sein.«

»Ich weiß nicht, was in Gabriellas Kopf vorgeht. Sie hat ein Faible für Männer, und sie hat einen Hang zum Dramatischen. Wenn es zu einer großen Szene mit ihr in der Hauptrolle beigetragen hätte, hätte sie ganz sicher kein Geheimnhis daraus gemacht, wo sie sich aufhielt und wo sich der Schlüssel zu ihrem Versteck befand. Sie hätte wahrscheinlich sogar noch schriftliche Mitteilungen verschickt.«

»Aber nicht an Ihre Tochter«, sagte Lynley, um sie wieder zum ursprünglichen Thema zu bringen, wenn er auch zugeben mußte, daß ihre Charakterisierung Gabriellas genau mit der Hugh Pattens übereinstimmte.

Aber Miriam Whitelaw ließ sich nicht beirren, sondern sagte betont ruhig: »Ken hat zwei Jahre hier draußen gelebt, Inspector, als er für das Team von Kent gespielt hat. Seine Familie ist zwar in London geblieben, aber sie haben ihn an den Wochenenden regelmäßig besucht: Jean, seine Frau; Jimmy, Stan und Sharon, seine Kinder. Sie alle wußten von dem Schlüssel.«

Lynley war jedoch nicht abzulenken. »Wann haben Sie Ihre Tochter das letztemal gesehen,Mrs. Whitelaw?«

»Olivia kennt Ken – kannte Ken überhaupt nicht.«

»Aber sie wußte doch sicher von ihm.«

»Sie waren einander nie begegnet.«

»Trotzdem. Wann haben Sie sie das letztemal gesehen?«

»Und selbst wenn sie alles gewußt hätte, so hätte das keinen Unterschied gemacht. Geld und materielle Dinge bedeuten ihr nichts. Es wäre ihr völlig gleichgültig, wer was erbt.«

»Sie würden staunen, wie schnell die Menschen begreifen, daß Geld und materielle Dinge wichtig sind, wenn es hart auf hart geht. Also bitte, wann haben Sie sie das letztemal gesehen?«

»Sie hat nichts –«

»Mrs. Whitelaw! Wann?«

Sie fiel in eine Art Versteinerung, und es dauerte volle fünfzehn Sekunden, ehe sie antwortete: »Vor sechs Jahren. Am Freitag, dem neunzehnten April, abends vor dem Untergrundbahnhof Covent Garden.«

»Sie haben ein hervorragendes Gedächtnis.«

»Es ist ein besonderes Datum.«

»Wie kommt das?«

»Weil mein Mann mich an diesem Abend begleitet hat.«

»Ist das irgendwie bedeutsam?«

»Für mich, ja. Er ist unmittelbar nach dieser Begegnung mit Olivia plötzlich gestorben. So, und jetzt würde ich gern einen Moment an die Luft gehen, Inspector, wenn Sie nichts dagegen haben. Es ist ziemlich stickig hier drinnen, und ich möchte Ihnen nicht durch eine zweite Ohnmacht Umstände machen.«

Er trat zur Seite, um sie vorbeizulassen, und hörte, wie sie sich die Kunststoffhandschuhe herunterriß.

Barbara reichte Isabelle Ardery die Keramikente. Sie sah sich in dem Schuppen mit seinen Säcken, seinen zahllosen Tontöpfen und Gartengeräten um und brummte: »So ein Durcheinander! Wenn's hier Spuren gibt, können wir lange suchen.« Sie seufzte und sagte zu Lynley: »Was meinen Sie dazu?«

»Ich meine, es wird Zeit, daß wir uns auf die Suche nach Olivia Whitelaw machen«, antwortete er.

Olivia

Wir haben zusammen zu Abend gegessen, Chris und ich, und ich habe abgespült wie immer. Chris hat eine Engelsgeduld, auch wenn ich fast eine Stunde brauche, um das zu schaffen, was er in zehn Minuten erledigen könnte. Nie sagt er: »Laß mich mal, Livie.« Nie schiebt er mich zur Seite. Wenn mir ein Teller oder ein Glas in die Brüche geht oder wenn mir ein Topf runterfällt, läßt er mich die Bescherung allein aufräumen und tut so, als merkte er nichts, wenn ich fluche und flenne, weil der Besen und der Schrubber mir nicht gehorchen.

Meistens macht er abends, bevor er ins Bett geht, meine Tür noch mal einen Spalt auf, um nach mir zu sehen. Wenn er merkt, daß ich wach bin, fragt er: »Liv? Möchtest du noch irgendwas?«

O ja, o ja. Und was ich alles möchte. Die Liste ist endlos. Ich möchte, daß er im Lichtschein des Korridors seine Kleider ablegt. Ich möchte, daß er zu mir ins Bett kommt. Ich möchte, daß er mich in seine Arme nimmt und festhält. Ich habe eintausendundeinen Wunsch, und keiner wird sich je erfüllen.

Zuerst verliert man den Stolz, wurde mir gesagt. Der Prozeß wird in dem Augenblick beginnen, in dem ich erkenne, in welchem Ausmaß mein Leben in den Händen anderer liegt. Aber ich kämpfe gegen diese Vorstellung. Ich halte eisern an mir fest. Ich beschwöre das immer blasser werdende Bild von Liv Whitelaw, der Gesetzlosen. Ich sage also zu Chris: »Nein, danke. Ich habe alles.« Und in meinen eigenen Ohren klingt es, als meinte ich das wirklich so.

Ich muß lachen, während ich das hier schreibe. Ich sehe die Ironie meiner Situation ganz genau. Wer hätte gedacht, daß ich mich je nach einem Mann sehnen würde, und dann auch noch nach diesem Mann, der vom ersten Moment an alles getan hat, um mir klarzumachen, daß er nicht mein Typ ist.

»Mein Typ« hat nämlich immer auf diese oder jene Weise für das bezahlt, was er von mir bekam. Manchmal haben »mein Typ« und ich auch im voraus Bezahlung mit Gin oder Drogen vereinbart, aber meistens wurde bar auf die Hand bezahlt. Diese Information dürfte Sie eigentlich nicht mehr überraschen, denn Sie wissen ja, daß es viel leichter ist, im Leben abzurutschen als aufzusteigen.

Ich ging auf den Strich, weil es kaputt und sündig war, dieses Leben am Rande der Gesellschaft. Und je älter der Kerl, desto lieber war es mir, weil das die Erbärmlichsten waren. Sie kamen in korrekten Anzügen und gondelten unter dem Vorwand, sich verfahren zu haben und eine Orientierungshilfe zu brauchen, in Earl's Court herum. Und dann warteten sie mit geöffneten Lippen und schweißglänzenden Gesichtern im Schein der Innenbeleuchtung ihres Wagens. Sie warteten auf ein Zeichen, ein ermunterndes Wort, etwa: »Wie wär's denn mit uns beiden, Süßer?« Da gerieten sie meist ins Stottern und fragten zaghaft: »Wieviel?«

Es war so simpel. Und ich verdiente innerhalb von fünf Stunden genug, um davon die Wochenmiete für das möblierte Zimmer zu bezahlen, das ich mir in Barkston Gardens genommen hatte, und mir noch ein halbes Gramm Koks oder ein Röhrchen Tabletten zur Stimmungsaufhellung zu kaufen. Das Leben war so einfach, daß ich nicht verstehen konnte, warum nicht jede Frau in London es so machte.

Natürlich hatte das alles mit dem Tod meines Vaters zu tun. Ich brauchte keine Sitzungen bei Dr. Freud, um das zu merken. Zwei Tage nachdem ich das Telegramm mit der Nachricht von Dads Tod erhalten hatte, nahm ich mir den ersten Typen über fünfzig. Es machte mir Spaß, ihn zu verführen. Ich genoß es, ihn immer wieder zu fragen: »Bist du ein Daddy? Soll ich dich Daddy nennen? Wie möchtet du mich denn nennen?« Und es war ein Triumph für mich und irgendwie eine Befreiung, wenn ich die zuckenden Körper dieser Männer sah und hörte, wie sie stöhnten. Denn dann wußte ich das Schlimmste von ihnen, und damit konnte ich irgendwie das Schlimmste an mir rechtfertigen.

So lebte ich bis zu dem Nachmittag ungefähr fünf Jahre später, an dem ich Chris Faraday begegnete. Ich stand am Eingang zum U-Bahnhof Earl's Court und wartete auf einen meiner Stammfreier, einen Immobilienmakler mit einem Bassetgesicht. Er liebte den Schmerz und führte im Kofferraum seines Wagen stets ein Sortiment Marterinstrumente mit sich. Der Verdienst war gut, aber das Unterhaltungsniveau zeigte sinkende Tendenz. Und wenn er auch stets freudig im voraus bezahlte und hinterher noch freudiger heim zu seiner treusorgen Gattin in Battersea fuhr, fürchtete ich doch, daß er mir eines Tages mit plötzlichem Herzversagen umkippen würde, und die Aussicht, mit einer grinsenden Leiche dazusitzen, lockte mich gar nicht. Deshalb war ich, als Archie am Dienstag um halb sechs nicht zu unserer Verabredung erschien, einerseits verärgert, aber auch erleichtert.

Ich berechnete gerade die finanzielle Einbuße, als Chris in meine Richtung über die Straße kam. Er hatte einen Hund an der Leine, eine fürchterliche Promenadenmischung, die den Namen Hund eigentlich gar nicht verdiente, und er schien sich zu bemühen, seinen Schritt dem Hinken des Tieres anzupassen.

Als er näher kam, sagte ich: »Das ist echt das häßlichste Vieh, das ich je gesehen habe. Warum tust du der Welt nicht den Gefallen und versteckst den Köter, damit ihn keiner ansehen muß?«

Er blieb stehen. Er blickte von mir zu seinem Hund, ganz langsam, so daß ich nicht umhin konnte zu sehen, daß der Vergleich zugunsten des Hundes ausfiel.

»Woher hast du den überhaupt?« fragte ich.

»Geklaut«, antwortete er.

»Geklaut?« rief ich. »Diesen Köter? Na, du hast vielleicht einen Geschmack!« Dem Hund fehlte nicht nur ein Bein, er hatte auch einen völlig entstellten Kopf – kein Fell, nur rotentzündete Wunden, die gerade zu verheilen begannen.

»Ja, er ist ein trauriger Anblick, nicht wahr?« sagte Chris und betrachtete den Hund nachdenklich. »Aber er hat sich das nicht ausgesucht. Deswegen tun die Tiere mir so leid. Weil sie sich nicht wehren können. Deshalb muß jemand ihre Interessen vertreten und für sie entscheiden.«

»Na, dann sollte mal jemand entscheiden, den Köter zu erschießen. Das ist ja der reinste Schandfleck.« Ich kramte in meiner Umhängetasche nach meinen Zigaretten. »Und warum hast du ihn geklaut? Glaubst du, du kannst mit dem einen Preis gewinnen?«

»Ich habe ihn geklaut, weil das meine Arbeit ist.«

»Ach, deine Arbeit.«

»Ganz recht.« Er sah zu den Einkaufstüten rund um meine Füße hinunter. In ihnen waren die Kostüme und einige neue Folterinstrumente, die ich für Archie besorgt hatte. »Und was machst du für eine Arbeit?«

»Ich bumse für Geld.«

»Mit so viel Gepäck?«

»Was?«

Er deutete auf meine Tüten. »Oder kommst du gerade vom Einkaufen?«

»Klar. Hast du schon mal 'ne Frau gesehen, die in so 'nem Aufzug einkaufen geht?«

»Nein. Aber ich hab auch noch nie eine Nutte mit so vielen Einkaufstüten gesehen. Meinst du nicht, daß das die Freier abschreckt?«

»Ich warte auf jemanden.«

»Der nicht gekommen ist.«

»Das weißt du doch gar nicht.«

»Vor dir auf dem Boden liegen acht Zigarettenstummel. Alle haben am Filter deinen Lippenstift. Eine scheußliche Farbe übrigens. Rot steht dir nicht.«

»Ach, du bist wohl Experte?«

»In bezug auf Frauen nicht, nein.«

»Aber in bezug auf Straßenköter, was?«

Er sah wieder zu seinem Hund hinunter, der sich auf dem Bürgersteig ausgestreckt und den Kopf auf die Pfoten gelegt hatte. Er ging neben ihm in die Hocke und schloß behutsam seine Hand um den wunden Kopf. »Ja«, antwortete er. »Da bin ich Experte. Da bin ich der Beste weit und breit. Ich bin wie Nebel in der Nacht, lautlos und ohne Gesicht.«

»So ein Scheiß«, sagte ich höhnisch, weil er plötzlich etwas Unheimliches an sich hatte, das ich nicht definieren konnte. Ich dachte: Blöder, kleiner Angeber, der kriegt bestimmt nicht für viel Geld einen hoch. Und als ich das einmal gedacht hatte, wollte ich es auch wissen. Ich fragte also: »Na, wie wär's? Hast du Lust?«

Er neigte den Kopf zur Seite. »Wo?«

Na also, dachte ich, einer wie der andere, und sagte: »Im *Southerly*, in der Gloucester Road. Zimmer 69.«

»Wie passend.«

Ich lächelte. »Also?«

Er richtete sich auf. Der Hund rappelte sich schwerfällig auf die Beine. »Ich könnte was zu essen gebrauchen. Wir wollten uns gerade was genehmigen, Toast und ich. Er ist im *Exhibition Center* vorgeführt worden, und jetzt ist er total schlapp und ausgehungert. Und ein bißchen schlecht gelaunt ist er auch.«

»Aha, also wolltest du dir doch einen Preis mit ihm holen. Und – hat er gewonnen?«

»Könnte man so sagen, ja.« Er wartete, während ich meine Tüten einsammelte, und als ich alles beisammen hatte, sagte er: »Gut, gehen wir. Ich erzähl dir unterwegs etwas von meinem häßlichen Köter.«

Der Anblick, den wir boten, war jedenfalls nicht alltäglich: ein dreibeiniger Hund mit rotwundem Kopf; ein zaundürrer junger Bursche vom Typ »Junge Kommunisten für die Freiheit« mit zerfetzten Jeans und einem Tuch um den Kopf; und eine Nutte im roten Latexmini mit zwölf Zentimeter hohen Stöckeln und einem Ring im Nasenflügel.

Ich glaubte damals, auf dem besten Weg zu einer interessanten Eroberung zu sein. Er schien es nicht eilig zu haben, mir näherzukommen, als wir nebeneinander an der Straßentheke eines chinesischen Restaurants lehnten, aber ich dachte, er würde schon warm werden, wenn ich ihm richtig einheizte. Das ist bei den meisten so. Wir aßen also Frühlingsrollen und tranken jeder zwei Tassen grünen Tee. Der Hund bekam Chop Suey. Wir redeten so miteinander, wie Leute eben reden, die nicht wissen, wie weit sie dem anderen über den Weg trauen können, oder wieviel sie von sich erzählen sollen. Und ich hörte nicht genau zu, weil ich darauf wartete, daß er mir sagen würde, was er wollte und wieviel er dafür zahlen konnte. Er hatte ein Bündel Scheine aus der Tasche gezogen, um das Essen zu bezahlen; ich schätzte, vierzig Pfund würde er schon springen lassen. Als wir nach mehr als einer Stunde immer noch beim *small talk* waren, sagte ich schließlich: »Also, was soll's denn nun sein?«

»Bitte?« fragte er.

Ich legte ihm die Hand auf den Oberschenkel. »Mit der Hand? Blasen? Normal? Von hinten oder von vorn? Was willst du?«

»Nichts«, sagte er.

»Nichts?«

»Tut mir leid.«

Mir wurde ganz heiß im Gesicht. »Soll das vielleicht heißen, daß ich die letzten anderthalb Stunden damit vertan hab, darauf zu warten, daß du –«

»Wir haben gegessen. Ich hab doch gesagt, daß ich essen gehe.«

»Hast du nicht! Du hast gefragt, wo, und ich hab gesagt im *Southerly* in der Gloucester Road. Zimmer 69, hab ich gesagt, und du hast gesagt –«

»Daß ich was zu essen brauche. Daß Toast und ich hungrig seien.«

»Scheiß auf deinen Toast. Mir fehlen dreißig Mäuse.«

»Dreißig Pfund? Das ist alles, was er dir zahlt? Und was tust du dafür? Und wie fühlst du dich hinterher?«

»Was geht dich das an? Du blöder Scheißer! Gib mir die Kohle, sonst mach ich hier mitten auf der Straße einen Riesenzirkus.«

Er musterte die Leute auf der Straße und schien über meine Drohung nachzudenken.

»Na schön«, sagte er schließlich. »Aber du mußt dafür arbeiten.«

»Das hab ich dir doch sowieso angeboten.«

Er nickte. »Richtig. Also, komm.«

Ich folgte ihm. »Hand ist am billigsten«, stellte ich klar. »Beim Blasen kommt's darauf an, wie lang. Beim Bumsen mußt du 'nen Gummi überziehen. Wenn du mehr als eine Stellung willst, kostet jede extra. Klar?«

»Sonnenklar.«

»Wohin gehen wir?«

»Zu mir.«

Ich blieb stehen. »Kommt nicht in Frage. Ins *Southerly* oder gar nicht.«

»Willst du dein Geld?«

»Willst du 'ne Frau?«

Wir standen in der West Cromwell Road. Autos brausten rechts und links an uns vorbei, und Fußgänger mußten einen Bogen um uns schlagen.

»Hör mal«, sagte er. »Ich hab in Little Venice Tiere, die auf ihr Futter warten.«

»Noch mehr von der Sorte?« Ich trat mit der Fußspitze nach dem Hund.

»Du brauchst keine Angst zu haben. Ich tu dir nichts.«

»Als ob du das könntest!«

»Tja, wer weiß.« Er ging einfach weiter und rief mir über die Schulter zu: »Wenn du das Geld haben willst, kannst du mitkommen oder dich auf der Straße mit mir darum prügeln. Du hast die Wahl.«

»Ah, ein Tier bin ich also nicht? Ich habe die Wahl.«

Er drehte sich mit einem Lachen nach mir um. »Du bist gescheiter, als du aussiehst.«

Also ging ich mit. Zum Teufel, dachte ich mir. Archie würde ja doch nicht mehr kommen, und da ich Little Venice sowieso nur oberflächlich kannte, fand ich, man könnte es sich ruhig einmal näher ansehen.

Chris ging voraus. Er kümmerte sich überhaupt nicht darum, ob ich folgte. Er schwatzte mit dem Hund, der ihm ungefähr bis zur Mitte des Oberschenkels reichte. Er tätschelte ihm den Kopf und ermunterte ihn zum Laufen, indem er sagte: »Du kriegst langsam ein Gefühl dafür, was, Toast? Warte nur, noch einen Monat, und du bist ein richtiger Flitzer. Gefällt dir die Vorstellung, hm?«

Als wir den Kanal erreichten, war es dunkel geworden. Wir gingen über die Brücke und stiegen die Treppe zum Treidelpfad hinunter. Ich sagte: »Ach, es ist wohl ein Hausboot?«

»Ja«, antwortete er. »Noch nicht ganz fertig, aber wir arbeiten dran.«

Ich zögerte. »Wir?« Mit Gruppensex hatte ich im vergangenen Jahr aufgehört. Das brachte es nicht. »Ich hab nie gesagt, daß ich's mit mehreren Leuten machen würde«, sagte ich.

»Mehreren Leuten?« fragte er. »Ach so, tut mir leid. Ich hab die Tiere gemeint.«

»Die Tiere?«

»Ja. Wir. Die Tiere und ich.«

Obertrottel, dachte ich. »Ach, und die helfen dir beim Bauen?«

»Die Arbeit geht einem in netter Gesellschaft schneller von der Hand. Das mußt du in deinem Gewerbe doch am besten wissen.«

Ich kniff die Augen zusammen. Der Kerl machte sich über mich lustig. Dieser eingebildete Idiot. Na, wir würden ja sehen.

»Welches ist deines?« fragte ich.

Es sah damals anders aus als heute. Es war gerade mal halb fertig. Oh, von außen war es vorbildlich, sonst hätte Chris den Liegeplatz gar nicht bekommen. Aber innen herrschte Chaos: nackte Dielen, Holzklötze, Linoleum- und Teppichrollen, ein Haufen Modellflugzeuge und überall Kartons mit Büchern, Kleidern, Geschirr und Küchengeräten. Es sah aus wie beim Lumpensammler. Nur ganz vorn auf dem Boot war ein freies Fleckchen, und das war von Chris' Freunden besetzt: drei Hunde, zwei Katzen, ein halbes Dutzend Kaninchen und vier langschwänzige Biester, die Chris mir als Wanderratten vorstellte. Alle hatten irgendwelche Blessuren an Augen oder Ohren oder Haut.

»Bist du Tierarzt oder was?« fragte ich.

»Oder was.«

Ich ließ meine Tüten fallen und sah mich um. Ein Bett schien es nicht zu geben. Und viel Platz auf dem Boden war auch nicht vorhanden. »Wo hast du dir denn gedacht, daß wir's tun?«

Er ließ Toast von der Leine. Der Hund trottete zu den anderen Tieren, die von den diversen Decken aufstanden, auf denen sie gelegen hatten. Chris ging durch eine Lücke in einer Wand, die später einmal eine Tür werden sollte, in einen Nebenraum und kramte aus dem wüsten Durcheinander auf einer Arbeitsplatte mehrere Tüten Tierfutter heraus: Trockenfutter für die Hunde; irgendwelche Kügelchen für die Ratten; Karotten für die Kaninchen und irgend etwas in Dosen für die Katzen. Er sagte: »Wir können hier anfangen«, und wies mit einer Kopfbewegung zu der Treppe, die wir eben heruntergekommen waren.

»Anfangen?« wiederholte ich verblüfft. »Kannst du mir vielleicht mal sagen, was du dir eigentlich vorgestellt hast?«

»Ich hab da drüben auf dem Balken über dem Fenster einen Hammer liegengelassen. Siehst du ihn?«

»Hammer?«

»Ich glaube, wir könnten ganz schön was schaffen. Du reichst mir die Bretter und die Nägel.«

Ich starrte ihn sprachlos an. Er schüttete Futter in die verschiedenen Näpfe, und ich hätte schwören können, daß er lächelte.

»Du gottverdammter –« begann ich.

»Dreißig Mäuse. Dafür erwarte ich Qualitätsarbeit. Kannst du die leisten?«

»Ich werde dir zeigen, was Qualitätsarbeit ist!«

Und so kam es, daß Chris und ich gemeinsam das Hausboot herrichteten. An diesem ersten Abend wartete ich die ganze Zeit darauf, daß er sich an mich ranmachen würde. Ich wartete in den folgenden Nächten und Tagen. Er tat es nicht. Und als ich beschloß, selbst die Initiative zu ergreifen und ihm einzuheizen, damit ich hohnlachend sagen konnte: »Na bitte, bist du nicht wie alle anderen?«, legte er mir die Hände auf die Schultern, hielt mich auf Armeslänge von sich weg und sagte: »Das läuft hier nicht, Livie. Du und ich, das geht nicht. Tut mir leid. Ich will dir nicht weh tun. Aber das ist einfach nicht drin.«

Manchmal, spät in der Nacht, denke ich, er hat's gewußt. Er hat es gespürt, er hat es an meinem Atem gerochen. Irgendwoher hat er's gewußt und von Anfang an beschlossen, mich auf Abstand zu halten, weil das risikoloser war, weil er sich dann nicht zu engagieren brauchte, weil er mich nicht lieben wollte, weil er Angst hatte.

An diese Gedanken klammere ich mich, wenn er nachts weg

ist. Wenn er bei der anderen ist. Er hatte Angst, dachte ich. Darum ist zwischen uns nie etwas passiert. Wer liebt, verliert. Und das wollte er nicht.

Aber damit messe ich mir mehr Bedeutung zu, als ich für Christ je besessen habe, und in meinen ehrlichen Momenten weiß ich das auch. Es ist wirklich ein Witz – mein Leben lang war ich in Opposition gegen meine Mutter und das, was sie sich für mich erträumte; ich war entschlossen, das Leben so anzupacken, wie ich es für richtig hielt und nicht, wie sie es wünschte; und dann verliebe ich mich ausgerechnet in einen Mann, dem sie mich mit Freuden gegeben hätte. Weil Chris Faraday sich nämlich für etwas engagiert. So ein Mann wäre Mutter hochwillkommen gewesen, denn auch sie ist einst, ehe alles so durcheinandergeriet, für etwas eingetreten.

Damals, als das mit Kenneth Fleming anfing.

Sie vergaß ihn nicht, nachdem er die Schule verlassen hatte, um Jean Cooper gegenüber seine Pflicht zu erfüllen. Wie ich schon berichtet habe, sorgte sie dafür, daß er in Dads Druckerei beschäftigt wurde. Er arbeitete an einer der Pressen. Und als er eine Werksmannschaft organisierte, um gegen andere Werksmannschaften in Stepney Cricket zu spielen, drängte sie Dad, die »Jungs«, wie sie sie nannte, zu unterstützen, damit sie neben der Arbeit auch Spaß miteinander erleben konnten. »Das schweißt sie zusammen, Gordon«, sagte sie, als er uns erzählte, daß der junge K. Fleming – Dad nannte seine Angestellten immer beim Anfangsbuchstaben – mit der Idee an ihn herangetreten war. »Und Leute, die sich zusammengehörig fühlen, arbeiten immer besser.«

Dad dachte nach, bei Brathuhn und neuen Kartoffeln arbeiteten Hirn und Kiefer gleichzeitig. »Es muß ja nicht unbedingt schlecht sein. Außer es wird jemand verletzt. Dann fällt er als Arbeitskraft aus. Und wird wollen, daß sein Lohn weitergezahlt wird. Das muß man bedenken.«

Aber Mutter bekehrte ihn zu ihrer Auffassung. »Das kann schon sein, aber körperliche Bewegung ist gesund, Gordon. Ebenso frische Luft. Und die Kameradschaft unter den Männern.«

Als die Mannschaft aufgestellt war, ging Mutter nicht ein einziges Mal zu einem Match, um Kenneth spielen zu sehen. Dennoch meinte sie sicherlich, etwas dazu beigetragen zu haben, dem Jungen ein Leben stumpfsinniger Plackerei – denn so sah sie zweifellos seine Ehe mit Jean Cooper – etwas erträglicher zu machen. Die beiden hatten bald nach dem ersten ihr zweites Kind bekommen, und zunächst sah es so aus, als sollte sich für sie die Verheißung des Lebens darin erschöpfen, daß sie jedes Jahr ein Kind bekamen und spätestens mit ihrem dreißigsten Geburtstag in das gesetzte mittlere Alter eintreten würden. Mutter tat also, was sie konnte, und bemühte sich, die glänzende Zukunft zu vergessen, auf die Kenneth Fleming einst hatte hoffen lassen.

Dann starb Dad. Und da ging es los.

Anfangs überließ Mutter die Leitung der Druckerei einem Geschäftsführer, den sie einstellte. Es blieb so ziemlich alles beim alten. Dad war nie einer von den Unternehmern gewesen, die sich mit den Arbeitern »gemein« machten, wie sein Vater das vor dem Zweiten Weltkrieg zu bezeichnen pflegte. Er leitete seine Firma von der aseptischen Stille seines Büros in der dritten Etage aus und überließ es einem Vorarbeiter, der sich zu dieser Stellung hochgedient hatte, für den reibungslosen Ablauf der täglich anfallenden Arbeiten zu sorgen.

Vier Jahre nach Dads Tod ging Mutter in Pension. Sie hätte ihren Terminkalender immer noch mit zahllosen guten Werken füllen können, aber sie beschloß, sich nach einer größeren Herausforderung umzusehen, die mehr Einsatz und Interesse von ihr verlangte. Ich glaube, sie fühlte sich einsam und war davon überrascht. Der tägliche Unterricht, die Vorbereitung und die Schreibarbeit, die dazu gehörten, hatten ihrem Leben Struktur gegeben; ohne sie war sie gezwungen, sich mit der Leere auseinanderzusetzen. Sie und Dad waren nie Seelengefährten gewesen, aber wenigstens war er präsent in ihrem Leben. Jetzt war er nicht mehr da, und durch nichts konnte sie sich nun, ohne ihre Berufstätigkeit und ohne ihn, von ihrer Einsamkeit ablenken. Sie und ich hatten nichts mehr miteinander zu schaffen – und waren beide gleichermaßen entschlossen, der anderen die Ungerechtigkeiten und Verletzungen niemals zu vergeben. Ein Enkelkind, um das man hätte herumschwirren können, stand also nicht zur Debatte. Und die Hausarbeit hatte ihre Grenzen. Mutter brauchte eine Aufgabe.

Die Druckerei bot sich als logische Lösung an, und Mutter übernahm die Leitung der Firma mit einer Selbstverständlichkeit, die alle verblüffte. Doch sie hielt es, im Gegensatz zu Dad, mit der »praktischen Zusammenarbeit mit den Männern«, wie sie es formulierte. Sie lernte das Geschäft von der Pike auf und erwarb sich damit nicht nur die Achtung der Männer, die an den Maschinen arbeiteten, sondern stellte auch die Verbindung zu Kenneth Fleming wieder her.

Ich habe mir mal das Vergnügen gemacht, mir vorzustellen, wie ihre erste Begegnung, neun Jahre nachdem er in Ungnade gefallen war, sich abgespielt hat. Ich denke mir, das Ganze ereignete sich bei Maschinenlärm und dem Gestank von Druckfarbe und Maschinenöl. Ich sehe Mutter, wie sie im trüben Licht der kleinen, schmutzigen Fenster von einer Maschine zur nächsten geht, begleitet vom Vorarbeiter, der einen Terminplan in der Hand hält. Bei einer Presse halten sie an. Ein Mann im ölverschmierten Arbeitskittel blickt auf, schwarze Ränder unter den Fingernägeln, einen Schraubenschlüssel in der Hand. Er sagt vielleicht: Diese gottverdammte Maschine hat schon wieder schlapp gemacht. Hier muß mal gründlich modernisiert werden, sonst können wir den Laden schließen.« Erst dann bemerkt er Mutter. Pause für anschwellende dramatische Musik. Sie stehen einander von Angesicht zu Angesicht gegenüber. Schüler und Mentorin. Nach so vielen Jahren. Sie ruft: »Ken!« Er weiß nicht, was er sagen soll. Er dreht seinen Ehering am druckerschwarzen Finger, und irgendwie bedeutet das alles: Es ist die Hölle. Es tut mir leid, Sie hatten recht. Verzeihen Sie mir. Nehmen Sie mich wieder auf. Helfen Sie mir. Damit mein Leben einen Sinn bekommt.

Sicher ist es ganz anders gewesen. Aber die Begegnung fand tatsächlich statt. Und sehr bald schon, innerhalb von sieben Monaten, fanden Kenneth Flemings Talente und seine Intelligenz mehr Beachtung als in all den Jahren, in denen er in der

»Grube«, wie die Männer den Maschinenraum nannten, geschuftet hatte.

Als erstes fragte Mutter nach, was Kenneth meinte, wenn er behauptete, die Druckerei müsse modernisiert werden. Und als zweites wollte sie wissen, wie sie ihm wieder auf den Weg helfen konnte, der ihm erlauben würde, etwas Besonderes aus seinem Leben zu machen.

Seine Antwort auf die erste Frage führte sie in die Welt von Computern und Laserdruck. Die zweite Antwort war eine Warnung, Abstand zu halten. Dabei hatte zweifellos Jean die Hände im Spiel gehabt. Sie machte bestimmt keine Freudensprünge, als sie hörte, daß Mutter ganz unerwartet wieder an der Peripherie ihres Lebens aufgetaucht war.

Aber Mutter gab nicht so leicht auf. Zunächst einmal holte sie Kenneth von den Maschinen weg und beförderte ihn auf einen leitenden Verwaltungsposten, um ihn schmecken zu lassen, wie es hätte sein können. Als er sich dort bewährte – was ja gar nicht anders möglich war in Anbetracht seiner Intelligenz und dieses verdammten Charmes, von dem Dad und ich monatelang beim Abendessen gehört hatten, als er noch ein Teenager gewesen war –, begann sie, die ersten Furchen auf dem ungepflügten Feld seiner Träume zu ziehen. Und bei diesem Lunch oder jenem Tee, nachdem man besprochen hatte, wie ein Gehaltsdisput oder eine Arbeitnehmerbeschwerde am besten gehandhabt werden konnten, entdeckte sie, daß die Träume nach Ablauf von neun Jahren, nach drei Kindern und täglicher Schinderei in Maschinenlärm und Dreck unverändert lebendig waren.

Ich kann mir nicht vorstellen, daß Kenneth Mutter sogleich bereitwillig offenbarte, daß er noch immer davon träumte, diesen lederbespannten Ball weit über die Spielfeldgrenze hinaus zu schlagen und das Toben der Menge zu hören, wenn an der Anzeigetafel im *Lord's* der Name »K. Fleming« aufleuchtete. Er war sechsundzwanzig Jahre alt, Vater von drei Kindern, an eine Ehefrau gebunden, ohne Hoffnung auf eine akademische Ausbildung; und dies alles, weil er Jean Cooper eines Abends versichert hatte, beim ersten Beischlaf in der Pillenpause würde bestimmt nichts passieren.

Aber meine Mutter wird ihn mit der Zeit schon mürbe gemacht haben. Vielleicht saßen sie ja eines Abends spät bei einer Tasse Kaffee, und sie sagte: »Wissen Sie, es ist lächerlich – dies einem meiner früheren Schüler zu gestehen, einem Mann, noch dazu einem soviel jüngeren Mann …« Und dann wird sie ihm irgendeine Kleinigkeit anvertraut haben, die kein Mensch von ihr wußte, eine kleine Geschichte, die sie sich vielleicht blitzartig ausgedacht hatte, nur um Kenneth zu ermutigen, ihr sein Herz zu öffnen, wie er es als Junge getan hatte.

Wer weiß, wie sie es angestellt hat. Sie hat mir nie alles erzählt. Ich weiß nur, daß sie sein Vertrauen wiedergewann, auch wenn sie fast ein Jahr dazu brauchte.

Sie führten keine schlechte Ehe, erzählte er ihr wahrscheinlich eines Abends, als es in der Druckerei unter ihnen schon grabesstill war, während sie noch über ihrer Arbeit saßen. Sie sei nicht kaputtgegangen, wie man das in Anbetracht der Umstände, unter denen sie geschlossen worden war, vielleicht hätte erwarten können. Aber … nein, das sei Jean gegenüber nicht fair. Er fühle sich wie ein Verräter, wenn er hinter ihrem Rükken über sie spreche. Sie tue schließlich ihr Bestes. Sie liebe ihn, und sie liebe die Kinder. Sie sei eine gute Mutter. Eine gute Ehefrau.

»Aber etwas fehlt«, wird Mutter erwidert haben. »Ist es so, Ken?«

Vielleicht nahm er einen Briefbeschwerer zur Hand, umschloß ihn unbewußt mit seinen Fingern wie einen Cricket-Ball und sagte: »Ich habe mir wahrscheinlich mehr erhofft«, selbstironisch lächelnd. »Aber ich habe mir die Suppe selbst eingebrockt.«

»Und was haben Sie sich erhofft?« wird Mutter nachgehakt haben.

Er hat wahrscheinlich ein verlegenes Gesicht gemacht. »Ach, nichts. Das ist doch alles nur Spinnerei.« Er wird seine Sachen zusammengepackt haben, um nach Hause zu gehen. Und an der Tür, wo die Schatten sein Gesicht verbargen, sagte er vielleicht: »Cricket. Das wär's. Ich bin ein Idiot, aber ich muß immer daran denken, wie es gewesen wäre, wenn ich hätte spielen können.«

Um dem Kern noch ein bißchen näherzukommen, wird Mutter erwidert haben: »Aber Sie spielen doch, Ken.«

»Nicht so, wie ich vielleicht hätte spielen können«, wird er geantwortet haben. »Nicht so, wie ich es mir gewünscht habe. Das wissen wir ja beide, nicht wahr?«

Und diese wenigen Worte, die Sehnsucht, die in ihnen steckte, vor allem aber das magische Wörtchen »wir«, lieferten Mutter die Möglichkeit, die sie gesucht hatte. Um sein Leben zu verändern, um das Leben seiner Frau und seiner Kinder zu verändern, um ihr eigenes Leben zu verändern und uns alle in die Katastrophe zu stürzen.

8

Gegen Mitte des Nachmittags setzte Lynley Barbara Havers vor dem New Scotland Yard ab. Sie blieben noch einen Moment auf dem Bürgersteig in der Nähe der Drehtür stehen und sprachen leise miteinander, als fürchteten sie, Miriam Whitelaw, die im Bentley wartete, könnte sie hören.

Sie hatte ihnen erklärt, sie kenne den Aufenthaltsort ihrer Tochter nicht. Doch ein Anruf im Yard hatte das Problem gelöst. Während sie in Greater Springburn im *Plough and Whistle* ein spätes Mittagessen eingenommen hatten, hatte Constable Winston Nkata bei der Meldebehörde in London nachgefragt. Er hatte außerdem Akten gewälzt, geschuldete Gefälligkeiten eingefordert, mit acht Kollegen in acht verschiedenen Dienststellen und mit mehreren Constables der EDV-Abteilung telefoniert und sie alle gebeten, in ihren Archiven nach dem Namen Olivia Whitelaw zu suchen. Er meldete sich über Lynleys Autotelefon, als sie gerade über die Westminsterbrücke krochen. Eine Olivia Whitelaw, sagte er, lebe derzeit in Little Venice auf einem Hausboot in Browning's Pool.

»Die Dame ist vor ein paar Jahren noch in der Gegend von Earl's Court anschaffen gegangen. Aber sie war zu raffiniert, um sich erwischen zu lassen, hat Inspector Favorworth gesagt. Wenn jemand von der Sitte aufkreuzte, wußte sie Bescheid, sobald sie ihn sah. Sie haben sie ein paarmal zu einem Schwatz eingeladen, aber sie konnten ihr nie was nachweisen.«

Jetzt lebe sie mit einem Mann namens Christopher Faraday zusammen, berichtete Nkata. Gegen ihn lag nichts vor. Nicht einmal ein Verkehrsdelikt.

Lynley wartete, bis Barbara sich ihre Zigarette angezündet und genießerisch zwei Lungen voll Rauch eingesogen hatte. Er sah auf seine Taschenuhr. Es war gleich drei. Sie würden bei Nkata vorbeigehen, sich ein Fahrzeug geben lassen und dann zu Flemings Familie hinausfahren. Die Zeit mitgerechnet, die die Abfassung ihres Berichts in Anspruch nehmen würde, würden sie mindestens zweieinhalb Stunden brauchen, vielleicht sogar drei, um alles zu erledigen. Der Tag zerrann ihnen unter den Fingern. Sie würden auch den Abend durcharbeiten müssen.

»Versuchen wir, uns um halb sieben in meinem Büro zu treffen«, sagte er. »Oder früher, wenn Sie es schaffen.«

»In Ordnung«, meinte Barbara. Sie zog ein letztes Mal gierig an ihrer Zigarette, ehe sie sich dem Yard zuwandte. Als sie durch die Drehtür verschwunden war, setzte sich Lynley in seinen Wagen und legte den Gang ein.

»Ihre Tochter lebt in Little Venice, Mrs. Whitelaw«, erklärte er, als er den Bentley auf die Fahrbahn hinauslenkte.

Sie erwiderte nichts. Seit sie das Pub verlassen hatten, in dem sie schweigend und angespannt ihr Mittagessen eingenommen hatten – das sie jedoch kaum angerührt hatte –, hatte sie keine Regung mehr gezeigt. Auch jetzt blieb sie wie erstarrt.

»Sie sind ihr nie mehr begegnet? Sie haben nie versucht, sie ausfindig zu machen?«

»Wir sind im Bösen auseinandergegangen«, erwiderte Miriam Whitelaw. »Ich hatte kein Interesse daran, sie zu finden. Ich bin überzeugt, es ist bei ihr nicht anders gewesen.«

»Aber als ihr Vater starb –«

»Inspector. Bitte! Ich weiß, Sie tun nur Ihre Pflicht...«

Das »aber« und der folgende Protest blieben unausgesprochen.

Lynley warf einen raschen Blick in den Rückspiegel. Achtzehn Stunden waren vergangen, seit Miriam Whitelaw vom Tod Kenneth Flemings erfahren hatte. Sie sah aus, als sei sie seelisch gefoltert worden und zehn Jahre älter als an diesem Morgen, als Lynley sie abgeholt hatte. Ihr blasses, gequältes Gesicht schien um Gnade zu flehen.

Lynley wußte, daß dieser Zeitpunkt, da ihre Widerstandskraft, ihre Entschlossenheit, seinen Fragen auszuweichen, von Sekunde zu Sekunde verfielen, ideal gewesen wäre, um ihr die gewünschten Antworten abzupressen. Jeder seiner Kollegen beim CID hätte das genauso gesehen wie er. Und die meisten von ihnen hätten ihren Vorteil wahrgenommen und die Frau mit Fragen bedrängt, bis sie die gesuchten Auskünfte hatten.

Doch nach Lynleys Auffassung gab es bei der Vernehmung jener, die mit dem Mordopfer eng verbunden waren, einen Zeitpunkt, an dem sie bereit waren, alles zu sagen, nur um eine endlose Befragung zum Abschluß zu bringen.

»Nicht weich werden, Jungchen«, pflegte Inspector MacPherson zu sagen. »Mord ist Mord. Da muß man direkt an die Gurgel gehen.«

Nicht zum erstenmal fragte sich Lynley, ob er für seinen Beruf überhaupt hartgesotten genug war. Eine Vernehmung nach dem Motto »ohne Rücksicht auf Verluste« war ihm ein Greuel. Jede andere Methode jedoch schien ihn einer Position gefährlich nahezurücken, die es erlaubte, ihm nachzusagen, statt Rache für die Toten übe er Verständnis für die Lebenden.

Er lavierte sich durch den Verkehr rund um den Buckinghampalast, stand im Stau hinter einem Touristenbus, aus dem sich eine Gruppe blauhaariger Frauen in Polyesterhosen und soliden Schuhen auf den Bürgersteig ergoß, schlängelte sich zwischen den Taxis in Knightsbridge hindurch, fuhr ein paar Schleichwege, um einem Stau südlich der Kensington Gardens auszuweichen, und tauchte schließlich ins nachmittägliche Tohuwabohu in der Kensington High Street ein. Von hier waren es keine drei Minuten bis Staffordshire Terrace, wo vornehme Ruhe herrschte und vor Nummer 18 ein einsamer kleiner Junge auf einem Skateboard über die Straße sauste.

Lynley half Miriam Whitelaw aus dem Wagen. Sie nahm seine dargebotene Hand, und die ihre war kühl und trocken. Ihre Finger schlossen sich fest um die seinen, und als er sie die Treppe hinaufführte, stahl sich ihre Hand auf seinen Arm. Sie roch schwach nach Lavendel, Puder und Staub.

An der Tür versuchte sie einige Male zitternd, den Schlüssel ins Schloß zu schieben, ehe es ihr gelang. Als sie die Tür geöffnet hatte, wandte sie sich ihm zu.

Sie sah so schlecht aus, daß Lynley sagte: »Soll ich nicht lieber Ihren Arzt anrufen?«

»Nein, nein, es geht schon«, erwiderte sie. »Ich muß versuchen zu schlafen. Letzte Nacht konnte ich nicht. Vielleicht heute...«

»Wahrscheinlich könnte Ihr Arzt Ihnen etwas verschreiben.«

Sie schüttelte den Kopf. »Dagegen gibt es keine Medizin.«

»Soll ich Ihrer Tochter etwas von Ihnen sagen? Ich fahre von hier aus nach Little Venice.«

Ihr Blick glitt über seine Schulter hinweg in die Ferne, während sie nachzusinnen schien. Ihre Mundwinkel senkten sich. »Richten Sie ihr aus, daß ich immer ihre Mutter sein werde. Sagen Sie ihr, daß Ken daran nichts än- äh, geändert hat.«

Lynley nickte. Er wartete einen Moment, für den Fall, daß sie noch etwas sagen wollte. Als sie das nicht tat, stieg er die Treppe hinunter. Er hatte schon die Wagentür geöffnet, als er ihre Stimme hörte.

»Inspector Lynley?« Er hob den Kopf. Sie war an die Kante der obersten Stufe getreten. Mit einer Hand hielt sie das schmiedeeiserne Treppengeländer umfaßt, das von einer Jasminranke umwunden war. »Ich weiß, daß Sie sich bemühen, Ihre Pflicht zu tun«, sagte sie. »Ich danke Ihnen dafür.«

Er wartete, bis sie ins Haus gegangen war und die Tür hinter sich geschlossen hatte. Dann fuhr er wieder los, nach Norden wie am Abend zuvor, unter Platanen, die Campden Hill Road hinauf. Von Kensington nach Little Venice war es lange nicht so weit wie bis zu Hugh Pattens Haus in Hampstead. Doch die Fahrt nach Hampstead hatten sie nach elf Uhr abends unternommen, als kaum noch Verkehr gewesen war. Jetzt hingegen waren die Straßen voll. Er nutzte die Zeit, die er brauchte, um durch Bayswater zu kriechen, für einen Anruf bei Helen, aber er erreichte nur den Anrufbeantworter, der ihm mit ihrer konservierten Stimme mitteilte, sie sei ausgegangen, er könne jedoch gern eine Nachricht hinterlassen. Er sagte: »Verdammt«, während er auf den infernalischen Pfeifton wartete. Er haßte diese Apparate. Sie waren nur ein weiteres Indiz des sozialen Verfalls, der diese letzten Jahre des Jahrhunderts kennzeichnete. Unpersönlich und effizient wie sie waren, erinnerten sie ihn nur daran, wie einfach es war, einen Menschen durch ein elektronisches Gerät zu ersetzen. Wo früher einmal eine Carline Shepherd regiert hatte, die Helens Anrufe entgegengenommen, ihre Mahlzeiten gekocht und ihr Leben in Ordnung gehalten hatte, gab es jetzt Tonband, Heimservice vom Chinesen und eine Putzfrau aus dem County Clare, die einmal in der Woche saubermachte.

»Hallo, Darling«, sagte er, als er endlich den Pfeifton hörte. Und dann dachte er: Und weiter? Hast du den Ring gefunden? Gefällt dir der Stein? Heiratest du mich? Heute? Heute abend? Ach, verdammt. Er haßte sie wie die Pest, diese Anrufbeantworter.

»Ich habe leider bis zum Abend zu tun. Wollen wir zusammen essen? So gegen acht?« Er hielt inne wie ein Idiot, als erwarte er eine Antwort. »Hast du einen schönen Tag gehabt?« Wieder eine schwachsinnige Pause. »Hör zu, ich ruf dich an, wenn ich wieder im Yard bin. Halt dir den Abend frei. Ich meine, wenn du diese Nachricht bekommst, dann halt dir den Abend frei. Denn mir ist natürlich klar, daß du diese Nachricht vielleicht gar nicht abhörst. Und wenn dem so ist, kann ich nicht davon ausgehen, daß du den ganzen Abend nur am Telefon sitzt und auf meinen Anruf wartest. Helen, hast du heute abend schon etwas vor? Ich kann mich nicht erinnern. Vielleicht können wir –«

Es piepte. Dann meldete sich eine Computerstimme. »Danke für Ihre Nachricht. Es ist drei Uhr einundzwanzig.« Basta.

Lynley fluchte. Er legte auf. Zum Teufel mit diesen gottverdammten Maschinen.

Da es ein schöner Tag war, waren in Little Venice noch viele Leute unterwegs, die den Nachmittag dazu nutzten, die Londoner Kanäle zu erforschen. Sie glitten auf Ausflugsdampfern über das Wasser und hörten sich die Erklärungen und den Klatsch ihrer Fremdenführer an. Sie spazierten am Ufer entlang und bewunderten die bunten Frühlingsblumen, die in Töpfen auf den Dächern und Decks der Hausboote blühten. Sie standen am Geländer der Brücke zur Warwick Avenue.

Südwestlich dieser Brücke bildete Browning's Pool ein Dreieck öligen Wassers, auf dessen einer Seite mehr Boote lagen. Es waren die breiten, flachen Frachtschiffe, die früher einmal von Pferden durch jene Kanäle gezogen worden waren, die einen großen Teil Südenglands kreuz und quer durchschnitten. Im neunzehnten Jahrhundert hatten sie als Transportmittel gedient. Jetzt lagen sie still und dienten Malern, Schriftstellern und Kunsthandwerkern und denen, die sich gern als solche ausgaben, als Wohnungen.

Christopher Faradays Hausboot lag direkt gegenüber von Browning's Island, einer mit Weiden bewachsenen, ovalen kleinen Insel, die sich etwa in der Mitte des Wasserbeckens befand. Als Lynley sich ihm auf dem Fußweg am Kanal näherte, überholte ihn ein junger Mann in Joggingsausrüstung. Zwei japsende Hunde begleiteten ihn, von denen einer unsicher auf nur drei Beinen hoppelte. Während Lynley der kleinen Gruppe noch nachsah, jagten die Hunde an dem Läufer vorbei und sprangen die zwei Stufen zu dem Hausboot hinauf, das auch sein Ziel war.

Als Lynley es erreichte, stand der junge Mann an Deck und wischte sich mit einem Handtuch den Schweiß von Gesicht und Nacken, und die Hunde – ein Beagle und der dreibeinige Mischling, der aussah, als hätte er bei allzu vielen Straßenkämpfen den kürzeren gezogen – schlabberten geräuschvoll Wasser aus zwei schweren Keramiknäpfen, die auf einem Stapel Zeitungen standen.

»Mr. Faraday?« sagte Lynley, und der junge Mann zog das blaue Frotteetuch von seinem Gesicht. Lynley zeigte seinen Dienstausweis und stellte sich vor. »Christopher Faraday?« sagte er wieder.

Faraday warf das Handtuch auf das hüfthohe Dach des Kabinenaufbaus und trat zwischen Lynley und die Hunde. Der Beagle hob mit tropfenden Lefzen den Kopf von seinem Wassernapf und knurrte leise. »Schon gut«, sagte Faraday. Es war schwer zu sagen, ob seine Worte Lynley galten oder dem Hund. Sein Blick war auf ersteren gerichtet, doch mit der Hand griff er nach hinten, um den Kopf des Hundes zu streicheln, den, wie Lynley jetzt sah, eine lange, rote Narbe entstellte, die vom Scheitel bis zwischen die Augen reichte.

»Was kann ich für Sie tun?« fragte Faraday.

»Ich suche Olivia Whitelaw.«

»Livie?«

»Wenn ich recht unterrichtet bin, wohnt sie hier.«

»Was gibt's denn?«

»Ist sie zu Hause?«

Faraday nahm das Handtuch und legte es sich um den Hals. »Lauft zu Livie«, befahl er den Hunden, und als die beiden gehorsam davontrabten, zu einer Art Glaspavillon, der zur Kajüte führte, sagte er zu Lynley: »Würden Sie sich einen Moment gedulden? Ich will nur sehen, ob sie auf ist.«

Ob sie auf ist? dachte Lynley verwundert. Es war halb vier vorbei. Ging sie vielleicht immer noch ihrem nächtlichen Gewerbe nach und mußte deshalb tagsüber schlafen?

Faraday trat in den Pavillon und ging eine kurze steile Treppe hinunter. Er ließ die Kajütentür hinter sich angelehnt. Lynley hörte ein scharfes Bellen von einem der Hunde, dem das Klappern von Hundekrallen auf Linoleum oder Holz folgte. Er trat näher und spitzte die Ohren.

Faradays Stimme war kaum zu hören. »... Polizei ... nach dir gefragt ... nein, ich kann nicht ... du mußt ...«

Die Stimme Olivia Whitelaws war deutlicher und unverkennbar abwehrend. »Ich kann nicht. Das siehst du doch ... Chris. Chris!«

»... ruhig ... in Ordnung, Livie ...«

Schlurfgeräusche folgten. Papier knisterte. Eine Schranktür wurde zugeschlagen. Dann noch eine. Dann eine dritte. Gleich darauf erschien Chris Faraday an der angelehnten Tür.

»Vorsichtig, die Tür ist niedrig«, warnte er. Er hatte sich eine Trainingshose übergezogen. Sie war einmal rot gewesen, jetzt aber verwaschen, rostrot wie sein krauses Haar. Es war schütter für einen Mann seines Alters, und am Scheitel hatte er schon eine kahle Stelle, ähnlich einer kleinen Mönchstonsur.

Lynley folgte ihm in einen langen, dämmrig erleuchteten Raum, der mit Fichtenholz getäfelt war. Er war zum größten Teil mit Teppich ausgelegt, nur unter einer großen Werkbank, unter die sich der dreibeinige Hund zurückgezogen hatte, war Linoleum. Auf dem Teppich lagen drei riesige Kissen. Nicht weit von ihnen stand eine buntgemischte Gruppe fünf alter Sessel, die nicht zusammenpaßten. In einem von ihnen saß eine

Frau, die von Kopf bis Fuß schwarz gekleidet war. Lynley hätte sie auf den ersten Blick gar nicht gesehen, wäre nicht die Farbe ihres Haars gewesen, ein leuchtendes Weißblond mit einem merkwürdigen Stich ins Gelbliche. Nur an den Wurzeln war das Haar dunkel, wirkte schmutzig. Es war auf der einen Seite ganz kurz geschnitten, während es ihr auf der anderen bis über das Ohr reichte.

»Olivia Whitelaw?« fragte Lynley.

Faraday trat zu der Werkbank und öffnete eine Lamellenverschalung etwa zwei Zentimeter weit. Durch die Ritze stieg Licht zur holzgetäfelten Decke des Raums, und ein diffuser Schein fiel auf die Frau im Sessel.

Sie schreckte davor zurück. »Scheiße«, sagte sie. »Nicht so hell, Chris.« Sie beugte sich langsam zum Boden neben ihrem Sessel hinunter, hob eine leere Tomatendose hoch, der sie eine Packung Marlboro und ein Wegwerffeuerzeug entnahm.

Als sie die Zigarette anzündete, blitzten ihre Ringe im Schein der Flamme. Silberne Ringe, an jedem Finger mindestens einer. Sie paßten zu den Steckern, die ihr rechtes Ohr schmückten, und auch zu der großen Sicherheitsnadel, die im linken hing.

»Olivia Whitelaw. Richtig. Wer möchte das wissen und warum?« Der Rauch ihrer Zigarette brach das Licht. Dadurch entstand der Eindruck eines wabernden Gazeschleiers, der zwischen ihnen hing. Faraday öffnete noch eine Lamelle der Verschalung. Sofort sagte Olivia: »Das reicht! Warum verziehst du dich nicht eine Weile?«

»Er muß leider bleiben«, meinte Lynley. »Ich möchte auch ihm einige Fragen stellen.«

Faraday knipste eine Leuchtstoffröhre über der Werkbank an. Sie verströmte ein blendendes, weißes Licht, das nur auf diesen kleinen Teil des Raums konzentriert war. Gleichzeitig schuf es eine Ablenkung für das Auge, lockte den Blick von dem alten Sessel weg, in dem Olivia saß.

Vor der Werkbank stand ein Hocker. Auf ihm ließ Faraday sich nieder. Lynley würde also, wenn er von einem zum anderen blickte, ständig sein Auge von Licht auf Schatten und umgekehrt umstellen müssen. Ein raffiniertes Arrangement. Sie hatten es so prompt und mit solcher Selbstverständlichkeit hergestellt, daß Lynley sich fragte, ob es eine geplante Inszenierung war für den Fall, daß die Bullen kommen sollten.

Er setzte sich in den Sessel, der Olivia am nächsten stand. »Ich habe eine Nachricht von Ihrer Mutter für Sie«, sagte er.

Das Ende ihrer Zigarette glühte auf. »Ach ja? Wie reizend. Soll ich das vielleicht feiern?«

»Sie bat mich, Ihnen zu sagen, daß sie immer Ihre Mutter sein wird.«

Olivia beobachtete ihn mit gesenkten Lidern durch den Rauchschleier. In einer Hand hielt sie die Zigarette, keine fünf Zentimeter von ihrem Mund entfernt.

»Sie bat mich, Ihnen zu sagen, daß Kenneth Fleming daran nichts geändert hat.«

Ihr Blick blieb unverwandt auf ihn gerichtet. Ihr Gesicht zeigte keine Regung, als er Flemings Namen nannte. »Und ich soll verstehen, was das bedeutet?« fragte sie schließlich.

»Ich habe nicht ganz richtig zitiert. Zuerst sagte sie: ›Kenneth Fleming ändert nichts daran.‹«

»Tja, schön, freut mich, daß die alte Kuh noch muhen kann.« Olivias Ton war gelangweilt. Lynley hörte das leise Rascheln von Faradays Kleidung, als dieser sich bewegte. Olivia tat keinen Blick in seine Richtung.

»Präsens«, sagte Lynley. »Und dann der Wechsel zum Perfekt. Seit gestern abend macht sie eine Gratwanderung zwischen Gegenwart und Vergangenheit.«

»Interessant. Ich weiß, daß Kenneth Fleming tot ist, wenn Sie darauf anspielen sollten.«

»Sie haben mit Ihrer Mutter gesprochen?«

»Ich lese Zeitung.«

»Warum?«

»Warum? Was ist das für eine Frage? Ich lese Zeitung, weil ich das tue, wenn Chris sie mitbringt. Was tun Sie denn mit Ihrer? Schneiden Sie sie in säuberliche Rechtecke und wischen sich damit den Hintern ab?«

»Livie!« mahnte Faraday gedämpft.

»Ich meinte, warum haben Sie Ihre Mutter nicht angerufen?«

»Wir reden seit Jahren nicht mehr miteinander. Weshalb hätte ich sie anrufen sollen?«

»Ich weiß es nicht. Um zu fragen, ob Sie etwas tun können, um ihren Schmerz ein wenig erträglicher zu machen.«

»Vielleicht so: ›Tut mir in der Seele weh, daß dein Lustknabe den Löffel abgeben mußte?‹«

»Sie wußten also, daß zwischen Ihrer Mutter und Kenneth Fleming eine Beziehung bestand. Obwohl Sie jahrelang nicht mir ihr gesprochen haben.«

Olivia schob sich ihre Zigarette zwischen die Lippen. Lynley sah, daß sie sich bewußt war, mit welcher Leichtigkeit er sie zu diesem Eingeständnis verleitet hatte. Er merkte außerdem, daß sie überlegte, was sie noch versehentlich preisgegeben haben könnte.

»Ich habe gesagt, ich lese die Zeitung«, versetzte sie. Er hatte den Eindruck, daß ihr linkes Bein zitterte, vielleicht vor Kälte – obwohl es auf dem Hausboot nicht kalt war –, vielleicht aber auch aus Nervosität. »Man konnte die Geschichten über sie in den letzten Jahren kaum übersehen.«

»Was wissen Sie über Ihre Mutter und Kenneth Fleming?«

»Nur das, was in der Zeitung gestanden hat. Er hat in Stepney in ihrer Druckerei gearbeitet. Sie lebten zusammen. Sie hat seine Karriere gefördert. Sie wird als seine gute Fee oder so was betrachtet.«

»Aber der Ausdruck ›Lustknabe‹ impliziert etwas anderes.«

»Lustknabe?«

»Das ist das Wort, das Sie eben gebraucht haben. Und wenn man es hört, denkt man nicht an eine gute Fee und ihren Schützling, finden Sie nicht auch?«

Olivia schnippte Zigarettenasche in die Tomatendose. Sie hob die Zigarette wieder an ihren Mund und sprach hinter vorgehaltener Hand. »Tut mir leid«, sagte sie. »Ich hab eben eine schmutzige Phantasie.«

»Haben Sie von Anfang an vermutet, daß zwischen den beiden eine Liebesbeziehung bestand?« fragte Lynley. »Oder hat ein Ereignis jüngerer Zeit diesen Eindruck bei Ihnen hervorgerufen?«

»Ich habe überhaupt nichts vermutet. Die Geschichte hat mich gar nicht genug interessiert, um Vermutungen anzustellen. Ich ziehe lediglich die Schlüsse, die man im allgemeinen zieht, wenn ein Mann und eine Frau – meistens, aber nicht immer, ohne verwandtschaftliche Beziehungen – längere Zeit unter einem Dach oder auf einer einsamen Insel zusammenleben. Irgendwann funkt's. Ich denke, Sie verstehen, was ich meine. Oder muß ich mich deutlicher ausdrücken?«

»Aber ziemlich beunruhigend ist es doch, nicht wahr?«

»Was?«

»Die Vorstellung, daß Ihre Mutter einen soviel jüngeren Liebhaber hatte. Jünger als Sie womöglich oder vielleicht im gleichen Alter wie Sie.« Lynley beugte sich vor und stützte die Ellbogen auf die Knie. Er wollte durch seine Körperhaltung ausdrücken, daß er ein ernstes Gespräch anstrebte; gleichzeitig aber wollte er ihr linkes Bein genauer sehen. Es zitterte tatsächlich, genau wie ihr rechtes. Aber sie schien sich dessen nicht bewußt zu sein. »Seien wir doch offen«, sagte er, um einen freimütigen Ton bemüht. »Ihre Mutter ist keine übermäßig jugendlich wirkende Sechsundsechzigjährige. Haben Sie sich nie gefragt, ob sie sich nicht blind und töricht in die Hände eines Mannes begeben hatte, der auf etwas anderes aus war als auf das zweifelhafte Vergnügen, mit ihr zu schlafen? Er war ein im ganzen Land bekannter Sportler. Meinen Sie nicht auch, daß er jede Menge weit jüngerer Frauen hätte haben können? Was kann ihn also Ihrer Meinung nach bewogen haben, ein Verhältnis mit Ihrer Mutter anzufangen?«

Sie kniff die Augen zusammen und schien seine Fragen zu bedenken. »Er hat einen Mutterkomplex, den er ausleben wollte. Oder einen Großmutterkomplex. Er mochte sie alt und verschrumpelt. Er mochte sie schlaff und schwabbelig. Oder er fand das Bumsen mit grauen Panthern am schönsten. Suchen Sie sich was raus. Ich kann die Geschichte nicht erklären.«

»Aber hat sie Ihnen nicht zu denken gegeben? Immer vorausgesetzt, es bestand tatsächlich eine derartige Beziehung zwischen den beiden. Ihre Mutter bestreitet es.«

»Sie kann meinetwegen tun und lassen, was sie will. Es ist

schließlich ihr Leben.« Olivia drehte den Kopf zu einer Tür, die in eine Küche zu führen schien, und pfiff leise. »Beans«, rief sie. »Raus da mit dir. Was treibt er da wieder, Chris? Hast du die Wäsche gefaltet, als du sie mitgebracht hast? Wenn nicht, schläft er jetzt bestimmt wieder drin.«

Faraday glitt von seinem Hocker und verschwand hinter der Tür. »Beans«, lockte er. »He! Du Gauner.« Dann lachte er. »Er hat sich meine Socken geschnappt, Livie. Dieser verflixte Köter frißt meine Socken. Her damit, du Biest. Los. Gib sie mir.« Geräusche einer Balgerei folgten, begleitet vom Knurren des Hundes. Der andere Hund unter der Werkbank hob den Kopf.

»Du bleibst hier, Toast«, sagte Olivia. Sie ließ sich in ihren Sessel zurücksinken, als der Hund gehorchte. Sie schien zufrieden mit dem Ablenkungsmanöver, das sie inszeniert hatte.

»Wenn Sie hinsichtlich der Beziehung zwischen Ihrer Mutter und Fleming einen Schluß gezogen haben«, sagte Lynley, »wird sich doch ein zweiter fast von selbst ergeben haben: Sie ist eine wohlhabende Frau. Sie hat Grundbesitz in Stepney, in Kensington und in Kent. Und Sie beide sind entzweit.«

»Und?«

»Ist Ihnen bekannt, daß Ihre Mutter in ihrem Testament Kenneth Fleming als Alleinerben eingesetzt hat?«

»Soll ich jetzt aus allen Wolken fallen?«

»Sie wird das natürlich nun, wo er tot ist, ändern müssen.«

»Sie meinen, es besteht Hoffnung, daß sie jetzt ihre Kröten mir hinterläßt?«

»Die Möglichkeit besteht immerhin, würden Sie das nicht auch so sehen?«

»Ich würde sagen, daß Sie den Grad der Feindseligkeit zwischen uns völlig falsch einschätzen.«

»Zwischen Ihnen und Ihrer Mutter? Oder zwischen Ihnen und Fleming?«

»Fleming?« wiederholte sie. »Den hab ich gar nicht gekannt.«

»Es war auch gar nicht nötig, ihn zu kennen.«

»Wozu?« Sie zog tief an ihrer Zigarette. »Wollen Sie unterstellen, daß ich mit seinem Tod etwas zu tun habe? Weil ich das Geld meiner Mutter wollte? Na, das ist wirklich ein beschissener Witz.«

»Wo waren Sie am Mittwoch abend, Miss Whitelaw?«

»Wo ich war? Du lieber Gott!« Olivia lachte, doch ihr Gelächter schien einen heftigen Krampf irgendeiner Art auszulösen. Sie stieß einen erstickten Schrei aus und warf sich in ihrem Sessel nach hinten. Ihr Gesicht lief blitzschnell rot an, und sie ließ ihre Zigarette in die Dose fallen, während sie gleichzeitig »Chris!« stammelte und ihren Kopf auf die Seite drehte, weg von Lynley.

Faraday kam hereingelaufen. Er legte ihr die Hände auf die Schultern und sagte leise: »Ist ja gut. Ist ja gut. Atme durch und entspann dich.« Er kniete neben ihr nieder und begann ihre Beine zu massieren. Der Beagle gesellte sich zu ihm und schnupperte an ihren Füßen.

Aus der Küche kam leise miauend eine kleine schwarzweiße Katze in das Arbeitszimmer. Unter der Werkbank versuchte Toast mühsam, auf die Beine zu kommen. Faraday sagte über seine Schulter hinweg, während er weiter Olivia massierte: »Nein! Bleib! Du auch, Beans. Bleib!« Und er schnalzte leise mit der Zunge, bis die Katze in Reichweite war. Er hob sie vom Boden auf und setzte sie Olivia auf den Schoß. »Halt sie fest, Livie. Sie hat schon wieder an ihrem Verband rumgezerrt.«

Olivia legte ihre Hände auf die Katze, doch den Kopf ließ sie rückwärts an den Sessel gelehnt, und sie sah nicht zu der Katze hinunter. Sie hatte die Augen geschlossen und atmete tief – ein durch die Nase, aus durch den Mund –, als hätte sie Angst, ihre Lunge könnte plötzlich aufhören zu arbeiten.

Faraday massierte weiter ihre Beine. »Besser?« fragte er. »Okay? Läßt es nach?«

Schließlich nickte sie. Ihr Atem wurde ruhiger. Sie senkte den Kopf und widmete ihre Aufmerksamkeit der Katze. »Das heilt nie«, sagte sie mit angestrengter Stimme, »wenn wir ihr nicht eine richtige Halskrause machen, damit sie nicht mehr ran kann, Chris.«

Lynley sah erst jetzt den Verband, den er für einen Teil des weißen Fells gehalten hatte. Er lag um ihr linkes Ohr und bedeckte ein Auge. »Eine Katzenbalgerei?« fragte er.

»Sie hat ein Auge verloren«, erklärte Faraday.

»Das ist ja eine ziemlich lädierte Truppe, die Sie hier haben.«

»Hm. Ja. Ich kümmere mich um die Außenseiter.«

Olivia lachte schwach, und der Beagle zu ihren Füßen klopfte mit kräftig wedelndem Schwanz an ihren Sessel, als hätte er einen zweideutigen Scherz verstanden.

Faraday fuhr sich mit den Fingern durchs Haar. »Mist. Livie...«

»Es macht nichts«, erwiderte sie. »Wir wollen doch hier nicht unsere Leiden vorführen, Chris. Die interessieren den Inspector nicht. Er möchte nur wissen, wo ich Mittwoch abend war.« Sie hob den Kopf und sah Lynley an, während sie sagte: »Auch wo du warst, Chris. Ich vermute, das wird er auch wissen wollen. Die Antwort ist einfach. Ich war hier, wo ich immer bin, Inspector. Hier auf dem Boot.«

»Kann das jemand bestätigen?«

»Leider wußte ich nicht, daß ich einen Zeugen brauchen würde. Beans und Toast wären natürlich jederzeit bereit, es zu bestätigen, aber da wird's wohl Verständigungsschwierigkeiten geben.«

»Und Mr. Faraday?«

Faraday richtete sich auf. Er rieb sich den Nacken. »Ich war aus«, sagte er. »Zusammen mit ein paar Freunden auf einer Party.«

»Wo?«

»In Clapham. Ich kann Ihnen die Adresse geben, wenn Sie sie möchten.«

»Wie lange waren Sie weg?«

»Ich weiß nicht. Es war spät, als ich zurückkam. Ich hab erst noch jemanden nach Hause gefahren, nach Hampstead. Es wird wohl so gegen vier gewesen sein.«

»Und Sie haben geschlafen?« Lynley richtete das Wort wieder an Olivia.

»Was sonst?« Olivia hatte wieder ihre frühere Position eingenommen, den Kopf nach rückwärts gelehnt, die Augen geschlossen. Sie streichelte die Katze, die auf ihren Oberschenkeln lag.

»Es gibt für das Haus in Kent einen zusätzlichen Schlüssel«, sagte Lynley. »Ihre Mutter meint, Sie wüßten davon.«

»Ach ja?« murmelte Olivia.

»Er ist verschwunden.«

»Und Sie würden gern mal nachsehen, ob er hier ist? Aber dazu brauchen Sie schon einen Durchsuchungsbefehl. Haben Sie den?«

»Ich denke, Sie wissen, daß sich so etwas ohne Schwierigkeiten besorgen läßt.«

Ihre Augen öffneten sich einen Spalt. Um ihre Lippen zuckte ein Lächeln. »Wie kommt es, daß ich den Eindruck habe, Sie bluffen, Inspector?«

»Hör auf, Livie«, sagte Faraday mit einem Seufzen. Und zu Lynley gewandt: »Wir haben keinen Schlüssel zu irgendwelchen Häusern in Kent. Wir waren seit – ich weiß gar nicht mehr, wie lange – nicht mehr in Kent.«

»Aber Sie waren einmal dort?«

»In Kent? Klar. Aber nicht in einem Haus. Ich wußte überhaupt nicht, daß ein Haus existiert, bis Sie davon anfingen.«

»Sie selbst lesen also die Zeitungen nicht? Die, die Sie Miss Whitelaw mitbringen?«

»Doch, natürlich lese ich die.«

»Aber das Haus ist Ihnen nicht aufgefallen, als Sie die Berichte über Fleming lasen?«

»Ich habe die Berichte über Fleming nicht gelesen. Livie wollte die Zeitungen haben. Ich habe sie ihr geholt.«

»Sie wollte sie haben? Ausdrücklich? Warum?«

»Weil ich sie immer haben will«, fuhr Olivia dazwischen. Sie streckte den Arm aus und umschloß Faradays Handgelenk mit ihren Fingern. »Mach doch das Spiel nicht mit«, sagte sie zu ihm. »Er will uns nur in eine Falle locken. Er möchte beweisen, daß wir Kenneth Fleming abgemurkst haben. Wenn er das vor dem Abendessen schafft, bleibt ihm wahrscheinlich ein bißchen Zeit, um's mit seiner Freundin zu treiben. Falls er eine hat.« Sie zog Faraday am Arm. »Hol mir meine Kutsche, Chris.« Und als er nicht sofort reagierte, meinte sie: »Es ist okay. Es spielt keine Rolle. Komm schon. Hol sie.«

Faraday ging durch die Tür zur Küche und kehrte mit einer fahrbaren Gehhilfe aus Aluminium zurück. Er sagte: »Beans, auf die Seite«, und als der Hund Platz gemacht hatte, stellte er die Gehhilfe vor Olivias Sessel. »Okay?« fragte er.

»Okay.«

Sie reichte ihm die Katze, die protestierend miaute, bis Faraday sie auf den abgeschabten Cordpolster eines anderen Sessels verfrachtete. Er wandte sich wieder Olivia zu, die das Gestänge ihrer Gehhilfe faßte und sich langsam auf die Füße zog. Sie stöhnte und murmelte: »O Mist, verdammt«, als sie schwankte. Sie schüttelte Faradays helfende Hand ab. Als sie endlich aufrecht stand, starrte sie Lynley trotzig an.

»Na, bin ich nicht eine tolle Mörderin, Inspector?« fragte sie.

Chris Faraday wartete im Innern des Hausboots, am Fuß der Treppe. Die Hunde tummelten sich zu seinen Füßen. Sie stießen mit ihren Köpfen gegen seine Knie, da sie glaubten, es stünde ein Spaziergang bevor. Die richtige Kleidung dafür trug er. Er hatte eine Hand auf dem Treppengeländer liegen. Es konnte sich nur noch um Sekunden handeln, ehe er hinaufrannte und sie mitnahm.

Tatsächlich aber lauschte er den Geräuschen, die den Abgang des Kriminalbeamten begleiteten, und wartete darauf, daß der jagende Schlag seines Herzens nachlassen würde. Acht Jahre Training, acht Jahre des Was-tun-wenn hatten nicht genügt, seinen Körper so weit in Schach zu halten, daß er nicht beinahe auf katastrophale Weise demonstriert hätte, daß er sich vom Geist nicht befehlen ließ. Als Chris den Dienstausweis des Kriminalbeamten gesehen hatte, war ihm die Angst so in die Gedärme gefahren, daß er meinte, er würde es nicht einmal mehr bis zur Toilette schaffen, geschweige denn, eine ganze Vernehmung mit der angemessen unbekümmerten Miene absitzen zu können. Es war eben etwas ganz anderes, ob man plante, diskutierte oder sogar praktisch übte, indem dieses oder jenes Mitglied der Leitung die Rolle der Polizei spielte; oder ob es trotz all ihrer Vorsichtsmaßnahmen tatsächlich passierte und augenblicklich hundertundeine Vermutung über den möglichen Verräter auf einen einstürmten.

Wenn er der Leitung vom Besuch des Kriminalbeamten erzählte, würde man dafür plädieren, die Einheit aufzulösen. Sie hatten das schon früher aus geringerem Grund getan. Er zweifelte daher nicht daran, daß sie so abstimmen würden. Ihn würden sie für ein halbes Jahr zu einem der unbedeutenderen Zweige der Organisation versetzen und sämtliche Mitglieder seiner Einheit anderen Kommandeuren unterstellen. Das war das Vernünftigste, was man tun konnte, wenn ein Sicherheitsrisiko bestand.

Aber in diesem Fall konnte man ja eigentlich nicht von einem Sicherheitsrisiko sprechen. Der Beamte war zu Liv gekommen und nicht zu ihm. Sein Besuch hatte mit der Organisation überhaupt nichts zu tun. Es war reiner Zufall, daß sich die Ermittlungen in einem Mordfall und die Belange der Bewegung an diesem Punkt kreuzten. Wenn er sich still verhielte, nichts sagte und vor allem an seiner Story festhielte, würde das Interesse der Polizei an ihnen abflauen. Es nahm ja jetzt schon ab, nicht wahr? Hatte nicht der Inspector Livie von der Liste der Verdächtigen gestrichen, sobald er ihren körperlichen Zustand erkannt hatte? Aber ganz sicher doch. Er war schließlich kein Narr.

Chris schlug sich mit der geballten Faust auf den Oberschenkel und ermahnte sich unwirsch, nicht ständig die Wahrheit zu verbiegen. Selbstverständlich mußte er den Besuch eines Kriminalbeamten von New Scotland Yard melden. Er mußte der Leitung die Entscheidung darüber überlassen, was zu tun war. Er konnte lediglich um Aufschub bitten und hoffen, sie würden seine achtjährige aktive Mitgliedschaft bei der Organisation und seinen fünfjährigen erfolgreichen Einsatz als Kommandeur der Sturmeinheit berücksichtigen, ehe sie abstimmten. Und wenn sie dafür sein sollten, die Einheit aufzulösen, war das nicht zu ändern. Er würde es überleben. Er und Amanda würden es gemeinsam überleben. Es wäre vielleicht sowieso das beste. Keine Heimlichkeiten mehr, kein So-tun-als-Ob mehr, als sei alles nur dienstlich, als seien sie nur Kommandeur und Soldat; nicht mehr die ständige Furcht, vor die Leitung zitiert zu werden, um nutzlose Erklärungen abzugeben und danach bestraft zu werden. Sie würden endlich relativ frei sein.

Relativ. Denn Livie würde ja auch noch da sein.

»Glaubst du, er hat's geschluckt, Chris?« Livs Worte klangen undeutlich wie immer, wenn sie zu schnell zuviel Kraft verbraucht und keine Zeit gehabt hatte, die Energie wiederzugewinnen, die nötig war, um ihrem Gehirn zu befehlen.

»Was?«

»Das mit der Party.«

Er holte ein letztes Mal tief Luft und stieg dann die drei Stufen der steilen Treppe hinunter. Olivia lag wieder in ihrem Sessel. Die Gehhilfe stand an der Wand.

»Die Geschichte ist wasserdicht«, erwiderte Chris, doch er sagte nicht, daß er Anrufe tätigen und um Gefälligkeiten würde bitten müssen, damit sie auch wirklich wasserdicht blieb.

»Er wird nachprüfen, was du ihm erzählt hast.«

»Wir haben immer gewußt, daß so was mal passieren könnte.«

»Machst du dir Sorgen?«

»Nein.«

»Wer ist dein erster Zeuge?«

Er sah sie ruhig an und sagte: »Ein gewisser Paul Beckstead. Ich hab dir schon von ihm erzählt. Er gehört zur Einheit. Er ist –«

»Ja. Ich weiß.« Sie forderte ihn nicht auf, ins Detail zu gehen. Früher hätte sie das getan. Aber sie hatte ihre Versuche, ihn bei einer Ausrede zu ertappen, etwa zu der Zeit aufgegeben, als sie ihre erste Runde Arztbesuche absolviert hatte.

Sie sahen einander an. Sie waren beide auf der Hut wie zwei Boxer, die einander taxierten. Nur würden bei ihnen die Schläge, wenn es dazu käme, das Herz treffen und nicht den Körper.

Chris ging zu einer Schrankwand neben der Werkbank und nahm die Poster und Landkarten heraus, die er in aller Eile von der Wand gerissen hatte. Er hängte sie wieder auf: »Ihr sollt die Tiere lieben, nicht essen«; »Rettet den Beluga-Wal«; »Stündlich 125 000 Todesfälle«; »Denn das, was dem Tier angetan wird, wird auch dem Menschen angetan werden: Alle Dinge sind miteinander verknüpft.«

»Du hättest ihm die Wahrheit sagen können, Livie.« Er hängte eine Karte von Großbritannien auf, die nicht in Länder und

Landkreise eingeteilt war, sondern durch horizontale und vertikale Linien in sogenannte Zonen. »Dann wärst du wenigstens aus dem Schneider gewesen. Ich habe die Party, aber du hast nichts, außer daß du ganz allein hier warst, und das sieht nicht besonders gut aus.«

Sie antwortete nicht. Er hörte, wie sie auf die Armlehne ihres Sessels klopfte und mit der Zunge schnalzte, um Panda anzulokken, die sie, wie immer, ignorierte. Panda tat stets nur das, was Panda wollte. Sie war eine echte Katze, ließ sich nur locken, wenn es ihren eigenen Interessen diente.

Chris sagte wieder: »Du hättest ihm die Wahrheit sagen können. Dann wärst du aus dem Rennen gewesen. Livie, warum –«

»Und du wärst vielleicht richtig in die Klemme geraten. Hätte ich das tun sollen? Hättest du so was getan, wenn's um mich gegangen wäre?«

Er drückte die Karte an die Wand, sah, daß sie schief hing, zog sie gerade. »Ich weiß nicht.«

»Ach, tu doch nicht so.«

»Wirklich. Ich weiß es nicht.«

»Na schön, dafür weiß ich es.«

Er drehte sich zu ihr um und schob seine Hände in die Taschen seiner Trainingshose. Unter ihrem vertrauensvollen Blick fühlte er sich wie ein aufgespießter Käfer. »Hör mal«, wehrte er ab, »stell mich hier nicht als Helden hin. Da wirst du früher oder später eine Enttäuschung erleben.«

»Tja, das Leben ist voller Enttäuschungen, nicht?«

Er schluckte. »Wie sind deine Beine?«

»Na, Beine eben.«

»Machte sich nicht gut, hm? Das war wirklich der dümmste Moment.«

Sie lächelte mit finsterem Spott. »Wie bei einem Lügendetektor. Man stellt die Frage und schaut dann zu, wie der Delinquent sich windet. Dann holt man die Handschellen raus und verliest ihm seine Rechte.«

Chris kam durch das Zimmer und setzte sich ihr gegenüber in einen Sessel. Er streckte seine Beine aus und berührte mit der Spitze seines Joggingschuhs die Kappe ihres schwarzen, dicksohligen Stiefels. Sie hatte sich zwei Paar davon gekauft, als sie noch geglaubt hatte, sie brauche nur eine solidere und stabilisierende Stütze für ihr Fußgewölbe.

»Wir passen zusammen«, sagte er und stieß ihren Fuß mit den Zehenspitzen an.

»Wieso?«

»Ich hab mir draußen fast in die Hose gemacht, als ich sah, wer er war.«

»Du? Nie im Leben. Das glaub ich nicht.«

»Es ist aber wahr. Ich dachte, das wär's jetzt.«

»Ach, das passiert doch nie. Du bist viel zu gut, um geschnappt zu werden.«

»Daß man mir auf die Schliche kommen wird, weil man mich auf frischer Tat ertappt, hab ich auch nie geglaubt.«

»Nein? Wie dann?«

»Durch so was wie diese Geschichte hier. Irgendwas total Abwegiges. Durch einen Zufall.« Er sah, daß ihr Schnürsenkel offen war, und neigte sich hinab, um ihn zu binden. Dann prüfte er auch den anderen, obwohl das nicht nötig gewesen wäre. Er zog ihre Socken hoch. Sie beugte sich vor und streichelte seine Wange.

»Wenn es echt brenzlig wird, dann sag's ihm«, meinte er. Sie ließ abrupt ihre Hand fallen. Er sah hoch.

»Hierher, Beans!« sagte sie zu dem Beagle, der mit den Vorderpfoten auf der Treppe stand. »Und du auch, Toast! Los, ihr beiden Unglücksraben. Chris, die wollen raus. Schau, daß die Tür zu ist, ja?«

»Es wird vielleicht nicht anders gehen, Livie. Es kann ja sein, daß dich jemand gesehen hat. Aber wenn's hart auf hart geht, dann mußt du ihm die Wahrheit sagen.«

»Meine Wahrheit geht ihn nichts an«, versetzte sie.

9

»Ich hab schon in Kent mit der Polizei gesprochen«, sagte Jean Cooper prompt, als sie die Tür ihres Hauses in der Cardale Street öffnete und Barbara Havers' Dienstausweis sah. »Ich hab denen gesagt, daß es mein Mann ist. Und wer sind diese Kerle da überhaupt? Haben Sie die mitgebracht? Die waren vorhin noch nicht da.«

»Reporter«, antwortete Barbara und drehte sich kurz nach den drei Fotografen um, die auf der anderen Seite der hüfthohen Hecke, die den Vorgarten von der Straße trennte, ungeniert knipsten.

»Haut ab, ihr Schweine«, schrie Jean. »Hier gibt's nichts zu fotografieren.« Sie schossen ungerührt weiter, ein Bild um das andere. Jean schlug sich mit der Faust auf die Hüfte. »Habt ihr mich nicht verstanden? Ich hab gesagt, ihr sollt abhauen!«

»Mrs. Fleming«, rief einer der Männer. »Die Polizei in Kent behauptet, das Feuer sei durch eine Zigarette verursacht worden. Hat Ihr Mann geraucht? Wir haben aus zuverlässiger Quelle gehört, daß er Nichtraucher gewesen sein soll. Können Sie das bestätigen? Können Sie uns einen Kommentar abgeben? War er allein in dem Haus in Kent?«

Jeans Gesicht wurde hart. »Ich hab euch nichts zu sagen«, schrie sie zurück.

»Wir haben gehört, daß in dem Haus eine Frau namens Gabriella Patten wohnte. Mrs. Hugh Patten. Ist Ihnen der Name bekannt? Möchten Sie dazu etwas sagen?«

»Ich habe eben erklärt, daß ich nichts –«

»Sind Ihre Kinder informiert? Wie haben sie die Nachricht aufgenommen?«

»Bleibt ja meinen Kindern vom Leib! Wenn ihr ihnen auch nur eine einzige Frage stellt, könnt ihr was erleben. Ist das klar?«

Barbara stieg die Stufe vor dem Haus hinauf und sagte fest: »Mrs. Fleming –«

»Ich heiße Cooper. *Cooper.*«

»Natürlich. Entschuldigen Sie, Mrs. Cooper. Lassen Sie mich ins Haus. Dann können die Kerle keine Fragen mehr stellen, und die einzigen Fotos, die sie schießen können, werden ihre Redakteure nicht interessieren. Also? Kann ich reinkommen?«

»Sind die Ihnen hierher gefolgt? Ja? Wenn das nämlich so ist, ruf ich meinen Anwalt an und –«

»Sie waren schon hier.« Barbara bemühte sich um Geduld, während sie mit Unbehagen das Surren der elektronischen Kamera registrierte. Auf keinen Fall wollte sie dabei fotografiert werden, wie sie sich mit Brachialgewalt Zugang zum Haus der mutmaßlich gramgebeugten Witwe verschaffte. »Sie standen mit ihren Autos drüben in der Plevna Street. Hinter einem Lastwagen. Man konnte ihre Autos nicht sehen.« Automatisch fügte sie hinzu: »Tut mir leid.«

»Ach, Ihnen tut's leid?« sagte Jean verächtlich. »Und das soll ich Ihnen abnehmen? Ihnen allen tut doch überhaupt nichts leid.«

Aber sie trat von der Tür zurück und ließ Barbara ins Wohnzimmer des kleinen Reihenhauses. Sie schien gerade eine Art Hausputz zu veranstalten; auf dem Boden lagen mehrere große, schwarze Müllsäcke, teilweise gefüllt, und als sie diese mit dem Fuß zur Seite schob, so daß Barbara zu der schäbigen, alten Couchgarnitur durchgehen konnte, kam ein Muskelprotz von einem Mann mit drei übereinander gestapelten Kartons die Treppe herunter.

»Gut gemacht, Pook«, lobte er lachend. »Du hättest sagen sollen, wir hätten zuviel damit zu tun, unsere Rotztücher auszuwinden, um jetzt mit ihnen zu reden. Oh, bitte entschuldigen Sie vielmals, Frau Polizistin, ich kann jetzt nicht reden. Ich muß mich erst mal richtig ausheulen – huhuhu.« Er lachte wieder.

»Derrick«, sagte Jean. »Die Polizei ist hier.«

Der Mann senkte die Kartons. Er wirkte eher angriffslustig als verlegen darüber, daß er ins Fettnäpfchen getreten war. Er musterte Barbara mit Verblüffung, die sich schnell zu Verachtung wandelte. Na, das ist vielleicht eine Gewitterziege, sagte sein Blick. Barbara hielt ihm stand. Sie fixierte den Mann, bis er die Kartons in der Nähe der Küchentür auf den Boden absetzte.

Jean Cooper stellte ihn als ihren Bruder vor und sagte überflüssigerweise zu ihm: »Sie ist wegen Kenny hier.«

»So, so.« Er lehnte sich an die Wand, wobei er sein Gewicht ganz auf ein Bein verlagerte und das andere anwinkelte, so daß nur die Fußspitze den Boden berührte. Er hatte ungewöhnlich zierliche Füße für einen Mann seiner Größe, und sie wirkten noch kleiner durch die voluminöse purpurrote Hose, die in der Taille und an den Fußknöcheln mit Gummiband gerafft war und an das Beinkleid eines Haremswächters erinnerte. Sie schien extra angefertigt, um seinen gewaltigen Oberschenkeln Platz zu bieten. »Und wozu? Wenn Sie mich fragen, hat dieser aufgeblasene Angeber endlich gekriegt, was er verdient hat.« Er richtete einen ausgestreckten Zeigefinger auf seine Schwester und winkelte den Daumen an, als wollte er feuern. Barbara hatte allerdings den Eindruck, daß diese Vorstellung vor allem ihr galt. »Ich hab's dir von Anfang an gesagt, Pook, du bist ohne den verdammten Wichser viel besser dran. Wenn du mich fragst –«

»Hast du alle Bücher von Kenny eingepackt, Der?« unterbrach seine Schwester ihn scharf. »Im Zimmer von den Jungs sind auch noch welche. Aber schau erst innen nach, ob sein Name drin steht, eh du sie einpackst. Nimm keine von Stan mit.«

Er verschränkte die Arme auf der Brust, so gut ihm das bei seinem Brustumfang und der Wölbung seines Bizeps' möglich war. Zweifellos wollte er mit dieser Haltung Überlegenheit demonstrieren, doch sie brachte nur seine groteske Erscheinung noch stärker zur Geltung. Mit intensivem Bodybuilding hatte er es geschafft, jeden möglichen Teil seines Körpers ins Titanische zu vergrößern. Seine Hände, seine Füße, sein Kopf und seine Ohren wirkten dagegen seltsam klein und zart.

»Du willst mich wohl loswerden, was? Hast wohl Angst, ich erzähl dieser Polizeitante hier, mit was für einem miesen kleinen Schwein du verheiratet warst?«

»Das reicht!« sagte Jean scharf. »Wenn du bleiben willst, dann bleib. Aber halt den Mund. Ich bin nämlich drauf und dran – ich bin *so* kurz davor, Der –« Sie zeigte es mit Daumen und Zeigefinger. Ihre Hand zitterte. Sie schob sie abrupt in die Tasche ihres Hausmantels. »Ach, verdammt!« flüsterte sie. »Verdammte Scheiße.«

Augenblicklich veränderte sich die aggressive Miene ihres Bruders. »Du bist ja total fertig.« Er trat von der Wand weg. »Du brauchst eine Tasse Tee. Essen willst du ja nichts. Gut, dazu kann ich dich nicht zwingen. Aber du trinkst jetzt einen Tee, und wenn ich ihn dir einflößen muß. Ich mach dir einen.« Er ging in die Küche und begann dort zu rumoren.

Jean schob die Müllsäcke näher zur Treppe. »Setzen Sie sich«, sagte sie zu Barbara. »Kommen Sie zur Sache und lassen Sie uns dann endlich in Frieden.«

Barbara blieb neben dem alten Fernsehapparat stehen, während Jean Cooper sich weiter an den Müllbeuteln zu schaffen machte. Einen zog sie zu einem tiefen Schrank unter der Treppe. Sie holte einen Stapel Alben aus dem Schrank und hielt ihre Aufmerksamkeit auf die verstaubten Einbände gerichtet, entweder, um Barbara nicht anschauen zu müssen, oder um den Inhalt der Bände nicht sehen zu müssen. Sie schienen sowohl Zeitungsausschnitte, als auch Fotografien zu enthalten, die jedoch offenbar schlecht eingeklebt waren; mehrere Bilder und Ausschnitte fielen heraus, als Jean die großen Bücher, eines nach dem anderen, aus dem Schrank in den Müllsack beförderte.

Barbara ging in die Knie, um sie aufzusammeln. In den Schlagzeilen jedes der Artikel war der Name Fleming mit orangefarbenem Leuchtstift hervorgehoben. Sie schienen die Karriere des Cricket-Spielers zu dokumentieren. Die Fotografien bildeten eine Chronik seines Lebens. Hier war er als Kind, dort als triumphierend lächelnder Teenager mit einer verbotenen Flasche Gin im Arm, dort als junger Vater, der lachend einen kleinen Jungen in die Luft schwang.

Wären die Umstände, die den Tod dieses Mannes begleiteten, anders gewesen, so hätte Barbara gesagt: Warten Sie, Mrs. Cooper. Werfen Sie diese Dinge nicht fort. Heben Sie sie auf. Sie wollen sie jetzt nicht sehen, weil die Wunde noch zu frisch ist. Aber später wird das wieder anders. Lassen Sie sich also Zeit, ja?

Doch jeglicher Impuls, solche Worte des Verständnisses auszusprechen, versiegte, als sie daran dachte, was es bedeuten konnte, wenn eine Frau so viele Erinnerungen an den Mann aufbewahrte, der sie verlassen hatte.

Barbara schob Zeitungsausschnitte und Bilder in einen der Säcke. »Hat Ihr Mann Ihnen eigentlich darüber etwas gesagt, Mrs. Cooper?« fragte sie und reichte Jean eines der Dokumente, die sie am Morgen aus dem Sekretär in Miriam Whitelaws Haus genommen hatte. Es war ein Schreiben von einem Rechtsanwalt namens Abercrombie in der Randolph Avenue in Maida Vale. Barbara kannte den kurzen Text mittlerweile auswendig: Bestätigung eines vereinbarten Gesprächstermins.

Jean las den Brief und gab ihn zurück. Sie wandte sich wieder ihrer Arbeit zu. »Er hatte einen Termin bei einem Anwalt in Maida Vale.«

»Das sehe ich auch, Mrs. Cooper. Hat er zu Ihnen etwas davon gesagt?«

»Fragen Sie ihn doch. Diesen Mr. Ashercrown oder wie er sonst heißt.«

»Ich kann natürlich Mr. Abercrombie anrufen und mir die Informationen beschaffen, die ich brauche«, sagte Barbara. »Im allgemeinen ist ein Mandant, der die Scheidung will, seinem Anwalt gegenüber sehr offen, und ein Anwalt ist der Polizei gegenüber im allgemeinen auch sehr offen, wenn sein Mandant ermordet worden ist.« Sie sah, wie Jean ihre Hand fest um den Rand eines Albums krampfte. Getroffen, dachte sie. »Bei einer Scheidung müssen Anträge eingereicht und Vorladungen überbracht werden, und der gute Mr. Abercrombie weiß gewiß, wie weit die Sache im Fall Ihres Mannes gediehen war. Ich könnte ihn also anrufen und mich erkundigen, aber wenn ich die Informationen habe, werde ich nur wieder zu Ihnen zurückkommen, um mit Ihnen zu reden. Und die Journalisten werden bis dahin immer noch vor dem Haus rumstehen und sich fragen, was die Bullen hier dauernd zu suchen haben. Wo sind übrigens Ihre Kinder?«

Jeans starrte sie trotzig an.

»Sie wissen doch, daß ihr Vater tot ist?«

»Was glauben Sie eigentlich, Sergeant?«

»Wissen sie auch, daß ihr Vater Sie um die Scheidung gebeten hatte? Denn er hatte Sie doch darum gebeten, richtig?«

Jean starrte auf die abgeknickte Ecke eines ihrer Alben. Mit dem Daumen glättete sie den Riß in dem Kunstledereinband.

»Antworte ihr, Pook.« Derrick Cooper stand mit einem leeren Becher, auf dem Elvis Presleys berühmtes unverschämtes Lächeln prangte, an der Küchentür. »Ist doch egal. Sag's ihr. Du brauchst ihn nicht. Du hast ihn nie gebraucht.«

»Und das ist ein echtes Glück, nicht wahr, da er ja tot ist.« Jean hob ihr blasses Gesicht. »Ja«, sagte sie zu Barbara. »Aber Sie haben die Antwort schon gewußt, stimmt's? Denn er hat der alten Kuh bestimmt erzählt, daß er mit mir geredet hatte, und die hatte bestimmt nichts Eiligeres zu tun, als es in ganz London rumzuposaunen, besonders wenn sie mich damit in ein schlechtes Licht rücken konnte. Das wollte sie ja immer. Daran hat sie sechzehn Jahre lang gearbeitet.«

»Mrs. Whitelaw?«

»Wer sonst?«

»Sie wollte Sie in ein schlechtes Licht rücken? Warum das denn?«

»Na, ich war doch nie gut genug für ihren heißgeliebten Kenny.« Jean lachte höhnisch. »Ganz im Gegensatz zu Gabriella.«

»Dann wußten Sie, daß er Gabriella Patten heiraten wollte?«

Jean stieß das Album, das sie in Händen hielt, in einen der Müllsäcke und sah sich nach weiterer Beschäftigung um, aber es schien sich nichts anzubieten. »Die müssen zugebunden werden, Der«, sagte sie. »Wo hast du den Draht hingetan? Liegt er noch oben?« Und sie sah ihm nach, wie er, ohne zu antworten, die Treppe hinaufstampfte.

»Hat Ihr Mann mit Ihren Kindern über die Scheidung gesprochen?« fragte Barbara. »Wo sind sie übrigens?«

»Halten Sie die Kinder da raus«, fuhr Jean auf. »Lassen Sie sie ja in Ruhe! Sie haben genug mitgemacht. Jahrelang. Es reicht.«

»Soviel ich weiß, wollte Ihr Sohn mit seinem Vater eine Urlaubsreise machen. Einen Segeltörn in Griechenland. Sie wollten eigentlich am letzten Mittwoch abend fliegen. Warum ist die Reise ins Wasser gefallen?«

Jean stand auf und ging zum Wohnzimmerfenster. Dort nahm sie eine Packung Embassy von der Fensterbank und zündete sich eine Zigarette an.

»Du mußt endlich aufhören zu qualmen«, mahnte ihr Bruder, der die Treppe herunterkam. Er warf eine Rolle Draht auf einen der Müllsäcke. »Wie oft muß ich dir das noch sagen, Pook?«

»Ja, ja, ich weiß«, entgegnete sie. »Du hast ja recht. Aber jetzt ist bestimmt nicht der richtige Moment. Wolltest du nicht Tee machen? Ich glaub, das Wasser kocht schon.«

Stirnrunzelnd verschwand er in der Küche. Wasser plätscherte, und ein Löffel klirrte an Keramik. Dann kam er mit dem Tee. Er stellte den Becher auf die Fensterbank und ließ sich aufs Sofa fallen. Er legte die Beine auf den Couchtisch und kreuzte sie an den Knöcheln, um seine Absicht kundzutun, bis zum Ende des Gesprächs so auszuharren. Soll er ruhig, dachte Barbara und knüpfte da wieder an, wo der Faden gerissen war.

»Ihr Mann sagte Ihnen, daß er sich scheiden lassen wollte, um wieder heiraten zu können? Und er sagte Ihnen auch, daß es sich um Gabriella Patten handelte? Haben Sie Ihren Kindern das alles erzählt?«

Sie schüttelte den Kopf.

»Warum nicht?«

»Die Leute ändern ihre Meinung. Da war Kenny keine Ausnahme.«

Ihr Bruder stöhnte. »Der Scheißkerl war sehr wohl 'ne Ausnahme. Der war ein Star. Der hat an seiner Legende geschrieben, und das Kapitel hier mit euch war beendet. Wieso kapierst du das nicht? Warum kannst du nicht einfach loslassen?«

Jean warf ihm einen Blick zu.

»Du hättest dir inzwischen längst 'nen anderen suchen können. Du hättest deinen Kindern 'nen richtigen Vater geben können. Du hättest –«

»Halt die Klappe, Der.«

»He! Moment mal! Wie redest du denn mit mir?«

»Nicht anders als du mit mir. Du kannst meinetwegen bleiben, aber sei endlich ruhig. Du brauchst weder über mich noch über Kenny, noch über sonst was zu quasseln. Klar?«

»Soll ich dir mal was sagen?« Er schob aggressiv das Kinn vor. »Soll ich dir mal sagen, wo dein Problem liegt, hm? Du weigerst dich einfach, den Tatsachen ins Gesicht zu sehen. Das war immer schon dein Problem. Der Kerl hat sich eingebildet, er wär Gott, und wir andern wären nur dazu geboren, ihm in den Arsch zu kriechen. Aber das kriegst du nicht in deinen dicken Schädel rein, was?«

»Red nicht solchen Blödsinn.«

»Du hast's immer noch nicht kapiert. Er hat dich abserviert, Pook. Er hatte was Besseres gefunden. Du hast's gewußt, als es passiert ist, und trotzdem hast du immer nur darauf gewartet, daß er genug kriegen und zu dir zurückkommen würde.«

»Wir waren verheiratet. Ich wollte unsere Ehe erhalten.«

»Tolle Ehe!« Seine kleinen Augen wurden zu schmalen Schlitzen, als er spöttisch grinste. »Du warst sein Fußabstreifer. Hat's dir Spaß gemacht, ihn auf dir rumtrampeln zu lassen?«

Jean drückte ihre Zigarette so behutsam aus, als wäre der Aschenbecher aus edelstem Porzellan und nicht aus Blech. »Und macht's *dir* Spaß, solches Zeug zu reden?« fragte sie leise. »Kommst du dir dann groß und stark vor?«

»Ich sage nur, was dir mal gesagt werden muß.«

»Du sagst nur, was du schon immer sagen wolltest. Seit du achtzehn Jahre alt warst.«

»So ein Quatsch! Red keinen Mist.«

»Als du zum erstenmal gemerkt hast, daß Kenny zehnmal mehr Mann war, als du je sein würdest.«

Derrick schwang die Beine zu Boden. Sein Bizeps schwoll an. »So ein Scheißdreck. Wie kann man so 'ne Scheiße reden. Ich –«

»Es reicht, Mr. Cooper«, mischte sich Barbara ein. »Sie haben sich klar genug ausgedrückt.«

Derricks Blick flog wütend zu ihr. »Was geht Sie das an?«

»Sie haben genug geredet. Wir haben begriffen. Ich wäre Ihnen dankbar, wenn Sie jetzt gehen würden, damit ich mich mit Ihrer Schwester unterhalten kann.«

Er sprang auf. »Glauben Sie vielleicht, Sie können mir Vorschriften machen?«

»Ja. Ich dachte, das wäre klar. Also, finden Sie selbst raus, oder brauchen Sie meine Hilfe?«

»Ja, Wahnsinn! Ich mach mir gleich in die Hose.«

»Dann sollten Sie vielleicht vorsichtig gehen.«

Sein Gesicht lief rot an. »Sie Polizeischlampe. Ich –«

»Der!« rief Jean.

»Verschwinden Sie, Cooper«, sagte Barbara leise. »Sonst fliegen Sie so schnell in den Knast, daß Sie die Wärter nicht mal mit Ihren Muckis beeindrucken können.«

»Sie dämliche Gans –«

»Aber ich wette einen Wochenlohn, daß die Knackis von Ihnen ganz begeistert sein werden.«

Eine Ader an seiner Stirn schwoll beängstigend an. Sein Brustkasten dehnte sich. Sein rechter Arm fiel nach hinten. Sein Ellbogen winkelte sich an.

»Na, kommen Sie schon«, zischte Barbara, sich auf die Fußballen hebend. »Kommen Sie schon. Bitte. Ich trainiere seit zehn Jahren Kwai-Tan, und ich kann's gar nicht erwarten, das mal an den Mann zu bringen.«

»Derrick!« Jean stellte sich zwischen Barbara und ihren Bruder. Sein Keuchen erinnerte Barbara an einen Wasserbüffel, den sie einmal im Zoo gesehen hatte. »Derrick«, bat Jean noch einmal. »Beruhige dich. Sie ist von der Polizei.«

»Na und?«

»Tu, was sie sagt. Derrick! Hörst du? Derrick!« Sie packte ihn am Arm und schüttelte ihn.

Seine starren Augen schienen lebendig zu werden. Er blickte von Barbara zu Jean. »Ja, klar«, sagte er. »Ich hab verstanden.« Er hob eine Hand, als wollte er sie seiner Schwester auf die Schulter legen, doch er ließ sie fallen, noch ehe er sie berührt hatte.

»Fahr jetzt nach Hause«, sagte sie. »Ich weiß, du meinst es gut, aber wir müssen hier allein miteinander sprechen. Sie und ich.«

»Mam und Dad sind total am Ende«, jammerte er. »Wegen Kenny.«

»Das überrascht mich nicht.«

»Sie haben ihn immer gemocht, Pook. Auch dann noch, als er gegangen war. Immer haben sie für ihn Partei ergriffen.«

»Das weiß ich, Der.«

»Sie haben gedacht, du wärst schuld. Ich hab gesagt, es ist unfair, so was zu denken, wenn sie überhaupt nicht wissen, was los ist, aber die haben ja nie auf mich gehört. Dad hat immer nur gesagt: Was, zum Teufel, weißt du schon darüber, wie man 'ne gute Ehe führt, du Trottel.«

»Dad war ganz von der Rolle. Er hat das nicht so gemeint.«

»Sie haben ihn immer ›Sohn‹ genannt. Wieso, Pook? *Ich* bin doch ihr Sohn.«

Jean strich ihm leicht über das Haar. »Fahr nach Hause, Der. Es wird schon wieder. Geh jetzt, ja? Aber hinten raus. Sonst erwischen dich noch die Reporter.«

»Vor denen hab ich keine Angst.«

»Aber es ist nicht notwendig, daß wir ihnen was zu klatschen geben. Also, geh hinten raus, okay?«

»Trink deinen Tee.«

»Ja, ich versprech's.«

Sie setzte sich auf das Sofa, als ihr Bruder zur Küche ging. Eine Tür wurde geöffnet und fiel zu. Einen Augenblick später quietschte im Garten eine Tür an rostigen Scharnieren. Jean umschloß den Teebecher mit den Händen.

»Kwai-Tan«, sagte sie zu Barbara. »Was ist das?«

Barbara merkte, daß sie immer noch auf Zehenspitzen stand. Sie ließ sich auf ihre Füße sinken und begann wieder normal zu atmen. »Ich hab keine Ahnung. Ich glaube, es ist ein Rezept für ein Hühnchengericht.«

Sie holte ihre Zigaretten aus der Umhängetasche, steckte sich eine an, rauchte und überlegte, wann ihr das letztemal eine Zigarette so köstlich geschmeckt hatte. Um zwei Müllsäcke herum ging sie zu einem der beiden Sessel der Couchgarnitur und setzte sich. Das Polster war so durchgesessen und dünn, daß sie das Gefühl hatte, auf Vogeldung zu sitzen.

»Haben Sie am Mittwoch noch einmal mit Ihrem Mann gesprochen?«

»Weshalb hätte ich das tun sollen?«

»Er wollte doch mit Ihrem Sohn verreisen. Sie wollten Mittwoch abend fliegen. Aber dann fand die Reise nicht statt. Hat er Sie angerufen, um Ihnen das zu sagen?«

»Es war Jimmys Geburtstagsgeschenk. Jedenfalls hatte er's so versprochen. Wer weiß, ob's ihm überhaupt ernst war.«

»Es war ihm ernst«, sagte Barbara.

Mit einem Ruck hob Jean den Kopf.

»Wir haben die Flugtickets in einem seiner Jacketts in Kensington gefunden. Und Mrs. Whitelaw hat uns gesagt, daß sie ihm beim Packen geholfen und zugesehen hat, wie er seine Sachen im Auto verstaute. Aber irgendwann an diesem Abend hat er seine Pläne geändert. Hat er Ihnen gesagt, warum?«

Sie schüttelte den Kopf und trank von ihrem Tee. Barbara sah, daß es einer dieser Becher war, deren Dekoration sich mit der Temperatur der enthaltenen Flüssigkeit änderte. Statt des unverschämt grinsenden Elvis der frühen Jahre starrte jetzt der alte, aufgedunsene Elvis sie an.

»Hat er Jimmy Bescheid gesagt?«

Jeans Hände schlossen sich fester um den Becher. Schließlich sagte sie: »Ja. Er hat mit Jimmy gesprochen.«

»Wann war das?«

»Die Zeit weiß ich nicht.«

»Sie brauchen nicht präzise zu sein. War es morgens? Oder am Nachmittag? Oder erst kurz vor der geplanten Abreise? Er wollte doch herkommen und den Jungen abholen, nicht? Hat er erst kurz vorher angerufen?«

Jean senkte den Kopf noch tiefer.

»Denken Sie zurück«, bat Barbara. »Gehen Sie im Geist den Tag noch einmal durch. Sie sind aufgestanden, haben sich angezogen, haben die Kinder geweckt. Was weiter? Sie sind zur Arbeit gegangen. Sie sind nach Hause gekommen. Jimmy hatte für die Reise gepackt. Oder er hatte nicht gepackt. Er war aufgeregt. Oder enttäuscht. Wie war es?«

Jean starrte in ihren Tee. Obwohl sie den Kopf immer noch gesenkt hatte, konnte Barbara an der Bewegung ihres Kinns sehen, daß sie auf ihrer Unterlippe kaute. Jimmy Cooper, dachte sie mit plötzlich erwachendem Interesse. Was würden die Kollegen vom zuständigen Revier über ihn zu sagen haben?

»Wo ist Jimmy?« fragte sie. »Wenn Sie mir nichts über diese geplante Griechenlandreise mit seinem Vater sagen können –«

»Mittwoch nachmittag«, unterbrach Jean. Sie hob den Kopf, als Barbara an dem Blechaschenbecher ihre Zigarette abklopfte. »Mittwoch nachmittag.«

»Da hat er angerufen?«

»Ich war mit Stan und Shar in der Videothek. Ich hatte ihnen erlaubt, daß sie sich jeder einen Film ausleihen dürfen. Zum Trost dafür, daß Jimmy mit seinem Vater verreisen konnte und sie nicht.«

»Das war also nach der Schule?«

»Als wir heimkamen, war die Reise abgeblasen. So um halb fünf war das.«

»Das hat Jimmy Ihnen erzählt?«

»Er brauchte es mir gar nicht zu erzählen. Er hatte alles wieder ausgepackt und seine Sachen im ganzen Zimmer rumgeschmissen.«

»Was hat er gesagt?«

»Daß er doch nicht nach Griechenland fliegen würde.«

»Und der Grund?«

»Keine Ahnung.«

»Aber Jimmy hat ihn doch gewußt.«

Sie hob den Teebecher und trank. »Ich nehme an, es hatte irgendwas mit dem Cricket zu tun. Ken hat ja gehofft, daß er wieder in die Nationalmannschaft kommt.«

»Aber Jimmy hat nichts über den Grund gesagt?«

»Er war total enttäuscht. Er wollte nicht reden.«

»War er auch wütend?« Als Jean ihr einen scharfen Blick zuwarf, meinte Barbara betont neutral: »Sie sagten doch eben, er hatte seine Kleider im Zimmer herumgeschmissen. Das klingt mir nach Wut. War er wütend?«

»Klar, wie jedes Kind eben in so einem Fall.«

Barbara drückte ihre Zigarette aus und überlegte einen Moment, ob sie sich noch eine anzünden sollte. Aber dann ließ sie es bleiben. »Hat Jimmy ein Fahrzeug?«

»Wozu wollen Sie das wissen?«

»War er am Mittwoch abend zu Hause? Stan und Sharon hatten die Videos. Er saß mit seiner Enttäuschung da. Ist er zu Hause geblieben, oder ist er weggegangen und hat was unternommen, um sich aufzuheitern? Sie sagten, er war enttäuscht. Er hat doch wahrscheinlich was gebraucht, um über die Enttäuschung hinwegzukommen.«

»Er kam und ging. Das ist bei ihm immer so. Rein und raus. Immer mit seinen Freunden unterwegs.«

»Und Mittwoch abend? War er da auch mit seinen Freunden zusammen? Um welche Zeit kam er nach Hause?«

Jean stellte ihren Becher auf den Tisch. Sie schob die linke Hand in die Tasche ihres Hauskittels. Draußen auf der Straße rief eine Frau: »Sandy, Paulie, heimkommen. Es gibt Tee.«

»Ist er überhaupt nach Hause gekommen, Mrs. Cooper?« fragte Barbara.

»Natürlich«, antwortete sie. »Nur die Zeit weiß ich nicht. Ich hab geschlafen. Der Junge hat seinen eigenen Schlüssel. Er kommt und geht, wie er will.«

»Und am Morgen, als Sie aufgestanden sind, war er da?«

»Wo hätte er denn sonst sein sollen? In der Mülltonne?«

»Und heute? Wo ist er heute? Wieder mit seinen Freunden unterwegs? Wer sind übrigens seine Freunde? Wir brauchen ihre Namen. Besonders von denen, mit denen er am Mittwoch zusammen war.«

»Er ist mit Stan und Shar irgendwo hingegangen.« Mit einer Kopfbewegung wies sie auf die Müllsäcke. »Damit sie nicht sehen müssen, wie wir die Sachen ihres Vaters wegpacken.«

»Irgendwann muß ich mit ihm sprechen«, sagte Barbara. »Es wäre einfacher, wenn das jetzt ginge. Können Sie mir nicht sagen, wo er ist?«

Sie schüttelte den Kopf.

»Und wann kommt er zurück?«

»Was kann er denn schon sagen, was Sie nicht von mir erfahren können?«

»Er könnte mir sagen, wo er am Mittwoch abend war, und um welche Zeit er nach Hause gekommen ist.«

»Ich versteh nicht, was Ihnen das nützen soll.«

»Er könnte mir sagen, was sein Vater mit ihm gesprochen hat.«

»Das hab ich Ihnen doch schon gesagt. Er hat die Reise abgeblasen.«

»Aber Sie haben mir nicht gesagt, warum.«

»Was spielt das schon für eine Rolle?«

»Es würde vielleicht etwas darüber aussagen, wer gewußt haben kann, daß Ihr Mann nach Kent fuhr.« Barbara beobachtete Jean Coopers Reaktion. Sie war kaum wahrnehmbar, eine plötzliche fleckige Rötung der Haut im Ausschnitt ihres Hauskittels. Die Farbe stieg nicht höher. Barbara sagte: »Wie ich hörte, waren Sie ab und zu am Wochenende dort draußen, als Ihr Mann noch für Kent spielte. Sie und die Kinder.«

»Und?«

»Sind Sie da immer selbst rausgefahren? Oder hat Ihr Mann Sie abgeholt?«

»Wir sind selbst rausgefahren.«

»Und wenn er bei Ihrer Ankunft nicht da war? Hatten Sie Ihren eigenen Schlüssel?«

Jean richtete sich auf. Sie drückte ihre Zigarette aus. »Ich verstehe«, sagte sie. »Ich weiß, was Sie sagen wollen. Wo war Jimmy Mittwoch abend? Ist er überhaupt nach Hause gekommen? War er wütend darüber, daß seine Ferienreise ins Wasser gefallen war? Und, wenn ich fragen darf, ist es möglich, daß er die Schlüssel zum Haus geklaut hat, schnell mal nach Kent rausgedüst ist und seinen Vater umgebracht hat?«

»Eine interessante Frage«, stellte Barbara fest. »Ich hätte gar nichts dagegen, wenn Sie sich dazu äußerten.«

»Er war hier! Zu Hause!«

»Aber Sie können mir nicht sagen, um welche Zeit.«

»Außerdem gibt es überhaupt keinen Schlüssel, den man klauen kann. Und es hat ihn auch nie gegeben.«

»Wie sind Sie dann ins Haus hineingekommen, wenn Ihr Mann nicht da war?«

Jean hielt verblüfft inne. »Was?« sagte sie. »Wann?«

»Wenn Sie an den Wochenenden nach Kent gefahren sind.

Wie sind Sie da ins Haus gekommen, wenn Ihr Mann nicht da war?«

Jean zog erregt am Halsausschnitt ihres Kittels. Aus irgendeinem Grund schien sie das zu beruhigen, denn sie hob den Kopf und sagte: »Es lag immer ein Schlüssel im Schuppen hinter der Garage. Mit dem haben wir aufgesperrt.«

»Wer wußte von diesem Schlüssel?«

»Keine Ahnung. Wir alle. Okay?«

»Nein. Der Schlüssel ist nämlich weg.«

»Und Sie glauben, daß Jimmy ihn genommen hat.«

»Nicht unbedingt.« Barbara hob ihre Tasche vom Boden auf und hängte sie sich über die Schulter. »Sagen Sie, Mrs. Cooper«, meinte sie abschließend, obwohl sie die Antwort auf ihre Frage schon wußte, »gibt es jemanden, der bezeugen kann, wo Sie selbst am Mittwoch abend waren?«

Jimmy bezahlte für die Chips, die Schokolade und die Cremehütchen. Vorher hatte er bei dem Obstverkäufer, der seinen Stand am Island-Gardens-Bahnhof hatte, zwei Bananen, einen Pfirsich und eine Nektarine geklaut, während eine alte Ziege mit dünnem blauem Haar und babyrosa Kopfhaut sich über den Preis der Sprossen aufgeregt hatte. Als ob ein vernünftiger Mensch solches Karnickelfutter überhaupt anrühren würde.

Er hatte Geld genug. Er hätte für das Obst bezahlen können. Jean hatte ihm am Morgen zehn Pfund in die Hand gedrückt und gesagt, er solle Stan und Shar etwas Schönes »spendieren«. Aber Bananen, Pfirsiche und Nektarinen gehörten nicht zu den Dingen, die man »spendierte«, und außerdem war es bei diesem Diebstahl ums Prinzip gegangen. Der Obstverkäufer war ein Ekel erster Güte. »Pack«, pflegte er zu knurren, wenn man seinen blöden Tomaten ein bißchen zu nahe kam. »Haut ab! Sucht euch lieber eine ordentliche Arbeit, statt hier rumzulungern.« Es war daher Ehrensache unter den Jungen der George-Green-Gesamtschule, diesem alten Nörgler möglichst viel Obst und Gemüse zu klauen.

Doch gegen den Alten, der das *Island Gardens Café* führte, hatte Jimmy nichts. Als sie daher in dem niedrigen Bau am Rand des Parks standen, Shar nach Chips und einer Tafel Schokolade verlangte und Stan stumm auf die Cremehütchen deutete, schob Jimmy bereitwillig eine Fünf-Pfund-Note über die Theke und wußte im ersten Moment nicht, wie er reagieren sollte, als der Alte ihm die Hand tätschelte und sagte: »Schöner Tag für einen Ausflug, was, Kleine?« Zuerst glaubte er, der Alte sei schwul und versuche, mit ihm anzubandeln. Aber als der Alte ihm das Wechselgeld gab, sah er ihn sich näher an und erkannte an dem milchigen, weißen Film, der seine Augäpfel überzog, daß der arme Kerl fast blind war. Er hatte vage Jimmys langes Haar wahrgenommen und Sharons Stimme gehört und geglaubt, mit einem jungen Mädchen zu flirten.

Auf der Fahrt durch das Hafenviertel von Crossharbour zum Fluß hinunter hatten sie schon zwei Brote mit Eiersalat und eine Fleischpastete verdrückt. Die Fahrt war nicht lang, nur zwei Stationen, aber die Zeit hatte ihnen gereicht, um die Brote zu verschlingen und mit zwei Cola und einer Fanta nachzuspülen. Shar hatte gesagt: »Ich glaub, im Zug darf man nicht essen, Jimmy.« Worauf Jimmy erwidert hatte: »Dann laß es doch, wenn du Schiß hast.« Er hatte in sein Brot gebissen und mit offenem Mund direkt neben ihrem Ohr gekaut. »Schmatz, schmatz, schmatz«, hatte er mit vollem Mund genuschelt. »Wenn man zu langsam ißt, schnappen sie einen, und man kommt ins Erziehungsheim. Schau, Shar, da sind sie schon und wollen uns holen!« Sie packte kichernd ihr Brot aus. Sie hatte jedoch nur die Hälfte gegessen und den Rest aufgehoben.

Jetzt saß er an einem Tisch im Freien vor dem *Island Gardens Café* und beobachtete sie mit zusammengekniffenen Augen. Undeutlich konnte er erkennen, daß sie die zwei zusammengeklappten Brotscheiben auseinandergenommen hatte und das Ei sorgfältig mit einer Papierserviette wegwischte. Und nun begann sie auf der Ufermauer, ungefähr dreißig Meter von seinem Sitzplatz entfernt, reihenweise Brotkrumen auszulegen. Als sie damit fertig war, rannte sie über den Rasen zurück und nahm ihren Feldstecher aus dem Lederfutteral.

»Das sind doch viel zu viele Leute«, sagte Jimmy. »Da kommen höchstens Tauben, Shar.«

»Auf dem Wasser sind aber Möwen. Massenhaft.«

»Na und? Möwe ist Möwe.«

»Nein. Es gibt solche Möwen und solche«, entgegnete sie. »Man muß nur Geduld haben.«

Sie holte ein kleines, hübsch gebundenes Büchlein aus ihrem Rucksack, schlug es auf und schrieb in sauberen Druckbuchstaben Tag und Monat auf eine neue Seite. Jimmy wandte sich ab. Ihr Vater hatte ihr das Büchlein zu Weihnachten geschenkt, dazu drei Vogelbücher und einen kleineren, aber besseren Feldstecher. »Mit dem kannst du richtig beobachten, Shar«, hatte er gesagt. »Wollen wir den mal zusammen ausprobieren, hm? Wir könnten nach Hampstead rausfahren und sehen, was da auf der Heide so alles kreucht und fleucht. Würde dir das Spaß machen?«

»Au ja«, hatte sie mit strahlendem Gesicht geantwortet und hoffnungsfroh gewartet, während aus Tagen Wochen geworden waren, unerschütterlich überzeugt davon, daß ihr Vater seine Zusage einhalten würde.

Aber er hatte sich im vergangenen Oktober plötzlich verändert. Seine Versprechen waren auf einmal nichts mehr wert gewesen. Bei ihnen war er fast nur noch nervös und gereizt gewesen, unruhig, ständig auf dem Sprung, um sofort ans Telefon zu stürzen, wenn es läutete. Den einen Tag brachte er eine Laune mit, daß das kleinste falsche Wort genügte, um ihn in Wut zu bringen. Und am nächsten Tag war er total aufgedreht, als hätte er locker hundert Läufe geschafft. Jimmy hatte ein paar Wochen gebraucht, um mit etwas Detektivarbeit herauszubekommen, was seinen Vater so verändert hatte. Und als er erfahren hatte, was es war, da wußte er, daß nichts in ihrem unkonventionellen Familienleben je wieder so werden würde, wie es einmal gewesen war.

Er drückte einen Moment lang die Augen zu und konzentrierte sich auf die Geräusche. Das Schreien der Möwen, den Klang der Schritte auf dem Weg hinter dem Café, die Stimmen der schwatzenden Ausflügler, die auf den Lift warteten, der sie zur Fußgängerunterführung nach Greenwich bringen sollte, das Quietschen und Kratzen von Metall, als jemand versuchte, einen der schmutzigen Sonnenschirme aufzuspannen, die zwischen den Tischen im Freien standen.

»Weißt du, es gibt Schwarzkopfmöwen, Heringsmöwen, Polarmöwen und alle möglichen anderen Möwen«, erklärte ihm seine Schwester bereitwillig. Sie putzte ihre Brillengläser am Saum ihres Pullovers. »Aber ich möchte so gern mal eine Dreizehenmöwe sehen.«

»Ach ja? Und was ist an der so Besonderes?« Jimmy öffnete den Beutel mit Stans Cremehütchen und schob eine der Süßigkeiten in den Mund. Auf der Wiese, auf der anderen Seite eines Blumenrondells, das in Rot, Gelb und Pink leuchtete, spielte Stan ein Ein-Mann-Cricket, bei dem er Schlagmann und Werfer zugleich war. Er warf den Ball hoch in die Luft und schwang den Schläger mit wildem Enthusiasmus. Meistens traf er nicht, aber wenn er traf, schrie er jedesmal begeistert: »Der wär über die Grenze geflogen, das hätte vier Punkte gegeben. Ihr habt's gesehen, oder?«

»Die Dreizehenmöwen leben fast nur draußen auf hoher See«, klärte Sharon ihren großen Bruder auf. Sie setzte ihre Brille wieder auf. »Sie kommen ganz selten an Land, höchstens mal, um bei den Fischerbooten was abzustauben. Im Sommer – wir haben ja jetzt fast Sommer, nicht? – nisten sie an Felsküsten. Sie machen so ganz süße, kleine, runde Nester aus Erde und Gras und Fäden, und die kleben sie an die Felsen.«

»Ach? Und warum schaust du dann hier nach dieser Dreizehnermöwe?«

»Drei-zehen-möwe«, verbesserte sie geduldig. »Weil es was ganz Besonders wäre, hier eine zu sehen. Das wäre ein echter Knüller.« Sie hob ihren Feldstecher und suchte die Ufermauer ab, wo mehrere Möwen, ohne sich von den Spaziergängern und den Leuten, die auf den Bänken saßen, einschüchtern zu lassen, sich über die Brotkrumen hergemacht hatten, die sie ausgelegt hatte.

»Dreizehenmöwen haben schwarz-bräunliche Beine«, sagte sie. »Außerdem gelbe Schnäbel und dunkle Augen.«

»So schauen alle anderen Möwen auch aus.«

»Und beim Fliegen legen sie sich so steil in die Kurve, daß sie mit den Flügelspitzen die Wellenkämme berühren. Daran kann man sie am besten erkennen.«

»Aber hier sind keine Wellen, Shar, falls dir das noch nicht aufgefallen sein sollte.«

»Doch, natürlich. Ich weiß schon. Darum muß man hier eben auf andere Merkmale achten.«

Jimmy nahm sich noch ein Cremehütchen. Er griff in die Tasche seiner Windjacke und holte seine Zigaretten hervor. Ohne den Feldstecher abzusetzen, sagte Sharon: »Du sollst doch nicht so viel rauchen. Das ist total ungesund. Da kriegt man Krebs.«

»Vielleicht will ich ja Krebs kriegen.«

»Wozu das denn?«

»Dann bin ich bald weg von hier.«

»Aber andere Leute kriegen auch Krebs davon. Passives Rauchen nennt man das. Hast du das gewußt? Das heißt, wenn du immer weiterrauchst, dann können Stan und ich daran sterben, weil wir dauernd den Rauch einatmen. Wenn wir viel mit dir zusammen sind.«

»Dann willst du jetzt vielleicht nicht mehr mit mir zusammen sein? Na, da werden wir beide nicht viel vermissen, oder?«

Sie senkte den Feldstecher und legte ihn auf den Tisch. Die Gläser ihrer Brille vergrößerten die Augen dramatisch. »Dad wollte nie, daß du rauchst«, sagte sie. »Er hat Mam auch immer gesagt, sie soll aufhören.«

Jimmy schloß die Finger um die Zigarettenpackung. Er hörte das Papier knistern, als er sie zusammendrückte.

»Glaubst du, wenn sie zu rauchen aufgehört hätte ...« Sharon hüstelte, als müßte sie sich räuspern. »Ich meine, er hat es doch so oft zu ihr gesagt. Immer hat er gesagt: ›Jean, du mußt mit der Qualmerei aufhören. Du bringst dich um. Du bringst uns alle um.‹ Ich hab oft gedacht, daß er vielleicht –«

»So ein Quatsch!« fuhr Jimmy sie an. »Männer verlassen ihre Frauen nicht, weil sie rauchen. Wie kann man nur so blöd sein.«

Sharon wandte sich ihrem Notizbuch zu, das aufgeschlagen auf dem Tisch lag. Behutsam blätterte sie mehrere Seiten zurück bis zu der Skizze eines braunen Vogels mit feiner Zeichnung. Jimmy sah den Namen »Ziegenmelker« säuberlich darunter geschrieben.

»War's dann wegen uns?« fragte sie. »Weil er uns nicht haben wollte? Glaubst du, daß es deshalb war?«

Eisige Kälte legte sich um Jimmys Herz. Er nahm sich noch ein Cremehütchen, holte die gestohlenen Früchte aus seiner Windjacke und legte sie auf den Tisch. Er hatte das Gefühl, sein Magen wäre voller Steine, aber er nahm dennoch die Nektarine und biß beinahe trotzig hinein.

»Warum dann?« beharrte Sharon. »Hat Mam was Schlimmes getan? Hat sie einen anderen gefunden? Mochte Dad sie nicht –«

»Hör endlich auf!« Jimmy sprang auf. Er ging mit großen Schritten zum Fluß und rief über seine Schulter zurück: »Ist doch völlig egal. Er ist tot. Halt endlich den Mund.«

Ihr Gesicht verzog sich, als wollte sie weinen, aber er wandte sich ab. Er hörte sie rufen: »Und du solltest deine Brille aufsetzen, Jimmy. Dad hätte gesagt, du sollst deine Brille aufsetzen.« Er stieß wütend die Schuhspitze ins Gras. Stan rannte zu ihm, den Cricketschläger wie ein Ruder hinter sich herziehend.

»Hast du den Schlag mitgekriegt?« fragte er. »Hast du das gesehen, Jimmy?«

Jimmy nickte stumm. Er schleuderte seine Nektarine in das Blumenbeet und wollte seine Zigaretten herausholen, merkte aber, daß er sie auf dem Tisch liegengelassen hatte. Er ging zu der Mauer, auf der Tauben und Möwen die Krumen aufpickten, die Sharon ausgestreut hatte. Er lehnte sich an den kalten Stein und starrte in den Fluß.

»Wirfst du für mich, Jimmy?« fragte Stan drängend. »Bitte! Ich kann gar nicht richtig schlagen, wenn niemand für mich wirft.«

»Klar«, sagte Jimmy. »Gleich. Okay?«

»Okay. Ja.« Stan rannte auf die Wiese zurück und schrie: »Shar, du mußt uns zuschauen. Jimmy wirft jetzt gleich.«

Genau das hätte sein Vater gewünscht. »Du hast einen großartigen Arm, Jim. Und ein tolles Ballgefühl. Komm, gehen wir aufs Feld. Du wirfst. Ich schlage.«

Am liebsten hätte Jimmy laut aufgeschrien. Er umklammerte das schmiedeeiserne Geländer auf der Mauer. Er lehnte den Kopf an die Stäbe und schloß die Augen. Es tat zu weh. Um darüber nachzudenken, darüber zu reden, zu versuchen, es zu begreifen ...

Hat Mam was Schlimmes getan? Hat sie einen anderen gefunden? Mochte Dad sie nicht mehr?

Jimmy schlug mit der Stirn gegen das Geländer. Er zwang sich, die Augen zu öffnen, und starrte auf den Fluß. Das Wasser war schlammig. Die Strömung war schnell. Er dachte an den Ruderklub in der Saunders Ness Road und an den Liegeplatz, wo der grobe Kies am Wasser immer mit Plastikflaschen, Schokoladenpapieren, Zigarettenkippen, gebrauchten Kondomen und verfaulenden Früchten übersät war. Dort konnte man direkt in den Fluß hineinwaten. Da brauchte man keine Mauer zu übersteigen und nicht über Zäune zu klettern. »Lebensgefahr! Tiefes Wasser! Schwimmen verboten!« lauteten die Warnschilder an dem Lampenpfosten, der dort am Fluß stand. Aber genau das wollte er: Lebensgefahr und tiefes Wasser.

Dad. Dad. Jimmy hatte das Gefühl, als durchschnitten Glasscherben ihm die Brust. Er wollte fort von hier, von diesem Ort; aber mehr noch wollte er fort aus diesem Leben. Nicht mehr Jimmy sein, nicht mehr Ken Flemings Sohn, nicht mehr der ältere Bruder, von dem erwartet wurde, daß er es Sharon und Stan leichter machte; ein Stein, der irgendwo in einem Garten lag, ein umgestürzter Baum auf dem Land, ein Fußweg durch den Wald. Ein Stuhl, ein Herd, ein Bilderrahmen. Alles, alles, nur nicht der, der er war, wollte er sein.

»Jimmy?«

Er sah nach unten. Stan stand neben ihm und zupfte zaghaft mit zwei Fingern an der marineblauen Windjacke. Jimmy blickte in das zu ihm emporgewandte Gesicht. Eine Haarsträhne war Stan in die Stirn gefallen und verdeckte teilweise seine Augen. Die Nase lief, und da Jimmy kein Taschentuch dabei hatte, nahm er einfach den Saum seines T-Shirts und wischte seinem Bruder damit über die Oberlippe.

»Das ist echt widerlich«, sagte er zu Stan. »Merkst du das denn nicht, wie's tröpfelt? Kein Wunder, daß die anderen dich für 'nen Trottel halten.«

»Ich bin aber keiner«, empörte sich Stan.

»Gut, daß du's mir sagst.«

Stan preßte die Lippen zusammen, und sein Kinn bekam kleine Grübchen – wie immer, wenn er sich bemühte, nicht zu weinen.

»Schau mal«, meinte Jimmy seufzend. »Du mußt daran denken, dir die Nase zu putzen. Du mußt auf dich selbst achten. Du kannst nicht darauf warten, daß die anderen alles für dich machen. Schließlich ist ja nicht immer jemand da.«

Stans Lider zitterten. »Mam ist doch da«, flüsterte er. »Und Shar. Und du.«

»Okay, aber verlaß dich lieber nicht auf mich. Verlaß dich nicht auf Mam. Verlaß dich auf niemanden, Stan. Gib auf dich selbst acht.«

Stan nickte und holte bebend Atem. Er hob den Kopf und sah auf den Fluß hinaus. »Aus dem Segeln ist nie was geworden. Und jetzt wird wohl auch nichts mehr daraus werden. Mam geht bestimmt nicht mit uns. Weil sie das an ihn erinnern würde. Und darum kommen wir auch nie zum Segeln, oder? Oder, Jimmy?«

Jimmy wandte sich mit brennenden Augen vom Wasser ab. Er nahm seinem Bruder den Cricketball aus der Hand. Er musterte den Rasen von Island Gardens und sah, daß das Gras viel zu hoch war für ein richtiges Spielfeld. Außerdem war der Boden holprig. Es sah aus, als hätten die Maulwürfe unter den Bäumen ein Straßennetz angelegt.

»Dad wäre mit uns auf den Trainingsplatz gegangen«, sagte Stan, als hätte er Jimmys Gedanken gelesen. »Weißt du noch, wie er damals mit uns auf dem Trainingsplatz war? Wie er zu den Männern da gesagt hat: ›Der hier wird mal ein Superwerfer, der wird ein Star, und der hier schlägt wie 'ne Eins.‹ Weißt du das noch? Und dann hat er zu uns gesagt: ›So, ihr Burschen, jetzt zeigt mal, was ihr könnt.‹ Er hat sich vor dem Tor postiert und geschrien: ›Los, einen *googly*! Komm, Jim. Wir wollen einen richtigen *googly* sehen.‹«

Jimmy drückte die Finger um den harten Lederball. »Los, mit

Richtungsänderung beim Aufprall«, konnte er seinen Vater rufen hören. »Streng dich an. Wirf mit Köpfchen, Jimmy. Komm schon. Mit Köpfchen!«

Warum, fragte er sich. Wozu? Er konnte nicht sein Vater sein. Er konnte nicht nachmachen, was sein Vater getan hatte. Er wollte es auch gar nicht. Aber um mit ihm zusammensein zu können, seinen Arm um die Schultern zu fühlen, die Wärme seiner Wange, wenn er sie einem flüchtig ans Haar drückte – dafür hätte er die tollsten Bälle geworfen, mit allem Drum und Dran und sogar Richtungsänderung beim Aufprall. Schnell, mittel und langsam. Dafür hätte er Werfen und Laufen geübt bis zum Umfallen. Wenn das notwendig war, um von ihm gemocht zu werden. Wenn das notwendig war, um ihn heimzuholen.

»Jimmy?« Stan zupfte an seiner Windjacke. »Wirfst du jetzt für mich?«

Auf der anderen Seite konnte Jimmy Shar sehen, immer noch drüben vor dem Café. Aber sie stand jetzt, den Feldstecher vor den Augen, und verfolgte den Flug eines grauweißen Vogels am Fluß entlang von Osten nach Westen. Ob es wohl eine Dreizehenmöwe war? Er wünschte es ihr.

»Der Boden ist nicht gut«, maulte Stan. »Aber es geht doch, oder, Jimmy?«

»Ja, ja, es geht schon«, erwiderte er. Er lief an dem Schild mit der Aufschrift »Ballspielen verboten« vorbei auf die Wiese und suchte eine relativ ebene Stelle unter den Maulbeerbäumen.

Das Schlagholz geschultert, rannte Stan hinter ihm her. »Warte nur, bis du siehst, wie ich schlage«, sagte er. »Ich bin schon ganz gut. Eines Tages werde ich so gut wie Dad.«

Jimmy schluckte und bemühte sich zu vergessen, daß der Boden zu weich war, das Gras zu hoch, und daß es zu spät war, so gut zu sein wie ein anderer.

»Aufgepaßt«, sagte er zu seinem kleinen Bruder. »Jetzt zeig mal, was du kannst.«

10

Das Jackett seines Anzugs lässig über eine Schulter geworfen, trat Constable Winston Nkata in Lynleys Büro. Mit einer Hand rieb er nachdenklich über die haarfeine Narbe, die sich vom rechten Auge zum Mundwinkel durch sein kaffeebraunes Gesicht zog. Sie war ein Andenken an seine Bandenzeit in Brixton – er hatte den Brixton Warriors angehört – und war ihm von einem gegnerischen Bandenmitglied beigebracht worden, das derzeit im Zuchthaus saß.

»Heute habe ich echt gelebt wie Gott in Frankreich.« Nkata hängte seine Jacke mit liebevoller Fürsorge über die Rückenlehne des Besuchersessels vor Lynleys Schreibtisch. »Erst habe ich mir in Shepherd's Market hübsche Bienen angeschaut, dann bin ich zum Berkeley Square rübergefahren und habe mich im *Cherbourg Club* bei den feinen Leuten rumgetrieben. Wird das noch besser, wenn ich's mal bis zum Sergeant gebracht habe?«

»Das kann ich Ihnen leider nicht sagen«, antwortete Barbara Havers, während sie taxierend den Stoff seines Jacketts zwischen zwei Fingern rieb. Offensichtlich hatte sich der gute Nkata garderobemäßig ihren gemeinsamen Chef zum Vorbild erkoren. »Ich war den ganzen Nachmittag auf der Isle of Dogs.«

»Sergeant meiner Träume, Sie sind einfach noch nicht den richtigen Leuten begegnet.«

»Scheint mir auch so.«

Lynley telefonierte während dieses Geplänkels mit Superintendent Webberly, ihrem Abteilungsleiter, und teilte ihm mit, welche Beamten frühzeitig aus dem Wochenende zurückgerufen werden würden, um bei den Ermittlungen im Mordfall Fleming Unterstützung zu leisten.

»Und was unternehmen Sie wegen der Presse, Tommy?« fragte Webberly.

»Ich überlege, wie ich mich ihrer am besten bedienen kann. Sie sind hinter der Story her wie der Teufel hinter der sprichwörtlichen armen Seele.«

»Seien Sie ja vorsichtig. Für diese Burschen gibt es doch nichts Schöneres als einen saftigen Skandal. Geben Sie acht, daß Sie ihnen nichts in die Hand geben, was der Sache schadet.«

»Selbstverständlich.« Danach verabschiedete sich Lynley und legte auf. Er rollte seinen Sessel ein Stück vom Schreibtisch weg und sagte: »Also, wie sieht's aus?«

»Patten ist so sauber wie ein frischgewaschener Babypopo«, erklärte Nkata. »Er war Mittwoch abend im *Cherbourg Club* und hat im Privatzimmer mit den dicken Brummern gezockt. Er ist erst gegangen, als draußen schon die Milchautos durch die Straßen sausten.«

»Und es ist sicher, daß das Mittwoch auf Donnerstag war?«

»Die Mitglieder müssen sich auf einer Karte eintragen, und diese Karte wird sechs Monate aufbewahrt. Der Türsteher brauchte nur die Karten von der vergangenen Woche durchzusehen, und da hatte er ihn schon: Mittwoch abend, mit Begleiterin. Und selbst wenn es die Karten nicht gäbe, würde er sich meiner Meinung nach ohne Probleme an Patten erinnern.«

»Warum?«

»Nach dem, was mir ein Angestellter erzählt hat, läßt Patten jeden Monat ungefähr ein- bis zweitausend Pfund im Club. Alle kennen ihn. So nach dem Motto: Kommen Sie rein, nehmen Sie Platz, was können wir Ihnen Gutes tun, während wir Sie schröpfen?«

»Er sagte aber, er hätte Mittwoch abend gewonnen.«

»Stimmt, das hat mir dieser Angestellte bestätigt. Aber sonst verliert er meistens. Er trinkt übrigens auch. Hat immer einen Flachmann in der Tasche. An den Spieltischen ist Alkokol verboten, aber der Angestellte hat mir erzählt, man habe ihm gesagt, bei Patten solle er ein Auge zudrücken.«

»Wer waren die anderen Spieler an diesem Abend?« fragte Barbara.

Nkata sah in sein Heft. Es war rostbraun und winzig, und meistens schrieb er mit einem ebenso winzigen Druckbleistift in mikroskopisch kleiner Schrift hinein, die überhaupt nicht zu seiner großen, stattlichen Erscheinung paßte. Er nannte die Namen zweier Mitglieder des Oberhauses, eines italienischen

Industriellen, eines bekannten Kronanwalts, eines Großunternehmers, dessen Geschäftsinteressen von der Filmproduktion bis zur Fast-Food-Kette reichten, und eines Computergenies aus Kalifornien, das in London Urlaub machte und mehr als bereit war, die zweihundertfünfzig Pfund für eine kurzfristige Mitgliedschaft zu berappen, um zu Hause erzählen zu können, daß er in einer privaten Spielhölle ausgenommen worden war.

»Patten hat den ganzen Abend keine Pause gemacht«, berichtete Nkata. »Nur gegen ein Uhr morgens ging er mal raus, um seine Puppe in ein Taxi zu setzen. Aber da gab er ihr nur einen Klaps auf den Allerwertesten, reichte sie an den Türsteher weiter und ging wieder rein.«

»Und war er hinterher in Shepherd's Market, um noch was zu erleben?« fragte Lynley.

Shepherd's Market, früher ein bekannter Rotlichtbezirk, war nur einen Katzensprung vom Berkeley Square und dem *Cherbourg Club* entfernt. Obwohl das Viertel in den letzten Jahren saniert worden war, konnte man auch heute noch auf Spaziergängen durch die verkehrsberuhigten Straßen mit den kleinen Weinkneipen, den Blumengeschäften und Apotheken, Kontakt zu Frauen anknüpfen, die Sex für Geld anboten.

»Möglich«, antwortete Nkata. »Aber der Türsteher hat gesagt, Patten habe an dem Abend seinen Jaguar gefahren und ließ ihn sich bringen, als er gehen wollte. Nach Shepherd's Market wäre er bestimmt zu Fuß gegangen. Da hätte er doch nie im Leben einen Parkplatz gefunden. Kann natürlich sein, daß er einfach rumgekurvt ist und eine Schwester mit nach Hause genommen hat. Aber eigentlich ist dafür Shepherd's Market nicht das richtige Pflaster.« Nkata macht eine kleine Pause, lehnte sich in seinem Sessel zurück und ließ dann mit Genuß die Bombe platzen. »Gott sei's gedankt für die Parkkralle«, sagte er mit Inbrunst. »Und für die, die sie anbringen, und für die, die gekrallt werden. Besonders für die, die in unserem Fall gekrallt werden.«

Barbara sagte: »Was hat denn das –«

»Flemings Auto«, unterbrach Lynley. »Sie haben den Lotus-7 gefunden.«

Nkata lächelte. »Sie sind auf Draht, Sir. Das muß man Ihnen lassen. Und ich dachte immer, Sie seien nur wegen Ihrer hübschen Visage zum Inspector befördert worden.«

»Wo steht er?«

»Im Halteverbot in der Curzon Street. Als hätte der Fahrer die Parkkralle herausfordern wollen.«

»Du meine Güte«, stöhnte Barbara. »Mitten in Mayfair. Da kann sie überall sein.«

»Und es hat niemand angerufen, um das Ding entfernen zu lassen? Es hat niemand das Bußgeld bezahlt?«

Nkata schüttelte den Kopf. »Der Wagen war nicht mal abgeschlossen. Die Schlüssel lagen auf dem Fahrersitz. Die reinste Einladung zum Diebstahl.« Er schien ein Stäubchen auf seiner Krawatte entdeckt zu haben, denn er runzelte plötzlich die Stirn und schnippte mit zwei Fingern an die Seide. »Meiner Meinung nach hat die gute Gabriella Patten eine Stinkwut im Bauch.«

»Vielleicht hatte sie's auch nur eilig«, wandte Barbara ein.

»Die Schlüssel mitten auf dem Fahrersitz? Das hat mit Eile nichts zu tun. Das ist Absicht. Das heißt: Diesem gemeinen Schwein werd ich's zeigen.«

»Aber von ihr nirgendwo eine Spur?« fragte Lynley.

»Ich hab von der Hill Street bis zum Piccadilly sämtliche Häuser abgeklappert. Wenn sie da irgendwo ist, hält sie sich versteckt, und keiner sagt was. Wir können natürlich den Wagen unter Beobachtung stellen, wenn Sie sich davon was versprechen.«

»Nein«, entschied Lynley. »Sie hat ganz sicher nicht die Absicht, zu ihm zurückzukehren. Jetzt nicht mehr. Darum hat sie die Schlüssel liegengelassen. Damit er abgeschleppt und sichergestellt wird.«

»Genau.« Nkata machte sich eine stecknadelkopfgroße Notiz in sein Büchelchen.

»Mayfair.« Barbara wühlte in ihrer Handtasche und brachte eine kleine Packung Shortbread-Biskuits zum Vorschein, die sie mit den Zähnen aufriß. Sie schüttelte einen Keks in ihre Hand und reichte die Packung herum. Einen Moment kaute sie nachdenklich, dann sagte sie: »Da kann sie wirklich überall sein. In einem Hotel oder in einer Wohnung oder in einem Stadthaus bei Bekannten. Sie weiß doch inzwischen, daß er tot ist. Warum meldet sie sich nicht?«

»Ich vermute, sie ist froh darüber«, meinte Nkata. »Ihr hat jemand abgenommen, was sie selbst gern getan hätte.«

»Indem er ihn umgebracht hat, meinen Sie? Aber wieso denn? Er wollte sie doch heiraten! Und sie ihn auch.«

»Na, Sie waren in Ihrem langen Leben doch bestimmt auch schon mal so wütend auf jemanden, daß sie ihm am liebsten den Kragen umgedreht hätten«, sagte Nkata. »Man ist fuchsteufelswild und brüllt: ›Ich könnte dich umbringen. Ich wollte, du wärst tot‹, und es ist einem in dem Moment völlig ernst damit. Aber man erwartet natürlich nicht, daß genau da eine gute böse Fee vorbeikommt und einem den Wunsch erfüllt.«

Barbara zupfte an ihrem Ohrläppchen und machte ein Gesicht, als dächte sie über Nkatas Worte nach. »Dann sitzen vielleicht auf der Isle of Dogs ein paar gute böse Feen.« Sie berichtete ihnen, was sie erfahren hatte, wobei sie besonders auf Derrick Coopers Abneigung gegen seinen Schwager hinwies, auf Jean Coopers dünnes Alibi für die Mordnacht – »Sie hat angeblich von halb zehn Uhr an im Bett gelegen und geschlafen, und kein Mensch kann's bezeugen« – und auf Jimmys Verschwinden, nachdem der Segelurlaub abgeblasen worden war.

Sie sagte: »Seine Mutter behautpet, er sei am nächsten Morgen da gewesen, brav in seiner Heia, aber ich wette, er ist überhaupt nicht nach Hause gekommen. Ich hab mich mit drei Kollegen vom Revier Manchester Road unterhalten, die sagen, daß der Junge schon seit seinem elften Lebensjahr auf dem sichersten Weg in die Besserungsanstalt ist.«

Jimmy Fleming sei ein Unruhestifter, hatte man ihr auf dem Revier erzählt. Vandalismus im Ruderklub, zerbrochene Fensterscheiben im alten Brewis-Lagerhaus, das keinen Kilometer von der Polizeidienststelle entfernt war, Diebstähle von Zigaretten und Süßigkeiten, Aggressivität gegen jeden Mitschüler, den er für den Liebling eines Lehrers hielt, unbefugtes Betreten von Privateigentum, regelmäßiges Schuleschwänzen, zwei-, dreimal die Woche.

»Na, aufregend ist das nun wirklich nicht«, stellte Lynley trocken fest.

»Natürlich. Das seh ich auch so. Der jugendliche Rowdy, der noch auf den rechten Weg gebracht werden könnte, wenn sich jemand wirklich um ihn kümmern würde. Aber eine Geschichte habe ich noch erfahren, die ich interessant fand.« Sie schob noch einen Keks in den Mund, während sie in ihrem Heft blätterte. Es war größer als Nkatas, mit blauem Pappeinband und Spiralrükken. Fast alle Blätter hatten Eselsohren, einige Senfflecken. »Er hat gezündelt«, erklärte sie kauend. »Als er – verdammt noch mal, wo hab ich das... ah, das ist es. Im zarten Alter von elf Jahren hat Jimmy im Abfalleimer seiner Schule in Cubitt Town ein Feuerchen gemacht. Er verbrannte gerade ein paar Biologietexte, als er entdeckt wurde.«

»Wahrscheinlich hatte er was gegen Darwin«, murmelte Nkata.

Barbara lachte. »Der Schulleiter holte die Polizei. Ein Jugendrichter übernahm den Fall. Jimmy mußte danach – äh – zehn Monate lang regelmäßig einen Sozialarbeiter aufsuchen.«

»Und hat er weiter Feuerchen gemacht?«

»Nein, das scheint eine einmalige Sache gewesen zu sein.«

»Die möglicherweise in Zusammenhang mit der Trennung seiner Eltern stand«, bemerkte Lynley.

»Und ein zweites Feuer könnte mit der Scheidung in Zusammenhang stehen«, sagte Barbara.

»Wußte er denn, daß die Scheidung angestrebt war?«

»Jean Cooper behauptet, nein, aber das kann man verstehen. Der Junge hatte Mittel und Gelegenheit, und das weiß sie genau. Sie wird uns also nicht helfen, auch noch ein Motiv zu finden.«

»Was wäre das denn für ein Motiv?« fragte Nkata. »Du läßt dich von Mama scheiden, dafür zünd ich deine Kate an? Hat er denn überhaupt gewußt, daß sein Vater dort war?«

Barbara war nicht zu erschüttern. »Vielleicht hat es mit der Scheidung überhaupt nichts zu tun. Er kann wütend gewesen sein, weil sein Vater den Urlaub abgeblasen hatte. Er hat mit Fleming telefoniert. Wir wissen nicht, was gesprochen wurde. Angenommen, er wußte, daß Fleming nach Kent wollte. Er könnte irgendwie rausgefahren sein; er könnte den Wagen seines Vaters in der Auffahrt gesehen haben; er könnte den Streit gehört haben, von dem uns dieser Mann erzählt hat, der Bauer, der am Haus vorüberkam – wie hieß er gleich, Inspector?«

»Freestone.«

»Richtig. Er könnte also den Streit gehört haben. Er könnte beobachtet haben, wie Gabriella Patten wegfuhr. Er könnte sich hineingeschlichen und wieder wie der Elfjährige reagiert haben.«

»Sie haben nicht mit dem Jungen gesprochen?« fragte Lynley.

»Er war nicht da, und Jean Cooper wollte mir nicht sagen, wo er ist. Ich bin mal die A 1206 rauf und runter gefahren, aber wenn ich in jede Seitenstraße geschaut hätte, würde ich jetzt noch suchen.«

Sie steckte den nächsten Keks in den Mund und fuhr sich mit der Hand durch das Haar, das danach noch unordentlicher aussah. »Wir brauchen mehr Leute für diesen Fall, Sir. Ich möchte wenigstens jemanden in der Cardale Street haben, der uns Bescheid geben kann, falls der Junge aufkreuzen sollte. Denn das wird er ja wohl früher oder später tun. Er ist mit seinen Geschwistern unterwegs. Hat jedenfalls seine Mutter gesagt. Sie können nicht die ganze Nacht ausbleiben.«

»Ich habe schon ein paar Leute aus dem Wochenende zurückbeordert. Wir bekommen ausreichend Hilfe.« Lynley lehnte sich in seinem Sessel zurück. Er lechzte nach einer Zigarette. Seine Hände, seine Lippen, seine Lunge ... Er lenkte sich von den Gedanken ab, indem er neben die Aufstellung der Beamten, die in diesem Moment von Dorothea Harriman in den New Scotland Yard zurückbeordert wurden, »Kensington«, »Isle of Dogs« und »Little Venice« schrieb.

Barbara warf einen Blick auf den Zettel. »Und?« sagte sie. »Was war mit der Tochter?«

Behindert, antwortete er. Olivia Whitelaw könne sich ohne Hilfe kaum auf den Beinen halten. Er berichtete von den Muskelspasmen, die er beobachtet hatte, und wie Faraday sich bemüht hatte, sie zu lindern.

»Eine Art Lähmung?« fragte Barbara.

Allem Anschein nach seien nur ihre Beine betroffen. Vielleicht eher eine Krankheit als ein angeborenes Leiden. Sie habe nicht gesagt, was es sei. Er habe nicht danach gefragt. Wie auch immer, mit Kenneth Flemings Tod habe sie – so sähe es zumindest im Moment aus – wohl kaum etwas zu tun.

»Im Moment?« fragte Nkata.

»Sie haben doch was!« sagte Barbara beinahe anklagend.

Lynley sah sich die Liste der Constables an und überlegte, wie er die Leute einteilen und wen er wohin schicken sollte. »Stimmt«, antwortete er. »Kann sein, daß es wertlos ist, aber ich möchte es auf jeden Fall nachprüfen. Olivia Whitelaw behauptet, die Nacht von Mittwoch auf Donnerstag auf dem Hausboot gewesen zu sein. Faraday war aus. Wenn Olivia das Boot verlassen haben sollte, so wäre das eine ziemlich umständliche Angelegenheit geworden. Es hätte jemand sie tragen, oder sie hätte ihre Gehhilfe benutzen müssen. So oder so wäre alles sehr langsam vor sich gegangen. Wenn sie also am Mittwoch abend, nachdem Faraday weg war, doch ausgegangen ist, dann hat das vielleicht jemand bemerkt.«

»Aber sie kann doch Fleming nicht getötet haben«, protestierte Barbara. »Sie hätte sich ja da unten kaum durch den Garten quälen können, wenn sie tatsächlich so krank ist, wie Sie sagen.«

»Nein, allein hätte sie es sicher nicht geschafft.« Er zog einen Kreis um die Worte »Little Venice« und fügte noch einen Pfeil hinzu, der auf sie wies. »An Deck des Boots liegt ein Stapel Zeitungen, auf dem die Hundenäpfe stehen. Ich habe mir die Zeitungen angesehen, bevor ich gegangen bin. Sie haben sich heute jedes Blatt besorgt, das auf dem Markt ist. Und die Zeitschriften auch.«

»Na und?« Barbara spielte den Advocatus Diaboli. »Sie ist praktisch invalid. Sie möchte lesen. Also schickt sie ihren Freund los, ihr die Zeitungen zu kaufen.«

»Und alle waren sie an der gleichen Stelle aufgeschlagen.«

»Bei den Berichten über Flemings Tod«, konstatierte Nkata.

»Richtig. Ich frage mich, was sie in den Artikeln sucht.«

»Aber sie hat doch Fleming gar nicht gekannt«, sagte Barbara.

»Das behauptet sie. Aber ich habe das starke Gefühl, daß sie eine Menge weiß.«

»Oder etwas wissen möchte«, warf Nkata ein.

»Richtig. Auch das ist möglich.«

Einem Hinweis im Rahmen ihrer Ermittlungen mußten sie noch nachgehen, und die Tatsache, daß es Samstag abend, acht Uhr, war, enthob sie nicht ihrer Verpflichtung, dies zu tun. Nachdem daher Constable Nkata in sein feines Jackett geschlüpft war, sorgfältig jedes Stäubchen von seinem Revers entfernt hatte und beschwingt davongeeilt war, um sich ins Samstagabendvergnügen zu stürzen, sagte Lynley zu Barbara: »Eines müssen wir noch erledigen.«

Sie hatte gerade die leere Kekspackung in den Papierkorb befördern wollen. Nun senkte sie seufzend den Arm. »Ade, Abendessen.«

»In Italien wird selten vor zehn Uhr zu Abend gegessen, Sergeant.«

»Ach was? Ich genieße *la dolce vita* und merk's gar nicht. Kann ich mir wenigstens noch ein Sandwich reinziehen?«

»Wenn Sie schnell machen.«

Sie verschwand in Richtung Kantine. Lynley zog sich das Telefon heran und tippte Helens Nummer ein. Achtmal läutete es, dann hatte er wieder den Anrufbeantworter an der Strippe. Leider sei sie im Moment nicht erreichbar; wenn der Anrufer eine Nachricht hinterlassen wolle...

Er wollte keine Nachricht hinterlassen. Er wollte mit ihr selbst reden. Er wartete ungeduldig auf den verdammten Pfeifton.

Mit knirschenden Zähnen sagte er zuckersüß: »Ich arbeite noch, Helen. Bist du da?« Er wartete. Sie war bestimmt zu Hause und hatte die Maschine nur eingeschaltet, um erst einmal zu hören, wer anrief. Sie war im Wohnzimmer. Da brauchte sie einen Moment, um an den Apparat zu kommen. Eben jetzt sprang sie auf, lief in die Küche, knipste das Licht an, griff zum Telefon, um zärtlich zu murmeln: »Tommy, Darling.« Er wartete. Nichts. »Es ist gleich acht«, sagte er, während er sich fragte, wo sie war, und erfolglos gegen seinen Ärger darüber kämpfte, daß sie nicht in ihrer Wohnung saß und auf seinen Anruf wartete. »Ich dachte, ich könnte früher Schluß machen, aber das klappt leider nicht. Ich muß noch einen Besuch machen. Ich kann nicht sagen, wann ich fertig sein werde. Halb zehn? Ich weiß nicht. Es wäre mir lieber, du wartest nicht auf mich. Das heißt, das hast du ja offensichtlich sowieso nicht getan, hm?« Er zuckte zusammen, als ihm dieser letzte Satz herausgerutscht war, und sagte hastig: »Hör zu, es tut mir wirklich leid, daß dieses Wochenende so daneben gegangen ist, Helen. Ich melde mich, sobald ich weiß –«

Mit Androidenstimme dankte ihm die Maschine für seinen Anruf, gab die genaue Zeit an – die er sowieso schon wußte – und unterbrach die Verbindung.

»Himmelherrgott«, fluchte er und knallte den Hörer auf.

Wo war sie am Samstag abend um acht, wo sie doch geplant hatten, das ganze Wochenende miteinander zu verbringen? Er ging die Möglichkeiten durch. Sie konnte bei ihren Eltern in Surrey sein, bei ihrer Schwester in Cambridge, bei Deborah und Simon in Chelsea, bei einer alten Schulfreundin, die gerade in ein neues Haus in einem Schicki-Viertel in Fulham eingezogen war. Natürlich gab es da auch noch eine ganze Reihe ehemaliger Liebhaber, aber er zog es vor, nicht an die Möglichkeit zu denken, daß einer von ihnen genau an dem Wochenende, da ihre Zukunft ein für allemal entschieden werden sollte, aus der Versenkung erschienen sein könnte.

»Himmelherrgott«, sagte er noch einmal.

»Sie sprechen mir aus der Seele«, erklärte Barbara, die in diesem Moment mit einem belegten Brot in der Hand ins Büro trat. »Da wollte ich mich heute abend in meinen neuen Stretchmini zwängen und mal wieder Hully-Gully tanzen bis zum Umfallen – tanzt eigentlich auf dieser Welt noch irgend jemand Hully-Gully? –, und statt dessen sitze ich in der Tretmühle und labe mich an einem schlabberigen Sandwich, das sie in der Kantine großspurig *croque monsieur* nennen.«

Lynley betrachtete prüfend das Brot, das sie ihm hinhielt. »Sieht mir nach gegrilltem Schinken aus.«

»Aber wenn man der Kreation einen französischen Namen

gibt, kann man mehr dafür verlangen.« Sie kaute wie ein Eichhörnchen mit aufgeblähten Pausbacken, während Lynley seine Brille einsteckte und die Autoschlüssel herausnahm. »Aha, es geht los«, stellte Barbara fest. »Und wohin, wenn man fragen darf?«

»Nach Wapping.« Er ging voraus und erklärte: »Guy Mollison hat eine Presseerklärung abgegeben. Sie kam heute nachmittag im Radio. ›Ein großes Unglück für den englischen Sport, ein schwerer Schlag für unser Team, das hofft, die Australier zu besiegen, und für das Auswahlkomitee Anlaß zu ernster Sorge.‹«

Barbara stopfte das letzte Eckchen ihres Brots in den Mund und sagte nuschelnd: »He, das ist eine interessante Perspektive, finden Sie nicht, Sir? Daran hatte ich bis jetzt noch gar nicht gedacht. Es war sicher, daß Fleming wieder in die Nationalmannschaft kommen würde. Jetzt muß ein Ersatz für ihn gesucht werden. Da hat jetzt jemand eine Riesenchance.«

Sie fuhren aus der Tiefgarage auf die Straße hinaus. Barbara warf einen sehnsüchtigen Blick zu dem italienischen Restaurant an der Ecke, als sie in Richtung Parliament Square losbrausten. Um diese Zeit waren die endlosen Reihen von Touristenbussen verschwunden; das Standbild Winston Churchills blickte in friedvoller Einsamkeit auf den Fluß hinaus.

Kurz vor der Westminster-Brücke schwenkten sie nach Norden ab, bogen zum Victoria Embankment ein und folgten dem Flußlauf. Sie fuhren jetzt asynchron zum allgemeinen Verkehr, und als sie an der Hungerford Footbridge vorüber waren, führte die Straße, auf der sie sich befanden, zur City, wo am Samstag abend kaum jemand etwas zu tun hatte. Auf der einen Seite hatten sie den Park, auf der anderen den Fluß und dazu viel Zeit, darüber Betrachtungen anzustellen, wie furchtbar die Nachkriegsbauten auf der Südseite der Themse das Stadtbild entstellten.

»Was wissen wir über Mollison?« fragte Barbara, während sie in ihrer Hosentasche kramte und schließlich eine Rolle Pfefferminzdrops zum Vorschein brachte. Sie nahm sich eines, bot die Rolle dann Lynley an und sagte im künstlich munteren Ton einer überarbeiteten Stewardeß: »Möchten Sie vielleicht ein Pfefferminzbonbon nach dem Essen, Sir?«

Er sagte: »Danke« und schob einen Drops in den Mund. Er schmeckte nach Staub, als hätte sie die angebrochene Rolle irgendwo vom Boden aufgelesen und befunden, man könne sie doch nicht verkommen lassen.

»Ich weiß, daß er für Essex spielt«, sagte sie, »wenn er nicht in der Nationalmannschaft ist. Aber das ist auch schon alles.«

»Er spielt seit zehn Jahren in der Nationalmannschaft«, korrigierte Lynley und erzählte ihr, was er bei einem Telefongespräch mit Simon St. James, Freund, Wissenschaftler und Cricket-Fan ohnegleichen, sonst noch über Mollison erfahren hatte. »Er ist siebenunddreißig –«

»Na, allzu viele gute Jahre auf dem Cricket-Feld wird er da wohl nicht mehr vor sich haben.«

»– und mit einer Anwältin namens Allison Hepple verheiratet. Ihr Vater war übrigens mal Sponsor des Teams.«

»Ich sag's ja, Sponsoren, so weit das Auge reicht.«

»Mollison hat in Cambridge studiert, am Pembroke College. Naturwissenschaften. Eine große Leuchte scheint er nicht gewesen zu sein. Er hat schon in Harrow angefangen, Cricket zu spielen, und kam dann in die Universitätsmannschaft. Nach dem Studium hat er weitergemacht.«

»Da war wohl das Studium nur Vorwand zum Cricketspielen.«

»Ja, so sieht es aus.«

»Ihm würde also das Wohl des Teams am Herzen liegen, wie auch immer das aussieht.«

»Richtig – wie auch immer es aussieht.«

Guy Mollison wohnte in einem Teil Wappings, der gründlich saniert worden war. Massige viktorianische Lagerhäuser blickten hier finster auf die schmalen kopfsteingepflasterten Straßen am Fluß hinunter. Einige waren noch in Betrieb, doch es war offenkundig, daß Wapping eine Wandlung durchgemacht hatte. Es war nicht mehr das geschäftig wimmelnde, von Verbrechen geplagte Hafenviertel, wo schreiende Schauerleute sich drängten und alles, vom Lampenruß bis zum Schildpatt, von den Schiffen trugen. Da, wo einst Warenballen, Fässer und Säcke sich in Lagerhäusern und auf den Straßen gestapelt hatten, regierte jetzt die Erneuerung. Aus den Schaulustigen des achtzehnten Jahrhunderts, die zusammengeströmt waren, um zu sehen, wie ein verurteilter Pirat bei Ebbe im Fluß angekettet wurde, um in der kommenden Flut zu ertrinken, waren karrierebewußte Yuppies des zwanzigsten Jahrhunderts geworden. Sie wohnten in den ehemaligen Lagerhäusern, die, da man ihnen den Status historischer Gebäude gegeben hatte, nicht abgerissen und durch Mammutbauten wie am Südufer ersetzt werden durften.

Guy Mollison wohnte im China Silk Wharf, einem sechsstöckigen ehemaligen Lagerhaus aus zimtbraunem Backstein, an der Kreuzung Garnet Street und Wapping Wall. Der Portier hockte, als Lynley und Barbara kamen, lustlos vor einem Minifernsehgerät in einer Portiersloge von der Größe einer Frachtkiste.

»Mollison?« fragte er, als Lynley läutete, seinen Dienstausweis zeigte und sagte, zu wem er wollte. »Warten Sie hier.« Er zog sich mit Lynleys Ausweis in der Hand in sein kleines Büro zurück, griff zum Telefon und tippte, von Fernsehgelächter begleitet, eine Nummer ein.

Mit dem Ausweis und einem Stück Aal in Aspik, das an einer Gabel hing – offensichtlich sein Abendimbiß –, kam er wieder ans Fenster. »Vier siebzehn«, sagte er. »Vierter Stock. Vom Aufzug aus links. Und melden Sie sich bei mir ab, wenn Sie gehen.«

Er nickte ihnen zu, schob das Stück Aal in den Mund und entließ sie huldvoll. Oben stellten sie fest, daß seine Anweisungen ganz überflüssig gewesen waren. Als die Aufzugtür sich in der vierten Etage öffnete, erwartete der Teamkapitän der englischen Cricket-Nationalmannschaft sie bereits im Treppenflur. Er lehnte an der Wand, dem Aufzug gegenüber, die Hände in den Taschen seiner zerknitterten Leinenhose, die Füße an den Knöcheln gekreuzt.

Lynley erkannte Mollison an dem für ihn charakteristischen Merkmal: der Nase mit dem abgeflachten Rücken, die er sich beim Cricket zweimal gebrochen hatte und die niemals korrekt eingerichtet worden war. Er hatte ein sonnengebräuntes Gesicht und Sommersprossen auf der Stirn mit den tiefen Geheimratsecken. Unter seinem linken Auge prangte ein Veilchen von der Größe eines Cricket-Balls – oder auch einer Faust –, das gerade begann, sich an den Rändern gelb zu färben.

Mit ausgestreckter Hand kam er ihnen entgegen und sagte: »Inspector Lynley? Bei der Polizei von Maidstone sagte man mir schon, daß New Scotland Yard eingeschaltet worden ist. Daher kommen Sie wohl?«

Lynley schüttelte Mollison die Hand. »Ja«, antwortete er und stellte Barbara Havers vor. »Sie haben also mit Maidstone gesprochen?«

Mollison nickte Barbara zu. »Ich versuche seit gestern abend, klare Antworten von der Polizei zu bekommen, aber sie verstehen sich wirklich darauf, alle Fragen abzuwimmeln.«

»Was für Fragen haben Sie denn?«

»Ich würde gern wissen, was eigentlich passiert ist. Ken hat nicht geraucht. Was ist das also für ein Unsinn von einer Zigarette und einem schwelenden Sessel? Und wie kann aus einem Schwelbrand innerhalb von zwölf Stunden ein ›möglicher Mord‹ werden?« Mollison lehnte sich wieder an die Mauer aus weißgestrichenem Backstein. Das Licht der Deckenlampe fiel auf sein braunes Haar und setzte goldene Glanzlichter. »Ich kann es immer noch nicht fassen, daß er tot ist. Ich habe am Mittwoch abend noch mit ihm gesprochen. Wir haben ein bißchen gequasselt. Alles war in bester Ordnung. Und dann das.«

»Genau über dieses Telefongespräch möchten wir mit Ihnen sprechen.«

»Sie wissen davon?« Mollisons Blick wurde scharf. Doch gleich darauf entspannte er sich. »Ach so, Miriam. Natürlich. Sie meldete sich, als ich anrief. Das hatte ich vergessen.« Er schob die Hände wieder in die Hosentaschen. »Was kann ich Ihnen dazu sagen?« Er blickte unschuldig von einem zum anderen und schien überhaupt nichts Merkwürdiges daran zu finden, daß ihre Besprechung im Hausflur stattfand.

»Könnten wir vielleicht in Ihre Wohnung gehen?« schlug Lynley vor.

»Das paßt mir eigentlich nicht so«, antwortete Mollison. »Ich würde das lieber hier draußen erledigen, wenn es geht.«

»Warum?«

Er deutete mit einer Kopfbewegung zu seiner Wohnung und erklärte mit gesenkter Stimme: »Es ist wegen meiner Frau. Ich möchte ihr möglichst jede Aufregung ersparen. Sie ist im achten Monat schwanger, und es geht ihr nicht so gut.«

»Sie hat Kenneth Fleming gekannt?«

»Ken? Nein. Das heißt ganz oberflächlich, ja. Von Partys und so.«

»Dann geht es ihr nicht wegen seines Todes schlecht?«

»Nein, nein. Nichts dergleichen.« Mollison lächelte mit Selbstironie. »Ich bin nervös, Inspector. Es ist unser erstes Kind. Ein Junge. Ich möchte auf keinen Fall, daß etwas schiefgeht.«

»Wir werden daran denken«, sagte Lynley freundlich. »Und wenn Ihre Frau nicht etwas zu Flemings Tod weiß, das sie uns gern mitteilen würde, braucht sie gar nicht im Zimmer zu bleiben.«

Mollisons Mund zuckte, als wollte er noch etwas sagen. Dann stieß er sich mit den Ellbogen von der Mauer ab. »Also gut. Kommen Sie. Aber denken Sie an ihren Zustand, ja?«

Er führte sie durch den Korridor zu seiner Wohnung und öffnete die Tür zu einem sehr großen, luftigen Raum mit hohen Fenstern zum Fluß. »Allie?« rief er, als er vor ihnen zu einer Sitzecke ging, wo eine Glastür mit Blick auf die alte Laderampe der Lagerhalle offenstand.

Eine frische Brise zupfte raschelnd an den Seiten einer Zeitung, die aufgeschlagen auf dem Couchtisch lag. Mollison schloß die Tür, faltete die Zeitung zusammen, sagte: »Bitte, nehmen Sie doch Platz«, und rief nochmals den Namen seiner Frau.

»Ich bin im Schlafzimmer«, antwortete sie. »Sind sie weg?«

»Noch nicht«, erwiderte er. »Mach die Tür zu, damit wir dich nicht stören, Schatz.«

Sie hörten Schritte, und dann trat Allison Hepple Mollison ins Zimmer. In der einen Hand hielt sie einen Stoß Papiere, die andere hatte sie ins Kreuz gedrückt. Es war offensichtlich, daß sie schwanger war, aber sie sah nicht aus, als fühlte sie sich unwohl, wie ihr Mann angedeutet hatte. Vielmehr schien sie bei der Arbeit gestört worden zu sein; sie hatte ihre Brille auf den Kopf hochgeschoben, und am Kragen ihres losen Kittels klemmte ein Kugelschreiber.

»Mach ruhig deinen Schriftsatz fertig«, meinte Mollison. »Wir brauchen dich hier nicht. Richtig?« fügte er mit einem besorgten Blick auf Lynley hinzu.

Ehe Lynley antworten konnte, sagte Allison: »Guy, ich bin gesund und munter. Du brauchst mich nicht zu verhätscheln. Bitte!« Sie legte ihre Papiere auf einen Eßtisch mit Glasplatte, der zwischen der Sitzecke und der Küche dahinter stand. Dann nahm sie die Brille ab und zog den Kugelschreiber vom Kragen. »Darf ich Ihnen etwas anbieten?« fragte sie Lynley und Barbara. »Eine Tasse Kaffee vielleicht?«

»Allie! Herrgott noch mal! Du sollst doch nicht –«

Sie seufzte. »Für mich wollte ich ja gar keinen machen.«

Mollison verzog das Gesicht. »Ach, entschuldige. Ich bin fürchterlich. Bin ich froh, wenn das vorbei ist!«

»Da bist du nicht allein.« Seine Frau wiederholte ihr Angebot an Lynley und Barbara.

»Ich hätte gern ein Glas Wasser«, sagte Barbara.

»Für mich nichts«, dankte Lynley.

»Guy?«

Mollison bat um ein Bier und ließ seine Frau nicht aus den Augen, als sie schwerfällig in die Küche ging, in der das Licht auf Arbeitsplatten aus gesprenkeltem Granit und auf matte Chromschränke fiel. Sie kam mit einer Dose Heineken und einem Glas Wasser wieder, in dem zwei Eiswürfel klirrten. Sie stellte beides auf den Couchtisch und ließ sich in einen Sessel sinken. Lynley und Barbara setzten sich auf das Sofa.

Mollison blieb unverdrossen stehen. Er ging zu der Glastür, die er gerade erst geschlossen hatte, und öffnete einen Flügel. »Du siehst erhitzt aus, Allie. Bißchen stickig hier drinnen, hm?«

»Ach wo. Ich fühl mich wohl. Es ist alles in Ordnung. Trink dein Bier.«

»Gut.« Doch anstatt sich zu ihnen zu setzen, ging er vor einem

Korb, der neben der offenen Tür vor zwei Topfpalmen stand, in die Hocke, griff hinein und nahm drei Cricket-Bälle heraus.

Lynley wartete förmlich darauf, daß Mollison anfangen würde, sie trotz ihrer Größe in seiner halb geöffneten Hand hin und her zu rollen.

»Wer wird jetzt an Ken Flemings Stelle in der Nationalmannschaft spielen?« fragte er.

Mollison zwinkerte verdutzt. »Sie setzen voraus, daß Ken wieder in die Nationalmannschaft berufen worden wäre.«

»Und wäre er berufen worden?«

»Inwiefern ist das von Belang?«

»Das weiß ich im Moment nicht.« Lynley erinnerte sich weiterer Details, die er von St. James erfahren hatte. »Fleming löste doch einen Spieler namens Ryecroft ab, nicht wahr? War das nicht unmittelbar vor der Rückrunde im Winter? Vor zwei Jahren?«

»Ryecroft hatte sich den Ellbogen angebrochen.«

»Und Fleming übernahm seinen Platz in der Mannschaft.«

»Wenn Sie es so formulieren wollen.«

»Ryecroft hat nie wieder in der Nationalmannschaft gespielt.«

»Er hat seine Form nie wiedergefunden. Er spielt überhaupt nicht mehr.«

»Sie waren zusammen in Harrow und Cambridge, nicht wahr? Sie und Ryecroft.«

»Was hat meine Freundschaft mit Brent Ryecroft mit Fleming zu tun? Ich kenne ihn seit meinem dreizehnten Lebensjahr. Wir waren zusammen auf der Schule. Wir haben zusammen Cricket gespielt. Er war mein Trauzeuge und ich seiner. Wir sind Freunde.«

»Und Sie waren sicher auch sein Fürsprecher.«

»Als er noch spielen konnte, ja. Aber jetzt kann er nicht mehr spielen, darum kann ich ihn auch nicht mehr empfehlen. Das ist vorbei.« Mollison richtete sich auf, zwei Bälle in der einen Hand, einen in der anderen. Gute dreißig Sekunden lang jonglierte er mit ihnen wie ein Zirkuskünstler, ehe er, ohne Lynley anzusehen, fragte: »Warum interessiert Sie das? Glauben Sie vielleicht, ich wollte Fleming loswerden, um Brent wieder in die

Mannschaft zu holen? Was für eine Idee! So, wie die Dinge liegen, gibt es hundert Spieler, die besser sind als Brent. Er weiß das. Ich weiß das. Der Ausschuß weiß es.«

»Wußten Sie, daß Fleming am Mittwoch abend nach Kent fahren wollte?«

Er schüttelte den Kopf, ganz auf die fliegenden Bälle konzentriert. »Soviel ich weiß, wollte er mit seinem Sohn in Urlaub fahren.«

»Er sagte Ihnen nicht, daß er die Reise abgeblasen hatte? Oder zumindest verschoben?«

»Nein.« Mollison sprang vor, als ein Ball ihm zu entgleiten drohte. Es gelang ihm nicht mehr, ihn zu fangen. Der Ball schlug auf den Boden und sprang auf den hellen Teppich, der eine Art Insel bildete, auf der die Sitzgarnitur stand. Dort rollte er Barbara Havers vor die Füße. Sie hob ihn auf und legte ihn demonstrativ neben sich auf das Sofa.

Allison zumindest begriff. »Setz dich, Guy«, mahnte sie.

»Ich kann nicht«, entgegnete er mit einem jungenhaften Lächeln. »Ich bin total aufgedreht. Ich muß diese überschüssige Energie irgendwie loswerden.«

Mit einem müden Lächeln sagte Allison zu ihnen: »Wenn das Baby kommt, wird es mein zweites Kind. Möchtest du jetzt das Bier oder nicht, Guy?«

»Ich trink's ja gleich.« Er jonglierte mit zwei Bällen weiter.

»Weshalb bist du so nervös?« fragte Allison. Mühsam drehte sie sich herum, um Lynley direkt ansehen zu können. »Guy war Mittwoch abend mit mir hier zu Hause, Inspector. Darüber wollten Sie doch mit ihm sprechen, nicht wahr? Sie möchten sein Alibi überprüfen. Wenn wir gleich zu den Fakten kommen, können wir alle Spekulationen sein lassen.« Sie legte die Hand auf den Bauch, als wollte sie auf ihren Zustand hinweisen. »Ich schlafe schon eine ganze Weile nicht mehr gut. Ich döse, wenn möglich. Ich war fast die ganze Nacht über wach. Guy war hier. Wenn er weggegangen wäre, hätte ich das gemerkt. Und wenn ich sein Verschwinden wundersamer Weise doch verschlafen hätte, dann hätte der Portier es bemerkt. Sie haben ihn doch kennengelernt, nicht wahr?«

»Allison! Hör auf!« Mollison warf die Bälle endlich wieder in den Korb. Er ging zu einem der Sessel, setzte sich und öffnete die Bierdose. »Der Inspector glaubt doch nicht, ich hätte Ken umgebracht. Was hätte ich denn für einen Grund haben sollen?«

»Worum ging es bei Ihrem Streit?« fragte Lynley und wartete nicht darauf, daß Mollison mit: »Was für ein Streit?« konterte, sondern fügte sogleich erklärend hinzu: »Miriam Whitelaw hörte den Anfang Ihres Telefongesprächs mit Fleming. Sie sagte, Sie hätten von einem Streit gesprochen. Sie hätten gesagt, man solle den Streit vergessen.«

»Wir hatten letzte Woche im *Lord's* einen kleinen Zusammenstoß. Ich machte eine Bemerkung über einen der pakistanischen Spieler von Middlesex. Es hatte nur mit dem Spiel zu tun, das stattgefunden hatte. Aber Ken sah es anders. Er schimpfte mich einen Rassisten, und da führte eben eines zum anderen.«

»Sie haben sich geprügelt«, erklärte Allison ruhig. »Draußen auf dem Parkplatz. Guy hat den kürzeren gezogen. Er kam mit zwei geprellten Rippen und dem Veilchen da nach Hause.«

»Wundert mich, daß sich die Presse da nicht draufgestürzt hat«, bemerkte Barbara.

»Es war spät«, sagte Mollison. »Es war kein Mensch da.«

»Nur Sie beide?«

»Richtig.« Mollison trank einen Schluck.

»Sie haben hinterher niemandem von der Prügelei mit Fleming erzählt? Wieso nicht?«

»Weil es eine Dummheit war. Wir hatten beide zuviel getrunken. Wir haben uns benommen wie die Halbstarken. Uns lag beiden nicht daran, das publik zu machen.«

»Und später haben Sie mit ihm Frieden geschlossen?«

»Nicht sofort. Darum hab ich ihn ja am Mittwoch angerufen. Ich nahm an, daß er diesen Sommer in die Nationalmannschaft berufen würde. Und daß auch ich reinkommen würde. Ich wollte keine ungute Stimmung. Und da ich die blöde Bemerkung gemacht hatte, hielt ich es für richtig, den ersten Schritt zu einer Verständigung zu tun.«

»Worüber haben Sie am Mittwoch abend sonst noch gesprochen?«

Er stellte die Bierdose auf den Tisch und beugte sich vor, die Hände locker zwischen den leicht gespreizten Beinen gefaltet. »Über diesen neuen Wunderwerfer der Australier. Über den Zustand der Spielfelder. Wie viele große Spiele wir noch von Jack Pollard erwarten können. Fachsimpelei eben.«

»Und Fleming erwähnte bei diesem Gespräch nicht, daß er am Abend nach Kent fahren wollte?«

»Nein.«

»Und Gabriella Patten? Hat er von der gesprochen?«

»Gabriella Patten?« wiederholte Mollison verblüfft. »Nein. Er hat nicht von Gabriella gesprochen.« Er sah Lynley bei diesen Worten so direkt an, daß gerade die Ernsthaftigkeit seines Blicks ihn verriet.

»Kennen Sie sie?« fragte Lynley.

Der Blick blieb fest. »Natürlich. Hugh Pattens Frau. Er sponsert diesen Sommer die Wettkämpfe. Aber das wissen Sie inzwischen sicher.«

»Sie und ihr Mann leben gegenwärtig getrennt. Wußten Sie das?«

Ein rascher Blick zu seiner Frau, dann sah Mollison wieder Lynley an. »Nein, das wußte ich nicht. Tut mir leid, das zu hören. Ich hatte immer den Eindruck, sie und Hugh seien ganz vernarrt ineinander.«

»Sie haben sie häufig gesehen?«

»Ab und zu. Auf Partys. Bei diesem oder jenem Spiel. Sie sind am Cricket ziemlich interessiert. Aber, na ja, das ist verständlich, da er die Nationalmannschaft unterstützt.« Mollison hob die Bierdose und leerte sie. Er begann, mit den Daumen die Wände einzudrücken. »Ist noch eines da?« fragte er seine Frau und sagte dann hastig: »Nein. Bleib sitzen. Ich hol's mir schon.« Er sprang auf und lief in die Küche, wo er im Kühlschrank suchte und fragte: »Möchtest du auch etwas, Allie? Du hast ja heute Abend kaum was gegessen. Diese Hühnerkeulchen sehen ganz anständig aus. Möchtest du eine, Schatz?«

Allison betrachtete nachdenklich die eingedrückte Bierdose,

die ihr Mann auf dem Tisch liegengelassen hatte. Als sie nicht reagierte, rief er noch einmal ihren Namen. Sie rief: »Nein, danke, Guy. Interessiert mich nicht. Essen, meine ich.«

Er kam wieder ins Zimmer und öffnete die zweite Bierdose. »Wollen Sie wirklich keines?« fragte er Lynley und Barbara.

»Und die Spiele der Ligamannschaften?« fragte Lynley.

»Bitte?«

»Haben Patten und seine Frau sich die auch angesehen? Haben Sie sich zum Beispiel je ein Essex-Spiel angesehen? Gibt es eine Mannschaft, die sie bevorzugen, wenn die Nationalmannschaft nicht spielt?«

»Ich vermute, sie sind Fans von Middlesex. Oder Kent.«

»Und wie steht's mit Essex? Sind sie auch mal gekommen, um Sie spielen zu sehen?«

»Wahrscheinlich. Ich kann's nicht mit Sicherheit sagen.«

»Und wann haben Sie sie das letztemal gesehen?«

»Hugh habe ich letzte Woche gesehen.«

»Wo?«

»Im *Garrick.* Zum Lunch. Das gehört mit zu meinen Aufgaben: dafür zu sorgen, daß der jeweilige Sponsor glücklich ist, unser Sponsor sein zu dürfen.«

»Er hat Ihnen nicht von der Trennung von seiner Frau erzählt?«

»Aber nein. Ich kenne ihn nicht. Ich meine, ich kenne ihn natürlich, aber es ist eine völlig unpersönliche Angelegenheit. Wir sprechen über Sport. Wen wir gegen die Australier als Werfer antreten lassen sollen. Wie ich die Mannschaft aufstellen werde. Welche Spieler der Ausschuß im Auge hat.« Er hob die Bierdose an den Mund und trank.

Lynley wartete, bis er sie wieder abgesetzt hatte, ehe er fragte: »Und wann haben Sie Mrs. Patten das letztemal gesehen?«

Mollison sah zu einem riesigen Ölgemälde à la Hockney hinauf, das an der Wand hinter dem Sofa hing, als könnte er von ihm ablesen, wie er seine Tage verbracht hatte. »Ehrlich gesagt, ich weiß es nicht mehr.«

»Sie war bei dem Abendessen«, warf Allison ein. »Ende

März.« Als ihr Mann sie verständnislos ansah, fügte sie hinzu: »Im *River Room*, du weißt doch. Im *Savoy*.«

»Du hast wirklich ein Wahnsinnsgedächtnis, Allie«, lobte Mollison. »Richtig. Ende März. An einem Mittwoch –«

»Donnerstag.«

»– einem Donnerstagabend. Ja. Du hattest dieses rote afrikanische Ding an.«

»Persisch.«

»Natürlich. Persisch. Und ich –«

Lynley machte dem Dialog ein Ende, indem er sagte: »Und seitdem haben Sie sie nicht mehr gesehen? Seit sie in Kent lebt, haben Sie sie nicht mehr getroffen?«

»In Kent?« Sein Gesicht war verblüfft. »Ich wußte nicht, daß sie in Kent lebt. Was tut sie denn in Kent? Wo denn da?«

»In dem Haus, in dem Fleming umgekommen ist.«

»Du meine Güte!« Er schluckte.

»Als Sie am Mittwoch abend mit Kenneth Fleming sprachen, da hat er Ihnen nicht gesagt, daß er nach Kent zu Gabriella Patten wollte?«

»Nein.«

»Sie haben nicht gewußt, daß er eine Affäre mit ihr hatte?«

»Nein.«

»Sie haben nicht gewußt, daß er schon seit dem vergangenen Jahr eine Beziehung mit ihr hatte?«

»Nein.«

»Und auch nicht, daß beide vorhatten, sich von ihren Partnern scheiden zu lassen, um heiraten zu können?«

»Nein. Davon hatte ich keine Ahnung.« Er wandte sich seiner Frau zu. »Hast du davon gewußt, Allie?«

Sie hatte ihn die ganze Zeit unverwandt beobachtet. Jetzt sagte sie ruhig: »Woher sollte ausgerechnet ich davon wissen?«

»Ich dachte, sie hat vielleicht was zu dir gesagt«, erwiderte Mollison. »Im März. Bei dem Abendessen.«

»Sie war doch mit Hugh da.«

»Ich meinte, in der Toilette. Oder so.«

»Wir waren keinen Moment allein. Und selbst wenn wir's gewesen wären, man unterhält sich im allgemeinen in der Toilette nicht darüber, wen man außer dem eigenen Ehemann sonst noch bumst, Guy. Jedenfalls tun Frauen das nicht.«

Ihr Gesicht und ihr Ton widersprachen ihrer Wortwahl. Ihr Mann starrte sie an. Ein geladenes Schweigen knisterte zwischen ihnen, und Lynley ließ zu, daß es sich in die Länge zog. Durch die offene Tür schallte vom Fluß her das Dröhnen eines Nebelhorns. Ein plötzlicher kalter Luftzug wehte ins Zimmer. Er bewegte die Blätter der Palmen und blies Allison die feinen nußbraunen Haarsträhnchen aus dem Gesicht, die sich aus dem pfirsichfarbenen Band gelöst hatten, mit dem sie ihr Haar zurückgebunden hatte. Mollison stand hastig auf und schloß die Tür.

Lynley erhob sich ebenfalls, und Barbara warf ihm einen halb zornigen, halb verständnislosen Blick zu, der besagte: Sind Sie total verrückt? Das sieht doch jeder Blinde, daß der Kerl Dreck am Stecken hat. Als er nicht reagierte, hievte sie sich widerstrebend aus den Tiefen des Sofas. Lynley nahm eine seiner Karten heraus. »Wenn Ihnen noch irgend etwas einfallen sollte, Mr. Mollison«, sagte er und reichte Mollison die Karte, als dieser von der Tür zurückkam.

»Ich habe Ihnen alles gesagt, was ich weiß«, erwiderte Mollison. »Ich weiß nicht, was Sie noch –«

»Manchmal gibt irgend etwas dem Gedächtnis einen Anstoß. Eine zufällige Bemerkung. Ein Gesprächsfetzen, den man gehört hat. Eine Fotografie. Ein Traum. Rufen Sie mich an, wenn das geschehen sollte.«

Mollison schob die Karte in die Brusttasche seines Hemds. »Gern. Aber ich glaube nicht –«

»Nur für den Fall«, betonte Lynley. Er nickte Allison Mollison zu, und das Gespräch war beendet.

Erst als sie im Aufzug auf dem Weg nach unten waren, sagte Barbara: »Der lügt doch wie gedruckt.«

»Stimmt«, bestätigte Lynley.

»Wieso sind wir dann nicht oben und nageln ihn fest?«

Die Aufzugstür öffnete sich. Sie traten ins Foyer. Der Portier kam aus seiner Loge und führte sie so steif und förmlich wie ein Gefängniswärter zur Tür. Lynley sagte nichts, als sie in die Nacht hinaustraten.

Barbara zündete sich eine Zigarette an. »Sir«, insistierte sie wieder, »warum sind wir nicht –«

»Weil uns die Ehefrau das abnehmen wird«, antwortete Lynley. »Sie ist Anwältin. Das ist manchmal auch ein Segen.«

Am Auto angekommen, waren sie immer noch uneins. Lynley blickte die Straße hinunter zu einem Pub, vor dem ein paar Leute standen. Barbara paffte an ihrer Zigarette, um vor der langen Heimfahrt noch kräftig Nikotin zu tanken.

»Aber die steht doch nicht auf unserer Seite«, gab Barbara zu bedenken. »Sie wird zu ihrem Mann halten, wenn der mit der Sache zu tun haben sollte.«

»Wir brauchen sie gar nicht auf unserer Seite. Es reicht, wenn sie ihm sagt, was er zu fragen vergessen hat.«

Barbara vergaß vor Verblüffung, weiterzurauchen. »Was er zu *fragen* vergessen hat?«

»›Wo ist Gabriella jetzt?‹« sagte Lynley. »Der Brand war in dem Haus, in dem Gabriella lebt. Es wurde eine Leiche gefunden, aber es ist Flemings Leiche. Wo, zum Teufel, ist also Gabriella?« Lynley sperrte den Wagen auf. »Interessant, nicht wahr?« meinte er, als er die Tür öffnete und einstieg. »Was die Leute so alles verraten, indem sie nichts sagen.«

11

Im Wirtsgarten des *Load of Hay* ging es hoch her. In den Bäumen glühten bunte Lampen und bildeten einen funkelnden Himmel über den lachenden und schwatzenden Gästen, die das milde Maiwetter genossen. Anders jedoch als am vergangenen Abend dachte Barbara nicht einmal flüchtig daran, sich zu ihnen zu gesellen, als sie vorüberfuhr. Sie hatte ihr wöchentliches Glas Bass immer noch nicht getrunken, sie hatte noch immer mit keinem Menschen ihres Viertels außer Bhimani im Lebensmittelgeschäft gesprochen, aber es war halb elf, und sie war nach der kurzen Nacht und dem langen Tag völlig erledigt.

Sie nahm gleich die erste Parklücke, die sie entdeckte, neben einem Berg Müllsäcken, aus denen verdorrtes Unkraut und Gras auf den Bürgersteig hingen. Er war in der Steele's Road, direkt unter einer Erle, die ihre ausladenden Äste hoch über die Straße reckte. Da war am Morgen vermutlich mit reichlich Vogelmist zu rechnen, aber in Anbetracht der allgemeinen Verfassung ihres Mini war Vogeldreck keine Katastrophe. Im Gegenteil, mit ein bißchen Glück würde vielleicht genug herabfallen, um die Rostlöcher in der Kühlerhaube zu stopfen.

Müde stapfte sie in Richtung Eton Villas. Sie gähnte, rieb sich die verkrampfte Schulter und schwor sich, zu Hause sofort ihre Umhängetasche auszuleeren und allen unnötigen Ballast auszusortieren. Was ist überhaupt drin in dem verdammten Ding, dachte sie, während sie die Tasche Richtung Heimat schleppte. Die ist ja so schwer, als hätte ich mindestens zwei Säcke Eis von *Jaffri's* reingestopft.

Bei dem Gedanken an zwei Säcke Eis in der Umhängetasche blieb sie abrupt stehen. Gottverdammter Mist, dachte sie. Sie hatte den Kühlschrank vergessen.

Sie ging schneller und bog um die Ecke. Sie hoffte und betete inbrünstig, Opas Enkel möge es geschafft haben, selbst darauf zu kommen, was mit dem Kühlschrank zu geschehen hatte, nachdem er ihn mit seinem offenen Lieferwagen von Fulham nach Chalk Farm befördert hatte. Barbara hatte ihm nicht genau erklärt, was sie mit dem Kühlschrank vorhatte, da sie irrigerweise angenommen hatte, sie würde zu Hause sein, wenn er kam. Aber da sie nun nicht dagewesen war, hatte der Knabe bestimmt herumgefragt. Er würde das gute Stück doch nicht einfach auf dem Bürgersteig abgestellt haben?

Nein, das hatte er nicht getan, wie sie feststellte, als sie zu Hause ankam. Sie ging die Einfahrt entlang, um einen roten Golf neueren Modells herum, stieß das Törchen auf und sah, daß Opas Enkel es geschafft hatte – ob mit oder ohne Hilfe, würde sie nie erfahren –, den Kühlschrank über den Rasen vor dem Haus und die vier Betonstufen hinunter zu bugsieren. Nun stand er, teilweise eingehüllt in eine pinkfarbene Decke, vor der Erdgeschoßwohnung, mit einem Bein in einem Busch Kamille versunken, der zwischen den Steinplatten wuchs.

»Falsch!« knurrte Barbara wutschnaubend. Total falsch, du Blödmann.«

Sie stemmte die Schulter gegen den Strick, mit dem die pinkfarbene Decke zusammengehalten wurde. Grunzend und stöhnend prüfte sie, welches Gewicht sie würde stemmen müssen, um den Kühlschrank die vier Stufen hinaufzuhieven, ihn am Haus entlang zu schieben und in ihr Häuschen am Ende des Gartens zu befördern. Es gelang ihr, ihn auf einer Seite etwa fünf Zentimeter anzuheben, aber dadurch sank das Bein auf der anderen Seite noch ein Stück tiefer in die Kamille, die der Bewohner der Erdgeschoßwohnung bestimmt zu medizinischen Zwecken angebaut hatte.

»Mist, Mist«, ächzte sie und hievte noch einmal. Der Kühlschrank sank wieder einen Zentimeter tiefer. Sie versuchte es erneut, und wieder sank er ein. »Ach, zum Teufel damit«, sagte sie erbittert, griff in ihre Umhängetasche und holte die Zigaretten hervor. Wütend ging sie zu einer Holzbank, die vor der Fenstertür der Erdgeschoßwohnung stand. Sie setzte sich und zündete eine Zigarette an. Durch die Rauchwölkchen betrachtete sie den Kühlschrank und überlegte, was sie tun sollte.

Über ihr ging ein Licht an. Eine der Fenstertüren wurde geöffnet. Barbara wandte den Kopf und sah dasselbe kleine, dunkle Mädchen, das am Abend zuvor den Tisch gedeckt hatte. Diesmal trug sie jedoch keine Schuluniform, sondern ein langes, blütenweißes Nachthemd mit einem Volant am Saum. Ihr Haar war noch geflochten.

»Ach, der gehört wohl Ihnen?« fragte das Mädchen ernsthaft, während es sich mit der großen Zehe den Knöchel des anderen Beins kratzte. »Wir haben uns schon Gedanken gemacht.«

Barbara hielt nach dem Rest des »Wir« Ausschau. Die Wohnung war dunkel bis auf einen schmalen Lichtstreifen, der aus einer offenen Tür im Hintergrund drang.

»Ich hatte vergessen, daß er geliefert wird«, sagte Barbara. »Und dieser Dummkopf hat ihn hierhergestellt.«

»Ja«, sagte das Mädchen. »Ich habe ihn gesehen. Ich wollte ihm sagen, daß wir keinen Kühlschrank brauchen, aber er hat mir gar nicht zugehört. Wir haben schon einen, habe ich zu ihm gesagt, und ich hätte ihm unseren Kühlschrank auch gezeigt, aber wenn Dad nicht zu Hause ist, darf ich niemanden in die Wohnung lassen, wissen Sie, und er war nicht zu Hause. Aber jetzt ist er da.«

»Ja?«

»Aber er schläft. Darum spreche ich so leise. Ich möchte ihn nicht wecken. Er hat zum Abendbrot Hühnchen mitgebracht, und ich habe Zucchini gemacht, und wir haben *chapatis* gegessen, und dann ist er eingeschlafen. Ich darf niemand reinlassen, wenn er nicht da ist. Ich darf nicht mal die Tür aufmachen. Aber jetzt ist es okay, jetzt ist er ja da. Ich kann ihn jederzeit rufen, wenn ich ihn brauche, nicht?«

»Natürlich«, sagte Barbara. Sie schnippte etwas Asche auf die sauberen Steinplatten, und als das Mädchen mit seinen dunklen Augen den Fall der Asche beobachtete und dabei nachdenklich die Stirn runzelte, wischte Barbara mit einem Fuß über die Asche und verschmierte sie zu einem dunkelgrauen Fleck. Das Mädchen beobachtete das und kaute auf der Unterlippe.

»Müßtest du nicht eigentlich im Bett sein?« fragte Barbara.

»Ich schlafe nicht gut. Meistens lese ich so lange, bis ich die Augen nicht mehr offenhalten kann. Aber ich muß immer warten, bis Dad eingeschlafen ist, ehe ich mein Licht anmache, sonst kommt er nämlich in mein Zimmer und nimmt mir das Buch weg. Er sagt immer, ich soll von hundert an rückwärts zählen, wenn ich nicht schlafen kann, aber ich finde, lesen ist viel einfacher, finden Sie nicht auch? Außerdem kann ich viel schneller von hundert an rückwärts zählen, als ich einschlafen kann, und was soll ich dann tun, wenn ich bei Null bin?«

»Ja, das ist ein echtes Problem.« Wieder spähte Barbara an dem Kind vorbei in die Wohnung. »Und deine Mama, ist die gar nicht da?«

»Meine Mama ist bei Freunden zu Besuch. In Ontario. Das ist in Kanada.«

»Ja, ich weiß.«

»Sie hat mir noch keine Karte geschickt. Wahrscheinlich hat sie so viel zu tun. Das ist immer so, wenn man Freunde besucht. Sie heißt Malak. Meine Mama, meine ich. Das heißt, ihr richtiger Name ist das eigentlich nicht. Dad nennt sie so. Malak heißt Engel. Ist das nicht schön? Ich wollte, ich könnt so heißen. Aber ich heiße Hadiyyah. Ich finde, das ist nicht halb so schön wie Malak. Und es heißt auch nicht Engel.«

»Aber es ist ein hübscher Name.«

»Haben Sie auch einen Namen?«

»Oh, entschuldige. Ich heiße Barbara. Ich wohne da hinten.«

Hadiyyah lächelte mit runden Wangen. »In dem süßen kleinen Häuschen?« Sie drückte die Hände an die Brust. »Ach, dort wollte ich so gern wohnen, als wir hier eingezogen sind. Aber es ist viel zu klein für uns. Es ist wie ein Puppenhaus. Kann ich es anschauen?«

»Aber sicher. Bei Gelegenheit.«

»Jetzt gleich?«

»Jetzt?« fragte Barbara verdattert. Ihr begann eine Spur unbehaglich zu werden. Fing es nicht meistens so an und endete dann damit, daß ein Unschuldiger angeklagt wurde, ein gemeines Verbrechen an einem Kind begangen zu haben? »Ich weiß nicht recht. Mußt du denn nicht ins Bett? Was ist, wenn dein Dad aufwacht?«

»Ach, der wacht nie vor morgens auf. Höchstens, wenn ich schlecht träume.«

»Aber wenn er ein Geräusch hört und aufwacht und du dann nicht hier bist –«

»Aber ich bin doch hier.« Sie lächelte wieder. »Ich bin nur hinter dem Haus. Ich könnte ihm ja einen Zettel schreiben und ihn auf mein Bett legen, für den Fall, daß er aufwacht. Ich könnte schreiben, daß ich nur mal hinters Haus gegangen bin. Ich könnte ihm schreiben, daß ich bei Ihnen bin – ich schreibe Ihren Namen, ich schreibe: Ich bin bei Barbara – und daß Sie mich wieder heimbringen, wenn ich das Häuschen angeschaut habe. Wäre das nicht gut?«

Nein, dachte Barbara. Gut wäre jetzt eine lange heiße Dusche, ein Toast mit Spiegelei und eine Tasse Bouillon, weil ein Streifen gegrillter Schinken und ein Klacks Käse mit einem raffinierten französischen Namen als Abendessen nicht zählten.

»Also gut, schreib ihm einen Zettel«, sagte sie schließlich. »Ich warte.«

Hadiyyah lächelte glückselig. Sie wirbelte herum. Sie flitzte in die Wohnung. Der Lichtstreifen wurde breiter, als sie in das Zimmer nach hinten lief. Keine zwei Minuten später war sie zurück.

»Ich hab den Zettel an meine Lampe gelehnt«, berichtete sie. »Aber wahrscheinlich wird Dad gar nicht aufwachen. Er wacht nie auf. Außer, wenn ich schlecht träume.«

»Gut«, sagte Barbara und schlug den Weg zur kurzen Treppe ein. »Hier herum, komm.«

»Ich weiß den Weg. Ja, ehrlich. Ich weiß ihn.« Hadiyyah hüpfte voraus. Über ihre Schulter rief sie zurück: »Nächste Woche hab ich Geburtstag. Ich werde acht. Dad hat mir erlaubt, ein Fest zu geben. Mit Schokoladenkuchen und Erdbeereis. Kommen Sie? Sie brauchen auch kein Geschenk mitzubringen.« Sie sprang davon, ohne auf eine Antwort zu warten.

Barbara sah, daß sie keine Schuhe trug. Na wunderbar, dachte sie. Die Kleine würde sich eine Lungenentzündung holen, und sie wäre schuld daran.

Auf dem Stück Rasen zwischen dem Haupthaus und Barbaras Häuschen holte Barbara die Kleine ein. Sie hatte angehalten, um ein umgekipptes Dreirad wieder aufzustellen. »Das gehört

Quentin«, erklärte sie. »Er läßt sein Zeug immer draußen. Seine Mama wird dann ganz böse und schimpft vom Fenster aus mit ihm, aber er hört nie auf sie. Er versteht wahrscheinlich nicht, was sie von ihm will, nicht?«

Wieder wartete sie nicht auf Antwort, sondern wies auf einen Liegestuhl und einen weißen Plastiktisch mit zwei passenden Stühlen. »Der gehört Mrs. Downey. Sie wohnt in dem Apartment. Kennen Sie sie? Sie hat eine Katze, die heißt Jones. Und der Tisch mit den Stühlen gehört den Jensens. Die mag ich nicht besonders – die Jensens, mein ich –, aber Sie verraten's ihnen nicht, oder?«

»Ich schweige wie ein Grab.«

Barbara führte das Kind zu ihrer Haustür und kramte den Schlüssel aus der Tasche hervor. Sie sperrte auf und knipste die Deckenlampe an. Hadiyyah drängte sich an ihr vorbei.

»Ach, ist das süß!« rief sie. »Wirklich, wie in einem Puppenhaus. Einfach goldig.« Sie rannte in die Mitte des Zimmers und drehte sich im Kreis. »Ach, wenn wir doch hier wohnen würden. Wenn wir doch hier wohnen würden!«

»Dir wird gleich schwindlig werden.« Barbara stellte ihre Tasche auf die Arbeitsplatte und ließ Wasser in den Kessel laufen.

»Nein, nein«, widersprach Hadiyyah. Sie wirbelte noch dreimal im Kreis herum, dann hielt sie schwankend an. »Ach, vielleicht doch. Ein kleines bißchen.« Sie sah sich um. Während sie mit beiden Händen ihr Nachthemd glattstrich, flog ihr Blick von einem Gegenstand zum anderen. Schließlich erklärte sie mit gekünstelter Förmlichkeit: »Sie haben es wirklich sehr hübsch hier, Barbara.«

Barbara unterdrückte ein Lächeln. Hadiyyah war entweder höflich, oder sie besaß einen fragwürdigen Geschmack. Alles im Raum stammte entweder aus dem Haus ihrer Eltern in Acton oder von Flohmärkten. Hadiyyah hopste zum Bett und betrachtete eine Fotografie, die auf dem kleinen Tisch daneben stand. Sie hüpfte so unruhig hin und her, daß Barbara versucht war, sie zu fragen, ob sie zur Toilette müsse. Statt dessen sagte sie: »Das ist mein Bruder Tony.«

»Aber der ist ja so klein. Wie ich.«

»Das Bild ist vor langer Zeit gemacht worden. Er ist gestorben.«

Hadiyyah runzelte die Stirn. Sie sah Barbara über die Schulter an. »Wie furchtbar. Sind Sie noch traurig darüber?«

»Manchmal. Nicht immer.«

»Ich bin auch manchmal traurig. Hier gibt's überhaupt keine Kinder zum Spielen, und Geschwister hab ich nicht. Dad sagt, es ist ganz okay, traurig zu sein, wenn ich meine Seele prüfe und sehe, daß das Gefühl in mir echt ist. Ich weiß nur nicht genau, wie man seine Seele prüft. Ich hab's versucht. Ich hab ganz lang in den Spiegel geschaut, aber mit der Zeit ist mir ganz komisch geworden. Haben Sie das mal probiert? Ist Ihnen das auch so gegangen? Daß Sie in den Spiegel geschaut haben und Ihnen dabei ganz komisch geworden ist?«

Barbara mußte unwillkürlich lachen, nicht ohne eine gewisse Bitterkeit. Sie zog den Eimer unter der Spüle heraus und inspizierte seinen dürftigen Inhalt. »Fast jeden Tag geht mir das so«, antwortete sie. Sie holte zwei Eier heraus und legte sie auf die Arbeitsplatte. Dann griff sie in ihre Tasche nach ihren Zigaretten.

»Dad raucht auch. Er weiß genau, daß es nicht gut ist, aber er tut's trotzdem. Er hat mal zwei Jahre aufgehört, weil Mami es so wollte. Aber jetzt hat er wieder angefangen. Sie wird schön böse sein, wenn sie heimkommt. Sie ist –«

»– in Kanada.«

»Genau. Das hab ich Ihnen schon erzählt, nicht? Entschuldigung.«

»Schon gut.«

Hadiyyah hopste zu Barbara hinüber und musterte die freie Stelle in der Küche. »Da kommt der Kühlschrank hin«, stellte sie fest. »Machen Sie sich deswegen keine Sorgen, Barbara. Wenn Dad morgen aufsteht, bringt er ihn Ihnen hierher. Ich sag ihm, daß es Ihrer ist. Ich sag ihm, daß Sie meine Freundin sind. Ist Ihnen das recht? Wenn ich sage, daß Sie meine Freundin sind? Es ist gut, wenn ich das sage, wissen Sie. Meinen Freunden hilft Dad gern.«

Begierig wartete sie auf Barbaras Antwort.

»Natürlich. Das kannst du ruhig sagen«, antwortete Barbara und fragte sich, worauf sie sich da einließ.

Hadiyyah strahlte. Sie wirbelte durch den Raum zum offenen Kamin. »Der ist auch so niedlich«, sagte sie. »Glauben Sie, er funktioniert? Können wir da im Feuer mal Marshmallows rösten? Ist das ein Anrufbeantworter? Schauen Sie. Es hat jemand angerufen, Barbara.« Sie streckte den Arm nach dem Gerät aus, das auf dem Regal neben dem Kamin stand. »Wollen wir sehen, wer –«

»Nein.«

Hadiyyah riß ihre Hand zurück und trat hastig ein paar Schritte von dem Gerät weg. »Ich hätte nicht –« Sie sah so zerknirscht aus, daß Barbara sagte: »Tut mir leid. Ich wollte dich nicht anfahren.«

»Sie sind wahrscheinlich müde. Dad fährt mich auch manchmal an, wenn er besonders müde ist. Soll ich Ihnen Tee kochen?«

»Nein. Danke. Ich habe das Wasser schon aufgesetzt. Ich mache ihn mir selbst.«

»Oh.« Hadiyyah sah sich um, als suche sie weitere Beschäftigungsmöglichkeiten. Als sie nichts finden konnte, murmelte sie: »Wahrscheinlich sollte ich jetzt heimgehen.«

»Es war ein langer Tag.«

»Ja, das stimmt.« Hadiyyah näherte sich zögernd der Tür, und Barbara fiel auf, daß die Schleifen an ihren Zöpfen weiß waren. Sie fragte sich flüchtig, ob das kleine Mädchen zu jedem Kleidungsstück Schleifen in der passenden Farbe hatte.

»Also dann«, sagte Hadiyyah, als sie die Tür erreicht hatte. »Gute Nacht, Barbara. Es war sehr nett, Sie kennenzulernen.«

»Ganz meinerseits«, erwiderte Barbara. »Warte einen Moment, dann begleite ich dich zum Haus.« Sie goß heißes Wasser in ihren Teebecher und versenkte einen Beutel darin. Als sie sich zur Tür wandte, war das kleine Mädchen verschwunden. Sie rief: »Hadiyyah?« und ging in den Garten.

Sie hörte sie »Gute Nacht, gute Nacht« rufen und sah den Schimmer ihres weißen Nachthemds in der Dunkelheit. »Vergessen Sie die Party nicht. Es ist meine –«

»Geburtstagsfeier«, sagte Barbara leise. »Ja. Ich weiß.« Sie wartete, bis sie hörte, wie die Tür der Erdgeschoßwohnung geschlossen wurde. Dann kehrte sie zu ihrem Tee zurück.

Der Anrufbeantworter winkte ihr gebieterisch, Erinnerung an die andere Verpflichtung, die sie heute nicht erfüllt hatte. Sie brauchte das Band gar nicht erst abzuhören, um zu wissen, wer angerufen hatte. Sie ging gleich zum Telefon und wählte Mrs. Flos Nummer.

»Ach, wir sitzen gerade bei einem Täßchen Bouillon«, berichtete Mrs. Flo, als sie sich meldete. »Und dazu gibt's Toast mit Kräuteraufstrich. Ihre Mama schneidet sich ihre Brote wie lauter kleine Häschen zu – nicht wahr, meine Liebe? Ja, das ist wirklich niedlich –, und dann stecken wir sie in den Toaster und passen auf, daß sie nicht verbrennen.«

»Wie geht es ihr?« fragte Barbara. »Es tut mir leid, daß ich heute nicht da war. Ich hatte Dienst.«

Sie hörte gedämpfte schlurfende Schritte auf dem Linoleum, und die Stimme von Mrs. Flo, die sagte: »Sie passen jetzt einen Moment ganz genau darauf auf, ja, meine Liebe? Ja, stellen Sie sich direkt daneben. Das ist gut. Sie wissen, was Sie tun müssen, wenn es zu qualmen anfängt, nicht? Können Sie es mir wiederholen?«

»Ich bin gerade von der Arbeit nach Hause gekommen«, sagte Barbara. »Ist etwas – wie geht es meiner Mutter?«

»Sie arbeiten wirklich zuviel, Kind«, sagte Mrs. Flo. »Essen Sie wenigstens richtig? Achten Sie auf sich? Schlafen Sie genug?«

»Alles wunderbar. Keine Sorge. Der Kühlschrank, den ich mir habe liefern lassen, steht zwar bei meinen Nachbarn vor der Tür und nicht bei mir, aber sonst ist alles bestens. Wie geht es meiner Mutter, Mrs. Flo? Besser?«

»Sie hatte fast den ganzen Tag wieder mit dem Bauch zu tun und hat nicht gegessen. Das hat mir etwas Sorge gemacht. Aber jetzt sieht es schon besser aus. Sie fehlen ihr allerdings.«

»Ja«, sagte Barbara. »Ich weiß. Es tut mir so leid.«

»Sie sollen sich keine Sorgen machen und keine Vorwürfe«, widersprach Mrs. Flo in entschiedenem Ton. Ihre Stimme war warm. »Sie tun Ihr Bestes. Ihrer Mutter geht es schon wieder gut. Sie hat noch ein bißchen erhöhte Temperatur, aber sie ißt ihren Toast.«

»Aber auf die Dauer reicht das doch nicht.«

»Fürs erste schon, Kind.«

»Kann ich mal mit ihr sprechen?«

»Natürlich. Sie wird selig sein, wenn sie Ihre Stimme hört.«

Ein Moment verging. Barbara bemühte sich, nicht an Toast, an Eßbares irgendeiner Art zu denken. Ihrer Mutter ging es nicht gut; sie hatte sie nicht besucht; und da konnte sie einzig daran denken, irgend etwas halbwegs Eßbares zwischen die Zähne zu bekommen! Was war sie eigentlich für eine Tochter?

»Pearl? Pearlie?« Doris Havers' Stimme am anderen Ende der Leitung zitterte unsicher. »Mrs. Flo hat gesagt, es ist keine Verdunkelung mehr. Ich hab gesagt, wir müssen die Fenster zuhängen, damit die Deutschen uns nicht sehen, aber sie hat gesagt, das ist nicht nötig. Es ist gar kein Krieg mehr. Hast du das gewußt? Hat Mami zu Hause die Verdunkelung abgenommen?«

»Hallo, Mama«, sagte Barbara. »Mrs. Flo hat mir erzählt, daß es dir nicht gutgegangen ist. Was macht dein Bauch?«

»Ich hab dich mit Stevie Baker gesehen«, sagte Doris Havers. »Ihr habt gedacht, ich seh euch nicht, aber ich hab euch doch gesehen, Pearlie. Er hatte dir dein Kleid hochgeschoben und die Hose runtergezogen. Du hast's mit ihm gemacht.«

»Mama«, rief Barbara. »Hier ist nicht Tante Pearl. Sie ist gestorben, weißt du nicht mehr? Im Krieg.«

»Aber ist ist doch gar kein Krieg. Mrs. Flo hat gesagt –«

»Sie meinte, daß der Krieg zu Ende ist, Mama. Hier spricht Barbara. Deine Tochter. Tante Pearl ist tot.«

»Barbara.« Doris Havers wiederholte den Namen so nachdenklich, daß Barbara sich die mühsam arbeitenden Zellen ihres langsam zerfallenden Gehirns fast bildlich vorstellen konnte. »Ich kann mich nicht erinnern ...« Wahrscheinlich drehte sie jetzt mit zunehmender Verwirrung das Telefonkabel in den Fingern. Und ihr Blick flog durch Mrs. Flos Küche, als wäre dort irgendwo der Schlüssel zur Lösung des Rätsels versteckt.

»Wir haben in Acton gewohnt«, sagte Barbara behutsam. »Du und Dad. Ich. Und Tony.«

»Tony. Von ihm habe ich oben ein Bild.«

»Ja. Das ist Tony, Mama.«

»Er besucht mich nie.«

»Nein. Weißt du...« Barbara merkte plötzlich, wie verkrampft sie den Telefonhörer hielt, und zwang sich, die Finger zu lockern. »Er ist auch tot.« Wie ihr Vater. Wie praktisch jeder, der einmal zum kleinen Leben ihrer Mutter gehört hatte.

»Oh? Wie ist er – ist er im Krieg umgekommen wie Pearl?«

»Nein. Für den Krieg war Tony zu jung. Er kam erst nach dem Krieg auf die Welt. Viel, viel später.«

»Also ist er nicht bei einem Bombenangriff umgekommen?«

»Nein, nein. So etwas war es nicht.« Es war etwas viel Schlimmeres, dachte Barbara, viel weniger barmherzig als ein Moment von Blitz, Feuer und Flamme. »Er hatte Leukämie, Mama. Das ist, wenn mit dem Blut etwas nicht mehr richtig funktioniert.«

»Leukämie. Ah ja.« Die Stimme wurde lebhafter. »Das hab ich nicht, Barbie. Ich hab nur Bauchweh. Mrs. Flo hat mir heute mittag Suppe hingestellt, aber die hab ich nicht runtergekriegt. Aber jetzt esse ich. Wir haben uns Toast mit Kräuteraufstrich gemacht. Und Brombeermarmelade. Ich esse den Kräuteraufstrich. Mrs. Pendlebury ißt die Marmelade.«

Barbara dankte dem Himmel für diesen Moment der Klarheit und nutzte ihn hastig, ehe ihre Mutter sich wieder ausblendete. »Gut. Das tut dir gut, Mama. Du mußt essen, damit du bei Kräften bleibst. Hör mal, es tut mir leid, daß ich heute nicht kommen konnte. Aber wir bekamen gestern abend noch einen Fall, und ich hatte Dienst. Aber ich werde versuchen, dich vor dem nächsten Wochenende mal zu besuchen. Okay?«

»Kommt Tony dann auch mit? Und Dad, Barbie, kommt Dad auch?«

»Nein. Nur ich.«

»Aber ich hab Dad schon so lange nicht mehr gesehen.«

»Ich weiß, Mama. Aber ich bringe dir was Schönes mit. Weißt du noch, du hast doch immer von Neuseeland gesprochen. Von dem Urlaub in Auckland.«

»Wenn bei uns Sommer ist, ist in Neuseeland Winter, Barbie.«

»Ja, das stimmt. Gut, Mama.« Merkwürdig, dachte Barbara,

die erinnerten Fakten, die vergessenen Gesichter. Woher flossen die Informationen? Wie gingen sie verloren? »Ich habe die Prospekte für dich. Das nächstemal, wenn ich komme, kannst du gleich anfangen, den Urlaub zu planen. Wir können es gemeinsam tun. Du und ich. Was hältst du davon?«

»Aber wir können doch nicht in Urlaub fahren, wenn Verdunkelung ist! Und Stevie Baker will bestimmt nicht, daß du ohne ihn wegfährst. Wenn du es weiter mit Stevie Baker machst, passiert was Schlimmes, Pearlie. Ich hab sein Ding gesehen, weißt du. Ich hab alles genau gesehen. Du hast gedacht, ich wär in der Küche, aber ich bin euch nachgegangen. Ich habe genau gesehen, wie er dich geküßt hat. Du hast selber deine Unterhose ausgezogen. Und dann hast du Mama angelogen, als sie wissen wollte, wo du warst. Du hast gesagt, du und Cora Trotter, ihr hättet Mullbinden aufgerollt. Du hast gesagt –«

»Barbie?« Mrs. Flos gütige Stimme. Und im Hintergrund immer noch die Stimme Doris Havers', die laut fortfuhr, die Jugendsünden ihrer Schwester aufzuzählen. »Sie ist ein bißchen erregt, Kind. Aber deswegen dürfen Sie sich keine Sorgen machen. Das ist die Freude über Ihren Anruf. Sie wird sich gleich wieder beruhigen, wenn sie noch ein bißchen was ißt. Und danach geht's ins Bett. Gebadet hat sie schon.«

Barbara schluckte. Es wurde niemals leichter. Immer machte sie sich auf das Schlimmste gefaßt. Sie wußte im voraus, was zu erwarten war. Aber immer wieder – bei jedem dritten oder vierten Gespräch mit ihrer Mutter – spürte sie, daß ihre Kraft bröckelte, wie ein Sandsteinfelsen an der Küste unter dem ewigen Anprall des Meeres.

»Gut«, sagte Barbara.

»Machen Sie sich bitte keine Sorgen.«

»Gut«, wiederholte Barbara.

»Ihre Mama weiß, daß Sie sie besuchen, sooft Sie können.«

Mama wußte nichts dergleichen, aber es war lieb von Mrs. Flo, das zu sagen. Nicht zum erstenmal fragte sich Barbara, aus welch bemerkenswerter Quelle Florence Magentry ihre Geistesgegenwart, ihre Geduld und ihre Güte schöpfte.

»Ich habe Dienst«, sagte sie wieder. »Vielleicht haben Sie

durch die Zeitung oder das Fernsehen von dem Fall gehört. Es geht um diesen Cricket-Champion. Fleming. Er ist bei einem Brand ums Leben gekommen.«

Mrs. Flo schnalzte mitfühlend mit der Zunge. »Der Arme.«

Ja, dachte Barbara. In der Tat. Der Arme.

Sie verabschiedete sich, legte auf und kehrte zu ihrem Tee zurück. Auf der sandfarbenen Schale der Eier, die sie auf die Arbeitsplatte gelegt hatte, hatten sich winzige Kondensträpfchen gebildet. Sie nahm ein Ei zur Hand. Rollte es über ihre Wange. Der Appetit war ihr vergangen.

Lynley vergewisserte sich, daß er die Tür zu Helens Wohnung abgeschlossen hatte, als er ging. Sie war nicht zu Hause gewesen. Der Tatsache nach zu urteilen, daß die Post nicht hereingeholt worden war, hatte sie den größten Teil des Tages außer Haus verbracht. Und er hatte wie ein tolpatschiger Amateurdetektiv ihre Wohnung durchstreift und nach Hinweisen gesucht, die ihr Verschwinden erklären würden.

Das Geschirr, das in der Küche im Spülbecken stand, stammte vom Frühstück – warum es Helen nicht schaffte, ein Müslischälchen, eine Kaffeetasse, eine Untertasse und zwei Löffel in die Spülmaschine zu verfrachten, würde ihm ewig ein Rätsel bleiben –, und sowohl die *Times*, als auch der *Guardian* sahen aus, als wären sie aufgeschlagen und gelesen worden. Gut. Sie hatte es also nicht eilig gehabt, und es hatten auch nicht unbekannte Umstände sie in solche Erregung versetzt, daß sie nicht hatte essen können. Tatsächlich hatte er noch nie erlebt, daß Helen aus irgendeinem Grund der Appetit vergangen war, aber es war dies wenigstens ein Punkt, an dem man ansetzen konnte: keine überstürzte Eile, keine größere Katastrophe.

Er ging in ihr Schlafzimmer. Das Bett war gemacht – Bestätigung seiner Theorie, daß sie sich Zeit gelassen hatte. Auf ihrem Toilettentisch waren alle Gegenstände so penibel angeordnet wie am Abend zuvor. Ihr Schmuckkasten war geschlossen. Ein Parfümflakon mit silberner Verzierung tanzte ein wenig aus der Reihe, und Lynley zog den Stöpsel heraus.

Er fragte sich, ob es ein schlechtes Zeichen war, daß sie sich parfümiert hatte, bevor sie gegangen war. Trug sie immer Parfüm? Hatte sie gestern abend welches getragen? Er konnte sich nicht entsinnen und überlegte mit vagem Unbehagen, ob seine Unfähigkeit, sich zu erinnern, ein ebenso schlechtes Zeichen war wie Helens plötzliches Bedürfnis, sich zu parfümieren. Warum parfümieren sich Frauen denn schließlich? Um anzulocken, einzuladen, zu betören.

Er kam auf den Gedanken, ihre Sachen im Schrank durchzusehen. Lange Kleider, kurze Kleider, Kostüme, Röcke, Hosen. Wenn sie sich mit jemandem getroffen hatte, so würde die Auswahl ihrer Kleidung doch sicher das Geschlecht, wenn auch nicht die Identität der betreffenden Person verraten. Er dachte an die Männer, die einmal ihre Liebhaber gewesen waren. Was hatte sie angehabt, wenn er sie mit ihnen gesehen hatte? Die Frage blieb ohne Antwort. Hoffnungslos. Er konnte sich nicht erinnern. Er merkte, wie ihn die weiche, kühle Berührung des Satinnachthemds, das innen an der Schranktür hing, in andere Welten versetzte.

Irrsinn, dachte er. Nein, Schwachsinn. Verärgert stieß er die Schranktür zu. Was war los mit ihm? Wenn er sich nicht in den Griff bekam, würde er demnächst noch ihren Schmuck küssen oder die Sohlen ihrer Schuhe streicheln.

Das ist es, dachte er. Schmuck. Der Nachttisch. Der Ring. Das Kästchen stand nicht mehr da. Es war auch nicht in der Schublade. Und auch nicht bei ihren anderen Schmuckstücken. Das konnte nur bedeuten, daß sie den Ring trug, und das wiederum bedeutete, daß sie einverstanden war, und das wiederum bedeutete, daß sie bestimmt zu ihren Eltern gefahren war, um ihnen die Neuigkeit zu überbringen.

Sie würde über Nacht bleiben müssen. Also mußte sie einen Koffer mitgenommen haben. Natürlich, das war's. Wieso nur war er nicht gleich darauf gekommen? Hastig sah er den Schrank im Korridor durch, um seine Schlußfolgerung zu überprüfen. Noch eine Sackgasse. Ihre beiden Koffer waren da.

Wieder in der Küche, sah er, was er schon vorher gesehen und bewußt ignoriert hatte. Ihr Anrufbeantworter blinkte wie verrückt. Es sah aus, als hätte sie im Lauf des Tages mindestens ein

Dutzend Anrufe bekommen. Nein, sagte er sich, so tief würde er nicht sinken. Wenn er sich jetzt auch noch dazu herabließ, ihren Anrufbeantworter abzuhören, würde er sich als nächstes dabei ertappen, wie er heimlich über Dampf ihre Briefe öffnete. Es war schlicht und einfach so, daß sie ausgegangen war, daß sie den ganzen Tag aus gewesen war, und wenn sie die Absicht hatte, irgendwann in der näheren Zukunft zurückzukehren, so würde sie das auch tun, ohne daß er wie ein liebeskranker Romeo im Gebüsch lauerte.

Er ging also und fuhr nach Hause, nach Eaton Terrace. Er sei sowieso hundemüde, sagte er sich, habe einen Bärenhunger und könne jetzt einen Whisky vertragen.

»Guten Abend, Milord. War ein langer Tag für Sie, nicht wahr?« Denton begrüßte ihn mit einem Stapel gefalteter weißer Handtücher unter dem Arm. Er trug zwar noch, wie üblich, sein Jackett, doch an den Füßen hatte er schon die Hausschuhe – seine Art, in aller Diskretion darauf hinzuweisen, daß er außer Dienst war. »Ich habe Sie gegen acht erwartet.«

Sie sahen beide zu der ruhig tickenden, alten Standuhr im Foyer. Zwei Minuten vor elf.

»Gegen acht?« echote Lynley verblüfft.

»Ja. Lady Helen sagte –«

»Helen? Hat sie angerufen?«

»Sie brauchte nicht anzurufen.«

»Brauchte nicht –?«

»Sie ist seit sieben Uhr hier! Sie sagte, Sie hätten ihr eine Nachricht hinterlassen. Sie hatte Sie so verstanden, daß Sie gegen acht zu Hause sein wollten. Darum kam sie gleich hierher und hat mit dem Essen auf Sie gewartet. Es ist jetzt leider nicht mehr gut; bei Pasta ist die Genießbarkeit äußerst begrenzt. Ich habe ihr gleich gesagt, sie solle besser nicht zu kochen anfangen, solange Sie noch nicht hier sind, aber sie wollte nicht auf mich hören.«

»Kochen?« Lynleys Blick schweifte zum Eßzimmer im hinteren Teil des Hauses. »Denton, soll das heißen, daß Helen das Abendessen gekocht hat? Helen?«

»Ganz richtig, und ich will lieber kein Wort darüber verlieren, was sie mit meiner Küche angestellt hat. Ich hab's schon wieder in Ordnung gebracht.« Denton klemmte die Handtücher unter den anderen Arm und steuerte auf die Treppe zu. Er wies mit dem Kopf nach oben. »Sie ist in der Bibliothek«, sagte er und begann, die Treppe hinaufzusteigen. »Soll ich Ihnen ein Omelette machen? Sie können mir glauben, die Pasta ist inzwischen versteinert.«

»Sie hat gekocht«, wiederholte Lynley staunend und ließ Denton ohne Antwort. Er ging ins Eßzimmer.

Die Fettuccine mit Garnelen und einer Beilage von verschiedenen Salaten und Spargel, drei Stunden zuvor angerichtet, sahen aus wie die Plastikmenüs, die man in den Fenstern der Restaurants in Tokio zu sehen bekommt. Helen hatte einen Rotwein dazu servieren wollen. Die Flasche war entkorkt, doch sie hatte noch nicht eingeschenkt. Lynley füllte die Gläser, die an den zwei gedeckten Plätzen standen. Er betrachtete das Abendessen. Er war neugierig, wie es schmecken würde. Seines Wissens hatte Helen nie zuvor in ihrem Leben ohne Hilfe eine Mahlzeit zusammengestellt.

Er nahm sein Glas Wein und ging langsam um den Tisch herum, wobei er jeden Teller, jede Gabel, jedes Messer musterte. Er trank langsam von seinem Wein. Als er einmal um den Tisch herumgeschlendert war, nahm er eine Gabel und spießte drei Nudeln auf. Gewiß, das Essen war eiskalt und auch mit der Mikrowelle nicht mehr zu retten, aber er wollte sich doch wenigstens eine Vorstellung machen können...

»O Gott!« flüsterte er. Was, in Dreiteufelsnamen, hatte sie an die Soße gegeben? Tomaten natürlich, aber hatte sie tatsächlich Estragon anstelle von Petersilie genommen? Er spülte die Pasta mit einem kräftigen Schluck Wein hinunter. Vielleicht war es ein Glück, daß er drei Stunden zu spät gekommen war, um die kulinarischen Köstlichkeiten zu genießen, die auf diesem Tisch angerichtet waren.

Er nahm das zweite Glas und ging aus dem Zimmer. Wenigstens hatten sie den Wein. Es war ein anständiger Burgunder. Es hätte ihn interessiert, ob sie ihn selbst ausgesucht oder ob Denton ihn ihr aus dem Weinkeller heraufgeholt hatte.

Bei dem Gedanken an Denton mußte Lynley lächeln. Er konnte sich das Entsetzen seines Butlers – und sein Bemühen, es zu verbergen – vorstellen, als Helen seine Küche verwüstet und auf alle seine drängenden Vorschläge nur mit einem unbekümmerten »Liebster Denton, wenn Sie mich weiter so durcheinanderbringen, werde ich noch alles verpfuschen« reagiert hatte. »Haben Sie übrigens Gewürze da? Gewürze sind nämlich das A und O einer guten Tomatenstoße, habe ich mir sagen lassen.«

Der feine Unterschied zwischen Kräutern und Gewürzen ging an Helen natürlich völlig vorbei. Sie hatte gewiß Muskat und Zimt mit ebensoviel Gusto in ihr Gebräu gekippt, wie sie Thymian und Salbei hineingestreut hatte.

Er lief die Treppe hinauf in die erste Etage. Die Tür zur Bibliothek war gerade so weit geöffnet, daß ein schmaler Lichtstreifen auf den Teppich im Flur fiel. Sie saß in einem der großen Ohrensessel am offenen Kamin. Der Schein einer Leselampe umgab ihren Kopf mit einer leuchtenden Aureole. Auf den ersten Blick schien es, als läse sie konzentriert in einem Buch, das aufgeschlagen auf ihrem Schoß lag; aber als Lynley sich ihr näherte, sah er, daß sie, die Wange in die Hand gestützt, eingeschlafen war. Sie hatte Antonia Frasers *Die sechs Frauen Heinrichs VIII.* gelesen, nicht unbedingt das gute Omen, das Lynley sich erhofft hatte. Aber als er prüfte, mit welcher der Ehefrauen Heinrichs VIII. sie sich gerade befaßte, und sah, daß es Jane Seymour war, beschloß er, das doch als günstiges Vorzeichen zu interpretieren. Bei genauerem Hinsehen zeigte sich allerdings, daß sie gerade bei dieser Farce von einem Prozeß gegen Anne Boleyn, Jane Seymours Vorgängerin, angelangt war. Das wiederum verhieß nun nichts Gutes. Aber daß sie mitten im Prozeß gegen Anne Boleyn eingeschlafen war, konnte man auch so verstehen, daß...

Lynley schüttelte den Kopf. Es war wirklich eine Ironie! Fast immer war er in seinen Beziehungen zu Frauen völlig souverän geblieben. Er war seinen Weg gegangen, und wenn der ihre sich zufällig mit dem seinen kreuzte, wunderbar. Wenn nicht, hatte er es höchst selten als größeren Verlust empfunden. Aber bei Helen war alles anders. In den sechzehn Monaten, seit er sich zum erstenmal eingestanden hatte, daß er tatsächlich eine Frau liebte, die schon sein halbes Leben zu seinem engsten Freundeskreis gehörte, hatte er jegliche Sicherheit verloren. Einmal glaubte er, Frauen bis ins Detail zu kennen, dann wieder verlor er jede Hoffnung, jemals auch nur den kleinsten Schritt zur Überwindung seiner bodenlosen Ignoranz zuwege zu bringen. In seinen schwärzesten Momenten ertappte er sich dabei, daß er die, wie er es nannte, »guten alten Zeiten« herbeisehnte, als Frauen zu Ehefrauen, liebenden Gattinnen, Mätressen oder Kurtisanen geboren und erzogen worden waren, zu Wesen eben, die sich dem Willen des Mannes unterzuordnen hatten. Wie angenehm und bequem wäre es gewesen, einfach bei Helens Vater um ihre Hand anzuhalten, vielleicht noch ein bißchen um die Mitgift zu feilschen, um sie schließlich »heimführen« zu dürfen, ohne sich über ihre Wünsche in dieser Angelegenheit das geringste Kopfzerbrechen machen zu müssen. Hätte es die arrangierten Heiraten noch gegeben, so hätte er sie zuerst heiraten und sich dann in Ruhe überlegen können, wie sie zu erobern sei. So aber machten ihn das Werben und Erobern langsam mürbe. Er war kein geduldiger Mensch, war noch nie einer gewesen.

Er stellte ihr Weinglas auf das Tischchen neben ihrem Sessel. Er nahm das Buch von ihrem Schoß, merkte die Stelle ein, an der sie zu lesen aufgehört hatte, und schloß es. Er ging vor ihr in die Hocke und legte seine Hand auf die ihre. Sie drehte ihre Hand, und ihrer beiden Finger schoben sich ineinander. Er spürte etwas Hartes, leicht Erhabenes, und als er den Blick senkte, sah er, daß sie seinen Ring trug. Er zog ihre Hand an seine Lippen und küßte sie.

Da rührte sie sich endlich. »Ich habe gerade von Katharina von Aragon geträumt«, murmelte sie.

»Wie war sie?«

»Unglücklich. Heinrich hat sie nicht sehr gut behandelt.«

»Tragischerweise hatte er sich verliebt.«

»Ja, aber er hätte sich ihrer nicht entledigt, wenn sie ihm einen Sohn geboren hätte. Warum müssen Männer so schrecklich sein?«

»Das ist nun aber wirklich ein Sprung!«

»Von Heinrich zu den Männern im allgemeinen, meinst du? Das ist die Frage.« Sie streckte sich und sah das Weinglas, das er in der Hand hielt. »Ah, du hast dein Abendessen entdeckt.«

»Richtig. Es tut mir leid, Darling. Wenn ich gewußt hätte –«

»Ach, sei froh. Ich habe Denton kosten lassen und an seinem Gesicht sofort gesehen, daß ich keinen kulinarischen Himalaya erklommen hatte, obwohl ich zugeben muß, daß er sich redlich bemüht hat, sich nichts anmerken zu lassen. Er hat es mit bewundernswerter Geduld ertragen, wie ich in seiner Küche herumgewirtschaftet habe. Hat er dir das Chaos beschrieben?«

»Er war ausgesprochen zurückhaltend.«

Sie lächelte. »Wenn wir beide heiraten, läßt Denton sich bestimmt von dir scheiden, Tommy. Wie soll der arme Mann es auf Dauer ertragen, daß ich ihm die Böden seiner sämtlichen Töpfe und Pfannen ankohlen lasse?«

»Ach, *das* war's.«

»Er war wirklich zurückhaltend, wie ich sehe. So ein netter Mensch!« Sie griff nach ihrem Weinglas und drehte es langsam zwischen den Fingern. »Genauer gesagt, war es nur ein einziger Topf. Und ein kleiner dazu. Und der Boden war auch nicht ganz durchgebrannt. Weißt du, in dem Rezept hieß es, man müsse zuerst Knoblauch anbraten. Das hab ich getan. Aber dann hat das Telefon geläutet – es war übrigens deine Mutter. Wenn nicht der Rauchmelder losgegangen wäre, hättest du wahrscheinlich bei deiner Heimkehr das Haus in Schutt und Asche vorgefunden anstatt –« sie wedelte mit der Hand in Richtung Eßzimmer – *»fettuccine à la mer avec les crevettes et les moules.«*

»Was wollte Mutter denn?«

»Sie sang eine Hymne auf deine Tugenden. Intelligenz, Mitgefühl, Witz, Integrität, moralisches Rückgrat. Ich habe sie nach deinen Zähnen gefragt, aber da war sie keine große Hilfe.«

»Du solltest dich mit meinem Zahnarzt unterhalten. Soll ich dir seine Nummer geben?«

»Würdest du das tun?«

»Und noch viel mehr. Ich würde sogar *fettuccine à la mer avec les crevettes et les moules* essen.«

Sie lächelte wieder. »Ich hab auch mal davon gekostet. Es hat grauenvoll geschmeckt. Ich bin wirklich ein hoffnungsloser Fall, Tommy.«

»Hast du überhaupt etwas gegessen?«

»Um halb zehn hat Denton sich meiner erbarmt und mir irgendwas mit Hühnchen und Artischocken gezaubert, das einfach hinreißend geschmeckt hat. Ich hab's gleich unten am Küchentisch runtergeschlungen und ihn schwören lassen, nichts zu verraten. Aber es ist noch etwas davon übrig. Ich habe gesehen, wie er es in den Kühlschrank gestellt hat. Soll ich es dir warm machen? Das werde ich ja wohl noch schaffen, ohne das Haus in Brand zu setzen. Oder hast du schon irgendwo unterwegs gegessen?«

Er verneinte, gestand, daß er großen Hunger hatte, zog sie aus dem Sessel und ging mit ihr zusammen nach unten. Sie mieden das Eßzimmer mit der versteinerten Masse der *fettuccine à la mer* und spazierten statt dessen in die Küche im Souterrain. Helen wühlte im Kühlschrank, und Lynley sah zu. Es war absurd, aber er fühlte sich auf eine völlig kindliche Art getröstet, als er sie beobachtete, wie sie Behältnisse und Plastikbeutel herumschob und schließlich triumphierend eine abgedeckte Schale zum Vorschein brachte. Was hat denn das nun wieder zu bedeuten, dachte er, dieses plötzliche Gefühl glücklicher Zufriedenheit? Kam es etwa daher, daß sie seinen Ring trug? Oder kam es von der Aussicht auf ein halbwegs anständiges Abendessen? Oder lag es an der Art, wie sie in seiner Küche hantierte, ganz wie eine Haus- und Ehefrau Teller aus dem Schrank holte, Besteck aus der Schublade nahm, Hühnchen und Artischocken in einen Topf aus rostfreiem Stahl gab, den Topf in den Mikrowellenherd stellte, die Klappe zuknallte –

»Helen!« Mit einem Riesensatz sprang Lynley quer durch die Küche, ehe sie den Mikrowellenherd einschalten konnte. »Du darfst doch da kein Metall hineinstellen!«

Sie starrte ihn verständnislos an. »Wieso denn nicht?«

»Weil man das nicht darf. Weil das Metall und die Mikrowellen... ach, ich weiß auch nicht. Auf jeden Fall darf man es nicht.«

Sie musterte den Herd. »Du lieber Gott. Ich frag mich…«
»Was?«
»Vielleicht ist meine deshalb kaputtgegangen.«
»Hast du denn etwas aus Metall hineingestellt?«
»Ich habe es gar nicht als Metall angesehen, weißt du.«
»Was war es denn?«
»Eine Dose Vichyssoise. Kalt mag ich sie nämlich nicht, weißt du, und da dachte ich mir: Ach, ich stell sie einfach einen Moment in die Mikrowelle. Und das war's dann auch schon. Es knallte, zischte, brutzelte, und dann war es vorbei. Ich weiß noch, daß ich dachte: Kein Wunder, daß sie immer kalt serviert wird. Verstehst du, ich meinte, es läge an der Suppe. Die Dose hab ich mit dem ganzen Getöse überhaupt nicht in Verbindung gebracht.« Sie ließ den Kopf hängen und seufzte. »Erst die Fettuccine. Jetzt das hier. Ich weiß wirklich nicht, Tommy.« Sie drehte den Ring an ihrem Finger.
Er legte den Arm um ihre Schultern und küßte sie.
»Warum liebst du mich eigentlich?« fragte sie. »Ich bin doch nur ein totaler Nichtsnutz.«
»Das würde ich nicht sagen.«
» Ich verpfusche dein Abendbrot. Ich ruiniere deine Töpfe.«
»Unsinn«, sagte er und drehte sie zu sich herum.
»Und beinahe hätte ich auch noch deine Küche in die Luft gesprengt. Du wärst ja bei der IRA sicherer aufgehoben!«
»Sei nicht albern.«
»Wenn du mir freie Hand läßt, werde ich wahrscheinlich nicht nur dieses Haus niederbrennen, sondern Howenstow dazu. Kannst du dir das bitte mal vorstellen? Hast du's mal versucht?«
»Noch nicht. Ich tu's gleich. Sofort.«Er küßte sie wieder und zog sie fester an sich. Ihr Körper paßte sich dem seinen ganz natürlich an, wie wunderbar sich doch Mann und Frau in ihrer Sexualität ergänzten. Da fand Kante zu Mulde, rauh zu zart, hart zu weich. Helen war ein Wunder. Sie war alles, was er sich wünschte. Und sobald er etwas gegessen hatte, würde er es ihr beweisen.

Sie umschlang seinen Hals mit beiden Armen. Ihre Finger gruben sich in sein Haar. Ihre Hüften drängten sich an seine.

Ihm wurde gleichzeitig heiß vor Erregung und flau vor Schwäche, als zwei Begierden um die Herrschaft über seinen Körper fochten.

Er konnte sich nicht erinnern, wann er das letztemal eine ausgewogene, kräftigende Mahlzeit zu sich genommen hatte. Es mußte mindestens sechsunddreißig Stunden her sein. Am Morgen hatte er ein lächerliches hartgekochtes Ei und eine Scheibe Toast gegessen; das zählte überhaupt nicht, wenn man die Zeitspanne bedachte, die seitdem vergangen war. Er sollte wirklich schleunigst etwas essen. Das Hühnchen mit den Artischocken stand auf der Arbeitsplatte. Es würde keine fünf Minuten dauern, diese Köstlichkeit aufzuwärmen. Noch einmal fünf Minuten, um sie zu essen. Weitere drei, um abzuspülen, wenn er das nicht Denton überlassen wollte. Ja. Das war vielleicht das beste. Essen. In weniger als einer Viertelstunde würde er wieder voll da sein, bärenstark und quicklebendig. Er stöhnte. Guter Gott! Was ging mit ihm vor? Er brauchte Nahrung. Sofort. Denn wenn er nicht aß, konnte er unmöglich ...

Helens Hand glitt an seiner Brust abwärts, lockerte seinen Gürtel.

»Ist Denton zu Bett gegangen, Darling?« flüsterte sie, ihren Mund an seinem.

Denton? Was kümmerte sie Denton?

»Er wird doch nicht etwa plötzlich in die Küche marschieren?«

In die Küche? Hatte sie tatsächlich vor ... Nein, nein. Das konnte nicht ihr Ernst sein.

Er hörte das Geräusch, als sie seinen Reißverschluß öffnete, und ein schwarzer Gazeschleier schien sich vor seine Augen zu senken.

»Helen«, sagte er. »Ich habe seit Stunden nichts gegessen. Um ehrlich zu sein, ich weiß nicht, ob ich überhaupt –«

»Unsinn.« Sie drückte ihren Mund auf seinen. »Du wirst das ganz großartig machen.«

Und so war es dann auch.

Olivia

Ich habe fast ständig Krämpfe in den Beinen. In den letzten zwanzig Minuten sind mir vier Bleistifte runtergefallen, und ich habe nicht die Energie aufgebracht, sie aufzuheben. Ich nehme jedesmal einfach einen frischen aus der Dose. Ich schreibe stur weiter und versuche, nicht zu sehen, was in den letzten Monaten aus meiner Handschrift geworden ist.

Eben kam Chris hier vorbei. Er blieb hinter mir stehen, legte seine Hände auf meine Schultern und massierte meine Muskeln. Ich liebe es, wenn er das tut. Er schmiegte seine Wange an meinen Kopf. »Du mußt es nicht alles auf einmal schreiben«, sagte er.

»Doch«, entgegnete ich. »Genau das muß ich.«

»Warum?«

»Frag nicht. Du weißt es doch.«

Danach ging er. Er ist jetzt im Arbeitsraum und bastelt einen Verschlag für Felix. »Zwei Meter lang«, sagte er zu mir. »Die meisten Menschen haben keine Ahnung, wieviel Raum ein Kaninchen braucht.«

Im allgemeinen arbeitet er bei Musik, aber er hat Radio und Stereoanlage nicht aufgedreht, damit ich ungestört bin und klar denken und schreiben kann. Das möchte ich ja gern, aber das Telefon läutet, und ich lausche, wie er sich meldet. Ich höre, wie seine Stimme sich verändert, weich und liebevoll wird. Ich versuche, nicht hinzuhören auf das »Ja ... Nein ... keine Veränderung ... ich kann nicht ... nein ... nein, das ist es nicht ...« Dann eine lange, schreckliche Stille, in die hinein er in einem Ton sagt, der so sehnsüchtig ist, daß es mir weh tut: »Ich verstehe.« Ich warte auf mehr, auf verräterische Geräusche wie Seufzer. Ich lausche angestrengt, während ich gleichzeitig das Alphabet rückwärts aufsage, um seine Stimme auszublenden. Ich höre ihn sagen: »Nur Geduld ...«, und die Worte auf dem Papier vor mir verschwimmen. Der Bleistift entgleitet mir und fällt zu Boden. Ich greife nach einem neuen.

Chris kommt in die Küche. Er steckt den Wasserkocher ein, nimmt einen Becher von der Kommode, Tee aus einem Schrank. Er stützt sich mit den Händen auf die Arbeitsplatte und senkt den Kopf, als wolle er etwas genau betrachten.

Mir schlägt das Herz bis zum Hals. Ich würde so gern sagen: Du kannst ruhig zu ihr gehen, wenn du möchtest. Aber ich tue es nicht, weil ich Angst habe, daß er wirklich gehen könnte.

Es tut so weh zu lieben. Warum erwarten wir immer, daß es wunderbar ist? Liebe ist Schmerz ohne Ende. Als würde einem Säure ins Herz gegossen.

Das Wasser sprudelt und Chris gießt es in den Becher. Er sagt: »Möchtest du eine Tasse Tee, Livie?«

»Ach ja«, antworte ich. »Danke.«

»Oolong?« fragt er.

»Nein«, erwidere ich. »Haben wir Gunpowder?«

Er sucht im Schrank nach der Dose. »Ich weiß nicht, wie du das Zeug trinken kannst«, sagt er. »Für mich schmeckt das nicht anders als Wasser.«

»Man braucht eben einen empfindlichen Gaumen«, sage ich. »Manche Geschmäcker sind feiner als andere.«

Er dreht sich um. Wir sehen einander an und drücken mit unserem Schweigen all die Dinge aus, die laut zu sagen wir nicht riskieren können. Schließlich meint er: »Ich muß den Verschlag fertig machen. Felix braucht heute nacht ein Plätzchen.«

Ich nicke, aber mein Gesicht fühlt sich an wie erstarrt. Als er an mir vorübergeht, berührt seine Hand fast meinen Arm, und ich möchte sie fassen und an mein Gesicht drücken.

Ich sage: »Chris«, und er bleibt hinter mir stehen. Ich hole Atem, und es bereitet mir mehr Schmerz, als ich erwartet hätte: »Ich werde wahrscheinlich noch eine ganze Weile an dieser Sache sitzen. Wenn du weggehen möchtest... mit den Hunden noch eine Runde drehen willst oder so... oder ins Pub...«

Er entgegnet ruhig: »Ach, ich denke, die Hunde sind für heute genug gelaufen.«

Ich sehe auf diesen gelben, linierten Block hinunter, den dritten, seit ich zu schreiben begonnen habe, und sage: »Viel länger kann es jetzt nicht mehr dauern.«

»Laß dir Zeit.«

Dann geht er wieder an seine Arbeit. »So, mein Junge«, sagt er zu Felix, »jetzt verrat mir mal, ob du in deiner neuen Hütte lieber ein West- oder ein Ostfenster haben möchtest.« Und dann beginnt er zu hämmern, mit schnellen, kurzen Schlägen, einszwei für jeden Nagel. Chris ist geschickt. Er macht keine Fehler.

Anfangs wollte ich immer wissen, warum er mich aufgenommen hatte. »War es eine Augenblickslaune?« fragte ich. Ich konnte nicht verstehen, wieso er eine Nutte auflas, ihr zwei Tassen Tee und eine Frühlingsrolle spendierte, sie mit zu sich nach Hause nahm, sie Zimmermannsarbeiten machen ließ und sie am Ende aufforderte zu bleiben, wenn er nie die Absicht gehabt hatte – ganz zu schweigen von der Lust –, mit mir zu bumsen. Zuerst glaubte ich, ich solle vielleicht für ihn anschaffen. Ich dachte, er brauche Geld, um eine Sucht zu finanzieren, und wartete nur darauf, daß Nadeln, Löffel, kleine Beutel mit weißem Pulver auftauchen würden. Als ich sagte: »Was soll das alles eigentlich?«, erwiderte er: »Was soll *was* eigentlich?« und sah sich auf dem Boot um, als bezöge sich meine Frage darauf.

»Das hier. Ich. Bei dir.«

»Muß da denn irgendwas dahinterstecken?«

»Ein Mann und eine Frau. Da steckt doch meistens was dahinter, würde ich sagen.«

»Aha.« Er schulterte ein Brett und neigte den Kopf ein wenig zur Seite. »Wo ist denn der Hammer wieder?« murmelte er und machte sich wieder an die Arbeit.

Solange das Boot noch nicht fertig war, übernachteten wir auf zwei Luftmatratzen links von der Treppe, ein Stück entfernt von den Tieren. Chris schlief in seiner Unterwäsche. Ich schlief nackt. Manchmal entblößte ich mich frühmorgens und legte mich auf die Seite, damit mein Busen voller aussah. Ich tat so, als schliefe ich, und wartete darauf, daß sich zwischen uns was abspielen würde. Einmal ertappte ich ihn dabei, wie er mich anstarrte. Ich sah, wie sein Blick langsam meinen ganzen Körper entlangwanderte. Sein Gesicht wurde nachdenklich. Ich dachte: Jetzt hab ich dich. Ich streckte mich mit, wie ich aus Erfahrung wußte, wollüstiger Bewegung.

»Du hast ganz ordentliche Muskeln, Livie. Trainierst du regelmäßig? Läufst du?«

Ich erwiderte: »Na, toll.« Dann sagte ich: »Ja, ich denke, wenn ich muß, kann ich ganz schön laufen.«

»Wie schnell?«

»Woher soll ich das wissen?«

»Wie geht's dir mit der Dunkelheit?«

Ich streckte meinen Arm aus und kraulte ihm die Brust. »Kommt ganz drauf an, was in der Dunkelheit los ist.«

»Laufen. Springen. Klettern. Sich verstecken.«

»Was? Willst du Krieg spielen?«

»So was Ähnliches.«

Ich schob meine Finger unter den Bund seiner Unterhose. Er hielt meine Hand fest.

»Mal sehen«, sagte er.

»Was?«

»Ob du außer dem hier noch was anderes kannst.«

»Bist du vielleicht schwul? Hm? Oder warum hast du keine Lust?«

»Weil das zwischen uns nicht läuft.« Er wälzte sich von seiner Luftmatratze und stand auf. Er nahm seine Jeans und sein Hemd. In weniger als einer Minute war er angezogen. Er stand mit dem Rücken zu mir, den Kopf gesenkt, so daß ich den kleinen Buckel des Halswirbels in seinem Nacken sehen konnte, der etwas Verletzliches an sich hatte und mich komischerweise rührte. »Du brauchst mit Männern nicht so zu sein«, sagte er. »Es gibt andere Möglichkeiten.«

»Ach ja? Möglichkeiten wozu?«

»Man selbst zu sein. Was wert zu sein. Was auch immer.«

»Na klar.« Ich setzte mich auf und zog die Decke um mich. Zwischen Holzstößen und dem unfertigen Gerüst des Bootsinneren konnte ich die Tiere sehen. Toast war aufgestanden und kaute auf einem Gummiball. Auch der Beagle, den Chris Jam genannt hatte, war wach. Eine der Ratten rannte in ihrem Laufrad im Käfig. Es klang wie das Ratatata feinen Maschinengewehrfeuers. »Na, mach schon«, forderte ich ihn auf.

»Was meinst du?«

»Halt die Predigt, die dir auf der Seele liegt. Aber sei vorsichtig, ich bin nämlich nicht wie die da.« Ich deutete auf die Tiere. »Ich kann jederzeit abhauen.«

»Warum tust du's nicht?«

Ich starrte ihn wütend an. Ich konnte die Frage nicht beantworten. Ich hatte das Zimmer in Earl's Court. Ich hatte meine Stammkunden. Ich hatte täglich Gelegenheit, meinen Kundenkreis zu erweitern. Solange ich bereit war, alles zu tun und alles auszuprobieren, verfügte ich über eine ständige Einkommensquelle. Warum blieb ich dann?

Damals dachte ich: Weil ich dir zeigen will, was Sache ist. Du wirst dich noch wundern, du kleiner Scheißer. Du wirst noch so geil auf mich sein, daß du vor mir kriechst, nur um mir die Füße lecken zu dürfen.

Und um ihn soweit zu bringen, mußte ich natürlich auf dem Boot bleiben.

Ich hob meine Sachen vom Boden zwischen den Matratzen auf. Ich zog mich an. Ich faltete meine Decke. Ich fuhr mir mit den Fingern durch das Haar. »Also gut«, sagte ich.

»Was?«

»Ich zeig's dir.«

»Was?«

»Wie schnell ich laufen kann. Und wie weit. Und was du sonst noch alles sehen willst.«

»Klettern?«

»Klar.«

»Springen?«

»Okay.«

»Auf dem Bauch robben?«

»Na, darin bin ich doch Expertin.«

Er wurde rot. Es war das erste und einzige Mal, daß ich es schaffte, ihn in Verlegenheit zu bringen. Mit der Fußspitze schob er ein Stück Holz zur Seite. »Livie«, sagte er.

»Ich hätte kein Geld von dir verlangt«, meinte ich.

Er seufzte. »Es ist nicht, weil du eine Nutte bist. Damit hat es nichts zu tun.«

»O doch«, rief ich. »Ich wäre nämlich schon mal gar nicht hier, wenn ich keine Nutte wäre.« Ich stieg an Deck hinauf. Er kam nach. Es war ein grauer Tag, windig. Blätter wehten über den Treidelpfad. Während wir noch dort standen, begannen die ersten Tropfen die Oberfläche des Kanals zu kräuseln.

»Gut«, sagte ich. »Laufen, klettern, springen, robben.« Und von Chris gefolgt, rannte ich los, um ihm zu zeigen, was ich konnte.

Er prüfte meine Eignung. Das ist mir heute klar, aber damals nahm ich an, das seien Strategien, die er sich für mich ausgedacht hatte, um zu verhindern, daß er vor mir in die Knie ging. Ich wußte ja damals nicht, daß er andere Interessen verfolgte. In den ersten Wochen unseres Zusammenlebens arbeitete er am Boot, traf sich mit Auftraggebern, die sein fachliches Können zur Renovierung ihrer Häuser suchten, kümmerte sich um seine Tiere. Abends blieb er zu Hause, meistens las er, hörte aber auch Musik und nahm Dutzende von Anrufen entgegen, von denen ich – wegen des geschäftlichen Tons und der vielen Hinweise auf Stadtpläne und Generalstabskarten – glaubte, sie hätten mit einer handwerklichen Arbeit zu tun.

Ungefähr vier Wochen nach meinem Einzug ging er das erstemal abends weg. Er sagte, er müsse zu einem Treffen mit vier alten Schulfreunden, das sei eine monatliche feste Einrichtung. So ganz unwahr war das auch gar nicht, wie ich später herausfand. Er sagte, er würde nicht sehr spät zurückkommen. Und er kam auch nicht spät. Aber dann ging er in derselben Woche noch ein zweites und ein drittes Mal abends weg. Beim viertenmal kam er erst morgens gegen drei wieder und weckte mich, weil er solchen Krach machte. Ich fragte ihn, wo er gewesen sei. Er nuschelte: »Zuviel getrunken«, ließ sich auf seine Luftmatratze fallen und war sofort eingeschlafen.

Eine Woche später ging das gleiche wieder los. Er treffe sich mit seinen Freunden, sagte er. Nur kam er diesmal in der dritten Nacht überhaupt nicht nach Hause.

Ich setzte mich mit Toast und Jam an Deck und wartete auf ihn. Im Lauf der Stunden wurde meine Besorgnis um ihn langsam bitter. Na schön, sagte ich mir, was du kannst, kann ich schon lange. Ich motzte mich richtig auf, mit Mini, schwarzen

Strümpfen, Stöckelschuhen und haufenweise Armbändern, und zog los. Beim Paddington-Bahnhof gabelte ich einen australischen Cutter auf, der an einem Projekt in den Shepperton Studios arbeitete. Er wollte in sein Hotel gehen, aber das paßte mir nicht. Ich wollte ihn auf dem Hausboot haben.

Er war noch da – in seligem Schlummer und splitterfasernackt, eine Hand auf seinen Augen, die andere auf meinem Kopf, der auf seiner Brust lag –, als am nächsten Morgen früh um halb sieben endlich Chris zurückkehrte, so leise wie ein Einbrecher. Er machte die Tür auf und kam mit seiner Jacke im Arm die Treppe herunter. Einen Moment lang konnte ich ihn im Gegenlicht nicht richtig sehen. Ich kniff die Augen zusammen. Als ich den vertrauten rostroten Schimmer seines Haars erkannte, streckte ich mich mit Behagen. Ich gähnte und strich mit der Hand das Bein des Australiers hinauf und hinunter. Der Typ stöhnte.

»Morgen, Chris«, sagte ich. »Das ist Bri. Er ist Australier. Hübscher Kerl, nicht?« Ich widmete ihm meine Aufmerksamkeit, um ihn ein bißchen scharf zu machen, und er kam mir freundlicherweise entgegen, indem er stöhnte: »Nicht schon wieder! Ich kann nicht mehr, Liv.«

Chris sagte: »Sieh zu, daß er geht, Liv. Ich brauche dich.«

Ich winkte ab und widmete mich wieder Brian, der verwirrt »Was? Wer?« fragte und sich mit einiger Mühe auf seine Ellbogen stemmte. Er packte eine Decke und warf sie sich über den Schoß.

»Das ist Chris«, stellte ich vor und kraulte Brians Brust.

»Wer ist er?«

»Niemand. Einfach Chris. Er wohnt hier.« Ich zog an der Decke, doch Brian hielt sie fest. Mit der anderen Hand tastete er auf dem Boden nach seinen Kleidern. Ich stieß sie mit dem Fuß weg und sagte: »Er hat zu tun. Wir wollen ihn nicht stören. Komm schon. Gestern abend warst du doch ganz begeistert.«

»Ich hab schon kapiert«, erwiderte Chris. »Schick ihn jetzt weg.«

Plötzlich hörte ich leises Winseln und sah, daß Chris gar nicht seine Jacke in den Armen hatte, sondern eine alte, braune

Decke, in die etwas Großes eingehüllt war. Chris trug es durch das Boot zum anderen Ende des Raums, wo die Tiere wohnten. Die Küche war jetzt fertig, ebenso der Platz für die Tiere und die Toilette. Ich konnte deshalb nicht erkennen, was er dort tat. Aber ich hörte Jam bellen.

Chris rief über seine Schulter: »Hast du wenigstens die Tiere gefüttert? Warst du mit den Hunden draußen?« Dann: »Ach, vergiß es.« Und danach sehr leise: »So. So. Ist ja gut. Du brauchst keine Angst mehr zu haben. Ist ja gut.« Seine Stimme war sehr sanft.

Brian meinte: »Ich glaube, ich geh jetzt besser.«

»Gut«, erwiderte ich, aber mein Blick lag auf der Tür zur Küche. Ich zog mir ein T-Shirt über und hörte Brian die Treppe hinaufgehen. Dann fiel die Tür hinter ihm zu. Ich lief durch die Küche zu Chris.

Er stand über den langen Arbeitstisch gebeugt und hatte das Licht nicht eingeschaltet. Schwach schien die Morgensonne zum Fenster herein. »Ist ja gut«, beruhigte er mit liebevoller Stimme. »War eine schlimme Nacht, nicht? Aber jetzt ist es vorbei.«

»Was hast du da?« fragte ich und sah ihm über die Schulter. »O Gott!« Mir drehte sich der Magen um. »Was ist passiert? Warst du betrunken? Wo kommt der her? Hast du ihn mit dem Auto angefahren?«

Das war das einzige, was ich mir vorstellen konnte, als ich den Beagle sah. Wäre ich weniger benebelt vom Alkohol gewesen, so hätte ich gleich erkannt, daß die Nähte, die sich von einer Stelle zwischen den Augen des Hundes zu seinem Hinterkopf zogen, nicht frisch genug waren, um von einer Notoperation in der Nacht zu stammen. Er lag auf der Seite und atmete flach und sehr langsam. Als Chris ihm mit dem Handrücken leicht über die Schnauze strich, wedelte er schwach mit dem Schwanz.

Ich packte Chris am Arm. »Er sieht gräßlich aus. Was hast du mit ihm gemacht?«

Er sah mich an, und zum erstenmal fiel mir auf, wie weiß er war. »Ich habe ihn geklaut«, sagte er.

»Geklaut? Diesen...? Von...? Was, zum Teufel, ist in dich gefahren? Hast du bei einem Tierarzt eingebrochen?«

»Er war nicht bei einem Tierarzt.«

»Wo dann?«

»Sie haben ihm die Schädeldecke geöffnet, um sein Gehirn bloßzulegen. Sie benützen gern Beagles dafür, weil das eine freundliche Rasse ist. Es ist leicht, ihr Vertrauen zu gewinnen. Und das ist notwendig, bevor sie –«

»Sie? Wer? Wovon redest du?« Er machte mir angst, genau wie an dem Abend, als ich ihm das erstemal begegnet war.

Er griff nach einer Flasche und einem Beutel Watte und tupfte dann die Nähte ab. Der Hund sah mit traurigen, trüben Augen zu ihm auf. Seine Ohren klebten schlaff an seinem verunstalteten Kopf. Chris zog mit Daumen und Zeigefinger vorsichtig die Haut ein wenig hoch und kniff. Als er das Fältchen losließ, blieb es, wie es war.

»Ausgetrocknet«, sagte Chris. »Wir brauchen einen Tropf.«

»Wir haben keinen –«

»Das weiß ich. Paß auf ihn auf. Sieh zu, daß er nicht aufsteht.« Er ging in die Küche. Wasser rauschte. Die Augen des Hundes fielen langsam zu. Der Atem wurde noch langsamer. Seine Pfoten begannen zu zucken. Unter den Lidern schien er die Augen zu rollen.

»Chris!« rief ich. »Schnell!«

Toast stupste meine Hand an. Jam hatte sich in eine Ecke zurückgezogen und kaute auf einem Stück Büffelhaut.

»Chris!« Und als er mit der Schale voll frischem Wasser zurückkam: »Er stirbt. Ich glaube, er stirbt.«

Chris stellte das Wasser nieder und neigte sich über den Hund. Ich sah ihm zu, wie er eine Hand auf die Flanke des Tieres legte. »Er schläft«, sagte er

»Aber seine Pfoten. Seine Augen.«

»Er träumt, Livie. Tiere träumen genau wie wir.« Er tauchte seine Finger in das Wasser und hielt sie dem Beagle unter die Nase. Sie bebte leise. Der Hund öffnete die Augen und leckte die Wassertropfen von Chris' Fingern. Seine Zunge war fast weiß. »Ja«, sagte Chris. »Nur schön langsam.«

Wieder tauchte er seine Hand in das Wasser, hielt sie dem Hund hin und sah zu, wie dieser leckte. Ganz leise klopfte der

Schweif des Hundes auf den Tisch. Er hustete. Chris blieb geduldig bei ihm stehen und flößte ihm Wasser ein. Es dauerte ewig. Als er fertig war, legte er das Tier behutsam auf ein Lager aus Decken, das er auf dem Boden bereitet hatte. Toast humpelte herbei und beschnupperte die Ränder der Decken. Jam blieb, wo er war, und kaute, was das Zeug hielt.

»Wo warst du? Was ist passiert? Woher hast du den Hund?« fragte ich gerade aufgeregt, als vom anderen Ende des Boots eine Männerstimme herüberschallte. »Chris? Bist du hier? Tut mir leid. Ich hab die Nachricht eben erst bekommen.«

Chris rief über seine Schulter: »Hier, Max!«

Ein älterer Mann gesellte sich zu uns. Er war kahlköpfig und trug eine Augenklappe, doch er war tadellos gekleidet – marineblauer Anzug, weißes Hemd, gemusterte Krawatte – und hatte ein schwarzes Arztköfferchen bei sich. Er sah erst mich an, dann Chris und zögerte.

»Sie ist in Ordnung«, beruhigte ihn Chris. »Das ist Livie.«

Der Mann nickte mir zu und hatte mich schon wieder vergessen. »Was habt ihr geschafft?«

»Ich hab den hier«, antwortete Chris. »Robert hat noch zwei. Seine Mutter hat einen vierten. Der hier war am schlimmsten dran.«

»Und sonst?«

»Zehn Frettchen. Acht Kaninchen.«

»Wo?«

»Sarah und Mike.«

»Und der hier?« Er kauerte sich nieder, um sich den Hund anzusehen. »Schon gut. Ich seh's.« Er öffnete sein Köfferchen. »Bring die anderen raus, ja?« meinte er, mit einer Kopfbewegung auf Toast und Jam weisend.

»Du schläferst ihn doch nicht ein, Max? Ich kann mich um ihn kümmern. Gib mir nur, was ich brauche. Ich pflege ihn.«

Max sah auf. »Laß die Hunde raus, Chris.«

Ich nahm die Leinen von den Nägeln an der Wand. »Komm«, sagte ich zu Chris.

Er ging nicht weiter als bis zum Treidelpfad und beobachtete die Hunde, die zur Brücke davonsprangen. Sie schnupperten an der Mauer, machten häufig halt, um sie zu taufen. Sie sprangen ans Wasser und verbellten die Enten. Jam schüttelte sich mit fliegenden Ohren, als wäre er naß. Toast machte es ihm nach, verlor die Balance, stürzte auf die Schulter, rappelte sich wieder auf. Chris pfiff. Sie kehrten um und kamen zu uns zurückgeflitzt.

Schließlich gesellte Max sich zu uns.

»Und?« fragte Chris.

»Ich geb ihm achtundvierzig Stunden.« Max verschloß sein Köfferchen. »Ich hab dir Tabletten hingelegt. Gib ihm gekochten Reis und gehacktes Lamm. Eine halbe Tasse. Wir werden sehen.«

»Danke«, sagte Chris. »Ich nenne ihn Beans.«

»Glückspilz solltest du ihn nennen.«

Max kraulte Toast am Kopf, als die Hunde wieder zurückgekehrt waren. Er zupfte Jam sachte am Ohr. »Der hier ist gesund genug für eine Familie«, sagte er zu Chris. »Ich kenne eine in Holland Park.«

»Ich weiß nicht. Mal sehen.«

»Du kannst sie nicht alle behalten!«

»Das ist mir klar.«

Max sah auf seine Uhr. »Hm.« Er kramte in seiner Tasche. Die beiden Hunde kläfften und tänzelten ein paar Schritte nach rückwärts, bis er lächelnd jedem einen Hundekuchen zuwarf. »Schlaf dich aus«, meinte er zu Chris. »Gut gemacht.« Er nickte mir noch einmal zu und ging davon.

Chris trug seine Luftmatratze zu den Tieren hinüber und schlief den ganzen Morgen neben Beans. Ich behielt Toast und Jam bei mir im Arbeitsraum, wo ich versuchte, Kisten, Werkzeuge und Holz zu ordnen, während sie mit einem Quietschtier spielten. Hin und wieder nahm ich eine telefonische Nachricht entgegen. Die Anrufe waren alle äußerst rätselhaft. Da hieß es zum Beispiel: »Sagen Sie Chris, Vale-of-March-Zwinger klappt«, oder »Fünfzig Tauben in Lancashire, P-A-L«, oder »Noch nichts wegen Boots. Wir warten noch auf Nachricht von Sonia.« Als Chris um Viertel nach zwölf aufstand, hatte ich endlich begriffen, was ich in meiner Blindheit vorher nicht erkannt hatte.

Dazu beigetragen hatten die BBC-Nachrichten im Radio, in denen darüber berichtet wurde, was die Vereinigung *Animal*

Rescue Movement in der vergangenen Nacht in Whitechapel unternommen hatte. Als Chris in den Arbeitsraum kam, wurde gerade jemand interviewt und sagte: »... ihre Blindheit und ihre Dummheit die medizinische Forschungsarbeit von fünfzehn Jahren rücksichtslos vernichtet.«

Mit einer Tasse Tee in der Hand blieb Chris an der Tür stehen. Ich starrte ihn an. »Du klaust Tiere.«

»Richtig.«

»Toast?«

»Ja.«

»Jam?«

»Ja.«

»Die Ratten?«

»Und Katzen und Vögel und Mäuse. Ab und zu ein Pony. Und Affen. Affen in Massen.«

»Aber – das ist doch verboten!«

»Ja, nicht wahr?«

»Warum machst du dann –« Es war undenkbar. Chris Faraday, der gehorsamste aller Bürger. Wer war er überhaupt? »Was tun sie mit ihnen? Mit den Tieren, meine ich?«

»Alles, was sie wollen. Sie versetzen ihnen Elektroschocks, sie blenden sie, bringen ihnen Schädelbrüche bei, rufen Magengeschwüre hervor, durchtrennen das Rückenmark, zünden sie an. Alles, was sie wollen. Es sind ja nur Tiere. Die fühlen keinen Schmerz. Obwohl sie ein Nervensystem haben wie wir. Obwohl sie Schmerzrezeptoren haben und Verbindungen zwischen diesen Rezeptoren und dem Nervensystem bestehen. Obwohl...« Er rieb sich mit dem Handrücken über die Augen. »Entschuldige. Ich halte Vorträge. Es war eine lange Nacht. Ich muß nach Beans sehen.«

»Meinst du, er kommt durch?«

»Wenn's nach mir geht, ja.«

Er blieb den ganzen Tag und die Nacht bei dem Hund. Max kam am folgenden Morgen wieder, und sie hielten eine knappe Besprechung ab. Einmal hörte ich Max sagen: »Christopher, hör auf mich. Du kannst doch nicht –« Und Chris unterbrach ihn mit den Worten: »Doch. Ich kann und ich werde.«

Chris siegte schließlich, weil er sich zu einem Kompromiß bereit erklärte. Jam wanderte glücklich in das neue Zuhause, das Max in Holland Park für ihn gefunden hatte; wir behielten Beans. Und als das Boot ganz fertig war, wurde es für viele andere, bei Nacht und Nebel entführte Tiere ein Übergangsheim, das Zentrum, von dem aus Chris seine heimliche Macht einsetzte.

Macht. Als wir die Aufnahmen der Ereignisse sahen, die sich am letzten Dienstag nachmittag am Fluß abgespielt hatten, meinte Chris, es sei an der Zeit, daß ich die Wahrheit sagte. »Du kannst dem allen ein Ende machen, Livie«, sagte er. »Du hast die Macht.« Wie seltsam es war, diese Worte zu hören! Genau das hatte ich mir ja immer gewünscht.

In dieser Hinsicht bin ich meiner Mutter wahrscheinlich ähnlicher, als mir lieb ist. Während ich lernte, mit den Tieren umzugehen, während ich an den ersten Versammlungen der Bewegung teilnahm und mir eine Arbeit suchte, die unseren Zielen dienlich sein konnte – ich arbeitete als Hilfskraft in der Tierklinik des Londoner Zoos –, nahm Mutter die Verwirklichung ihrer Pläne für Kenneth Fleming in Angriff.

Als sie aus seinem eigenen Mund gehört hatte, daß er immer noch davon träumte, ein großer Cricket-Spieler zu werden, hatte sie endlich das Werkzeug, das sie gesucht hatte, um seine Ehe mit Jean Cooper zu unterminieren. Für Mutter war es zweifellos undenkbar, daß Jean und Kenneth möglicherweise nicht nur zueinander paßten, sondern auch glücklich waren – miteinander und mit dem Leben, das sie für sich und ihre Kinder aufgebaut hatten. Jean war Kenneth doch intellektuell weit unterlegen. Sie hatte ihn doch nur mit List eingefangen, und er hatte sie doch nur aus Pflichtgefühl geheiratet, aber doch keinesfalls aus Liebe! In Mutters Augen trabte er im Joch vor einem Karren, der längst im Dreck steckte. Und durch das Cricket würde er sich befreien.

Sie handelte weder hastig noch kopflos. Kenneth gehörte immer noch der Werksmannschaft an; sie begann also zunächst einmal, sich die Spiele der Teams anzusehen. Anfangs schreckte es die Männer ab, wenn sie mit dem Klappstuhl in der Hand und dem Sonnenhut auf dem Kopf am Rand des Spielfelds im Mile End Park erschien. Für die Männer aus der Druckerei war sie die »Ma'am«; sowohl sie selbst als auch ihre Familien schlugen einen weiten Bogen um Miriam.

Aber davon ließ sich Mutter nicht erschüttern. Sie war dergleichen gewöhnt. Sie wußte, daß sie in ihren eleganten Sommerkleidern mit passenden Schuhen und Handtaschen eine imposante Erscheinung war. Sie wußte außerdem, daß weit mehr als Hyde Park, Green Park und die City von London sie und ihr Leben mit seinen Erfahrungen von ihren Arbeitern trennte. Aber sie vertraute zuversichtlich darauf, daß sie die Männer mit der Zeit für sich gewinnen würde. Bei jedem Spiel mischte sie sich ein wenig länger unter die Spielerfrauen. Sie sprach mit ihren Kindern. Sie machte sich zu einer von ihnen und hielt doch gleichzeitig Abstand, wenn sie neben der Teemaschine und den Keksen, die sie stets mitbrachte, am Spielfeldrand stand und rief: »Gut gespielt! Ausgezeichnet gespielt!«; wenn sie nach dem Spiel oder später in der Firma ihren Kommentar zu einem besonders guten Spielabschnitt gab. Die Spieler und ihre Familien begannen Mutters Anwesenheit zu akzeptieren, ihr mit der Zeit sogar entgegenzusehen. Nach einer Weile führte sie regelmäßige Mannschaftsbesprechungen ein, förderte die Entwicklung von Spielstrategien und die Beobachtung anderer Mannschaften.

Selbst das gegen sie gerichtete Mißtrauen Jean Coopers konnte sie allmählich überwinden. Sie wußte, daß sie auf Kenneths Zukunft nur Einfluß nehmen konnte, wenn sie Jeans Vertrauen errang, und unternahm daher alle Anstrengungen, um ihr zu beweisen, daß sie seiner würdig war. Sie zeigte großes Interesse an den schulischen Leistungen der beiden älteren Kinder. Sie vertiefte sich in Gespräche über die Gesundheit und die Entwicklung des Jüngsten, eines dreijährigen Jungen namens Stan, der sehr spät zu sprechen begonnen hatte und noch immer recht unsicher auf den Beinen war.

»Olivia war in dem Alter genauso«, bekannte Mutter. »Aber mit fünf war sie der reinste Wirbelwind, und ich hätte schon einen Maulkorb gebraucht, um sie am Plappern zu hindern.«

Mutter lachte freundlich über ihre lang vergangenen Ängste. »Ach, ich glaube, wir sorgen uns oft viel zu sehr um sie.« Genial, dieses »Wir«.

Es war beinahe so, als hätte dieser Unglückstag auf dem Billingsgate-Markt, dieses schreckliche Gespräch zwischen Mutter und Jean, sich nie ereignet. An die Stelle von Beschimpfungen traten jetzt Gespräche über die Ausgaben für die Kinder, über Jimmys unglaubliche Ähnlichkeit mit seinem Vater, über Sharons mütterliches Wesen, das sie gleich am ersten Tag gezeigt hatte, als Jean den kleinen Stan aus dem Krankenhaus nach Hause gebracht hatte. Mutter mied jedes Thema, das Jean ihre Unterlegenheit vor Augen geführt hätte. Wenn Jean bei der Renaissance Kenneth Flemings ihre Komplizin werden sollte, mußte sie das Gefühl der Gleichwertigkeit haben. Sie würde früher oder später dem bisher Undenkbaren zustimmen müssen, und Mutter war klug genug zu wissen, daß ihre Zustimmung nur gewonnen werden konnte, wenn Jean glaubte, die Idee stamme zum Teil auch von ihr.

Ich frage mich, ob Mutter ihre Pläne ganz systematisch vorbereitete oder zuließ, daß sie sich organisch entwickelten. Ich frage mich weiter, ob sie ihren Entschluß, in den Lauf der Dinge einzugreifen, genau in dem Moment faßte, als sie Kenneth Fleming in der Druckerei wieder begegnete. Das Bemerkenswerte und Kühne an ihren Manipulationen ist jedenfalls, daß sie wie eine natürliche Entwicklung erschienen, eine zwangsläufige Folge von Ereignissen, bei deren Untersuchung, gleich, von welcher Seite, man nicht hoffen kann, am Ursprung auf einen Machiavelli zu stoßen.

Woher kam plötzlich die Idee, daß das Werkteam einen Kapitän brauche? Nun, sie entsprang natürlich logischer Überlegung; einer freundlichen, verwunderten Frage hier und dort: Aber die englische Nationalmannschaft hat doch einen Kapitän, nicht wahr? Die Liga-Mannschaften haben Kapitäne, oder nicht? Tatsächlich muß das erste Cricket-Team jeder Schule im Land einen Kapitän haben. Vielleicht also sollten sich auch die Männer von der Druckerei Whitelaw einen Kapitän zulegen...

Die Männer sahen sich nach einem Kandidaten um und wählten ihren Vorarbeiter. Wer war besser geeignet, die Mannschaft aufzustellen, als derselbe Mann, der über ihren Arbeitstag die Aufsicht führte? Hm, aber vielleicht war der Gedanke doch nicht so gut. Die Fähigkeiten, die man brauchte, um die Arbeit im Maschinenraum der Druckerei Whitelaw zu beaufsichtigen, waren nicht unbedingt das ideale Rüstzeug für einen Kapitän einer Cricket-Mannschaft, oder? Und selbst wenn, so sollte doch zwischen Arbeit und Vergnügen ein gewisser Unterschied bestehen, und wie konnte dieser Unterschied hergestellt werden, wenn der Vormann bei der Arbeit auch beim Spiel der Vormann wurde? Wäre es nicht besser, der Vorarbeiter wäre einfach einer von den Spielern und nicht der Spielführer? Wäre es nicht einem guten Betriebsklima förderlich, wenn der Vorarbeiter beim Spiel den anderen gleichgestellt wäre?

Doch, natürlich. Die Männer sahen das ein, und der Vorarbeiter ebenfalls. Sie hielten nach einem zweiten Kandidaten Ausschau, einem Mann, dem das Spiel vertraut war, der es schon in der Schule gespielt hatte, der auf dem Spielfeld zu Leistung anspornen konnte, sei es als Schlagmann oder als Werfer. Sie hatten zwei ordentliche Werfer: Shelby, den Schriftsetzer, und Franklin, der die Maschinen wartete. Und sie hatten einen hervorragenden Schlagmann: Fleming, der teilweise an der Druckerpresse arbeitete und teilweise in der Verwaltung. Hm, wie wär's also mit Fleming? Wäre der der Richtige? Wenn sie ihn wählten, würden weder Shelby noch Franklin Anlaß haben zu glauben, das Team betrachte den anderen als besseren Werfer. Warum es nicht mit Fleming probieren?

Kenneth wurde also Mannschaftskapitän. Geld gab es dafür keines, und das Prestige war auch nicht größer als vorher. Aber das machte gar nichts, weil es ja einzig darum ging, ihm den Mund wäßrig zu machen, seine Sehnsucht nach dem »Was-hätte-sein-Können«, zu schüren und ihn von dem tristen »Was-war« wegzulocken.

Es überraschte niemanden, am allerwenigsten Mutter, daß Kenneth seine Position als Kapitän mit großem Erfolg ausfüllte. Er stellte die Mannschaft mit Verstand und Effizienz auf, schob die Spieler so lange von einer Position zur anderen, bis er sie da hatte, wo sie sich am besten entfalten konnten. Er sah das Spiel als eine Wissenschaft und nicht als Gelegenheit, sich bei den Männern beliebt zu machen. Seine eigene Leistung war immer unverändert: Mit dem Schlagholz in der Hand war Kenneth Fleming ein Zauberer.

Niemals spielte er um des öffentlichen Ansehens willen. Er spielte Cricket, weil er *den Sport* liebte. Und diese Liebe zum Sport zeigte sich in allem, was er tat: von der Ernsthaftigkeit, mit der er an der Linie Aufstellung nahm, bis zu dem befriedigten Lächeln, das in seinem Gesicht aufleuchtete, wenn er den Ball getroffen hatte. Kein Wunder also, daß er der erste war, der mit Begeisterung ja sagte, als ein älterer Herr namens Hal Rashadam, der sich drei oder vier Spiele angesehen hatte, seine Dienste als Mannschaftstrainer anbot. Nur zum Spaß, meinte Rashadam. Ich habe eine Leidenschaft für das Spiel, wirklich. Habe selbst gespielt, als ich noch konnte. Wenn man schon spielt, dann sollte man richtig spielen, sage ich immer.

Einen Trainer für eine Betriebsmannschaft? Wer hatte so etwas schon einmal gehört? Woher war der Kerl überhaupt gekommen? Die Männer hatten ihn am Spielfeldrand gesehen, wie er sich das Kinn gestrichen, genickt und hin und wieder kurze Selbstgespräche geführt hatte. Sie hatten ihn für einen armen Trottel aus der Nachbarschaft gehalten und als solchen abgetan. Als Rashadam aus Haggerston an sie herantrat, um ihnen unaufgefordert seine Meinung zu ihrem Spiel zu sagen, neigten die Männer dazu, ihn nicht ernst zu nehmen.

Mutter war diejenige, die sagte: »Einen Augenblick, meine Herren. Das ist doch etwas ... Wovon sprechen Sie, Sir?«

Und sie sagte das zweifellos mit solcher Unschuld, daß keiner von ihnen auch nur ahnte, wie lange sie gebraucht hatte, um Hal Rashadam zu überreden, sich die Männer der Druckerei Whitelaw – und besonders einen von ihnen – einmal ernsthaft anzusehen. Denn natürlich war Rashadams Anwesenheit Mutter zu verdanken – wie jeder Mensch mit einem Funken Grips begriffen hätte, als der Mann sich vorstellte und Kenneth Fleming fragte: »Rashadam? *Rashadam?*« Er schlug sich mit der Hand vor die Stirn und lachte. »Ja, Wahnsinn!« Zu seinen Mannschaftskameraden sagte er: »Ihr Dummköpfe. Wißt ihr nicht, wer das ist?«

Harold Rashadam. Sagt Ihnen der Name etwas? Sicher nicht, wenn Sie nicht ein ebenso leidenschaftlicher Cricket-Fan sind wie Kenneth Fleming. Rashadam mußte vor ungefähr dreißig Jahren wegen einer Schulterverletzung, die nicht mehr richtig verheilte, mit dem Cricket aufhören. Aber in den kurzen zwei Jahren, in denen er für Derbyshire und in der englischen Nationalmannschaft spielte, hatte er sich einen Namen als hervorragender Allrounder gemacht.

Die Menschen glauben, was sie glauben wollen, und die Männer der Druckerei Whitelaw wollten anscheinend glauben, Hal Rashadam sei rein zufällig auf ihre Mannschaft gestoßen, als er gerade bei irgend jemandem in der Gegend von Mile End zu Besuch war. Er sei nur zufällig vorbeigekommen, erzählte er ihnen, und sie schluckten das wie die Katze die Sahne. Genauso gern wollten sie glauben, daß er, wie er behauptete, dem Team seine Dienste als Trainer kostenlos anbot, aus Liebe zum Sport. Im Ruhestand, erklärte er; zuviel Zeit, brauche Ablenkung von meinen Wehwehchen. Und sie wollten außerdem glauben, daß Rashadam sich für die Mannschaft interessierte und nicht für einen einzelnen von ihnen.

Mutter redete ihnen zu. »Lassen Sie uns darüber schlafen, Mr. Rashadam«, erwiderte sie auf sein Angebot und setzte sich mit den Männern zusammen. Sie spielte die Vorsichtige, indem sie sagte: »Ist er wirklich der, der er zu sein vorgibt? Und wer war dieser Rashadam, als er einen Namen hatte?«

Jemand recherchierte in ihrem Auftrag, grub alte Zeitungsartikel aus, ein Exemplar des *Wisden Cricketers' Almanach*, und nun konnte sie sich selbst ein Bild machen. Mutter verwandelte sich rasch von der Vorsichtigen in die Interessierte, insgeheim zweifellos hocherfreut zu sehen, daß Kenneth Fleming nach Rashadams Erscheinen im Mile End Park Blut geleckt hatte.

Wie könnte sie Rashadam begegnet sein? Das fragen Sie sich doch, nicht wahr? Sie möchten gern wissen, wie, um alles in der Welt, Miriam Whitelaw, ehemalige Lehrerin, es schaffte, ein Cricket-As aus dem Ärmel zu ziehen?

Bedenken Sie, wie viele Jahre ihres Lebens sie der ehrenamtlichen Arbeit gewidmet hatte und welches Netzwerk an Kontakten sie im Rahmen dieser Arbeit geknüpft hatte; wie viele Leute sie kannte, wie viele Organistaionen ihr für diese oder jene Wohltat verpflichtet waren. Den Freund eines Freundes, mehr brauchte sie nicht. Wenn sie es nur schaffte, jemanden wie Rashadam dazu zu überreden, an einem Sonntagnachmittag zum Cricket in den Mile End Park zu kommen und sich, während er am Spielfeldrand hinter den Zuschauern mit ihren Klappstühlen und mitgebrachten Broten auf und ab spazierte, das Spiel anzusehen, dann würde Kenneth Flemings Talent den Rest besorgen. Davon war sie überzeugt.

Natürlich ging es nicht ohne Geld. Nichts von alledem hätte Rashadam aus reiner Herzensgüte getan, und Mutter hätte es auch gar nicht von ihm erwartet. Sie war Geschäftsfrau. Und dies *war* ein Geschäft. Er wird ihr sein Stundenhonorar für einen Besuch, eine Besprechung, die Übernahme des Trainings genannt haben. Sie wird es bezahlt haben.

Und nun möchten Sie wissen, wozu das Ganze diente. Ich höre Ihre Frage förmlich. Warum hat sie sich solche Mühe gemacht? Warum hat sie ein solches Opfer gebracht?

Für Mutter war es weder Mühe noch Opfer. Es war schlicht und einfach das, was sie wollte. Sie hatte keinen Ehemann mehr. Die Beziehung zwischen ihr und mir war zerstört. Sie brauchte Kenneth Fleming: als Mittelpunkt ihrer Aufmerksamkeit und Zuwendung; als künftiges Objekt ihrer Zuneigung; als eine Sache, für die man kämpfen und siegen konnte; als Mann, der den ersetzen sollte, der gestorben war; als Kind, um jenes zu ersetzen, das sie aus ihrem Leben gestrichen hatte. Sie können es nennen, wie Sie wollen. Vielleicht meinte sie auch, ihn zehn Jahre zuvor im Stich gelassen zu haben. Vielleicht sah sie die wiederaufgenommene Beziehung als eine Gelegenheit zur Wiedergutmachung. Vielleicht wollte sie aber auch nur beweisen, daß sie recht hatte. Ich weiß nicht genau, was sie zu Anfang dachte, hoffte, träumte oder plante. Ich glaube aber, daß was sie tat, von Herzen kam. Sie wollte das Beste für Kenneth. Aber sie wollte auch darüber bestimmen, was das Beste für ihn war.

Rashadam wurde also Trainer der Werksmannschaft. Es dauerte nicht lange, bis er Kenneth aussonderte und ihm spezielle Aufmerksamkeit widmete. Das tat er zuerst im Mile End Park, wo er mit Kenneth mit dem Schlagholz trainierte. Aber schon nach zwei Monaten schlug der alte Cricket-Profi vor, für einige Trainingseinheiten einen der Übungsplätze im *Lord's* zu buchen.

Da sind wir ungestörter, wird er zu Kenneth Fleming gesagt haben. Wir wollen doch nicht, daß uns Spitzel anderer Mannschaften beobachten.

Sie gingen also zu *Lord's.* Zuerst Sonntag morgens. Sie können sich vielleicht vorstellen, wie Kenneth Fleming sich gefühlt haben wird, als das Tor der Cricket-Trainingsanlage sich hinter ihm schloß, und er das Knallen der Schlaghölzer hörte, die auf die Bälle droschen, und das Pfeifen der Bälle, die durch die Luft sausten; wie ihm zumute gewesen sein wird, als er an den von Netzen eingefaßten Plätzen entlangging: mit nervös flatterndem Magen und vor Aufregung feuchten Händen, so beeindruckt, daß es ihm nicht einfiel, sich zu fragen, warum Hal Rashadam soviel Zeit und Energie einem jungen Mann widmete, dessen wahre Zukunft gar nicht das Cricket war – du liebe Zeit, er war doch schon siebenundzwanzig Jahre alt! –, sondern ein Leben auf der Isle of Dogs, in einem Reihenhäuschen mit einer Frau und drei Kindern.

Und Jean? fragen Sie.

Wo war sie in dieser Zeit, was tat sie, wie reagierte sie auf die geballte Aufmerksamkeit, die Kenneth von Rashadam entgegengebracht wurde?

Ich denke mir, es fiel ihr zunächst gar nicht auf. Anfangs entwickelte sich das sehr subtil.

Wenn Kenneth nach Hause kam und sagte: »Hal findet dies« oder »Hal sagt jenes«, wird sie genickt und registriert haben, daß das Haar ihres Mannes vom Aufenthalt in der Sonne heller geworden war, daß er gesünder aussah denn je, seine Bewegungen geschmeidiger waren als je zuvor, sein Gesicht eine Lebensfreude ausstrahlte, von der sie vergessen hatte, daß er sie einmal besessen hatte.

All dies rief Begehren wach. Und wenn sie miteinander im Bett waren und ihre Körper sich im gleichen Rhythmus bewegten, war es das Unwichtigste von der Welt, darüber nachzudenken, wohin diese Leidenschaft für das Cricket sie alle führen würde.

Olivia

Ich denke mir, Kenneth Fleming hielt seinen tiefsten und inbrünstigsten Wunsch, aus mitternächtlicher Verschmelzung von Hoffnung und Phantasie geboren, vor seiner Frau geheim. Er hatte ja mit ihrem täglichen Leben kaum etwas zu tun. Jean wird mit dem Haushalt, den Kindern und ihrer Arbeit auf dem Billingsgate-Markt vollauf beschäftigt gewesen sein. Sie hätte wahrscheinlich nur verächtlich gelacht, hätte jemand ihr gesagt, Kenneth könne weit mehr erreichen, als sich bei der Druckerei Whitelaw als tüchtiger Arbeiter zu bewähren und eines Tages vielleicht Betriebsleiter zu werden. Diese Zweifel entsprangen sicher nicht Unfähigkeit oder mangelnder Bereitschaft, an ihren Mann zu glauben, sondern vielmehr praktischer Würdigung der gegebenen Tatsachen.

Mir scheint Jean in dieser Partnerschaft immer der realistischere Teil gewesen zu sein. Sie war, wie Sie sich erinnern werden, diejenige, die damals, vor so vielen Jahren, Sex in der Pillenpause für riskant hielt; sie war diejenige, die, als sie entdeckte, daß sie schwanger war, beschloß, das Kind zur Welt zu bringen und zu behalten, ganz gleich, ob Kenneth sich für oder gegen sie und das Kind entscheiden sollte.

Es scheint daher vernünftig anzunehmen, daß sie durchaus fähig war, die Situation realistisch einzuschätzen, als Hal Rashadam in ihr Leben trat: Kenneth ging auf die Achtundzwanzig zu; er hatte nie professionell Cricket gespielt, sondern lediglich ein Jahr in der Schule und später mit seinen Kindern und mit der Werksmannschaft; eiserne Tradition bestimmte, welchen Weg man einschlagen mußte, wollte man überhaupt daran denken, einmal für die englische Nationalmannschaft zu spielen.

Kenneth war diesen Weg nicht gegangen. Er hatte zwar den ersten Schritt in die richtige Richtung getan, indem er in der Schule gespielt hatte, aber das war auch schon alles.

Jean wird auf den Gedanken an Kenneth als Cricket-Profi mit leicht spöttischer Verachtung reagiert haben. Wahrscheinlich sagte sie: »Kenneth, Schatz, du sitzt wieder mal im Wolkenkuckucksheim.« Sie wird ihn scherzhaft gefragt haben, wie lange er seiner Schätzung nach wohl würde warten müssen, bis der Kapitän der Nationalmannschaft und die Mitglieder des Auswahlausschusses vorbeikommen und sich den Vergleichskampf des Jahrhunderts zwischen der Druckerei Whitelaw und Cowpers Haushaltsgeräteherstellung ansehen würden. Aber sie rechnete eben nicht mit meiner Mutter.

Vielleicht folgte Kenneth einem Vorschlag Mutters, als er Jean seine Träume verschwieg. Oder vielleicht sagte Mutter auch nur: »Weiß Jean das alles, Ken, mein Junge?«, als er ihr das erstemal seine geheimsten Wünsche anvertraute. Und als er verneinte, mag sie mit einem weisen Nicken gesagt haben: »Ja, es gibt gewisse Dinge, die man am besten für sich behält, nicht?« und knüpfte damit das erste Band einer neuen, erwachsenen Beziehung zwischen ihnen.

Wenn Sie die Geschichte von Kenneth Flemings Aufstieg zu Ruhm und Reichtum kennen, dann wissen Sie den Rest. Hal Rashadam trainierte Ken und wartete auf den richtigen Moment. Dann lud er den Präsidenten des Teams von Kent zu einem Training ein. Das Interesse des Präsidenten war geweckt, er kam zu einem Spiel im Mile End Park, wo die Männer der Druckerei Whitelaw sich mit der Firma Werkzeugmaschinen East London maßen, und nach dem Spiel ließ er sich Kenneth Fleming vorstellen. »Würden Sie ein Guinness mit mir trinken?« fragte er. Und Kenneth begleitete ihn.

Mutter hielt sich geflissentlich im Hintergrund. Als Rashadam den Präsidenten der Mannschaft von Kent eingeladen hatte, sich das Spiel anzusehen, hatte er dies zwar auf Mutters Betreiben getan, aber das durfte niemand wissen. Niemand sollte merken, daß ein größerer Plan dahinterstand.

Beim Bier schlug der Präsident von Kent Kenneth vor, doch einmal zu einem Training zu kommen und sich das Team anzusehen. Und das tat er in Rashadams Begleitung an einem Freitagmorgen, nachdem Mutter gesagt hatte: »Fahren Sie ruhig nach Canterbury. Die Zeit können Sie nacharbeiten. Das ist überhaupt kein Problem.« Rashadam wies ihn an, er solle seine

Spielkleidung anziehen. Kenneth wollte wissen, warum. Rashadam sagte nur: »Tun Sie's einfach, Junge.« Kenneth erwiderte: »Aber ich werde mir wie der letzte Idiot vorkommen.« Und Rashadam prophezeite: »Wir werden sehen, wer sich am Ende des Tages wie ein Idiot vorkommt.«

Als der Tag um war, hatte Kenneth einen festen Platz in der Mannschaft von Kent, aller Tradition zum Trotz. Genau acht Monate waren vergangen, seit Hal Rashadam zum erstenmal den Männern der Druckerei Whitelaw beim Cricket zugesehen hatte.

Nun gab es allerdings zwei Probleme. Das erste war finanzieller Art: Sein Einkommen bei Kent würde mit knapper Not halb so hoch sein wie das, das er bei der Druckerei bezog. Das zweite Problem war die Wohnung: Die Isle of Dogs war zu weit entfernt vom Spiel- und Trainingsfeld in Canterbury, besonders für einen Neuling, dem die Mannschaft mit Skepsis begegnen würde. Der Teamkapitän meinte, wenn er für die Mannschaft spielen wolle, dann müsse er seinen Wohnsitz nach Kent verlegen.

Damit war im wesentlichen Phase eins von Mutters Plan für Kenneths Zukunft abgeschlossen. Die Notwendigkeit, nach Kent zu übersiedeln, gehörte schon zu Phase zwei.

Zweifellos hat Kenneth Fleming jeden Moment dieser aufregenden Entwicklung mit Mutter geteilt. Zum einen, weil sie in der Zeit, in der er in der Druckerei seine Verwaltungsaufgaben erledigte, eng zusammenarbeiteten; zum zweiten, weil er einzig ihrer Großzügigkeit, wie er es zweifellos sah, und ihrem unerschütterlichen Glauben an ihn diese große Chance zu verdanken hatte. Aber wie, fragte er wahrscheinlich sie ebenso wie sich selbst, konnte er die Probleme lösen, die sich auftaten, wenn er den Vertrag mit Kent unterzeichnete? Er konnte nicht einfach seine Familie nach Kent verpflanzen. Jean hatte ihre Arbeit auf dem Billingsgate-Markt, die für das Fortkommen der Familie um so wichtiger werden würde, wenn er diese Chance ergriff. Selbst wenn er von ihr verlangen könnte, täglich die lange Fahrt nach London und zurück auf sich zu nehmen – und er konnte es nicht, er würde es nicht tun, es kam überhaupt nicht in Frage –, würde er nicht wollen, daß sie praktisch mitten in der Nacht von Canterbury nach East London fuhr, noch dazu in einem uralten Auto, bei dem man fürchten mußte, daß es jederzeit seinen Geist aufgeben würde. Ausgeschlossen. Außerdem lebte ihre ganze Familie auf der Isle of Dogs. Und die Kinder hatten alle ihre Freunde dort. Im übrigen blieb immer noch das Geldproblem. Denn selbst wenn Jean ihre Arbeit auf dem Billingsgate-Markt behielt – wie sollten sie über die Runden kommen, wenn er plötzlich fast die Hälfte weniger verdiente? Es gab zu viele finanzielle Belastungen. Die Kosten eines Umzugs, die Kosten für die Beschaffung einer passenden Wohnung, die Kosten für den Wagen … Es war einfach nicht genug Geld da.

Ich kann mir das Gespräch zwischen ihnen vorstellen, zwischen Kenneth und Mutter. Sie sitzt oben im dritten Stockwerk, in dem Büro, das sie von meinem Vater übernommen und nach ihrem Geschmack umgestaltet hat. Sie liest einen Vertrag durch. Auf ihrem Schreibtisch steht eine weiße Porzellankanne mit blauem Rand, aus der das Aroma von Earl-Grey-Tee aufsteigt. Es ist relativ spät am Abend – so gegen acht Uhr –, und es ist still im Haus.

Kenneth kommt ins Büro und legt Mutter noch einen Vertrag zur Begutachtung hin. Sie nimmt ihre Brille ab und reibt sich die Schläfen. Sie hat die Deckenbeleuchtung ausgeschaltet, weil sie von dem hellen Licht Kopfschmerzen bekommt. Ihre Schreibtischlampe wirft Schatten auf die Wände.

Sie sagt: »Ich habe nachgedacht, Ken.«

»Ich habe den Kostenvoranschlag für das Landwirtschaftsministerium fertig. Ich denke, wir werden den Auftrag bekommen«, meint er und gibt ihr die Unterlagen.

Sie legt sie auf die Ecke ihres Schreibtischs. Sie schenkt sich noch eine Tasse ein und holt eine zweite Tasse für ihn. Sie kehrt absichtlich nicht zu ihrem Schreibtisch zurück; sie setzt sich niemals hinter ihren Schreibtisch, wenn er bei ihr im Büro ist, weil sie weiß, daß sich darin die große Kluft manifestieren würde, die zwischen ihnen besteht.

»Ich habe über Sie nachgedacht, Ken«, fügt sie hinzu. »Und über Kent.«

Er hebt die Hände und läßt sie gleich wieder resigniert sinken. Als hielte er jede Diskussion über dieses Thema für sinnlos.

»Sie haben ihnen doch noch keine Antwort gegeben, nicht wahr?« sagt Mutter.

»Ich schiebe es vor mir her«, antwortet er. »Ich möchte an dem Traum festhalten, solange ich kann.«

»Wann wollen sie Ihre Entscheidung?«

»Ich habe gesagt, ich würde mich Ende der Woche melden.«

Sie gießt ihm Tee ein, und sie weiß, wie er ihn trinkt – mit Zucker, aber ohne Milch. Sie reicht ihm die Tasse. Auf einer Seite des Büros, dort, wo die Schatten am tiefsten sind, steht ein Tisch, und zu ihm führt sie Ken und fordert ihn auf, sich zu setzen. Er erwidert, er müsse gehen, Jean werde sich schon wundern, wo er bleibe, sie seien zu einem Familienessen im Haus ihrer Eltern eingeladen, er habe sich sowieso schon verspätet, sie sei wahrscheinlich mit den Kindern schon ohne ihn losgegangen... Aber er macht keine Anstalten zu gehen.

»Sie ist eine sehr eigenständige Person, Ihre Frau«, sagt Mutter.

»Ja, das ist sie«, bestätigt er. Er rührt seinen Tee um, trinkt aber nicht gleich davon, sondern stellt die Tasse auf den Tisch und setzt sich. Er ist mager – magerer noch als früher, als Junge – und nimmt dennoch auf eine Weise Raum ein, wie andere Männer das nicht tun. Er strömt etwas aus, eine Art vibrierender Energie, eine Art Lebenskraft.

Mutter nimmt das wahr. Sie hat ein feines Gespür für ihn. »Gibt es denn überhaupt eine Möglichkeit für Jean, in Kent eine Arbeit zu finden?« fragt sie.

»Oh, sie würde sicher etwas finden«, antwortete er. »Aber sie müßte in einem Laden arbeiten. Sie würde nicht genug verdienen, um die zusätzlichen Ausgaben zu decken.«

»Sie hat keine – richtige Ausbildung, Ken?« Mutter kennt natürlich die Antwort auf diese Frage. Aber sie möchte, daß er selbst sie ausspricht.

»Berufsausbildung, meinen Sie?« Er dreht seine Tasse auf der Untertasse. »Sie kann nur das, was sie in dem Café in Billingsgate gelernt hat.«

Und das ist wenig genug. Nämlich: bedienen, Rechnungen schreiben, bonieren, Geld herausgeben.

»Ja. Hm. Das macht es heikel.«

»Das macht es unmöglich.«

»Sagen wir – schwierig.«

»Schwierig. Heikel. Unmöglich. Das kommt doch alles aufs gleiche heraus. Sie brauchen mich nicht daran zu erinnern. Wie man sich bettet, so liegt man.«

Wahrscheinlich nicht die Metapher, die Mutter gewählt hätte. Und darum sagt sie rasch, ehe er weitersprechen kann: »Vielleicht gibt es doch noch eine andere Möglichkeit, die das Leben Ihrer Familie nicht so in Aufruhr bringen würde.«

»Ich könnte die Leute von Kent bitten, mir eine Chance zu geben. Ich könnte pendeln und beweisen, daß es kein Problem ist. Aber das Geld ...« Er schiebt die Teetasse weg. »Nein. Ich bin ein erwachsener Mensch, Miriam. Jean hat ihre Kinderträume begraben, und es wird Zeit, daß ich das gleiche mit meinen tue.«

»Verlangt sie das von Ihnen?«

»Sie findet, wir müssen auf die Kinder Rücksicht nehmen und bedenken, was für *sie* das beste ist, nicht, was für uns das beste ist. Und ich gebe ihr recht. Ich könnte meine Arbeit in der Druckerei aufgeben und jahrelang zwischen London und Kent hin und her pendeln und am Ende mit leeren Händen dastehen. Sie fragt, ob sich das Risiko lohnt, wenn es keine Garantien gibt.«

»Aber wenn es nun doch auf etwas eine Garantie gäbe? Auf Ihren Arbeitsplatz zum Beispiel?«

Er macht ein nachdenkliches Gesicht. Er sieht Mutter auf seine freimütige Art an, den Blick fest auf ihr Gesicht gerichtet. »Ich könnte doch niemals verlangen, daß Sie mir meinen Job freihalten. Das wäre den anderen Männern gegenüber nicht fair. Und selbst wenn Sie das für mich täten – es gibt zu viele Schwierigkeiten.«

Sie geht zu ihrem Tisch und kehrt mit einem Schreibheft zurück. »Machen wir eine Liste aller dieser Schwierigkeiten«, sagt sie.

Er protestiert, aber nur halbherzig. Er hat nichts dagegen,

noch ein wenig zu träumen. Er sagt, er müsse Jean anrufen und ihr Bescheid geben, daß er noch später kommen würde. Und während er draußen seinen Anruf erledigt, macht Mutter sich an die Arbeit, stellt Listen und Gegenlisten auf und gelangt genau zu dem Schluß, zu dem sie zweifellos schon in dem Moment gelangt ist, als sie ihn im Mile End Park das erstemal den Ball über die Spielfeldgrenze schlagen sah. Nach Oxford konnte er nicht mehr, gewiß. Aber die Zukunft stand ihm immer noch offen. Eine andere eben.

Sie sprechen miteinander. Erörtern Ideen. Sie schlägt vor. Er spricht dagegen. Sie diskutieren die Details. Sie fahren nach Limehouse in ein chinesisches Restaurant. Beim Essen debattieren sie weiter. Mutter hat noch einen Trumpf in der Hand, den sie klug zurückgehalten hat. Celandine Cottage in Springburn. In Kent.

Celandine Cottage ist seit ungefähr 1870 im Besitz unserer Familie. Eine Zeitlang hatte mein Urgroßvater dort seine Geliebte und ihre zwei gemeinsamen Kinder untergebracht. Das Haus ging an meinen Großvater über, der dort seinen Lebensabend verbrachte. Als mein Vater es erbte, vermietete er es an eine Reihe von Landarbeitern, bis es schick wurde, ein Wochenendhaus im Grünen zu haben. Wir waren ab und zu einmal dort, als ich ein Teenager war. Zu jener Zeit, als Kenneth Flemings Karriere begann, stand es leer.

Ob Kenneth nicht Celandine Cottage als eine Art Operationsbasis benutzen könne, meinte Mutter. Dann hätte er den erforderlichen Wohnsitz in Kent. Er könne renovieren, was zu renovieren war, im Garten richten, was zu richten war, streichen, was zu streichen war, mauern, was zu mauern war, und sich auf andere Weise nützlich machen. Damit wäre die Miete für das Haus abgegolten. Er könne in der Druckerei arbeiten, wenn seine Zeit es ihm erlaubte, und auf freier Mitarbeiterbasis Angebote und Kostenvoranschläge ausarbeiten. Dafür würde Mutter ihn bezahlen, so daß wenigstens ein Teil des Geldproblems damit gelöst wäre. Jean und die Kinder könnten bleiben, wo sie waren, auf der Isle of Dogs, und Jean könne weiter ihrer Arbeit nachgehen; die Kinder bräuchten weder die Großfamilie noch ihre Freunde aufzugeben. An den Wochenenden könne sie Kenneth in Kent besuchen. Das würde sie nicht aus ihrem gewohnten Lebensrhythmus reißen, es würde die Familie zusammenhalten, und die Kinder kämen auf diese Weise ab und zu aufs Land. Und selbst wenn Ken letztlich an der Verwirklichung seiner Träume scheitern sollte, so habe er doch wenigstens einen Versuch gemacht.

Mutter war ein Mephisto. Es war ihr größter Augenblick. Nur daß sie es gut meinte. Ich glaube wirklich, daß sie es gut meinte. Ich glaube, tief im Innern tun das die meisten Menschen...

Chris ruft: »Livie, schau dir das an«, und ich schiebe meinen Stuhl zurück und mache einen langen Hals, um an der Küchentür vorbei in den Arbeitsraum sehen zu können. Er hat den Verschlag fertig. Felix ist gerade dabei, ihn zu inspizieren. Er tut einen zögernden Hopser und schnuppert. Dann noch einen Hopser.

»Er braucht einen Garten, in dem er toben kann«, bemerke ich.

»Richtig. Aber da wir keinen Garten haben, muß er mit dem Verschlag auskommen, bis er umzieht.«

Felix hoppelt in den Verschlag und geht gleich zum Trinken an die Wasserflasche. Die Flasche klappert gegen die Käfigwand, und das klingt wie das Rattern eines Zugs.

»Woher wissen die eigentlich, wie das geht?« frage ich.

»Was? Aus der Flasche trinken?« Er legt die Nägel nach Größe in ihre Kästchen. Er packt seinen Hammer weg und fegt das Sägemehl von der Werkbank in den Mülleimer. »Erforschung und Versuch, würde ich sagen. Er schaut sich die neue Behausung an, stößt auf die Wasserflasche, untersucht sie mit Hilfe seiner Nase. Aber er war ja schon früher einmal im Käfig. Er weiß wahrscheinlich sowieso, was er da zu erwarten hat.«

Wir beobachten das Kaninchen, ich von meinem Stuhl in der Küche aus, Chris von der Werkbank aus. Das heißt, Chris beobachtet das Kaninchen. Ich beobachte Chris.

Ich sage: »In letzter Zeit ist es ziemlich ruhig, nicht? Das Telefon hat seit Tagen nicht geläutet.«

Er nickt. Wir lassen beide den Anruf außer acht, den er vor

einer Stunde bekommen hat, weil wir wissen, wovon ich spreche. Nicht von Freundschaftsanrufen und nicht von geschäftlichen Anrufen. Ich spreche von ARM-Anrufen. Er streicht mit der Hand über die vordere Kante des Verschlags, findet eine rauhe Stelle, rückt ihr mit Schmirgelpapier zuleibe.

»Ist denn nichts Neues geplant?« frage ich.

»Nur Wales.«

»Und was ist das?«

»Beagle-Zwinger. Wenn unsere Einheit sich die vornimmt, werde ich ein paar Tage weg sein.«

»Und wer entscheidet das?« frage ich. »Ob ihr sie euch vornehmt, meine ich.«

»Ich.«

»Dann mach das doch.«

Er sieht mich an. Er wickelt das Schmirgelpapier um seinen Finger, zieht es fest, lockert es, betrachtet die Röhre, die entstanden ist, rollt sie auf der offenen Hand hin und her.

»Ich komm schon zurecht«, sage ich. »Keine Sorge. Mir fehlt nichts. Du kannst Max bitten, vorbeizukommen. Er kann die Hunde ausführen, und hinterher spielen wir Karten.«

»Mal sehen.«

»Wann mußt du entscheiden?«

Er legt das Schmirgelpapier weg. »Das hat Zeit.«

»Aber die Beagles... Chris, und wenn sie sie verschicken?«

»Das tun sie doch dauernd.«

»Dann mußt du –«

»Wir werden sehen, Livie. Wenn ich's nicht mache, macht's ein anderer. Keine Angst. Die Hunde wandern nicht ins Labor.«

»Aber du bist der Beste. Besonders bei Hunden. Und die Leute in dem Betrieb werden bestimmt doppelt so wachsam sein, wenn die Hunde das Alter erreichen, in dem sie versandt werden können. Das muß jemand machen, der wirklich gut ist. Der Beste eben.«

Er schaltet das Neonlicht über der Werkbank aus. Felix rumort in seinem Verschlag. Chris kommt in die Küche.

»Wirklich, Chris, du brauchst nicht auf mich aufzupassen«,

sage ich. »Das hasse ich. Da komme ich mir wie der letzte Versager vor.«

Er setzt sich und nimmt meine Hand, dreht sie in der seinen herum und betrachtet meine Handfläche. Er beugt die Finger, um sie zu schließen, und sieht mir zu, wie ich sie öffne. Wir wissen beide, wie stark ich mich konzentrieren muß, um eine fließende Bewegung zustande zu bringen.

Als meine Finger wieder gestreckt sind, bedeckt er meine Hand, so daß sie ganz zwischen seinen beiden Händen eingeschlossen ist. »Ich habe zwei neue Mitglieder in der Einheit, Livie. Ich bin nicht sicher, ob sie für so eine Sache wie Wales schon reif sind. Und ich werde kein Risiko eingehen, nur um meine Eitelkeit zu befriedigen.« Er drückt meine Hand. »Das ist der Grund. Mit dir hat das nichts zu tun. Oder mit dem hier. In Ordnung?«

»Neue Mitglieder?« sage ich. »Das hast du mir gar nicht erzählt.« Früher einmal hätte ich es erfahren. Wir hätten darüber gesprochen.

»Ich hab's wahrscheinlich vergessen. Sie sind seit ungefähr sechs Wochen bei mir.«

»Und wer?«

»Ein junger Kerl namens Paul. Und seine Schwester. Amanda.«

Er sieht mich so unverwandt an, daß ich erkenne, daß sie *die Frau* ist. Amanda. Ihr Name scheint wie ein Schleier zwischen uns zu schweben.

Ich würde gern sagen: Amanda – was für ein hübscher Name! Ich würde gern unbekümmert hinzufügen, sie ist deine Auserwählte, nicht? Erzähl. Wie habt ihr euch ineinander verliebt? Wie lange hat's gedauert, bis ihr das erstemal miteinander geschlafen habt?

Ich hätte gern, daß er *Livie!* sagt und sich ein bißchen windet, damit ich dann mahnen kann: Aber verstößt du damit nicht gegen einige deiner eigenen Regeln? Ich möchte sagen: Ist es nicht so, daß die Organisation jegliche persönliche Beziehung verbietet? Hast du selbst mir das nicht immer wieder gepredigt? Und ist es einer Beziehung nicht hinderlich, daß die Mitglieder einer Einheit – ach was, die Mitglieder der ganzen verdammten Gruppe – nur die Vornamen der anderen wissen? Oder habt ihr beide vielleicht mehr ausgetauscht als nur Liebesgeflüster? Weiß sie, wer du bist? Habt ihr beide Pläne gemacht?

Wenn ich das alles sage und es schnell genug sage, dann brauche ich mir die beiden nicht miteinander vorzustellen. Ich brauche mich nicht zu fragen, wo sie es tun und wie. Ich brauche nicht darüber nachzudenken, wenn ich mich nur zwinge, die Fragen zu stellen, und ihn in die Defensive dränge.

Aber das kann ich nicht. Früher einmal hätte ich es getan, aber diese Person in mir, die plötzlich zähnefletschend und nur darauf aus, andere zu verletzen, aus dem Nichts hervorspringen konnte, die habe ich offenbar verloren.

Er beobachtet mich. Er weiß, daß ich es weiß. Ein Wort von mir, und wir können die Diskussion führen, die er Amanda zweifellos versprochen hat. Ich werde es ihr sagen, flüstert er wahrscheinlich, wenn sie fertig sind und ihre Körper feucht und glitschig von dieser Mischung aus Liebe und Schweiß. Ich sag's ihr. Glaub mir. Er küßt ihren Hals, ihre Wange, ihren Mund. Sie schlingt ihr Bein um das seine. Er flüstert »Amanda« oder »Mandy«. Sie liegen still beieinander.

Nein. So werde ich nicht an sie denken. Ich werde überhaupt nicht an sie denken. Chris hat ein Recht auf sein Leben, geradeso, wie ich ein Recht auf meines habe. Und ich habe selbst genug Regeln der Organisation gebrochen, als ich noch aktives Mitglied war.

Nachdem ich Chris damals von meiner körperlichen Fitneß überzeugt hatte – mit Laufen, Springen, Klettern, Robben und was er sonst noch von mir verlangte –, begann ich, die offenen Versammlungen der Aufklärungsabteilung von ARM zu besuchen. Sie fanden in Kirchen, Schulen und Gemeindezentren statt, wo Tierversuchsgegner aus einem halben Dutzend Organisationen die Bürger mit Informationen versorgten. Auf diese Weise erfuhr ich eine Menge über die Forschung an Tieren; was die Firma Boots in Thurgarton tat; wie es bei der Massentierhaltung zugeht; wie viele Mischlingshunde in Laundry Farm angeblich gestohlene Haustiere waren; über das neurotische Verhalten eingesperrter Nerze in Halifax; die Anzahl von Betrieben, die Tiere nur zur Versorgung von Laboratorien züchten. Ich lernte die moralischen und ethischen Argumente beider Seiten kennen. Ich las, was mir in die Hand gedrückt wurde. Ich hörte mir an, was geredet wurde.

Ich wollte gleich von Anfang an zu einer Sturmeinheit. Ich würde gern behaupten, ein Blick auf Beans an dem Morgen, als er auf das Hausboot kam, hätte ausgereicht, mich für die Sache zu gewinnen. Aber die Wahrheit ist, daß ich nicht zu der Sturmeinheit wollte, weil ich so leidenschaftlich davon überzeugt war, diesen Tieren helfen zu müssen; ich wollte nur Chris' wegen zu der Truppe. Weil ich etwas von ihm wollte. Weil ich ihm etwas von mir zeigen wollte. Aber das habe ich mir natürlich nicht eingestanden. Ich redete mir ein, ich wollte in die Sturmeinheit, weil all diese Aktivitäten rund um die Befreiung der Tiere Spannung versprachen; von der Angst, erwischt zu werden, bis zu dem – das war das wichtigste – unglaublichen Hochgefühl nach dem Erfolg. Ich ging zu der Zeit schon einige Monate nicht mehr auf den Strich. Ich war rastlos und unbefriedigt, ich brauchte dringend eine anständige Dosis Erregung, wie sie der Sprung ins Unbekannte bietet, Gefahr und knappes Entkommen. So ein Überfall schien mir genau das Richtige zu sein.

Die Sturmeinheiten bestanden aus Spezialisten und Soldaten. Die Spezialisten bereiteten das Unternehmen vor – infiltrierten Wochen im voraus das Zielobjekt, stahlen Dokumente, fotografierten, zeichneten genaue Pläne, machten Alarmanlagen ausfindig und setzten sie beim Einsatz für die Soldaten außer Betrieb. Die Soldaten führten den eigentlichen Überfall aus, bei Nacht und angeführt von einem Kommandeur, dessen Wort Gesetz war.

Chris machte nie einen Fehler. Er sprach mit seinen Spezialisten, er sprach mit der Leitung von ARM, er sprach mit seinen Soldaten. Niemals bekam eine Gruppe die andere zu sehen. Er war der Verbindungsmann zwischen uns allen.

Als ich das erstemal an einem Überfall teilnahm, war seit meiner ersten Begegnung mit Chris fast ein Jahr vergangen. Ich wollte schon viel früher einsteigen, aber er erlaubte mir nicht, den Prozeß abzukürzen, den alle anderen durchmachen mußten. Ich arbeitete mich also langsam in der Organisation hoch und hatte dabei immer nur das eine Ziel im Auge, Chris' vermeintliche Abwehr gegen mich einzureißen. Sie sehen also, wie unwürdig ich in Wahrheit war.

Dieser erste Überfall, den ich mitmachte, richtete sich gegen eine neuere Universität etwa zwei Autostunden von London entfernt, wo an einer Studie über Verletzungen des Rückenmarks gearbeitet wurde. Chris hatte sieben Wochen lang einen seiner Spezialisten dort gehabt. Wir rückten mit vier Autos und einem kleinen Lieferwagen an. Während die Wachtposten sich aufs Gelände schlichen, um die Sicherheitsbeleuchtung abzuschalten, hockten wir anderen im Schutz einer Eibenhecke und konzentrierten uns auf Chris' letzte Anweisungen.

Erstes Ziel seien die Tiere, erklärte er. Zweites Ziel sei der Forschungsapparat. Die Tiere seien zu befreien, das Labor und die Unterlagen zu vernichten. Das zweite Ziel jedoch sollten wir erst dann in Angriff nehmen, wenn das erste erreicht war. Wir sollten alle Tiere mitnehmen. Die Entscheidung, welche behalten werden konnten, werde später fallen.

»Behalten?« flüsterte ich. »Aber Chris, sind wir denn nicht hier, um sie alle zu retten? Wir bringen doch nicht etwa einige wieder zurück?«

Er ignorierte mich und zog sich seine Maske über das Gesicht. Sobald die Sicherheitsbeleuchtung ausging, sagte er: »Jetzt«, und schickte die erste Welle los: die Befreier.

Ich kann sie noch heute vor mir sehen, von Kopf bis Fuß in Schwarz gekleidete Gestalten, die wie Tänzer durch die Dunkelheit huschten. Sie liefen über den Hof und hielten sich dabei im tieferen Schatten der Bäume. Wir verloren sie aus den Augen, als sie um das Gebäude herum nach hinten liefen. Chris hielt den Strahl einer Taschenlampe, die ein Mädchen namens Karen abschirmte, auf seine Uhr gerichtet.

Zwei Minuten vergingen. Ich behielt das Gebäude im Auge. Ein Licht blinkte aus einem Fenster im Erdgeschoß. »Sie sind drin«, sagte ich.

»Jetzt!« zischte Chris.

Ich gehörte zur zweiten Welle: den Trägern. Mit Transportkäfigen ausgerüstet, rannten wir geduckt über den Hof. Als wir das Gebäude erreichten, waren bereits zwei Fenster geöffnet. Hände griffen nach uns, zogen uns hinein. Es war ein Büro mit Büchern, Akten, einem Computer mit Drucker, mit großen graphischen Darstellungen und Karten an den Wänden. Wir huschten hinaus in einen Korridor. Links von uns blinkte einmal kurz ein Licht. Die Befreier waren schon im Labor.

Die einzigen Geräusche waren unser keuchendes Atmen, das Klirren von Käfigen, die geöffnet wurden, das dünne Schreien der Katzen. Taschenlampen leuchteten auf und erloschen sogleich wieder; brannten nur so lange, bis man geprüft hatte, ob in einem Käfig ein Tier war. Die Befreier holten Katzen und Kätzchen heraus. Die Träger rannten mit den Transportbehältern aus Karton zum offenen Fenster. Und die Empfänger – die letzte Welle unserer Einheit – stürmten mit den Transportkäfigen lautlos zurück zu den Autos und dem Lieferwagen. Die ganze Operation sollte, wenn alles nach Plan ging, keine zehn Minuten dauern.

Chris kam als letzter herein. Er brachte die Farbe, den Sand, den Honig. Während die Träger wieder in der Nacht verschwanden und sich zu den Empfängern bei den Autos gesellten, vernichteten er und die Befreier den Forschungsapparat. Sie gestatteten sich zwei Minuten für die Papiere, die Schaubilder, die Computer und Akten. Als die Zeit um war, kletterten sie aus dem Fenster und schossen über den Hof. Das Fenster hinter ihnen war geschlossen, verriegelt wie zuvor. Während wir am Rand des Hofs warteten – wieder im Schutz der Hecke –, erschienen die Wachtposten, die hinter dem Gebäude gewesen waren. Sie glitten in die Schatten unter den Bäumen und gesellten sich zu uns.

»Eine Viertelstunde«, flüsterte Chris. »Zu langsam.«

Er nickte uns zu, und wir folgten ihm zwischen den Gebäuden hindurch zurück zu den Autos. Die Empfänger hatten die Tiere schon in Chris' Lieferwagen geladen und waren verschwunden.

»Dienstag abend«, sagte Chris leise. »Praktische Übung.«

Er stieg in den Lieferwagen und zog sich die Maske vom

Gesicht. Ich setzte mich neben ihn. Wir warteten, bis die anderen Autos in verschiedene Richtungen abgebraust waren. Dann ließ Chris den Motor an, und wir fuhren Richtung Südwesten.

»Genial! Einfach genial!« rief ich. Ich neigte mich zu ihm hinüber. Ich zog ihn zu mir und küßte ihn. Er richtete sich auf und heftete den Blick auf die Straße. »Das war einfach genial. Das war unglaublich. Gott! Hast du uns gesehen? Hast du das gesehen, sag? Wir waren überhaupt nicht aufzuhalten!« Ich lachte und klatschte in die Hände. »Wann tun wir's wieder, Chris, sag doch. Wann machen wir den nächsten Überfall?«

Er antwortete nicht. Er trat fester aufs Gas. Der kleine Lieferwagen schoß vorwärts. Die Kartons hinter uns rutschten ein paar Zentimeter nach rückwärts. Mehrere Katzen miauten.

»Was tun wir mit ihnen? Chris, antworte mir doch. Was tun wir mit ihnen? Wir können sie doch nicht alle behalten. Chris! Du willst sie doch nicht alle behalten, oder?«

Er sah mich an, dann wieder auf die Straße. Im Schein der Armaturenbeleuchtung wirkte sein Gesicht gelb. Ein Hinweisschild zum M 20 hob sich im Licht der Scheinwerfer aus der Dunkelheit. Er lenkte den Lieferwagen nach links zur Ausfahrt.

»Hast du Plätze für sie? Liefern wir sie gleich heute morgen ab, wie der Milchmann? Aber eine behalten wir, ja? Zum Andenken. Ich nenn sie Einbruch.«

Er zuckte zusammen. Er machte ein Gesicht, als hätte er etwas im Auge.

»Hast du dich verletzt?« fragte ich. »Hast du dich geschnitten? Hast du dir an den Händen was getan? Soll ich fahren? Komm, ich fahre, Chris. Laß mich ans Steuer.«

Er gab noch mehr Gas. Die Nadel des Tacho kroch höher. Die Katzen schrien.

Ich drehte mich in meinem Sitz herum und zog einen der Kartons zu mir. »Okay«, sagte ich. »Mal sehen, was wir da haben.«

»Livie!« rief Chris.

»Na, wer bist du denn? Wie heißt du, hm? Bist du froh, daß du da raus bist, aus diesem scheußlichen Bau?«

»Livie!« rief Chris wieder.

Aber ich hatte den Karton schon geöffnet und hob das kleine Pelzbündel mit beiden Händen heraus. Es war ein junges Tigerkätzchen, graubraun und weiß, mit übergroßen Ohren und Augen. »Ach, bist du süß«, sagte ich und setzte es auf meinen Schoß. Es jammerte. Die kleinen Krallen verfingen sich in meinen Leggings, und es begann auf meine Knie zu kriechen.

»Tu's wieder rein«, sagte Chris genau in dem Moment, als ich die Hinterbeine des Kätzchens bemerkte. Es zog sie schlaff und nutzlos hinter sich her. Sein Schwänzchen hing leblos herab. Ein langer dünner Schnitt, der von blutverkrusteten Fäden zusammengehalten war, zog sich sein Rückgrat entlang. Zwischen den Schultern quoll Eiter aus dem Schnitt. Das ganze Fell war verklebt.

Ich fuhr zurück. »Scheiße!« schrie ich.

»Tu's wieder in den Karton«, sagte Chris.

»Ich – was ist – was haben sie gemacht...?«

»Sie haben ihm das Rückgrat gebrochen. Leg's wieder in den Karton.«

Ich konnte nicht. Ich brachte es nicht über mich, das Kätzchen zu berühren. Ich drückte meinen Kopf gegen die Kopfstütze.

»Nimm es weg«, sagte ich. »Chris. Bitte.«

»Was hast du dir denn vorgestellt? Was, zum Teufel, hast du dir gedacht?«

Ich drückte meine Augen zu. Ich spürte die kleinen Krallen auf meiner Haut. Ich sah das Kätzchen hinter meinen geschlossenen Lidern. Sie brannten. Mein ganzes Gesicht brannte. Das Kätzchen jammerte. Ich spürte, wie sein kleiner Kopf meine Hand streifte.

»Mir wird schlecht«, murmelte ich.

Chris zog den Wagen in eine Parkbucht. Er stieg aus, knallte die Tür zu, kam auf meine Seite herüber. Er riß die Tür auf, und ich hörte ihn fluchen.

Er nahm das Kätzchen von meinem Schoß und zerrte mich aus dem Wagen. »Was hast du denn gedacht, was wir hier machen? Spielchen? Los, sag schon, was hast du dir vorgestellt, Herrgott noch mal?«

Seine Stimme war dünn und gepreßt. Mehr ihr Klang als seine Worte veranlaßten mich, meine Augen zu öffnen. Er sah so aus, wie ich mich fühlte: als hätte ihm jemand die Luft abgeschnürt. Er hielt das Kätzchen mit beiden Händen an seine Brust gedrückt.

»Komm her«, sagte er. Er ging hinter den Lieferwagen. »Ich hab gesagt, komm her.«

»Zwing mich nicht –«

»Verdammt noch mal! Komm her, Livie. Sofort.«

Er riß die hintere Tür auf. Er begann die Deckel der Kartons hochzuziehen. »Schau«, sagte er. »Livie. Komm her. Ich hab gesagt, du sollst schauen.«

»Ich brauche es nicht zu sehen.«

»Wir haben gebrochene Wirbelsäulen.«

»Hör auf!«

»Wir haben offene Gehirnschalen.«

»Nein.«

»Wir haben Elektroden im Gehirn und –«

»Chris!«

»– Elektroden in Muskeln eingenäht.«

»Bitte.«

»Nein. Schau hin. Sieh es dir an.« Seine Stimme brach plötzlich. Er lehnte die Stirn an den Lieferwagen und begann zu weinen.

Ich starrte ihn an. Ich konnte nicht zu ihm gehen. Sein Weinen und das Schreien der Tiere vermischten sich miteinander. Ich konnte an nichts anderes denken, als daß ich wünschte, ich wäre mindestens hundert Meilen weit weg von dieser kleinen Parkbucht in Dunkelheit und Wind. Seine Schultern zuckten. Ich trat einen Schritt auf ihn zu. Ich wußte in dem Moment, daß es keine Verzeihung geben konnte, wenn ich jetzt nicht hinschaute. Wenn ich sie jetzt nicht ansah, diese teilweise rasierten, zerbrochenen Körper, die gelähmten Glieder, die Schwellungen und die Nähte, die Klumpen geronnenen Bluts.

Mir wurde erst heiß, dann kalt. Ich dachte an meine Worte. Ich dachte an all die Dinge, die ich nicht wußte. Ich wandte mich ab. Ich sagte: »Komm, Chris. Gib es mir.« Ich öffnete seine

Finger, nahm das Kätzchen und hielt es in meinen beiden Händen. Dann legte ich es wieder in den Karton, schloß die Deckel der anderen. Ich schlug die Tür des Lieferwagens zu und nahm Chris beim Arm. »Komm«, sagte ich und führte ihn auf die Beifahrerseite.

Als wir beide im Auto saßen, sagte ich: »Wo wartet Max auf uns?« Denn jetzt wußte ich, was er die ganze Zeit über, während der Planungen für den Überfall und während seiner Durchführung, für sich behalten hatte. »Chris«, wiederholte ich. »Wo sind wir mit Max verabredet?«

Wir schläferten sie alle ein, diese Kätzchen und Katzen, ein Tier nach dem anderen. Max gab ihnen die Spritzen. Chris und ich hielten sie. Wir hielten sie an die Brust gedrückt, so daß das letzte, was jedes kleine Tier fühlte, der stetige Schlag eines menschlichen Herzens war.

Als wir fertig waren, nahm Max mich bei der Schulter. »Nicht die Einführung, die du erwartet hast, wie?«

Ich schüttelte wie betäubt den Kopf und legte das letzte kleine Tier in den Kasten, den Max zu diesem Zweck mitgebracht hatte.

»Gut gemacht, Mädchen«, lobte Max.

Chris drehte sich um und ging in den frühen Morgen hinaus. Es war kurz vor Tagesanbruch, der Moment, da der Himmel sich noch nicht zwischen Licht und Dunkel entschieden hat und beides nebeneinander existiert. Im Westen war der Himmel verhangen, taubengrau. Im Osten war er mit goldgeränderten Wolken gefiedert.

Chris stand neben dem Lieferwagen, die Hand, die auf dem Dach lag, zur Faust geballt. Er blickte in die Morgendämmerung.

»Warum tun Menschen so etwas?« fragte ich.

Er schüttelte nur den Kopf und stieg in den Wagen. Auf der Rückfahrt nach Little Venice hielt ich seine Hand. Ich wollte ihn trösten. Ich wollte alles wiedergutmachen.

Als wir aufs Hausboot kamen, rannten Toast und Beans uns entgegen und sprangen dann winselnd an uns hoch.

»Sie wollen raus«, sagte ich. »Soll ich mit ihnen gehen?«

Chris nickte. Er warf seinen Rucksack in einen Sessel und ging in sein Zimmer. Ich hörte die Tür zufallen.

Ich rannte mit den Hunden den Kanal entlang. Sie jagten einen Ball, balgten sich knurrend miteinander, kamen zurückgesaust, um mir den Ball vor die Füße zu legen, und rannten gleich wieder mit freudigem Kläffen los, um ihn von neuem zu holen. Als sie genug hatten und der Morgen sich mit Schulkindern und Menschen auf dem Weg zur Arbeit belebte, kehrten wir zum Boot zurück. Es war dunkel drinnen, darum öffnete ich die Läden im Arbeitsraum. Ich fütterte die Hunde und gab ihnen Wasser. Dann schlich ich auf Zehenspitzen durch den Gang und blieb vor Chris' Tür stehen. Ich klopfte leise. Er antwortete nicht. Ich drehte den Knauf und ging hinein.

Er lag auf dem Bett und trug immer noch seine schwarzen Jeans, den schwarzen Pulli, schwarze Socken. Er schlief nicht. Er blickte vielmehr unverwandt auf eine Fotografie, die vor den Büchern auf seinem Regal stand. Ich kannte sie. Chris und sein Bruder im Alter von fünf und acht Jahren. Sie knieten im Dreck und hielten mit strahlenden Gesichtern den Hals eines jungen Eselchens umschlungen. Chris war als Sir Galahad kostümiert. Sein Bruder als Robin Hood.

Vor dem Bett ging ich ein wenig in die Knie und legte die Hand auf sein Bein.

»Merkwürdig«, sagte er.

»Was?«

»Das. Ich sollte eigentlich auch Anwalt werden. Wie Jeffrey. Habe ich dir das erzählt?«

»Nur, daß er Anwalt ist. Das andere nicht.«

»Jeff hat Magengeschwüre. Die wollte ich nicht. Ich will etwas verändern, habe ich damals zu ihm gesagt, und das ist nicht der richtige Weg. Die Veränderung geschieht durch Arbeit innerhalb des Systems, widersprach er. Ich dachte, er irre sich. Aber geirrt habe *ich* mich.«

»Nein.«

»Ich weiß nicht. Ich glaube doch.«

Ich setzte mich auf den Bettrand. »Du hast dich nicht geirrt«, sagte ich. »Schau doch, wie du mich verändert hast.«

»Menschen verändern sich von selbst.«

»Nicht immer.«

Ich legte mich neben ihn, meinen Kopf auf seinem Kissen, mein Gesicht dem seinen nahe. Seine Lider fielen herab. Ich berührte sie mit meinen Fingern. Ich streichelte seine blonden Wimpern, seine pockennarbigen Wangen.

»Chris«, wiederholte ich.

Abgesehen davon, daß er die Augen geschlossen hatte, hatte er sich nicht bewegt. »Hm?«

»Nichts.«

Haben Sie je einen Menschen so heftig begehrt, daß Sie den Schmerz zwischen den Beinen spürten? So war es bei mir. Mein Herz schlug, wie es immer schlug. Mein Atem veränderte sich nicht. Aber ich war wund vor Schmerz. Das Verlangen nach ihm brannte wie ein glühender Ring, der sich in meinen Körper fraß.

Ich wußte, was ich tun mußte; wohin meine Hände legen, wie mich bewegen, wann seine Kleider öffnen und mich meiner eigenen entledigen. Ich wußte, wie ich ihn in Erregung versetzen konnte. Ich wußte genau, was er mögen würde. Ich wußte, wie ich ihn am besten vergessen machen konnte.

Olivia

Der Schmerz bohrte sich wie ein weißglühendes Eisen durch meinen Körper aufwärts. Ich besaß die Macht, den Schmerz auszulösen. Ich brauchte nur in die Vergangenheit zurückzukehren. Ein junger Schwan zu sein, der auf dem See schwamm, eine Wolke am Himmel, ein Reh im Wald, ein Pony, das frei im Wind des Dartmoor galoppierte. Irgend etwas zu sein, das mir erlaubte, ohne Gefühl zu handeln. Ich brauchte nur einige der hundert Dinge zu tun, die ich einst gleichgültig für Geld getan hatte, und mit Chris' Kapitulation würde der Schmerz sich auflösen.

Aber ich tat nichts. Ich lag auf seinem Bett und betrachtete ihn, wie er schlief. Und als der Schmerz durch meinen ganzen Körper bis in meinen Hals hinaufgestiegen war, hatte ich mir das Schlimmste über die Liebe eingestanden.

Zuerst haßte ich ihn. Ich haßte ihn, weil er mich soweit gebracht hatte. Ich haßte ihn, weil er mir die Frau gezeigt hatte, die auch in mir steckte.

Damals schwor ich mir, alles Gefühl zu ersticken, und ich begann damit, in dem ich es mit jedem Kerl trieb, der mir unter die Finger kam. Ich nahm sie mir in Autos, in leerstehenden Häusern, in U-Bahnhöfen, in Parks, in den Toiletten der Pubs und auf dem Hausboot. Ich ließ sie bellen wie die Hunde. Ich ließ sie schwitzen und weinen. Ich ließ sie betteln. Ich sah ihnen zu, wie sie krochen. Ich hörte sie grunzen und jaulen. Chris reagierte überhaupt nicht. Er sagte nicht ein einziges Wort, bis ich mit den Männern anfing, die zu unserer Einheit gehörten.

Die waren so leicht zu haben. Schon von Haus aus sensibel, fühlten sie die Erregung eines erfolgreich durchgeführten Überfalls mit der gleichen Intensität wie ich und nahmen den Vorschlag, den Triumph zu feiern, in aller Arglosigkeit an, diese Unschuldslämmer. Zuerst sagten sie zwar: »Aber wir sollen doch nicht...« und »Also, soviel ich weiß, sind außerhalb der regulären Aktivitäten der Organisation persönliche Beziehungen ...« und »Um Gottes willen, das geht doch nicht, Livie. Wir haben unser Wort gegeben, daß wir alles Persönliche rauslassen.« Aber wenn ich darauf entgegnete: »Pah! Wer erfährt denn schon davon? Ich sag's bestimmt keinem. Du vielleicht?«, beteuerten sie heftig errötend: »Nein, natürlich nicht. So bin ich nicht.« Dann fragte ich mit großen Unschuldsaugen: »Wieso? *Wie* bist du nicht? Ich rede doch nur von einem Drink.« Und sie stotterten: »Natürlich. Ich wollte nicht sagen... Ich würde mir nicht träumen lassen ...«

Diese Jungs nahm ich mit aufs Hausboot. Sie jammerten: »Livie, das geht nicht. Wenigstens nicht hier. Wenn Chris das merkt, sind wir erledigt.« Und ich erwiderte: »Laß Chris meine Sorge sein«, und schloß die Tür hinter uns. Oder hast du vielleicht keine Lust?« fragte ich. Ich schloß meine Finger um ihre Gürtelschließen und zog sie näher. Ich hob ihnen meinen Mund entgegen. »Oder hast du keine Lust?« wiederholte ich und schob meine Finger in ihre Jeans. »Also?« forderte ich, meine Lippen an den ihren. »Willst du oder willst du nicht? Überleg dir's.«

Wenn wir erst mal soweit waren, waren alle ihre Überlegungen, wenn man davon überhaupt noch sprechen konnte, auf einen einzigen Punkt gerichtet. Wir fielen auf mein Bett und rissen uns gegenseitig die Kleider vom Leib. Mir war es am liebsten, wenn sie keine Hemmungen hatten, ihre Gefühle auch verbal zu äußern. Dann wurde es nämlich richtig laut, und laut wollte ich es, so laut wie möglich.

Eines frühen Morgens nach einem Überfall amüsierte ich mich mit zweien von ihnen, als Chris eingriff. Mit weißem Gesicht kam er in mein Zimmer. Er packte den einen Typ beim Haar, den anderen beim Arm. »Ihr seid fertig«, sagte er. »Schluß mit euch.« Und er stieß sie durch den Gang zur Küche. Einer von ihnen rief: »He, bist du nicht ein ziemlicher Heuchler, Chris?« Der andere jammerte.

»Raus. Nehmt eure Sachen. Haut ab«, knurrte Chris.

Nachdem er hinter ihnen die Tür zugeknallt und verriegelt hatte, kam er zu mir. Ich räkelte mich auf meinem Bett und zündete mir lässig eine Zigarette an, die Gleichgültigkeit in

Person. »Spielverderber«, schmollte ich. Ich war nackt und machte keine Anstalten, meine Blöße zu bedecken.

Seine Hände waren zu Fäusten geballt. Er schien nicht zu atmen. »Zieh dir was an. Sofort.«

»Aber warum denn? Willst du mich auch rausschmeißen?«

»Fällt mir nicht im Traum ein, es dir so leichtzumachen.«

Ich seufzte. »Was regst du dich auf? Wir haben uns nur ein bißchen amüsiert«

»Nein«, sagte er. »Du wolltest mir eins auswischen.«

Ich verdrehte die Augen und zog an meiner Zigarette.

»Wenn du die ganze Einheit zerstörst, bist du dann zufrieden? Ist dir das dann Entschädigung genug?«

»Entschädigung wofür?«

»Daß ich nicht mit dir schlafen will. Ich hab nie das Verlangen gehabt, und das wird auch so bleiben, ganz gleich, mit wie vielen Idioten in London du rumvögelst. Warum kannst du das nicht akzeptieren? Warum kannst du's zwischen uns nicht so lassen, wie es ist? Und jetzt zieh dir endlich was an, verdammt noch mal.«

»Wenn du nichts von mir willst und nie was haben wolltest und auch für die Zukunft nicht die Absicht hast, was von mir zu wollen, was interessiert's dich dann, ob ich was anhab oder nicht? Wird dir vielleicht heiß unterm Kragen?«

Er ging zum Kleiderschrank und zog meinen Morgenrock heraus. Er warf ihn mir zu. »Ja, mir wird heiß unterm Kragen, aber nicht so, wie du's dir wünschst.«

»Ich wünsche nicht«, erklärte ich. »Ich nehme mir, was ich will.«

»Ach, diese Typen alle, die hast du dir genommen, weil du sie wolltest? Da kann ich nur lachen.«

»Wenn ich einen seh, der mir gefällt, dann nehm ich ihn mir. Basta. Hast du damit vielleicht Probleme? Macht's dir was aus?«

»Macht's *dir* nichts aus?«

»Was?«

»Zu lügen? Zu rationalisieren? Theater zu spielen? Mensch, Livie, komm. Schau dir endlich an, wer du wirklich bist. Schau endlich mal der Wahrheit ins Auge.« Er rief: »Beans, Toast, auf geht's«, und lief aus meinem Zimmer.

Ich blieb, wo ich war, und haßte ihn.

Schau dir endlich an, wer du bist. Schau endlich der Wahrheit ins Auge. Ich kann ihn jetzt noch hören. Und ich würde gern wissen, wie er selbst der Wahrheit ins Auge schaut, wenn er sich heimlich mit Amanda trifft.

Er verstößt gegen die Regeln der Organisation genau wie ich damals. Welche Strategien hat er wohl entwickelt, um sich zu rechtfertigen? Ich bin nämlich sicher, er hat rationale Argumente en masse parat, um seine Beziehung zu Amanda zu rechtfertigen. Zum Beispiel: »Sie wird ja sowieso meine Frau« oder »Es ist eine Loyalitätsprüfung« oder »Es ist stärker als wir« oder »Sie braucht meinen Schutz« oder »Ich bin verführt worden« oder »Endlich bin ich der Frau begegnet, für die ich alles riskiere«; aber ganz bestimmt hat er sich irgendeine elegante Rechtfertigung ausgedacht, die er aus dem Hut ziehen wird, wenn die ARM-Leitung ihn zur Rechenschaft zieht.

Ich höre mich wahrscheinlich zynisch an, so als hätte ich überhaupt kein Verständnis für seine Situation; bitter, rachsüchtig, ganz erpicht darauf, daß er mit heruntergelassener Hose ertappt wird. Aber ich bin nicht zynisch, und ich verspüre nichts von brodelnder moralischer Entrüstung, wenn ich an Chris und sie denke. Ich verspüre keinerlei Verlangen, Anschuldigungen vorzubringen. Ich finde nur, man sollte sich darüber im klaren sein, daß die meisten Menschen irgendwann einmal rationalisieren. Gibt es denn ein besseres Mittel, um sich der Verantwortung zu entziehen? Und es will doch niemand verantwortlich sein, jedenfalls nicht, wenn's brenzlig wird.

Es geschieht zu seinem Besten, lautete Mutters Rechtfertigung. Nur ein kompletter Narr hätte ausgeschlagen, was sie Kenneth Fleming anbot: Celandine Cottage in Kent, Teilzeitbeschäftigung in der Druckerei in jenen Monaten, in denen Krikket gespielt wurde, und Vollzeitbeschäftigung im Winter. Alle möglichen Einwände, die Jean gegen den Plan hätte vorbringen können, hatte sie vorausgesehen, und ihr Angebot an Kenneth trug jedem dieser möglichen Einwände Rechnung. Es war für alle Betroffenen nur von Vorteil. Jean brauchte sich nur mit Kenneth' Umzug und einer Teilzeitehe einverstanden erklären.

»Halten Sie sich die Möglichkeiten vor Augen«, wird Mutter zu Kenneth gesagt haben, in der Hoffnung, daß er das gleiche zu Jean sagen würde. »Denken Sie daran, daß Sie eines Tages vielleicht für England spielen werden. Denken Sie an alles, was das für Sie bedeuten könnte.«

»Mich mit den besten Spielern der Welt zu messen«, wird Kenneth nachdenklich erwidert haben, und sein Blick wird weich und sinnend geworden sein, als er im Geist einen Schlagmann und einen Werfer sah, die sich auf dem Spielfeld von *Lord's* gegenüberstanden.

»Reisen, Ruhm, Ansehen. Und Geld.«

»Das sind doch Luftschlösser.«

»Nur, wenn Sie nicht so fest an sich glauben, wie ich es tue.«

»Glauben Sie nicht an mich, Miriam. Ich habe Sie schon einmal enttäuscht.«

»Sprechen wir nicht von der Vergangenheit.«

»Es könnte sein, daß ich Sie noch einmal enttäusche.«

Sie wird ihm flüchtig und ganz leicht die Hand auf den Arm gelegt haben. »Viel schlimmer ist, daß Sie sich vielleicht selbst enttäuschen. Und Jean. Und Ihre Kinder.«

Den Rest können Sie sich denken. Phase zwei abgeschlossen wie geplant. Kenneth Fleming übersiedelte nach Kent.

Von Kenneth' Erfolgen brauche ich Ihnen nicht zu erzählen. Die Zeitungen bringen die Story seit dem Mord in allen Details. Unmittelbar nach Kenneth' Tod sagte Hal Rashadam in einem Interview, er habe nie einen Mann gesehen, der »dank Gottes wohltätiger und weiser Hand besser geeignet war, diesen Sport auszuüben«. Kenneth besaß den Körper eines Athleten und eine naturgegebene Begabung. Er wartete nur auf jemanden, der sich darauf verstand, beides in Einklang zu bringen.

Aber diese Verschmelzung von physischer Ausstattung und Begabung brauchte Zeit. Da reichte es nicht, mit der Mannschaft zu trainieren und zu spielen. Wenn Kenneth sein ganzes Potential verwirklichen wollte, brauchte er ein ganzheitliches Programm, das Ernährung, Krafttraining, Bewegungstraining und Coaching umfaßte. Er mußte sich die besten Spieler der Welt ansehen, wo immer und wann immer sich ihm dazu Gelegenheit bot. Denn er konnte nur Erfolg haben, wenn er wußte, mit wem er es zu tun hatte, und den Gegner übertrumpfte – an Kondition, Können und Technik. Er mußte den doppelten Nachteil von Alter und Unerfahrenheit wettmachen. Und das brauchte, wie gesagt, Zeit.

Nach Meinung der Boulevardblätter war das Zerbrechen der Ehe von Kenneth Fleming und Jean Cooper vorprogrammiert. Jede Stunde, jeder Tag der Jagd nach dem großen Traum bedeutete für Kenneth Trennung von Frau und Kindern. Das Luftschloß vom Wochenendvater brach zusammen, sobald Kenneth und Jean entdeckten, wieviel Zeit er brauchte, um sich wirklich topfit zu machen, seine Schlagtechnik zu vervollkommnen, den Gegner und andere potentielle Herausforderer der Nationalmannschaft genauestens zu studieren. Soundso oft unternahmen Jean und die Kinder am Wochenende treu und brav die Reise nach Kent, nur um dort zu entdecken, daß der Ehemann und Vater am Samstag in Hampshire sein mußte und am Sonntag in Somerset; und wenn er nicht unterwegs war, um entweder zu spielen, zu üben oder den Gegner zu studieren, trainierte er. Wenn er nicht trainierte, kam er seinen Verpflichtungen der Druckerei gegenüber nach. Die traditionelle Erklärung, könnte man sagen, für die Kluft, die sich zwischen Kenneth und Jean Fleming auftat und immer weiter aufriß, wäre also die Geschichte von der verlassenen, aber immer noch fordernden Frau und dem abwesenden Mann. Aber es steckte mehr dahinter.

Versuchen Sie, es sich vorzustellen: Zum erstenmal in seinem Leben war Kenneth Fleming allein. Aus dem Haus seiner Eltern war er ins Internat gekommen, und aus dem Internat zurück, hatte er fast sofort geheiratet. Nun erlebte er zum erstenmal die Freiheit. Es war keine Freiheit ohne Verpflichtungen, aber was er tun mußte, um diese Verpflichtungen zu erfüllen, diente unmittelbar der Verwirklichung eines Traums und nicht einzig dem schnöden Broterwerb. Und er brauchte nicht einmal ein schlechtes Gewissen zu haben, daß er versuchte, sich seinen Traum zu erfüllen; seiner Familie konnte dies ja für die Zukunft nur Vorteile bringen. Er konnte sich also zielstrebig und ohne nach links oder rechts zu blicken dem Sport hingeben, den er liebte, und wenn er es genoß, von Frau und Kindern befreit zu sein, so war das eigentlich nur eine angenehme Beigabe im größeren Rahmen der Dinge.

Ich könnte mir denken, daß er sich nach seinem Umzug in Mutters Häuschen anfangs etwas seltsam vorkam, besonders am ersten Abend. Er wird seine Sachen ausgepackt und sich etwas zu essen gemacht haben. Beim Essen empfand er die Stille, die ihm so fremd war, wahrscheinlich als bedrückend. Er wird versucht haben, Jean anzurufen, aber die war vielleicht mit den Kindern zum Essen ausgegangen, um sich und sie von den Gedanken an das leere Haus abzulenken. Daraufhin wird er probiert haben, Hal Rashadam zu erreichen, um mit ihm den Trainingsplan durchzugehen, nur um zu hören, daß Hal an diesem Abend bei seiner Tochter und ihrem Mann zum Abendessen war. Schließlich, als das Bedürfnis nach irgendeinem menschlichen Kontakt quälend wurde, wird er Mutter angerufen haben.

»Ich bin da«, wird er gesagt und dabei vermieden haben, zu den Fenstern zu blicken und in die endlose schwarze Nacht hinter ihnen.

»Das freut mich, mein Junge. Haben Sie alles, was Sie brauchen?«

»Ich denke schon. Ja. Sicher. Ich glaub schon.«

»Was ist, Ken? Ist im Haus etwas nicht in Ordnung? Fehlt etwas? Hatten Sie Schwierigkeiten, hineinzukommen?«

»Nein, nein. Es ist nur ... ach, nichts. Nur ... ach, was red ich da. Hört sich an, als hätte ich den Verstand verloren, wie?«

»Aber was ist denn? Sagen Sie es mir doch.«

»Ich hab nicht erwartet, daß ich mich so – na ja, irgendwie unbehaglich fühlen würde.«

»Unbehaglich?«

»Also, ich warte dauernd darauf, daß ich höre, wie Stan seinen Ball an die Wohnzimmerwand knallt. Ich warte darauf, daß Jean ihn anbrüllt und sagt, er soll endlich aufhören. Es ist so ungewohnt ohne sie.«

»Es ist doch ganz natürlich, daß Sie sie vermissen. Seien Sie nicht so hart mit sich selbst.«

»Ja, wahrscheinlich vermisse ich sie wirklich.«

»Aber sicher. Sie sind ein wichtiger Teil Ihres Lebens.«

»Ich habe eben versucht, sie anzurufen und – ach, verdammt, wieso jammere ich Ihnen was vor? Sie waren gut zu mir. Zu uns allen. Daß Sie mir diese Chance gegeben haben. Das wird vielleicht unser ganzes Leben verändern.«

An diesem Abend am Telefon wird Mutter ihm geraten haben, sich Zeit zu lassen, sich an das Haus und die neue Umgebung zu gewöhnen, sich an den Möglichkeiten zu freuen, die ihm offenstanden.

»Ich halte Verbindung mit Jean«, wird sie versprochen haben. »Ich besuche sie gleich morgen nach der Arbeit und sehe, wie sie und die Kinder zurechtkommen. Ich weiß, das wird an Ihrer Sehnsucht nach ihnen nichts ändern, aber vielleicht beruhigt es Sie ein bißchen.«

»Sie sind so gut zu uns.«

»Ich freue mich doch, wenn ich Ihnen helfen kann.«

Dann wird sie ihm vorgeschlagen haben, sich mit einer Tasse Kaffee oder einem Kognak in den Garten zu setzen und zum Sternenhimmel hinaufzuschauen, der dort draußen auf dem Land unvergleichlich sei. Schlafen Sie sich gründlich aus, wird sie ihm geraten haben. Und packen Sie morgen früh gleich richtig an. Es gibt viel zu tun, nicht nur im Cricket, sondern auch in Haus und Garten.

Und er wird ihren Rat befolgt haben, wie er das immer tat. Er wird mit einer Flasche Kognak hinausgegangen sein und sich auf den ungemähten Rasen gesetzt haben, in jenen Teil des Gartens, der zur Straße abfällt. Er wird sich ein Glas eingeschenkt und zu den Sternen hinaufgesehen haben. Und er wird den Geräuschen gelauscht haben, die das Land bei Nacht hervorbringt.

Dem Schnauben eines Pferdes auf der benachbarten Koppel; dem Zirpen der Grillen auf dem Feld und am Straßenrand; dem Schrei einer Eule auf nächtlicher Jagd; dem Läuten einer Kirchenglocke aus Springburn; dem gedämpften Rattern eines fernen Zugs. Es ist ja überhaupt nicht still, wird er überrascht gedacht haben.

Dann hat er sich vielleicht auf seinen Ellbogen zurückgelehnt und getrunken, schnell, um sich gleich noch ein zweites Glas einzugießen. Seine Stimmung wird sich gehoben haben. Vielleicht legte er sich ins Gras zurück, einen Arm angewinkelt unter dem Kopf, und wurde sich zum erstenmal so richtig bewußt, daß sein Leben ihm gehörte.

Tatsächlich glaube ich nicht, daß es so schnell ging; daß das alles gleich am ersten Abend passierte. Es war vermutlich mehr ein langsamer Prozeß der Verführung, bei dem sich die Pflichten von Training, Übungsspielen und Reisen mit einem wachsenden Gefühl innerer Freiheit verbanden. Das, was anfangs befremdlich gewesen war, wurde letztlich als angenehm empfunden. Keine quengelnden Kinder, keine Ehefrau, die im Gespräch manchmal ziemlich langweilig sein konnte und zu Wiederholungen neigte, kein tägliches In-die-Tretmühle-Müssen, keine lautstarken Kräche der Nachbarn, die man durch dünne Wände hörte, keine Anstandsabendessen mit den Schwiegereltern. Er stellte fest, daß ihm die Unabhängigkeit zusagte. Und da sie ihm zusagte, wollte er mehr davon. Und da er mehr davon wollte, geriet er auf Kollisionskurs mit Jean.

Anfangs wird er Ausflüchte gebraucht haben, um zu erklären, warum er sie an diesem oder jenem Wochenende nicht sehen konnte. Ich hab mir im Rücken einen Muskel gezerrt, Schatz, und liege total flach. Ich muß dringend noch einen Kostenvoranschlag für die Druckerei fertig machen. Ich hab die Küche und das Bad auseinandergenommen; ich will sie für Mrs. Whitelaw renovieren. Rashadam will unbedingt, daß ich nach Leeds rauffahre und mir da ein Spiel anschaue.

An diesen Wochenenden wird er festgestellt haben, daß er sehr gut ohne Familie auskam. Bei den Veranstaltungen des Vereins wird er sich mit den anderen Spielern und ihren Frauen und Freundinnen unterhalten und dabei fair und objektiv, wie er sich sagte, zu beurteilen versucht haben, wie Jean in diese Gruppe hineinpassen würde. Vielleicht hat er sie sogar gleich zu Anfang einmal mitgenommen und beobachtet, wie und ob überhaupt sie mit den anderen Kontakt aufnahm; vielleicht hat er aus ihrer Tendenz, sich ein wenig abseits zu halten, Unbehagen und Ungewandtheit herausgelesen statt Vorsicht und Zurückhaltung, und ist zu der für ihn bequemen Schlußfolgerung gekommen, seine Frau habe für die oberflächlichen Gespräche der anderen Frauen und das Geplänkel der Männer kein Talent und werde sich lächerlich machen, wenn er sie nicht abschirmte.

Er hatte also durchaus triftige Gründe dafür, seine Familie nicht so regelmäßig zu sehen, wie er das eigentlich wollte. Als Jean dann anfing, zu fragen und zu zweifeln, und ihn darauf hinwies, daß seine Pflichten als Gatte und Vater sich nicht darauf beschränkten, sie mit Geld zu versorgen, mußte er sich etwas Besseres einfallen lassen. Als Jean auf Konfrontationskurs ging und Forderungen zu stellen begann, die seine Freiheit bedrohten, wird er beschlossen haben, ihr die Wahrheit in einer Form zu präsentieren, die ihr möglichst wenig weh tun würde.

Er faßte diesen Entschluß zweifellos mit der zartfühlenden Hilfe seiner Herzensfreundin, meiner Mutter, die ihm in dieser Zeit der Unsicherheit eine große Stütze gewesen sein muß. Kenneth versuchte, sich über seine Situation klarzuwerden: Ich weiß nicht mehr, was ich eigentlich fühle. Liebe ich sie? Begehre ich sie? Will ich diese Ehe noch? Fühle ich mich so, weil ich so viele Jahre an der Kandare war? Hat Jean mich in die Falle gelockt? Habe ich selbst mir die Falle gestellt? Wenn mir die Ehe bestimmt ist, wie kommt es dann, daß ich erst, seit wir getrennt sind, das Gefühl habe, endlich lebendig geworden zu sein? Wie kann das nur sein? Sie ist doch meine Frau. Es sind doch meine Kinder. Ich liebe sie. Ich fühle mich wie der letzte Dreck.

Wie vernünftig von Mutter, unter diesen Umständen eine vorübergehende Trennung vorzuschlagen, zumal die beiden ja sowieso, schon getrennt lebten: Sie müssen über sich und ihr Leben nachdenken, mein Junge. Sie sind völlig durcheinander, und das ist überhaupt nicht verwunderlich. Sehen Sie sich doch die Veränderungen an, mit denen Sie innerhalb von wenigen Monaten fertig werden mußten. Und nicht nur Sie, sondern auch Jean und die Kinder. Geben Sie sich und ihnen Zeit und Raum, damit jeder für sich erkennen kann, wer er ist und was er will. Sie haben doch in den vergangenen Jahren nie eine Gelegenheit gehabt, das zu tun, nicht wahr? Weder Sie noch Jean.

Schlau eingefädelt. Nicht Kenneth allein mußte sich »über sich und sein Leben klarwerden«. Nein, *beide* hatten es nötig. Daß Jean überhaupt kein Bedürfnis verspürte, sich über irgend etwas klarzuwerden, am wenigstens darüber, ob sie ihre Ehe weiterführen wollte, spielte keine Rolle. Nachdem Kenneth einmal beschlossen hatte, daß sie beide Zeit für sich brauchten, um zu klären, wer sie waren und was sie einander in der Zukunft noch sein konnten, waren die Würfel gefallen. Er war schon aus dem Haus. Jean konnte verlangen, daß er zurückkehrte, aber er brauchte es nicht zu tun.

»Es ist alles so schnell gegangen«, sagte er wahrscheinlich zu ihr. »Kannst du mir nicht ein paar Wochen Zeit geben, damit ich über mich selbst nachdenken kann? Über meine Gefühle?«

»Für wen?« fragte sie. »Für mich? Die Kinder? Was soll der Quatsch, Kenny?«

»Es geht nicht um dich. Und nicht um die Kinder. Es geht um mich. Ich bin irgendwie aus dem Tritt.«

»Ach, wie bequem. Blödsinn, Kenny. Nichts als Blödsinn. Möchtest du dich scheiden lassen? Ist das der springende Punkt? Bist du zu feige, um es geradeheraus zu sagen?«

»Hör auf, Schatz. Du bist ja verrückt. Hab ich was von Scheidung gesagt?«

»Wer steckt dahinter? Los, sag's mir, Kenny. Hast du eine andere? Und hast jetzt nicht mal den Mut, es mir zu sagen?«

»Was redest du für einen Unsinn! Lieber Gott! Nein, ich hab keine andere.«

»Aber warum dann? Warum? Verdammt noch mal, Kenny Fleming!«

»Zwei Monate, Schatz. Mehr verlange ich nicht.«

»Ich hab ja gar keine Wahl. Tu also gefälligst nicht so, als *bätest* du mich um zwei Monate.«

»Wein doch nicht. Das brauchst du nicht. Das erschreckt nur die Kinder.«

»Ach, und das hier erschreckt sie vielleicht nicht? Wenn sie auf einmal ihren Vater nicht mehr sehen? Nicht wissen, ob wir überhaupt noch eine Familie sind? Das erschreckt die Kinder nicht?«

»Es ist egoistisch von mir. Ich weiß.«

»Da hast du verdammt recht.«

»Aber ich brauche es.«

Sie konnte nur zustimmen. Sie würden einander nur selten sehen, solange er in diesem Klärungsprozeß steckte. Die zwei Monate, um die er gebeten hatte, dehnten sich zu vier, die vier zu sechs, die sechs zu zehn, die zehn zu zwölf. Ein Jahr ging in ein zweites über. Sicher war er einen Moment unschlüssig und überlegte, ob er nicht nach Hause zurückkehren sollte, als er sich mit den leitenden Herren des Cricket-Clubs in Kent überwarf und zu Middlesex ging, aber an dem Tag, an dem Kenneth Fleming seinen Traum verwirklicht sah, an dem Tag, an dem der Auswahlausschuß für die Nationalmannschaft den neuen Schlagmann von Middlesex in die englische Mannschaft berief, bestand seine Ehe nur noch auf dem Papier.

Aus Gründen, die mir unklar sind, dachte er nicht an eine Scheidung. Und auch sie nicht. Warum? fragen Sie. Wegen der Kinder? Aus Sicherheitsbedürfnis? Um den Schein zu wahren? Ich weiß nur eines: Als er nach London zurückkehrte, um dem Cricketplatz von Middlesex gleich beim Regent's Park näher zu sein, kehrte er nicht auf die Isle of Dogs zurück. Statt dessen zog er in das Haus meiner Mutter in Kensington.

Es lag natürlich geradezu ideal. Die Ladbroke Grove hinauf, quer durch Maida Vale, ein kurzes Stück auf der St. John's Wood Road, und schon war man am *Lord's Cricket Ground*, wo Middlesex spielt.

Es ergab sich fast von selbst. Mutter irrte durch das große Haus an der Staffordshire Terrace und wußte nicht, was sie mit den vielen leeren Räumen anfangen sollte. Kenneth brauchte eine Unterkunft, die nicht zu teuer war, damit er auch weiterhin seiner Frau etwas zum Unterhalt zuschießen konnte.

Das Band zwischen Kenneth und meiner Mutter war bereits fest geknüpft. Sie war ihm ein Drittel Maskottchen, ein Drittel Inspiration und ein Drittel Kraftquelle. Als er mit ihr über die Schwierigkeiten seiner Entscheidung sprach, bei Kent aufzuhören und zu Middlesex zu gehen, wird sie auch von seinem Widerstreben gehört haben, zu seinem alten Leben zurückzukehren. Und auf dieses Widerstreben wird sie mit aller Ernsthaftigkeit eingegangen sein und gesagt haben: »Weiß Jean das, Ken?«

»Nein, ich habe es ihr noch nicht gesagt«, wird er geantwortet haben.

Worauf Mutter vorsichtig empfohlen haben wird: »Vielleicht müssen Sie beide die Dinge sich allmählich entwickeln lassen. Wie wäre es – das mag recht impulsiv klingen, aber wie wäre es, wenn Sie eine Weile in mein Haus ziehen würden? Bis Sie klarer sehen, welche Richtung Ihr Leben nimmt...«

Weil es näher bei *Lord's* war, weil er vorläufig nicht genug verdienen würde, um einen Umzug der Familie zu finanzieren, weil, weil, weil. »Wäre Ihnen das eine Hilfe, mein Junge?«

Sie lieferte ihm die Worte. Und zweifellos verwendete er sie. Er zog also zu meiner Mutter.

Und während sie sich Kenneth Flemings Wohlergehen widmete, arbeitete ich im Zoo in Regent's Park.

Ich erinnere mich, wie ich nach jenem Morgen in meinem Zimmer dachte: Du verlangst Wahrheit, Chris? Na schön, ich werde dir Wahrheit geben. Ich dachte: Er bildet sich ein, mich zu kennen, dieser Idiot. Dabei hat er überhaupt keine Ahnung.

Ich ging daran, ihm zu beweisen, wie wenig er mich kannte. Ich arbeitete im Zoo, erst bei den Aushilfskräften, bis ich nach einiger Zeit einen Job in der Tierklinik bekam, wo ich Zugang zu allen Daten hatte. Das erwies sich als ungeheuer nützlich und erhöhte mein Ansehen bei der Organisation, als ARM beschloß, es sei an der Zeit, gründliche Nachforschungen darüber anzustellen, was mit überschüssigen Tieren geschah. Ich arbeitete hingebungsvoll für ARM. Wenn Chris Tiere lieben konnte, so konnte ich sie noch mehr lieben. Ich konnte meine Liebe gründlicher beweisen. Ich konnte größere Risiken eingehen.

Ich bat darum, einer zweiten Sturmeinheit zugeteilt zu werden. »Wir sind zu langsam«, argumentierte ich. »Wir tun nicht genug. Wenn ihr einigen von uns gestattet, zwischen den Einheiten hin- und herzupendeln, können wir unsere Aktivitäten verdoppeln. Vielleicht sogar verdreifachen. Denkt an die Zahl der Tiere, die wir retten können.« Antrag abgelehnt.

Also fing ich an, unserer eigenen Einheit Dampf zu machen. »Wir hocken faul auf unseren Ärschen. Wir werden träge. Los, los, kommt schon.«

Chris beobachtete mich mißtrauisch. Er hatte mich lange genug um sich, um sich fragen zu dürfen, welche Hintergedanken ich verfolgte. Er wartete darauf, daß sie zum Vorschein kommen würden.

Hätten wir es mit einer Sache zu tun gehabt, die weniger an die Nieren ging, so wären meine versteckten Motive innerhalb von Wochen zutage getreten. Es ist wirklich grotesk, wenn ich es mir heute überlege. Ich stürzte mich mit solchem Engagement in die Arbeit der Organisation, weil ich zeigen wollte, wie ich wirklich war, damit er sich dann in mich verliebte, ich ihn ins Bett kriegte und danach zurückweisen und im Triumph darüber, daß er mir nichts bedeutete, meiner Wege gehen könnte. Ich wollte die Befreiungsaktion kaltblütig für meine persönlichen Zwecke ausnutzen, mit so wenig Rücksicht auf das Schicksal der Tiere wie früher auf das Schicksal der Männer, die ich auf der Straße auflas. Doch am Ende stand ich mit einem Gefühl da, als hätte man mir das Herz in Stücke gerissen.

Aber diese Wandlung vollzog sich nicht über Nacht. Der Panzer meiner Gleichgültigkeit bekam weder Riß noch Sprung, als mir der erste Beagle, den ich aus einem Labor für Magenforschung rettete, mit trockener Zunge die Hand leckte. Ich reichte ihn einfach an den Träger weiter, ging zum nächsten Käfig, konzentrierte mich einzig auf die Notwendigkeit, schnell und geräuschlos zu arbeiten.

Nicht das, was im Namen wissenschaftlicher Forschung mit Tieren geschah, sprengte schließlich meinen Panzer und brach mir das Herz; nein, es war ein illegaler Hundezuchtbetrieb in Hampshire, nicht weit von den Wallops.

Haben Sie schon von diesen Betrieben gehört? Da werden Hunde in Massen gezüchtet, nur für den Profit. Immer befinden sie sich an einsamen Orten, verbergen sich manchmal hinter scheinbar ganz normal bewirtschafteten Bauernhöfen. Auf diesen Betrieb waren wir aufmerksam geworden, weil einer unserer Soldaten, der Mama und Papa in Hampshire besuchte, beim

Herumstöbern auf einem Trödelmarkt auf eine Frau mit jungen Hunden gestoßen war. Sie habe zwei Hunde zu Hause, behauptete sie eine Spur zu nachdrücklich, die beide zu gleicher Zeit geworfen hätten; ja, wirklich, im Augenblick schwimme sie in jungen Hunden, sei bereit, sie praktisch umsonst abzugeben, absolut reinrassig alle, durch die Bank. Unserem Kumpel gefiel weder die Frau noch das apathische Verhalten der Hündchen. Auf einer gewundenen schmalen Straße, die über Stock und Stein führte und am Ende nur noch aus zwei tiefen Fahrrinnen mit öligem Gras dazwischen bestand, folgte er ihr nach Hause.

»Sie hat sie in einer Scheune«, berichtete er uns. Er drückte seine Hände aneinander, als wollte er beten. »Sie werden in Käfigen gehalten. Einer über dem anderen. Es gibt weder Beleuchtung noch Lüftung.«

»Klingt wie ein Fall für den Tierschutzverein«, stellte Chris fest.

»Das könnte Wochen dauern. Und selbst wenn die etwas gegen sie unternähmen, das wäre doch...« Er sah mit tiefernstem Blick in die Runde. »Hört zu. Dieser Frau muß ein für allemal das Handwerk gelegt werden.«

Irgend jemand wies auf die logistischen Schwierigkeiten hin. Hier handelte es sich nicht um ein Labor, das nachts leer und verlassen war. Dort lebten Leute, keine fünfzig Meter von der Scheune entfernt, in der die Tiere gehalten wurden. Was, wenn die Hunde zu bellen anfingen, was sie ganz bestimmt tun würden? Würden dann die Leute nicht Alarm schlagen? Die Polizei anrufen? Uns mit der Flinte auf den Pelz rücken?

Möglich, daß sie das täten, meinte Chris zustimmend. Er beschloß, den Betrieb selbst auszukundschaften.

Er fuhr allein nach Hampshire. Als er zurückkam, sagte er nur: »Wir machen's nächste Woche.«

»Nächste Woche?« rief ich. »Aber Chris, das ist nicht genug Zeit! Das bringt alle in Gefahr. Das –«

Er sagte: »Nächste Woche« und breitete einen Plan des Hofs aus. Er teilte die Wachen dazu ein, sich um Mrs. Porter, die Eigentümerin, zu kümmern. Sie würde wohl kaum die Polizei anrufen und sich selbst strafrechtlicher Verfolgung wegen illegaler Führung des Betriebs aussetzen, meinte er. Aber sie würde vielleicht irgend etwas anderes tun. Die Wachen mußten bereit sein, das zu verhindern. Als er uns anwies, Masken mitzubringen, hätte ich eigentlich schon wissen müssen, wie schlimm es werden würde.

Um ein Uhr morgens trafen wir ein. Die Wachen schlichen davon, um die beiden Zugänge zum Haus zu bewachen, der eine vom Hof aus, der andere von einem wohlgepflegten Vorgarten aus zu erreichen. Als das Blinken ihrer Lichter uns sagte, daß sie auf Posten waren, bereiteten wir Befreier uns auf den Sturm auf die Scheune vor. Ausnahmsweise würde Chris uns begleiten. Niemand wagte zu fragen, warum.

Das erste tote Tier fanden wir in einem Käfig direkt vor der Scheune. Im Schein des Lichts, das Chris auf es richtete, konnten wir erkennen, daß es einmal ein Spaniel gewesen war. Jetzt war es ein aufgeblähter Kadaver. Im Schein von Chris' Taschenlampe schien er in Wellenbewegungen zu wabern und ständig die Form zu verändern. Das waren die Maden. Sein Gefährte im Käfig war ein Golden Retriever, dessen Fell von Dreck und Exkrementen verfilzt war. Dieser Hund rappelte sich hoch. Er fiel taumelnd an die Maschendrahtwand.

»Scheiße«, murmelte jemand.

Der Retriever schlug Alarm, wie wir das erwartet hatten.

»Weiter«, sagte Chris. »Lassen wir den erst mal.«

Wir hörten das Geschrei aus dem Haus, als wir in der Scheune waren. Aber es reduzierte sich schnell zu einer Art lautlicher Untermalung des Grauens, das wir drinnen vorfanden. Wir hatten alle Taschenlampen. Wir knipsten sie an. Exkremente überall. Unsere Füße sanken schmatzend und glucksend in den Kot unter dem Heu, auf das wir traten.

Tiere winselten und wimmerten. Sie waren in Käfigen von der Größe von Schuhkartons eingezwängt. Diese waren übereinander gestapelt, so daß die Hunde unten im Kot und Urin der Hunde von oben lebten. Unter den Käfigen lagen drei schwarze Müllsäcke. Aus einem quoll der Inhalt in den Schlamm: vier tote Terrierwelpen, in Kot und verfaulende Nahrungsmittel eingebettet.

Keiner sprach. Das war normal. Nicht normal war, daß einer der Männer zu weinen begann. Er lehnte sich schwankend an die Wand einer Box. Chris sagte drängend: »Patrick, Patrick, mach mir jetzt nicht schlapp, Junge.« Und zu mir sagte er, während er schon zu den Käfigen ging: »Gib jetzt das Signal.«

Die Hunde begannen zu jaulen. Ich ging zum Scheunentor und winkte mit der Taschenlampe den Trägern, die unter der Hecke warteten, die das Grundstück umgab. Vor dem Haus kämpften die Wachen mit Mrs. Porter. Sie hatte es geschafft, bis zur Vordertreppe hinauszulaufen. Dort schrie sie jetzt: »Hilfe! Polizei! Hilfe!«

Dann jedoch drehte ihr einer der Wachtposten die Arme auf den Rücken, und der andere klebte ihr den Mund zu. Sie zogen sie ins Haus. Die Lichter im Innern gingen aus.

Die Träger donnerten auf den Hof in die Scheune. Einer rutschte in der Brühe aus und fiel hin. Die Hunde begannen zu heulen.

Chris rannte an den Käfigen entlang. Ich lief wieder hinein, um den anderen bei der Arbeit auf der anderen Seite der Scheune zu helfen. Selbst im begrenzten Schein meiner Taschenlampe konnte ich genug sehen. Panik ergriff mich. Überall waren junge Hunde, aber es waren nicht die niedlichen kleinen Dinger, die man zu Weihnachten auf Kalendern und Grußkarten sieht. Diese Yorkies und Highland Terrier, diese Retriever und Spaniel hatten Augen voller Geschwüre, offene Wunden überall. Parasiten krochen auf den haarlosen Stellen ihres Körpers herum.

Einer der älteren Männer begann zu fluchen. Zwei von den Frauen weinten. Ich bemühte mich, nicht zu atmen und die Wellen von Kälte und Hitze, die mich abwechselnd überschwemmten, zu ignorieren.

Ein Dröhnen in meinen Ohren trug einiges dazu bei, das Wimmern und Jaulen der Tiere auszublenden. Aber ich hatte Todesangst, daß das Dröhnen aufhören könnte, und begann, mir alles vorzusagen, woran ich mich aus dem Buch *The Bad Child's Book of Beasts* noch erinnern konnte.

Ich hatte den Yak aufgesagt, den Eisbären und den Wal, als

ich zum letzten Käfig kam. In ihm lag ein kleiner Lhasa Apso. Ich schob meine behandschuhten Finger zwischen den Stäben hindurch und murmelte dabei vor mich hin, was ich von dem Vers über den Dodo noch im Kopf hatte. Er begann mit einer Zeile, in der vom Spazierengehen die Rede war. Von Luft schnappen und Sonne genießen.

Ich öffnete den Käfig und konzentrierte mich auf die Reime. Die letzten Worte der nächsten Zeile mußten sich auf »spazieren« und »genießen« reimen.

Ich streckte beide Hände nach dem Hund und suchte nach den Worten. La-la-la-genieren? La-la-la-begießen? Wie ging das nur gleich?

Ich zog den Hund zu mir heran. Vielleicht parieren? Verzieren? Dodo läßt sich's nicht verdrießen? Irgendwie mußte ich den Reim fertigbringen, denn wenn ich es nicht schaffte, würde ich zusammenbrechen, und diese Vorstellung konnte ich nicht aushalten. Ich wußte nicht, wie ich es verhindern sollte, außer indem ich rasch nach einem anderen Reim griff, einem, der mir vertrauter war, desse Worte ich nicht vergessen konnte. Wie »Humpty-Dumpty«.

Ich hob den Hund hoch und sah seinen rechten Hinterfuß. Er hing leblos nur noch an einem Fetzen Fleisch. In dem Fleisch waren unverkennbar Abdrücke von Hundezähnen. Als hätte der Hund versucht, sich selbst den Fuß abzubeißen. Als hätte der Hund im Käfig darunter versucht, ihn abzubeißen.

Mein Blickfeld verengte sich bis auf einen Lichtpunkt. Ich schrie auf, brachte jedoch keinen Laut hervor, der Wort oder Name hätte sein können. Der Hund lag wie leblos auf meinem Arm.

Rund um mich herum war Bewegung, schwarze Schemen; die Befreier, die von Käfig zu Käfig eilten und versuchten, nicht zu atmen. Ich schnappte nach Luft, bekam aber nicht genug.

»Komm, gib ihn mir«, sagte jemand neben mir. »Livie. Livie. Gib mir den Hund.«

Ich konnte nicht loslassen. Ich konnte mich nicht rühren. Ich spürte nur, wie ich zerschmolz, als brenne mir eine riesige Flamme das Fleisch von den Knochen. Ich begann zu weinen.

»Sein Fuß«, schluchzte ich.

Nach allem, was ich im Lauf meiner Tätigkeit bei ARM gesehen hatte, erscheint es fast grotesk, daß ein Hundefuß, der an einem Fetzen toten Fleischs hing, den Panzer meiner Gleichgültigkeit sprengte. Aber so war es.

Ich spürte, wie Wut in mir zu toben begann. Ich spürte, daß das Gefühl der Ohnmacht mich hinunterzog wie Treibsand. »Genug«, sagte ich. Und dann packte ich den Benzinkanister, den Chris am Tor abgestellt hatte.

Er rief: »Livie, bleib weg da!«

Ich sagte: »Hol diesen Hund aus dem Käfig. Den drüben. Hol ihn. Ich hab gesagt, du sollst ihn holen, Chris. Los, hol ihn.« Dann begann ich, diese Hölle mit Benzin zu übergießen. Als der letzte Hund hinausgebracht, der letzte Käfig zu Boden gestoßen war, zündete ich das Streichholz an. Die Flammen schossen wie ein Geysir in die Höhe. Nie hatte ich etwas Schöneres gesehen als dieses Feuer.

Chris riß mich am Arm, sonst wäre ich vielleicht da drin geblieben und mit dieser Scheune in Flammen aufgegangen. Statt dessen torkelte ich hinaus ins Freie, vergewisserte mich, daß der Retriever aus dem Käfig befreit worden war, und rannte zur Straße. »Genug«, keuchte ich immer wieder, während ich versuchte, das Bild dieses jammervollen, kleinen hängenden Beins aus meinem Gedächtnis zu löschen.

An einer Telefonzelle in Itchen Abbas hielten wir an. Chris wählte den Notruf und meldete das Feuer. Er kam zum Lieferwagen zurück.

»Das ist mehr, als sie verdient«, sagte ich.

»Wir können sie nicht gefesselt lassen. Wir wollen keinen Mord auf dem Gewissen haben.«

»Warum? Sie hat Tausende auf dem Gewissen.«

»Eben darum sind wir anders.«

Ich starrte in die heller werdende Nacht. Vor uns tat sich der Motorway auf, eine graue Betonwunde, die das Land durchschnitt.

»Es macht keinen Spaß mehr«, sagte ich zu meinem Spiegelbild im Fenster.

Chris sah mich an. »Willst du aussteigen?«

Ich schloß die Augen. »Ich möchte nur, daß endlich Schluß ist.«

»Das kommt schon«, sagte er.

Wir schossen auf den Motorway hinaus.

12

Das Rascheln der Bettdecke weckte ihn, doch er hielt die Augen noch einen Moment geschlossen. Er lauschte ihrem Atem. Unglaublich, dachte er, daß etwas so Einfaches einem solche Freude bereiten kann.

Er drehte sich auf die Seite, um sie betrachten zu können, vorsichtig, um sie nicht zu wecken. Aber sie war schon wach, lag auf dem Rücken, ein Bein hochgezogen, und sah zu den Acanthusblättern hinauf, die die Zimmerdecke zierten.

Unter der Decke faßte er ihre Hand. Sie sah ihn an, und zwischen ihren Augenbrauen hatte sich eine kleine, steile Falte gebildet. Mit seiner freien Hand glättete er sie.

»Ich hab's genau gemerkt«, sagte sie.

»Was?«

»Du hast mich gestern abend abgelenkt und mir keine Antwort auf meine Frage gegeben.«

»Wenn ich mich recht erinnere, hast *du* mich abgelenkt. Du hast mir Hühnchen und Artischocken versprochen, oder etwa nicht? Das war doch der Grund, weshalb wir uns überhaupt in die Küche hinuntergeschleppt haben.«

»Und in der Küche habe ich dich gefragt, stimmt's? Aber du hast mir keine Antwort gegeben.«

»Ich war beschäftigt. Du hast mich beschäftigt.«

Ein Lächeln schlich sich in ihre Mundwinkel.

Er neigte sich zu ihr, um sie zu küssen, und zeichnete mit einem Finger die Kontur ihres Ohrs nach.

»Warum liebst du mich?« fragte sie.

»Was?«

»Das war die Frage, die ich dir gestern abend gestellt habe. Weißt du das nicht mehr?«

»Ach so. *Diese* Frage.« Er rollte sich auf den Rücken und sah wie sie zur Decke hinauf. Er hielt ihre Hand auf seiner Brust und dachte über das unfaßbare Warum der Liebe nach.

»Ich kann es weder an Bildung noch an Erfahrung mit dir

aufnehmen«, sagte sie, und er zog skeptisch eine Augenbraue hoch. Sie lächelte flüchtig. »Na gut. Ich kann es an Bildung nicht mit dir aufnehmen. Ich habe keinen Beruf. Ich verdiene kein Geld. Ich habe keinerlei häusliche Fähigkeiten und noch weniger häuslichen Ehrgeiz. Ich bin, so könnte man sagen, die Frivolität in Person. Wir kommen aus ähnlichen Familien, ja, aber was hat das mit Liebe zu tun?«

»Es hatte früher einmal eine Menge mit Heirat zu tun.«

»Wir sprechen aber nicht von Heirat. Wir sprechen von Liebe. Es kommt oft genug vor, daß das eine das andere ausschließt; folglich handelt es sich um zwei grundverschiedene Themen. Katharina von Aragon und Heinrich VIII. waren verheiratet, und was ist daraus geworden? Sie brachte seine Kinder zur Welt und durfte seine Hemden nähen. Er ging dauernd fremd und verbrauchte sechs Ehefrauen. Soviel zu den ähnlichen Familien.«

Lynley gähnte. »Warum hat sie einen Tudor geheiratet? Noch dazu Richards Sohn. Gesindel übelster Art. Feige. Geizig. Mörderisch. Paranoid in politischer Hinsicht. Und mit gutem Grund.«

»Ach, du meine Güte. Wir wollen doch jetzt bitte nicht die Erbfolge und die Prinzen im Tower diskutieren, Darling? Das würde uns etwas vom Thema wegführen, weißt du.«

»Entschuldige.« Lynley hob ihre Hand und küßte ihre Finger. »Wenn ich Heinrich Tudor höre, sehe ich immer rot.«

»Ja, und auf diese Weise kann man unbequemen Fragen aus dem Weg gehen.«

»Das war nicht meine Absicht. Ich habe nur beim Nachdenken ein bißchen improvisiert.«

»Und? Warum? Warum liebst du mich? Wenn du nämlich die Liebe weder erklären noch definieren kannst, dann ist es vielleicht besser zuzugeben, daß es die wahre Liebe gar nicht gibt.«

»Wenn das zutrifft, was ist dann das zwischen uns beiden?«

Sie antwortete mit einer ungeduldigen Bewegung, einem Achselzucken ähnlich. »Lust. Leidenschaft. Etwas Angenehmes, aber Kurzlebiges. Ich weiß nicht.«

Er hob sich auf einen Ellbogen und betrachtete sie. »Habe ich das richtig verstanden? Wir sollen in Betracht ziehen, daß diese Beziehung hier nur auf Lust gründet?«

»Willst du nicht zugeben, daß es eine Möglichkeit ist? Besonders in Anbetracht der vergangenen Nacht. Was wir getan haben.«

»Was wir getan haben«, wiederholte er.

»In der Küche. Dann im Schlafzimmer. Ich gebe zu, ich war die Anstifterin, Tommy, ich will also gar nicht unterstellen, daß du allein vielleicht ein Opfer der Hormone bist und blind für die Realität.«

»Für welche Realität?«

»Daß das zwischen uns beiden nichts als chemische Reaktion ist.«

Er starrte sie lange schweigend an. Er spürte, wie sich die Muskeln in seinem Unterleib spannten. Er fühlte, wie sein Blut zu kochen begann. Es war nicht Lust, was er diesmal empfand, aber Leidenschaft war es dennoch. Er sagte ganz ruhig: »Helen, was in Dreiteufelsnamen ist los mit dir?«

»Was ist das für eine Frage? Ich will doch nur darauf hinweisen, daß das, was du für Liebe hältst, vielleicht nur ein Sturm im Wasserglas ist. Fändest du es nicht klug, diese Möglichkeit auf jeden Fall in Erwägung zu ziehen? Denn wenn wir wirklich heiraten sollten und dann entdecken, daß unsere Gefühle füreinander niemals mehr waren als –«

Er warf die Bettdecke zurück, sprang aus dem Bett und schlüpfte in seinen Morgenrock. »Jetzt hör mir ausnahmsweise mal zu, Helen. Und zwar von Anfang bis zum Ende. Ich liebe dich. Du liebst mich. Wir heiraten, oder wir heiraten nicht. Das ist alles, was es zu sagen gibt. In Ordnung?«

Unterdrückt vor sich hin schimpfend, ging er durchs Zimmer, zog die Vorhänge auf, um das helle Frühlingslicht hereinzulassen, das den Garten hinter seiner Stadtvilla zum Strahlen brachte. Er schob das Fenster hoch und atmete die Morgenluft tief ein.

»Tommy«, sagte sie. »Ich wollte doch nur wissen ...«

»Genug«, unterbrach er sie und dachte: Frauen! *Frauen!* Diese Gedankensprünge. Diese Fragen. Dieses Bohren. Diese infernalische Unschlüssigkeit. Gott im Himmel. Da war ja das Mönchsleben vorzuziehen.

Vorsichtiges Klopfen an der Schlafzimmertür riß ihn aus seinen Gedanken. »Was gibt's?« rief er scharf.

»Verzeihen Sie, Milord«, sagte Denton. »Draußen ist jemand, der Sie sprechen möchte.«

»Jemand – wie spät ist es?« Noch während er die Frage stellte, ging er zum Nachttisch und griff nach dem Wecker.

»Fast neun«, antwortete Denton im selben Moment, als Lynley die Zeit ablas und laut fluchte. »Soll ich ihm sagen –«

»Wer ist es überhaupt?«

»Mr. Mollison. Guy Mollison. Ich habe ihm gesagt, er solle im Yard anrufen und mit dem diensthabenden Beamten sprechen, aber er ließ nicht locker. Er behauptete, Sie würden hören wollen, was er zu sagen habe. Ich soll Ihnen ausrichten, er habe sich an etwas erinnert. Seine Telefonnummer wollte er nicht hinterlassen. Er behauptet, daß er Sie persönlich sprechen müsse. Soll ich ihn weiterschicken?«

Lynley war schon auf dem Weg zum Bad. »Bringen Sie ihm Kaffee, Frühstück, was er eben haben möchte.«

»Soll ich ihm sagen –«

»Zwanzig Minuten«, unterbrach Lynley. »Und rufen Sie Sergeant Havers an, Denton, ja? Sagen Sie ihr, sie möchte so schnell wie möglich herkommen.« Er fluchte zum Abschluß noch einmal kräftig, dann knallte er die Badetür zu.

Er hatte bereits geduscht und war beim Rasieren, als Helen sich zu ihm gesellte.

»Sag ja nichts mehr«, warnte er ihr Spiegelbild, während er das Rasiermesser über die eingeschäumte Wange zog. »Ich habe die Nase voll von diesem Unsinn. Wenn du nicht die Ehe als normale Folge der Liebe akzeptieren kannst, sind wir fertig miteinander. Wenn das da« – mit einer kurzen Kopfbewegung zum Schlafzimmer – »für dich nichts weiter ist als eine heiße Nacht, dann kannst du's vergessen. Okay? Denn wenn du – au! Verdammt!« Er hatte sich geschnitten. Wütend zog er ein Papiertuch aus dem Behälter und drückte es auf die blutende Wunde.

»Du machst das viel zu schnell«, sagte sie.

»Hör bloß auf! Hör bloß damit auf! Wir kennen uns seit deinem achtzehnten Lebensjahr. Wir waren jahrelang Freunde. Wir sind –«

»Ich meinte doch, beim Rasieren«, unterbrach sie ihn.

Er starrte sie verständnislos an. »Beim Rasieren«, wiederholte er.

»Du machst beim Rasieren zu schnell. Du wirst dich gleich wieder schneiden.«

Er senkte den Blick zu dem Rasiermesser in seiner Hand. Es war ebenfalls mit Schaum bedeckt. Er hielt es unter den Hahn und ließ das Wasser darüber laufen.

»Ich lenke dich zu sehr ab«, stellte Helen fest. »Das hast du Freitag abend selbst gesagt.«

Er wußte, worauf sie mit ihrer Bemerkung hinauswollte, aber er versuchte nicht gleich, ihr diesen Weg zu versperren. Er dachte über das Wort »ablenken« nach; über seine Verheißung und seinen tieferen Sinn. Endlich hatte er die Antwort.

»Genau das ist der springende Punkt.«

»Was?«

»Die Ablenkung.«

»Ich verstehe nicht.«

Er rasierte sich fertig, spülte sich das Gesicht und trocknete es mit dem Handtuch, das sie ihm reichte. Er antwortete erst, nachdem er sich Rasierwasser ins Gesicht gespritzt hatte. »Ich liebe dich«, sagte er zu ihr, »weil ich, wenn ich mit dir zusammen bin, nicht an Dinge denken muß, an die ich sonst denken müßte. Vierundzwanzig Stunde am Tag. Sieben Tage die Woche.«

Er drängte sich an ihr vorbei ins Schlafzimmer und begann seine Kleider aufs Bett zu werfen. »Dazu brauche ich dich«, stellte er fest, während er sich ankleidete. »Du gibst meinem Leben andere Perspektiven. Du bietest mir etwas, das nicht finster und korrupt ist.«

Sie hörte ihm schweigend zu. Er schlüpfte in sein Hemd. »Ich liebe es, zu dir nach Hause zu kommen und mich zu fragen, was mich wohl jetzt wieder erwartet. Ich liebe diese

Ungewißheit. Ich liebe es, mir Sorgen machen zu müssen, du könntest mit der Mikrowelle das Haus in die Luft sprengen, denn wenn ich mir darüber Gedanken mache, brauche ich in diesen fünf oder fünfzehn oder fünfundzwanzig Sekunden nicht daran zu denken, welchen Mord ich nun wieder mal wie ein Wahnsinniger aufzuklären versuche, wie er verübt wurde und wer ihn begangen haben könnte.« Er suchte nach einem Paar Schuhe und sagte über die Schulter: »Das ist es, verstehst du? Oh, natürlich spielt auch die Lust eine Rolle. Die Leidenschaft. Meinetwegen auch die Hormone. Was du willst. Lust ist auf jeden Fall vorhanden, in Mengen. Das war immer so, weil ich, offen gesagt, gern mit Frauen schlafe.«

»Mit Frauen?«

»Helen, versuch jetzt nicht, mir einen Strick zu drehen. Du weißt, was ich meine.« Unter dem Bett fand er die Schuhe, die er suchte. Er schob seine Füße hinein und schnürte sie so fest, daß der Schmerz bis zu seinen Knien hinaufschoß. »Und wenn meine Lust auf dich einmal nachläßt – wie das sicher irgendwann geschehen wird –, dann bleibt immer noch das andere. Die Ablenkung, die der Grund dafür ist, daß ich dich überhaupt liebe.«

Er trat vor die Kommode und fuhr sich mehrmals mit der Bürste übers Haar. Dann ging er noch einmal zum Badezimmer, wo sie noch an der Tür stand. Er legte ihr die Hand auf die Schulter und küßte sie mit Nachdruck.

»Da hast du die ganze Geschichte«, sagte er. »Von A bis Z. Jetzt entscheide dich, was du willst, und dann laß es gut sein.«

Guy Mollison wartete im Wohnzimmer, dessen Fenster zur Eaton Terrace hinausblickten. Denton hatte den Gast nicht nur mit Kaffee, Croissants, Obst und Marmelade verwöhnt, sondern auch für Unterhaltung gesorgt: Rachmaninoff donnerte aus der Stereoanlage. Lynley fragte sich, wer die Musik gewählt hatte, und kam zu dem Schluß, es müsse Mollison gewesen sein. Wenn Denton durfte, wie er wollte, neigte er mehr zum Musical.

Mollison saß, mit Tasse und Untertasse in der Hand, über den Couchtisch gebeugt und las die *Sunday Times*, die aufgeschlagen neben dem Frühstückstablett lag . Er studierte jedoch nicht die Sportseite, wie man das vom langjährigen Kapitän der englischen Nationalmannschaft so kurz vor Austragung der Meisterschaftsspiele mit Australien vielleicht erwartet hätte, sondern einen Artikel über Flemings Tod und die polizeiliche Untersuchung. Besonders schien ihn, wie Lynley bemerkte, als er auf dem Weg zur Stereoanlage am Tisch vorüberkam, eine Notiz mit der mittlerweile überholten Überschrift »Suche nach Wagen des Cricket-Spielers« zu interessieren.

Lynley schaltete die Musik aus, und Denton steckte den Kopf zur Tür herein. »Frühstück, Milord? Hier? Oder im Speisezimmer?«

Lynley zuckte zusammen. Er haßt es, im Dienst mit seinem Titel angesprochen zu werden. Brüsk sagte er: »Hier. Haben Sie Sergeant Havers erreicht?«

»Sie ist schon unterwegs. Sie war im Yard. Ich soll Ihnen ausrichten, daß die Burschen auf Posten sind. Sie verstehen wohl, was sie damit meint, nicht?«

Ja, er verstand. Barbara hatte es übernommen, die Constables, die er aus dem Wochenende geholt hatte, einzuteilen. Das war zwar irregulär – er hätte es vorgezogen, selbst mit den Leuten zu sprechen –, aber er war selbst schuld daran, daß sie die Verantwortung übernommen hatte; er hatte am Abend zuvor, als er mit Helen ins Bett gefallen war, vergessen, den Wekker zu stellen.

»Ja. Danke. Ich verstehe absolut.«

Als Denton sich zurückzog, wandte Lynley sich Mollison zu, der aufgestanden und dem Gespräch mit unverhohlenem Interesse gefolgt war.

»Wer sind Sie eigentlich?« fragte Mollison jetzt.

»Wie bitte?«

»Ich habe das Wappen neben der Türglocke gesehen, aber ich hielt es für einen Scherz.«

»Ist es auch«, erwiderte Lynley.

Mollison schien widersprechen zu wollen. Lynley goß ihm eine zweite Tasse Kaffee ein.

Mollison sagte langsam, mehr zu sich selbst als zu Lynley: »Sie haben dem Nachtportier gestern abend einen polizeilichen Dienstausweis gezeigt. Wenigstens hat er mir das erzählt.«

»Das ist schon richtig. Aber kommen wir zur Sache. Was kann ich für Sie tun, Mr. Mollison? Ich höre, Sie haben Informationen für mich.«

Mollison blickte sich im Zimmer um, als taxiere er das Inventar und setze seinen Wert in Relation zum Gehalt eines Polizeibeamten. Er wirkte plötzlich mißtrauisch. »Ich würde mir den Ausweis auch gern einmal ansehen«, sagte er, »wenn Sie nichts dagegen haben.«

Lynley zog seinen Dienstausweis heraus und reichte ihn Mollison. Der studierte ihn eingehend. Schließlich schien er zufrieden zu sein und reichte den Ausweis mit den Worten zurück: »Also gut. Ich bin gern vorsichtig. Wegen Allison. Es gibt alle möglichen Leute, die gern in unserem Privatleben herumschnüffeln würden. Das ist nun mal so, wenn man einen Namen hat.«

»Zweifellos«, entgegnete Lynley trocken. »Und wie steht es nun mit Ihren Informationen?«

»Ich war Ihnen gegenüber gestern abend nicht ganz aufrichtig. Das tut mir leid. Aber es gibt gewisse Dinge ...« Er schnitt ein Gesicht. »Es gibt gewisse Dinge«, wiederholte er, »die ich im Beisein von Allison nicht sagen kann.«

»Und darum wollten Sie das Gespräch mit uns zuerst im Hausflur statt in der Wohnung führen.«

»Ich möchte vermeiden, daß sie sich aufregt.« Mollison hob Untertasse und Tasse hoch. »Sie ist im achten Monat.«

»Das sagten Sie uns gestern abend bereits.«

»Aber ich habe bemerkt, als Sie sie sahen ...« Er stellte seine Tasse unberührt wieder auf den Tisch. »Schauen Sie, ich sage Ihnen nichts, was Sie nicht schon wissen: Dem Kind geht es gut. Allison geht es gut. Aber jede Aufregung könnte jetzt großen Schaden anrichten.«

»Zwischen Ihnen beiden.«

»Es tut mir leid, daß ich Ihnen vorgemacht habe, es ginge ihr nicht gut, aber mir ist einfach nichts anderes eingefallen, um ein Gespräch in ihrem Beisein zu verhindern.« Er kaute auf dem

Nagel seines Zeigefingers und wies mit einem Nicken auf die Zeitung auf dem Tisch. »Sie suchen seinen Wagen.«

»Nicht mehr.«

»Ach, haben Sie ihn gefunden? Den Lotus?«

»Mr. Mollison, ich dachte, Sie wollten mir etwas Neues berichten.«

Denton kam mit einem Tablett herein. Er fand offensichtlich, daß nach den *fettuccine à la mer* des vergangenen Abends energische Maßnahmen angebracht seien, und servierte Cornflakes und Banane, Eier und Würstchen, gegrillte Tomaten und Pilze, Grapefruit und Toast. Eine Kanne Lapsang Souchong stand auch auf dem Tablett, und aufmerksamerweise eine Vase mit einer langstieligen Rose. Während Denton noch beim Aufdekken war, läutete es draußen.

»Das wird Sergeant Havers sein«, sagte er.

»Ich gehe hin.«

Denton hatte recht. Barbara Havers stand vor der Tür.

»Mollison ist hier.« Er schloß die Tür hinter ihr.

»Und was hat er mitgebracht?«

»Bisher nichts als Entschuldigungen und Ausflüchte. Er hat jedoch ein vorübergehendes Interesse an Rachmaninoff bekundet.«

»Oh, das muß Ihnen ja eine Wonne gewesen sein. Ich hoffe, Sie haben ihn sofort aus dem Kreis der Verdächtigen gestrichen.«

Lynley lächelte. Er und Barbara kamen an Denton vorüber, der Kaffee und Croissants anbot, worauf Barbara sagte: »Nur Kaffee. Ich halte derzeit Diät.«

Denton lachte nur und marschierte weiter in die Küche. Im Wohnzimmer war Mollison vom Sofa zum Fenster gegangen. Dort stand er jetzt und zupfte an seinen Fingernägeln und der Haut um sie herum. Er nickte Barbara zu, während Lynley sich an sein Frühstück setzte. Erst nachdem Denton Barbara eine Tasse gebracht, ihr eingeschenkt hatte und wieder gegangen war, begann er zu sprechen.

»Sie suchen seinen Wagen nicht mehr?« fragte er.

»Nein, wir haben ihn gefunden«, versetzte Lynley.

»Aber in der Zeitung steht –«

»Wir sind der Presse gern eine Nasenlänge voraus, wenn wir das schaffen«, bemerkte Barbara.

»Und Gabbie?«

»Gabbie?«

»Gabriella Patten. Haben Sie mit ihr gesprochen?«

»Gabbie.« Lynley sann über den Kosenamen nach, während er sich über seine Cornflakes hermachte. Er war am vergangenen Abend nicht mehr zum Essen gekommen. Er konnte sich nicht erinnern, wann ihm eine Mahlzeit jemals so köstlich geschmeckt hatte.

»Wenn Sie den Wagen gefunden haben, dann –«

»Warum sagen Sie uns nicht, was Sie hergeführt hat, Mr. Mollison?« forderte Lynley. »Mrs. Patten ist entweder eine Hauptverdächtige oder aber eine wichtige Zeugin in diesem Mordfall. Wenn Sie wissen, wo sie sich aufhält, würden Sie gut daran tun, uns das zu sagen. Wie Ihnen zweifellos Ihre Frau bereits geraten hat.«

»Allison soll nicht in diese Geschichte hineingezogen werden. Das habe ich Ihnen schon gestern abend erklärt. Und es war mir ernst damit.«

»Natürlich.«

»Wenn Sie mir zusichern können, daß das, was ich Ihnen sage, unter uns bleibt.« Mollison strich mit dem Daumen nervös an seinem Zeigefinger entlang, als wolle er die Beschaffenheit der Haut prüfen. »Ich kann nicht mit Ihnen sprechen, wenn Sie mir nicht eine solche Garantie geben.«

»Das ist leider nicht möglich«, entgegnete Lynley. »Aber Sie können einen Anwalt zuziehen, wenn Sie möchten.«

»Ich brauche keinen Anwalt. Ich habe nichts verbrochen. Ich möchte lediglich sichergehen, daß meine Frau... Sehen Sie, meine Frau weiß nichts. Wenn Sie irgendwie dahinterkäme, daß...« Er wandte sich wieder dem Fenster zu und sah zur Straße hinaus. »Mist. Ich wollte doch nur helfen.«

»Mrs. Patten?« Lynley stellte die Cornflakes weg und griff zu den Eiern. Barbara zog ihr Heft aus der Handtasche.

Mollison seufzte. »Sie hat mich angerufen.«

»Wann?«

»Mittwoch abend.«

»Bevor Sie mit Fleming sprachen oder hinterher?«

»Hinterher. Stunden danach.«

»Um welche Zeit?«

»Es muß – ich weiß nicht ... Es war vielleicht kurz vor elf. Oder kurz danach. Ja, so um die Zeit.«

»Wo war sie?«

»In einer Telefonzelle in Greater Springburn. Sie und Ken hätten einen Riesenkrach gehabt. Es sei aus zwischen ihnen. Sie brauche ein Plätzchen, wo sie unterkriechen könne.«

»Warum hat sie Sie angerufen und nicht jemand anders? Eine Freundin, zum Beispiel?«

»Weil Gabbie keine Freundinnen hat. Und selbst wenn sie welche hätte, hätte sie doch mich angerufen, weil ich der Grund für den Krach war. Ich sei ihr was schuldig, sagte sie. Und sie hatte recht. Ich *war* ihr etwas schuldig.«

»Sie waren ihr was schuldig?« wiederholte Barbara. »Hatte sie Ihnen Gefälligkeiten erwiesen?«

Mollison drehte sich um. Sein gebräuntes Gesicht lief langsam tiefrot an. »Sie und ich ... Vor einiger Zeit. Wir beide – Sie wissen schon.«

»Wir wissen es nicht«, widersprach Barbara. »Aber Sie könnten uns vielleicht aufklären.«

»Wir haben ein bißchen Spaß miteinander gehabt. Wie man so sagt.«

»Sie und Mrs. Patten hatten eine Affäre?« fragte Lynley sehr direkt. Als Mollisons Gesicht sich noch tiefer rötete, fügte er hinzu: »Wann war das?«

»Vor drei Jahren.« Er kehrte zum Sofa zurück und nahm seine Kaffeetasse vom Tisch. So, wie er sie austrank, hastig und mit einem Zug, schien es, als suche er verzweifelt nach irgend etwas, das ihm Kraft geben oder seine Nerven beruhigen würde. »Es war eine Riesendummheit. Sie hätte mich beinahe meine Ehe gekostet. Wir – na ja, wir haben einander mißverstanden.«

Lynley spießte ein Stück Wurst mit seiner Gabel auf, gab Ei dazu und beobachtete, während er aß, mit unbewegter Miene

Mollison, der wiederum ihn beobachtete. Barbara schrieb, Papier raschelte, als sie umblätterte.

Mollison sagte schließlich: »Wissen Sie, wenn man einen Namen hat, ist man eigentlich dauernd von Frauen umgeben, die einen attraktiv finden. Sie wollen ... sie möchten ... ich meine, sie machen sich irgendwelche Vorstellungen. Sie verstehen? Und meistens geben sie so lange keine Ruhe, bis sie die Gelegenheit bekommen zu prüfen, wie nahe ihre Phantasien der Wahrheit kommen.«

»Mit anderen Worten, Sie und Gabriella Patten hatten also ein lustiges Verhältnis miteinander«, konstatierte Barbara in einem Ton, als wollte sie sagen: Mensch, hör auf mit dem Gelaber, und sah demonstrativ auf ihre Uhr.

Mollison warf ihr einen wütenden Blick zu, fuhr jedoch zu sprechen fort. »Ich dachte, sie wollte das gleiche wie die anderen ...« Wieder schnitt er eine Grimasse. »Sehen Sie, ich bin kein Heiliger. Wenn eine Frau mir ein Angebot macht, sag ich nicht nein. Aber es ist nie mehr als ein netter Spaß nebenbei. Das weiß ich, und das weiß die betreffende Frau.«

»Aber Gabriella Patten wußte es nicht«, sagte Lynley.

»Sie glaubte, als wir beide – als sie und ich –«

»– ein Verhältnis hatten«, half Barbara ihm aus.

»Das Schwierige war, daß die Sache weiterlief«, meinte Mollison. »Ich meine, ich hätte es abbrechen sollen, als ich merkte, daß sie mehr aus – aus der Affäre machte, als – als ...«

»Sie stellte Erwartungen an Sie«, sagte Lynley.

»Anfangs hab ich das gar nicht kapiert. Was sie wollte. Und als ich es dann begriff, war ich so – ich war einfach so fasziniert von ihr. Sie ist ... wie soll ich es sagen, ohne daß es so verdammt ... Sie hat ein gewisses Etwas. Wenn man einmal mit ihr zusammen war ... ich meine, wenn man einmal erlebt hat ... dann wird alles – ach, verdammt. Das klingt fürchterlich.« Er zog ein zerknittertes Taschentuch hervor und wischte sich damit das Gesicht.

»Sie fahren also total auf sie ab«, sagte Barbara.

Mollison starrte sie verständnislos an.

»Sie ist ein scharfes Weib.«

»Moment mal«, begann Mollison nun seinerseits gereizt.

»Sergeant«, mahnte Lynley milde.

Barbara sagte: »Ich wollte ja nur ...«

Sparen Sie sich Ihre Bemühungen, bedeutete ihr seine hochgezogene Augenbraue. Vor sich hin brummend, zückte sie wieder ihren Stift.

Mollison steckte sein Taschentuch wieder ein. »Als mir klar wurde, was sie wirklich wollte, dachte ich, ich könnte die Geschichte noch ein bißchen in die Länge ziehen. Ich wollte sie nicht aufgeben.«

»Und was genau wollte sie?« fragte Lynley.

»Mich. Ich meine, sie wollte, daß ich meine Frau verlasse. Sie wollte heiraten.«

»Aber sie war doch mit Patten verheiratet.«

»Ja, aber in der Ehe hat es nicht mehr gestimmt. Ich weiß nicht, warum.«

»Sie hat nie etwas zu Ihnen gesagt?«

»Ich habe nicht danach gefragt. Das tut man nicht. Ich meine, wenn's nur zum Spaß ist – die Bettgeschichte –, erkundigt man sich doch nicht nach der Ehe des anderen. Man geht einfach davon aus, daß sie besser sein könnte, aber man will ja nicht in irgendwelche üblen Geschichten hineingezogen werden, also steigt man nicht zu tief ein. Man trinkt was zusammen. Geht vielleicht mal essen, wenn's die Zeit erlaubt. Und dann ...« Er räusperte sich.

Barbaras Mund formte die Worte: wird gebumst, aber sie sprach sie nicht aus.

»Ich weiß also nur, daß sie mit Hugh nicht glücklich war. Ich meine, sie war nicht ... wie kann ich das sagen, ohne ... Sie war in sexueller Hinsicht nicht glücklich mit ihm. Er konnte nicht immer ... Er konnte sie nicht ... Ich meine, ich weiß natürlich nur, was sie mir erzählt hat. Es kann selbstverständlich sein, daß sie mir nur etwas vorgemacht hat. Aber sie sagte, sie hätte nie – Sie wissen schon. Mit Hugh.«

»Ich glaube, wir verstehen«, sagte Lynley.

»Ja, also, so hat sie's mir erzählt. Aber wie gesagt, vielleicht hat sie mir da was vorgemacht. Sie wissen ja, wie Frauen sein können. Wenn sie mir das Gefühl geben wollte, ich sei der einzige, der sie je ... Und in der Hinsicht hatte sie wirklich einiges drauf. Ich hab mich tatsächlich so gefühlt. Aber heiraten wollte ich sie nicht. Sie war etwas für nebenbei. Eine Zerstreuung. Ich liebe nämlich meine Frau. Ich liebe Allie. Ich bete sie an. Das andere nimmt man eben mit, wenn's einem angeboten wird.«

»Weiß Ihre Frau von der Affäre?«

»Nur so bin ich da überhaupt wieder rausgekommen. Ich mußte beichten. Allison war außer sich – und das tut mir heute noch leid, das können Sie mir glauben –, aber wenigstens konnte ich auf die Weise mit Gabbie Schluß machen. Damals habe ich meiner Frau geschworen, daß ich nie wieder etwas mit Gabbie zu tun haben würde. Abgesehen natürlich von den Anlässen, bei denen ich ihr nicht aus dem Weg gehen konnte, weil sie mit ihrem Mann kam. Wenn die Nationalmannschaft mit den künftigen Sponsoren zusammentraf, meine ich.«

»Aber Sie haben das Versprechen wohl nicht gehalten?«

»Da täuschen Sie sich. Nachdem ich Schluß gemacht hatte, habe ich Gabbie ohne ihren Mann nie wiedergesehen. Bis sie mich am Mittwoch abend angerufen hat.« Er sah unglücklich zu Boden. »Und da brauchte sie meine Hilfe. Die hab ich ihr gewährt. Und sie war – sie war mir dankbar dafür.«

»Müssen wir noch fragen, wie sie ihre Dankbarkeit bewies?« fragte Barbara höflich.

»Verdammt«, flüsterte Mollison. Er zwinkerte mehrmals hastig. »Am Mittwoch abend passierte gar nichts. Da habe ich sie überhaupt nicht gesehen. Es war Donnerstag nachmittag.« Er hob den Kopf. »Sie war sehr erregt. Sie war praktisch hysterisch. Es war meine Schuld. Ich wollte irgendwie helfen. Es passierte einfach. Und es wäre mir lieber, meine Frau erführe nichts davon.«

»Und welcher Art war die Hilfe, die Sie ihr am Mittwoch abend gaben?« fragte Lynley. »Beschafften Sie ihr eine Unterkunft?«

»Ja. In Shepherd's Market. Ich habe da zusammen mit drei Kameraden von Essex eine Wohnung. Wir benützen sie, wenn wir ...« Er senkte den Kopf wieder.

»– wir hinter dem Rücken unserer Frauen ein bißchen Spaß haben wollen«, ergänzte Barbara verdrossen.

Mollison reagierte nicht. Er sagte lediglich gleichermaßen verdrossen: »Als sie am Mittwoch abend anrief, versprach ich ihr, dafür zu sorgen, daß sie in die Wohnung kann.«

»Wie ist sie hineingekommen?«

»Der Portier hat den Schlüssel. Damit unsere Frauen – Sie wissen schon.«

»Und die Adresse?«

»Ich muß mit Ihnen hinfahren. Tut mir leid, aber sonst läßt sie Sie nicht hinein. Sie geht nicht mal an die Tür.«

Lynley stand auf, und Mollison und Barbara folgten ihm. Lynley sagte: »Ihr Streit mit Fleming hatte mit dem Pakistani im Team von Middlesex nichts zu tun, nicht wahr?«

»Nein. Es ging um Gabbie«, bestätigte Mollison. »Darum ist Ken überhaupt nach Springburn gefahren. Er wollte mit ihr reden.«

»Sie wußten, daß er zu ihr fahren wollte?«

»Ja.«

»Und was passierte da draußen?«

»Das muß Gabbie Ihnen selbst erzählen«, antwortete Mollison.

Immerhin war Mollison bereit, sie über den Anlaß zu der Prügelei mit Kenneth Fleming aufzuklären. Die Geschichte mit dem Pakistani hatte er sich nur Allisons wegen ausgedacht, wie er sagte. Hätten sie das Gespräch am vergangenen Abend im Hausflur geführt, wie er vorgeschlagen hatte, so hätte er gleich die Wahrheit gesagt. Aber in Allisons Beisein hatte er das nicht wagen können.

Sie fuhren in Richtung Mayfair über den Eaton Square, wo die mit Stiefmütterchen und Tulpen bepflanzten Anlagen in der Mitte des Platzes in farbenfroher Pracht leuchteten. Als sie in den Grosvenor Place einbogen und an der Mauer entlangsausten, die den Park des Buckingham-Palasts vor den Blicken der Neugierigen abschirmte, fuhr Mollison zu sprechen fort.

Die Prügelei zwischen ihm und Fleming hatte tatsächlich auf

dem Parkplatz von *Lord's* stattgefunden. Angefangen hatte der Streit jedoch in der Bar – »in der im Pavillon, hinter dem *Long Room*. Der Barkeeper kann es Ihnen sicher bestätigen, wenn das nötig ist« –, wo Mollison und Fleming zusammen mit sechs oder sieben anderen Spielern in aller Freundschaft etwas getrunken hatten.

»Ich hatte Tequila«, sagte er. »Ein heimtückisches Gesöff. Das haut einen ganz plötzlich um. Es steigt einem zu Kopf, ehe man's überhaupt merkt. Und es löst einem die Zunge. Schneller, als man meint. Man sagt auf einmal Sachen, die man normalerweise nie sagen würde.«

Er habe, erzählte Mollison, Gerüchte gehört, Andeutungen hier und dort, über eine Liaison zwischen Fleming und Gabriella Patten. Er selbst habe nie etwas gesehen oder direkt mitbekommen. »Sie waren sehr vorsichtig, aber das ist Gabriellas Art. Sie hängt es nicht an die große Glocke, wenn sie sich einen Liebhaber nimmt.« Doch als die Sache ernst wurde, sich auf Heirat zubewegte, habe die Vorsicht der beiden nachgelassen. Man habe dies und das gesehen. Spekulationen angestellt. Mollison selbst habe verschiedenes gehört.

Mollison wußte selbst nicht recht, was ihn zu seiner Bemerkung verleitet hatte. Er hatte seit zwei Jahren nichts mehr mit Gabriella gehabt. Als ihre Affäre geendet hatte – okay, okay, als er Allison seine Sünden gebeichtet hatte, so daß er die Sache hatte beenden *müssen*, wenn er nicht seine Frau verlieren wollte –, war er erleichtert gewesen; nur seine Ehe war ihm wichtig gewesen. Dieses Gefühl hatte ungefähr zwei Monate angehalten, und in dieser Zeit war er Allison absolut treu gewesen. Keine Seitensprünge, nicht einmal zum Spaß. Aber dann bekam er Sehnsucht nach Gabbie. Die Sehnsucht war so stark, daß er, wenn er mit Allison zusammen war, meistens überhaupt keine Lust hatte ... Er versuchte zu schauspielern, aber gewisse Dinge konnte man als Mann nun mal nicht vortäuschen ... Er tröstete sich mit dem Gedanken, daß Gabbie ihn wahrscheinlich auch vermißte. Er war sogar ziemlich sicher, daß es so war, denn Hugh soff ja immer wie ein Loch und war dann im Bett eine Null. Und einen anderen hatte sie nicht. Jedenfalls glaubte er das. Nach einer Weile flaute die schlimmste Sehnsucht ein wenig ab. Er hatte hier und dort ein bißchen Spaß mit anderen Frauen, was sich in der Beziehung zu Allie durchaus positiv auswirkte, so daß er sich einreden konnte, sein Abenteuer mit Gabbie sei tatsächlich nichts anderes gewesen als eben das: ein Abenteuer.

Dann hörte er die Spekulationen über Fleming. Er hatte Kens häusliche Verhältnisse immer etwas seltsam gefunden, hatte jedoch angenommen, Fleming würde früher oder später, wenn er sich die Hörner abgestoßen hatte oder was immer, zu seiner Frau zurückkehren. So war das doch in den meisten Fällen, nicht wahr? Aber als getuschelt wurde, Fleming habe sich einen prominenten Anwalt genommen, um seine Scheidung zu betreiben; als ferner getratscht wurde, Hugh und Gabriella Patten lebten getrennt; und als er selbst schließlich im *Lord's* beobachtete, wie Fleming und Gabriella keinen Katzensprung vom Pavillon entfernt, wo alle Welt sie sehen konnte, Zärtlichkeiten tauschten – nun, er sei ja schließlich kein Dummkopf, nicht wahr?

»Ich war eifersüchtig«, bekannte er.

Er hatte Lynley in eine schmale, mit Kopfstein gepflasterte Straße dirigiert, die die südliche Grenze von Shepherd's Market bildete. Sie parkten vor einem Pub namens *Ye Grapes*, das ganz von Wein überwachsen war. Als sie ausgestiegen waren, blieb er an den Wagen gelehnt stehen, anscheinend entschlossen, seine Geschichte zu Ende zu bringen, ehe er sie zu ihrer Protagonistin führte. Barbara fuhr fort, sich Notizen zu machen; Lynley verschränkte die Arme und hörte unbewegten Gesichts zu.

»Ich hätte sie selbst haben können – heiraten, meine ich – und hatte sie nicht gewollt«, sagte Mollison. »Aber jetzt, wo ein anderer sie hatte ...« Er schüttelte den Kopf. »Dann kam der Tequila dazu. Ich dachte wieder daran, wie es mit ihr gewesen war. Ich stellte mir vor, wie sie das alles mit einem anderen tat. Noch dazu mit einem Typen, den ich kannte. Ich kam mir plötzlich blöd vor, daß ich sie so vermißt hatte. Wahrscheinlich hatte sie sich nach mir sofort den nächsten gesucht. Ich war vermutlich nur einer in einer ganzen Reihe Liebhaber, an deren Ende Fleming stand, der Dummkopf, den sie eingefangen hatte.«

Er hatte also an jenem Tag in der Bar nach einem Cricket-Spiel eine Bemerkung gemacht, die er in eine Frage kleidete; einen drastischen Spruch, der bewies, wie intim er Gabriella kannte. Wie genau er gelautet hatte, wollte er ihnen lieber nicht sagen, wenn sie nichts dagegen hätten. Er sei weder stolz auf die niedrigen Instinkte, die ihn geleitet hatten, noch auf den Mangel an Ritterlichkeit, der ihm gestattet hatte, sich so aufzuführen.

»Zuerst reagierte Ken überhaupt nicht«, berichtete Mollison. »Es war, als sprächen wir über zwei verschiedene Personen.« Also setzte Mollison noch einen drauf, indem er auf die Zahl von Cricket-Profis anspielte, die Gabriella schon genossen hatten.

Fleming ging. Aber er wartete auf dem Parkplatz. Und als Mollison kam, griff er ihn an.

»Er hat sich auf mich gestürzt«, berichtete Mollison. »Ich weiß nicht, ob er ihre Ehre verteidigen oder mich einfach fertigmachen wollte. Wie dem auch sei, er erwischte mich kalt, und wenn der Parkwächter nicht eingegriffen hätte, wäre *ich* wahrscheinlich der Mordfall, den Sie jetzt gerade untersuchen.«

»Und als Sie am Mittwoch abend mit ihm telefonierten«, sagte Lynley, »worum ging es da tatsächlich?«

»Oh, das war schon so, wie ich gesagt habe. Ich wollte mich entschuldigen. Es war ziemlich sicher, daß wir in der Nationalmannschaft gegen Australien zusammenspielen würden. Ich wollte kein böses Blut zwischen uns.«

»Wie reagierte er auf Ihr Friedensangebot?«

»Er sagte, ich solle mir keine Gedanken machen, die Sache sei schon vergessen. Im übrigen würde er heute abend mit Gabbie reinen Tisch machen.«

»Es hat ihn nicht mehr gekümmert?«

»Ich vermute, es hat ihn sehr stark gekümmert. Aber ich war sicherlich der letzte, mit dem er darüber reden wollte, meinen Sie nicht?« Mollison stieß sich vom Auto ab. »Gabbie kann Ihnen erzählen, wie sehr es ihn getroffen hat. Sie kann es Ihnen sogar zeigen.«

Er führte sie in die Shepherd Street und blieb vor einem Haus stehen, das nicht weit von der Stelle entfernt lag, an der Lynley den Bentley abgestellt hatte. Dort, gegenüber von einem Blumengeschäft mit einem Schaufenster voller Iris, Rosen, Narzissen und Nelken, läutete er neben einem Schild, das nur durch die Ziffer 4 gekennzeichnet war. Nachdem er einen Moment gewartet hatte, läutete er noch zweimal.

In dem kleinen Lautsprecher neben den Klingeln knackte und knisterte es. »Ich bin's, Guy«, rief Mollison. Ein Moment verstrich, dann summte der elektrische Türöffner. Mollison stieß die Tür auf. »Seien Sie nicht grob mit ihr«, sagte er zu Lynley und Barbara, als sie hineingingen. »Sie werden sehen, daß es gar nicht nötig ist.«

Er führte sie durch einen Korridor in den hinteren Teil des Hauses und dann eine kurze Treppe hinauf in den Zwischenstock. Dort wartete eine angelehnte Tür auf sie. »Gabbie?« rief Mollison, als er sie aufstieß.

»Hier drinnen«, lautete die Antwort. »Jean-Paul läßt gerade seine Aggressionen an mir aus. Au! Vorsichtig! Ich bin doch nicht aus Gummi.«

»Hier drinnen« war das Wohnzimmer gleich um die Ecke. Man hatte die Sessel an die Wand geschoben, um einer Massagebank Platz zu machen, auf der, bäuchlings ausgestreckt, eine junge Frau ruhte. Ihr sonnengebräunter Körper, zierlich, aber durchaus üppig gebaut, war teilweise von einem weißen Laken bedeckt. Sie lag mit abgewandtem Gesicht, den Blick vielleicht auf die Fenster gerichtet, die zu einem Hof hinausgingen.

»Warum hast du nicht vorher angerufen?« fragte sie mit schläfriger Stimme, während Jean-Paul, der von Kopf bis Fuß weiß gekleidet war, ihren rechten Oberschenkel bearbeitete. »Hm, das tut gut«, murmelte sie.

»Ich konnte nicht.«

»Wieso? Macht die schreckliche Allison wieder Schwierigkeiten?«

Mollison wurde rot. »Ich habe jemanden mitgebracht«, sagte er. »Du mußt mit ihnen sprechen, Gabbie. Tut mir leid.«

Langsam drehte sie den Kopf mit dem vollen honigblonden Haar in ihre Richtung. Der Blick der blauen Augen mit den dichten dunklen Wimpern wanderte von Mollison zu Havers und dann zu Lynley. »Und wer sind diese Herrschaften, die du da mitgebracht hast?« fragte sie, ohne Lynley aus den Augen zu lassen.

»Sie haben Kens Auto gefunden, Gabbie«, erklärte Mollison. Sein Daumen spielte nervös an seinem Finger. »Sie suchen dich. Sie haben schon angefangen, in Mayfair nachzuforschen. Es ist besser für uns beide, wenn –«

»Du meinst, es ist besser für dich.« Immer noch fixierte Gabriella Patten Lynley. Sie hob einen Fuß und drehte ihn. Jean-Paul schien das als Aufforderung zu verstehen. Er faßte zu und begann zu massieren, von den Zehen zum Ballen, über das Gewölbe zur Ferse. »Wunderbar«, murmelte sie. »Unter Ihren Händen werde ich butterweich, Jean-Paul.«

Jean-Paul blieb ganz sachlich. Seine Hand glitt ihr Bein hinauf, über das Knie zum Oberschenkel. »Stimmt nicht«, entgegnete er beinahe brüsk. »Fühlen Sie das, Madame Patten? Wie stark er sich innerhalb eines Monats verkrampft hat. Er ist steinhart. Schlimmer als vorher.« Er schnalzte mißbilligend mit der Zunge.

Lynley mußte lächeln. Jean-Paul gab besser Auskunft als ein Lügendetektor.

Abrupt schüttelte Gabriella die Hand des Masseurs ab. »Ich glaube, ich habe genug für heute.« Sie drehte sich herum, setzte sich auf und schwang die Beine von der Bank. Das Laken fiel auf ihre Hüften herab. Jean-Paul legte ihr hastig ein blütenweißes Handtuch um die Schultern. Sie schlang es sich ohne Eile nach Art eines Sarong um den Oberkörper. Während Jean-Paul die Massagebank zusammenklappte und die Sessel wieder an ihre Plätze schob, ging Gabriella zu einem Tisch, der inmitten ihrer Gäste stand. Aus einer schweren Glasschale mit Früchten nahm sie eine Orange und grub ihre manikürten Fingernägel in die Haut der Frucht. Eine Duftwolke stieg in die Luft. Gabriella begann die Schale zu entfernen und sagte leise zu Mollison: »Danke, Judas.«

»Aber Gabbie!« beklagte sich Mollison. »Was hätte ich denn tun sollen?«

»Keine Ahnung. Warum fragst du nicht deine Leibanwältin? Die würde dich sicher mit Vergnügen beraten.«

»Du kannst nicht ewig hierbleiben.«

»Das wollte ich auch gar nicht.«

»Und sie müssen mit dir sprechen. Sie müssen wissen, was passiert ist. Damit sie den Dingen auf den Grund gehen können.«

»Ach, wirklich? Und wann hast du dich entschlossen, den Zuträger zu spielen, hm?«

»Gabbie, erzähl ihnen einfach, was geschehen ist, als Ken nach Springburn kam. Erzähl ihnen, was du mir erzählt hast. Mehr wollen sie doch gar nicht wissen.«

Einen Moment lang starrte Gabriella Mollison trotzig an. Dann senkte sie den Kopf und widmete sich der Orange in ihrer Hand. Ein Stück Schale fiel ihr aus der Hand, und sie und Mollison bückten sich gleichzeitig danach. Er war etwas schneller. Sie legte ihre Hand auf die seine. »Guy«, sagte sie drängend.

»Es wird schon werden«, murmelte er tröstend. »Glaub mir. Du brauchst ihnen nur die Wahrheit zu sagen. Tust du das?«

»Wenn ich mit ihnen rede, bleibst du dann hier?«

»Das haben wir doch schon besprochen. Ich kann nicht. Das weißt du.«

»Ich meine doch nicht hinterher. Ich meine, jetzt. Solange sie hier sind. Bleibst du?«

»Allison denkt, ich bin im Sportzentrum. Ich konnte ihr ja nicht sagen, wohin... Gabbie, ich muß nach Hause.«

»Bitte«, drängte sie. »Laß mich jetzt nicht allein. Ich weiß nicht, was ich sagen soll.«

»Sag einfach die Wahrheit.«

»Hilf mir. Bitte.« Ihre Hand glitt von seiner Hand zu seinem Arm. »Bitte«, wiederholte sie. »Es dauert ja nicht lang, Guy.«

Es schien, als gelänge es Mollison nur mit einer enormen Willensanstrengung, seinen Blick von ihr loszureißen. »Aber ich kann nicht länger als eine halbe Stunde«, sagte er.

»Danke«, hauchte sie. »Ich zieh mir nur rasch was über.« Sie hastete an ihnen vorbei und verschwand in einem anderen Zimmer.

Jean-Paul machte sich diskret auf den Weg. Die anderen gingen weiter ins Wohnzimmer hinein. Barbara ließ sich in einen der beiden Sessel fallen, die unter den Fenstern standen. Sie schob ihre Umhängetasche von der Schulter und stellte sie auf den Boden, schlug dann die Beine übereinander, indem sie den Knöchel des einen auf dem Knie des anderen ablegte. Sie sah Lynley und verdrehte die Augen. Lynley lächelte. Barbara hatte bisher vorbildliche Selbstbeherrschung geübt. Gabriella Patten war die Sorte Frau, die Barbara am liebsten mit der Fliegenklatsche erschlagen würde.

Mollison spazierte zum offenen Kamin und spielte an den Seidenblättern einer künstlichen Schusterpalme. Er musterte sich in dem Spiegel über dem Sims. Dann trat er zum Bücherregal und vertiefte sich in die Betrachtung einer Sammlung von Taschenbüchern, in der vor allem Dick Francis, Jeffrey Archer und Nelson DeMille vertreten waren. Er kaute einen Moment auf seinen Fingernägeln, ehe er sich nach Lynley umdrehte.

»Es ist nicht so, wie es aussieht«, sagte er impulsiv.

»Was ist nicht so?«

Er wies mit einer Kopfbewegung zur Tür. »Der Typ. Daß er hier war. Das wirft ein schlechtes Licht auf sie. Aber es bedeutet nicht das, was Sie glauben.«

Lynley schwieg, um abzuwarten, worauf Mollison hinauswollte. Er ging zum Fenster und sah in den Hof hinaus, wo auf dem Rand eines Springbrunnens zwei kleine Vögel wippten.

»Es geht ihr nahe.«

»Was?« fragte Barbara.

»Kens Tod. Sie tut so, als berühre er sie nicht. Das ist wegen Mittwoch abend. Wegen der Dinge, die er zu ihr gesagt und die er ihr angetan hat. Sie ist verletzt, aber sie möchte es nicht zeigen. Ginge es Ihnen nicht auch so?«

»Tja, ich denke, wenn's um Mord geht, wäre ich sehr vorsichtig«, sagte Barbara. »Besonders, wenn ich die letzte wäre, die das Opfer lebend gesehen hat.«

»Sie hat nichts getan. Sie ist gegangen. Und sie hatte allen Grund dazu, wenn Sie es genau wissen wollen.«

»Eben darum sind wir hier – *weil* wir es genau wissen wollen.«

»Gut«, sagte Gabriella Patten, die in schwarzen Leggings und einem bunten Oberteil mit dünnen Trägern, über dem sie eine flatternde Seidenjacke trug, an der Tür zum Wohnzimmer stand. »Sie werden alles erfahren.« Sie schlenderte zum Sofa, setzte sich und schlüpfte aus ihren schwarzen Sandalen. Dann zog sie die Füße mit den lackierten Zehennägeln hoch, kuschelte sich in die Sofaecke und sah Mollison mit einem flüchtigen Lächeln an.

»Möchtest du etwas, Gabbie?« fragte er. »Tee? Kaffee? Eine Cola?«

»Es reicht mir, daß du hier bist. Danke dir.« Sie klopfte mit der Hand auf den freien Platz neben sich. »Würdest du dich zu mir setzen?«

Mollison kam vom Bücherregal herüber und ließ sich in wohlberechnetem Abstand, wie es schien, neben ihr nieder; nahe genug, um sie fühlen zu lassen, daß er für sie da war; gleichzeitig aber außer Reichweite. Lynley fragte sich, wen dieser Abstand beeindrucken sollte: die Polizei oder Gabriella selbst? Sie nämlich schien ihn gar nicht zu bemerken. Sie richtete sich auf und wandte sich Lynley und Barbara zu.

»Sie wollen wissen, was am Mittwoch abend passiert ist«, sagte sie.

»Für den Anfang, ja«, bestätigte Lynley. »Vielleicht müssen wir aber noch weiter fragen.«

»Es gibt nicht viel zu erzählen. Ken kam nach Springburn. Wir hatten einen schlimmen Streit. Ich bin gegangen. Ich habe keine Ahnung, was danach geschah. Mit Ken, meine ich.« Sie stützte den Kopf mit den weichen blonden Locken in die offene Hand und hielt den Blick auf Barbara gerichtet, die in ihrem Heft blätterte. »Ist das nötig?« fragte sie.

Barbara blätterte weiter. Sie fand die gesuchte Seite, leckte die Spitze ihres Bleistifts und begann zu schreiben.

»Ich sagte –«, begann Gabriella.

»Sie hatten einen Streit mit Fleming. Sie sind gegangen«, murmelte Barbara, während sie schrieb. »Um welche Zeit war das?«

»Müssen Sie das alles aufschreiben?«

»Es ist das beste Mittel, um alles wortgetreu zu behalten.«

Gabriella sah Lynley an, als warte sie auf sein Eingreifen. Doch er tat ihr den Gefallen nicht, sondern fragte ebenfalls: »Nun, Mrs. Patten, um welche Zeit war das?«

Sie zögerte mit gerunzelter Stirn. »Das kann ich nicht genau sagen«, antwortete sie dann. »Ich habe nicht auf die Uhr gesehen.«

»Du hast mich irgendwann gegen elf angerufen, Gabbie«, half Mollison. »Aus der Zelle in Greater Springburn. Ihr müßt also den Streit vorher gehabt haben.«

»Um welche Zeit kam Fleming denn bei Ihnen im Haus an?« fragte Lynley.

»Halb zehn? Zehn? Ich weiß es nicht genau. Ich hatte einen Spaziergang gemacht, und als ich zurückkam, war er da.«

»Sie wußten nicht, daß er kommen würde?«

»Ich dachte, er wollte nach Griechenland fliegen. Mit diesem –« sie arrangierte sorgfältig die schwarze Seidenjacke –, »mit seinem Sohn. Er hatte mir gesagt, James habe Geburtstag, und er müsse sich mit ihm aussprechen. Deshalb wollte er mit ihm nach Athen fliegen und dort ein Boot mieten.«

»Er wollte sich mit ihm aussprechen?«

»Der Junge war sehr antigonistisch gegen ihn eingestellt.«

»Wie bitte?«

»Er war feindselig.«

»Ach so.« Lynley sah, wie Barbaras Mund »antigonistisch« formte, während sie gewissenhaft mitschrieb. Dieses fehlerhafte Fremdwort aus dem Mund einer Gabriella Patten war für sie ein gefundenes Fressen. »Und welchen Grund hatte diese Feindseligkeit?« fragte er.

»James konnte sich nicht damit abfinden, daß Ken seine Mutter verlassen hatte.«

»Das hat Ihnen Fleming erzählt?«

»Das brauchte er gar nicht. James war seinem Vater gegenüber die Feindseligkeit in Person, und man brauchte wirklich keine psychologische Ausbildung, um zu verstehen, warum. Kinder klammern sich doch immer an die Hoffnung, daß ihre getrennten Eltern wieder zusammenkommen.« Sie bohrte den Zeigefinger in die Brust. »Ich war der Eindringling, Inspector. James wußte von mir. Ihm war klar, was meine Anwesenheit im

Leben seines Vaters bedeutete. Das paßte ihm nicht, und das gab er seinem Vater auf jede erdenkliche Art zu verstehen.«

Barbara sagte: »Jimmys Mutter behauptet, der Junge habe nicht gewußt, daß sein Vater die Absicht hatte, Sie zu heiraten. Sie sagt, keines der Kinder habe davon gewußt.«

»Dann sagt sie nicht die Wahrheit«, entgegnete Gabriella. »Ken hat es den Kindern erzählt. Und seiner Frau auch.«

»Soweit *Sie* das wissen.«

»Was wollen Sie damit sagen?«

»Waren Sie dabei, als er es seiner Frau und seinen Kindern mitteilte?« fragte Lynley.

»Ich hatte weder das Bedürfnis, mich in aller Öffentlichkeit darüber zu freuen, daß Ken seine Ehe beenden wollte, um mit mir zusammensein zu können, noch verspürte ich das Bedürfnis, bei einem Familiengespräch dabeizusein, um mich zu vergewissern, daß er wirklich reinen Tisch machte.«

»Und insgeheim?«

»Was?«

»Haben Sie sich insgeheim gefreut?«

»Bis Mittwoch abend war ich verrückt nach ihm. Ich hatte die Absicht, ihn zu heiraten. Ich müßte lügen, wollte ich behaupten, ich sei nicht froh gewesen, als ich erfuhr, daß er die nötigen Schritte unternommen hatte, um eine Ehe zwischen uns zu ermöglichen.«

»Und wieso änderte sich das am Mittwoch abend?«

Sie wandte ein wenig den Kopf ab. »Es gibt Dinge, die, wenn sie zwischen einem Mann und einer Frau ausgesprochen werden, unheilbaren Schaden an der Beziehung anrichten.«

»Mehr Inhalt, wen'ger Kunst«, lachte Lynley. Doch er sagte: »Ich muß Sie bitten, ins Detail zu gehen, Mrs. Patten. Mr. Fleming kam also um halb zehn oder zehn bei Ihnen an. Begann der Streit sofort, oder entwickelte er sich allmählich?«

Sie hob den Kopf. Kreisrunde rote Flecken brannten auf ihren Wangen. »Ich verstehe nicht, wozu es gut sein soll, das alles jetzt noch einmal bis ins kleinste zu erörtern.«

»Das zu beurteilen, sollten Sie vielleicht uns überlassen«, entgegnete Lynley. »Also, begann der Streit sofort?«

Sie antwortete nicht. Mollison sagte: »Gabbie, sag es ihm doch. Es ist ganz in Ordnung. Erzähl ihm alles. Du brauchst keine Angst zu haben, daß du in ein schlechtes Licht gerätst.«

Sie lachte kurz und atemlos. »Das denkst *du*, weil ich dir nicht alles erzählt habe. Ich konnte es nicht, Guy. Und jetzt alles sagen zu müssen ...« Sie strich sich mit den Fingerspitzen über die Augen, und ihre Lippen zitterten.

»Wäre es dir lieber, wenn ich ginge?« fragte Mollison. »Oder ich könnte auch im anderen Zimmer warten. Oder draußen –«

Sie neigte sich zu ihm und ergriff seine Hand. Er rückte ein wenig näher an sie heran. »Nein«, hauchte sie. »Du gibst mir Kraft. Bleib. Bitte.« Sie hielt fest seine Hand und holte tief Atem. »Also gut«, sagte sie und begann.

Sie hatte einen langen Spaziergang gemacht. Das gehörte zu ihren täglichen Gewohnheiten, einen morgens, den anderen abends. An diesem Abend war sie mindestens neun bis zehn Kilometer marschiert, schnell und ohne Rast. Als sie zum Haus zurückgekommen war, hatte sie Ken Flemings Lotus in der Auffahrt vorgefunden.

»Wie ich schon sagte, ich dachte, er sei mit James nach Griechenland geflogen. Ich war deshalb überrascht, seinen Wagen zu sehen. Aber ich habe mich auch gefreut, weil wir uns seit dem vorhergehenden Samstag abend nicht mehr getroffen hatten und ich überhaupt nicht damit gerechnet hatte, ihn vor seiner Rückkehr aus Griechenland am Sonntag abend wiederzusehen.«

Sie ging ins Haus und rief seinen Namen. Er war oben in der Toilette. Dort kniete er auf dem Boden und wühlte im Müll. Das gleiche hatte er bereits in der Küche und im Wohnzimmer getan und die ausgeleerten Abfalleimer beziehungsweise Papierkörbe zurückgelassen.

»Was hat er denn gesucht?« fragte Lynley.

Genau diese Frage hatte auch Gabriella ihm gestellt. Zuerst wollte Fleming ihr keine Antwort geben. Er sprach überhaupt kein einziges Wort, sondern durchwühlte nur stumm und wie rasend den Abfall. Als er damit fertig war, rannte er ins Schlafzimmer und riß den Überwurf und die Decke vom Bett. Er inspizierte die Laken. Dann lief er ins Eßzimmer hinunter, nahm die Flaschen mit den alkoholischen Getränken von dem antiken Waschtisch, auf dem sie untergebracht waren, stellte sie in Reih und Glied auf dem Tisch auf und prüfte genau, wieviel Flüssigkeit jede Flasche noch enthielt. Nach Abschluß dieser Untersuchung – währenddessen Gabriella unaufhörlich fragte, was er denn suche, was los sei, was passiert sei – kehrte er in die Küche zurück und ging noch einmal die Abfälle durch.

»Ich fragte ihn, ob er etwas verloren habe«, berichtete Gabriella. »Er wiederholte meine Frage und lachte.«

Dann war er aufgestanden, hatte den Müll mit dem Fuß zur Seite geschoben und Gabriella beim Arm gepackt. Er verlangte zu wissen, wer im Haus gewesen sei. Er sagte, Gabriella sei seit Sonntag morgen allein gewesen, jetzt sei es Mittwoch abend, und man könne ja wohl nicht erwarten, daß sie volle vier Tage ohne männliche Gesellschaft überleben würde. Das sei ja wohl bisher nicht vorgekommen, nicht wahr? Wer ihr also in diesen vier Tagen zu Füßen gelegen war? Ehe sie antworten oder ihre Unschuld beteuern konnte, stürmte er aus dem Haus und rannte durch den Garten zum Komposthaufen, den er nun ebenfalls zu durchwühlen begann.

»Er war wie wahnsinnig. Ich hatte so etwas noch nie erlebt. Ich bat ihn, mir doch wenigstens zu sagen, was er suche, damit ich ihm helfen könne, und er sagte ...« Sie drückte Mollisons Hand, die sie immer noch umschlossen hielt, an ihre Wange und schloß die Augen.

»Es ist ja gut, Gabbie«, redete Mollison ihr gut zu.

»Nein, ist es nicht«, flüsterte sie. »Sein Gesicht war so verzerrt, daß ich ihn kaum wiedererkannte. Ich schreckte richtiggehend vor ihm zurück. ›Was ist denn nur, Ken?‹ sagte ich. ›Bitte, was ist los? Kannst du es mir nicht sagen? Du mußt es mir sagen.‹ Und da – da ist er aufgesprungen. Er schoß in die Höhe wie ein Pfeil.«

Fleming zählte die Tage auf, die sie getrennt gewesen waren. »Sonntag nacht, Montag nacht, Dienstag nacht, Gabriella«, sagte er. Ganz abgesehen von den Morgen und den Nachmittagen dazwischen. Da habe sie ja wirklich Zeit genug gehabt, erklärte er. Wozu, fragte Gabriella verzweifelt, wozu denn nur? Er lachte und erwiderte, sie habe genug Zeit gehabt, um sämtliche Spieler von Middlesex zu bedienen und die Hälfte von Essex noch dazu. Und sie sei ja eine ganz Schlaue, wie? Das Beweismaterial habe sie vernichtet, wenn es das überhaupt gegeben habe. Denn vielleicht verlange sie ja von den anderen nicht die gleiche Rücksichtnahme auf ihr Bedürfnis nach Schutz und Sicherheit wie von Fleming. Vielleicht dürften die anderen sich ihrer Freizügigkeit ja ohne Gummi erfreuen. War es so, Gabriella? Man verlangt von dem guten Ken, daß er ein Kondom nimmt, um ihm zu zeigen, wie vorsichtig die kleine Gabriella bei der Liebe ist, und dabei kriegen's die anderen ganz ohne Bedingungen.

»Darum hat er den Müll durchgesehen ... Er suchte tatsächlich ... als ob ...« Gabriella stockte.

»Ich glaube, wir haben verstanden.« Barbara klopfte mit dem Bleistift an ihre Schuhsohle. »Hat dieser Streit eigentlich draußen im Freien stattgefunden?«

Dort hatte er angefangen, wie Gabriella ihnen berichtete. Fleming hatte sie beschuldigt. Sie hatte die Anschuldigungen zurückgewiesen. Doch ihre Beteuerungen hatten ihn nur noch wütender gemacht. Daraufhin hatte sie erklärt, sie lehne es ab, über derart lächerliche Vorwürfe noch weiter zu sprechen, und war ins Haus gegangen. Er folgte ihr. Sie versuchte, ihn auszusperren, aber er hatte natürlich seinen eigenen Schlüssel. Sie lief ins Wohnzimmer und schob dort einen Stuhl unter die Türklinke. Aber das nützte gar nichts. Fleming sprengte die Tür mit der Schulter auf. Der Stuhl kippte um, und er war drinnen. Gabriella zog sich mit einem der Schürhaken in der Hand in eine Ecke zurück. Sie warnte Fleming, ja nicht näher zu kommen. Er achtete gar nicht auf sie.

»Ich glaubte, ich könnte zuschlagen«, sagte sie. »Aber als es dann soweit war, sah ich nur das Blut vor mir und wie er aussehen würde, wenn ich es wirklich täte.« Sie zögerte daher, als Fleming sich ihr näherte. Sie warnte ihn nochmals, sich ihr ja nicht weiter zu nähern. Sie hob den Schürhaken. »Und da wurde er plötzlich ganz vernünftig«, sagte sie.

Er entschuldigte sich. Er bat sie, ihm den Schürhaken zu geben. Er versprach, ihr nichts anzutun. Er sagte, er habe Gerüchte gehört. Man habe ihm einiges über sie erzählt. Das alles sei ihm ständig im Kopf herumgegangen. Sie fragte, was er denn gehört habe, was man ihm erzählt habe. Sie forderte ihn auf, es ihr zu sagen, damit sie sich wenigstens verteidigen oder ihm alles erklären könnte. Er fragte, ob sie ihm die Wahrheit sagen würde, wenn er ihr einen Namen nenne.

»Er tat mir auf einmal so leid«, sagte Gabriella. »Er wirkte so hilflos und gebrochen. Ich habe den Schürhaken weggelegt und ihm gesagt, daß ich ihn liebe und alles tun würde, um ihm zu helfen, diese Krise, in der er sich befand, zu überwinden.«

Daraufhin hatte er Mollisons Namen genannt. Als erstes, hatte er gesagt, wolle er wissen, was es mit Mollison auf sich habe. Sie hatte die Worte »als erstes« verwundert wiederholt. Sie fragte ihn, was er damit meine. Und diese Frage hatte ihn von neuem in Rage gebracht.

»Er glaubte, ich hätte Dutzende von Liebhabern gehabt. Seine Anschuldigungen machten mich wütend. Also gab ich mit gleicher Münze heraus und machte meinerseits ein paar Bemerkungen. Über ihn und Miriam. Daraufhin eskalierte der Streit.«

»Was veranlaßte Sie schließlich, das Haus zu verlassen?« fragte Lynley.

»Das hier.« Sie hob die dichte Masse ihres Haars. An beiden Seiten des Halses hatte sie blaue Male, die wie wäßrige Tintenflecke aussahen. »Ich war sicher, er würde mich umbringen. Er war völlig außer sich.«

»Wegen Mrs. Withelaw?«

Nein. Diese Anschuldigung Gabriellas hatte er als völlig lächerlich abgetan. Ihm ging es um Gabriellas Vergangenheit. Wie oft sie Hugh betrogen habe? Mit wem? Wo? Wie es zu den Intimitäten gekommen sei? Denn du brauchst mir gar nicht weiszumachen, es sei nur Mollison gewesen, warnte er sie. Das brauchst du gar nicht erst zu versuchen. Ich habe mich in den letzten drei Tagen umgehört. Ich weiß Namen. Ich weiß Orte. Sieh also zu, daß du mir die Wahrheit sagst.

»Das ist meine Schuld«, warf Mollison ein. Mit der freien Hand strich er Gabriella über das Haar, so daß es wieder die Würgemale am Hals verdeckte.

»Und meine.« Gabriella hob Mollisons Hand ein zweites Mal an ihren Mund, während sie sprach. »Nach unserer Trennung war ich nicht mehr ich selbst, Guy. Ich habe genau das getan, wessen er mich beschuldigte. Oh, natürlich bei weitem nicht alles. Ich meine, wenn ich all das hätte anstellen wollen, was er mir vorgeworfen hat, hätte ich ja für nichts anderes mehr Zeit gehabt. Aber manches habe ich getan, ja. Und ich hatte auch mehrere Liebhaber. Weil ich so verzweifelt war. Meine Ehe war eine Farce. Ich hatte solche Sehnsucht nach dir, daß ich am liebsten gestorben wäre. Mir war alles völlig gleichgültig.«

»Oh, Gabbie«, murmelte Mollison.

»Es tut mir leid.« Sie ließ die Hände in den Schoß sinken und sah ihn mit einem bebenden Lächeln an. Mollison wischte eine Träne fort, die ihre Wange herabrann.

Barbara störte die zärtliche Szene. »Okay, er hat Sie gewürgt. Sie haben sich losgerissen und sind abgehauen.«

»Ja. So war es.«

»Warum haben Sie seinen Wagen genommen und nicht Ihren?«

»Weil er meinen blockierte.«

»Er ist Ihnen nicht nachgelaufen?«

»Nein.«

»Wie sind Sie an seine Schlüssel gekommen?«

»Schlüssel?«

»Die Autoschlüssel.«

»Er hatte sie in der Küche liegengelassen. Ich nahm sie an mich, weil ich nicht wollte, daß er mich verfolgte. Als ich dann rauskam, sah ich, daß der Lotus im Weg stand. Also hab ich einfach seinen Wagen genommen. Ich habe danach nichts mehr von ihm gehört oder gesehen.«

»Und die Katzen?« fragte Lynley.

Sie sah ihn perplex an. »Die Katzen?«

»Soviel ich weiß, haben Sie doch zwei junge Katzen.«

»O Gott, die Katzen habe ich ganz vergessen. Sie lagen in der Küche und schliefen, als ich losging, um meinen Abendspaziergang zu machen.« Zum erstenmal sah sie wirklich bekümmert aus. »Dabei wollte ich mich doch um sie kümmern. Ich hatte es mir fest vorgenommen, als ich sie an der Quelle fand. Ich war entschlossen, sie unter keinen Umständen im Stich zu lassen. Und dann bin ich einfach davongelaufen und –«

»Du hattest Todesangst«, fiel Mollison ihr ins Wort. »Du bist um dein Leben gerannt. Kein Mensch kann erwarten, daß du unter solchen Umständen sämtliche Folgen deines Tuns bedenkst.«

»Aber darum geht es doch nicht. Sie waren völlig hilflos, und ich habe sie im Stich gelassen, weil ich nur an mich gedacht habe.«

»Sie werden schon wieder auftauchen«, meinte Mollison. »Irgend jemand wird sie gefunden haben, wenn sie nicht im Haus waren.«

»Wohin sind Sie gefahren, als Sie das Haus verließen?« fragte Lynley.

»Direkt nach Greater Springburn«, antwortete sie. »Von dort aus habe ich Guy angerufen.«

»Wie lang dauert die Fahrt?«

»Eine Viertelstunde.«

»Ihr Streit mit Fleming zog sich also über eine Stunde hin?«

»Über eine Stunde?« Gabriella sah Mollison verwirrt an.

»Wenn er um halb zehn oder zehn kam und Sie erst nach elf bei Mr. Mollison angerufen haben, bleibt mehr als eine Stunde«, erklärte Lynley.

»Dann müssen wir so lange gestritten haben, ja. So wird es wohl gewesen sein.«

»Sie haben nicht noch etwas anderes getan?«

»Was soll das heißen?«

»Im Küchenschrank lag eine Packung Silk Cut«, antwortete Lynley. »Rauchen Sie, Mrs. Patten?«

Mollison wurde sichtlich unruhig. »Sie können doch nicht glauben, daß Gabriella –«

»Rauchen Sie, Mrs. Patten?«

»Nein.«

»Woher kommen die Zigaretten dann? Uns hat man gesagt, daß Fleming Nichtraucher war.«

»Die Zigaretten gehören mir. Ich habe früher geraucht, aber

seit fast vier Monaten aufgehört. Vor allem Kens wegen. Er wollte es gern. Aber ich habe immer eine Packung griffbereit, für den Fall, daß ich dringend eine Zigarette brauche. Ich finde, es ist leichter, der Versuchung zu widerstehen, wenn sie gleich nebenan liegen. Da ist das Verbot irgendwie nicht so hart.«

»Sie hatten also nicht noch eine zweite Packung? Die schon geöffnet war?«

Sie sah von Lynley zu Barbara, richtete ihren Blick dann wieder auf Lynley. Sie schien die Frage erst einordnen zu müssen.

»Sie glauben doch nicht, daß ich ihn getötet habe?« rief sie. »Sie denken doch nicht, daß ich ein Feuer gelegt habe? Wie hätte ich das denn anstellen sollen? Er war doch da. Er tobte. Glauben Sie etwa, er hätte eine kleine Pause eingelegt und sich zurückgezogen, damit ich – was soll ich denn eigentlich getan haben?«

»Haben Sie hier auch eine Packung Zigaretten liegen?« fragte Lynley. »Um es sich zu erleichtern, der Versuchung zu widerstehen?«

»Ja. Eine ungeöffnete Packung. Möchten Sie sie sehen?«

»Bevor wir gehen, ja.« Gabriella fuhr hoch, doch Lynley sprach schon weiter. »Was geschah, nachdem Sie Mr. Mollison angerufen und mit ihm vereinbart hatten, daß Sie diese Wohnung benutzen konnten?«

»Ich bin in den Wagen gestiegen und hierhergefahren«, erwiderte sie.

»Hat jemand Sie hier erwartet?«

»In der Wohnung? Nein.«

»Es kann also niemand Ihre Ankunftszeit bestätigen.«

Ihre Augen blitzten zornig. »Ich habe den Nachtportier geweckt. Er hat mir den Schlüssel gegeben.«

»Und er lebt allein? Der Nachtportier?«

»Was spielt das für eine Rolle, Inspector?«

»Hat Fleming am Mittwoch abend Ihre Beziehung beendet, Mrs. Patten? War das der Ausgang des Streits? Waren Ihre Hoffnungen auf eine neue Ehe dahin?«

»Moment mal!« rief Mollison hitzig.

»Nein, Guy, laß!« Gabriella ließ Mollisons Hand los. Sie drehte sich ein Stück herum, so daß sie Lynley direkt ins Gesicht sehen konnte. Ihre Worte klangen hölzern: »Ken beendete die Beziehung. Ich beendete die Beziehung. Was zählt das? Es war aus. Ich haute ab. Ich telefonierte mit Guy. Ich fuhr nach London. Ich kam gegen Mitternacht hier an.«

»Kann das jemand bestätigen? Außer dem Nachtportier«, der, so meinte Lynley, wahrscheinlich mit Freuden jede Behauptung Gabriellas bestätigen würde.

»O ja. Das kann noch jemand bestätigen.«

»Wir brauchen den Namen.«

»Den gebe ich Ihnen gern. Miriam Whitelaw. Fünf Minuten, nachdem ich hier war, habe ich sie angerufen.« Ein Lächeln des Triumphs flog über ihr Gesicht, als sie Lynleys Verblüffung sah.

Ein Doppelalibi, dachte er. Für jede eines.

13

Barbara Havers stand in Shepherd's Market neben dem Bentley und zerteilte ein Blaubeertörtchen in zwei Hälften. Während Lynley mit dem Yard telefonierte, war sie ins Café gegenüber gegangen und mit zwei dampfenden Styroporbechern, die sie auf die Motorhaube des Wagens stellte, und einer Papiertüte, aus der sie ihren Vormittagsimbiß zog, zurückgekehrt.

»Bißchen früh fürs zweite Frühstück, aber was macht das schon«, meinte sie und bot Lynley die eine Hälfte des Törtchens an.

Der winkte ab. »Um Himmels willen, passen Sie auf den Wagen auf, Sergeant!« knurrte er und konzentrierte sich wieder auf den Bericht Constable Nkatas, der gerade schilderte, wie die Beamten, die auf die Isle of Dogs und nach Kensington abkommandiert worden waren, es schafften, den Journalisten aus dem Weg zu gehen, die, mit Nkatas Worten, »wie ein Schwarm Aasgeier« herumschwirrten.

Es gab nichts von entscheidender Bedeutung von den beiden Schauplätzen zu melden, ebensowenig aus Little Venice, wo ein weiteres Team Recherchen über die Aktivitäten von Olivia Whitelaw und Chris Faraday in der Nacht von Mittwoch auf Donnerstag anstellte.

»Aber die ganze Familie sitzt in der Cardale Street«, meinte Nkata.

»Der Junge auch?« fragte Lynley. »Jimmy?«

»Soweit wir wissen, ja.«

»Gut. Wenn er weggeht, dann behalten Sie ihn im Auge.«

»In Ordnung, Inspector.« Das Geräusch raschelnden Papiers war über die Leitung zu hören, dann sagte Nkata: »Maidstone hat übrigens angerufen. Eine Frau. Sie hat gesagt, Sie sollen zurückrufen.«

»Inspector Ardery?«

Wieder Rascheln. »Richtig. Ardery. Ist die so sexy, wie sie sich anhört?«

»Sie ist zu alt für Sie, Winston.«

»Ach, Mist. Es ist doch immer das gleiche.«

Lynley beendete das Gespräch und gesellte sich zu Barbara. Er kostete den Kaffee, den sie besorgt hatte. »Havers, der schmeckt ja grauenhaft.«

Barbara versetzte mit vollem Mund: »Aber er ist naß.«

»Das ist Motoröl auch, aber ich trinke es trotzdem nicht.«

Barbara wies kauend mit ihrem Becher in die Richtung, aus der sie gekommen waren. »Und – was denken Sie?«

»Das ist im Moment die Preisfrage«, erwiderte Lynley, in Gedanken bei ihrem Gespräch mit Gabriella Patten.

»Nach dem Telefongespräch können wir Mrs. Whitelaw fragen«, sagte Barbara. »Wenn die Patten wirklich am Mittwoch gegen Mitternacht in Kensington angerufen hat, muß sie es von der Wohnung aus getan haben. Der Portier hat die Zeit bestätigt, zu der sie den Schlüssel geholt hat. Damit ist sie aus dem Rennen. Sie kann nicht an zwei Orten zugleich gewesen sein – in Kent beim Zündeln und in London beim Telefonieren mit Mrs. Whitelaw. Ich denke, das übersteigt sogar Gabriellas beträchtliche Talente.«

Und daß es ihr weder an besonderen Gaben noch an dem Willen, sie einzusetzen, mangelte, hatten sie beide erlebt.

»Ich bleibe eine Weile hier«, hatte Guy Mollison ohne merkliche Verlegenheit nach dem Gespräch gesagt, als er Lynley und Barbara hinausgebracht und die Wohnungstür hinter sich angelehnt hatte. »Das alles hat sie sehr mitgenommen. Sie braucht jetzt einen Freund. Wenn ich ihr helfen kann ... Immerhin habe ich eine Menge zu der Geschichte beigetragen. Wenn ich den Ärger mit Ken nicht angezettelt hätte ... Ich bin ihr das einfach schuldig.« Er sah über seine Schulter zur Tür zurück und leckte sich mit der Zunge die Lippen, bevor er sagte: »Sie ist völlig durcheinander über seinen Tod. Sie braucht jetzt jemanden, mit dem sie reden kann. Das sieht man doch.«

Lynley staunte über die Fähigkeit des Mannes zur Selbsttäuschung. Dabei waren sie beide Zeugen derselben Vorstellung geworden. Immer noch in die Sofaecke gekuschelt – Kopf und Schultern zurückgeworfen, die Hände gefaltet –, hatte Gabriella ihnen von ihrem Telefongespräch mit Miriam Whitelaw und dem, was dazu geführt hatte, berichtet.

»Die Frau ist eine totale Heuchlerin«, sagte sie. »Sie tat immer zuckersüß, wenn sie Ken und mich zusammen sah. Aber sie hat mich gehaßt, sie wollte nicht, daß er mich heiratet, sie fand, ich sei nicht gut genug für ihn. Nach Miriams Meinung war niemand gut genug für Ken. Außer sie selbst natürlich.«

»Sie bestreitet, daß sie ein Verhältnis hatten.«

»Natürlich hatten sie kein Verhältnis«, bestätigte Gabriella. »Aber nicht, weil sie's nicht versucht hat, das können Sie mir glauben.«

»Das hat Fleming Ihnen erzählt?«

»Das mußte er gar nicht. Ich brauchte nur hinzuschauen. Wie sie ihn immer anhimmelte, wie sie ihn behandelte, wie sie an seinen Lippen hing. Es war zum Kotzen. Und hinter seinem Rücken nörgelte sie dauernd an mir herum. An uns. Alles unter dem Vorwand, es ginge ihr einzig um Kens Wohl. Und immer hatte sie dieses widerliche, klebrige kleine Lächeln im Gesicht. ›Gabriella, nehmen Sie es mir bitte nicht übel. Ich möchte Sie wirklich nicht in Verlegenheit bringen ...‹, und dann ging's los.«

»In Verlegenheit weswegen?«

»›Wollten Sie wirklich gerade dieses Wort gebrauchen, Kind?‹« Sie gab eine Imitation von Miriam Whitelaws kultivierter Stimme, die gar nicht so schlecht war. »›Ach, das ist aber ein interessanter Standpunkt, den Sie da vertreten. Haben Sie zu diesem Thema schon etwas gelesen? Ken ist ein passionierter Leser, müssen Sie wissen.‹«

Lynley verstand genau, was Gabriella sagen wollte.

»›Sie möchten doch sicher, daß Ihre Ehe mit Ken von Dauer sein wird, nicht wahr, Kind? Dann werden Sie es mir gewiß nicht übelnehmen, wenn ich Ihnen sage, wie wichtig es ist, daß Mann und Frau sich auch auf einer gemeinsamen intellektuellen Ebene treffen und nicht nur auf einer körperlichen.‹« Gabriella schüttelte so erregt den Kopf, daß ihre blonden Locken flogen und die Male an ihrem Hals wieder sichtbar wurden. »Sie hat gewußt, daß er mich liebte und begehrte. Aber sie konnte es nicht ertragen, daß Ken Gefühle für eine andere Frau hatte, darum mußte sie unsere Beziehung heruntermachen. ›Sie sind sich natürlich im klaren darüber, daß die Glut nicht anhalten wird. Zwischen zwei Liebenden muß es mehr geben, wenn die Beziehung den Prüfungen des Alltags und der Zeit standhalten soll. Aber damit haben Sie und Ken sich ja gewiß schon auseinandergesetzt, nicht? Er wird nicht mit Ihnen den unseligen Fehler wiederholen wollen, den er mit Jean beging.‹«

Wenn sie Gabriella solche Dinge ins Gesicht gesagt hatte, was hatte die zuckersüße Mrs. Whitelaw dann wohl erst hinter Gabriellas Rücken gesagt? Mit Ken. Und alles, behauptete Gabriella, habe sie zweifellos in aller Freundlichkeit und Fürsorglichkeit ausgesprochen, ohne zu verraten, daß sie für diesen jungen Mann, den sie seit seinem fünfzehnten Lebensjahr kannte, etwas anderes empfand als mütterliche Zuneigung.

»Und darum habe ich diese Person angerufen, sobald ich in London war«, sagte Gabriella. »Sie hatte sich so viel Mühe gegeben, uns auseinanderzubringen, daß ich mir dachte, es würde sie bestimmt freuen zu hören, daß sie endlich Erfolg gehabt hatte.«

»Wie lange dauerte dieses Gespräch?«

»Nur so lang, daß ich dieser Hexe ausrichten konnte, daß sie endlich erreicht hatte, was sie wollte.«

»Um welche Zeit war das?«

»Das habe ich Ihnen doch schon gesagt. Um Mitternacht herum. Ich habe nicht auf die Uhr gesehen. Aber ich bin von Kent aus direkt hierhergefahren. Es kann also nicht später als halb eins gewesen sein.«

Auch das konnte natürlich im Gespräch mit Miriam Whitelaw überprüft werden.

Lynley trank wagemutig noch einmal von seinem Kaffee, schnitt ein Gesicht und goß den Rest in den Rinnstein. Er warf den Becher in einen Müllcontainer und kehrte zum Wagen zurück.

»Also?« bohrte Barbara. »Wenn Gabriella aus dem Rennen ist, wer kommt dann für uns in Frage?«

»Inspector Ardery hat etwas für uns«, versetzte Lynley. »Wir müssen mit ihr sprechen.«

Er stieg in den Wagen. Barbara folgte ihm unter Hinterlassung eines Pfades von Kuchenkrümeln wie die Gretel aus dem Märchen. Sie knallte die Tür zu und balancierte Kaffeebecher und Törtchen auf den Knien, während sie sich anschnallte. »Eines ist mir jetzt wenigstens klar.«

»Und zwar?«

»Etwas, das mir seit Freitag abend im Kopf herumgegangen ist. Was Sie meinten, als Sie sagten, Flemings Tod sei weder Selbstmord noch Mord noch Unglücksfall: Gabriella Patten als geplantes Mordopfer. Aber jetzt ist sie ausgeschieden. Sehen Sie das nicht auch so?«

Lynley antwortete nicht sofort. Er ließ sich die Frage durch den Kopf gehen, während er zerstreut eine Frau in einem hautengen schwarzen Kleid beobachtete, die am Bentley vorüberging und sich dann in lässiger Pose vor einem Laternenpfahl nicht weit vom *Ye Grapes* drapierte.

Barbaras Blick folgte dem Lynleys. Sie seufzte. »Ach, du lieber Gott. Soll ich die Sitte anrufen?«

Lynley schüttelte den Kopf und ließ den Motor an, legte aber den Gang nicht ein. »Es ist noch früh am Tag. Ich glaube nicht, daß sie große Geschäfte machen wird.«

»Die treibt wohl die Verzweiflung auf die Straße.«

»Vermutlich, ja.« Er blickte sinnend durch die Windschutzscheibe nach draußen. »Vielleicht ist das der Schlüssel zu dieser ganzen Geschichte – die Verzweiflung.«

»Zu Flemings Tod, meinen Sie? Denn es geht doch um Flemings Tod – um seine vorsätzliche Ermordung –, nicht wahr, Sir? Und nicht um Gabriella.« Barbara trank einen Schluck Kaffee und spann ihren Faden weiter, ehe er etwas sagen konnte. »Es ist doch so: Es gibt nur drei Personen, die ihren Tod gewünscht haben könnten und die auch wußten, wo Gabriella sich an besagtem Mittwoch abend aufhielt. Aber das Problem ist, daß diese drei absolut hieb- und stichfeste Alibis vorweisen können.«

»Hugh Patten«, sagte Lynley nachdenklich.

»Der nach allem, was wir gehört haben, tatsächlich im *Cherbourg Club* war, wie er behauptet.«

»Miriam Whitelaw.«

»Deren Alibi uns vor zehn Minuten von Gabriella Patten bestätigt wurde.«

»Und die letzte Person?« fragte Lynley.

»Fleming selbst, außer sich über die Entdeckungen, die er über ihre Vergangenheit gemacht hatte. Und der hat nun das beste Alibi überhaupt.«

»Jean Cooper und der Sohn, Jimmy, kommen für Sie also nicht in Frage?«

»Als mögliche Mörder von Gabriella Patten? Die wußten doch nicht, wo sie sich aufhielt. Aber wenn Fleming von Anfang an das geplante Opfer war, dann haben wir ein ganz anderes Bild, stimmt's? Denn Jimmy muß ja gewußt haben, daß sein Vater die Absicht hatte, die Scheidung zu betreiben. Er hat vielleicht an dem fraglichen Nachmittag mit seinem Vater gesprochen. Er wußte vielleicht auch, wohin Fleming wollte. So wie ich es sehe, hatte Fleming die Mutter des Jungen verletzt, und den Jungen selbst und seine Geschwister ebenfalls. Er hatte Versprechungen gemacht, die er dann nicht hielt –«

»Sie wollen doch nicht behaupten, Jimmy hätte seinen Vater wegen einer abgeblasenen Urlaubsreise getötet!«

»Der abgesagte Urlaub war doch nur ein Symptom. Und Jimmy wollte die Krankheit beseitigen. Er fand, sie alle hätten genug gelitten, darum ist er am Mittwoch abend nach Kent gefahren und versuchte, sich und seine Mutter und seine Geschwister mit dem einzigen Mittel, das ihm einfiel, von dem Leiden zu heilen. Er griff dazu auf eine Verhaltensweise aus seiner Kindheit zurück: Er legte ein Feuer.«

»Eine ziemlich raffinierte Mordmethode für einen Sechzehnjährigen, finden Sie nicht?«

»Überhaupt nicht. Er hat früher schon gezündelt –«

»Ein einziges Mal.«

»Wir wissen nur von einem Mal. Und daß Brandstiftung bei dem Feuer in Kent so offensichtlich war, zeugt gerade von einem Mangel an Raffiniertheit. Sir, wir müssen uns den Jungen vorknöpfen.«

»Dazu brauchen wir erst einmal einen Ansatzpunkt.«

»Zum Beispiel?«

»Wenigstens einen einzigen hieb- und stichfesten Beweis. Einen Zeugen, der den Jungen am Mittwoch am Tatort gesehen hat.«

»Inspector –«

»Havers, ich verstehe Sie ja, aber ich werde hier nichts überstürzen. Ihre Überlegungen bezüglich Gabriella sind vernünftig: Die Personen, die vielleicht an ihrem Tod interessiert wären und die wußten, wo sie sich aufhielt, haben Alibis, während jene Personen mit Motiv aber ohne Alibi nicht wußten, wo sie zu finden war. Das alles akzeptiere ich.«

»Aber dann –«

»Es gibt andere Gesichtspunkte, die Sie nicht in Betracht ziehen.«

»Welche denn?«

»Die Male an ihrem Hals. Wurden ihr die von Fleming beigebracht? Oder hat sie selbst sich gewürgt, um ihrer Geschichte Glaubwürdigkeit zu verleihen?«

»Aber dieser Bauer hat doch den Streit gehört. Er bestätigt also ihre Version. Und sie selbst hat ein sehr gutes Argument vorgebracht: Was soll Fleming denn getan haben, während sie im Haus herumschlich und das Feuer legte?«

»Wer hat die Katzen hinausgelassen?«

»Die Katzen?«

»Ja. Wer hat die Katzen hinausgelassen? Fleming? Warum? Wußte er denn, daß sie da waren? Hat ihn das überhaupt interessiert?«

»Was wollen Sie damit sagen? Daß Fleming von einem menschenverachtenden Tierfreund umgebracht worden ist?«

»Ja, das wäre doch in Betracht zu ziehen, meinen Sie nicht?« Lynley legte den Gang ein, gab Gas und fuhr in Richtung Piccadilly.

Die Morgensonne war endlich über die Wipfel der Bäume gekrochen und verströmte nun Licht und Wärme über das Hausboot, auf dessen Deck Chris Faraday stand und angespannt die beiden Polizeibeamten beobachtete. Sie waren nicht wie Bullen gekleidet – der eine in Lederjacke und Blue Jeans, der andere in

Baumwollhose mit offenem Hemd –, so daß Chris sich unter anderen Umständen vielleicht hätte vormachen können, sie seien neugierige Ausflügler oder auch Zeugen Jehovas, die hier von ihrem Gott Zeugnis ablegten. Aber er sah, wie die Leute auf den Booten, mit denen sie sprachen, die Köpfe in seine Richtung drehten und sich hastig abwandten, sobald sie seiner gewahr wurden, und da war ihm klar, wer die beiden Männer waren und was sie da taten: Sie befragten seine Nachbarn darüber, was diese in der Nacht von Mittwoch auf Donnerstag vielleicht gesehen oder gehört hatten. Sie taten es systematisch und in so auffälliger Weise, daß ihm die Nervosität in die Glieder fahren mußte, wenn er es beobachten sollte.

Bravo, ihr habt es geschafft, gratulierte er ihnen im stillen. Ich schlottere vor Aufregung.

Er mußte handeln, Anrufe tätigen, Meldungen machen. Aber er brachte nicht den Willen auf, irgend etwas zu unternehmen. Das hat mit mir nichts zu tun, sagte er sich immer wieder. Aber in Wahrheit hatte es sehr wohl mit ihm zu tun, hatte schon seit fünf Jahren mit ihm zu tun, seit dem Abend, als er Livie auf der Straße aufgelesen und es sich zur persönlichen Mission gemacht hatte, sie zu retten und einen neuen Menschen aus ihr zu formen. Du Narr, dachte er. Hochmut kommt vor dem Fall.

Er griff sich in den Nacken und massierte die verspannten Muskeln. Angst und Ironie, dachte er bei sich, sind schlechte Bettgenossen. Nicht nur hatten sie ihn die ganze Nacht wachgehalten; sie hatten ihn außerdem in einen Zustand ständigen Wartens versetzt. Als er am Morgen erwacht war, hatte er das Gefühl gehabt, als läge ihm eine Zentnerlast auf der Brust. Er mußte geschlafen haben, aber er fühlte sich, als hätte er kein Auge zugetan.

Er stöhnte vor Schmerz bei der ersten Bewegung. Sein Hals und seine Schultern waren steif, der Rücken tat ihm weh, und seine Glieder waren matt. Obwohl er dringend zur Toilette mußte, lag das Aufstehen wie eine Sisyphusaufgabe vor ihm. Was ihn schließlich auf die Beine brachte, waren seine Pflichten Livie gegenüber, der Gedanke »so geht es ihr wohl immer«, der gleichermaßen Schuldgefühle und Energie mobilisierte. Ächzend wälzte er sich vom Rücken auf die Seite und streckte die Beine unter der Decke hervor, um die Temperatur im Zimmer zu prüfen. Eine weiche Zunge leckte ihm die Zehen. Beans lag vor dem Bett auf dem Boden und wartete geduldig auf sein Frühstück und den Morgenspaziergang.

Chris schob die Hand aus dem Bett, und sofort kam der Beagle zu ihm, um sich streicheln zu lassen. Chris lächelte. »Braver Bursche«, murmelte er. »Wie wär's mit einer Tasse Tee? Wolltest du meine Frühstücksbestellung entgegennehmen? Ich hätte gern Eier und Schinkenspeck – nicht zu knusprig, bitte –, Toast und eine Schale Erdbeeren. Schaffst du das, Beans?«

Der Hund wedelte mit dem Schwanz und winselte leise. Von der anderen Seite des Korridors aus rief Livie: »Chris? Bist du wach? Bist du schon auf, Chris?«

»Fast«, antwortete Chris.

»Du hast lange geschlafen.«

Sie hatte es ohne Vorwurf gesagt, denn sie machte ihm niemals Vorwürfe. Dennoch empfand er es so.

»Tut mir leid«, meinte er.

»Aber Chris, so hab ich das doch nicht –«

»Ich weiß. Es ist nichts. Ich hab nur schlecht geschlafen.« Er schwang die Beine aus dem Bett und blieb einen Moment auf der Kante sitzen, den Kopf in die Hände gestützt. Er versuchte, nicht zu denken, aber es klappte nicht; so wie es die ganze Nacht lang nicht geklappt hatte.

Die Götter müssen sich kaputtlachen, hatte er gedacht. Sein ganzes Leben lang hatte er niemals einem Impuls nachgegeben. Nur ein einziges Mal war er dieser Lebensweise untreu geworden. Und nun würde er dafür bezahlen müssen, für diesen einen Moment, als er Livie mit ihren Tüten voller Sexspielzeug zu Füßen auf ihren Freier hatte warten sehen und sich beiläufig gefragt hatte, ob diese harten, scharfen Kanten sich glätten lassen würden. Dafür sah er nun, wenn ihm nicht ein Holzweg einfiel, auf den er die Polizei führen konnte, Konsequenzen entgegen, die er sich solcher Art nicht hätte träumen lassen. Und dabei war es im Grunde so ein verdammter Witz.

Denn zum allerererstenmal hatte er überhaupt keine Schuld – und zugleich jede.

»Mist«, stöhnte er.

»Alles in Ordnung, Chris?« rief Livie.

Er hatte seine Pyjamahose vom Boden aufgehoben, war hineingeschlüpft und dann in ihr Zimmer gegangen. Daran, wie die Gehhilfe stand, konnte er erkennen, daß sie versucht hatte, allein aufzustehen, und eine neue Woge von Schuldgefühlen überfiel ihn. »Livie, warum hast du mich nicht gerufen?«

Sie hatte mit einem blassen Lächeln geantwortet. Sie hatte es geschafft, ihren gesamten Schmuck anzulegen – außer den Nasenring, der auf einem Buch mit dem Titel *Die Frauen von Hollywood* lag. Er betrachtete das Buch stirnrunzelnd und schüttelte nicht zum erstenmal den Kopf über ihre Bereitschaft, im Trivialen und Oberflächlichen zu schwelgen.

Wie als Antwort meinte sie: »Ich hol mir da eine Menge neuer Tips. Die treiben stundenlang Bettakrobatik.«

»Hoffentlich macht's ihnen Spaß«, knurrte Chris.

Er setzte sich auf ihr Bett und schob Panda zur Seite. Die Hunde kamen ins Zimmer und liefen ruhelos zwischen Bett, Kommode und offenstehendem Kleiderschrank hin und her.

»Sie wollen raus«, sagte Livie.

»Verwöhnte Kerle. Ich geh gleich mit ihnen. Bist du soweit?«

»Ja.«

Sie umfaßte seinen Arm, und er schlug die Decke zurück, drehte ihren Körper und ließ ihre Beine aus dem Bett zum Boden gleiten. Er stellte die Gehhilfe vor ihr auf und half ihr auf die Füße.

»Den Rest schaffe ich schon«, sagte sie und begann den qualvollen Marsch zur Toilette, indem sie schlurfend die Gehhilfe vor sich herschob und ihre Füße dann hinterherzog. Es war die einzige Form des Gehens, die ihr jetzt noch möglich war. Ihr Zustand hatte sich, wie er sah, verschlimmert; sie konnte die Füße nicht mehr gerade auf den Boden setzen. Statt dessen ging sie – wenn man ihre schwerfällige Vorwärtsbewegung so nennen konnte – auf jenem Teil des Fußes, der zuerst den Boden berührte, sei es Knöchel, Ballen, Ferse oder Zehen.

Er mußte immer noch aufs Klo. In der Zeit, die sie von ihrem Zimmer zur Toilette brauchte, hätte er das leicht erledigen können. Doch er blieb, wo er war, auf ihrer Bettkante, und zwang sich zu warten.

Er hatte sie in der Küche zurückgelassen, damit sie ihren Teil zum Frühstück beitragen konnte, der darin bestand, daß sie die Cornflakes in Schalen gab und dabei die Hälfte auf den Boden verschüttete. Er war in der Zwischenzeit mit den Hunden gelaufen und mit der *Sunday Times* zurückgekehrt. Sie hatte schweigend den Löffel in ihre Schale getaucht und angefangen, die Zeitung zu lesen. Seit Donnerstag abend hielt er jedesmal, wenn sie eine Zeitung aufschlug, den Atem an. Stets dachte er, es wird ihr auffallen, sie wird anfangen zu fragen, sie ist ja nicht dumm. Aber bisher hatte sie weder etwas bemerkt noch Fragen gestellt. So sehr absorbierte sie das, was in der Zeitung stand, daß ihr bis jetzt nicht aufgefallen war, was *nicht* darin stand.

Als er gegangen war, hatte sie gerade einen Artikel über die Suche nach einem Auto gelesen. Auf seine Bemerkung: »Ich bin an Deck. Ruf mich, wenn du mich brauchst«, hatte sie nur mit einem vagen Murmeln geantwortet. Er war nach oben gegangen, hatte einen Liegestuhl aufgeklappt, sich hineinfallen lassen und versucht, gleichzeitig zu denken und nicht zu denken. Darüber nachzudenken, was er tun sollte. Nicht daran zu denken, was er getan hatte.

Etwa eine Stunde lang hatte er so in der Sonne gesessen und sich verschiedene Möglichkeiten durch den Kopf gehen lassen, als ihm zum erstenmal die Polizeibeamten auffielen. Sie waren auf dem Boot der Scannels, das der Brücke an der Warwick Avenue am nächsten lag. John Scannel stand vor einer Staffelei. Seine Frau hatte sich, fast nackt, auf dem Kajütendach in Pose gelegt. Den Fußweg entlang hatte Scannel frühere Gemälde seiner üppigen Ehefrau zum Kauf für den kundigen Sammler ausgestellt und gab sich zweifellos der falschen Hoffnung hin, die beiden Männer, die nun zu ihm aufs Boot kamen, seien Kenner seiner dem Kubismus verpflichteten Kunst.

Chris hatte die Szene zunächst nur mit beiläufiger Aufmerksamkeit beobachtet. Aber als Scannel in seine Richtung blickte und sich dann vertraulich den beiden Besuchern zuneigte, erwachte sein Interesse. Von diesem Moment an behielt er die Männer, die von Boot zu Boot gingen, im Auge. Er beobachtete seine Nachbarn im Gespräch mit ihnen und wußte, daß jedes Wort ein Nagel zu seinem Sarg war.

Diese beiden Bullen würden ihn nicht vernehmen, das ahnte er. Sie würden mit dem Bericht zu ihrem Chef zurückkehren, dem Typen mit dem teuren Haarschnitt und dem Maßanzug. Und dann würde der Inspector noch einmal zu Besuch kommen. Aber diesmal würde er gezielte Fragen stellen, und wehe, wenn Chris sie nicht überzeugend beantworten konnte!

Die Bullen gingen auf eines der benachbarten Boote. Und schließlich gingen sie auf das Hausboot, das dem von Chris am nächsten lag, so nahe, daß Chris hörte, wie der eine der Männer sich räusperte, während der andere leise an die Kajütentür klopfte. Die Bidwells – ein versoffener Romanautor und ein ehemaliges Model, eine verblaßte Schönheit, die sich immer noch einbildete, sie würde es aufs Titelblatt der *Vogue* bringen, wenn sie es nur schaffte, fünf Kilo abzunehmen – würden normalerweise frühestens in einer Stunde aufstehen. Und wenn sie vorzeitig geweckt wurden, ob nun von der Polizei oder sonst jemandem, würden sie bestimmt nicht kooperativ sein. Das wenigstens war ein Trost. Vielleicht würden die Bidwells ihm, ohne es zu wollen, eine Atempause verschaffen. Denn er brauchte jetzt Zeit, wenn er den Sumpf der letzten vier Tage verlassen wollte, ohne bis zum Hals darin zu versinken.

Er wartete, bis er Henry Bidwell wütend knurren hörte: »Was, zum Teufel... Wasiss los, verdammt noch mal?« Die Antwort der Bullen wartete er nicht mehr ab. Er nahm seinen Teebecher und sagte zu den Hunden, die wie er die Sonne genossen: »Beans, Toast.«

Sie fuhren hoch und sprangen vom Kajütendach hinunter. Ihre begierig seitwärts geneigten Köpfe fragten: Laufen? Fressen? Spielen? Oder was? Und ihr freudiges Schwanzwedeln zeigte ihre Bereitschaft, alles mitzumachen, was er vorschlug.

»Runter«, kommandierte er. Toast humpelte statt dessen an die Seite des Boots, und Beans folgte ihm. »Nein«, sagte Chris.

»Nicht jetzt. Ihr wart schon draußen. Geht zu Livie. Los, lauft!« Chris' Worten zum Trotz hob Toast eine Vorderpfote auf die Seitenkante des Boots, um zu den Stufen hinausspringen zu können. Von dort wollte er ohne Zweifel weiter, erst zum Fußweg und letztlich zum Regent's Park. »He!« rief Chris scharf und zeigte mit dem Arm zur Kajüte. Toast überlegte einen Moment und beschloß zu gehorchen. Beans folgte ihm, und Chris bildete die Nachhut.

Livie saß noch immer am Küchentisch. Die Cornflakes-Schüsselchen standen zwischen Bananenschalen, Teekanne, Zuckerdose und Milchkrug. Vor sich hatte sie immer noch die Sonntagszeitung liegen, auf der Seite aufgeschlagen, in deren Lektüre sie sich schon vor einer Stunde vertieft hatte. Und sie schien immer noch denselben Artikel zu lesen. Ihr Kopf war über den Text gebeugt; ihre Stirn in die offene Hand gestützt; die andere Hand, mit den vielen silbernen Ringen an den Fingern, lag leicht gekrümmt über dem ersten Wort der Schlagzeile: »Crikket«. Die einzige Veränderung war, soweit Chris das feststellen konnte, die Anwesenheit Pandas, die auf den Tisch gesprungen war, Milch und durchweichte Cornflakes in der einen Schale vertilgt hatte und sich nun begierig über die Reste in der anderen hermachte.

»Panda!« rief Chris. »Mach, daß du runterkommst!«

Livie zuckte zusammen und riß den Arm in die Höhe. Eine Schale rutschte vom Tisch, die andere stürzte um, Milch und restliche Cornflakes ergossen sich auf den Tisch. Panda störte das nicht. Sie leckte eifrig weiter.

»Tut mir leid«, sagte Chris. Er hob die Dessertschalen auf, während die Katze lautlos zu Boden sprang und durch den Korridor davonsauste. »Warst du eingeschlafen?«

Ihr Gesicht sah merkwürdig aus. Ihre Augen wirkten glasig, und ihre Lippen waren blaß.

»Du hast wohl Panda nicht gesehen?« fragte Chris. »Ich mag's nicht, wenn sie auf den Tisch springt, Livie. Das ist nicht –«

»Entschuldige. Ich hab nicht aufgepaßt.«

Sie strich mit einer Hand glättend über die Zeitung und begann, die Seiten zu ordnen. Mit konzentrierter Aufmerksamkeit schob sie sie zusammen, sah zu, daß die Ecken genau übereinanderlagen, faltete, faltete noch einmal, stapelte, glättete. Er beobachtete sie: Ihre rechte Hand begann zu zittern; sie senkte sie in ihren Schoß und arbeitete nur mit der linken weiter.

»Ich mach das schon«, sagte er.

»Ein paar Blätter sind naß geworden. Von der Milch. Tut mir leid. Du hast die Zeitung noch nicht gelesen.«

»Das macht doch nichts, Livie. Es ist ja nur eine Zeitung. Ich kann mir eine neue besorgen, wenn es sein muß.« Er hob ihre Schale hoch. Schon beim Frühstück hatte sie nur lustlos in ihren Cornflakes herumgestochert und, soweit er jetzt sehen konnte, sie auch später kaum angerührt.

»Bist du immer noch nicht hungrig?« fragte er. »Soll ich dir ein Ei kochen? Oder möchtest du ein Brot? Wie wär's mit Tofu? Ich könnte dir einen Salat mit Tofu machen.«

»Nein.«

»Livie, du mußt etwas essen.«

»Ich hab keinen Hunger.«

»Das ist egal. Du weißt, daß du –«

»Was? Daß ich bei Kräften bleiben muß?«

»Zum Beispiel. Ja. Das ist kein schlechter Gedanke.«

»Das willst du doch gar nicht, Chris.«

Er hatte gerade die Essensreste in den Mülleimer geworfen und drehte sich nun langsam nach ihr um. Er betrachtete ihr eingefallenes Gesicht und ihre teigige Haut und fragte sich, warum sie gerade diesen Moment wählte, um ihn anzugreifen. Gewiß, sein Verhalten am Morgen war nicht in Ordnung gewesen – sein Faulenzen war auf ihre Kosten gegangen –, aber es war nicht Livies Art, blind und grundlos mit Beschuldigungen um sich zu werfen. Und Gründe hatte sie keine. Dafür hatte er gesorgt.

»Was ist eigentlich los?« fragte er sie.

»Wenn meine Kräfte schwinden, verschwinde ich auch.«

»Und du glaubst, daß ich mir das wünsche?«

»Warum nicht?«

Er stellte die leeren Schüsselchen in die Spüle und kam an den Tisch zurück, um Zuckerdose und Milchkrug zu holen. Er stellte beides auf die Arbeitsplatte. Dann ging er wieder zu ihr und setzte sich ihr gegenüber an den Tisch. Ihre linke Hand war zu einer losen Faust geballt. Er faßte über den Tisch, um sie zu berühren, doch sie zog ihre Hand weg. Und da sah er es. Schon wieder zitterte ihr rechter Arm. Die Muskeln von ihrer Hand bis hinauf zu ihrer Schulter bebten. Kälte überfiel ihn, als hätte eine Wolke nicht nur die Sonne verdunkelt, sondern wäre klamm und bedrückend auch in die Kajüte eingedrungen. O Mist, dachte er und nahm sich eisern zusammen, um sachlich zu bleiben.

»Wie lange geht das schon?« fragte er.

»Was?«

»Du weißt schon.«

Sie bewegte die linke Hand und starrte die Finger an, die sich um ihren abgewinkelten rechten Ellbogen schlossen, als könnte sie durch den Blick ihrer Augen und den unzulänglichen Druck, den auszuüben sie fähig war, ihre Muskeln beherrschen.

»Livie«, sagte er. »Ich möchte es wissen.«

»Ist doch gleich. Was spielt das schon für eine Rolle?«

»Ich bin mitbetroffen, Livie.«

»Aber nicht mehr lang.«

Er hörte vieles aus den wenigen Worten heraus. Sie sprach von seiner Zukunft, von ihrer Zukunft; von den Entscheidungen, die sie getroffen hatte, und von dem wahren Grund dafür. Zum erstenmal, seit sie in sein Leben getreten war, verspürte Chris eine Aufwallung echter Wut.

»Du hast also gelogen«, sagte er. »Es hat mit dem Boot überhaupt nichts zu tun. Mit der Größe der Türen. Oder der Notwendigkeit eines Rollstuhls.«

Sie schob die Finger vom Ellbogen zum Handgelenk hinunter.

»Stimmt's?« fragte er scharf. »Das war gar nicht der Grund, richtig?« Wieder griff er über den Tisch, um sie zu packen. Und wieder fuhr sie zurück. »Wie lange geht das schon? Los, Livie, sag es mir? Wie lange hast du es schon im Arm?«

Sie starrte ihn einen Moment an, so mißtrauisch wie jedes der Tiere, die er gerettet hatte. Dann umfaßte sie die rechte Hand mit der linken und hob beide an die Brust. »Ich kann nicht mehr arbeiten«, sagte sie. »Ich kann nicht kochen. Ich kann nicht saubermachen. Ich kann nicht mal mehr bumsen.«

»Wie lange?« bohrte er weiter.

»Aber letzteres hat dich ja nie gestört, nicht?«

»Sag schon!«

»Ich könnte dir wahrscheinlich noch einen blasen. Aber als ich's das letztemal versucht hab, wolltest du nicht, weißt du noch? Jedenfalls nicht von mir.«

»Hör auf mit dem Quatsch, Livie. Was ist mit deinem linken Arm? Hast du es da auch? Verdammt noch mal, du kannst einen Rollstuhl überhaupt nicht benutzen, und das weißt du auch. Warum, zum Teufel –«

»Ich gehöre nicht mehr zum Team. Ich bin abgelöst worden. Es wird Zeit, daß ich verschwinde.«

»Das haben wir doch alles schon besprochen. Ich dachte, das hätten wir geklärt.«

»Wir haben vieles besprochen.«

»Dann besprechen wir's jetzt eben noch mal. Aber in aller Kürze. Es geht dir schlechter. Das weißt du seit Wochen. Du traust mir nicht zu, daß ich damit umgehen kann. So ist es doch, nicht wahr?«

Mit den Fingern der linken Hand versuchte sie erfolglos, den rechten Arm zu massieren, den sie wieder in ihren Schoß hatte sinken lassen. Zweifellos litt sie unter Krämpfen, aber sie besaß nicht mehr die Kraft, ihnen entgegenzuwirken. Der Kopf neigte sich zur rechten Schulter hinab, als könnte die Bewegung irgendwie den Schmerz lindern. Ihr Gesicht verzerrte sich, und schließlich sagte sie leise: »Chris. Ich hab solche Angst.«

Blitzartig war sein Zorn verflogen. Sie war zweiunddreißig Jahre alt. Sie sah ihrer eigenen Vergänglichkeit ins Auge. Sie wußte, daß der Tod kam. Und sie wußte auch, wie er sich ihrer bemächtigen würde.

Er stand auf und ging zu ihr. Er stellte sich hinter ihren Stuhl und legte seine Hände auf ihre mageren Schultern. Auch er war nicht ahnungslos. Er war in die Bibliothek gegangen und hatte jedes Buch, jede Fachzeitschrift, jeden Zeitungs- und Zeitschriftenartikel herausgesucht, der auch nur einen Funken Aufklärung bot. Er wußte daher, daß der Prozeß der Degeneration in den Extremitäten seinen Ausgang nahm und dann gnadenlos nach oben und nach innen wanderte wie ein vordringendes Heer, das keine Gefangenen machte. Zuerst traf es Hände und Füße; Arme und Beine folgten schnell. Wenn die Krankheit schließlich das Atemsystem erreichte, würde sie zwischen sofortigem Ersticken und einem Leben am Beatmungsgerät wählen können, doch das Endresultat war immer das gleiche. So oder so würde sie sterben. Entweder früher oder später.

Er beugte sich zu ihr hinunter und drückte seine Wangen an ihr kurzgeschnittenes Haar. Es roch beißend nach Schweiß. Er hätte es ihr gestern waschen sollen, aber der Besuch von New Scotland Yard hatte jeden Gedanken, der nicht unmittelbar seine eigenen, ganz persönlichen Belange betraf, verdrängt. Egoist, dachte er. Armseliges Schwein. Er hätte gern gesagt: Hab keine Angst. Ich bin ja bei dir. Bis zum Ende. Aber diese Möglichkeit hatte sie ihm schon genommen. Darum flüsterte er statt dessen: »Ich habe auch Angst.«

Er küßte ihr Haar und fühlte, wie sich ihre Brust unter seinen Händen hob. Dann ließ ein Schauder ihren Körper erzittern.

»Ich weiß nicht, was ich tun soll«, sagte sie. »Ich weiß nicht, wie ich sein soll.«

»Das kriegen wir schon hin. Wir haben es doch bis jetzt auch immer geschafft.«

»Aber diesmal nicht. Es ist zu spät.« Sie fügte nicht hinzu, was er sowieso schon wußte. Daß alles viel zu spät war, wenn man starb. Statt dessen zog sie ihren bebenden Arm fest an den Körper. Sie straffte die Schultern und dann den Rücken. »Ich muß zu meiner Mutter«, sagte sie. »Bringst du mich hin?«

»Jetzt?«

»Ja, jetzt.«

14

Es war halb drei, als Lynley und Barbara Havers zum zweitenmal vor dem Haus in Kent anhielten. Seit dem Vortag schien sich nichts verändert zu haben, außer daß die Neugierigen am Rand des Anwesens verschwunden waren. An ihrer Stelle waren fünf junge Mädchen zu sehen, die, gestiefelt und gespornt, mit Reitgerten in den Händen, auf ihren Pferden die Straße hinunterritten. Sie jedoch schien die gelbe Absperrung rund um das Haus überhaupt nicht zu interessieren. Sie ritten vorüber, ohne einen Blick an sie zu verschwenden.

Lynley und Barbara blieben neben dem Bentley stehen und ließen sie vorüberziehen. Barbara rauchte schweigend. Sie warteten auf Inspector Ardery. Nach vier Anrufen, auf der zermürbenden Fahrt von Mayfair zur Westminster-Brücke, war es Lynley endlich gelungen, sie in einem Landgasthof nicht weit von Maidstone aufzutreiben. Nachdem er seinen Namen genannt hatte, sagte sie in einem Ton, als hätte allein der Klang seiner Stimme auf sie wie ein unausgesprochener und völlig unzulässiger Tadel gewirkt, gegen den sie sich verteidigen zu müssen glaubte: »Ich habe meine Mutter zum Mittagessen ausgeführt, Inspector«, und fügte gereizt hinzu: »Es ist ihr Geburtstag. Übrigens habe ich Sie heute morgen schon angerufen.« Worauf er erwiderte: »Das weiß ich. Deswegen melde ich mich ja.«

Sie hatte ihm ihre Informationen gleich am Telefon mitteilen wollen, aber er hatte abgewehrt. Er habe seine Berichte gern vor Augen, erklärte er. Das sei eine Marotte von ihm. Außerdem wolle er sich den Tatort sowieso noch einmal ansehen. Sie hätten Mrs. Patten gefunden und mit ihr gesprochen, und nun wolle er gewisse Einzelheiten ihrer Aussage überprüfen. Ob denn nicht sie das übernehmen könne? hatte Isabelle Ardery gefragt. Natürlich könne sie das, aber ihm wäre wohler, wenn er sich das Haus noch einmal mit eigenen Augen ansehen könnte. Wenn sie also nichts dagegen habe...

Lynley spürte deutlich, daß Isabelle Ardery eine ganze Menge dagegen hatte. Er konnte es ihr nicht übelnehmen. Sie hatten am Freitag abend die Grundregeln festgelegt, und nun wollte er sie auf seine eigene Art auslegen, wenn nicht gar brechen. Nun, das ließ sich nicht ändern.

Doch wenn Isabelle Ardery verärgert war, so hatte sie ihre Gefühle bestens unter Kontrolle, als sie zehn Minuten nach der Ankunft Lynleys und Barbaras ihren Rover anhielt und ausstieg. Nach dem Mittagessen mit ihrer Mutter trug sie immer noch ein seidig fallendes, bronzefarbenes Kleid, fünf goldene Reifen am Arm, passende Ringe in den Ohren. Doch sie war ganz dienstliche Sachlichkeit, als sie sagte: »Tut mir leid, daß ich mich verspätet habe. Aber eben rief mich noch das Labor an, um mir zu sagen, daß man den Fußabdruck identifiziert hat. Ich dachte mir, Sie würden sich den auch gern ansehen wollen, darum bin ich gleich dort vorbeigefahren und habe den Gipsabguß mitgenommen. Leider hat mich ein Reporter vom *Daily Mirror* erwischt, der wissen sollte, ob ich bestätigen könne, daß man Fleming splitternackt und mit Händen und Füßen an die Bettpfosten gefesselt aufgefunden habe. Und ob ich bereit sei zu erklären, daß Fleming sturzbetrunken gewesen sei. Und ob der *Mirror* völlig falsch liege, wenn er Mutmaßungen darüber anstelle, daß Fleming diverse Sponsorenehefrauen beglückt habe. ›Sie brauchen nur mit einem einfachen Ja oder Nein zu antworten, Inspector‹.« Sie schlug krachend die Tür ihres Wagens zu und ging zum Kofferraum, dessen Deckel sie mit einem Ruck hochzog. »Diese gewissenlosen Schmierer«, knurrte sie und setzte dann, als sie den Kopf wieder aus dem Kofferraum hob, hinzu: »Entschuldigen Sie. Ich bin ein bißchen aus dem Häuschen.«

»Wir haben in London auch mit denen zu tun«, sagte Lynley.

»Und wie gehen Sie mit ihnen um?«

»Wir sagen ihnen im allgemeinen alles, was für uns von Nutzen ist.«

Sie hatte einen kleinen Karton aus dem Kofferraum geholt und schlug nun den Deckel wieder zu. »Ach, wirklich? Ich sage denen kein einziges Wort. Ich lehne eine Symbiose zwischen Presse und Polizei total ab.«

»Ich auch«, sagte Lynley. »Aber manchmal sind diese Leute uns nützlich.«

Sie warf ihm einen skeptischen Blick zu, dann tauchte sie unter der Absperrung hindurch, um zum Haus zu gehen. Sie folgten ihr nach hinten, zu dem Tisch unter der Pergola. Hier stellte Ardery den Karton ab, der, wie Lynley sehen konnte, einen Stapel Papiere, eine Serie Fotografien und zwei Gipsmodelle eines Schuhabdrucks enthielt, eines vollständig, das andere ein Teilstück.

Als sie in den Karton griff und auspacken wollte, stoppte er sie: »Ich würde mich gern vorher noch einmal im Haus umsehen, wenn Sie nichts dagegen haben, Inspector.«

Mit dem Teilabdruck in der Hand hielt sie inne. »Sie haben die Fotos«, erinnerte sie ihn. »Und den Bericht.«

»Wie ich schon am Telefon sagte, habe ich neue Informationen, die ich gern überprüfen würde. Mit Ihrer Hilfe natürlich.«

Ihr Blick schweifte von ihm zu Barbara; dann legte sie den Gipsabdruck wieder in die Schachtel. Sie lag offensichtlich im Widerstreit mit sich selbst: Sollte sie dem Kollegen entgegenkommen, oder sollte sie weiter protestieren? Schließlich sagte sie: »Gut«, und preßte danach die Lippen aufeinander, als wollte sie sich gewaltsam an jedem weiteren Kommentar hindern.

Sie entfernte das Schloß, das die Polizei angebracht hatte, von der Tür und wich zurück, um Lynley und Barbara eintreten zu lassen. Lynley nickte ihr dankend zu. Zuerst ging er zur Spüle, und während er den Schrank darunter öffnete, ließ er sich von Isabelle Ardery bestätigen, daß die Spurensicherung Maidstone, wie erwartet, den gesamten Müll mitgenommen hatte. Sie suchten nach allem, was irgendwie mit der Brennvorrichtung zu tun haben könnte, erklärte sie ihm. Wozu er denn den Müll brauche?

Lynley erzählte, was Gabriella Patten ihm über Flemings rasende Durchsuchung der Abfälle berichtet hatte. Isabelle Ardery hörte mit nachdenklich gekrauster Stirn zu. Nein, sagte sie, als er zum Ende gekommen war, auf dem Boden waren nirgends Abfälle gefunden worden, nicht einmal Reste. Weder in der Küche noch in der Toilette, noch im Wohnzimmer. Falls Fleming wirklich in der Wut den Müll auf den Boden gekippt hatte, so hatte er ihn wohl später, in ruhigerem Zustand, wieder aufgeräumt. Und das sehr gewissenhaft, fügte sie hinzu. Nirgends war auch nur ein Schnipselchen zu finden gewesen.

»Vielleicht ist er zur Vernunft gekommen, nachdem Gabriella abgefahren war«, meinte Barbara. »Das Haus gehört schließlich Mrs. Whitelaw. Er wollte es sicher nicht wie einen Schweinestall zurücklassen, auch wenn er noch so außer sich war.«

Das sei eine Möglichkeit, gestand Lynley ihr zu. Er fragte, ob man Zigarettenkippen im Müll gefunden habe, und berichtete zur Erklärung von Gabriellas Behauptung, sie habe zu rauchen aufgehört. Das konnte Isabelle Ardery nur bestätigen. Man hatte weder Stummel gefunden noch abgebrannte Streichhölzer. Er schlenderte zur Kaminecke hinüber, wo unter einem Tisch aus Fichtenholz ein Katzenkorb stand. Er ging in die Knie, um ihn sich genauer anzusehen, und rubbelte ein paar Haarbüschel vom Kissen.

»Gabriella Patten sagt, die Katzen seien im Haus gewesen, als sie abfuhr«, bemerkte er. »In diesem Korb hier vermutlich.«

»Hm, aber irgendwie sind sie hinausgekommen«, erwiderte Isabelle Ardery.

Lynley ging ins Eßzimmer hinüber und dann weiter durch den kurzen Flur zum Wohnzimmer. Dort untersuchte er die Tür zunächst an der Außenseite. Gabriella hatte gesagt, Fleming habe die Tür mit der Schulter *aufgesprengt*, als sie beschrieben hatte, wie Fleming ins Wohnzimmer hineingekommen war, wohin sie sich vor ihm geflüchtet hatte. Wenn das Wort zutraf, mußten Spuren vorhanden sein, die diese Beschreibung bestätigten.

Die Tür war weiß lackiert, jetzt allerdings von einer feinen Rußschicht überzogen, wie alles im Haus. Lynley wischte den Ruß in Schulterhöhe und rund um die Türklinke weg. Er konnte keine Spuren von Gewaltanwendung entdecken.

Die beiden Frauen gesellten sich zu ihm, und Isabelle Ardery sagte in demonstrativ geduldigem Ton: »Wir haben die meisten Fingerabdrücke identifiziert, Inspector«, während Barbara sich am offenen Kamin nach dem Schürhaken umsah, den Gabriella Patten zu ihrer Verteidigung benutzt haben wollte. Sie deutete auf das Gerät, das neben einem Handfeger, einem Schäufelchen und einer Kohlenzange von einem Ständer herabhing, und sagte: »Haben Sie die hier auch nach Fingerabdrücken untersucht?«

»Wir haben *alles* nach Fingerabdrücken untersucht, Sergeant. Ich bin sicher, die Informationen, die Sie interessieren, sind in dem Bericht enthalten, den ich mitgebracht habe.«

Lynley schloß die Wohnzimmertür, um ihre Innenseite in Augenschein zu nehmen. Mit seinem Taschentuch wischte er den Ruß fort. »Aha«, sagte er. »Da haben wir's, Sergeant.«

Barbara kam wieder zu ihm herüber. Unter der Klinke zog sich eine dünne, geriffelte Schramme von vielleicht zwanzig Zentimetern Länge durch den weißen Lack. Lynley strich einmal prüfend mit dem Finger darüber, dann ließ er seinen Blick durchs Zimmer schweifen.

»Sie hat gesagt, sie hätte einen Stuhl untergeschoben«, erinnerte Barbara, und sie nahmen sich die Stühle und Sessel im Zimmer einen nach dem anderen vor. Sie fanden das gesuchte Stück sehr schnell unter einem Hängeschrank in der Zimmerecke: einen mit flaschengrünem Samt gepolsterten Stuhl aus Walnußholz. Lynley sah sofort die unregelmäßige weiße Linie auf dem dunklen Holz an der oberen Kante der Rückenlehne. Er schob den Stuhl unter die Türklinke: Die weiße Spur paßte genau auf die Schramme im Lack der Tür. »Bestätigt«, sagte er.

Isabelle Ardery, die am offenen Kamin stand, warf ein: »Inspector, wenn Sie mir gleich gesagt hätten, was Sie suchen, hätten unsere Leute Ihnen die Fahrt hier heraus ersparen können.«

Lynley bückte sich, um den Teppich rund um die Tür zu untersuchen. Er entdeckte einen winzigen Riß, der entstanden sein konnte, als der Stuhl mit Gewalt von der Tür weggestoßen worden war. Zumindest teilweise hatte Gabriella Patten also die Wahrheit gesprochen.

»Inspector Lynley«, mahnte Isabelle Ardery wieder.

Lynley richtete sich auf. Arderys ganze Körperhaltung

drückte beleidigte Würde aus. Dabei war es vor ein paar Tagen eigentlich ganz unkompliziert gewesen, sich zu einigen: Sie würde die Ermittlungen in Kent leiten, er die in London. Sie würden einander auf halbem Weg entgegenkommen. Aber es war leider nicht so einfach, der Wahrheit hinter Flemings Tod auf den Grund zu gehen. Das Voranschreiten der Ermittlungsarbeit verlangte, daß einer von beiden sich unterordnete, und Isabelle Ardery wollte es offensichtlich nicht sein.

Lynley bat: »Sergeant, würden Sie uns einen Moment allein lassen?«

»In Ordnung«, antwortete Barbara und zog sich in Richtung Küche zurück. Er hörte, wie die hintere Haustür zufiel, als sie nach draußen ging.

»Sie machen Druck, Inspector Lynley«, sagte Isabelle Ardery. »Das haben Sie schon gestern getan. Und Sie tun es heute wieder. Ich verstehe das nicht. Sie erhalten die Informationen von mir. Sie bekommen die Berichte. Das Labor macht Überstunden. Was wollen Sie denn noch?«

»Tut mir leid«, erwiderte er. »Ich wollte Sie nicht bedrängen.«

»Ihr ›Tut mir leid‹ konnte ich gestern noch akzeptieren. Heute nicht mehr. Sie drängen sich ganz bewußt vor. Und Sie haben die Absicht, es auch weiterhin zu tun. Ich möchte wissen, warum.«

Flüchtig überlegte er, ob er versuchen sollte, sie zu besänftigen. Es konnte nicht leicht für sie sein, in einem Beruf zu arbeiten, in dem die Männer dominierten und vermutlich jede ihrer Handlungen in Frage stellten und jede ihrer Meinungen und Stellungnahmen in Zweifel zogen. Aber sie jetzt zu beschwichtigen, hätte gönnerhaft gewirkt.

»Es geht doch nicht darum«, sagte er, »wer hier was tut oder wer wo Ermittlungen anstellt. Es geht einzig darum, einen Mörder zu stellen. Darin sind wir uns doch wohl einig?«

»Tun Sie doch nicht so von oben herab! Wir haben uns über eine eindeutige Abgrenzung unserers jeweiligen Verantwortungsbereichs geeinigt. Ich habe mich an diese Abmachung gehalten. Und Sie?«

»Aber wir haben es doch hier nicht mit einer Vertragssituation zu tun, Inspector. Die vorgegebenen Grenzen sind nicht so klar abgesteckt, wie Sie es gern hätten. Wir müssen zusammenarbeiten, sonst klappt gar nichts.«

»Dann müssen Sie vielleicht neu definieren, was Zusammenarbeit künftig heißen soll. Soweit ich nämlich im Moment sehen kann, arbeite ich für Sie – nach Ihrem Belieben und auf Ihr Geheiß. Und wenn es so bleiben soll, wäre ich Ihnen verbunden, wenn Sie das jetzt gleich klipp und klar sagen würden, damit ich mir überlegen kann, wie ich Ihnen den Freiraum schaffen könnte, den Sie offenbar brauchen.«

»Was ich brauche, ist Ihre fachliche Hilfe, Inspector Ardery.«

»Es fällt mir schwer, das zu glauben.«

»Und die werde ich nicht bekommen, wenn Sie Ihren Chef bitten, Sie von dem Fall zu entbinden.«

»Ich habe nichts dergleichen –«

»Aber wir wissen doch beide, daß es so gemeint war.« Er sagte nicht, daß er die Drohung unprofessionell fand. Es gefiel ihm nicht, wie schnell dieses Wort gemeinhin fiel, wenn Kollegen sich in die Haare gerieten. Statt dessen meint er: »Jeder von uns hat seine eigene Arbeitsweise. Wir müssen der des anderen Verständnis entgegenbringen. Mein Stil ist es, jeder Information persönlich nachzugehen. Es ist nie meine Absicht, dabei anderen auf die Zehen zu treten, aber manchmal passiert es eben. Doch das heißt nicht, daß ich der Meinung bin, meine Kollegen verstünden ihr Handwerk nicht. Ich habe nur einfach gelernt, meinen eigenen Instinkten zu trauen.«

»Mehr als denen anderer offensichtlich.«

»Ja. Aber wenn ich einen Fehler mache, ist es auch allein meine Schuld, und ich muß die Suppe selbst auslöffeln.«

»Ach ja. Wie bequem.«

»Was?«

»Wie Sie das arrangiert haben. Ihre Kollegen bringen Ihrer Arbeitsweise Verständnis entgegen. Sie jedoch bringen der Arbeitsweise der Kollegen *keines* entgegen.«

»Das habe ich nicht gesagt, Inspector.«

»Das brauchten Sie auch gar nicht, Inspector. Es liegt doch auf der Hand: Sie gehen den Informationen nach, wie und wann immer Sie es für richtig halten. Und ich habe sie Ihnen gefälligst zu liefern, wann und wenn Sie es für angebracht halten.«

»Aber das hieße ja, daß Sie nur eine unbedeutende Rolle spielen«, erklärte Lynley. »Der Meinung bin ich jedoch überhaupt nicht.«

»Darüber hinaus«, fuhr sie störrisch fort, »soll ich ja keine Meinung äußern und keinerlei Einwände erheben, ganz gleich, welche Richtung Sie bei Ihrer Arbeit einschlagen. Und wenn es Ihnen gefällt, mich nach Ihrer Pfeife tanzen zu lassen, so habe ich das zu akzeptieren, und zwar mit Freuden, und den Mund zu halten, wie sich das für ein braves kleines Frauchen gehört, nehme ich an.«

»Es geht doch hier nicht um ein Mann-Frau-Problem! Es geht um die Art und Weise, wie ein Problem anzupacken ist. Ich habe Ihren Sonntag nachmittag gestört, weil ich Sie brauchte. Dafür entschuldige ich mich. Aber wir sind Informationen auf der Spur, die möglicherweise zur Klärung eines Falles führen werden, und ich möchte ihnen so schnell wie möglich nachgehen. Die Tatsache, daß ich die Informationen persönlich überprüfen möchte, hat mit Ihnen nichts zu tun. Das sagt nichts über Ihre Kompentenz aus. Es ist, wenn überhaupt, eher eine Aussage über meine eigene Kompetenz. Ich habe mich verletzend verhalten, ohne es zu wollen. Und nun würde ich das gern *ad acta* legen und mich dem zuwenden, was Sie seit gestern zusammengetragen haben. Wenn ich darf.«

Sie hatte die Arme vor der Brust verschränkt, und Lynley sah, welchen Druck sie mit den Fingerspitzen ausübte. Er ließ ihr Zeit, den inneren Kampf auszufechten, der sie bewegte, und bemühte sich, seine Ungeduld nicht zu zeigen. Wozu sie noch stärker vor den Kopf stoßen? Sie wußten beide, daß er im Vorteil war. Ein Anruf von ihm genügte, und der Yard würde alles Nötige veranlassen, um sie entweder zu neutralisieren oder von dem Fall abzuziehen. Und das, fand er, wäre eine rechte Verschwendung, da sie intelligent und tüchtig zu sein schien.

Ihre Finger lockerten sich ein wenig. Sie sagte: »Also gut.« Lynley wußte nicht, worauf sich diese Worte bezogen, und vermutete, sie zeige damit lediglich ihre Bereitschaft an, den nächsten Schritt zu tun, nämlich ihn durch die Küche hinter das Haus zu führen, wo Barbara Havers es sich in einem der Sessel unter der Pergola bequem gemacht hatte. In weiser Voraussicht hatte sie, wie Lynley sah, Isabelle Arderys wichtigen Karton nicht angerührt. Und ihr Gesicht war ein Muster an Gleichmut, als sie sich zu ihr gesellten.

Ardery nahm erneut die Gipsabdrücke aus der Schachtel, dazu die Berichte und die Fotografien. »Wir wissen, von welcher Art Schuh der Abdruck stammt. Das Profil der Sohle ist sehr charakteristisch.«

Sie reichte Lynley das Gipsmodell einer vollständigen Schuhsohle. Die Sohle hatte ein ausgeprägtes, eigenartiges Profil – eine Art Hundezahnmuster. Und auch auf dem Absatz war dieses charakteristische Profil zu finden.

»Doc Martens«, sagte Isabelle Ardery.

»Straßenschuhe? Stiefel?«

»Es scheinen Stiefel zu sein.«

»Mit denen kann man von seinem Recht auf Ausländerhaß sehr wirkungsvoll Gebrauch machen«, bemerkte Havers. »Man unternimmt einen kleinen Spaziergang durch Bethnal Green. Und tritt mit diesen prächtigen Metallkappen in ein paar Gesichter.«

Lynley legte den zweiten Abdruck neben den ersten. Er bestand aus einer Schuhspitze und vielleicht einer Handbreit Sohle und stammte eindeutig von demselben Stiefel. Der linke Rand war verformt, so als wäre er schief abgetreten oder jemand hätte mit einem Messer ein Stück abgeschnitten. Diese verformte Stelle war in beiden Abdrücken zu sehen, war aber, wie Isabelle Ardery ihnen erklärte, kein normales Merkmal solcher Schuhe.

»Den vollständigen Abdruck haben wir hinten im Garten gefunden«, sagte Isabelle Ardery. »An der Stelle, an der jemand von der benachbarten Koppel über den Zaun gesprungen ist.«

»Und den anderen?« fragte Lynley.

Sie wies nach Westen. »Oberhalb der Quelle gibt es einen öffentlichen Fußweg. Er führt ins Dorf, nach Lesser Springburn. Auf dem letzten Viertel dieses Wegs war der Abdruck.«

Lynley wagte eine Frage, die ihr nicht gefallen würde, da aus ihr allzu leicht die Unterstellung herauszulesen war, sie und ihre Leute könnten etwas übersehen haben. »Würden Sie uns die Stelle zeigen?«

»Inspector, wir haben mit allen Leuten im Dorf gesprochen. Glauben Sie mir, der Bericht –«

»– ist wahrscheinlich umfassender als jeder, den ich selbst geschrieben hätte«, fiel Lynley ihr ins Wort. »Dennoch würde ich mich gern dort umsehen. Wenn Sie nichts dagegen haben.«

Sie wußte natürlich genau, daß Lynley weder ihre Genehmigung noch ihre Begleitung brauchte, wenn er auf einem öffentlichen Fußweg einen kleinen Spaziergang machen wollte. Lynley sah es ihrem Gesicht deutlich an, daß sie sich darüber im klaren war. In seiner Bitte drückte sich Partnerschaftlichkeit aus, aber gleichzeitig konnte man Zweifel an Arderys Gründlichkeit herauslesen. Es war an ihr, sich zu entscheiden, wie sie die Worte verstehen wollte.

»Gut«, sagte sie schließlich. »Wir können ins Dorf gehen und uns dort umsehen. Das sind von hier aus nur zehn Minuten zu Fuß.«

Der Pfad begann bei der Quelle, etwa fünfzig Meter vom Haus entfernt. Es war ein vielbegangener Weg, der von dem Bach aus, der dem Quellbecken entsprang, in sanfter Steigung aufwärts führte, an mehreren Koppeln entlang, dann an einem Obstgarten vorbei, in dem weiß-rosa blühende Apfelbäume, um die sich niemand kümmerte, langsam von der Waldrebe überwuchert wurden. Auf der anderen Seite des Wegs mischten sich weiße Taubnesseln und Brombeergestrüpp, und die vielstrahligen weißen Dolden von Wiesenkerbel hoben sich vom dunklen Grün des Efeus ab, der an Eichen, Erlen und Weiden emporkletterte. Die meisten Bäume am Weg und am Bach waren schon voll belaubt, und das charakteristische *Zi-ip*, dem ein kräftiger, klarer Pfiff antwortete, verriet, daß sich Grasmücken und Drosseln in den Hecken tummelten.

Trotz ihrer Schuhe – hochhackigen Sandalen, mit denen sie Lynley fast überragte – bewegte sich Isabelle Ardery flink und gewandt. Sie schlug knappe Bögen um ausufernde Hecken und vordringendes Gestrüpp, tauchte unter tiefhängenden Zweigen hindurch und sprach beim Gehen über die Schulter mit Lynley. »Die Fasern, die wir am Zaun hinten im Garten gefunden haben, sind identifiziert. Es ist Köper. Sie stammen von Blue Jeans.«

»Damit reduziert sich der Kreis der Verdächtigen auf fünfundsiebzig Prozent der Bevölkerung«, stellte Havers leise fest.

Lynley, der ein paar Schritte vor ihr ging, warf ihr einen mahnenden Blick zu. Keinesfalls wollte er jetzt, da es ihm gelungen war, die, wenn auch widerwillige, Kooperation Isabelle Arderys zu gewinnen, den zerbrechlichen Frieden durch eine von Barbaras spontanten Bemerkungen im falschen Moment aufs Spiel gesetzt sehen. Sie fing seinen Blick auf und erwiderte lautlos: Tut mir leid.

Isabelle Ardery hatte die Bemerkung entweder überhört oder sich dafür entschieden, sie zu ignorieren. Sie sagte: »Es war Öl an den Fasern. Wir haben sie sicherheitshalber zur Analyse gegeben, aber einer unserer Männer, der schon sehr lange bei uns ist, hat sich die Sache unter dem Mikroskop genau angesehen. Er meint, es handle sich um Motoröl. Ich neige dazu, ihm zu glauben. Er arbeitete schon in der Forensik, bevor es Chromatographen gab; er weiß also meistens, was er vor sich hat.«

»Und die Zigaretten?« fragte Lynley. »Die im Haus und die im Garten. Haben wir da schon etwas?«

»Nein, die sind noch nicht identifiziert.« Isabelle Ardery eilte weiter, als befürchte sie, Lynley könnte darauf bestehen, die Fundstücke an fähigere Leute bei New Scotland Yard zu übergeben.

»Unser Mann kommt heute aus Sheffield zurück. Er hat dort an einer Konferenz teilgenommen. Er bekommt die Zigaretten gleich morgen früh, und wenn er sie erst einmal im Labor hat, wird es nicht lange dauern.«

»Es gibt noch keinen vorläufigen Befund?« bohrte Lynley nach.

»Er ist unser Fachmann«, betonte sie. »Natürlich lassen sich Vermutungen anstellen, aber wozu sollten die taugen? Bei einer Zigarettenkippe gibt es acht verschiedene Identifizierungsmerkmale, und ich lasse sie lieber von einem Experten überprüfen, ehe ich vielleicht eine oder zwei selbst untersuche, dann einen Tip hinsichtlich der Marke abgebe und hinterher feststellen muß, daß ich mich getäuscht habe.«

Sie blieb vor einem Zaun stehen, der den Weg versperrte. Ein von Flechten überwachsenes, vorgezogenes Brett bildete den einfachen Zauntritt. »Hier«, sagte sie.

Die Erde rund um den Zauntritt war weicher als die auf dem Pfad. Sie war von vielen Fußabdrücken gezeichnet, die meisten verwischt und von anderen überlagert. Das Spurensicherungsteam hatte in der Tat Glück gehabt, daß es den Abdruck gefunden hatte, der zu dem aus dem Garten von Celandine Cottage paßte. Es war fast ein kleines Wunder.

»Er befand sich mehr am Rand«, bemerkte Isabelle Ardery, die Lynleys Überlegungen wohl erraten hatte. »Hier, wo die Gipsbrösel sind.«

Lynley nickte und blickte über den Zaun. Vielleicht hundertfünfzig Meter in nordwestlicher Richtung konnte er die Dächer von Lesser Springburn sehen. Der Fußweg war deutlich markiert, ein ausgetretener Pfad, der sich vom Bach abwandte, über einen Gleiskörper führte, eine Obstpflanzung umrundete und in eine kleine Wohnsiedlung mündete.

Sie setzten ihren Weg fort. An der Wohnsiedlung wurde der Pfad endlich so breit, daß sie zu dritt nebeneinander gehen konnten; zu beiden Seiten befanden sich adrette Gärten. Schließlich gelangten sie in die Siedlung selbst, eine Ansammlung von kleinen Einfamilienhäusern, die mit ihren Backsteinfassaden, kurzen Kaminen, Erkerfenstern und Spitzgiebeldächern einander glichen wie ein Ei dem anderen. Hier wurden sie mit einigem Interesse beäugt, denn auf der Straße ging es lebhaft zu: Da waren Kinder beim Seilspringen, zwei Männer wuschen ihre Autos, eine Gruppe kleiner Jungen spielte Crikket.

»Wir haben hier herumgefragt«, erläuterte Isabelle Ardery. »Niemand hat am Mittwoch abend irgend etwas Ungewöhnliches bemerkt. Aber sie waren wahrscheinlich alle in ihren Häusern, als er vorüberkam.«

»Sie haben sich für ›er‹ entschieden«, stellte Lynley fest.

»Ja. Die Art des Schuhs. Seine Größe. Die Tiefe des Eindrucks im Garten. Ja«, sagte sie noch einmal, »ich würde sagen, wir suchen einen ›Er‹.«

Am anderen Ende des Dorfs trafen sie auf die Springburn Road. Rechts von ihnen wand sich die schmale Hauptstraße zwischen alten, reetgedeckten Häusern einen Hang hinauf. Direkt vor ihnen führte eine Gasse mit Fachwerkhäusern zu einer Kirche. Links erweiterte sich eine gekieste Einfahrt zum Parkplatz eines Pubs namens *Fox and Hounds*. Jenseits des Pubs lag ein Park. Eichen und Eschen warfen lange Schatten auf seine Rasenflächen. An seinem Rand wucherte dichtes, verwildertes Gebüsch. Lynley ging schnurstracks auf den Park zu.

Das Gebüsch bildete keine lückenlose Umzäunung. Hier und dort klafften Löcher in der wilden Hecke, die den Parkplatz des Pubs vom Park trennte, und durch eines dieser Löcher traten die drei Kriminalbeamten, direkt in den Schatten einer alten ausladenden Eiche.

Auch hier, am Südende des langen Rasenstücks, wurde Crikket gespielt, ein Wettkampf zweier Dorfmannschaften offenbar. Die Spieler waren Erwachsene, traditionell weiß gekleidet, wenn auch nicht uniform, und die Zuschauer saßen auf Klappstühlen, während die Kinder lachend und schreiend herumtobten und dem Schiedsrichter des öfteren Anlaß gaben, zornig zu rufen: »Mensch, Donna, hol die Gören vom Spielfeld!«

Lynley und seine beiden Begleiterinnen erregten keine Aufmerksamkeit, da sie sich an der Nordostgrenze des Parks befanden. Hier war der Boden fast nackt, harte, holprige Erde, auf der nur stellenweise Efeu wuchs, dessen Ranken über den Boden krochen und sich an den windschiefen Latten eines verfallenden alten Holzzauns emporschlängelten. An diesem Zaun standen üppige Rhododendren, die sich unter der Last der schweren tieflila Blüten beugten, und hier und dort Stechpalmenbüsche, die ihre Zweige zwischen den Rhododendren in die Höhe reckten. Barbara ging zu den Büschen, um sich dort umzusehen, während Lynley den Boden untersuchte und Isabelle Ardery untätig zusah.

»Einer unserer Leute hat mit Connor O'Neil gesprochen«,

bemerkte sie. »Das ist der Wirt des Pubs. Er hat am Mittwoch abend mit seinem Sohn zusammen am Ausschank gearbeitet.«

»Konnte er etwas sagen?«

»Er gab an, sie hätten ungefähr um halb eins Schluß gemacht. Keiner von beiden hat ein fremdes Fahrzeug auf dem Parkplatz gesehen, als sie absperrten. Es waren überhaupt keine Autos da außer ihren eigenen.«

»Nun, das ist nicht verwunderlich, oder?« meinte Lynley.

»Wir haben uns auch hier im Park umgesehen«, fuhr Isabelle Ardery kühl fort. »Sie sehen selbst, Inspector, wie fest und hart die Erde hier ist. Da kann man keine Abdrücke gewinnen.«

Sie hatte recht. Die nackten Stellen, an denen kein Efeu wuchs, waren mit dem faulenden Laub des vergangenen Herbstes bedeckt. Darunter war die Erde so hart wie Beton. Sie würde keinerlei Abdrücke aufnehmen, weder von Füßen noch von den Reifen eines Fahrzeugs.

Er richtete sich auf und blickte zurück. Am ehesten, sagte er sich, hätte man ein Fahrzeug, wenn überhaupt eines verwendet worden war, im Gebüsch versteckt. Es grenzte direkt an den Parkplatz, der wiederum auf die Straße zum Fußweg führte. Der Fußweg brachte den Wanderer bis auf fünfzig Meter an Celandine Cottage heran. Der Mörder hätte lediglich eine gewisse Vertrautheit mit der Umgebung benötigt.

Andererseits wäre es gar nicht nötig gewesen, ein Fahrzeug zu verstecken, wenn der Mörder mit einer zweiten Person gemeinsame Sache gemacht hatte. Ein Fahrer hätte kurz vor dem *Fox and Hounds* anhalten und den Täter aussteigen lassen können, der dann zum Fußweg gelaufen wäre. Der Fahrer wäre vielleicht eine Stunde durch die Gegend kutschiert, bis das Feuer gelegt war und der Brandstifter zurückkehrte. Das setzte allerdings nicht nur wohlüberlegte Zusammenarbeit voraus, sondern auch genaue Kenntnis von Flemings Unternehmungen am Tag seines Todes. Zwei Personen mußten dann ein persönliches Interesse an seinem Tod gehabt haben.

»Sir«, sagte Barbara Havers. »Schauen Sie sich das mal an.«

Barbara war an den Rhododendren und Stechpalmen entlanggekrochen und kauerte jetzt an einer Stelle fast am Ende des

Gebüschs. Sie fegte einige Blätter zur Seite und hob eine Efeuranke aus einem Gewirr von vielleicht einem Dutzend, die sich über eine ovale nackte Stelle streckten.

Lynley und Isabelle Ardery kamen interessiert näher. Über Havers' Schulter spähend, konnte Lynley sehen, was sie entdeckt hatte: eine kreisförmige Fläche nackter, harter Erde von vielleicht sieben bis acht Zentimetern Durchmesser. Sie war dunkler als der Boden rundherum und kaffeebraun im Gegensatz zum helleren Braun der Umgebung.

Mit den Fingern knipste Barbara die Ranke ab, die sie hochgezogen hatte. Ächzend stand sie auf, strich sich das Haar aus der Stirn und hielt Lynley die Efeuranke zur Begutachtung hin.

»Scheint Öl zu sein«, sagte sie. »Es ist auf drei der Blätter hier getropft, sehen Sie? Da ist ein bißchen. Und da. Und hier auch.«

»Motoröl«, murmelte Lynley.

»Würde ich sagen, ja. Wie das Öl auf den Jeans.« Barbara wies zur Straße nach Springburn. »Er wird hier raufgekommen sein. Dann hat er den Motor und die Beleuchtung ausgeschaltet und ist im Leerlauf auf dem Rasen weitergerollt. Hier hat er geparkt. Er ist durchs Gebüsch geschlüpft, über den Parkplatz gelaufen und rüber zum Fußweg. Er hat den Weg bis zum Haus genommen und ist über die Mauer in die benachbarte Koppel gesprungen. Hinten im Garten hat er dann gewartet, bis die Luft rein war.«

Isabelle Ardery sagte hastig: »Sie können doch nicht glauben, daß wir in so einem Fall keine Reifenspuren gefunden hätten, Sergeant. Wenn tatsächlich ein Auto über den Rasen gefahren wäre –«

»Kein Auto«, unterbrach Barbara. »Ein Motorrad. Also nur zwei Reifen und nicht vier. Ein Motorrad ist leichter als ein Auto, hinterläßt nicht so schnell eine Spur. Ist besser zu manövrieren und besser zu verstecken.«

Lynley akzeptierte diese Theorie nur mit Widerstreben. »Ein Motorradfahrer, der dann sechs oder acht Zigaretten rauchte, um am Haus sein Versteck zu markieren? Wie soll das funktionieren, Sergeant? Was soll das für ein Mörder sein, der seine Visitenkarten hinterläßt?«

»Einer, der nicht damit rechnet, daß er ertappt wird.«

»Aber jeder, der von Polizeiarbeit auch nur die geringste Ahnung hat, weiß doch, wie sehr es darauf ankommt, keine Spuren zu hinterlassen«, widersprach Lynley. »Gleich welcher Art.«

»Richtig. Also suchen wir einen Täter, der töricht genug war zu glauben, sein Mord würde gar nicht erst als solcher erkannt werden. Wir suchen jemanden, der vor allem das Endresultat im Auge hatte, nämlich Flemings Tod: Wie dieser zu bewerkstelligen und was durch ihn zu erreichen war. Aber nicht die spätere Untersuchung des Todesfalls. Wir suchen einen Täter, der glaubte, das Haus mitsamt all seinen antiken Möbeln – brennen wie Zunder, Inspector! – würde in Flammen aufgehen, sobald die Zigarette im Sessel weit genug heruntergebrannt war. Er war überzeugt, daß es keinerlei Spuren geben würde. Keine Zigarettenkippe. Keine Streichholzreste. Nichts als Schutt und Asche. Und was, so wird unser Freund gedacht haben, kann die Polizei schon mit einem Haufen Schutt anfangen?«

Wildes Geschrei der Zuschauer schallte vom Cricket-Feld herüber. Die drei Kriminalbeamten drehte sich um. Der Schlagmann hatte den Ball getroffen und rannte auf das andere Schlagmal zu. Zwei Spieler stürmten über das Außenfeld. Der Werfer brüllte. Der Fänger schleuderte wütend einen seiner Handschuhe zu Boden.

»Wir müssen mit dem Jungen sprechen, Inspector«, sagte Barbara. »Sie wollten Beweismaterial. Inspector Ardery hat es uns geliefert. Zigarettenkippen –«

»Die noch nicht identifiziert sind.«

»Köperfasern, die mit Öl getränkt sind.«

»Was erst noch durch den Chromatographen bestätigt werden muß.«

»Fußabdrücke, die bereits zugeordnet sind. Eine Schuhsohle mit charakteristischen Merkmalen. Und jetzt das hier.« Sie wies auf die Efeuranke, die er in der Hand hielt. »Was wollen Sie denn mehr?«

Lynley antwortete nicht. Er wußte, wie Barbara auf seine Antwort reagieren würde. Er wollte gar nicht mehr. Er wollte weniger. Viel weniger.

Isabelle Ardery starrte noch immer auf die dunkle, kreisrunde Stelle am Boden. Ihr Gesicht drückte Zorn und Verlegenheit aus. Sie sagte leise, mehr zu sich selbst als zu ihnen: »Ich habe ihnen gesagt, sie sollen nach Abdrücken Ausschau halten. Von dem Öl auf den Fasern wußten wir zu dem Zeitpunkt noch nichts.«

»Ist schon in Ordnung«, sagte Lynley.

»Das ist es nicht. Wenn Sie nicht insistiert hätten...«

Lynley hob die Hand. »Man kann doch beim besten Willen nicht erwarten, daß Sie so etwas vorhersehen.«

»Doch, genau das ist mein Job.«

»Das Öl hat vielleicht gar keine Bedeutung. Wer weiß, ob es dasselbe ist wie das auf den Fasern.«

»Ach, verdammt«, sagte Isabelle Ardery. Fast eine Minute lang starrte sie schweigend zum Cricket-Feld hinüber, ehe ihr Gesicht endlich wieder einen Ausdruck professioneller Sachlichkeit annahm.

»Wenn das alles hier vorüber ist«, schmunzelte Lynley, als ihre Blicke sich begegneten, »werde ich Sergeant Havers erlauben, einige meiner interessanteren Fehlurteile zum besten zu geben.«

Isabelle Ardery warf den Kopf in den Nacken. Ihre Reaktion war kühl. »Wir machen alle Fehler, Inspector. Ich möchte aus meinen lernen. Etwas Derartiges wird nicht wieder passieren.«

Und mit der Frage: »Möchten Sie sonst noch etwas im Dorf sehen?« entfernte sie sich von ihnen und ging zum Parkplatz, ohne auf Antwort zu warten.

Barbara nahm Lynley die Efeuranke aus der Hand und verpackte die einzelnen Blätter in Plastikbeutel. »Tja, so ist das mit den Fehlurteilen«, meinte sie vielsagend und folgte Isabelle Ardery.

15

Jean goß kochendes Wasser in die Kanne und sah zu, als die Teebeutel wie Bojen an die Oberfläche schossen. Sie nahm einen Löffel, rührte um und schloß den Deckel der Kanne. Sie hatte für diesen Nachmittag extra das Häschengeschirr hervorgeholt, das sie sonst nur verwendete, um die Kinder aufzuheitern oder um sie von Ohrenschmerzen und Bauchweh abzulenken, wenn sie krank waren. Die Kanne hatte die Form eines dicken, runden Hasen; die Tassen sahen wie Karotten aus, die Teller wie Salatblätter.

Sie stellte die Kanne auf den Tisch. Das rote Wachstuch hatte sie abgezogen und an seiner Stelle eine grüne Baumwolldecke mit Streublumenmuster aufgelegt. Es war alles fertig gedeckt: Tassen, Teller, Milchkanne und Zuckerdose. Auf der Platte in der Mitte, ebenfalls mit Häschen geschmückt, hatte sie abwechselnd Butterbrötchen und Leberwurstschnittchen aufgeschichtet, von denen sie die Rinde abgeschnitten hatte. Das Ganze hatte sie mit einem Ring aus Vanilleplätzchen umkränzt.

Stan und Sharon waren im Wohnzimmer. Stan hockte vor dem Fernsehapparat, auf dessen Bildschirm sich ein gigantischer Fisch schlängelte, während im Off eine Stimme erzählte: »Das Verhalten der Muräne…« Sharon saß über ihr Vogelskizzenbuch gebeugt und malte das Gefieder einer Möwe aus, die sie am Tag vorher gezeichnet hatte. Die Brille war ihr bis zur Nasenspitze hinuntergerutscht, und sie atmete so laut und angestrengt, als hätte sie eine schlimme Erkältung.

»Der Tee ist fertig«, rief Jean, »Shar, geh rauf und hol Jimmy.«

Sharon hob den Kopf und schniefte. Mit dem Handrücken schob sie ihre Brille hoch. »Der kommt ja doch nicht runter«, sagte sie.

»Woher willst du das wissen? Los, geh und hol ihn.«

Jimmy hatte den ganzen Tag in seinem Zimmer gelegen. Gegen halb zwölf hatte er eigentlich weggehen wollen. Er war in seiner Windjacke in die Küche geschlurft gekommen, hatte den Kühlschrank aufgemacht und einen Rest Pizza herausgeholt. Er hatte das Stück zusammengerollt, in Alufolie eingewickelt und in seine Tasche gestopft.

Jean saß am Spülbecken, wo sie gerade das Frühstücksgeschirr wusch, und beobachtete ihn. »Was hast du denn vor, Jim?« fragte sie.

»Nichts«, erwiderte er.

Er habe nur keine Lust, den ganzen Tag im Haus herumzuhängen wie ein zweijähriges Kind. Außerdem wolle er sich am Millwall Outer Dock mit einem Kumpel treffen. Was denn das für ein Kumpel sei, hatte Jean wissen wollen. So ein Typ eben. Sie kenne ihn nicht, und sie brauche ihn auch nicht zu kennen. Ob es vielleicht Brian Jones sei, fragte Jean. Brian Jones? wiederholte Jimmy. Wer, zum Teufel ... Er kenne keinen Bri –. Da erst hatte er die Falle erkannt. Jean meinte ganz unschuldig, er erinnerte sich doch sicher, nicht wahr: Brian Jones ... aus Deptford. Der Kumpel, mit dem er den ganzen Freitag zusammen gewesen sei, anstatt zur Schule zu gehen.

Jimmy hatte die Kühlschranktür zugeworfen und war mit den Worten »Ich geh jetzt« zur Hintertür marschiert. Er solle doch lieber zuerst einmal zum Fenster hinausschauen, meinte Jean. Es sei ihr ernst, versicherte sie, als er nicht reagierte, und wenn er wisse, was gut für ihn sei, werde er tun, was sie ihm riet.

Er war an der Tür stehengeblieben und hatte voll Unbehagen von ihr zum Herd geblickt und wieder zu ihr. Sie sagte, er solle herkommen, es sich ansehen. Was denn, fragte er und kräuselte dabei die Lippen auf diese verächtliche Art, die sie haßte. Komm einfach her, Jim, sagte sie, und schau dir an, was da draußen los ist.

Sie sah ihm an, daß er ihre Aufforderung lediglich für einen Trick hielt, darum ging sie vom Fenster weg, um ihm Platz zu machen. So vorsichtig, als ob sie sich jeden Moment auf ihn stürzen könnte, schlich er durch die Küche und starrte aus dem Fenster, wie sie es ihm geraten hatte.

Er sah die Reporter, die drüben auf der anderen Straßenseite an ihrem Auto lehnten, einem Escort. Sie waren ja auch nicht zu übersehen. Na und, sagte er. Die waren gestern auch schon da. Aber Jean entgegnete: »Die meine ich nicht, Jim.« Er solle doch mal vor das Nachbarhaus schauen, sagte sie. Wer wohl diese Männer in dem schwarzen Volvo seien, hm? Er zuckte gleichgültig die Schultern. Das ist die Polizei, sagte sie. Er könne ja ruhig hinausgehen, wenn er wolle. Aber er solle bloß nicht glauben, daß er irgendwas allein unternehmen könne. Die Polizei würde ihn keinen Moment aus den Augen lassen.

Das hatte er erst einmal verdauen müssen. Sie sah, wie er die Hände zu Fäusten ballte. Dann fragte er, was die Polizei überhaupt wolle, und sie antwortete, es handle sich um seinen Vater. Die Polizei wolle herausbekommen, was ihm zugestoßen war. Wer am Mittwoch abend bei ihm gewesen war. Warum er ums Leben gekommen war.

Und dann wartete sie. Sie beobachtete ihn, während er die Polizei und die Reporter beobachtete. Er versuchte, so zu tun, als kümmerte ihn das alles nicht, aber er konnte ihr nichts vormachen. Kleine Gesten verrieten ihn: wie er nervös sein Gewicht von einem Fuß auf den anderen verlagerte; wie er eine Faust tief in die Tasche seiner Jeans stieß. Er warf den Kopf in den Nacken und hob das Kinn und sagte, wen das denn schon interessiere, aber gleichzeitig trat er wiederum voll Unbehagen von einem Bein auf das andere, und Jean konnte sich richtig vorstellen, wie feucht seine Hände waren und wie heftig sein Magen flatterte.

Sie wünschte, sie würde als die Überlegene aus dieser Situation hervorgehen. Sie wünschte, sie könnte ihn ganz beiläufig fragen, ob er denn nun immer noch vorhabe, an diesem schönen Sonntag morgen etwas zu unternehmen. Sie hätte ihn so gern in die Enge getrieben, die Tür aufgerissen und gesagt, er solle endlich gehen, um ihn so zu zwingen, seinen Schmerz einzugestehen, seine Angst, seine Not und seine Hilfsbedürftigkeit, die Wahrheit eben, wie auch immer sie aussehen mochte. Aber sie tat gar nichts und sagte kein Wort, denn im letzten Moment erinnerte sie sich mit schmerzhafter Klarheit, wie man sich fühlte, wenn man sechzehn Jahre alt war und vor einer Situation stand, aus der es keinen Ausweg gab. Sie hatte ihn ohne ein Wort aus der Küche stürzen und die Treppe hinaufrennen lassen und hatte ihn seither nicht in seiner Zurückgezogenheit gestört.

Als Sharon jetzt die Treppe hinaufstieg, um ihn zu holen, sagte Jean zu Stan: »In die Küche, marsch. Der Tee ist fertig.«

Er antwortete nicht. Sie sah, daß er mit dem kleinen Finger hingebungsvoll in der Nase bohrte, und sagte scharf: »Stan! Das ist ja ekelhaft. Laß das!« Hastig zog er den Finger zurück, senkte den Kopf und und schob beide Hände unter sein Hinterteil. In milderem Ton meinte Jean: »Komm jetzt, Schatz. Ich hab schon für uns gedeckt.«

Sie schickte ihn zur Spüle, damit er sich die Hände waschen konnte, während sie den Tee einschenkte. Er kam zum Tisch und rief: »Oh, du hast das Häschengeschirr genommen, Mam!« und schob seine Hand, die vom Waschen noch feucht war, in die ihre.

»Ja«, erwiderte sie. »Ich hab mir gedacht, wir können eine kleine Aufheiterung gebrauchen.«

»Kommt Jimmy runter?«

»Ich weiß nicht. Wir werden schon sehen.«

Stan zog sich einen Stuhl heran und nahm sich ein Vanilleplätzchen, ein Butterbrötchen und ein Leberwurstschnittchen. »Jimmy hat gestern abend geheult, Mam«, verriet er.

Jean horchte auf, aber sie sagte nur: »Weinen ist etwas ganz Natürliches. Mach du dich deshalb nicht über deinen Bruder lustig.«

Stan, der die Schnitte aufgeklappt hatte, leckte genießerisch die Leberwurst vom Brot. »Er hat gedacht, ich hör's nicht, weil ich nichts gesagt hab. Aber ich hab's genau gemerkt. Er hat den Kopf ins Kissen gedrückt und hat in die Matratze gehauen und immer ›scheiß drauf‹ gesagt.« Stan fuhr zurück, als Jean drohend die Hand hab. »*Er* hat's gesagt, Mam. Nicht ich. Ich erzähl's dir nur.«

»Das will ich hoffen.« Jean füllte die anderen Tassen. »Und was noch?« fragte sie leise.

Stan kaute das blanke Brot. »Er hat geflucht. ›Mistkerl‹ hat er gesagt. ›Scheiß auf dich, du Schwein‹, hat er gesagt. Und dabei hat er geheult.« Stan schluckte. »Ich glaub, er hat wegen Dad geheult. Und ich glaub, er hat auch von Dad geredet. Er hat die ganzen Segelschiffe von ihm kaputtgemacht, hast du gesehen?«

»Ja, das habe ich gesehen, Stan.«

»Und wie er's getan hat, hat er dauernd ›scheiß auf dich, scheiß auf dich‹ gesagt.«

Jean setzte sich ihrem Jüngsten gegenüber und umfaßte mit einer Hand sein schmales Handgelenk. »Du erfindest doch diese Geschichten nicht, Stan?« sagte sie. »Das wäre nämlich gar nicht schön.«

»Ich würd nie –«

»Gut. Denn Jimmy ist dein Bruder, und seinen Bruder muß man liebhaben. Er macht jetzt eine schlimme Zeit durch, aber er wird sich schon wieder fangen.« Noch während sie sprach, spürte sie den Schmerz, der nie vergangen war. Auch Kenny hatte eine schlimme Zeit durchgemacht, eine Zeit, die schlimm begonnen hatte und immer schlimmer geworden war.

»Jimmy sagt, er will keinen bescheuerten Tee. Aber er hat nicht ›bescheuert‹ gesagt, sondern was anderes.« Shar flatterte wie einer ihrer Vögel mit mehreren großen Bögen Zeichenpapier in die Küche. Sie schob Jimmys Gedeck zur Seite und glättete das Papier auf dem Tisch. Dann nahm sie sich ein Brötchen und biß hinein, während sie ihr Werk betrachtete, das Bild eines weißköpfigen Seeadlers, der hoch über Tannenwipfeln schwebte. Die Tannen waren so klein, daß der Adler wie ein Vetter von King Kong aussah.

»Er hat ›beschissen‹ gesagt, stimmt's?« Stan preßte mit den Fingerspitzen kleine Halbmonde in den Rand seines Butterbrötchens.

»Das reicht jetzt«, mahnte Jean. »Und wisch dir den Mund ab. Shar, sieh zu, daß dein Bruder sich bei Tisch manierlich benimmt. Ich seh inzwischen mal nach Jim.«

Sie kramte in dem Schrank neben dem Spülbecken und holte ein angeschlagenes Plastiktablett heraus, apfelgrün mit Vergißmeinnichtsträußchen. Sie und Ken hatten es zur Hochzeit geschenkt bekommen. Genau das Richtige, hatte sie damals gedacht, um Kekse oder Brötchen herumzureichen, wenn ich Gäste habe. Doch dafür hatte sie das Tablett nie gebraucht, sondern immer nur dazu, diesem oder jenem Kind, das mit einer Erkältung oder Grippe oben zu Bett lag, das Essen hinaufzubringen. Sie stellte Jimmys Tasse darauf, gab Milch und Zukker in seinen Tee, so wie er es mochte, wählte einige Brötchen und Kekse aus.

»Muß er denn nicht runterkommen, Mam?« fragte Stan, als sie mit dem Tablett zur Treppe ging. »Du sagst doch immer, wenn's uns gutgeht, können wir auch hier unten essen.«

»Das ist wahr«, stimmte Jean zu. »Aber Jim geht es im Moment nicht gut. Das hast du mir doch selbst erzählt.«

Shar hatte Jimmys Zimmertür nicht ganz hinter sich geschlossen. Jean rief: »Jim?« und stieß die Tür dann mit dem Hinterteil auf. »Ich hab dir deinen Tee gebracht.«

Er saß auf seinem Bett, den Rücken an das Kopfteil gelehnt, und als sie mit dem Tablett ins Zimmer trat, schob er schnell etwas unter sein Kissen und stieß dann hastig die Schublade seines Nachttischs zu. Jean tat so, als bemerkte sie nichts. Sie hatte in den letzten Monaten mehr als einmal in dieser Schublade gekramt. Sie wußte, was er dort aufbewahrte. Sie hatte mit Ken über die Fotos gesprochen, und er war besorgt genug gewesen, um vorbeizukommen, während Jimmy in der Schule gewesen war. Auf dem Bett seines Älteren sitzend, die langen Beine auf den abgetretenen Teppichfliesen von sich gestreckt, hatte er die Fotos selbst durchgesehen und sorgfältig darauf geachtet, sie nicht durcheinanderzubringen. Er hatte amüsiert gelacht beim Anblick dieser Frauen, ihrer aufreizenden Beine und dieser vollendet geformten, unnatürlich gewaltigen Brüste. »Deswegen brauchst du dir wirklich keine Sorgen zu machen, Jean«, hatte er gesagt. Sie hatte gefragt, was, zum Teufel, er damit meine. Sein Sohn habe eine ganze Schublade voller schmutziger Bilder, und wenn das nicht Anlaß genug sei, sich Sorgen zu machen, was denn? »Das sind keine schmutzigen Bilder«, hatte Kenny entgegnet. »Das ist keine richtige Pornographie. Er ist neugierig, das ist alles.« Und nach einer Pause hatte er hinzugefügt: »Ich kann dir echte Pornos besorgen, wenn du was brauchst, worüber du dir Sorgen machen kannst.« Die richtigen Pornofotos, klärte er sie auf, zeigten mehr als ein

Modell – Mann und Frau, Mann und Mann, Erwachsene und Kind, Kind und Kind, Frau und Frau, Frau und Tier, Mann und Tier. Er sagte: »Das sind ganz andere Geschichten, Jeannie. Solche Fotos wie diese hier schauen sich junge Burschen an, die noch nicht wissen, wie es ist, mit einer Frau zu schlafen. Das ist ganz natürlich. Das gehört zum Erwachsenwerden.«

Sie hatte ihn gefragt, ob er auch solche Bilder besessen habe – Bilder, die er vor seinen Eltern versteckt hatte wie ein böses Geheimnis –, wenn das zum Erwachsenwerden gehöre. Er hatte die Fotografien wieder an ihren Platz gelegt und die Schublade geschlossen. »Nein«, hatte er nach einer kleinen Pause erwidert, ohne sie anzusehen. »Ich hatte doch dich. Ich hab's nicht nötig gehabt, mir in Gedanken vorzustellen, wie es sein würde, wenn es endlich passierte. Ich hab's immer gewußt.« Dann hatte er den Kopf gedreht und gelächelt. Und sie hatte das Gefühl gehabt, ihr liefe das Herz über. Wie er es nur immer geschafft hatte, solche Gefühle in ihr zu wecken!

Ein Schmerz saß in ihrer Kehle, als sie sprach. »Ich hab dir ein paar Brötchen mitgebracht. Nimm deine Beine weg, Jim, damit ich das Tablett abstellen kann.«

»Ich hab Shar doch gesagt, daß ich nicht hungrig bin.« Sein Ton war trotzig, sein Blick mißtrauisch. Dennoch machte er Platz, wie Jean ihn gebeten hatte, und sie nahm es als gutes Zeichen. Sie stellte das Tablett neben seinen Knien auf das Bett. Er trug völlig verdreckte Jeans, hatte weder seine Windjacke noch seine Schuhe ausgezogen, so als hätte er immer noch vor, wegzugehen, sobald die Polizei es aufgeben würde, das Haus zu beobachten. Jean wollte ihm sagen, wie unwahrscheinlich es war, daß die Polizei die Überwachung einstellen würde. Es gab Polizisten zu Dutzenden, zu Hunderten, vielleicht zu Tausenden; sie brauchten einander da draußen nur abzulösen.

»Ich hab vergessen, mich bei dir für gestern zu bedanken«, sagte Jean.

Jimmy fuhr sich mit den Fingern durchs Haar. Er sah auf das Tablett hinunter, ohne auf das Häschengeschirr zu reagieren. Dann starrte er wieder sie an.

»Dafür, daß du dich so um Stan und Shar gekümmert hast«, erklärte sie. »Das war lieb von dir, Jim. Dein Dad –«

»Ach, hör mir doch mit dem auf!«

Sie holte Atem und fuhr zu sprechen fort: »Dein Dad wäre stolz auf dich gewesen, dafür, daß du zu deinen Geschwistern so gut bist.«

»Ach ja? Was hat Dad denn schon vom Gutsein verstanden?«

»Für Stan und Shar bist du jetzt das Vorbild, Jimmy. Du mußt wie ein Vater sein, besonders für Stan.«

»Für Stan wär's besser, er kümmerte sich um sich selbst. Wenn er sich auf andere verläßt, fällt er nur auf die Schnauze.«

»Aber nicht, wenn er sich auf dich verläßt.«

Jimmy rückte noch weiter am Kopfteil hinauf; vielleicht um seinen Rücken zu entlasten, vielleicht um von ihr Abstand zu gewinnen. Er griff nach einer zerdrückten Packung Zigaretten, steckte sich eine zwischen die Lippen, zündete sie an und blies den Rauch schnell und heftig durch die Nasenlöcher in die Luft.

»Er braucht mich nicht«, sagte er.

»Doch, Jim, er braucht dich.«

»Solange er seine Mutter hat, nicht. Ist es nicht so?«

Er sprach in einem Ton mürrischer Herausforderung, als enthielten seine Behauptungen eine versteckte Botschaft. Jean versuchte ohne Erfolg, sie zu entschlüsseln.

»Kleine Jungen brauchen einen Mann, zu dem sie aufsehen können.«

»Ach so? Tja, tut mir leid, ich werde nicht mehr lange hier sein. Wenn Stan jemanden braucht, der ihm die Nase putzt und darauf achtet, daß er nicht an seinen Pimmel faßt, sobald das Licht ausgeht, muß er sich schon einen anderen suchen. Kapiert?« Jimmy beugte sich vor und schnippte Asche in die Untertasse.

»Und wohin willst du?«

»Weiß ich noch nicht. Irgendwohin. Ist ziemlich egal, Hauptsache, ich bin weg. Ich halt's hier nicht mehr aus. Ich hab total die Nase voll von dem Laden hier.«

»Was ist mit deiner Familie?«

»Was soll mit ihr sein?«

»Jetzt, wo dein Dad tot ist –«

»Red nicht dauernd von ihm. Wen juckt's schon, wo der ist. Der war doch schon weg, ehe sie ihn umgelegt haben. Der wär nie zurückgekommen. Glaubst du vielleicht, Stan und Shar haben geglaubt, der würde eines Tages vor der Tür stehen und fragen, ob er bitte wieder hier einziehen darf?« fragte er rauh und zog an seiner Zigarette. Seine Finger hatten gelbbraune Nikotinflecken. »Du warst die einzige, die sich das eingebildet hat, Mam. Wir anderen haben genau gewußt, daß Dad nicht zurückkommt. Und von ihr haben wir auch gewußt. Gleich von Anfang an. Wir haben sie sogar kennengelernt. Aber wir haben ausgemacht, daß wir dir nichts sagen, weil wir nicht wollten, daß es dir noch schlechter geht.«

»Ihr habt Dads –?«

»Genau. Wir haben sie getroffen. Zwei- oder dreimal. Vielleicht auch viermal. Ich weiß es nicht mehr. Und wie sie sich angeschaut haben, Dad und sie, und dabei so harmlos miteinander umgegangen sind. Mr. Fleming und Mrs. Patten haben sie sich genannt, als würden sie sich nicht kennen. Dabei haben sie bestimmt, gleich als wir weg waren, gebumst wie die Wilden.« Er paffte heftig an seiner Zigarette.

»Das hab ich nicht gewußt«, flüsterte sie. Sie ging vom Bett zum Fenster. Ohne etwas zu sehen, blickte sie in den Garten hinunter. Sie hob die Hand zu den Vorhängen. Waschen, dachte sie. Sie müssen dringend gewaschen werden. »Das hättest du mir sagen sollen, Jim.«

»Weshalb? Hättest du was anders gemacht?«

»Anders?«

»Ja. Du weißt schon, was ich meine.«

Jean wandte sich widerstrebend vom Fenster ab. »Anders inwiefern?« fragte sie.

»Du hättest dich scheiden lassen sollen. Das wenigstens hättest du für Stan tun können.«

»Für Stan?«

»Er war vier, als Dad gegangen ist. Er wäre darüber weggekommen. Und dann hätte er immer noch seine Mam gehabt. Warum hast du dir das nicht mal überlegt?« Er schnippte wieder

Asche in die Untertasse. »Du denkst, es war vorher schlimm, Mam. Aber jetzt ist alles noch viel schlimmer.«

In dem muffigen Zimmer spürte Jean, wie ein kalter Luftzug sie berührte, als wäre irgendwo in der Nähe in Fenster geöffnet worden. »Ich finde, du solltest mit mir reden«, sagte sie zu ihrem Sohn. »Du solltest mir die Wahrheit sagen.«

Jimmy schüttelte den Kopf und rauchte.

»Mami?« Sharon stand an der Tür.

»Jetzt nicht«, bat Jean. »Ich rede mit deinem Bruder. Das siehst du doch.«

Shar trat einen halben Schritt zurück. Ihre Augen hinter den Brillengläsern wirkten übergroß. Als sie nicht ging, sagte Jean scharf: »Hast du mich nicht gehört, Shar? Wirst du jetzt vielleicht auch noch taub? Geh wieder runter zu deinem Tee.«

»Ich –« Sharon blickte über die Schulter in Richtung Treppe. »Da ist –«

»Spuck's aus, Shar«, sagte ihr Bruder.

»Polizei«, sagte sie. »An der Tür. Für Jimmy.«

Sobald Lynley und Barbara aus dem Bentley gestiegen waren, wurden die Reporter, die schläfrig an einem Ford Escort lehnten, quicklebendig. Sie warteten nur so lange, bis sie sicher sein konnten, daß Lynley und Barbara zum Haus der Familie Fleming wollten, dann begannen sie wie auf Kommando, sie mit Fragen zu bombardieren.

»Gibt es schon Verdächtige?« schrie einer.

Dann ein anderer: »... Mrs. Patten schon gefunden?«

Und ein dritter: »... in Mayfair. Die Schlüssel sollen auf dem Sitz gelegen haben. Können Sie das bestätigen?«

Und dazu klickten und surrten die automatischen Kameras.

Lynley ignorierte die Meute und läutete an der Tür, während Barbara einen Wagen, der ein Stück vom Haus entfernt stand, beobachtete. »Unsere Leute sind da drüben«, sagte sie leise. »Sie scheinen's darauf anzulegen, die Flemings ein bißchen aus der Ruhe zu bringen.«

Lynley hatte sie selbst schon gesehen. »Oh, das ist ihnen sicher gelungen«, meinte er.

Als die Tür sich öffnete, sahen sie sich einem jungen Mädchen mit Brille gegegenüber. Ein paar Brotkrümel hingen in ihren Mundwinkeln, und am Kinn hatte sie mehrere Pickel. Lynley zeigte ihr seinen Ausweis und fragte nach Jimmy Fleming.

»Cooper«, sagte das Mädchen. »Jimmy? Sie wollen zu Jimmy?« Ohne auf seine Antwort zu warten, ließ sie sie auf der Treppe vor dem Haus stehen und rannte nach oben.

Sie gingen hinein, in ein Wohnzimmer mit einem Fernsehapparat, dessen Bildschirm von einem gewaltigen weißen Hai dominiert wurde. Er donnerte mit seinem Maul gegen das Gitter eines Käfigs, in dem gestikulierend ein Taucher schwebte, der das Tier fotografierte. Der Ton war heruntergedreht. Niemand schien sich die Sendung anzusehen. Während sie schweigend auf das Bild starrten, hörten sie eine helle Kinderstimme. »Das ist wie in dem Film *Der weiße Hai.* Den hab ich bei meinem Freund zu Hause mal auf Video gesehen.«

Lynley sah, daß das Kind ein Junge war, der in der Küche saß und kaute. Er hatte seinen Stuhl so weit vom gedeckten Tisch weggezogen, daß er ins Wohnzimmer hineinsehen konnte.

»Sind Sie ein Detektiv?« fragte er. »Wie Spender? Den hab ich mir früher immer im Fernsehen angeschaut.«

»Ja«, antwortete Lynley. »So ähnlich wie Spender. Bist du Stan?«

Der Junge riß die Augen auf, als hätte Lynley übernatürliche Kräfte gezeigt. »Woher wissen Sie das?«

»Ich habe ein Foto von dir gesehen. Im Zimmer deines Vaters.«

»Bei Mrs. Whitelaw? Oh, da war ich oft. Sie läßt mich immer ihre Uhren aufziehen. Nur die eine in dem kleinen Zimmer mit dem Sekretär, die wird nicht aufgezogen. Nie. Sie hat mir erzählt, ihr Großvater hat sie in der Nacht angehalten, als die Königin Viktoria gestorben ist.«

»Magst du Uhren?«

»Nicht besonders. Aber sie hat so viel Zeug in ihrem Haus. Alles mögliche. Überall. Wenn ich komme, darf ich –«

»Das reicht, Stan.« Eine Frau stand auf der Treppe.

Barbara sagte: »Mrs. Cooper, das ist Inspector –«

»Ich brauche seinen Namen nicht.« Sie kam ins Wohnzimmer und sagte, ohne ihren Sohn anzusehen: »Stan, geh mit deinem Tee in dein Zimmer.«

»Aber ich will lieber hierbleiben«, widersprach er.

»Tu, was ich gesagt habe. Sofort. Und mach die Tür zu.«

Er rutschte von seinem Stuhl, füllte sich die Hände mit Brötchen und Keksen und rannte die Treppe hinauf. Oben fiel irgendwo eine Tür ins Schloß.

Jean Cooper ging durch das Zimmer und schaltete den Fernsehapparat aus. Sie nahm eine Packung Embassy, die auf dem Gerät lag, und zündete sich eine Zigarette an. Dann drehte sie sich zu Lynley und Barbara um.

»Was hat das zu bedeuten?« fragte sie.

»Wir möchten mit Ihrem Sohn sprechen.«

»Das haben Sie doch eben getan.«

»Mit Ihrem älteren Sohn, Mrs. Cooper.«

»Und wenn er nicht zu Hause ist?«

»Wir wissen, daß er hier ist.«

»Ich kenne meine Rechte. Ich muß Ihnen nicht erlauben, mit ihm zu sprechen. Ich kann jederzeit einen Anwalt anrufen, wenn ich das will.«

»Dagegen haben wir nichts einzuwenden.«

Sie nickte mit kurzer Bewegung zu Barbara hin. »Ich hab Ihnen doch schon alles erzählt, oder vielleicht nicht?«

»Aber Jimmy war gestern nicht zu Hause«, entgegnete Barbara. »Es ist nur eine Formalität, Mrs. Cooper.«

»Nach Stan und Shar haben Sie nicht gefragt. Warum wollen Sie ausgerechnet mit Jimmy sprechen?«

»Er sollte eigentlich mit seinem Vater in Urlaub fahren«, erklärte Lynley. »Er sollte Mittwoch abend mit seinem Vater abfliegen. Wenn die Reise abgesagt oder verschoben wurde, hat er wahrscheinlich mit seinem Vater gesprochen. Darüber möchte ich mit ihm reden.« Sie drehte nervös ihre Zigarette zwischen den Fingern, ehe sie wieder daran zog. »Wie Sergeant Havers sagte«, fügte er hinzu. »Es ist nur eine Formalität. Wir sprechen mit jedem, der möglicherweise etwas über die letzten Stunden Ihres Mannes weiß.«

Jean Cooper zuckte bei diesen letzten Worten zusammen. »Es ist mehr als eine Formalität«, versetzte sie.

»Sie können dabeibleiben, während wir mit ihm sprechen«, bot Barbara an. »Oder Sie können einen Anwalt anrufen. Sie haben zu beidem das Recht, da er noch minderjährig ist.«

»Vergessen Sie das nur nicht«, entgegnete sie. »Er ist sechzehn Jahre alt. Sechzehn. Er ist noch ein Junge.«

»Das wissen wir«, erwiderte Lynley. »Würden Sie ihn jetzt bitte holen?«

Etwas lauter als vorher sagte sie: »Jimmy! Es ist besser, du redest mit ihnen, Schatz. Dann hast du's hinter dir.«

Der Junge hatte offensichtlich auf der Treppe gestanden und gelauscht. Jetzt kam er langsam herein, in schlaffer Haltung, die Schultern hängend, den Kopf zur Seite geneigt. Er sah niemanden an. Er trottete zum Sofa und ließ sich dort fallen. Sein Kinn berührte die Brust. Er streckte die Beine vor sich aus. Das bot Lynley die Gelegenheit, sich seine Füße anzusehen: Er trug Stiefel, und das Profil der Sohlen stimmte mit dem der Gipsmodelle überein, die Inspector Ardery ihnen gezeigt hatte. Selbst die verformte Stelle am Rand fehlte nicht.

Lynley stellte sich und Barbara vor. Er nahm sich einen der Sessel, Barbara einen anderen. Jean Cooper setzte sich zu ihrem Sohn aufs Sofa. Sie holte einen Blechaschenbecher vom Couchtisch und stellte ihn auf ihre Knie.

»Möchtest du eine Zigarette?« fragte sie ihren Sohn leise.

Er sagte: »Nee«, und schob sich mit einer schnellen Bewegung das Haar von den Schultern.

»Sie haben am Mittwoch mit Ihrem Vater gesprochen«, konstatierte Lynley.

Jimmy nickte, den Blick noch immer gesenkt.

»Um welche Zeit war das?«

»Weiß ich nicht mehr.«

»Morgens? Nachmittags? Ihre Maschine nach Griechenland sollte am Abend fliegen. Er hat Sie doch sicher vorher angerufen.«

»Am Nachmittag, denk ich mal.«

»Am frühen Nachmittag? Oder erst später?«

»Ich war mit Stan beim Zahnarzt«, half Jean Cooper aus. »In der Zeit muß Dad angerufen haben, Jim. Gegen vier, halb fünf.«

»Kann das sein?« fragte Lynley den Jungen. Der zuckte mit den Schultern. Lynley nahm es als Bestätigung. »Was hat Ihr Vater gesagt?«

Jimmy zog an einem Faden, der vom Saum seines T-Shirts herabhing. »Was zu erledigen.«

»Wie bitte?«

»Dad hat gesagt, er hätte was zu erledigen.« In der Stimme des Jungen schwang Ungeduld. Blöde Bullen, sagte sein Ton.

»Am selben Tag?«

»Ja.«

»Und die Reise?«

»Wieso?«

Lynley fragte, was aus den Urlaubsplänen geworden sei? Ob die Reise ganz abgeblasen oder nur verschoben worden sei.

Jimmy schien über diese Frage nachzudenken. Zumindest entnahm Lynley das dem umherschweifenden Blick des Jungen. Er erklärte schließlich, sein Vater habe gesagt, die Reise müsse um ein paar Tage verschoben werden. Er werde am nächsten Morgen noch einmal anrufen, hatte er gesagt. Dann könnten sie neue Pläne machen.

»Und als er am nächsten Morgen nicht anrief«, fragte Lynley, »was haben Sie da gedacht?«

»Gar nichts. Das war doch typisch Dad. Er hat immer alles mögliche versprochen, und nie hat er's gehalten. Die Reise war eben auch so ein Fall. Mir war's gleich. Ich wollte ja sowieso nicht fahren.« Um seinen letzten Worten Nachdruck zu verleihen, stieß er den Absatz seines Stiefels in den beigefarbenen Teppich. Er schien das ziemlich häufig zu tun, denn der Teppich war an dieser Stelle bereits schmutzbraun und fast durchgescheuert.

»Und was war mit Kent?« bohrte Lynley.

Der Junge zog so heftig an dem Faden, der von seinem Hemd herabhing, daß er abriß.

»Sie waren am Mittwoch abend draußen«, sagte Lynley. »Sie

hielten sich in der Nähe des Hauses auf. Wir wissen, daß Sie im Garten waren. Es würde mich interessieren, ob Sie auch das Haus betreten haben.«

Jean hob ruckartig den Kopf und griff nach dem Arm ihres Sohns. Er wich vor ihr zurück, ohne etwas zu sagen.

»Rauchen Sie Embassy wie Ihre Mutter, oder stammen die Zigarettenkippen, die wir hinten im Garten fanden, von einer anderen Marke?«

»Was geht hier eigentlich vor?« rief Jean.

»Der Schlüssel aus dem Geräteschuppen ist auch verschwunden«, fuhr Lynley fort. »Wenn wir Ihr Schlafzimmer durchsuchen – oder Sie bitten, Ihre Taschen zu leeren –, werden wir ihn dann finden, Jimmy?«

Das Haar des Jungen war wieder nach vorn gefallen und verhüllte sein Gesicht.

»Sind Sie Ihrem Vater nach Kent gefolgt? Oder hat er Ihnen mitgeteilt, daß er dorthin wollte? Sie haben uns eben erzählt, er habe angeblich etwas zu erledigen gehabt. Hat er Ihnen gesagt, daß es mit Gabriella Patten zu tun hatte, oder haben Sie das nur vermutet?«

»Hören Sie auf!« Jean drückte hektisch ihre Zigarette aus und knallte den Blechaschenbecher dann auf den Couchtisch. »Was tun Sie da, Sie...? Sie haben kein Recht, in mein Haus zu kommen und so mit meinem Sohn zu sprechen. Sie haben überhaupt keine Beweise. Sie haben keine Zeugen. Sie haben nichts –«

»Im Gegenteil«, unterbrach Lynley, und Jean verstummte. Er beugte sich vor. »Möchten Sie einen Anwalt, Jimmy? Ihre Mutter kann einen anrufen, wenn Sie das wollen.«

Der Junge zuckte die Achseln.

»Mrs. Cooper«, sagte Barbara, »Sie können einen Anwalt anrufen.«

Doch Jeans frühere Drohung, eben das zu tun, war anscheinend in der Wut untergegangen. »Wir brauchen keinen Anwalt«, zischte sie. »Mein Sohn hat nichts verbrochen. Überhaupt nichts. Er ist sechzehn Jahre alt. Er ist der Mann in unserer Familie. Er kümmert sich um seine Geschwister. Kent interessiert ihn gar nicht. Am Mittwoch abend war er hier. Er war in seinem Bett. Ich hab's selbst –«

»Jimmy«, sagte Lynley, »wir haben Gipsmodelle von zwei Fußabdrücken, die mit den Stiefeln, die Sie anhaben, übereinstimmen werden. Das sind doch Doc Martens, nicht wahr?« Der Junge antwortete nicht. »Den einen Abdruck fanden wir hinten im Garten, dort, wo Sie von der Koppel nebenan über den Zaun geklettert sind.«

»Das ist doch alles Quatsch!« rief Jean.

»Der andere fand sich auf dem Fußweg, der von Lesser Springburn zum Haus führt, bei dem Zauntritt in der Nähe der Eisenbahngleise.« Lynley erzählte ihm auch den Rest: von den Köperfasern, die zweifellos in die Risse an den Knien seiner Jeans passen würden; von dem Öl auf diesen Fasern; von dem Öl im Gebüsch des Gemeindeparks von Lesser Springburn. Er wünschte, der Junge würde in irgendeiner Weise reagieren. Bei den Worten zusammenzucken, versuchen, die Behauptungen zu leugnen, irgend etwas zeigen, womit sie etwas anfangen konnten. Aber Jimmy sagte und tat nichts.

»Was haben Sie in Kent getan?« fragte Lynley.

»Hören Sie auf, so mit ihm zu reden«, schrie Jean. »Er war nicht in Kent. Nie!«

»Das stimmt nicht, Mrs. Cooper. Und ich nehme an, das wissen Sie auch.«

»Hinaus! Verschwinden Sie aus meinem Haus.« Sie sprang auf und stellte sich zwischen Lynley und ihren Sohn. »Raus mit Ihnen! Alle beide! Sie haben Ihre Fragen gestellt. Sie haben mit meinem Sohn gesprochen. Jetzt verschwinden Sie. Los!«

Lynley seufzte. Er fühlte sich doppelt belastet – durch das, was er wußte, und durch das, was er noch wissen mußte. Er sagte: »Wir brauchen Antworten auf unsere Fragen, Mrs. Cooper. Jimmy kann sie uns jetzt geben, oder er kann mitkommen und dies später tun. Aber so oder so, er wird mit uns sprechen müssen. Möchten Sie jetzt Ihren Anwalt anrufen?«

»Wer ist Ihr Chef, Sie Großmaul? Seinen Namen können Sie mir geben. Den werd ich anrufen.«

»Webberly«, antwortete Lynley. »Malcolm Webberly.«

Sie schien verblüfft über Lynleys Bereitwilligkeit, ihr Auskunft zu geben. Sie kniff die Augen zusammen und musterte ihn, unschlüssig vielleicht, ob sie standhalten oder zum Telefon gehen sollte. Alles nur Tricks, sagte ihre Miene. Wenn sie aus dem Zimmer ging, um den Anruf zu tätigen, würden sie ihren Sohn für sich allein haben.

»Hat Ihr Sohn ein Motorrad?« fragte Lynley.

»Das Motorrad beweist gar nichts.«

»Dürfen wir es bitte sehen?«

»Es ist ein einziger Rosthaufen. Mit dem käme er nicht mal bis zum Tower. Geschweige denn nach Kent. Nie im Leben.«

»Es stand nicht vor dem Haus«, sagte Lynley. »Ist es hinten?«

»Ich hab gesagt –«

Lynley stand auf. »Verliert es Öl, Mrs. Cooper?«

Jean faltete wie in flehender Gebärde ihre Hände. Als auch Barbara sich aus ihrem Sessel erhob, sah Jean von einem zum anderen, als dächte sie an Flucht. Hinter ihr zog ihr Sohn die Beine an und stand ebenfalls auf.

Er schlurfte in die Küche, und sie hörten, wie er eine quietschende Tür öffnete. »Jim!« rief Jean, aber er antwortete nicht.

Lynley und Barbara folgten ihm, mit Jean dicht auf den Fersen. Als sie im Garten waren, zog er gerade die Tür eines kleinen Schuppens auf. Daneben führte ein Tor auf einen betonierten Weg hinaus, der zwischen den Häusern der Cardale Street und jenen in der Straße dahinter verlief.

Jimmy Cooper schob sein Motorrad aus dem Schuppen, schwang sich auf den Sitz, startete den Motor, ließ ihn einen Moment im Leerlauf tuckern und schaltete ihn wieder ab. Er tat das alles, ohne einen von ihnen anzusehen. Dann trat er zur Seite – die rechte Hand am linken Ellbogen, das Körpergewicht auf dem linken Fuß –, und Lynley ging in die Hocke, um sich das Motorrad genauer anzusehen.

Es war, wie Jean Cooper gesagt hatte, stark verrostet. Dort, wo kein Rost war, konnte man sehen, daß es einmal rot gewesen war, doch die Farbe war mit der Zeit oxidiert, und es waren matte Stellen geblieben, die, mit dem Rost vermischt, wie Schorf aussahen. Doch der Motor funktionierte. Als Lynley selbst ihn startete, sprang er reibungslos an und knatterte ohne eine einzige Fehlzündung vor sich hin. Er schaltete den Motor wieder ab und stellte das Motorrad auf seinen Kippständer.

»Ich hab's Ihnen doch gesagt«, fuhr Jean dazwischen. »Es ist nur ein Haufen Rost. Er gondelt damit in Cubitt Town rum. Er weiß, daß er sonst nirgendwo damit hinfahren kann. Er macht Besorgungen für mich. Besucht seine Großmutter. Unten beim Millwall Park. Er –«

»Sir.« Barbara, die auf der anderen Seite der Maschine hockte, hatte ihre eigenen Untersuchungen angestellt. Jetzt hob sie einen Finger, und Barbara sah das Öl daran. »Sie verliert Öl«, sagte Barbara überflüssigerweise, und im selben Moment fiel ein weiterer Tropfen von der Maschine auf den Betonweg, auf dem Jimmy sie abgestellt hatte.

Er hätte Triumph verspüren sollen, aber er fühlte nur Bedauern. Zuerst konnte er nicht verstehen, warum. Der Junge war mürrisch, abweisend und verdreckt, ein Halbwüchsiger auf der schiefen Bahn wahrscheinlich, der schon seit Jahren Ärger suchte. Nun hatte er ihn gefunden und würde aus dem Verkehr gezogen werden. Aber dieser letzte Gedanke bereitete Lynley keinerlei Genugtuung. Ein Moment des Nachdenkens genügte ihm, zu erkennen, wie das kam. Er war genau in Jimmys Alter gewesen, als er sich mit seiner Mutter entzweit hatte. Er wußte, was es hieß, einen Erwachsenen, den man nicht verstand, mit gleicher Kraft zu lieben und zu hassen.

»Bitte, Sergeant«, sagte er schweren Herzens und ging zum Tor, während Barbara Havers dem schweigenden Jimmy Cooper seine Rechte verlas.

16

Sie führten ihn zur Haustür hinaus und lieferten so den Reportern und Fotografen reichlich Stoff, der natürlich so raffiniert aufgemacht werden würde, daß er mittels geschickter Andeutungen soviel wie möglich enthüllte, ohne die gesetzlich verbürgten Persönlichkeitsrechte der Beteiligten zu verletzen. Sobald Lynley die Tür öffnete und Jimmy Cooper hinaustreten ließ – wobei der Junge den Kopf hängen ließ wie eine Marionette und die Hände vor den Körper hielt, als trüge er schon Handschellen –, stürzte die kleine Meute Journalisten mit einem Aufschrei der Erregung zwischen den geparkten Autos hindurch zum Bürgersteig vor dem Haus. Die Fotografen begannen Bilder zu schießen, die Reporter brüllten Fragen.

»Eine Verhaftung, Inspector?«

»Das ist der älteste Sohn?«

»Jimmy! Hast du eine Erklärung abzugeben, Junge?«

»Worum geht's? Eifersucht? Geld?«

Jimmy drehte den Kopf zur Seite und brummte: »Verpißt euch, alle miteinander.« Er stolperte, als er mit der Schuhspitze an einer Unebenheit im Boden hängenblieb. Lynley faßte ihn am Arm, um ihm Halt zu geben. Die Kameras surrten, um den Moment aufs Bild zu bannen.

»Verschwindet, ihr Schweine!« schrie Jean Cooper wütend von der Haustür her. Sie stand dort mit ihren beiden anderen Kindern, die neugierig hinter Jeans abwehrend gespreizten Armen hervorspähten. Die Fotoapparate nahmen sie ins Visier. Sie stieß Stan und Sharon ins Haus zurück. Dann kam sie herausgerannt und packte Lynley am Arm. Die Kameras klickten und surrten wie verrückt.

»Lassen Sie ihn!« wütete Jean.

»Das kann ich nicht«, erwiderte Lynley leise. »Wenn er hier nicht mit uns spricht, bleibt uns nichts anderes übrig, als ihn mitzunehmen. Möchten Sie mitkommen? Sie haben das Recht dazu, Mrs. Cooper. Er ist minderjährig.«

Sie wischte sich die Hände an ihrem übergroßen T-Shirt und warf einen Blick zum Haus, wo ihre beiden anderen Kinder aus dem Wohnzimmerfenster starrten. Zweifellos dachte sie daran, was geschehen konnte, wenn sie sie jetzt alleinließ, der Presse ausgeliefert. Sie erwiderte: »Ich muß erst meinen Bruder anrufen.«

»Ich will nicht, daß sie mitkommt«, wehrte Jimmy ab.

»Jim!«

»Du hast's gehört.« Er schüttelte sich das Haar aus dem Gesicht und erkannte sofort seinen Fehler, als die Fotografen im selben Moment sein ungeschütztes Gesicht ablichteten. Hastig senkte er den Kopf wieder.

»Du mußt nicht mitkommen –«

»Nein!«

Lynley wußte, daß diese Szene für die Journalisten ein gefundenes Fressen war. Noch durften zwar die Zeitungen keinen Artikel drucken, der Jimmys Namen nannte, und ihre Redakteure würden sich hüten, ein identifizierbares Foto zu bringen, das im Fall eines Prozesses als präjudizierend eingestuft würde und ihnen ein paar Jahre Knast eintragen konnte. Dennoch sammelte die Presse natürlich alles zur eventuellen späteren Verwendung. Also riet Lynley jetzt leise: »Rufen Sie Ihren Anwalt an, wenn Sie möchten, Mrs. Cooper, und sagen Sie ihm, er soll in den Yard kommen.«

»Wofür halten Sie mich? Eine Schickibraut aus Knightsbridge? Ich habe keinen gottverdammten – Jim! Jim! Laß mich doch mitkommen!«

Zum erstenmal sah Jimmy Lynley ins Gesicht. »Ich will sie nicht dabeihaben. Wenn sie mitkommt, sag ich keinen Ton.«

»Jimmy!« klagte Jean. Sie drehte sich um und rannte stolpernd ins Haus.

Die Journalisten übernahmen wieder den Part des griechischen Chors.

»– Anwalt? Dann steht er unter Verdacht?«

»Können Sie das bestätigen, Inspector? Kann man davon ausgehen –«

»Haben Sie schon den Obduktionsbefund?«

»Nun kommen Sie schon, Inspector! Sagen Sie uns was!«

Lynley ignorierte sie alle. Barbara zog die Pforte auf. Sie drängte sich an der Meute vorbei und schuf Platz für Lynley und den Jungen. Die Reporter und Fotografen rannten ihnen bis ans Auto nach. Als ihre Fragen auch weiterhin ignoriert wurden, steigerten sie einfach die Lautstärke und schalteten von »Möchtest du eine Erklärung abgeben?« auf »Hast du deinen Vater umgebracht?« um. Der Lärm lockte die Nachbarn aus ihren Häusern; Hunde begannen zu bellen.

»O Gott«, murmelte Barbara unterdrückt und sagte zu Jimmy: »Ziehen Sie den Kopf ein«, als Lynley die hintere Tür des Bentley öffnete. Der Junge stieg ein, während die Fotografen sich ans Fenster drückten, um jede Veränderung seines Gesichtsausdrucks festzuhalten. Plötzlich drängte sich Jean Cooper zwischen ihnen hindurch. Sie schwenkte eine Einkaufstüte in der erhobenen Hand. Lynley erstarrte und Barbara rief: »Vorsicht, Sir« und trat nach vorn, als wollte sie eingreifen.

Jean stieß einen Fotografen zur Seite. Einem anderen zischte sie »Hau ab, du!« ins Gesicht. Sie schleuderte die Einkaufstüte Lynley entgegen. »Eines sage ich Ihnen, wenn Sie meinem Sohn was antun . . . Wenn Sie ihn auch nur anrühren . . .« Ihre Stimme zitterte, und sie preßte eine Hand auf den Mund. »Ich kenne meine Rechte«, sagte sie. »Er ist sechzehn Jahre alt. Ohne einen Anwalt stellen Sie ihm keine einzige Frage. Sie lassen sich nicht mal seinen Namen buchstabieren.« Sie neigte sich zum Wagen und schrie durch das geschlossene hintere Fenster. »Jimmy, du redest mit keinem Menschen, solange nicht der Anwalt da ist. Hast du verstanden, Jim? Du redest mit niemandem.«

Ihr Sohn starrte geradeaus. Jean rief weiter seinen Namen.

»Wir können von uns aus einen Anwalt besorgen, Mrs. Cooper. Wenn Ihnen das eine Hilfe wäre«, versuchte Lynley sie zu beschwichtigen.

Sie richtete sich auf und warf den Kopf in den Nacken. »Auf Ihre Hilfe pfeif ich«, zischte sie. Dann zwängte sie sich zwischen den Journalisten hindurch und begann zu laufen, als diese ihr folgten.

Lynley reichte Barbara die Plastiktüte, doch sie waren schon auf der Manchester Road nach Norden, ehe sie sie öffnete. »Einmal Kleider zum Wechseln«, sagte sie, während sie den Inhalt durchging. »Zwei Butterbrote. Ein Seglerbuch. Eine Brille.« Sie drehte sich in ihrem Sitz herum, hielt Jimmy die Brille entgegen und fragte: »Wollen Sie die haben?«

Er starrte sie trotzig an, als wollte er sagen: Laß mich doch in Ruhe, dann sah er zur Seite.

Barbara steckte die Brille wieder in die Tüte, stellte diese auf den Boden und murmelte: »Okay«, während Lynley zum Autotelefon griff und die Nummer von New Scotland Yard eintippte. Er erreichte Constable Nkata im Dienstraum. Die Hintergrundgeräusche, das Läuten von Telefonen und das allgemeine Stimmengewirr verrieten ihm, daß zumindest einige der Beamten, die er aus dem Wochenende zur Arbeit gerufen hatte, mittlerweile von ihrer Ermittlungstätigkeit zurückgekehrt waren.

»Also«, sagte er. »Was haben wir?«

»Kensington ist zurück«, antwortete Nkata. »Keine Neuigkeiten. Die gute Mrs. Whitelaw ist total sauber.«

»Wie sieht der Bericht aus?«

»Die ganze Straße ist voll mit alten Villen, die in Mehrfamilienhäuser umgewandelt worden sind. Wußten Sie das, Inspector?«

»Ich war schon mal in der Straße, Nkata.«

»Also, in jedem Haus gibt's ungefähr sechs bis sieben Wohnungen. Und in jeder Wohnung leben vielleicht drei, vier Leute.«

»Das klingt allmählich wie die große Klage eines armen Bullen.«

»Ich will damit nur sagen, Sir, daß die Frau sauber ist. Wir haben mit jedem Jack und Dick gesprochen, den wir in jeder gottverdammten Wohnung angetroffen haben. Kein Mensch in Staffordshire Terrace hat sie letzte Woche irgendwo hinfahren sehen.«

»Das spricht nicht gerade für die Beobachtungsgabe der Leute, hm? Da sie ja gestern vormittag mit uns weggefahren ist.«

»Aber wenn sie mitten in der Nacht nach Kent gefahren wäre, hätte sie ihren Wagen genommen, richtig? Sie hätte sich bestimmt nicht im Taxi rausbringen und den Fahrer warten lassen, bis sie das Feuer gelegt hat. Und den Bus hat sie garantiert auch nicht genommen. Den Zug ebensowenig. Nicht um diese Zeit.«

»Erzählen Sie mir mehr.«

»Ihr Wagen steht in einer Garage hinter dem Haus – in so einer kleinen Straße, Phillips Walk. Da gibt's auch lauter umgebaute kleine Häuser. Ehemalige Stallungen und Remisen.«

»Ja?«

»So dicht nebeneinander wie die Nutten am King's Cross. Und überall Fenster. Am Mittwoch abend waren die alle offen, weil das Wetter so schön war.«

»Und niemand hat Mrs. Whitelaw wegfahren sehen? Niemand hörte ihr Auto?«

»Nein. Mittwoch nacht war das Baby im Haus gegenüber der Garage bis vier Uhr morgens wach und mußte dauernd von seiner Mutter herumgetragen werden. Die Mutter hätte das Auto gehört. Sie ist fast die ganze Nacht vor den Fenstern auf und ab gelaufen, um das Kleine zu beruhigen. Sie hat nichts gesehen oder gehört. Wenn also die gute Mrs. Whitelaw nicht durch den Kamin entschwebt ist, ist sie sauber, Inspector. Tut mir leid.«

»Macht nichts«, erwiderte Lynley. »Das überrascht mich gar nicht. Sie hat ohnehin schon ein Alibi bekommen.«

»Hatten Sie sie als Täterin im Auge?«

»Nicht unbedingt. Aber ich habe es gern, wenn alles geklärt ist und keine Fragen offenbleiben.« Er beendete das Gespräch mit der Weisung an Nkata, ein Vernehmungszimmer bereitstellen zu lassen und die Pressestelle davon zu unterrichten, daß ein sechzehnjähriger Junge aus dem East End der Polizei bei ihren Ermittlungen helfe. Dann legte er das Telefon weg, und bis New Scotland Yard sprach keiner mehr.

Jeder Journalist auf der Isle of Dogs hatte offensichtlich einen Kollegen, der sich zufällig in der Victoria Street aufhielt, telefonisch informiert. Als Lynley am Broadway in der Einfahrt zu New Scotland Yard anhielt, war der Bentley augenblicklich umringt. Nicht nur Zeitungsreporter und -fotografen bedrängten sie, sondern auch aggressive Kameraleute des Fernsehens, die alle anderen rücksichtslos zur Seite drückten.

»Heiliger Strohsack«, murmelte Barbara.

Lynley riet: »Ducken Sie sich, Jim«, und fuhr den Wagen langsam zum Tor der Tiefgarage, während die Fotografen Hunderte von Bildern schossen und die Kameraleute ihre Filme drehten, die am Abend zweifellos über sämtliche Fernsehsender des Landes ausgestrahlt werden würden.

Jimmy Cooper reagierte auf den ganzen Tumult lediglich mit einem Abwenden seines Gesichts von Fotoapparaten und Kameras und äußerte weder Interesse noch Entsetzen. Lynley und Barbara stiegen mit ihm in den Aufzug und führten ihn durch endlose Korridore, wo eine Weile eine Pressebeamtin neben ihnen herrannte, die, ganz überflüssig nach dem Spießrutenlauf, den sie gerade hinter sich gebracht hatten, sagte: »Wir haben die Erklärung bereits herausgegeben, Inspector. Ein junger Mann. Sechzehn Jahre alt. East End.« Dabei warf sie einen raschen Blick auf Jimmy. »Kann man dem im Moment noch etwas hinzufügen, ohne zu weit zu gehen? Die Schule des Jungen vielleicht? Anzahl der Geschwister? Andeutungen über die Familie? Etwas über Kent?«

Lynley schüttelte nur den Kopf. »Gut. Bei uns klingeln die Telefone wie bei der Feuerwehr. Ich höre von Ihnen, wenn's mehr gibt, ja?« bat die Beamtin.

Sie blieb zurück, ohne eine Antwort erhalten zu haben.

Constable Nkata erwartete sie im Vernehmungszimmer, wo der Rekorder bereitstand und die Stühle aufgestellt waren, zwei an jeder Seite eines Tisches und zwei an den gegenüberliegenden Wänden. Er fragte Lynley: »Wollen Sie seine Abdrücke?«

»Noch nicht«, antwortete dieser und zeigte dem Jungen, auf welchem Stuhl er Platz nehmen solle. »Wollen wir uns einen Moment miteinander unterhalten, Jimmy? Oder möchten Sie lieber warten, bis Ihre Mutter einen Anwalt schickt?«

Jimmy ließ sich mit krummem Rücken auf den Stuhl fallen und zupfte wieder am Saum seines T-Shirts. »Mir egal.«

Lynley bat Nkata: »Geben Sie uns Bescheid, wenn er hier ist. Bis dahin unterhalten wir uns einfach.«

Nkatas Gesichtsausdruck zeigte Lynley, daß er verstanden hatte. Sie würden versuchen, soviel wie möglich aus dem Jungen herauszubekommen, ehe der Anwalt kam und ihm den Maulkorb anlegte.

Lynley schaltete den Rekorder ein, gab Datum und Zeit an, nannte die im Vernehmungszimmer anwesenden Personen: sich selbst, Sergeant Barbara Havers und James Cooper, Sohn von Kenneth Fleming. Er sagte noch einmal: »Möchten Sie einen Anwalt dabei haben, Jimmy? Sollen wir warten?« Als der Junge nur die Schultern zuckte, fügte er hinzu: »Sie müssen antworten.«

»Ich brauch keinen beschissenen Anwalt, okay? Ich will keinen.«

Lynley setzte sich dem Jungen gegenüber, und Barbara ging zu einem der Stühle an der Wand. Lynley hörte das Kratzen des Streichholzes, als sie sich eine Zigarette anzündete. Eine Sekunde später roch er den Rauch. Jimmys Blick flog gierig zu Barbara und glitt sofort wieder von ihr ab. Lynley klopfte seinem Sergeant im Geist auf die Schulter. Manchmal war ihr Laster durchaus nützlich.

»Rauchen Sie ruhig, wenn Sie wollen«, sagte er zu dem Jungen.

Barbara warf ihre Streichhölzer auf den Tisch. »Brauchen Sie eine Zigarette?« fragte sie Jimmy.

Er schüttelte den Kopf, doch seine Füße standen keinen Moment still, und er zupfte immer noch an seinem T-Shirt.

»Es ist schwer, vor der eigenen Mutter zu sprechen«, meinte Lynley. »Sie meint es gut, aber sie ist eben eine Mutter, stimmt's? Mütter wollen einen immer festhalten. Sie wollen immer bei allem dabeisein.«

Jimmy wischte sich mit einem Finger unter der Nase entlang. Er warf einen Blick zu dem Streichholzheft.

»Sie können einen nie in Ruhe lassen«, fuhr Lynley fort. »Jedenfalls meine Mutter konnte das nicht. Und sie möchten es nicht wahrhaben, daß man kein kleiner Junge mehr ist, sondern ein Mann.«

Jimmy hob den Kopf, um sich das Haar aus dem Gesicht zu

streichen, und nutzte die Gelegenheit, um einen verstohlenen Blick auf Lynley zu werfen.

»Ich kann verstehen, daß Sie nicht vor ihr sprechen wollten«, sagte Lynley. »Ich hätte das eigentlich gleich kapieren müssen, denn ich selbst hätte vor meiner Mutter auch kein einziges Wort sagen mögen. Sie läßt Ihnen nicht viel Freiraum, hm?«

Jimmy kratzte sich am Arm, dann an der Schulter. Er zupfte wieder an seinem Hemd.

»Meine Hoffnung ist«, fuhr Lynley nach einer Pause fort, »daß Sie uns helfen können, ein paar Einzelheiten zu klären. Sie sind nicht verhaftet. Sie sind hier, um uns zu helfen. Wir wissen, daß Sie in Kent waren, im Garten des Hauses. Wir nehmen an, daß Sie am Mittwoch abend dort waren. Wir möchten gern wissen, warum, wie Sie dorthin gelangt, wann Sie angekommen und wann Sie wieder gegangen sind. Das ist alles. Können Sie uns da weiterhelfen?«

Lynley hörte, wie Barbara, die hinter ihm saß, an ihrer Zigarette zog. Eine Rauchwolke wehte zu ihnen herüber. Noch einmal zählte Lynley sorgfältig die Beweise auf, die die Anwesenheit des Jungen in Kent belegten. Er schloß mit der Frage: »Sind Sie Ihrem Vater gefolgt?«

Jimmy hustete und kippte seinen Stuhl leicht nach hinten.

»Haben Sie nur vermutet, daß er nach Kent fahren würde? Er hatte Ihnen gesagt, er hätte etwas zu erledigen. Wirkte er erregt? Oder besorgt? Sagte er Ihnen, daß er vorhatte, mit Gabriella Patten zusammenzutreffen?«

Jimmy ließ die vorderen Stuhlbeine wieder auf den Boden krachen.

»Er war vor kurzem beim Anwalt gewesen. Wegen einer Scheidung. Ihre Mutter wird darüber sicher niedergeschlagen gewesen sein. Sie haben sie vielleicht weinen sehen und sich gefragt, warum sie weint. Vielleicht hat sie auch mit Ihnen gesprochen. Vielleicht hat sie Ihnen gesagt –«

»Ich war's.« Jimmy blickte endlich auf. Seine hellbraunen Augen waren blutunterlaufen, doch er sah Lynley direkt ins Gesicht. »Ich hab's getan«, sagte er. »Ich hab das Schwein umgelegt. Er hat's verdient.«

Jimmy zog seine Hand aus der Tasche und warf einen Schlüssel auf den Tisch. Als Lynley nichts dazu sagte, rief der Junge: »Den wollten Sie doch haben, oder?« Er holte eine zerdrückte Packung John Player's aus der anderen Hosentasche und schaffte es mit einiger Mühe, eine geknickte Zigarette herauszuzupfen. Er zündete sie mit Barbaras Streichhölzern an, doch er brauchte vier Anläufe, ehe es ihm gelang, das Streichholz anzureißen.

»Erzählen Sie es mir«, bat Lynley.

Jimmy hielt die Zigarette zwischen Daumen und Zeigefinger und inhalierte gierig. »Er hat sich eingebildet, er wär was ganz Besonderes. Er hat gemeint, er könnte sich alles erlauben.«

»Sind Sie ihm nach Kent gefolgt?«

»Ich bin ihm überallhin gefolgt. Immer wenn ich Bock drauf hatte.«

»Mit dem Motorrad? An dem Abend?«

»Ich hab gewußt, wo er ist. Ich war ja früher schon dort. Er hat gedacht, er könnte daherreden, wie er will, und uns sollte alles recht sein. Ihm war's ganz gleich, was wir uns alles von ihm gefallen lassen mußten.«

»Was geschah am Mittwoch abend, Jimmy?«

Er sei nach Lesser Springburn gefahren, erzählte Jimmy, weil sein Vater ihn offensichtlich belogen hatte und er ihn bei der Lüge ertappen wollte, um ihm dann seine Unwahrheit ins Gesicht schleudern zu können, diesem Mistkerl. Er hatte erklärt, sie müßten ihren Urlaub verschieben, weil er sich um eine Cricket-Angelegenheit kümmern müsse, eine dringende Geschichte, die er nicht aufschieben könne. Es habe mit den Ausscheidungskämpfen gegen Australien zu tun, einem englischen Nationalspieler, einem Freundschaftsspiel irgendwo ... Jimmy konnte sich nicht genau erinnern. Aber, so sagte er, er habe die Lüge sowieso keinen Moment geglaubt.

»Da hat nur sie dahintergesteckt«, klagte er. »Die da draußen in Kent. Bestimmt hat sie ihn angerufen und gesagt, er soll kommen, und er konnte gar nicht schnell genug zu ihr rausfahren. Die brauchte ja nur mit dem kleinen Finger zu winken, und schon ist er gerannt. Der war total geil auf sie.«

Er sei direkt zum Haus gefahren, sagte Jimmy, weil er die beiden hatte überraschen wollen. Er hatte nicht riskieren wollen, daß sie das Motorrad hörten. Oder ihn in der Einfahrt sahen. Deshalb war er von der Springburn Road nicht abgebogen, sondern weitergefahren ins Dorf. Er hatte hinter dem Pub geparkt, die Maschine im Gebüsch am Rand des Gemeindeparks versteckt. Dann war er auf dem Fußweg zum Haus gelaufen.

»Woher wußten Sie von dem Fußweg?« fragte Lynley.

Na, sie seien doch als Kinder oft genug dort gewesen. Als ihr Vater damals ins Cottage sei und für Kent gespielt habe. An den Wochenenden hatten sie ihn anfangs fast immer besucht. Er und Shar waren dann auf Entdeckungsreise gegangen. Sie kannten den Fußweg beide. *Jeder* kannte den Weg.

»Und wie ging es an diesem Abend weiter?« fragte Lynley.

Jimmy war über die Mauer zu der Koppel gestiegen, die zu dem Bauernhof gleich östlich vom Haus gehörte, und hatte sich von dort aus bis zu der Ecke geschlichen, wo das Grundstück anfing, auf dem das Haus der Whitelaws stand. Dort war er über den Zaun geklettert und über die Hecke in den Garten gesprungen.

»Um welche Zeit war das?«

Das konnte er nicht sagen. Aber es war nach der Polizeistunde gewesen, weil auf dem Parkplatz des Pub keine Autos mehr gestanden hatten, als er angekommen war. Dann, sagte er, habe er hinten im Garten gelauert und sich die beiden vorgestellt.

»Wen?« fragte Lynley.

Na sie, sagte er. Die schicke Blondine. Und seinen Vater. Er habe ihnen bei ihrer Nummer viel Spaß gewünscht, sagte er, weil er nämlich in dem Moment beschlossen habe, daß es ihre letzte sein würde.

Er hatte gewußt, wo der zusätzliche Schlüssel aufbewahrt wurde, im Geräteschuppen unter der Keramikente. Er hatte ihn sich geholt und damit die Küchentür aufgesperrt. Dann hatte er das Feuer im Sessel gelegt, war zu seinem Motorrad zurückgerannt und nach Hause gefahren.

»Ich wollte, daß sie alle beide sterben.« Er drückte seine Zigarette heftig in den Aschenbecher und spie ein Fädchen Tabak auf den Tisch. »Aber die Kuh krieg ich noch. Sie werden's schon sehen.«

»Woher wußten Sie, daß Ihr Vater im Haus war? Sind Sie ihm gefolgt, als er aus Kensington wegfuhr?«

»Das war gar nicht nötig. Ich hab ihn ja sofort gefunden.«

»Haben Sie seinen Wagen gesehen? Vor dem Haus? Oder in der Einfahrt?«

Jimmy starrte ihn fassungslos an. Dieses Auto, betonte er, sei seinem Vater kostbarer gewesen als sein Schwanz. *Niemals* hätte er es draußen stehen gelassen, wo es doch eine Garage gab! Der Junge schob zwei Finger in die zerquetschte Zigarettenpackung und fischte eine weitere verbogene Zigarette heraus. Diesmal zündete er sie ohne Schwierigkeiten an. Er habe seinen Vater durch das Küchenfenster gesehen, sagte er, bevor er das Licht ausgemacht habe und nach oben gegangen sei, um mit der Alten zu bumsen.

»Sagen Sie mir mehr über das Feuer selbst«, forderte Lynley ihn auf. »Das im Sessel.«

Was er denn dazu sagen solle? wollte Jimmy wissen.

»Erklären Sie mir, wie Sie es gelegt haben.«

Mit einer Zigarette habe er es getan, sagte er. Er habe sie angezündet und in den Sessel gesteckt. Dann habe er sich durch die Küche aus dem Haus geschlichen und sei zu seinem Motorrad gerannt.

»Erklären Sie es mir bitte Schritt für Schritt«, bat Lynley. »Rauchten Sie zu dem Zeitpunkt gerade eine Zigarette?«

Nein. Natürlich habe er nicht geraucht. Wofür Lynley ihn denn halte? Für einen kompletten Idioten vielleicht?

»War es so eine Zigarette wie die hier? Eine Player's?«

Ja. Ganz recht. Eine Player's.

»Und Sie haben sie angezündet?« fragte Lynley. »Würden Sie mir das bitte mal zeigen?«

Jimmy stieß seinen Stuhl zurück und sagte scharf: »Zeigen? Was soll ich Ihnen da zeigen?«

»Wie Sie die Zigarette angezündet haben.«

»Wieso? Haben Sie noch nie gesehen, wie man eine Zigarette anzündet?«

»Ich würde gern sehen, wie *Sie* es machen.«

»Ja, verdammt noch mal, was glauben Sie denn, wie ich 'ne Zigarette anzünde?«

»Ich weiß es nicht. Haben Sie ein Feuerzeug benutzt?«

»Natürlich nicht. Zündhölzer.«

»So wie diese?«

Jimmy deutete mit dem Kinn in Barbaras Richtung und machte ein Gesicht, als wollte er sagen: So leicht kannst du mich nicht reinlegen. »Das sind doch ihre.«

»Das ist mir klar. Ich frage Sie, ob Sie ein Heftchen Streichhölzer benutzt haben, da Sie ja kein Feuerzeug verwenden.«

Der Junge senkte den Kopf. Er konzentrierte seine Aufmerksamkeit auf den Aschenbecher.

»Waren es Streichhölzer wie diese hier?« fragte Lynley wieder.

»Ach, rutschen Sie mir doch den Buckel runter«, murmelte Jimmy.

»Hatten Sie die Streichhölzer mit, oder haben Sie welche aus dem Haus benutzt?«

»Er hat's verdient«, nuschelte Jimmy wie im Selbstgespräch. »Er hat's verdient, verdammt noch mal. Und sie ist die nächste. Sie werden schon sehen.«

Es klopfte, und Barbara ging zur Tür. Stimmengemurmel folgte. Lynley beobachtete schweigend Jimmy Cooper. Das Gesicht des Jungen – der Teil jedenfalls, den Lynley sehen konnte – war in einem Ausdruck der Gleichgültigkeit erstarrt, wie in Beton gegossen. Lynley fragte sich, wie tief der Schmerz und die Schuld sein mußten, die soviel künstliche Nonchalance hervorbrachten.

»Sir?« rief Barbara von der Tür her. Lynley ging hinüber. Nkata stand im Korridor. »Little Venice und Isle of Dogs sind zurück«, meldete er. »Sie sind im Dienstraum. Soll ich mit Ihnen reden?«

Lynley schüttelte den Kopf. »Besorgen Sie dem Jungen etwas zu essen«, sagte er. »Nehmen Sie seine Fingerabdrücke. Sehen Sie, ob er freiwillig seine Schuhe herausrückt. Ich denke, er wird es. Und wir brauchen etwas für eine DNS-Untersuchung.«

»Hm, das wird heikel werden«, meinte Nkata.

»Ist sein Anwalt schon da?«

»Noch nicht, nein.«

»Dann nutzen Sie die Gunst der Stunde, ehe wir ihn auf freien Fuß setzen.«

»Auf freien Fuß setzen?« warf Barbara hastig ein. »Aber, Sir, er hat uns doch eben erzählt –«

»Wenn erst der Anwalt mitmischt –« fuhr Lynley fort, als habe er Barbara gar nicht gehört.

»– werden wir nichts mehr zu lachen haben«, schloß Nkata.

»Wir müssen also schnell handeln. Aber, Nkata«, fügte Lynley hinzu, als der Constable schon seine Schulter gegen die Tür drückte, »achten Sie darauf, daß der Junge sich nicht aufregt.«

»Verstanden.«

Nkata ging ins Vernehmungszimmer, und Lynley und Barbara machten sich auf den Weg zum Dienstraum. Er war in der Nähe von Lynleys Büro eingerichtet worden. Landkarten, Fotografien und Schaubilder hingen an den Wänden. Auf den Schreibtischen häuften sich Hefter und Akten. Sechs Constables – zwei Frauen, vier Männer – saßen an Telefonen, an Aktenschränken und einem runden Tisch, auf dem Zeitungen ausgebreitet waren.

»Isle of Dogs«, sagte Lynley, als er ins Zimmer trat, und warf sein Jackett über eine Stuhllehne.

Eine der Beamtinnen, die mit einem Telefonhörer zwischen Kopf und Schulter auf eine Verbindung wartete, antwortete ihm. »Der Junge kommt und geht bei Tag und Nacht, wie er will. Er hat ein Motorrad, fährt immer zum hinteren Tor raus und macht auf dem Weg zwischen den Häusern einen Höllenlärm. Meistens rast er da mit Vollgas und Hupen durch. Die Nachbarn konnten nicht mit Sicherheit sagen, ob er am Mittwoch abend unterwegs war, weil er meistens abends losfährt und ein Abend wie der andere ist. Also: kann sein, kann aber auch nicht sein.«

Ihr Partner, ein junger Mann in verblichener schwarzer Jeans und einem Sweatshirt mit abgeschnittenen Ärmeln, sagte: »Der Junge ist jedenfalls ein echtes Früchtchen. Macht die Nachbarn an. Vergreift sich an Kleineren. Hört überhaupt nicht auf seine Mutter.«

»Und was ist mit der Mutter?« fragte Lynley.

»Die arbeitet auf dem Billingsgate-Markt. Fährt jeden Morgen um drei Uhr vierzig los und kommt gegen Mittag nach Hause.«

»Was war Mittwoch abend? Und Donnerstag morgen?«

»Von der hören die Leute nie einen Ton, außer wenn sie ihren Wagen anläßt«, berichtete die Beamtin. »Die Nachbarn konnten uns also nicht viel über sie sagen, als wir wegen Mittwoch nachgefragt haben. Fleming kam allerdings regelmäßig vorbei. Alle, mit denen wir gesprochen haben, haben das bestätigt.«

»Um die Kinder zu sehen?«

»Nein. Er kam mittags gegen eins, wenn die Kinder nicht zu Hause waren. Meistens blieb er zwei Stunden oder länger. Er war übrigens auch Anfang der Woche da. Montag oder Dienstag vielleicht.«

»Hat Jean am Donnerstag gearbeitet?«

Die Beamtin gestikulierte mit dem Telefonhörer. »Das versuche ich gerade herauszubekommen. Bis jetzt habe ich niemanden aufgetrieben, der es uns sagen konnte. Der Markt ist bis morgen geschlossen.«

»Sie hat behauptet, sie sei Mittwoch abend zu Hause gewesen«, sagte Barbara zu Lynley. »Aber das kann niemand bestätigen; sie war mit den Kindern allein im Haus, und die Kinder haben geschlafen.«

»Wie sieht's in Little Venice aus?« wollte Lynley wissen.

»Volltreffer«, erklärte ein anderer Beamter, der mit seinem Partner an dem runden Tisch saß. »Faraday ist am Mittwoch abend so gegen halb elf weggegangen.«

»Das hat er uns gestern schon gesagt.«

»Ja, aber er ist mit Olivia Whitelaw zusammen weggegangen, Sir. Zwei Nachbarn haben es gesehen. Es scheint ziemlich mühsam zu sein, die Whitelaw vom Boot zur Straße hinaufzubefördern.«

»Haben die beiden mit jemandem gesprochen?« fragte Lynley.

»Nein, aber der Ausflug war aus zwei Gründen merkwürdig.« Für den ersten Grund hob er den Daumen. »Erstens haben sie ihre Hunde nicht mitgenommen, und das ist nach dem, was die Leute in der Gegend uns erzählt haben, ganz und gar ungewöhnlich. Und zweitens« – er hob den Zeigefinger und lächelte breit – »sind sie nach Aussage eines gewissen Bidwell erst nach fünf nach Hause gekommen. Um die Zeit kehrte nämlich er selbst von einer Kunstausstellung in Windsor zurück, die, wie Bidwell es formulierte, ›zu einer tollen Orgie ausartete, aber kein Wort zu meiner Frau, Freunde‹.«

»Na, das ist ja wirklich interessant«, sagte Barbara zu Lynley. »Auf der einen Seite ein Geständnis. Auf der anderen Seite ein Lügenmärchen, das ganz unnötig ist. Was, glauben Sie, hat das zu bedeuten, Sir?«

Lynley griff nach seinem Jackett. »Ich schlage vor, wir fragen nach«, erwiderte er.

Nkata und ein zweiter Constable blieben, um die Telefone zu bedienen und Jimmy Cooper seinem Anwalt zu übergeben, sobald dieser eintreffen sollte. Der Junge hatte auf Nkatas Vorschlag seine Doc Martens abgegeben, hatte es sich gefallen lassen, daß man ihm die Fingerabdrücke abnahm und ihn fotografierte. Auf Nkatas Bitte, ihm eine Haarsträhne zu überlassen, hatte er nur wortlos die Schultern gezuckt. Entweder war ihm die Tragweite dessen, was geschah, nicht klar, oder es war ihm gleichgültig. Die Haare wurden jedenfalls sichergestellt, in einem Plastikbeutel verwahrt und mit einem Etikett versehen.

Es war sieben vorbei, als Lynley und Barbara über die Brücke in der Warwick Avenue fuhren und in die Blomfield Road einbogen. Vor einer der eleganten viktorianischen Villen mit Blick auf den Kanal fanden sie einen Parkplatz und gingen rasch den Bürgersteig entlang zu der Treppe, die zu Browning's Pool hinunterführte.

Das Deck des Hausboots war leer. Doch die Kajütentür stand offen, und von unten waren die Geräusche eines Fernsehapparats oder Radios zu hören, in die sich Geschirrgeklapper mischte. Lynley klopfte an und rief Faradays Namen. Der Radio- oder Fernsehapparat wurde bei den Worten »... mit seinem Sohn, der am Freitag seinen sechzehnten Geburtstag feierte, nach Griechenland –« abgestellt.

Einen Augenblick später erschien Chris Faradays Gesicht in der Kajütentür. Seine Augen verengten sich, als er sah, daß Lynley draußen stand. »Was ist los?« fragte er. »Ich bin gerade beim Kochen.«

»Es gibt noch ein paar Punkte zu klären«, erwiderte Lynley und trat unaufgefordert vom Deck auf die Treppe, die in die Kajüte hinabführte.

Faraday hob eine Hand, als Lynley weitergehen wollte. »Moment mal! Kann das nicht warten?«

»Es dauert nicht lang.«

Faraday seufzte resigniert und machte Platz.

»Ah, Sie tapezieren«, sagte Lynley mit einem Blick auf eine Kollektion Poster, die in willkürlicher Anordnung an den Holzwänden der Kajüte hingen. »Die waren gestern noch nicht da, nicht wahr? Das ist übrigens meine Mitarbeiterin, Sergeant Barbara Havers.« Er sah sich die Plakate an, wobei er länger bei einer ungewöhnlichen Karte Großbritanniens verweilte, auf der das Land in merkwürdiger Weise in Sektoren aufgeteilt war.

»Was soll das?« fragte Faraday. »Ich habe das Abendessen auf dem Herd stehen. Ich möchte nicht, daß es anbrennt.«

»Dann sollten Sie das Gas vielleicht ein bißchen herunterdrehen. Ist Miss Whitelaw hier? Mit ihr möchten wir auch gern sprechen.«

Faraday schien Einwände erheben zu wollen, doch dann machte er wortlos auf dem Absatz kehrt und verschwand in der Küche. Sie hörten, wie auf der anderen Seite des Boots eine Tür geöffnet wurde und Faraday mit gedämpfter Stimme etwas sagte. Olivia Whitelaws Antwort war deutlich zu verstehen. »Chris!« rief sie. »Was denn, Chris!« Wieder sprach er leise zu ihr; diesmal ging ihre Erwiderung jedoch im plötzlich losbrechenden Gebell der Hunde unter. Danach folgte undefinierbares Rumoren, und zwei Minuten später kam Olivia Whitelaw zu ihnen ins Zimmer.

Mühsam einen Fuß vor den anderen setzend, schleppte sie

sich, auf ihre Gehhilfe gestützt, herein. Ihr Gesicht war hager und eingefallen. In der Küche hantierte Chris Faraday klappernd mit Töpfen und Deckeln, knallte Schranktüren zu, herrschte die Hunde an, sie sollten verschwinden, rief zornig »Au« und »Verdammt«, worauf Olivia bat: »Mach doch langsam, Chris«, ohne ihre Aufmerksamkeit von Barbara Havers zu wenden, die an der Wand entlangging und die Poster betrachtete.

»Ich hatte mich gerade hingelegt«, sagte sie zu Lynley. »Was ist so wichtig, daß es nicht warten kann?«

»Ihre Aussage zu Mittwoch abend ist nicht ganz klar«, antwortete Lynley. »Sie haben da anscheinend ein paar Details vergessen.«

»Zum Teufel!« Faraday kam, von den Hunden gefolgt, aus der Küche geschossen. Er hielt ein Geschirrtuch in der Hand, das er auf den Eßtisch warf. Es landete auf einem der Teller, die er zum Abendessen gedeckt hatte. Er trat zu Olivia, aber als er ihr in einen Sessel helfen wollte, sagte sie brüsk: »Ich schaff das schon«, und ließ sich selbst hineingleiten. Sie stieß die Gehhilfe zur Seite, und der Beagle wich ihr kläffend aus und gesellte sich zu dem dreibeinigen Mischling, um mit ihm zusammen Barbaras Schuhe zu inspizieren.

»Mittwoch abend?« fragte Faraday.

»Ganz recht. Mittwoch abend.«

Faraday und Olivia tauschten einen Blick. Er sagte: »Aber das habe ich Ihnen doch bereits gesagt. Ich war auf einer Party in Clapham.«

»Ja, aber ich möchte gern Näheres wissen.« Lynley ließ sich auf der Armlehne des Sessels gegenüber von Olivia nieder. Barbara setzte sich auf einen Hocker an der Werkbank. Sie blätterte auf der Suche nach einer unbeschriebenen Seite in ihrem Heft.

»Was denn?«

»Nun, welchen Anlaß hatte die Party?«

»Keinen besonderen. Wir haben uns einfach zusammengesetzt – Männer unter sich, verstehen Sie –, um ein bißchen Dampf abzulassen.«

»Wer sind diese Männer?«

»Wollen Sie Namen?« Faraday rieb sich den Nacken, als wäre er steif. »Na schön.« Er runzelte die Stirn und begann langsam eine Reihe von Namen zu nennen. Ab und zu zögerte er, um dann etwas wie »Ach ja, ein gewisser Geoff war auch da. Den kannte ich noch nicht« zu ergänzen.

»Und die Adresse in Clapham?« fragte Lynley.

In der Orlando Road sei es gewesen, erklärte er. Er ging zur Werkbank und zog aus einer Sammlung großer, abgegriffener Bände ein altes Adreßbuch hervor. Er schlug es auf, blätterte, las dann die Adresse vor. »Der Wohnungsinhaber heißt David Prior. Wollen Sie seine Telefonnummer?«

»Bitte.«

Faraday gab sie ihnen, und Barbara schrieb sie auf. Er schob das Adreßbuch wieder an seinen Platz und kehrte zu Olivia zurück, um sich neben sie in einen Sessel zu setzen.

»Frauen waren keine auf dieser Party?« fragte Lynley.

»Nein. Es war eine reine Männerfete. Den Frauen hätte der Abend wohl kaum gefallen. Sie wissen schon, was ich meine.«

»Was denn?«

Faraday warf Olivia einen verlegenen Blick zu. »Na ja, wir haben uns ein paar Filme angesehen. Nur so zum Jux. Wir haben was getrunken, gequatscht, gelacht und uns amüsiert. Im Grunde völlig harmlos.«

»Und es war keine einzige Frau dabei?«

»Nein. Die hätten sich dieses Zeug bestimmt nicht anschauen mögen.«

»Pornofilme?«

»Ganz so schlimm war es wohl nicht. Ein bißchen künstlerischer vielleicht.« Olivia starrte ihn unverwandt an. Er lachte und sagte: »Livie, du weißt doch, daß es nur Quatsch war. *Das böse Kindermädchen, Papas Zuckerpüppchen, Bangkok-Buddha.*«

»Das sind die Filmtitel?« fragte Barbara mit gezücktem Bleistift.

Als Faraday sah, daß sie sie aufschreiben wollte, zählte er bereitwillig auch die anderen auf, wenn auch seine Wangen sich dabei etwas röteten. »Wir haben sie uns in Soho geholt«, fügte er hinzu, als er am Ende der Litanei angekommen war. »In der Berwick Street ist eine Videothek.«

»Und es waren keine Frauen anwesend?« bohrte Lynley noch einmal. »Sie sind ganz sicher? Zu keiner Zeit?«

»Natürlich bin ich sicher. Warum fragen Sie immer wieder?«

»Um welche Zeit sind Sie nach Hause gekommen?«

»Nach Hause?« Faraday warf Olivia einen fragenden Blick zu. »Auch das habe ich Ihnen schon gesagt. Es war spät. Irgendwann nach vier.«

»Und Sie waren allein hier?« wandte sich Lynley an Olivia. »Sie sind nicht ausgegangen? Und Sie haben Mr. Faraday nicht gehört, als er zurückkam?«

»Richtig, Inspector. Wenn Sie also nichts dagegen haben, würden wir jetzt gern essen.«

Lynley stand von der Sessellehne auf und ging zum Fenster. Er hob die Jalousie ein wenig an und sah lange zu Browning's Island hinüber, das nicht weit entfernt in der Mitte des Beckens lag. Ohne den Blick abzuwenden, sagte er: »Auf der Party waren keine Frauen?«

»Was soll das?« fragte Faraday ungeduldig. »Das habe ich Ihnen doch jetzt schon mehrmals erklärt.«

»Miss Whitelaw war nicht anwesend?«

»Ich denke doch, daß ich immer noch als Frau zähle, Inspector«, sagte Olivia.

»Wohin wollten Sie und Mr. Faraday dann am Mittwoch abend um halb elf? Und woher kamen Sie beide, als Sie am folgenden Morgen erst nach fünf Uhr zurückkehrten? Wenn Sie, Miss Whitelaw, nicht auf der Männerparty waren.«

Keiner reagierte. Der dreibeinige Hund stand auf, humpelte zu Olivia und legte seinen Kopf auf ihr Knie. Sie ließ ihre Hand auf sein Fell sinken, bewegte sie aber dann nicht mehr.

Faraday sah weder die beiden Polizeibeamten noch Olivia an. Er stellte die Gehhilfe wieder auf, die Olivia weggeschleudert hatte, und strich mit der Hand über den Aluminiumrahmen. Schließlich hob er den Blick und richtete ihn auf Olivia. Die Entscheidung darüber, ob sie die Situation klären oder weiterhin lügen wollte, lag offensichtlich bei ihr.

Sie sagte leise: »Bidwell. Dieser widerliche Schnüffler.« Sie drehte den Kopf zu Faraday um. »Ich habe meine Zigaretten am Bett liegen gelassen. Würdest du ...?«

»Natürlich.« Er schien froh, das Zimmer verlassen zu können, wenn auch nur für den Moment, den er brauchen würde, ihr das Gewünschte zu holen.

Er kam mit einer Packung Marlboro, einem Feuerzeug und einer Tomatendose, der das halbe Etikett fehlte, wieder zurück. Die Dose schob er ihr zwischen die Knie. Er schüttelte eine Zigarette aus der Packung und zündete sie für sie an. Dann begann sie zu sprechen, ohne die Zigarette aus dem Mund zu nehmen. Wenn der Aschekegel zu lang wurde, ließ sie ihn einfach auf ihren schwarzen Pulli fallen.

»Chris hat mich ein Stück mitgenommen«, sagte sie. »Er fuhr dann weiter zu der Party. Und als die Party vorbei war, hat er mich wieder abgeholt.«

»Sie waren von zehn Uhr abends bis fünf Uhr morgens unterwegs?« fragte Lynley.

»Ganz recht. Von zehn Uhr abends bis fünf Uhr morgens. Wahrscheinlich war es sogar halb sechs, was Bidwell Ihnen zweifellos mit größtem Vergnügen erzählt hätte, wenn er nüchtern genug gewesen wäre, um seine Uhr richtig lesen zu können.«

»Sie waren auch auf einer Party?«

Sie lachte prustend durch die Nase. »Während die Herren sich an Pornos ergötzten, haben die Damen einen Backwettbewerb veranstaltet? Nein, ich war nicht auf einer Party.«

»Wo waren Sie dann, wenn man fragen darf?«

»Jedenfalls nicht in Kent, wenn Sie darauf hinaus wollen.«

»Gibt es jemanden, der bestätigen kann, wo Sie an dem Abend waren?«

Sie zog an ihrer Zigarette und starrte ihn durch Rauchschleier an, die ihr Gesicht so wirksam verhüllten wie am Tag zuvor.

»Miss Whitelaw«, bat Lynley. Er war müde. Er war hungrig. Es war spät. Sie hatten lange genug um die Wahrheit herumgeredet. »Vielleicht ließe sich dieses Gespräch bequemer anderswo führen.«

Barbara schlug ihr Heft zu.

»Livie!« rief Faraday.

»Also gut.« Sie drückte ihre Zigarette aus und versuchte ungeschickt, die Packung zur Hand zu nehmen, doch sie entglitt ihr und fiel zu Boden. »Laß«, meinte sie, als Faraday sie aufheben wollte. »Ich war bei meiner Mutter«, sagte sie zu Lynley.

Lynley war nicht sicher, was er erwartet hatte, aber das nun gewiß nicht. »Bei Ihrer Mutter?« wiederholte er.

»Ja. Sie haben sie doch bestimmt schon kennengelernt – Miriam Whitelaw, die Frau, die niemals große Worte macht, aber unweigerlich die richtigen findet. Staffordshire Terrace Nummer 18. Dieses verstaubte viktorianische Relikt. Ich meine das Haus, nicht meine Mutter. Wenngleich sie, was Verstaubtheit betrifft, einen sehr guten zweiten Platz belegt. Ich habe sie am Mittwoch abend, als Chris sich zu seiner Party auf den Weg gemacht hatte, besucht. Er hat mich am nächsten Morgen, bevor er nach Hause fuhr, dort wieder abgeholt.«

Barbara schlug ihr Heft wieder auf, und Lynley konnte das Kratzen ihres Stifts auf dem Papier hören.

»Warum haben Sie mir das nicht gleich gesagt?« fragte er. Und warum, dachte er, hatte Miriam Whitelaw es ihm nicht erzählt?

»Weil es mit Kenneth Fleming überhaupt nichts zu tun hat. Weder mit seinem Leben noch mit seinem Tod, noch mit sonst etwas, das ihn betrifft. Es hatte nur mit mir zu tun. Und mit Chris. Und natürlich mit meiner Mutter. Ich habe Ihnen nichts davon gesagt, weil es nicht Ihre Angelegenheit ist. Mutter hat es Ihnen nicht gesagt, weil sie meine Privatsphäre schützen wollte. Das bißchen, was mir noch geblieben ist.«

»In einem Mordfall gibt es keine Privatsphäre, Miss Whitelaw.«

»Also, das ist ja wirklich das letzte! So ein arroganter, engstirniger Mist ist mir noch nie untergekommen! Ist das Ihr übliches Verfahren? Ich habe Kenneth Fleming nicht gekannt. Ich bin ihm nicht ein einziges Mal begegnet.«

»Aber Ihnen sollte, denke ich, daran gelegen sein, sich von jedem Verdacht zu befreien. Immerhin ist durch seinen Tod für Sie der Weg zum Erbe Ihrer Mutter frei geworden.«

»Sind Sie wirklich so vernagelt, oder geben Sie hier für mich eine Sondervorstellung?« Sie hob den Kopf, um zur Decke zu starren. Er sah, wie sie zwinkerte, wie sie mehrmals krampfhaft schluckte. Faraday legte seine Hand auf die Armlehne ihres Sessels, doch er berührte sie nicht. »Sehen Sie mich doch an!« sagte sie. Es klang, als spräche sie mit zusammengebissenen Zähnen. Sie senkte den Kopf und sah Lynley in die Augen. »Sehen Sie mich an, verdammt noch mal, und gebrauchen Sie Ihren Verstand. Das Testament meiner Mutter interessiert mich einen Scheißdreck. Ihr Haus, ihr Geld, ihre Wertpapiere, ihr Geschäft – das alles ist mir völlig gleichgültig. Ich sterbe, kapiert? Können Sie das in Ihren Schädel reinkriegen, auch wenn es Ihre ganze schöne Beweisführung umschmeißt? Ich sterbe! Was, in Gottes Namen, hätte ich also davon gehabt, Kenneth Fleming umzulegen und mir das Erbe meiner Mutter zu sichern? In anderthalb Jahren werde ich tot sein. *Sie* wird noch zwanzig Jahre leben. Ich werde nichts erben, weder von ihr noch von sonst jemandem. Gar nichts. Haben Sie das endlich begriffen?«

Sie hatte angefangen zu zittern, und ihre Beine schlugen gegen den Sessel. Faraday murmelte ihren Namen. »Nein!« fuhr sie ihn ohne ersichtlichen Grund an. Sie preßte den linken Arm an den Körper. Ihr Gesicht hatte während des Gesprächs einen feuchten Glanz angenommen, der jetzt noch intensiver geworden zu sein schien. »Ich war am Mittwoch abend bei ihr, weil ich wußte, daß Chris zu der Party mußte und mich nicht begleiten konnte. Ich wollte ihn nicht dabeihaben. Ich mußte sie allein sehen.«

»Allein?« fragte Lynley. »Mußten Sie nicht damit rechnen, daß Fleming da sein würde?«

»Der hat für mich nicht gezählt. Mir ging es nur um Chris. Er sollte nicht mitansehen, wie ich vor meiner Mutter kroch. Fleming hätte mich nicht gestört. Ich glaubte eher, es würde meine Erfolgschancen steigern, wenn er dabei wäre, weil ich ziemlich sicher war, daß meine Mutter vor ihm mit Freuden die alles Verzeihende und alles Verstehende spielen würde. Und nicht daran denken würde, mich an die Luft zu setzen.«

»Und als er dann nicht da war?« fragte Lynley.

»Es zeigte sich, daß das keine Bedeutung hatte. Meine Mutter sah ...« Olivia wandte den Kopf und sah Faraday an. Er schien zu glauben, sie brauche Unterstützung, denn er nickte ihr aufmunternd zu. »Meine Mutter sah mich. So. Wie jetzt. Vielleicht war es sogar noch schlimmer, weil es später Abend war, und abends geht's mir immer schlechter. Jedenfalls – ich brauchte gar nicht zu kriechen. Ich brauchte sie um nichts zu bitten.«

»Hatten Sie sie deshalb aufgesucht? Weil Sie sie um etwas bitten wollten?«

»Ja.«

»Und worum?«

»Es hat mit dieser Sache hier nichts zu tun – mit Kenneth und seinem Tod. Das geht nur meine Mutter und mich an. Und meinen Vater.«

»Trotzdem. Wir brauchen Einzelheiten. Es tut mir leid, wenn es für Sie schwierig ist, darüber zu sprechen.«

»O nein, es tut Ihnen nicht leid.« Sie schüttelte langsam den Kopf. Sie schien zu müde, um sich länger gegen ihn zur Wehr zu setzen. »Ich habe meine Bitte vorgebracht«, sagte sie. »Und meine Mutter war sofort einverstanden.«

»Womit, Miss Whitelaw?«

»Meine Asche bei der meines Vaters zu bestatten, Inspector.«

17

Mit einem Gefühl des Triumphs spießte Barbara Havers den letzten Ring der *calamari fritti* auf, ehe Lynley zulangen konnte. Sie bedachte mit Muße und Genugtuung, welche der drei Soßen – *marinara, olio vergine de oliva* mit Kräutern oder Butter und Knoblauch – sie dazu nehmen sollte. Sie entschied sich für die zweite, wobei sie überlegte, was denn nun eigentlich *vergine* war, die Olive oder das Öl.

Auf Lynleys Vorschlag, sie sollten sich die Kalamari als Vorspeise teilen, hatte sie gemeint: »Gute Idee, Sir. Dann nehmen wir also einmal Kalamari.« Dabei hatte sie in die Speisekarte geblickt und versucht, Kennermiene zu zeigen. Tatsächlich beschränkte sich ihre Erfahrung mit italienischer Küche auf den gelegentlichen, zweifelhaften Genuß eines Tellers *spaghetti bolognese* in irgendeinem Schnellimbiß, wo man die Spaghetti aus dem Paket und die Bolognese, die sofort einen rostfarbenen Ölring bildete, aus der Dose auf den Teller zu klatschen pflegte.

Hier hatten *spaghetti bolognese* gar nicht auf der Karte gestanden, und eine englische Übersetzung der aufgeführten Gerichte gab es nicht. Man hätte wahrscheinlich auf Wunsch eine englische Karte haben können, aber damit hätte man ja seine Unwissenheit eingestanden, und das vor einem Vorgesetzten, der, soweit Barbara bekannt war, mindestens drei gottverdammte Fremdsprachen beherrschte, die Karte mit großem Interesse studierte und den Kellner dann auch noch fragte, wie *stagionato* denn das *cinghiale* sei. Da hatte sie lieber munter drauflos bestellt, auch wenn ihre Aussprache nicht korrekt war, und im stillen nur gebetet, daß sie nicht gerade Oktopus erwischt hatte.

Kalamari war sehr nahe daran, wie sie entdeckte. Gewiß, die Dinger sahen nicht wie Tintenfisch aus. Da waren keine Fangarme, die einem freundlich vom Teller entgegenwinkten. Aber hätte sie in dem Moment, als sie sich zu der Gemeinschaftsbestellung mit Lynley durchgerungen hatte, gewußt, was sie erwartete, so wäre sie nicht auf seinen Vorschlag eingegangen, sondern hätte eine Allergie gegen alle Wesen mit Fangarmen vorgeschützt.

Doch die erste Kostprobe beruhigte sie. Die zweite, dritte und vierte – in Verbindung mit den Soßen, in die sie ihre Happen immer mutiger eintauchte – überzeugten sie, daß sie bisher ein viel zu behütetes gastronomisches Leben geführt hatte. Sie hatte schon eine ganz beachtliche Bresche in das kunstvolle Arrangement wohlschmeckender weißer Ringe geschlagen, als sie merkte, daß Lynley kaum Schritt hielt. Tapfer kämpfte sie jedoch weiter, machte schließlich triumphierend ihren letzten Stich und wartete auf eine Bemerkung Lynleys über ihren Appetit oder ihre Tischmanieren.

Er äußerte sich überhaupt nicht, sondern zerzupfte zwischen seinen Fingern ein Stück *focaccia*, so gewissenhaft, als hätte er die Absicht, die Krümel am Rand des Blumenkastens entlang zu verteilen, der den Bereich des *Capannina di Sante* abgrenzte; eines Restaurants, das, einen Katzensprung von der Kensington High Street entfernt, in einer ruhigen Nebenstraße lag und neben einer angeblichen, aber obskuren Verbindung zu einem Restaurant gleichen Namens in Florenz das vornehmlich auf den südlichen Teil des Kontinents beschränkte Vergnügen des Speisens im Freien bot, wenn das launische Londoner Wetter es erlaubte. Als wären sie mit telepathischen Fähigkeiten besonderer Art ausgestattet, hatten sich in dem Moment, als Lynley das Brot aus dem Korb nahm und auf seinen Teller legte, sechs kleine, braune Vögel eingefunden. Sie hüpften jetzt erwartungsvoll vom Rand des Blumenkastens zu den ordentlich gestutzten Wacholderpflanzen, die in ihm wuchsen, und fixierten Lynley, der sie gar nicht zu bemerken schien, mit glitzernden Äuglein.

Barbara schob endlich den letzten Kalamari-Ring in den Mund. Sie kaute, genoß, schluckte, seufzte und freute sich auf den *secondo*, den zweiten Gang, der nun bald folgen mußte. Sie hatte das Gericht einzig des komplizierten Namens wegen gewählt: *tagliatelle fagioli all'uccelletto*. Eine tolle Kombination von Buchstaben! Wie auch immer das ausgesprochen wurde, sie war überzeugt, daß dieses Gericht das Meisterwerk des Kochs sein mußte. Wenn nicht, so würde darauf eine *anitra albicocce* folgen. Und wenn ihr das nicht schmeckte – was auch immer es sein mochte –, so konnte sie sich immer noch an Lynleys Essen halten, das voraussichtlich größtenteils unberührt bleiben würde. So sah es im Augenblick jedenfalls aus.

»Was ist?« fragte sie ihn. »Liegt's am Essen oder an der Gesellschaft?«

Er antwortete mit einer Bemerkung, die mit ihrer Frage wohl nichts zu tun hatte. »Helen hat gestern abend für mich gekocht.«

Barbara griff sich noch ein Stück *focaccia* und ignorierte die Vögel. Lynley hatte seine Lesebrille aufgesetzt, um ein Weinetikett zu lesen, und nickte dem Kellner auffordernd zu.

»Und das Menü war so denkwürdig, daß Sie es jetzt nicht über sich bringen, hier zu essen? Weil sie den köstlichen Geschmack von gestern nicht vertreiben möchten? Oder haben Sie ein Gelübde abgelegt, daß nichts, was nicht von Helens lilienweißer Hand zusammengerührt ist, je wieder über Ihre Lippen kommen wird? Oder was ist es sonst?« fragte Barbara. »Wieviel von dem Tintenfisch haben Sie eigentlich gegessen? Ich dachte, wir wollten feiern. Wir haben unser Geständnis. Was wollen Sie denn noch?«

»Sie kann nicht kochen, Havers. Im Notfall würde es vielleicht zu einem gekochten Ei reichen.«

»Und?«

»Und nichts. Ich mußte nur daran denken.«

»An Helens Kochkünste?«

»Wir hatten eine Meinungsverschiedenheit.«

»Wegen ihrer Kocherei? Das ist ganz schön sexistisch, Inspector. Soll sie Ihnen als nächstes vielleicht auch noch die Knöpfe annähen und die Socken stopfen?«

Lynley steckte seine Brille wieder ein und schob das Futteral in seine Tasche. Er nahm sein Glas und betrachtete einen Moment lang den Wein darin, ehe er trank.

»Ich habe ihr gesagt, sie müsse sich entscheiden«, fuhr er fort. »Entweder, oder. Ich bin es müde zu betteln. Ich habe die Ungewißheit satt.«

»Und hat sie sich entschieden?«

»Ich weiß es nicht. Ich habe sie seither noch nicht wieder gesprochen. Ich habe bis jetzt nicht einmal an sie gedacht. Was, glauben Sie, hat das zu bedeuten? Habe ich eine Chance, mich zu erholen, wenn sie mir das Herz bricht?«

»Von enttäuschter Liebe erholen wir uns alle.«

»Glauben Sie?«

»Solange es sich um die Liebe zwischen Mann und Frau handelt, ja. Die sexuelle oder romantische Liebe. Aber wenn es eine andere ist, erholen wir uns, glaube ich, niemals.«

Sie schwieg, während der Kellner abräumte und frisches Besteck vor sie hinlegte. Er schenkte Lynley mehr Wein ein und ihr mehr Mineralwasser.

»Er sagt, er habe ihn gehaßt, aber das glaube ich nicht. Ich glaube, er hat ihn getötet, weil er es nicht ertragen konnte, ihn so sehr zu lieben und zusehen zu müssen, wie er Gabriella Patten ihm vorzog. Denn so wird Jimmy es gesehen haben. So sehen Kinder diese Dinge immer. Nicht nur als eine Zurückweisung ihrer Mutter, sondern auch als eine Geringschätzung ihrer eigenen Person. Gabriella hat ihm seinen Vater weggenommen –«

»Fleming lebte seit Jahren nicht mehr mit der Familie zusammen.«

»Aber bis jetzt war nichts entschieden gewesen. Es gab immer noch Hoffnung. Nun war die Hoffnung dahin. Und um alles noch schlimmer zu machen, um Jimmy die Zurückweisung noch stärker fühlen zu lassen, hat der Vater auch noch die Geburtstagsreise für den Jungen verschoben. Und warum? Damit er zu Gabriella fahren konnte.«

»Um die Beziehung zu beenden, wenn es stimmt, was Gabriella uns erzählt hat.«

»Gut. Aber das wußte Jimmy ja nicht. Er glaubte, sein Vater hätte es so eilig, nach Kent rauszukommen, weil er mit der Frau zusammen sein wollte.« Barbara hob ihr Wasserglas und dachte über das Bild nach, das sie da entworfen hatte. »Warten Sie mal. Wie wär's, wenn das überhaupt der Schlüssel ist?« Sie stellte die Frage mehr an sich selbst als an Lynley und Lynley wartete bereitwillig.

Der Kellner brachte den zweiten Gang. Frischer Käse wurde

angeboten, Romano oder Parmesan. Lynley wählte den Romano, und Barbara folgte seinem Beispiel. Sie machte sich über ihre Pasta mit Tomaten und Bohnen her. Nicht das, was sie nach diesem tollen Namen erwartet hätte. Aber gar nicht schlecht. Sie streute etwas Salz darüber.

»Er hat sie gekannt«, sagte sie, während sie, nicht unbedingt gekonnt, die Tagliatelle am Tellerrand aufdrehte. Der Kellner hatte ihr aufmerksamerweise einen großen Löffel hingelegt, aber sie hatte keinen Schimmer, was sie mit ihm anfangen sollte. »Er hat sie gesehen, war mit ihr zusammen, manchmal im Beisein seines Vaters. Aber zu anderen Zeiten – nehmen wir mal an, Daddy ist zu anderen Zeiten mit den beiden Geschwistern losgezogen und hat Jimmy bei ihr gelassen. Weil Jimmy der Widerspenstige war, verstehen Sie? Die anderen beiden waren möglicherweise leichter zu gewinnen, aber Jimmy nicht. Und da ist sie eben um ihn rumgeschwänzelt. Fleming wird sie vermutlich noch dazu ermutigt haben. Sie sollte ja eines Tages die Stiefmutter des Jungen werden. Da wird sie doch gewünscht haben, daß er sie mag. Und Fleming wird das auch gehofft haben. Für sie war es bestimmt sehr wichtig, von dem Jungen gemocht zu werden. Vielleicht wollte sie sogar noch ein bißchen mehr.«

»Havers, Sie wollen doch nicht unterstellen, daß sie den Jungen verführt hat!«

»Warum nicht? Sie haben sie doch heute morgen selbst gesehen.«

»Ich habe gesehen, daß sie Mollison auf ihre Seite ziehen mußte und nicht viel Zeit dazu hatte.«

»Glauben Sie denn, dieses aufreizende Getue hat allein Mollison gegolten? Könnte sie nicht vielleicht auch Sie im Auge gehabt haben? Vielleicht wollte sie Ihnen zeigen, was Ihnen entgeht, da Sie ja leider der ermittelnde Beamte sind. Aber angenommen, Sie wären es nicht? Oder angenommen, Sie hätten sie am Abend angerufen und gesagt, Sie müßten noch einmal zu ihr kommen, um ein paar offene Fragen zu klären? Glauben Sie vielleicht, sie würde nicht gern ihre Wirkung auf Sie testen?«

Lynley widmete sich seinen Scampi.

»Es macht ihr Spaß, Männer anzulocken, Sir. Das hat uns ihr

Mann selbst erzählt, und Mollison hat uns das gleiche gesagt. Weshalb hätte sie der Chance widerstehen sollen, auch Jimmy auf ihre Seite zu ziehen, als die sich bot?«

»Soll ich offen sein?« fragte Lynley.

»Bitte.«

»Weil er abstoßend ist. Ungewaschen, eklig, wahrscheinlich hat er Filzläuse und auch noch irgendwelche Krankheiten wie Herpes, Syphilis, Tripper, Warzen, HIV. Es mag Gabriella Patten Spaß machen, die Männer um den Finger zu wickeln, aber ich hatte nicht den Eindruck, daß sie ein völlig hirnloses Wesen ist. Ihre erste Sorge in jeder Situation gälte immer ihrem eigenen Wohlergehen. Auch das hat man uns erzählt, Havers. Wir wissen es von ihrem Mann, von Mrs. Whitelaw, von Mollison, von Gabriella Patten selbst.«

»Aber Sie denken an den Jimmy von heute, Inspector. Wissen Sie denn, wie er früher war? Er kann nicht immer so ein verwahrloster Penner gewesen sein. Das muß irgendwann einmal angefangen haben.«

»Und der Verlust des Vaters reicht da nicht?«

»Hat es denn bei Ihnen gereicht? Oder Ihrem Bruder?« Barbara sah das hastige Heben des Kopfes und erkannte, daß sie zu weit gegangen war. »Entschuldigen Sie. Das hätte ich nicht sagen sollen.« Sie kehrte zu ihren Tagliatelle zurück. »Er sagt, er habe ihn gehaßt. Er sagt, er habe ihn getötet, weil er ihn haßte, weil er ein Schwein war und es verdient hatte, zu sterben.«

»Für Sie ist das kein ausreichendes Motiv?«

»Ich sage nur, daß wahrscheinlich mehr dahintersteckt, und daß dieses Mehr wahrscheinlich Gabriella Patten ist. Die hätte doch keine Ahnung gehabt, wie sie ihn als zukünftige Stiefmutter für sich gewinnen sollte; aber sie hätte genug Trümpfe anderer Art im Ärmel oder in der Bluse gehabt. Nehmen wir doch einfach mal an, daß es so war: Sie hat es getan. Einerseits, weil sie es spannend fand, einen Teenager zu verführen. Und andererseits, weil es das einzige Mittel war, das ihr einfiel, um Jimmy für sich zu gewinnen. Aber sie tut ein bißchen zuviel des Guten. Er will auch da spielen, wo Daddy spielt. Er schäumt vor Eifersucht auf seinen Vater, und als sich die Chance dazu bietet, räumt er Dad aus dem Weg und erwartet, nun Gabriella für sich allein zu haben.«

»Sie vergessen, daß er glaubte, auch Gabriella befände sich im Haus«, warnte Lynley.

»Sagt er. Das ist doch ganz logisch, oder? Er kann uns doch nicht erzählen, daß er Dad umgelegt hat, weil er mit seiner zukünftigen Stiefmutter in die Federn wollte. Aber er wußte mit Sicherheit, daß sein Vater im Haus war. Er hatte ihn durch das Küchenfenster gesehen.«

»Aber die Ardery und ihre Leute haben unter dem Fenster keine Fußabdrücke gefunden.«

»Na und? Er war im Garten.«

»Ganz hinten.«

»Er war im Geräteschuppen. Er kann seinen Vater von dort aus gesehen haben.« Barbara gönnte sich eine Pause in ihrem Bemühen, ihre Nudeln kunstgerecht um die Gabel zu drehen. Verständlich, daß man nicht so schnell dick wurde, wenn man jeden Tag solches Essen zu sich nahm. Die Anstrengung, es vom Teller in den Mund zu befördern, war ungeheuer. Sie taxierte den Ausdruck auf Lynleys Gesicht. Seine Miene war verschlossen. Zu verschlossen. Das gefiel ihr gar nicht. Sie sagte: »Sie machen doch jetzt keinen Rückzieher? Also wirklich, Inspector! Wir haben ein Geständnis!«

»Ein unvollständiges Geständnis.«

»Was haben Sie denn in der ersten Runde erwartet?«

Lynley schob seinen Teller zur Tischmitte. Er sah zu dem Blumenkasten hinunter, auf dem immer noch die Vögel hoffnungsvoll herumhüpften, und warf ihnen ein paar Krümel zu.

»Inspector...«

»Was haben Sie am Mittwoch abend nach der Arbeit getan?« fragte Lynley.

»Was ich –? Keine Ahnung.«

»Überlegen Sie. Sie waren im Yard fertig. Sind Sie allein weggegangen? Oder mit einer anderen Person zusammen? Haben Sie Ihr Auto genommen? Oder die U-Bahn?«

Sie dachte nach. »Winston und ich sind noch einen trinken gegangen«, antwortete sie. »Ins *King's Arms*.«

»Was haben Sie getrunken?«

»Limonade.«

»Und Nkata?«

»Weiß ich nicht mehr. Was er immer trinkt.«

»Und dann?«

»Dann bin ich nach Hause gefahren, hab mir was zu essen gemacht und mir im Fernsehen einen Film angesehen. Dann bin ich ins Bett.«

»Aha. Gut. Was war das für ein Film? Um welche Zeit ist er gelaufen? Wann hat er angefangen? Wann war er zu Ende?«

Sie runzelte die Stirn. »Es muß nach den Nachrichten gewesen sein.«

»Nach welchen Nachrichten? Auf welchem Sender?«

»Lieber Himmel, keine Ahnung.«

»Wer hat in dem Film mitgespielt?«

»Ich hab den Vorspann nicht gesehen. Niemand besonderes. Außer vielleicht einer von den Redgraves, einer von den jüngeren.«

»Worum ging es?«

»Ich glaube, es hatte was mit Kohlebergbau zu tun. Ich weiß nicht mehr. Ich bin eingeschlafen.«

»Wie hieß der Film?«

»Ich kann mich nicht erinnern.«

»Sie haben sich einen Film angesehen und können sich weder an seinen Namen noch an die Handlung, noch an die Mitwirkenden erinnern?« fragte Lynley.

»Richtig.«

»Erstaunlich.«

Sein Ton mit dieser Doppelschwingung von selbstverständlicher Überlegenheit und konziliantem Verständnis machte sie wütend. »Wieso? Habe ich die Pflicht, mich zu erinnern? Was ist eigentlich der Zweck dieser Übung?«

Lynley nickte dem Kellner zu, um ihm anzudeuten, daß er den Teller wegnehmen könne. Barbara fuhr eine letzte Gabel voll widerspenstiger Tagliatelle ein und schob ihren Teller ebenfalls von sich. Der Kellner deckte den Tisch für die Hauptgerichte, die sie bestellt hatten.

»Es geht um Alibis«, sagte Lynley. »Wer eines hat, und wer keines hat.« Er nahm sich ein frisches Stück *focaccia* und begann, es zu zerkrümeln wie das andere. Fünf Neuankömmlinge hatten sich zu den Vögeln im Blumenkasten gesellt. Lynley warf ihnen Brotkrumen zu, ohne sich darum zu kümmern, daß er damit weder das Wohlwollen der anderen Gäste noch das des Geschäftsführers gewann, der ihn mit finsterer Miene von der Tür aus beobachtete.

Als das Hauptgericht serviert wurde, griff Lynley zu Messer und Gabel. Barbara jedoch verschwendete keinen Blick an ihr Essen, sondern setzte die Diskussion fort. »Das ist doch total überflüssig, Inspector. Wir brauchen uns um Alibis nicht zu kümmern. Wir haben den Jungen.«

»Ich bin aber nicht überzeugt.«

»Na schön, dann gehen wir doch der Sache auf den Grund. Jimmy hat ein Geständnis abgelegt. Haken wir nach.«

»Ein unvollständiges Geständnis«, mahnte Lynley wieder.

»Schön, dann sehen wir zu, daß wir es vervollständigen können. Holen wir uns den Jungen noch mal in den Yard. Machen wir ihm die Hölle heiß und lassen nicht locker, bis er uns die ganze Geschichte von Anfang bis Ende erzählt hat.«

Lynley schob ein Stück Wildschweinbraten in den Mund. Er richtete seine Aufmerksamkeit auf die Vögel, während er kaute. Geduldig und hartnäckig zugleich, hüpften sie zwischen dem Wacholder und dem Rand des Blumenkastens hin und her. Sie machten ihn allein durch ihre Anwesenheit mürbe. Er warf ihnen noch ein paar Brotkrumen hin und sah zu, wie sie darüber herfielen. Einer eroberte ein Stück von der Größe eines Daumennagels und flatterte eilig davon, um sich auf der anderen Straßenseite auf einem Fensterbrett niederzulassen.

»Sie ermutigen sie doch nur«, sagte Barbara schließlich. »Die kommen auch allein durch.«

»Glauben Sie?« fragte Lynley nachdenklich.

Er aß. Er trank. Barbara wartete. Sie wußte, daß er über die Fakten nachsann. Es hatte wenig Sinn, weiter mit ihm zu fechten. Dennoch konnte sie es sich nicht verkneifen, so ruhig, wie ihr das bei ihren heftigen Gefühlen in dieser Sache möglich war, zu bemerken: »Er war dort. Er war in Kent. Wir haben die Fasern, die Fußabdrücke und Öl von seinem Motorrad. Wir haben jetzt auch seine Fingerabdrücke. Sie sind auf dem Weg zu Inspector Ardery. Wir brauchen nur noch die Zigarettenmarke.«

»Und die Wahrheit«, korrigierte Lynley.

»Herrgott noch mal, Inspector! Was wollen Sie denn noch?«

Lynley wies mit einer Kopfbewegung auf ihren Teller. »Ihr Essen wird kalt.«

Sie sah hinunter. Irgendein Geflügel in irgendeiner Soße. Der Vogel war knusprig gebraten. Die Soße war hell. Sie pikste den Vogel versuchsweise mit der Gabel an und fragte sich, was sie da bestellt hatte.

»Ente«, sagte Lynley, als hätte er ihre Gedanken gelesen. »Mit Aprikosensoße.«

»Na, wenigstens ist es nicht Huhn.«

»Eindeutig nicht.« Er aß weiter. Um sie herum unterhielten sich die anderen Gäste. Kellner eilten geräuschlos hin und her, zündeten Kerzen an, als es dunkel zu werden begann.

»Ich hätte es Ihnen übersetzt«, sagte er.

»Was?«

»Die Speisekarte. Sie hätten nur zu fragen brauchen.«

Barbara schnitt sich ein Stück Ente ab. Sie hatte noch nie Ente gegessen. Das Fleisch war dunkler, als erwartet. »Ich lebe gern riskant.«

»Auch wenn es gar nicht nötig ist?«

»Es ist spannender. Gibt dem Leben Würze. Sie wissen, was ich meine.«

»Aber nur im Restaurant«, erwiderte er.

»Was?«

»Leben Sie riskant. Lassen sich vom Instinkt leiten.«

Sie legte ihre Gabel weg. »Schön, dann bin ich eben Sergeant Sturkopf. Einer muß schließlich hin und wieder vernünftig sein.«

»Da bin ich ganz Ihrer Meinung.«

»Weshalb wollen Sie dann mit Jimmy nichts zu tun haben? Was stimmt an Jimmy nicht?«

Wieder wandte er sich seinem Essen zu. Er warf einen Blick in den Korb, offensichtlich auf der Suche nach mehr Brot für die Vögel, aber es war nichts mehr da. Er trank seinen Wein und ließ sich vom Kellner ein zweites Glas einschenken. Barbara war klar, daß er sich all die Zeit nahm, um sich darüber klarzuwerden, wie sie weiterarbeiten wollten. Sie zwang sich, den Mund zu halten, und wappnete sich, die Entscheidung zu akzeptieren, wie immer sie ausfallen mochte. Als er schließlich sprach, konnte sie es kaum glauben, daß sie tatsächlich gesiegt hatte.

»Lassen Sie ihn morgen früh um zehn noch einmal in den Yard kommen«, bat Lynley. »Und sorgen Sie dafür, daß sein Anwalt dabei ist.«

»Ja, Sir.«

»Der Pressestelle sagen Sie, daß wir denselben Sechzehnjährigen ein zweites Mal vernehmen.«

Barbara fiel die Kinnlade herab. Einen Moment lang starrte sie ihren Chef an, dann schloß sie hastig den Mund. »Der Pressestelle? Aber wieso denn? Die hängen das doch sofort an die große Glocke, und dann können wir uns vor Journalisten nicht mehr –«

»Genau«, nickte Lynley.

»Wo sind seine Schuhe?« fragte Jean Cooper sofort, als Mr. Friskin Jimmy ins Haus führte. Ihre Stimme war hoch und gepreßt. Seit dem Moment, als die Kriminalbeamten mit ihrem Sohn abgefahren waren, hatte sie das Gefühl gehabt, kaum noch Luft zu bekommen, und alle Geräusche schienen bald aus weiter Ferne, bald aus nächster Nähe zu kommen, so daß sie nicht mehr abschätzen konnte, wie ihre eigene Stimme klang. Sie hatte Sharon und Stan, die sich zuerst an sie geklammert hatten, erschreckt, als sie sie heftig abgeschüttelt und mit zusehends lauter werdender Stimme immer nur »Nein! Nein! Nein!« gerufen hatte. Stan war nach oben gerannt. Shar war nach hinten in den Garten geflohen. Jean hatte sie ziehen lassen und nicht aus der Zuflucht, die sie vielleicht gefunden hatten, aufgestört. Sie war unten im Haus geblieben und unaufhörlich auf und ab gegangen.

Das einzig Produktive, was sie in der ersten Viertelstunde nach Jimmys Abfahrt getan hatte, war, zum Telefon zu greifen und den einzigen Menschen anzurufen, der ihnen in dieser Situation vielleicht helfen konnte. Es war ihr zutiefst zuwider gewesen, weil gerade Miriam Whitelaw die Quelle jenen Tropfen bitteren Kummers war, den Jean in den vergangenen sechs Jahren hatte schlucken müssen; sie war jedoch auch der einzige Mensch in Jeans Bekanntenkreis, der an einem Sonntag um halb sechs Uhr einen Rechtsanwalt aus dem Hut ziehen konnte. Blieb nur die Frage, ob Miriam Whitelaw bereit sein würde, dies für Jimmy zu tun.

Sie hatte es getan. »Jean, mein Gott«, hatte sie nur mit tieftrauriger Stimme gesagt, als Jean sich am Telefon zu erkennen gegeben hatte. »Ich kann nicht glauben ...« Jean wußte, daß sie jetzt Miriams Tränen, den Gedanken, selbst zu weinen, den grausamen Schmerz, der hinter dem Weinen stand und den sie bisher unterdrückt hatte, nicht ertragen konnte, darum sagte sie abrupt: »Sie haben Jim in den New Scotland Yard gebracht. Ich brauche einen Anwalt.« Und Miriam hatte einen geliefert.

Nun stand dieser Mann vor ihr, schräg hinter Jimmy, und sie sagte wieder: »Wo sind seine Schuhe? Was haben sie mit seinen Schuhen gemacht?«

Ihr Sohn hatte die Einkaufstüte in der rechten Hand, aber sie hing zu schlaff herab, um die Doc Martens enthalten zu können. Ein zweites Mal sah sie zu seinen Füßen hinunter, aus keinem anderen Grund, als um sich zu vergewissern, daß ihre Augen sie nicht getrogen hatten und er tatsächlich nur Socken trug, die entweder schmutzig weiß oder von Haus aus grau waren.

Mr. Friskin – den Jean sich ältlich, verknöchert, kahlköpfig und in einen anthrazitgrauen Anzug gekleidet vorgestellt hatte, der jedoch in Wirklichkeit jung und beweglich war, zum blauen Hemd eine leuchtende Krawatte mit Blumenmuster trug und volles dunkles Haar hatte, das ihm nach Art romantischer Helden bis auf die Schultern herabfiel – antwortete für ihren Sohn, ohne sich jedoch direkt auf die von ihr gestellte Frage zu beziehen. »Mrs. Cooper, Jim hat mit der Polizei gesprochen, noch ehe ich da war. Er hat ein Geständnis abgelegt.«

Erst wurde ihr blendend weiß vor Augen, dann schwarz, als wäre ein Blitz ins Zimmer gefahren. Mr. Friskin erklärte ihr, was als nächstes geschehen würde, daß Jimmy das Haus nicht verlassen und ohne seinen Anwalt mit keinem Menschen sprechen dürfe, der nicht zur Familie gehörte. Er sagte etwas von verständlichem Drang, erwähnte die Worte »Jugendlicher« und »Einschüchterung«, aber sie bekam das alles gar nicht richtig mit, weil sie sich fragte, ob sie tatsächlich blind geworden war wie dieser Heilige in der Bibel, obwohl es ja bei dem genau umgekehrt gewesen war, oder nicht? Hatte der nicht plötzlich wieder gesehen? Sie konnte sich nicht erinnern. Wahrscheinlich war es ganz anders gewesen. Die Bibel war sowieso größtenteils Unsinn.

In der Küche wurde geräuschvoll ein Stuhl zurückgeschoben. Jean wußte, daß dort ihr Bruder, der zweifellos jedes von Mr. Friskins Worten begierig aufgesogen hatte, gerade schwerfällig aufstand. Jetzt tat es ihr leid, daß sie in der zweiten Stunde von Jimmys Abwesenheit bei ihren Eltern angerufen hatte. Sie hatte geraucht, sie war unaufhörlich hin- und hergelaufen, sie war zum Küchenfenster gegangen und hatte Shar beobachtet, die wie eine kleine Bettlerin draußen neben dem Vogelbad aus gesprungenem Beton hockte, sie hatte nach Stan gelauscht, der sich in der Toilette dreimal übergeben hatte, und hatte schließlich ein Stück weit nachgegeben.

Mit ihren Eltern hatte sie gar nicht gesprochen, weil deren Liebe zu Kenny beängstigend war, und es in ihren Augen immer Jeans Schuld gewesen war, daß Ken in seiner Ehe überhaupt Raum und Zeit für sich gebraucht hatte, um über ein Leben nachzudenken, über das ihrer Meinung nach gar kein Gedanke nötig war. Jean hatte Derrick verlangt, und der war sofort gekommen, mit dem Maß an Empörung, Ungläubigkeit und Racheschwüren gegen diese Schweine, die Polizei, das ihr in diesem Moment guttat.

Sie konnte wieder klar sehen, als Derrick sagte: »Was? Bist du verrückt geworden, Jim? Du hat mit diesen Mistkerlen geredet?«

»Derrick!« mahnte Jean.

»Na, ist doch wahr!« entgegnete Derrick und wandte sich an Friskin, den Anwalt. »Ich hab gedacht, Sie sollen dafür sorgen, daß er die Klappe hält. Das ist doch der Sinn der Sache, wenn man schon so einen teuren Anwalt bezahlt. Wenn Sie nicht mal das schaffen, wie verdienen Sie sich dann eigentlich Ihre Kohle?«

Friskin, dem emotionaler Aufruhr bei Mandanten offensichtlich nicht fremd war, erklärte, Jimmy habe anscheinend sprechen *wollen.* Er habe ganz freiwillig gestanden, wie aus dem Band hervorgehe, das die Polizei aufgenommen und das man Mr. Friskin auf sein Beharren vorgespielt hatte. Es sei offensichtlich keinerlei Druck ausgeübt –«

»Du Schwachkopf, Jim!« Derrick stürzte ins Wohnzimmer. »Du hast diesen Wichsern auch noch alles auf Band geliefert?«

Jimmy sagte gar nichts. Er stand reglos vor Friskin, und es sah aus, als löse sich langsam sein Rückgrat auf. Der Kopf hing schlaff herab, die Magengegend war tief eingefallen.

»He!« rief Derrick. »Ich red mit dir, du Knallkopf!«

»Jim«, rief Jean. »Ich hab's dir doch extra gesagt. Warum hast du nicht auf mich gehört?«

Friskin sagte: »Mrs. Cooper, glauben Sie mir. Es ist noch früh am Tag.« Worauf Derrick brüllte: »Früh am Tag? Sie sind gut! Sie sollten dafür sorgen, daß er die Klappe hält, und jetzt kriegen wir zu hören, daß er geredet hat wie 'n Buch. Wozu sind Sie eigentlich da?« Wütend wandte er sich an seine Schwester: »Was ist mit dir los, Pook? Wo hast du diesen Kerl aufgegabelt? Und du« – zu Jimmy –, »was hast du eigentlich in deinem Kopf, hm? Grütze? Stroh? Oder was? Mit den Bullen redet man nicht. Niemals. Womit haben sie dir gedroht, du Dummkopf? Mit der Erziehungsanstalt?«

Jimmy sah nicht einmal mehr wie ein Mensch aus, dachte Jean. Er sah aus wie eine schmutzige, aufblasbare Puppe, der aus einem kleinen Loch irgendwo langsam die Luft ausging. Er stand nur da, ohne ein Wort zu sagen, und ließ sich beschimpfen, als wüßte er, daß es schneller aufhören würde, wenn er nicht widersprach.

»Hast du etwas gegessen, Jim?« fragte sie.

»Essen? Essen? Essen?« schrie Derrick, jedesmal lauter. »Der soll erst mal antworten. Auf der Stelle.« Er packte den Jungen beim Arm. Jimmy kippte nach vorn wie eine Lumpenpuppe. Jean sah, wie die massigen Muskeln am Arm ihres Bruders sich spannten. »Los, red, du Früchtchen.« Derrick schob sein Gesicht ganz dicht vor das den Jungen. »Red mit uns, wie du mit den Bullen geredet hast. Na los, mach schon.«

»Das hat doch keinen Sinn«, mischte sich Friskin ein. »Der Junge hat Strapazen hinter sich, von denen sich die meisten Erwachsenen nur mühsam erholen.«

»Hören Sie doch auf mit Ihrem Gequatsche«, fuhr Derrick wütend auf den Anwalt los.

Friskin zuckte nicht einmal zusammen. Er sagte ruhig und tadellos höflich: »Mrs. Cooper, bitte treffen Sie eine Entscheidung. Wer soll Ihren Sohn in dieser Sache vertreten?«

»Derrick!« ermahnte Jean ihren Bruder scharf. »Laß Jim endlich in Ruhe. Mr. Friskin weiß, was in diesem Fall das beste ist.«

Derrick ließ Jimmy fallen, als wäre er ein Stück Dreck. »Blöder Spinner«, knurrte er, und ein paar Speicheltröpfchen trafen Jimmy ins Gesicht. Der Junge zuckte zusammen, doch er hob nicht einmal die Hand, um die Spucke wegzuwischen.

»Geh rauf zu Stan«, forderte Jean ihren Bruder auf. »Er kotzt wie ein Reiher, seit sie Jimmy abgeholt haben.«

Aus dem Augenwinkel sah sie, wie Jimmy bei diesen Worten den Kopf hob; doch als sie sich ihm zuwandte, hatte er ihn schon wieder gesenkt.

»In Ordnung«, knurrte Derrick und warf einen höhnischen Blick auf Jimmy und Friskin, ehe er die Treppe hinaufstampfte und rief: »He, Stan! Hast du den Kopf noch in der Kloschüssel?«

»Tut mir leid«, sagte Jean zu Friskin. »Mein Bruder ist manchmal ein bißchen voreilig.«

Friskin tat so, als wäre es ein alltägliches Ereignis, daß einem der Onkel eines Verdächtigen ins Gesicht schnaubte wie der gereizte Stier dem Matador. Er erklärte, daß Jim seine Doc Martens auf Bitte der Polizei zurückgelassen hatte, daß er nichts dagegen gehabt hatte, sich erkennungsdienstlich behandeln zu lassen, und daß man ihm schließlich mit seinem Einverständnis einige Haare abgeschnitten hatte.

»Haare?« Jeans Blick flog zu dem verfilzten Schopf ihres Sohnes.

»Entweder brauchen sie sie zum Vergleich mit Proben aus dem Haus oder für eine DNS-Untersuchung. Wenn es sich um das erstere handelt, können ihre Spezialisten das innerhalb von Stunden schaffen. Wenn es das zweite ist, gewinnen wir ein paar Wochen.«

»Was hat das alles zu bedeuten?«

Sie bauten ihre Beweisführung auf, erklärte Friskin. Sie hätten noch kein umfassendes Geständnis.

»Aber sie haben genug?«

»Um ihn zu verhaften? Und unter Anklage zu stellen?« Friskin nickte. »Wenn sie das wollen, ja.«

»Wieso haben sie ihn dann wieder gehen lassen? Ist die Sache damit erledigt?«

Nein, antwortete Friskin, erledigt sei gar nichts. Sie hätten irgend etwas in petto. Sie könne sich darauf verlassen, daß sie wiederkommen würden. Aber dann werde er sofort zur Stelle sein. Die Polizei werde keine Chance mehr bekommen, mit dem Jungen allein zu sprechen.

Er sagte: »Haben Sie noch irgendwelche Fragen, Jim?« Als Jimmy den Kopf schüttelte, reichte Friskin Jean seine Karte. »Versuchen Sie, sich keine Sorgen zu machen, Mrs. Cooper.« Dann ging er.

Als die Tür hinter ihm zufiel, sagte Jean: »Jim?« Sie griff nach der Einkaufstüte, nahm sie ihm ab und legte sie so behutsam, als enthalte sie zerbrechliches Glas, auf den Couchtisch. Jimmy blieb stehen, wo er war. Er krümmte die Zehen, als hätte er kalte Füße. »Möchtest du deine Hausschuhe haben?« fragte sie. Er zog eine Schulter hoch und ließ sie wieder fallen. »Ich habe Tomatensuppe mit Reis, Jim. Ich mach dir einen Teller warm. Komm mit.«

Sie erwartete Widerstand, doch er folgte ihr in die Küche. Er hatte sich gerade an den Tisch gesetzt, als quietschend die hintere Haustür geöffnet wurde und Shar hereinkam. Sie drückte die Tür zu und blieb dann stehen. Ihre Nase war rot, und ihre Brillengläser waren verschmiert. Wortlos und mit großen Augen starrte sie ihren Bruder an. Sie schluckte, und Jean sah, wie ihre Lippen bebten und versuchten, das Wort »Dad« zu formen. Aber sie schaffte es nicht, es auszusprechen. Jean wies mit dem Kopf zur Treppe. Shar machte ein so trotziges Gesicht, als wollte sie sich der Aufforderung widersetzen, aber im letzten Moment, als ein Schluchzen aus ihr hervorbrach, floh sie aus der Küche und rannte die Treppe hinauf.

Jimmy hockte zusammengesunken auf seinem Stuhl. Jean machte die Suppendose auf und goß ihren Inhalt in einen Topf. Sie stellte den Topf auf den Herd, versuchte das Gas anzuzünden und schaffte es auch beim zweiten Versuch nicht. »Mist«, murmelte sie. Sie wußte, daß dieser Moment mit ihrem Sohn kostbar war. Sie wußte außerdem, daß eine Kleinigkeit ihn jeden Moment zerstören konnte. Aber das durfte keinesfalls geschehen. Erst mußte sie alles wissen.

Sie hörte, wie er sich bewegte, wie der Stuhl über das Linoleum rutschte. Um ihn zu halten, sagte sie: »Ich glaub, wir brauchen mal einen neuen Herd, hm?« Und: »Gleich fertig, Jim«, als sie glaubte, er werde abhauen. Aber er ging nur zu einer Schublade, holte eine Schachtel Streichhölzer heraus, zündete eines an, hielt es an den Gasring, und die Flamme sprang auf. Das Streichholz brannte zwischen seinen Fingern herunter wie am Freitag abend. Doch sie war ihm in diesem Augenblick näher als am Freitag abend, nahe genug, um die Flamme auszublasen, ehe sie ihn verbrennen konnte.

Er war nun größer als sie. Bald würde er so groß sein, wie sein Vater es gewesen war. Vor kurzem noch, schien ihr, hatte sie in sein emporgewandtes Gesicht hinuntergeblickt. Und jetzt mußte sie den Kopf heben, um ihm in die Augen sehen zu können. Er war fast schon ein Mann.

»Die Bullen haben dir doch nichts getan?« fragte sie. »Sie haben dich nicht mißhandelt oder so was?«

Er schüttelte den Kopf. Er wandte sich zum Gehen, doch sie faßte sein Handgelenk. Er wollte sich ihr entziehen, aber sie hielt ihn fest.

Zwei Tage der Qual waren genug, sagte sie sich. Zwei Tage des stummen »Nein, ich werde nicht, nein, ich kann nicht« hatten ihr nichts gebracht. Keine Erkenntnisse, kein Verstehen und, vor allem, keinen inneren Frieden. Sie dachte: Wie bist du mir entglitten, Jimmy? Wo? Wann? Ich wollte für uns alle stark sein, aber das hat nur damit geendet, daß ich dich weggestoßen habe, als du mich brauchtest. Ich glaubte, wenn ich euch zeigte, wie gut ich die Schläge aushalten kann, ohne zusammenzubrechen, würdet ihr drei auch lernen, Schläge auszuhalten. Aber so war es nicht, oder, Jimmy? So ist es nicht gelaufen.

Nur weil sie wußte, daß sie endlich ein Maß an Verständnis erlangt hatte, das ihr vorher gefehlt hatte, fand sie den Mut. »Erzähl mir, was du der Polizei gesagt hast«, forderte sie ihn auf.

Es sah aus, als verhärte sich sein Gesicht, zuerst um die Augen herum, dann auch an Mund und Kinn. Er versuchte nicht noch einmal, vor ihr wegzulaufen, aber er entfernte seinen Blick von ihr, um ihn auf die Wand über dem Herd zu richten.

»Sag es mir«, wiederholte sie. »Sprich mit mir, Jimmy. Ich habe vieles falsch gemacht. Aber ich habe es immer gut gemeint. Das mußt du wissen, Jim. Und du mußt auch wissen, daß ich dich liebhabe. Immer. Du mußt jetzt mit mir sprechen. Ich muß wissen, was du am Mittwoch abend getan hast.«

Er schauderte so heftig, daß es sich anfühlte, als durchlaufe ein Krampf seinen Körper von den Schultern bis zu den Zehen. Vorsichtshalber nahm sie ihn fester beim Handgelenk. Aber er versuchte gar nicht, sie abzuschütteln. Sie schob ihre Hand von seinem Handgelenk über seinen Arm hinauf bis zu seiner Schulter. Sie wagte eine Berührung seines Haars.

»Komm, Jim, sprich mit mir«, bat sie wieder. »Erzähl es mir.« Und sie fügte hinzu, was sie hinzufügen mußte, woran sie aber keinen Moment glaubte und wovon sie keine Ahnung hatte, wie sie es bewerkstelligen sollte. »Ich lasse nicht zu, daß dir etwas geschieht, Jim. Irgendwie stehen wir das gemeinsam durch. Aber ich muß wissen, was du ihnen gesagt hast.«

Sie wartete darauf, daß er die logische Frage stellen würde: *Warum?* Aber er tat es nicht. Von der Tomatensuppe auf dem Herd stiegen appetitliche Dämpfe auf, und sie rührte um, ohne hinzusehen, den Blick fest auf ihren Sohn gerichtet. Angst, Wissen, Ungläubigkeit und Verdrängung brodelten in ihr, aber sie bemühte sich, nichts davon sehen oder spüren zu lassen.

»Als ich vierzehn war, hab ich mit deinem Vater angefangen«, sagte sie. »Ich wollte wie meine Schwestern sein. Die machten dauernd mit irgendwelchem Jungs rum. Was die können, kann ich schon lange, hab ich mir gedacht.«

Jimmy hielt den Blick immer noch auf die Wand gerichtet. Jean rührte die Suppe um und fuhr zu sprechen fort. »Wir hatten unseren Spaß miteinander, o ja. Nur kam mein Vater dahinter, weil deine Tante Lynn mich bei ihm verpetzte. Da hat mein Vater eines Abends, als ich heimkam, seinen Gürtel abgenommen, ich mußte mich splitternackt ausziehen, und dann hat er mich vor der ganzen Familie versohlt. Ich habe nicht geweint. Aber ich habe ihn gehaßt. Ich habe mir gewünscht, er würde tot umfallen. Ich wäre froh gewesen, wenn er auf der Stelle tot umgefallen wäre. Vielleicht hätte ich sogar selbst nachgeholfen.«

Sie holte eine Suppenschale aus dem Schrank und warf ihrem Sohn einen zaghaften Blick zu, als sie die Suppe aus dem Topf in die Schale löffelte. »Hm, riecht gut. Möchtest du eine Scheibe Toast dazu, Jim?«

Sein Gesicht zeigte einen Ausdruck, der sich zwischen Mißtrauen und Verwirrung bewegte. Sie konnte sie nicht so beschreiben, wie sie es gern wollte, diese Mischung aus Wut und Erniedrigung, die in ihr einen blinden Moment lang den tiefen Wunsch geweckt hatte, ihr Vater möge tausend Tode sterben. Jimmy verstand nicht. Vielleicht war seine Wut von anderer Art; während die ihre ein kurzer Feuerstrom gewesen war, war seine vielleicht ein Schwelbrand, der immer weiter glomm.

Sie trug die Suppe zum Tisch, schenkte ihm Milch ein, machte ihm Toast. Sie deckte auf und bat ihn, sich zu setzen. Er blieb am Herd stehen.

Sie machte die einzige Bemerkung, die ihr jetzt noch einfiel. Ihr fehlte der Glaube daran, aber sie mußte *ihn* bewegen, daran zu glauben, wenn sie je die Wahrheit erfahren wollte. »Wichtig ist das, was von uns geblieben ist«, sagte sie. »Du und ich, Stan und Shar. Glaub mir, Jim.«

Er blickte von ihr zum Tisch. Sie wies mit einladender Geste zur Suppenschale und setzte sich selbst an den Tisch, so daß sie ihn gegenüber haben würde, wenn er sich setzte. Er wischte sich die Hände an seiner Blue Jeans ab, und seine Finger verkrampften sich.

»Der Dreckskerl«, sagte er im Konversationston. »Letzten Oktober hat er mit ihr angefangen, und von da an war ihm alles andere egal. Er hat immer gesagt, sie wären nur befreundet, weil sie mit diesem reichen Typen verheiratet war, aber ich hab genau gewußt, wie's wirklich war. Shar hat ihn dauernd gefragt, wann er wieder nach Hause kommt, und er hat jedesmal gesagt, bald, in ein oder zwei Monaten, wenn ich weiß, wie ich wirklich mit mir dran bin, wenn ich weiß, worum's eigentlich geht. Mach dir nur kein Kopfzerbrechen, Schatz, hat er gesagt. Aber in Wirklichkeit hat er die ganze Zeit nur dran gedacht, wann er das nächstemal mit der anderen bumsen kann. Wenn er gemeint hat, wir könnten's nicht sehen, hat er ihr die Hand auf den Hintern gelegt. Und wenn er sie umarmt hat, dann hat sie sich an ihm gerieben. Man hätte schon bald blind sein müssen, um nicht zu merken, was die in Wirklichkeit wollten – nämlich daß wir endlich gehen, damit sie's miteinander treiben können.«

Jean hätte sich am liebsten die Ohren zugehalten. Das war nicht das, was sie erwartet hatte. Aber sie zwang sich, zuzuhören. Sie verzog keine Miene und redete sich ein, es berühre sie nicht. Sie wußte es ja bereits, und dieser Teil der Wahrheit konnte ihr nichts mehr anhaben.

»Er war nicht mehr unser Dad«, sagte Jimmy. »Er hat nur noch an sie gedacht. Sie mußte nur anrufen, und schon ist er zu ihr gerannt. Sie brauchte nur zu sagen, laß mich in Ruhe, Ken, und schon war er klein und häßlich. Sie hatte nur zu fordern, ich brauche oder ich will, und schon hat er sich halb umgebracht, um ihre Wünsche zu erfüllen. Und wenn er mit ihr fertig war, ist er –« Jimmy brach ab, den Blick auf die Suppenschale gerichtet, als läse er aus ihr die ganze Geschichte.

»Und wenn er mit ihr fertig war –«, wiederholte Jean trotz des schrecklichen Schmerzes, der ihr nun schon zum vertrauten Begleiter geworden war.

Ihr Sohn lachte spöttisch. »Das weißt du doch selbst, Mam.« Endlich kam er an den Tisch und setzte sich ihr gegenüber. »Er war ein Lügner. Ein Schwein. Und ein gemeiner Betrüger.« Er tauchte einen Löffel in die Suppe und hielt ihn in Kinnhöhe. Zum erstenmal seit seiner Heimkehr sah er ihr in die Augen. »Und du hast dir gewünscht, er wäre tot, Mam. Das wissen wir doch beide, oder?«

Olivia

Ich kann den Lichtschimmer von Chris' Leselampe sehen. Ich höre, wie er umblättert. Er müßte eigentlich längst im Bett sein, aber er sitzt in seinem Zimmer und liest, weil er warten will, bis ich mit dem Schreiben fertig bin. Die Hunde sind bei ihm. Ich kann Toasts Schnarchen hören. Beans kaut wieder einmal auf einem Büffelhautknochen. Vor einer halben Stunde ist Panda zu mir hereingekommen, um mir Gesellschaft zu leisten. Erst machte sie es sich auf meinem Schoß bequem, aber jetzt hat sie sich auf der Kommode, ihrem Lieblingsplatz, zusammengerollt – auf der Post, die sie sich vorher zurechtgeschoben hat. Sie tut so, als schliefe sie, aber mich kann sie nicht täuschen. Jedesmal, wenn ich in meinem Block zur nächsten Seite blättere, drehen sich ihre Ohren wie Radarschirme.

Ich nehme den Becher zur Hand, aus dem ich meinen Tee getrunken habe, und sehe mir die Blättchen auf seinem Grund an, die durch das Sieb geschlüpft sind. Sie liegen in einer Anordnung, die einem Regenbogen unter einem Blitz gleicht. Ich berühre den Blitz mit der Bleistiftspitze, um ihn gerade auszurichten, und frage mich, was eine Wahrsagerin aus einer solchen Konstellation an guten und unheilvollen Zeichen herauslesen würde.

Letzte Woche, als ich mit Max Poker gespielt habe – mit Hundebiskuits statt Münzen –, legte er seine Karten verdeckt auf den Tisch, lehnte sich in seinem Sessel zurück und sagte, während er sich mit der Hand über den kahlen Kopf strich: »Es ist Mist, Mädel. Daran gibt's keinen Zweifel.«

»Hm. Genau.«

»Aber Mist hat ganz eindeutig Vorteile, wie du weißt.«

»Die du mir gleich offenbaren wirst, nehme ich an.«

»Richtig eingesetzt, hilft er dem Wachstum der Blumen.«

»Genau wie Fledermauskot, aber darin wälzen möchte ich mich lieber nicht.«

»Ganz zu schweigen von Gemüse und Getreide. Er reichert den Boden an, aus dem das Leben entspringt.«

»Ich werde diesen Gedanken in Ehren halten.« Ich schob meine Karten herum, als könnte eine neue Anordnung aus einem einzigen Paar Vieren etwas Vorteilhaftes machen.

»Zu wissen, wann, Livie. Hast du mal darüber nachgedacht, was für eine Macht es bedeutet, zu wissen, wann?«

Ich warf zwei Hundebiskuits als Einsatz in die Mitte des Tischs. »Ich weiß nicht, wann. Ich weiß, wie. Das ist ein Unterschied.«

»Aber du weißt mehr als die meisten.«

»Und inwiefern soll das eine Genugtuung sein? Ich würde mein Wissen mit Freuden gegen selige Ahnungslosigkeit tauschen.«

»Was würdest du anders machen, wenn du ahnungslos wärst wie wir anderen alle?«

Ich sah meine Karten an und überlegte, wie hoch die Wahrscheinlichkeit war, daß ich ein »Full House« bekommen würde, wenn ich drei umtauschte. Nahe null, sagte ich mir. Ich legte meine Karten ab. Max teilte aus. Ich ordnete neu und beschloß zu bluffen. Ich warf noch sechs Hundebiskuits zwischen uns auf den Tisch und sagte: »Okay, Baby. Machen wir das Spiel.«

»Also?« fragte er. »Was würdest du tun? Wenn du ahnungslos wärst wie wir anderen.«

»Nichts«, antwortete ich. »Ich wäre trotzdem hier. Aber die Umstände wären anders, weil ich konkurrieren könnte.«

»Mit Chris? Aber warum, in Gottes Namen, willst du mit Chris –«

»Nicht mit Chris. Mir ihr.«

Max blies seine Lippen auf, hob seine Karten hoch und ordnete sie. Schließlich sah er mich an. Sein Auge blitzte ungewöhnlich stark. Er besaß die Freundlichkeit, Unwissenheit vorzutäuschen. »Das tut mir leid«, sagte er. »Ich ahnte nicht, daß du es weißt. Es ist bestimmt nicht seine Absicht, grausam zu sein.«

»Er ist nicht grausam, er ist sehr diskret: Er hat noch nicht einmal ihren Namen erwähnt.«

»Chris mag dich, Mädel.«

Ich warf ihm nur einen vernichtenden Blick zu.

»Du weißt, daß ich die Wahrheit sage«, meinte er.

»Das macht es auch nicht leichter. Chris mag auch die Tiere.«

Max und ich sahen einander lange an. Ich wußte, was er dachte. Nicht nur er, auch ich hatte die Wahrheit gesagt.

Nie hätte ich gedacht, daß es so kommen würde. Ich glaubte, ich würde aufhören zu wünschen, die Waffen strecken, sagen: »Na schön, das wär's dann wohl, nicht wahr?«, und dieses schlechte Pokerblatt akzeptieren, ohne zu versuchen, die Karten neu zu ordnen. Aber es ist mir nicht mehr gelungen, als Hunger und Zorn zu verbergen. Ich weiß, das ist mehr, als mir früher möglich gewesen wäre, aber zum Feiern ist es kaum ein Anlaß.

Ein kurzes Stolpern. Damit begann der Abstieg. Ein kleines Stolpern vor gerade mal einem Jahr, als ich aus dem Lieferwagen stieg. Zuerst schob ich es darauf, daß ich es so eilig gehabt hatte. Ich öffnete die Wagentür, machte einen Schritt und strauchelte, als ich auf den Bürgersteig treten wollte. Ehe ich wußte, wie mir geschah, lag ich mit aufgeschlagenem Kinn auf dem Pflaster und schmeckte das Blut aus der Platzwunde in meiner Lippe. Beans beschnupperte mich mit einiger Besorgnis, und Toast schob die Orangen herum, die aus meiner Einkaufstüte in den Rinnstein gerollt waren.

Ich dachte: Du Tolpatsch, und richtete mich auf. Mir tat alles weh, aber es schien nichts gebrochen zu sein. Ich drückte den Arm ans Kinn. Als ich ihn wegnahm, war der Ärmel meines Pullovers voll Blut, und ich sagte: »Verdammt.« Ich sammelte die Orangen ein, rief die Hunde und stieg vorsichtig die Treppe hinunter zum Treidelpfad am Kanal.

Als ich an diesem Abend mit den Hunden, die vor lauter Vorfreude auf den Abendspaziergang außer Rand und Band waren, durch das Arbeitszimmer lief, sagte Chris: »Hast du dir weh getan, Livie?«

»Wieso?«

»Du hinkst.«

Ich sei hingefallen, antwortete ich ihm. Es sei nichts weiter passiert. Ich hätte mir wohl einen Muskel gezerrt.

»Dann solltest du lieber nicht joggen. Schon dich. Ich geh mit den Hunden, wenn ich hier fertig bin.«

»Ach, Unsinn. Ich schaff das schon.«

»Sicher?«

»Würd ich's sonst sagen?«

Ich stieg die Treppe hinauf und ging hinaus ins Freie. Dort nahm ich mir erst einmal ein paar Minuten Zeit, um mich vorsichtig zu strecken. Eigentlich tat mir nichts weh, und ich fand das etwas merkwürdig, denn wenn ich mir tatsächlich einen Muskel gezerrt oder ein Band gerissen oder einen Knochen gebrochen hatte, hätte ich es doch spüren müssen. Doch ich spürte gar nichts. Aber jedesmal, wenn ich mein rechtes Bein vorwärtsbewegte, stellte sich das Hinken ein.

Ich muß an diesem Abend ein wenig wie Toast gewirkt haben, als ich hinter den Hunden am Kanal entlangjoggte. Ich schaffte nur das kurze Stück bis zur Brücke. Als die Hunde die Treppe hinaufsprangen, um, wie immer, die Maida Avenue in Richtung Lisson Grove und Grand Union Canal hochzulaufen, rief ich sie zurück. Sie zögerten, offensichtlich verwirrt, hin- und hergerissen zwischen Gewohnheit und Gehorsam.

»Los, kommt, ihr beiden«, sagte ich. »Heute abend nicht.«

Und auch an keinem der folgenden Abende. Am nächsten Tag funktionierte plötzlich mein rechter Fuß nicht mehr richtig. Ich half im Zoo dem Ultraschall-Team, die Geräte in ein Tapirgehege zu bringen, wo man die Schwangerschaft eines weiblichen Tiers überwachen wollte. Einer von den jungen Männern sagte: »Was fehlt dir, Livie?« Das war der erste Hinweis, daß ich meinen Fuß nachzog.

Was mich beunruhigte, war die Tatsache, daß ich beide Male – beim Hinken und beim Fußnachziehen – überhaupt nicht gemerkt hatte, wie ich mich bewegte.

»Könnte ein eingeklemmter Nerv sein«, vermutete Chris am Abend, nahm meinen Fuß in seine Hand und drehte ihn nach rechts und links.

Ich sah zu, wie er mit seinen Fingern tastete und fühlte. »Würde ich nicht was merken, wenn es die Nerven wären? Würde es nicht kribbeln oder weh tun oder so was?«

Er ließ meinen Fuß langsam zu Boden gleiten. »Könnte auch was anderes sein.«

»Nämlich?«

»Reden wir doch mal mit Max, hm?«

Max klopfte an die Sohle und den Ballen meines Fußes. Er rollte ein Rad mit winzigen Zacken über meine Haut und bat mich, zu beschreiben, was ich fühlte. Er zupfte sich an der Nase und klopfte sich mit dem Zeigefinger ans Kinn. Dann schlug er vor, ich sollte zum Arzt gehen.

»Wie lang geht das schon so?« fragte er.

»Fast eine Woche«, antwortete ich.

Er sprach von der Harley Street, von einem Spezialisten dort, von der Notwendigkeit einer eindeutigen Diagnose.

»Was ist es?« fragte ich. »Du weißt es doch, aber du willst es mir nicht sagen. Mein Gott, ist es Krebs? Glaubst du, ich habe einen Tumor?«

»Ein Tierarzt kennt sich mit den Krankheiten der Menschen nicht so gut aus, Mädel.«

»Krankheit?« bohrte ich. »Welche Krankheit? Was ist es?«

Er sagte, er wisse es nicht. Für ihn sehe es so aus, als seien bei mir die Neuronen in Mitleidenschaft gezogen.

Ich erinnerte mich an Chris' Amateurdiagnose. »Ein eingeklemmter Nerv?«

Chris murmelte: »Es handelt sich um das Zentralnervensystem, Livie.«

Die Wände um mich herum schienen zu beben. »Was?« fragte ich. »Das Zentralnervensystem? Wie meinst du das?«

Max erklärte: »Neuronen sind Zellen. Sie bestehen aus Zellkörper, Axon und Dendriten. Sie leiten Impulse zum Gehirn. Wenn sie –«

»Ein Gehirntumor?« Ich packte seinen Arm. »Max, glaubst du, ich habe einen Gehirntumor?«

Er drückte meine Hand. »Was du hast, ist ein Anfall von Panik«, erwiderte er. »Du mußt ein paar Untersuchungen machen lassen und dich erst mal beruhigen. Also, Christopher, wie wär's mit der Schachpartie, die wir vorhin nicht zu Ende gespielt haben?«

Max gab sich unbekümmert, aber als er an diesem Abend ging, hörte ich ihn auf dem Treidelpfad mit Chris reden. Ich konnte nichts verstehen, nur einmal meinen Namen. Als Chris wieder hereinkam, um die Hunde zu ihrem Abendspaziergang abzuholen, sagte ich: »Er weiß, was los ist, nicht wahr? Er weiß, daß es was Ernstes ist. Warum sagt er es mir nicht? Ich habe gehört, wie er über mich geredet hat. Mit dir. Sag mir, was er erzählt hat, Chris. Wenn du es nicht tust –«

Chris kam zu meinem Sessel und drückte für einen Moment meinen Kopf an seinen Bauch. Seine Hand lag warm auf meinem Ohr. Er schüttelte mich ein wenig. »Unke«, sagte er. »Du bist zu empfindlich. Er hat gesagt, er könnte mit ein paar Leuten telefonieren, damit du bei diesem Spezialisten in der Harley Street gleich einen Termin kriegst. Ich habe gemeint, er solle das tun. Ich denke, das ist das beste. Okay?«

Ich löste mich von ihm. »Sieh mich an, Chris.«

»Was denn?« Sein Gesicht war ruhig.

»Er hat dir noch was anderes gesagt.«

»Wie kommst du darauf?«

»Weil er mich Olivia genannt hat.«

Chris schüttelte ungeduldig den Kopf. Er neigte sich zu mir herab und streifte mit seinen Lippen meinen Mund. Er hatte mich nie zuvor geküßt. Und er hat es seither nie wieder getan. Der Druck seines Mundes, flüchtig wie ein Hauch, sagte mir mehr, als ich wissen wollte.

Die erste Runde Arztbesuche und Untersuchungen begann. Mit den simplen Dingen wie Blut- und Urintests fingen sie an. Dann kamen allgemeine Röntgenuntersuchungen. Danach wurde mir das Science-fiction-Erlebnis einer Kernspintomographie zuteil, bei dem ich in eine Röhre wanderte, die wie eine futuristische eiserne Lunge aussah. Nachdem der Arzt sich das Ergebnis angesehen hatte – während ich ihm in seinem Sprechzimmer gegenübersaß, das wie eine Filmkulisse aussah, und Chris draußen wartete, weil ich ihn nicht dabeihaben wollte, wenn mir das Schlimmste eröffnet wurde –, sagte er nur: »Wir müssen eine Rückenmarkspunktion machen. Für wann soll ich den Termin vereinbaren?«

»Warum? Wieso wissen Sie immer noch nichts Genaues? Warum können Sie es mir nicht sagen? Ich will nicht noch mehr Untersuchungen. Und die am allerwenigsten. Die ist doch furchtbar schmerzhaft, oder? Ich weiß, wie es ist. Ich will das nicht. Schluß jetzt.«

Er legte seine Hände auf die unaufhörlich wachsende Akte meiner Untersuchungsberichte und klopfte mit den Fingerspitzen aneinander. »Es tut mir leid«, erwiderte er. »Doch es läßt sich nicht umgehen.«

»Aber was *glauben* Sie denn?«

»Daß Sie sich dieser Untersuchung unterziehen müssen. Danach werden wir sehen, welches Gesamtbild sich ergibt.«

Leute mit Geld lassen diese Geschichten wahrscheinlich in irgendeiner schicken Privatklinik machen, wo es Blumen in den Korridoren gibt und dicke Teppiche auf den Fußböden und Musikberieselung. Mir spendierte sie der staatliche Gesundheitsdienst. Ein Medizinstudent führte den Eingriff durch, was mein Vertrauen nicht gerade erhöhte, vielleicht weil sein Lehrer dauernd neben ihm stand und im Medizinerjargon Anweisungen erteilte, zu denen scharfe Fragen gehörten, wie zum Beispiel: »Verzeihen Sie, aber welchen Lendenwirbel peilen Sie eigentlich genau an, Harris?« Danach lag ich in der vorgeschriebenen Position – flach auf dem Rücken – und versuchte, den rasenden Pulsschlag in meiner Wirbelsäule zu ignorieren und das Gefühl düsterer Vorahnung zu unterdrücken, das mich an diesem Morgen im Bett überfallen hatte, als die Muskeln in meinem rechten Bein zu vibrieren begannen, als hätten sie ein eigenes Leben.

Ich schob es auf die Nerven.

Die letzte Untersuchung fand mehrere Tage später statt, im Behandlungszimmer des Arztes. Dort mußte ich mich auf einen Tisch setzen, der mit feinstem Leder bezogen war, und er legte seine offene Hand an meinen rechten Fußballen.

»Drücken Sie«, sagte er.

Ich tat, was ich konnte.

»Noch einmal.«

Ich drückte wieder.

Er legte seine Hände an meine. »Drücken Sie.«

»Hier geht's doch nicht um meine Hände.«

»Drücken Sie.«

Ich drückte.

Er nickte, notierte sich etwas, nickte wieder. »Kommen Sie«, sagte er und kehrte mit mir in sein Sprechzimmer zurück. Dann verschwand er. Und kam mit Chris wieder.

Ich wurde ärgerlich. »Was soll das?« fragte ich aufgebracht, doch anstatt zu antworten, bat er uns zu einem Sofa, über dem ein großes Gemälde hing, ein in dunklen Tönen gehaltenes ländliches Idyll: Berge, ein Bach, grüne Bäume, Kühe und die junge Hirtin mit einem Stab in der Hand. Merkwürdig, daß mir, neben all den Details jenes späten Vormittags in der Harley Street, dieses Gemälde im Gedächtnis geblieben ist. Dabei warf ich nur einen Blick darauf.

Der Arzt zog sich einen Sessel heran und gesellte sich zu uns. Er brachte meine Akte mit, aber er sah nicht hinein. Er setzte sich, legte die Mappe auf seinen Schoß und goß sich aus einer Karaffe, die zwischen uns auf dem Tisch stand, Wasser ein. Er hielt die Karaffe einladend hoch. Chris lehnte ab. Ich fühlte mich wie ausgedörrt und sagte ja.

»Es scheint sich um eine Störung zu handeln, die man amyotrophische Lateralsklerose nennt«, sagte der Arzt.

Die Spannung strömte aus mir heraus wie Wasser, das einen Deich durchbricht. Eine Störung. Halleluja! Nur eine Störung! Keine Krankheit. Kein Tumor. Kein Krebs. Gott sei Dank.

Chris, der neben mir saß, beugte sich vor. »Amy- was?«

»Amyotrophische Lateralsklerose. Das ist eine Störung der Neuronen. Sie wird allgemein mit ALS abgekürzt.«

»Und was nimmt man dagegen?« fragte ich.

»Nichts.«

»Nichts?«

»Es gibt leider keine Medikamente.«

»Ach so. Na ja, bei einer Störung ist das eigentlich ganz verständlich. Was kann ich also dagegen tun? Gymnastik? Physiotherapie?«

Der Arzt zog seinen Finger am Rand der Akte entlang, als wollte er die darin liegenden Papiere, die sowieso schon exakt aufeinander lagen, geraderichten. »So leid es mir tut, es gibt nichts, was man dagegen unternehmen kann.«

»Heißt das, daß ich mein Leben lang hinken und zucken werde?«

»Nein«, antwortete er. »Das nicht.«

In seiner Stimme schwang ein Ton, der mir angst machte. Ich schmeckte plötzlich bittere Galle in meinem Mund. Neben dem Sofa war ein Fenster, und durch den dünnen Vorhang konnte ich einen Baum erkennen, dessen Äste immer noch kahl waren, obwohl es bereits Ende April war. Eine Platane, dachte ich. Die brauchen immer am längsten, bis sie wieder grün werden. Keine verlassenen Vogelnester in den Zweigen; wie schön wäre es, da im Sommer hinaufzuklettern; ich habe nie ein Baumhaus gehabt; ich kann mich an die Kastanien erinnern, die an dem Bach in Kent wuchsen ... und an das Spiel, bei dem wir die Kastanien an eine Schnur banden und dann versuchten, einander zu treffen. Wie das Lasso eines Cowboys sauste die Kastanie an der Schnur über meinem Kopf durch die Luft.

»Es tut mir sehr leid, Ihnen das sagen zu müssen«, sagte der Arzt, »aber es ist –«

»Ich will es nicht wissen.«

»Livie!« Chris griff nach meiner Hand. Ich stieß ihn weg.

»Es ist leider eine fortschreitende Störung«, erklärte der Arzt.

Ich merkte genau, daß er mich beoachtete, aber ich starrte weiter zu dem Baum hinaus.

Es sei eine Störung des Rückenmarks, erklärte er ganz langsam, damit ich es auch verstehen konnte, eine Degeneration der Pyramidenbahnen, der motorischen Vorderhirnzellen sowie der die motorischen Zentren verbindenden spinalen Fasern. Sie resultierte in einer fortschreitenden Schwächung und letztlich Atrophie der Muskeln.

»Sie wissen gar nicht mit Sicherheit, ob ich das habe«, widersprach ich. »Sie können nicht sicher sein.«

Es stehe mir frei, eine zweite Meinung einzuholen, sagte er. Ja, er empfehle mir das sogar. Dann zählte er die Befunde auf, die er gesammelt hatte: die Ergebnisse der Rückenmarkspunktion; der allgemeine Verlust an Muskeltonus, die Schwäche meiner Muskelreaktionen. Er sagte, im allgemeinen befalle die Störung zuerst die Hände, setze sich dann über die Unterarme zu den

Schultern fort und breite sich erst später zu den unteren Extremitäten aus. In meinem Fall jedoch scheine sie sich in entgegengesetzter Richtung zu bewegen.

»Ich kann also sehr wohl etwas ganz anderes haben«, rief ich. »Mit Sicherheit könnten Sie gar nichts sagen, richtig?«

Er meinte zustimmend, die Medizin sei in der Tat keine exakte Wissenschaft. Aber dann fragte er: »Beantworten Sie mir eine Frage. Haben Sie in Ihrem Bein Muskelzittern verspürt?«

Ich wandte mich wieder dem Fenster zu. Wir hatten die Kastanien an Schnüre gebunden; wir hatten sie durch die Luft geschwungen, *wsssst-wsssst-wsssst;* wir hatten gespielt, wir seien Cowboys; wir hatten Kälber mit Kastanien eingefangen statt mit Lassos.

»Livie«, sagte Chris. »Hast du in den Beinen Muskel –«

»Das hat doch überhaupt nichts zu bedeuten. Außerdem krieg ich das schon wieder weg. Ich muß nur mehr Gymnastik machen.«

Und das tat ich zu Beginn auch. Ich lief, ich rannte, ich stieg Treppen hinauf und hinunter, ich hob Gewichte. Es ist doch nur eine Muskelschwäche, sagte ich mir. Das steh ich schon durch. Ich hab schließlich schon ganz andere Dinge durchgestanden. Ich hab mich seit langem nicht mehr unterkriegen lassen und werd mich auch davon nicht besiegen lassen.

Angefeuert von Angst und Zorn, fuhr ich weiterhin mit auf die nächtlichen Überfälle. Ich würde ihnen allen beweisen, daß sie sich irrten. Ich würde meinen Körper so weit bringen, daß er wie eine Maschine funktionierte.

Fünf Monate lang ließ Chris mir meine Stellung als Befreier. Bis zu der Nacht, in der ich zum erstenmal das Tempo nicht mithalten konnte. Da versetzte er mich zu den Wachen und sagte: »Keine Widerrede, Livie«, als ich brüllte: »Das darfst du nicht. Du machst mich ja zum Gespött. Du läßt mir gar keine Chance, meine Kräfte wiederaufzubauen. Ich möchte dabei sein, bei euch, bei den anderen, Chris!« Er meinte, ich müsse den Tatsachen ins Auge sehen. Ich entgegnete, wir würden ja sehen, was Sache sei, und begab mich zu einer weiteren Runde Untersuchungen ins Lehrkrankenhaus.

Die Ergebnisse waren die gleichen. Die Atmosphäre, in der sie mir mitgeteilt wurden, war anders. Kein luxuriöses Sprechzimmer diesmal, sondern ein bescheidener kleiner Raum an einem belebten Korridor, durch den die Totenbahren rollten. Als die Ärztin die Tür schloß, ihren Sessel so schob, daß sie mir ins Gesicht sehen konnte, und mir so nahe kam, daß ihre Knie fast die meinen berührten, wußte ich es.

Sie verweilte bei den wenigen positiven Aspekten, die es gab, aber sie nannte ALS eine Krankheit und benutzte nicht das leichter verdauliche Wort Störung. Sie sagte, mein Zustand werde sich beständig verschlechtern, aber langsam, *langsam,* betonte sie. Meine Muskeln würden erst schwach werden, dann verkümmern. Mit zunehmender Degeneration würden die Zellen in Gehirn und Rückenmark anfangen, unregelmäßige Impulse an die Muskeln in meinen Armen und Beinen auszusenden, was starkes Zittern hervorrufen würde. Die Krankheit würde von meinen Füßen und Beinen, von meinen Händen und Armen immer weiter nach innen fortschreiten, bis ich völlig gelähmt wäre. Aber, versicherte sie mir in mütterlichem Ton, ich würde immer die Kontrolle über meine Blase und meinen Schließmuskel behalten. Und mein Geist und mein Bewußtsein würden selbst in den letzten Stadien der Krankheit, wenn diese die Lunge ergriffe, nicht in Mitleidenschaft gezogen werden.

»Sie meinen, ich werde genau mitkriegen, wie ekelhaft ich bin«, sagte ich.

Sie legte die Fingerspitzen auf meine Kniescheibe und sagte: »Ich bezweifle sehr, daß Stephen Hawking sich ekelhaft findet, Olivia. Sie wissen doch, wer er ist?«

»Stephen Hawking? Was hat er denn damit –« Ich rutschte mit meinem Sessel rückwärts. Ich hatte ihn in Zeitungen gesehen und im Fernsehen. Den elektrischen Rollstuhl, die Pfleger, die Computerstimme. »Das ist ALS?« fragte ich.

Die Ärztin antwortete: »Ja. Eine Erkrankung der motorischen Neuronen. Es ist großartig, wie er seit Jahren allen Voraussagen trotzt. Alles ist möglich, das dürfen Sie nie vergessen.«

»Möglich? Was denn?«

»Zu leben. Im allgemeinen kann man mit der Krankheit noch

anderthalb bis sieben Jahre leben. Sagen Sie das Hawking mal. Er lebt seit mehr als dreißig Jahren damit.«

»Aber – so. Im Rollstuhl ... das kann ich nicht. Ich will nicht –«

»Sie werden sich noch wundern, was Sie alles wollen und was Sie alles können. Warten Sie ab.«

Als ich das Schlimmste wußte, mußte ich Chris verlassen. Ich würde bald nicht mehr allein zurechtkommen, und ich wollte auf keinen Fall bleiben und zum Sozialfall werden. Ich kehrte nach Little Venice zurück und begann zu packen. Ich wollte wieder nach Earl's Court und mir dort ein Zimmer suchen. Die Arbeit im Zoo würde ich behalten, solange es ging, und wenn ich das nicht mehr schaffte, würde sich etwas anderes finden. Machte es einem Kerl eigentlich was aus, mit einer Nutte zu bumsen, die ihm die Beine nicht mehr um den Hintern schlingen konnte? Deren Füße nicht mehr auf Zwölf-Zentimeter-Absätzen daherstöckeln konnten? Was wohl aus Archie und seinen Peitschen und Lederklamotten geworden war? Es waren ein paar Jahre vergangen. Würde es ihn immer noch auf Touren bringen, wenn seine unbefleckte Maria ihn in Ekstase prügelte, während über ihr selbst das Todesurteil schwebte? Vielleicht würde es ihn ja noch mehr aufgeilen, wenn er es erfuhr. Wir würden sehen.

Ich saß am Tisch in der Küche und schrieb Chris einen Brief, als er nach Hause kam. »Ich hab einen prima Auftrag in Fulham, von dem wir eine Weile gut leben können«, erzählte er. »So eine Villenumwandlung. Du solltest die Räume sehen, Livie. Sie sind –« An der Küchentür blieb er stehen und legte die Rolle mit Skizzen auf den Tisch. »Was ist denn das?« Er setzte sich rittlings auf einen Stuhl und berührte mit dem Fuß einen meiner Rucksäcke. »Nimmst du neuerdings Wäsche an?«

»Ich hau ab«, sagte ich.

»Warum?«

»Es ist Zeit. Wir gehen getrennte Wege. Seit langem schon. Begraben wir die Leiche lieber, ehe sie verrottet. Du weißt schon.« Ich knallte einen Punkt hinter den letzten Satz, den ich geschrieben hatte, und steckte den Bleistift zu den anderen in eine neue Konservendose. Ich schob ihm den Brief hin und stand auf.

»Es stimmt also«, sagte er.

Ich hievte den ersten Rucksack auf den Rücken. »Was?«

»ALS.«

»Und wenn?«

»Sie haben es dir heute gesagt. Darum – das hier.« Er las den Brief und faltete ihn dann sorgfältig. »Du hast ›unvermeidlich‹ falsch geschrieben. Das schreibt man mit ›d‹, nicht mit ›t‹.«

»Na wenn schon«. Ich hob den zweiten Rucksack auf. »Ob ›d‹ oder ›t‹, es ändert nichts an den Tatsachen. Ein Mann und eine Frau können auf die Dauer nicht so zusammenleben.«

»›Unvermeidlich‹ hast du in deinem Brief geschrieben.«

»Du hast deine Arbeit, und ich hab –«

»ALS. Das ist doch der Grund, weshalb du gehen willst.« Er steckte den Brief ein. »Komisch, Livie. Ich hab dich nie als jemanden gesehen, der so leicht die Flinte ins Korn wirft.«

»Das tu ich doch überhaupt nicht. Ich hau nur ab. Mit der ALS hat das nichts zu tun. Es hat mit dir und mit mir zu tun. Mit dem, was ich will. Was du willst. Wer ich bin. Und wer du bist. Es klappt eben nicht.«

»Es hat mehr als vier Jahre lang geklappt.«

»Nicht für mich. Es ist –« Ich hängte mir den zweiten Rucksack über den einen Arm und den dritten über den anderen. Im Küchenfenster sah ich mein Spiegelbild: wie eine Bucklige mit Satteltaschen. »Es ist einfach nicht normal, so zu leben. Wie du und ich. Das ist pervers. Wie eine Jahrmarktssensation. Hereinspaziert, Herrschaften, schauen Sie sich das Paar ohne Unterleib an. Ich komm mir vor wie im Kloster oder so was. Das ist doch kein Leben. Ich jedenfalls schaff das nicht, okay?«

Er zählte die einzelnen Punkte an den Fingern ab, als er mir antwortete. »Pervers. Jahrmarkt. Ohne Unterleib. Kloster. Findest du nicht, du trägst verdächtig dick auf?« fragte er. »Zumal deine Argumente gar nicht zutreffen. Du hast doch, weiß Gott, kein Leben ohne Unterleib geführt. Es ist noch keine Woche vergangen, ohne daß du –«

»Das ist eine gemeine Lüge!« Ich schleuderte die Rucksäcke von meinen Armen und hörte das Klappern der Hundekrallen auf dem Linoleum, als Beans aus dem Arbeitszimmer hereinkam, um die Rucksäcke zu inspizieren.

»Ach ja?« Chris nahm sich aus der Schale auf der Kommode einen Apfel und polierte ihn an seinem abgetragenen Flanellhemd. »Was ist denn mit dem Zoo?«

»Was soll damit sein?«

»Du arbeitest seit – wie lange? – fast zwei Jahren dort. Mit wie vielen von den Männern hast du was gehabt?«

Mir schoß die Hitze ins Gesicht. »So eine Unverschämtheit!«

»Du bist also gewiß nicht die Dame ohne Unterleib, und wir können dieses Argument *ad acta* legen. Und das mit dem Kloster ebenfalls.«

Ich nahm den dritten Rucksack ab und warf ihn zu den anderen. Beans schob seine Nase unter die Klappe. Er schnupperte laut und aufgeregt, als hätte er etwas gefunden, das ihm in die Nase stach. Ich schob ihn weg.

»Ich will dir mal was sagen«, begann ich. »Sex ist was ganz Natürliches, und wenn's einem Spaß macht, ist man deswegen bestimmt nicht unnormal. Ich mag es, und es tut mir gut und –«

»Bleiben Jahrmarkt und pervers«, sagte er.

Mir blieb der Mund offen stehen. »Nennst du mich vielleicht pervers?«

»Du hast gesagt, ohne Unterleib, Kloster, Jahrmarkt und pervers. Die ersten beiden haben wir abgehakt. Jetzt sehen wir uns die anderen an. Wir versuchen, die Wahrheit einzukreisen.«

»Die kann ich dir sagen, Mr. Schrumpfschwanz Faraday. Wenn ich einen Kerl treffe, dem's genauso Spaß macht wie mir, dann tun wir's. Wir lassen's uns gutgehen. Und wenn du mich für was verdammen willst, was so natürlich ist wie das Atmen, dann bitte, tu dir keinen Zwang an. Aber du wirst in Zukunft ohne Publikum auskommen müssen, weil mir deine Heiligkeit nämlich unheimlich stinkt. Und deshalb hau ich hier ab.«

»Weil du es nicht aushalten kannst, mit einem Monster zusammenzuleben?«

»Halleluja, der Junge hat endlich begriffen!«

»Oder weil du Angst hast, daß du selbst eines wirst und am Ende entdecken mußt, daß *ich* es nicht aushalten kann?«

Ich konterte mit einem höhnischen Lachen. »Das passiert bestimmt nicht. Mir fehlt nichts. Das haben wir doch eben festgestellt. Ich mag Sex. Das war immer schon so, und ich schäme mich überhaupt nicht, es zuzugeben.«

Er biß in seinen Apfel. »Ein gutes Gegenargument, wenn ich von Sex gesprochen hätte«, sagte er. »Aber da das nicht der Fall ist, zählt es nicht.«

»Es geht hier nicht um die ALS«, sagte ich geduldig. »Es geht um dich und mich. Und unsere Verschiedenartigkeit.«

»Zu der auch die ALS gehört, wie du mir zweifellos zugestehen wirst.«

»Ach, hör doch auf!« Ich winkte ab. Ich kauerte nieder, um die Schnalle des Rucksacks festzuziehen, den Beans gerade untersuchte. »Glaub, was du willst. Glaub einfach das, was deinem männlichen Selbstwertgefühl am zuträglichsten ist.«

»Du projizierst, Livie.«

»Was soll das nun wieder heißen?«

»Daß es für *dein* Selbstwertgefühl einfacher ist, jetzt abzuhauen, als das Risiko einzugehen und abzuwarten, was mit uns geschieht, wenn die Krankheit schlimmer wird.«

Ich sprang stolpernd in die Höhe. »Es ist keine Krankheit! Es ist eine Störung, verdammt noch mal.«

Er drehte seinen Apfel in den Fingern. Ich sah, daß er eine faule Stelle angebissen hatte. Das Fruchtfleisch hatte die Farbe von Schlamm und sah ungenießbar aus. Er biß direkt hinein. Ich schauderte. Er kaute.

»Warum willst du mir nicht wenigstens eine Chance geben?« fragte er.

»Wozu?«

»Mich zu beweisen. Dein Freund zu sein.«

»Bitte! Werd jetzt bloß nicht kitschig. Da krieg ich die Gänsehaut.« Ich kämpfte mich wieder in die Gurte meiner diversen Rucksäcke, dann ging ich zum Tisch, auf dem meine Umhängetasche lag. »Den Heiligen kannst du in Zukunft mit einer anderen spielen«, sagte ich. »Vielleicht findest du in Earl's Court eine neue Nutte. Du kannst's ja mal versuchen. Aber laß mich in Ruhe.« Ich zog die Tasche vom Tisch.

Er beugte sich vor und hielt mich am Arm fest.

»Du hast es immer noch nicht begriffen, wie?«

Ich versuchte, mich loszureißen, aber er packte mich. »Was?«

»Manchmal lieben Menschen einander nur, um einander zu lieben, Livie.«

»Und manchmal fallen Schweine auf die Schnauze, weil sie sich einbilden, sie könnten fliegen.«

»Hat dich nie jemand geliebt, ohne Erwartungen an dich zu richten? Ohne eine Gegenleistung zu verlangen?«

Ich zog und zerrte, aber er ließ mich nicht los. Ich würde blaue Flecken bekommen an den Stellen, wo er mich festhielt.

»Ich liebe dich«, sagte er. »Nicht so, wie du geliebt werden möchtest, das gebe ich zu. Nicht so, wie du die Liebe zwischen Männern und Frauen siehst. Aber es ist trotzdem Liebe. Sie ist echt, und sie ist da. Und so, wie ich es sehe, reicht diese Art der Liebe völlig aus, um uns das alles gemeinsam durchstehen zu lassen. Und das ist weit mehr, als du von irgendeinem Kerl erwarten kannst, den du auf der Straße aufliest.«

Er ließ mich los. Ich hob meinen Arm, rieb die Stelle, wo seine Finger zugedrückt hatten, und starrte ihn stumm an. Mein Rücken fing an zu schmerzen von der Last der Rucksäcke, und die Muskeln in meinem rechten Bein begannen zu zucken. Er nahm sich wieder einen Apfel vor und aß ihn mit drei Bissen fertig. Dann ließ er Toast am Butzen riechen, ehe er ihn durch die Küche in die Spüle warf.

»Ich will nicht, daß du gehst«, sagt er. »Du forderst mich immer von neuem heraus, du gehst mir auf die Nerven, und du machst mich zu einem besseren Menschen, als ich bin.«

Ich trottete zum Spülbecken, holte den Apfelrest heraus und warf ihn in den Mülleimer.

»Livie. Ich möchte, daß du bleibst.«

Durch das Fenster konnte ich die Straßenlampen sehen, deren Lichter sich im Wasser des Beckens spiegelten. In den sachte schwankenden Lichtpfützen zeichneten sich die Bäume von Browning's Island ab. Ich sah auf meine Uhr. Es war fast acht. Bis ich mich nach Earl's Court durchgekämpft hatte, würde es neun sein. Mein rechtes Bein begann zu zittern.

»Am Ende werde ich nur noch ein Bündel Mensch sein«, murmelte ich. »Ohne Saft und Kraft.«

»Würdest du mich in Stich lassen, wenn ich es wäre?«
»Ich weiß es nicht.«
»Aber ich weiß es.«
Ich hörte, wie er vom Tisch aufstand und durch die Küche kam. Er nahm mir die Rücksäcke ab und stellte sie auf den Boden. Er legte mir den Arm um die Schultern und berührte mit seinem Mund mein Haar.
»Die Art der Liebe ist anders«, sagte er, »aber die Tatsache bleibt bestehen.«
Da bin ich geblieben. Ich hielt an meinem täglichen Gymnastik- und Fitneßprogramm fest und ging zu Heilern, die meinten, ich hätte eine Zyste, sei unfähig, Energie zu mobilisieren, reagiere auf negative atmosphärische Schwingungen. Als die Krankheit im ersten Jahr nicht über meine Beine hinaus fortgeschritten war, sagte ich mir, daß ich, wie Stephen Hawking, allen Vorhersagen auf meine eigene Weise trotzen würde. Ich fühlte mich zuversichtlich im Bewußtsein dieser Tatsache und blieb davon beschwingt bis zu dem Tag, an dem ich auf meinen Einkaufszettel hinunterblickte und sah, was aus meiner Handschrift geworden war.
Ich erzähle Ihnen das alles nicht, um Ihre Anteilnahme zu gewinnen. Ich erzähle es Ihnen, weil meine Krankheit, die ALS, zwar ein Fluch ist, jedoch auch der Grund dafür, daß ich weiß, was ich weiß. Sie ist der Grund dafür, daß ich weiß, was sonst keiner weiß. Außer meiner Mutter.
Der Klatsch blühte, als Kenneth Fleming zu Mutter nach Kensington zog. Hätte Kenneth seine Karriere als Nationalspieler nicht mit einer so demütigenden Vorstellung im *Lord's* gestartet, hätte sich die Regenbogenpresse wahrscheinlich überhaupt nicht um ihn gekümmert. Aber nach diesem denkwürdigen und unglaublich peinlichen Reinfall zog er die Aufmerksamkeit der Cricket-Freunde auf sich. Und da geriet dann natürlich auch Mutter ins Fadenkreuz.
Das ließ sich in der Tat prima ausschlachten – dieser Altersunterschied von vierunddreißig Jahren zwischen dem Cricket-Helden und seiner Gönnerin. Was war sie für ihn? wollte man wissen. War sie vielleicht seine leibliche Mutter, die ihn, nach-

dem sie ihn bei der Geburt zur Adoption freigegeben hatte, nun, da sie alt und einsam war, wieder zu sich geholt hatte? War sie seine Tante, die ihn unter einer Vielzahl von Nichten und Neffen im East End zum Nutznießer ihrer Großherzigkeit ausgewählt hatte? War sie eine gute Fee, die zuviel Geld hatte und die in den Vorstädten Londons einen hoffnungsvollen jungen Menschen suchte, über dem sie wohltätig ihren Zauberstab schwenken konnte? War sie eine neue Wohltäterin der englischen Nationalmannschaft, die sich ihre Pflichten so zu Herzen nahm, daß sie am persönlichen Leben der Spieler intimen Anteil hatte? Oder war da vielleicht etwas ein klein wenig Krankes? Eine ödipale Geschichte auf Kenneth Flemings Seite, auf die die Jokaste in Miriam Whitelaw enthusiastischer reagierte, als klug war?

Wo schliefen die beiden? wollte die Presse wissen. Lebten sie ganz allein in dem Haus zusammen? Gab es Dienstboten, die vielleicht die wahre Geschichte enthüllen würden? Eine Tageshilfe, die nicht zwei Betten machte, sondern nur eines? Und wenn sie getrennte Schlafzimmer hatten, befanden die sich dann auf einer Etage? Was hatte es zu bedeuten, daß Miriam Whitelaw niemals ein Match versäumte, in dem Kenneth Fleming spielte?

Da die wahre Geschichte unmöglich so spannend sein konnte wie die Spekulation, bleiben die Boulevardblätter bei diesem Stil. Damit ließen sich mehr Zeitungen verkaufen. Wer wollte schon von einer ehemaligen Englischlehrerin und ihrer Verbindung zu ihrem einstigen Schüler lesen? Das war nicht halb so faszinierend wie die prickelnden Andeutungen, die ein Foto von Kenneth Fleming und Mutter hergab, das zeigte, wie sie gemeinsam unter einem Regenschirm aus dem *Grace Gate* traten, er mit dem Arm um ihre Schultern, sie selig lächelnd zu ihm aufblickend.

Und Jean? Das wissen Sie vielleicht schon. Sie erzählte der Presse anfangs mehr, als gut war. Sie war leichte Beute für den *Daily Mirror* und die *Sun*. Jean wollte Kenneth wieder daheim haben, und sie glaubte allen Ernstes, die Presse würde ihr helfen, ihn zurückzuholen. Die Zeitungen brachten Bilder, die sie bei ihrer Arbeit in dem Café am Billingsgate-Markt zeigten; Bilder von den Kindern auf dem Weg zur Schule; von der Familie, die ohne Dad um den Tisch mit der roten Wachstuchdecke saß;

von Jean, wie sie ungeschickt den Cricket-Ball für Jimmy warf, der davon träumte – wie sie den Reportern anvertraute –, eines Tages in die Fußstapfen seines Vaters zu treten. »Wo ist Ken?« fragten einige Reporter. »Verlassen und todtraurig«, schrieben andere. »Nicht mehr gut genug für ihn?« wollte *Woman's Own* wissen, während *Woman's Realm* tiefschürfend fragte: »Was tun, wenn er einen wegen einer anderen verläßt, die wie seine Mutter aussieht?«

Kenneth ließ das alles kommentarlos über sich ergehen und konzentrierte sich aufs Cricket. Er machte regelmäßig Besuche auf der Isle of Dogs, aber was auch immer er zu Jean wegen ihres Umgangs mit der Presse sagte, er sagte es ihr unter vier Augen. Seine Lebensweise mochte unkonventionell sein, doch von ihm bekam man nie mehr darüber zu hören als den einen Satz: Es ist im Augenblick die beste Lösung.

Wie Kenneth und Mutter in dieser Zeit zueinander standen, kann ich nur vermuten. Die Fragen, die die Spekulationen der Presse offenließen, kann ich zum Teil natürlich mit Details beantworten. Zum Beispiel die Schlafraumfrage: zwei Schlafzimmer, aber auf derselben Etage und mit einer Verbindungstür. Kenneth war nämlich in das ehemalige Umkleidezimmer meines Urgroßvaters eingezogen, das zweitgrößte Schlafzimmer im Haus. Daran war nichts Fragwürdiges. Die wenigen Hausgäste, die wir gehabt hatten, hatten immer in diesem Zimmer übernachtet. Oder zum Beispiel die Frage nach den Hausangestellten: Es gab keine, mit Ausnahme einer Frau aus Sri Lanka, die zweimal in der Woche zum Saubermachen kam. Sonst aber kann ich wie alle anderen nur Vermutungen anstellen.

Ihre Gespräche waren sicher sehr vielseitig. Wenn Mutter in der Druckerei vor einer größeren Entscheidung stand, wird sie Kenneth' Rat gesucht, ihm ihre Vorstellungen und Überlegungen unterbreitet und sich aufmerksam angehört haben, was er zu sagen hatte. Kenneth wird mit ihr über seine Besuche bei Jean und den Kindern, über seinen Entschluß zugunsten des Getrenntlebens und seine Gründe, sich vorläufig nicht scheiden zu lassen, gesprochen haben. Nach Auslandsterminen mit der Nationalmannschaft wird er ihr ausführlich von diesen Reisen erzählt haben, von den Menschen, denen er begegnet war, den Sehenswürdigkeiten, die er gesehen hatte. Und wenn sie ein besonderes Buch gelesen oder Theaterstück gesehen hatte, wird sie ihm ihre Eindrücke mitgeteilt haben.

Wie immer es auch geschah, sie kamen einander sehr nahe, Kenneth Fleming und meine Mutter. Er nannte sie seine beste Kameradin auf der Welt; aus den Monaten ihres Zusammenlebens wurde ein Jahr, das Jahr ging in ein zweites über, und die ganze Zeit ignorierten sie einfach Klatsch und Spekulationen.

Ich hörte zum erstenmal durch die Presse von den beiden. Es ließ mich ziemlich kalt, weil ich damals gerade intensiv mit ARM beschäftigt war, und ARM war intensiv damit beschäftigt, an der Cambridge-Universität möglichst großen Stunk zu machen. Nichts hätte mir mehr Genugtuung verschaffen können, als ein Sandkorn im Getriebe dieser Brutstätte der Elite zu sein; als ich daher die Geschichte von Mutter und Kenneth las, tat ich sie mit einem Achselzucken ab und benutzte die Zeitung als Unterlage beim Kartoffelschälen.

Als ich später darüber nachdachte, kam ich zu dem Schluß, daß Mutter dabei war, sich Ersatz zu schaffen. Zuerst hatte es den Anschein, als wollte sie mich ersetzen. Sie und ich hatten seit Jahren keinen Kontakt mehr gehabt; sie benutzte also Kenneth als Ersatzkind; als Kind, bei dem ihre mütterliche Fürsorge endlich Früchte tragen konnte. Dann, als die Spekulationen durch das beharrliche Schweigen der Protagonisten genährt wurden, erwachte in mir der Verdacht, daß Mutter meinen Vater ersetzen wollte. Im ersten Moment erschien die Vorstellung von Mutter und Kenneth beim Fummeln im Dunkeln völlig absurd; aber nach einer Weile, als man niemals eine andere Frau mit Kenneth in Verbindung brachte, wurde dies zur einzigen einleuchtenden Erklärung. Solange er mit Jean verheiratet blieb, konnte er Frauen seines eigenen Alters mit einem »Tut mir leid, ich bin ein verheirateter Mann« abwimmeln. Und das bewahrte ihn vor Komplikationen, die seine Verstrickung mit Mutter bedroht hätten.

Sie war, wie er selbst sagte, seine beste Freundin. Wie schwierig wird es wohl gewesen sein, als ihm an einem Abend – die

Vertraulichkeit ihres Gesprächs verlangte plötzlich nach Vertraulichkeiten anderer Art – die Kameradin zur Geliebten wurde?

Er hat sie vielleicht im abendlich erleuchteten Wohnzimmer angesehen und Begierde verspürt, und dann Entsetzen über die Begierde. Um Gottes willen, sie könnte meine Mutter sein, wird er gedacht haben.

Sie wird seinen Blick mit einem Lächeln aufgenommen haben, und ihr Gesicht wird weich geworden sein. »Was ist?« hat sie gefragt. »Warum bist du plötzlich so still?«

»Nichts«, wird er geantwortet und sich mit einer Hand hastig über die Stirn gestrichen haben. »Es ist nur –«

»Was?«

»Ach, nichts. Gar nichts. Es ist albern.«

»Nichts, was du sagst, ist albern, mein Junge. Jedenfalls nicht für mich.«

»›Mein Junge‹«, wird er sie nachgeäfft haben. »Ich komme mir vor wie ein Kind, wenn du das sagst.«

»Es tut mir leid. Ich sehe dich durchaus nicht als Kind, Ken.«

»Als was denn? Wie – wie siehst du mich?«

»Als Mann natürlich.«

Dann hat sie vielleicht auf die Uhr gesehen und gesagt: »Ich denke, ich gehe jetzt nach oben. Bleibst du noch eine Weile hier?«

Er wird aufgestanden sein. »Nein«, wird er geantwortet haben. »Ich gehe auch hinauf. Wenn es – dir recht ist, Miriam.«

Ah, dieses Zögern zwischen dem »Es« und dem Dir«. Wenn das nicht gewesen wäre, hätte sie ihn möglicherweise nicht verstanden.

Mutter wird an ihm vorübergegangen, dann kurz stehengeblieben sein und nach seiner Hand gefaßt haben. »Aber natürlich ist es mir recht, Ken«, hat sie vermutlich gesagt. »Vollkommen.«

Kamerad, Seelengefährte, Geliebter. Zum erstenmal hatte Mutter, was sie wollte.

Olivia

Max war derjenige, der Mutter aufs Tapet brachte. Zehn Monate nachdem ich die Diagnose erhalten hatte, aßen wir in einem italienischen Restaurant gleich in der Nähe vom Camden Lock Market, wo Max in der großen Lagerhalle, in der sie vom Kaugummiautomaten bis zum Plüschsofa alles ausstellen, eine Stunde lang in Kartons mit ausrangierten Klamotten gewühlt hatte, die sie als alte Kostüme ausgaben. Er suchte nach einer angemessen zerlumpten Knickerbocker für eine Laientheateraufführung, bei der er Regie führte; ob als Requisit oder Kostüm, wollte er uns nicht verraten.

»Ich kann doch die Geheimnisse der Truppe nicht ausplaudern, Herrschaften«, sagte er. »Ihr müßt euch das Stück selbst ansehen.«

Schon seit einiger Zeit benutzte ich beim Gehen einen Stock – mit dem ich mich gar nicht anfreunden konnte – und wurde rascher müde, als mir recht war. Wenn ich erschöpft war, begannen meine Muskeln zu zittern, was wiederum häufig zu Krämpfen führte. Sie begannen an diesem Abend, als meine köstlich duftende Spinat-Lasagne vor mich hingestellt wurde.

Als sich beim ersten Krampf der Muskel unter meinem rechten Knie zu einem beinharten Knoten zusammenzog, stieß ich unwillkürlich einen unterdrückten Schmerzenslaut aus, drückte die Hand auf die Augen und biß mit aller Kraft die Zähne zusammen.

»Ist es so schlimm?« fragte Chris.

»Es wird schon wieder vergehen«, wehrte ich ab.

Die Lasagne dampfte vor sich hin, doch ich rührte sie immer noch nicht an. Chris schob seinen Stuhl zurück und begann mich zu massieren, das einzige, was mir überhaupt Linderung verschaffte.

»Iß lieber«, sagte ich.

»Das kann ich nachher immer noch.«

»Herrgott noch mal, ich komm schon zurecht.« Die Spasmen

wurden stärker. Es waren die schlimmsten, die ich je gehabt hatte. Es fühlte sich an, als würde gleich mein rechtes Bein explodieren. Dann begann zum erstenmal auch mein linkes Bein zu zittern. »Mist«, flüsterte ich.

»Was ist?«

»Nichts.«

Seine Hände arbeiteten mit Routine. Das Zittern des linken Beins wurde heftiger. Ich starrte auf den Tisch und versuchte, an andere Dinge zu denken.

»Besser?« fragte er.

Ein schlechter Witz. Ich antwortete mit schwacher Stimme: »Danke. So ist es gut.«

»Wirklich? Wenn du noch Schmerzen –«

»Gib's endlich auf, ja? Laß dein Essen nicht kalt werden.«

Chris ließ die Hände sinken, aber er ging nicht. Ich stellte mir vor, wie er von eins bis zehn zählte.

Ich wollte sagen: Es tut mir leid. Ich wollte sagen: Ich habe Angst. Es liegt nicht an dir. Ich habe Angst, Angst, Angst. Statt dessen konzentrierte ich mich darauf, Impulse von meinem Gehirn in meine Beine zu senden, Visualisieren, hatte meine letzte Therapeutin das genannt. Du mußt üben, dir etwas bildlich vorzustellen, das ist die Lösung, du wirst sehen. Meine bildliche Vorstellung beinhaltete zwei Beine in schwarzen Strümpfen, mit hochhackigen Schuhen an den Füßen, die ruhig und mit fließender Bewegung übereinander geschlagen wurden. Die Krämpfe und das Zittern hörten nicht auf. Ich preßte beide Fäuste gegen die Stirn. Meine Lider waren so fest zugedrückt, daß die Tränen aus den Augenwinkeln rannen.

Ich hörte, wie Max, der mir gegenüber saß, zu essen begann. Chris hatte sich nicht von der Stelle gerührt. Ich spürte den Vorwurf in seinem Schweigen. Wahrscheinlich verdiente ich ihn, aber das war nicht zu ändern.

»Verdammt noch mal, Chris. Starr mich nicht so an«, zischte ich mit zusammengebissenen Zähnen. »Ich komm mir langsam vor wie ein zweiköpfiges Kalb.«

Da wandte er sich ab. Er nahm seine Gabel und stieß sie in einen Haufen Nudeln mit Champignons. Doch er drehte die

Gabel zu heftig und zog ein ganzes Pastaknäuel in die Höhe. Er ließ den Klumpen wieder auf seinen Teller fallen.

Max kaute hastig und ließ dabei seinen Blick zwischen Chris und mir hin und her wandern. Es war ein vorsichtiger Blick, ähnlich dem eines Vogels. Er legte seine Gabel aus der Hand und tupfte sich den Mund mit einer Papierserviette, auf der *Evelyn's Eats* stand, wenn ich mich recht erinnere, was etwas sonderbar war in Anbetracht der Tatsache, daß wir uns in einem Restaurant namens *Black Olive* befanden.

Er sagte: »Hab ich das übrigens schon erwähnt, Mädel? Ich hab letzte Woche in unserem Lokalschundblatt wieder mal was über deine Mutter gelesen.«

Ich riß mich zusammen, nahm meine Gabel und schob sie in die Lasagne. »Ach ja?«

»Scheint ja eine Frau von Format zu sein. Die Situation ist natürlich ungewöhnlich – sie und dieser Cricket-Star –, aber sie ist offensichtlich eine echte Dame. Komisch eigentlich.«

»Was?«

»Du sprichst so gut wie nie von ihr. Wenn man bedenkt, wie bekannt diese Frau mittlerweile geworden ist, finde ich das etwas – na, sagen wir mal, merkwürdig.«

»Daran ist nichts Merkwürdiges, Max. Wir haben nur schon lange nichts mehr miteinander zu tun.«

»Ach, seit wann denn?«

»Seit langem.« Ich holte tief Atem. Das Zittern ging weiter, aber die Krämpfe ließen langsam nach. Ich sah Chris an. »Bitte entschuldige«, bat ich leise. »Chris, ich will doch nicht so sein – wie ich bin. Bestimmt nicht.« Er machte eine wegwerfende Handbewegung, erwiderte aber nichts. »Ach, Chris«, sagte ich hilflos. »Bitte.«

»Vergiß es.«

»Ich will doch nicht – wenn es losgeht, werde ich – ich werde dann – ich bin einfach nicht mehr ich selbst.«

»Es ist schon okay. Du brauchst nichts zu erklären. Ich –«

»Ja, du verstehst schon. Das wolltest du doch sagen, oder? Warum spielst du eigentlich dauernd den Märtyrer am Spieß? Es wär mir viel lieber, du würdest –«

»Was denn? Dir eine runterhauen? Dich einfach stehen lassen? Ginge es dir dann besser? Warum, zum Teufel, mußt *du* mir dauernd so zusetzen?«

Ich schmiß meine Gabel auf den Tisch. »Verdammt noch mal! So ein Quatsch.«

Max trank von seinem Rotwein. Ein einziges Glas gestattete er sich täglich. Er nahm einen Schluck, ließ ihn ein paar Sekunden auf der Zunge liegen und schluckte ihn dann genießerisch. »Ihr beide versucht das Unmögliche«, stellte er fest.

»Das sage ich schon seit Jahren.«

Er ignorierte meinen Kommentar. »Du kannst das nicht allein auf dich nehmen«, sagte er zu Chris. Und zu uns beiden: »Ihr seid naiv, wenn ihr das glaubt.« Und zu mir: »Es ist Zeit.«

»Zeit? Wozu?«

»Du mußt es ihr sagen.«

Es war nicht gerade schwierig, diese Bemerkung zu seinen vorangegangenen Fragen und Kommentaren in Beziehung zu setzen. Ich wurde zornig. »Sie braucht nichts von mir zu wissen.«

»Hör auf mit dem Spielchen, Mädel. Das bringt's nichts. Hier geht's um Endgültigkeiten.«

»Dann schick ihr ein Telegramm, wenn ich krepiert bin.«

»So würdest du deine Mutter behandeln?«

»Wie sie mir, so ich ihr. Sie wird's überleben. Ich hab's auch überlebt.«

»Aber das nicht.«

»Ich weiß, daß ich sterbe. Du brauchst mich nicht daran zu erinnern.«

»Ich hab nicht von dir gesprochen, sondern von ihr.«

»Du kennst sie ja gar nicht. Du kannst mir's glauben, diese Dame hat Reserven, von denen Typen wie wir nur träumen können. Die wird mein Ableben abschütteln wie Regenwasser von ihrem Burberry-Schirm.«

»Kann sein«, meinte er. »Aber du solltest daran denken, daß sie dir vielleicht helfen kann.«

»Ich brauche ihre Hilfe nicht. Und ich will sie auch nicht.«

»Und Chris?« fragte Max. »Was ist mit ihm? Wenn er Hilfe

braucht und wünscht? Vielleicht nicht jetzt, aber später, wenn es hart wird? Und du weißt, daß es das werden wird.«

Ich griff wieder zu meiner Gabel, machte mich über meine Lasagne her und sah zu, wie der geschmolzene Käse zwischen den Zinken herabrann.

»Also?« fragte Max.

»Chris?« fragte ich.

»Ich komm schon zurecht«, sagte er.

»Damit wäre die Sache erledigt.« Doch als ich meine Gabel zum Mund hob, sah ich den Blick, den Max und Chris tauschten, und begriff, daß sie schon über Mutter gesprochen hatten.

Ich hatte sie seit mehr als sechs Jahren nicht mehr gesehen. In der Zeit, als ich in der Gegend von Earl's Court anschaffen ging, war nicht damit zu rechnen gewesen, daß unsere Wege sich kreuzen würden. Trotz ihrer ausgeprägten sozialen Ader hatte sich Mutter nie als Seelenretterin der gefallenen Mädchen dieser Stadt versucht, und ich hatte daher sicher sein können, daß mir die Unerfreulichkeit einer zufälligen Begegnung mit ihr erspart bleiben würde. Nicht, daß mir so eine Begegnung persönlich viel ausgemacht hätte. Aber dem Geschäft hätte es geschadet, wenn ich mit so einer alten Hexe im Schlepptau gesehen worden wäre.

Seit ich jedoch mein Straßenleben aufgegeben hatte, war meine Situation in bezug auf Mutter um einiges prekärer geworden. Sie saß in Kensington. Ich saß knapp eine Viertelstunde entfernt in Little Venice. Ich hätte ihre Existenz gern einfach vergessen, aber die Wahrheit ist, daß es Wochen gab, in denen ich keinen Tag wegging, ohne mir darüber Gedanken zu machen, ob ich ihr vielleicht irgendwo auf dem Weg zum Zoo, zum Supermarkt, zu einer Wohnung, die Chris renovieren sollte, zur Holzhandlung, wo wir Material zum Herrichten des Boots besorgten, begegnen würde.

Ich kann nicht erklären, warum ich immer noch an sie dachte. Ich hatte es nicht erwartet. Vielmehr hatte ich geglaubt, die Brücken zwischen uns seien endgültig abgebrochen. Und ganz konkret war das ja auch so. Ich hatte meine an dem Abend in Covent Garden abgebrochen. Sie die ihren mit dem Telegramm, in dem sie mir Dads Tod und Einäscherung mitteilte. Nicht einmal ein Grab hatte sie mir gelassen, das ich in aller Stille hätte besuchen können, und das war für mich so unverzeihlich wie die Art und Weise, in der sie mich von seinem Tod unterrichtet hatte. Ich hatte daher überhaupt kein Verlangen danach, mein Leben in irgendeiner Weise wieder mit dem ihren zu verquicken.

Nur eines schaffte ich nicht: Mutter aus meiner Erinnerung und meinen Gedanken zu löschen. Ich wage zu bezweifeln, daß überhaupt ein Mensch das kann, wenn es um Eltern oder Geschwister geht. Das Band, das einen an die Familie bindet, kann durchtrennt werden, aber die abgeschnittenen Enden haben so eine Art, einem an windigen Tagen ins Gesicht zu flattern.

Als Mutter und Kenneth Fleming vor gut zwei Jahren zum Gegenstand von Presseklatsch und Spekulationen wurden, flatterten mir diese Enden natürlich häufiger ins Gesicht, als mir lieb war. Es ist schwer zu erklären, wie mir zumute war, wenn ich immer wieder ihr Bild und seines in der *Daily Mail* sah, die eine der Laborantinnen jeden Tag getreulich in die Zooklinik mitbrachte, um sie in der Elf-Uhr-Pause zu lesen. Ich pflegte die Fotos über ihre Schulter hinweg zu betrachten. Manchmal erhaschte ich auch einen Blick auf die Schlagzeile. Dann schaute ich schnell weg und setzte mich mit meinem Kaffee an einen Tisch bei den Fenstern. Ich trank den Kaffee schnell und hielt meinen Blick dabei auf die Bäume gerichtet. Und ich überlegte, wieso ich so ein seltsames Gefühl im Magen hatte.

Ursprünglich dachte ich, mir werde hier nur der Beweis dafür vorgeführt, daß sie ein Leben der guten Taten nunmehr zu seinem logischen Abschluß gebracht hatte, indem sie, wie sich das für eine tüchtige Sozialkundlerin gehörte, der Theorie die Praxis folgen ließ. Denn ihre Hypothese war immer gewesen, daß die Unterprivilegierten, wenn man ihnen nur die Gelegenheit dazu böte, gleiche Ruhmeshöhen erklimmen könnten wie die Privilegierten. Mit Geburt, Abstammung, Veranlagung oder familialen Rollenvorbildern habe es überhaupt nichts zu tun. Der *homo sapiens* strebe eben seiner Natur gemäß nach dem Erfolg. Kenneth Fleming war das Objekt ihrer Studien gewesen.

Und Kenneth Fleming hatte auch die Richtigkeit ihrer Theorie bewiesen. Na und, was bedeutete das schon für mich?

Ich gebe es nur mit tiefem Widerwillen zu. Es scheint so infantil und fragwürdig. Ich kann es nicht einmal ohne Verlegenheit erzählen.

Indem Mutter Kenneth in ihrem Haus aufnahm, hatte sie meine lange bestehende Überzeugung bestätigt, daß sie ihn mir vorzog und sich immer gewünscht hatte, er wäre ihr Kind. Nicht erst seit jenem Zeitpunkt, als ihr dieses Stück Dreck am Untergrundbahnhof Covent Garden über den Weg gelaufen war. Danach hätte man ihr leicht zubilligen können, daß sie darauf brannte, Ersatz zu finden. Nein, lange vorher schon, als ich noch zu Hause lebte, als Kenneth und ich noch Fünftkläßler waren.

Als ich in den Zeitungen die ersten Fotos von ihnen sah, die ersten Artikel über sie las, traf das durch meine rauhe Schale hindurch direkt die bloße, hochempfindliche Haut. Unter dieser dünnen Haut schwärte wie eine eiternde Wunde die Reaktion auf die Zurückweisung.

Kränkung und Eifersucht. Mich quälte beides. Und ich nehme an, Sie fragen sich, wieso. Wir waren uns seit so vielen Jahren entfremdet, meine Mutter und ich, weshalb sollte es mir etwas ausmachen, daß sie einen Menschen in ihrem Heim und ihrem Leben aufgenommen hatte, der die Rolle ihres erwachsenen Kindes spielen konnte? Ich hatte doch diese Rolle gar nicht spielen wollen! Oder?

Sie glauben mir nicht recht, nicht wahr? Sie meinen, was mich quälte, waren nicht Kränkung und Eifersucht. Sie nennen es Angst. Sie sagen, Miriam Whitelaw wird schließlich nicht ewig leben, und sie wird ein ganz schönes Erbe hinterlassen, wenn sie einmal das Zeitliche segnet: das Haus ins Kensington mit allem Inventar, die Druckerei, das Häuschen in Kent, weiß der Himmel was an Wertpapieren... Ist nicht das vielleicht der wahre Grund, fragen Sie, warum die gute Olivia Magenflattern kriegte, als ihr zum erstenmal klar wurde, was Kenneth Flemings Präsenz im Leben ihrer Mutter bedeuten konnte? Denn Olivia hätte, rechtlich gesehen, keinen Fuß auf den Boden bekommen, hätte ihre Mutter sich entschlossen, ihr gesamtes Hab und Gut Kenneth Fleming zu hinterlassen. Schließlich hatte sich Olivia ja vor geraumer Zeit auf ziemlich endgültige Art und Weise aus dem Leben ihrer Mutter ausgeklinkt.

Sie werden mir vielleicht nicht glauben, aber ich kann mich nicht erinnern, daß solche Sorgen Teil meiner Gefühle gewesen wären. Meine Mutter war ja erst sechzig Jahre alt, als sie die Beziehung zu Kenneth Fleming wiederaufnahm, damals in der Druckerei. Sie war bei bester Gesundheit. Ich dachte keinen Moment daran, daß sie sterben würde; folglich verschwendete ich auch keinen Gedanken daran, wem sie dereinst ihr Vermögen vermachen würde.

Als ich mich an die Tatsache gewöhnt hatte, daß Mutter und Kenneth unter einem Dach lebten – genauer gesagt, als man anfing, sich über die Situation die Mäuler zu zerreißen, weil Kenneth nichts tat, um seinen Personenstand zu ändern –, löste sich die Kränkung schnell in Ungläubigkeit auf. Sie ist über sechzig Jahre alt, sagte ich mir. Was erwartet sie sich? Dann kam der Spott: Die macht sich ja total lächerlich!

Als mit der Zeit offenkundig wurde, daß Mutter und Kenneth mit ihrem Arrangement hochzufrieden waren, gab ich mir die größte Mühe, die beiden einfach zu ignorieren. Wen interessiert es schon, ob sie Mutter und Sohn, beste Freunde, ein Liebespaar oder die größten Cricket-Fans der Welt waren? Meinetwegen konnten die tun und lassen, was sie wollten. Sollten sie ihren Spaß haben. Von mir aus konnten die sich nackt vor den Bukkingham-Palast stellen und mit den Bäuchen wackeln.

Als Max meinte, es sei Zeit, Mutter von meiner Krankheit zu unterrichten, widersetzte ich mich daher. Bringt mich ins Krankenhaus, sagte ich. Sucht mir ein Pflegeheim. Setzt mich auf die Straße. Aber sagt dieser alten Hexe kein Wort über mich. Ist das klar?

Danach wurde nicht wieder von Mutter gesprochen. Doch der Keim war gelegt, und das war vielleicht überhaupt Max' Absicht gewesen. Wenn ja, dann hatte er es äußerst schlau angefangen: Du sollst es ja deiner Mutter gar nicht um deinetwillen sagen, Mädel. Das ist nicht der springende Punkt. Wenn du es ihr sagst, dann tu es für Chris.

Chris. Gibt es denn etwas, das ich für Chris nicht täte?

Bewegung, Bewegung. Gehen. Laufen. Gewichte heben. Endlose Treppen steigen. Ich würde jenes eine Opfer sein, das die Krankheit besiegte. Und auf die phantastischste Art. Nicht wie Hawking, bei dem ein genialer, messerscharfer Geist in einem erstarrten Körper gefangen war. Ich würde meinen Geist beherrschen, ihn zum Herrn über meinen Körper machen und über Zuckungen, Zittern, Krämpfe und Schwäche triumphieren.

Anfangs schritt die Krankheit langsam fort. Die Tatsache, daß man mir das vorausgesagt hatte, verdrängte ich einfach und nahm das langsame Fortschreiten der Krankheit als ein Zeichen dafür, daß mein Programm der Selbstheilung wirkte. Schaut, schaut, verkündete jeder meiner Holper-Stolper-Schritte, das rechte Bein ist nicht schlimmer geworden, und das linke ist überhaupt nicht betroffen, ich habe diesen Schweinehund ALS beim Schlafittchen und werde ihn nicht wieder loslassen. Aber in Wirklichkeit gab es keine Veränderung in meinem Zustand. Diese Periode war lediglich ein Zwischenspiel, eine Phase der Ironie, in der ich mich der Illusion hingab, ich könnte die anrollende Flut aufhalten, indem ich ins Meer watete und das Wasser höflich bat, doch wegzubleiben.

Mein rechtes Bein bestand nur noch aus losem Fleisch, das schlaff vom Knochen hing. Und darunter lagen Muskeln, die sich verzerrten, verzogen, gegeneinander kämpften, sich zu Knoten zusammenkrampften und wieder entspannten. Warum, fragte ich. Warum tun diese Muskeln, die sich noch immer regen und bewegen, die sich noch immer verkrampfen und entspannen, warum tun diese Muskeln nicht, was ich will, wenn ich es verlange? Das, sagte man mir, sei nun einmal die Natur der Krankheit. Es ist wie bei einer elektrischen Hochspannungsleitung, die bei einem Gewitter beschädigt worden ist. Strom fließt noch durch sie hindurch, Funken sprühen sporadisch, aber die erzeugte Energie ist nutzlos.

Dann befiel die Krankheit mein linkes Bein. Von dem Moment des ersten Zitterns an dem Abend im italienischen Restaurant ließ der Verfall eigentlich keinen Augenblick mehr nach. Er ging langsam vor sich, gewiß; begann mit einer kleineren Schwäche, die sich im Lauf der Wochen immer nur ein wenig mehr ausprägte. Dennoch war nicht zu leugnen, daß die Krankheit fortschritt. Die Muskelzuckungen nahmen zu, schöpften Energie aus den Vibrationen und steigerten sich zu grauenvoll schmerzhaften Krämpfen. Wenn das geschah, kam körperliche Bewegung, gleich, welcher Art, nicht in Frage. Man konnte nicht laufen, Treppen steigen oder Gewichte heben, wenn man sich darauf konzentrierte, den Schmerz auszuhalten, ohne sich den Kopf an der nächsten Wand zu Brei zu schlagen.

In dieser ganzen Zeit hüllte Chris sich in Schweigen. Damit will ich nicht sagen, daß er nicht mit mir redete. Er erzählte mir, wie die Überfalltruppe ohne mich zurechtkam; er berichtete von seinen Renovierungsaufträgen; er holte sich bei mir Rat, wie er sich in dieser oder jener heiklen Situation gegenüber der Leitung von ARM verhalten sollte; er erzählte von seinen Eltern und seinem Bruder und machte Pläne, sie mit mir zusammen bald einmal wieder in Leeds zu besuchen.

Aber er brachte niemals die Krankheit zur Sprache. Die Entscheidung, einen Stock zu benutzen, fällte ich allein. Den Entschluß, einen zweiten Stock zu benutzen, traf wiederum ich allein. Mir war klar, daß als nächstes eine Gehhilfe notwendig werden würde, wenn ich in Zukunft aus eigener Kraft vom Schlafzimmer in die Toilette, von der Toilette in die Küche, von der Küche in den Arbeitsraum und wieder ins Schlafzimmer gelangen wollte. Eines Tages jedoch würde ich auch die Kraft und die Ausdauer für die Gehhilfe nicht mehr aufbringen können und würde mich in einen Rollstuhl setzen müssen. Vor dem Rollstuhl und allem, was dazu gehörte, fürchtete ich mich – und fürchte ich mich noch. Doch von diesen Dingen sprach Chris nie, weil es meine Krankheit war und nicht seine; weil auch die Entscheidungen, die mit dem Kampf gegen die Krankheit einhergingen, meine waren und nicht seine. Wenn also über diese Entscheidungen gesprochen werden sollte, dann mußte schon ich davon anfangen.

Als ich die Gehhilfe benötigte, um mich von Zimmer zu Zimmer zu kämpfen, wußte ich, daß es Zeit war. Die Anstrengung der Fortbewegung mit der Gehhilfe trieb mir den Schweiß aus allen Poren. Ich wollte mir einreden, es sei nur eine Frage der Gewöhnung, aber dafür hätte ich zusätzlich Kraft im Oberkörper entwickeln müssen, und das ausgerechnet in einer Situation, da meine Kräfte Quentchen um Quentchen schwanden. Es wurde immer klarer, daß Chris und ich miteinander sprechen mußten.

Ich benutzte die Gehhilfe noch keine drei Wochen, als eines Abends Max zu uns kam. Es war Anfang April dieses Jahres, an einem Sonntag. Wir hatten zusammen gegessen, saßen draußen an Deck und sahen den Hunden zu, die auf dem Kajütendach herumtobten. Chris hatte mich nach oben getragen, Max hatte mir eine Zigarette angezündet, beide hatten nicht vorhandene Federhüte gelüftet und sich mit höfischem Kratzfuß verabschiedet, um von unten Decken, Kognak, Gläser und die Obstschale zu holen. Ich hörte gedämpfte Stimmen. Chris sagte: »Nein, nichts eigentlich«, und Max meinte: »... scheint schwächer zu sein.« Ich verschloß mich dem Klang, so gut ich konnte, und konzentrierte meine Aufmerksamkeit auf den Kanal, das Wasserbecken und Browning's Island.

Es war schwer zu glauben, daß ich nun schon fünf Jahre hier lebte, in denen ich jeden Morgen zu meiner Arbeit im Zoo marschiert war, Tiere aufgenommen und wieder fortgebracht hatte, Chris abwechselnd verwünscht und geliebt hatte. Es hatte Augenblicke gegeben, in denen ich mir der Geborgenheit und des Friedens dieses Zuhauses bewußt gewesen war, aber nie zuvor hatte jedes kleine Stück von Little Venice mir soviel bedeutet wie an jenem Abend. Ich sog alles in tiefen Zügen in mich ein wie Luft. Die eigenwillige Weide auf Browning's Island, die sich, anders als die übrigen, wie ein leichtsinniger Schuljunge weit über das Wasser neigt und ihre Zweige bis fast zum Steg hinabhängen läßt. Die Reihe zitrusfarbener Hausboote, deren Eigentümer an schönen Abenden an Deck sitzen und uns zuwinken, wenn wir mit den Hunden vorüberlaufen. Das rot-grüne Schmiedeeisen der Brücke an der Warwick-Avenue und die imposante Reihe weißer Häuser an der Allee, die zur Brücke führt. Der Wind bewegt die zarten Blüten wie Engelshaar, und sie schweben in rosaroten Sprenkeln zur Erde hinab. Vögel fegen die Blütenblättchen auseinander. Sie fliegen von der Warwick Avenue zum Kanal, wo sie auf der Suche nach Fädchen, kleinen Zweiglein und Haaren für ihre Nester vom Baum zum Treidelpfad flattern... Wie sollte ich es über mich bringen, diesen Ort zu verlassen?

Dann hörte ich wieder ihre Stimmen.

»... schwierig, weißt du... Sie nennt es unsere Feuerprobe... bemüht sich zu verstehen.«

Und Max' Antwort: »... wenn du mal weg willst, das weißt du.«

Darauf Chris: »Danke. Ich weiß. Das macht alles erträglicher.«

Ich blickte ins Wasser und beobachtete, wie die Konturen der Kanalbäume und der Gebäude hinter ihnen sich in den Kräuselwellen im Zickzack verschoben; wie sich um eine Gans, die sich von der Insel ins Wasser plumpsen ließ, immer weitere Wellenkreise bildeten, die schließlich das Boot erreichten, ohne es zu bewegen. Ich empfand es nicht als Verrat, daß Chris und Max über mich sprachen; über die Frau, deren Namen ich noch immer nicht wußte; über die unglückselige Lage, in der wir uns befanden. Es war Zeit, daß auch ich selbst mich dazu äußerte.

Sie kehrten mit dem Kognak, den Gläsern und dem Obst zurück. Chris legte mir eine Decke um die Beine und klopfte mir lächelnd mit den Fingern auf die Wange. Beans sprang vom Kajütendach aufs Deck, als er etwas zu fressen witterte. Toast hinkte winselnd am Dachrand entlang und wartetet darauf, daß jemand ihn herunterheben würde.

»Der tut nur so«, sagte Chris, als Max Anstalten machte, ihn zu holen. »Der schafft das ganz gut allein.«

»Ja, aber er ist so ein herziger kleiner Bursche«, meinte Max, als er Toast neben Beans auf den Boden setzte. »Da mach ich mir die Mühe gern.«

»Hauptsache, er gewöhnt sich nicht daran, daß er verhätschelt wird«, sagte Chris. »Er wird höchstens unselbständig, wenn er merkt, daß andere bereit sind, ihm abzunehmen, was er selbst tun kann. Und das, mein Freund, wäre sein Untergang.«

»Was?« fragte ich. »Die Unselbständigkeit?«

Max schnitt gemächlich einen Apfel auf. Chris goß den Kognak ein und setzte sich mir zu Füßen. Er zog Beans neben sich und kraulte ihn unter den großen Schlappohren an jener Stelle, die er »den Ort höchster Hundeekstase« zu nennen pflegte.

»Das stimmt«, sagte ich.

»Was?« fragte Chris, während Max dem gierigen Toast ein Apfelschnitz zusteckte.

»Der Untergang. Du hast recht. Unselbständigkeit führt in den Untergang.«

»Das war doch nur Gelaber, Livie.«

»Es ist wie bei einem Fischernetz«, beharrte ich. »Du weißt, welche Sorte ich meine? Die Fischer legen sie von den Booten auf der Wasseroberfläche aus, um einen Schwarm Makrelen oder so zu fangen. Genauso verhält es sich mit dem Untergang. Wie mit einem Netz. Da werden nicht nur die Unselbständigen gefangen und vernichtet, es werden auch alle anderen mitgerissen. All die kleinen Fischchen, die munter mit dem einen Fisch durchs Wasser ziehen, der unselbständig ist.«

»Na, das Bild ist doch ein bißchen schief, Mädchen.« Max schnitt noch ein Apfelschnitz ab und bot es mir an. Ich schüttelte den Kopf.

»Aber es paßt«, behauptete ich.

Ich sah Chris an. Er hielt meinem Blick stand. Doch er hörte auf, den Beagle zu kraulen. Beans stupste ihn an. Chris senkte den Blick.

»Wenn diese Fische alle getrennt schwämmen, würden sie nie gefangen werden«, sagte ich. »Na ja, vielleicht einer oder zwei von ihnen, vielleicht sogar zehn oder zwölf. Aber niemals der ganze Schwarm. Das ist das tragische daran, wenn sie zusammenblieben.«

»Das ist Instinkt«, erklärte Chris. »So leben sie. Fischschwärme, Vogelschwärme, Tierherden. Es ist überall gleich.«

»Nur die Menschen sind anders. Wir brauchen uns nicht auf den Instinkt zu verlassen. Wir können logisch überlegen und unser Bestes tun, um die anderen nicht mit in den Abgrund zu ziehen. Ist das nicht richtig, Chris? Hm?«

Er begann, eine Orange zu schälen. Ich schmeckte ihr Aroma auf meiner Zunge, als ich Atem holte. Er teilte die Orange auf und reichte mir ein Stück. Unsere Finger berührten sich, als ich es nahm. Er drehte den Kopf und blickte aufs Wasser hinaus.

»So ganz unrichtig ist das nicht, was du da sagst, Mädchen«, bemerkte Max.

»Max!« mahnte Chris.

»Es ist eine Frage der Verantwortung«, fuhr Max fort. »Wie weit sind wir für das Leben der Menschen verantwortlich, die mit unserem verbunden sind?«

»Und für den Untergang dieser Menschen« ergänzte ich. »Besonders, wenn wir den Kopf in den Sand stecken, obwohl wir genau sehen, was wir tun können, um das Fiasko zu verhindern.«

Max gab den Rest des Apfels den Hunden – ein Viertel für Beans, das andere Viertel für Toast. Er nahm sich einen zweiten vor. Diesmal schälte er ihn. Er fing oben an und versuchte, eine einzige lange Spirale zu drehen. Chris und ich sahen ihm zu. Kurz vor dem Ziel rutschte die Klinge ab und durchtrennte die Schale. Sie fiel zu Boden. Wir sahen zu ihr hinab, ein rotes Band auf hellem Holz, Zeugnis vereitelten Strebens nach Perfektion.

»Darum kann ich nicht«, sagte ich. »Das siehst du doch ein?«

»Was?« fragte Chris.

Die Hunde beschnupperten die Apfelschale und verschmähten sie. Die beiden wollten das süße Fleisch der Frucht, nicht die zähe, bittere Schale.

»Was?« wiederholte Chris. »Was kannst du nicht?«

»Mich schuldig machen.«

»Schuldig? Woran?«

»Das weißt du doch. Komm schon, Chris.«

Ich beobachtete ihn scharf. Er mußte doch bei meinen Worten erleichtert sein. Ich war nicht seine Frau, ich war nicht einmal seine Geliebte, war beides nie gewesen, hatte nie Anlaß zu der Hoffnung gehabt, je das eine oder andere zu werden. Ich war die Nutte, die er vor fünf Jahren auf der Straße gegenüber vom Earl's-Court-Ausstellungszentrum aufgelesen hatte, als er mit einem verkrüppelten Hund an der Leine vorübergekommen war. Ich hatte mich als Wohngenossin bewährt. Ich hatte meinen Beitrag zu unserem gemeinsamen Leben geleistet. Aber die Zeit, da ich das noch tun konnte, lief schnell ab. Wir wußten es beide. Darum beobachtete ich ihn und wartete auf ein Zeichen von ihm, daß er den Moment der Entlastung erkannte.

Und ja, wahrscheinlich wünschte ich mir auch, er würde protestieren. Ich stellte mir vor, daß er beteuerte: Ich schaff das schon. *Wir* schaffen das schon. Wir haben es bis jetzt auch geschafft. Und so wird es auch in Zukunft bleiben. Wir gehören zusammen, Livie, du und ich. Wir bleiben beieinander bis zum Ende.

Denn das hatte er früher gesagt, in etwas anderen Worten, als es noch einfacher gewesen war, als die ALS sich noch nicht so rapide verschlimmert hatte wie jetzt. Damals hatten wir mutig darüber gesprochen, wie es werden würde, aber da war es ja auch noch nicht akut gewesen. Jetzt aber erwiderte er nichts. Er zog Toast zu sich heran und untersuchte eine rauhe Stelle zwischen den Augen des Hundes. Toast genoß die Aufmerksamkeit und wedelte freudig mit dem Schwanz.

»Chris?« beharrte ich.

»Du bist nicht mein Untergang«, erwiderte er. »Es ist hart, ja, aber das ist alles.«

Max zog den Korken aus der Kognakflasche und füllte unsere Gläser auf, obwohl keiner von uns bis jetzt einen Tropfen angerührt hatte. Er legte seine große Hand einen Moment auf mein Knie und drückte. Der Druck besagte: Faß dir ein Herz, Mädchen, sprich weiter.

»Meine Beine werden immer schwächer. Die Gehhilfe reicht bald nicht mehr aus.«

»Du mußt dich erst an sie gewöhnen. Langsam deine Kräfte aufbauen.«

»Meine Beine sind bald nur noch wie gekochte Spaghetti, Chris.«

»Du übst nicht genug. Du benützt die Gehhilfen nicht so oft, wie du könntest.«

»In zwei Monaten werde ich nicht mehr stehen können.«

»Wenn deine Arme kräftig sind –«

»Verdammt noch mal, hör mir zu! Ich brauche demnächst einen Rollstuhl.«

Chris antwortete nicht. Max stand auf und lehnte sich an das Kajütendach. Er trank von seinem Kognak, stellte das Glas ab und kramte in seiner Tasche nach einem Zigarrenstummel. Er steckte ihn sich unangezündet zwischen die Lippen.

»Gut, dann besorgen wir eben einen Rollstuhl«, sagte Chris.

»Und weiter?« fragte ich.

»Wie meinst du das?«

»Wo soll ich wohnen?«

»Hier natürlich. Wo sonst?«

»Stell dich nicht dümmer, als du bist. Das kann ich doch nicht. Das weißt du genau. Du hast es doch gebaut, oder etwa nicht?«

Chris starrte mich verständnislos an.

»Ich kann hier nicht leben«, erklärte ich. »Ich könnte mich ja hier überhaupt nicht bewegen.«

»Aber natürlich kannst du –«

»Die Türen, Chris.«

Ich hatte alles gesagt. Die Gehhilfe, der Rollstuhl. Mehr brauchte er nicht zu wissen. Ich konnte nicht über das Zittern in meinen Fingern sprechen. Ich konnte nicht erzählen, daß der Kugelschreiber in meiner Hand seit einiger Zeit so unkontrolliert über das Papier rutschte wie Ledersohlen über gewachstes Holz. Ich konnte nicht darüber sprechen, weil mir das klarmachte, daß mir selbst mit Hilfe des Rollstuhls, vor dem mir graute, nur wenige kostbare Monate gegönnt sein würden, ehe die ALS meine Arme so nutzlos machte, wie meine Beine es jetzt schon zu werden begannen.

»Ich bin noch nicht krank genug für ein Pflegeheim«, sagte ich. »Aber ich werde sehr bald zu krank sein, um hierbleiben zu können.«

Max warf seinen Zigarrenstummel – immer noch unangezündet – in die Tomatendose. Er ging um die Hunde herum, die sich zu beiden Seiten von Chris breitgemacht hatten, und trat hinter meinen Stuhl. Ich spürte seine Hände auf meinen Schultern. Wärme und ein leichter Druck, wie bei einer sanften Massage. Max sah mich als die Edle und Selbstlose, ein Vorbild englischer Weiblichkeit in ihrem besten Sinn, als die von Krankheit geplagte Dulderin, die den Geliebten in sein eigenes Leben entließ. So ein Quatsch. Ich schwankte auf einem Grat zwischen Leere und Nichts.

»Dann ziehen wir eben um«, trotzte Chris. »Wir suchen uns eine Wohnung, wo du dich in deinem Rollstuhl frei bewegen kannst.«

Du ziehst nicht aus deinem Zuhause aus«, entgegnete ich. »Nein, das tun wir bestimmt nicht.«

»Ich kann das Boot mit Leichtigkeit vermieten, Livie. Wahrscheinlich bekomme ich mehr dafür, als wir für eine Wohnung zahlen müssen. Ich möchte nicht, daß du –«

»Ich habe sie schon angerufen«, sagte ich. »Sie weiß, daß ich sie sehen möchte. Sie weiß nur noch nicht, warum.«

Chris hob den Kopf, um in mich hineinzublicken. Ich hielt mich ganz still. Ich beschwor Liv Whitelaw, die Gesetzlose, herauf, damit sie mir helfe, bei der Lüge zu bleiben, ohne daß meine Fassade Risse bekam.

»Es ist erledigt«, sagte ich.

»Wann willst du zu ihr?«

»Wenn ich das Gefühl habe, daß es an der Zeit ist. Wir haben es offen gelassen.«

»Und sie will dich wirklich sehen?«

»Sie ist immer noch meine Mutter, Chris.« Ich drückte meine Zigarette aus und schüttelte mir eine neue in den Schoß. Ich hielt sie in den Fingern, ohne sie zum Mund zu führen. Ich wollte gar nicht rauchen, ich wollte mich nur irgendwie beschäftigen, bis er reagierte. Aber er sagte nichts. Max war es, der antwortete.

»Du hast eine gute Entscheidung getroffen, Mädchen. Sie hat ein Recht, es zu erfahren. Und du hast ein Recht auf ihre Hilfe.«

Aber ich wollte ihre Hilfe nicht. Ich wollte im Zoo arbeiten, mit den Hunden am Kanal entlanglaufen, wie ein Schatten mit den Befreiern in die Labors huschen, mit Chris in Pubs auf unsere Siege trinken, am Fenster der Wohnung stehen, in der die Truppe sich zu treffen pflegte, und zum Gefängnis hinüberschauen und Gott danken, daß nichts und niemand mehr mich gefangenhielt.

»Es ist erledigt, Chris«, wiederholte ich.

Er umschloß seine Beine mit den Armen und legte den Kopf auf die Knie. »Wenn du es so willst«, sagte er.

»Ja. Will ich«, log ich.

18

Lynley wählte das erste von Bachs Brandenburgischen Konzerten, weil die Musik ihn an seine Kindheit erinnerte, an sorglose Streifzüge durch den Park des Familiensitzes in Cornwall, an Wettrennen mit seinem Bruder und seiner Schwester zu dem alten Waldstück, das Howenstow vor dem Meer schützte. Bach stellte keine Ansprüche, wie Lynley das bei den Russen immer so empfand. Bach war Luft und Schaum, die vollkommene Untermalung, wenn man Gedanken nachhängen wollte, die mit Musik nichts zu tun hatten.

Lynley schwenkte den letzten Schluck Whisky in seinem Glas, und Bernstein glühte wie Gold, als das Licht die Flüssigkeit traf. Er trank aus und stellte das Glas zu der Karaffe auf den Kirschholztisch neben seinem Sessel.

Er und Barbara Havers hatten sich nach ihrem gemeinsamen Abendessen in Kensington getrennt. Barbara hatte in der High Street die Untergrundbahn genommen, um zum New Scotland Yard zurückzukehren, wo sie ihren Wagen stehen hatte; Lynley hatte noch einmal einen Besuch in Staffordshire Terrace gemacht. Dem Nachdenken über diesen Besuch und dem Grübeln über den Grund seiner inneren Unruhe diente Bachs Konzert nun als Hintergrund.

Miriam Whitelaw hatte ihn wieder nach oben in den Salon geführt, wo eine Stehlampe aus Messing einen Ohrensessel in gelbes Licht tauchte, ohne die schattigen Tiefen des großen Raums zu erleuchten. Miriam Whitelaw, ganz in Schwarz, verschmolz fast mit dieser Düsternis. Aber sie schien ihn nicht absichtlich in diesen Teil des Hauses geführt zu haben, um sich in der Dunkelheit vor ihm und seinen Fragen verstecken zu können. Nein, sie schien schon vor seiner Ankunft dort im Dunkeln gesessen zu haben; sie sagte nämlich mit leiser Stimme: »Ich kann Licht nicht mehr ertragen. Kaum trifft es mein Auge, überfällt mich die Migräne, und ich bin zu nichts mehr zu gebrauchen. Aber das will ich nicht.«

Langsam, jedoch in sicherem Wissen, wo jedes einzelne Möbelstück stand, bewegte sie sich durch das überladene Zimmer und knipste eine Lampe auf dem Klavier an. Dann eine zweite, die auf einem Klapptisch stand. Dennoch blieb das Licht gedämpft, matt wie das der Öllampen zur Zeit ihres Großvaters es gewesen sein mußte.

Sie sagte: »Die Dunkelheit hilft meiner Vorstellungskraft. Ich habe hier gesessen und versucht, mir die Geräusche wieder lebendig werden zu lassen.«

Sie schien die Frage zu ahnen, die Lynley, der im Schatten stand, auf der Zunge lag, denn sie erklärte leise: »Wenn Ken nach Haus kam, habe ich ihn immer erst gehört und dann gesehen. Zuerst das Gartentor, das zufiel. Dann seine Schritte auf den Platten im Garten. Dann hörte ich, wie die Küchentür aufging. Das alles habe ich mir vorgestellt. Diese Geräusche. Seine Heimkehr. Nicht ihn selbst, oder daß er hier wäre, bei mir im Zimmer oder auch nur im Haus. Das geht nicht. Aber wie es war, wenn er nach Hause kam. Die Laute, die seine Heimkehr immer begleitet haben. Wenn ich sie in meiner Phantasie wieder lebendig machen kann, habe ich das Gefühl, daß er nicht tot ist.«

Sie war zu einem Sessel gegangen, wo, wie Lynley sah, ein alter Cricket-Ball neben einem persischen Kissen lag. Sie setzte sich und schloß die Hände mit solcher Selbstverständlichkeit um den Ball, daß Lynley erkannte, daß sie so, mit dem Ball in ihren Händen, vor seiner Ankunft im Halbdunkel gesessen haben mußte.

Sie sagte: »Jean hat mich heute am späten Nachmittag angerufen. Sie sagte, Sie hätten Jimmy mitgenommen.« Ihre Hände zitterten, und sie umfaßte den Ball fester. »Ich merke, daß ich nun doch zu alt geworden bin, Inspektor. Ich verstehe nichts und niemanden mehr. Männer und Frauen. Verheiratete Paare. Eltern und Kinder. Keinen verstehe ich mehr.«

Lynley hatte die Gelegenheit genutzt, um sie zu fragen, warum sie ihm nicht vom Besuch ihrer Tochter am Abend von Flemings Tod erzählt hatte. Einen Moment lang schwieg sie. Das Ticken der alten Standuhr dröhnte fast in der Stille.

»Sie haben also mit Olivia gesprochen«, meinte sie schließlich leise, in einem Ton, der mutlos und verzagt klang.

Er erwiderte, er habe zweimal mit Olivia gesprochen, und da sie beim erstenmal nicht die Wahrheit darüber gesagt habe, wo sie am Abend des Todes von Kenneth Fleming gewesen war, frage er sich, was für Lügen sie ihm sonst noch aufgetischt habe. Oder auch ihre Mutter, die ihn ja ebenfalls belogen habe.

»Ich habe bewußt etwas verschwiegen«, entgegnete Miriam Whitelaw. »Gelogen habe ich nicht.« Sie erklärte, genau wie ihre Tochter, allerdings weit gelassener und resignierter, daß der Besuch mit Flemings Tod nichts zu tun habe, daß sie Olivias Privatsphäre verletzt hätte, wenn sie ihm davon erzählt hätte. Und Olivia habe ein Recht auf ihr Privatleben, erklärte sie mit Nachdruck. Es sei eines der wenigen Dinge, die ihr geblieben seien.

»Ich habe sie beide verloren. Ken – Ken jetzt. Und Olivia ...« Sie hob den Cricket-Ball an die Brust und hielt ihn dort, als helfe es ihr, weiterzusprechen. »Olivia bald. Auf eine so grausame Weise, daß ich, wenn ich daran denke – ach, ich kann es kaum ertragen, daran zu denken ..., daß ihr die Beherrschung über ihren Körper geraubt werden wird, ihr Stolz, und daß sie diese Demütigung bis zu ihrem letzten Atemzug bei vollem Bewußtsein wahrnehmen wird ... Sie war immer so stolz, meine Tochter Olivia. Sie war so hochmütig. Sie war wild und ungezähmt und brachte mein Leben jahrelang immer wieder in schrecklichsten Aufruhr, bis ich sie schließlich nicht mehr ertragen konnte und den Tag segnete, an dem sie mich so weit trieb, daß ich ganz mit ihr brechen konnte.« Sie schien nahe daran, die Fassung zu verlieren, aber sie bekam sich wieder in den Griff. »Nein, ich habe Ihnen nicht von Olivia erzählt, Inspektor. Ich konnte es nicht. Sie stirbt. Es war schlimm genug, über Ken sprechen zu müssen. Auch noch über Olivia zu sprechen – das wäre über meine Kräfte gegangen.«

Aber nun wirst du es doch tun müssen, dachte Lynley und fragte sie, warum Olivia sie aufgesucht hatte. Um Frieden zu schließen, antwortete Miriam Whitelaw. Um Hilfe zu erbitten.

»Die sie jetzt, wo Fleming tot ist, viel leichter bekommen wird«, erwiderte Lynley.

Sie lehnte den Kopf an die hohe Lehne des Sessels und sagte mit großer Müdigkeit: »Warum glauben Sie mir nicht? Olivia hatte mit Kens Tod nichts zu tun.«

»Olivia selbst vielleicht nicht«, meinte Lynley und wartete auf ihre Reaktion.

Sie blieb reglos, den Kopf immer noch abgewandt, in der Hand den Cricket-Ball. Fast eine Minute der Stille verrann, ehe sie ihn fragte, was er damit meine.

Darauf hatte er ihr das gesagt, worüber er jetzt, hier, in seinem Wohnzimmer, noch nachsann; worüber er schon beim Abendessen mit Barbara Havers gegrübelt hatte: daß nämlich Chris Faraday, genau wie Olivia, am Mittwoch abend ausgegangen und die ganze Nacht nicht nach Hause gekommen war. Ob Mrs. Whitelaw davon wisse? Nein, davon wisse sie nichts.

Lynley erzählte nichts von Faradays Alibi. Aber eben dieses Alibi war es, das ihm seit dem Moment, als er und Barbara Havers das Hausboot verlassen hatten, keine Ruhe mehr ließ.

Faradays Aussage darüber, wo er Mittwoch nacht gewesen war und was er getan hatte, hatte wie auswendig gelernt geklungen. Er hatte die Einzelheiten fast ohne zu zögern heruntergeleiert. Die Aufzählung der Partygäste, die Liste der Filme, die sie ausgeliehen hatten, Namen und Adresse der Videothek. Daß Faraday all diese Details so flink zur Hand gehabt hatte, roch nach eingehender Vorbereitung. Vor allem auch seine genaue Erinnerung an die Filme, nicht etwa große Hollywood-Produktionen mit Stars, deren Namen einem fast so vertraut waren wie der eigene, sondern kleine Pornofilmchen mit obskuren Schauspielern und unbekannten Titeln. Und wie viele dieser Titel hatte er mühelos aufgezählt? Zehn? Zwölf? Barbara Havers hätte vorgebracht, sie könnten ja jederzeit in der Videothek nachfragen, wenn Lynley Schwierigkeiten habe, Faraday zu glauben. Aber Lynley zweifelte gar nicht daran, daß die Videothek die Ausleihe bestätigen würde. – Nur – das war es ja gerade. Das Alibi war einfach zu perfekt.

»Olivias Freund?« hatte Miriam Whitelaw gefragt. »Aber wieso haben Sie dann Jimmy mitgenommen? Jean sagte mir, Sie hätten Jimmy mitgenommen.«

Nur zur Vernehmung, erklärte Lynley. Manchmal könne man sich gewisser Ereignisse besser erinnern, wenn einem die Polizei Denkanstöße gebe. Ob sich nicht vielleicht am Mittwoch abend noch andere Dinge zugetragen hätten, von denen Mrs. Whitelaw jetzt gern berichten würde? Dinge, die sie bei früheren Gesprächen unerwähnt gelassen hatte?

Nein, antwortete sie. Das gäbe es nicht. Er wisse jetzt alles.

Er war schweigend mit ihr zur Haustür gegangen. Das Licht im Korridor schien ihr ins Gesicht. Mit der Hand auf dem Türknauf blieb er stehen und drehte sich so abrupt um, als sei ihm plötzlich etwas eingefallen. »Ach, übrigens, haben Sie von Gabriella Patten gehört?« fragte er.

»Ich habe Gabriella seit Wochen nicht gesprochen. Haben Sie sie gefunden?«

»Ja.«

»Ist sie – wie geht es ihr?«

»Von einer Frau, die gerade den Mann verloren hat, den sie heiraten wollte, hätte ich etwas anderes erwartet.«

»Nun ja«, meinte sie. »Das ist eben Gabriella, nicht wahr?«

»Das kann ich nicht beurteilen«, gab Lynley zurück. »Ist es Gabriella?«

»Gabriella war es nicht wert, Ken die Füße zu küssen, Inspector«, betonte Miriam Whitelaw. »Ich wünschte nur, Ken selbst hätte das auch erkannt.«

»Wäre er dann noch am Leben?«

»Ich glaube schon.«

Jetzt, im helleren Licht an der Tür, sah er, daß sie sich erst kürzlich hoch oben an der Stirn geschnitten hatte. Ein Pflaster folgte ihrem Haaransatz. Ein Tropfen Blut, geronnen und dunkelbraun, war durch den Stoff gesickert. Sie hob eine Hand und strich mit den Fingern über das Pflaster. »Es war leichter.«

»Was?«

»Mir diesen körperlichen Schmerz zuzufügen. Als dem anderen ins Auge zu sehen.«

Lynley hatte genickt. »Das ist meistens so, ja.«

Jetzt ließ er sich im Wohnzimmer seines Hauses tiefer in den Sessel sinken. Er streckte seine Beine aus und warf einen abwägenden Blick auf die Whiskykaraffe neben seinem Glas. Doch er gab dem Impuls nicht nach, jedenfalls im Augenblick nicht, sondern legte die Hände unter dem Kinn aneinander und starrte zum Teppich hinunter. Er grübelte über Wahrheiten, Halbwahrheiten und Lügen, über die Überzeugungen, an denen wir festhalten, über jene, für die wir öffentlich eintreten, und über die Liebe, die zum grausamen Moloch werden kann, wenn sie entartet, wenn die einst erwiderte Leidenschaft plötzlich zurückgewiesen wird oder wenn sie von Beginn an keine Erwiderung findet.

Es war nicht die Regel, daß blinde Liebe in ihrer Urgewalt ein Leben forderte. Die Preisgabe des Selbst an den Willen eines anderen hatte viele Gesichter. Aber wenn die Besessenheit lebensbedrohende Ausmaße annahm, dann war die Folge blinder Hingabe die Katastrophe.

Wenn es so in Kenneth Flemings Fall gewesen war, dann hatte sein Mörder oder seine Mörderin ihn zu gleichen Teilen geliebt und gehaßt. Seinem Leben ein Ende zu setzen, war für ihn oder sie ein Mittel der ewigen Verbindung mit dem Opfer gewesen; durch ihn hatte er oder sie zwischen Körper und Körper, zwischen Seele und Seele ein eisernes Band geschmiedet, das beide im Tod aneinanderkettete, wie es im Leben nicht möglich gewesen war.

All diese Überlegungen jedoch, erkannte Lynley, führten immer wieder zu Gabriella Patten und der Frage nach ihrer Rolle in diesem Drama. Er konnte Gabriella Patten nicht ignorieren, wenn er je der Wahrheit auf den Grund kommen wollte.

Die Tür öffnete sich lautlos einen Spalt, und Denton spähte diskret ins Zimmer. Als Lynley aufsah, trat er ein und kam zu ihm. Mit einem fragenden Blick nahm er die Karaffe vom Tisch. Auf Lynleys Nicken schenkte er noch einmal Whisky nach und stellte die Karaffe dann zu den anderen auf der Anrichte. Lynley mußte lächeln über diese subtile Art, seinen Alkoholkonsum zu rationieren. Denton machte das sehr geschickt, keine Frage. Solange er im Haus war, bestand kaum eine Chance zur Dipsomanie.

»Brauchen Sie noch etwas, Milord?«

Lynley bedeutete ihm, die Stereoanlage leiser zu drehen, und Bach versank im Hintergrund.

Lynley stellte die Frage, die er nicht zu stellen brauchte, da er die Antwort bereits dem Schweigen seines Butlers zu diesem Thema entnommen hatte. »Lady Helen hat nicht angerufen?«

»Seit heute morgen nicht mehr.« Denton beschäftigte sich konzentriert mit einem Stäubchen auf seinem Ärmel.

»Und wann war das?«

»Wann?« Er überlegte und blickte dabei zur Stuckdecke auf, als hinge dort oben die Antwort. »Ungefähr eine Stunde nachdem Sie und Sergeant Havers gegangen waren.«

Lynley nahm sein Glas und schwenkte den Whisky darin, während Denton ein Taschentuch herauszog und damit unnötigerweise über die Oberfläche der Anrichte wischte.

Lynley räusperte sich und versuchte wie beiläufig zu fragen: »Wie wirkte sie auf sie?«

»Wer?«

»Helen.«

»Wie sie wirkte?«

»Ja. Ich denke, meine Frage dürfte klar sein. Wie wirkte sie?«

Denton runzelte angestrengt die Stirn, aber er trug ein wenig zu dick auf. »Wie sie wirkte – hm – lassen Sie mich überlegen ...«

»Denton, nun reden Sie schon!«

»Ja. Ich konnte ja nur nicht –«

»Verschonen Sie mich! Sie wissen, daß wir Krach hatten. Ich will Sie nicht beschuldigen, an geschlossenen Türen zu lauschen, aber da Sie so prompt erschienen, wissen Sie sehr wohl, daß wir eine Meinungsverschiedenheit hatten. Beantworten Sie also meine Frage. Wie wirkte sie?«

»Also, eigentlich war sie wie immer.«

Wenigstens, dachte Lynley, war er so nett, bei dieser Auskunft ein bedauerndes Gesicht zu machen. Aber Denton war, wie sein mehr als buntes Liebesleben bezeugte, kein Mann, der bei Frauen auf die feinen Nuancen zu achten pflegte. Darum hakte Lynley nach.

»Sie war nicht aufgebracht? Sie wirkte nicht –« Welches Wort suchte er? Nachdenklich? Entmutigt? Entschlossen? Gereizt? Unglücklich? Ängstlich? Jedes davon hätte zutreffen können.

»Sie war wie immer«, wiederholte Denton. »Sie war ganz Lady Helen.«

Und das hieß, wie Lynley wußte, daß sie unbekümmert gewirkt hatte. Das war Helen Clydes stärkste Waffe. Sie setzte ihre Unbekümmertheit so wirksam ein wie eine Purdey-Büchse. Mehr als einmal war er in die Schußlinie geraten, und ihre beharrliche Weigerung, sich zu Äußerungen von Unmut oder Zorn herabzulassen, machte ihn immer wieder wütend.

Zum Teufel damit, dachte er und spülte seinen Whisky hinunter. Er hätte gern hinzugefügt, zum Teufel *mit ihr,* aber das brachte er nicht fertig.

»Ist das dann alles, Milord?« fragte Denton mit ausdruckslosem Butlergesicht und in irritierend beflissenem Dienstbotenton.

»Herrgott noch mal! Lassen Sie Jeeves in der Küche«, knurrte Lynley. »Ja, das ist alles.«

»Sehr wohl, Mi–«

»Denton!« warnte Lynley.

Denton grinste. »In Ordnung.« Er kehrte zu Lynleys Sessel zurück und bemächtigte sich des Whiskyglases. »Dann gehe ich jetzt hinauf. Wie möchten Sie morgen Ihre Eier?«

»Gekocht«, antwortete Lynley.

»Keine schlechte Idee.«

Denton drehte das Bach-Konzert wieder lauter und überließ Lynley seiner Musik und seinen Gedanken.

Lynley beugte sich über die Morgenzeitungen, die er auf seinem Schreibtisch ausgebreitet hatte, um nachzusehen, welchen Stellenwert die verschiedenen Blätter dem Mordfall Fleming beimaßen, als Superintendent Malcolm Webberly sich zu ihm gesellte, wie stets von dem beißenden Geruch nach Zigarrenqualm begleitet, der ihm überallhin vorauseilte. Lynley brauchte gar nicht erst von seiner Zeitung aufzublicken oder zu warten, bis sein Vorgesetzter etwas sagte, um zu wissen, wer da hereingekommen war. Ohne den Kopf zu heben, brummte er: »Morgen,

Sir«, während er den Bericht auf Seite eins der *Daily Mail* mit denen in der *Times* (Seite 3), im *Guardian* (Seite 7) und im *Daily Mirror* (erste Seite, mit einem riesigen Foto von Jean Cooper, wie sie mit der Einkaufstüte in der erhobenen Hand zu Lynleys Wagen rannte) verglich. Er mußte noch den *Independent,* den *Observer* und den *Daily Telegraph* auswerten, und Dorothea Hariman war unterwegs, um Ausgaben der *Sun* und des *Daily Express* aufzutreiben. Soweit bisher zu erkennen, bewegten sich sämtliche Blätter scharf an der Grenze, die ihnen durch das Gesetz über die Mißachtung des Gerichts gesetzt war. Kein deutliches Foto von Jimmy Cooper. Keine Erwähnung seines Namens in Verbindung mit dem bisher anonymen Sechzehnjährigen, der der »Polizei bei ihren Ermittlungen half«. Lediglich eine sorgfältige Aufzählung von Details, auf eine Art präsentiert, die es jedem halbwegs intelligenten Menschen ermöglichte, die Fakten zwischen den Zeilen zu lesen.

Webberly stellte sich neben ihn, und mit ihm kam der Zigarrengestank, der in Wellen von ihm ausging. Lynley bezweifelte nicht, daß der Superintendent diesen Geruch auch noch an sich hatte, nachdem er gebadet, sich die Zähne geputzt, sein Haar gewaschen und mit Mundwasser gegurgelt hatte.

»Wer kontrolliert den Informationsfluß?« fragte Webberly.

»Ich«, antworetete Lynley.

»Bauen Sie nur ja keinen Mist.« Webberly nahm den *Daily Mirror,* warf einen Blick darauf, brummte »Aasgeier« und warf das Blatt wieder auf Lynleys Schreibtisch. Er riß ein Streichholz an. Lynley hob den Kopf, als Webberly die Flamme an eine halbgerauchte Zigarre hielt, die er aus seiner Jackentasche gezogen hatte, und verzog gequält das Gesicht. Dann beugte er sich wieder über die Zeitungen.

Webberly lief ruhelos im Büro umher. Er fingerte an einem Stapel Akten herum. Er nahm die Kopie eines Berichts aus dem Aktenschrank. Er legte ihn wieder zurück. Er seufzte. Schließlich sagte er: »Hören Sie, mein Junge, mir ist das nicht geheuer.«

Lynley hob wieder den Kopf.

»Wir haben eine Meute Journalisten in der Pressestelle, und eine zweite treibt sich draußen vor dem Haus herum. Da steckt mir doch Absicht dahinter. Was also bezwecken Sie damit? Ich frage Sie das, wohlgemerkt, weil Hillier es bestimmt wissen möchte, wenn er hier ankommt und das Presseaufgebot sieht. Womöglich stürzen sich diese Burschen auch noch auf ihn, mein Junge. Das sollten wir tunlichst verhindern.«

Webberly hatte durchaus nicht unrecht. Sir David Hillier war der Chief Superintendent, und ihm lag viel daran, daß sein CID wie eine gut geölte Maschine funktionierte: effizient, kostensparend und so geräuschlos wie möglich. Die Anwesenheit der Presse würde bei Hillier sofort den Verdacht wecken, daß irgendwo Sand im Getriebe steckte. Und das würde ihn gar nicht freuen.

»Aber das war doch zu erwarten«, meinte Lynley, während er die *Times* wieder faltete und sich den *Independent* vornahm. »Fleming war ein Sportler von nationalem Ansehen. Man konnte doch nicht erwarten, daß die Presse seine Ermordung und die nachfolgenden polizeilichen Ermittlungen ignorieren würde.«

Eine giftige Rauchwolke waberte zwischen ihm und seinen Zeitungen. Er hüstelte diskret. Webberly reagierte überhaupt nicht.

»Sie meinen, das sollte ich Hillier sagen«, sagte er.

»Wenn er danach fragt.« Lynley schlug den *Independent* auf und murmelte: »Aha«, als er das Foto auf Seite drei sah. Er zeigte umrißhaft Jimmy Coopers Kopf im Fenster des Bentley. Und im Glas spiegelten sich klar und deutlich die silbernen Buchstaben des Emblems vor New Scotland Yard.

Webberly, der ihm über die Schulter sah, seufzte. »Mir gefällt das alles nicht, mein Junge. Wenn Sie nicht verdammt vorsichtig sind, vermasseln Sie den Fall, noch ehe er vor Gericht kommt.«

»Ich *bin* vorsichtig«, erwiderte Lynley. »Aber es ist nun mal eine rein physikalische Frage, ob uns das paßt oder nicht.«

»Und das heißt?«

»Wenn man den Druck erhöht, verändert sich die Temperatur«, antwortete Lynley.

»Das gilt für Flüssigkeiten, Tommy. Hier haben wir es mit Menschen zu tun. Die kochen nicht.«

»Stimmt. Sie brechen zusammen.«

Mit einem atemlosen »Ich habe sie alle ergattert, Inspector Lynley«, flitzte Dorothea Harriman mit einem letzten Stapel Zeitungen unter dem Arm ins Büro. *»Sun, Express, Telegraph* von gestern, ebenso *Daily Mail.«* Und mit einem demonstrativen Blick auf Webberly fügte sie hinzu: »Sigmund Freud hat am Tag zwölf Zigarren geraucht. Wußten Sie das schon, Superintendent Webberly? Und er ist an Gaumenkrebs gestorben.«

»Aber bestimmt mit einem Lächeln auf dem Gesicht«, gab Webberly zurück.

Dorothea Harriman verdrehte die Augen. »Sonst noch etwas, Inspector Lynley?«

Lynley war drauf und dran, ihr zu sagen, sie sollte ihn nicht dauern mit seinem vollständigen Titel anreden, aber er wußte, es würde zwecklos sein. »Danke, das ist alles, Dee.«

»Die Pressestelle möchte wissen, ob Sie heute morgen mit den Journalisten sprechen wollen. Was soll ich ihnen sagen?«

»Daß ich dieses Vergnügen für heute meinen Vorgesetzten überlassen werde.«

»Sir?« Barbara Havers erschien in einem zerknitterten braunen Kostüm an der Tür. Der Gegensatz zwischen ihr und Webberlys Sekretärin, die in cremefarbenem Crêpe mit schwarzer Paspelierung wie aus dem Ei gepellt wirkte, hätte kaum größer sein können. »Wir haben den Jungen hier.«

Lynley sah auf seine Uhr. Vier Minunten nach zehn. «»Gut«, sagte er und nahm seine Brille ab. »Ich komme gleich. Ist sein Anwalt dabei?«

»Ja. Friskin heißt er. Er hat bereits erklärt, unser guter Jimmy habe der Polizei nichts mehr zu sagen.«

»Ach ja?« Lynley nahm sein Jackett von der Stuhllehne und die Akte Fleming vom Schreibtisch. »Das wird sich zeigen.«

Sie machten sich auf den Weg zum Vernehmungszimmer. Während Barbara mit kurzen Schritten neben Lynley herrannte, ging sie anhand ihres Hefts diverse Punkte mit ihm durch und hakte einen nach dem anderen ab. Nkata fragte bei der Videothek in der Berwick Street nach, und ein zweiter Constable höre sich in Clapham um, wo am Mittwoch abend angeblich die Männerparty stattgefunden hatte. Von Inspector

Arderey habe man noch immer nichts gehört. Ob Barbara einmal in Maidstone anrufen und den Freunden Beinen mache solle?

»Wenn wir bis heute mittag nichts gehört haben, ja«, anwortete Lynley.

»Gut«, sagte Havers und bog zum Dienstraum ab.

Im Vernehmungszimmer sprang Friskin auf, sobald Lynley die Tür öffnete, und ging ihm eilig entgegen. Mit den Worten: »Ich hätte Sie gern einen Moment gesprochen, Inspector«, trat er in den Korridor hinaus, wo er beinahe mit einem vorübereilenden Beamten zusammengestoßen wäre. »Ich habe schwerwiegende Vorbehalte hinsichtlich der gestrigen Vernehmung meines Mandanten. Die richterlichen Leitlinien für polizeiliche Vernehmungen verlangen, daß ein erwachsener Vertreter anwesend ist.«

»Sie haben doch das Band gehört, Mr. Friskin. Dem Jungen wurde angeboten, auf einen Anwalt zu warten.«

Friskin kniff die Augen zusammen. »Was glauben Sie denn, einmal ganz ehrlich, wie weit Sie mit diesem lächerlichen Geständnis vor einem ordentlichen Gericht kommen werden?«

»Im Augenblick denke ich noch nicht an ein Gericht. Mir geht es darum, der Wahrheit über Kenneth Flemings Tod auf den Grund zu kommen. Sein Sohn ist in die Sache verwickelt –«

»Dafür gibt es nichts als Indizien. Sie haben nicht einen konkreten Beweis dafür, daß mein Mandant am Mittwoch abend in diesem Haus war.«

»Ich würde gern hören, was er über sein Tun und seinen Aufenthaltsort am Mittwoch abend zu sagen hat. Bisher haben wir nur eine unvollständige Aussage. Sobald er sie ergänzt, werden wir wissen, welchen Kurs wir einzuschlagen haben. Können wir jetzt an die Arbeit gehen, oder möchten Sie noch weiter diskutieren?«

Friskin versperrte ihm den Zutritt zum Zimmer, indem er die Hand auf den Türknauf legte. »Eines möchte ich noch wissen, Inspector. Haben wir Ihnen dieses Spießrutenlaufen heute morgen zu verdanken? Sehen Sie mich nicht an, als wüßten Sie nicht, wovon ich spreche. Die Journalisten haben sich ja wie die

Hyänen auf meinen Wagen gestürzt. Sie wußten, daß wir kommen würden. Wer streut die Informationen aus?«

Lynley zog seine Taschenuhr heraus und klappte den Deckel auf. »Sie werden bestimmt nichts drucken, was Sie in Schwierigkeiten bringen könnte.«

Friskin stieß mit spitzem Finger nach ihm. »Versuchen Sie nicht, mich für dumm zu verkaufen, Inspector Lynley. Dann werde ich nämlich dafür sorgen, daß Sie kein einziges Wort mehr von dem Jungen erfahren. Einen Teenager können Sie einschüchtern. Mich nicht. Ist das klar?«

»Völlig, Mr. Friskin. Also, können wir anfangen?«

»Wie Sie wünschen.« Friskin riß die Tür auf und ging weiter zu seinem Mandanten.

Jimmy hing auf demselben Stuhl wie am Vortag und zupfte immer noch am selben T-Shirt. Nichts an ihm war neu, außer daß er statt seinen Doc Martens Turnschuhe ohne Schnürsenkel trug.

Lynley bot ihm zu trinken an. Kaffee, Tee, Milch, Saft. Jimmy schüttelte nur den Kopf. Lynley schaltete den Rekorder ein, gab Datum und Uhrzeit an, nannte die Namen der Anwesenden.

»Lassen Sie mich eines noch einmal klarstellen«, sagte Friskin, geschickt den Vorteil an sich reißend. »Jim, Sie brauchen überhaupt nichts zu sagen. Die Polizei möchte Ihnen den Eindruck vermitteln, daß sie das Kommando hat und Sie deshalb hierher gebracht wurden. Aber damit soll Ihnen nur angst gemacht werden. Dadurch will man Sie glauben machen, die Polizei hätte die Oberhand. Tatsache ist, daß Sie nicht verhaftet sind und nicht unter Anklage stehen, sondern lediglich belehrt wurden. Zwischen diesen drei Dingen besteht ein klarer rechtlicher Unterschied. Wir sind hier, um der Polizei zu helfen und in dem Maß zu kooperieren, wie wir es für angebracht halten; aber wir unterstehen nicht ihrem Befehl. Verstehen Sie das? Wenn Sie nichts sagen möchten, dann brauchen Sie das auch nicht. Sie müssen kein einziges Wort sagen.«

Jimmy bewegte kurz seinen gesenkten Kopf. Es sah aus wie ein Nicken. Friskin lockerte seine bunte Krawatte und lehnte sich zurück. »Bitte, Inspector Lynley«, sagte er, aber seine Miene warnte Lynley, daß er gut daran täte, mit seinen Erwartungen auf dem Teppich zu bleiben.

Lynley wiederholte noch einmal alles, was Jimmy ihnen am Vortag gesagt hatte. Er sprach von dem Anruf des Vaters, von den Ausflüchten, die Fleming gemacht hatte, von Jimmys Motorradfahrt nach Kent, dem Fußweg zum Haus von Miriam Whitelaw, dem Schlüssel im Geräteschuppen. Er ging noch einmal auf Jimmys Bericht darüber ein, wie er das Feuer gelegt hatte, und schloß mit den Worten: »Sie haben gesagt, die Zigarette sei eine Player's gewesen. Sie sagten, Sie hätten sie auf einen Sessel gelegt. Soweit waren wir gekommen. Haben Sie das noch im Gedächtnis, Jim?«

»Ja.«

»Dann kommen wir noch einmal auf die Frage zurück, wie Sie die Zigarette angezündet haben«, sagte Lynley.

»Und?«

»Sie sagten, Sie hätten sie mit einem Streichhholz angezündet.«

»Stimmt.«

»Erzählen Sie mir bitte mehr darüber.«

»Worüber?«

»Über das Streichholz. Woher hatten Sie es? Hatten Sie Streichhölzer mitgenommen? Oder haben Sie unterwegs irgendwo angehalten und welche gekauft? Oder lagen sie im Haus?«

Jimmy rieb sich mit dem Finger unter der Nase. »Was ist daran so wichtig?« fragte er.

»Ich weiß nicht, ob es wichtig ist«, antwortete Lynley bereitwillig. »Wahrscheinlich nicht. Aber ich versuche, mir ein Bild davon zu machen, was an dem Abend passiert ist. Das gehört zu meinem Job.«

Friskin warnte: »Vorsicht, Jim.«

Der Junge preßte die Lippen aufeinander.

»Als Sie gestern hier rauchten«, sagte Lynley, »brauchten Sie vier Streichhölzer, um die Zigarette anzuzünden. Wissen Sie das noch? Es würde mich interessieren, ob Sie am Mittwoch abend im Haus die gleichen Schwierigkeiten hatten. Haben Sie die

Zigarette mit einem Streichholz angezündet? Oder brauchten Sie mehrere?«

»Ich kann doch 'ne Zigarette mit einem Streichholz anzünden. Bin doch kein Spasti!«

»Gut, Sie haben also nur ein Streichholz benützt. Aus einem Heftchen? Aus einer Schachtel?« Der Junge antwortete nicht. Lynley versuchte es anders. »Was taten Sie mit dem Streichholz, nachdem Sie die Player's angezündet hatten? Es war doch eine Player's, nicht wahr?« Ein Nicken. »Gut. Und was ist aus dem Streichholz geworden?«

Jimmys Blick flog unruhig hin und her. In dem Bemühen, sich der Tatsachen zu erinnern, sie zurechtzubiegen, sie aus der Luft zu greifen? Lynley konnte es nicht sagen. Noch nicht.

Der Junge erklärte schließlich mit einem Lächeln: »Ich hab's eingesteckt. In meine Tasche.«

»Das Streichholz?«

»Klar. Ich wollte doch keine Beweise hinterlassen, oder?«

»Sie haben also die Zigarette mit einem einzigen Streichholz angezündet, das Streichholz eingesteckt, und was haben Sie dann mit der Zigarette getan?«

»Möchten Sie das beantworten, Jim?« warf Friskin ein. »Es ist nicht notwendig. Sie können die Antwort verweigern.«

»Ach wo. Das kann ich ihm ruhig sagen. Er weiß es ja sowieso.«

»Er weiß nichts, was Sie ihm nicht sagen.«

Daran hatte Jimmy erst einmal ein Weilchen zu beißen.

Friskin sagte: »Kann ich einen Moment mit meinem Mandanten sprechen?«

Lynley beugte sich vor, um den Rekorder auszuschalten.

Noch ehe er auf »Stop« gedrückt hatte, brummte Jimmy: »Mensch, ich hab die Scheißzigarette angezündet und auf den Sessel gelegt. Das hab ich Ihnen doch gestern schon gesagt.«

»Welcher Sessel war das?«

»Jim, überlegen Sie«, mahnte Friskin.

»Was meinen Sie, welcher Sessel?«

»Ich meine, welcher Sessel in welchem Zimmer?«

Jimmy rollte die Hände in den Saum seines T-Shirts ein. Er kippte seinen Stuhl ein wenig nach hinten und sagte unterdrückt: »Scheißbullen«, und Lynley zählte auf: »Wir haben die Küche, das Eßzimmer, das Wohnzimmer, das Schlafzimmer. Wo war der Sessel, den Sie angezündet haben, Jim?«

»Sie wissen doch genau, welcher Sessel es war. Sie haben's doch selbst gesehen. Wozu stellen Sie mir diese blöden Fragen?«

»Auf welche Seite des Sessels haben Sie die Zigarette gelegt?«

Jimmy antwortete nicht.

»Auf die linke oder auf die rechte Seite? Oder vielleicht hinten hin? Oder unter das Polster?«

Jimmy wippte auf seinem Stuhl.

»Und was ist eigentlich aus Mrs. Pattens Tieren geworden? Haben Sie die im Haus gesehen? Haben Sie die mitgenommen?«

Der Junge knallte die Vorderbeine seines Stuhls wieder auf den Boden und sagte: »Jetzt hören Sie mir endlich mal zu. Ich hab's getan. Ich hab meinen Vater umgebracht, und sie krieg ich auch noch. Das hab ich Ihnen alles schon erzählt. Und mehr sag ich nicht.«

»Ja, da haben Sie alles gestern schon gesagt.« Lynley schlug die Akte auf, die er aus seinem Büro mitgenommen hatte. Unter den Fotografien, die Inspector Ardery geliefert hatte, suchte er eine Vergrößerung des Sessels heraus, in dem das Feuer gelegt worden war. »Hier«, sagte er. »Fällt es Ihnen jetzt wieder ein?«

Jimmy warf einen mürrischen Blick auf das Foto, knurrte: »Ja, das ist er«, und wollte sich wieder abwenden. Doch sein Blick blieb an der Ecke einer Fotografie hängen, die ein wenig aus dem Stapel herausgerutscht war. Eine Hand war darauf zu sehen, die schlaff von einem Bett herabhing. Lynley sah, wie Jimmy schluckte, als sein Blick sich an der Abbildung dieser Hand festsaugte.

Lynley schob die Fotografie langsam aus dem Stapel heraus und beobachtete das Mienenspiel des Jungen, der zusah, wie Zentimeter umd Zentimeter sein toter Vater zum Vorschein kam. Die Hand, der Arm, die Schulter, dann das Gesicht von der Seite. Kenneth Fleming sah wie ein Schlafender aus, wären nicht die tödliche Röte seiner Haut gewesen und der zarte, rosig angehauchte Schaum vor seinem Mund.

Jimmy war wie gebannt.

Lynley sagte ruhig: »Welcher Sessel war es, Jim?«

Der Junge antwortete nicht, hielt nur den Blick unverwandt auf das Bild gerichtet. Vom Korridor drangen gedämpfte Geräusche ins Zimmer. Drinnen war es ganz still.

»Was ist am Mittwoch abend geschehen?« fragte Lynley. »Von Anfang bis Ende. Wir brauchen die Wahrheit.«

»Ich hab sie Ihnen gesagt.«

»Aber Sie haben mir nicht alles gesagt, nicht wahr? Warum nicht, Jimy? Haben Sie Angst?«

»Natürlich hat er Angst«, rief Friskin ärgerlich. »Tun Sie dieses Foto weg. Schalten Sie die Maschine ab. Diese Vernehmung ist zu Ende. Jetzt. Auf der Stelle.«

»Möchten Sie das Gespräch beenden, Jimmy?«

Es gelang dem Jungen endlich, seinen Blick von dem Bild abzuwenden. »Ja. Ich hab alles gesagt.«

Lynley schaltete den Rekorder aus. Er ordnete langsam und umständlich die Fotografien. Aber Jimmy sah nicht mehr hin. Zu Friskin sagte Lynley: »Wir melden uns«, und überließ es dem Anwalt, seinen Mandanten durch das Heer von Reportern und Fotografen zu lotsen, die mittlerweile zweifellos an sämtlichen Türen von New Scotland Yard auf der Lauer lagen.

Auf dem Weg in sein Büro traf er mit Barbara zusammen, die, mit einem Brötchen in der einen und einem Plastikbecher in der anderen Hand, kauend sagte: »Wir haben jetzt die Bestätigung vom Billingsgate-Markt. Jean Cooper war Donnerstag vormittag in der Arbeit. Pünktlich wie eine wandelnde Uhr.«

»Um welche Zeit also?«

»Vier Uhr morgens.«

»Interessant.«

»Aber dafür ist sie heute nicht da.«

»Ach nein? Wo ist sie denn?«

»Unten, wie ich von der Anmeldung höre. Macht einen Höllenspektakel, weil die Sicherheitsleute sie nicht durchlassen wollen. Sind Sie mit dem Jungen fertig?«

»Fürs erste.«

»Ist er noch hier?«

»Er ist gerade mit Friskin gegangen.«

»Schade«, meinte Barbara. »Die Ardery hat gerade angerufen.«

Sie wartete, bis sie in seinem Büro waren, ehe sie Isabelle Arderys Informationen an ihn weitergab. Das Öl auf den Efeublättern aus dem Gemeindepark von Lesser Sprinburn war das gleiche wie das auf den Fasern, die in der Nähe des Hauses gefunden worden waren; die Proben stimmten beide mit den Tropfen überein, die man Jimmy Coopers Motorrad entnommen hatte.

»Gut«, lobte Lynley.

Auf der Keramikente aus dem Geräteschuppen hatte man Jimmy Coopers Fingerabdrücke gesichert, aber – und das ist interessant, Sir – nirgends im Inneren des Hauses hatte man welche gefunden, weder auf den Fensterbrettern noch an den Türen. Jedenfalls keine Fingerabdrücke Jimmys. Andere waren in Massen da.

Lynley nickte. Er warf die Fleming-Akte auf den Schreibtisch, schlug die nächste Serie Zeitungen auf, die er noch nicht angesehen hatte, und griff nach seiner Brille.

»Sie scheinen gar nicht überrascht zu sein«, bemerkte Barbara.

»Nein. Bin ich auch nicht.«

»Dann wird Sie wahrscheinlich der Rest auch nicht überraschen.«

»Und der wäre?«

»Die Zigarette. Inspektor Arderys Experte hat sich heute morgen gleich an die Arbeit gemacht und hat die Zigarette identifiziert.«

»Und?«

»Benson & Hedges.«

»Eine Benson & Hedges.« Er drehte seinen Schreibtischsessel zum Fenster. Die nüchterne Architektur des Innenministeriums starrte ihm ins Gesicht, aber er sah sie gar nicht; er stellte sich eine Zigarette vor, die entzündet wurde, einen Kreis von Gesichtern, die sich in einer Wolke Rauch auflösten.

»Eindeutig«, sagte Barbara. »Benson & Hedges.« Sie stellte ihren Plastikbecher auf den Schreibtisch und ließ sich in einen der Sessel fallen, die vor ihm standen. »Das bringt uns ganz schön in Verlegenheit, stimmt's?«

Er antwortete nicht. Vielmehr hielt er sich erneut vor Augen, was sie über Motiv und Mittel wußten, und versuchte, die Verbindungslinie zur Gelegenheit zu ziehen.

»Oder?« fragte Barbara, nachdem fast eine Minute vergangen war, ohne daß er etwas gesagt hatte. »So ist es doch? Diese verdammte Benson & Hedges paßt uns überhaupt nicht in den Kram.«

Lynley beobachtete eine Schar Tauben, die vom Dach des Innenministeriums in den Himmel aufstiegen. In keilförmiger Formation hielten sie direkt auf dem St. James's Park zu. Auf zu den Fleischtöpfen! Auf dem Steg, der über den Teich im Park führte, standen jetzt die Touristen in Scharen und fütterten die Spatzen. Die Tauben wollten ihren Anteil haben.

»Ja«, sagte Lynley, während er den Vögeln nachblickte, die in direktem Flug auf ihr Ziel zuhielten, weil sie stets nur *ein* Ziel im Auge hatten. »Das wirft in der Tat ein ganz neues Licht auf die Dinge, Sergeant.«

19

Jean Cooper folgte Friskins Rover in dem blauen Cavalier, den Ken ihr im vergangenen Jahr geschenkt hatte, das einzige Stück, durch das sie an seinem Cricket-Reichtum partizipiert hatte. Er war an einem Dienstag nachmittag mit dem Wagen angekommen und hatte auf ihre beharrliche Weigerung, ihn anzunehmen, gesagt: »Ich will nicht, daß du die Kinder in dem alten Metro rumkutschierst, Jean. Bei dem kann man doch darauf warten, daß er den Geist aufgibt, und wenn das auf dem Motorway passiert, sitzt ihr böse da.«

Sie hatte abwehrend erwidert: »Wenn das wirklich passiert, wissen wir uns schon zu helfen. Du brauchst keine Angst zu haben, daß ich mitten in der Nacht bei Mrs. Whitelaw anrufe und dich bitte, uns zu holen.«

Er hatte den Autoschlüssel von einer Hand in die andere geworfen und sie so intensiv angestarrt, daß sie sich nicht abwenden konnte, sosehr sie es auch wollte. »Jean«, hatte er auf seine ruhige Art gesagt, »es geht hier nicht um dich und mich. Es geht mir um die Kinder. Nimm also bitte den Wagen. Du kannst ihnen erzählen, was du willst, wenn sie fragen, woher du ihn hast. Es ist mir gleich. Du brauchst meinen Namen überhaupt nicht zu erwähnen, wenn du das nicht willst. Ich möchte sie nur in Sicherheit wissen.«

Sicherheit, dachte sie, und ein hartes, zorniges Lachen, das am Rand der Hysterie schwankte, brach aus ihr hervor wie ein Vorbote einer heftigen Eruption. Natürlich, Ken hatte sie in Sicherheit wissen wollen. Sie unterdrückte den Aufschrei, der dem Lachen folgen wollte. Nein, sagte sie sich. Ein zweites Mal würde sie niemandem die Genugtuung verschaffen, mitanzusehen, wie sie die Nerven verlor. Das eine Mal gestern nachmittag hatte gereicht, als die Fotografen sie mit ihren Kameras gehetzt und die Reporter sie wie die Schakale umringt und mit Fragen bombardiert und dabei nur auf ein Zeichen von Schwäche gewartet hatten. Nun, sie hatten bekommen, was sie wollten, und es in sämtlichen Zeitungen breitgetreten. Aber von jetzt an hatten diese Schweine nichts mehr von ihr zu erwarten.

Mit steinerner Miene hatte sie sich in New Scotland Yard durch das Pack gedrängt. Sie hatten ihre Fragen gebrüllt und ihre Fotos geschossen und sich über ihren Kittel und ihr Häubchen und die bespritzte Schürze, die sie nach Friskins Anruf bei *Crissy's* in ihrer Eile gar nicht erst abgelegt hatte, bestimmt königlich amüsiert, aber sonst hatten sie nichts von ihr zu sehen bekommen. Nur die Hülle, die Frau, die morgens zur Arbeit ging und abends zu ihren Kindern heimkehrte. Was sonst noch zu ihr gehörte, hatten die Reporter und Fotografen nicht gesehen. Und wenn sie es nicht sahen, konnten sie es auch nicht berühren.

Sie schlängelten sich durch das Gewühl am Parliament Square, und Jean hielt sich so dicht wie möglich hinter Friskins Rover, als könnte sie so ihren Sohn irgendwie beschützen. Jimmy hatte nicht mit ihr fahren wollen. Er war in Friskins Wagen eingestiegen, noch ehe seine Mutter oder der Anwalt mit ihm oder miteinander hatten sprechen können.

»Was ist passiert?« hatte Jean gefragt. »Was haben sie ihm getan?«

Friskin hatte nur grimmig erwidert: »Wir spielen im Moment Polizeispielchen. Das ist ganz normal.«

»Was für Spielchen?« fragte sie. »Was ist denn passiert? Wie meinen Sie das?«

»Sie werden versuchen, uns mürbe zu machen«, erklärte er. »Und wir werden versuchen, unsere Position zu halten.«

Mehr wollte er nicht sagen, weil sich in diesem Moment schon die Journalistenmeute auf sie stürzte. »Sie werden sich Jim noch einmal vorknöpfen«, murmelte er. »Nein, nicht die Medien«, erläuterte er, als er sah, wie ihr Blick zu den näher kommenden Journalisten flog. »Die sind natürlich auch hinter ihm her, aber ich meinte die Polizei.«

»Was hat er gesagt?« fragte sie und spürte, wie ihr im Nacken der Schweiß ausbrach. »Was hat er ihnen gesagt?«

»Nicht jetzt.« Friskin sprang in seinen Wagen und ließ den Motor an. Aufheulend brauste der Wagen davon, und ihr blieb nichts anderes übrig, als sich durch das Getümmel zu ihrem Cavalier durchzukämpfen. Sie öffnete den Wagen, stieg ein und verriegelte die Tür. Die Kameras zeichneten jede ihrer Bewegungen auf, doch die Bilder würden kein Wort, keinen Blick als Antwort auf die gestellten Fragen übermitteln, und keine Reaktion auf den Rummel um einen Jungen, der über den Mord an seinem Vater verhört wurde.

Und immer noch wußte sie darüber, was er der Polizei gesagt hatte, so wenig wie nach ihrem Gespräch in der Küche am vergangenen Abend.

Mehr als alles andere hast du dir gewünscht, er wäre tot, Mam. Das wissen wir doch beide, oder?

Noch lange nachdem er gegangen war, während sie vor seiner unberührten Suppe saß, auf der sich langsam eine Haut bildete, gingen ihr unaufhörlich seine Worte im Kopf herum. Sie tat alles, um sie zu vertreiben, aber es gelang ihr nicht. Weder indem sie betete noch indem sie das Bild ihres Mannes, der Gesichter ihrer Kinder, die Erinnerung an ihre einst heile Familie heraufbeschwor, konnte sie das Echo von Jimmys Worten, den verschwörerischen, hinterhältigen Tonfall, in dem er sie gesprochen hatte, zum Verstummen bringen, und auch nicht die Entgegnungen, die ihr augenblicklich in den Sinn kamen und so voller Widersprüche waren.

Nein. Ich habe mir nicht gewünscht, er wäre tot, Jimmy. Ich habe mir gewünscht, ihn den Rest meines Lebens an meiner Seite zu haben. Ich wollte sein Lachen hören, den Hauch seines Atems an meiner Schulter spüren, wenn er neben mir schlief, seine Hand auf meinem Oberschenkel fühlen, wenn wir abends über den vergangenen Tag sprachen, ihn vor mir sehen, wenn er knisternd eine Zeitung aufschlug und sich wie ausgehungert auf einen Artikel stürzte. Ich wollte seine Haut riechen, seine Stimme hören, wenn er rief: »Los, Jimmy, wirf den Ball. Komm, komm, du mußt wie ein Werfer denken, Junge!« Ich wollte seine Berührung fühlen, wenn er mir in den Nacken faßte, wie er das früher immer tat, wenn er abends aus der Druckerei nach Hause kam. Ich wollte ihn sehen, wie er mit Stan auf seinen Schultern und Shar an seiner Seite auf Vogeljagd am Meer entlanglief, während der Feldstecher zwischen den dreien von Hand zu Hand ging. Ich wollte ihn schmecken, seinen unverfälschten Geschmack, der nur ihm vorbehalten war. Ich habe ihn begehrt, Jim. Und wenn man einen Menschen auf diese Weise begehrt und bei sich haben möchten, dann wünscht man sich ihn lebendig, nicht tot.

Aber *sie* war da. Sah, was ich sah. Nahm sich, was mir gehörte. Sie stand zwischen uns und unserem Leben, wie es hätte sein sollten – mit Kenny, der abends nach Hause kam; der morgens im Bad wie eine Hyäne sang; der vor dem Zubettgehen Schuhe, Socken und Hose einfach auf einen Haufen schmiß; der zu mir ins Bett kam und mich zu sich herumdrehte und mich an sich drückte. Solange sie zwischen mir und Kenny stand, zwischen Kenny und seiner Familie, zwischen Kenny und unserem Leben, wie es hätte sein sollen, so lange gab es keine Hoffnung, Jim. Und solange sie diesen Platz einnahm, wünschte ich, er wäre tot. Denn wenn er tot gewesen wäre – wirklich und wahrhaftig tot –, hätte ich nie wieder an ihn und sie denken müssen.

Wie kann ich ihm das sagen, fragte sie sich. Ihr Sohn wollte klare Antworten; ja, ja, nein, nein. Nur sie machten das Leben begreifbar. Sie entwirrten es. Ihm jedoch dies alles sagen, hieße, von ihm zu verlangen, daß er einen Sprung ins Erwachsensein vollbrachte, den er noch nicht bewältigen konnte. Viel einfacher zu sagen: Nein, Jim, das wollte ich nie. Viel einfacher, es mit den Tatsachen nicht so genau zu nehmen. Dennoch war sie sich, während sie an der Themse entlang dem Rover hinterherfuhr und vergeblich zu erkennen versuchte, was zwischen dem Anwalt und ihrem Sohn in dem anderen Auto vorging, im klaren darüber, daß sie Jimmy nicht belügen würde. So wenig, wie sie ihm die Wahrheit sagen konnte.

In der Cardale Street hatten die Journalisten endlich das Feld geräumt, und wenigstens für den Augenblick sah es so aus, als hätte bisher keiner von ihnen Lust gehabt, noch einmal die nervige Fahrt bis zur Isle of Dogs hinaus auf sich zu nehmen. Derzeit war es offensichtlich lohnender, in der Nähe von New Scotland Yard zu bleiben. Aber sie würden garantiert sofort wieder mit ihren Blöcken und Kameras anrücken, wenn neue

Sensationen winkten. Es kam also darauf an, ihnen nichts zu bieten. Das, so schien es, war nur durchführbar, wenn man in seinen vier Wänden blieb und sich nicht an den Fenstern zeigte.

Friskin folgte Jean ins Haus. Jimmy drängte sich an ihnen vorbei und steuerte auf die Treppe zu. Als Jean ihn rief, hielt er nicht inne, und der Anwalt sagte begütigend: »Am besten lassen Sie ihn jetzt einfach eine Weile in Ruhe, Mrs. Cooper.«

Sie war todmüde, fühlte sich so nutzlos wie ein ausgetrockneter Schwamm und total allein. Sie hatte Stan und Shar am Morgen zur Schule geschickt; jetzt wünschte sie, sie hätte es nicht getan. Wären sie im Haus gewesen, so hätte sie ihnen wenigstens das Mittagessen machen können. Sie wußte instinktiv, daß Jimmy keinen Bissen zu sich nehmen würde, wenn sie ihm jetzt etwas hinstellte. Aus irgendeinem Grund erfüllte diese Erkenntnis sie mit neuer Verzweiflung. Sie hatten ihrem Sohn nichts zu bieten, was er gebraucht oder gewollt hätte. Keine Nahrung, die ihn stärkte, keine Familie, die ihn stützte, keinen Vater, der ihn führte.

Sie wußte, sie hätte alles anders machen sollen. Aber sie hätte nicht sagen können, was oder wie.

»Er wollte es mir gestern abend nicht sagen«, erklärte sie Friskin. »Was hat er auf der Polizei erzählt?«

Friskin berichtete ihr alles; alles, was sie schon wußte und seit dem Moment, als die beiden Polizeibeamten am Freitag nachmittag in *Crissy's Café* gekommen waren, zu leugnen versuchte. Jede Tatsache war wie ein tödlicher Schlag, obwohl der Anwalt sich alle Mühe gab, freundlich und verständnisvoll zu sprechen.

»Er hat also eine Anzahl ihrer Vermutungen bestätigt«, schloß er.

»Und was heißt das?«

»Daß sie weiter Druck ausüben werden, um zu sehen, was sie noch von ihm erfahren können. Er sagt ihnen nicht alles, was sie wissen wollen. Das zumindest ist klar.«

»Was wollen sie denn wissen?«

Er breitete hilflos die Hände aus. »Um das zu erfahren, müßte ich schon auf ihrer Seite sein. Aber das bin ich nicht. Ich bin auf Ihrer. Und auf Jims. Es ist noch nicht vorbei. Ich vermute allerdings, sie werden vierundzwanzig Stunden warten, vielleicht auch länger, um den Jungen schmoren zu lassen.«

»Ja, glauben Sie denn, es wird noch schlimmer?«

»Sie möchten Druck machen, Mrs. Cooper. Sie *werden* Druck machen. Das gehört zu ihrem Job.«

»Und was tun wir?«

»Wir tun ebenfalls unseren Job. So gut wie sie. Wir spielen mit.«

»Aber er hat ihnen mehr gesagt als vorher, als sie bei uns waren«, klagte Jean. »Können Sie das denn nicht verhindern?« Sie hörte selbst die Verzweiflung in ihrer Stimme und versuchte, sie zu beherrschen, weniger aus Stolz, der ihr im Moment kaum etwas bedeutete, als vielmehr aus Angst davor, wie der Anwalt diese Verzweiflung deuten würde. »Denn wenn er – wenn Sie ihn einfach reden lassen... Können Sie ihn denn nicht dazu bringen, daß er nichts mehr sagt?«

»So einfach ist das nicht. Ich habe ihm geraten, und ich werde ihm weiter raten, aber von einem gewissen Punkt an muß Jim allein entscheiden. Ich kann ihm nicht den Mund stopfen, wenn er sprechen will. Und –« Hier zögerte Friskin. Er schien mit Bedacht nach Worten zu suchen, und das entsprach gar nicht Jeans Bild von einem Rechtsanwalt. Denen flutschten doch die Sätze so leicht und geschmeidig über die Lippen wie ein Aal aus einer Falle. »Er scheint mit ihnen sprechen zu *wollen,* Mrs. Cooper«, sagte Friskin. »Können Sie sich vorstellen, warum das so ist?«

Er will mit ihnen reden, will mit ihnen reden, will reden. Sie konnte nichts anderes mehr denken. Wie betäubt von dieser Eröffnung, suchte sie sich ihren Weg zum Fernsehapparat, wo ihre Zigaretten lagen. Sie nahm sich eine, und vor ihrem Gesicht sprang wie eine Rakete die Flamme aus Friskins Feuerzeug auf.

»Nun?« fragte er. »Können Sie sich vorstellen, warum er mit der Polizei sprechen will?«

Sie schüttelte den Kopf, nahm die Zigarette, das Inhalieren, den Akt des Rauchens als Vorwand, nichts zu sagen. Friskin sah sie ruhig an. Sie wartete darauf, daß er noch eine Frage stellen oder seine eigene fachmännische Meinung darüber abgeben würde, wie Jimmys unerklärliches Verhalten zu erklären sei. Er tat keines von beidem. Er hielt sie lediglich mit seinem Blick fest, so unnachgiebig, als sagte er: Nun, Mrs. Cooper, können Sie es sich vorstellen? Und sie blieb dennoch stumm.

»Der nächste Schritt ist Sache der Polizei«, sagte er schließlich. »Wenn er erfolgt, bin ich da. Bis dahin ...« Er zog seine Wagenschlüssel aus der Hosentasche und ging zur Tür. »Rufen Sie mich an, wenn Sie etwas mit mir besprechen möchten.«

Sie nickte. Und schon war er fort.

Sie blieb neben dem Fernsehapparat stehen und dachte an Jimmy in diesem Vernehmungszimmer. Jimmy, der sprechen *wollte*.

»Alle Kinder haben ihre kleinen Eigenheiten«, hatte Kenny eines Nachmittags im Schlafzimmer zu ihr gesagt. Er hatte auf dem Bett gelegen, ein Bein hochgezogen, so daß es sich mit dem anderen kreuzte und beide zusammen eine Vier bildeten. Die Vorhänge waren zugezogen wegen der Mittagssonne, die aber dennoch hereinschien und die Farbe ihrer Körper veränderte. Kenny war goldbraun und muskulös, so daß er wie gemeißelt wirkte, und er lag da, einen Arm unter dem Kopf, als wollte er für immer bleiben. Was nicht stimmte. Was sie auch wußte. Er schob seine Hand ihren Rücken hinauf und umfaßte mit seinen Fingern behutsam ihren Nacken. »Weißt du nicht mehr, wie wir in dem Alter waren?«

»Du hast damals mit mir geredet«, erwiderte sie. »Er tut's nicht.«

»Weil du seine Mutter bist. Jungs reden nicht mit ihren Müttern.«

»Mit wem denn?«

»Mit ihren Freundinnen.« Er beugte sich vor, um ihre Schulter zu küssen. Und während sein Mund von ihrer Schulter zu ihrem Hals wanderte, murmelte er: »Und mit ihren Kumpels.«

»Ach ja? Und mit ihren Vätern?«

Sein Mund verharrte reglos. Er sagte nichts, und er küßte sie nicht mehr.

Sie legte die Hand auf sein Bein. »Er braucht seinen Vater, Kenny.«

Sie fühlte, wie er sich von ihr entfernte, als verblaßte sein Geist, während sein Körper so still lag wie das Wasser auf dem Grund eines Brunnens. Er war ihr so nahe, daß sie seinen Atem wie den Hauch eines Kusses fühlte, aber innerlich distanzierte er sich immer weiter.

»Er hat seinen Vater.«

»Du weißt, was ich meine«, widersprach sie. »Hier. Zu Hause.«

Er setzte sich auf und schwang die Beine vom Bett. Er hob seine Unterhose und seine Hose auf und begann, sich anzukleiden. Sie lauschte dem Rascheln des Stoffs, der über seine Haut glitt, und dachte dabei, daß jedes Stück ihm dazu diente, sich gegen sie zu wappnen, wirksamer als mit einem Kettenhemd. Die Tatsache, daß er sich ankleidete, und der Zeitpunkt, den er dazu gewählt hatte, waren seine Antwort auf ihre unausgesprochene Bitte. Sie konnte nicht ertragen, wie weh es tat.

»Ich liebe dich«, sagte sie. »Mein Herz ist so voll, wenn du hier bist.« Sie spürte, wie die Matratze in die Höhe schnellte, als er aufstand. »Wir brauchen dich, Kenny. Ich denke nicht nur an mich. Ich denke vor allem an die Kinder.«

»Jean«, sagte er. »Es ist schwer genug für mich zu –«

»– und ich soll es dir leichtmachen, ja?«

»Das sage ich nicht. Ich meine nur, es ist nicht so einfach, als brauchte ich nur meine Sachen zu packen und wieder nach Hause zu ziehen.«

»Es könnte aber so einfach sein, wenn du es wolltest.«

»Für dich. Nicht für mich.«

Sie wollte sprechen und konnte es nicht.

»Nicht weinen, Jean«, bat er. »Komm doch, Jean.«

Sie senkte den Kopf und schluckte das Schluchzen hinunter. »Warum kommst du überhaupt noch her, Kenny?« fragte sie. »Warum kommst du immer wieder? Warum läßt du's nicht einfach?«

Er kam ans Bett und blieb blieb vor ihr stehen. Er schob ihr das Haar aus dem Gesicht, aber ihre Frage beantwortete er nicht. Das war auch nicht nötig. Was er *brauchte,* war hier, in diesen vier Wänden. Aber was er *wollte,* war anderswo, und er hatte es nicht gefunden.

Jean drückte ihre Zigarette im Aschenbecher aus und schüttete Asche und Stummel in der Küche in den Mülleimer. Sie nahm Häubchen und Schürze ab, legte das Häubchen auf den Küchentisch und hängte die Schürze über einen der Stühle, wo sie sie sorgfältig in Falten legte und glättete, als hätte sie die Absicht, sie am folgenden Tag wieder zu tragen.

Eine ganze Reihe von »Ich hätte müssen« sammelte sich in ihrem Kopf, und jedes einzelne schrie ihr zu, wie anders alles hätte sein können, wenn sie nur klug genug gewesen wäre, anders zu handeln. Das aufdringlichste und lauteste »Ich hätte müssen« war das, welches sich auf Kenny bezog. Es war simpel genug. Seit vier Jahren hörte sie es Tag und Nacht: Sie hätte wissen müssen, was eine Frau tat, um ihren Ehemann zu halten.

Die Wurzel allen Übels war Kennys Auszug aus dem Haus in der Cardale Street. Der Kummer hatte klein angefangen, mit dem Tod von Jimmys buntscheckigem Mischlingshund, der keine Woche nachdem Kenny seine Sachen gepackt hatte in der Manchester Road unter einen Lastwagen geraten und überfahren worden war. Aber der Kummer war gewuchert wie ein Krebs. Und wenn sie jetzt an diese Kümmernisse dachte – vom Tod Bouncers bis zu dem Feuer, das Jimmy in der Schule gelegt hatte, von Stans Bettnässen und Onanieren, zu Shars blinder Hingabe an ihre Vögel und all den Notsignalen, mit denen die Kinder ihre Aufmerksamkeit gesucht und nicht bekommen hatten, bis sie schließlich aufgegeben hatten – wenn sie an das alles dachte, dann wollte sie Kenny allein die Schuld daran geben. Denn er war schließlich der Vater. Er hatte Pflichten hier. Er hatte nichts dagegen gehabt, mit ihr zusammen diese drei Leben zu zeugen; er hatte kein Recht, sich jetzt einfach aus dem Leben dieser drei Menschen und seiner Pflicht, sie zu schützen, davonzustehlen. Aber so sehr sie sich bemühte, ihrem Mann die Schuld zu geben, das grundlegende »Ich hätte müssen« meldete sich sofort wieder zu Wort, um sie daran zu erinnern, wer die Hauptschuld trug, wer wirklich verantwortlich war. Sie hätte wissen müssen, was sie als Frau zu tun hatte, um ihren Mann zu halten. Denn wenn sie das gewußt hätte, dann wäre der ganze Kummer gar nicht erst über die Familie gekommen.

Endlich fühlte sie sich fähig, nach oben zu gehen. Jimmys Zimmertür war geschlossen. Sie öffnete sie, ohne anzuklopfen, und schlich hinein. Jimmy lag auf seinem Bett, das Gesicht in das Kopfkissen gedrückt, als wollte er sich ersticken. Die eine Hand war in den Bettüberwurf gekrallt, mit der anderen hielt er den kurzen, stämmigen Bettpfosten umfaßt. Sein Arm zuckte, als wollte er sich hochziehen, um sich den Schädel daran einzuschlagen, und mit den Spitzen seiner Turnschuhe trommelte er wie in schnellem Lauf auf das Bett.

»Jim«, sagte sie.

Hände und Füße hielten inne. Jean dachte daran, was sie sagen wollte, was sie sagen mußte, aber das einzige, was sie zustande brachte, war: »Mr. Friskin hat gesagt, daß sie sicher noch einmal mit dir sprechen wollen. Morgen vielleicht, hat er gesagt. Aber vielleicht lassen sie dich auch erst eine Weile schmoren. Hat er dir das auch erklärt?«

Sie sah, wie seine Hand am Bettpfosten sich anspannte.

»Ich glaube, Mr. Friskin kennt sich da aus«, fuhr sie fort. »Meinst du nicht auch?«

Sie ging weiter ins Zimmer hinein, hob unterwegs einen von Stans Teddybären auf und setzte ihn wieder zu den anderen auf das Bett. Dann wanderte sie weiter zu Jimmys Bett. Als sie sich auf die Kante setzte, spürte sie, wie der Körper ihres Sohnes schlagartig stocksteif wurde. Sie achtete sorgfältig darauf, ihn nicht zu berühren.

»Er hat gesagt ...« Jean strich mit einer Hand über das Vorderteil ihres Kittels und drückte eine Falte glatt, die sich vom Taillenbund bis zum Saum zog. Sie hatte geglaubt, sie hätte diesen Kittel morgens um zwei Uhr gebügelt, als sie schließlich alle Hoffnung auf Schlaf aufgegeben hatte, aber vielleicht war das gar nicht der, den sie gebügelt hatte. Vielleicht hatte sie den einen gebügelt und den anderen angezogen. Gewundert hätte es sie nicht; sie funktionierte ja nur noch wie ein Roboter.

»Ich war sechzehn«, sagte sie, »als du zur Welt kamst. Weißt du das, Jim? Ich hab mir eingebildet, ich wüßte alles. Ich dachte, ich könnte eine gute Mutter sein, ohne mir von irgend jemandem sagen lassen zu müssen, wie das geht. Ich war überzeugt, daß das bei Frauen angeboren ist. Ein Mädchen wird schwanger, und so, wie ihr Körper sich verändert, verändert sie sich mit. Ich wollte mir von niemandem sagen lassen, wie ich mit meinem kleinen Jungen umzugehen hätte, denn ich wußte es ja am allerbesten. Ich wußte genau, was eine gute Mutter ist. Wie in der Reklame hab ich's mir vorgestellt. Ich fütterte dich mit Brei, und dein Dad steht dabei und fotografiert das Familienglück. Ich wollte schnell noch ein zweites Kind, weil ich dachte, daß es für Kinder nicht gut ist, wenn sie allein aufwachsen, und ich doch alles genauso machen wollte, wie sich das für eine gute Mutter gehört. Also kamst erst du und dann Shar. Da waren wir inzwischen achtzehn, dein Dad und ich.«

Aus dem Kissen kam ein unartikulierter Laut, der fast wie ein Wimmern klang.

»Aber in Wirklichkeit wußte ich gar nichts. Das war das Schlimme. Ich dachte, man bekommt ein Kind, man liebt es, zieht es groß, und es bekommt dann selbst wieder Kinder. Alles andere habe ich überhaupt nicht bedacht: daß man mit so einem Kind reden muß, ihm zuhören, es ausschimpfen muß, wenn es etwas Unrechtes tut, nicht die Nerven verlieren darf, wenn man es am liebsten anbrüllen und verhauen möchte, weil es etwas getan hat, was man ihm schon hundertmal verboten hat. Nein, ich dachte nur an Weihnachten und Kinderfeste, und hab mir alles ganz idyllisch vorgestellt. Ich war überzeugt, ich würde die beste Mutter der Welt werden, weil mir meine Eltern genau gezeigt hatten, wie man's *nicht* macht.«

Sie schob ihre Hand über das Bett und ließ sie in der Nähe seines Körpers liegen. Sie fühlte seine Wärme, obwohl sie ihn nicht berührte, und hoffte, er könne auch die ihre spüren.

»Was ich damit sagen will, Jim, ist, daß ich alles falsch gemacht hab. Ich hab mir eingebildet, ich wär so gescheit und brauchte nichts zu lernen. Ich will sagen, daß ich eine Versagerin bin, Jim. Aber ich wollte es nicht, das mußt du mir glauben.«

Sein Körper war immer noch angespannt, aber er wirkte nicht mehr ganz so steif wie zuvor. Und sie glaubte zu sehen, wie er ein klein wenig den Kopf drehte.

Sie sagte: »Mr. Friskin hat mir erzählt, was du ihnen gestanden hast. Aber er meint, sie werden noch mehr wissen wollen. Und er hat mir eine Frage gestellt. Er wollte wissen ...« Sie sah, daß es nicht leichter war als beim erstenmal, als sie es zu sagen versucht hatte. Nur gab es für sie diesmal keine andere Möglichkeit, als vorwärtszustürmen und sich auf das Schlimmste gefaßt zu machen. »Er hat gesagt, du hättest mit ihnen reden *wollen,* Jim. Du wolltest ihnen etwas sagen. Möchtest du – möchtest du mir nicht sagen, was es ist, Jim? Willst du mir nicht wenigstens soweit vertrauen?«

Erst zitterten seine Schultern, dann der ganze Rücken.

»Jim?«

Sein ganzer Körper bebte jetzt. Er zog am Bettpfosten. Seine Hand krallte sich in die Decke. Er trommelte mit den Fußspitzen auf das Bett.

»Jimmy!« rief Jean. »Jimmy! Jim!«

Er drehte den Kopf und schnappte nach Luft. Und da sah Jean, daß ihr Sohn lachte.

Barbara Havers legte den Telefonhörer auf, schob sich den letzten Keks in den Mund, kaute energisch und spülte mit einem großen Schluck lauwarmem Darjeeling-Tee nach. Und das nennt man nun Teepause, dachte sie. Sehr gemütlich.

Sie griff sich ihr Heft und ging zu Lynleys Büro. Aber sie traf ihn nicht an, sondern Dorothea Harriman, die gerade wieder eine Zeitung lieferte, den *Evening Standard* diesmal. Sie machte ein Gesicht, das an ihrer Mißbilligung und ihrem Widerwillen keinen Zweifel ließ, aber beides schien sich mehr gegen die Art der Lektüre zu richten als gegen den Auftrag, sie für Lynley zu besorgen. Sie faltete die Zeitungen, die noch auf seinem Schreibtisch ausgebreitet waren, stapelte sie auf dem Boden neben seinem Sessel und legte ihm den *Evening Standard* hin.

»So ein Schund«, knurrte sie mit einem entrüsteten Kopfschütteln, als blätterte sie nicht täglich begierig eben diesen Schund auf der Suche nach dem neuesten Klatsch über die königliche Familie durch. »Ich verstehe überhaupt nicht, wozu er diese Zeitungen überhaupt braucht.«

»Das hat mit dem Fall zu tun«, erklärte Barbara.

»Ach, mit dem Fall?« Dorothea Harrimans Ton verriet, wie absurd sie dieses Argument fand. »Nun, da kann ich nur hoffen, daß er weiß, was er tut, Sergeant Havers.«

Barbara ging es ebenso. Als Dorothea Harriman, Webberlys donnerndem Ruf folgend, hinauseilte, ging Barbara zu Lynleys Schreibtisch hinüber, um einen Blick in die Zeitung zu werfen. Jimmy Cooper mit hängendem Kopf, so daß das herabfallende Haar sein Gesicht verhüllte, und Friskin, sein Anwalt, der ihm gerade beschwörend etwas ins Ohr flüsterte, zierten die Titelseite. Sie las den Untertitel und sah, daß die Zeitung das Bild mit Jimmys Besuch im Yard an diesem Morgen verknüpfte und es zur Illustration eines Artikels mit der Überschrift »Yard macht Druck in Cricket-Mord« benutzte.

Barbara überflog die ersten beiden Absätze und sah, mit welcher Raffinesse Lynley die Informationen an die Presse verteilte. Es wimmelte von Worten wie »vermeintlich« und »angeblich«, mehrmals war von »unbestätigten Berichten« und »maßgeblichen Quellen« die Rede. Barbara zupfte an ihrer Unterlippe, während sie las und sich fragte, wie wirksam seine Methode war. Es war, wie Dorothea Harriman gesagt hatte, zu hoffen, daß er wußte, was er tat.

Sie fand ihn im Dienstraum, wo man Fotografien von Flemings Leiche und dem Tatort an einer Pinwand aufgehängt hatte. Er saß da und starrte sie an, während einer der Constables telefonisch verstärkte Überwachung des Hauses in der Cardale Street anforderte und eine Sekretärin wie wild an einem Computer tippte. Ein anderer Constable telefonierte mit Maidstone und sagte gerade: »Würden Sie ihr bitte ausrichten, sie möchte Inspector Lynley anrufen, sobald der Autopsie – ja… richtig… okay. Verstanden.«

Barbara ging zu Lynley, der irgend etwas aus einem Plastikbecher trank. Vor ihm lag eine ungeöffnete Packung Jaffa-Kekse. Sie warf einen begehrlichen Blick darauf, sagte sich, ihr Bauch sei für diesen Nachmittag schon dick genug, und ließ sich in einen Sessel fallen.

»Ich habe eben mit Quentin Melvin Abercrombie telefoniert«,

sagte sie ohne Einleitung. »Das ist Flemings Anwalt.« Lynley zog eine Augenbraue hoch, ohne jedoch den Blick von den Fotos zu wenden. »Okay, okay. Ich weiß schon. Sie haben mich nicht beauftragt, dort anzurufen. Aber nachdem Maidstone die Zigaretten identifiziert hatte... Ich weiß nicht, Sir. Ich finde, wir sollten hier sicherheitshalber auch mal ein paar andere Eisen schmieden.«

»Und?«

»Und ich glaube, ich habe was für Sie.«

»Über Flemings Scheidung, nehme ich an?«

»Abercrombie hat mir erzählt, er und Fleming hätten den Scheidungsantrag diesen Mittwoch vor drei Wochen ausgefüllt. Abercrombie hat das Papier am Donnerstag im Somerset House abgegeben, und Jean sollte ihre Kopie und ein Formular, auf dem sie die Zustellung hätte bestätigen müssen, am folgenden Dienstag nachmittag erhalten. Abercrombie sagte, Fleming habe gehofft, die Scheidung werde aufgrund der zweijährigen Trennung durchgehen. In Wirklichkeit war es natürlich eine vierjährige Trennung – wie wir bereits wissen –, aber vor dem Gesetz reichen zwei Jahre Trennung für eine Scheidung aus. Soweit klar?«

»Absolut.«

»Wenn Jean mit der Scheidung einverstanden gewesen wäre, hätte sich die ganze Sache innerhalb von fünf Monaten abwickeln lassen, und Fleming hätte sich danach sofort wieder verheiraten können, was er auch vorhatte, wie Abercrombie meinte. Aber er – Fleming, meine ich – war ziemlich sicher, daß Jean Widerspruch einlegen würde. Das hat er jedenfalls zu Abercrombie gesagt, und deshalb wollte er seiner Frau die Kopie des Scheidungsantrags persönlich übergeben. Rechtlich war das nicht zulässig – die Klage muß vom Gericht zugestellt werden –, aber er wollte unbedingt vorher mit einer Kopie zu ihr gehen, um sie schonend darauf vorzubereiten, was sie zu erwarten hatte.«

»Und? Hat er es getan?«

»Abercrombie glaubt, ja.« Barbara nickte. »Aber als typischer Rechtsanwalt wollte er es natürlich nicht beschwören, weil er es nicht mit eigenen Augen gesehen hat. Wie dem auch sei: Er erhielt an dem betreffenden Dienstag abend eine Nachricht von Fleming, in der dieser ihm mitteilte, daß Jean die Papiere erhalten und es ganz den Anschein habe, als würde sie Widerspruch einlegen.«

»Gegen die Scheidung.«

»Genau.«

»Und wäre er bereit gewesen, es auf einen Prozeß ankommen zu lassen?«

»Abercrombie meint, nein. Er sagt, Fleming habe in der Nachricht, die er ihm hinterlassen hatte, angedeutet, daß er dann eben noch ein Jahr warten müsse, um die Scheidung auch ohne Jeans Zustimmung erwirken zu können. Das ist nach fünfjähriger Trennung möglich. Er hatte das eigentlich nicht gewollt, sagt Abercrombie, aber vor einem Prozeß scheute er zurück. Wegen der Presse und so. Er wollte nicht, daß sein Privatleben von den Medien zerpflückt wird.«

»Das gilt wahrscheinlich vor allem für sein Verhältnis mit Gabriella Patten.«

»Richtig.«

Lynley drehte seinen Plastikbecher hin und her und sagte: »Und inwiefern ist das alles nun für unsere Ermittlungen von Bedeutung, Sergeant?«

»Weil es paßt, Sir. Es paßt genau. Kennen Sie sich im Scheidungsrecht aus?«

»Da ich es bisher leider nicht einmal zu einer Ehe gebracht habe . . .«

»Klar, natürlich. Also, ich habe mich von Abercrombie im Schnellverfahren belehren lassen. Am Telefon.« Sie zählte die einzelnen Schritte auf und hakte sie an ihren Fingern ab. Als erstes füllten der Anwalt und sein Mandant einen Scheidungsantrag aus. Dann ging dieser Antrag an die Geschäftsstelle des zuständigen Gerichts, die eine Kopie davon zusammen mit einem Zustellungsbestätigungsformular an die Antragsgegnerin schickte. Die Antragsgegnerin hatte danach acht Tage Zeit, die Zustellungsbestätigung auszufüllen und an das Gericht zurückzusenden. Danach kam dann die Scheidung von selbst ins Rollen.

»Und genau das ist das Interessante«, sagte Barbara. »Jean Cooper hat ihre Kopie des Antrags an dem fraglichen Dienstag erhalten. Sie hatte acht Tage Zeit, die Zustellung zu bestätigen. Aber so, wie sich dann alles entwickelte, brauchte sie es gar nicht mehr zu tun. Der Scheidungsprozeß kam also gar nicht erst in Gang.«

»Weil Fleming an demselben Tag starb, an dem die Zustellungsbestätigung wieder bei Gericht hätte sein müssen«, ergänzte Lynley.

»Richtig. Genau an dem Tag. Na, ist das vielleicht kein toller Zufall?« Barbara stand auf und sah sich die Bilder an der Pinnwand an, insbesondere eine Großaufnahme von Flemings Gesicht. Ermordete, dachte sie, sehen niemals so aus, als schliefen sie. Nur im Roman blickt der Polizeibeamte auf sie hinab und macht sich Gedanken über die bittere Schönheit eines Lebens, dem vorzeitig ein Ende gesetzt wurde. »Wollen wir sie uns nicht schnappen?« fragte sie. »Hier haben wir doch die Erklärung, warum –«

»Welch ein Tag, welch ein Tag!« Constable Winston Nkata kam gutgelaunt ins Zimmer, das Jackett über der Schulter, ein dampfendes Samosa-Gebäck in der Hand. »Haben Sie eine Ahnung, wie viele Videotheken es in Soho gibt? Ich sag Ihnen, ich hab sie alle gesehen, innen wie außen, von oben bis unten.« Nachdem er sich so ihre Aufmerksamkeit gesichert hatte, biß er kräftig in sein Samosa, schwang einen Stuhl herum und setzte sich rittlings darauf, die Ellbogen auf die Lehne gestützt. »Aber das Endresultat blieb immer das gleiche, ganz egal, durch wie viele Kataloge ich diese unschuldigen Kinderaugen gejagt habe. Machen Sie sich darauf gefaßt, Inspector, meine Mutter wird ein paar ernste Takte mit Ihnen darüber zu reden haben, was ihrem Nesthäkchen heute zugemutet wurde.«

»Soviel ich weiß, hatten Sie den Namen des Ladens«, versetzte Lynley trocken. »Es bestand also keinerlei Anlaß zu dieser ausgedehnten pornographischen Expedition.«

Nkata biß wieder von seinem Samosa ab. Barbara knurrte voller Verlangen der Magen.

»Man muß doch gründlich sein, Inspector. Ich will schließlich nicht ewig ein schlichter Constable bleiben.« Seine Kiefer mahlten. »Also, die Sache liegt folgendermaßen: Ich kann Ihnen sagen, ich mußte ganz schön hinarbeiten, um aus dem Typen in der Videothek was rauszukriegen. Die verraten es nämlich den Bullen nicht so gern, daß sie auch Pornos verleihen, und wie er mir ins Ohr flüsterte, wenn er nicht gerade versuchte, mich dahinter zu kraulen – aber die Story heb ich mir für ein andermal auf –«

»Danke, das ist nett von Ihnen«, entgegnete Lynley mit Inbrunst.

»Also, wie gesagt, die hängen es nicht gern an die große Glocke, daß sie Pornos verleihen, obwohl es ja nicht verboten ist. Aber es schadet eben ihrem Ruf. In diesem Fall brauchte er sich allerdings überhaupt keine Sorgen zu machen, weil diese Typen die Filme nämlich überhaupt nicht ausgeliehen haben.« Er schob das letzte Stück von seinem Samosa in den Mund und leckte sich die Krümel von den Fingern. »Hm, wieso hab ich den Eindruck, daß diese Neuigkeit Sie gar nicht überrascht?«

»Existieren denn die Filme überhaupt?« fragte Barbara.

»Oh, ja. Sie existieren. Jeder einzelne von ihnen. *Wilde Weiber, wilde Wonnen* ist zum Beispiel schon so oft ausgeliehen worden, daß man meint, man schaut einer Gymnastikvorführung im Schneetreiben zu.«

»Aber«, sagte Barbara zu Lynley, »wenn Faraday oder seine Freunde die Filme am letzten Mittwoch gar nicht ausgeliehen haben ...« Wieder wanderte ihr Blick zu den Bildern von Kenneth Fleming. »Was hat das eigentlich mit Jimmy Cooper zu tun, Sir?«

»Also, ich hab nicht gesagt, daß Faradays Freund die Filme überhaupt nicht ausgeliehen hat«, warf Nkata eilig ein. »Ich hab nur gesagt, daß er sie an dem fraglichen Abend nicht ausgeliehen hat. An anderen Abenden –« Er zog sein Schreibheft aus der Jackentasche, wischte sich die Finger an einem blütenweißen Taschentuch, ehe er es dort aufschlug, wo ein dünnes rotes Band zwischen den Seiten lag, und las eine Liste von Daten vor, die sich über einen Zeitraum von mehr als fünf Jahren erstreckte. Zu den Daten verlas er die Namen immer anderer

Videotheken, die sich jedoch nach einem gewissen Zeitraum zyklisch wiederholten. Die Phasen zwischen den einzelnen Daten waren unterschiedlich lang. »Na, ist das nicht interessant?«

»Bravo, Winston, das nenne ich Initiative«, sagte Lynley anerkennend.

Der Constable senkte in einer Anwandlung untypischer Bescheidenheit den Kopf.

Ein Telefon läutete, ein Beamter hob ab und sprach mit gedämpfter Stimme. Barbara dachte über Nkatas Neuigkeiten nach, und Nkata selbst fuhr zu sprechen fort.

»Kann natürlich sein, daß die Typen für diese besonderen Filme eine Vorliebe haben; aber ich habe eher den Eindruck, daß die sich da ein permanentes Gruppenalibi geschaffen haben. Man lernt eine Liste von Filmtiteln auswendig, für den Fall, daß die Bullen vorbeikommen und Fragen stellen. Das einzige, was von Mal zu Mal wechselt, ist die Videothek, bei der man sich die Filme holt. Und so einen einzelnen Namen kann man sich ja mit Leichtigkeit merken, nicht wahr?«

»Das heißt, wenn man lediglich die Unterlagen eines einzigen Verleihs überprüfte, würde einem gar nicht auffallen, daß immer wieder dieselben Filme ausgeliehen worden sind«, sagte Barbara nachdenklich.

»Genau das ist der Zweck der Übung. Sonst wären sie ja aufgeflogen.«

»Wer *sie?«* fragte Barbara.

»Faraday und seine Freunde«, antwortete Nkata. »Ich hab zwar keine Ahnung, was diese Burschen eigentlich treiben, aber meiner Ansicht nach haben sie da alle die Hände drin.«

»Aber für den letzten Mittwoch gilt das nicht.«

»Nein. Was immer Faraday da getan hat, er hat es allein getan.«

»Sir?« Der Constable, der eben noch telefoniert hatte, wandte sich an Lynley. »Maidstone faxt uns jetzt den Autopsiebefund, aber er enthält nicht viel Neues. Asphyxie durch Kohlenmonoxyd. Und kaum noch Alkohol im Blut...«

»Da, auf dem Nachttisch steht eine Flasche Black Bush.« Barbara wies auf die Fotos. »Und ein Glas ist auch da.«

»Nach dem Alkoholspiegel im Blut«, sagte der Constable, »ist anzunehmen, daß er längst weg war, als das Feuer gelegt wurde. Er hat's verschlafen, könnte man sagen.«

»Na ja, wenn man schon sterben muß«, bemerkte Nkata, »ist diese Art und Weise gar nicht so übel.«

Lynley stand auf. »Nur mußte er nicht.«

»Was?«

»Sterben.« Er nahm seinen leeren Plastikbecher und die geöffnete Kekspackung. Den Becher warf er in den Papierkorb, die Kekse sah er einen Moment lang unschlüssig an, ehe er sie Barbara zuwarf. »Reden wir mal mit ihm«, sagte er.

»Mit Faraday?«

»Ja, mal sehen, was er uns diesmal über seine Aktivitäten am letzten Mittwoch abend auftischt.«

»Aber was ist mit Jean Cooper?« fragte sie, ihm nacheilend.

»Die ist auch noch da, wenn wir mit Faraday fertig sind.«

20

Ein Anruf genügte, um Chris Faraday ausfindig zu machen. Er war nicht in Little Venice, sondern in Kilburn, wo er in einer ehemaligen Remise ein kleines Atelier hatte. Der Priory Walk war nicht mehr als eine schmale Gasse zwischen leerstehenden Gebäuden mit vernagelten Fenstern und schmutzigen Backsteinmauern. Abgesehen von einem chinesischen Restaurant mit Straßenverkauf schien das einzige wirklich florierende Unternehmen in der Gegend das Topfit-Gymnastik- und Aerobicstudio zu sein, auf dessen »speziell entwickeltem, gefedertem Boden, der Knie- und Fußgelenke schont« sich derzeit eine ganze Herde schwitzender Aerobic-Enthusiasten tummelte.

Faradays Atelier befand sich diesem Fitneßstudio direkt gegenüber. Das Wellblechtor war zu drei Vierteln heruntergezogen, doch als Lynley und Barbara an dem staubigen, grünen Lieferwagen vorüber waren, der neben dem Tor stand, konnte sie durch den Spalt ein paar Füße in Joggingschuhen sehen, die sich von einer Seite des Innenraums zur anderen bewegten.

Lynley schlug mit der offenen Hand an das Wellblechtor, rief: »Faraday?« und schlüpfte geduckt durch den Spalt. Barbara folgte ihm.

Chris Faraday drehte sich herum. Er stand an einer Werkbank, auf der zwischen Säcken mit Gips und allen möglichen Metallwerkzeugen verschiedene Gußformen lagen. An der Wand darüber hingen fünf subtil ausgearbeitete Bleistiftskizzen auf hauchdünnem Papier. Sie stellten Kassettenfelder dar, Gewölbebögen und andere Deckenornamente. Sie erinnerten in ihrer Feinheit an den Stil der Brüder Adam, gleichzeitig jedoch waren die Entwürfe kühner als die der Adams, als wären sie von einem Künstler geschaffen, der nicht die leiseste Hoffnung hatte, sie je verwirklichen zu können.

Faraday registrierte Lynleys kritischen Blick. »Mit der Zeit bekommt man soviel Taylor, Adam und Nash zu sehen, daß man plötzlich denkt: Sieht eigentlich ganz einfach aus, ich könnte doch selbst mal ein bißchen mit Stuck herumprobieren. Neue Entwürfe sind allerdings nicht sehr gefragt. Aber jemand, der die alten Formen reparieren kann, wird immer und überall gesucht.«

»Diese hier sind gut«, sagte Lynley. »Innovativ.«

»Mit neuen Ideen kommt man nicht weit, wenn man keinen Namen hat. Und ich hab leider keinen Namen.«

»Als was?« fragte Lynley.

»Nicht als Künstler. Höchstens als Restaurator.«

»Restauratoren sind gesucht, wie Sie eben selbst sagten.«

»Aber auf die Dauer reizt mich das nicht.« Mit einer Fingerspitze prüfte Faraday die Härte des Stucks und einer seiner Formen. Er wischte sich den Finger an seiner fleckigen Blue Jeans ab und hob einen Plastikeimer vom Boden auf. Den trug er zu einer Betonwanne am hinteren Ende seiner Werkstatt und füllte ihn mit Wasser. Über seine Schulter sagte er: »Aber Sie sind nicht hierhergekommen, um sich mit mir über Stuckarbeit zu unterhalten. Was kann ich also für Sie tun?«

»Sie können mir sagen, was Sie am letzten Mittwoch abend und in der Nacht getan haben. Aber diesmal bitte die Wahrheit.«

Faraday begann den Eimer mit einer Bürste auszuschrubben, die er von einem Bord über der Wanne genommen hatte. Er schüttete das Wasser aus und spülte den Eimer. Dann trug er ihn zur Werkbank zurück und stellte ihn neben einen Sack mit Gips. Seine Füße hinterließen einen deutlich sichtbaren Pfad im weißen Staub, der den Boden der Werkstatt bedeckte. Die Abdrücke überlagerten sich mit anderen, die bereits vorher dagewesen waren.

»Soweit ich feststellen kann, sind Sie ein intelligenter Mensch«, sagte Lynley. »Sie müssen doch gewußt haben, daß wir Ihre Geschichte überprüfen würden. Ich frage mich deshalb, weshalb Sie sie uns überhaupt erzählt haben.«

Faraday lehnte sich an die Werkbank. Er schien zu überlegen, was für eine Antwort er auf diese Bemerkung geben sollte. »Ich hatte gar keine Wahl«, sagte er schließlich. »Da Olivia dabei war.«

»Ach, und ihr hatten Sie erzählt, Sie seien auf einem Männerabend gewesen?« fragte Lynley.

»Sie erwartete, daß ich das erzählen würde.«

»Das ist ja eine interessante Unterscheidung, Mr. Faraday.«

Unter der Werkbank stand ein hoher Hocker auf Rollen. Den zog Faraday jetzt hervor und setzte sich. Barbara machte es sich so bequem wie möglich auf einer kleinen Trittleiter und zückte ihr Heft. Lynley blieb, wo er war. Anders als bei den Besuchen auf dem Boot war die Beleuchtung hier günstig. Neben dem Licht aus einer Neonröhre über der Werkbank, das Faraday direkt ins Gesicht fiel, drang auch von der Straße noch Helligkeit herein.

»Sie werden verstehen«, sagte Lynley, »daß wir eine Erklärung verlangen müssen. Sie sagen, Sie hätten uns die Geschichte von dem Männerabend erzählt, weil Miss Whitelaw erwartete, daß Sie das erzählen würden. Was hat das zu bedeuten?«

»Wenn ich etwas anderes gesagt hätte...« Faraday rieb sich den Hals. »Das ist vielleicht ein Durcheinander«, murmelte er. »Das, was ich in der Nacht getan habe, hat nur mit Olivia und mir zu tun. Und mit Fleming überhaupt nichts. Ich habe ihn gar nicht gekannt. Ich meine, ich wußte natürlich, daß er in Kensington wohnte, bei Olivias Mutter, aber das war auch alles. Ich bin dem Mann nie begegnet. Und Olivia auch nicht.«

»Dann dürfte es Ihnen doch keine Schwierigkeiten machen, uns über den vergangenen Mittwoch abend die Wahrheit zu sagen. Ich meine, wenn sie mit Flemings Tod nichts zu tun hat.«

Barbara raschelte bedeutsam mit den Seiten ihres Hefts. Faraday sah zu ihr hinüber.

»Olivia glaubte, die Geschichte von dem Männerabend würde einer Prüfung standhalten«, erklärte Faraday. »Und unter anderen Umständen wäre das auch so gewesen. Deshalb hat sie erwartet, daß ich Ihnen diese Version erzählen würde. Die Wahrheit hätte sie sehr verletzt. Und ich wollte sie nicht verletzen, darum habe ich Ihnen die Story erzählt, die sie zu hören erwartete. Das ist alles.«

»Wenn ich recht verstehe, benützen Sie diesen Männerabend regelmäßig als Alibi für irgend etwas anderes.«

»Das habe ich nicht gesagt.«

»Sergeant?« sagte Lynley.

Barbara las die Liste von Videotheken vor, die Nkata ihnen mitgebracht hatte, und dazu die Daten, an denen in den vergangenen fünf Jahren die Filme ausgeliehen worden waren. Sie war erst im dritten Jahr angelangt, als Faraday sie unterbrach.

»Ich verstehe schon. Aber darüber möchte ich nicht sprechen, okay? Die Geschichte von den Männerabenden hat mit dem, was Sie von mir wissen wollen, überhaupt nichts zu tun.«

»Womit dann?«

»Jedenfalls nicht mit dem Mittwoch abend und Flemings Tod, falls Sie das hoffen sollten. Also, soll ich Ihnen vom Mittwoch abend erzählen? Ich bin durchaus bereit, das zu tun, Inspector – und diesmal wird meine Aussage jeder Überprüfung standhalten –, aber ich rede nur, wenn Sie mir versprechen können, daß das andere nicht berührt wird.« Als Lynley etwas erwidern wollte, schnitt Faraday ihm einfach das Wort ab, indem er sagte: »Und erklären Sie mir jetzt nicht, die Polizei lasse sich nicht auf Geschäfte ein, wenn's um die Wahrheit geht. Sie wissen doch so gut wie ich, daß sie das dauernd tut.«

Lynley erwog die Möglichkeiten und sah ein, daß es wenig Sinn hatte, Faraday jetzt zu einer polizeilichen Machtdemonstration nach New Scotland Yard zu befördern. Der andere brauchte nur einen Anwalt anzurufen und sich in Schweigen zu hüllen, und Lynley würde wiederum mit leeren Händen dastehen.

»Gut«, meinte er ruhig. »Erzählen Sie.«

»Und der Rest bleibt unberührt?«

»Ich habe Ihnen gesagt, daß mich der Mittwoch abend interessiert, Mr. Faraday.«

Chris legte die Hand auf den Arbeitstisch und ließ sie dort liegen. »Also schön«, sagte er. »Olivia glaubt, daß ich in der Nacht vom Mittwoch auf Donnerstag etwas unternommen habe, wofür ich ein hieb- und stichfestes Alibi brauche. So habe ich es ihr erzählt, und da sie die Geschichte bereits kannte, blieb mir nichts anderes übrig, als sie Ihnen bei Ihrem Besuch aufzutischen. Aber in Wirklichkeit –« Er rutschte etwas unbehaglich auf seinem Hocker hin und her. »In Wirklichkeit war ich Mittwoch nacht bei einer Frau. Sie heißt Amanda Beckstead. Ich habe die ganze Nacht bei ihr verbracht. Sie wohnt in Pimlico.« Er sah Lynley mit einem beinahe trotzigen Ausdruck an, als erwarte er ein Urteil und wappne sich dagegen. »Olivia und ich sind kein Paar, und wir waren es auch nie«, fügte er hinzu. »Ich betrüge sie also nicht. Ich möchte ihr einfach nicht weh tun. Ich möchte nicht, daß sie glaubt, ich bräuchte etwas, das sie selbst mir gerne geben würde, aber nicht geben kann. Ich weiß, ich kann nicht erwarten, daß Sie verstehen, wovon ich spreche, aber ich sage Ihnen die Wahrheit.«

Faradays Gesicht war sehr rot. Lynley sagte nicht, daß es mehr als eine Form des Betrugs gab. Er erwiderte nur: »Adresse und Telefonnummer von Amanda Beckstead?«

Faraday gab ihm beides. Barbara schrieb mit. Und Faraday fügte hinzu: »Ihr Bruder wohnt mit ihr zusammen. Er weiß, daß ich bei ihr war. Er wird es bestätigen. Die Nachbarn wahrscheinlich auch.«

»Sie sind sehr früh am Morgen dort wieder weggegangen, wenn die Zeit Ihrer Rückkehr, die Sie uns angegeben haben, korrekt ist.«

»Olivia erwartete, daß ich gegen fünf Uhr kommen und sie bei ihrer Mutter abholen würde. Obwohl ich mich gar nicht so hätte beeilen müssen, wie sich dann zeigte. Sie und ihre Mutter waren noch groß in Fahrt, als ich kam.«

»Sie haben gestritten?«

Faraday machte ein erstauntes Gesicht. »Keine Spur. Sie waren feste dabei, das Kriegsbeil zu begraben, könnte man sagen. Sie hatten seit Jahren keinerlei Kontakt mehr gehabt, da hatten sie natürlich viel zu bereden und wenig Zeit dazu. Soweit ich sehen konnte, waren sie die ganze Nacht aufgewesen und hatten miteinander gesprochen.«

»Worüber?«

Faraday antwortete nicht.

»Darf man annehmen«, sagte Lynley, »daß sie neben letztwilligen Verfügungen über Olivias Asche auch über andere Themen sprachen?«

»Mit Fleming hatte es nichts zu tun«, erklärte Faraday.

»Dann brauchen Sie doch keine Skrupel zu haben, uns Auskunft zu geben.«

»Darum geht es nicht, Inspector.« Er hob den Kopf und sah Lynley ins Gesicht. »Das sind Dinge, die Olivia betreffen. Sie sollten sich also von ihr, nicht von mir Auskunft geben lassen.«

»Ich hab den Eindruck, daß hier allgemein sehr viel Energie aufgewendet wird, um Olivia Whitelaw zu schützen. Ihre Mutter schützt sie. Sie schützen sie. Sie schützt sich selbst. Wie kommt das Ihrer Meinung nach?«

»Ich wende keine Energie dafür auf, Olivia zu schützen.«

»Leugnen erfordert Energie, Mr. Faraday. Ebenso Ausflüchte und Lügen.«

»Was, zum Teufel, soll das heißen?«

»Daß Sie mit Fakten mehr als zurückhaltend sind.«

»Ich habe Ihnen gesagt, wo ich die Nacht von Mittwoch auf Donnerstag zugebracht habe. Sie wissen, bei wem ich war. Ich habe Ihnen praktisch gesagt, was wir taten. Das ist mein Teil der Geschichte, den Rest müssen Sie sich woanders holen.«

»Sie wissen also, worüber Olivia Whitelaw und ihre Mutter die ganze Nacht gesprochen haben.«

Mit einem unterdrückten Fluch stand Faraday von seinem Hocker auf und lief mit großen Schritten durch die Werkstatt. Vom Fitneßstudio schallte Technomusik in voller Lautstärke herüber. Faraday riß das Tor seiner Werkstatt mit einem Ruck zum Boden herab. Das dämpfte die Technoklänge jedoch nur wenig.

»Ich kann nicht mehr lange durchhalten. Olivia weiß das auch. Ich hab es überhaupt nur so lange geschafft, weil ich mir hier und dort immer wieder ein paar Stunden stehlen konnte, um Amanda zu sehen. Sie ist mir – ich weiß nicht. Man könnte vielleicht sagen, daß sie mein Rettungsanker ist. Ohne sie hätte ich das alles, glaube ich, schon vor langem hingeschmissen.«

»Alles?«

»Das Leben mit Olivia und ihrer Krankheit. Die ALS. Amytrophische Lateralsklerose. So heißt die Krankheit, die sie hat. Es wird ihr jetzt sehr schnell immer schlechter gehen.« Rastlos ging er von seinem Arbeitstisch zu einem Stapel alter Formen, die auf der anderen Seite des Raumes auf dem Boden lagen. Er stieß sie mit seiner Schuhspitze an und hielt den Kopf gesenkt, als er weitersprach. »Wenn sie die Gehhilfe nicht mehr benützen kann, braucht sie einen Rollstuhl. Und irgendwann wird sie nur noch liegen können und ein Atemgerät brauchen. Wenn es einmal soweit ist, kann sie nicht auf dem Boot bleiben. Sie könnte natürlich in ein Pflegeheim gehen, aber das will sie nicht, und ich möchte es ihr auch gern ersparen. Je länger wir uns über die Situation die Köpfe zerbrachen und nach Lösungen suchten, desto klarer wurde uns beiden, daß nur ihre Mutter helfen könnte. Das ist der Grund, warum Olivia am Mittwoch bei ihr war.«

»Um ihre Mutter zu fragen, ob sie nach Hause kommen könne?«

Faraday nickte.

»Warum haben Sie beide mir das nicht gleich von Anfang an gesagt?« fragte Lynley.

»Das hab ich Ihnen doch schon erklärt«, versetzte Faraday. »Oder ich hab es jedenfalls versucht. Sehen Sie denn nicht, was da abläuft? Sie lebt in dem Wissen, daß sie langsam stirbt. Jeden Tag verliert sie ein Stückchen Boden unter den Füßen. Sie und ihre Mutter hatten jahrelang nichts miteinander zu tun gehabt, und nun mußte sie plötzlich zu Kreuze kriechen und ihre Mutter um Hilfe bitten. Glauben Sie, daß ihr das leichtgefallen ist? Sie ist eine sehr stolze Frau. Sie ist durch die Hölle gegangen. Es wäre mir nicht eingefallen, sie zu irgend etwas zu zwingen, wenn ihr nicht danach war, Ihnen sämtliche Einzelheiten dieser Nacht anzuvertrauen. Ich finde, sie hat Ihnen sowieso genug erzählt. Was wollten Sie denn noch von ihr hören?«

»Die Wahrheit«, anwortete Lynley.

»Na, die haben Sie ja jetzt, nicht wahr?«

Lynley hatte da seine Zweifel. Weniger bezüglich der Frage, ob er nun die Wahrheit hatte oder nicht, als Faraday selbst betreffend. Er hatte einen durchaus freimütigen Eindruck gemacht, nachdem er sich einmal zur Kooperation entschlossen hatte, aber eines an diesem Gespräch war doch sehr bezeichnend gewesen, und man durfte es nicht außer acht lassen: Solange er von sich selbst und seinen Aktivitäten in der Nacht von Mittwoch auf Donnerstag berichtet hatte, war er im hellen Schein des Neonlichts geblieben. Als er jedoch auf Olivia zu sprechen gekommen war, hatte er die Schatten gesucht. Licht und Schatten – das schien Lynley bei seinen Begegnungen mit Faraday und Olivia zu Miriam Whitelaw ein wiederkehrendes Motiv zu sein. Er konnte der bohrenden Frage, warum diese drei Menschen so beharrlich das Dunkel suchten, nicht ausweichen.

Lynley bestand darauf, sie nach Hause zu fahren. Nachdem Barbara ihm erzählt hatte, daß sie am Morgen, anstatt sich in das Getümmel auf den Straßen zu stürzen, lieber die Folterqualen einer U-Bahn-Fahrt auf sich genommen hatte, stellte er fest, daß Kilburn gar nicht weit von Belsize Park war, von wo es wiederum nur ein Katzensprung war bis Chalk Farm. Es wäre doch lächerlich, hielt er ihr vor, als sie protestierte, sie erst zum Yard zurückzubringen, wenn er sie innerhalb von zehn Minuten nach Hause fahren könne. Als sie nicht aufhörte zu widersprechen, sagte er, er habe genug von ihren albernen Widerreden, ob sie ihn nun endlich zu ihrer neuen Wohnung dirigieren wolle, oder ob es ihr lieber sei, wenn er blind durch die Gegend fahre und hoffe, sie durch Zufall zu finden.

Es war Barbara gelungen, ihn in den dreieinhalb Jahren ihrer beruflichen Partnerschaft von den harten Realitäten ihres Zuhauses in Acton fernzuhalten. Aber seinem eigensinnigen Gesicht sah sie an, daß sie heute abend mit ihrem Argument, daß er sie an der nächsten U-Bahn-Station absetzen könne, kein Glück haben würde. Zumal die nächste U-Bahn-Station ihr überhaupt nichts genützt hätte, da sie an der falschen Linie lag. Um von dort aus nach Hause zu kommen, hätte sie einen Riesenumweg fahren und zweimal umsteigen müssen. Maulend gab sie also klein bei und wies ihm den Weg zu ihrer Wohnung.

In Eton Villas überraschte Lynley sie damit, daß er den Bentley in eine Parklücke manövrierte und den Motor abstellte.

»Danke, daß Sie mich hergefahren haben, Sir«, sagte sie und öffnete die Wagentür, um auszusteigen.

Er stieg ebenfalls aus und blieb dann stehen, um die umliegenden Häuser zu mustern. Im selben Augenblick gingen die Straßenlichter an und beleuchteten sehr gefällig die edwardianischen Bauten ringsherum. Er nickte. »Eine hübsche Gegend, Sergeant. Schön ruhig.«

»Ja. Also, wann soll ich morgen –«

»Zeigen Sie mir Ihre neue Wohnung.« Lynley schlug die Wagentür zu.

Du lieber Gott, dachte sie. Am liebsten hätte sie lautstark protestiert, aber es gelang ihr, den Impuls zu unterdrücken. »Äh – wie bitte, Sir?« fragte sie und dachte an sein Haus in Belgravia. In Gold gerahmte Ölgemälde, wertvolles Porzellan auf den Kaminsimsen, blitzendes Silber und Glasvitrinen. Eaton Terrace war eine andere Welt. Das hat mir gerade noch gefehlt, dachte sie und sagte eilig: »Ach, du meine Güte. Da gibt's nicht viel zu zeigen, Inspector. Es ist überhaupt nichts. Ich glaube nicht, daß Sie –«

»Unsinn.« Schon marschierte er die Auffahrt hinauf.

»Sir«, rief sie, ihm hinterherlaufend. »Sir?« Aber als er das Tor aufstieß und auf die vordere Treppe des Hauses zuhielt, sah sie ein, daß alle Einwände sinnlos waren. Dennoch rief sie: »Es ist nur ein Häuschen. Nein, stimmt gar nicht. Es ist nicht mal ein Häuschen. Es ist eher ein Schuppen. Sir, die Zimmer sind gar nicht hoch genug für Sie. Wirklich. Sie werden sich vorkommen wie Quasimodo, wenn Sie da reingehen.«

Ohne sich aufhalten zu lassen, ging er den Weg entlang zur Haustür. Da warf sie das Handtuch. »Ach, pfeif drauf«, sagte sie sich und rief ihm dann nach: »Inspector? Sir? Den anderen Weg. Nach hinten.«

Während sie ihn am Haus entlang zur Rückseite führte, versuchte sie sich zu erinnern, in welchem Zustand sie ihr Zuhause am Morgen verlassen hatte. Hatte sie irgendwo in der Küche Unterwäsche aufgehängt? War das Bett gemacht oder nicht? Das Frühstücksgeschirr weggeräumt? Krümel auf dem Boden? Sie konnte sich nicht erinnern. Sie kramte nach ihrem Schlüssel.

»Ungewöhnlich«, sagte Lynley hinter ihr, während sie in ihrer Umhängetasche wühlte. »Ist das gewollt, Havers? Gehört das zu den neuen praktischen Wohnideen?«

Als sie den Kopf hob, sah sie, daß ihre kleine Nachbarin Hadiyyah ihr Versprechen gehalten hatte. Der in rosarote Plane eingehüllte Kühlschrank, der am Morgen noch vor der Erdgeschoßwohnung des großen Hauses gestanden hatte, befand sich jetzt neben der Tür zu Barbaras Häuschen. Samt einem mit Tesafilm angehefteten Brief, den Lynley Barbara reichte. Sie riß ihn auf. Im diffusen Licht, da aus einem der Fenster im rückwärtigen Teil des Hauses fiel, sah sie eine feine Handschrift, die wie gestochen wirkte: »Leider war es mir nicht möglich«, stand da, »den Kühlschrank in Ihr Haus zu stellen, da die Tür abgesperrt war. Tut mir sehr leid.« Die Unterschrift darunter, zwei Namen, war wie aus zornigem Protest gegen den schön geschriebenen Text so flüchtig hingeworfen, daß jeweils nur die ersten paar Buchstaben leserlich waren. T-a-y vom ersten Namen; A-z vom zweiten.

»Das ist aber nett, vielen Dank Tay Az«, sagte Barbara. Sie erzählte Lynley die Geschichte vom verirrten Kühlschrank und schloß mit den Worten: »Und jetzt hat offenbar Hadiyyas Vater ihn mir hierhergeschleppt. Das ist nett von ihm, nicht wahr? Ich kann mir allerdings vorstellen, daß er es nicht sehr erbaulich fand, das Ding zwei Tage lang vor seiner eigenen Tür stehen zu haben. Sobald ich dazu komme...« Sie knipste die Lichter an und machte mit einem raschen Blick Inspektion. Ein rosaroter Büstenhalter und ein Höschen mit grünen Tupfen hingen auf einer Leine, die in der Küche zwischen zwei Hängeschränken über der Spüle gespannt war. Sie ließ die beiden Wäschestücke hastig in der Besteckschublade verschwinden, ehe sie die Lampe neben der Bettcouch einschaltete und wieder zur Tür ging. »Es ist wirklich nichts Tolles. Sie werden wahrscheinlich – Sir, was tun Sie da?«

Die Frage war überflüssig. Lynley hatte seine Schulter gegen den Kühlschrank gestemmt und bewegte ihn vorwärts. Barbara hatte Visionen von Schmiere und Dreck auf seinem eleganten Anzug.

»Das kann ich doch machen«, rief sie. »Wirklich! Ich erledige das gleich morgen früh. »Wenn Sie – Inspector, kommen Sie. Möchten Sie vielleicht etwas zu trinken? Ich hab noch eine Flasche...« Was, zum Teufel, hab ich überhaupt da, überlegte sie krampfhaft, während Lynley den Kühlschrank von einer Ecke auf die andere hievte und auf diese Weise zur Tür bugsierte.

Sie bezog auf der anderen Seite Position, um ihm zu helfen. Ohne große Schwierigkeiten beförderten sie ihn über ihre kleine Terrasse und diskutierten nur kurz darüber, wie sie ihn am besten über die Schwelle und in die Küche bringen könnten, ohne die Haustür aushängen zu müssen. Als der Kühlschrank endlich stand, das Kabel eingesteckt war und der Motor mit einem gelegentlichen ominösen Röcheln vor sich hin brummte, sagte Barbara: »Toll! Vielen Dank, Sir. Wenn uns der Fall Fleming den Hals bricht, können wir uns immer noch als Möbelpacker verdingen.«

Er besah sich das bunte Durcheinander in ihrer Wohnung, die alten Sachen, die sie aus Acton mitgebracht hatte, die Dinge, die von Flohmärkten stammten. Als Bibliophiler trat er sogleich zum Bücherregal. Er nahm ein Buch heraus, dann noch eines.

»Nur Schund«, warnte sie hastig. »Das lenkt mich ein bißchen von der Arbeit ab.«

Er stellte die Bände wieder zurück und nahm das Taschenbuch, das auf dem Tisch neben dem Bett lag. Er setzte seine Brille auf und las den Klappentext.

»In diesen Büchern leben die Leute wohl immer glücklich und zufrieden bis an ihre Lebensende, Sergeant?«

»Keine Ahnung. Die Geschichten hören immer da auf, wo das richtige Leben losgeht. Aber die Liebesszenen sind unterhaltsam. Wenn man so was mag.« Barbara wand sich innerlich, als er den Titel las – *Liebe im Süden* – und eine Bemerkung über das anzügliche Titelbild machte.

»Sir«, sagte sie. »Sir, möchten Sie vielleicht etwas essen? Ich weiß nicht, wie es Ihnen ergangen ist, aber ich habe heute gar kein richtiges Mittagessen gehabt. Also, möchten Sie etwas zu essen?«

Lynley nahm den Roman mit zu einem der beiden Stühle, die

am Eßtisch standen, und sagte, während er las: »Dagegen hätte ich nichts einzuwenden, Havers. Was haben Sie denn da?«

»Eier. Und Eier.«

»Gut, dann nehme ich Eier.«

»In Ordnung«, meinte sie und bückte sich zum Eimer unter der Spüle.

Sie kochte nicht besonders gut. Sie hatte nie die Zeit oder die Lust zu üben. Während also Lynley in *Liebe im Süden* blätterte und alle paar Seiten »Hm« machte und einmal »Du lieber Gott« sagte, gab sie sich die größte Mühe, ein Omelette zu zaubern, wie es immer so schön hieß. Es war ein bißchen angebrannt und etwas uneben, aber sie füllte es mit Käse und Zwiebeln, garnierte es mit der etwas schlaffen Tomate, die sie noch in ihrem Eimer gefunden hatte, und trieb vier Scheiben altes, aber glücklicherweise nicht schimmeliges Brot auf, das sie zu Toast verarbeitete.

Sie goß gerade heißes Wasser in eine Teekanne, als Lynley aufstand.

»Entschuldigen Sie. Ich bin ein schöner Gast. Statt Ihnen zu helfen, sitze ich hier und lese. Wo ist Ihr Besteck, Havers?«

»In der Schublade neben der Spüle, Sir«, antwortete sie und trug die Teekanne zum Tisch. Sie sagte gerade: »Viel ist das ja nicht, aber wir müssen uns eben –«, als sie sich plötzlich erinnerte. Mit einem Knall setzte sie die Teekanne auf dem Tisch ab und rannte in die Küche zurück, wo Lynley gerade die Schublade aufzog. Sie griff an ihm vorbei und riß das getüpfelte Höschen und den rosaroten Büstenhalter heraus.

Er zog eine Augenbraue hoch. Sie stopfte die Unterwäsche in ihre Tasche. »In diesem Haus gibt es einfach nicht genug Schubladen«, sagte sie betont lässig. »Ich hoffe, Sie haben nichts gegen Teebeutel. Mit Lapsang-Souchong kann ich leider nicht dienen.«

Er nahm zwei Messer, zwei Gabeln und zwei Löffel aus der Schublade, sagte: »Teebeutel sind ganz in Ordnung«, und trug das Besteck zum Tisch. Sie folgte mit den Tellern.

Das Omelette war ein bißchen gummiartig, aber Lynley lobte: »Das sieht vorzüglich aus, Havers«, und begann tapfer zu essen. Sie hatte beim Tischdecken die Gelegenheit wahrgenommen, um *Liebe im Süden* verschwinden zu lassen, aber er schien das Fehlen des Buchs gar nicht zu bemerken. Er war anscheinend völlig in Gedanken versunken.

Grübeln von längerer Dauer war nicht nach ihrem Geschmack. Nach einigen Minuten schweigenden Kauens und Schluckens begann sie sich unbehaglich zu fühlen und sagte schließlich: »Was ist?«

»Wieso?« fragte er zurück.

»Liegt's am Essen, an der Atmosphäre oder an der Gesellschaft? Oder vielleicht am Anblick meiner Unterwäsche? Sie war übrigens sauber. Oder an dem Buch? Hat Flint Southern es mit Star Soundso getrieben? Ich kann mich nicht erinnern.«

»Sie haben ihre Kleider gar nicht ausgezogen«, sagte Lynley nach einem Augenblick des Überlegens. »Wie ist das möglich?«

»Ein Regiefehler. Sie haben's also getan?«

»Würde ich mal denken, ja.«

»Wunderbar. Da brauch ich den Rest gar nicht mehr zu lesen. Das ist eigentlich ganz gut. Flint ist mir sowieso auf die Nerven gegangen.«

Sie aßen weiter. Lynley strich Brombeermarmelade auf seinen Toast, wobei er die Butterflöckchen im Glas taktvoll übersah. Barbara beobachtete ihn mit Unbehagen. Sie war es nicht gewöhnt, daß Lynley sich in ihrem Beisein in längeres Nachdenken zurückzog. Ja, sie konnte sich keiner einzigen Gelegenheit in der Zeit ihrer Zusammenarbeit erinnern, bei der er nicht jede seiner Überlegungen und jeden seiner Gedankengänge zu einem Fall mit ihr besprochen hätte. Diese Bereitschaft, seine Ideen zu überprüfen und sie zu eigenen zu ermuntern, war eine Eigenschaft, die sie an ihm sehr bewunderte und an die sie sich im Lauf der Zeit so gewöhnt hatte, daß sie sie nun als selbstverständlich voraussetzte. Es war gar nicht seine Art, sie auszuschließen, und daß er es jetzt tat, kränkte sie fast.

Als er sich weiterhin ausschwieg, goß sie sich noch eine Tasse Tee ein und fragte schließlich: »Hat es mit Helen zu tun, Inspector?«

Sie weckte ihn damit immerhin so weit aus seiner Versunkenheit, daß er sagte: »Helen?«

»Richtig. Sie erinnern sich doch? Helen. Größe ungefähr eins siebenundsechzig. Kastanienbraunes Haar. Braune Augen. Reine Haut. Gewicht etwa vierundfünfzig Kilo. Na, klingelt's?«

Er gab noch einen Löffel Marmelade auf seinen Toast. »Es hat nicht mit Helen zu tun«, antwortete er. »Jedenfalls nicht vordergründig.«

»Eine sehr aufschlußreiche Antwort. Wenn es nicht mit Helen zu tun hat, womit denn?«

»Ich habe über Faraday nachgedacht.«

»Die Geschichte, die er uns erzählt hat?«

»Sie ist so glatt. Das stört mich.«

»Nun, wenn er Fleming nicht getötet hat, dann ist doch klar, daß er ein Alibi hat, nicht wahr?«

»Ja, aber es ist so grundsolide, während bei den anderen alles ein bißchen wacklig ist.«

»Pattens Alibi ist genauso solide wie Faradays«, konterte sie. »Und Mollisons auch. Und auch das von Mrs. Whitelaw und Olivia. Sie glauben doch nicht im Ernst, daß Faraday diese Amanda Beckstead, ihren Bruder und die Nachbarn dazu angestiftet hat, eine Falschaussage für ihn zu machen? Außerdem, was hätte er denn von Flemings Tod gehabt?«

»Er persönlich vielleicht nichts.«

»Wer dann?« Barbara beantwortete ihre Frage gleich selbst. »Olivia?«

»Sie könnten sich ja überlegt haben, daß Mrs. Whitelaw wahrscheinlich viel eher bereit wäre, ihre Tochter wieder aufzunehmen, wenn sie es schafften, Fleming aus dem Weg zu räumen. Meinen Sie nicht auch?«

Barbara tauchte ihr Messer ins Glas und bestrich ihren Toast großzügig mit Marmelade. »Sicher«, stimmte sie zu. »Sie hätten sich darauf verlassen können, daß Mrs. Whitelaw nach Flemings Tod völlig aufgeweicht sein würde.«

»Also –«

Barbara hob ihr mit Marmelade beschmiertes Messer, um ihn am Weitersprechen zu hindern. »Aber Fakten bleiben Fakten, ganz gleich, wie gern wir sie so hindrehen würden, daß sie in unsere Theorien passen. Sie wissen doch so gut wie ich, daß

Faradays Aussage jeder Nachprüfung standhalten wird. Ich werde gleich morgen früh meine Pflicht tun und Amanda und Co. auf den Zahn fühlen, aber ich wette mit Ihnen, daß die Leutchen alle Faradays Geschichte Punkt für Punkt bestätigen werden. Amanda und ihr Bruder werden uns vielleicht sogar noch jemanden nennen können, den wir zur weiteren Bestätigung anrufen können. Wie zum Beispiel ein Pub mit einem redseligen Barkeeper, wo Amanda und Faraday ein paar Bierchen gekippt haben. Oder einen Nachbarn, der die beiden im Treppenhaus rülpsen hörte oder an die Zimmerdecke klopfte und sich beschwerte, weil die Bettfedern so laut gequietscht haben, als sie von Mitternacht bis Morgengrauen miteinander gebumst haben. Okay, Faraday hat zunächst nicht die Wahrheit gesagt, aber seine Gründe dafür sind verständlich. Sie haben doch Olivia gesehen. Sie hat nicht mehr lange zu leben. Würden Sie an Faradays Stelle ihr weh tun wollen, wenn es nicht unbedingt nötig wäre? Ich hab den Eindruck, Sie wollen ihm unbedingt irgendwelche finsteren Absichten unterjubeln, wo es ihm in Wirklichkeit lediglich darum geht, jemanden zu schützen, der bald sterben wird.«

Barbara lehnte sich in ihrem Stuhl zurück und holte einmal tief Atem. Das war die längste Predigt, die sie ihm je gehalten hatte. Sie wartete auf seine Reaktion.

Lynley trank seinen Tee aus, und sie schenkte ihm noch eine Tasse ein. Zerstreut rührte er um, ohne Zucker und Milch dazuzugeben. Offensichtlich hatte sie ihn mit ihrer Logik nicht überzeugen können, und sie verstand nicht, wie das kam.

»Schauen Sie doch der Realität ins Auge, Inspector«, sagte sie. »Was Faraday uns erzählt hat, wird sich als wahr herausstellen. Wir können natürlich weiterhin in der Geschichte herumstochern, wenn wir das wollen. Wir können sogar drei oder vier Constables auf Faraday ansetzen, um herauszukriegen, was er wirklich treibt, wenn er die Pornoparty als Alibi benützt. Aber am Ende werden wir Flemings Mörder nicht näher sein als zu Beginn. Und uns geht's doch darum, Flemings Mörder zu schnappen. Oder hat sich das Ziel geändert, während ich mal kurz weggeschaut habe?«

Lynley legte Messer und Gabel auf seinen leeren Teller. Barbara ging in die Küche und holte eine Schale mit nicht mehr ganz taufrischen Weintrauben. Sie rettete, was noch zu retten war, und trug die Trauben zusammen mit einem Stück Cheddar-Käse zum Tisch.

»Also, meiner Meinung nach müssen wir uns Jean Cooper schnappen«, sagte sie. »Wir müssen sie fragen, warum sie so feindselig ist, wenn es darum geht, der Polizei Informationen zu geben. Zum Beispiel über ihre Ehe. Über Flemings Besuche bei ihr. Über die Scheidungsklage und das Timing, das doch ausgesprochen interessant ist. Ich schlage vor, wir holen sie ab und setzen sie mal für sechs Stunden in den Yard. Wir müssen sie richtig in die Zange nehmen, sie mürbe machen.«

»Sie kommt bestimmt nicht ohne Anwalt in den Yard, Havers.«

»Na und, was spielt das schon für eine Rolle? Mit Friskin oder sonst einem, den sie mitbringt, werden wir schon fertig. Aber wir müssen ihr endlich einmal die Hölle heiß machen. Das ist doch der springende Punkt, Inspector, und für meine Begriffe das einzige Mittel, um an die Wahrheit heranzukommen. Denn wenn sie sich nicht einmal davon irritieren läßt, daß ihr Sohn der Presse zum Fraß vorgeworfen wird, muß man ihr eben selbst die Daumenschrauben anlegen, um sie aus der Ruhe zu bringen.« Barbara schnitt sich ein Stück Käse ab und aß es mit ihrem letzten Bissen Toast. Sie nahm sich eine Handvoll Trauben und rief voller Entsetzen darüber, wie sauer sie waren: »Puh!« Mit einem »Tut mir leid, war wohl nichts« entfernte sie die Obstschale.

Lynley nahm sich eine Ecke vom Käse, aber anstatt sie zu essen, benutzte er seine Gabel dazu, sie mit einem geometrischen Muster winziger Löchlein zu verzieren. Als Barbara nahe daran war, alle Hoffnung auf eine Antwort zu ihrem Vorschlag aufzugeben, nickte er, als sei er mit sich selbst zu einem Kompromiß gelangt.

»Sergeant, Sie haben recht«, sagte er. »Und je länger ich darüber nachdenke, desto überzeugter werde ich. Hölle heiß machen ist angesagt.«

»Gut«, erwiderte sie. »Holen wir Jean Cooper ab, oder lassen wir sie –«

»Nicht Jean«, fiel er ihr ins Wort.

»Nicht – wen denn?«

»Jimmy.«

»Jimmy?« Barbara glaubte, sie würde gleich explodieren. Sie hielt sich an den Stuhlkanten fest, um nicht in die Luft zu gehen. »Sir, Jimmys wegen bricht die bestimmt nicht zusammen. Friskin hat ihr sicher heute gesagt, daß Jimmy uns nicht die Fakten liefert, die wir brauchen. Sie wird Jimmy sagen, er soll standhaft bleiben. Wenn er durchhält und immer dann seine große Klappe zumacht, wenn wir nahe daran sind, ihn festzunageln, kann ihm niemand was anhaben, und das weiß er auch ganz genau. Und sie ebenfalls. Ich sag Ihnen, Sir, Jimmys wegen geht diese Jean Cooper nicht in die Knie.«

»Lassen Sie ihn gegen Mittag in den Yard bringen«, sagte Lynley nur.

»Ich versteh das nicht, Sir. Warum wollen Sie damit noch Zeit verschwenden? Die Presse wird über uns herfallen wie ein Mückenschwarm, und an die Reaktion Webberlys und Hilliers wage ich gar nicht zu denken. Wir werden damit nichts erreichen, sondern höchstens noch mehr Zeit verlieren. Sir, glauben Sie mir, wenn wir uns Jean vorknöpfen, sind wir wieder auf Kurs. Da ist was zu holen. Wenn wir uns auf Jimmy einschießen, hat das auf Jean gar keine Wirkung.«

»Da haben Sie schon recht«, gab Lynley zu. Er knüllte seine Papierserviette zusammen und warf sie auf den Tisch.

»Womit hab ich recht?«

»Daß das auf Jean Cooper keine Wirkung haben wird.«

»Na, wunderbar. Wenn ich recht habe –«

»Aber ich will ja auch gar nicht Jean Cooper die Hölle heiß machen. Also, sehen Sie zu, daß Jimmy gegen Mittag im Yard ist.«

Lynley fuhr absichtlich auf Umwegen nach Hause. Er hatte es nicht eilig. Es gab keinen Grund anzunehmen, daß eine Nachricht von Helen ihn erwartete – er kannte sie inzwischen gut genug, um zu wissen, wie wenig ihr sein Versuch, eine Entscheidung zu erzwingen, gefallen haben würde. Im übrigen hatte er die Erfahrung gemacht, daß er manchmal, wenn er nachdenken wollte, das in einer fremden Umgebung viel besser konnte als im Büro oder zu Hause. Nicht selten stahl er sich darum mitten in der Arbeit aus seinem Büro, um in den knapp fünf Minuten entfernten St. James's Park hinüberzugehen. Dort folgte er dem Fußweg rund um den See, bewunderte die Pelikane, lauschte dem Quaken der Enten auf der Insel und versuchte abzuschalten, um wieder einen klaren Kopf zu bekommen. So fuhr er denn an diesem Abend, statt in südwestlicher Richtung nach Belgravia, zum Regent's Park hinunter. Er rollte den Outer Circle entlang und dann den Inner Circle und landete schließlich auf der Park Road, von der ihn, ohne daß er dies beabsichtigt hatte, eine Biegung nach Westen direkt zur Einfahrt von *Lord's Cricket Ground* führte.

Der große Vorplatz war von den Scheinwerfern eines Arbeitertrupps erleuchtet, der ein Abflußrohr vor dem Pavillon reparierte. Als Lynley durch das Tor hineinging und Kurs auf die Tribünen nahm, hielt ein Sicherheitsbeamter ihn auf, der, nachdem Lynley ihm seinen Ausweis gezeigt und den Namen Kenneth Fleming erwähnt hatte, einem Schwatz nicht abgeneigt schien.

»Ach, von Scotland Yard sind Sie?« fragte er. »Und? Haben Sie den Fall schon aufgeklärt? Ich sag Ihnen was, meiner Ansicht nach sollten wir den Galgen wieder einführen. Das würde solche Leute bestimmt abschrecken.« Er zupfte an seiner Knollennase und spie auf den Boden. »War 'n feiner Kerl, der Fleming. Immer ein nettes Wort. Hat sich jedesmal nach der Frau und den Kindern erkundigt und jeden von uns hier mit Namen gekannt. So was gibt's selten. Das ist echte Klasse.«

Lynley murmelte: »Ja, da haben Sie recht«, und der Mann schien das als Ermunterung aufzufassen. Doch ehe er von neuem zu schwatzen anfangen konnte, fragte ihn Lynley, ob die Tribünen offen seien.

»Da werden Sie kaum was sehen«, antwortete der Mann. »Da ist fast alles dunkel. Soll ich Ihnen die Lichter anmachen?«

Danke, nein, sagte Lynley und nickte, als der Wächter ihn weiterwinkte.

Er wußte, daß es wenig Sinn hatte, das Spielfeld oder auch die Trübine in helles Licht zu tauchen. Sowohl der gestrige Abend als auch der heutige Tag hatten ihm klar und deutlich gezeigt, daß der Schlüssel zur Wahrheit über den Tod von Kenneth Fleming nicht in irgendeinem Beweisstück – einem Haar, einem Streichholz, einem Brief, einem Fußabdruck – zu finden sein würde, das man im künstlichen Licht eines Cricket-Platzes oder auch eines Labors untersuchen und danach einem Gericht als unwiderlegbaren Beweis für die Identität eines Mörders vorlegen konnte. Nein, der Weg zur Wahrheit würde sich auf andere, subtilere Weise auftun: durch das Schuldbekenntnis einer Person, die nicht länger bereit war, zu schweigen; die die drückende Bürde der Ungerechtigkeit nicht länger tragen konnte.

Lynley lief durch den dunklen Gang zwischen den Sitzreihen zu der Schranke, die die Zuschauer vom Spielfeld trennte. Er stützte die Ellbogen darauf und ließ den Blick vom Pavillon auf der linken zu den schattendunklen Markisen der Tribüne auf der rechten Seite schweifen, von dem Asphaltquadrat am hinteren Ende des Spielfelds zum Spielfeld selbst. In der Dunkelheit war die große Anzeigetafel nur ein rechteckiger Schatten, in den geisterhafte Buchstaben eingezeichnet waren, und die leicht gekrümmten Reihen weißer Sitze wirkten wie aufgefächerte Spielkarten auf einem Ebenholztisch.

Hier hat Fleming gespielt, dachte er. Hier hat er seinen Traum gelebt. Er hat den Ball mit einer idealen Kombination aus Spielfreude und Geschick geschlagen und so selbstverständlich hundert Läufe herausgeholt, als sei er überzeugt, ihm stünden jedesmal, wenn er ans Schlagmal ging, seine hundert Läufe zu. Sein Schlagholz, sein Name und sein Porträt hätten wahrscheinlich eines Tages ihren Platz im »Long Room« unter denen anderer Cricket-Stars gefunden. Aber diese Chance und die Hoffnung, die sein Talent für die Zukunft dieses Sports bedeutet hatte, waren mit Kenneth Fleming gestorben.

Es war das perfekte Verbrechen.

Aus jahrelanger Erfahrung wußte Lynley, daß das perfekte

Verbrechen nicht das Verbrechen ohne Beweise war; das war in einer Welt, in der es Gaschromatographie, Vergleichsmikroskope, DNS-Analysen, Computerprüfungen, Laser und Faseroptik gab, nicht mehr möglich.

Heutzutage war das perfekte Verbrechen ein Verbrechen, bei dem keines der am Tatort gesicherten Beweisstücke so eindeutig, wie das Gesetz dies forderte, mit dem Mörder in Verbindung gebracht werden konnte. Es mochten Haare an der Leiche gefunden worden sein, aber für ihr Vorhandensein ließen sich leicht unverfängliche Erklärungen finden. Im Zimmer, bei dem Toten, waren vielleicht Fingerabdrücke gesichert worden, aber es würde sich herausstellen, daß sie von einer anderen Person stammten. Fragwürdige Anwesenheit in der Nähe des Tatorts, eine zufällige Bemerkung, die vor oder nach dem Verbrechen aufgeschnappt worden war, die Unfähigkeit, mit Sicherheit zu sagen, wo man sich zum Zeitpunkt des Mordes aufgehalten hatte... All dies waren bloß Indizien. Wenn ein guter Verteidiger sie in die Hände bekam, waren sie für die Anklage nichts mehr wert.

Das wußte jeder. Auch Flemings Mörder wußte das.

In der Stille des dunklen Sportplatzes hielt Lynley sich vor Augen, wie weit die Ermittlungen nach zweiundsiebzig Stunden gediehen waren. Sie hatten nicht einen einzigen wasserdichten Beweis, der eine der von ihnen verdächtigten Personen unbestreitbar mit dem Mord verknüpfte. Auf der einen Seite hatten sie Zigarettenstummel, Fußabdrücke, Gewebefasern, Ölflecken und ein Geständnis. Auf der anderen hatten sie einen verbrannten Sessel, ein halbes Dutzend heruntergebrannter Streichhölzer und die Reste einer einzigen Benson & Hedges-Zigarette. Darüber hinaus hatten sie einen Hausschlüssel, der sich in Jimmy Coopers Besitz befunden hatte, wußten von einem Streit, den ein Bauer bei seinem Abendspaziergang belauscht hatte, von einer Prügelei auf dem Parkplatz des Cricket-Stadions, von einer Scheidungsklage, deren Eingang bestätigt werden mußte, und einer Liebesbeziehung, die ein unglückliches Ende gefunden hatte. Doch alle konkreten Beweisstücke, die sie bisher gesammelt hatten, alle Aussagen, die sie zu Protokoll genommen hatten, waren bloße Bruchstücke eines Mosaiks, das für immer unvollständig zu bleiben drohte.

Gerade das, was ihnen fehlte, gab Lynley zu denken und versetzte ihn wie im Flug zurück in die Bibliothek seines Elternhauses in Cornwall. Gelber Feuerschein spielte über die Wände, und der Regen prasselte eintönig an die Fensterscheiben. Er lag auf dem Boden, die Arme unter dem Kopf verschränkt. Seine Schwester lag, um ein Kissen gekuschelt, neben ihm. Ihr Vater saß in seinem Ohrensessel und las ihnen die Geschichte vor, die sie beide längst auswendig kannten: vom Verschwinden eines siegreichen Rennpferdes, dem Tod seines Trainers und der Kombinationsgabe von Sherlock Holmes. Sie hatten die Geschichte unzählige Male gehört, und immer war sie die erste, die sie sich wünschten, wenn ihr Vater sich, was selten vorkam, dazu bereit erklärte, ihnen etwas vorzulesen. Und immer, wenn die Geschichte sich ihrem Höhepunkt näherte, konnten sie es vor Spannung kaum aushalten. Lynley pflegte sich aufzusetzen, Judith ihr Kissen noch fester an sich zu drücken. Und wenn der Graf sich dann räusperte und im ehrerbietigen Ton Inspector Gregorys zu Sherlock Holmes sagte: »Gibt es vielleicht einen Punkt, auf den Sie mich aufmerksam machen möchten?«, pflegten Lynley und seine Schwester den Rest des Dialogs zu ergänzen. Lynley rief: »›Auf die merkwürdige Sache mit dem Hund in der Nacht‹«, und Judith entgegnete in gespielter Verwirrung: »›Der Hund hat doch in der Nacht gar nichts getan.‹« Und dann schrien beide triumphierend im Chor: »›Das ist ja gerade das Merkwürdige.‹«

Nur hätte sich in dem Fall von Kenneth Flemings Tod der Dialog zwischen Holmes und Gregory nicht auf den Hund in der Nacht bezogen, sondern auf die Aussage der verdächtigen Person. Denn darauf richtete sich Lynleys Aufmerksamkeit: auf den merkwürdigen Punkt mit der Aussage der verdächtigen Person.

Die fragliche Person hatte nämlich überhaupt nichts gesagt. Und gerade das war das Merkwürdige.

21

»Gehen wir noch mal zu dem Augenblick zurück, als Sie die Tür zum Haus öffneten«, bat Lynley. »Welche Tür war es?«

Jimmy Cooper hob eine Hand zum Mund und riß sich mit den Zähnen ein Fetzchen Haut vom Finger. Seit mehr als einer Stunde saßen sie im Vernehmungszimmer, und in dieser Zeit hatte der Junge seinen Finger zweimal blutig gebissen, ohne allem Anschein nach Schmerz zu empfinden.

Lynley hatte Friskin und Jimmy Cooper siebenundvierzig Minuten im Vernehmungszimmer warten lassen. Er wünschte sich den Jungen so nervös wie möglich, wenn er sich schließlich zu ihnen gesellte. Fraglos hatte Friskin seinen Mandanten darüber aufgeklärt, daß diese lange Wartezeit eine wohlüberlegte Taktik der Polizei darstellte, doch über die Psyche des Jungen hatte er keine Kontrolle. Es ging hier schließlich um Jimmys Hals und nicht um den seines Anwalts. Lynley verließ sich darauf, daß der Junge das ganz klar sah.

»Haben Sie die Absicht, gegen meinen Mandanten Anklage zu erheben?« Friskins Stimme klang gereizt. Wieder waren er und der Junge bei ihrer Ankunft in New Scotland Yard von Scharen von Journalisten bedrängt worden, und dem Anwalt schien das gar nicht zu schmecken. »Wir sind gern bereit, mit der Polizei zusammenzuarbeiten, ich denke, das haben wir von Anfang an demonstriert, aber sind Sie nicht der Meinung, Jim wäre besser in der Schule aufgehoben, wenn Sie nicht die Absicht haben, Anklage gegen ihn zu erheben?«

Lynley wies Friskin erst gar nicht darauf hin, daß Jimmy Cooper ein notorischer Schulschwänzer war, dem die George-Green-Gesamtschule nur noch mit Hilfe des Jugendamtes und der Vollzugsbeamten der Schulbehörde beikommen konnte. Er wußte, daß der Protest des Anwalts vor allem Formsache war und jeder Substanz entbehrte; eine Demonstration seiner Hilfsbereitschaft, die sich auf seinen Mandanten richtete und den Sinn hatte, dessen Vertrauen zu gewinnen.

»Wir haben mindestens viermal immer wieder dieselben Fakten durchgekaut«, fuhr Friskin fort. »Beim fünftenmal werden sie sich nicht ändern.«

»Können Sie mir sagen, welche Tür?« fragte Lynley wieder.

Friskin zeigte mit einem ostentativen Seufzer seinen Ärger. Jimmy rutschte von einer Gesäßbacke auf die andere. »Das hab ich doch schon gesagt. Die Küchentür war's.«

»Und der Schlüssel...?«

»Das war der aus dem Schuppen. Das hab ich Ihnen auch schon gesagt.«

»Ja. Das haben Sie gesagt. Wir möchten nur ganz sicher gehen, daß wir Sie richtig verstanden haben. Sie haben also den Schlüssel ins Schloß geschoben. Sie haben ihn umgedreht. Was passierte dann?«

»Was soll das heißen, was passierte dann?«

»Das ist ja lächerlich!« funkte Friskin dazwischen.

»Was hätte denn passieren sollen?« fragte Jimmy. »Ich hab die verdammte Tür aufgemacht und bin reingegangen.«

»Wie haben Sie die Tür aufgemacht?«

»Scheiße!« Jimmy stieß seinen Stuhl zurück.

»Inspector«, zischte Friskin. »Ist diese Haarspalterei über das Öffnen einer Tür wirklich notwendig? Was ist der Sinn der Sache? Was wollen Sie von meinem Mandanten?«

»Ist die Tür von selbst aufgegangen, nachdem Sie den Schlüssel gedreht hatten?« beharrte Lynley. »Oder mußten Sie sie aufstoßen?«

»Jim!« warnte Friskin, als habe er plötzlich erkannt, worauf Lynley hinauswollte.

Jimmy wandte sich mit einem ungeduldigen Achselzucken von seinem Anwalt ab. »Natürlich hab ich sie aufgestoßen. Wie macht man denn sonst eine Tür auf?«

»Gut. Beschreiben Sie mir, wie.«

»Wie?«

»Wie Sie sie aufgetoßen haben.«

»Na, ich hab einfach dagegengedrückt.«

»Unter dem Türknauf? Über dem Türknauf? Am Türknauf? Wo genau?«

»Weiß ich doch nicht.« Der Junge rutschte tiefer in seinen Stuhl. »Oben drüber, glaub ich.«

»Sie haben die Tür oberhalb des Knaufs aufgedrückt. Dann öffnete sich die Tür. Sie sind hineingegangen. Brannte drinnen Licht?«

Jimmy krauste die Stirn. Diese Frage hatte Lynley vorher noch nie gestellt. Jimmy schüttelte den Kopf.

»Haben Sie Licht gemacht?«

»Wozu hätte ich das tun sollen?«

»Nun, ich denke, Sie hätten doch etwas sehen müssen, um sich im Haus zurechtzufinden. Um den Sessel zu finden. Hatten Sie eine Taschenlampe mit? Haben Sie ein Streichholz angezündet?«

Jimmy schien über die verschiedenen Möglichkeiten und die Bedeutung jeder einzelnen nachzudenken. Schließlich entschloß er sich zu sagen: »Ich konnte doch auf meinem Motorrad keine Taschenlampe mitnehmen.«

»Dann haben Sie ein Streichholz angezündet?«

»Das hab ich nicht gesagt.«

»Dann haben Sie Licht gemacht?«

»Kann sein. 'ne Sekunde lang vielleicht.«

»Gut. Und weiter?«

»Dann hab ich getan, was ich Ihnen schon erzählt hab. Ich hab die Zigarette angezündet und in die Ritze des Sessels gestopft, und dann bin ich gegangen.«

Lynley nickte nachdenklich. Er setzte seine Brille auf und nahm die Fotografien vom Tatort aus einem braunen Hefter. Während er sie durchging, fragte er: »Ihren Vater haben Sie nicht gesehen?«

»Ich hab doch schon gesagt –«

»Sie haben nicht mit ihm gesprochen?«

»Nein.«

»Sie haben ihn nicht oben im Schlafzimmer herumgehen hören oder etwas ähnliches?«

»Das hab ich Ihnen doch alles schon erzählt!«

»Ja. Das stimmt.« Lynley breitete die Fotografien auf dem Tisch aus, doch Jimmy hielt den Blick beharrlich abgewandt.

Lynley studierte die Bilder mit ostentativer Gründlichkeit. Schließlich hob er den Kopf und sagte: »Und Sie sind auf demselben Weg wieder gegangen? Durch die Küche?«

»Ja.«

»Hatten Sie die Tür offengelassen?«

»Hm, kann schon sein.«

»War sie offen?« fragte Lynley scharf.

Jimmy richtete sich ein wenig auf. »Nein.«

»Sie war also geschlossen?«

»Ja. Geschlossen. Sie war geschlossen.«

»Das wissen Sie mit Sicherheit?«

Friskin beugte sich vor. »Wie oft muß er eigentlich noch –«

»Und Sie kamen ungehindert hinein und wieder hinaus?«

»Hab ich doch schon mal gesagt. Mindestens zehnmal.«

»Was war dann mit den Tieren?« fragte Lynley. »Mrs. Patten hat gesagt, die Tiere seien im Haus gewesen, als sie wegfuhr.«

»Ich hab keine Tiere gesehen.«

»Sie waren nicht im Haus?«

»Das hab ich nicht gesagt.«

»Sie haben uns erzählt, daß Sie das Haus vom Garten aus beobachtet haben. Sie haben mir erklärt, daß Sie Ihren Vater durch das Küchenfenster sahen. Sie sagten weiter, daß Sie bemerkt haben, wie er nach oben ging. Haben Sie vielleicht auch gesehen, wie er die Haustür aufmachte? Haben Sie gesehen, daß er die Katzen hinausgelassen hat?«

Jimmys Miene verriet, daß er eine Falle hinter den Fragen argwöhnte; aber er hatte offensichtlich keine Ahnung, welcher Art diese Falle war.

»Weiß ich nicht mehr. Ich kann mich nicht erinnern.«

»Vielleicht hat Ihr Vater die Katzen hinausgelassen, bevor Sie kamen. Haben Sie die Tiere möglicherweise irgendwo im Garten gesehen?«

»Wen interessieren schon die verdammten Katzen?«

Lynley schob die Fotografien hin und her. Jimmy sah kurz auf sie nieder und wandte dann hastig den Blick wieder ab.

»Das hier ist doch reine Zeitverschwendung für alle Beteiligten«, schaltete sich Friskin wieder ein. »Wir machen keinerlei

Fortschritte, und es besteht auch keine Hoffnung darauf, solange Sie nicht neue Erkenntnisse haben, mit denen sich arbeiten läßt. Wenn das der Fall ist, wird Jim gern bereit sein, Ihre Fragen zu beantworten. Aber bis dahin –«

»Was hatten Sie an dem Abend an, Jimmy?« fragte Lynley.

»Inspector, er hat Ihnen bereits gesagt –«

»Ein T-Shirt, wenn ich mich recht erinnere«, sagte Lynley. »Ist das richtig? Blue Jeans. Einen Pullover. Die Doc Martens. Sonst noch etwas?«

»Eine Unterhose und Socken.« Jimmy grinste spöttisch. »Die hab ich jetzt auch noch an.«

»Und das ist alles?«

»Genau.«

»Sonst nichts?«

»Inspector –«

»Sonst nichts, Jimmy?«

»Hab ich doch schon gesagt. Sonst nichts.«

Lynley nahm seine Brille ab und legte sie auf den Tisch. »Hm, das ist dann wirklich faszinierend«, sagte er.

»Wieso?«

»Weil Sie keine Fingerabdrücke hinterlassen haben. Deshalb nahm ich an, Sie hätten Handschuhe angehabt.«

»Ich hab nichts angerührt.«

»Aber Sie haben uns doch eben erklärt, wie Sie die Tür aufgestoßen haben. Dennoch war nicht ein einziger Fingerabdruck von Ihnen darauf. Weder auf dem Holz noch auf dem Knauf, weder innen noch außen. Auch auf dem Lichtschalter in der Küche waren keine Fingerabdrücke von Ihnen.«

»Die hab ich abgewischt. Das hab ich vergessen zu sagen. Genau. Ich hab sie abgewischt.«

»Sie haben Ihre Fingerabdrücke abgewischt und es geschafft, alle anderen dort zu belassen? Wie haben Sie denn das bewerkstelligt?«

Friskin richtete sich auf seinem Stuhl auf und warf dem Jungen einen scharfen Blick zu. Dann wandte er sich Lynley zu, sagte aber nichts.

Jimmy scharrte mit den Füßen. Dann klopfte er mit der

Spitze seines Joggingschuhs auf den Boden. Auch er hüllte sich in Schweigen.

»Und wenn Sie es tatsächlich geschafft haben, Ihre eigenen Fingerabdrücke zu entfernen und alle anderen zurückzulassen, warum haben Sie sie dann nicht auch von der Keramikente im Geräteschuppen abgewischt?«

»Warum? Darum!«

Friskin sagte: »Kann ich einen Moment mit meinem Mandanten allein sprechen, Inspector?«

Lynley wollte aufstehen.

»Ich brauch das nicht«, erklärte Jimmy. »Ich hab Ihnen gesagt, was ich getan hab. Ich hab's Ihnen immer wieder gesagt. Ich hab mir den Schlüssel geholt, ich bin reingegangen, ich hab die Zigarette in den Sessel geschoben.«

»Nein« entgegnete Lynley. »So war es nicht.«

»Doch! Ich hab's Ihnen genau erzählt und –«

»Was Sie uns erzählt haben, waren Phantasien. Vielleicht haben Sie uns erzählt, wie Sie es gemacht *hätten,* wenn Sie die Gelegenheit dazu gehabt hätten. Aber Sie haben uns nicht gesagt, wie es tatsächlich gemacht wurde.«

»Doch! Doch!«

»Nein.« Lynley schaltete den Rekorder aus. Er nahm die Kassette heraus und legte die von der früheren Vernehmung ein. Er hatte das Band bereits zu jener Stelle vorgespult, die er am Morgen herausgesucht hatte. Jetzt drückte er auf den Knopf und ließ das Band laufen. Seine Stimme und die des Jungen erklangen aus den Lautsprechern.

»Rauchten Sie zu dem Zeitpunkt gerade eine Zigarette?«

»Halten Sie mich für einen kompletten Idioten?«

»War es so eine Zigarette wie die hier? Eine Player's?«

»Ja. Ganz recht. Eine Player's.«

»Und Sie haben sie angezündet? Würden Sie mir das zeigen?«

»Zeigen? Was soll ich Ihnen da zeigen?«

»Wie Sie die Zigarette angezündet haben.«

Lynley schaltete den Rekorder wieder aus, nahm die Kassette heraus und legte erneut die von der soeben stattfindenden Sitzung ein. Dann drückte er auf »Aufnahme«.

»Na und?« trotzte Jimmy. »Ich hab Ihnen erzählt, wie's war. Und so war's eben. So hab ich's gemacht.«

»Mit einer Player's?«

»Das haben Sie doch genau gehört, oder vielleicht nicht?«

»Ja, ich habe es gehört.« Lynley rieb sich die Stirn, dann ließ er die Hand fallen, um den Jungen zu beobachten. Jimmy hatte seinen Stuhl auf die Hinterbeine gekippt und wippte hin und her. »Warum lügen Sie, Jim?« fragte Lynley.

»Ich hab nie–«

»Was wollen Sie vor uns vertuschen?«

Der Junge schaukelte weiter auf seinem Stuhl vor und zurück. »He, ich hab Ihnen genau gesagt –«

»Sie haben uns alles mögliche gesagt, aber nicht die Wahrheit. Nein, die Wahrheit haben Sie uns nicht gesagt.«

»Aber ich war dort. Das hab ich Ihnen doch erklärt.«

»Das ist richtig. Sie waren dort. Sie waren im Garten. Und Sie waren auch im Geräteschuppen. Aber Sie waren nicht im Haus. Sie haben Ihren Vater nicht getötet.«

»Doch, hab ich eben schon. Dieses Schwein. Ich hab's ihm gegeben.«

»Ihr Vater wurde genau an dem Tag ermordet, an dem Ihre Mutter den Empfang der Scheidungsklage hätte bestätigen müssen. Wußten Sie das, Jim?«

»Es geschieht ihm recht, daß er gestorben ist.«

»Aber Ihre Mutter wollte sich nicht scheiden lassen. Denn wenn sie es gewollt hätte, hätte sie selbst zwei Jahre nachdem er seine Familie verlassen hatte die Scheidung eingereicht. Eine zweijährige Trennung ist ausreichender Grund für eine Scheidung.«

»Ich wollte, daß er stirbt.«

»Statt dessen hat sie vier Jahre lang ausgehalten. Und vielleicht glaubte sie, er würde endlich wieder zurückkommen.«

»Ich würde ihn noch mal umbringen, wenn ich die Gelegenheit dazu hätte.«

»Hatte sie Grund, das zu glauben, Jim? Immerhin hat Ihr Vater sie in all den Jahren regelmäßig besucht. Immer, wenn Sie und Ihre Geschwister nicht zu Hause waren. Wußten Sie das?«

»Ich hab's getan. Ich war's.«

»Ich vermute, sie hat deshalb die Hoffnung nicht aufgegeben. Weil er sie immer noch besuchte.«

Jimmy ließ die Vorderbeine seines Stuhls auf den Boden knallen. »Ich hab Ihnen alles erzählt!« rief er. Was er damit sagen wollte, war klar: Lassen Sie mich endlich in Ruhe. Mehr sag ich nicht.

Lynley stand auf. »Wir werden keine Anklage gegen Ihren Mandanten erheben«, sagte er zu Friskin. Jimmy hob ruckartig den Kopf. »Aber wir werden noch einmal mit ihm sprechen müssen. Wenn er Zeit gehabt hat, sich zu erinnern, was genau am vergangenen Mittwoch abend geschehen ist.«

Zwei Stunden später lieferte Barbara Havers Lynley ihren Bericht über die Aktivitäten Chris Faradays und Amanda Becksteads am Mittwoch abend. Amanda, so erzählte sie, wohnte in einem Mietshaus in der Morton Street. Sie hatte rundherum Nachbarn, nette, gesellige Leute, die den Anschein erweckten, als kümmerten sie sich ständig um fremde Angelegenheiten. Amanda hatte bestätigt, daß Chris Faraday bei ihr gewesen war.

»Die Situation ist ziemlich schwierig wegen Olivia«, hatte sie mit angenehm weicher Stimme erklärt.

Sie und ihr Bruder betrieben in Pimlico einen Tierpflegesalon und ein Fotoatelier, und da sie gerade in der Mittagspause war, erklärte sie sich bereit, mit Barbara zu sprechen, unter der Bedingung allerdings, daß sie dabei ihr Brot essen und ihr Mineralwasser trinken könne. Sie gingen zu den Grünanlagen am Fluß und setzten sich nicht weit vom Standbild William Huskissons, eines Staatsmanns aus dem neunzehnten Jahrhundert, der hier, in Stein gemeißelt, stand – mit einer Toga und Reitstiefeln angetan. Amanda schien Huskissons merkwürdiger Aufzug nicht aufzufallen, und weder der vom Fluß her wehende Wind noch das Donnern des Verkehrs auf der Grosvenor Road schienen sie zu stören. Ruhig und locker saß sie auf der Holzbank und sprach mit ernster Miene, während sie ihr Mittagessen verzehrte.

»Olivia und Chris leben seit mehreren Jahren zusammen«,

erzählte sie, »und es wäre einfach nicht in Ordnung gewesen, wenn Chris gerade jetzt, wo Olivia so krank ist, ausgezogen wäre oder sich von ihr getrennt hätte. Ich habe vorgeschlagen, wir könnten hier alle miteinander leben, mein Bruder, Chris, Olivia und ich. Aber das will Chris nicht. Er sagt, Olivia würde nicht damit fertigwerden, wenn sie erführe, daß er und ich zusammensein wollen. Sie würde dann darauf bestehen, in ein Heim zu gehen, und das möchte er auf keinen Fall. Er fühlt sich für sie verantwortlich. Darum haben wir alles gelassen, wie es ist.

In den letzten Monaten hatten sie sich, wann immer möglich, ein wenig Zeit füreinander gestohlen, aber zu mehr als vier Stunden jeweils hatte es nie gereicht. Am Mittwoch hatte sich das erstemal die Gelegenheit zu einer ganzen gemeinsamen Nacht geboten, weil Olivia ihre Mutter besuchen wollte und nicht erwartete, daß Chris sie vor dem frühen Morgen wieder abholen würde.

Amanda sagte freimütig: »Wir wollten einfach mal eine ganze Nacht zusammensein. Und zusammen aufwachen. Der Sex war nicht das Wichtigste dabei. Es ging um mehr, um die innere Beziehung zum anderen. Verstehen Sie, was ich meine?«

Sie hatte Barbara so offen angesehen, daß diese genickt hatte, als gehörten Paarbeziehungen zu ihrer alltäglichen Erfahrung. Natürlich, hatte sie mit bitterer Ironie gedacht. Es geht um die innere Beziehung zu irgendeinem Kerl. Ich weiß natürlich ganz genau, wie das ist.

Am Schluß ihres Berichts sagte Barbara zu Lynley: »Für mich gibt's demnach nur zwei Möglichkeiten: Entweder ist Flemings Ermordung das Ergebnis einer Verschwörung, an der die ganze Morton Street beteiligt ist, oder Amanda Beckstead sagt die Wahrheit. Ich tippe auf die zweite Version. Wie steht's mit Ihnen?«

Lynley stand am Fenster seines Büros und blickte zur Straße hinunter. Barbara fragte sich, ob die Reporter und Fotografen sich inzwischen verzogen hatten. »Und was haben Sie diesmal von unserem kleinen Penner erfahren?«

»Nichts als weitere Bestätigung dafür, daß er seinen Vater nicht getötet hat.«

»Zu allem anderen hält er dicht?«

»Im Augenblick, ja.«

»Mist.« Sie packte einen Streifen Kaugummi aus und schob ihn sich in den Mund. »Warum knöpfen wir sie uns nicht einfach vor? Was bezwecken Sie mit dieser Hintertreppentaktik?«

»Wir brauchen Beweise, Sergeant.«

»Die Beweise kriegen wir schon. Das Motiv haben wir. Mittel und Gelegenheit kennen wir ebenfalls. Wir haben genug in der Hand, um sie wenigstens einmal gründlich in die Zange zu nehmen. Sie werden schon sehen, danach ergibt sich alles von selbst.«

Lynley schüttelte langsam den Kopf. Lange sah er zur Straße hinunter, dann zum Himmel hinauf, der so grau war, als hätte der Frühling sich plötzlich zu einem Moratorium entschlossen. »Der Junge muß sie uns nennen«, sagte er schließlich.

Barbara traute ihren Ohren nicht. Gereizt ließ sie ihren Kaugummi knallen. Diese Zaghaftigkeit war so wenig Lynleys Art, daß sie sich, ein wenig illoyal, fragte, ob seine andauernde Unschlüssigkeit hinsichtlich einer gemeinsamen Zukunft mit Helen Clyde sich nun auch in seine Arbeit einschlich.

»Sir.« Sie bemühte sich um einen Ton freundschaftlicher Geduld. »Ist das nicht eine etwas unrealistische Erwartung bei einem Sechzehnjährigen? Sie ist schließlich seine Mutter. Kann ja sein, daß sie nicht besonders gut miteinander auskommen, aber ist Ihnen nicht klar, was er sich selbst antäte, wenn er sie als Mörderin seines Vaters anzeigen würde? Und glauben Sie nicht, er weiß genau, was er sich damit einhandelte?«

Lynley rieb sich nachdenklich das Kinn. Barbara fühlte sich dadurch ermutigt, fortzufahren.

»Er würde dann innerhalb einer Woche beide Eltern verlieren. Glauben Sie im Ernst, daß er das freiwillig tun wird? Trauen Sie ihm zu, daß er seine beiden Geschwister – ganz zu schweigen von ihm selbst – praktisch zu Waisen machen möchte? Die dann einen gerichtlichen Vormund bekommen? Ist das nicht verdammt viel verlangt von so einem Jungen? Setzen wir ihm da nicht weit mehr zu, als unbedingt nötig?«

»Das kann schon sein, Havers«, antwortete Lynley.

»Na also. Dann –«

»Aber leider müssen wir Jimmy Cooper so stark unter Druck setzen, wenn wir die Wahrheit herausbringen wollen.«

Barbara wollte gerade zum großen Widerspruch ansetzen, als Lynley an ihr vorbei zur Tür sah und sagte: »Ja, Dee. Was gibt's denn?«

Dorothea Harriman, an diesem Nachmittag ein Traum in Blau, antwortete: »Superintendent Webberly möchte Sie und Sergeant Havers sprechen. Soll ich ihm sagen, Sie seien gerade gegangen?«

»Nein, nein. Wir kommen.«

»Sir David ist bei ihm«, fügte Dorothea Harriman hinzu. »Er war derjenige, der die Besprechung veranlaßt hat.«

»Hillier«, stöhnte Barbara. »Gott sei uns gnädig! Sir, das dauert mindestens zwei Stunden, wenn der erst richtig in Fahrt kommt. Wollen wir uns nicht doch lieber drücken, solange es noch geht? Dee kann uns entschuldigen.«

Dorothea Harriman lächelte. »Ich tu's mit Vergnügen, Inspector. Er ist heute übrigens in Athrazitgrau gewandet.«

Barbara sank noch tiefer in ihren Sessel. Sir David Hilliers anthrazitgraue Anzüge, nach Maß geschneidert und wie angegossen sitzend, mit messerscharfen Falten überall dort, wo Falten sein mußten, ansonsten absolut falten-, flecken- und fusselfrei, waren in New Scotland Yard Legende. Wenn Hillier einen seiner anthrazitgrauen Anzüge trug, hieß das, daß er seine Machtposition als Chief Superintendent demonstrieren wollte. Immer war er dann »Sir David«, während er an jedem anderen Tag einfach »Der Chef« war.

»Sind sie in Webberlys Büro?« fragte Lynley.

Dorothea Harriman nickte und ging voraus.

Hillier und Webberly saßen an dem runden Tisch in der Mitte von Webberlys Büro, und schon auf den ersten Blick war klar, worüber Hillier mit Lynley und Barbara zu sprechen wünschte. Auf dem Tisch häuften sich die Tageszeitungen wie bei einem Schauspieler am Morgen nach der Premiere. Und während Hillier zeigte, was sich gehörte, indem er in Anwesenheit einer Dame aus seinem Sessel aufstand, sah Barbara, daß er nicht nur die Blätter dieses Tages, sondern auch die des vorangegangenen vor sich liegen hatte.

»Inspector, Sergeant«, grüßte Hillier.

Webberly hievte sich schwerfällig aus seinem Sessel und ging zur Tür, um sie zu schließen. Der Superintendent hatte an diesem Tag bereits mehr als eine Zigarre geraucht; die Luft im Zimmer war stickig, von Rauchschleiern verhangen.

Hillier nahm einen goldenen Bleistift zur Hand und benutzte ihn, um mit umfassender Geste auf die Zeitungen zu deuten. Sie enthielten ein Sortiment von Fotos, die entweder Jean Cooper oder ihren Sohn Jimmy mit oder ohne Anwalt zeigten. Zusätzlich jedoch hatte man dem Informationshunger der Leser an diesem Morgen mit einem breiter gefächerten Angebot an Bildern Rechnung getragen. Die *Daily Mail* brachte eine Art Fotogeschichte über das Leben von Kenneth Fleming mit Bildern seines ehemaligen Heims auf der Isle of Dogs, seiner Familie, des Hauses in Kent, der Druckerei in Stepney, Miriam Whitelaw und Gabriella Pattens. Der *Guardian* und der *Independent* nahmen eine intellektuellere Warte ein und bedienten sich dazu einer Grafik des Tatorts. Und der *Daily Mirror*, die *Sun* und der *Daily Express* servierten Interviews mit Sponsoren der englischen Nationalmannschaft, mit Guy Mollison und dem Kapitän der Mannschaft von Middlesex. Den größten Raum jedoch – in der *Times* – hatte man einer Diskussion über die steigende Zahl der Verbrechen unter Jugendlichen eingeräumt, wobei es dem Leser überlassen war, sich darüber Gedanken zu machen, was die Zeitung damit andeuten wollte, daß sie einen solchen Artikel in Verbindung mit Berichten über die Ermordung Kenneth Flemings veröffentlichte.

Immer noch seinen goldenen Bleistift in der Hand, wies Hillier auf die beiden Sessel, die seinem eigenen gegenüberstanden. Als Barbara und Lynley sich gehorsam gesetzt hatten, ging er gewichtigen Schrittes zum Schwarzen Brett an der Wand neben der Tür und studierte sehr demonstrativ die Notizen und Verlautbarungen, die dort hingen. Webberly schlenderte indessen zu seinem Schreibtisch, doch er setzte sich nicht, sondern lehnte sich mit seinem ausladenden Gesäß an die Fensterbank und schälte gemächlich eine Zigarre aus ihrer Zellophanverpakkung.

Erklären Sie das«, forderte Hillier, ohne sich vom Schwarzen Brett abzuwenden.

»Sir«, erwiderte Lynley.

Barbara starrte Lynley an. Sein Ton war ruhig, aber beileibe nicht ehrerbietig. Das würde Hillier nicht schmecken.

In kontemplativem Ton fuhr der Chief Superintendent zu sprechen fort: »Ich habe einen höchst kuriosen Morgen hinter mir. Den einen Teil habe ich damit zugebracht, die Redakteure sämtlicher größerer Tageszeitungen der Stadt abzuwimmeln; den anderen Teil am Telefon mit ehemaligen und zukünftigen Sponsoren der englischen Cricket- Nationalmannschaft. Danach folgten eine mehr als unbefriedigende Sitzung mit dem Deputy Commissioner und ein unverdauliches Mittagessen in *Lord's Cricket Ground* mit mehreren hochstehenden Herren des Crikket-Verbandes. Erkennen Sie in diesen Aktivitäten ein zugrunde liegendes Muster, Lord Asherton?«

Barbara spürte Lynleys Zorn über diese Anrede, und wie sehr er sich beherrschen mußte, um sich nicht von Hillier provozieren zu lassen.

Mit scheinbar vollkommener Gelassenheit sagte er: »Natürlich ist allen irgendwie Beteiligten sehr daran gelegen, daß wir den Fall so schnell wie möglich abschließen. Aber das ist doch immer so, wenn jemand ermordet wird, der im Licht der Öffentlichkeit stand. Nicht wahr ... Sir David?«

Touché, dachte Barbara und wartete gespannt auf Hilliers Reaktion.

Hilliers Gesicht, immer frisch und gut durchblutet, wirkte beinahe puterrot, als er sich zu ihnen umdrehte. Wenn sie jetzt anfingen, mit Titeln um sich zu werfen, würde er als Verlierer dastehen, das wußten sie alle.

»Ich brauche Ihnen nicht zu sagen«, bemerkte er, »daß seit der Ermordung Kenneth Flemings sechs Tage vergangen sind, Inspector.«

»Aber erst vier, seit wir den Fall bearbeiten«

»Soweit ich feststellen kann«, fuhr Hillier fort, »haben Sie den größten Teil dieser Zeit damit vertan, im Rahmen eines sinnlosen Kesseltreibens auf einen Sechzehnjährigen ständig zwischen dem Yard und der Isle of Dogs hin- und herzupendeln.«

»Sir, das ist nicht zutreffend«, warf Barbara ein.

»Dann klären Sie mich doch auf«, versetzte Hillier mit einem absichtlich unaufrichtigen Lächeln. »Denn ich lese zwar die Zeitung, aber das ist nicht unbedingt meine bevorzugte Methode, mich über die Aktivitäten meiner Mitarbeiter zu informieren.«

Barbara kramte, auf der Suche nach ihren Notizen, in ihrer Umhängetasche. Sie sah, wie Lynley abwinkte, und als Hillier einen Augenblick später zu sprechen fortfuhr, begriff sie auch, warum.

»Unseren Freunden von der Presse zufolge«, sagte er und wies mit gepflegter Hand auf die Zeitungen, »haben Sie ein Geständnis, Inspector. Ich habe heute morgen entdeckt, daß dies nicht nur im ganzen Haus bekannt ist, sondern auch in der Öffentlichkeit. Ich vermute, Sie wissen das nicht nur, sondern es entspricht genau Ihrer Absicht, daß das durchgesickert ist. Habe ich recht?«

»Dieser Schlußfolgerung würde ich nicht widersprechen«, antwortete Lynley.

Hillier war offensichtlich nicht erfreut über diese Erwiderung. »Dann hören Sie mir jetzt mal zu«, sagte er. »Man äußert auf allen Ebenen ernste Besorgnis über die Effizienz in der Durchführung dieser Ermittlungen. Und mit gutem Grund.«

Lynley sah Webberly an. »Sir?«

Webberly schob seine Zigarre von einem Mundwinkel in den anderen. So, wie es Hilliers Aufgabe war, dafür zu sorgen, daß sich das CID und andere Abteilungen nicht gegenseitig ins Gehege kamen, war es Webberlys Aufgabe, als eine Art Entstörer zwischen den Beamten seiner Abteilung und Hillier zu wirken. Bei dieser Aufgabe hatte er heute versagt, und es war ihm anzusehen, daß er daran nicht gern erinnert wurde. Er wußte natürlich auch, was Lynleys kurze Frage beinhaltete: Auf wessen Seite stehen Sie? Habe ich Ihre Unterstützung? Sind Sie bereit, eine schwierige Position zu vertreten?

Er sagte unwirsch: »Ich stehe hinter Ihnen, mein Junge. Aber der Chief Super« – Webberly hatte Hillier noch nie Sir David genannt – »braucht etwas, womit er arbeiten kann, wenn wir von ihm erwarten, daß er zwischen der Öffentlichkeit und den Oberen vermittelt.«

»Warum haben Sie gegen diesen Jungen noch keine Anklage erhoben?« fragte Hillier, augenscheinlich zufrieden mit der Position, die Webberly eingenommen hatte.

»So weit sind wir noch nicht.«

»Warum, zum Teufel, haben Sie dann die Pressestelle dazu getrieben, Informationen freizugeben, die nur als Hinweis auf eine bevorstehende Verhaftung ausgelegt werden können? Ist das vielleicht ein Spiel, dessen Regeln nur Sie allein kennen? Ist Ihnen eigentlich klar, wie die Fakten dieses Ermittlungsverfahrens interpretiert werden, Inspector? Und zwar von aller Welt, vom Deputy Commissioner bis zu den Fahrkartenverkäufern in der Untergrundbahn. ›Wenn die Polizei ein Geständnis hat, wenn sie die Beweise hat, wieso reagiert sie dann nicht?‹ Können Sie mir sagen, wie ich diese Frage beantworten soll?«

»Indem Sie erklären, was Sie bereits wissen: daß ein Schuldbekenntnis noch lange kein brauchbares Geständnis darstellt«, versetzte Lynley. »Das eine hat uns der Junge gegeben. Das andere nicht.«

»Sie bringen ihn in den Yard. Sie kommen nicht weiter mit ihm. Sie schicken ihn wieder nach Hause. Sie wiederholen diesen Prozeß ein zweites und ein drittes Mal, ohne daß etwas dabei herauskommt. Wobei sich Ihnen die Reporter wie eine Meute Hunde an die Fersen heften. Und am Ende stehen Sie – und damit natürlich auch wir – als völlig inkompetent da, weil Sie unfähig sind – oder sollte ich vielleicht sagen: nicht bereit, Inspector? –, etwas Entscheidendes zu unternehmen. Es sieht aus, als ließen Sie sich von einem sechzehnjährigen Früchtchen, das dringend ein Bad benötigte, zum Narren halten.«

»Das läßt sich nicht ändern«, meinte Lynley. »Und ich kann, offen gesagt, nicht recht verstehen, warum es Sie so sehr stört, Chief Superintendent Hillier, wenn es *mich* nicht stört.«

Barbara zuckte innerlich zusammen. Total daneben, dachte

sie, während Hilliers Gesicht die Farbe einer reifen Pflaume annahm.

»Ich trage die Verantwortung, verdammt noch mal«, sagte er heftig. »Darum stört es mich. Und wenn Sie den Fall nicht bald zum Abschluß bringen können, sollten wir ihn vielleicht einem anderen Beamten übergeben.«

»Das liegt selbstverständlich bei Ihnen«, erwiderte Lynley.

»Zum Glück, ja.«

»David«, sagte Webberly hastig, in einem Ton, der bittend und mahnend zugleich war. Halte dich da raus, besagte er, laß mich das machen. Hillier gab mit einem kurzen Blick seine Zustimmung. »Niemand möchte Sie ablösen, Tommy. Niemand stellt Ihre Kompetenz in Frage. Aber die Art des Verfahrens löst einiges Unbehagen aus. Ihr Umgang mit der Presse ist, gelinde gesagt, ungewöhnlich, und das erregt natürlich Aufsehen.«

»Wie beabsichtigt«, sagte Lynley.

»Darf ich Sie vielleicht darauf aufmerksam machen«, warf Hillier ein, »daß es bisher erwiesenermaßen noch nie etwas gebracht hat, wenn die Ermittlungen in einem Mordfall über die Presse geführt wurden?«

»Aber das tue ich ja gar nicht.«

»Dann seien Sie doch so freundlich, und erklären Sie uns, *was* Sie eigentlich tun. Denn nach allem, was ich sehe« – wieder wies er mit seinem goldenen Bleistift auf den Stapel Zeitungen –, »wird die Presse selbst über ein Niesen Inspector Lynleys rechtzeitig genug informiert, um ›Gesundheit‹ zu sagen.«

»Das ist ein unbeabsichtigter Nebeneffekt des –«

»Ihre Erklärungen interessieren mich nicht, Inspector. Mich interessieren Tatsachen. Ich kann verstehen, daß Sie es genießen, im Rampenlicht zu stehen, aber vergessen Sie nicht, daß Sie nur ein verdammt kleines Rädchen in der Maschinerie sind und sehr leicht zu ersetzen. Also, erläutern Sie mir jetzt bitte, was, zum Teufel, eigentlich vorgeht.«

Aus dem Augenwinkel konnte Barbara Lynleys Hand sehen, die auf der Armlehne seines Sessels lag. Sie war verkrampft, aber das war auch die einzige sichtbare Reaktion auf Hilliers Angriff.

Ruhig und ohne dem Blick des Chief Superintendent auszuweichen, berichtete Lynley. Wenn er einen Kommentar oder eine Erklärung Barbaras brauchte, sagte er lediglich: »Havers«, ohne sie anzusehen. Er beendete seinen Rapport – nachdem er von Hugh Pattens Besuch im *Cherbourg Club* am Abend von Flemings Tod bis zu Chris Faradays Nacht mit Amanda Beckstead alle Einzelheiten abgehandelt hatte – mit einem vernichtenden Schlag.

»Ich weiß, daß der Yard den Fall geklärt sehen möchte«, meinte er, »aber es ist möglich, daß es uns trotz härtester Bemühungen und des Einsatzes aller verfügbaren Kräfte nicht gelingen wird, ihn zu lösen.«

Barbara dachte, Hillier müßte jeden Moment der Schlag treffen. Lynley schien keine derartigen Befürchtungen zu haben, denn er fuhr in aller Ruhe zu sprechen fort.

»Was wir haben, reicht nicht für eine Anklage.«

»Erklären Sie das«, forderte Hillier. »Seit vier Tagen überwachen Sie jetzt Verdächtige und sammeln Beweise und bedienen sich dazu eines ganzen Heeres von Leuten. Soeben haben Sie zwanzig Minuten gebraucht, um mir darüber zu berichten.«

»Aber all diesen Bemühungen zum Trotz kann ich bis heute den Mörder nicht eindeutig identifizieren, weil es zwischen Mörder und Indizien keine direkte Verbindung gibt. Ich bin nicht bereit, jemanden vor Gericht zu bringen, dessen Schuld ich nicht eindeutig beweisen kann. Man würde mich ja auslachen, wenn ich das versuchte. Und selbst wenn das nicht geschehen sollte, ich könnte nicht mehr mit mir selbst leben, wenn ich einen Menschen auf die Anklagebank schickte, ohne von seiner Schuld überzeugt zu sein.«

Hilliers Haltung war immer ablehnender geworden. Jetzt sagte er: »Und Gott verhüte, daß wir etwas von Ihnen verlangen, das es Ihnen unmöglich machen würde, mit sich selbst zu leben, Inspector Lynley.«

»Ja« erwiderte Lynley ohne Erregung. »Ich lege in der Tat keinen Wert darauf, daß man so etwas von mir verlangt. Ein zweites Mal, Chief Superintendent. Einmal pro Karriere reicht, meinen Sie nicht?«

Sie fochten mit Blicken einen schweigenden Kampf aus. Lynley schlug ein Bein über das andere, als bereitete er sich auf eine lange hinausgezögerte, aber nunmehr dringend notwendige Verbalschlacht vor.

Barbara dachte: Bist du eigentlich total von der Rolle, Mann? Und Webberly sagte: »Das reicht, Tommy.« Er zündete sich seine Zigarre an und paffte so viel Rauch in die Luft, daß das Atmen gefährlich wurde. »Jeder von uns hat irgendwo ein Skelett im Schrank. Damit brauchen wir jetzt, weiß Gott, nicht herumzuklappern.« Er kam um seinen Schreibtisch herum und setzte sich zu ihnen an den Tisch, wo er, ähnlich wie Hillier vorher mit seinem goldenen Bleistift, mit seiner Zigarre gestikulierte. Auf die Zeitungen deutend, sagte er zu Lynley: »Sie haben sich da ganz schön aufs Glatteis begeben. Wer geht mit Ihnen unter, wenn es bricht?«

»Niemand.«

»Gut, dann sehen Sie, daß es so bleibt.« Er wies mit dem Kopf zur Tür, zum Zeichen, daß sie entlassen waren.

Barbara gab sich größte Mühe, nicht wie eine Rakete aus ihrem Sessel in die Höhe zu schießen. Lynley folgte ihr gemächlich. Als sie beide im Korridor waren und die Tür hinter ihnen zufiel, hörten sie Hillier so laut, daß sie es hören mußten, verärgert sagen: »Dieser aalglatte Bursche. Dem würde ich doch zu gern mal –«

»Das hast du doch schon getan, oder nicht, David?« hörten sie Webberly fragen.

Lynley schien ungerührt von Hilliers Schmähungen. Er zog seine Taschenuhr heraus, um festzustellen, wie spät es war. Barbara sah auf ihre eigene Uhr. Es war halb fünf.

»Warum haben Sie das gesagt, Inspector?« fragte sie.

Er steuerte auf sein Büro zu. Als er ihr nicht antwortete, wiederholte sie ihre Frage. »Warum haben Sie zu Hillier gesagt, wir würden den Fall vielleicht gar nicht klären können?«

»Weil das die Wahrheit ist.«

»Wie können Sie das sagen?« fragte Barbara scharf.

Lynley ging ungerührt weiter; er schien ihre Frage einfach überhören zu wollen.

»Mit ihr haben wir überhaupt noch nicht geredet«, beharrte Barbara. »Ich meine *richtig* geredet. Wir haben nicht versucht, sie unter Druck zu setzen. Wir wissen jetzt um einiges mehr als am Samstag, als ich mit ihr allein gesprochen habe. Wäre es da nicht logisch, sie noch einmal in die Zange zu nehmen? Fragen wir sie doch mal, was Fleming bei seinen dauernden Besuchen von ihr wollte. Fragen wir sie nach der Scheidungsklage; nach der Empfangsbestätigung, die sie hätte zurückschicken müssen; was es bedeutet, daß sie das jetzt nicht zu tun braucht. Fragen wir sie nach Flemings Testament, und wie es sich für sie auswirkt, daß sie bei seinem Tod noch seine Ehefrau war. Besorgen wir uns einen Durchsuchungsbefehl für ihr Haus und ihren Wagen. Suchen wir nach Streichhölzern, nach Benson & Hedges-Zigaretten. Sir, wir brauchen ja gar keine ganze Zigarette. Das Siegel von einer Packung würde für den Anfang genügen!«

Sie folgte ihm in sein Büro. Er blätterte in den Unterlagen zum Fall Fleming, die allmählich gewaltigen Umfang erreichten: Protokolle, Berichte, Fotografien, Obduktionsbefunde und ein Stapel Zeitungen.

Ungeduld packte Barbara. Sie hatte das Bedürfnis, im Zimmer hin- und herzulaufen. Sie hatte Lust zu rauchen. Am liebsten hätte sie ihm die Papiere aus den Händen gerissen und ihn gezwungen, endlich auf die Stimme der Vernunft zu hören.

»Wenn Sie jetzt nicht mit ihr reden, Inspector«, warnte sie, »spielen Sie Hillier direkt in die Hände. Der würde Ihnen doch bei der nächsten Beurteilung mit Freuden ›Pflichtvergessenheit‹ in die Akte schreiben. Sie sind ihm ein ewiger Dorn im Fleisch, weil er weiß, daß Sie ihn eines Tages überflügeln werden und er die Vorstellung nicht aushalten kann, Sie dann ›Chef‹ nennen zu müssen.« Sie fuhr sich erregt mit den Händen durch das Haar. »Die Zeit vergeht«, sagte sie. »Mit jedem Tag, den wir ungenutzt verstreichen lassen, wird es schwieriger, etwas zu erreichen. Wenn man den Leuten Zeit läßt, können sie sich schöne Alibis zusammenbasteln. Sie können ihre Geschichten ausschmücken. Und sie können in Ruhe nachdenken.«

»Und genau das möchte ich«, erwiderte Lynley.

Barbara gab alle Bemühungen auf, sein nikotinfreies Ambiente zu respektieren. »Tut mir leid«, sagte sie, »wenn ich jetzt nicht rauche, gehe ich in die Luft.« Sie zündete sich eine Zigarette an und ging zur offenen Tür, wo sie den Rauch in den Korridor blasen konnte.

Sie hatte den Eindruck, daß Lynley bei diesem Fall viel zuviel dachte. Den hochfliegenden Worten über Instinkt und Risiko zum Trotz, die er am Sonntag beim Abendessen geäußert hatte, hatte er seine gewohnte Arbeitsweise aufgegeben und genau an jenem Punkt der Ermittlungsarbeit dem Instinkt das Mißtrauensvotum ausgesprochen, an dem dieser ihn hätte vorwärtstragen können. Es war, als habe eine Umkehrung ihrer Positionen stattgefunden: Sie selbst, so schien es Barbara, war jetzt diejenige, die mit dem Instinkt flog, während er aus irgendeinem Grund beschlossen hatte, stur zu rackern und den rechten Fuß nicht vom Boden zu heben, solange nicht der linke noch fest und sicher auf der Erde stand. Sie konnte diese plötzliche Veränderung nicht verstehen. Er brauchte doch vor Kritik von oben keine Angst zu haben! Er hatte diesen Job ja überhaupt nicht nötig. Wenn man ihn feuern sollte, würde er seinen Schreibtisch ausräumen, die Bilder von den Wänden seines Büros nehmen, seine Bücher zusammenpacken, seinen Dienstausweis abgeben und ohne einen Blick zurück nach Cornwall verschwinden. Warum also war er plötzlich so zaghaft? Worüber wollte er denn jetzt noch nachdenken? Was *gab* es überhaupt noch zu bedenken?

»Okay«, sagte sie, »und wieviel Zeit brauchen Sie dafür?«

»Wofür?« Er war dabei, die Zeitungen in einen Karton zu schichten.

»Na, zum Nachdenken. Wieviel Zeit brauchen Sie zum Nachdenken?«

Er legte die *Times* auf die *Sun*. Das blonde Haar fiel ihm in die Stirn, und er strich es mit der Hand zurück.

»Sie haben mich mißverstanden«, erwiderte er. »Ich brauche keine Zeit zum Nachdenken.«

»Was denn?«

»Ich dachte, das läge auf der Hand. Wir warten darauf, daß der Mörder oder die Mörderin mit Namen identifiziert wird. Und das braucht seine Zeit.«

»Wie lang denn noch, verdammt noch mal?« rief Barbara gereizt. Ihre Stimme drohte umzukippen, und sie hatte Mühe, sie zu beherrschen. Er ist wirklich total von der Rolle, dachte sie wieder. »Inspector, ich möchte Ihnen wirklich nicht zu nahe treten, aber wäre es vielleicht möglich, daß Jimmy« – sie suchte verzweifelt nach einem neutralen Wort, fand keines und sagte daher –, »daß Jimmys Konflikt mit seiner Mutter Sie persönlich berührt? Wäre es möglich, daß Sie ihm und Jean Cooper so viel Spielraum lassen, weil – na ja, weil Sie das alles sozusagen aus eigener Erfahrung kennen?« Sie zog hastig an ihrer Zigarette, Asche fiel zu Boden, und sie trat sie verstohlen mit dem Fuß in den Teppich.

»Sozusagen? Wie meinen Sie das?« fragte Lynley freundlich.

»Ich spreche von Ihnen und Ihrer Mutter. Ich meine, eine Zeitlang waren Sie doch –« Sie seufzte, dann platzte sie einfach damit heraus. »Sie und Ihre Mutter waren doch jahrelang über Kreuz, oder nicht? Vielleicht kommt Ihnen das alles bekannt vor, wenn Sie an Jimmy und seine Mutter denken. Ich meine ...« Sie schaufelte sich ihr eigenes Grab, und obwohl sie es wußte, schaffte sie es nicht, den Spaten aus der Hand zu legen. »Vielleicht denken Sie, daß Sie mit der Zeit etwas fertiggebracht hätten, was Jimmy Cooper nicht schafft, Sir.«

»Ach so«, sagte Lynley. Er legte die letzte Zeitung in den Karton. »Da täuschen Sie sich.«

»Mit anderen Worten, auch Sie wären davor zurückgeschreckt, Ihre Mutter als Mörderin hinzustellen?«

»Das wollte ich damit nicht sagen, obwohl es wahrscheinlich richtig ist. Ich wollte sagen, daß Sie sich in Ihren Vermutungen über das, was ich denke, täuschen. Und darüber, wer in diesem Fall was schaffen muß.«

Er hob den Karton mit den Zeitungen auf. Sie nahm den Stapel Akten und folgte ihm zur Tür hinaus, obwohl sie nicht wußte, wohin sie diese Papierberge tragen wollten.

»Um wen geht es dann?« fragte sie. »Wer muß denn nun was schaffen?«

»Jimmy ist es jedenfalls nicht«, antwortete Lynley. »Es ist nie um Jimmy gegangen.«

22

Sehr langsam faltete Jean Cooper das letzte Stück aus dem Wäschekorb. Nicht weil es schwierig war, das Pyjamaoberteil eines Achtjährigen zu falten, nein. Aber wenn die Wäsche erledigt war, blieb Jean kein Grund mehr, nicht zu ihren Kindern ins Wohnzimmer zu gehen, wo diese seit einer halben Stunde vor dem Fernsehapparat saßen.

Während sie in der Küche Wäsche in die Waschmaschine stopfte, versuchte sie zu hören, was sie miteinander sprachen. Aber sie waren so still wie Trauernde bei einer Totenwache.

Jean konnte sich nicht genau erinnern, ob ihre Kinder beim Fernsehen immer so stumm gewesen waren. Sie glaubte es jedenfalls nicht. Sie meinte, sich an gelegentliches Protestgeheul erinnern zu können, wenn der eine oder andere umgeschaltet hatte; an ein gelegentliches Lachen über einen uralten Benny-Hill-Sketch. Sie meinte sich entsinnen zu können, daß Stan Fragen zu stellen pflegte und Jimmys Antworten darauf häufig von Shar angezweifelt worden waren. Doch so undeutlich diese Erinnerungen waren, so klar sah Jean jetzt, daß all diese Reaktionen ihrer Kinder, jeder Austausch zwischen ihnen sich außerhalb ihrer eigenen Erlebniswelt abgespielt hatten; daß sie immer nur außenstehende Beobachterin gewesen war und niemals aktiv Anteil genommen hatte. Und so, das erkannte sie nun mit langsam heraufziehendem Verständnis, hatte sie sich als Mutter verhalten, seit Ken sie verlassen hatte.

Die Parole »Das Leben geht weiter« hatte sie in den letzten Jahren zum Vorwand genommen, um sich ihren Kindern zu entziehen. »Das Leben geht weiter« hieß, daß sie wie immer zur Arbeit in *Crissy's Café* ging, morgens um Viertel nach drei aufstand, vor vier aus dem Haus ging und mittags rechtzeitig wieder nach Hause kam, um die fürsorgliche Mutter zu spielen. Sie fragte nach den Hausaufgaben. Sie sorgte dafür, daß die Kinder immer sauber angezogen waren. Sie kochte. Sie hielt das Haus in Ordnung. Sie sagte sich, sie sei ihnen eine gute Mutter: jeden

Tag eine warme Mahlzeit; hin und wieder ein Kirchgang; zu Weihnachten ein geschmückter Baum; zum Ostersonntag Besuch bei den Großeltern; Taschengeld; kleine Überraschungen. Aber bei ihren Bemühungen, ihnen ein normales Leben zu schaffen, begleitete sie immer das Wissen, daß auch sie, genau wie Ken, ihre Kinder verlassen hatte. Nur auf eine heimtückischere Art. Ihr Körper war in dem Haus in der Cardale Street geblieben – so daß ihre Kinder glauben konnten, sie hätten noch immer wenigstens einen Elternteil, auf dessen Liebe Verlaß war –, aber ihr Herz und ihre Seele waren wie Federn im Wind am selben Tag fortgeflogen, an dem Ken gegangen war.

Daß sie ihren Mann mehr liebte als die drei Kinder, die als Folge dieser Liebe zur Welt gekommen waren, das war seit langem Jeans wohlgehütetes häßliches Geheimnis. Meistens ignorierte sie es. Vor allem, weil sie den brennenden Schmerz nicht ertragen konnte, der von ihrem Herzen bis hinab in ihren Schoß zog; eine quälende Sehnsucht, wenn sie nur seinen Namen hörte oder las oder seine Stimme am Telefon vernahm. Und auch weil sie wußte, daß es eine Sünde war, den Mann mehr zu lieben als die Kinder, die sie mit ihm gezeugt hatte; eine so schwere, gegen alles Natürliche verstoßende Sünde, daß sie Vergebung niemals erwarten konnte.

Das mindeste, was sie tun könne, hatte sie sich gesagt, war, ihre Kinder nichts merken zu lassen. Niemals sollten sie erfahren, daß sie sich nur noch wie eine leere Hülle vorkam. Darum kam sie ihrer Verantwortung als Mutter mit besonderem Pflichtbewußtsein nach, entschlossen, ihre Kinder nicht zu enttäuschen.

Aber trotz aller Anstrengung, ihrer Rolle gerecht zu werden, hatte sie, das erkannte sie jetzt, ihre Kinder genauso im Stich gelassen wie Ken, weil sie mit ihrem sturen Weiterwursteln das gleiche von ihnen verlangt hatte. Wenn sie die Mutter spielen mußte, ohne auch nur einmal der Verzweiflung über die Trennung von Ken ins Auge zu sehen, dann konnten die Kinder ebensogut ihre Rollen als Kinder spielen. Irgendwie würden sie sich so schon alle miteinander durchbeißen.

Sie legte Stans Pyjamaoberteil weg und nahm den ganzen

Stapel Wäsche hoch. Am Fuß der Treppe zögerte sie. Stan hockte auf dem Boden zwischen dem Sofa und dem Couchtisch. Seine Wange war an Jimmys Knie gedrückt. Shar saß Schulter an Schulter mit ihrem Bruder und hielt den Ärmel seines T-Shirts. Sie waren im Begriff, ihn zu verlieren, und sie wußten es. Jean brannten die Augen, als sie sah, wie sie sich an ihm festhielten, als könnten sie allein durch ihr Anklammern den Verlust verhindern.

»Kinder«, sagte sie, aber es klang zu scharf.

Shar und Stan sahen hastig zu ihr hin. Stan legte seinen Arm fester um Jimmys Bein. Jean wußte, daß sie dabei waren, sich zu wappnen, und sie fragte sich, wann sie gelernt hatten, so auf den Ton ihrer Stimme zu reagieren. Sie bemühte sich, ihn zu ändern, und sagte mit einer Sanftheit, von der sie spürte, daß sie aus Erschöpfung und Verzweiflung geboren war: »Heute abend gibt's Fischstäbchen und Pommes frites. Und Cola dazu.«

Stans Gesicht hellte sich auf. »Cola!« rief er und sah seinen Bruder erwartungvoll an, doch Jimmy reagierte gar nicht auf diese erfreuliche Neuigkeit. Nur Shar sagte ernst und höflich: »Mmh, Cola, wie schön, Mam. Soll ich den Tisch decken?«

»Ja, tu das, Schatz«, antwortete Jean.

Sie trug die Wäsche nach oben und verteilte alles ohne Eile in die verschiedenen Schubladen. Im Zimmer der Jungen setzte sie Stans Regiment von Teddybären schön ordentlich aufs Bett. Sie ordnete die Bücher und die Comic-Hefte auf dem schmiedeeisernen Regal. Sie hob einen Schnürsenkel auf. Sie faltete einen Pullover. Sie schüttelte die Kopfkissen auf den Betten der Jungen auf. Hauptsache, man tat etwas. Tu was, beweg dich, denk nicht nach, stell keine Fragen, und vor allem: Frag nicht, warum.

Abrupt setzte sich Jean auf Jimmys Bett nieder.

»Die Polizei behauptet, er lügt«, hatte Mr. Friskin ihr berichtet. »Sie sagen, er sei nie in dem Haus in Kent gewesen, aber glauben Sie mir, sie werden nicht lockerlassen. Sie sind fest entschlossen, ihn weiter unter Druck zu setzen.«

Jean hatte wie eine Ertrinkende nach diesem Strohhalm gegriffen. »Aber wenn er lügt –«

»Sie *behaupten,* daß er lügt. Es ist ein Unterschied, was sie uns gegenüber behaupten und was sie tatsächlich wissen. Die Polizei hat eine ganze Kiste voll Tricks, mit denen sie Verdächtige zum Reden bringt, und wir müssen gewärtig sein, daß auch dies so ein Trick ist.«

»Aber wenn es keiner ist? Wenn es nun wahr ist, daß er von Anfang an gelogen hat, und sie es wissen? Warum lassen sie ihn dann nicht in Ruhe?«

»Das kann eigentlich nur einen logischen Grund haben. Ich vermute, sie glauben, er kann ihnen den Namen des Mörders nennen.«

Entsetzen überkam sie wie ein Anfall plötzlicher Übelkeit.

»Das ist jedenfalls so ziemlich das einzige, was ich mir vorstellen kann«, fuhr Friskin fort. »Es leuchtet ein, daß sie zu einer derartigen Schlußfolgerung gelangt sind. Da er zugegeben hat, am vergangenen Mittwoch am Tatort gewesen zu sein, vermuten sie, daß er den Brandstifter gesehen hat. Sie vermuten weiter, daß er den Täter kennt. Und zweifellos schließen sie aus seinem Verhalten, daß er die Schuld übernimmt, um nicht einen anderen verpetzen zu müssen.«

»Verpetzen!« Mehr konnte sie nicht sagen.

»Diese Art der Widerspenstigkeit erleben wir häufig unter Teenagern, Mrs. Cooper. Sie beruht bei den jungen Leuten allerdings meist auf der Überzeugung, daß man einen Altersgenossen nicht verraten darf. Bei Jimmy geht diese Tendenz, unter allen Umständen dichtzuhalten, vielleicht ein wenig weiter. Wer kann denn in Anbetracht der – äh, verzeihen Sie, daß ich es so ausdrücke – der bei ihm gegebenen Verhältnisse sagen, wem eigentlich seine Loyalität gilt?«

»Was soll das heißen?« fragte sie. »Aufgrund der bei ihm gegebenen Verhältnisse?«

Friskin senkte den Blick. »Wenn wir annehmen, daß der Junge einzig deshalb lügt, weil er kein Verräter sein will, dann müssen wir sehen, ob es in seinem Leben die Art sozialer Bindungen gibt, die solches Solidarverhalten fördern. Also zum Beispiel Beziehungen, wie sie unter guten Schulfreunden existieren. Wenn es aber die tiefen Bindungen sind, durch die er solches Verhalten gelernt haben könnte, nicht gibt, müssen wir annehmen, daß der Junge aus ganz anderen Gründen lügt.«

»Zum Beispiel?« fragte Jean mit trockenem Mund.

»Zum Beispiel, weil er jemanden schützen möchte.«

Friskin hob den Kopf und sah sie an. Jean wartete stumm.

Die Polizei würde wiederkommen, sagte Friskin schließlich. Am ehesten könne sie ihrem Sohn jetzt helfen, wenn sie ihm zurede, der Polizei beim nächsten Mal die Wahrheit zu sagen. Das sähe sie doch ein, nicht wahr? Die einzige Hoffnung, Jimmy von der Verfolgung durch die Polizei und die Medien zu befreien, bestehe darin, die Wahrheit zu sagen. Denn der Junge habe es doch nicht verdient, bis in alle Ewigkeit von ihnen gehetzt zu werden, oder, Mrs. Cooper? Da müsse sie als Mutter ihm doch zustimmen.

Jean strich mit der flachen Hand über das braune Zickzackmuster des Bettüberwurfs. Sie konnte immer noch Friskins ernste Stimme hören: Es ist wirklich die einzige Möglichkeit, Mrs. Cooper. Reden Sie dem Jungen zu, die Wahrheit zu sagen.

Und selbst wenn er die Wahrheit sagte, was dann? fragte sie sich. Was würde es denn an der höllischen Realität, die sie durchgemacht hatten, ändern, wenn er die Wahrheit sagte?

Sie hatte ihrem Sohn am vergangenen Abend gestanden, daß sie als Mutter versagt hatte, aber sie sah jetzt, daß dieses Bekenntnis nichts weiter gewesen war als Mittel zum Zweck; es war in Wirklichkeit gar nicht ihre Überzeugung gewesen. Sie hatte es nur gesagt, um den Jungen zum Reden zu bringen, in der Hoffnung, er würde sagen: Nein, du hast doch alles für uns getan, Mam, du hast es eben schwer gehabt, wie wir alle, das versteh ich doch, das hab ich immer verstanden. Und daß daraus sich ein Gespräch zwischen ihnen entwickeln würde. Denn so war es doch angeblich mit Kindern. Sie redeten mit ihren Müttern, wenn die Mütter richtige Mütter waren. Aber selbst der Anwalt, der Jean und ihre Kinder gerade einmal achtundvierzig Stunden kannte, hatte die Beziehung zwischen Mutter und diesem besonderen Kind durchschaut. Er hatte gesagt, sie solle ihrem Sohn zureden, die Wahrheit zu sagen; er hatte aber nicht vorgeschlagen, sie solle versuchen, Jimmy dazu bewegen, *ihr* die Wahrheit zu sagen.

Sag deinem Anwalt die Wahrheit, Jim. Sag sie der Polizei. Sag sie diesen Reportern, die dir keine Ruhe lassen. Sag sie jedem Fremden, aber denk nicht daran, sie mir zu sagen. Und wenn du es sagst, Jimmy... und wenn du das, was du gesehen hast und was du weißt, Leuten erzählst, denen es schnurzegal ist, wie du leidest, Leuten, die diese Geschichte nur zu Ende bringen wollen, damit sie endlich nach Hause gehen und sich beim Abendessen den Bauch vollschlagen können...

Nein, dachte sie. So würde es nicht kommen. Sie war immer noch seine Mutter. Niemand außer ihr hatte dem Jungen gegenüber irgendeine Verpflichtung.

Sie ging wieder nach unten. Shar war in der Küche und deckte den Tisch. Stan und Jim saßen immer noch vor dem Fernsehapparat. Auf dem Bildschirm ließ sich gerade ein Mann mit einer Hakennase und unrasiertem Gesicht über irgendeinen Film aus, den er soeben fertiggestellt hatte. Er redete, als hätte er einen Kloß im Mund.

»He, das ist doch ein verdammter Schwuler, stimmt's, Jim?« Stan kicherte und schlug seinem Bruder aufs Knie.

»Du sollst nicht diese Ausdrücke gebrauchen!« mahnte Jean. »Hilf deiner Schwester beim Tischdecken.« Sie schaltete den Fernsehapparat aus. »Komm mit«, sagte sie zu Jim und fügte, als er zurückschreckte, weicher hinzu: »Komm, Jim, Schatz. Wir gehen nur mal nach hinten raus.«

Shar war dabei, die Fischstäbchen ordentlich in Reih und Glied in eine Pfanne zu legen, und Stan schüttete gefrorene Pommes frites auf ein Backblech.

»Soll ich auch einen grünen Salat machen, Mam?« fragte Shar, als Jean die Tür zum Garten öffnete.

»Können wir gebackene Bohnen haben?« fügte Stan hinzu.

»Ihr könnt euch machen, was ihr wollt«, antwortete Jean. »Ruft uns, wenn alles fertig ist.«

Jimmy ging voraus in den Garten. Beim Vogelbad machte er halt. Jean folgte ihm und legte ihre Zigaretten und ein Heftchen Streichhölzer auf den gesprungenen Betonrand.

»Nimm dir ruhig eine, wenn du willst«, sagte sie zu ihrem Sohn.

Er rührte die Zigaretten nicht an.

»Natürlich wär's mir lieber, du würdest nicht rauchen«, fuhr sie fort. »Aber wenn du es jetzt brauchst, ist es okay. Ich wünschte, ich hätte nie damit angefangen. Vielleicht kann ich es aufgeben, wenn das alles hier vorüber ist.«

Sie sah sich in dem jämmerlichen kleinen Gärtchen um: ein demoliertes Vogelbad, ein Betonstreifen mit Beeten kümmerlicher Stiefmütterchen zu beiden Seiten.

»Es wäre doch schön, einen richtigen kleinen Garten zu haben, nicht wahr, Jim?« sagte sie. »Vielleicht können wir aus diesem Misthaufen hier etwas Hübsches machen. Wenn alles vorbei ist. Wenn wir den scheußlichen Beton rausnehmen und dafür Rasen säen und einen Baum pflanzen und dann ein paar schöne Blumen. Dann könnten wir bei gutem Wetter hier draußen sitzen. Da wär doch prima, nicht? Aber du müßtest mir bei der Arbeit helfen. Allein würde ich das sicher nicht schaffen.«

Jimmy griff in seine Hosentaschen. Er holte seine eigenen Zigaretten und Streichhölzer heraus. Er zündete sich eine an und legte die Packung und die Streichhölzer neben ihre.

Jean spürte, wie die Gier sie überfiel, als sie den Rauch roch. Aber sie griff nicht nach ihren eigenen Zigaretten, sondern sagte: »Ach, danke, Jim. Das ist nett von dir. Ja, ich rauche gern eine«, und nahm eine von seinen Zigaretten. Sie zündete sie an, hustete und sagte: »Mensch, wir sollten wirklich beide aufhören, nicht? Vielleicht schaffen wir es zusammen. Ich helfe dir, und du hilfst mir. Später, wenn das hier alles vorbei ist.«

Jimmy aschte in das leere Vogelbad.

»Ich kann Hilfe gebrauchen«, fuhr sie fort. »Du wahrscheinlich auch. Außerdem wollen wir doch nicht, daß Shar und Stan auch noch zu rauchen anfangen. Wir müssen ihnen ein Beispiel geben. Wenn wir es ernsthaft wollen, könnten wir sogar nach dieser Zigarette hier aufhören. Wir müssen an Shar und Stan denken.«

Er stieß Luft und Rauch zugleich aus: Er machte sich über ihre Worte lustig.

»Shar und Stan brauchen dich«, beharrte sie trotz seines Spotts.

Er drehte den Kopf zu der Mauer, die ihren Garten von dem der Nachbarn trennte, so daß sie sein Gesicht nicht sehen konnte. Aber sie hörte, was er sagte. »Die haben doch dich.«

»Natürlich haben sie mich«, bestätigte Jean. »Ich bin ihre Mutter, und ich werde immer hier sein. Aber sie brauchen auch ihren älteren Bruder. Das verstehst du doch, nicht wahr? Sie brauchen dich hier, zu Hause, und jetzt mehr denn je. Du bist ihr Vorbild jetzt, wo –« Sie sah die Falle gerade noch rechtzeitig. »Sie brauchen dich gerade jetzt ganz besonders, wo dein Vater –«

»Ich hab gesagt, sie haben dich«, fiel Jimmy ihr kurz ins Wort. »Sie haben ihre Mutter.«

»Aber sie brauchen auch einen Mann.«

»Onkel Derrick.«

»Onkel Derrick ist nicht du. Sicher, er hat sie gern, aber er kennt sie nicht so, wie du sie kennst, Jim. Und sie sehen nicht so zu ihm auf wie zu dir. Ein Bruder ist was anderes als ein Onkel. Ein Bruder steht einem viel näher. Ein Bruder ist immer da und kann sich um seine Geschwister kümmern. Das ist wichtig. Daß man sich um sie kümmert, um Stan und Shar.« Sie leckte sich die Lippen und sog den beißenden Tabakrauch ein. Die harmlosen Worte gingen ihr schnell aus.

Sie lief ein Stück um das Vogelbad herum, so daß sie ihm ins Gesicht sehen konnte. Nach einem letzten Zug von ihrer Zigarette drückte sie den Stummel an ihrer Schuhsohle aus. Er sah mißtrauisch zu ihr herüber, und als ihre Blicke sich trafen, fragte sie endlich sehr behutsam: »Warum lügst du die Polizei an, Schatz?«

Er senkte den Kopf.

»Was hast du an dem Abend gesehen?« fragte sie leise.

»Er ist tot, und es geschieht ihm recht.«

»Sag das nicht.«

»Ich sag, was ich will. Das Recht hab ich schließlich. Es macht mir überhaupt nichts aus, daß er tot ist.«

»Doch, natürlich macht es dir etwas aus. Du hast deinen Vater geliebt wie keinen anderen Menschen auf der Welt, da kannst du lügen soviel du willst, das wird auch nichts daran ändern, Jimmy.«

Er spie einen Tabakfaden aus. Ließ einen graugrünen Schleimklumpen folgen. Jean ließ sich nicht ablenken.

»Du hast dir genausosehr gewünscht wie ich, daß Dad zurückkommen würde«, sagte sie. »Vielleicht sogar noch mehr als ich, weil zwischen dir und ihm nicht diese blonde Zicke stand. Für dich gab's nichts, was dich auch nur einen Moment unsicher gemacht hätte, ob du ihn überhaupt noch liebst und wirklich zurückhaben willst. Vielleicht lügst du uns deshalb jetzt alle an, Jim. Mich, Mr. Friskin und die Polizei.« Sie sah, wie sich plötzlich ein Muskel in seinem Gesicht spannte. Sie wußte, daß sie an der Schwelle standen, das auszusprechen, was ausgesprochen werden mußte. »Vielleicht lügst du, weil es leichter ist zu lügen«, fuhr sie fort. »Hast du da mal drüber nachgedacht? Vielleicht lügst du, weil es leichter ist, als den Schmerz darüber auszuhalten, daß Dad diesmal für immer gegangen ist.«

Jimmy warf seine Zigarette zu Boden und ließ sie dort verglühen. »Genau«, sagte er. »Du hast vollkommen recht, Mam.« Die unverhohlene Erleichterung in seiner Stimme war Jean nicht geheuer.

Er wollte nach seinen Zigaretten greifen, doch Jean kam ihm zuvor und schloß ihre Hand sowohl um seine, als auch um ihre eigene Packung. »Aber vielleicht ist es auch so, wie Mr. Friskin gesagt hat«, meinte sie.

»Mam?« rief Shar aus der Küche.

Jim versperrte Jean den Blick aufs Haus. Sie ignorierte ihre Tochter und sagte leise: »Hör mir jetzt bitte zu, Jim.«

»Mam!« rief Shar wieder.

»Du mußt mir sagen, warum du lügst. Du mußt mir die Wahrheit sagen. Auf der Stelle.«

»Die hab ich dir schon gesagt.«

»Du mußt mir genau erzählen, was du gesehen hast.« Über das Vogelbad hinweg streckte sie die Hand nach ihm aus, aber er zuckte zurück. »Wenn du mir das sagst, wenn du mir *alles* sagst, Jim, dann können wir zusammen überlegen, was zu tun ist.«

»Ich hab die Wahrheit gesagt. Hundertmal. Aber kein Mensch will sie wissen.«

»Nicht die ganze Wahrheit. Und die mußt du mir jetzt erzählen. Damit wir zusammen überlegen können, was zu tun ist. Und solange du nicht –«

Mam!« rief Shar ein drittes Mal.

Stan greinte: »Jimmy!«

Jimmy wollte zur Tür laufen. Jean trat ihm in den Weg und packte ihn beim Ellbogen.

»Laß los!« sagte Jim.

»Nein«, entgegnete Jean.

Lynley befreite sich behutsam von Shar und Stan, die sich an seine Arme klammerten, und rief aus der Küche: »Wir haben noch einige Fragen.«

Da rannte Jimmy davon.

Lynley hätte es nicht für möglich gehalten, daß der Junge so blitzschnell reagieren würde. In der Zeit, die Lynley brauchte, um seinen Satz zu Ende zu sprechen, riß sich Jimmy von seiner Mutter los und rannte durch den Garten nach hinten. Anstatt erst die Pforte zu öffnen, zog er sich aus dem Lauf heraus an der Mauer hoch und sprang auf die andere Seite. Seine Schritte knallten auf dem Fußweg zwischen den Häusern.

»Jimmy!« schrie seine Mutter und stürzte ihm nach.

Über seine Schulter hinweg rief Lynley Barbara zu: »Er läuft Richtung Plevna Street. Versuchen Sie, ihm den Weg abzuschneiden.« Dann drängte er sich an den beiden Kindern vorbei und nahm die Verfolgung auf, während Barbara durch das Wohnzimmer zurück zur Haustür lief.

Jean Cooper hatte die Gartenpforte aufgerissen, als Lynley sie einholte. Sie hielt ihn am Arm fest und rief: »Lassen Sie ihn doch in Frieden!«

Lynley schüttelte sie ab und jagte dem Jungen hinterher. Sie folgte ihm, immer wieder den Namen ihres Sohnes rufend.

Jimmy rannte den schmalen Betonweg zwischen den Häusern entlang. Er warf einen Blick zurück und legte Tempo zu. An einem Gartentor kurz vor Ende des Wegs lehnte ein Fahrrad. Er schleuderte es im Vorbeilaufen hinter sich auf den Weg und sprang zu dem Maschendrahtzaun hin, der die Mauer am Ende des Fußwegs krönte. Er kletterte über den Zaun und ließ sich auf der anderen Seite zur Plevna Street hinunterfallen.

Lynley setzte mit einem Sprung über das Fahrrad hinweg und hielt auf eine Holztür in der Mauer zu, die der Junge verschmäht hatte. Sie war abgesperrt. Er sprang in die Höhe und hängte sich mit beiden Händen an den Maschendrahtzaun. Von der anderen Seite der Mauer hörte er Barbara Havers' laute Stimme; dann die donnernden Schritte rennender Menschen. Zu vieler Menschen.

Er zog sich an dem Maschendrahtzaun hoch, kletterte hinüber, sprang zur Straße hinunter und sah gerade noch, wie Barbara die Plevna Street in Richtung Manchester Road hinaufjagte. Drei Männer, einer von ihnen mit zwei Fotoapparaten bewaffnet, folgten ihr. Lynley sagte: »Gott verdammt«, und rannte dem Quartett hinterher.

Er brauchte zehn Sekunden, um die Journalisten zu überholen. Noch einmal fünf Sekunden, um Barbara einzuholen.

»Wo?« fragte er.

In vollem Lauf streckte sie den Arm aus, und Lynley sah hin. Er war an der Straßenecke schon über den nächsten Zaun in einen Park gesprungen und stürmte einen gewundenen Backsteinweg in Richtung Manchester Road entlang.

»Dumm von ihm«, keuchte Barbara.

»Warum?«

»Da vorn ist das Revier. Ungefähr eine Viertelmeile von hier. Zum Fluß hin.«

»Rufen Sie dort an.«

»Von wo?«

Lynley zeigte zur Ecke Plevna Street und Manchester Road, wo ein niedriger Backsteinbau stand, der durch zwei rote Kreuze gekennzeichnet war und, ebenfalls in Rot, die Aufschrift »Ärztehaus« trug. Barbara hielt auf das Haus zu, Lynley rannte außen um den Park herum.

Jimmy raste aus dem Park in die Manchester Road und sprintete in südlicher Richtung weiter. Lynley rief seinen Namen, und im selben Augenblick bogen Jean Cooper und die Journalisten aus der Plevna Street um die Ecke und stießen zu ihm.

Die Reporter schrien: »Wer ist –« und »Warum sind Sie –«, während der Fotograf einen seiner Apparate hob und zu knipsen begann. Lynley nahm von neuem die Verfolgung des Jungen auf. Jean Cooper schrie: »Jimmy! Halt! Bleib doch stehen!«

Jimmy warf sich nur um so entschlossener vorwärts. Der Wind blies aus Osten, und als die Manchester Road sich leicht nach Westen krümmte, konnte er den Abstand zwischen sich und seinen Verfolgern mit Leichtigkeit vergrößern. Er rannte aus Leibeskräften, mit fliegenden Füßen und gesenktem Kopf. Er jagte an einem verlassenen Lagerhaus vorüber und näherte sich einem Blumengeschäft, wo eine ältere Frau im grünen Kittel gerade dabei war, Töpfe voller Blumen von der Straße in den Laden zu bringen. Die Frau schrie erschrocken auf, als Jimmy sie im Vorbeilaufen beinahe umgerissen hätte, und prompt kam ein Schäferhund aus dem Laden geschossen. Laut bellend jagte er dem Jungen hinterher und packte ihn am Ärmel seines T-Shirts.

Gott sei Dank, dachte Lynley und bremste ab. In einiger Entfernung hinter sich hörte er Jean Cooper Jimmys Namen rufen. Die Blumenverkäuferin ließ einen Eimer mit Narzissen fallen und schrie laut: »Cäsar! Aus!«, wobei sie am Halsband des Schäferhunds zerrte. Der Hund ließ Jimmy im selben Moment los, als Lynley rief: »Nein! Halten Sie ihn fest!« Und als die Frau sich erschrocken und verwirrt herumdrehte, eine Hand tief im Fell des Schäferhunds, entkam Jimmy.

Lynley trampelte über die Narzissen, als der Junge dreißig Meter vor ihm nach rechts schwenkte. Wieder setzte er über einen Zaun und verschwand auf dem Gelände einer Schule.

Nicht einmal außer Atem, dachte Lynley ungläubig. Den Jungen trieb entweder höchste Angst, oder er war ein geübter Marathonläufer.

Jimmy jagte über den Schulhof; Lynley setzte ihm nach. Am braunen Schulgebäude war ein neuer Flügel im Bau. Dorthin nahm Jimmy seinen Weg, rannte zwischen Ziegelsteintürmen, Bretterstapeln und Sandhaufen hindurch. Der Unterricht war seit mehr als zwei Stunden zu Ende, es befand sich also niemand auf dem Hof, der ihn hätte aufhalten können, doch als er sich dem letzten Gebäude näherte, hinter dem die Sportplätze waren, trat ein Hausmeister heraus, sah ihn und schrie ihn scharf an. Jimmy war an ihm vorüber, bevor der Mann etwas tun konnte. Im nächsten Moment registrierte der Hausmeister Lynley, rief: »He, was ist hier los?« und pflanzte sich auf dem Weg auf, den Jimmy eingeschlagen hatte.

»Moment mal, Mister.« Der Hausmeister trat Lynley mit in die Hüften gestemmten Armen in den Weg. Er sah an ihm vorbei zur Manchester Road, wo soeben Jean Cooper, von den Journalisten verfolgt, über den Zaun kletterte. Er schrie Lynley an: »Sie da! Bleiben Sie gefälligst stehen! Unbefugte haben hier keinen Zutritt!«

»Polizei«, keuchte Lynley.

»Beweisen Sie das erst mal.«

Jean langte ächzend und stolpernd bei ihnen an. »Sie!« Sie packte Lynley beim Jackett. »Lassen Sie ihn...«

Lynley stieß den Hausmeister zur Seite. In der Zeit, die er verloren hatte, hatte Jimmy weitere zwanzig Meter gutgemacht. Er war jetzt schon auf halbem Weg über die Sportplätze und rannte auf eine Wohnsiedlung zu. Lynley lief wieder los.

»He!« schrie der Hausmeister ihm nach. »Ich ruf die Polizei an!«

Lynley konnte nur hoffen, daß er das wirklich tun würde.

Jean Cooper rannte ihm japsend nach. »Er läuft doch«, rief sie, »er läuft doch nach Hause. Nach Hause! Sehen Sie das denn nicht?«

Jimmy hatte in der Tat einen Bogen geschlagen und hielt nun wieder auf die Cardale Street zu, aber Lynley war nicht bereit zu glauben, daß er dumm genug sein würde, direkt in die Falle zu laufen. Mehr als einmal hatte der Junge rückwärts geblickt. Er mußte gesehen haben, daß Barbara Havers nicht unter den Verfolgern war.

Jimmy erreichte die andere Seite des Sportplatzes, wo eine Hecke auf ihn wartete. Er brach einfach durch sie hindurch, verlor jedoch mehrere Sekunden, als er stolperte und auf der anderen Seite auf die Knie fiel.

Lynley hatte ein Gefühl, als läge ein Band aus glühendem Eisen um seine Brust. Er hoffte, der Junge würde bleiben, wo er war. Doch als der Abstand zwischen ihnen sich zu verkürzen begann, sprang Jimmy auf und rannte weiter.

Er hetzte über ein leeres Grundstück, auf dem zwischen leeren Weinflaschen und Müllhaufen ein ausgebranntes Auto stand. Er stürzte von dem Grundstück auf die East Ferry Road und schoß nach Norden davon, zum Haus seiner Eltern. Lynley hörte seine Mutter rufen: »Ich hab's Ihnen doch gesagt«, aber im selben Augenblick flog Jimmy blitzschnell über die Straße, wich einem Motorradfahrer aus, der schleudernd bremste, um ihn nicht anzufahren, und raste die Treppe zur Crossharbour Station hinauf, wo eben ein blauer Zug der Docklands-Eisenbahn einfuhr.

Lynley hatte überhaupt keine Chance. Die Zugtüren hatten sich hinter dem Jungen geschlossen, und die Bahn fuhr schon wieder an, ehe Lynley auf die East Ferry Road hinausjagte.

»Jimmy!« schrie Jean Cooper.

Lynley blieb stehen und rang nach Atem. Jean Cooper prallte gegen ihn. Hinter ihnen kämpften sich die Journalisten durch die Hecke.

»Wohin fährt er?« fragte Lynley.

Jean schüttelte den Kopf. Sie schnappte nach Luft.

»Wie viele Haltestellen hat die Linie noch?«

»Zwei.« Sie fuhr sich mit der Hand über die Stirn. »Mudchute. Island Gardens.«

Lynley sah, daß die Bahnlinie schnurgerade parallel zur East Ferry Road verlief. »Wie weit ist es bis Mudchute?«

»Ungefähr eine Meile? Nein, weniger. Weniger.«

Lynley warf einen letzten Blick auf den Zug, bevor dieser verschwand. Zu Fuß konnte er die Strecke nicht zurücklegen. Aber die Cardale Street mündete keine sechzig Meter nördlich von hier in die East Ferry Road, und in der Cardale Street stand der Bentley. Es bestand eine geringe Chance...

Er raste los. Jean Cooper blieb ihm auf den Fersen. »Was haben Sie vor?« rief sie. »Lassen Sie ihn doch endlich in Ruhe. Er hat nichts getan. Er hat Ihnen nichts mehr zu sagen.«

In der Cardale Street stand Barbara Havers, an den Bentley gelehnt. Sie blickte auf, als sie Lynley kommen hörte.

»Ist er Ihnen entwischt?« fragte sie, und Lynley stieß keuchend hervor: »Wir nehmen den Wagen. Los, rein.«

Sie sprang hinein, Lynley startete, und der Motor heulte auf. Stan und Shar rannten aus dem Haus, die Münder zu Schreien geöffnet, die im Motorengeheul ungehört verhallten. Als Shar das Gartentor öffnen wollte, kam Jean Cooper um die Ecke und winkte die beiden Kinder zurück.

Lynley trat aufs Gas und fuhr los. Jean Cooper sprang vor den Wagen.

»Vorsicht!« schrie Barbara und umklammerte das Armaturenbrett, als Lynley hart auf die Bremsen stieg und den Wagen herumzog, um Jean Cooper auszuweichen. Diese schlug einmal mit der Faust auf die Kühlerhaube des Wagens, dann rannte sie stolpernd am Auto entlang und riß die hintere Tür auf. Halb keuchend, halb schluchzend, ließ sie sich auf den Sitz fallen.

»Warum – warum lassen Sie ihn nicht in Ruhe? Er hat nichts getan. Das wissen Sie doch. Sie –«

Lynley brauste los. Sie bogen mit quietschenden Reifen um die Ecke und rasten auf der East Ferry Road nach Süden. Sie schossen an den Journalisten vorbei, die völlig außer Atem in die entgegengesetzte Richtung, zur Cardale Street, hinkten. Neben der Straße führten erhöht die Gleise der Docklands-Eisenbahn in gerader Linie nach Mudchute.

»Haben Sie das Revier Manchester Road erreicht?« fragte Lynley.

»Ja, die sind unterwegs« antwortete Havers.

»Polizei?« rief Jean. »Noch mehr Polizei?«

Lynley hupte einen Lastwagen an, der vor ihnen fuhr. Er scherte auf die rechte Spur aus und schoß an ihm vorbei. Die schicken Wohnparks von Crossharbour und Millwall Outer Dock wurden von den schmutzigen Reihenhäusern von Cubitt Town abgelöst, wo die Wäschestücke wie Flaggen an den Leinen flatterten, die in den schmalen Hintergärtchen gespannt waren.

Jean umklammerte mit beiden Händen die Rückenlehne von Lynleys Sitz, als sie einen alten Vauxhall überholten, der rund wie ein Igel auf der Straße dahintuckerte. Der Ton ihrer Stimme war bohrend, als sie fragte: »Warum haben Sie die Polizei angerufen? Sie sind doch selbst von der Polizei. Wir brauchen sie nicht. Er ist nur –«

»Da!« Barbaras Arm schoß nach vorn und deutete auf Mudchute, diese Landschaft aus Schlickhügeln, die sich im Lauf von Generationen aus dem Flußschlamm der Millwall Docks gebildet hatten. Jimmy Cooper, auf der Flucht nach Südosten, war eben im Begriff, einen dieser Hügel zu erklimmen.

»Er will zu seiner Großmutter«, erklärte Jean, als Lynley an den Straßenrand fuhr. »Sie wohnt im Schooner Estate. Meine Mutter. Da will er hin. Südlich von Millwall Park.« Lynley stieß seine Tür auf. »Ich hab Ihnen doch gesagt, wohin er will«, rief Jean. »Wir können –«

»Fahren Sie«, sagte er zu Barbara und sprintete los, während diese auf seinen Sitz hinüberrutschte. Er hörte den Motor hinter sich aufheulen, als er den ersten Hügel erreichte und an seinem Hang hinauflief. Der Boden war feucht von den letzten Aprilschauern, und seine Schuhe hatten Ledersohlen. Er rutschte immer wieder auf der bröckeligen Erde, fiel einmal auf die Knie, mußte in die weißen Taubnesseln greifen, die dort im hohen Gras wuchsen, um sich auf den Beinen zu halten. Auf der Anhöhe blies der Wind ungehindert über das offene Stück Land. Er riß an Lynleys Jacke und trieb ihm das Wasser in die Augen, so daß er erst einmal stehenbleiben und kräftig zwinkern mußte, um wieder klare Sicht zu bekommen, ehe er weiterlaufen konnte. Er verlor vier Sekunden, aber er sah den Jungen.

Jimmy war dank den Joggingschuhen, die er anhatte, im Vorteil. Er hatte die Hügellandschaft schon hinter sich und rannte zu den Spielplätzen auf der anderen Seite hinunter. Aber er glaubte entweder, die Verfolger abgeschüttelt zu haben, oder er gab jetzt seiner Erschöpfung nach. Er bewegte sich nun nur noch in schwerfälligem Laufschritt vorwärts und hielt sich den Leib, als habe er Seitenstechen.

Lynley rannte über die Anhöhe des ersten Hügels nach Süden. Er behielt den Jungen so lange wie möglich im Blickfeld, ehe er absteigen und den zweiten Erdhaufen erklimmen mußte.

Nun sah er, daß Jimmy sein Tempo noch mehr verlangsamt hatte, und das mit gutem Grund. Ein Mann und ein Junge in identischen roten Windjacken führten auf den Spielplätzen zwei deutsche Doggen und einen irischen Wolfshund aus, und die Hunde jagten schnappend und bellend übermütig in großen Kreisen über die Wiese. Nach der Begegnung mit dem Schäferhund in der Manchester Road war Jimmy offensichtlich nicht auf einen weiteren Zusammenstoß mit einem übergroßen Hundetier erpicht.

Lynley versuchte, den Vorteil zu nutzen. Er erstürmte den dritten Hügel, rutschte dann den Hang hinunter und sprintete über den Spielplatz. Er schlug einen möglichst weiten Bogen um die Hunde, doch als er sich ihnen auf zwanzig Meter genähert hatte, wurde der Wolfshund auf ihn aufmerksam und begann zu bellen. Die Doggen fielen ein. Alle drei Hunde hielten in langen Sätzen auf ihn zu. Ihre Herrchen schrien sich die Lunge aus dem Leib. Das reichte aus.

Jimmy blickte zurück. Der Wind packte sein langes Haar und schlug es ihm in die Augen. Er schob es weg und begann dann zu laufen.

Von den Spielplätzen aus rannte er in den Millwall Park. Als Lynley sah, welche Richtung der Junge einschlug, erlaubte er sich ein etwas gemächlicheres Tempo. Jenseits des Parks nämlich lag die Wohnsiedlung namens Schooner Estate mit ihren grauen und beigefarbenen Häuserblocks, die sich wie die Finger einer Hand zur Themse hin streckten, und eben auf diese Häuser hielt Jimmy zu. Er konnte nicht wissen, daß Barbara Havers und seine Mutter ihm entgegenkamen. Sie hatten inzwischen sicherlich die Siedlung erreicht. Es würde ein leichtes sein, ihn abzufangen, wenn er zum Parkplatz lief.

Unbeirrt rannte der Junge durch den Park auf die Siedlung zu. Er sprintete über den Rasen und trampelte durch die Blumenbeete, die ihm in den Weg gerieten. Erst im letzten Moment, am Rand zum Parkplatz, täuschte er einen Schwenk nach Osten, zur Siedlung, vor, um sich dann mit einer plötzlichen Drehung nach Süden zu werfen.

Lynley hörte Barbaras Ausruf, der sich mit Jean Coopers

Schrei mischte. Als er den Parkplatz erreichte, sah er gerade noch, wie der Bentley losbrauste, um die Verfolgung des Jungen aufzunehmen, doch Jimmy war dem Wagen überlegen. Er stürmte direkt auf die Manchester Road hinaus, rannte um einen Lastwagen herum, der quietschend abbremste, und erreichte den Bürgersteig auf der anderen Seite. Dort übersprang er den Zaun, der die grauen, zuchthausähnlichen Bauten der George-Green-Gesamtschule umschloß.

Barbara zog den Bentley auf den Bürgersteig. Sie war schon herausgesprungen, als Lynley sie einholte. Der Junge war an der Fassade der Schule entlanggerannt und bog jetzt um die Westecke des Baus.

Jimmy hatte freie Bahn auf dem leeren Schulgelände, und er nutzte diese Tatsache aus. Als Lynley und Barbara zur Hausecke kamen, hatte der Junge bereits den Hof überquert. Mit Hilfe einer Mülltonne hatte er sich an der hinteren Mauer hochgezogen und sie überwunden, noch ehe sie zwanzig Meter hinter sich gebracht hatten.

»Nehmen Sie den Wagen«, sagte Lynley zu Barbara. »Fahren Sie außen herum. Er will zum Fluß.«

»Zum Fluß? Zum Teufel! Er –«

»Los, fahren Sie!«

Barbara fiel in Laufschritt. Hinter sich hörte er Jean Cooper etwas Unverständliches kreischen. Ihr Schrei verklang, als er zur Mauer lief. Er umfaßte mit beiden Händen ihren oberen Rand, sprang auf die Mülltonne, um sich in die Höhe zu katapultieren, und war auf der anderen Seite.

Hinter der Schule verlief eine weitere Straße, auf der Nordseite wiederum durch eine Mauer begrenzt. Auf der Südseite war eine Wohnanlage eleganter Eigentumswohnungen mit Blick zum Fluß. Die Häuser folgten dem Bogen der Straße in nahezu ungebrochener Linie. Sie endeten an einer baumbestandenen Rasenfläche direkt am Fluß. Das war die einzige Möglichkeit. Dorthin lief Lynley.

Er rannte direkt in den Park, der, wie ein Schild am Tor ihm sagte, Island Gardens hieß. Ganz drüben an seinem Westende stand ein runder Backsteinbau mit einer Glaskuppel. Vor dem roten Backstein bewegte sich etwas Weißes, und Lynley sah, daß Jimmy Cooper versuchte, die Tür des Gebäudes zu öffnen. Eine Sackgasse, dachte Lynley. Weshalb wollte der Junge...? Er blickte nach links, über das Wasser, und begriff. Sie waren beim Fußgängertunnel nach Greenwich angelangt. Jimmy wollte ans andere Ufer hinüber.

Lynley lief schneller. Zur gleichen Zeit schoß auf der anderen Seite der Bentley um die Ecke und hielt an. Jean Cooper und Barbara Havers sprangen heraus. Wieder rief Jean den Namen ihres Sohnes. Jimmy riß an den Klinken der Tür zum Tunnel. Die Tür bewegte sich nicht.

Lynley näherte sich rasch aus Nordosten. Barbara und Jean Cooper kamen aus Nordwesten. Der Junge blickte erst in die eine Richtung, dann in die andere. An der Flußmauer entlang floh er nach Osten.

Lynley lief quer über den Rasen, um ihn abzufangen. Barbara und Jean blieben auf dem Weg. Mit einer letzten Konzentration von Kraft und Geschwindigkeit setzte Jimmy über eine Bank hinweg und sprang auf die Mauer. Er zog sich zu dem hellgrünen schmiedeeisernen Geländer hoch, das die Grenze zwischen dem Park und dem tieferliegenden Fluß bildete.

Lynley rief den Namen des Jungen.

Jean Cooper schrie.

Mit rudernden Armen stürzte Jimmy in die Themse.

23

Lynley war als erster an der Flußmauer. Unter ihm strampelte Jimmy im Wasser. Es war immer noch Flut, mit einer starken Strömung von Osten nach Westen.

Unablässig den Namen ihres Sohnes rufend, warf Jean Cooper sich an die Mauer und wollte sich an dem Geländer hochziehen. Lynley riß sie zurück und schob sie zu Barbara. »Rufen Sie die Flußpolizei.« Er zog seine Jacke aus und schlüpfte aus seinen Schuhen.

»Die sind an der Waterloo-Brücke«, protestierte Barbara, während sie mit Jean Cooper kämpfte, die versuchte, sie abzuschütteln. »Das schaffen die nie rechtzeitig.«

»Tun Sie's trotzdem.« Lynley kletterte auf die Mauer und zog sich zum Geländer hoch. Unten im Fluß mühte sich der Junge, von der Strömung und seiner Erschöpfung behindert, vergeblich zu schwimmen. Lynley ließ sich auf die andere Seite des Geländers hinunter. Jimmys Kopf verschwand im trüben Wasser.

Lynley sprang. Er hörte Barbara rufen: »Verdammt noch mal! Tommy!«, als er ins Wasser tauchte.

Es war eiskalt wie die Nordsee. Die Strömung war schneller, als er es vermutet hätte. Der Wind wühlte das Wasser auf. Durch die Strömung der Flut entstand ein starker Sog. Sobald Lynley nach seinem Sprung ins Wasser auftauchte, spürte er, wie er nach Südwesten getragen wurde, in den Fluß hinein, aber nicht zum anderen Ufer.

Er peitschte das Wasser mit den Armen, um nicht unterzugehen, und hielt nach dem Jungen Ausschau. Drüben am anderen Ufer konnte er die Fassade der Marineakademie sehen, westlich von ihr die Masten der *Cutty Sark*. Sogar die Kuppel über dem Eingang zur Fußgängerunterführung nach Greenwich konnte er erkennen. Aber Jimmy sah er nirgends.

Er ließ sich von der Strömung erfassen, wie sie gewiß auch den Jungen erfaßt hatte. Dröhnend klangen ihm sein Herzschlag und sein Atem in den Ohren. Seine Glieder fühlten sich bleischwer an. Verschwommen hörte er Schreie vom Park, aber er konnte nicht verstehen, was die dort drüben ihm zuriefen.

Unablässig drehte und wendete er sich im Wasser, das ihn mit sich forttrug, und versuchte, Jimmy zu finden. Nirgends waren Boote, die ihm hätten zu Hilfe kommen können. Die Vergnügungsdampfer verkehrten bei solcher Windstärke nicht. Die einzigen Boote, die in der Gegend unterwegs waren, waren zwei Lastkähne, die langsam flußaufwärts tuckerten. Und sie waren mindestens dreihundert Meter entfernt, zu weit, um sie anzurufen.

Eine Flasche trieb schaukelnd an ihm vorüber. Mit dem rechten Fuß trat er gegen etwas, das sich wie ein Netz anfühlte. Er begann mit der Flußströmung zu schwimmen, hielt auf Greenwich zu, wie vermutlich Jimmy es auch tat.

Er hielt den Kopf gesenkt. Versuchte mit regelmäßigen Stößen zu schwimmen. Zwang sich, ruhig und regelmäßig zu atmen. Seine vom Wasser bleischweren Kleider zogen ihn nach unten. Er kämpfte dagegen an, aber die Anstrengung ermüdete ihn rasch. Er war zuviel gelaufen, zuviel gesprungen und geklettert. Er schluckte Wasser. Er hustete. Er spürte, wie er sank. Er wehrte sich dagegen, kam wieder hoch. Schnappte nach Luft. Spürte, wie er erneut in die Tiefe gezogen wurde.

Unter der Oberfläche war fast nichts. Dunkelheit. Luftbläschen, die aus seinen Lungen entwichen. Ein Strudel, in dem Hölzchen und Blätter kreiselten. Endloses Grün auf Weiß auf Grau auf Braun.

Er dachte an seinen Vater. Beinahe konnte er ihn sehen, an Deck der *Daze,* wie er aus der Lamora-Bucht hinaussegelte. Er sagte: »Der See darfst du niemals trauen, Tom. Sie verrät dich, wenn du ihr nur die kleinste Chance gibst.« Lynley wollte einwenden, daß dies nicht die See war, sondern ein Fluß. Wer, in Gottes Namen, konnte so dumm sein, in einem Fluß zu ertrinken? Doch sein Vater mahnte: »Ein Fluß, der den Gezeiten unterworfen ist. Die Gezeiten kommen von der See. Nur ein Narr traut der See.« Und das Wasser zog ihn in die Tiefe.

Es wurde schwarz um ihn. In seinen Ohren war ein Tosen. Er

hörte die Stimme seiner Mutter und das Lachen seines Bruders. Dann sagte Helen klar und deutlich: »Ich kann dir doch nicht die Antwort geben, die du dir wünschst, nur *weil* du sie dir wünschst.«

Du meine Güte, dachte er. Immer noch diese Ambivalenz. Selbst jetzt, da es völlig nebensächlich war. Sie würde sich niemals entscheiden. Sie würde niemals bereit sein. Zum Teufel mit ihr. Zum Teufel.

Voll Zorn schlug er mit beiden Beinen aus. Er peitschte die Arme durch das Wasser. Er brach durch die Oberfläche. Hustend, nach Luft schnappend, schüttelte er sich das Wasser aus den Augen. Er hörte den Jungen.

Jimmy schrie. Er befand sich etwa zwanzig Meter weiter westlich. Wie ein Wilder schlug er um sich und drehte sich dabei unaufhörlich wie ein Stück Treibgut. Als Lynley ihm entgegenschwamm, ging er wieder unter.

Lynley tauchte und betete, daß er durchhalten würde. Diesmal war die Strömung auf seiner Seite. Er stieß mit dem Jungen zusammen und bekam ihn bei den Haaren zu fassen. Er schwamm zur Oberfläche. Jimmy wehrte sich gegen ihn, schlug um sich wie ein Fisch im Netz. Als sie es geschafft hatten und wieder Luft bekamen, begann der Junge zu treten und zu strampeln. »Nein, nein, nein!« schrie er und versuchte, sich von Lynley zu befreien.

Lynley ließ Jimmys Haare los und packte ihn statt dessen beim Hemd. Er schob einen Arm unter dem Jungen durch und legte ihn um dessen Brust. Er hatte kaum Luft, um zu sprechen, aber er schaffte es zu keuchen: »Ertrinken oder überleben. Was willst du?«

Der Junge strampelte wie ein Rasender.

Lynley faßte ihn fester. Mit Beinbewegungen und kurzen Ruderbewegungen seines freien Arms hielt er sich und den Jungen über Wasser. »Wenn du dich gegen mich wehrst, gehen wir unter. Wenn du mir beim Schwimmen hilfst, schaffen wir es vielleicht. Also, willst du?« Er schüttelte den Jungen. »Entschließ dich.«

»Nein!« Doch Jimmys Protest klang schwach, und als Lynley

ihn mit sich zum Nordufer des Flusses schleppte, hatte er nicht mehr die Kraft, sich zur Wehr zu setzen.

»Beweg deine Beine«, bat Lynley. »Ich schaff das nicht allein.«

»Ich kann nicht«, stieß Jimmy hervor.

»Doch, du kannst. Hilf mir.«

Aber Jimmy war tatsächlich am Ende seiner Kräfte. Lynley fühlte die Erschöpfung des Jungen. Er lag wie ein totes Gewicht in seinen Armen. Sein Kopf hing schlaff nach hinten. Lynley schob ihm den linken Arm unter das Kinn. Mit dem letzten Quentchen Kraft, das ihm selbst noch geblieben war, drehte er sich und den Jungen herum und begann, gegen die Strömung zu schwimmen, um das Nordufer des Flusses zu erreichen.

Er hörte Rufe, aber er hatte nicht die Energie, sich darum zu kümmern, woher sie kamen. Er hörte irgendwo in der Nähe das tiefe Dröhnen eines Nebelhorns, aber er konnte es nicht riskieren, auch nur einen Moment innezuhalten und sich umzusehen. Er wußte, ihre einzige Chance, sich zu retten, bestand darin, sich ganz auf die Schwimmbewegungen zu konzentrieren. Und darum schwamm er, Zug um Zug, atmete ein und atmete aus, zog seinen einen Arm und seine beiden Beine durch das Wasser, der Erschöpfung und dem Verlangen zum Trotz, sich einfach fallen zu lassen und es hinter sich zu haben.

Wie durch einen Schleier sah er vor sich ein Stück kiesigen Strand, von wo Boote zu Wasser gelassen werden konnten. Darauf hielt er zu. Er merkte, daß er immer schwächer wurde. Es fiel ihm immer schwerer, den Jungen festzuhalten. Als er die Grenze seiner Kraft und Ausdauer erreichte, machte er noch einen letzten verzweifelten Zug, und da stießen seine Füße auf Grund. Zuerst Sand, dann Kies, dann größere Steine. Er fand einen Halt, holte schluchzend Luft und zog den Jungen aus dem tieferen Wasser hinter sich. Im seichten Wasser fielen sie dann beide zu Boden.

Danach folgten lautes Wasserplanschen und Geschrei. Dicht an seiner Seite weinte jemand. Er hörte Barbara Havers gotteslästerlich fluchen. Arme umschlossen ihn, und er wurde aus dem Wasser gezogen und auf dem Kiesstrand niedergelegt, den er angepeilt hatte.

Er hustete. Er spürte, wie sich ihm der Magen umdrehte, wälzte sich auf die Seite, richtete sich auf seine Knie auf und übergab sich auf Barbara Havers' Schuhe.

Sie griff ihm mit einer Hand ins Haar. Die andere drückte sie ihm fest gegen die Stirn.

Er wischte sich mit der Hand über den Mund. Der Geschmack war widerlich. »Tut mir leid«, murmelte er.

»Ist schon in Ordnung«, entgegnete Barbara. »Ihr Gesicht kriegt schon wieder Farbe.«

»Was ist mit dem Jungen?«

»Seine Mutter ist bei ihm.«

Jean kniete im Wasser und hielt ihren Sohn umschlungen. Sie weinte, den Kopf zum Himmel erhoben.

Lynley rappelte sich hoch. »Mein Gott. Er ist doch nicht –«

Barbara faßte ihn beim Arm. »Er ist in Ordnung. Sie haben ihn gerettet. Es geht ihm gut.«

Lynley ließ sich wieder zu Boden sinken. Langsam, einer nach dem anderen, begannen seine Sinne zu erwachen. Er nahm den Abfallhaufen wahr, in dem er saß. Er hörte Stimmengewirr hinter sich und drehte sich um, sah, daß die Polizeibeamten vom zuständigen Revier endlich eingetroffen waren und jetzt eine Gruppe Gaffer zurückhielten, unter denen sich auch die Journalisten befanden, die ihm auf den Fersen gewesen waren, seit er New Scotland Yard verlassen hatte. Der Fotograf war eifrig bei der Arbeit und dokumentierte das Drama über die Schultern der Polizeibeamten hinweg. Diesmal würden die Zeitungen die Identität des Jungen nicht zu vertuschen brauchen. Über die wunderbare Rettung aus dem Fluß konnte man ganz losgelöst vom Mordfall Fleming berichten. Daß sie das vorhatten, entnahm Lynley den laut herausposaunten Fragen und dem Surren der Kameras.

»Wo ist die Flußpolizei abgeblieben?« fragte er Barbara. »Ich hab Ihnen doch gesagt, Sie sollen sie anrufen.«

»Ich weiß, aber –«

»Sie haben mich doch gehört, oder nicht?«

»Die Zeit war zu kurz.«

»Was reden Sie da? Haben Sie nicht einmal angerufen? Das

war ein Befehl, Havers. Wir hätten da draußen ertrinken können. Verdammt noch mal, wenn ich mich in einer Notsituation je wieder auf Sie verlassen muß, kann ich genauso –«

»Inspector. Sir.« Barbaras Stimme war fest, wenn auch ihr Gesicht bleich war. »Sie waren ganze fünf Minuten im Wasser.«

»Fünf Minuten«, wiederholte er verständnislos.

»Die Zeit war zu kurz.« Um ihren Mund zuckte es, und sie sah weg. »Außerdem hab ich – ich hab einfach den Kopf verloren. Sie sind zweimal untergegangen. So schnell. Als ich das gesehen hab, wußte ich, daß die Kollegen von der Flußpolizei sowieso nicht mehr rechtzeitig kommen würden, und wenn ...« Statt sich zu schneuzen, rieb sie sich die Nase mit den Fingern. Lynley sah, wie sie hastig zwinkerte und so tat, als vertrügen ihre Augen den Wind nicht. Er stand auf. »Tut mir leid, Barbara. Schreiben Sie's meiner eigenen Kopflosigkeit zu und verzeihen Sie mir bitte.«

»Schon okay«, sagte sie.

Sie wateten wieder ins Wasser, wo Jean Cooper noch immer ihren Sohn umfangen hielt. Lynley kniete neben ihnen nieder.

Jean drückte den Kopf ihres Sohnes an die Brust, und sie hatte ihre Wange an sein Haar gelegt. Seine Augen waren stumpf, aber nicht glasig, und als Lynleys Jeans Arm berührte, um den beiden auf die Füße zu helfen, hob Jimmy den Kopf und sah seiner Mutter ins Gesicht, die immer nur wie von Sinnen das eine Wort wiederholte: »Warum?«

Er bewegte wie probeweise seine Lippen. »Hab's gesehen«, flüsterte er.

»Was?« fragte sie. »Was denn? Warum sagst du es mir nicht?«

»Dich«, antwortete er. »Ich hab dich gesehen, Mam.«

»Du hast mich gesehen?«

»Ja, dort.« Er schien noch schlaffer zu werden in ihren Armen. »Ich hab dich dort gesehen. An dem Abend.«

Lynley hörte, wie Barbara »endlich« hauchte, und sah, daß sie auf Jean Cooper zugehen wollte. Er wies sie an, zu bleiben, wo sie war.

Jean Cooper fragte: »Mich? Du hast mich *wo* gesehen?«

»An dem Abend. Als Dad ...«

Lynley sah, wie Begreifen und Entsetzen gleichzeitig über Jean

Cooper hereinbrachen. Sie rief: »Du sprichst von Kent? Von dem Haus?«

»Ja. Du warst dort. In der Einfahrt geparkt«, murmelte er. »Hast den Schlüssel aus dem Schuppen geholt. Du bist reingegangen und wieder rausgekommen. Es war dunkel, aber ich hab's gesehen.«

Seine Mutter faßte ihn fester. »Du hast die ganze Zeit gedacht, daß ich – daß ich...« Sie starrte ihn an. »Jim, ich habe deinen Vater geliebt. Ich habe ihn geliebt! Niemals hätte ich... Jim, ich dachte *du* –«

»Ich hab dich gesehen«, sagte Jimmy wieder.

»Ich wußte ja nicht einmal, daß er dort war. Ich hatte keine Ahnung, daß überhaupt jemand in Kent war. Ich dachte, du und er wolltet zusammen in Urlaub fahren. Dann hast du mir erzählt, er hätte angerufen. Du hast gesagt, er hätte irgendwelche Cricket-Geschichten zu erledigen. Er hätte den Urlaub verschoben.«

Der Junge schüttelte wie betäubt den Kopf. »Du bist doch aus dem Haus rausgekommen. Du hattest so 'n paar kleine Knäuel in den Händen.«

»Knäuel? Jim –«

»Die Katzen«, erklärte Barbara.

»Katzen?« echote Jean. »Was für Katzen? Wo? Wovon reden Sie?«

»Du hast sie auf den Boden gesetzt und weggescheucht. Beim Haus.«

»Ich war nicht im Haus. Ich war nicht einmal in der Nähe des Hauses.«

»Ich hab's gesehen«, beharrte Jimmy wieder.

Schritte knirschten auf dem Kies. Hinter ihnen rief jemand: »Lassen Sie uns doch wenigstens ein Wort mit einem von ihnen reden!« Jean drehte sich herum, um zu sehen, wer da kam. Jimmy starrte ebenfalls in diese Richtung. Er kniff die Augen zusammen, um erkennen zu können, was vorging. Und da begriff Lynley endlich.

»Jimmy«, sagte er. »Am Mittwoch abend. Hatten Sie da Ihre Brille auf?«

Barbara trottete den Fußweg entlang zu ihrem Häuschen am Ende des Gartens, und ihre Schuhe machten bei jedem Schritt schmatzende Geräusche. Sie hatte sie unter dem Wasserhahn in der Damentoilette des New Scotland Yard gründlich geschrubbt. Jetzt rochen sie zwar nicht mehr nach Erbrochenem, aber sie waren praktisch hinüber. Sie seufzte.

Sie war zum Umfallen müde. Sie wollte jetzt nur noch eine Dusche und zwölf Stunden Schlaf. Gegessen hatte sie seit Ewigkeiten nichts mehr, aber das Essen konnte warten.

Sie hatten Jimmy und seine Mutter durch das Gedränge der Gaffer zum Wagen geführt und nach Hause gefahren. Jean Cooper hatte gemeint, ihr Sohn brauche keinen Arzt. Sie hatte ihn nach oben gebracht und ihm ein Bad einlaufen lassen, während die zwei jüngeren Kinder ihnen nicht mehr von der Seite gewichen waren und weinend abwechselnd »Mami« und »Jim« gerufen hatten, bis Jean schließlich zu dem Mädchen gesagt hatte: »Mach einen Topf Suppe warm«, und zu dem Jungen: »Schlag deinem Bruder schon mal das Bett auf.« Danach waren die beiden folgsam davongehuscht.

Jean hatte protestiert, als Lynley bat, er wollte mit ihrem Sohn sprechen. »Es ist doch, weiß Gott, genug geredet worden«, sagte sie. Doch er hatte in aller Ruhe darauf bestanden.

Als der Junge gebadet hatte und in seinem Bett lag, stieg Lynley in seinen tropfnassen Kleidern die Treppe hinauf und setzte sich ans Fußende von Jimmys Bett. »Erzählen Sie mir, was Sie an dem Abend gesehen haben«, sagte er, und Barbara, die neben ihm stand, konnte spüren, wie heftig er zitterte. Sein Jackett und seine Schuhe waren die einzigen trockenen Sachen, die er trug, und die Erregung, die ihn bis jetzt erhitzt hatte, ließ langsam nach, so daß er zu frieren anfing. Barbara bat Jean um eine Decke, aber er wollte sie sich nicht umlegen. Er war ganz auf den Jungen konzentriert. »Diesmal müssen Sie mir alles sagen, Jimmy. Sie belasten Ihre Mutter nicht damit. Ich weiß, daß sie nicht dort war.«

Barbara hätte Lynley gern gefragt, wieso er Jean Cooper so unbesehen glaubte. Gewiß, Jeans Verwirrung bei der Erwähnung der Katzen war offenkundig gewesen, aber Barbara war nicht bereit, sie von jeglicher Schuld freizusprechen, nur weil sie so getan hatte, als hätte sie von der Existenz der Tiere keine Ahnung. Mörder waren oft meisterhafte Schauspieler. Ihr war unverständlich, wie oder warum Lynley zu dem Schluß gekommen war, daß Jean Cooper keines von beiden sei.

Jimmy erzählte ihnen, was er gesehen hatte: einen blauen Wagen, der in der Einfahrt gehalten hatte; die schattenhafte Gestalt einer hellhaarigen Frau, die in den Garten gekommen und in den Geräteschuppen gehuscht war; dieselbe Frau, wie sie ins Haus gegangen war. Und keine fünf Minuten später wiederum dieselbe Frau, wie sie den Schlüssel in den Geräteschuppen zurückgebracht hatte und dann wieder davongefahren war. Er hatte noch eine halbe Stunde gewartet und das Haus beobachtet. Dann war er selbst in den Geräteschuppen gegangen und hatte den Schlüssel an sich genommen.

»Warum?« fragte Lynley.

»Ich weiß auch nicht«, antwortete der Junge. »Einfach so. Weil ich es wollte.« Er zupfte mit schwachen Fingern an der Bettdecke.

Lynley zitterte mittlerweile so stark, daß Barbara den Eindruck hatte, der ganze Boden bebe mit ihm. Sie wollte ihm raten, er solle sich umziehen, sich die Decke umlegen, einen Teller heiße Suppe essen, ein Glas Kognak trinken, irgend etwas für sich tun. Aber gerade als sie sagen wollte, sie hätten doch für einen Abend genug gehört – »der Junge bleibt uns doch, Sir. Wir können doch morgen wiederkommen, wenn wir noch etwas brauchen« –, stützte Lynley beide Hände auf das Bett und neigte sich zu dem Jungen hinunter. »Sie haben Ihren Vater geliebt, nicht wahr?« sagte er. »Nicht um alles in der Welt hätten Sie ihm etwas angetan.«

Jimmys Mund zitterte – bei diesem Ton, der so sanft war und so viel Verständnis ausdrückte –, und seine Augenlider schlossen sich. Sie schimmerten bläulich vor Müdigkeit.

»Wollen Sie mir nicht helfen, seine Mörderin zu finden?« fragte Lynley. »Sie haben sie schon gesehen, Jimmy. Wollen Sie mir helfen, sie aus ihrem Versteck zu locken? Sie sind der einzige, der das kann.«

Er öffnete die Augen. »Aber ich hatte meine Brille nicht dabei«, sagte er. »Ich dachte – ich hab das Auto gesehen und sie. Ich dachte, meine Mutter...«

»Sie brauchen sie nicht zu identifizieren. Sie brauchen nur zu tun, was ich Ihnen sage. Angenehm wird es nicht werden. Denn um etwas zu erreichen, müssen wir den Medien Ihren Namen nennen. Wir müssen noch ein Stück weitergehen, Sie und ich. Aber ich glaube, es wird wirken. Wollen Sie mir helfen?«

Jimmy schluckte. Er nickte stumm. Mit einer Bewegung, die seine Erschöpfung verriet, drehte er den Kopf auf dem Kissen und sah seine Mutter an, die auf der Bettkante saß. »Ich hab euch gesehen«, murmelte er schwach. »Einmal hab ich euch gesehen – als ich die Schule geschwänzt hab.«

Jean Cooper weinte lautlos. »Was? Was hast du gesehen?«

Er hatte die Schule geschwänzt, wiederholte er. Er hatte sich eine Tüte Fisch und Chips gekauft und sie auf einer Bank im St. John's Park gegessen. Und dann war ihm plötzlich das Bier eingefallen, das zu Hause im Kühlschrank stand. Er hatte gewußt, daß um diese Zeit niemand zu Hause sein würde, und hatte sich gedacht, er könnte klammheimlich die Hälfte trinken und die Flasche dann mit Wasser auffüllen oder vielleicht auch das ganze Bier trinken und einfach leugnen, falls seine Mutter ihm auf die Schliche käme. Daraufhin war er nach Hause gegangen. Er lief durch den Garten, durch die Küchentür. Er machte den Kühlschrank auf, öffnete die Bierflasche und hörte die Geräusche von oben.

Er war hinaufgegangen. Die Tür war nur angelehnt, und er lauschte dem Quietschen und Knarren und wußte plötzlich, was es war. Das ist der Grund, dachte er, und der Zorn saß ihm wie ein Stachel im Nacken. Darum ist er gegangen. Das ist der Grund.

Er versetzte der Tür einen vorsichtigen Stoß mit der Zehenspitze. Zuerst sah er sie. Sie hielt sich an den angelaufenen Messingstangen des Kopfteils fest, und sie weinte. Gleichzeitig schnappte sie keuchend nach Luft, während sie sich dem Mann entgegenwölbte, der zwischen ihren Schenkeln kniete. Er war nackt und hielt den Kopf gesenkt, und sein Körper glänzte wie geölt.

»Keiner«, stieß er stöhnend hervor. »Keiner. Niemals.«

»Keiner«, keuchte sie.

»Nur ich.« Er sagte es wieder und wieder – nur ich, nur ich – und bewegte sich immer schneller, bis der Rhythmus zur Raserei wurde, bis sie laut aufschluchzte, bis er sich aufbäumte und seinen Kopf in den Nacken warf und »Jeannie! Jean!« rief, und Jimmy sah, daß es sein Vater war.

Er schlich sich wieder hinunter. Er stellte das Bier, ohne es angerührt zu haben, auf die Arbeitsplatte in der Küche und ging zum Tisch, auf dem ein unversiegelter Briefumschlag lag. Er schob seine Finger hinein, zog die Papiere heraus, sah den Namen Q. Melvin Abercrombie, Rechtsanwalt, oben auf dem Briefkopf stehen. Er überflog die gestelzten Sätze mit den fremden Ausdrücken. Als er das einzige Wort sah, das von Bedeutung war – *Scheidung* –, steckte er die Papiere wieder in den Umschlag und ging aus dem Haus.

»O Gott«, flüsterte Jean, als ihr Sohn am Ende angelangt war. »Ich habe ihn geliebt, Jim. Ich habe nie aufgehört, ihn zu lieben. Ich wollte es, aber ich konnte nicht. Ich hatte immer gehofft, er würde zurückkommen, wenn ich gut genug zu ihm wäre. Wenn ich geduldig und liebevoll wäre. Wenn ich immer täte, was er wollte. Wenn ich ihm Zeit ließe.«

»Aber es hat keine Rolle gespielt«, sagte Jimmy. »Hat nichts genützt, stimmt's?«

»Aber es hätte genützt«, entgegnete Jean. »Ich weiß es. Mit der Zeit hätte es etwas gebracht. Ich habe deinen Vater gekannt. Er wäre nach Hause gekommen, wenn –«

Jimmy schüttelte schwach den Kopf.

»– wenn er ihr nicht begegnet wäre. Das ist die Wahrheit, Jim.«

Der Junge schloß die Augen.

Gabriella Patten. Sie war die Schlüsselfigur. Als Barbara dennoch meinte, sie sollten sich an Jean Cooper halten – »sie hat kein Alibi, Sir. Sie sagt, sie sei mit den Kindern zu Hause gewesen und habe geschlafen. Wer kann das denn beweisen? Kein

Mensch, das wissen Sie so gut wie ich« –, lenkte Lynley ihre Aufmerksamkeit auf Gabriella Patten. Fakten jedoch lieferte er ihr keine. Er sagte nur, während sie in Richtung New Scotland Yard fuhren, in einem Ton, der seine Erschöpfung verriet: »Alles dreht sich um Gabriella. Mein Gott, das ist wirklich Ironie. Zurück zum Ausgangspunkt.«

»Wenn das so ist, dann knöpfen wir sie uns doch vor«, meinte Barbara. »Wir brauchen den Jungen nicht. Wir können sie vorladen. Wir können sie kräftig ins Verhör nehmen. Natürlich nicht jetzt«, fügte sie hastig hinzu, als Lynley die Heizung im Wagen höher drehte, um etwas gegen die Kälte zu tun, die ihn erbarmungslos schüttelte. »Aber gleich morgen. In aller Frühe. Sie ist bestimmt noch in Mayfair und treibt's mit Mollison, wenn nicht gerade Claude-Pierre, oder wie er sonst heißt, ihre Muskeln weichklopft.«

»Kommt nicht in Frage«, erwiderte Lynley.

»Wieso nicht? Sie haben doch eben gesagt, daß Gabriella –«

»Eine Vernehmung Gabriella Pattens bringt überhaupt nichts. Hier handelt es sich um das perfekte Verbrechen, Barbara.«

Das war alles, was er zu sagen bereit war. Als sie fragte: »Wieso perfekt? Wir haben doch Jimmy. Wir haben einen Zeugen. Er hat gesehen –«, unterbrach Lynley sie mit den Worten: »Was haben wir denn schon? Wen? Ein blaues Auto, das er für den Cavalier hielt. Eine hellhaarige Frau, die er mit seiner Mutter verwechselte. Kein Staatsanwalt wird aufgrund solcher Zeugenaussagen Anklage erheben. Weil kein Geschworenengericht dieser Welt aufgrund solcher Beweise zu einem Schuldspruch käme.«

Barbara hätte gern weitergebohrt. Sie hatten schließlich Beweismaterial. Es war vielleicht dünn, aber es war vorhanden. Die Benson & Hedges-Zigaretten. Die Streichhölzer, mit denen die Zündvorrichtung konstruiert worden war. Das konnte man doch nicht so einfach vom Tisch fegen! Aber sie sah Lynley an, daß er völlig erschöpft war. Er brauchte sein letztes bißchen Kraft, um das Zittern unter Kontrolle zu halten, das seinen Körper schüttelte, während sie den Bentley durch den Abendverkehr zum New Scotland Yard zurückfuhr. Als sie in der Tiefgarage neben ihrem Mini anhielten, wiederholte er, was er bereits Chief Superintendent Hillier gesagt hatte. Auch wenn sie die besten Vorsätze der Welt hätten, mußten sie sich auf die Tatsache vorbereiten, daß es ihnen vielleicht nicht gelingen würde, diesen Fall zu knacken.

»Selbst mit Hilfe des Jungen hängt alles vom Gewissen ab«, sagte er.

»Wieso?« fragte sie, weil sie nicht verstand.

Aber mehr rückte er nicht heraus. »Nicht jetzt. Ich brauche dringend ein Bad und frische Kleider.« Damit war er losgefahren.

Während sie sich jetzt vor ihrem kleinen Haus in Chalk Farm die ruinierten Schuhe von den Füßen zog, versuchte sie zu begreifen, was er mit seiner Bemerkung über das Gewissen gemeint hatte. Aber ganz gleich, wie sie die Tatsachen und die Ereignisse der letzten Tage interpretierte, sie deuteten alle in dieselbe Richtung, jedoch nicht auf einen Menschen, der sich wegen irgend etwas ein schlechtes Gewissen machen mußte.

Sie wußten, daß es Brandstiftung war, daher wußten sie auch, daß es Mord war. Sie hatten eine Zigarette, die nach Speichelspuren untersucht werden konnte. Ganz gleich, wie lange Inspector Arderys Leute brauchen würden, um die Analysen durchzuführen, wenn der Brandstifter – okay, Gabriella Patten, da Lynley ja anscheinend von Anfang an sie und nicht Jean Cooper im Auge gehabt hatte – genug Speichel hinterlassen hatte, würden sie nach Abschluß der Untersuchungen alles über ABH-Antigene, ABo-Genotypen und diverse andere Kleinigkeiten wissen. Immer vorausgesetzt natürlich, Gabriella Patten hatte tatsächlich Speichelspuren hinterlassen. Wenn nicht, standen sie wieder am Ausgangspunkt. Und was dann? Sollten sie auf das Gewissen zurückgreifen? Gabriella Pattens Gewissen? Das ergab doch überhaupt keinen Sinn. Lynley konnte doch nicht im Ernst glauben, daß diese Frau sich von Schuldgefühlen treiben lassen würde, zu bekennen, daß sie Kenneth Fleming ermordet hatte, weil er mit ihr Schluß gemacht hatte. Verdammt noch mal, dachte Barbara. Kein Wunder, daß Lynley sagte, sie würden diesen Fall vielleicht niemals lösen.

Jeder mußte einmal ein solches Scheitern hinnehmen. Aber

Lynley hatte es bisher noch nie hinnehmen müssen. Und sie als Lynleys Mitarbeiterin auch nicht.

Es war nicht gerade günstig, ausgerechnet an diesem Fall zu scheitern. Nicht nur richtete sich das gesamte Interesse der Medien auf das Verbrechen, das bei der Öffentlichkeit auf weit mehr Anteilnahme stieß als etwa ein Mord an einem Unbekannten; auch ihre Vorgesetzten steckten dauernd ihre Nase in die Ermittlungen. Diese doppelte Aufmerksamkeit von Medien und Vorgesetzten verhieß weder für Lynley noch für Barbara Gutes. Lynley würde sie mit Sicherheit schaden, da er beinahe von Anfang an einen Kurs eingeschlagen hatte, der gegen ein Grundprinzip effizienter Polizeiarbeit verstieß: Er hatte sich dafür entschieden, das Medienspiel zu spielen, und tat dies immer noch – mit einem Ziel, das nur ihm bekannt war und das er bisher offensichtlich nicht erreicht hatte. Barbara würde ebenfalls im Kreuzfeuer stehen, weil sie gewissermaßen Beihilfe geleistet hatte. Chief Superintendent Hillier hatte ihr das signalisiert, als er auch sie zu der einzigen Besprechung zitiert hatte, die er mit Lynley über den Fall abgehalten hatte.

Sie konnte die Vorwürfe beinahe hören, die ihre nächste dienstliche Beurteilung begleiten würden. Haben Sie auch nur ein einziges Mal einen Einwand vorgebracht, Sergeant Havers? Gewiß, Sie nehmen in diesem Gespann eine untergeordnete Stellung ein, aber seit wann macht eine untergeordnete Stellung es überflüssig, in einer Frage des Ethos seine Meinung zu sagen? Es würde Chief Superintendent Hillier gar nicht interessieren, daß sie im Lauf der Ermittlungsarbeiten Lynley sehr wohl ihre Meinung gesagt hatte. Sie hatte es nicht öffentlich getan, genauer gesagt: nicht während der Konferenz, die Hillier einberufen hatte.

Wenn es nach Hillier gegangen wäre, hätte sie Lynley darauf hinweisen müssen, daß mit den Medien kein Bund zu schließen war. Bestenfalls waren sie treulos, einzig darauf bedacht, sich zu holen, was immer greifbar war. Schlimmstenfalls waren sie rücksichtslos und zerstörerisch.

Doch sie hatte nichts dergleichen gesagt. Und nun sank das Schiff, und sie war im Begriff, mit ihm unterzugehen.

Es würde keinen von beiden die Stellung kosten. Ein Fehlschlag ab und an wurde erwartet. Aber zu scheitern, während man mitten im Rampenlicht stand, nach dem man sich auch noch gedrängt hatte... Das würde niemand so schnell vergessen, am wenigsten die Herren von oben, die Barbaras Zukunft in ihren Händen hielten.

»Blödmänner, alle miteinander«, brummte Barbara, während sie in ihrer Umhängetasche nach ihrem Hausschlüssel wühlte. Sie war beinahe zu müde, um deprimiert zu sein.

Aber nicht müde genug. Im Haus knipste sie das Licht an und sah sich um. Sie seufzte. Gott, eine erbärmliche Bude war das. Immerhin lief jetzt der Kühlschrank, das war wenigstens etwas, da brauchte sie den Eimer nicht mehr, aber insgesamt war das Zimmer im Grunde nicht mehr als eine persönliche Bankrotterklärung. »Allein« schrie es aus allen Ecken. Ein Einzelbett. Ein Eßtisch, an dem nur zwei Stühle standen – und schon das war der Gipfel kühner Hoffnung. Ein altes Schulfoto eines längst verstorbenen Bruders. Ein Schnappschuß der Eltern; der Vater tot, die Mutter geistig verwirrt. Eine Sammlung anspruchsloser Romane – die man in zwei Stunden durch hatte –, in denen standhafte Männer von der Liebe in die Knie gezwungen wurden und immerwährende Seligkeit in den Armen guter Frauen fanden, mit denen sie in einem Bett oder einem Heuhaufen landeten. Und sie lebten danach, nachdem all ihr bebendes Sehnen endlich seine große Erfüllung gefunden hatte, glücklich und zufrieden bis an ihr Lebensende? Gab es das überhaupt?

Hör auf, befahl sich Barbara ungeduldig. Du bist müde, du hast nasse Füße, du bist hungrig, beunruhigt und durcheinander. Du brauchst eine Dusche, die du jetzt gleich nehmen wirst. Du brauchst einen Teller Suppe, den du gleich nach der Dusche in dich hineinschlürfen wirst. Und dann rufst du deine Mutter an und sagst ihr, daß du am Sonntag zu einem Spaziergang im Park nach Greenford kommen wirst. Und wenn du das erledigt hast, kriechst du in dein Bett, knipst deine Leselampe an und genießt die zweifelhaften Freuden der Liebe aus zweiter Hand.

»Genau«, sagte sie laut.

Sie zog sich aus, ließ ihre Sachen auf einem Haufen liegen und ging ins Badezimmer, wo sie die Dusche aufdrehte, bis es dampfte. Dann stellte sie sich mit einer Flasche Shampoo darunter. Sie ließ das Wasser auf sich herabprasseln, und während sie kräftig ihre Kopfhaut massierte, sang sie aus vollem Hals einen Oldie nach dem anderen.

Sie hatte sich gerade ein Handtuch um den Kopf geschlungen und ihren alten Frotteebademantel übergezogen, als sie hörte, wie es klopfte. Abrupt stellte sie das Singen ein. Das Klopfen hörte gleichzeitig auf, begann dann aber wieder. Sie hörte es jetzt ganz deutlich, viermal kurz und laut. »Wer kann das denn sein?« fragte sie sich und ging auf bloßen Füßen zur Haustür. »Ja?« rief sie.

»Hallo, hallo! Ich bin's!« Eine dünne Kinderstimme.

»Du bist es?«

»Ich hab Sie doch neulich abends besucht. Wissen Sie noch? Der Junge hat Ihren Kühlschrank aus Versehen bei uns abgeliefert, und Sie haben davorgestanden und ihn sich angesehen, und da bin ich rausgekommen, und Sie haben mich in Ihr Haus eingeladen, weil ich es gern sehen wollte, und –«

Eingeladen war nicht das Wort, das Barbara gewählt hätte. Sie rief: »Hadiyyah!«

»Sie erinnern sich! Das wußte ich. Ich hab Sie heimkommen sehen, weil ich aus dem Fenster geschaut habe, und da hab ich meinen Dad gefragt, ob ich Sie besuchen darf. Dad hat mir's erlaubt, weil ich ihm gesagt hab, daß Sie meine Freundin sind. Und jetzt –«

»Ach, ich bin total erledigt«, sagte Barbara, ohne die Tür zu öffnen. »Ich bin eben erst nach Haus gekommen. Können wir uns nicht später sehen? Morgen vielleicht?«

»Oh. Ich hätte wohl nicht... Wissen Sie, ich wollte Ihnen nur...« Die kleine Stimme verstummte entmutigt. »Gut, ja. Vielleicht später.« Dann mit neuer Zuversicht: »Aber ich hab Ihnen was mitgebracht. Soll ich es vor der Tür lassen? Geht das? Es ist nämlich was Besonderes.«

Zum Teufel, dachte Barbara und sagte: »Warte einen Augenblick, okay?«

Sie hob den Kleiderhaufen vom Boden auf, warf ihn ins Badezimmer und kehrte zur Tür zurück.

»Na, was hast du so alles getrieben«, sagte sie, als die Tür öffnete. »Weiß dein Dad –« Sie brach ab, als sie sah, daß Hadiyyah nicht allein war.

Ein Mann stand neben ihr. Seine Haut war dunkel, dunkler als die des Kindes. Er war schlank und trug einen Nadelstreifenanzug. Hadiyyah selbst hatte ihre Schuluniform an und trug rosa Schleifchen in den Zöpfen. Sie hielt den Mann bei der Hand. Er hatte, wie Barbara sah, eine sehr edle goldene Uhr am Handgelenk.

»Ich hab meinen Dad mitgebracht«, verkündete Hadiyyah stolz.

Barbara nickte. »Aber er ist doch wohl nicht das, was du mir vor der Tür liegenlassen wolltest, hm?«

Hadiyyah kicherte und zog ihren Vater an der Hand. »Sie ist frech, Dad. Das hab ich dir ja gesagt, nicht?«

»Ja, das hast du gesagt.«

Der Mann musterte Barbara mit dunklen Augen. Und sie starrte zurück. Er war nicht sehr groß und wirkte mit seinem zart geschnittenen Gesicht eher hübsch als gutaussehend. Das volle schwarze Haar war glatt aus der Stirn zurückgekämmt, und ein Muttermal hoch oben auf dem Wangenknochen saß so perfekt, daß Barbara hätte schwören mögen, es sei nicht echt. Er konnte ebensogut fünfundzwanzig wie vierzig sein. Es war schwer, sein Alter zu schätzen, weil seine Haut praktisch faltenlos war.

»Taymullah Azhar«, sagte er förmlich.

Barbara hatte keine Ahnung, was man darauf korrekterweise erwiderte. War das eine muslimische Grußformel? Mit einem Nicken, bei dem das kunstvoll geschlungene Handtuch verrutschte, sagte sie: »Gut«, und zog das Handtuch wieder gerade.

Ein Lächeln flog über das Gesicht des Mannes. »Ich bin Taymullah Azhar. Hadiyyahs Vater.«

»Ach so! Barbara Havers.« Sie reichte ihm die Hand. »Sie haben mir den Kühlschrank hierhergebracht und mir einen Brief hinterlassen. Ich konnte nur die Unterschrift nicht lesen. Vielen Dank. Es freut mich sehr, Sie kennenzulernen, Mister –« Sie krauste die Stirn, während sie überlegte, mit welchem Namen sie ihn ansprechen sollte.

»Azhar allein reicht, da wir ja Nachbarn sein werden«, sagte er. Unter seinem Jackett trug er ein Hemd, das so weiß war, daß es im schwindenden Licht zu fluoreszieren schien. »Hadiyyah wollte unbedingt, daß ich sofort nach dem Nachhausekommen ihre Freundin Barbara kennenlerne, aber ich sehe, daß wir in einem ungünstigen Moment gekommen sind.«

»Hm, ja. Eigentlich schon. Tut mir leid.« Hör auf zu plappern, ermahnte sie sich zornig und riß sich zusammen. »Ich habe nämlich gerade ein Fußbad in der Themse genommen. Deswegen bin ich in diesem Aufzug. Ich meine, wie spät ist es überhaupt? Bestimmt noch nicht Schlafenszeit, oder? Möchten Sie hereinkommen?«

Hadiyyah zog an seiner Hand und begann zu tänzeln. Ihr Vater legte ihr die Hand auf die Schulter, und sie stand sofort still. »Nein, wir würden Sie heute abend nur stören«, sagte er. »Aber wir danken Ihnen, Hadiyyah und ich.«

»Haben Sie schon zu Abend gegessen?« fragte Hadiyyah hoffnungsvoll. »Wir nämlich noch nicht. Und bei uns gibt's Curry. Dad macht es. Er hat Lamm mitgebracht. Wir haben ganz viel. Dad kann wunderbares Curry kochen. Wenn Sie noch nicht zu Abend gegessen haben.«

»Hadiyyah«, mahnte Azhar in ruhigem Ton. »Bitte, sei nicht so vorlaut.« Die Kleine wurde wieder still, aber das Strahlen in ihrem Gesicht und ihren Augen blieb. »Wolltest du deiner Freundin nicht etwas geben?«

»Ach ja! Natürlich!« Sie tat einen kleinen Hüpfer. Ihr Vater nahm einen grasgrünen Briefumschlag aus seiner Jackentasche und gab ihn Hadiyyah, die ihn wiederum mit feierlicher Geste Barbara weiterreichte. »Den wollte ich Ihnen eigentlich vor die Tür legen«, erklärte sie. »Sie brauchen ihn nicht gleich aufzumachen. Aber Sie können natürlich, wenn Sie wollen. Wenn Sie wirklich wollen.«

Barbara schob ihren Finger unter die Klappe und zog ein Stück gelbes Tonpapier mit gebogtem Rand heraus, das, als sie es entfaltete, zu einer Sonnenblume wurde. In der Mitte stand in sauberen Druckbuchstaben: »Zu Khalidah Hadiyyahs Geburtstagsfest am Freitag abend, um sieben Uhr, sind Sie herzlichst eingeladen. Wir machen viele schöne Spiele. Es gibt köstliche Erfrischungen.«

»Hadiyyah wollte die Einladung unbedingt heute abend überbringen«, erklärte Taymullah Azhar höflich. »Ich hoffe, Sie werden uns die Freude machen und kommen, Barbara.«

»Ich werde acht Jahre alt«, verkündete Hadiyyah. »Es gibt Erdbeereis und Schokoladenkuchen. Sie brauchen auch kein Geschenk mitzubringen. Ich bekomme bestimmt andere. Mami schickt mir sicher etwas aus Ontario. Das ist in Kanada. Sie ist im Urlaub, aber sie weiß, daß ich Geburtstag habe, und sie weiß auch, was ich mir wünsche. Das hab ich ihr gesagt, bevor sie weggefahren ist, nicht wahr, Vater?«

»Ja, das stimmt.« Azhar suchte ihre Hand und umschloß sie mit der seinen. »So, und jetzt, wo du deine Einladung an deine Freundin überbracht hast, wäre es vielleicht das beste, gute Nacht zu sagen.«

»Kommen Sie?« bohrte Hadiyyah. »Es wird bestimmt lustig. Ganz bestimmt!«

Barbara blickte von dem eifrigen Kind zu dem ernsten, ruhigen Vater. Sie fragte sich, was für verborgene Strömungen es hier gab.

»Es gibt Schokoladenkuchen«, sagte das Kind wieder. »Und Erdbeereis.«

»Hadiyyah«, mahnte Azhar in ruhigem Ton.

»Aber ja«, willigte Barbara ein. »Ich komme gern.«

Hadiyyah strahlte und trat wieder einen kleinen Hüpfer. »Um sieben Uhr«, erinnerte sie noch einmal. »Sie vergessen es doch nicht, nicht wahr?«

»Nein, ich vergesse es nicht.«

»Vielen Dank, Barbara Havers«, sagte Taymullah Azhar schlicht.

»Nennen Sie mich Barbara. Nur Barbara«, entgegnete sie.

Er nickte. Mit sanfter Hand führte er seine Tochter wieder auf den Fußweg.

Sie lief ihm mit fliegenden Zöpfen voraus. »Geburtstag, Geburtstag, Geburtstag«, sang sie.

Barbara sah ihnen nach, bis sie hinter der Ecke des Haupthases verschwunden waren. Sie schloß ihre Tür, betrachtete die Einladung und schüttelte den Kopf.

Drei Wochen und vier Tage, dachte sie, ohne ein Wort und ein Lächeln. Wer hätte gedacht, daß ein achtjähriges Mädchen ihre erste Freundin hier werden würde?

Olivia

Ich habe fast eine Stunde Pause gemacht. Ich sollte zu Bett gehen, aber ich habe das Gefühl, wenn ich jetzt, wo ich dem Ende so nahe bin, in mein Zimmer gehe, ohne fertig geschrieben zu haben, werde ich den Mut verlieren.

Chris kam vor einer Weile aus seinem Zimmer. Er hatte rote Ränder um die Augen wie immer kurz nach dem Aufwachen, daher wußte ich, daß er geschlafen hatte. Er trug seine gestreifte Pyjamahose und sonst nichts. Er blieb an der Tür zur Küche stehen, zwinkerte ein paarmal und gähnte.

»Ich hab gelesen und bin dabei eingeschlafen. Ich glaube, ich werde alt.« Er schlurfte zur Spüle und ließ sich ein Glas Wasser einlaufen, doch er trank es nicht. Er beugte sich über das Becken und schwappte sich das Wasser an den Hals und ins Haar, das er dabei kräftig rubbelte.

»Was liest du?« fragte ich ihn.

»Atlas Shrugged. Die Rede.«

»Schon wieder?« Ich schauderte. »Kein Wunder, daß du eingeschlafen bist.«

»Eines wollte ich immer schon wissen ...« Er gähnte wieder und reckte die Arme über den Kopf. Er wirkte magerer denn je.

»Was wolltest du immer schon wissen?«

»Wie lange man braucht, um eine Rede von dreiundsechzig Seiten zu halten.«

»Wenn einer dreiundsechzig Seiten benötigt, um zu sagen, was er meint, lohnt sich's nicht, ihm zuzuhören«, stellte ich fest. Ich legte meinen Bleistift auf den Tisch und konzentrierte mich darauf, beide Hände zu Fäusten zu ballen. »Auf die Frage: ›Wer ist John Galt?‹, kann die Antwort nur lauten: ›Wen interessiert das schon?‹«

Chris lachte. Er kam zu meinem Stuhl. »Rutsch nach vorn«, sagte er und schob mich zur Kante, um sich hinter mich zu setzen.

»Ich fall gleich runter«, warnte ich.

»Ich halt dich schon fest. Komm, lehn dich zurück.« Er zog mich an sich, schlang seine Arme um meine Taille und legte sein Kinn auf meine Schulter. Ich konnte seinen Atem an meinem Hals fühlen. Ich lehnte meinen Kopf an seinen.

»Geh zu Bett«, sagte ich. »Ich schaff das schon.«

Mit einem Arm hielt er mich weiter fest, mit der anderen Hand streichelte er mir den Hals. »Ich hab geträumt«, murmelte er. »Ich war wieder in der Schule. Mit Lloyd-George Marley.«

»Entfernt verwandt mit Bob?«

»Behauptete er jedenfalls. Es ging um eine Machtprobe mit einer Bande Faschisten, die damals immer beim Taxistand in der Nähe von unserer Schule herumlungerten. Nationale Front, weiß du. Mit Metallkappen an den Stiefeln und dem ganzen Klimbim.« Er sprach leise und massierte dabei die verkrampften Muskeln in meinem Nacken. »Wir kommen um die Ecke – Lloyd-George und ich – und sahen die Kerle plötzlich. Ich wußte sofort, daß sie Streit suchten. Nicht mit mir, sondern mit Lloyd-George. Sie wollten ihm kräftig eins auf die Nase geben, ihm und seinesgleichen eine Lektion erteilen. Geht dahin zurück, wo ihr hergekommen seid, ihr Scheißnigger. Ihr verseucht unser reines englisches Blut. Sie hatten Schlagringe und schwere Eisenketten. Ich wußte, was uns erwartete.«

»Und was hast du getan?«

»Ich wollte Lloyd-George sagen, er solle davonlaufen. Aber du weißt ja, wie das im Traum ist: Ich bekam kein Wort heraus. Und sie kamen immer näher. Ich holte ihn ein und hielt ihn fest. Komm, hauen wir ab, sagte ich. Laß uns abhauen. Ich wollte verschwinden. Er wollte sich schlagen.«

»Und?«

»Dann bin ich aufgewacht.«

»Glück gehabt.«

»Darum geht's nicht.«

»Worum denn?«

Ich spürte, wie sein Arm, der mich umfangen hielt, sich spannte. »Ich war froh, daß ich keine Entscheidung treffen mußte, Livie.«

Ich wandte mich, um ihn ansehen zu können. Die Bartstoppeln wirkten zimtbraun auf seiner Haut. »Das hat doch keine Bedeutung«, sagte ich. »Es war ein Traum. Du bist aufgewacht.«

»Doch, es hat eine Bedeutung.«

Ich spürte den Schlag seines Herzens an meinem Körper. »Es ist okay«, beruhigte ich ihn.

»Es tut mir leid«, sagte er. »Das alles. Was es kostet.«

»Man muß für alles bezahlen.«

»Aber nicht so teuer.«

»Ach, ich weiß nicht.« Ich tätschelte seine Hand und ließ meine Augen zufallen. Das Licht aus der Küche lag wie heller Fackelschein auf meinen Augenlidern. Dennoch schlief ich ein.

Chris hielt mich. Als die Krämpfe mich weckten, glitt er vom Stuhl und massierte meine Beine. Manchmal lobe ich ihn, wenn das hier alles vorüber wäre, könne er sich als professioneller Masseur verdingen. »Du bist Weltmeister im Massieren«, sage ich dann, »und ich bin Weltmeisterin im Angewiesen-Sein.« Es ist wahr. Die Krankheit macht einem bewußt, wie sehr man auf andere angewiesen ist. Sie löscht alle Gedanken an Unabhängigkeit aus, an Ich-werd's-ihnen-schon-Zeigen oder Ihr-könnt-mir-alle-gestohlen-Bleiben.

Womit ich wieder bei Mutter wäre.

Den Entschluß zu fassen, mit Mutter über meine Krankheit zu sprechen, war eine Sache. Es zu tun, war eine ganz andere. Und ich malte mir die verschiedensten Szenarien aus. Ich stellte mir vor, ich würde sie bitten, sich in irgendeinem Lokal mit mir zu treffen, vielleicht in dem italienischen Restaurant in der Argyll Road. Ich würde Risotto bestellen – das war am einfachsten vom Teller in den Mund zu befördern – und zwei Gläser Wein trinken, um die Hemmungen loszuwerden. Vielleicht würde ich eine ganze Flasche bestellen und sie mit ihr teilen. Wenn sie ein bißchen angesäuselt war, würde ich mit meinen Neuigkeiten herausrücken. Ich würde ein bißchen früher kommen, noch vor ihr, und den Kellner bitten, meine Gehhilfe zu verstecken. Sie würde pikiert sein, wenn ich bei ihrer Ankunft nicht aufstehen würde, aber sie würde es mir verzeihen, sobald sie erführe, was los war.

Oder ich würde sie aufs Boot einladen und sie mit Chris und Max zusammen erwarten, damit sie sehen konnte, wie sehr mein Leben sich in den letzten Jahren verändert hatte. Max würde mit ihr Konversation machen: über Cricket, über die drückende Verantwortung des Fabrikmanagements, über viktorianische Antiquitäten und seine Leidenschaft für alles Altertümliche, frei erfunden für diesen besonderen Anlaß. Chris würde sein wie immer, auf der untersten Treppenstufe sitzen und Panda ein Stück Banane zustecken, das die Katze brav verspeisen würde, auch wenn sie keine Ahnung hätte, womit sie diesen unerwarteten Leckerbissen verdient hatte. Ich würde Toast zu meiner linken Seite und Beans zu meiner rechten Seite haben. Eigentlich sind sie ja lieber bei Chris, aber ich würde mir Hundebiskuits in die Taschen stecken und sie ihnen hin und wieder, wenn Mutter gerade nicht hinsah, auf den Boden zwischen die Pfoten legen. Wir würden ein Bild des Friedens und der Harmonie bieten: Freunde, Kameraden, Gleichgesinnte. Wir würden uns ihre Unterstützung erobern.

Oder ich würde meinen Arzt anrufen lassen. »Mrs. Whitelaw«, würde er sagen, »hier spricht Stewart Alderson. Ich rufe wegen Ihrer Tochter Olivia an. Können wir einen Termin vereinbaren?« Sie würde wissen wollen, worum es sich handelte. Darauf würde er sagen, daß er das am Telefon nicht besprechen wolle. Ich würde schon bei ihm im Sprechzimmer sein, wenn sie eintraf. Sie würde die Gehhilfe neben meinem Stuhl sehen und sagen: »Mein Gott, Olivia! Was hat das zu bedeuten?« Der Arzt würde ihr alles erklären, und ich würde mit gesenktem Blick dabeisitzen.

Jedes dieser phantastischen Wiedersehen spielte ich durch bis zu seinem logischen Schluß. Aber jedesmal war der Schluß der gleiche: Mutter siegte, ich verlor. Durch die äußeren Umstände des Zusammentreffens war ich stets im Nachteil. Ich konnte aus dieser Begegnung nur als Siegerin hervorgehen, wenn ich mit Mutter unter Bedingungen zusammentraf, die sie zwingen würden, sich im Glorienschein von Mitgefühl, Liebe und Vergebung zu zeigen. Sie mußte gut dastehen wollen. Da keine realistische Hoffnung bestand, daß sie Wert darauf legen würde, vor *mir* gut dazustehen, war mir klar, daß Kenneth Fleming dabeisein mußte, wenn sie und ich schließlich zusammentrafen. Ich würde also nach Kensington fahren müssen.

Chris wollte mich begleiten, aber da ich ihn belogen und gesagt hatte, ich hätte Mutter bereits angerufen, wollte ich ihn nicht dabeihaben, wenn sie und ich uns zum erstenmal gegenübertraten. Darum wartete ich, bis ich wußte, daß eine ARM-Aktion geplant war, und verkündete dann genau an dem Abend beim Essen, daß Mutter mich um halb elf erwarte. Er könne mich ja auf der Fahrt zum Forschungslabor in Northampton in Kensington absetzen, sagte ich zu ihm. Und fügte gleich hastig hinzu, daß er mich sowieso nicht vor den frühen Morgenstunden abzuholen brauche, da Mutter und ich eine Menge zu besprechen hätten und ihr genausoviel wie mir an einer Aussöhnung gelegen sei. Wir hätten schließlich zehn Jahre der Entfremdung wiedergutzumachen.

Er erwiderte mit einigem Widerwillen: »Ich weiß nicht recht, Livie. Die Vorstellung, daß du da draußen festsitzt, ist mir gar nicht sympathisch. Was ist, wenn es schiefgeht?«

Ich hätte schon vorgefühlt, erklärte ich. Was denn groß schiefgehen solle? Ich sei ja wohl kaum in der Position, mit meiner Mutter zu streiten. Schließlich wolle ich ja ihre Hilfe. Und so weiter, und so fort.

»Und wenn sie gemein wird?«

»Sie wird doch einen armen Krüppel nicht demütigen! Jedenfalls nicht vor ihrem Lustknaben.«

Aber Fleming werde sie vielleicht sogar dazu ermutigen, entgegnete Chris. Fleming werde vielleicht gar nicht scharf darauf sein, daß eine Versöhnung zwischen Mutter und mir zustandekäme.

»Wenn Kenneth mir dumm kommt«, sagte ich, »ruf ich einfach Max an. Dann kann er mich abholen. Okay?«

Chris war einverstanden, aber geheuer war ihm die ganze Sache nicht.

Um fünf vor halb elf waren wir da. Wie immer gab es in der ganzen Straße nicht einen einzigen freien Parkplatz, deshalb ließ Chris den Motor laufen und kam um den Wagen herum, um mir zu helfen. Er stellte die Gehhilfe auf die Straße, hob mich aus dem Lieferwagen und fragte: »Stehst du sicher?«

»So sicher wie der Fels von Gibraltar«, log ich strahlend.

Um zur Haustür zu gelangen, mußte man erst einmal sieben Stufen bewältigen. Gemeinsam schafften wir es. Dann standen wir auf der Veranda. Im Eßzimmer brannte Licht. Das Erkerfenster war erleuchtet. Ebenso die Fenster des Salons darüber. Chris streckte den Arm aus, um zu läuten.

»Warte«, sagte ich und sah ihn mit einem Lächeln an. »Ich möchte erst noch einmal tief Luft holen.« Und meinen Mut zusammenraffen. Wir warteten.

Aus einem offenen Fenster irgendwo über uns hörte ich Musik. Im Blumenkasten vor dem Eßzimmer hatte Mutter Jasmin angepflanzt, dessen lange blühende Ranken bis zu den Erdgeschoßfenstern darunter herabhingen. Ich atmete den Duft der Blüten tief ein, dann sagte ich: »Hör zu, Chris. Ich schaff das jetzt schon allein. Fahr du los.«

»Ich will dich nur sicher ins Haus bringen.«

»Das ist doch nicht nötig. Mutter kümmert sich schon um mich.«

»Jetzt stell dich nicht an, Livie.« Er tätschelte meine Schulter, griff an mir vorbei und läutete.

Jetzt hab ich den Salat, dachte ich und überlegte, was, um alles in der Welt, ich sagen würde, um Mutters Schock zu kaschieren, wenn sie mich ungebeten, unerwartet und unvorhergesehen vor ihrer Tür stehen sah. Chris würde es sicher übelnehmen, daß ich ihn belogen hatte.

Dreißig Sekunden vergingen. Chris läutete noch einmal. Wieder warteten wir dreißig Sekunden, dann sagte er: »Du hast doch gesagt –«

»Sie ist wahrscheinlich auf der Toilette«, meinte ich. Ich nahm den Hausschlüssel aus meiner Tasche und betete, daß sie das Türschloß nicht ausgewechselt hatte. Sie hatte es nicht getan.

Chris blieb hinter mir an der Tür stehen, als ich hineinging. Ich rief: »Mutter? Ich bin's Olivia. Ich bin hier.«

Die Musik, die wir auf der Veranda gehört hattte, kam von oben. Frank Sinatra, der »My Way« sang. Es war gut möglich, daß das Läuten der Türglocke und meine Stimme im lauten Schluchzen von Old Blue Eyes untergegangen waren.

»Sie ist oben«, sagte Chris. »Soll ich sie holen?«

»Sie hat dich noch nie gesehen, Chris. Sie wird zu Tode erschrecken.«

»Aber wenn sie weiß, daß du kommst –«

»Sie glaubt, ich käme allein. Nein. Chris, nicht!« bat ich, als er zur Treppe am Ende des Korridors ging.

»Mrs. Whitelaw?« rief er im Hinaufsteigen. »Ich bin Chris Faraday. Ich habe Livie hergebracht. Mrs. Whitelaw? Livie ist hier.«

An der Treppenbiegung im ersten Zwischengeschoß verschwand er. Ich seufzte und schlurfte ins Eßzimmer. Wie passend; nun würde mir nichts anderes übrigbleiben, als die Suppe auszulöffeln, die ich mir eingebrockt hatte. Schmecken würde sie mir sicherlich nicht.

Ich mußte versuchen, eine halbwegs souveräne Position einzunehmen. Ich schleppte mich durch die Verbindungstür in den kleinen Salon, wo an einer Wand das scheußliche Sofa meiner Urgroßmutter stand, das dort schon seit den fünfziger Jahren des vergangenen Jahrhunderts in Plüsch und Walnuß prangte. Ja, das war genau das richtige.

Als ich mich dort niedergelassen hatte, die Gehhilfe auf dem Boden und außer Sicht, kam Chris wieder.

»Sie ist nicht hier«, sagte er. »Jedenfalls nicht oben. In diesem Haus krieg ich das Gruseln, Livie. Man kommt sich vor wie in einem Museum. Überall dieser Krempel.«

»Hast du ihr Schlafzimmer gesehen? War die Tür geschlossen?« Als er den Kopf schüttelte, bat ich: »Schau doch mal in der Küche. Den Korridor entlang, dann durch die Tür, dann die Treppe runter. Wenn sie dort ist, hat sie uns nicht gehört.«

Aber selbstverständlich hätte sie die Türglocke gehört. Davon sagte ich nichts, als Chris sich neuerlich auf die Suche machte. Eine Minute verging. Frank Sinatra sang jetzt »Luck be a Lady«. Ein passendes Stück, fand ich.

Von unten hörte ich, wie die Hintertür geöffnet wurde, die in den Garten führte, und dachte, da ist sie. Ich holte noch einmal tief Luft, um mich zu beruhigen, setzte mich auf dem Sofa zurecht und hoffte, Chris würde sie nicht zu Tode erschrecken, wenn die beiden vor der Küche zusammentrafen. Aber gleich darauf hörte ich Chris draußen »Mrs. Whitelaw« rufen, und da war mit klar, daß er die Tür geöffnet hatte. Ich spitzte die Ohren, bekam aber nichts mehr mit. Er schien durch den Garten zu gehen. Ich wartete ungeduldig auf seine Rückkehr.

Sie sei nirgends, berichtete er, als er drei Minuten später wieder in den kleinen Salon trat. Aber in der Garage stehe ein Wagen, ein weißer BMW, ob das ihrer sei?

Ich hatte keine Ahnung, was für einen Wagen sie fuhr. »Ich nehme es an. Sie ist wahrscheinlich nur mal zu den Nachbarn rübergegangen.«

»Und Fleming?«

»Keine Ahnung. Vielleicht hat er sie begleitet. Ist ja auch egal. Sie kommt bestimmt gleich zurück. Sie weiß ja, daß ich da bin.« Ich zupfte an den Fransen eines orientalischen Schals, der über dem Rücken des Sofas lag. »Du hast den Motor laufen lassen«, erinnerte ich ihn so behutsam, wie es mir möglich war, obwohl ich mir nichts sehnlicher wünschte, als daß er ging, ehe meine Mutter zurückkehrte. »Fahr du ruhig. Ich komm hier schon zurecht.«

»Ich laß dich aber nicht gern so allein hier zurück.«

»Ich bin nicht allein, Chris. Komm schon. Mach kein Theater. Ich bin schließlich kein kleines Kind. Ich schaff das schon.«

Er kreuzte die Arme vor der Brust und starrte mir prüfend ins Gesicht. Aber beim Spiel mit Lüge und Wahrheit war Chris Faraday mir noch nie gewachsen gewesen.

»Fahr schon«, drängte ich wieder. »Die anderen warten auf dich.«

»Aber du rufst Max an, wenn es Schwierigkeiten gibt?«

»Es wird keine Schwierigkeiten geben.«

»Aber wenn ...«

»Ja, dann rufe ich Max an. Jetzt mach dich auf die Socken. Laß die anderen nicht warten.«

Er kam zum Sofa, beugte sich zu mir herab und küßte mich auf die Wange. »Gut«, sagte er. »Dann fahr ich jetzt.« Aber er zögerte immer noch. Ich glaubte schon, er hätte die Wahrheit erraten und würde gleich sagen: Deine Mutter hat keine Ahnung, stimmt's, Livie? Statt dessen jedoch kaute er einen Moment auf seiner Unterlippe und sagte dann: »Ich hab dich im Stich gelassen.«

»Blödsinn« entgegnete ich und schob ihn ein wenig von mir weg. »Fahr. Bitte. Ich will dich nicht dabeihaben, wenn ich mit meiner Mutter rede.«

Diese Worte wirkten. Ich hielt den Atem an, bis ich hörte, wie die Haustür hinter ihm zufiel. Dann ließ ich mich an die von üppigen Schnörkeln gekrönte Lehne des alten Sofas sinken und lauschte, um die Abfahrt des Lieferwagens mitzubekommen. Aber Frank Sinatras Stimme übertönte alle Straßengeräusche. Als jedoch die Minuten verrannen, ohne daß Chris zurückkehrte, entspannte ich mich langsam. Es war mir gelungen, wenigstens einen Teil meines Plans durchzuführen, ohne als Lügnerin entlarvt zu werden.

Der Wagen, hatte Chris gesagt, stehe in der Garage. Überall brannten die Lichter. Der Plattenspieler lief. Sie waren bestimmt irgendwo in der Nähe – Kenneth Fleming und meine Mutter. Ich war ohne ihr Wissen ins Haus eingedrungen; ich hatte den Überraschungsvorteil auf meiner Seite. Nun mußte ich ihn nur noch nutzen.

Ich begann zu planen. Welche Haltung ich einnehmen würde. Was ich sagen würde; welche Plätze ich ihnen zuweisen würde; ob ich die ALS beim Namen nennen oder lediglich vage von meinem »Zustand« sprechen sollte. Frank Sinatra sang unterdessen unverdrossen weiter: Nach »New York, New York« kam »Cabaret«, dann »Anything Goes«. Danach folgte Schweigen. Jetzt ist es soweit, dachte ich. Sie waren die ganze Zeit im Haus. Chris hat ja im obersten Stockwerk gar nicht nachgesehen. Sie waren in meinem früheren Zimmer. Jetzt kommen sie die Treppe herunter, gleich werden wir uns Auge in Auge gegenüberstehen, ich muß –

Ein Tenor begann zu singen. Es war eine italienische Opernarie, und die Stimme des Sängers schraubte sich in schwindelerregende Höhen. Jede Arie verlangte dem Tenor derartige

Kunststücke ab, daß es sich hier nur um eine Platte mit den größten Erfolgen irgendeines Komponisten handeln konnte. Verdi vielleicht. Wer hatte noch italienische Opern geschrieben? Ich zerbrach mir den Kopf über diese Frage und bemühte mich, auf andere Namen zu kommen. Nach einer Weile wurde es wieder still. Dann sangen Michael Crawford und Sarah Brightman Stücke aus dem *Phantom der Oper*. Ich sah auf meine Uhr. Sinatra und der Tenor hatten länger als eine Stunde gejodelt. Es war Viertel vor zwölf.

Im Eßzimmer gingen plötzlich die Lichter aus. Ich schreckte hoch. War ich eingenickt, ohne es zu merken, und hatte Mutters Rückkehr verpaßt? »Mutter?« rief ich. »Bist du das? Hallo?« Nichts rührte sich. Mir schlug das Herz plötzlich bis zum Hals. »Mutter?« rief ich wieder. »Ich bin's, Olivia. Ich bin hier im kleinen –« Da schaltete sich auch die kleine Lampe im kleinen Salon aus. Sie steht auf einem Tisch in dem Erkerfenster, das zum Garten hinausführt. Sie hatte schon gebrannt, als ich ins Zimmer gekommen war, und ich hatte keine zweite angeknipst. Nun saß ich also in tiefster Dunkelheit und überlegte, was, zum Teufel, eigentlich vorging.

In den nächsten fünf oder zehn Minuten, die mir wie eine Ewigkeit schienen, passierte gar nichts. Crawford und Brightman beendeten ihr Duett, und Crawford stürzte sich allein in »The Music of the Night«. Nach etwa zehn Takten brach der Gesang mitten im Wort ab, als hätte jemand gesagt: »Jetzt reicht's aber«, und einfach den Stecker aus der Wand gezogen. Stille schlug über dem Haus zusammen. Ich wartete auf irgendein Geräusch – Schritte, gedämpftes Gelächter, ein Seufzen, das Knarren eines Möbelstücks –, das von menschlicher Anwesenheit künden würde. Aber ich hörte nichts.

»Mutter?« rief ich. »Bist du hier? Ich bin's, Olivia.« Meine Stimme schien sich in den langen Schals zu verlieren, die vom Kaminsims herabhingen, in der Kaminöffnung hinter dem schmiedeeisernen Schutzgitter mit den einbeinigen Pelikanen aus Bronze, in den monströsen Arrangements aus Trockenblumen auf den Tischen, in der viktorianischen Überladenheit dieses Klaustrophobie erregenden Zimmers, die aus irgendeinem Grund noch bedrückender zu werden schien, während ich dort in der Dunkelheit saß und mir immer wieder nur sagte: Atmen, Livie, atmen, atmen.

Ich versuchte mich zu erinnern, wo die nächste Lampe stand. Das Licht, das von der Straße hereinfiel, bildete einen gelben Keil auf dem Teppich. Gegenstände begannen Form anzunehmen; eine Gitarre an der Wand, eine Uhr auf dem Kaminsims, die pseudogriechischen Skulpturen auf ihren Marmorpiedestals in zwei Ecken des Zimmers, die scheußliche Stehlampe mit dem Fransenschirm...

Ja, da stand sie, am anderen Ende des Sofas. Ich zog mich hinüber, machte mich lang und gab meinen Armen den Befehl zuzupacken. Sie taten es tatsächlich. Ich schaltete die Lampe ein.

Danach nahm ich mit viel Mühe wieder meine ursprüngliche Position ein und reckte den Hals, um an einem überdimensionalen Chesterfield-Sofa vorbei zu dem Tisch im Erker zu sehen, auf dem die Lampe stand. Ich folgte dem Kabel mit den Augen. Es fiel zum Teppich herab und zog sich zu einer Steckdose unterhalb der Vorhänge. Aber dort war nicht das Kabel eingesteckt, sondern eine Zeitschaltuhr, mit der das Kabel verbunden war.

Ich gratulierte mir mit einem »Gut gemacht, Sherlock«, dann lehnte ich mich wieder zurück und überlegte, was ich als nächstes tun sollte. Zwar stand der BMW in der Garage, aber Mutter und Kenneth Fleming waren offensichtlich nicht in der Absicht aus dem Haus gegangen, in dieser Nacht noch zurückzukehren, sonst hätten sie nicht zur Abschreckung eventueller Einbrecher die Lichter und den Plattenspieler auf Zeitschaltung angelassen. Als könne diese ganze verstaubte Pracht irgendeinen Einbrecher reizen? Ich an ihrer Stelle hätte die Haustür offengelassen und gehofft, daß endlich einer kommen und mir das Haus ausräumen würde.

Zum erstenmal fragte ich mich, wie ich in diesem Haus mit einem Rollstuhl zurechtkommen sollte, wenn es erst soweit war. Die Türen waren zwar im Gegensatz zu denen auf dem Hausboot breit genug, aber im übrigen war das ganze Haus eine einzige Hindernisbahn. Beklommenheit überfiel mich. Es schien nun doch so, als ob auf mich nicht eine Zukunft in Staffordshire Terrace bei Mutter und ihrem jungen Liebhaber wartete, sondern in einem Pflegeheim oder Krankenhaus mit breiten Korridoren und kahlen Räumen, wo die Patienten in die Glotze starrten, während sie auf das Ende warteten.

Und wenn schon, dachte ich. Ist doch schnurzegal. Es kommt allein darauf an, Mutter zu mobilisieren, damit sie dann, wenn das Stadium erreicht ist, wo Chris und ich Hilfe brauchen, bereit ist, uns diese Hilfe zu geben, ganz gleich, in welcher Form: Krankenhaus; Pflegeheim; eine eigene Wohnung, die auf mich und meine Bedürfnisse zugeschnitten war; ein Bankkonto, von dem ich das Geld abheben konnte, das ich für mich benötigte; jeden Monat einen Blankoscheck. Sie brauchte dieses Mausoleum nicht umzubauen und aufzumöbeln, um Raum für mich zu schaffen. Sie brauchte uns nur unter die Arme zu greifen. Und das würde sie doch bestimmt tun, wenn sie erst wüßte, was los war.

Das hieß aber, daß ich meine Krankheit beim Namen nennen mußte und mich nicht mit verschleierten Anspielungen auf meinen Zustand begnügen konnte. Es hieß weiter, daß ich ihr Herz rühren und ihr Mitgefühl wecken mußte. Und das wiederum hieß, daß ich im Beisein von Kenneth Fleming mit ihr sprechen mußte. Also, wo war der Junge? Wo war sie? Wo waren sie beide? Ich sah auf meine Uhr. Fast halb eins.

Ich streckte mich auf dem Sofa aus und starrte, den Kopf auf der Armlehne, zur Decke hinauf, die wie die Wände mit einer altmodischen Tapete bespannt war. Sie hatte, wie die im Eßzimmer, ein Granatapfelmuster. Der Granatapfel, diese magische Frucht. Wenn du einen der rubinroten Kerne ißt, dann – was? Wird dir ein Wunsch erfüllt? Werden deine Träume wahr? Ich konnte mich nicht erinnern. Aber ich hätte gut einen oder zwei Granatäpfel gebrauchen können.

Na schön, dachte ich, das war wohl nichts. Ich werde Max anrufen, damit er mich hier abholt. Vorher muß ich mir etwas einfallen lassen, was ich Chris erzählen kann. Muß Plan B entwickeln. Muß –

Das Läuten des Telefons riß mich aus dem Dämmerschlaf, in

den ich langsam gesunken war. Der Apparat stand mir gegenüber auf dem Tisch am Fenster. Ich lauschte dem schrillen Läuten und überlegte, ob ich hingehen sollte. Nun, warum nicht? Es konnten gut Chris oder Max sein, die wissen wollten, wie es mir in der Höhle des Löwen erging. Es gehörte sich einfach, daß man sie beruhigte. Ich holte meine Gehhilfe, stemmte mich auf die Füße, schleppte mich an dem Chesterfield-Sofa vorbei und griff nach dem Hörer, als es gerade das zwölftemal läutete.

»Ja?« sagte ich.

Im Hintergrund vernahm ich Musik, sehr gedämpft, wie aus weiter Ferne: den schnellen Schlag einer klassischen Gitarre und spanischen Gesang. Dann schlug irgend etwas klirrend gegen das Telefon. Ich hörte, wie jemand tief Luft holte.

»Ja?« sagte ich wieder.

Eine Frau zischte: »Luder! Gemeines Luder! Jetzt haben Sie endlich, was Sie wollen.« Sie schien halb betrunken zu sein. »Aber es ist nicht vorüber. Es – ist – nicht vorüber. Haben Sie verstanden, Sie alte Vettel? Was glauben Sie eigentlich, wer Sie –«

»Wer ist am Apparat?«

Ein Lachen. »Sie wissen, verdammt noch mal, ganz genau, wer am Apparat ist. Warten Sie nur, Sie alte Hexe. Machen Sie nur immer schön Ihre Fenster und Türen zu. Sie werden schon sehen, was passiert.«

Dann wurde das Gespräch unterbrochen. Ich legte ebenfalls auf, rieb die Hand an meiner Jeans und starrte auf das Telefon. Die Frau mußte betrunken gewesen sein. Sie mußte das Bedürfnis gehabt haben, an irgend jemandem ihre Wut auszulassen. Sie mußte ... Ich schauderte und fragte mich, warum mich das berührte. Mich ging das alles doch nichts an. Glaubte ich.

Dennoch überlegte ich, ob ich nicht Max anrufen sollte. Ob ich nicht aufs Boot zurückkehren und ein andermal wiederkommen sollte. Denn es war ja offensichtlich, daß Mutter und Kenneth in dieser Nacht nicht zurückkommen würden. Vielleicht auch in der nächsten und übernächsten nicht. Ich würde es später noch einmal versuchen müssen.

Aber wann? Wann? Wie viele Wochen blieben mir noch, ehe

der Rollstuhl unausweichlich und ein Weiterleben auf dem Hausboot unmöglich werden würde? Wie oft würde sich in dieser Zeit noch die Gelegenheit bieten, daß Chris in Sachen ARM unterwegs war und ich behaupten konnte, mich mit meiner Mutter verabredet zu haben? Nichts lief so, wie ich es geplant hatte. Die Vorstellung, daß ich diesen ganzen Zirkus mit Chris noch einmal würde durchspielen müssen, war zum Verrücktwerden.

Ich seufzte. Wenn Plan A nicht klappte, mußte ich es eben mit Plan B versuchen. In der Nähe der Tür, die ins Eßzimmer führte, stand Mutters Sekretär. Dort würde ich Papier und Stifte finden. Ich würde ihr einen Brief schreiben. Die Überraschung würde zwar nicht die gleiche sein wie bei einer persönlichen Begegnung, aber das war nun nicht zu ändern.

Ich suchte mir zusammen, was ich brauchte, und setzte mich nieder, um zu schreiben. Ich war müde, und meine Finger wollten nicht so, wie ich es ihnen befahl. Nach jedem Absatz mußte ich eine Pause machen. Ich hatte vier Seiten geschafft, als nicht nur meine Finger, sondern auch meine Augen nach Erholung verlangten. Nur fünf Minuten, dachte ich, als ich den Kopf auf die schräge Schreibfläche des Sekretärs legte. Nur fünf Minuten, dann mache ich weiter.

Der Traum führte mich nach oben, ins oberste Stockwerk des Hauses, in mein altes Zimmer. Ich hatte meine Rucksäcke mit, aber als ich sie öffnete, um sie auszupacken, enthielten sie keine Kleidungsstücke, sondern die Kätzchen, die wir vor so langer Zeit aus dem Forschungslabor für Rückenmarksuntersuchungen gerettet hatten. Ich dachte, sie wären tot, aber sie lebten noch. Sie begannen zu kriechen, schleppten sich mit ihren verdrehten kleinen Hinterbeinen, die völlig nutzlos hinter ihnen herschleiften, über das Bett. Ich wollte sie aufsammeln. Ich wußte, ich muß sie verschwinden lassen, bevor Mutter hereinkam. Aber jedesmal, wenn ich eines der Kätzchen eingefangen hatte, erschien ein neues. Sie waren unter den Kissen und auf dem Boden. Als ich eine Schublade der Kommode aufzog, um sie darin zu verstecken, hatten sie sich auch dort schon vermehrt. Dann war plötzlich, wie es im Traum oft so ist, Richie Brewster da. Wir waren jetzt im Zimmer meiner Mutter und lagen in ihrem Bett. Richie spielte auf seinem Saxophon. Über seiner Schulter hing eine Schlange. Sie kroch über seine Brust und schlängelte sich unter die Bettdecke. Richie lächelte und winkte mit seinem Saxophon. »Blas, Baby«, sagte er. »Blas, Liv.« Ich wußte, was er wollte, aber ich hatte Angst vor der Schlange und Angst davor, was passieren würde, wenn meine Mutter hereinkommen und uns in ihrem Bett vorfinden würde. Aber ich kroch trotzdem unter die Decke und tat, was er wollte; doch als er stöhnend »Ahhh« machte, hob ich den Kopf und sah, daß es mein Vater war. Er lächelte und öffnete den Mund, um zu mir zu sprechen. Die Schlange fuhr heraus. Ich schrie auf und erwachte.

Mein Gesicht war feucht. Im Schlaf hatte ich den Mund geöffnet, und das Blatt, das ich vollgeschrieben hatte, war naß. Gott sei Dank, dachte ich, daß man sich selbst aus seinen Träumen wecken kann. Gott sei Dank, daß Träume in Wirklichkeit gar nichts bedeuten. Gott sei Dank... Und da hörte ich es.

Ich hatte mich gar nicht selbst geweckt. Ein Geräusch war es gewesen. Irgendwo unter mir wurde eine Tür geschlossen, die Gartenpforte.

Der Telefonanruf, dachte ich sofort. Mein Herz begann zu hämmern. Ich vernahm Schritte auf der Treppe, die von der Küche nach oben führte. Ich hörte, wie die Tür am Ende des Korridors geöffnet wurde. Dann geschlossen. Wieder Schritte. Stille. Dann wieder Schritte, schnell.

Der Anruf, dachte ich. O Gott, o Gott! Ich starrte zum Telefon und wünschte, ich könnte durch das Zimmer fliegen und den Notruf eintippen und aus Leibeskräften schreien. Aber ich konnte mich nicht rühren. Niemals zuvor war mir so bewußt gewesen, was die Gegenwart bedeutete und was die Zukunft verhieß.

24

Am Ende seiner Besprechung mit Superintendent Webberly sammelte Lynley die Akten ein und die Presseberichte der letzten drei Tage über den Fall Fleming. Diese begannen mit Jimmy Coopers Sprung in die Themse am Dienstag abend; ließen sich dann in aller Ausführlichkeit über seine Verhaftung am Mittwoch morgen aus, als er von zwei uniformierten Beamten in der George-Green-Gesamtschule aus dem Unterricht geholt und abgeführt worden war; verkündeten dann am Donnerstag in Schlagzeilen, daß gegen den Sohn des Cricket-Champions Kenneth Fleming wegen Mordes Anklage erhoben werden würde, und brachten dazu grafische Darstellungen zum Jugendstrafrecht sowie Interviews mit Anwälten der Krone über die Frage, von welcher Altersstufe an Kinder vor Gericht wie Erwachsene behandelt werden sollten; den Abschluß der Berichterstattung bildeten schließlich die an diesem Morgen in allen Zeitungen erschienenen Rekapitulationen des Verbrechens sowie Einzelheiten über die Familie Fleming und ein Überblick über die Stationen der Karriere des berühmten Cricket-Spielers. All diese Artikel enthielten unterschwellig die gleiche Botschaft: Der Fall war abgeschlossen, der Prozeß stand bevor. Mehr hätte sich Lynley nicht erhoffen können.

»Sie sind sicher, daß die Geschichte dieser Whitelaw stimmt?« fragte Webberly ihn.

»In jeder Hinsicht.«

Webberly hievte sich aus dem Sessel an dem runden Tisch, in dem er seit Beginn ihrer Nachmittagsbesprechung gesessen hatte. Schwerfällig ging er zu einem seiner Aktenschränke, auf dem ein Foto seiner Tochter Miranda stand. Es zeigte sie mit ihrer Trompete unter dem Arm auf der Flußterrasse des St. Stephen's College in Cambridge.

Webberly nahm das Bild zur Hand und betrachtete es nachdenklich. Ohne den Blick zu heben, sagte er zu Lynley: »Sie verlangen da eine Menge, Tommy.«

»Es ist unsere einzige Hoffnung, Sir. In den letzten drei Tagen war das ganze Team damit beschäftigt, jedes kleinste Beweisstück und jedes Protokoll zu prüfen. Sergeant Havers und ich waren zweimal draußen in Kent. Wir haben uns mit den Leuten von der Spurensicherung Maidstone zusammengesetzt. Wir haben jeden Nachbarn, der in Sichtweite des Hauses Celandine Cottage wohnt, befragt. Wir haben den Garten und das Haus selbst in aller Gründlichkeit durchsucht. Wir haben uns in den diversen Springburns umgehört. Wir haben nicht ein winziges Detail mehr aufgetan, als wir sowieso schon hatten. Meiner Meinung nach gibt es für uns nur noch einen Weg, und das ist der, den wir jetzt eingeschlagen haben.«

Webberly nickte, schien aber über Lynleys Antwort nicht sonderlich glücklich zu sein. Er stellte das Foto seiner Tochter wieder auf den Aktenschrank und wischte ein Stäubchen von seinem Rahmen. »Hillier ist nahe am Durchdrehen«, bemerkte er wie beiläufig.

»Das wundert mich nicht. Ich habe die Presse zu nahe herangelassen. Ich habe mich vom traditionellen Verfahren entfernt. Das kann ihm nicht recht sein.«

»Er möchte noch einmal eine Besprechung. Es ist mir gelungen, sie bis Montag nachmittag zu verschieben.« Was das bedeutete, war klar: Lynley hatte bis Montag Zeit, den Fall zu klären. Wenn ihm das nicht gelang, würde Hillier sich über sie alle hinwegsetzen und den Fall einem anderen Beamten übertragen.

»Verstanden«, sagte Lynley. »Ich danken Ihnen, daß Sie ihn mir vom Leibe halten, Sir. Das war sicher nicht einfach.«

»Viel länger schaffe ich das auch nicht mehr. Und ab Montag überhaupt nicht mehr.«

»Das wird auch nicht nötig werden, denke ich.«

Webberly zog eine Augenbraue hoch. »So sicher sind Sie?«

Lynley klemmte Akten und Zeitungen unter den Arm. »Nicht, solange ich mich nur auf einen einzigen Telefonanruf stützen kann, der nicht nachzuweisen ist. Darauf kann ich keine Beweisführung aufbauen.«

»Dann machen Sie ihr die Hölle heiß.« Webberly kehrte zu

seinem Schreibtisch zurück und kramte irgendwelche Papiere aus dem allgemeinen Durcheinander. Er nickte Lynley zum Abschied zu.

Lynley ging in sein eigenes Büro, wo er die Akten ablegte, aber nicht die Zeitungen. Auf dem Weg zum Aufzug begegnete er Barbara Havers. Sie blätterte mit gerunzelter Stirn in einem Stapel Protokolle und brummte dabei unablässig »Verdammt, verdammt, verdammt« vor sich hin. Als sie ihn bemerkte, hielt sie an, machte kehrt und paßte ihre Schritte den seinen an.

»Und wohin geht's?«

Lynley zog seine Taschenuhr heraus und klappte den Deckel auf. Viertel vor fünf. »Sagten Sie nicht etwas von einer Party heute abend? Von schönen Spielen und köstlichen Erfrischungen? Sollten Sie sich da nicht allmählich auf den Weg machen?«

»Ja, ja, schon richtig, Sir. Aber können Sie mir vielleicht sagen, was man einer Achtjährigen zum Geburtstag schenkt? Eine Puppe? Ein Spiel? Einen Chemiebaukasten? Einen Gameboy? Rollschuhe? Ein Schnappmesser? Wasserfarben? Keine Ahnung!«

Sie verdrehte die Augen, aber sie tat es hauptsächlich aus Koketterie. Lynley sah ihr an, daß es ihr Spaß machte, sich über diese Frage den Kopf zu zerbrechen.

»Ich könnte ihr auch einen Zauberkasten schenken«, meinte sie, auf einem Bleistift kauend. »Am Camden Lock Market gibt es einen Laden, der so was verkauft. Hm, vielleicht wäre das was... Was meinen Sie, ist ein Zauberkasten das richtige für eine Achtjährige, Sir? Oder soll ich vielleicht lieber ein Kostüm kaufen? Kinder verkleiden sich doch so gern, nicht wahr?«

»Wann fängt diese Party denn an?« fragte Lynley, als sie vor dem Aufzug standen.

»Um sieben. Aber vielleicht hat sie lieber Modellflugzeuge. Oder Musik. Rockmusik? Glauben Sie, daß sie für Sting zu jung ist? Oder David Bowie?«

»Ich denke, Sie sollten gleich losgehen und Ihre Einkäufe machen«, riet Lynley. Die Lifttür öffnete sich. Er trat in die Kabine.

Sie plapperte weiter: »Ein Springseil vielleicht? Ein Menschärgere-dich-nicht? Oder Backgammon? Eine Pflanze? Moment mal, wie kann man so blöd sein! Eine Pflanze für eine Achtjährige. Oder wie wär's mit einem Buch?« Und da schloß sich die Aufzugtür.

Lynley wünschte sich, er hätte Barbaras Sorgen.

Chris Faraday ging vom Untergrundbahnhof aus langsam die Warwick Avenue entlang zur Bloomfield Road. Beans und Toast sprangen voraus. An der Straßenecke ließen sich beide gehorsam auf ihr Hinterteil nieder und warteten auf Chris' lautes »Lauft, ihr Hunde!«, das es ihnen gestatten würde, Warwick Place zu überqueren und zum Boot weiterzutollen. Als die Erlaubnis nicht kam, rannten sie zu ihm zurück und sprangen kläffend um ihn herum. Sie waren an ununterbrochenes Tempo von Anfang bis Ende gewöhnt. Er war es, der darauf stets bestanden hatte. Hätte man ihnen ihren Willen gelassen, sie hätten lieber hier ein bißchen geschnuppert, dort ein bißchen das Bein gehoben, bei Gelegenheit auch einmal eine Katze gejagt. Aber er hatte sie gut gedrillt, und so verwirrte sie dieses Abweichen von der Routine. Sie gaben ihrer Ratlosigkeit durch Bellen Ausdruck. Sie stießen aneinander. Sie rannten ihm gegen die Beine.

Chris wußte, was sie wollten: mit fliegenden Ohren durch den späten Nachmittag jagen. Auch gegen einen Napf voll Futter hätten sie nichts einzuwenden gehabt oder gegen ein Spiel mit dem Gummiball. Aber Chris war in den *Evening Standard* vertieft.

Seit Mitte der Woche brachte die Zeitung die gleiche Story in immer neuen Variationen. Sie hielt sich viel darauf zugute, daß einer ihrer Reporter auf der Isle of Dogs zur Stelle gewesen war, als der junge Fleming versucht hatte, vor der Polizei zu fliehen. Heute – Freitag – widmete das Blatt unter der Überschrift »Das Drama vom East End« eine ganze Seite dem Mord an Kenneth Fleming, der nachfolgenden polizeilichen Untersuchung, der Verfolgungsjagd auf Flemings Sohn, seinem Sprung in die Themse, bei dem er beinahe ertrunken wäre, und der sensationellen Rettungsaktion. Die Aufnahmen vom Fluß waren körnig, weil ein Teleobjektiv benutzt worden war, um sie zu schießen, aber die Aussage war unmißverständlich: Der lange Arm des Gesetzes bekam die Schuldigen immer zu fassen, mochten sie sich noch so sehr anstrengen, ihm zu entgehen.

Chris faltete die Zeitung und klemmte sie zusammen mit den anderen unter den Arm. Er zog die Füße durch die Kirschblüten, die den Bürgersteig in der Warwick Avenue bedeckten, und dachte an sein Gespräch mit Amanda am gestrigen Abend, nachdem Livie zu Bett gegangen war. »Ich glaube, es wird sich doch nicht so entwickeln, wie wir gehofft hatten«, war das einzige, was er ihr in aller Aufrichtigkeit hatte sagen können.

Er hatte die Furcht in ihrer Stimme gehört, obwohl sie sich alle Mühe gegeben hatte, die Fassung zu bewahren. Sie hatte gefragt: »Warum? Ist etwas passiert? Hat Livie es sich anders überlegt?«

Er wußte, daß sie weniger vor der Wahrheit selbst Angst hatte als davor, durch die Wahrheit verletzt zu werden. Er wußte, daß sie in Wirklichkeit fragte: Entscheidest du dich für Livie?

Er hätte ihr gern gesagt, daß es nicht darum ging, sich für die eine oder die andere zu entscheiden. Die Situation war weit simpler. Der Weg, der zuvor als der logische erschienen war und im wesentlichen einfach ausgesehen hatte, erwies sich jetzt als kaum gangbar. Aber das konnte er ihr nicht sagen. Hätte er es getan, so wäre das seiner Aufforderung zu weiteren Fragen gleichgekommen, die er nicht beantworten konnte, sosehr er es auch wünschte.

Darum hatte er erwidert: »Livie hat es sich nicht anders überlegt, aber die Umstände haben sich geändert.« Und sie fragte, inwiefern, und sagte: »Sie hat sich erholt, nicht wahr? O Gott, wie entsetzlich das klingt. Als wünschte ich, daß sie stirbt, und das will ich wirklich nicht, Chris, bestimmt nicht!«

»Das weiß ich ganz genau. Aber das ist es sowieso nicht. Es geht darum, daß Livies –«

»Nein«, hatte sie gebeten. »Du sollst es mir nicht sagen. Jedenfalls nicht in dieser Situation, wo ich am Telefon jammere wie eine Halbwüchsige. Erst, wenn du dazu bereit bist, Chris, und wenn Livie dazu bereit ist. Dann kannst du's mir sagen.«

Gerade weil sie so vernünftig war, hätte er um so lieber mit ihr gesprochen und sie um Rat gefragt. Aber er sagte nur: »Ich liebe dich. Daran hat sich nichts geändert.«

»Ich wollte, du wärst hier bei mir.«

»Das wünsche ich mir auch.«

Mehr gab es nicht zu reden. Dennoch waren sie am Telefon geblieben, hatten den Kontakt noch mehr als eine Stunde lang gehalten. Es war nach ein Uhr morgens gewesen, als sie schließlich leise gedrängt hatte: »Ich muß Schluß machen, Chris.«

»Natürlich«, erwiderte. »Du mußt morgen um neun arbeiten, nicht wahr? Ich bin egoistisch, dich so festzuhalten.«

»Nein, du bist nicht egoistisch. Außerdem ist es schön, wenn du mich festhältst.«

Er verdiente sie nicht. Er wußte es, jeden Tag, wenn, wie es schien, nur die Gedanken an sie ihn aufrechterhielten.

Die Hunde waren zur Straßenecke zurückgerannt. Mit wedelnden Schwänzen warteten sie auf seinen Befehl. Er holte sie ein, sah nach rechts und links, sagte: »Lauft, ihr Hunde!«, und sie flitzten los.

Livie war an Deck, wie er sie zurückgelassen hatte, mit einer Decke um die Schultern in einem Liegestuhl. Sie sah gedankenverloren hinüber zu Browning's Island, wo die Weiden ihre dichtbelaubten Zweige zum Wasser herabhängen ließen. Sie sah eingefallener aus, als er sie je zuvor gesehen hatte: ein Vorgeschmack auf das, was kommen würde.

Als Beans und Toast an Deck kamen und an ihrer linken Hand schnupperten, die schlaff vom Stuhl herabhing, richtete sie sich auf und wandte den Kopf.

Chris legte die Zeitung neben ihr auf den Boden und sagte: »Es hat sich nichts geändert, Livie.«

Als sie zu lesen begann, ging er nach unten, um die Hundenäpfe zu holen. Er gab den Tieren frisches Wasser, schüttete das Futter in die Näpfe, und Beans und Toast machten sich gierig darüber her. Chris lehnte sich an den Kajütenaufbau und betrachtete Livie.

Seit Samstag morgen ließ sie sich von ihm täglich sämtliche Zeitungen bringen. Sie las jede einzelne durch, hatte ihm aber dennoch nicht erlaubt, auch nur eine wegzuwerfen. Vielmehr hatte sie ihn nach dem Besuch der Polizei am Samstag gebeten, die Zeitungen in ihr Zimmer zu tragen und neben ihrem schmalen Bett abzulegen. In den vergangenen Nächten hatte er, während er ruhelos auf den Schlaf wartete, die Lichtstreifen beobachtet, die ihre Leselampe an die offene Tür seines Zimmers warfen, und dem leisen Rascheln des Papiers gelauscht, das jedesmal entstand, wenn sie die Zeitungen, die sie nun schon zum zweiten- oder drittenmal las, umblätterte. Er wußte, was sie las. Aber er hatte nicht gewußt, warum sie es las.

Sie hatte länger geschwiegen, als er es für möglich gehalten hätte. Sie war eine Frau, die dazu neigte, impulsiv zu handeln und es dann zu bedauern; darum hatte er zuerst geglaubt, ihre Verschlossenheit sei lediglich Zeichen einer für sie uncharakteristischen nachdenklichen Betrachtung der Ereignisse, die sie alle durch Kenneth Flemings Tod überrascht hatte. Am Ende hatte sie ihm alles gesagt, weil sie keine Wahl gehabt hatte. Er war am Sonntag nachmittag in Kensington gewesen. Er hatte gesehen und gehört. Danach hatte er nur noch ruhig und beharrlich darauf bestehen müssen, daß sie die Last der Wahrheit mit ihm teilte. Als sie es tat, sah er sogleich, daß die Zukunftspläne, die er für sein Leben gemacht hatte, nicht mehr gültig waren. Er vermutete, daß dies der Grund war, weshalb sie ihm nichts hatte sagen wollen. Weil sie wußte, daß er, wenn sie es ihm erzählte, sie drängen würde, ihr Wissen publik zu machen. Und sie wußten beide, daß sie, wenn sie dies tat, bis zu ihrem Tod aneinander gefesselt sein würden. Keiner von beiden sprach je über diese Konsequenz ihres Handelns. Sie brauchten das Selbstverständliche nicht zu erörtern.

Als Beans und Toast ihre Näpfe leergefressen hatten, gingen sie zu Livie. Beans legte sich neben ihr nieder, den Kopf so nahe bei ihr, daß sie ihn jederzeit streicheln konnte, sollte sie plötzlich das Verlangen danach haben. Toast ließ sich vor ihr nieder und legte seinen Kopf auf ihren Schuh mit der dicken Sohle. Livie beugte sich über die Zeitung. Chris hatte den Artikel auf der Titelseite schon gelesen, er wußte daher, daß ihr Blick an den gleichen Worten hängenbleiben würde wie zuvor der seine:

»Der Hauptverdächtige«, »... wird in Kürze Anklage erhoben werden«, »Ein schwieriger junger Mann, der schon mehrfach mit dem Gesetz in Konflikt geraten ist«. Sie hob ihre Hand zu den Fotos und ließ sie auf das größte herabfallen, das sich in der Mitte befand, von den anderen umrahmt. Es zeigte den Jungen, der wie eine durchnäßte Vogelscheuche in den Armen seiner Mutter lag, während der tropfnasse Inspector von Scotland Yard sich über die beiden beugte. Noch während Chris Olivia beobachtete, knüllte sie das Bild zusammen. Ob die Handlung beabsichtigt war oder das Ergebnis von Muskelzuckungen, konnte er nicht sagen.

Er ging zu ihr, legte ihr seine Hand auf die Wange und drückte ihren Kopf an seinen Oberschenkel.

»Das heißt noch lange nicht, daß sie wirklich Anklage erheben werden«, sagte sie. »Nein, bestimmt nicht, oder, Chris?«

»Livie!« Er sprach mit sanfter Strenge. Belüg dich nicht selbst, besagte dieser Tonfall.

»Sie werden ihn bestimmt nicht anklagen.« Sie knüllte das Bild in ihrer Hand noch fester zusammen. »Und selbst wenn, was kann ihm denn schon groß passieren? Er ist gerade sechzehn geworden. Was tun sie mit Sechzehnjährigen, die gegen das Gesetz verstoßen?«

»Darum geht es doch gar nicht, nicht wahr?«

»Sie schicken sie in die Besserungsanstalt oder ins Erziehungsheim oder so. Sie zwingen sie, zur Schule zu gehen. In der Schule lernen sie was. Sie können ihre Prüfung ablegen. Oder eine Lehre machen. In der Zeitung steht, daß er dauernd die Schule geschwänzt hat, da wäre es doch nur gut für ihn, wenn ihn endlich jemand zwingt, hinzugehen ...«

Chris machte sich gar nicht die Mühe, zu widersprechen. Livie war schließlich nicht dumm. Sie würde selbst sehen, daß all ihre Argumente auf Sand gebaut waren, auch wenn sie es nicht zugeben wollte.

Sie ließ die Zeitung sinken und drückte ihren rechten Arm auf den Magen, als habe sie Schmerzen. Langsam hob sie den linken Arm und schlang ihn um Chris' Bein, um sich an ihn zu lehnen. Er streichelte sachte ihre Wange.

»Er hat gestanden«, sagte sie, aber ihren Worten fehlte die Kraft, mit denen sie ihre Bemerkungen über die Besserungsanstalt hervorgebracht hatte. »Chris, er hat gestanden. Er war dort. In der Zeitung steht, daß er im Haus war. Es heißt, die Polizei kann es beweisen. Und wenn er dort war und es auch gestanden hat, dann muß er es getan haben. Siehst du das denn nicht? Vielleicht habe ich alles mißverstanden.«

»Das glaube ich nicht«, entgegnete Chris.

»Aber warum denn?« Sie umfaßte sein Bein fester. »Warum hat die Polizei ihm so zugesetzt? Warum hat er gestanden? Warum erklärt die Polizei, er habe seinen Vater getötet? Das ergibt doch keinen Sinn. Er weiß, daß er sich in irgendeiner Hinsicht schuldig gemacht hat. Genau, das ist es. So muß es sein. Er hat sich irgendwie schuldig gemacht. Er sagt nur nicht, inwiefern. Meinst du nicht auch, daß es so ist?«

»Meiner Ansicht nach ist es ganz einfach so, daß er seinen Vater verloren hat, Livie. Er hat ihn ganz plötzlich verloren, als er überhaupt nicht damit gerechnet hat. Glaubst du nicht, daß so etwas zu einer Reaktion führt? Wie ist das denn, wenn man eben noch einen lebendigen Vater hatte und am nächsten Tag erfährt, daß er tot ist? Wenn man nicht einmal die Möglichkeit hatte, sich von ihm zu verabschieden!«

Ihr Arm, der bis dahin sein Bein umklammert hatte, fiel herab. »Das ist nicht fair«, flüsterte sie.

Aber er ließ nicht locker. »Was hast du denn getan, Livie? Du hast mit irgendeinem Kerl geschlafen, den du in einem Pub aufgelesen hattest, nicht wahr? Er hat dir fünf Pfund für eine schnelle Nummer geboten, und du warst an dem Abend betrunken, nicht wahr, und so tief unten, daß dir alles egal war. Weil dein Vater plötzlich gestorben war und du nicht einmal zu seiner Beerdigung gehen durftest. War es nicht so? Hat nicht deine Karriere auf dem Strich so angefangen? Hast du dich nicht benommen wie eine Verrückte? Wegen deines Vaters? Obwohl du es nicht zugeben wolltest?«

»Das ist nicht das gleiche.«

»Der Schmerz ist der gleiche. Wie jeder einzelne mit dem Schmerz umgeht, das ist etwas anderes.«

»Er sagt das, was er sagt, nicht, um mit seinem Schmerz fertigzuwerden.«

»Das weißt du doch gar nicht. Und selbst wenn du wüßtest, was er tut und warum er es tut – das ist doch gar nicht das, worum es geht.«

Sie rückte von ihm ab, von seiner Hand, die ihr Gesicht berührt hatte. Sie glättete die Zeitung und faltete sie zusammen. Sie legte sie zu den anderen, die er ihr am Morgen gebracht hatte, dann hob sie den Kopf und richtete ihren Blick auf Browning's Island. Sie nahm wieder die Position ein, in der er sie vorgefunden hatte, als er von seinem Spaziergang mit den Hunden zurückgekehrt war.

»Livie, du mußt es ihnen sagen«, drängte er.

»Ich schulde ihnen nichts. Ich schulde keinem Menschen etwas.«

Ihr Gesicht zeigte diesen steinernen Ausdruck, den es immer annahm, wenn sie über irgend etwas nicht sprechen wollte. Jede weitere Erörterung wäre an diesem Punkt sinnlos gewesen. Er seufzte und berührte leicht ihren Scheitel, wo das kurzgeschnittene Haar wild durcheinanderwuchs.

»Du schuldest es dir selbst«, sagte er.

Lynley fuhr zuerst nach Hause. Denton war gerade bei seinem Nachmittagstee. Die Tasse in der Hand, die Füße auf dem Couchtisch im Wohnzimmer, lag er mit geschlossenen Augen auf dem Sofa. Aus der Stereoanlage dröhnte Andrew Lloyd Webber, und Denton grölte im Duett mit Michael Crawford. Lynley fragte sich, wann das *Phantom der Oper* endlich passé sein würde.

Er ging zur Stereoanlage und drehte sie leiser, so daß Denton nun sein »... the music of the niiiiight« in ein relativ stilles Zimmer hineinheulte.

»Sie sind einen halben Ton zu tief«, sagte Lynley trocken.

Denton sprang auf. »Oh, entschuldigen Sie«, rief er. »Ich habe gerade –«

»Ich weiß, ich weiß«, unterbrach Lynley.

Denton stellte hastig seine Teetasse auf den Tisch. Er fegte nichtvorhandene Krümel von der Tischplatte in seine geöffnete Hand und ließ sie auf das Tablett fallen, auf dem er liebevoll Brötchen, Biskuits und Trauben für sich selbst angerichtet hatte.

»Tee, Milord?« fragte er mit betretener Miene.

»Ich gehe gleich wieder.«

Denton blickte von Lynley zur Tür. »Sind Sie nicht eben erst gekommen?«

»Doch. Ich habe zum Glück nur die letzten zwanzig Sekunden Ihrer musikalischen Darbietung mitbekommen.« Er wandte sich wieder zur Tür. Ehe er aus dem Zimmer ging, sagte er: »Genießen Sie ruhig Ihren Tee. Aber vielleicht bei gemäßigter Lautstärke. Das Abendessen hätte ich gern um halb neun. Für zwei.«

»Für zwei?«

»Lady Helen ißt mit mir.«

Dentons Miene hellte sich sichtlich auf. »Ach, erfreuliche Neuigkeiten? Haben Sie und Lady Helen – ich meine, ich wollte fragen –«

»Also, um halb neun«, wiederholte Lynley.

»Ja. In Ordnung.« Sehr umständlich begann Denton Teekanne, Teller und Tasse zusammenzustellen.

Auf dem Weg nach oben dachte Lynley darüber nach, daß es im Grunde genommen keinerlei Neuigkeiten in bezug auf Helen gab. Zu berichten gewesen wäre allenfalls von einem späten Anruf am Mittwoch abend, nachdem sie von der abenteuerlichen Verfolgungsjagd auf der Isle of Dogs gelesen hatte. »Tommy!« hatte sie gerufen. »Ist dir auch nichts passiert?«

»Nein, nein. Mir geht es gut. Du fehlst mir, Darling«, hatte er geantwortet.

Als sie darauf vorsichtig gesagt hatte: »Tommy. Ich denke seit Sonntag morgen nach. Wie du mich gebeten hattest«, merkte er, daß es ihm unmöglich war, jetzt ein Gespräch zu führen, bei dem es vielleicht um ihrer beider Zukunft ging.

»Laß uns das am Wochenende bereden, Helen«, hatte er daher gebeten, und sie hatten sich auf das Abendessen geeinigt.

In seinem Schlafzimmer ging er zum Kleiderschrank und zog

verschiedene Sachen heraus: Blue Jeans, ein Polohemd, abgetragene Turnschuhe, ein Paar alte Socken. Er zog sich um und musterte sich, als er fertig war, im hohen Ankleidespiegel. Die Frisur war viel zu korrekt. Er fuhr sich mit der Hand durchs Haar und brachte es ein wenig in Unordnung. Dann holte er seinen Autoschlüssel aus der Hose, die er abgelegt hatte, und ging.

Infolge des dichten Freitagnachmittagverkehrs kam er auf seinem Weg nach Little Venice nur langsam vorwärts. Besonders schlimm ging es am Hyde Park zu, wo in der Park Lane ein Touristenbus stehengeblieben war und den ganzen nachfolgenden Verkehr behindert hatte.

Auch auf der anderen Seite des Parks, in der Edgware Road, sah es nicht viel besser aus. Alle Welt schien dieses Wochenende auf dem Land verbringen zu wollen. Man konnte es den Leuten nicht verübeln. Das Wetter war ideal. Er wünschte, auch sein Ziel wäre das Land oder die Küste. Der Gedanke an die kommenden Stunden und das, was auf sie folgen würde, was von ihnen abhing, bedrückte ihn.

Er parkte auf der Südseite von Little Venice und lief, wieder einmal die Zeitungen unter dem Arm, den langen Weg über den Warwick Crescent zur Brücke, die den Regent's Canal überquerte. Dort machte er halt und blickte in das dunkle Wasser, auf dem fünf Gänse schnell paddelnd dem Becken und Browning's Island zustrebten.

Er konnte Faradays Hausboot von hier aus gut sehen. Obwohl es noch hell war und sicher noch zwei Stunden so bleiben würde, war niemand an Deck des Boots, und in seiner Kajüte brannte Licht. Goldgelb lag es auf den Fensterscheiben. Noch während er hinübersah, verdunkelte sich der Schein einen Moment, als jemand innen am Fenster vorbeiging. Faraday, dachte er. Er hätte es vorgezogen, mit Olivia allein zu sprechen, er wußte jedoch, wie unwahrscheinlich es war, daß sie sich darauf einlassen würde.

Faraday kam ihm an der Kajütentür entgegen, noch ehe er geklopft hatte. Er war in Joggingausrüstung, und die Hunde begleiteten ihn.

Faraday sagte nichts, als er Lynley sah. Er ging wieder in die Kajüte hinunter, und als die Hunde ins Freie laufen wollten, rief er: »Nein, ihr Hunde! Hierher!«

Lynley stieg die Treppe hinab. Faraday beobachtete ihn mit verschlossener Miene. Sein Blick flog zu den Zeitungen unter Lynleys Arm, dann wieder zu seinem Gesicht.

»Ist sie hier?« fragte Lynley.

Lautes Getöse in der Küche gab ihm Auskunft. Dann folgte Olivias Stimme. »Ach, verdammt! Chris, ich hab den Reis fallen lassen. Er liegt überall rum. Tut mir leid.«

»Laß ihn liegen«, rief Faraday zurück.

»Ihn liegen lassen? Verdammt noch mal, Chris, behandle mich doch nicht wie ein –«

»Der Inspector ist hier, Livie.«

Sofort wurde es still. Lynley hatte das Gefühl, daß Olivia mit angehaltenem Atem dastand und überlegte, wie und ob sie diese letzte, entscheidende Konfrontation vermeiden konnte. Faraday sah zur Küche hinüber, und die Hunde trotteten hin, um zu sehen, was los war, und dann waren Geräusche zu hören. Die Gehhilfe aus Aluminium quietschte leise, als Olivia sich auf sie stützte. Schlurfende Schritte waren zu hören. Dann sagte Olivia: »Chris, ich kann nicht weiter. Der Reis. Er liegt überall.«

Faraday ging zu ihr. »Beans! Toast!« sagte er. »Platz.« Das Klappern ihrer Krallen auf dem Linoleum wurde leiser, als sie gehorsam nach vorn tappten, wo sie ihren Platz hatten.

Im Wohnzimmer schaltete Lynley die Lampen ein, die noch nicht brannten. Olivia konnte sich vor ihm hinter ihrer Krankeit verstecken, wenn sie das wollte, aber das Spiel mit Licht und Schatten würde er ihr nicht mehr gestatten. Er sah sich nach einem Tisch um, auf dem er die Zeitungen ausbreiten konnte, die er mitgebracht hatte, aber abgesehen von Faradays Arbeitstisch an der gegenüberliegenden Wand gab es nichts, was er hätte benutzen können. Er entfaltete die Zeitungen also auf dem Boden.

»Ja?«

Er drehte sich um. Olivia stand in der Türöffnung zwischen Küche und Wohnraum. Mit gekrümmten Schultern stützte sie sich auf die Metallstangen ihrer Gehhilfe. Ihr Gesicht war kreidebleich und glänzte, und sie wich seinem Blick aus, als sie sich mühsam vorwärtsschob.

Faraday folgte ihr, die erhobene Hand etwa dreißig Zentimeter von ihrem Rücken entfernt. Sie hielt inne, als sie die Zeitungen sah, und stieß einen unartikulierten Laut aus – es hörte sich an wie eine Mischung aus Spott und Ärger –, dann schleppte sie sich in einem Bogen um sie herum und ließ sich in einem der Cordsessel nieder. Als sie saß, hielt sie die Gehhilfe vor sich wie eine Abwehrwaffe. Faraday wollte sie wegnehmen. Sie sagte: »Nein!« Und dann: »Würdest du mir meine Zigaretten holen, Chris?«

Sie zündete die Zigarette, die er ihr reichte, selbst an. In einem dünnen grauen Band blies sie den Rauch in die Luft. Sie sagte zu Lynley: »Gehen Sie zu einer Maskerade?«

»Ich bin außer Dienst«, antwortete er.

Sie inhalierte und blies wieder Rauch in die Luft. Ihre Lippen waren vorgeschoben, und sie sah so ärgerlich aus, wie sie vielleicht aussehen wollte oder auch tatsächlich war. »Ach, hören Sie mir doch damit auf. Bullen sind nie außer Dienst.«

»Das kann sein. Aber ich bin nicht in meiner Eigenschaft als Polizeibeamter hier.«

»In welcher Eigenschaft denn? Als privater Bürger vielleicht? Der in seiner Freizeit die Lahmen und Kranken besucht? Sie gestatten, daß ich lache. Ein Bulle ist immer ein Bulle, ob im Dienst oder nicht.« Sie wandte den Kopf von ihm zu Faraday. Der hatte sich an den Küchentisch gesetzt, den Stuhl herumgedreht, so daß er zu ihnen ins Wohnzimmer sehen konnte. »Steht die Dose bei dir, Chris? Ich brauch sie.«

Er brachte sie ihr, dann zog er sich wieder zurück. Sie klemmte die Dose zwischen ihre Beine und schnippte einen Millimeter Asche von ihrer Zigarette. Sie trug einen silbernen Ring im Nasenflügel und eine Reihe silberner Stecker in einem Ohr, aber die Ringe, die ihre Finger geschmückt hatten, hatte sie alle abgenommen. Statt dessen trug sie den ganzen Arm hinauf klimpernde Reifen.

»Also, was wollen Sie diesmal?«

»Ich möchte nur mit Ihnen reden.«

»Die Handschellen haben Sie nicht dabei? Und mir auch noch kein Zimmer in Holloway reserviert?«

»Das ist nicht nötig, wie Sie sehen können.«

Als Reaktion auf seine Bemerkung deutete sie mit einem Fuß ungeschickt auf die Zeitungen, die er auf dem Boden ausgebreitet hatte. »Dann wird's also das Erziehungsheim«, meinte sie. »Was kriegt eigentlich in unserem gegenwärtigen Rechtssystem so ein Bürschchen dafür, wenn er seinen eigenen Vater umbringt? Ein Jahr?«

»Das Strafmaß hängt von der Entscheidung des Gerichts ab. Und vom Können seines Verteidigers.«

»Dann ist es also wahr.«

»Was?«

»Daß der Junge es getan hat.«

»Sie haben zweifellos die Zeitungen gelesen.«

Sie hob die Zigarette an den Mund und inhalierte, ließ ihn jedoch dabei keinen Moment aus den Augen. »Warum sind Sie dann hier? Sie müßten doch eigentlich feiern.«

»Bei Mord gibt es nicht viel zu feiern.«

»Nicht einmal, wenn man die Bösen geschnappt hat?«

»Nicht einmal dann. Ich habe die Erfahrung gemacht, daß die Bösen selten so böse sind, wie ich es gerne hätte. Die Menschen töten aus allen möglichen Gründen, und Bosheit ist einer der seltensten.«

Wieder zog sie an ihrer Zigarette. Ihrem Blick und ihrer Haltung sah er an, wie sehr sie auf der Hut war: Warum ist er gekommen, fragte sie sich, und ihre Miene verriet ihm, daß sie versuchte, ihm auf den Zahn zu fühlen.

»Menschen töten, um sich zu rächen«, sagte er so sachlich, als hielte er eine Vorlesung in einem Kriminologieseminar, bei der es um nichts ging. »Sie töten im Jähzorn. Sie töten aus Gier. Oder in Notwehr.«

»Aber, das ist dann kein Mord.«

»Manchmal verstricken sie sich in Besitzstreitigkeiten. Oder sie wollen Selbstjustiz üben. Oder sie müssen ein anderes Verbrechen vertuschen. Manchmal töten sie auch, weil sie keinen anderen Ausweg wissen, zum Beispiel um sich aus Abhängigkeit oder Unterwerfung zu befreien.«

Sie nickte. Faraday saß reglos auf seinem Stuhl. Lynley sah, daß sich, während er gesprochen hatte, die schwarzweiße Katze lautlos in die Küche geschlichen hatte und auf den Tisch gesprungen war. Faraday schien das Tier nicht zu bemerken.

»Manchmal töten Menschen aus Eifersucht«, fuhr Lynley fort. »Aus unerwiderter Leidenschaft oder Liebe. Manchmal töten sie sogar irrtümlich. Sie zielen in die eine Richtung, schießen jedoch in die andere.«

»Hm. Ja, ich kann mir vorstellen, daß das passiert.« Olivia klopfte ihre Zigarette am Dosenrand ab. Dann steckte sie sie wieder zwischen die Lippen und zog mit beiden Händen ihre Beine näher an den Sessel heran.

»So war es in diesem Fall«, bemerkte Lynley.

»Wie?«

»Jemandem ist ein Irrtum unterlaufen.«

Olivia richtete ihre Aufmerksamkeit flüchtig auf die Zeitungen, wandte den Blick dann jedoch wieder zu Lynley.

»Niemand wußte«, fuhr Lynley fort, »daß Fleming an dem fraglichen Mittwochabend nach Kent gefahren war. Haben Sie sich das einmal klargemacht, Miss Whitelaw?«

»Da ich Fleming nicht gekannt habe, habe ich mich nicht näher damit befaßt.«

»Ihrer Mutter sagte er, er würde nach Griechenland fliegen. Seinen Mannschaftskameraden sagte er im wesentlichen das gleiche. Seinem Sohn erklärte er, er hätte eine Cricket-Angelegenheit zu klären. Aber er sagte keinem Menschen, daß er nach Kent wollte. Nicht einmal Gabriella Patten, die dort im Haus Ihrer Mutter wohnte und die er zweifellos überraschen wollte. Merkwürdig, finden Sie nicht?«

»Sein Sohn wußte, daß er dort war. Das steht doch in der Zeitung.«

»Nein. In der Zeitung steht, daß Jimmy gestanden hat.«

»Das ist doch Haarspalterei. Wenn er gestanden hat, daß er ihn getötet hat, dann muß er doch gewußt haben, daß sein Vater dort war.«

»So stimmt das nicht«, sagte Lynley. »Flemings Mörder –«
»Der Junge.«
»Entschuldigen Sie. Ja, natürlich. Der Junge. Jimmy, der Mörder, wußte, daß jemand im Haus war. Und diese Person sollte in der Tat das Opfer werden. Aber der Mörder glaubte –«
»Jimmy glaubte.«
»– die Person im Haus sei Gabriella Patten.«
Olivia drückte ihre Zigarette aus und sah Faraday an. Er brachte ihr eine neue. Sie zündete sie an und inhalierte den Rauch bis tief in die Lungen.
»Wie sind Sie denn darauf gekommen?« fragte sie schließlich.
»Weil niemand wußte, daß Fleming nach Kent wollte. Und sein Mörder –«
»Der Junge«, unterbrach Olivia kurz. »Warum sprechen Sie ständig von Flemings Mörder, wenn Sie wissen, daß es der Junge getan hat?«
»Tut mir leid. Die Macht der Gewohnheit. Das ist der Polizeijargon.«
»Sie sagten doch, Sie seien außer Dienst.«
»Das bin ich auch. Haben Sie Geduld mit mir, bitte. Flemings Mörder – Jimmy – liebte Fleming, hatte aber allen Grund, Gabriella Patten zu hassen. Sie war ein Störfaktor. Fleming liebte diese Frau, aber er war infolge der Affäre ständig in innerem Aufruhr, den er nicht verbergen konnte. Darüber hinaus war damit zu rechnen, daß die Affäre Flemings Leben drastisch verändern würde. Wenn er Gabriella tatsächlich heiraten sollte, würde sein Leben eine ganz andere Bahn einschlagen.«
»Insbesondere würde er nie wieder nach Hause zurückkehren.« Olivia schien diese Schlußfolgerung zufriedenzustellen. »Aber genau das wollte der Junge doch, nicht wahr? Er wollte doch, daß sein Vater wieder nach Hause kommt.«
»Ja«, bestätigte Lynley, »ich denke, das war das Motiv für das Verbrechen. Flemings Heirat mit Gabriella Patten zu verhindern. Es hat wirklich Ironie, wenn man sich die Situation vor Augen führt.«
Sie fragte nicht: Welche Situation? Sie hob nur ihre Zigarette und beobachtete ihn durch die Rauchschleier.

»Kein Mensch hätte sterben müssen«, fuhr Lynley fort, »hätte Fleming weniger männlichen Stolz besessen.«

Unwillkürlich zog Olivia die Augenbrauen zusammen.

»Ja, sein Stolz ist schuld an dem Verbrechen«, erläuterte Lynley. »Wäre er weniger stolz gewesen, so wäre er auch in der Lage gewesen, darüber zu sprechen, daß er nach Kent fahren wollte, um die Beziehung zu Mrs. Patten zu beenden, weil er nämlich entdeckt hatte, daß er nur einer von vielen Liebhabern war; dann hätte sein Mörder – Jimmy, der Junge – die Frau nicht aus dem Weg räumen müssen. Es hätte keinen Anlaß zu diesem schrecklichen Irrtum gegeben. Fleming wäre noch am Leben. Und der Mör- und Jimmy würde nicht den Rest seines Lebens von dem Gedanken gequält werden, den Menschen getötet zu haben – wenn auch irrtümlich –, den er so sehr liebte.«

Olivia starrte einen Moment stumm in die Dose zwischen ihren Knien, bevor sie ihre Zigarette ausdrückte. Sie stellte die Dose auf den Boden und faltete die Hände im Schoß.

»Tja«, meinte sie, »wie sagt man doch so treffend: Wir bereiten immer denen am meisten Schmerz, die wir lieben. Das Leben ist beschissen, Inspektor. Der Junge spürt es nur ein bißchen früher als andere.«

»Ja. Er erfährt es auf die grausamste Weise, nicht wahr? Er erfährt, wie es ist, wenn man als Vatermörder gebrandmarkt wird, wenn man von der Polizei in die Kartei aufgenommen und unter Anklage gestellt wird, wenn einem ein Strafprozeß bevorsteht. Und danach –«

»Er hätte es sich vorher überlegen sollen.«

»Aber das hat er ja getan. Denn er – der Mörder, Jimmy, der Junge – glaubte ja, es sei das perfekte Verbrechen. Und das war es auch beinahe.«

Sie beobachtete ihn mißtrauisch. Lynley meinte zu hören, wie der Rhythmus ihrer Atmung sich änderte.

»Nur eine Kleinigkeit ist dazwischengekommen«, sagte er.

Olivia griff nach ihrer Gehhilfe. Sie wollte aufstehen, aber sie schaffte es nicht, sich ohne Unterstützung aus dem tiefen Sessel zu erheben. »Chris«, bat sie, aber Faraday rührte sich nicht. Sie drehte den Kopf zu ihm um. »Chris, hilf mir.«

Faraday sah Lynley an und stellte die Frage, die Olivia vermieden hatte. »Was war das für eine Kleinigkeit?«

»Chris! Verdammt noch mal –«

»Was für eine Kleinigkeit war es?« fragte Faraday wieder.

»Ein Anruf von Gabriella Patten.«

»Wieso? Was war damit?« fragte Faraday.

»Chris! Hilf mir endlich. Komm schon.«

»Er wurde korrekt entgegengenommen«, antwortete Lynley. »Aber die Person, die ihn vermeintlich entgegennahm, weiß nicht einmal, daß es den Anruf überhaupt gab. Ich finde das merkwürdig, wenn –«

»Klar, klar«, fiel Olivia ihm schnippisch ins Wort. »Erinnern Sie sich an jeden Anruf, den Sie bekommen?«

»– wenn ich mir überlege, um welche Zeit der Anruf getätigt wurde und welcher Art er war. Es war ein Schmähanruf, und er wurde erst nach Mitternacht gemacht.«

»Vielleicht hat es überhaupt keinen Anruf gegeben«, entgegnete Olivia. »Haben Sie sich das mal überlegt? Vielleicht hat sie gelogen, als sie sagte, sie hätte angerufen.«

»Nein«, sagte Lynley. »Gabriella Patten hatte keinen Anlaß zu lügen. Oder glauben Sie, sie hätte Flemings Mörder ein Alibi verschaffen wollen?« Die Ellbogen auf die Knie gestützt, neigte er sich zu Olivia. »Ich bin nicht als Polizeibeamter hier, Miss Whitelaw. Ich bin schlicht und einfach als Mensch hier, der sehen möchte, daß Gerechtigkeit geschieht.«

»Es geschieht doch Gerechtigkeit. Der Junge hat gestanden. Was wollen Sie denn noch?«

»Den wahren Mörder. Den Sie identifizieren können.«

»So ein Quatsch!« Aber sie sah ihn dabei nicht an.

»Sie haben die Zeitungen gesehen. Jimmy hat gestanden. Er ist verhaftet worden, man hat ihn unter Anklage gestellt. Er wird vor Gericht auftreten müssen. Aber er hat seinen Vater nicht getötet, und ich glaube, das wissen Sie auch.«

Sie griff nach der Dose. Ihre Absichten waren offenkundig, doch Faraday kam ihr nicht entgegen. »Finden Sie nicht, daß der Junge genug durchgemacht hat, Miss Whitelaw?«

»Wenn er es nicht getan hat, dann lassen Sie ihn doch frei.«

»So funktioniert das nicht. Seine Zukunft war vorgezeichnet, sobald er sagte, er hätte seinen Vater ermordet. Der nächste Schritt ist der Prozeß. Danach kommt das Gefängnis. Er kann sich nur rehabilitieren, wenn der wahre Täter gefaßt wird.«

»Das ist Ihre Aufgabe, nicht meine.«

»Das ist jedermanns Aufgabe. Es ist ein Teil des Preises, den wir dafür bezahlen, daß wir uns entscheiden, mit anderen zusammen in einer geordneten Gesellschaft zu leben.«

»Ach ja?« Olivia schob die Dose zur Seite. Sie umfaßte die Stangen der Gehhilfe und zog sich nach vorn. Sie stöhnte vor Anstrengung, als sie versuchte, sich in die Höhe zu hieven. Schweißperlen traten ihr auf die Stirn.

»Livie!« Faraday sprang von seinem Stuhl und lief zu ihr.

Sie zuckte vor ihm zurück. »Nein. Vergiß es.« Als es ihr endlich gelungen war, sich hochzuziehen und auf die Füße zu kommen, zitterten ihre Beine so heftig, daß Lynley sich fragte, ob sie es überhaupt schaffen würde, länger als eine Minute aufrecht zu stehen. Sie sagte: »Sehen Sie mich an. Los, sehen Sie mich an! Wissen Sie eigentlich, was Sie verlangen?«

»Ja, das weiß ich«, antwortete Lynley.

»Na gut, aber ich werd's nicht tun. Keinesfalls. Er bedeutet mir nichts. Keiner von ihnen bedeutet mir etwas. Sie sind mir alle gleichgültig. Die ganze Welt ist mir gleichgültig.«

»Das glaube ich nicht.«

»Versuchen Sie's. Sie werden es schon schaffen.«

Sie riß die Gehhilfe heftig zur Seite und folgte ihr mit ihrem Körper. Quälend langsam und schwerfällig schleppte sie sich aus dem Zimmer. Als sie am Tisch in der Küche vorüberkam, sprang die Katze zu Boden, strich ihr einmal um die Beine und folgte ihr, als sie verschwand. Mehr als eine Minute verstrich, ehe sie das Geräusch einer Tür hörten, die hinter ihr zufiel.

Faraday sah aus, als wollte er ihr folgen, aber er blieb, wo er war, neben ihrem Sessel. Während er noch immer in die Richtung blickte, in der sie verschwunden war, sagte er leise und schnell zu Lynley: »Miriam war an dem Abend nicht da. Ich meine, als wir ankamen. Aber ihr Wagen stand in der Garage, und im Haus brannte Licht, und der Plattenspieler lief, deshalb nahmen wir beide an... Ich meine, es war doch ganz logisch, daß wir glaubten, sie wäre nur auf einen Sprung zu einem Nachbarn hinübergegangen.«

»Natürlich, genau das sollte ja jeder glauben, der an dem Abend zufällig bei ihr klopfte.«

»Nur haben wir es nicht beim Klopfen bewenden lassen. Livie hatte den Schlüssel zum Haus. Wir gingen hinein. Ich – ich habe mich im Haus nach ihr umgesehen, weil ich ihr sagen wollte, daß Livie da war. Aber ich fand sie nirgendwo. Livie sagte, ich solle gehen, und das habe ich dann auch getan.« Er wandte sich Lynley zu. »Reicht das? Für den Jungen«, fragte er beinahe flehend.

»Nein« antwortete Lynley und fügte hinzu: »Tut mir leid«, als er die Trostlosigkeit in Faradays Gesicht sah.

»Und was passiert? Wenn sie nicht die Wahrheit sagt?«

»Es geht um die Zukunft eines sechzehnjährigen Jungen.«

»Aber wenn er es nicht getan hat –«

»Wir haben sein Geständnis. Es ist nicht zu erschüttern. Wir können es nur widerlegen, indem wir den wahren Täter identifizieren.«

Lynley wartete auf eine Reaktion von Faraday; hoffte auf einen wenn auch noch so kleinen Hinweis darauf, was als nächstes geschehen würde. Er war am Ende seiner Weisheit angelangt. Wenn Olivia nicht nachgab, hatte er einen Unschuldigen für nichts und wieder nichts verleumdet.

Aber Faraday antwortete nicht. Er ging nur zum Tisch in der Küche, setzte sich dort nieder und legte den Kopf in die Hände. »Mein Gott«, sagte er.

»Sprechen Sie mit ihr«, bat Lynley.

»Sie stirbt. Sie hat Angst. Ich weiß nicht die richtigen Worte.«

Dann, dachte Lynley, waren sie verloren. Er hob seine Zeitungen vom Boden auf, faltete sie und ging in den Abend hinaus.

Olivia

Die Schritte kamen näher. Sie klangen sicher, entschlossen. Mir wurde der Mund trocken, als ich hörte, daß sie sich auf die Tür des kleinen Salons zubewegten. Dann wurde es abrupt still. Ich hörte, wie jemand nach Luft schnappte. Ich drehte mich um. Es war Mutter.

Wir starrten einander an. Sie sagte: »Herr im Himmel«, und drückte dabei die Hand auf die Brust, ohne sich von der Stelle zu rühren. Ich wartete auf Kenneth. Ich lauschte nach dem Klang seiner Stimme, wenn er sagte: »Was ist denn, Miriam? Oder: Darling, ist etwas nicht in Ordnung? Aber das einzige Geräusch, das ich vernahm, war das Tönen der Standuhr im Korridor, als sie drei Uhr schlug. Und die einzige Stimme, die ich hörte, war die meiner Mutter. »Olivia? Olivia, du? Mein Gott, was um alles in der Welt ...«

Ich dachte, sie würde ins Zimmer kommen, aber das tat sie nicht. Sie blieb im dunklen Korridor vor der Tür und stützte sich mit einer Hand an den Türpfosten, während sie mit der anderen zum Kragen ihres Kleides faßte und ihn zusammenzog. Sie war fast verborgen in den Schatten, aber ich konnte genug sehen, um zu erkennen, daß sie nicht eines ihrer gerade geschnittenen, schlichten, aber eleganten Jackie-Kennedy-Kleider trug, sondern so einen hellen Frühjahrsfummel mit Blumenmuster und gereihtem Rock. Man sieht so etwas bei C & A im Fenster, wenn die Sommersaison eingeläutet wird. Mutter hatte noch nie so etwas angehabt; sie kam mir fremd vor in diesem Kleid, das ihre Hüften auf unvorteilhafte Weise betonte. Fehlten nur noch der Strohhut mit flatterndem Band und kleine, weiße Ballerinaschuhe. Ich war peinlich berührt. Man brauchte keine tieferen psychologischen Kenntnisse, um die Absicht hinter dieser Kostümierung zu erkennen.

»Ich hab dir gerade einen Brief geschrieben«, sagte ich.

»Einen Brief?«

»Dabei muß ich eingeschlafen sein.«

»Wie lange bist du schon hier?«

»Seit halb elf. So ungefähr jedenfalls. Chris – der Freund, mit dem ich zusammenlebe – hat mich hier abgesetzt. Ich hab auf dich gewartet. Dann beschloß ich, dir zu schreiben. Chris holt mich nachher irgendwann wieder ab. Ich bin eingeschlafen.«

Ich fühlte mich benommen. Das lief überhaupt nicht so, wie ich es geplant hatte. Ich hätte locker und entspannt sein müssen und alles im Griff haben, aber als ich sie ansah, wußte ich plötzlich nicht mehr weiter. Komm, komm schon, rief ich mir wütend zu, wen interessiert es schon, wozu sie sich versteigt, um ihren Zuckerjungen bei der Stange zu halten. Sieh zu, daß du gleich von Anfang an die Oberhand gewinnst. Das Überraschungsmoment ist auf deiner Seite, genau wie du es dir gewünscht hast.

Aber das Überraschungsmoment war auch auf ihrer Seite, und sie unternahm nichts, um die Spannung zwischen uns zu lösen. Nicht, daß sie es mir schuldig gewesen wäre, mir die Rückkehr in ihre Welt leichtzumachen. Ich hatte alle Rechte auf eine innige Mutter-Tochter-Freundschaft vor Jahren schon verwirkt.

Sie hielt meinen Blick fest, als wäre sie entschlossen, nicht zu meinen Beinen hinunterzusehen, nicht die Gehhilfe zu bemerken, die neben dem Sekretär stand, nicht danach zu fragen, was meine Anwesenheit in ihrem Haus um drei Uhr morgens zu bedeuten hatte.

»Ich habe ab und zu in der Zeitung über dich gelesen«, sagte ich. »Über dich. Und Kenneth. Du weißt schon.«

»Ja«, erwiderte sie, und das war alles.

Ich war klatschnaß unter den Armen. Ich hätte mir die Achselhöhlen gern mit einem Taschentuch getrocknet. »Er scheint ja ein ganz netter Kerl zu sein. Ich kann mich aus der Zeit an ihn erinnern, als du noch Lehrerin warst.«

»Ja«, sagte sie wieder.

Ich dachte; Mist, verdammter. Was läuft hier eigentlich? Sie hätte fragen sollen: Was ist mit dir, Olivia? Und ich hätte antworten sollen: Ich bin gekommen, um mit dir zu sprechen, ich brauche deine Hilfe, ich muß bald sterben.

Statt dessen saß ich auf einem Stuhl vor ihrem Sekretär und redete unsinniges Zeug. Und sie stand in ihrem albernen Hemdblusenkleid im dunklen Flur. Ich konnte nicht zu ihr gehen, ohne einen Riesenauftritt daraus zu machen. Und sie hatte offensichtlich überhaupt nicht die Absicht, zu mir zu kommen. Sie war klug genug zu wissen, daß ich nur da war, weil ich etwas von ihr wollte. Und sie war rachsüchtig genug, um mich dafür kriechen zu lassen.

Na schön, dachte ich, sollst ihn haben, deinen kleinlichen Sieg. Du möchtest, daß ich krieche? Okay, ich werde kriechen. Ich werde kriechen wie eine Eins.

»Ich bin hergekommen, weil ich mit dir sprechen muß, Mutter« sagte ich.

»Um drei Uhr morgens?«

»Ich wußte nicht, daß es so spät werden würde.«

»Du hast eben gesagt, du hättest mir einen Brief geschrieben.«

Ich blickte auf die Seiten hinunter, die ich gefüllt hatte. Ich konnte keinen Kugelschreiber mehr benützen, und sie hatte auf ihrem Sekretär keine Bleistifte gehabt. Mein Brief sah aus wie das Gekritzel eines Kindes, das noch nicht zur Schule ging. Ich legte meine Hand auf die Briefbögen und knüllte sie zusammen.

»Ich muß mit dir sprechen«, wiederholte ich. »Schriftlich läßt es sich nicht so ausdrücken … Ich muß es dir selbst sagen. Ich habe es offensichtlich ganz falsch angefangen. Es tut mir leid, daß es so spät geworden ist. Wenn es dir lieber ist, daß ich morgen wiederkomme, kann ich Chris bitten –«

»Nein«, unterbrach sie mich. Offenbar war ich lange genug gekrochen, um sie zufriedenzustellen. »Ich will mich nur rasch umziehen. Ich mache uns einen Tee.«

Sie ging rasch davon. Ich hörte sie die erste, dann die zweite Treppe hinauflaufen zu ihrem Zimmer. Mehr als fünf Minuten verstrichen, ehe sie wieder herunterkam. Sie eilte am kleinen Salon vorbei, ohne zu mir hereinzusehen. Sie ging zur Küche hinunter. Zehn Minuten verrannen im Schneckentempo. Sie wollte mich eine Weile schmoren lassen. Sie wollte diesen Sieg auskosten. Ich hätte es ihr gern heimgezahlt, aber ich wußte nicht genau, wie ich das bewerkstelligen sollte.

Ich stand von dem Stuhl am Sekretär auf, stellte mich hinter meine Gehhilfe und schlurfte in Richtung Sofa. Ich schaffte die gefährliche Drehung, die nötig war, damit ich mich auf dem abgewetzten Plüsch niederlassen konnte, und als ich aufblickte, sah ich Mutter mit dem Teetablett in den Händen an der Tür stehen. Schweigend sahen wir einander an.

»Lange nicht gesehen«, sagte ich schließlich.

»Sechs Jahre, zwei Wochen und vier Tage«, erwiderte sie.

Ich zwinkerte und drehte den Kopf zur Wand. Immer noch hing dort dieses Durcheinander von japanischen Drucken, Miniaturen toter Whitelaws und ein unbedeutender alter Meister der flämischen Schule. Ich hielt den Blick auf dieses Gemälde gerichtet, während Mutter ins Zimmer kam und das Teetablett auf einen Spieltisch vor dem Chesterfield-Sofa stellte.

»Wie früher?« fragte sie mich. »Milch und zwei Stück Zucker?«

Verdammt, verdammt, dachte ich und nickte. Ich starrte das flämische Gemälde an: ein Zentaur mit erhobenen Vorderfüßen, der eine Frau auf seinem Rücken trug. Sie schienen es beide so zu wollen, das monströse Fabelwesen und die Frau, die seine Beute war. Sie wehrte sich nicht einmal gegen ihn, machte keinen Versuch, ihm zu entkommen.

»Ich habe eine Krankheit, die ALS heißt«, gestand ich.

Hinter mir hörte ich das tröstliche und so vertraute Geräusch, das beim Eingießen von Tee ensteht. Es klirrte leise, als die Tasse mit der Untertasse auf den Tisch gestellt wurde. Dann stand sie neben mir, legte ihre Hand auf die Gehhilfe.

»Setz dich«, sagte sie. »Hier ist dein Tee. Soll ich dir helfen?« Ihr Atem roch nach Alkohol, und ich begriff, daß sie sich für diese Begegnung gestärkt hatte, während sie sich umgezogen und den Tee gemacht hatte. Es tröstete mich, das zu wissen. Wieder sagte sie: »Brauchst du Hilfe, Olivia?«

Ich schüttelte den Kopf.

Nachdem ich mich auf das Sofa gesetzt hatte, rückte sie die Gehhilfe zur Seite. Sie reichte mir die Teetasse, stellte sie auf mein Knie und hielt sie dort, bis ich selbst zugriff.

Sie trug einen marineblauen Morgenrock und sah nun eher wie die Mutter aus, die ich kannte.

»ALS?« fragte sie.

»Ich habe die Krankheit seit ungefähr einem Jahr.«

»Sie behindert dich beim Gehen?«

»Im Augenblick, ja.«

»Was heißt: im Augenblick?«

»Vorläufig behindert sie mich nur beim Gehen.«

»Und später?«

»Stephen Hawking.«

Sie hob ihre Teetasse, um zu trinken. Über ihren Rand hinweg begegneten sich unsere Blicke. Langsam setzte sie die Tasse wieder in die Untertasse, ohne den Tee angerührt zu haben. Sie stellte das Gedeck auf den Tisch und war dabei in ihren Bewegungen so behutsam, daß sie nicht das kleinste Geräusch machte. Sie ließ sich auf der Ecke des Chesterfield-Sofas nieder. Wir saßen im rechten Winkel zueinander, unsere Knie berührten einander beinahe.

Ich wünschte mir, sie würde etwas sagen. Aber ihre einzige Reaktion bestand darin, die rechte Hand zu heben und die Finger an die Schläfe zu drücken.

Ich überlegte, ob ich anbieten sollte, daß ich ja ein andermal wiederkommen könne. Statt dessen sagte ich: »Zwei bis fünf Jahre. Sieben, wenn ich Glück habe.«

Sie ließ die Hand sinken. »Aber Stephen Hawking –«

»Er ist die Ausnahme. Aber das ist im Grunde sowieso unwichtig, weil ich so nicht leben möchte.«

»Das kannst du jetzt noch nicht wissen.«

»O doch, ich kann.«

»Eine Krankheit gibt einem die Möglichkeit, Leben anders zu definieren.«

»Nein.«

Ich erzählte ihr, wie es angefangen hatte, mit dem Stolpern auf der Straße. Ich erzählte ihr von den Untersuchungen, von dem sinnlosen Gymnastik- und Fitneßprogramm, von den Heilern. Zum Schluß erzählte ich ihr vom Voranschreiten der Krankheit. »Sie ist jetzt auf dem Weg in meine Arme«, schloß ich. »Meine Finger werden langsam schwächer. Wenn du dir den Brief ansiehst, den ich dir schreiben wollte –«

»O verdammt, Olivia!« sagte sie, doch die Worte enthielten keine Spur Leidenschaft. »Verdammt noch mal, Olivia.«

Jetzt war der Moment für die Predigt gekommen. Ich hatte die Oberhand behalten wollen. Ich hatte siegen wollen. Wie hatte ich nur erwarten können, daß mir das gelingen würde? Ich war nicht als Siegerin heimgekehrt. Ich war angekrochen wie der verlorene Sohn und klammerte mich, körperlich am Ende, an Sprichwörter wie »Blut ist dicker als Wasser«, als ließen sich mit ihnen die Brücken neu schlagen, die ich mit solcher Wonne abgerissen hatte. Ich wappnete mich gegen das, was kommen würde: Das hast du nun davon ... Wie fühlt man sich, wenn der Körper einfach den Dienst versagt ... Du hast deinem Vater das Herz gebrochen ... Du hast unser aller Leben zerstört ...

Ich werde es überleben, dachte ich mir. Es sind ja nur Worte. Sie mußte sie loswerden. Und wenn sie fertig war, konnten wir von Vorwürfen über Vergangenes zu praktischen Arrangements für die Zukunft übergehen. Um die Predigt so bald wie möglich hinter mich zu bringen, bot ich ihr einen Ansatzpunkt.

»Ich habe vieles falsch gemacht, Mutter ... Ich war doch nicht so klug, wie ich mir eingebildet habe. Es tut mir leid.«

Nun brauchte sie den Ball nur zurückzuspielen. Ich wartete resigniert.

»Mir auch, Olivia«, sagte sie. »Mir tut es auch leid.«

Mehr kam nicht. Ich hatte sie bisher nicht angesehen. Jetzt hob ich den Kopf und blickte ihr in die Augen: Sie wirkten feucht, aber ich konnte nicht sagen, ob von Tränen oder vor Erschöpfung oder der Anstrengung, sich gegen eine aufziehende Migräne zu wehren. Das Alter schien sie jetzt schnell einzuholen. Wie auch immer sie eine halbe Stunde zuvor dort an der Tür ausgesehen hatte, im Moment war ihr ihr Alter anzusehen.

Ich stellte die Frage, ohne vorher auch nur an sie gedacht zu haben. »Warum hast du mir das Telegramm geschickt?«

»Um dir weh zu tun.«

»Wir hätten einander helfen können.«

»Damals nicht, Olivia.«

»Ich habe dich gehaßt.«

»Ich habe dir die Schuld gegeben.«

»Tust du es noch?«

Sie schüttelte den Kopf. »Und du?«

Ich bedachte die Frage. »Ich weiß es nicht.«

Sie lächelte flüchtig. »Mir scheint, du bist ehrlich geworden.«

»So geht es einem, wenn man stirbt.«

»Du darfst das nicht sagen –«

»Auch das gehört zur Ehrlichkeit.« Ich wollte meine Teetasse auf den Tisch stellen, und sie klapperte wie ein Haufen Knochen in der Untertasse. Sie nahm sie mir ab und legte dann ihre Hand über die meine. »Du bist anders«, sagte ich. »Nicht so, wie ich erwartet habe.«

»So ist das, wenn man liebt.«

Sie sagte das ohne die geringste Spur von Verlegenheit. Es klang weder stolz noch abwehrend. Sie sagte es ganz sachlich.

»Wo ist er?« fragte ich.

Sie runzelte die Stirn, schien verwundert.

»Kenneth«, erläuterte ich. »Wo ist er?«

»Ken? In Griechenland. Ich habe ihn eben zum Flughafen gebracht.« Sie schien sich bewußt zu werden, wie merkwürdig sich das anhören mußte, um diese Zeit, morgens um Viertel nach vier, denn sie fügte hinzu: »Die Maschine hatte Verspätung.«

»Du kommst also gerade vom Flughafen?«

»Ja.«

»Du hast viel für ihn getan, Mam.«

»Ich? Nein. Das meiste hat er selbst geleistet. Er ist ein Arbeiter und ein Träumer. Ich habe mir nur seine Träume angehört und ihn bei seiner Arbeit ermutigt.«

»Trotzdem . . .«

Sie lächelte liebevoll. »Ken hat sich seine eigene Welt geschaffen, Olivia. Er nimmt Staub und Wasser und macht Marmor daraus. Ich glaube, du wirst ihn mögen. Ihr seid in einem Alter, weißt du, du und Ken.«

»Ich habe ihn gehaßt.« Ich korrigierte die Erklärung. »Ich war eifersüchtig auf ihn.«

»Er ist ein feiner Mensch, Olivia. Was er für mich alles aus reiner Großherzigkeit getan hat...« Sie hob ihre Hand ein wenig von der Armlehne des Sofas. »Wie kann ich dir das Leben schön machen, fragt er immer. Wie kann ich dir vergelten, was du für mich getan hast? Soll ich für dich kochen? Mit dir die Ereignisse des Tages besprechen? Meine Welt mir dir teilen? Deine Kopfschmerzen lindern? Dich zu einem Teil meines Lebens machen? Dich stolz auf mich machen?«

»Nichts von alledem habe ich je für dich getan.«

»Das macht nichts. Weil jetzt alles anders ist. Das ganze Leben ist jetzt anders. Ich hätte nie geglaubt, daß sich das Leben so ändern kann. Aber alles ist möglich, wenn man dafür offen ist, Darling.«

Darling. Wohin sollte das führen? Blind stürmte ich vorwärts. »Das Hausboot, auf dem ich lebe. Es ist – ich werde bald einen Rollstuhl brauchen, aber das Boot ist zu – ich wollte eigentlich ... Dr. Alderson hat mir gesagt, daß es private Pflegeheime gibt.«

»Und es gibt ein Zuhause«, sagte Mutter. »Wie dieses hier, das dein Zuhause ist.«

»Du kannst doch nicht im Ernst wollen –«

»Ich will«, beschloß sie.

Und damit war die Diskussion beendet. Sie stand auf und sagte, wir müßten etwas essen. Sie half mir ins Eßzimmer, setzte mich an den Tisch und ging selbst in die Küche hinunter. Eine Viertelstunde später kam sie mit Toast und Eiern zurück. Sie brachte Erdbeermarmelade und frischen Tee. Sie setzte sich nicht mir gegenüber, sondern neben mich. Und obwohl sie diejenige gewesen war, die vorgeschlagen hatte, etwas zu essen, rührte sie praktisch nichts an.

»Es wird schrecklich werden, Mam«, warnte ich. »Das hier. Mit mir. Mit der ALS.«

Sie legte die Hand auf meinen Arm. »Über all das sprechen wir morgen«, meinte sie. »Und übermorgen. Und in den Tagen danach.«

Es drückte mir die Kehle zu. Ich legte meine Gabel nieder.

»Du bist zu Hause«, sagte Mutter, und ich wußte, daß es ihr ernst war.

25

Lynley entdeckte Helen im Garten seines Stadthauses, wo sie mit einer Gartenschere die Rosenbüsche unsicher machte. Sie sammelte aber weder Blüten noch Knospen, sie war vielmehr dabei, verblühte Rosen abzuschneiden. Sie knipste sie ab und ließ sie einfach zu Boden fallen.

Er beobachtete sie vom Eßzimmerfenster aus. Es begann schon zu dämmern, und das schwindende Licht legte einen weichen Glanz über sie. Es durchwirkte ihr Haar mit dunklen Goldtönen und verlieh ihrer Haut einen rosigen Schimmer. In der Erwartung andauernden guten Wetters trug sie ein aprikosenfarbenes loses Oberteil und dazupassende Leggings. An den Füßen hatte sie flache Sandalen.

Während sie von Busch zu Busch ging, ließ er sich noch einmal ihre Frage über die Liebe durch den Kopf gehen. Wie sollte er Liebe erklären? Nicht nur ihr, sondern auch sich selbst?

Sie wollte etwas analysiert haben, was sich zu einer Analyse nicht eignete. Für ihn war die Liebe eines der Wunder des Lebens. So wenig er erklären konnte, wie der Mond die Bewegungen des Meeres beeinflußte, wie die Drehungen der Erde um ihre Achse den Wechsel der Jahreszeiten bestimmte, wie es kam, daß auf diesem sich wie rasend drehenden Planeten alles, was auf ihm stand, auch stehenblieb und nicht ins All hinausgeschleudert wurde, so wenig konnte er erklären, warum sein Herz für sie schlug.

Hätte er mit dem Kopf wählen können, so hätte er sich wahrscheinlich nicht Helen Clyde ausgesucht. Vermutlich hätte er sich für eine Frau entschieden, die einen Ausflug nach Chysauster Village und einen Streifzug durch die Überreste dieser prähistorischen Behausungen angemessen gewürdigt hätte, anstatt auszurufen: Du lieber Himmel, Tommy, kannst du dir vorstellen, wie dieser grauenvolle Wind die Haut der Frauen angegriffen haben muß, die damals hier gelebt haben? Eine Frau vermutlich, die gesagt hätte: Ashby de la Zouch? *Ivanhoe* natürlich. Die große Tjoste. Eine Frau, die bei einem Gang durch die Ruinen von Alwick Castle an Hotspur gedacht hätte und an das, was er verloren hatte, indem er sich seinem Ehrgeiz ergeben hatte. Aber diese Frau, die sich Meditationen über Chysauster hingegeben hätte, über Ashby ins Schwärmen geraten wäre und angemessene Trauer über Northumberlands Tod gezeigt hätte, wäre eben nicht Helen Clyde gewesen. Mit ihrer aufreizenden Gleichgültigkeit der tausendjährigen Geschichte gegenüber, die sie umgab; mit ihrer Fähigkeit, unbeschwert zu genießen, was das Leben jetzt und hier zu bieten hatte; mit ihrer scheinbaren Frivolität. Sie gehörte nicht an diesen Ort und nicht in diese Zeit, sie war von anderer Art und einem anderen Jahrhundert entsprungen. Sie hatten nicht den Funken einer Chance, länger als ein Jahr zu bestehen, wenn sie heirateten. Und dennoch wollte er sie haben.

Verdammnis meiner Seele! dachte er, lächelte grimmig und lachte dann laut, als er daran dachte, wie *diese* Liebe geendet hatte. Es war kein gutes Omen, daß ihm die leidenschaftliche Liebeserklärung des Mohren in den Sinn kam, wenn er an Helen dachte. Andererseits jedoch würden sie vielleicht gar nichts zu befürchten haben, wenn sie dafür sorgten, daß es in ihrem Bett keine Kissen gab und daß Helen keine Taschentücher hatte.

Ist nicht das Wesentliche die Bereitschaft, etwas zu riskieren? fragte er sich. Ist nicht das Essentielle der Glaube an die Macht eines anderen, uns zu erlösen? Das ist das Warum, Helen. Liebe entspringt nicht aus Ähnlichkeiten der Erziehung, des Lebenslaufs, der Erfahrung. Liebe wächst aus nichts und erschafft neue Liebe in ihrem Fortbestehen. Und ohne sie kehrt in der Tat das Chaos wieder.

Draußen im Garten hörte sie auf, mit der Gartenschere zu klappern, bückte sich und begann, die herabgefallenen, verwelkten Blumen aufzuheben. Sie hatte vergessen, einen Müllbeutel mit in den Garten zu nehmen, und benutzte jetzt ihr langes Oberteil wie eine Schürze, in die sie die verblühten Rosen warf. Er ging zu ihr hinaus.

»In dem Garten muß etwas getan werden«, sagte sie. »Wenn

man die Rosen am Busch läßt, nachdem sie verwelkt sind, gibt der Busch seine Kraft an sie ab und blüht dann nicht mehr so üppig. Hast du das gewußt, Tommy?«

»Nein.«

»Es ist aber wahr. Wenn man die Blüten jedoch abschneidet, sobald sie welk geworden sind, geht die ganze Kraft in die neuen Knospen.« Sie bückte sich, um wieder eine der abgeschnittenen, verblühten Rosen aufzuheben. Sie trug keine Handschuhe, und ihre Hände waren schmutzig. Aber sie trug seinen Ring. Das machte ihm Hoffnung. Es bedeutete Verheißung. Und ein Ende des Chaos.

Unvermutet sah sie auf und registrierte seinen Blick auf ihrer Hand. »Sag's mir«, bat sie.

Er suchte nach Worten. »Würdest du mir zustimmen«, fragte er, »wenn ich sagte, daß Elizabeth Barrett ihren Robert Browning geliebt hat?«

»Ja, wahrscheinlich, aber ich weiß nicht viel über die beiden.«

»Sie ist mit ihm durchgebrannt. Sie hat sich für den Rest ihres Lebens von ihrer Familie getrennt – insbesondere von ihrem Vater –, um ihr Dasein mit ihm zu teilen. Sie hat ihm eine Reihe Liebesgedichte geschrieben.«

»Die portugiesischen Sonette?«

»Ja.«

»Und?«

»Und doch kann sie ihm im berühmtesten dieser Sonette nicht sagen, warum, Helen. Sie sagt ihm, daß sie ihn liebt, sie sagt ihm, wie sehr sie ihn liebt – frei, rein, mit dem Vertrauen eines Kindes –, aber sie sagt ihm niemals, warum. Browning mußte ihr einfach vertrauen. Er mußte das Daß und das Wie ohne das Warum akzeptieren.«

»Und du möchtest, daß ich das auch tue. Richtig?«

»Ja.«

»Hm.« Sie nickte nachdenklich und hob wieder einige abgeschnittene Blütenköpfe auf. Die Blütenblätter lösten sich in ihrer Hand. Der Ärmel ihres Pullis verfing sich an einem Dorn, und er löste ihn vorsichtig für sie. »Tommy«, sagte sie und wartete, bis er sie ansah. »Sag's mir.«

»Mehr gibt es nicht zu sagen, Helen. Es tut mir leid. Ich hab mein Bestes getan.«

Ihr Gesicht wurde weich. Sie deutete erst auf ihn, dann auf sich selbst und sagte: »Das meinte ich nicht, ich habe nicht von uns gesprochen, von der Frage der Liebe, Darling. Ich meinte, sag mir, wie es steht. In der Zeitung las ich, es sei vorbei, aber es ist wohl nicht vorbei. Das sehe ich dir doch an.«

»Wieso?«

»Sag es mir«, wiederholte sie.

Er setzte sich auf den Rasen neben dem Rosenbeet, und während sie unter den Büschen herumkroch, die abgeschnittenen Blüten einsammelte, ihr hübsches aprikosenfarbenes Ensemble und ihre Hände schmutzig machte, erzählte er ihr alles. Von Jean Cooper und ihrem Sohn. Von Olivia Whitelaw. Von deren Mutter. Von Kenneth Fleming und den drei Frauen, die ihn geliebt hatten, und was wegen dieser Liebe geschehen war.

»Am Montag wird mir der Fall entzogen«, schloß er. »Und im Grunde ist es auch gut so, Helen. Ich weiß wirklich nicht mehr weiter.«

Sie setzte sich neben ihn auf den Rasen, die Beine gekreuzt, den Schoß voll verblühter Rosen. »Vielleicht gibt es noch einen anderen Weg«, sagte sie.

Er schüttelte den Kopf. »Ich habe nichts als Olivia. Sie braucht nur bei ihrer Geschichte zu bleiben, und sie hat alle Gründe dieser Welt, das zu tun.«

»Nur nicht den Grund, den sie wirklich braucht« entgegnete Helen.

»Und der wäre?«

»Daß das, was sie tut, das Rechte ist.«

»Ich habe nicht den Eindruck, daß Recht und Unrecht in Olivias Leben große Bedeutung besitzen.«

»Das kann schon sein. Aber die Menschen überraschen einen immer wieder, Tommy.«

Er nickte. Er wollte jetzt nicht mehr über den Fall sprechen. Wenigstens für den Augenblick, an diesem Abend, konnte er sich dafür entscheiden, ihn zu vergessen. Er nahm ihre Hand und rubbelte die Schmutzflecken von ihren Fingern.

»Das ist übrigens das Warum«, sagte er.

»Was?«

»Daß du zu mir gesagt hast, ich solle es dir erzählen. Du hast mich angesehen, du hast sofort gemerkt, daß etwas nicht stimmte, und du hast danach gefragt. Das ist das Warum, Helen. Das wird immer das Warum sein.«

Sie schwieg einen Moment und sah auf seine Hand hinunter, die ihre umfaßt hielt. »Ja«, meinte sie schließlich ruhig und mit fester Stimme.

»Du verstehst es?«

»Ja, ich verstehe. Aber eigentlich wollte ich dir damit antworten.«

»Mir antworten?«

»Auf die Frage, die du mir Freitag nacht gestellt hast. Obwohl das ja eigentlich keine Frage war, nicht wahr? Es klang mehr wie eine Forderung. Hm, Forderung ist vielleicht auch nicht ganz richtig. Mehr wie ein Antrag.«

»Freitag nacht?« Er dachte zurück. Die Tage waren so rasch verflogen, daß er sich nicht einmal mehr erinneren konnte, wo er Freitag nacht gewesen war und was er getan hatte. Nur daran, daß sie eigentlich in ein Strauß-Konzert wollten und der Abend völlig danebengegangen war, und er gegen zwei Uhr morgens in ihre Wohnung gekommen war und... Er warf ihr einen hastigen Blick zu und sah, daß sie lächelte.

»Ich habe nicht geschlafen«, erklärte sie. »Ich liebe dich, Tommy. Auf diese oder jene Weise habe ich dich wahrscheinlich immer geliebt, selbst als ich noch glaubte, du würdest stets nur mein Freund sein. Darum also: Ja, ich will. Wann immer du willst, und wo immer du willst.«

Olivia

Ich beobachtete schon seit einiger Zeit Panda, die immer noch auf der Kommode in einem kunstvoll arrangierten Stapel von Rechnungen und Briefen liegt. Sie sieht ganz friedlich aus. Sie hat sich zu einer richtigen Kugel zusammengerollt, der Kopf berührt das Hinterteil, die Pfoten sind unter dem Schwanz versteckt. Sie hat alle Versuche aufgegeben, zu verstehen, wieso. Sie fragt nicht, warum ich Stunde um Stunde in der Küche sitze, anstatt mich mit ihr zusammen in mein Zimmer zu begeben und die Decken aufzuschütteln, um ihr am Fußende des Betts ein Nest zu bauen. Ich würde sie gern von der Kommode herunterholen und eine Weile auf den Schoß nehmen. Die gönnerhafte Bereitwilligkeit einer Katze, sich halten und streicheln zu lassen, hat etwas Tröstliches. Ich rufe miez-miez-miez, um ihre Aufmerksamkeit zu gewinnen. Sie dreht die gespitzten Ohren in meine Richtung, rührt sich nicht. Ich weiß, was sie mir sagt. Es ist das gleiche, was ich mir immer wieder selbst sage. Das, was ich durchmache, muß ich allein durchmachen. Es ist wie eine Generalprobe zum Tod.

Chris ist wieder in seinem Zimmer. Es hat den Anschein, als wolle er sich mit einem großen Frühjahrshausputz wachhalten. Ich höre, wie Schubladen aufgezogen und Schranktüren zugeschlagen werden. Als ich ihm zurufe, er solle doch zu Bett gehen, ruft er zurück: »Gleich. Ich suche noch etwas.« Ich frage, was. »Ein Bild von Lloyd-George Marley«, antwortet er mir. »Er hatte Dreadlocks, hab ich dir das eigentlich erzählt? Und er trug persische Pantoffeln mit aufgebogenen Spitzen.« Das klinge ja, bemerke ich, als sei dieser Lloyd-George Marley ein ganz schriller Typ. Chris sagt: »War er.«

»Wieso?« frage ich. »Hast du keinen Kontakt mehr zu ihm? Warum besucht er uns nie hier auf dem Boot?« Ich höre, wie eine Schublade aufgezogen und ihr gesamter Inhalt auf Chris' Bett geschüttet wird. »Chris«, wiederhole ich, »wieso besucht er uns nie –«

Chris unterbricht mich. »Er ist tot, Livie.«

Ich wiederholte das Wort »tot« und frage, wie er gestorben ist.

»Bei einer Messerstecherei«, antwortet Chris.

Ich frage Chris nicht, ob er dabei war, als es geschah. Ich weiß es schon.

Ich finde nicht, daß die Welt einem viel an Glück und Zufriedenheit zu bieten hat, was meinen Sie? Es gibt doch viel zuviel Kummer und Schmerz. Sie entstehen aus Wissen, Bindung, Sich-Einlassen.

Zwar sind solche Spekulationen sinnlos, aber ich frage mich trotzdem, wie sich alles entwickelt hätte, wäre ich an jenem Abend vor so langer Zeit nicht ins *Julip's* gegangen, wo ich Richie Brewster kennenlernte. Wenn ich mein Studium fertig gemacht und einen Beruf ergriffen hätte, wenn ich meinen Eltern Grund gegeben hätte, stolz auf mich zu sein... Wie viele Bedürfnisse anderer müssen wir in unserer Lebenszeit erfüllen? Wie weit müssen wir uns schuld geben, wenn es uns nicht gelingt, die Bedürfnisse eines anderen in angemessenem Maß zu erfüllen? Keine, heißt die bequeme Antwort auf beide Fragen, wie einem sämtliche Briefkastentanten sagen würden. Aber das Leben ist komplizierter, als diese Damen es wahrhaben möchten.

Mir brennen die Augen. Ich weiß nicht, wie spät es ist, aber ich habe den Eindruck, daß die schwarze Wand draußen vor dem Küchenfenster sich langsam zu Grau aufhellt. Ich sage mir, daß ich für heute genug geschrieben habe, daß ich jetzt mit gutem Gewissen zu Bett gehen kann. Ich brauche meinen Schlaf. Hat nicht jeder Arzt und Therapeut mir das gesagt? Haushalten Sie mit Ihren Kräften, haushalten Sie mit Ihrer Energie, sagen sie immer.

Ich rufe Chris. Er streckt den Kopf in den Korridor. Er hat einen rotgoldenen Fez aus seinem Schrank gekramt und ihn sich auf den Hinterkopf gedrückt. »Ja, Memsahib?« sagte er, die Hände auf der Brust aneinandergelegt.

»Das ist das falsche Land, du Dummkopf. Du brauchst einen Turban. Würdest du dich zu mir setzen, Chris?«

»Du bist jetzt soweit?« fragt er.

»Ja«, antworte ich.

»Gut«, sagt er und wirft seinen Kopf in den Nacken, um den Fez in sein Zimmer zu schleudern. Er kommt in die Küche, hebt Panda von der Kommode auf seine Schulter und setzt sich mir gegenüber. Die Katze reagiert überhaupt nicht. Sie weiß, daß sie bei Chris ist. Wie ein nasser Sack hängt sie über seiner Schulter und fängt an zu schnurren.

Chris streckt seinen anderen Arm über den Tisch, öffnet meine linke Hand und schiebt vorsichtig seine Finger zwischen die meinen. Ich beobachte, wie meine Finger zucken, ehe ich sie dazu bringen kann, sich um die seinen zu schließen. Selbst als ich es schaffe, merke ich, daß ich nicht mehr fest zupacken kann. Erst als meine Finger ganz gekrümmt sind, umschließt er sie mit seinen. »Mach weiter«, sagt er.

Und ich tue es.

Mutter und ich redeten in jener Nacht in Kensington bis in die frühen Morgenstunden hinein. Wir redeten, bis Chris kam, um mich abzuholen. Ich sagte: »Er ist mein Freund. Ich glaube, er wird dir gefallen.« Worauf sie erwiderte: »Es ist gut, Freunde zu haben. Ein einziger guter Freund ist wichtiger als alles andere.« Sie senkte den Kopf und fügte beinahe schüchtern hinzu: »Jedenfalls habe ich diese Erfahrung gemacht.«

Chris sah völlig fertig aus, als er kam. Er trank eine Tasse Tee mit uns. Ich fragte: »Alles in Ordnung?« Er sah mich nicht an, als er antwortete: »Alles in Ordnung.«

Mutter sah neugierig von einem zum anderen, aber sie stellte keine Fragen. Sie sagte: »Danke, daß Sie sich um Olivia kümmern, Chris.« Und er erwiderte: »Livie kümmert sich am liebsten um sich selbst.«

»Puh!« stöhnte ich. »Du hältst mich aufrecht, das weißt du ganz genau.«

Mutter meinte: »So soll es sein.« Ich sah ihr an, daß sie vermutete, zwischen mir und Chris bestünde mehr als Freundschaft. Wie die meisten Frauen, die lieben, wünschte sie jedem einen Anteil an diesem Gefühl. Ich hätte gern gesagt, es sei nicht so zwischen uns, Ma, aber ich war ein bißchen neidisch, daß es ihr gelungen war, das zu ergreifen, was für mich nicht erreichbar war.

Als Chris und ich gingen, begann es schon hell zu werden. Er habe sich schon mit Max getroffen, sagte er, die geretteten Tiere seien versorgt. »Ich habe ein paar neue Mitglieder in der Truppe« bemerkte er. »Hab ich dir von ihnen erzählt? Ich glaube, sie werden sich gut machen.«

Ich vermute, er hätte mir gern von Amanda erzählt. Er muß erleichtert gewesen sein. Ich war nun versorgt, was hieß, daß ich ihm mit fortschreitender Krankheit nicht mehr zur Last fallen würde. Wenn er die Beziehung zu Amanda den Regeln von ARM zum Trotz fortsetzen wollte, konnte er dies tun, ohne sich darum zu sorgen, daß er mich damit verletzen könnte. Diese Gedanken gingen ihm wahrscheinlich durch den Kopf, aber mir fiel nicht auf, wie still er auf der Rückfahrt nach Little Venice war. Ich war zu beschäftigt mit dem Wiedersehen mit meiner Mutter.

»Sie hat sich völlig verändert«, erzählte ich. »Sie wirkt so, als wäre sie mit sich im Frieden. Ist dir das auch aufgefallen, Chris?«

Er habe sie ja früher nicht gekannt, erwiderte er, und könne deshalb nicht sagen, ob sie sich verändert habe. Aber er sei noch nie einer Frau begegnet, die, wie sie, nach einer Nacht ohne Schlaf morgens um fünf hellwach gewesen sei. Woher sie diese Energie nehme, wollte er wissen. Er selbst sei hundemüde, und ich sähe auch ziemlich fertig aus.

Ich sagte, es sei wahrscheinlich der Tee, das Koffein, das Ungewohnte und die Aufregung dieser Nacht. »Und die Liebe«, fügte ich hinzu. »Sie ist sicher auch daran schuld.« Ich wußte nicht, wie wahr das war.

Wir kehrten nach Hause zurück, auf unser Boot. Chris führte die Hunde aus. Ich füllte ihre Näpfe mit Futter und mit Wasser. Ich fütterte die Katze. Ich genoß es, diese einfachen Dinge zu tun, die ich noch tun konnte. Es wird alles gut, dachte ich.

Mein Körper reagierte heftig auf die lange Nacht in Kensington. Am folgenden Tag hatte ich mit Zittern und Schwäche zu kämpfen wie nie zuvor. Ich sagte mir, es sei die Erschöpfung, und Chris, der selbst bis in den Nachmittag hinein schlief und nur zweimal kurz aufstand, um die Hunde rauszulassen, bestätigte mir diese Diagnose.

Ich erwartete eigentlich, im Lauf dieses Tages von meiner Mutter zu hören. Ich hatte den ersten Schritt getan. Ganz sicher würde sie den zweiten tun, um mir entgegenzukommen. Aber jedesmal, wenn das Telefon läutete, war es ein Anruf für Chris.

Es gab natürlich für Mutter keinen akuten Anlaß, mich anzurufen. Und sie war ja auch die ganze Nacht auf gewesen, genau wie wir, so daß auch sie wahrscheinlich den Tag brauchte, um den Schlaf nachzuholen. Oder wenn nicht, so war sie zweifellos in die Druckerei gefahren, um sich ums Geschäft zu kümmern. Ich würde ein paar Tage verstreichen lassen, beschloß ich. Dann würde ich sie anrufen und zum Essen auf das Boot einladen. Oder noch besser, ich würde warten, bis Kenneth aus Griechenland zurück war. Ich würde seinen Urlaub als Vorwand für einen Anruf benutzen. Ich wollte ihn kennenlernen und daher alle zum Essen einladen, würde ich sagen. Wie hätte ich Mutter besser beweisen können, daß ich die lange Zeit der Feindschaft zwischen uns endlich beenden wollte und daß es mir fern lag, über ihre Beziehung zu einem weit jüngeren Mann zu urteilen. Vielleicht, dachte ich mir, wäre es ganz gut, wenn ich mich vorher ein bißchen mit den aktuellen Neuigkeiten aus der Crikket-Landschaft vertraut machte. Ich würde ja schließlich auch in der Lage sein wollen, mich mit Kenneth zu unterhalten, wenn ich ihn endlich kennenlernte.

Als Chris am nächsten Tag mit den Hunden ausging, bat ich ihn, mir eine Zeitung mitzubringen. Er kehrte mit der *Times* und der *Daily Mail* zurück. Ich blätterte gleich nach hinten zum Sportteil und nahm mir die Cricket-Berichte vor.

Nottinghamshire führte die Meisterschaftstabelle an. Drei Schlagmänner von Derbyshire hatten im letzten von vier Spielen gegen Worcestershire jeweils hundert Läufe erzielt. Die Universität Cambridge hatte Surrey haushoch geschlagen. Der nationale Cricket-Verband hatte eine außerordentliche Konferenz angesetzt, um über die Zukunft des Cricket-Sports in England zu sprechen. Die englische Nationalmannschaft und die bevorstehenden Vergleichsspiele zwischen England und Australien wurden lediglich in einem Artikel über die unterschiedliche Wesensart der Mannschaftskapitäne der beiden Teams gewählt:

Englands Guy Mollison – jovial, den Medien gegenüber aufgeschlossen – im Gegensatz zu Australiens Henry Church – kurz angebunden und zugeknöpft. Das war doch ein Thema, über das man sich unterhalten konnte. Ich könnte beispielsweise, um das Eis zu brechen, sagen: Ach, Kenneth, finden Sie eigentlich den Mannschaftskapitän der Australier auch so schwierig, wie die Zeitungen immer behaupten?

Ich mußte lachen, als mir bewußt wurde, daß ausgerechnet ich mir über Small talk Gedanken machte. Was war denn plötzlich mit mir los? Ich überlegte mir tatsächlich, wie ich einem anderen die Befangenheit nehmen konnte. Wann in meinem Leben hatte ich mir darüber je den Kopf zerbrochen? Obwohl Kenneth mir bis zu dem Tag, an dem er bei Mutter in Ungnade gefallen war, meine Teenagerzeit zur Hölle gemacht hatte, wünschte ich mir, er würde mich mögen, wünschte ich mir, wir würden alle gut miteinander auskommen. Was, zum Teufel, ging hier vor? Wo waren Groll, Mißgunst und Mißtrauen geblieben?

Ich schleppte mich in die Toilette, um mich einmal gründlich im Spiegel anzusehen, da ich meinte, wenn ich nicht wie früher schon beim bloßen Gedanken an Mutter innerlich kochte, müßte ich mich auch äußerlich verändert haben. Das war nicht der Fall. Und selbst mein Aussehen verwirrte mich. Das Haar war dasselbe, ebenso der Nasenring, die Ohrstecker, die dicken schwarzen Striche, mit denen ich noch jeden Morgen mühevoll meine Augen umrandete. Äußerlich war ich dieselbe, die von Miriam Whitelaw immer nur als Luder und blöde Kuh gedacht hatte. Aber in meinem Herzen hatte sich etwas verändert, auch wenn meine äußere Erscheinung das nicht widerspiegelte. Es war, als wäre ein Teil von mir verschwunden.

Was den Sinneswandel in mir bewirkt hatte, erklärte ich mir, war Mutters Veränderung. Sie hatte nicht gesagt: Du bist schon vor Jahren für mich gestorben, Olivia. Oder: Nach allem, was du getan hast, Olivia ... Nein, sie hatte mich statt dessen bedingungslos akzeptiert. Diese Geste verlangte eine Reaktion gleicher Art. Diese Veränderung konnte meiner Vermutung nach nur die Folge ihrer Beziehung zu Kenneth Fleming sein. Und wenn

Kenneth Fleming ihr Verhalten so stark beeinflussen konnte, war ich mehr als bereit, ihn zu mögen und zu akzeptieren.

Ich erinnere mich jetzt, daß ich flüchtig an Jean Cooper dachte, welche Rolle sie in dieser Geschichte spielte, wie, wann und ob überhaupt Mutter sich mit ihr auseinandergesetzt hatte. Aber dann sagte ich mir, dieser Dreieckspakt sei Sache der Beteiligten, nicht meine. Wenn Mutter sich über Jean Cooper keine Gedanken machte, weshalb sollte ich es dann tun?

Ich holte Chris' Sammlung vegetarischer Kochbücher vom Bord über dem Herd und trug sie eines nach dem anderen zum Tisch. Ich schlug das erste Buch auf und überlegte mir, was Chris und ich meiner Mutter und Kenneth auftischen würden. Vorspeise, Hauptgericht, Süßspeise und Käse, ganz feudal. Und Wein dazu. Ich begann zu lesen. Ich holte mir einen Bleistift aus der Dose, um mir Notizen zu machen.

Während ich blätterte und plante, saß Chris im Arbeitszimmer über irgendwelchen Skizzen. Unsere Bleistifte kratzten den größten Teil des Nachmittags im Duett über das Papier.

Abgesehen von diesem Geräusch und der Musik aus der Stereoanlage, rührte sich nichts, bis später am Abend Max uns besuchte.

Er machte sich bemerkbar, indem er, als er aufs Boot kam, mit gedämpfter Stimme rief: »Chris, Mädchen? Ihr seid doch unten, oder?« Die Hunde begannen zu bellen. Chris antwortete: »Es ist offen«, und Max kam vorsichtig die Treppe herab. Er warf mehrere Hundebiskuits durch das Arbeitszimmer und lachte, als Toast und Beans sich auf sie stürzten. Ich hatte in dem alten orangefarbenen Sessel vor mich hin gedöst, Chris hatte zu meinen Füßen auf dem Boden gelegen. Wir gähnten beide.

»Hallo, Max«, sagte Chris. »Was gibt's denn?«

Max hatte eine weiße Einkaufstüte in der Hand. Er hob sie ein wenig hoch. Einen Moment lang sah er merkwürdig verlegen aus und, was bei ihm noch merkwürdiger war, unsicher. »Ich hab euch was zu essen mitgebracht.«

»Haben wir einen Anlaß?«

Max packte blaue Trauben aus, ein großes Stück Käse, Brot und eine Flasche italienischen Wein. »Kennt ihr nicht den uralten Brauch? Wenn über eine Familie im Dorf ein Unglück hereinbricht, bringen die Nachbarn etwas zu essen. Das ist fast so gut wie Teekochen.«

Max ging in die Küche. Chris und ich starrten einander perplex an. »Unglück?« fragte Chris. »Was ist denn los, Max? Geht's dir gut?«

»Mir?« fragte er und kam mit Gläsern, Tellern und dem Korkenzieher zurück. Nachdem er das alles auf dem Arbeitstisch deponiert hatte, drehte er sich zu uns um. »Habt ihr heute abend nicht die Nachrichten gehört?«

Wir schüttelten die Köpfe. »Was ist denn passiert?« fragte Chris. Erschrecken trat plötzlich auf sein Gesicht. »Mist! Haben die Bullen eine unserer Einheiten geschnappt, Max?«

»Es hat mit ARM nichts zu tun«, erwiderte Max. Er sah mich an. »Es geht um deine Mutter.«

Ich dachte: O Gott. Herzinfarkt, Schlaganfall, Autounfall, Überfall auf der Straße. Mir war, als hätte eine eiskalte Hand mich gepackt.

»Und diesen jungen Mann, mit dem sie zusammenlebt«, fuhr Max fort. »Ihr habt noch nicht von Kenneth Fleming gehört?«

»Kenneth?« wiederholte ich ziemlich einfältig. »Was denn, Max? Was ist passiert?« Flugzeugunglück, schoß es mir durch den Kopf. Aber in der Morgenzeitung hatte nichts von einem Flugzeugunglück gestanden, und über einen Absturz hätten doch bestimmt alle Zeitungen berichtet. Ich hatte die Zeitung gelesen. Ich hatte sogar zwei gelesen. Auch die von gestern. Aber in keiner...

Ich hörte nur Fragmente von Max' Antwort: »Tot... Feuer... in Kent... in der Nähe von Springburn.«

»Aber er kann doch nicht in Kent sein«, rief ich. »Mutter hat mir erzählt –« Ich sprach nicht weiter. Und ich dachte auch nicht weiter.

Ich wußte, daß Chris mich beobachtete. Ich gab mir alle Mühe, mir nichts anmerken zu lassen, während ich noch einmal jene Stunden rekapitulierte, die ich zunächst allein und dann mit meiner Mutter in Kensington verbracht hatte. Sie hatte doch erzählt... Griechenland, hatte sie gesagt. Vom Flughafen gesprochen. Sie hatte ihn dorthin gebracht. Das hatte sie mir doch erzählt?

»... in den Nachrichten«, berichtete Max gerade. »... weiß noch nicht viel mehr ... wirklich eine schlimme Geschichte für alle.«

Ich sah sie vor mir, wie sie im dunklen Korridor gestanden hatte. Dieses ungewohnte Hemdblusenkleid, ihre Erklärung, daß sie sich umziehen müsse, der Alkoholgeruch in ihrem Atem, nachdem sie allzulange gebraucht hatte, um das Kleid mit einem Morgenrock zu vertauschen. Und was war Chris an ihr aufgefallen, als er gekommen war? Die unglaubliche Energie, die um fünf Uhr morgens von ihr ausgegangen war, so ungewöhnlich bei einer Frau ihres Alters. Was hatte das alles zu bedeuten?

Eine Schlinge schien sich um meinen Hals zu legen und immer enger zu werden. Ich wünschte, Max würde gehen, weil ich wußte, wenn er noch lange bliebe, würde ich die Beherrschung verlieren und unsinniges Zeug reden.

Aber worüber reden? Ich muß sie mißverstanden haben, dachte ich. Ich war ja sehr nervös gewesen. Sie hatte mich aus einem unruhigen Schlaf geweckt. Ich hatte nicht genau auf ihre Worte geachtet. Ich war ganz darauf konzentriert gewesen, diese erste Begegnung durchzustehen, ohne daß sie in Beschuldigungen und Anklagen ausuferte. Ja, sie mußte irgend etwas gesagt haben, das ich falsch aufgefaßt hatte.

Als ich am Abend im Bett lag, ging ich die Fakten durch. Sie hatte gesagt, sie hätte ihn zum Flughafen gebracht ... Nein. Sie hatte gesagt, sie käme gerade vom Flughafen, nicht wahr? Seine Maschine habe Verspätung gehabt. Okay. Gut. Wie war es dann abgelaufen? Sie hatte ihn nicht allein dort herumsitzen und warten lassen wollen. Sie war also geblieben, sie hatten noch etwas zusammen getrunken. Schließlich hatte er zu ihr gesagt, sie solle doch nach Hause fahren. Und dann ... was dann? Hatte er dann den Flughafen verlassen und war nach Kent gefahren? Aber warum? Hätte er nicht, selbst wenn seine Maschine Verspätung gehabt hätte, längst eingecheckt gehabt und im internationalen Warteraum oder einer dieser VIP-Lounges gewartet, wo Leute ohne Tickets gar nicht zugelassen wurden ...? Wie kam ich also auf die Idee, Kenneth und Mutter hätten noch irgendwo zusammengesessen und etwas getrunken, während er auf den Abflug seiner Maschine wartete. Nein, das lief so nicht. Ich brauchte etwas anderes.

Vielleicht war der Flug überhaupt gestrichen worden. Möglicherweise war er vom Flughafen nach Kent gefahren, um dort in unserem Haus seinen Urlaub zu verbringen. Er hatte Mutter nichts davon gesagt, weil er gar nicht gewußt hatte, daß er dort hinfahren würde; weil er zu dem Zeitpunkt, als sie vom Flughafen weggefahren war, noch nicht gewußt hatte, daß der Flug abgesagt werden würde. Ja. Ja, so mußte es gewesen sein. Er war nach Kent gefahren. Und in Kent war er gestorben. Durch ein Feuer. Ein durchgeschmortes Kabel, sprühende Funken, ein schwelender Teppich, dann die Flammen, in denen er umgekommen war. Ein schrecklicher Unfall. Ja, ja. So war es sicher gewesen.

Die Erleichterung, die ich bei dieser Lösung verspürte, war unglaublich. Was, um Gottes willen, hatte ich gedacht? fragte ich mich. Und warum, um Gottes willen, hatte ich es gedacht?

Als Chris mit meinem Morgentee hereinkam, stellte er die Tasse auf das Bord neben dem Bett. Er setzte sich zu mir und meinte: »Wann fahren wir?«

»Fahren?« fragte ich.

»Zu ihr. Du möchtest doch zu ihr, nicht wahr?«

Ich murmelte ein Ja. Ich bat ihn, mir eine Zeitung zu besorgen. »Ich möchte genau wissen, was passiert ist«, erklärte ich. »Bevor ich mit ihr spreche. Ich muß es wissen, damit ich mir überlegen kann, was ich ihr sage.«

Er brachte mir wieder die *Times*. Und die *Daily Mail*. Während er unser Frühstück machte, setzte ich mich an den Tisch und las die Artikel. An jenem ersten Morgen nach der Entdeckung von Kenneths Leiche wußte man kaum Einzelheiten zu berichten: den Namen des Opfers, den Namen des Hauses, in dem es gefunden worden war, den Namen des Hauseigentümers, den Namen des Milchmanns, der die Brandstätte entdeckt hatte, die Zeit der Entdeckung, die Namen der untersuchenden Polizeibeamten. Diesen Fakten folgte eine Biographie Kenneth Flemings. Und zum Schluß wurden die derzeitigen Theorien dargelegt, die noch auf Bestätigung durch den Obduktionsbefund und die nachfolgende Untersuchung warteten. Ich las diesen Schlußabschnitt immer wieder und verweilte im besonderen bei dem Wort »Brandspezialist« und der geschätzten Todeszeit. Ich las den Satz: »Nach Aussage des am Tatort anwesenden Arztes muß der Tod schätzungsweise zwischen dreißig und sechsunddreißig Stunden vor der Entdeckung der Leiche eingetreten sein«, und rechnete im Kopf nach. Das hieß, daß die Todeszeit irgendwann gegen Mitternacht in der Nacht von Mittwoch auf Donnerstag liegen mußte. Mir wurde schrecklich beklommen zumute. Ganz gleich, was meine Mutter mir am Donnerstag in den frühen Morgenstunden über Kenneth Flemings Verbleib gesagt hatte, an einer Tatsache war nicht zu rütteln: Er konnte nicht gleichzeitig am Flughafen und in unserem Haus in Kent gewesen sein. Entweder lag der untersuchende Arzt völlig daneben, oder meine Mutter hatte gelogen.

Ich mußte mir Klarheit verschaffen. Ich rief bei ihr an, aber sie meldete sich nicht. Ich versuchte es den ganzen Tag bis in den Abend hinein immer wieder. Und am folgenden Nachmittag hielt ich es nicht mehr aus.

Ich fragte Chris, ob er jetzt mit mir nach Kensington fahren könne. Ich sagte, ich wolle Mutter allein sprechen, wenn es ihm nichts ausmache. Weil sie sicherlich ganz gebrochen sei und niemanden sehen wolle, der nicht zur Familie gehörte.

Chris meinte, das könne er verstehen. Er würde mich nur absetzen. Er würde dann auf meinen Anruf warten und mich wieder abholen.

Ich läutete nicht, als ich endlich den beschwerlichen Weg die sieben Stufen hinauf bewältigt hatte. Ich sperrte mit meinem Schlüssel auf und ging hinein. Als ich die Haustür hinter mir zugezogen hatte, sah ich, daß die Türen zum Eßzimmer und zum kleinen Salon geschlossen waren. Vor dem Fenster auf der anderen Seite, das zum Garten hinausblickte, waren die Vorhänge zugezogen. Ich blieb in der Düsternis des Flurs stehen und lauschte in die tiefe Stille des Hauses hinein.

»Mutter?« rief ich mit aller Festigkeit, die ich aufbringen konnte. »Bist du hier?«

Es war wie am Mittwoch abend: Ich erhielt keine Antwort. Ich ging zum Eßzimmer und öffnete die Tür. Licht fiel in den Flur und beleuchtete den Treppenpfosten. Dort hing eine Umhängetasche. Ich ging hin und strich mit den Fingern über das weiche Leder. Irgendwo über mir knarrte eine Diele. Ich hob den Kopf und rief: »Mutter?« Als es still blieb, fügte ich hinzu: »Ich habe Chris nicht mitgebracht. Ich bin allein.«

Mit zusammengekniffenen Augen spähte ich die Treppe hinauf. Sie verlor sich in der Dunkelheit. Es war früher Nachmittag, aber indem sie alle Türen und Vorhänge geschlossen hatte, war es ihr gelungen, das Haus in ein nächtliches Grab zu verwandeln. Ich konnte nichts sehen als Schemen und Schatten.

»Ich habe die Zeitungen gelesen.« Ich sandte meine Stimme nach oben, in die erste Etage des Hauses. Dort mußte sie sein, vor ihrer Schlafzimmertür stehend, an das Holz der Füllung gelehnt, die Hände hinter sich am Türknauf. »Ich weiß das von Kenneth. Es tut mir so leid, Mutter.« Spiel Theater, dachte ich. Tu so, als hätte sich nichts verändert. »Nachdem ich von dem Feuer gelesen hatte, mußte ich kommen«, sagte ich. »Wie schrecklich für dich. Mutter, ist alles in Ordnung?«

Ein Seufzer schien von oben herabzuschweben, aber es hätte auch ein Windhauch sein können, der durch das dunkle Fenster am Ende des Korridors drang. Ein Rascheln folgte. Dann begannen die Stufen der Treppe zu knarren, als sich etwas unendlich langsam herunterbewegte.

Ich trat vom Treppenpfosten zurück. Während ich wartete, überlegte ich, was wir zueinander sagen würden. Wie kann ich diese Vorstellung aufrechterhalten, fragte ich mich. Sie ist deine Mutter, antwortete ich mir selbst, du mußt einfach. Während sie langsam den ersten Treppenabsatz herabstieg, zerbrach ich mir den Kopf nach einer passenden Bemerkung. Als sie durch den Flur über mir ging, öffnete ich die Tür zum kleinen Salon. Ich zog die Vorhänge am Fenster zum Garten auf. Dann schleppte ich mich wieder zur Treppe zurück und wartete auf sie.

Im Zwischengeschoß machte sie halt. Ihre linke Hand umklammerte das Treppengeländer. Die rechte hielt sie, zur Faust geballt, an die Brust gepreßt. Sie hatte denselben Morgenrock an, den sie am Donnerstag früh übergezogen hatte. Aber die ungewöhnliche Energie, die Chris an ihr aufgefallen war und die, wie ich jetzt erkannte, die Folge äußerster Nervenanspannung gewesen war, fehlte ihr jetzt.

»Als ich das las, mußte ich kommen«, wiederholte ich. »Wie geht es dir, Mutter?«

Sie kam die letzten Treppen herunter. Im kleinen Salon begann das Telefon zu läuten, doch sie gab durch nichts zu erkennen, daß sie das Geräusch hörte. Es schrillte beharrlich weiter. Ich drehte den Kopf zur offenen Tür und überlegte, ob ich an den Apparat gehen sollte.

»Zeitungen«, sagte Mutter. »Aasgeier. Leichenfledderer.«

Sie stand auf der untersten Stufe, und im Licht, das jetzt durch die offenen Türen und das unverhüllte Fenster hereinfiel, konnte ich erkennen, wie tiefgreifend der letzte Tag sie verändert hatte. Sie konnte nicht geschlafen haben. Jede Linie in ihrem Gesicht war zur tiefen Kerbe geworden. Unter ihren Augen hingen schlaffe Hautsäcke.

Ich sah, daß sie in ihrer Faust etwas an die Brust gedrückt hielt, mahagonibraun auf aschfahler Haut.

»Ich wußte es nicht«, flüsterte sie. »Wirklich nicht, Darling. Ich schwöre es.«

»Mutter!« rief ich.

»Ich wußte nicht, daß du dort warst.«

»Wo?«

»Im Haus. Ich wußte es nicht. Wirklich nicht.«

In diesem Moment, als sie jede Möglichkeit des So-tun-als-Ob zwischen uns zerstörte, fühlte mein Mund sich an, als wäre ich monatelang durch die Wüste gewandert. Ich glaubte, ich müßte ohnmächtig werden, darum fixierte ich meine Aufmerksamkeit auf etwas, das sich außerhalb der Sphäre meiner rasenden Gedanken befand; ich konzentrierte mich ganz darauf, die Läutesignale des Telefons zu zählen. Als das Schrillen schließlich aufhörte, richtete ich meine Augen auf den Gegenstand, den meine Mutter noch immer an ihre Brust gedrückt hielt. Ich sah, daß es ein alter Cricket-Ball war.

»Nach deinem ersten großen Spiel«, flüsterte sie, den Blick auf etwas gerichtet, das nur sie sehen konnte. »Wir sind zum Essen gegangen. Eine ganze Gruppe. Ach, wie du an jenem Abend warst! Schäumend vor Lebensfreude. So herrlich jung.« Sie hob den Ball an die Lippen. »Den hast du mir geschenkt. Vor all diesen Leuten. Vor deiner Frau und deinen Kindern. Vor deinen Eltern. Vor den anderen Spielern. ›Die Ehre gebührt der Person, der ich alles zu verdanken habe‹, sagtest du. ›Ich trinke auf Miriam. Sie hat mir den Mut gegeben, an meinen Träumen festzuhalten und sie zu verwirklichen.‹«

Mutters Gesicht verzog sich, als wolle sie anfangen zu weinen. Ihre Hand zitterte heftig. »Ich habe es nicht gewußt«, sagte sie, die Lippen an den abgegriffenen Lederball gepreßt. »Ich habe es nicht gewußt.«

Sie ging an mir vorüber, als wäre ich gar nicht da. Sie wandelte durch den Korridor in den kleinen Salon. Ich folgte ihr langsam und schwerfällig, und als ich ins Zimmer trat, stand sie am Fenster und schlug mit der Stirn gegen das Glas. Bei jedem Schlag erhöhte sie die Wucht. Und jedesmal sagte sie nur: »Ken.«

Ich fühlte mich von Furcht und Entsetzen und durch meine körperliche Behinderung gelähmt. Was sollte ich tun? Mit wem sollte ich sprechen? Wie konnte ich helfen? Ich konnte ja nicht einmal in die Küche hinuntergehen und ihr etwas zu essen machen, was sie zweifellos dringend gebraucht hätte, weil ich die Mahlzeit nicht nach oben hätte bringen können. Und selbst wenn ich es gekonnt hätte – ich hatte viel zu große Angst, sie allein zu lassen.

Wieder begann das Telefon zu läuten. Und zur gleichen Zeit schlug sie noch heftiger mit dem Kopf gegen das Glas. Ich merkte, wie meine Beine anfingen, sich zu verkrampfen. Ich spürte, wie alle Kraft aus meinen Armen wich. Ich mußte mich setzen. Und wäre am liebsten davongelaufen.

Ich schleppte mich zum Telefon, hob den Hörer ab und legte ihn gleich wieder auf. Ehe es von neuem zu läuten anfangen konnte, tippte ich die Nummer des Hausboots ein und betete, Chris möge, nachdem er mich hier abgesetzt hatte, direkt nach

Hause gefahren sein. Mutter schlug weiter mit der Stirn gegen das Fenster. Das Glas klirrte. Die erste Scheibe sprang.

»Mutter!« rief ich, doch sie machte nur noch heftiger und noch schneller weiter.

Als Chris sich meldete, sage ich nur: »Komm wieder her. Schnell!« und legte auf, ehe er überhaupt antworten konnte.

Die Fensterscheibe brach. Die Scherben fielen klirrend aufs Fensterbrett und dann auf den Boden. So schnell ich konnte, ging ich zu Mutter. Sie hatte einen Schnitt an der Stirn, aber sie schien das Blut, das ihr in den Augenwinkel rann und dann wie die blutigen Tränen eines Märtyrers die Wange hinunterlief, gar nicht zu bemerken. Ich nahm sie beim Arm. Ich zog behutsam.

»Mutter«, sagte ich. »Ich bin's, Olivia. Ich bin hier. Setz dich.«

Sie sagte nur: »Ken.«

»Du darfst dir das nicht antun. Um Gottes willen. Bitte.«

Eine zweite Scheibe brach. Klirrend fiel das Glas zu Boden. Aus den frischen Schnitten begann Blut zu quellen.

Ich riß sie zurück. »Hör auf!«

Sie wand sich los, kehrte zum Fenster zurück und fing wieder an, mit dem Kopf gegen die Scheibe zu schlagen.

»Verdammt noch mal!« schrie ich außer mir. »Hör endlich auf! Sofort!«

Ich schleppte mich wieder näher zu ihr hin. Ich packte ihre Hände, ergriff den Cricket-Ball, entriß ihn ihr und schleuderte ihn zu Boden. Er rollte in eine Ecke unter ein Blumentischchen. Da drehte sie endlich den Kopf. Sie folgte dem Ball mit ihrem Blick, hob eine Hand an die Stirn, und als sie sie wegzog, sah sie das Blut. Da begann sie zu weinen.

»Ich wußte nicht, daß du dort warst. Hilf mir. Liebster. Ich wußte nicht, daß du dort warst.«

Ich führte sie, so gut es ging, zu dem Chesterfield-Sofa. Sie drückte sich in eine Ecke und legte den Kopf auf den Arm. Das Blut tropfte auf das altmodische Spitzendeckchen. Ich starrte sie hilflos an. Dann schlurfte ich ins Eßzimmer und fand die Karaffe mit dem Sherry. Ich goß mir ein Glas ein und kippte es hinunter. Dann noch eines. Das dritte nahm ich fest in die Hand und schleppte mich vorsichtig, um nichts zu verschütten, zu ihr zurück.

»Trink das«, bat ich. »Mutter, hörst du mich? Trink das hier. Du mußt es nehmen, weil ich es nicht mehr lange halten kann. Hörst du mich, Mutter? Es ist Sherry. Du mußt einen Schluck trinken.«

Sie hatte aufgehört zu sprechen. Sie schien auf die silberne Schließe an meinem Gürtel zu starren. Mit einer Hand zupfte sie an dem Spitzendeckchen unter ihrem Kopf. Mit der anderen hielt sie den Gürtel ihres Morgenrocks. Ich schob mühsam meine Hand vorwärts und hielt ihr den Sherry hin.

»Bitte«, sagte ich. »Mutter, nimm es bitte.«

Sie rührte sich nicht. Ich stellte das Glas auf den Spieltisch vor dem Sofa. Dann tupfte ich ihr die Stirn mit dem Spitzendeckchen ab. Die Schnitte waren nicht tief. Nur einer wollte nicht aufhören zu bluten. Ich hielt das Deckchen darauf gepreßt, als es draußen läutete.

Chris nahm mit gewohnter Kompetenz alles in die Hand. Er warf nur einen Blick auf sie, rieb ihre Hände zwischen den seinen und hielt ihr den Sherry an den Mund, bis sie getrunken hatte.

»Sie braucht einen Arzt«, erklärte er.

»Nein!« Ich hatte Angst davor, was sie sagen würde, welche Schlüsse ein Arzt ziehen, was als nächstes geschehen würde. Ich beherrschte meine Stimme. »Das schaffen wir auch ohne Arzt. Sie hat einen Schock erlitten. Wir müssen sie dazu bringen, daß sie etwas ißt. Und dann muß sie ins Bett.«

Mutter rührte sich. Sie hob die Hand und betrachtete das Handgelenk, das voller Blut war. Es war inzwischen getrocknet und hatte die Farbe feuchten Rosts angenommen. »Oh«, sagte sie. »Ich habe mich geschnitten.« Sie drückte das Handgelenk an den Mund und leckte es mit der Zunge sauber.

»Kannst du sie dazu bringen, daß sie etwas ißt?« fragte ich Chris.

»Ich wußte nicht, daß du da warst«, flüsterte Mutter.

Chris starrte sie an.

»Frühstück«, sagte ich hastig. »Cornflakes. Tee. Irgendwas. Chris, bitte. Sie muß etwas essen.«

»Ich wußte es nicht«, wiederholte Mutter.

»Was redet sie –«

»Chris! Um Himmels willen. Ich komme nicht in die Küche hinunter.«

Er nickte und ging.

Ich setzte mich neben sie. Mit einer Hand hielt ich weiterhin meine Gehhilfe umfaßt, nur um etwas Stabiles unter meinen Fingern zu fühlen. Leise sagte ich: »Du warst Mittwoch abend in Kent?«

»Ich wußte nicht, daß du dort warst. Ken, ich wußte es wirklich nicht.« Tränen sprangen ihr aus den Augen.

»Hast du ein Feuer gelegt?«

Sie drückte die Faust gegen den Mund.

»Warum?« flüsterte ich. »Warum hast du es getan?«

»Mein ein und alles. Mein Herz. Meine Seele. Nichts wird dich verletzen. Nichts. Niemand.« Sie biß in ihren Zeigefinger, als sie zu schluchzen begann.

Ich legte meine Hand auf ihre Faust und versuchte, sie ihr aus dem Mund zu ziehen. Sie war weit stärker, als ich gedacht hatte.

Wieder begann das Telefon zu läuten. Es brach so schnell ab, daß ich vermutete, Chris habe in der Küche abgehoben. Er würde die Journalisten schon abwimmeln. In der Hinsicht hatten wir nichts zu befürchten. Aber während ich meine Mutter beobachtete, wurde mir klar, daß ich ja auch gar nicht die Telefonanrufe der Journalisten fürchtete. Ich fürchtete die Polizei.

Ich versuchte, sie zu beruhigen, indem ich ihr vorsichtig über das Haar strich. »Mutter«, sagte ich, »wir werden das genau durchdenken. Es wird alles gut werden.«

Chris kam mit einem Tablett, das er ins Eßzimmer trug. Ich hörte das Klappern von Geschirr und Besteck, als er den Tisch deckte. Dann kam er in den kleinen Salon. Er legte Mutter den Arm um die Schultern und sagte: »Mrs. Whitelaw, ich habe Ihnen einen Teller Rührei gemacht.« Er half ihr auf die Füße.

Sie klammerte sich an seinen Arm. Eine Hand legte sie auf

seine Schulter. Sie betrachtete sein Gesicht so genau, als wollte sie es sich für immer einprägen.

»Was sie dir angetan hat«, sagte sie. »Der Schmerz, den sie dir bereitet hat. Das konnte ich nicht ertragen, Darling. Du solltest nicht länger unter ihr leiden. Verstehst du?«

Ich merkte genau, daß Chris mich ansah, aber ich hielt mein Gesicht abgewandt, während ich mich darauf konzentrierte, von dem Chesterfield-Sofa aufzustehen und mich in den Schutz meiner Gehhilfe zu begeben. Wir gingen ins Eßzimmer hinüber und setzten uns links und rechts von Mutter. Chris nahm eine Gabel und drückte sie ihr in die Hand. Ich schob den Teller näher zu ihr.

»Ich kann nicht«, wimmerte sie.

»Sie müssen etwas essen«, mahnte Chris sanft. »Sie brauchen Kraft.«

Sie ließ die Gabel klirrend auf den Teller fallen. »Du hast mir gesagt, du würdest nach Griechenland fliegen. Laß mich dies für dich tun, Ken, mein Liebster. Dachte ich. Laß mich dieses Problem aus der Welt schaffen.«

»Mutter«, sagte ich hastig. »Du mußt etwas essen. Du mußt doch später mit allen möglichen Leuten reden, mit Journalisten. Mit der Polizei. Der Versicherung...« Ich senkte die Lider. Das Haus. Die Versicherung. Was hatte sie getan? Warum? O Gott, wie entsetzlich. »Sprich jetzt nicht mehr, sonst wird das Essen kalt. Iß zuerst, Mutter.«

Chris schob etwas Rührei auf die Gabel und reichte sie ihr wieder. Sie begann zu essen. Ihre Bewegungen waren träge. Jede schien ausführlich überlegt zu sein, ehe sie ausgeführt wurde.

Als sie gegessen hatte, gingen wir mit ihr wieder in den kleinen Salon. Ich erklärte Chris, wo Decken und Kissen waren, und wir bereiteten ihr ein Bett auf dem Chesterfield-Sofa. Das Telefon begann zu läuten, während wir bei der Arbeit waren. Chris hob ab, lauschte einen Moment, sagte: »Leider nicht erreichbar«, und legte den Hörer neben den Apparat.

Ich holte den Cricket-Ball, den ich in die Ecke geworfen hatte, und als Mutter auf dem Sofa lag und sich von Chris hatte zudecken lassen, gab ich ihr den Ball. Sie hielt ihn dicht unter dem Kinn an die Brust gedrückt. Sie wollte sprechen, aber ich sagte: »Ruh dich aus. Ich bleibe hier bei dir sitzen.« Sie schloß die Augen. Ich fragte mich, wann sie zum letztenmal geschlafen hatte.

Chris ging. Ich blieb. Ich setzte mich auf das Plüschsofa und beobachtete meine Mutter. Ich zählte die Viertelstunden, die die Standuhr schlug. Schatten fielen ins Zimmer und rückten langsam weiter vor. Ich versuchte zu überlegen, was zu tun war.

Sie muß das Geld von der Versicherung brauchen, dachte ich. Meine Vermutungen flogen wie wilde Vögel durcheinander. Sie hatte die Druckerei nicht so gut geführt, wie sie das hätte tun müssen. Das Geld war knapp. Sie wollte es Kenneth nicht sagen, weil sie ihn nicht beunruhigen oder von seiner Karriere ablenken wollte. Auch bei ihm war das Geld knapp. Er mußte seine Familie unterhalten. Die Kinder wurden älter. Die finanziellen Forderungen an ihn wurden größer. Er hatte Schulden. Gläubiger machten ihm die Hölle heiß. Sie hatten beschlossen, alle Konventionen in den Wind zu schlagen und zu heiraten, aber Jean verlangte eine hohe Abfindung, als Gegenleistung für ihre Einwilligung in die Scheidung. Der älteste Sohn wollte nach Winchester. Kenneth konnte sich nicht beides zugleich leisten. Mutter wollte ihm unter die Arme greifen, damit sie heiraten konnten. Sie hatte Krebs. Eines der Kinder hatte Krebs. Er hatte Krebs. Das Geld war für eine besondere Behandlung notwendig. Erpressung. Jemand wußte etwas und zwang sie zu zahlen...

Ich lehnte meinen Kopf an die Rückenlehne des Sofas. Ich konnte nicht darüber nachdenken, was zu tun war, weil ich nicht verstand, was geschehen war. Die Schlaflosigkeit der vorangegangenen Nächte forderte jetzt ihren Tribut. Ich war unfähig, eine Entscheidung zu treffen. Ich konnte nicht planen. Ich konnte nicht denken. Ich schlief ein.

Als ich erwachte, war es dämmrig geworden. Ich hob den Kopf und zuckte vor Schmerz zusammen, als ich mich aufzurichten versuchte. Mein Blick wanderte hinüber zum Chesterfield-Sofa. Mutter war nicht mehr da. Ich erschrak. Wo war sie? Was hatte sie getan? War es möglich, daß sie...

»Du hast schön geschlafen, Darling.« Ich wandte den Kopf zur Tür.

Sie hatte gebadet und sich angekleidet, ein langes schwarzes Oberteil mit passender langer Hose. Sie hatte Lippenstift aufgelegt und sich frisiert. Sie trug ein Pflaster auf der Stirn.

»Bist du hungrig?« fragte sie.

Ich schüttelte den Kopf. Sie kam ins Zimmer, ging zum Chesterfield-Sofa und faltete die Decken, mit denen wir sie warmgehalten hatten. Sie glättete sie und legte sie säuberlich übereinander. Das Spitzendeckchen voller Blutflecken faltete sie ebenfalls und legte es genau in die Mitte der obersten Decke des Stapels. Dann setzte sie sich wie am Donnerstag morgen in die Ecke des Sofas, die meinem Platz am nächsten war.

Ihr Blick war ruhig, als sie mich ansah. »Ich bin in deiner Hand, Olivia«, sagte sie, und da erkannte ich, daß endlich alle Macht bei mir lag.

Was für ein merkwürdiges Gefühl! Das Wissen barg keinerlei Triumph in sich, nur Schrecken, Furcht und die bedrückende Last der Verantwortung. Ich wollte nichts von alledem, am wenigsten letzteres.

»Warum?« fragte ich sie. »Sag mir wenigstens das. Ich muß es verstehen können.«

Ihr Blick verließ den meinen einen Moment lang und schweifte zu dem Gemälde an der Wand. Dann kehrte er zu meinem Gesicht zurück. »Es ist wirklich komisch«, sagte sie.

»Was?«

»Wenn man bedenkt, daß es nach all dem Kummer, den wir uns im Lauf der Jahre gegenseitig zugefügt haben, nun am Ende unserer beider Leben darauf hinausläuft, daß wir einander brauchen.« Sie sah mich unverwandt an, und ihre Miene veränderte sich nicht. Sie wirkte völlig ruhig, nicht resigniert, sondern bereit.

»Ein Mensch ist umgekommen«, entgegnete ich. »Und wenn hier jemand etwas braucht, dann ist es die Polizei. Sie will sicher Antworten auf ihre Fragen. Was willst du ihnen sagen?«

»Wir brauchen einander«, wiederholte sie. »Du und ich, Olivia. So liegen die Dinge. Jetzt. Am Ende des Wegs.«

Ich fühlte mich von ihrem Blick gebannt wie das Kaninchen von dem der Schlange. Ich zwang mich, zum offenen Kamin hinüberzublicken, zu dem Kaminaufsatz aus massivem Ebenholz mit der Uhr in der Mitte, die in der Nacht von Königin Viktorias Tod für immer angehalten worden war. Mit dieser symbolischen Handlung hatte mein Urgroßvater das Ende einer Ära betrauert. Mir war die angehaltene Uhr immer Beweis dafür gewesen, welche Macht die Vergangenheit über uns hat.

Mutter sagte mit leiser Stimme: »Wärst du nicht hier gewesen, als ich nach Hause kam, hätte ich nicht deine ...« Sie geriet ins Stocken, weil sie offensichtlich nach einer beschönigenden Wendung suchte. »Hätte ich nicht deinen Zustand gesehen – was diese Krankheit dir antut –, ich hätte mir das Leben genommen. Ich hätte es am Freitag abend getan, ohne das geringste Zögern, als ich erfuhr, daß man Ken tot im Haus gefunden hatte. Ich hatte die Rasierklinge da. Ich ließ die Badewanne vollaufen, um das Blut schneller zum Fließen zu bringen. Ich setzte mich ins Wasser und hielt die Klinge an mein Handgelenk. Aber ich brachte es nicht fertig, den Schnitt auszuführen. Dich gerade jetzt im Stich zu lassen, dich allein diesem schrecklichen Tod ins Auge blicken zu lassen, ohne zur Stelle zu sein, um dir irgendwie zu helfen ...« Sie schüttelte den Kopf. »Die Götter müssen sich kaputtlachen über uns, Olivia. Jahrelang habe ich mir gewünscht, meine Tochter würde wieder nach Hause kommen.«

»Und ich bin gekommen«, sagte ich.

»Ja.«

Ich strich mit der Hand über den alten Plüsch und fühlte die Unebenheiten des abgenützten erhabenen Musters. »Es tut mir leid« sagte ich. »Ach, wie ich das alles verpfuscht habe.«

Sie erwiderte nichts. Sie schien noch auf etwas zu warten. Reglos saß sie im schwindenden Licht des Nachmittags und beobachtete mich, während ich im stillen die Frage formulierte und den Mut sammelte, sie noch einmal zu stellen. »Warum hast du es getan, Mutter? Hast du ... Brauchst du Geld oder was? Hast du an die Versicherung für das Haus gedacht?«

Sie legte die Finger ihrer rechten Hand auf den Trauring an ihrer linken. »Nein«, antwortete sie.

»Was denn?«

Sie stand auf und ging zum Erkerfenster. Sie legte den Telefonhörer wieder auf die Gabel. Einen Moment blieb sie mit gesenktem Kopf stehen, die Fingerspitzen leicht auf der Tischplatte abgestützt. »Ich muß die Glasscherben hier aufkehren«, meinte sie.

»Mutter! Sag mir die Wahrheit.«

»Die Wahrheit?« Sie hob den Kopf, doch sie drehte sich nicht zu mir. »Liebe, Olivia. Das ist immer der Anfang von allem, nicht wahr? Aber ich wußte nicht, daß es auch das Ende ist.«

Olivia

Zwei Dinge habe ich gelernt: Erstens, es gibt die Wahrheit. Zweitens, man wird nicht frei dadurch, daß man sie zugibt oder anerkennt.

Und noch etwas habe ich begriffen: Ganz gleich, was ich tue, einer wird darunter leiden.

Anfangs glaubte ich, ich könne das Wissen einfach begraben. Viele Fragen in Verbindung mit der Geschichte jener Nacht von Mittwoch auf Donnerstag waren offengeblieben, und über die Bemerkung hinaus, daß sie es für ihn getan habe, erklärte mir Mutter nicht, was sie unter Liebe verstand, und ich wußte nicht – und wollte auch nicht wissen –, wer die *Sie* war, von der Mutter in Zusammenhang mit Kenneth gesprochen hatte. Nur eines wußte ich sicher: Der Tod Kenneth Flemings war ein Unfall. Ein Unfall, ja. Und Mutters Strafe, wenn Strafe denn sein mußte, würde darin bestehen, mit dem Wissen zu leben, daß sie das Feuer gelegt hatte, in dem der Mann, den sie liebte, umgekommen war. War das nicht Strafe genug? Ja, sagte ich mir, das war eindeutig Strafe genug.

Ich beschloß das, was ich wußte, für mich zu behalten. Chris nichts zu sagen. Was hätte es auch gebracht, mit ihm zu sprechen?

Aber dann wurden die Untersuchungen immer fieberhafter geführt. Ich verfolgte sie, soweit es ging, in der Zeitung und am Radio. Mit Hilfe einer Zündvorrichtung, die die Polizei nicht näher beschreiben wollte, war ein Feuer gelegt worden. Die Art dieser Zündvorrichtung, und nicht allein ihr Vorhandensein, veranlaßte die Behörden offenbar, Worte wie »Brandstiftung« und Mord« zu gebrauchen. Und als diese Worte einmal gefallen waren, erschienen auch ihre Gefährten in den Medien: »Verdächtiger«, »Mörder«, »Opfer«, Motiv«. Das Interesse wuchs. Die Spekulationen blühten. Dann legte Jimmy Cooper ein Geständnis ab.

Ich wartete auf einen Anruf von Mutter. Sie ist eine Frau mit

Gewissen, sagte ich mir. Jetzt wird sie sich melden. Jede Minute. Jede Stunde. Denn es geht ja um Kenneth Flemings Sohn. Um Kenneth' Sohn!

Ich versuchte, uns allen die Wendung der Ereignisse schmackhaft zu machen. Er ist ja noch ein Jugendlicher, dachte ich. Wenn ihm der Prozeß gemacht wird und man ihn für schuldig befindet, was kann ihm dann schon groß geschehen, einem sechzehnjährigen Mörder? Würden sie ihn nicht einfach für ein paar Jahre in eine Besserungsanstalt schicken? Und konnte das nicht sogar von Vorteil für ihn sein? Dort würde man sich um ihn kümmern, er würde zur Schule gehen müssen, er würde eine berufliche Ausbildung erhalten, die er zweifellos dringend brauchte. Wahrscheinlich würde ihm diese Erfahrung nur guttun.

Dann sah ich sein Foto. Es zeigte ihn, wie er von der Polizei aus seiner Schule geholt wurde. Er ging zwischen zwei Beamten und bemühte sich verzweifelt, ein Gesicht zu machen, als scherte es ihn einen Dreck, was aus ihm wurde. Er bemühte sich, den Eindruck zu erwecken, daß nichts ihn berühren könnte. Oh, ich kenne diesen Ausdruck, den Jimmy auf seinem Gesicht trug. Er besagte, ich habe einen Panzer, und mir ist alles egal. Die Vergangenheit zählt nicht, weil ich sowieso keine Zukunft habe.

Da rief ich Mutter an und fragte sie, ob sie gehört habe, daß man Jimmy festgenommen habe. Sie erwiderte, die Polizei wolle nur mit ihm sprechen. Ich fragte sie, was sie zu tun gedenke. Sie antwortete, sie sei in meiner Hand.

»Olivia«, sagte sie, »ich werde deine Entscheidung respektieren, ganz gleich, wie sie ausfällt.«

»Aber was werden sie denn mit ihm anstellen? Mutter, was werden sie tun?«

»Ich weiß es nicht. Ich habe ihm schon einen Anwalt besorgt. Der hat mit dem Jungen gesprochen.«

»Weiß der Anwalt Bescheid? Was wirklich ... Ich meine –«

»Ich kann mir nicht vorstellen, daß sie ihn vor Gericht stellen werden, Olivia. Er war an jenem Abend vielleicht in der Nachbarschaft, aber er war nicht im Haus. Sie können ihm nicht nachweisen, daß er im Haus war.«

»Was ist denn eigentlich an dem Abend passiert?« fragte ich sie. »Mutter, sag mir wenigstens, was geschehen ist.«

»Olivia, Darling. Das brauchst du nicht zu wissen. Du sollst dich nicht auf diese Weise belasten.«

Ihre Stimme war weich und so voller Einsicht. Nicht die Stimme jener Miriam Whitelaw, die einst energisch das Geschäft der guten Werke betrieben hatte, sondern die Stimme einer Frau, die für immer verändert war.

»Ich muß es wissen«, beharrte ich. »Du mußt es mir sagen.« Damit ich mich darauf einstellen konnte, wie ich mich verhalten, was ich tun, was ich denken, wie ich von diesem Moment an sein sollte.

Da sagte sie es mir. Im Grunde war es alles so einfach: Lichter und Musik im Haus angelassen und die Zeitschaltuhr eingestellt, um Anwesenheit vorzutäuschen. Durch den Garten hinausgeschlüpft und im Schutz der Dunkelheit die Hintergasse hinunter, vorsichtig, leise, ohne Auto, weil das Auto gar nicht nötig war.

»Aber wie bist du nach Kent gekommen?« fragte ich. »Wie hast du das gemacht?«

Auch das war mehr als simpel: mit der Untergrundbahn bis zum Victoria-Bahnhof, wo rund um die Uhr Züge nach Gatwick abgehen. Dort haben die Mietwagenbüros ebenfalls rund um die Uhr geöffnet, und man kann ohne Schwierigkeiten einen blauen Cavalier mieten, um nach Kent hinauszufahren – es ist ja keine besonders lange Fahrt – und sich dort den Hausschlüssel zu beschaffen; problemlos, da es nach Mitternacht ist, die Lichter gelöscht sind und die einzige Bewohnerin des Hauses schläft, so daß sie den Eindringling nicht hört, der keine zwei Minuten braucht, um sich ins Haus zu schleichen und eine mit einem Bündel Streichhölzer verschnürte Zigarette in einen Sessel zu legen, eine Zigarette aus einer Packung, die irgendwo in einem beliebigen Tabakgeschäft gekauft wurde, eine ganz gewöhnliche Zigarette. Und dann durch die Küche wieder hinaus – nur kurz innegehalten, um zwei junge Kätzchen mitzunehmen, weil die Kätzchen unschuldig sind, sie haben sich dieses Heim nicht ausgesucht, sie sollen nicht mit ihr in den Flammen sterben, in der großen Feuersbrunst, der das Haus geopfert wird. Aber das hat keine Bedeutung, *sie* hat keine Bedeutung, nichts hat Bedeutung – außer Kenneth und dem Ziel, dem Schmerz ein Ende zu bereiten, den *sie* ihm zufügt.

»Du wolltest – dann war es gar kein Unfall.« Woran, fragte ich mich, konnte ich mich jetzt noch klammern?

Unfall? Nein. Es war kein Unfall. Beileibe nicht. Dazu war alles viel zu sorgfältig geplant gewesen: das lautlose Verschwinden in der Nacht; die Rückfahrt zum Flughafen, wo die ganze Nacht hindurch Züge nach London gehen; die Fahrt zum Victoria-Bahnhof, wo man sich ein Taxi nehmen und sich zu einem dunklen Haus in der Argyll Road bringen lassen kann, von dem es nicht mehr weit ist bis zum Phillips Walk und dem Haus an der Staffordshire Terrace, in das man in den frühen Morgenstunden unbeobachtet zurückkehrt. Ja wirklich, so einfach.

Aber ich bin in deiner Hand, Olivia.

Was geht es mich an, dachte ich, aber doch etwas unsicherer jetzt, weniger überzeugt. Ich kenne diesen Jungen nicht. Ich kenne seine Mutter nicht. Ich kenne seine Geschwister nicht. Ich habe seinen Vater nie kennengelernt. Wenn er dumm genug war, genau an dem Abend, an dem sein Vater starb, nach Kent hinauszufahren, ist das dann nicht sein Problem? *Oder?*

Und dann kamen Sie, Inspector.

ARM, versuchte ich mir zunächst einzureden. Sie fragten zwar nach Kenneth Fleming, aber in Wirklichkeit waren Sie gekommen, um zu schnüffeln. Nie zuvor hatte uns jemand mit der Bewegung in Verbindung gebracht, aber es bestand immer die Gefahr. Chris hatte schließlich, gegen die Regeln verstoßen, eine Beziehung zu Amanda angefangen, nicht wahr? Vielleicht war sie ein Polizeispitzel. Sie hatte Informationen gesammelt, sie an Ihre Vorgesetzten weitergegeben, und nun waren Sie gekommen, um uns auf den Zahn zu fühlen. Ihr ganzes Gerede über eine Morduntersuchung war nur ein Vorwand; Sie waren gekommen, um Beweise für unsere Verbindung zu ARM zu finden.

Und die habe ich Ihnen gegeben. Hier. Mit diesem Dokument. Möchten Sie wissen, warum, Inspector? Sie, dem so viel daran liegt, daß ich Verrat begehe ... Möchten Sie es wissen?

Nun, dieser Weg führt in beide Richtungen. Gehen Sie ihn. Spüren Sie, wie er sich unter Ihren Füßen anfühlt. Und dann entscheiden Sie. Wie ich. Entscheiden Sie.

Wir saßen an Deck des Boots, als ich Chris endlich erzählte, was ich wußte. Ich hatte gehofft, ihn davon zu überzeugen, daß Sie in Wirklichkeit nur hergekommen waren, um uns wegen ARM auf den Zahn zu fühlen, aber Chris ist ja nicht dumm. Er hatte von dem Moment an, als er meine Mutter in Kensington gesehen hatte, gewußt, daß etwas nicht stimmte. Er war im Haus gewesen, hatte ihren Zustand gesehen, ihre Worte gehört, hatte mich über den Zeitungen brüten sehen. Er fragte, ob ich ihm nicht sagen wolle, was vorging.

Ich lag in meinem Liegestuhl. Chris hockte mit angezogenen Knien auf dem Boden, seine Jeans hochgezogen und die weißen Socken heruntergerutscht, so daß an jedem Bein ein Streifen heller Haut zu sehen war. Er wirkte sehr verletzlich in dieser Haltung. Sehr jung. Er hielt die angezogenen Beine mit den Armen umschlungen, und die Ärmel seiner Jacke waren über seine Handgelenke hochgerutscht. Sie waren so knochig, diese Handgelenke. Genau wie seine Ellbogen, seine Fußknöchel und seine Knie.

»Ich finde, wir sollten miteinander reden«, sagte er.

»Ich glaube, das kann ich nicht.«

»Es hat mit deiner Mutter zu tun.« Er formulierte es nicht als Frage, und ich machte mir nicht die Mühe, es zu bestreiten.

»Ich werde bald nur noch ein hilfloses Bündel Mensch sein, Chris«, erklärte ich vielmehr. »Man wird mich wahrscheinlich am Rollstuhl festschnallen müssen und mich an Schläuche und Beatmungsgeräte anschließen. Überleg dir mal, wie schlimm das wird. Und wenn ich sterbe –«

»Du wirst nicht allein sein.« Er streckte den Arm aus und umfaßte mein Bein. Er schüttelte es ein wenig. »Darum geht es nicht, Livie. Ich geb dir mein Wort. Ich werde für dich sorgen.«

»Wie für die Hunde«, flüsterte ich.

»Ich werde mich um dich kümmern.«

Ich konnte ihn nicht ansehen. Statt dessen starrte ich zur Insel hinüber. Die Weiden mit den tiefhängenden Zweigen bildeten einen grünen Schirm, hinter denen Liebespärchen in jener Mulde im Boden liegen konnten, wo Dutzende von Paaren schon vor ihnen gelegen hatten. Ich aber würde niemals dort liegen.

Ich hielt Chris meine Hand hin. Er nahm sie, rückte näher an mich heran und blickte, wie ich, zur Insel hinüber. Er hörte schweigend zu, als ich ihm erzählte, was in jener Nacht in Kensington geschehen war. Als ich fertig war, sagte er: »Du hast nicht viele Möglichkeiten, Livie.«

»Was können sie ihm denn schon tun? Wenn es überhaupt zum Prozeß kommt, wird er wahrscheinlich nicht verurteilt werden.«

»Wenn er vor Gericht muß – ob schuldig oder nicht –, was glaubst du wohl, wie dann sein zukünftiges Leben aussehen wird?«

»Verlang das nicht von mir. Bitte, erwarte das nicht von mir.«

Er drückte seine Lippen auf meinen Handrücken. »Es wird kalt«, sagte er. »Und ich bin hungrig. Gehen wir hinunter, ja?«

Er machte das Abendessen, und ich saß in der Küche und sah ihm zu. Er trug unsere Teller zum Tisch, setzte sich mir gegenüber an seinen gewohnten Platz, doch anders als sonst fiel er nicht wie halb verhungert über sein Essen her. Er langte über den Tisch und berührte leicht meine Wange.

»Was?« fragte ich.

»Nichts«, sagte er. Er schob sich eine Gabel voll Zucchini in den Mund. »Manchmal weiß man einfach nicht, was das Rechte ist, Livie. Was man tun soll. Wie man sich verhalten soll. Manchmal ist alles völlig durcheinander.«

»Es ist mir egal, was recht ist«, entgegnete ich: »Ich will nur, daß es leicht ist.«

»Da bist du nicht die einzige.«

»Geht's dir auch so?«

»Natürlich. Bei mir ist es nicht anders.«

Aber ich hatte immer den Eindruck, daß es bei Chris anders war. Er schien sich seines Wegs immer so sicher zu sein. Selbst jetzt, wie er mir da am Tisch gegenübersaß und meine Hand hielt, wirkte er souverän. Ich hob den Kopf.

»Also?« fragte er.

»Ich hab's fertig«, sagte ich. Ich spürte, wie seine Finger meine Hand fester umschlossen. »Wenn ich ihm das schicke, Chris, kann ich nicht nach Hause. Dann sitze ich hier fest. Dann sitzen wir beide fest. Du und ich. Du mit mir in diesem Zustand. Du kannst doch nicht...« Den Rest konnte ich nicht aussprechen. Dabei war es so leicht in Worte zu fassen – Du und Amanda, ihr werdet nicht so zusammensein können, wie ihr es gern möchtet, solange ich noch hier und am Leben bin, Chris. Hast du dir das überlegt –, aber ich konnte es nicht sagen. Ich konnte ihren Namen nicht über die Lippen bringen. Ich konnte ihren Namen nicht mit seinem zusammen aussprechen.

Er rührte sich nicht, sondern beobachtete mich nur. Draußen wurde es langsam hell. Ich hörte den Flügelschlag einer Ente auf dem Wasser des Kanals; unmöglich zu sagen, ob sie landete oder startete.

»Es ist nicht leicht«, sagte Chris ruhig. »Aber es ist recht, Livie. Davon bin ich fest überzeugt.«

Wir sahen einander an, und ich fragte mich, was er sah. Ich weiß, was ich sehe, und mir ist, als müßte ich bersten vor Verlangen, mich zu öffnen und all die Worte zu sagen, die in meinem Herzen sind. Was für eine Erleichterung das wäre. Chris eine Weile die Last tragen zu lassen. Aber da stand er auf und kam um den Tisch herum, um mir aufzuhelfen und mich in mein Zimmer zu führen, und ich wußte, daß er schon schwer genug trug.

26

»Vertrau mir, Darling. Es ist das beste für uns. Ich verspreche dir hoch und heilig, daß du es nicht bedauern wirst«, sagte Helen, als sie Lynley am Sonntag morgen in den Hyde-Park führte. Sie hatten beide die Joggingausrüstung an, die sie in der vergangenen Woche für sie gekauft hatte, und sie behauptete steif und fest, wenn es ihnen mit dem Fitneßtraining wirklich ernst sei, müßten sie gleich mit einem flotten Trab von Eaton Terrace zur Hyde-Park Corner, dem Startplatz, den sie bestimmt hatte, beginnen. Nachdem sie festgestellt hatte, sie hätten sich nun »hinreichend aufgewärmt«, startete sie nach Norden, auf den fernen Marble Arch zu.

Sie legte ein beachtliches Tempo vor. Sie überholten mindestens ein Dutzend anderer Jogger ohne die geringste Mühe. Lynley, der hinter ihr lief, teilte sich seine Kräfte ein, um nicht zu schnell außer Atem zu geraten. Sie war wirklich eine bemerkenswerte Frau, dachte er. Sie lief schön und harmonisch, die Arme etwas angewinkelt, den Kopf leicht nach hinten geneigt, so daß dunkles Haar im Wind flatterte. Ja, in ihm regte sich schon der Verdacht, daß sie heimlich trainiert hatte, um ihn zu beeindrucken, als sie plötzlich nachzulassen begann. Auf der anderen Seite der Park Lane kam gerade das Dorchester in Sicht. Er holte sie ein.

»Zu schnell, Darling?« fragte er.

Sie keuchte. »Nein, nein.« Sie warf die Arme in die Höhe. »Ist es nicht herrlich ... die Luft ... die Bewegung?«

»Ja, aber du bist ziemlich rot im Gesicht.«

»Wirklich?« Sie rannte entschlossen, wenn auch japsend weiter. »Aber das ist – gut – nicht wahr? Das Blut – der Kreislauf. Und so.«

Sie rannten noch einmal fünfzig Meter.

»Ich glaube ...« Sie schnappte nach Luft wie eine Ertrinkende, die eben aus dem Wasser gezogen worden ist. »Wirklich sehr gesund ... meinst du nicht?«

»Unbedingt«, bestätigte er. »Es gibt nichts Gesünderes auf der Welt, als so einen Querfeldeinlauf. Ich bin froh, daß du es vorgeschlagen hast, Helen. Es wurde wirklich Zeit, daß wir uns ein bißchen fit machen. Wollen wir etwas langsamer laufen?«

»Nicht – nein – nicht nötig.« Schweißperlen zeigten sich auf ihrer Stirn und ihrer Oberlippe. »So gesund... herrlich, nicht wahr?«

»O ja.« Sie zogen einen Kreis um den Springbrunnen, und Lynley rief: »Zur Speaker's Corner oder in den Park?« Sie wedelte mit dem Arm in nördliche Richtung. »... Corner«, röchelte sie.

»In Ordnung. Also Speaker's Corner. Langsamer? Schneller? Wie hättest du's gern?«

»So ist – es gut. Wunderbar.«

Lynley unterdrückte ein Lächeln. »Ich weiß nicht«, sagte er, »ich denke, wir müssen uns noch ein bißchen mehr anstrengen, wenn wir ernsthaft vorhaben, regelmäßig etwas für unseren Körper zu tun. Wir könnten vielleicht beim Laufen Gewichte tragen.«

»Was?«

»Gewichte. Du weißt, was ich meine, Darling? Man kann sie am Handgelenk festmachen und mit den Armen Übungen ausführen, während man läuft. Weißt du, das Problem beim Laufen ist – wenn man überhaupt von einem Problem sprechen kann, so großartig, wie sich das anfühlt. Ich fühle mich wirklich glänzend, du nicht auch?«

»Doch... doch.«

»Also, wie gesagt, das Problem ist – laufen wir ein bißchen schneller, ich habe das Gefühl, wir lassen nach –, daß zwar das Herz trainiert wird und die Beine auch, aber der Oberkörper wird völlig vernachlässigt. Wenn wir hingegen Gewichte an unseren Armen trügen und beim Laufen Übungen machten –«

Sie stolperte plötzlich und hielt abrupt an. Die Hände auf die Knie gestützt, stand sie da, und jeder Atemzug klang wie ein Schluchzen.

»Ist etwas nicht in Ordnung, Helen?« Lynley trabte auf der Stelle. »Eine komplette Runde um den Park wird sicher nicht länger dauern als – ich weiß nicht genau. Kennst du die Strecke?«

»Mein Gott«, japste sie. »Das ist ja ... meine Lunge ...«

»Vielleicht sollten wir eine kleine Pause machen. Zwei Minuten, ist dir das recht? Man sollte nicht auskühlen. Man kann sich die Muskeln zerren, wenn man abkühlt und dann wieder losläuft. Und das wollen wir doch nicht.«

»Nein. Nein.« Sie warf sich ins Gras und starrte in den Himmel hinauf, und als sie nach zwei Minuten endlich wieder normal atmen konnte, stand sie nicht mehr auf. Statt dessen schloß sie die Augen und verlangte: »Hol mir ein Taxi.«

Er legte sich bäuchlings neben sie und stützte sich auf die Ellbogen. »Unsinn, Helen«, beschwichtigte er. »Wir haben doch gerade erst angefangen. Du mußt es nur ein bißchen langsamer angehen. Du mußt dich daran gewöhnen. Wenn ich den Wecker jeden Morgen auf fünf Uhr stelle und wir brav aufstehen, sobald er losrasselt, dann brauchst du bestimmt keine sechs Monate, um diesen Park zweimal umrunden zu können. Also, was meinst du?«

Sie öffnete ein Auge und sah ihn an. »Taxi. Und du bist ein Ekel, Lord Asherton. Wie lange läufst du schon heimlich, bitte?«

Er lächelte und zupfte an einer ihrer dunklen Locken. »Seit November.«

Entrüstet wandte sie sich ab. »Du gewissenloser Schurke. Du hast dich wohl seit letzter Woche auf meine Kosten kaputtgelacht, wie?«

»Das würde mir nie einfallen, Darling.« Und er hustete, um das Lachen zu kaschieren.

»Und du bist jeden Morgen um fünf aufgestanden?«

»Meistens erst um sechs.«

»Und bist gelaufen?«

»Hm.«

»Hast du vor, das weiterzumachen?«

»Natürlich. Wie du selbst gesagt hast, ist es ungemein gesund, und wir müssen doch in Form bleiben.«

»Natürlich.« Sie wies zur Park Lane. »Ich brauche jetzt ein Taxi«, sagte sie. »An die Gesundheit denke ich später.«

Auf dem Weg nach oben, wo sie sich den Schweiß der Anstrengung von den Körpern spülen wollten, kam ihnen Denton entgegen, der gerade weg wollte. In der einen Hand trug er einen Blumenstrauß, in der anderen eine Flasche Wein und praktisch in die Stirn gemeißelt das Wort »Ladykiller«. Er blieb stehen, machte einen Schwenk und marschierte ins Wohnzimmer, wobei er zu Lynley sagte: »Keine zehn Minuten nachdem Sie weg waren, kam ein Mann hier vorbei. Er kehrte mit einem großen braunen Briefumschlag zurück und gab ihn Lynley mit den Worten: »Er hat das hier abgegeben; er wollte nicht bleiben. Er sagte nur, ich solle Ihnen das Päckchen geben, sobald Sie wieder da sind.«

Lynley öffnete den Umschlag und sagte: »Und Sie gehen jetzt?«

»Zu einem Picknick in Dorking«, antwortete Denton.

»Na schön, machen Sie keine Dummheiten.«

Denton lachte. »Die mach ich doch nie.« Pfeifend ging er hinaus und schlug die Tür hinter sich zu.

»Was ist das, Tommy?« Helen kam die Treppe wieder herunter, als er einen Stapel gelber, linierter Schreibblöcke aus dem Umschlag zog. Er las die ersten Worte auf dem obersten Block – »Chris ist weg, um am Kanal ein Stück mit den Hunden zu laufen« –, dann holte er einmal tief Atem und stieß die Luft langsam aus.

»Tommy?« fragte Helen.

»Olivia«, antwortete er.

»Sie hat also auf deinen Köder angebissen.«

»Es scheint so.«

Aber Lynley erkannte bald, daß auch sie einen Köder ausgelegt hatte. Während Helen duschte, sich die Haare wusch, sich ankleidete und all die anderen Dinge tat, die Frauen für nötig hielten, las er am Fenster im Wohnzimmer. Und er sah, was sie ihn sehen lassen wollte. Und er fühlte, was sie ihn fühlen lassen wollte. Bei ihren ersten Informationen über ARM – die für einen befriedigenden Abschluß seiner Ermittlungen über Kenneth Flemings Ermordung völlig belanglos waren – dachte er, Augenblick mal, was soll das denn, wozu das alles? Dann aber sah er ein, worum es ihr ging, und er wußte, daß dahinter ihre Furcht und ihre Verzweiflung über den Verrat standen, den zu begehen er von ihr verlangt hatte.

Er war mit seiner Lektüre beim letzten Block angelangt, als Helen ins Zimmer kam. Sie nahm sich die anderen Blöcke und begann ebenfalls zu lesen. Sie sagte nichts, als er, zum Ende gekommen, den Block weglegte und aus dem Zimmer ging. Sie las einfach weiter, Seite um Seite, die schlanken Beine auf dem Sofa ausgestreckt, ein Kissen in ihrem Rücken.

Lynley lief nach oben, um zu duschen und sich umzuziehen. Er dachte über die Ironie des Lebens nach: Da begegnet man dem richtigen Menschen genau im falschen Augenblick; da entscheidet man sich zu handeln, nur um damit den eigenen Untergang herbeizuführen; da erweist sich eine langgehegte Überzeugung als Trugschluß; da erreicht man endlich, was man sich verzweifelt gewünscht hat, nur um zu entdecken, daß man es in Wirklichkeit überhaupt nicht haben will. Und dann dies hier natürlich, diese letzte Ironie. Da warf man einen Köder aus Halbwahrheiten, Lügen und bewußter Fehlinformation aus, nur um einen Köder aus Fakten zurückzubekommen.

Entscheiden Sie, konnte er ihre höhnische Stimme hören. Entscheiden Sie, Inspector. Sie können es doch. Entscheiden Sie.

Als er wieder zu Helen hinunterging, war sie noch mitten in der Lektüre. Während sie las, ging er zum Musikschrank an der Wand und sah ungeduldig eine Reihe CDs durch. Er wußte nicht, was er eigentlich suchte.

Helen las weiter. Er entschied sich für Chopin. Als die Musik einsetzte, schlenderte er zum Sofa. Helen zog ihre Beine an und rutschte weiter nach oben. Er setzte sich zu ihr und gab ihr einen Kuß auf das Haar.

Sie sprachen erst, als sie fertig gelesen hatte.

»Du hattest also recht«, sagte sie. Und als er nickte, fügte sie hinzu: »Du hast das alles gewußt.«

»Nicht alles. Ich habe nicht gewußt, wie sie es angestellt hat. Und ich habe auch nicht gewußt, wessen Verhaftung sie sich erhoffte, wenn es hart auf hart gehen sollte.«

»Wessen denn?« fragte Helen.

»Jean Coopers.«

»Sie hoffte, daß seine Frau verhaftet werden würde? Ich verstehe nicht –«

»Sie mietete einen blauen Cavalier. Sie kleidete sich, wie Jean sich normalerweise gekleidet hätte. Wären sie oder der Wagen an jenem Abend in Kent gesehen worden, so hätte die Beschreibung des Zeugen genau auf Jean Cooper gepaßt.«

»Aber der Junge ... Tommy, sagte der Junge nicht, die Frau, die er sah, habe helles Haar gehabt?«

»Helles Haar, graues Haar. Er hatte seine Brille nicht auf. Er erkannte den Wagen, er sah undeutlich die Frau; den Rest reimte er sich zusammen. Er glaubte, seine Mutter sei nach Kent gekommen, um mit seinem Vater zu sprechen. Sie hatte ja Grund, ihn aufzusuchen, und auch Grund, Gabriella Patten zu töten.«

Helen nickte nachdenklich. »Wenn Fleming Miriam Whitelaw gesagt hätte, daß er vorhatte, nach Kent zu fahren, um seine Beziehung zu Gabrielle Patten zu beenden –«

»– dann wäre er jetzt noch am Leben.«

»Und warum hat er es ihr nicht erzählt?«

»Aus Stolz. Er hatte schon einmal alles vermasselt. Er wollte sie sicher nicht wissen lassen, wie nahe daran er gewesen war, das gleiche wieder zu tun.«

»Aber sie hätte es doch früher oder später sowieso erfahren.«

»Das ist richtig. Aber dann hätte er es ihr gegenüber so darstellen können, daß er die Beziehung abbrach, weil er über Gabriella hinausgewachsen war, weil er von ihr genug gehabt hatte, weil ihm klargeworden war, was für eine Frau sie war. Genau das hätte er Miriam wahrscheinlich früher oder später erzählt. Er war im Grunde noch nicht bereit, mit ihr darüber zu sprechen.«

»Es war also alles eine Zeitfrage.«

»In gewisser Hinsicht, ja.« Lynley nahm ihre Hand und sah, wie ihre Finger sich ganz von selbst zwischen die seinen schoben. Dieser Anblick, das, was er versprach und was er offenbarte, rührte ihn unerwarteterweise.

Helen fragte zögernd: »Und das andere? Diese Geschichte mit den Tieren.«

»Was ist damit?«

»Was wirst du tun?«

Er schwieg, während er über die Frage nachdachte. Als er nicht antwortete, fuhr sie zu sprechen fort.

»Miriam kommt ins Gefängnis, Tommy.«

»Ja.«

»Und weißt du, wer diese andere Geschichte bearbeitet? Die Tierbefreiungen. Wer leitet da die Ermittlungen?«

»Das läßt sich leicht feststellen.«

Er spürte, wie ihre Finger sich spannten. »Aber wenn du Chris Faraday an die Leute auslieferst, die diese Sache bearbeiten ... Tommy, dann hat sie ja überhaupt keinen Menschen mehr. Dann muß sie in ein Heim oder in ein Krankenhaus. Alles, was sie getan hat – was du von ihr verlangt hast –, hat sie dann umsonst getan.«

»Es führt dazu, daß eine Mörderin der Gerechtigkeit zugeführt wird, Helen. Da kann man doch kaum sagen, daß das umsonst ist.«

Er sah sie nicht an, aber er spürte ihren forschenden Blick, als sie versuchte, in seinem Gesicht abzulesen, was er zu tun beabsichtigte. Doch er wußte es selbst nicht. Jedenfalls noch nicht.

Ich habe gern alles schön einfach, dachte er. Klar und eindeutig. Ich möchte Linien ziehen, und ich möchte, daß keiner auch nur daran denkt, sie zu überschreiten. Ich möchte manchmal ein Stück beendet sehen, auch wenn es nur ein Zwischenspiel in der Handlung ist. Das ist die traurige Tatsache meines Lebens. Und diese Tatsache ist ein Fluch.

Entscheiden Sie, Inspector. Er konnte beinahe Olivias Stimme hören. Entscheiden Sie. Und leben Sie danach mit der Entscheidung. Wie ich das tun werde. Wie ich es tue.

Ja, dachte Lynley. In einem speziellen Sinn schuldete er ihr das. Er schuldete es ihr, daß er seinerseits sich für klares Handeln entschied und die Qual der Wahl, die Last des Gewissens und das lebenslange Wissen um seine Verantwortung auf sich nahm.

»Hier geht es um eine Untersuchung in einem Mordfall«, sagte er schließlich als Antwort auf Helens unausgesprochene Frage. »Damit hat es angefangen. Damit endet es.«

RUTH RENDELL

»Ruth Rendell ist für mich die Beste.
Ihre Krimis sind vom ersten Satz an großartig.«
Donna Leon

44664

42454

44566

43812

GOLDMANN